I0741360

HISTOIRE

LITTÉRAIRE

DE LA FRANCE

OUVRAGE

COMMENCÉ PAR DES RELIGIEUX BÉNÉDICTINS

DE LA CONGRÉGATION DE SAINT-MAUR

ET CONTINUÉ

PAR DES MEMBRES DE L'INSTITUT

(ACADÉMIE DES INSCRIPTIONS ET BELLES-LETTRES)

TOME XXXIII

SUITE DU QUATORZIÈME SIÈCLE

PARIS

IMPRIMERIE NATIONALE

MDCCCCVI

HISTOIRE

LITTÉRAIRE

DE LA FRANCE

HISTOIRE

LITTÉRAIRE

DE LA FRANCE

OUVRAGE

COMMENCÉ PAR DES RELIGIEUX BÉNÉDICTINS

DE LA CONGRÉGATION DE SAINT-MAUR

ET CONTINUÉ

PAR DES MEMBRES DE L'INSTITUT

(ACADÉMIE DES INSCRIPTIONS ET BELLES-LETTRES)

TOME XXXIII

SUITE DU QUATORZIÈME SIÈCLE

PARIS

IMPRIMERIE NATIONALE

MDCCCCVI

AVERTISSEMENT.

Le tome XXXIII marque un progrès notable dans l'histoire littéraire du xive siècle. Les auteurs les plus récents dont nous avons traité en notre précédent volume, Gilles Aicelin, archevêque de Rouen, et Guillaume Baufet, évêque de Paris, moururent en 1318 et 1319. Présentement nous atteignons l'année 1328 avec Jean de Jandun. Nous ne voulons pas dire que nous ne reviendrons pas en arrière dans un des prochains volumes. Un classement purement chronologique est impossible. Pour beaucoup d'écrivains les dates précises, et particulièrement la date de la mort, font défaut. Et cette lacune, que nous avons souvent à regretter en rédigeant la notice d'écrivains connus, est constante lorsqu'il s'agit des auteurs anonymes, qui sont de beaucoup les plus nombreux. La littérature en langue vulgaire, qui occupe une place si considérable dans nos derniers volumes, est, en majeure partie, l'œuvre d'écrivains qui n'ont pas jugé à propos de se faire connaître, et que nous ne pouvons dater qu'assez vaguement. D'ailleurs nous serons de plus en plus amenés à rédiger des notices collectives sur des écrits d'un même genre qui, pris isolément, n'offrent qu'un assez faible intérêt, tandis que, groupés, ils peuvent donner lieu à des conclusions générales d'une certaine portée. C'est ce que nous avons fait dans le tome XXXII pour des chroniques monastiques d'un certain type; c'est ce que nous tentons dans le présent volume pour les coutumiers normands, œuvres d'époques diverses, dont il n'eût

a.

guère été possible d'établir les rapports en des notices séparées, et pour les innombrables vies de saints traduites en prose française au cours du xiiie siècle et au commencement du xive. Il est assez indifférent que des notices de ce genre, où il n'est guère question que d'écrits non datés, soient placées à un endroit ou à un autre.

Dans le tome XXXIII, comme dans les précédents, on trouvera quelques suppléments aux tomes relatifs au xiiie siècle. Le plus considérable est l'article que nous avons consacré aux légendes hagiographiques en vers, qui est rédigé en une forme inaccoutumée. Ce n'est pas proprement une notice : c'est une sèche bibliographie en ordre alphabétique. La raison pour laquelle nous avons cru devoir nous écarter de notre méthode habituelle est celle-ci : les légendes en vers, toutes traduites ou imitées de compositions latines, foisonnent dans notre littérature du xiie au xve siècle. Nous en avons relevé plus de deux cents, et nous n'osons affirmer que notre énumération soit complète. Entre ces poèmes il en est plusieurs qui ont été composés à une époque à laquelle nous ne sommes pas encore arrivés : nous les signalons à nos successeurs ; mais la plupart appartiennent à une période, maintenant close, de l'*Histoire littéraire,* et bien peu cependant ont obtenu de nos devanciers les notices auxquelles ils avaient droit. Nous avons voulu qu'ils eussent au moins une mention dans notre œuvre, et, sans leur consacrer des articles qui ne seraient plus à leur place, nous avons cru devoir fournir des indications bibliographiques qui seront utiles aux personnes qui voudront en entreprendre l'étude.

On remarquera une innovation dans la disposition matérielle de ce volume. À partir du présent tome, nous supprimons les manchettes, rejetant en note, suivant l'usage le plus généralement adopté de nos jours, les renvois aux ouvrages cités. D'où résulte un double avantage. D'une part, nous élargissons la justification, et, d'autre part, les renvois, formulés d'une façon souvent trop brève, lorsqu'ils étaient placés dans la marge, ont pu être donnés d'une façon assez complète pour nous permettre de supprimer la table des ouvrages cités, qui, jusqu'ici, a occupé dans nos volumes une place considérable.

Les auteurs de ce trente-troisième volume de l'*Histoire littéraire de la France*, membres de l'Institut (Académie des inscriptions et belles-lettres), sont désignés à la fin de chaque article par les initiales de leurs noms :

B. H.   BARTHÉLEMY HAURÉAU.
G. P.   GASTON PARIS.
L. D.   LÉOPOLD DELISLE.
P. M.   PAUL MEYER, *éditeur*.
P. V.   PAUL VIOLLET.
N. V.   NOËL VALOIS.

NOTICE

SUR

GASTON PARIS,

UN DES AUTEURS DES TOMES XXVIII À XXXIII
DE L'*HISTOIRE LITTÉRAIRE DE LA FRANCE*.

(MORT LE 5 MARS 1903.)

Élu membre de l'Académie des inscriptions et belles-lettres le 12 mai 1876, Gaston Paris fut bientôt attaché comme membre adjoint à la Commission de l'*Histoire littéraire*[1], dont il devint membre titulaire en 1881, à la mort de son père. Pendant vingt-six ans il a collaboré activement à notre œuvre commune, traitant de préférence, comme avait fait Paulin Paris, des sujets de littérature française. Les notices que nous lui devons étaient, lorsqu'elles parurent, fort en avance sur l'état des connaissances d'alors; actuellement encore, malgré les rapides progrès qui ont été accomplis dans le domaine de l'ancienne littérature française, ses articles nous donnent, sur presque tous les points, le dernier état de la science.

Mais, avant d'énumérer et d'apprécier les notices que G. Paris a données à l'*Histoire littéraire*, il convient de jeter un coup d'œil sur les écrits par lesquels il s'était fait connaître avant son entrée dans notre Académie, et sur les directions variées dans lesquelles s'exerça son activité scientifique.

Doué d'une intelligence nette et vive, d'une mémoire tenace, d'une rare puissance de travail, capable en outre de s'intéresser aux sujets les plus variés, G. Paris eût brillé au premier rang, à quelque branche d'étude qu'il se fût voué. Et, en fait, il ne s'est pas occupé seulement des langues et des littératures romanes, à l'étude desquelles il s'était attaché par devoir autant que par goût : il a publié des travaux sur la littérature latine du moyen âge, il a fait des excursions sur le domaine de l'histoire pure, il a écrit des articles de critique sur la littérature moderne, et partout il a montré la même supériorité que dans les sujets auxquels il s'appliquait ordinairement.

---

[1] Il y prit séance le 13 juillet 1877.

C'est que notre confrère avait commencé par des études très générales, et, si la philologie du moyen âge était devenue son domaine préféré, celui où il devait faire ses découvertes les plus importantes, il ne s'était pas renfermé dans les limites étroites d'une science spéciale et n'avait jamais cessé de s'intéresser aux progrès qui se manifestaient en d'autres branches de l'érudition.

Après de solides études au collège Rollin, son père l'envoya en Allemagne, surtout en vue d'apprendre l'allemand. Il y passa près de deux ans (1856-1858). Il se fit inscrire d'abord à l'Université de Bonn, qu'il abandonna après deux semestres parce qu'il n'y avait pas assez d'occasions de parler allemand, et se rendit à Gottingue, où il se trouva, selon son désir, dans un milieu plus exclusivement germanique. Ce séjour en Allemagne eut, sur la formation de ses idées plutôt que sur la direction de ses études, une influence considérable. Ce n'est pas là qu'il prit le goût de la philologie romane : il l'avait déjà, et, pour l'acquérir, il n'avait pas eu besoin de sortir de chez lui. D'ailleurs, à cette époque, l'enseignement scientifique des langues et des littératures modernes commençait à peine à s'organiser en Allemagne. En fait, à Gottingue, il suivit de préférence des cours de grec et d'ancien allemand. Mais, vivant de la vie des étudiants allemands, il eut l'idée d'un genre d'enseignement qui, alors, n'existait pas en France. Il vit des professeurs faisant des cours techniques, ce qui n'était guère l'usage dans nos Facultés des lettres, se mettant en rapport avec leurs élèves, s'efforçant de leur donner une instruction vraiment supérieure et surtout de les préparer à faire à leur tour des travaux originaux. C'est ainsi que, bien avant la réforme des Facultés commencée par Duruy, il était arrivé à concevoir le haut enseignement sous la forme qu'il avait dans les Universités allemandes.

De retour en France, il se fit inscrire à l'École des chartes, où il trouva un système d'études qui, à certains égards, se rapprochait de celui qui avait ses préférences, en ce qu'il tendait surtout à donner aux élèves l'habitude de la recherche personnelle et des travaux de première main. L'École des chartes n'était point alors ce qu'elle est devenue depuis. Il y avait moins de chaires qu'aujourd'hui ; les leçons étaient, en général, plutôt pratiques que méthodiques. Quelques enseignements, cependant, faisaient exception, notamment celui de J. Quicherat, dont toutes les parties s'enchaînaient selon une logique rigoureuse, et qui, par sa forme surtout, exerça sur G. Paris une réelle influence. En somme, on exigeait des jeunes gens moins de travail, mais on leur laissait plus de liberté. Il sortait peut-être de l'école plus d'élèves médiocres qu'aujourd'hui, mais les étudiants laborieux et bien doués y trouvaient cependant une direction suffisante. Les hommes d'une intelligence supérieure n'ont pas besoin qu'on leur inculque toutes les connaissances qu'ils devront posséder un jour : il suffit qu'on leur indique la manière de les acquérir. C'est à l'École des chartes que

G. Paris orienta définitivement ses études vers les langues et les littératures romanes du moyen âge. Et il n'est pas douteux que l'enseignement de cette école, où il se maintint toujours parmi les premiers, ait contribué pour une grande part à développer chez lui l'esprit critique. Sa thèse (*Étude sur le rôle de l'accent latin dans la langue française*), soutenue en janvier 1862 et imprimée la même année, est un ouvrage demeuré classique, qui obtint les suffrages, non seulement de ses maîtres, mais aussi de Diez, le fondateur de la philologie romane, à qui il l'avait dédiée [1]. Dans sa dédicace, il se déclarait « l'un de ses disciples »; et il l'était en effet, comme le furent tous ceux qui se sont appliqués à l'étude scientifique des langues romanes. Mais c'est surtout depuis son retour d'Allemagne qu'il l'était devenu. C'est alors qu'il avait étudié à fond, dans la seconde édition, la *Grammaire des langues romanes*, qu'il devait traduire plus tard en entier d'après la troisième [2], et dont, par avance, en 1863, il publia en français l'introduction.

Pour l'étude dogmatique et historique du français, G. Paris n'avait guère de devanciers en France. L'*Histoire de la formation de la langue française* d'Ampère était une œuvre superficielle qui n'avait d'original que ses erreurs. Le volumineux ouvrage de Chevallet, beaucoup plus récent (1853-1858), était un livre mort-né. G. Paris prit pour point de départ l'état de la science tel qu'il résultait des travaux de Diez. Il n'en était pas de même pour les recherches d'histoire littéraire. Là il suivit, avec liberté et originalité toutefois, la tradition paternelle. Paulin Paris occupait, depuis 1853, au Collège de France, la seule chaire de langue et littérature française du moyen âge qui existât en ce temps, et, depuis 1831, date de son édition de *Berte aux grands pieds*, avait consacré une longue série de travaux à des recherches sur l'ancienne littérature française dont la matière lui était fournie par les manuscrits de la Bibliothèque nationale, où il était conservateur adjoint. G. Paris a reconnu en termes touchants, dans la dédicace de son *Histoire poétique de Charlemagne*, la dette de reconnaissance qu'il avait contractée envers son père, qui, par ses entretiens, l'avait de bonne heure familiarisé avec la vieille épopée française, et dont la riche bibliothèque lui fut d'un si précieux secours. Mais il doit être bien entendu qu'il s'agit ici d'une influence générale et non d'une direction. Bien que voués aux mêmes études, le père et le fils différaient du tout au tout pour la méthode de travail, la manière d'exposer les faits et l'appréciation générale des œuvres. Paulin Paris, esprit essentiellement littéraire, s'attachait surtout à mettre en relief, quelquefois avec un peu trop de complaisance,

[1] Voir le compte rendu qu'en a fait Diez, *Jahrbuch f. romanische u. englische Literatur*, V (1864), 406.

[2] 1874-1876, trois volumes in-8°, le premier en collaboration avec Aug. Brachet, les deux autres avec M. Morel-Fatio. — Un volume de supplément avait été annoncé, qui ne fut jamais rédigé.

la valeur esthétique des écrits qu'il publiait ou analysait; les œuvres qui n'avaient pas ce genre de mérite l'intéressaient peu, et il les négligeait volontiers. L'étude de la langue, la comparaison des textes, la recherche des origines d'une légende ou de ses transformations, en un mot, tout ce qui était pure érudition, avait pour lui peu d'attrait. Son fils, au contraire, sans être le moins du monde indifférent au mérite littéraire, savait se placer à des points de vue plus variés et abordait l'examen des œuvres du moyen âge avec plus de méthode et une idée plus nette des questions à traiter.

Pourvu du diplôme de l'École des chartes et, peu de mois après, de la licence en droit, G. Paris se donna tout entier aux recherches qui devaient aboutir à l'*Histoire poétique de Charlemagne*, publiée comme thèse de doctorat ès lettres à la fin de l'année 1865. Lorsque, après quarante ans, on relit cet ouvrage avec la connaissance des progrès réalisés depuis sa publication, on constate assurément que, sur beaucoup de points, nos informations sont plus complètes et plus sûres, et que certaines des hypothèses émises par le jeune auteur n'ont pas été confirmées. Mais on remarque aussi que, bien souvent, le progrès est dû à quelque travail plus récent de G. Paris lui-même, et en maint autre cas, les recherches nouvelles qui ont précisé nos connaissances sur des sujets étudiés dans l'*Histoire poétique* ont eu pour point de départ une conjecture ou une observation incidente de G. Paris. Par sa manière claire et précise de poser les questions il indiquait lui-même ce qu'il y avait à faire pour contrôler ses conclusions. Peu de livres ont eu sur le développement ultérieur des études une influence aussi grande, et il n'est pas exagéré de dire que la valeur exceptionnelle de cette œuvre d'un homme de vingt-cinq ans apparaît plus visiblement aujourd'hui qu'au temps où elle fut publiée. La décision avec laquelle Paris avait résolu des questions embrouillées, la clarté qu'il avait su répandre sur des sujets obscurs dissimulaient bien des difficultés que les discussions ultérieures ont fait pleinement apparaître. Ceux qui ne l'ont pas vu à l'œuvre et n'ont pas été témoins de la promptitude avec laquelle il embrassait toutes les parties d'un sujet, coordonnait les faits et voyait les rapports qui les unissaient, auront peine à croire que la composition de ce livre de plus de cinq cents pages, tout en discussions et en comparaisons de textes, n'exigea guère plus d'une année.

Tandis que s'imprimait l'*Histoire poétique de Charlemagne*, une entreprise se préparait à laquelle on avait demandé à G. Paris de s'associer, et qui devait absorber, pendant plusieurs années, la meilleure part de son activité. Cette entreprise, qui tient une place importante dans l'histoire de l'érudition française du xixe siècle, ce fut la *Revue critique d'histoire et de littérature*, dont le premier numéro parut le 6 janvier 1866, et qui avait pour directeurs, outre G. Paris, trois de ses amis, Charles Morel, Hermann Zotenberg et l'auteur de la présente notice. À cette époque l'état de la critique en France, du moins en ce qui concerne l'histoire, l'archéologie, la philologie, était misérable. L'érudition étrangère était presque ignorée, et, pour les livres publiés chez nous, les comptes rendus qui paraissaient dans nos revues étaient, en grande majorité, de banales annonces ou des articles de complaisance. La critique sérieuse, lorsqu'elle se manifestait sous la plume d'un homme compétent, avait trop souvent le caractère d'attaques personnelles. L'*Athenæum français* (1852-1856), puis la *Correspondance littéraire* (1856-1865), qui avaient cherché à introduire chez nous des habitudes plus scientifiques, avaient dû cesser leur publication après quelques années, faute d'un appui suffisant de la part du public. En somme, il n'existait en France aucun organe pour une critique indépendante et ennemie de toute personnalité. La *Revue critique* voulut être cet organe. Le prospectus, rédigé par G. Paris, disait :

Le point auquel les rédacteurs tiennent le plus est l'abstention de toute personnalité. Le livre seul est l'objet de la critique; l'auteur pour elle n'existe pas. On écartera avec la même sévérité la camaraderie et l'hostilité systématique, pour ne tenir compte que des seuls intérêts de la science. Une des plus grandes conquêtes de notre époque est l'introduction dans les recherches historiques de méthodes rigoureuses et sûres. La rédaction s'appliquera à propager ces méthodes, dont l'ignorance rend souvent incomplets et pénibles les travaux les plus consciencieux.

Cette idée de la méthode applicable aux travaux variés de l'érudition revient souvent dans les écrits de G. Paris. Elle est devenue banale maintenant; elle ne l'était pas en 1866. Tous ceux qui avaient à cœur le relèvement de la science française apportèrent leur concours à la *Revue critique*, et parmi les collaborateurs de la première heure on voit figurer les noms de savants qui étaient déjà ou qui devinrent plus tard des maîtres. Mais leur nombre était fort limité, et les fondateurs du recueil durent faire de grands efforts pour ne pas rester trop au-dessous de la tâche qu'ils avaient assumée. Et c'est alors qu'on put admirer la variété de connaissances que possédait G. Paris et sa rare puissance de travail. Les nombreux articles qu'il écrivit dans les premiers volumes de la *Revue critique* n'avaient pas trait seulement à la philologie romane : les publications relatives à cette branche d'études étaient rares à cette époque. Il rendait compte de livres d'histoire, même moderne, d'ouvrages sur la littérature française de l'époque classique, ou sur les littératures étrangères. Lorsque G. Paris, déjà absorbé par les exigences de l'enseignement[1], donnait ainsi une partie de son temps à des travaux fugitifs qui le détournaient de ses études propres, il

[1] G. Paris professa au Collège de France pendant l'année scolaire 1866-1867 comme remplaçant de son père, puis de nouveau en 1869. Il devint professeur titulaire en 1872.

se conformait à une haute conception de son rôle de critique; il voulait contribuer, dans la mesure de ses moyens, à relever le niveau scientifique de son pays en faisant connaître en France un mouvement d'érudition et, plus encore, des méthodes dont, chez nous, on tenait trop peu de compte. C'était sa manière d'entendre le patriotisme. Ce n'était pas celle de tout le monde, et beaucoup, en ce temps, furent choqués des tendances d'une revue où il leur paraissait que les travaux des savants nationaux étaient systématiquement critiqués avec sévérité, tandis que ceux des savants étrangers étaient loués et recommandés. Il n'y avait pourtant là rien de systématique. Mais il est des cas où il faut savoir se résigner à avoir contre soi la masse des incompétents. Lorsque, après une interruption d'une année, causée par la guerre, la *Revue critique* reprit sa publication, les directeurs purent écrire, dans l'avertissement imprimé en tête du numéro du 1er septembre 1871 [1] :

..... L'œuvre que nous avions entreprise ne nous semblait pas dépourvue d'utilité : nous croyons que si, dans toutes les branches de l'activité nationale, on avait fait ce que nous avons tenté dans notre humble sphère, on aurait évité les désastres qui viennent de frapper la France.

Les comptes rendus publiés par Gaston Paris dans la *Revue critique* méritent d'occuper dans son œuvre une place importante. On y trouve déjà en germe beaucoup des idées qu'il développa plus tard. Ce qui frappe surtout, ce n'est pas tant sa précoce érudition que la sûreté avec laquelle il savait poser les questions, l'ordre et la clarté qu'il mettait dans l'exposé et la discussion des idées d'autrui. Dès lors son esprit possédait les qualités éminentes qu'il appliqua par la suite à de plus grands sujets.

G. Paris continua à prendre part à la direction de la *Revue critique* jusqu'en 1887, mais, à partir de 1872, ses articles se firent de plus en plus rares, un nouveau recueil, mieux adapté à ses études, la *Romania*, ayant, à partir de cette date et jusqu'à la fin de sa vie, réclamé tous ses soins.

De toutes les œuvres auxquelles G. Paris attacha son nom, la *Romania* est certainement celle qui lui tint le plus à cœur et à laquelle il s'est donné le plus complètement. Jusqu'à l'époque où fut fondée cette revue, spécialement destinée aux études romanes, les rares travaux qui paraissaient en France dans ce domaine étaient dispersés entre plusieurs recueils à compétence variée : la *Bibliothèque de l'École des chartes*, où G. Paris écrivit plusieurs mémoires (1863, 1864, 1866), le *Bulletin du Bibliophile*, qui eut aussi sa collaboration intermittente [2], les Mémoires de la

---

[1] Numéros complémentaires de l'année 1870, p. 113.

[2] C'est là notamment qu'il publia, en 1868, deux importants articles sur l'histoire de l'orthographe française. Depuis, en diverses occasions, G. Paris s'est occupé de cette question.

Société de linguistique, fondée en 1866, où il inséra quelques étymologies, la *Revue des langues romanes*, publiée depuis 1870 à Montpellier, qui était l'un des organes préférés de la poésie dialectale du Midi de la France, et qui, par suite, ne pouvait accorder à l'érudition qu'une place restreinte. Le recueil périodique qui correspondait le mieux à l'objet que se proposait la *Romania* était allemand. C'était le *Jahrbuch für romanische und englische Literatur*, publié à Berlin depuis 1859, qui faisait une large part aux langues et aux littératures romanes pendant le moyen âge. Plusieurs de nos compatriotes y publiaient des articles en français. G. Paris, encore sur les bancs de l'École des chartes, lui adressait des revues annuelles de la littérature française. Il y appréciait l'*Amour*, de Michelet, *Fanny*, d'Ernest Feydeau, des pièces de Mario Uchard, d'Émile Augier et d'Alexandre Dumas fils, le *Roman d'un jeune homme pauvre*, de Feuillet, la *Légende des siècles*, de V. Hugo, la *Mireille*, de Mistral, divers poèmes de Laprade, d'Autran et d'autres maintenant un peu oubliés. Ses jugements sont ceux d'un homme de sens, à idées plutôt conservatrices, et qu'on n'aurait pas cru si jeune. Il est curieux de comparer le jugement assez banal et superficiel qu'il portait sur Mistral en 1860, avec l'étude profondément fouillée et presque enthousiaste qu'il consacra trente-quatre ans plus tard au même poète[1]. Le *Jahrbuch* renferme aussi deux articles de G. Paris (1861 et 1870) qui concernent la philologie française. Mais ce recueil, peu répandu chez nous, qui d'ailleurs embrassait trop de matières, eu égard à l'espace qu'il mettait à la disposition de ses collaborateurs, ne pouvait exercer aucune influence sur le développement des études romanes en France. Aussi, dès que l'avenir de la *Revue critique* parut assuré, l'idée vint naturellement à G. Paris et à un de ses compagnons d'études de fonder en France une revue spéciale pour les langues et les littératures romanes pendant le moyen âge, la France occupant naturellement la première place, comme ayant la littérature la plus considérable et la moins connue. La guerre ne permit pas que ce dessein fût réalisé aussi tôt qu'on l'eût désiré; toutefois, au commencement de l'année 1872, le nouveau périodique paraissait sous le nom de *Romania*, qui lui avait été donné pour en faire en quelque sorte le pendant de la *Germania*, périodique consacré aux études germaniques qui paraissait à Vienne depuis 1855. L'article de début, par G. Paris, était intitulé *Romani, Romania*, et exposait en quels sens ces deux vocables avaient été employés à la fin de l'Empire romain et au commencement du moyen âge. C'était à la fois l'explication du titre adopté et une digne introduction à l'œuvre qu'on avait en vue.

C'est dans la *Romania* que Paris a publié ses travaux les plus originaux sur la lin-

---

[1] Dans la *Revue de Paris* (1894), article reproduit dans *Penseurs et poètes* (1896).

guistique française et sur notre ancienne littérature. Sans entrer dans une énumération qui ne serait pas ici à sa place [1], on peut citer, pour la linguistique, son étude
sur l'o fermé en français (1881), et de nombreuses recherches étymologiques publiées
à diverses époques; pour la littérature, ses mémoires sur la Chanson du Pèlerinage
de Charlemagne à Jérusalem (1880) où il refaisait et complétait un chapitre de
l'*Histoire poétique de Charlemagne*, sur les Romans de la Table ronde, et en particulier sur *Lancelot du Lac* (1881, 1883), sur Henri de Valenciennes (1890), sur
Martin Le Franc (1887), sur Villon (1887, 1901), etc. Il y publia aussi des textes
littéraires d'une réelle importance : les nouvelles éditions de la *Vie de saint Léger* et
de la *Passion* du manuscrit de Clermont-Ferrand (1872, 1873), l'*Historia Daretis
Phrygii de origine Francorum*, interpolée dans certains manuscrits du chroniqueur
connu sous le nom de Frédégaire (1874), des lais inédits (1879), le *Carmen de
proditione Guenonis* (1882), le *Donnei des Amants* (1896), etc.

La *Romania* n'avait pas été fondée uniquement pour être un recueil de dissertations et de textes. Elle avait aussi pour but de faire connaître par des comptes
rendus critiques tout ce qui paraissait de nouveau dans le domaine de la philologie
romane. À l'origine, cette tâche put être accomplie sans trop de difficultés; les publications de documents, les livres, les dissertations sur tel ou tel point de philologie
romane n'étaient pas tellement nombreux qu'il ne fût possible de les lire et de les
analyser. Mais peu à peu, à mesure que de nouvelles chaires de langues romanes
furent créées, en Allemagne, en Italie, en Amérique, la production devint si abondante qu'il fut impossible de tout signaler. Et cependant, telle était l'importance que
G. Paris attachait à cette partie du programme de la *Romania*, que jusqu'à la fin de sa vie
il consacra la plus grande partie des loisirs que lui laissait l'accomplissement de ses
devoirs professionnels à rendre compte, soit en des articles étendus, soit sous forme
de notices succinctes, des publications nouvelles. Il y excellait. Il voyait rapidement
et juste, dégageant avec sûreté ce qu'il y avait de neuf dans l'ouvrage examiné, indiquant brièvement les défauts de la mise en œuvre et les lacunes. Dans ses critiques,
les questions de méthode tenaient toujours la première place. À cet égard, ses
comptes rendus étaient comme un prolongement de son enseignement. On a pu
regretter que le temps passé à faire connaître les œuvres d'autrui, à les rectifier, à
les compléter, n'ait pas été employé à des études plus personnelles; cependant il
faut reconnaître que certains de ces articles critiques ont la valeur de mémoires originaux et qu'ils l'ont amené à exprimer ses idées sur maints sujets qu'il n'eût sans
doute pas abordés, si l'occasion ne lui en avait pas été offerte.

[1] On peut d'ailleurs recourir à la *Bibliographie des travaux de Gaston Paris* publiée en 1904 par deux de ses élèves, MM. Bédier et Roques.

Après la *Romania*, c'est l'*Histoire littéraire* qui renferme le plus grand nombre des monographies consacrées par G. Paris à notre ancienne littérature. Ici son choix était moins libre. Beaucoup des notices qu'il eût aimé à rédiger avaient été faites par ses devanciers, et les matières dont il eut à s'occuper n'étaient pas toujours celles qui avaient pour lui le plus d'attrait. C'est là une condition à laquelle doivent se soumettre tous ceux qui collaborent à notre œuvre commune. G. Paris, toutefois, avait une préparation générale qui lui permettait de traiter d'une façon nouvelle et intéressante les sujets en apparence les plus ingrats. Notre tome XXVIII (1881) contient de lui cinq notices sur des écrits appartenant à des genres bien différents : le *Manuel de péchés* de William de Waddington, traité de théologie à l'usage des laïques, qui eut en Angleterre le plus grand succès; la Bible en vers français de Macé de La Charité; les poèmes de *Galien* et de *Lohier et Malart*, tous deux appartenant à l'épopée carolingienne, le second perdu en original, mais conservé par une version allemande; le Roman du Châtelain de Couci. Ces notices pourraient maintenant être corrigées et complétées sur certains points, sans toutefois que les conclusions en fussent modifiées. Il faut dire que G. Paris a lui-même indiqué en diverses occasions les corrections et modifications que le progrès des études permet d'y introduire [1].

[1] Ainsi, lorsque G. Paris écrivit son article sur *Galien*, on ne connaissait ce poème que par deux rédactions en prose, qui du reste permettaient de se former une idée assez exacte de l'original. Depuis, cet original a été retrouvé, et G. Paris lui a consacré une notice qui a paru dans la *Romania*, XII, 1 et suiv. — Au sujet de Macé de La Charité, nous avons trouvé, dans les papiers de G. Paris, une courte note qu'il se proposait d'insérer parmi les additions et corrections du tome XXIX, mais qui toutefois n'y a pas pris place. La voici :

P. 208 et suiv. Il existe à Tours un second manuscrit de l'œuvre de Macé de La Charité, que nous ne connaissions pas quand nous avons fait la notice de cet écrivain, et sur lequel on peut voir des renseignements dans l'ouvrage de M. Bonnard *Les traductions de la Bible en vers français au moyen âge* (Paris, 1884), p. 67-81. Au lieu du mot *puites*, qui nous était incompréhensible (p. 214), le manuscrit de Tours porte *Bedes*, ce qui indique que le commentaire biblique de Bède a été une des principales sources de Macé; toutefois, comme l'a montré M. Bonnard, ce n'a pas été à beaucoup près sa source unique. — G. P.

G. Paris avait également rédigé un court supplément à son article sur le *Châtelain de Couci*. Nous croyons devoir l'insérer ici :

P. 367 et suiv. M. Fath, dans l'introduction qu'il a mise à sa nouvelle édition des chansons du châtelain de Couci (Heidelberg, 1883), a fait valoir divers arguments pour établir que l'auteur de ces chansons était, non pas Renaud I, mais Gui, mort en 1203 pendant la quatrième croisade. Ces arguments sont d'inégale valeur, mais il en est un que nous avons maintenant tout lieu de croire décisif. Une chanson du châtelain est, comme nous l'avons dit, citée dans le roman de *Guillaume de Dôle*. Or ce roman, dont nous n'avions pu indiquer la date qu'approximativement, a dû être écrit, comme le dit M. Fath, avant 1218, ou plus précisément, comme le montrera M. Servois, qui en prépare une édition, vers 1212 : il est donc impossible qu'une chanson de Renaud, qui ne fut

Dans le tome XXIX (1881) il publia, outre la notice sur son père [1], un long article sur « Chrestien Legouais et autres traducteurs et imitateurs d'Ovide » [2]. Il prit aussi part à la rédaction du vaste article sur Raimon Lull, qui occupe plus de la moitié de ce volume et qui est l'œuvre collective de la Commission.

Le tome XXX (1888) est celui auquel G. Paris a fourni la plus forte contribution. Sous le titre de « Romans en vers de la Table ronde », il y étudia, en une série d'articles, tous les romans en vers français ou provençaux qui se rattachent de près ou de loin au cycle d'Arthur ou à celui de Tristan, divisant sa matière en quatre séries : 1° les poèmes relatifs à Tristan; 2° les poèmes de Chrestien de Troyes; 3° les romans épisodiques, notamment ceux relatifs à Gauvain; 4° les romans biographiques, rangés dans l'ordre alphabétique des titres. Entre ces poèmes, plusieurs avaient déjà été l'objet de notices, dans nos tomes XV à XXII. Mais on conçoit que des articles composés dans la première moitié du XIXe siècle, sur des sujets que la critique n'avait pas encore débrouillés, devaient paraître très arriérés. On pourrait même dire que la plupart des notices contenues dans nos anciens volumes, si on les envisage du point de vue où sont arrivées les recherches sur le moyen âge littéraire, seraient à refaire. Hauréau le pensait, et il ne manquait pas l'occasion de rectifier ou de compléter l'œuvre de nos devanciers. Il eût voulu aller plus loin et consacrer une partie de notre publication à de véritables suppléments aux anciennes notices. G. Paris n'était pas éloigné de partager ce sentiment, sans se dissimuler que si on entreprenait de mettre au courant de nos connaissances actuelles des travaux vieux de plus d'un demi-siècle, c'était une portion considérable de notre œuvre qu'il faudrait récrire. La

châtelain, tout jeune encore, qu'en 1207, ait été célèbre en 1212; d'ailleurs il est certain que l'auteur de ces chansons fit le pèlerinage d'outre-mer, ce qui ne paraît pas avoir été le cas pour Renaud. Il faut donc, suivant toute probabilité, regarder Gui de Couci, châtelain de Couci, comme l'auteur des chansons qui passèrent de bonne heure pour les meilleures de leur genre. [Cf. une note de G. Paris, dans la *Romania*, XIII, 485.]

La légende qui fait le fond du roman de Jakemon Sakesep a, depuis la publication de cet article, été retrouvée dans l'Inde, et elle a probablement une origine asiatique. Voyez *Romania*, t. XII, p. 359. — G. P.

Nous pouvons ajouter encore qu'il existe en néerlandais une imitation très libre du *Châtelain de Couci*, dont il nous est parvenu quelques fragments qui ont été publiés à Leyde en 1887. G. Paris en a rendu compte dans la *Romania*, XVII, 456 et suiv.

[1] Cette notice est tout à fait différente de celle qu'il publia dans la *Romania*, t. XI.

[2] Il faut noter en passant que l'attribution de l'*Ovide moralisé* à un écrivain nommé Chrestien Legouais est le résultat d'une erreur que notre confrère M. Thomas a expliquée et rectifiée dans un article de la *Romania*, XXII, 271. G. Paris admit la rectification, et le nom de Chrestien Legouais disparut de la 3e édition de sa *Littérature française au moyen âge*. Cf. ce qu'il a écrit à ce propos dans le *Journal des Savants*, 1902, p. 293.

Commission refusa, avec raison, d'entrer dans cette voie, persuadée que le progrès des études est incessant, qu'il n'est jamais permis de déclarer close la période des découvertes, et que, à revenir constamment sur le passé, nous retarderions, sans beaucoup de profit, l'avancement de notre œuvre. G. Paris le comprit, et il sut garder une juste mesure dans la rédaction des compléments qu'il fit aux articles de nos devanciers sur les Romans de la Table ronde. Il se borna le plus souvent à rectifier des dates, à signaler des éditions et des travaux récents, à formuler brièvement les conclusions nouvelles que comportait l'état de nos connaissances. Et comme, dans nos études, rien n'est définitif, s'il avait pu, dans les dernières années de sa vie, reviser ce qu'il écrivait il y a vingt-cinq ans, il y eût trouvé assurément matière à correction [1].

Les suppléments à d'anciennes notices de l'*Histoire littéraire* ne forment, du reste, que la moindre partie du travail considérable que G. Paris a consacré aux romans du cycle d'Arthur dans notre tome trentième. Un bon nombre des poèmes dont il traite, et entre lesquels plusieurs remontent au xiie siècle, étaient restés inconnus à nos devanciers. Certains même n'existent plus sous leur forme française, et notre confrère a dû les retrouver dans des versions flamandes, anglaises ou allemandes : c'est le mérite de G. Paris de les avoir en quelque sorte restitués à notre littérature.

Notre tome XXXI (1893) contient un long article de G. Paris sur Girart d'Amiens, rimeur prolixe qui, vers la fin du xiiie siècle, composa trois poèmes sans valeur poétique, mais intéressants toutefois par les questions qu'ils soulèvent : les romans d'Escanor, de Méliacin, et une longue chanson de geste intitulée « Charlemagne ». Étudiant *Méliacin*, notre confrère a résolu une question qui, jusqu'alors, avait été mal posée, celle du rapport de ce poème avec le *Cléomadès* d'Adenet. Pour le *Charlemagne*, il n'avait qu'à compléter par de nouvelles observations ce qu'il en avait dit vingt-cinq ans plus tôt dans son *Histoire poétique de Charlemagne*. Il collabora, avec Renan, à l'article sur le *Livre de Sidrac*, ouvrage singulier dont l'origine est encore assez obscure, et il remania une notice rédigée par son père sur Jehan Maillart, auteur du Roman du Comte d'Anjou.

---

[1] Ainsi il eût certainement modifié la date qu'il assigna, p. 22, au roman de Tristan par Béroul. Il ne le croyait pas plus récent que 1150. Mais on admet maintenant qu'une partie seulement du poème est de Béroul, et que cette partie même ne peut guère être antérieure à 1170 environ, le reste étant encore moins ancien; voir l'édition de M. Muret (Société des anciens textes, 1903, p. cxiv); Paris lui-même, dans sa *Littérature française au moyen âge* (3e éd.), § 56, a rectifié son opinion première sur ce point. De même pour la *Vengeance de Raguidel* : G. Paris (p. 46-47) tenait que le Raoul, auteur de ce roman, est distinct de Raoul de Houdenc, auteur de *Meraugis* et d'autres poèmes. Mais il se rangea depuis à l'opinion de ceux qui identifient ces deux Raoul (*Romania*, XXIX, 117-118).

Dans le tome **XXXII**, nous relevons deux notices de tout premier ordre, l'une sur le Roman de Fauvel, dont on ne possède jusqu'à présent qu'une édition médiocre, faite il y a quarante ans d'après un manuscrit incomplet, et l'autre sur Jean de Joinville. Celle-ci, qui, publiée à part, formerait un livre de moyenne étendue, est une étude approfondie sur le célèbre historien. Toutes les questions, souvent fort complexes, qui se rattachent à la composition des mémoires du fidèle compagnon de saint Louis, à la date des éléments divers dont ils se composent, à leur transmission, sont élucidées avec une critique supérieure. Nul autre que G. Paris n'aurait réussi à présenter tant d'idées nouvelles sur un sujet qui avait suscité de si nombreux travaux.

Le tome **XXXIII**, que nous publions actuellement, était en cours d'impression lorsque nous avons perdu notre bien regretté collaborateur. Il avait pu, cependant, corriger les épreuves de sa notice sur Raimond de Béziers, traducteur médiocre et compilateur malhabile d'écrits que nous possédons presque tous sous leur forme originale. Jusqu'ici l'œuvre de cet écrivain avait été mal appréciée, et on lui avait attribué une importance qu'elle n'avait pas. On peut dire que dans cette notice ont été résolues pour la première fois les questions embrouillées qui se rattachent au rôle joué par Raimond de Béziers dans la transmission du vieux recueil de contes indiens auquel les Arabes ont donné le titre de Kalilah et Dimnah.

L'*Histoire littéraire* et la *Romania* ne sont pas les seuls recueils où G. Paris ait publié des travaux originaux de recherches et de critique. Sa collaboration au *Journal des Savants*, dont il devint en 1884 l'un des rédacteurs attitrés, ne doit pas être passée sous silence. Nous ne pouvons énumérer ici les nombreux articles qu'il y publia, et qui témoignent, par leur variété, de sa vaste compétence et de sa curiosité sans cesse en éveil : les vieilles traductions latines de la Bible, les chants populaires, la transmission des fables depuis l'antiquité jusqu'à une époque avancée du moyen âge, les recueils de contes l'intéressent autant que notre vieille littérature française. G. Paris aimait à écrire dans le *Journal des Savants*. Il s'y sentait plus à l'aise que nulle part ailleurs, même qu'à la *Romania*, où il avait pour lecteurs des spécialistes plus curieux de faits nouveaux que d'idées générales, et où de longs développements n'auraient pu trouver place. Le *Journal des Savants* lui laissait plus de liberté. À l'occasion d'une publication récente il pouvait développer largement ses vues sur le sujet, reprendre à nouveau des questions maintes fois débattues, risquer d'ingénieuses conjectures, refaire en quelque sorte le livre dont il rendait compte. Aussi éprouva-t-il une véritable affliction quand il apprit que ce recueil, vénérable par son antiquité, était menacé de mort prochaine par le retrait de la subvention de l'État qui le faisait vivre. Il lui sembla qu'un organe essentiel à sa vie littéraire allait lui manquer. L'Institut se devait, pensait-il, de ne pas laisser disparaître un recueil auquel il était associé par une longue tradition. Il fit des efforts inouïs pour en prolonger la précaire existence. Atteint déjà de la maladie qui devait l'emporter à bref terme, il assuma la direction du journal en péril. Personne ne la lui disputa. À force de démarches il obtint les subsides nécessaires pour le remettre à flot. Il rédigea un plan de réforme, il s'assura de nouveaux collaborateurs, et c'est, en somme, grâce à lui qu'une nouvelle série du *Journal des Savants*, revenu à la vie, parut à partir du mois de janvier 1903. Le premier numéro contient une histoire du Journal, depuis sa fondation en 1665, par son nouveau directeur. G. Paris avait cru devoir placer ce préambule en tête de la nouvelle série du recueil qui, pendant plusieurs mois, lui avait causé maints soucis et l'avait détourné de ses travaux habituels. Ce fut son dernier effort.

Si variées qu'aient été les connaissances de G. Paris, si nombreux que soient les sujets dont il s'est occupé, c'était pourtant vers nos vieux écrivains, vers l'histoire de notre langue, que convergeaient toutes ses études. Cette prédilection n'était pas seulement un goût d'érudit, c'était l'une des façons dont se manifestait l'amour profond et éclairé qu'il portait à son pays. Il lui pesait de voir les œuvres les plus caractéristiques du vieil esprit français ignorées et dédaignées en France, tandis qu'elles étaient publiées, étudiées, appréciées à leur valeur par des savants étrangers. Il en souffrait, et il ne le cachait pas. Ainsi, dans le premier discours qu'il prononça comme président de la Société des anciens textes français [1], il disait :

La Société des anciens textes français est une œuvre nationale; elle a pour but de mieux faire connaître la vieille France; elle veut que l'Allemagne ne soit plus le pays d'Europe où il s'imprime le plus de monuments de notre langue et de notre littérature d'autrefois; elle veut faire revivre le simple langage, les rêves héroïques, les joyeux rires, les vieilles mœurs de nos pères. Elle a besoin de l'appui de tous ceux qui comprennent l'importance de la tradition, de tous ceux qui savent que la piété envers les aïeux est le plus fort ciment d'une nation, de tous ceux qui sont jaloux du rang intellectuel et scientifique de notre pays entre les autres peuples, de tous ceux qui aiment dans tous les siècles de son histoire cette *France douce* pour laquelle on savait déjà si bien mourir à Roncevaux, et ce *bel françois* que Chrestien de Troyes, sous Louis le Jeune, avait si bien mis en œuvre qu'on croyait alors qu'il n'avait rien laissé à glaner après lui et qu'on ne pourrait jamais bien écrire qu'en l'imitant.

Il avait pris une grande part à la fondation de cette société [2], pour laquelle il avait conçu des espérances qui ne se sont pas entièrement réalisées. Il aurait voulu que grâce à elle la France devînt le centre, sinon unique, du moins le plus actif de la publication des anciens monuments de notre langue et de notre littérature. Il ne tint

[1] *Bulletin de la Société des anciens textes français*, année 1877, p. 55.

[2] Voir le *Bulletin* de la Société, année 1881 p. 79.

c.

pas à lui qu'il n'en fût ainsi. Jusqu'à la fin de sa vie G. Paris fut, pour ainsi dire, l'âme de la Société des anciens textes français. Non seulement il y publia, soit seul, soit avec d'autres, une quinzaine de volumes, mais, en qualité de commissaire responsable, il collabora effectivement à bien des éditions qui ne portent pas son nom et qui pourtant lui doivent beaucoup.

Mais l'œuvre principale de sa vie fut l'enseignement. Il entra dans le professorat officiel[1] en 1866, époque où il remplaça son père au Collège de France pendant une année. En 1872, Paulin Paris ayant pris sa retraite, il fut nommé professeur titulaire et professa sans interruption jusqu'au moment — peu de semaines avant sa mort — où la maladie le terrassa. En 1867 il avait fait un cours, sur l'histoire de la langue française, dans une salle voisine de la Sorbonne, la salle Gerson, où Duruy avait installé un certain nombre de cours libres ayant en général un caractère érudit. En 1868 fut fondée l'École des Hautes Études où G. Paris fut appelé dès l'origine en qualité de répétiteur, et où il devint bientôt directeur d'études. Il devait plus tard, à la mort de Léon Renier (1885), être nommé président d'une des sections de cette école, situation qu'il conserva jusqu'au moment où il fut nommé administrateur du Collège de France (1895). On s'étonne à bon droit qu'il ait pu mener de front ces deux enseignements et en même temps conduire à bonne fin ses nombreuses publications, d'autant plus que la faiblesse de sa vue lui interdisait à peu près complètement le travail du soir. Il y parvint cependant, grâce à une rare puissance de travail aidée d'une excellente mémoire. Il ne manque pas de savants qui ont donné journellement à l'étude plus d'heures que lui : on n'en trouverait guère dont le labeur ait été aussi intense et aussi fécond. Il faut dire aussi que plusieurs des publications de G. Paris sont sorties de son enseignement. C'est ainsi que son édition de la *Vie de saint Alexis*, qui lui valut le premier prix Gobert en 1872, avait été préparée dans ses leçons de l'École des Hautes Études. Le long mémoire sur les poèmes français du cycle de la Gageure, publié après sa mort[2], a été tiré des notes d'un cours professé au Collège de France par G. Paris dans les dernières années de sa vie. Ces notes, que notre confrère se proposait, selon toute probabilité, de faire entrer dans une série de notices sur les romans d'aventures, pour l'*Histoire littéraire*, étaient suffisamment rédigées pour qu'il ait été possible, moyennant quelques retouches, de les publier. Malheureusement c'était un cas exceptionnel, et la plupart des notes qui servaient à G. Paris d'aide-mémoire pour ses leçons sont trop incomplètes pour qu'on puisse songer à les imprimer.

---

[1] Il avait déjà, en 1861, puis en 1865-1866, fait des conférences littéraires dans des cours privés. — [2] *Romania*, XXXII (1903), 481-551.

L'enseignement de G. Paris fut singulièrement fécond. On venait de loin pour l'écouter au Collège de France ou à l'École des Hautes Études. Bon nombre des professeurs qui actuellement enseignent les langues romanes en Allemagne, en Suisse, en Hollande, en Suède, en Finlande, aux États-Unis, s'honorent d'avoir été ses élèves et lui ont témoigné leur reconnaissance de maintes façons[1]. Mais il est pénible de constater qu'en France même sa parole trouva moins d'écho. Non que les honneurs et les distinctions de tout genre lui aient manqué. Le gouvernement et les académies ne méconnurent pas ses mérites. Mais il put regretter plus d'une fois de n'avoir pas plus d'élèves français. Il en eut assurément, et plusieurs d'entre eux sont, à leur tour, devenus des maîtres, mais bien souvent il vit avec peine, en parcourant la liste des auditeurs admis à suivre ses leçons de l'École des Hautes Études, que la plupart étaient des étudiants étrangers. Car, s'il travaillait pour la science qui ne connaît pas les frontières d'États, il croyait aussi travailler pour son pays, dont il aurait voulu faire admirer le passé glorieux par un plus grand nombre de Français.

Pendant les vingt-cinq premières années de sa vie scientifique G. Paris avait réservé toute son activité à des travaux destinés à un public érudit, par conséquent restreint. Il vint un moment où il voulut aussi faire œuvre de vulgarisateur, et il s'y montra supérieur, car ce qu'il rendait accessible au grand public, c'étaient surtout ses propres idées. L'aisance avec laquelle il embrassait d'un coup d'œil toutes les parties d'un vaste sujet, subordonnant les faits à des idées générales et les classant selon un ordre logique, le rendait particulièrement apte à rédiger ces résumés qui marquent, pour un temps plus ou moins long, l'état de la science. Il conçut le projet d'un « Manuel d'ancien français » comprenant : 1° un résumé de la littérature française du xie au xive siècle; 2° une grammaire de la langue française pendant la même période; 3° un lexique de l'ancien français; 4° un choix de textes. De ces quatre parties une seule fut exécutée : *La littérature française au moyen âge* parut en 1888 et eut assez de succès pour qu'une nouvelle édition dût être publiée l'année suivante[2]. C'est un exposé très condensé, plein de faits et d'idées, qui s'étend jusqu'à l'avènement des Valois. Toutes les parties en sont justement proportionnées et parfaitement coordonnées. La concision toutefois y est poussée au point d'en rendre la lecture parfois fatigante. De la grammaire qui devait suivre une partie fut rédigée par G. Paris dans les dernières années de sa vie, mais ce travail est trop peu avancé pour qu'il soit possible de le publier.

[1] Citons notamment le *Recueil de mémoires philologiques présenté à M. Gaston Paris par ses élèves suédois le 9 août 1889 à l'occasion de son cinquantième anniversaire* (Stockholm, 1889), in-8°, 260 pages. La lettre imprimée en tête de ce recueil est suivie de vingt signatures.

[2] La troisième, en partie préparée par l'auteur, vient de paraître (1905).

En 1901 il avait composé, sur un plan tout différent, un autre précis de la littérature française, où l'histoire littéraire de notre pays est conduite jusqu'à la fin du XVe siècle. Cet ouvrage, plus élémentaire que le précédent, et dépourvu de tout appareil d'érudition, parut d'abord (à la fin de 1902) en traduction anglaise dans une série de ces résumés que les Anglais appellent *primers*. On vient d'en publier, à Paris, l'original français augmenté de quelques notes [1].

Comme tous ceux que passionne la recherche originale et qui voient s'ouvrir devant eux des horizons pour ainsi dire illimités, G. Paris avait formé bien des projets qu'il ne put réaliser. Très jeune encore il avait soumis au Comité des travaux historiques le plan d'une publication des anciens glossaires latins-français dont les manuscrits sont conservés dans nos bibliothèques, et qu'il voulait faire de concert avec un de ses amis [2]. Il y travailla pendant quelque temps, fit faire quelques copies, qu'il n'utilisa pas, et fut bientôt absorbé par d'autres soins. Il avait promis à la Société des anciens textes français une édition, avec introductions et commentaires, des plus anciens monuments de la langue française, pour joindre au recueil des fac-similés de ces monuments que la Société avait publié en 1875. Il rédigea une partie de ce travail, en publia même un fragment [3], mais d'autres travaux réclamèrent son attention, et l'ouvrage demeura interrompu. Il n'a pas non plus trouvé le temps d'écrire le volume d'introduction qui devait prendre place en tête de son édition des *Miracles de Notre-Dame* [4]. Il avait conçu bien d'autres projets, dont la trace se trouve dans ses papiers. Sans doute il en eût réalisé quelques-uns, s'il ne nous avait été ravi en pleine vigueur intellectuelle. Mais ce qu'il a fait suffirait à illustrer une vie plus longue que la sienne.

La nouvelle de sa mort retentit douleureusement par tout le monde savant, sans distinction de nationalités. Les témoignages de sympathie et de regret qui affluèrent au Collège de France le jour de ses obsèques en sont la preuve. Nulle part le coup qui le frappa ne fut ressenti plus vivement qu'à la Commission de l'Histoire littéraire, où il ne compta jamais que des amis, et où deux de ses collègues étaient ses contemporains et avaient été ses condisciples. Autant que d'autres, nous avons pu apprécier, dans nos conférences périodiques, la justesse de son jugement et la variété de ses

[1] *Esquisse historique de la littérature française au moyen âge depuis les origines jusqu'à la fin du XVe siècle.* Paris, A. Colin.

[2] Voir le rapport de Rathery sur cette proposition, *Revue des Sociétés savantes,* 4e série, X (1869), 453. Le projet de publication avait été soumis au Comité des travaux historiques dans sa séance du 7 décembre 1868 (*Rev. des Soc. sav.,* 4e série, IX, 105).

[3] Dans la *Miscellanea di filologia e linguistica* publiée en mémoire de Caix et de Canello (Florence, 1886), p. 77-89.

[4] Société des anciens textes français, 1876-1890, huit volumes.

connaissances, mais plus que personne nous avons été en position de connaître le dévouement aux œuvres faites en collaboration qui était l'un des traits dominants de son caractère. En toute occasion il faisait passer l'intérêt commun avant son propre intérêt. Il a fait ses cours jusqu'à la dernière limite de ses forces, jusqu'au moment où sa faiblesse croissante le réduisit au silence. Il a donné largement son temps et son intelligence aux travaux collectifs des nombreux conseils ou comités dont il faisait partie, assistant régulièrement aux séances, prenant une part active aux discussions, acceptant de bonne grâce, sans toutefois les solliciter, les charges qu'on lui imposait, qu'il s'agît des fonctions absorbantes de commissaire responsable pour des publications érudites, de rapports à faire, de thèses à examiner, de discours à prononcer en des séances solennelles. Il nous semble le voir encore, pendant les dernières semaines de sa vie, gravissant péniblement les étages qui conduisent à la salle réservée à la Commission de l'Histoire littéraire, arrivant essoufflé à sa place accoutumée, et, après quelques instants de repos, prenant part à nos travaux avec son habituelle lucidité d'esprit[1]. On sait assez que G. Paris avait toutes les qualités qui font le vrai savant; le trait qu'il nous plaît de relever ici, c'est son dévouement absolu au devoir professionnel.

P. M.

[1] La dernière séance de la Commission à laquelle G. Paris assista est celle du 23 janvier 1903.

HISTOIRE

LITTÉRAIRE

DE LA FRANCE.

MAÎTRE JEAN D'ANTIOCHE,

TRADUCTEUR,

ET

FRÈRE GUILLAUME DE SAINT-ÉTIENNE,

HOSPITALIER.

La littérature devait tenir une place assez secondaire dans les occupations des Hospitaliers de Saint-Jean de Jérusalem. C'est une raison pour étudier avec une attention particulière les écrits qui ont été composés dans les maisons de l'ordre, soit par des frères, soit par des clercs attachés au service des frères.

Nous réunirons dans un même article l'examen de plusieurs ouvrages que l'ordre de l'Hôpital peut revendiquer et dont les auteurs, frère Guillaume de Saint-Étienne et maître Jean d'Antioche, ont pris soin de se faire connaître. M. Delaville Le Roulx et M. Ch. Kohler [1] ont déjà donné quelques détails sur Guillaume de Saint-Étienne; mais aucun bibliographe, aucun historien, n'a mentionné Jean d'Antioche, bien que cet auteur nous ait laissé deux ouvrages assez remarquables : une traduction de la Rhétorique de Cicéron et une traduction des *Otia imperialia* de Gervais de Tilbury.

Nous commencerons par examiner les œuvres de Jean d'Antioche.

[1] C'est à M. Charles Kohler que nous devons la rédaction de la préface du tome V des *Historiens occidentaux des Croisades.*

I

MAÎTRE JEAN D'ANTIOCHE.

Ce que nous savons de la vie de maître Jean d'Antioche se réduit à quelques indications consignées au commencement et à la fin de sa version de la Rhétorique. Nous y trouvons, expressément mentionnés, le nom du traducteur, celui du frère de l'Hôpital qui fit entreprendre le travail, et la date à laquelle le travail fut exécuté.

Voici ce que porte le manuscrit du Musée Condé (n° 590) qui nous a transmis la traduction de la Rhétorique de Cicéron et qui paraît avoir été copié vers la fin du xiiie siècle.

1° Au commencement de la table par laquelle s'ouvre le volume (fol. 1) :

Ci comense le prologue que maistre Johan d'Anthioche fist.

Ci comense Rettorique de Marc Tulles Cyceron, laquel maistre Johan d'Anthioche translata de latin en romans, a la requeste de frere Guillaume, frere de l'ospital de Saint Johan de Jherusalem, l'an de l'incarnation M. et CC. LXXXII [1].

2° Dans la rubrique du prologue (fol. 6 v°) :

Ci comense le prologue que maistre Johan, translateor de Rettorique, fist.

3° A la fin du prologue (fol. 12 v°) :

Ensi poez vos veyr et comprendre briement en memoire par quele ordenance ce livre contient toute l'art de rethorique, laquele art je Johan d'Anthioche, que l'en apele de Harens, ai translatée dou latin en franceis et vulgalizée, a l'onor et a la requeste del honest home et relegious frere Guillaume de Saint Estiene, frere de la sainte maison de l'ospital de Saint Johan de Jherusalem. Ce fu fait en Acre, l'an de l'incarnacion Nostre Seignor Jhesu Crist, M. CC. LXXXII [2].

4° Dans la rubrique mise en tête de la traduction (fol. 13) :

Ci comense Rettorique de Marc Tulles Cyceron, laquel maistre Johan d'Anthioche translata de latin en romans, a la requeste de frere G., de l'ospital de Saint Johan de Jerusalem, l'an de l'incarnation M. CC. LXXXII.

---

[1] Le ms. porte : « M. et CCC. LXXXII ». C'est là une faute évidente, que le relieur a reproduite en mettant ce titre au dos du volume : « Rectorique de Cicéron par Jean d'Antioche. 1382. » — La ville d'Acre tomba au pouvoir des Infidèles en 1291.

[2] Ici encore, le copiste s'est trompé en inscrivant la date : « M. CC. LXXII ».

5° Dans le dernier paragraphe du petit traité de logique que maître Jean d'Antioche a joint à sa traduction (fol. 164) :

Frere Guillaume, par cest escrit poez avoir general conoissance de l'argumentacion de logique, et auques emprès savoir des ieus, se vos estudiez curiousement.

De ces textes il résulte que maître Jean d'Antioche résidait à Saint-Jean-d'Acre en 1282 et qu'il devait être un des prêtres attachés à l'hôpital de Saint-Jean de Jérusalem. Quant à frère Guillaume de Saint-Étienne, qui lui fit entreprendre la traduction de la Rhétorique, c'était un frère hospitalier, auquel des charges importantes de l'ordre ont été confiées et dont nous aurons à faire connaître la vie et les travaux dans la seconde partie de cette notice.

Ce que Jean d'Antioche appelle la Rhétorique de Cicéron est la réunion de deux traités bien distincts, le traité en deux livres intitulé *De Inventione,* et le traité en quatre livres intitulé *Rhetorica ad Herennium,* qui, comme on le sait, n'est pas de Cicéron. Le premier était connu au moyen âge sous la dénomination de *Rhetorica vetus,* le second sous celle de *Rhetorica nova.* On trouve ces deux ouvrages juxtaposés, copiés l'un à la suite de l'autre, dans beaucoup de manuscrits de la fin du xııe siècle ou du commencement du xıııe[1]. L'habitude de les réunir est attestée par un article de la Biblionomie de Richard de Fournival :

Ejusdem (Marci Tullii Ciceronis) liber priorum rhetoricorum et item posteriorum ad Herennium, in uno volumine, cujus signum est littera C [2].

[1] Voici en quels termes les deux Rhétoriques sont désignées dans plusieurs anciens catalogues, du xıe au xıııe siècle :

Bibliothèque de Corbie : « 287. Tullius, se-« cunda rethorica. — 288. Utraque rethorica. « — 289. Prima. — 290. Utraque rethorica.— « 292. Rethorica secunda. » Delisle, *Le Cabinet des manuscrits,* t. II, p. 440.

Bibliothèque de la cathédrale du Puy : « 36. « Cicero de rethoricis, divisus duobus libris. » *Ibid.,* p. 444.

Bibliothèque de Saint-Amand : « 174. Retho-« rica Ciceronis de Inventione. — 176. Retho-« rica Ciceronis ad Herennium. » *Ibid.,* p. 454.

Bibliothèque de Cluni : « 491. Volumen in « quo continentur utreque rhetorice Ciceronis. » *Ibid.,* p. 478.

Bibliothèque indéterminée de la fin du xııe siècle : « 13. Rethoricam utramque. » *Ibid.,* p. 511.

Bibliothèque de Saint-Pons de Tomières : « 290. De rethorica sunt quinque volumina et « dicuntur libri rethoricarum, et quodlibet « eorum incipit : Sepe et in multum.— Item est « aliud volumen quod dicitur liber Marci Tullii « ad Herennium de rhetorica. » *Ibid.,* p. 549.

La table mise en tête de la traduction de maître Jean d'Antioche contient un article ainsi conçu :

« Ci comense le tiers livre qui est apelé Ret-« torique novele que Ciceron fist a Herenni. »

Jean d'Antioche lui-même, à la fin du prologue, distingue « la vielle art » de « la novele ». *Notices et extraits des manuscrits,* t. XXXVI, p. 17.

[2] Delisle, *Le Cabinet des manuscrits de la Bibliothèque nationale,* t. II, p. 525.

Maître Jean d'Antioche a fondu les deux Rhétoriques en un seul corps d'ouvrage, qu'il a intitulé « Rettorique de Marc Tulles Cyce- « ron », et divisé en six livres, les deux premiers répondant aux deux livres du *De Inventione,* et les quatre autres (III-VI) aux quatre livres du traité *Ad Herennium.* Il a partagé le tout en 206 chapitres, formant une série unique et numérotés I-CCVI, les cotes II-XXXVII affectées au livre I, les cotes XXXVIII-LXXV au livre II, les cotes LXXVI-LXXXXII au livre III, les cotes LXXXXIII-CXIX au livre IV, les cotes CXX-CXXXIII au livre V et les cotes CXXXIIII-CCIIII au livre VI.

Le traducteur n'a pas, dans le cours de son œuvre, tenu compte du système auquel il s'était arrêté en fondant ensemble les deux traités et en faisant des quatre livres des *Rhetorica ad Herennium* les livres III, IV, V et VI de sa traduction de la *Retorique de Marc Tulle Ciceron.*

Au commencement du livre III *Ad Herennium,* l'auteur annonce à Herennius le prochain achèvement d'un quatrième livre consa- cré à l'élocution : « De elocutione in quarto libro conscribere malui- « mus, quem, ut arbitror, tibi librum celeriter absolutum mit- « temus... » Dans la traduction, le livre relatif à l'élocution est le sixième, ce qui n'a pas empêché le traducteur de l'indiquer ici (fol. 113) comme étant le quatrième : « Si amames meaus a escrire « de li au quart livre, lequel livre nos te parferons tost a l'aye de « Deu... »

De même, au commencement de ce livre relatif à l'élocution (fol. 127 v°), voulant rappeler l'annonce que l'auteur en avait faite au début du livre III *Ad Herennium,* il renvoie dans les termes sui- vants à ce livre III, dont il avait fait le livre V : « Si com est dessus dit « au tiers livre... ».

Jean d'Antioche a placé, au commencement et à la fin de sa tra- duction, trois chapitres, auxquels il a assigné les numéros I, CCV et CCVI; ce sont des compositions originales, tout à fait étrangères à l'œuvre : elles servent de prologue et d'annexes à la traduction de la Rhétorique.

Dans le prologue, l'auteur expose l'origine, le caractère et les divi- sions de la philosophie, en s'attachant à fixer la place que la rhéto- rique occupe dans l'ensemble des connaissances humaines. En voici le résumé :

Dieu a tout créé et a répandu ses bontés sur toutes les créatures, particulièrement sur les créatures raisonnables et intelligentes. La plus belle faculté dont il doua celles-ci fut le libre arbitre, qui établit leur supériorité sur toutes les autres, puisque « en tout leu cil qui est « franc doit surmonter celui qui est serf ». Les deux créatures privilé- giées, l'ange et l'homme, abusèrent de leur libre arbitre. Les anges qui avaient failli ne purent ni se repentir ni réparer leur faute. L'homme aussi fut déchu, il « perdi la perfection et l'enterine « lumiere de conoissance que Dex li avoit donée »; mais, comme sa nature comporte le repentir, et qu'il avait subi les entraînements du diable, Dieu le traita avec miséricorde et lui procura le moyen de se relever. Le souverain père des clartés lui rendit la clarté de science et de savoir, sans laquelle « l'umaine creature seroit estée come beste « et eust menée vie de beste ».

Quand il plut à la miséricorde divine de restituer au lignage hu- main cette clarté de science et de savoir, l'esprit de quelques anciens sages se réveilla et leur suggéra le désir de rechercher les causes et les raisons des choses visibles et invisibles. L'aide de Dieu soutenait les philosophes dans l'accomplissement de la tâche qu'ils s'étaient donnée; mais ce ne fut pas « sanz grant travail et sanz maintes veil- « lées et sanz maintes gehunes » qu'ils atteignirent le but; pour mieux éclairer l'âme, il fallut amaigrir le corps, « et ensi covient autresi faire « tout home qui veaut bien estudier, non pas entendre a la goule et « a emplir le ventre ».

Ce qui frappa d'abord les philosophes, ce fut « le continuel move- « ment dou ciel et des estoiles et des autres merveilles qu'ils veoient « en l'air ». Ils réussirent à s'en rendre compte et à remonter à la cause des causes, c'est-à-dire à Dieu. Cette découverte se fit en Égypte, au dire d'Aristote, dans son livre de Métaphysique. La philosophie, par des progrès successifs, atteignit le plus haut degré de perfection au temps de Socrate, de Platon et d'Aristote.

L'auteur, après avoir ainsi expliqué l'origine de la philosophie, en donne une définition : « Philosophie est certaine conoissance des « choses devines et humaines, aveuques estudiement de bone vic. » Il indique ensuite les différents genres de philosophie: naturelle, mo- rale et rationnelle. De plus, suivant que la philosophie s'applique à l'âme ou au corps, elle est théorique ou pratique. La philosophie théorique a un caractère spéculatif; c'est la « science de veyr et

« de regarder soutilement les choses visibles et nient visibles », tandis que la philosophie pratique est « science d'ovrer les choses proposées « et necessaires au governement de l'umain lignage ».

La philosophie théorique se divise en trois parties : naturelle, mathématique et divine. La division mathématique comprend quatre sciences : la géométrie, l'arithmétique, la musique et l'astronomie.

La philosophie pratique se divise également en trois parties : morale, dispensative et civile; la morale, dont l'institution est attribuée à Socrate, enseigne les vertus qui doivent servir de règle à la conduite des hommes : prudence, justice, force et tempérance; la science dispensative, ou économique, apprend à gouverner la maison ; la science civile ou politique a pour objet le profit et le gouvernement de la cité.

Dans la science civile ou politique, il faut distinguer trois parties : la mécanique, le droit et la « sermocinale ». La mécanique est la science des métiers et de toute œuvre de main, comme orfèvrerie, charpenterie et maçonnerie. Les philosophes, tout en l'enseignant, la dédaignèrent et l'appelèrent mécanique, c'est-à-dire adultérine par rapport à « la raisonable science »; celle-ci, qui comprend la philosophie naturelle, rationnelle et morale, constitue la science libérale ou franche, ainsi dénommée parce que « les franches gens » sont seuls à l'étudier et qu'elle affranchit des soucis de la vie ceux qui la cultivent. — Le droit, à proprement parler le droit civil, repose sur la raison divine et sur la raison humaine. — Quant à la science « sermo-« cinale », c'est la science de raisonner et de bien parler; elle comprend la grammaire, la logique et la rhétorique. Grammaire apprend à parler correctement; logique, à parler sans fausseté et à discerner le vrai du faux; rhétorique, à parler avec élégance et agrément. On ne peut bien parler sans posséder ces trois sciences, qui sont comme entrelacées et dont les règles ont été posées par Priscien pour la grammaire, par Aristote pour la logique et par Cicéron pour la rhétorique.

L'art de rhétorique fut créé par les Grecs, et les trois principaux maîtres qui en établirent les principes furent Gorgias, Aristote et Hermagoras. Cicéron et Quintilien le firent passer chez les Latins; mais Cicéron en est resté le maître le plus autorisé, grâce au livre qu'il lui a consacré et qu'il a composé pour apprendre la rhétorique

à Herennius et pour mettre tous les Latins à même d'en profiter. On
en peut retirer de grands avantages, et qui posséderait cet art à fond
n'aurait à redouter aucune créature humaine.

La rhétorique a sa source dans la raison civile, dans la politique.
Suivant l'application qu'on en fait, elle est démonstrative, délibéra-
tive ou judiciaire, et il y faut distinguer cinq parties : l'invention,
l'ordonnance, l'élocution, la mémoire et le débit. Quant aux parties
de « l'instrument, » elles sont au nombre de six : exorde, narration,
division, confirmation, réfutation et conclusion.

La dernière page du prologue nous offre une indication sommaire
des différentes parties de l'ouvrage, divisé, comme on l'a déjà vu, en
six livres, dont deux contiennent « la vielle art, et les quatre la no-
« vele ».

Dans le premier des appendices placés à la fin de la traduction,
maître Jean d'Antioche, après avoir expliqué les raisons qui l'avaient
décidé à traduire littéralement les écrits de Cicéron, expose ses idées
sur les règles à observer pour rendre en français un livre latin.

Deux motifs l'ont déterminé à suivre pas à pas le texte de Cicéron :
d'une part, ce texte a plus d'autorité, et c'est à lui qu'on doit s'en
rapporter dans les discussions ; d'autre part, il ne fallait pas s'exposer
à être accusé de présomption et d'orgueil, en altérant par des sup-
pressions ou des changements le style d'un maître tel que Cicéron,
« qui fu tant grant philosophe et de tant grant renom. Por cestes deus
« raisons donques dessus dites, porsiut le translatour la maniere dou
« tracter de l'auctor a son pooir et au plus près qu'il pot. Mais il ne
« pot mie porsivre l'auctor en la maniere dou parler. Car la maniere
« dou parler au latin n'est pas semblable generaument a cele dou
« françois, ne les proprietez des paroles, ne les raisons d'ordener les
« araisonemenz, et les diz dou latin ne sont pas semblables a celes dou
« françois, et ce est comunaument en toute lengue. Quar chascune
« lengue si a ses proprietez et sa maniere de parler ; et por ce nul
« translateour o interpreteor ne porroit jamais bien translater d'une
« lengue a autre s'il ne s'enformast a la maniere et as proprietez de cele
« lengue en qui il translate. Por laquel chose il covint au translateor
« de ceste science de translater aucune fois parole por parole, et
« aucune fois et plus sovent sentence por sentence ; et aucune fois, por
« la grant oscurté de la sentence, li covint il sozjoindre et acreistre.

« Autresi li covint en aucun leu en l'elocucion de changier et muer
« exemples por la discordance de letres et de sillabes qu'il trova entre
« les deus lengues. Quiconques donques lira ce livre ou l'estudiera
« ne soit pas presumpcieuz de reprendre riens desporvehuement,
« affronte avant bien ententivement les deus letres dou latin et dou
« françois, et examine bien les deus sentences par bon entendement
« et sain, et preigne garde diligemment selonc la grant force de l'art,
« si l'en le peut meauz faire sauvant la maniere dou tracter de l'auc-
« tour. Et quant il aura tout ce fait, s'il a bone raison et saine de re-
« prendre, si peut reprendre hardiement. Quar maintes fois avient
« qu'a bouche malade douce viande semble amere, et qui a males
« lanternes sovent se trabuche en voie. »

Le second appendice n'est autre chose qu'un traité élémentaire de
logique, d'après les règles d'Aristote.

Maître Jean d'Antioche, sachant combien la rhétorique a besoin de
s'appuyer sur la logique, a cru utile de compléter la traduction des
deux Rhétoriques par quelques pages destinées à faire connaître la
logique à ceux qui ne peuvent savoir cette science, faute d'avoir
fréquenté les écoles dans lesquelles on l'enseigne : « Ici parole de
« l'argumentacion de logique, por faire la conoistre a ceaus qui cele
« science ne peuent savoir. »

Le rédacteur de ce résumé, qui n'occupe pas plus de douze colonnes, commence par définir la proposition, la question, la conclusion et l'argument. La proposition est l'affirmation d'un fait ; la
question est une proposition mise en doute ; la conclusion est une
proposition dont on a donné la preuve ; l'argument est la raison par
laquelle est démontrée la vérité ou la fausseté d'une proposition ; l'argumentation est le développement de l'argument.

Il y a deux modes d'argumentation : l'un par syllogisme, l'autre par
« entremene », c'est-à-dire par induction. Suit une définition du syllogisme, avec accompagnement d'exemples, puis la distinction du
syllogisme « predicatif » et du syllogisme conditionnel. L'entremène
consiste à passer du particulier au général. Il y a cette différence entre
le syllogisme et l'entremène que le premier aboutit toujours à une
conclusion absolument vraie si les prémisses sont exactes, tandis que
le second ne conduit pas toujours à une conclusion certaine. Il y a encore deux procédés d'argumentation : l'enthymème et l'exemple. L'en-

thymème est en réalité un syllogisme abrégé, dont un membre reste sous-entendu. L'exemple est analogue à l'entremène, mais il conclut simplement d'un fait particulier à un autre fait particulier, et non pas, comme l'entremène, du particulier au général.

En résumé, tous les raisonnements reposent sur le syllogisme, qui est comme mère et fontaine de toute l'argumentation de logique.

Parfois la preuve de l'argument du syllogisme est faible et a besoin d'un appui. Cet appui est ce qu'en logique on appelle lieu : « leu en « logique est apelé siege de l'argument. » Tantôt le lieu est tiré de l'argument, tantôt il est pris en dehors. Là s'arrête l'auteur, sans entrer dans les détails que comporterait la question des lieux ; « mais, dit-il, « trop seroit soutil chose et longue a dire coment et trop ennuiouse « a home qui ne seit de logique ».

Pour faire apprécier le style de maître Jean d'Antioche, nous ne pouvons mieux faire que de reproduire la traduction d'un chapitre de la Rhétorique, et nous avons choisi celui par lequel s'ouvre le second livre du *De Inventione :*

II, 1. Jadis, quant les Crotoniciens, icele nacion de gent, florissoient de toutes habondances et estoient en Italie au comencement ou entre les premerains contez et tenus por beneurez, il vostrent enrechir de nobles paintures le temple de la déece Junone, qu'il cultivoient et honoroient trop religiousement.

En celui tens y avoit il un noble paintour, qui avoit nom Eradeoten [1] Zeuxin, qui estoit tenu por le plus surmontant et le meillor de toz les autres paintors. Cestui aloierent il par grant pris, et il lor painst au temple ce que il voloient, et plusours autres tables aveuques, desquelz une grant partie est remese trusques a nostre memoire por la religion et la reverence-dou temple.

Et por ce qu'il voloit que une ymaige mue contenist en soi surmontant beauté de forme femenine, si dist qu'il voloit paindre l'ydel ou l'ymage d'Elene. Les Crotoniciens l'oyrent volentiers, por ce que il aveient entendu qu'a paindre cors de feme trop valoit il meaus et pooit plus de tous autres. Et si pencerent ausi que, se en aucunes des manieres de son mestier estoit plus poestif d'ovrer et meaus entremetant, que en cele se travailleroit il mout curiousement de noblement ovrer, et laisseroit en celi temple une noble œuvre qui li seroit en memoire ; ne il ne furent pas deceus en lor cuidance.

Quar tout maintenant le devant dit Eradeoten Zeuxin lor quist et demanda s'il en avoient point de bien beles virgenes, et cil le menerent erranment en la palestre. (Palestre [2] si estoit apelé et est encores un leu establi a hanter les esforcemens des

<hr>

[1] Il faut lire : *Eracleoten*. — [2] Ce qui est imprimé ici entre parenthèses est la traduction d'une glose intercalée dans le texte de Cicéron.

cors, si come a luitier et a geter pierre et a user force de bras et de cors, et tout leu qui est escole de si faites choses peut estre ensi apelé. Ou palestre si peut estre apelé autresi icy en droites escole[s] de science. Ileuques donques en l'escole ou de sciences ou d'autres hantemens, com est dessus dit, fu mené le paintour), et li mousrerent mout de beaus enfans et richement dignes.

Quar un tens fu que les Crotoniciens surmontoient mout tout autre gent de forces et de dignitez des cors. Et soventes fois raporterent il a maison les trés honestes victoires de l'estrif et de l'aatine de ceaus geus que l'on faisoit por la gloire des cyteyens.

Quant le paintour donques ot veues les beles formes et les beaus cors des enfans qui estoient en cele escole, et mout ententivement se merveillast de lor beauté, cil li distrent : « Les suers de ces enfans que tu vois sont chiez nos, et par ces pues tu « regarder de quel beauté celes sont. » —« Bailliez moi donques, fist il, je vos pri et « requier, de cestes virges que vos dites les trés beles, que je puisse translater verité « de vif exemple de creature en merveillous ymage, et si paindrai ce que je vos ai « promis. »

Adonques les Crotoniciens, par comun conseil, amenerent ensemble toutes les beles virgenes en un leu, et donerent pooir au paintour d'eslire celes qu'il vodroit, et il en eslut cinc. Les noms de celes cinc mout de poetes mistrent en memoire, por ce qu'eles furent esprovées de beauté et loées par le jugement de celui qui de beauté devoit estre jugierres verai.

Sinc en eslut il, quar il ne cuida pas qu'il peust trover soufizaument en un soul cors toutes les choses que il querroit a plaine beauté. Quar, en les sengles choses et simples, riens n'en aorna nature ni ne fist parfaite de toutes ses parties; ele done a un aucune chose de bien et li ajouste aveuc aucun mahaing ou domage, autressi come, se ele otreast toutes les choses a un, n'en eust puis que doner as autres.

II, 2. Cele meisme raison regardames nos, quant ce nos vint en volenté d'escrivre l'art de dire, et ne proposames pas un soul exemple qu'il nos covenist de necessité dire de ses parties, en quelque general maniere de l'art eles fucent; mais assemblames tous les escrivains qui de cest art en parlerent en un leu, et cuillimes ce qu'il nos fu avis que chascun eust meaus comandé et plus profitablement, et ensi avons dit et fait de divers engins chascunes choses trés surmontans et trés dignes. Quar il ne nos fu pas avis que cil qui sont dignes de nom et de memoire en cest endroit deysent toutes choses clerement et trés bien, et toute voies en distrent il [aucune] chose mout bien.

Por laquel chose, ce semble folie de departir des bien diz d'aucun et de laissier ses bons enseignemens por aucun sien vice, ou d'ensivre ses vices por aucun bon comandement qu'il auroit dit. Se es autres estudes les homes vosissent eslire de maintes choses aucune trés profitable chose, et amassent meaus ce faire que qu'il s'adonassent a une soule chose certaine, il ne feroient pas faute, qu'il la lor covenist desfendre por greignor faute, ne il ne parcever[er]oient es vices tant curiousement, et de chose qu'il ne sevent ne s'en passeréent mie aucune fois plus legierement.

Et se la science de cest art et de painture fust esté ygal en nos et en cel maistre paintor desus dit, ceste nostre euvre nos resplendiroit encores plus par aventure en sa maniere que cil ne feroit en sa painture. Quar nos avons eu pooir de eslire de greignor abondance d'exemples que cil nen ot. Il pot eslire d'une cyté et de celui nombre des virges qui estoient adonques, mais tuit cil quiconques furent qui de cest art en parlerent, et qui premiers l'encomencierent ou darreniers jusques a ce tens d'ores nos furent en pooir et en abondance d'eslire ce qu'il nos plaisoit d'eaus.

Et le soverain philozophe Aristot aüna et mist ensemble en un leu tous les anciens escrivains de cest art venant jusques a celui prince et maistre troveor Tysyas, et les comandemens de chascun d'eaus par nom, lesquelz comandemens il avoient conquis et fais par grant cure, escrist il ensemble mout veablement, et les esclarcist et les desnoa dilizaument. Et en expondre les, en tant valut il meaus de ceaus qui les avoient trovez, par soeftié et brieftance de dire, que nul home qui les leust ne peust conoistre de lor livres que cil comandemens eussent esté onques lor.

Mais trestuit cil qui veulent entendre ce que ceaus comandent a cestui retornent ausi come a un principal troveor et mout plus profitable esclarzisseour. Et cestui si nos mist apertément au myleu soi meismes, et tous ceaus qui devant li avoient esté, que par li nos peussiens conoistre et soi meisme et tous les autres. Ceaus qui de ce devant dit philosophe descendirent, tout soit ce qu'il estudierent mout es trés grans parties de philosophie, et mout y consumerent de paine, com cil avoit fait cui doctrine il ensivoient, toutevoies nos laissierent il mout de comandemens de l'art de dire.

Autres comandeours encores et maistres de dire eissirent d'une autre fontaine, qui autresi aiderent mout a dire au profit de cest art. Quar en celui meisme tens que Aristot fu, il y ot un grant rethorien et noble qui avoit nom Socrates. L'art que cestui laissa nos ne trovons pas, mais bien trovons moinz comandemens de l'art de ces desciples et de ceaus qui erraument de ceste descipline sont eissus.

II, 3. L'une de cestes deus fontaines dessus dites repairoit mout en philosophie, et toutevoies ele y metoit mout grant cure en cest art de rethorique. Mais l'autre si estoit toute ententive et occupée en l'estudiement et les comandemens de rethorique. De cestes deus escoles, ausi come de deus diverses maihnées, les darreniers qui vindrent après concuillirent toutes les choses qui profitablement lor sambloient estre dites et des uns et des autres, et afaitéement a lor maistries et a lor ars, et forgierent ensemble un material comencement et general maniere de toute l'art. Nos si avons aünez trestous et mis ensemble et ceaus qui sont devant diz et les autres dessus motis, tant com nos pomes et dou nostre aveuques meismes nos aucune chose en comun.

Et si celes choses qui sont exponues et mises en ces livres, tant com eles furent curiousement a eslire, tant ont esté studiousement esleues, certes il ne devroit point peser ne nos ne autres de nostre uizouze cure et de nostre soutillance.

Mais s'il est avis que nos ayons par aucune foleance trespassé le comandement d'aucun, ou que nos ne l'avons pas ensiut assez soufizaument et bien, et aucun le nos moustre et nos enseigne, nos changerons legierement et volentiers la sentence. Quar ce n'est pas laide chose de poi conoistre; mais de parceverer folement et longuement en poi conoistre ou en mesconoistre seroit laide chose, por ce que l'un, ce est le poi conoistre, si avient proprement de la comune feblesse et la fragilité humaine; mais l'autre en avient dou vice et de la mauvaistié de chascun.

Por laquel chose nos dirons chascune chose sans nule affermance, querant ensemble et encerchant doutousement que ce n'aviegne de nos que, tandis com nos vodrions qu'il semblast que nos aions ceste petite chose assez parfaitement escrite et profitablement, que nos ne perdons icele chose qui est trop grant, ce est que nos n'assentons a dire aucune chose folement et orgueillousement; mais ceste chose porsivrons nos estudiousement en ce tens d'ores et en toute nostre vie, tant come le pooir que Dex nos a doné porra soufrir. Desormais, qu'il ne soit avis que nostre araisonement voise plus loinz, si dirons des autres choses qui sont a comander et a dire.

On trouvera de plus longs extraits de la traduction de Jean d'Antioche dans les *Notices et extraits des manuscrits* [1].

Les matières traitées dans le *De Inventione* et dans les livres *Ad Herennium* rendent assez difficile la traduction de ces ouvrages. C'est une tâche devant laquelle on a longtemps reculé, même dans les temps modernes : A.-A.-J. Liez, quand il publia en 1823 la seconde édition de sa traduction du *De Inventione*, se félicitait « d'avoir achevé le « premier une entreprise qui jusqu'alors avait effrayé les plus hardis » [2], et J.-V. Le Clerc, après avoir traduit en 1821 la Rhétorique *Ad Herennium* et avoir revu avec le plus grand soin cette traduction en 1827, déclarait que ce travail lui avait présenté « de grandes difficultés » [3].

Il a fallu beaucoup de hardiesse au clerc qui, vers la fin du XIIIe siècle, conçut le projet de mettre en français des écrits remplis de termes dont l'équivalent n'existait pas encore dans la langue vulgaire, à part toutefois les extraits que Brunetto Latini en a insérés au livre III de son *Trésor*. Aussi devons-nous admirer le courage de Jean d'Antioche, qui s'est chargé d'un travail aussi ingrat et qui l'a accompli loin de tout foyer littéraire, au milieu d'une société menacée chaque jour par les incursions d'un ennemi redoutable, dans une ville qui, dix ans plus tard, allait tomber au pouvoir des infidèles. C'est à peine si, à la même époque, dans les pays de l'Europe où la culture des lettres était le plus en honneur, on songeait à faire passer en français les œuvres classiques de l'antiquité latine. Un

---

[1] T. XXXVI, p. 211-265.
[2] Préface mise en tête du *De Inventione*, dans les *Œuvres complètes de Cicéron*, publiées par J.-V. Le Clerc, seconde édition, t. II, p. 5.
[3] *Ibid.*, t. I, partie II, p. 33.

siècle devait s'écouler avant que des écrits de Cicéron fussent mis
en France à la portée des laïques peu familiarisés avec le latin. Il
n'y avait pas une seule page de cet auteur traduite en français dans
la librairie de Charles V. C'est à Louis le Bon, duc de Bourbon, ou
à Jean, duc de Berri, que revient l'honneur d'avoir provoqué la
traduction des deux traités de la Vieillesse et de l'Amitié, qu'il était,
d'ailleurs, beaucoup plus facile d'interpréter que les traités de rhétorique.

En 1282, quand l'aurore de l'humanisme ne commençait à luire
ni en France ni en Italie, c'est merveille qu'il se soit rencontré sur les
rivages de la Syrie un manuscrit des deux Rhétoriques, et il est bien
permis de supposer que le texte de ce manuscrit était incorrect en plus
d'un endroit. La tâche du traducteur était donc doublement malaisée,
et nous ne devons pas être étonnés si, dans plus d'un passage, la traduction de Jean d'Antioche laisse à désirer. Les imperfections ne tar-
dèrent pas à en être reconnues. Peu de temps après la transcription du beau volume qui nous a transmis la traduction de la
Rhétorique, la version de maître Jean d'Antioche, telle qu'elle se
trouvait dans cet exemplaire, fut attentivement revue. Des points
presque imperceptibles furent mis sous les syllabes, les mots et les
phrases à supprimer ou à modifier, et de meilleures leçons furent
inscrites, en caractères très fins, sur les marges ou dans les interlignes.
Nous devons donner quelques exemples de ces corrections.

Un assez grand nombre d'exponctions portent simplement sur les
mots surabondants qui ne répondaient pas au texte. Ainsi, dans
les exemples qui suivent, les mots imprimés en caractères italiques
doivent être tenus pour non avenus :

Fol. 13, col. 2. Quant je bien recors par les amonicions des letres *et par les
ancienes ystoires* les choses qui par ancieneté sont esloignées de nostre memoire *et
ostées*, je *truis et* entens que mointes cytez sont *ordenées et* establies, et plusors
batailles sont restaintes *et rapaisées*. . . . . (*De Inv.*, I, II.)

Fol. 13 v°. Quar il fu jadis un tens que les homes aloient vagant comunaument
as chans en maniere de bestes, et multeplioient lor vie par vivre bestial, *qu'ausi
come bestes sauvages desmesuréement et par fierté vivoient.* (I, II.)

Jean d'Antioche avait traduit *conjecturalis* par « provable ». A ce dernier mot le correcteur a substitué le mot « conjetural » (fol. 18, 20, 55 v°
et 61). — *Ratiocinatio* avait été rendu par « la provable raison »; le

correcteur a remplacé ce terme par « le raisonable demostrement »
(fol. 32, 32 v°, 33, 34, 36 v°, 77, 78 et 79).

En parlant d'Hermagoras, Cicéron [1] s'exprime ainsi : *Nam satis
in ea videtur ex antiquis artibus ingeniose et diligenter electas res collocasse,
et non nihil ipse quoque novi protulisse. Verum oratori minimum est de arte
loqui, quod hic fecit; multo maximum ex arte dicere, quod eum minime
potuisse omnes videmus.* Jean d'Antioche a pris le mot *novi* pour le parfait
du verbe *noscere*, au lieu d'y voir le génitif de *novum*, ce qui l'a empêché de comprendre la phrase. Il a ainsi rendu tout ce passage :
« Quar acés est il avis qu'il ait en li mises engignousement et dilizau-
« ment choses esleues des ancienes ars, et aucune chose a il pronon-
« ciée et dite que je meisme conois, mais trop est poi au rettorien a
« parler de l'art, ce que il fist; nous veons que mout trop greignor
« chose est a dire de l'art que il ne pot dire. » Le correcteur a supprimé les mots « que je meisme conois », et a modifié comme il suit la
dernière phrase : « mais trop est poi au rettorien a parler de l'art,
« laquel chose il fist, mais mout greignor chose a dire par art, laquel
« chose nos veons qu'il ne pot »[2].

Jean d'Antioche a rendu comme il suit un passage du chapitre xiv
du premier livre du *De Inventione* :

<table>
<tr><td>

Nam... non ut quidque dicendum primum,
ita primum animadvertendum videtur : ideo
quod illa quæ prima dicuntur, si vehementer
velis congruere et cohærere cum causa, ex eis
ducas oportet quæ post dicenda sunt. Quare
quum judicatio et ea quæ ad judicationem
oportet inveniri argumenta diligenter erunt
artificio reperta, cura et cogitatione pertrac-
tata, tum denique ordinandæ sunt ceteræ par-
tes orationis. Hæ partes sex esse omnino nobis
videntur : exordium....

</td><td>

Non pas que l'on doie en tel maniere avertir
et aparcevoir ce qui est premierement dit come
quant qui est a dire après; mais por ce que, se
les choses que sont dites premierement ne se
contiegnent mie covenablement aveuques la
cause, ou qu'eles soient dites randonousement,
pregnient afaitement et atemprance de cestes
choses que puis après sont a dire. Les argumens
qu'i covient trover meismement a la judicacion
seront trovez dilizaument par artefice et seront
atraitez par cure et par pencée, et por ce que
l'argumentacion si est l'œuvre et le despliement
de l'argument, si ordenerons de ses parties.
Les parties donques de l'argumentacion sont
cestes qui vienent après, et sont vi sans plus,
si com il nos est avis +. Li *exordium*, ce est a
dire comencement...[3]

</td></tr>
</table>

Le correcteur a trouvé cette traduction peu satisfaisante. Il a prévenu que tout le passage était à réformer : « D'isi (c'est-à-dire depuis

[1] *De Inventione*, I, vi. — [2] Fol. 16 du ms. — [3] Fol. 20.

les mots « Non pas) jusques a la crois tele +, qui est decoste l'ele « d'açur (la croix tracée à côté de l'initiale bleue des mots « Li *exordium* »), convent « amender ». Voici la rédaction qu'il proposait de substituer aux phrases condamnées :

Car ne senble si estre primerement a consire ce que l'en doit primerement dire, ensi com il primerement doit estre dit, et se les choses qui sont avant dites volés foirt engluer et ajoster a la cause, il convera que de celes qui seront primerement dite[s] amenés celes qui seront a dire, por laquel chose, lors que la judicacion et les argumens, le[s]qués apartenent a trover a judicacion, seront trovés par diligent artifice et traites en l'apensement et en evre, adont doit l'en ordener les autres parties de l'araisonement, lesquels nos resenblent estre VI.

Nous avons une remarque du même genre à présenter pour un passage du chapitre XLI du même livre, que Jean d'Antioche avait ainsi traduit :

<table>
<tr><td>

...Si qui aut assumptionem aliquando tolli putent aut propositionem. Quæ si quid habet probabile aut necessarium, quoquo modo commoveat auditorem necesse est. Quod si solum spectaretur, ac nihil quo pacto tractaretur id quod excitatum esset referret : nequaquam tantum inter summos oratores et mediocres interesse existimaretur. (*De Inv.*, I, XLI.)

</td><td>

...Se aucun cuide que proposicion ou aucune prise puisse estre ostée, qui a aucune chose provable ou necessaire coment que l'auditor soit esmeu, il est mestier ; que se il regardoit soulement l'argument, nule riens ne raconteroit ou ne diroit par qui cele chose fust atraitée que seroit porpencée ; et nequedent il ne seroit ausi prisié tant ne quant qu'il fust entre soverains rettoriens et meens [1].

</td></tr>
</table>

L'auteur de la revision a exponctué tout ce passage, depuis les mots « que proposition » jusqu'aux mots « et meens ». En interligne, au-dessus des premiers et des derniers mots exponctués, il a tracé la note : « Faus jusque ci. » Dans la marge, en regard de la version condamnée, il a écrit la version qu'il trouvait à propos de substituer à la leçon condamnée, et en tête de cette nouvelle version, qui va être reproduite, il a tracé le mot « verai » par opposition à l'épithète « faus » par laquelle il avait condamné la traduction primitive :

[Se aucun cuide] ou la proposicion ou la prise poer estre ostée aucune fois, laquele a aucune chose provable o necesaire, mestier est qu'il esmeuve en quelque mainere l'auditor, car se l'on regardast solement l'argument, et il ne fust diference, quel mainere l'en atraitast, en disant la chose pensée, ne cuideroit l'en mie qu'i fust tel diference entre les soverains retorians et les means.

[1] Fol. 36.

La même note « Faus jusque ci » a été mise sur un membre de phrase du chapitre XXIX du second livre :

Et quant toutes les autres choses aient esté ensi, ceste chose est provable que ce ne fist il pas por aucune coulpe d'autrui. (Fol. 65).

C'est ainsi que Jean d'Antioche avait cru pouvoir traduire cette phrase de Cicéron :

Et cum cetera vita magis hoc fuisse consentaneum quam quod propter alterius culpam non fecerit.

Le correcteur a été mieux inspiré en substituant cette leçon :

Et avereit esté plus concordant a sa pasée vie que ce qu'il remest de faire par achaison d'autrui. (Fol. 65).

Un passage qui a fort embarrassé le traducteur, c'est la citation que Cicéron a empruntée au discours de Curion pour Fulvius[1] : *Ut Curio pro Fulvio : Nemo potest uno aspectu neque præteriens in amorem incidere*. Jean d'Antioche a confondu le nom de *Curio* avec le verbe *curro*, et il a lu *fluvio* au lieu de *fulvio*. De là cette bizarre traduction : « Si come nos corons por le flum ou par le flum : Nul « home ne peut chayr en amor par un soul regart ne solement en « trespassant. » Le correcteur a cru pouvoir lire : *ut Curio Profluio*, et il a traduit : « Si come dist Curio a Profluio. »

Çà et là sont semées des gloses pour expliquer les mots dont le sens pouvait embarrasser, par exemple :

Les enfans : ome qui ne set parler. (Fol. 14.)

Qui est mis en dit et en estrif : Au dit doit l'en entendre la deliberative a laquele nen a content se tous sont en concorde. — L'estrif est entendu par la judicial et par la demostrative. (Fol. 16 v°.)

Se la personne est tele que seit aferable de tel colpe ou non. — Si com qui acusoit un home de manjer char d'autre, laquele chose est contre nature. (Fol. 24.)

Ce est que, dites cestes choses, entende que le parlement est compli. — Nos sons en concorde que le fis ocist la mere, ma ce est en debat se il le fist a drit o a tort. (Fol. 25.)

Ausi comme se aucun vosist faire o dire comparaison de la mauvesté de Gai Grag

<hr>

[1] *De Inv.*, 1, XLIII. Ms. fol. 37 v°.

a cele de Cateline ; car Gai Grag vost gaster une cité, c'est Rome, et Cateline tout le monde. (Fol. 28 v°.)

Nuire et profiter sont II contraires choses : ma le leu est pris par le contraire dou senblable; car il a senblance a l'un et a l'autre de ce qui se seut faire. (Fol. 29 v°.)

Tralacion est quant se fait de totes les parties ; ce est douteus de la peine et des autres parties. — Muance si est lors que n'est de toutes les parties. (Fol. 57 v°.)

Ce est de la veraie amistance, de laquele il parle au livre de Leli, qui est aquise por lui meisme. (Fol. 82 v°.)

Selon toute apparence, ces gloses sont la traduction de gloses latines contenues dans l'exemplaire d'après lequel la traduction a été faite à Saint-Jean-d'Acre.

Les gloses sont parfois passées dans le texte. Ainsi la première ligne du livre IV à Herennius : *Quoniam in hoc libro, C. Herenni, de elocutione conscripsimus,* s'est allongée comme il suit dans la traduction de Jean d'Antioche : « Nos avons escrit en ce livre, o « Herenni, de l'elocucion, [qui est la sinqueime partie de Rethorique, « si com est dessus dit au tiers livre] » [1].

Le travail de Jean d'Antioche sur la Rhétorique de Cicéron ne paraît pas avoir eu grand succès. L'exemplaire du Musée Condé est le seul qui soit parvenu à notre connaissance. Le caractère de l'écriture [2] nous porte à croire qu'il a pu être copié dans un établissement français de l'Orient latin, peut-être à Saint-Jean-d'Acre, sous les yeux du traducteur. Au XVe siècle, il fut recueilli par Antoine de Chourse, chambellan de Louis XI, dont les livres passèrent, au siècle suivant, dans la bibliothèque du connétable de Montmorency.

La traduction de la Rhétorique de Cicéron n'est pas le seul ouvrage de Jean d'Antioche qui nous soit parvenu. Nous n'hésitons pas à lui attribuer une traduction du livre de Gervais de Tilbury intitulé *Otia imperialia.* Une traduction de cet ouvrage figure sans nom d'auteur sur le catalogue de la librairie du Louvre [3] :

Item le Livre des Oisivetez des emperreres, et parle des Merveilles du monde ;

---

[1] Fol. 127 v°.

[2] Deux pages du manuscrit ont été reproduites en héliogravure dans le tome XXXVI des *Notices et extraits des manuscrits.*

[3] Article 916 de l'inventaire de 1411 ; article 220 de l'inventaire de 1413; article 193 de l'inventaire de 1424, publié par M. Douët d'Arcq. — Article 776 de l'édition imprimée dans le *Cabinet des manuscrits,* t. III, p. 150.

escripte de menue lettre bastarde en françois, a deux colombes; commençant au
1 foeillet *cieulz et quelconque chose,* et ou derrenier *et la devocion;* couvert de cuir
blanc, a deux fermoirs de cuivre.

Barrois avait recueilli dans sa bibliothèque un exemplaire du Livre
des Oisivetés des Empereurs, qu'il supposait avoir fait partie de la
librairie du Louvre et qui, suivant lui, répondait à l'article d'inventaire ci-dessus rapporté, et c'était pour rappeler la prétendue royale
origine de son volume que cet amateur, dépourvu de toute critique,
avait fait dorer sur les plats les armes de Charles V. Mais l'exemplaire
de Barrois, aujourd'hui encore chez le comte d'Ashburnham, n'est
point celui qui est enregistré sur le catalogue de la librairie du
Louvre : les premiers mots qu'on y lit en tête du second feuillet de
la table sont *des mentions,* et ceux du second feuillet du texte sont
voult estre mis, ce qui ne s'accorde pas avec l'indication donnée par
l'article de l'ancien catalogue qui vient d'être rapporté.

L'exemplaire du Livre des Oisivetés des Empereurs, n° 19 du fonds
Barrois, est un volume in-folio, de 236 feuillets, orné de nombreuses
peintures et datant du XIVe siècle; outre l'ouvrage de Gervais de Tilbury, il contient « la Division frère Odoric des Merveilles de la Terre
« Sainte ». Le titre mis en tête du manuscrit est ainsi conçu : « Ci
« commence le Livre des Oisivetez des emperieres, translaté de latin
« en françois par Jehan du Vignay, frere de Hautpas. » On lit à la fin :
« Ci fenist le Livre des Merveilles du Monde. »

Nul doute que cette traduction de l'ouvrage de Gervais de Tilbury
ait été rédigée par Jean du Vignai, comme Barrois l'a annoncé dans
sa *Bibliothèque protypographique* [1].

Mais Jean du Vignai n'est pas le premier traducteur qui se soit
exercé sur le livre de Gervais de Tilbury. Un exemplaire des Oisivetés
des Empereurs conservé à la Bibliothèque nationale, n° 9113 du fonds
français, se termine par une souscription ainsi conçue : « Cy finist le
« livre de la complexion de maystre Gervaise, que maystre Harent
« d'Anthioche translata de latin en françois. » Rien ne nous autorise à
suspecter l'exactitude de la souscription qui vient d'être rapportée,
et nous n'hésitons pas à attribuer cette traduction des Oisivetés des

---

[1] P. 30 de l'index alphabétique. C'est
probablement d'après cette indication que
Liebrecht a mentionné une traduction française des *Otia imperialia* comme exécutée en
1373. Voir Liebrecht, *Des Gervasius von Tilbury
Otia imperialia* (1856, gr. in-8°), p. VII.

empereurs [1] à maître Jean d'Antioche. L'auteur qui, dans la traduction de la Rhétorique de Cicéron, s'est appelé maître Jean d'Antioche, surnommé de Harent, doit être celui que le manuscrit 9113 désigne par le nom de Harent d'Antioche.

L'exemplaire de la Bibliothèque nationale est une assez médiocre copie sur papier du xvᵉ siècle. L'ouvrage nous y est présenté avec cette rubrique initiale : « Cy commence le livre translaté en françoys « que maistre Gervays de Celesbiere fist en latin, qui est appellé le « livre de Grant delict. » Une note du xviᵉ siècle, qui a été fixée en tête du volume, le désigne par les mots : « Le Passe temps imperial. »

La traduction n'a rien de remarquable. Nous en reproduisons un chapitre [2] pour donner une idée du style. Nous avons choisi le passage relatif au séjour que Gervais de Tilbury fit à Naples vers la fin du mois de juin 1189, et aux légendes qu'il recueillit dans cette ville sur la puissance magique attribuée à Virgile :

. . .Encore y a une merveille a Naples, que je ne savoye point quant l'adventure me advint. Car, ce moy mesme ne eusse esté en peril, a payne le pourroye croire qui le me diroit. Il advint, l'an que Acre fut assegie, que j'estoye en Salerne, et fut environ la saint Jehan, et ung myen cousin vint a moy, que j'amoye bien, et en jeunesse aveons esté en l'escolle ensemble, et depuis aveons demouré en la court du roy d'Engleterre, dont j'estoye bien lyé et avoye grant joye de sa venue, et aussi pour certaines nouvelles qu'il m'avoit apportées de mes amys. Ce fut Philippe, le filz du Patris [3] le noble conte de Salesbiere, par qui la seigneurie de Salesbiere eschey et vint au roy d'Engleterre par mariage. Il se hastoit moult de passer oultre, mays par priere je le retins et le acompaigné jusques a la cité de Nolane [4] ou je demouroye lors [5] par le commandement du roy Guilliaume de Cecille [6], pour eschiver les perilz du chemin de Palerme et aussi la chaleur d'esté [7]. Quant nous eusmez sejourné ung peu de temps a Nolane, nous pensasmez que par la mer de Naples on pourroit trouver plus tost passage et a moins de despens que par ailleurs.

[1] Voici les premiers mots des deux traductions : JEAN DU VIGNAI : « A son très excellent « seigneur Octon le quart empereire romain. . . . » — HARENT D'ANTIOCHE : « A très religieux, « hault et puissant messire Othes le quart, em- « pereur des Romains et tousjours en accroisse- « ment, Gervaise de Celesbiere, par vostre di- « gnité mareschal du royaulme d'Arle, humble « devot et feal, salut, victoyre et paix dedens « et dehors. Cy parle de la comparaison de « roy et de prestre et de leur dignité. Empereur « en accroissement il y a deux choses. . . »

[2] Ms. français 9113, fol. 195. Le texte latin correspondant, dont nous aurons à citer quelques passages, se trouve dans les *Monum. Germ. hist., Scriptores*, t. XXVII, p. 385.

[3] *Filius Patricii olim illustris comitis Saresberiensis.*

[4] *Ad civitatem Nolanam.*

[5] Le ms. porte : *demouroie, et lors par.*

[6] Guillaume II, mort le 16 novembre 1189.

[7] *Ob declinandos Panormitanos tumultus ac fervores æstivos.*

3.

Sy feismez tant que nous veinsmez en Naples, et fusmes habergés chiez maistre Jehan [1], l'arcediacre de Naples, qui estoit noble homme de lignage et de science, et avoit esté mon auditeur en droit canon a Boulongne. Il nous receut a grant joye quant il sceut pour quoy nous y estions venus, et, tant comme il appresta a mangier, il vint avec nous a la mer. Et tantost alasmez en la ville besongner, pour faire ce pour quoy nous estions la venus, et feismez tantost tout nostre fait, et mieulx que nous ne cuydions faire, et fusmez prestz de partir au premier bon vent, et retournasmez en nostre hostellerie et commençasmez a parler comment en si pou d'heure nous adveons sy bien faite toute nostre besongne, et nous en estions tous esmerveillés. Et lors nostre hoste nous demanda par quelle porte nous estions [2] entrés en la ville, et nous luy dismez; et lors il nous dit que c'estoit pour quoy il nous estoit si bien advenu de nostre besongne. Et nous demanda encores par quel endroit de la porte nous estions entrés, a destre ou a senestre; et nous luy respondismez que a l'entréc de la porte nous voulions entrer a senestre, mays ung asne chargé de buché nous en destourna, car il avoit empeschié ceste coste, et entrasmez par la partie destre. « Or alons, nous dit l'arcediacre, a celle porte, et verrez des mer-« veilles que Virgille fist en ceste cité. Il nous a laissé merveilleuse remembrance de « luy en ceste porte. » Et en celle porte nous monstra une teste de beau marbre bien entaillée, et avoit une chiere joyeuse et bien ryant. Et en la senestre part en la paroyt y avoit une aultre teste d'autre marbre moult bien fourmé[e], mays elle avoit aultre semblant trop contraire de celle de la destre partie, car elle avoit une chiere toute plourant et courroucée, ainsi comme d'homme qui auroit trop grant dommage et male adventure. Et quant nous eusmes veu ces deux chieres ainsy contraires de façon l'une de l'autre, l'arcediacre nous dit que leurs diverses figures estoient contraires aux adventures a tous ceulx qui entroient par celle porte, mays que on ne feust de cel endroit, pourveu de decliner plus a destre que a senestre [3]; car tous ceulx qui entroient en Naples par celle porte de la partie destre tousjours esplo[to]ient bien de tout ce qu'ilz y avoient a faire, et bien leur venoient toutes leurs besongnez, et avoient bonne prosperité et bon amendement, et quiconcques entroit devers la senestre partie tousjours aloient decheans de leurs besongnes et estoient meschans et maleureux de tout ce que ilz y avoient a faire, et que tousjours se trouvoient au dessoubz. Et pour ce, nous dit l'arcediacre que pour ce que l'asne nous avoit destourbé, et que nous estions entrés par la destre part, il nous estoit sy bien pris de nostre besongne que nous aveons faicte tout a nostre gré. Ceste merveille aveons nous amentué pour ce que on se doit esmerveiller de l'art de matematique de Virgile, non pas que nous voulons louer l'oppinion des Saduceoiz qui mettent toutes les choses en Dieu et au marbre, c'est a dire en destinée et en fortune, car ce seroit faulceté et grant erreur et contre l'Escripture, qui dit : « Sire Dieu, toutes « choses sont mises en ta voulenté, et n'est nul qui puisse venir contre ta vou-« lenté [4]. »

---

[1] *In hospitio... Johannis Pinnatelli.*
[2] *Estoient.* Ms., ici et plus bas.
[3] *Dummodo nulla fiat declinatio ad dextram sive ad sinistram ex industria procurata, sed sicut fatalia sunt, fato eventuique committantur.*
[4] ESTHER, XIII, 9.

Nous n'avons relevé qu'un passage où le traducteur se soit mis en scène. C'est dans le chapitre intitulé en latin *De phantasiis nocturnis opiniones*, à propos des prières (oraisons et versets des offices de saint Jean-Baptiste, de saint Jean l'Évangéliste et de saint Antoine), que Gervais de Tilbury conseille de réciter en se couchant quand on veut se mettre à l'abri des cauchemars et des mauvais rêves. Jean d'Antioche s'abstient de traduire ces oraisons et ces versets, parce que, suivant lui, la foi aveugle est la plus méritoire :

Je ne vous expose pas en françoys ces oraysons et ces versès, ce dit le translateur, pour ce que telle chose requiert foy, et tant comme la foy est communement plus couverte, et mesmement en celles choses, elle vault plus et est plus ferme [1].

Nous ne savons pas si Jean du Vignai aurait eu les mêmes scrupules, lui qui traduisait en français « les epistres et les euvangiles de « tout l'an, selonc l'ordenance du missel a l'usage de Paris [2] ». Dans tous les cas, Jean du Vignai connaissait assez bien la géographie de la France pour être à même de traduire exactement le nom latin des évêchés les plus célèbres du royaume. A cet égard, l'auteur de la traduction des Oisivetés des empereurs a fait preuve de la plus étonnante ignorance quand il a traduit comme il suit le chapitre relatif aux provinces et aux villes de la France [3] :

L'arcevesque de Lyon est le premier chief de France ou le premier siege de France, et a dessoubz luy l'evesque de Mascon, celluy de Eduens ou d'Edoe, l'evesque de Challon et celluy de Lengres. L'arcevesque de Rayns a dessoubz luy l'evesque de Soissons, de Chalons, de Cambray, de Doay [4], de Morinence, d'Arras, d'Amiens, de Noyon, de Silvanence [5], de Beauvays et l'evesque de Laon. L'arcevesque de Sens a ses [6] evesques dessoubz luy, c'est assavoir l'evesque de Paris, de Chartres, d'Orleans, de Nevers, de Troyes, de Meaux. L'arcevesque de Tours a dessoubz luy l'evesque de Redone [7], d'Anjou, de Nentes, de Corisopience, de Vendosme, de Briençon, de Briosence, de Tegrorene, de Leonence [8] et de Dol. L'arcevesque de Roen a dessoubz luy l'evesque d'Evreux, Avranches, Lisieux, Baieux, Costences,

---

[1] Ms. français 9113, fol. 261.

[2] Plusieurs manuscrits de cette traduction sont indiqués par S. Berger, *La Bible française*, p. 225.

[3] Ms. français 9113, fol. 99. Le texte original de ce chapitre est publié dans *Monum Germ. histor., Scriptores*, t. XXVII, p. 375. Nous mettons en note la leçon latine correspondant aux noms qui se présentent dans le ma-

nuscrit français sous des formes très altérées.

[4] *Tornacensem.*

[5] *Silvanectensem.*

[6] Sans doute pour *sept*. Le nom d'Auxerre a été omis dans l'énumération.

[7] *Redonensem.*

[8] *Corisopitensem, Venetensem, Maclovien-sem, Briocensem, Tregorensem, Leonensem.* — Ce mot *Macloviensem* n'a pas été traduit.

Sagience et Lizionence [1]. L'arcevesque de Bourges a dessoubz luy l'evesque de Cleremont, de Caours, de Lymoges, d'Albigoys [2]. L'evesque du Puy est du pape. L'arcevesque de Bordeaux a dessoubz luy l'evesque de Potiers, d'Angoulaime, d'Agenes [3], et est le pays de Gascongne [4]. L'arcevesque de Nerbonne a dessoubz luy l'evesque de Carcassonne, de Beziers, de Grace [5], de Tolouse, de Magalonne. de Mente [6]. L'arcevesque de Vienne souloit tenir ung des greigneurs sieges de France, sy comme il contient l'escripture de la monnoie qui dit ainsi : LE SIEGE DE VIENNE LE TRES GRANT SIEGE DE FRANCE... Les eveschiés qui sont soubz icelluy siege s'ensuyvent, premier l'evesque de Valence, de Valcrians [7], de Viene [8], de Greno [9], de Maurienne, de Genéve... En Gascongne a encores deux arceveschiés : l'arcevesque Axican et l'arcevesque d'Arle. L'arcevesque Axican [10] a dessoubz luy l'evesque Aqueus, de Lectore, de Veschi, de Consuraneus, de Bigorre, de Daxunce, de Dolere, de Lacurance, de Bayone [11] ; l'arcevesque d'Arle de Bourgongne a soubz luy l'evesque de Marseille, d'Avignon, d'Orenge [12], de Tricastre, de Carpentras, de Salon [13]...

II

GUILLAUME DE SAINT-ÉTIENNE.

Après avoir analysé les deux œuvres auxquelles le nom de maître Jean d'Antioche restera attaché, il est juste de faire connaître le frère hospitalier Guillaume de Saint-Étienne, à l'initiative et aux encouragements duquel est due la plus importante de ces œuvres.

Nous ignorons l'origine de Guillaume de Saint-Étienne, qui est appelé Guillaume de Saint-Estiene, de Saint-Esteine ou de Saint-Esteven dans les documents contemporains [14]. M. Delaville Le Roulx lui a donné le surnom de S. Stephano, supposant qu'il était Italien,

---

[1] L'ordre respectif des évêchés de la province de Rouen a été interverti; le nom d'Évreux a été oublié. Lisieux figure à la fois sous la forme régulière et sous la forme *Lizi- nence*. Le traducteur ne savait pas que *Sagiensis* désignait Séez.

[2] Le traducteur a omis les noms de Rodez et de Mende.

[3] Deux évêchés de la province de Bordeaux sont omis : Saintes et Périgueux.

[4] La note *et est le pays de Gascongne* est rattachée daus le texte latin au nom de Narbonne.

[5] *Agathensem*. — Ce nom est suivi dans le texte latin du mot *Lodovensem*.

[6] Le nom *Mente* s'est glissé ici par erreur à la place de ces trois noms : *Nemausensem, Ucetensem, Elenensem.*

[7] *Vivariensem.*

[8] *Diensem.*

[9] *Gratianopolitensem.*

[10] *Auxitanus.*

[11] *Aquensem* (Dax), *Lectorensem, episcopatum Convenarum, Consoranensem, Bigorrensem, Adurensem, Olorensem, Lascurensem, Basatensem, Baionensem.*

[12] Ici omission de deux noms : *Vasionensem, Cavallicensem.*

[13] *Tolonensem.*

[14] *Les Statuts de l'ordre de l'Hôpital de Saint-Jean de Jérusalem*, p. 8. (Extr. de la *Biblioth. de l'École des chartes*, année 1887, t. XLVIII.)

parce qu'il a résidé un moment en Lombardie et qu'il pouvait appartenir à la même famille qu'un Daniel de Saint-Étienne, connu pour avoir été en 1315 lieutenant du visiteur général de Lombardie [1]. Ces raisons ne nous ont point convaincus, et nous avons conservé la forme française du nom comme nous la trouvons dans les anciens manuscrits [2].

La première date certaine à laquelle nous rencontrons le nom de Guillaume de Saint-Étienne est celle de 1282 : elle nous est fournie par les passages de la Rhétorique de Cicéron qui ont été transcrits un peu plus haut. Guillaume devait alors résider à Saint-Jean-d'Acre. Un peu plus tard, il passa en Europe et séjourna quelque temps dans le Prieuré de Lombardie. Ce fut là, selon toute apparence, qu'il ébaucha un premier recueil des statuts de l'ordre de Saint-Jean de Jérusalem, ou du moins qu'il en rassembla les premiers éléments.

Pour préparer son travail, il avait sous les yeux des documents originaux que lui avait communiqués frère Bernard du Chemin, trésorier de l'ordre, et qui devaient disparaître en 1291, quand la ville de Saint-Jean-d'Acre tomba au pouvoir des infidèles. Ces circonstances sont expliquées dans le passage suivant de la compilation de Guillaume de Saint-Étienne que nous a conservée le ms. français 6049 de la Bibliothèque nationale :

Se sont les ordenemens desus escris, si come la regle et les autres ordenemens je vis et tins en mes mains, bullés de plomb, ce est assavoir la regle, si come vous l'avé [s] oye devant, qui estoit bullée de la bulle apostolial, et de l'apostoille Lucius, et estoit en latin, et puis la feis translater et metre en francès, si come est dite et translatée devant le co[n]trescrit en latin. Quant je parti dou priouré de

---

[1] Voici les deux mentions de Daniel de Saint-Étienne que nous offre un recueil de statuts des Hospitaliers conservé à la Bibliothèque nationale, n° 1978 du fonds français :

Fol. 10. « Cestui livre fist faire frere Daniel « de Saint Estiene, de l'ordre de l'ospital de « Saint Jean de Jerusalem. »

Fol. 14. « Ordoné fu pour li religious frere « Albert de Caloç et frère de (sic) Daniel de « Saint Estephen, de la sainte maison de l'ospital « de Saint Johan de Jerusalem, leuc tenent en « le priora de Lombardie pour le venerable frere « Philip de Gragnana de la susdite maison, « leuc tenent et visitaour general del reverens « home mon segnour frere Foulch de Villaret, « honorable maistre del hospital et dou co-« vent.. — Cestes choses furent ordènées pour « les desus dis freres en le chapitre general cele-« bré pour leur en le Chaison de Saint Pierre « Concavie en la cité de Ast, en l'an Nostre Sein-« gnor M. CCC. XX, cum le consentiment des « proudes homes freres qui al dit chapitle es-« toient. » — Une église de S. Pietro in Concia-via existe encore dans un faubourg d'Asti.

[2] Les éditeurs du Recueil des historiens des croisades (*Historiens occidentaux*, t. V, p. CXXI) ont adopté la forme Guillaume de Saint-Estève. Ils n'ont pas osé se prononcer sur la question de savoir si ce personnage était Français ou Italien.

Lombardie, demora la les autres choses ensi avant. C'est le privilege que maistre
Jobert fit de pain blanc, et les autres ordenations que il fist; et celes qui vienent
après de maistre Rogier de Molix; et puis la recordation dou Margat atresi, je vis
et tins et oys proprement por faire cont[r]escrire, et estoit bullée de la bulle de
plomb dou nom de maistre Aufons, lesquels je fis contrescrire autresi en latin, et
[quant] ce lievre fu compilé, je avec le dit cont[r]escrit, qui proprement fu pris desous
la bulle de maistre Aufons, et l'avoie en Chipre. Cestes choses ay ci dit por ce que
ladite regle qui estoit bullée de la bulle de l'apostoly, et les autres choses que
estoient soutes (*sic*) la bulle de maistre Aufons furent perdues a la perte d'Acre,
si que au jor que cest livre fut compilé nous non avions regle bullée dou pape, ne
les choses desus escrites recordées et confermées au Margat non avions nous sous
nule bulle. Et por ce que elles ne fussent mises en obli par negligence, ou que
autre error non fust per aucuns escris descordables des escris qui les freres ont, ay
je dit la ou la verité seroit trovée. Et qui le eusse [1] la regle cont[r]escrite sous la
bulle dou pape et les ordenemens desus dis bullés sous la bulle de maistre Aufons,
je trais a testimoingne frere Bernart qui estoit tresourier au jour et avoit la dite
regle et escrit fait au Margat en sa garde, qui les presta por faire contre escrire.
Meismes as diz escritz fais au Margat conteoit la regle, laqual regle et tous les
escritz desus ditz estoient en une chartre bullée souz la bulle de plomb au nom dou
dit maistre Aufons [2].

Guillaume de Saint-Étienne devint commandeur de l'ordre de
Saint-Jean dans l'île de Chypre. Il était investi de cette dignité en
1296 quand il mit la dernière main à la grande compilation dont
nous allons bientôt avoir à parler. Il est encore qualifié commandeur
de Chypre à deux endroits de la correspondance à laquelle donna
lieu la convocation d'un chapitre général qui devait se tenir le
1er août 1300 à Avignon [3]. On peut lui attribuer les lettres qui
furent écrites à ce sujet, et en tête desquelles son nom figure avec ceux
de frère Simon Le Rat, maréchal, de l'hospitalier frère Raimond de
Belluac, du trésorier frère Bernard du Chemin et de l'amiral Fouque
de Villaret. Guillaume cessa, en 1303, d'être à la tête de la commanderie
de Chypre. Il fut remplacé par frère Simon Le Rat, dans le chapitre
général que maître Guillaume de Villaret tint en 1303 [4]. A partir de
cette date, nous perdons sa trace.

---

[1] Le sens paraît exiger : *Et que je eusse.*

[2] Ms. français 6049, fol. 240 v°.

[3] « Le comandor de Chipre, frere Guillaume de Saint Esteine. » Ms. français 6049, fol. 144 v°. — « Frere Guillaume de Sainte Esteven, comandor de Chipre. » *Ibid.*, fol. 176.

[4] « Frere Simon Le Rat, qui avoit esté mareschal l'année passée et fu fait comandor de Chipre a cel chapitre. » Ms. français 6049, fol. 200 v° et 201. La date de ce chapitre, 1303, est formellement indiquée au fol. 199 v° du même manuscrit.

Guillaume de Saint-Étienne s'est surtout fait connaître par les travaux qu'il a exécutés sur les statuts et l'histoire de l'ordre de Saint-Jean de Jérusalem. C'est à lui qu'il faut attribuer la première codification des statuts, représentée par le ms. 4852 du Vatican, à la fin duquel (fol. 140 v°) le scribe a tracé ces mots à l'encre rouge : « Ce « livre fist escrire frere Guillaume de Saint Estiene, frere de l'ospi« tal de Saint Johan de Jerusalem. » Dans ce volume se trouvent réunis la Règle de Raimond du Pui, le privilège du grand maître Joubert relatif au pain blanc à fournir aux malades, un règlement du service divin et du cérémonial religieux, les constitutions du grand maître Roger de Molins, différents statuts promulgués au cours du XIIIe siècle et une rédaction des Esgarts, c'est-à-dire des décisions disciplinaires prises pour punir les fautes et prévenir les abus [1].

Une compilation beaucoup plus étendue et d'une importance historique et littéraire beaucoup plus grande remplit le ms. français 6049 de la Bibliothèque nationale. Le nom de l'auteur se lit dans une note mise en marge du fol. 217 v° : « Ci comencent li autre mandament del « lievre que compila frere Guillem de Saint-Estenne », et plus expressément encore dans un avant-propos copié au fol. 217 : « Cest « lievre fist frere Guillaume de Saint Estenne, adonc comandor de « Chipre. » La rédaction fut achevée au mois de septembre 1296 dans l'île de Chypre; c'est ce qui est formellement énoncé à la fin de l'ouvrage : « laquel fu complie en Chipre, l'an de l'incarnation Nostre « Seigneur M. CC. XC. VI [2] ».

La compilation de Guillaume de Saint-Étienne se divise en deux livres distincts.

Le premier livre est, à proprement parler, un recueil de documents propres à faire connaître l'ordre de l'Hôpital et les principes d'après lesquels il était ou devait être administré. Il se compose des morceaux suivants, qui, pour la plupart, avaient d'abord été écrits en latin, mais que le compilateur a mis, ou plutôt a fait mettre, en français, pour être mieux compris :

----

[1] Delaville Le Roulx, *Les statuts de l'ordre de l'Hôpital de Saint-Jean de Jérusalem*, p. 7-9 (extrait de la *Bibliothèque de l'École des chartes*, 1887, t. XLVIII). Une notice sur le manuscrit du Vatican nous a été communiquée par M. Paul Le Cacheux, membre de l'École française de Rome. Voir aussi la préface du tome V des *Historiens occidentaux des Croisades*, p. CXXI.

[2] Ms. français 6049, fol. 298.

1° (fol. 2). « Ce sunt li miracle que Nostre Sires Dieus Jhesu Crist fist en Jheru-
« salem, pour establir e pour bastir la sainte mayson de Saynt Johan de Jheru-
« salem. » — Ce texte a été publié par M. Delaville Le Roulx[1] et par les éditeurs
du *Recueil des historiens occidentaux des croisades*[2].

2° (fol. 11). Règle de Raimond du Pui, confirmée par le pape Boniface VIII.

3° (fol. 17 v°). Liste des pénitences (afflictions) et des jeûnes imposés aux Hospitaliers.

4° (fol. 21). Code disciplinaire, connu sous le titre de « Usance des égards ».

5° (fol. 42). Privilèges et établissements arrêtés dans les chapitres de l'ordre.
Le recueil débute par la prétendue charte de Godefroi de Bouillon, dont il sera
question plus loin. A la suite viennent la confirmation de la règle de Raimond du
Pui par le pape Lucius III, la constitution du grand maître Joubert pour le pain
des malades et le texte des statuts ou établissements promulgués jusques et y compris ceux du chapitre célébré à Limassol au mois de novembre 1304. Les cinq
derniers articles de la collection, se rapportant aux chapitres des années 1300-
1304, ont été ajoutés après coup; celui de l'année 1304 n'est même pas mentionné dans la table qui est en tête du recueil. M. Delaville Le Roulx a fait ou
doit faire entrer ces établissements dans le *Cartulaire général de l'ordre des Hospitaliers de Saint-Jean de Jérusalem*[3].

6° (fol. 121). Coutumes observées sur des points dont il n'est point question
dans les établissements des chapitres : « Ci comence et dit de la obedience que les
« freres doivent tenir et faire, et les usances et les congiés dou maistre, et les
« autres choses qui sunt escrites en cest lievre, tout soit que cestes usances n'en
« soient ordenées par chapitre, mès les prodes homes de la maison ont volu escrire
« si con il est usé et costumé en nostre maison. » Ce morceau a été publié par M. Delaville Le Roulx dans son *Cartulaire*[4].

7° (fol. 142 v°). Catalogue des maîtres de l'Hôpital, s'arrêtant au nom de
Guillaume de Villaret.

8° (fol. 144). Correspondance se rattachant au projet que Guillaume de Villaret,
maître de l'ordre, avait formé de tenir un chapitre général à Avignon le
1er août 1300. Cette correspondance a été publiée par M. Delaville Le Roulx[5].

9° (fol. 183 v°). Conseil du roi Charles II de Sicile pour reconquérir la Terre
Sainte. Ce mémoire semble avoir été rédigé sous le pontificat de Nicolas IV; il a
été analysé par M. Delaville Le Roulx[6].

10° (fol. 190). Observations ayant principalement trait à la condition des individus qui étaient admis dans l'ordre en qualité de confrères.

---

[1] *De prima origine Hospitalariorum Hieroso-
lymitanorum* (Paris, 1885, in-8°), p. 97.

[2] T. V, p. 411.

[3] Les parties déjà publiées se trouvent
dans le tome I, p. 339-340, 345-347 et 425-
429; dans le tome II, p. 31-41, et dans le
tome III, p. 43, 75, 118, 186, 226, 368,
450, 528, 608, 638, 650, 673 et 810.

[4] T. II, p. 536-561.

[5] *Cartulaire des Hospitaliers*, t. III, p. 766
et suivantes.

[6] *La France en Orient au XIVe siècle*, t. I,
p. 16-19 (*Bibliothèque de l'École des hautes
études*, fascicule 44). — Ce mémoire porte pour
titre, au bout du fol. 183 v° du manuscrit :
« Ce est le coseill del roy Karles. »

1 1° (fol. 1 9 1 v°). « Ici est escrit coment et en quel jours nous devons faire afflic-
« tions. . . » Ces remarques complètent ce qui se trouve sur le même sujet au
fol. 1 7 v° du manuscrit.

1 2° (fol. 1 9 4). Recueil d'« esgarts », c'est-à-dire de décisions prises par les dignitaires de l'ordre sur des points qui n'avaient été prévus ni par la règle ni par les
établissements des chapitres. Ces décisions datent des années 1 3 0 1 - 1 3 0 3 ; elles ont
dû être ajoutées après coup dans la compilation de Guillaume de Saint-Étienne,
qui fut terminée en 1 2 9 6.

1 3° (fol. 2 1 5 v°). Supplément au recueil des Usances.

Là s'arrête le premier livre de la compilation. Dans le second,
l'auteur s'est proposé de mieux faire connaître l'histoire de l'ordre
de l'Hôpital et de développer les principes généraux de droit d'après
lesquels devaient être résolues les questions douteuses. Le second
livre comprend donc une partie historique et une partie juridique.
En tête (fol. 2 1 7) se lit une sorte d'avant-propos, où sont sommairement exposés les rapports qui rattachent les deux livres l'un à l'autre.
Vient ensuite (fol. 2 2 0 v°) un prologue, où sont indiqués les circonstances dans lesquelles l'auteur se mit à l'œuvre et le but qu'il
avait en vue. Un jour qu'il se laissait aller à des pensées d'inquiétude
et de découragement, il se ressaisit au souvenir du passage où saint
Augustin combat cette disposition d'esprit, en recommandant la prière
et la lecture. « Et lors, dit-il, si comme rosée devant le soleil s'éva-
« nouit, en telle manière ces diverses pensées s'évanouirent de mon
« courage, me laissant en sûreté de repos. »

La partie historique du second livre fait souvent double emploi
avec le premier, qui contient tous les textes relatifs à l'organisation
et aux développements de l'ordre des Hospitaliers; toutefois il convient de faire remarquer que, dans le premier livre, Guillaume de
Saint-Étienne s'est généralement borné à reproduire les documents,
tandis que, dans le second, il les combine et les apprécie. C'est ainsi
qu'après avoir exposé les vraies origines de la maison de l'Hôpital
conformément aux « histoires autorisables », il fait allusion à des origines fabuleuses, en termes qui dénotent un véritable esprit de critique et un remarquable amour de la vérité :

Et ensi fu comenciée [nostre maison], selonc ce que l'e[n] trueuve as estorics,
lequels estoires sont receues et creues de tous et par tous auctorizables. Aucun plus
ancien comensament est dist, qui fut dou tens Melchiar, mès ne est pas trové en

4.

leus [1] actorisables; mès je esme que questeors, por mieaus gaaignier, troverent
celes choses. Car, par verité et selonc l'estoire de la Bible, de celui tens en sa que
ceaus dien[t], fu Jherusalem destrute et dou tout deshabitée, que persones ne habitoient, et le saint sepulcre Nostre Sires fu lors tout debrisiés, lequel estoit tous
entiers perciés en la roche. Et que ce soit voirs que il fu depeciés, est encoire
au jour d'ui apparant. Ores leissons la vanité et tenons la verité, car glorifiement de
mensonges desplait a Dyeu [2].

Les éditeurs du *Recueil des historiens occidentaux des croisades*, qui
ont publié ce morceau sous le titre de *Comment la sainte maison de
l'hospital de Saint Johan de Jerusalem commença* [3], en ont bien défini le
caractère et montré la valeur :

L'auteur, disent-ils [4], commence par exposer avec détails les circonstances dans
lesquelles l'hôpital fut bâti par les marchands italiens. Il n'indique pas clairemen t
la source de son récit; mais, en disant qu'il a puisé ses renseignements « as estoires ,
« lequels estoires sont receues et creues de tous et par tous auctorizables », il nous
permet de conjecturer qu'il s'est servi de l'une des histoires des croisades univer-
sellement connues de son temps, et très probablement de celle de Guillaume de
Tyr, avec laquelle son récit offre de nombreux points de contact. Il a pu la consulter, nous semble-t-il, dans la traduction française, dont il se rapproche un peu
plus que de l'original latin et qu'il cite d'ailleurs formellement en un passage sous
le titre de « Livre du conquest », par lequel on la désignait au moyen âge.

Il ne l'a pas toutefois suivie d'une façon servile ni d'une façon exclusive. Bien
qu'en général son récit soit plus bref, il a cependant amplifié certains passages de
l'archevêque de Tyr, en y ajoutant des réflexions ou des explications que lui a probablement fournies sa seule imagination. Outre ces différences, dont il n'y a pas
lieu de s'occuper autrement, son œuvre présente certaines particularités qu'il est
intéressant de noter. Guillaume de Saint-Estève ne désigne pas la ville d'Amalfi
comme le lieu d'origine des marchands fondateurs de l'hôpital et se borne à dire
que ces marchands étaient des Italiens. Il nous apprend que les fondateurs étaient
au nombre de cinquante, tandis que Guillaume de Tyr n'articule aucun chiffre.
Guillaume de Tyr distingue nettement la fondation préalable d'un monastère dédié
à la Vierge, où furent appelés des moines italiens, et l'établissement subséquent,
fait par ces moines, d'un hôpital-auberge, pour tous les pèlerins. Guillaume de
Saint-Estève attribue aux marchands la fondation simultanée du monastère et de

[1] Le ms. porte *couc en leuc actorisables*.

[2] Ms. français 6049, fol. 223 v°. — *Histo-riens occidentaux des croisades*, t. V, p. 424.

[3] *Historiens occidentaux des croisades*, t. V, p. 422-427, d'après les mss. français 6049 et 1978 de la Bibl. nat., le ms. 3136 du Vatican, le ms. français LV-45 de l'Université de Turin et le ms. 3323 de Vienne. — Une pre-mière édition en avait été donnée en 1885 par M. Delaville Le Roulx, dans l'appendice de sa thèse *De prima origine Hospitalariorum Hieroso-lymitanorum*, p. 119.

[4] *Historiens occidentaux des croisades*, t. V, p. CXXII.

l'hôpital. Guillaume de Tyr ne dit pas à quel ordre appartenaient les moines; Guillaume de Saint-Estève spécifie que c'étaient des moines noirs, c'est-à-dire, semble-t-il, des Bénédictins. Le premier affirme que l'hôpital fut placé sous l'invocation de saint Jean l'Hospitalier ou l'Aumônier, patriarche d'Alexandrie, illustre par sa charité; le second combat cette affirmation, et soutient l'opinion que la maison fut consacrée à saint Jean-Baptiste, le Précurseur.

Nous pouvons citer un exemple du scrupule avec lequel travaillait Guillaume de Saint-Étienne. Des articles additionnels avaient été ajoutés après coup aux Établissements du Margat; Guillaume les a compris dans son recueil, mais il les a laissés à part, en prévenant expressément qu'ils ne faisaient point partie du texte primitif. Voici ce que porte le ms. 6049 de Paris, folio 75 :

Ceste est la elecion deu maistre, ensi com elle fu ordenée au tens de maistre Joan de Villiers et au tens de maistre Guillaume de Vilaret, au chapitre qui fu tenus a Marseilla, et qui fu après cassée au tens deu desus dit maistre Guillaume de Vilaret, le premier chapitre que il tint desa mer, et au tiers[1] chapitres fu reconfermée, et nous l'avons mise près de ceste autre qui fu faite au Margat. Je[2] sur ce que ceste eleccion ne est pas de l'establiment dou Margat.

Dans le ms. 4852 du Vatican, les additions faites après coup à la Règle de Raimond du Pui sont soigneusement distinguées. Nous y lisons sur la marge du folio 3 v° :

Cestes choses qui sont escrites en maniere de glose en ce livre, tant com la regle tient, ajousta maistre Amfos a la dite regle, selonc qu'il contient a son escrit fait au Margat.

Guillaume a été moins bien inspiré quand il a cédé au désir de faire intervenir Godefroi de Bouillon dans la fondation de l'ordre de l'Hôpital. Ayant rencontré une charte[3] émanée de Godefroi III, duc de Lothier, en 1183, il en a fait entrer dans sa compilation[4] une version française qu'il a intitulée : « Ci comence le privilege que le « duc Godofroy de Bulon fist a l'ospital en Jherusalem, par lequel

---

[1] Le manuscrit porte *et autres chapitres*, mais au passage correspondant de la table mise en tête du recueil (fol. 45 v°) on lit : *et au tiers chapitle*.

[2] Passage corrompu; on pourrait proposer *ja soit* au lieu de *je sur*.

[3] Le texte original de cette charte, en latin, est publié dans le *Cartulaire* de M. Delaville Le Roulx, t. I, p. 437, n° 649. — Voir aussi *Historiens occidentaux des croisades*, t. V, p. 426.

[4] Ms. français 6049, fol. 63.

« sont testimoignés mout de biens espirituels estre heu fais en nostre
« maison en Jherusalem, et per lequel est testimoigné que le patron
« de nostre maison est saint Johan Baptiste. » Mais il a dû, lui ou un
collaborateur, éprouver un certain embarras en constatant que la
pièce était datée de l'année de l'incarnation 1183 et de la prise
de Jérusalem 84. Ce synchronisme avait été conservé, et il a fallu
pratiquer un grattage pour permettre de lire à cet endroit : « en
« l'an de l'incarnacion Nostre Seignor ᴍ ᴄ, en l'an de la prise de
« Jherusalem ɪ », leçon qui s'accordait assez bien avec l'attribution
de la charte à Godefroi de Bouillon [1].

Quand l'occasion s'en présente, Guillaume exprime ses idées personnelles sur l'administration de l'ordre auquel il appartenait. Il réprouve le cumul des fonctions et soutient que le rôle du maître doit
se réduire à une direction et une surveillance générale, sans immixtion
dans le détail des affaires :

Deus offices ensemble ne doivent estre bailliés a une persone, combien qu'ele
soit exercitée. Car ausi con la [di]versité des membres et divers offices garde la force
de cors et li done beauté, autresi la diversité des persones establies par divers offices
garde la force et l'onor de sainte Glise, et autresi con ce est laide chose en cors
d'ome que l'un membre face l'office a l'autre, est il laide chose se chascuns des
offices de sainte Glise ne est baillié a une persone; et, por ce que nostre religion
est un cors fil de sainte Glise, et ausi que saint Gregori parole a totes religions desous le vocable de sainte Glise, fu il droit que nostre religion enseguist les manieires de sa mere sainte Glise et les comandemens et doctrines de seint Piere et
des apostols. Por quoy en nostre religion, qui est un cors, fu ordené divers membres
pour le sauvement et acroissement dou dit cors, dont le maistre fu le chief, qui
est le premier office ordené au sauvament et au croissement de nostre religion.
Après sont ordenés les autres ordenes diversement, selonc que les parties dou cors,
por le portexion douquel tous les autres sont adresciés, [et] est le nostre maistre le
chief, par quoy tous les officiais doint estre proveüs et adresciés....

...Tote le nave generalment doent estre a la proveence dou nouchier et par lui
adrecée. De quoy Tullus dit, au lievre de Rectorique, que celle nave parfait trés
bien son cours qui use de trés sachant [2] governeor, atresi generalment toute nostre

---

[1] Le ms. français 1978 nous offre, au
fol. 203 v°, une copie de la même charte dont
le texte a reçu de nouvelles modifications pour
rendre moins invraisemblable l'attribution à
Godefroi de Bouillon. L'auteur de la charte s'y
appelle : « Je, Godefroy de Buillon, par la
« grace de Dieu duc de Loherenne... », tandis
que le ms. 6049 porte : « Je, Godefroy, per
« la grace de Dyeu duc de Loherengne... ».

La date est ainsi exprimée dans le ms. 1978,
fol. 204 v° : « En l'an de l'incarnaciou Nostre
« Seignor ᴍ xᴄ vɪɪɪ, en l'an de la prise de Jeru-
« salem ᴍ ʟ xxx ɪɪɪ (*sic*). »

[2] Le copiste a écrit : *de treschant governeor.*
Voici le texte de Cicéron (*De Invent.,* I, xxxɪv) :
*Nam navis optime cursum conficit ea quæ scien-
tissimo gubernatore utitur.* La traduction de Jean
d'Antioche porte *de trés sachant.*

religion est e doit estre a la proveance dou maistre et par luy ad[r]escée. Car, si come le nochier[1] doit regarder le timon et les autres officiaus de la nave se il font bien lor office, non mie que il use de mener le timon, ne de tirer les cordes, de monter a la voille, mas que soulement en regardant et comandant que soit bien feite chascune chose profitablement, et ceaus qui ne sevent enseignier discretement et tel conseill metre a chascun que riens ne demore a estre bien feit au profit et a sauvement de la nave, ce meismes est de nostre maistre : car ne apertient asson office entremetre soi do governement des soveirans offices, mais que en porveant les et en comandant que chascun official soit curos et face son office selonc que droit est et que requiert la nature de chascun office et des choses et de tens. . .[2].

Après avoir lu ces observations, on ne s'étonnera pas de nous voir attribuer à Guillaume de Saint-Étienne la rédaction d'une lettre qui fut écrite à Limassol, le 3 avril 1296, au nom des frères du « co- « vent », et adressée à Guillaume de Villaret, au moment où celui-ci venait d'être élu maître de l'ordre (26 mars 1296). On signalait dans cette lettre[3] les abus auxquels avait donné lieu la mauvaise adminis- tration de quelques maîtres, et on insistait sur la nécessité d'observer rigoureusement «les bons establimens et usages et les bons ordena- « mens de nostre maison, par lesquels nostre orde a estée mentenuee « et governée et acreue au tens passé, et par lesquels les freres prodes « homes de nostre religion ont esté honorés, et les defaillans ou er- « rans chestiés ».

Dans tous les cas, Guillaume s'est approprié les observations con- tenues dans la lettre, et il a tenu à l'insérer textuellement dans son re- cueil pour deux motifs: il fallait rappeler aux maîtres que les actes répréhensibles ne passent pas inaperçus et que les auteurs de ces actes en portent la responsabilité; il fallait aussi montrer aux frères (les « prodes homes dou covent ») qu'ils doivent avertir les maîtres des fautes à éviter ou à réparer :

Je ay mise et escripte ceste letre yci por ii achaisons : l'une que les maistres cuident que, si con sunt recitées les descovenebletés descuvertes[4] d'aucuns mais- tres trespassés, que ausi sera fait des lor, se il les font nulles descoveignables, et por ce, se en eaus a vertus, ils eschiverunt ces choses qui ont esté et sunt a grant blasme des autres maistres et doimigables as armes de aus. L'autre acheson est que les

----

[1] Le ms. porte ici le nechir. La forme nou- chier se lit plus haut.
[2] Ms. français 6049, fol. 261 v°.
[3] Ms. français 6049, fol. 252-254. — Le texte de ce document a été publié par M. De- laville Le Roulx, Cartulaire des Hospitaliers, t. III, p. 681, n° 4310.
[4] Le ms. porte : des euuenes.

prodes homes dou covent aient exemple de mostrer as maistres les defautes desquels il se doi[ven]t garder, et grant charité [1] est chose deue a caus sera se [2], lors que les defautes seront faites par les maistres, ne les lieisent enveillir, mas tant tost le dient et le facent emender. Car ceaus que les maus soffrent et passent taisiblement seront puni devant Dieu, et qui les reprent selonc dehue maniere en auront bon merite de Dieu. Donques por les ii achaisons desus dites je [ay] cestes letres icy recitées [3].

Il est temps d'arriver à l'analyse de la partie juridique de la compilation. Elle occupe les feuillets 265-296 du manuscrit, et l'auteur l'a subdivisée en trois sections.

Dans la première sont passées en revue les différentes espèces de droit : le droit de nature, qui, conformément à la doctrine de Cicéron, comporte six distinctions, suivant que ce droit a pour source religion, pitié, grâce, vengeance, révérence ou vérité (fol. 266 v°) [4]; le droit de coutume, qui est admis par tous sans être consigné dans les lois (fol. 267 v°) ; et le droit des lois, à propos duquel l'auteur cite différentes lois (fol. 270 v°) et parle des lois de l'Église, c'est-à-dire des canons (fol. 271). Il recherche ensuite l'origine des différents droits et indique les rapports qu'ils ont les uns avec les autres (fol. 272).

La seconde section a pour objet les jugements (fol. 277), l'application qui doit être faite du droit et la façon de juger dans l'ordre des Hospitaliers (fol. 279 v°), les qualités du juge (fol. 280 v°) et la pénalité (fol. 283).

La troisième est consacrée à des considérations sur le juste et l'injuste (fol. 287 v°).

Guillaume de Saint-Étienne a résumé lui-même les questions dont il s'est occupé :

Ci dit brisesment (*sic*) les choses qui sont estées tractées en cestui lievre et les conditions des choses.

J'en rent graces a la seinte Trinité, par qui adrescement est compli ce que propensai au comensament de cest lievre, ce fu a deveer (*sic*) et ensueire la tierce partie de la doutrine que le lievre saint Augustin fait as religious, laquele je ci esleus ouvrer en

---

[1] *Quant clarité et chose.* Ms.

[2] Corr. *faite?*

[3] Ms. français 6049, fol. 254 v°.

[4] « Naturæ quidem jus esse quod nobis non « opinio, sed quædam innata vis afferat, ut re- « ligionem, pietatem, gratiam, vindicationem, « observantiam, veritatem. » *De Inventione*, II, xxii.

escrivant par laquele euvre escripte peut estre seue le comensament de nostre
maison en Jherusalem, et a plusors biens espirituels et temporels estre fais en ele, et
peut estre entendu coment et par quel achaison la dite maison vient en emendement,
et ausi des maistres coment furent les uns après les autres jusques en nostre tens,
et les manieires de lors escris que al tens de chascun d'eaus furent ordenés par ordenement et adreisement de la religion de ceaus escris qui nos semblent estre
dignes en perpetuel memoire; et plusors autres manieres de chose, selonc que chascune maniere par soi recorroit, ileques sont demostrées[1] et soffisament escriptes selonc nostre avis. Et ensi est complie la premiere partie de cest lievre, laquel au comencement fu devisée en II parties.

De ce meismes.

Mais [en] le segonde partie dou lievre fu promis a dire de manieres de drois por
estre conçu en nostre religion. Car nostre regle fait de lui mention; dont fu il dit de
droit estre parti en II manieres generals, ce est de droit de nature et de droit de
meurs, et fu mostrée lur defenition de quel le droit de meurs est veu estre en II parties, ce est en loy et en coustume, par quoi est mostré III manieres de droit, dont la
premiere est le droit de nature, le segonde droit de costume, la tierce droit de loy.
Et Tulles le devise en cestes meismes manieires en Rectoricque, et espont par membres ceaus qu'il covient. Autresi est enseigné par quoi les costitutions de sainte Yglise
sont apellés quant [par] nos meismes se dist quels est l'office des lois et por quoi
furent lois trovées, et encores fu dit de la naisence dou droit naturel et des autres
de lor comensament, dont il fut mostré que furent li premiers establimens des
lois et fu mostré les premiers establimens des loys, et fu mostré la difference dou
droit naturel et des autres, et que encontre[2] droit naturel costume ne le vaut, ne
leuc ne a contre raison o verité. Totes ces choses[3] contient le premier membre.

De ce meismes.

Et le segont membre qui fu mis au segont leu est dit jugement, dont illucques
fu dit. Ne est legiere chose juger o done[r] sentense par quoi se dit totes manires de
loys ou de costitution ou de costume, et quelconques droit escrit o non escrit re-
gardent a droit sentencier o justement ouvrer, et se dit que de ce soffit a chascun
juge savoir selonc sa maniere, et se distincte en ce lur leu d'aucuns autres choses
assés covenables de justise et de injustise. Qui fu mis le derrain membre fu li tiers
devisé en la segonde partie de cest lievre, par quel membre peut estre entendu en
quoy justise se desemble des autres vertus morals, et quel chose est justise et injustise, et aver conoissance d'eaus generalment et particularment, et quoi [en] juste chose
legale est terminée par la loy, et encore est mostré a quel fin est establie aucune
chose par la loy, et quel chose soit justise lestise (sic) legale et sa condetion, et quel
est justise particuliere que est partie de tote vertu, et sont monstrées aucunes parties
de la justise particuleire, et tot a la fin est dit quel est moyen de justise.
Et ensi par le grace de Jhesu Crist sont terminées les II parties qui sont le com-
pliment de cest lievre, loquel nos apelons Salterian, car, si com est la loy que traite

---

[1] *Sont de nostre* dans le ms. — [2] *Qui encors droit* dans le ms. — [3] *Totes ches contient.* **Ms.**

de plusors et diverses choses por ce est apelee Saterian, ausi se livre, por qu'il parole de plusors et diverses choses, apellons nos Saterian, lequel fu compli en Chipre l'an de l'incarnation Nostre Seignor M.CC.XC.VI, dou mois de setembre. Deo gratias [1].

De la dernière phrase de cet épilogue il résulte que Guillaume de Saint-Étienne entendait donner à sa compilation le titre de *Saterian*. L'idée de cette dénomination lui avait été suggérée par le terme de *lex Saturiana*, qu'il avait vu employer pour désigner les lois portant sur des sujets divers, et à propos desquelles il s'exprime ailleurs [2] dans les termes suivants: « Autres lois sont qui [ont] lor propre nom, « si come est cele qui [est] apelée Sateriane; et sont ensi apelées por « ce que [elles] parlent de plusors choses ensemble et diverses. »

Par plusieurs des passages que nous avons rapportés on a pu voir que Guillaume de Saint-Étienne aime à invoquer le témoignage des auteurs qu'il avait lus.

Les Pères de l'Église auxquels il a fait des emprunts sont saint Augustin [3], saint Cyprien [4], saint Grégoire [5], saint Isidore [6] et saint Jérôme [7]. A la citation il joint parfois un commentaire.

Voici comment il développe l'opinion de saint Grégoire sur l'abus que les chefs peuvent faire de leur pouvoir :

De quoi saint Gregoire dit : « Li soumis doivent estre amonesté che nis subjès [8] « que il ne doivent et ne covint por ce que il ne soient constraint de honorer les vices « as homes quant il vuelent estre plus surmis que mestier n'en est. » Et note que il ne les apele pas *governors*, ceaus qui usent des vices, mais *homes*. Et sachés que au [go]vernor est vice tout ce qui est comandé ou fait par lui dehors de bons establimens ou bons usages. Et encore seint Gregoire dit en autre leuc : « Celui si tost [9] la

---

[1] Ms. français 6049, fol. 296.

[2] Ms. français 6049, fol. 270 v°.

[3] « Et de ce dist saint Augustin... » (fol. 272). — « Oyons que seint Augustin... « dit de ce... » (274 v°). — « Saint Augustins « dit que le mesfait... » (274 v°). — « Saint Au-« gustin dit au lievre du baptisme... » (275 v°). —« Saint Augustin dit... » (278). — « Et ce dit « saint Augustin au premier lievre de la Cité » (286). — « A[u] livre de la bataille des vices et « vertus dit... » (286).

[4] « Selonc la sentence saint Ciprian... » (fol. 275 v°). — « Saint Cipriain... dit de ce » 274 v°).

[5] « Saint Gregoire dit de ce... » (fol. 274 v°). — « Veons sur ce le dit de saint Gregoire... » (275 v°). — « De quoi saint Gregoire dist... » (278). — « Et saint Gregoire dit... » (286 v°).

[6] « Ysidres enseigne quel chose soit canon » (fol. 271). — « Et ce testimoigne saint Ysi-« dres... » (fol. 271 v°). — « Ysidres dit » (fol. 278.)

[7] « Ensivant la mention de saint Jerome... » (fol. 248).

[8] Le sens est : « que tout sujets qu'ils sont, « ils ne doivent ».

[9] C'est-à-dire « enlève ».

« poesté de lier et deslier qui use a sa volonté, non pas selonc les usages as subjès. »
Encores dist eu Registre : « Cil desert a perdre son privilege qui use malament de
« la poesté que li est autroiée[1]. »

Guillaume invoque l'autorité du Décret de Gratien [2], dont il traduit
ainsi les premières lignes :

Le Decret dit au comensament que l'umain lignaige est governé par droit de
meurs, et dit que droit de nature est celui qui est contenu en la loy et en l'avengile ;
por quoy il est comandé a chascun que il face a atre ce qu'il veaut [que] l'en face a
lui, et deffent que l'en ne fface a autre que il veaut que l'en ne face a lui [3].

C'est probablement du Décret que sont tirées les citations de décrétales de « li apostoile Nicholas » [4].

Guillaume de Saint-Étienne connaissait donc assez bien l'ancienne
littérature ecclésiastique ; il était moins familier avec l'antiquité profane. Cicéron est le seul auteur classique qu'il semble avoir étudié. Il
le tenait en grande estime, à ce point que, voulant mettre ses confrères en garde contre le danger d'élire des dignitaires incapables, il
leur avait adressé cette recommandation :

Por eschiver donques cels perills, aiés tous jours en vous pensées, a l'election,
de la paor de Dyeu et dou monde, ensivant la mention de saint Jerome et les
paroles de Salamon et l'auctorité de Tulles [5].

On comprend qu'avec ces goûts il ait encouragé Jean d'Antioche
à traduire les deux Rhétoriques. Il a, d'ailleurs, plus que personne
profité de cette traduction, dont il s'est approprié nombre de passages. Plusieurs chapitres du Saterian ne sont qu'une paraphrase du
De Inventione. Nous citerons comme exemple les pages consacrées à
définir et à expliquer les différentes espèces de droit. L'auteur y suit
pas à pas un morceau du second livre du *De Inventione* :

Disons [6] encoir plus clerement de ceste division de droit, et ce sera selonc [7]
Tulles, qui dit en son lievre de Rectorique, la ou il dit de la manieire de drois,
qu'il y a droit de nature et droit de costume et droit de loy, dont il dit : si [8] AUCUN

---

[1] Ms. français 6049, fol. 264 v°.

[2] « Les noms de ceaus trove l'en en escrit
« au Decret » (fol. 274).

[3] Fol. 265 v°.

[4] Fol. 274 v° et 275.

[5] Ms. français 6049, fol. 248.

[6] Ms. 6049, fol. 265 v°.

[7] Le ms. porte *de lonc*.

[8] Nous mettons en petites capitales ce qui
est emprunté à Cicéron.

OU PLUSORS DOUTENT, EN UNE OU EN AUTRE RAISON QUI PORROIT AVENIR [1], COMENT LE DROIT EN EST, SI REGARDE DE QUEL CHOSE LE DROIT PERMAINT, et dit qu'il est assavoir QUE LE COMENSEMENT DE DROIT VIENT DE NATURE, ET SEMBLE QU'ACUNES CHOSES SONT QUI [2] DE LA RAISON DOU PROFIT, QUI EST CLER [OU] OBSCUR, SONT PARVENUES EN ACOSTUMANCE, PUIS APRÈS SONT ESPROVÉES DE COSTUME OU DE VERITÉ, ET SONT VEUES PROFITABLES, SI SUNT AFERMÉES PAR LOY; et dit que ce est droit de costume. Par le dit de Tulles peut l'en clerement entendre que le droit de costume, ce est des meurs, si a pris et prent comensament de nature; mais par l'usage et la raison dou profit conou par l'acostumance est creu et venu en costume, ce est vodrent et vullent et usent ensi de cele costume, puis après par l'acostumance et par la verité estoit esprovée chose profitable, et ensi les affermoient par escrit qui est dit loy. Ensi est manifest que la costume est partie en deus drois : droit escrist et non escrit : le droit escrit, que desus est dit costititions ou establimens, Tulles apele loy, et le droit non escrit apelle per le meisme general nom, ce est costume. Dont clere chose est coment droit est parti en trois manieres desus dites, dont la premiere partie est droit de nature, puis droit de costume, et droit de loy. Disom encores de chascun maniere de droit per soy, et premierement dou naturel.

Tulles dit que ill resemble QUE DROIT NATUREL SI EST CE QUI NOS RESORT ET VIENT PER UNE VERTU NATUREL, NON PAS SELONC OPINION OU CUIDANCE, lequel Tulles part cestui droit en VI parties, c'est assavoir EN RELIGION, PITIÉ [3], GRACIE, VENGEMENT, REVERENCE, VERITÉ.

Tulles apelle RELIGION UN RELIAMENT DE CORAGE ET DE CUER [4] EN LA PAOR DE DIEU ET EN [5] SON SAINT SACRIFICE ET SA SAINTITÉ ET QUANT QUE A LUI APARTIENT. De cestui droit, lequel est en la timor de Dieu, furent esmeu ceaus prodes homes qui comencerent nostre maison en la maniere que vos avés oy devant; et autresi de la seconde partie qui vient après furent esmeus, laquel Tulle apele pitié, quar PITIÉ, ce dit Tulle, NOUS AMONESTE QUE NOS GARDONS DEVOTAMENT OFFICE VERS NOSTRE PAÏS O VERS NOUS PERES, ET NOS MEIRES, ET COSINS ET PROCHANS, et ce meismes dit l'en al preusme, especialment malades ou besoignos; quar office est une chose deue naturelment, non pas ou cil (sic) ordenement humain. Tulles dit que la tierce partie de droit naturel est apellé GRACE, laquel est une chose qui doit estre TENUE ET GARDÉE EN LA MEMOIRE ET AU REGUERRED[ON]EMENT [6] D'OFFICE ET DE HONOR ET DE AMISTANCE. De celui droit fu esmeu en partie la chaliphe qu'il otroia la proieire que ceaus li firent qui comencerent nostre maison et qui estoient environ luy.

Le quart droit naturel, que Tulles apelle VENGEMENT [7], SI EST PAR CUI EN DEFENDENT OU EN VENJANT NOS EN OSTONS [8] OU REBOTONS DE NOS FORCE, INJURES ET OTRAGES, ET DES NOSTRES ET DE CEAUS QUI NOUS DOIVENT ESTRE CHIERS, ET PAR CUI NOS PUNISONS

---

[1] *Avoir* dans le ms. 6049. Ici et dans plusieurs des passages qui suivent, nous rétablissons les bonnes leçons à l'aide du texte de Jean d'Antioche.

[2] Ms. *semble qui soient de la raison.*

[3] Dans le ms. 6049, ici et plus bas, le mot *pitié* est remplacé par le mot *partie*.

[4] Ms. *de Dieu.*

[5] Ms. *et de son.*

[6] Ms. *en la maniere et au regir et au ordencment.*

[7] Ms. *vegement.*

[8] Ms. *nosstons.*

LES PECHIEZ [1]. Par cestui droit furent ordenés les lerrons estre pendus, et les autres tormens divers selonc les divers mesfais.

La quinte partie de droit naturel, que Tulles apelle REVERENCE, si est par lequele NOS DEVONS HONORER ET CULTIVER TOUS CEAUS QUI VALENT MEAUS DE NOUS, ET SUNT DE PLUS D'AAGE OU PAR SENS OU PAR HONORS OU PAR AUCUNE DIGNITÉ. Par cestui droit sunt honoré ceaus qui ont les prelations, les baillies par les regions et cités et les offices religious, et ces qui sont sachant en sciences, ou ceaus qui sunt plains de grant descretions ou ont aucune noble vertu ou sont de grant lignage ou sont mout anciens, et teles choses semblables.

La VI⁰ partie de droit naturel Tulles apelle VERITÉ, PAR LAQUEL L'EN AIDE ET CONSEILLE QUE RIEN NE SE FACE AUTREMENT QUE SERA CONFERMÉ, ce est esproé, OU QUE NE SOIT FAITE OU QUE NE SOIT A FAIRE. Par cestui droit sont mises ariers toutes mensonges et tous faus testimoing et toutes choses faites ou dites contre verité et contre raison.

Et en cestes VI parties Tulles divise le droit naturel.

Tulles dit que DROIT DE COSTUME SI EST, SE CUIDE L'EN, CELE CHOSE QUE L'ANCIENETÉ [2] A CONPROVÉE PAR LA [3] VOLONTÉ DE TOUS SENS LOY, ce est que de cele chose ne y a escrit. EN CEST ANDROIT SI DOIT L'EN ENTENDRE QUE AUCUN DROIT SONT QUI SONT JA CERTENS PAR ANCIENETÉ, EN LAQUELE MANIERE [4] MAINS AUTRES Y A DONT LE GREIGNOR PARTIE LES JUGE OU LES SOVEIRAINS ONT ACOSTUMÉ COMANDER AUCUNES CHOSES, si come, clorre les portes de la cité et metre garde de nuit par les rues, et autres choses que les pretors seulent comander, ensi come en nostre religion le maistre comande venir seur semaine les freres dou covent au chapitre, ou les sages freres a acunes choses conseillier, ou les freres venir en partie ou tous, ou amonester aucune chose, ou comander ou faire defense ou autre, si come se le mareschal comande l'aigue ou le gait, ou aler au forrage, en ces comandemens et semblables qui sont usés d'ancieneté solement [5] sans que se soit establit par escrit.

ET AUCUNES MANIERES SONT DE DROIT QUI SONT JA FAIS CERTEINS PAR ACOSTUMANCE. CESTE MANIERE SI A III MEMBRES : COVENANT ET JUGÉ ET EGAL.

COVENANT EST TELE CHOSE QUI EST ENCOVENANCÉE [6] ET PLEVIE ENTRE AUCUNS, LAQUEL CHOSE EST TANT TENUE POR JUSTE ET POR DROICTUAIRE [7] QUE L'EN DIT QUE ELLE VAUT MEAUS DE DROIT.

Covenant est devisé en II parties, escrit et non escrit. Car cele chose est covenant laquele est covenue [8] et ordenée, aucune fois entre [9] aucuns que il garderont ou tendront cele chose, laquel est covenue ou ordenée par aucun escrit ou loi, si come composicions, compaignes et certenetés et trives, et autres tels choses; et meismes, si come qui donast a un orfevre ou argentier laborer que aüst

---

[1] Ms. *pechaors.*
[2] Ms. *a latienere.*
[3] Ms. *par sa volonté.*
[4] Ms. *en la maniere.*
[5] La bonne leçon doit être *suel en mander,* ou l'équivalent.

[6] Ms. *covinacée.*
[7] Ms. *droictuaire.* Le texte de Jean d'Antioche porte *droituriere.*
[8] Ms. *covenie.*
[9] Ms. *centre.*

comunal compaignie a alcun autre, l'en la porroit demander de son compaignom ;
ou autre covinant ensi : « Tu me feras une espée, et je donarai c soz » ; car tele co-
venence est a tenir par la loy escripte, ce le comande. Et en nostre religion est tel
en droit entendu de frere a frere le congié dou balli. Car ce deus freres covenan-
sent de changier lor harnois ou lors chevaus, après l'acort des deus covient a ce
ferme le congié dou bailli, lequel congié est es freres come la loy entre les seculiers.
Autres covenant es[t] fait soulement de le volenté des gens sens escrit e sens testimoing et sens constreignement de loi, ci come aucune fois avient en fait d'armes
quant deux ou trois ou plus s'entredient : « Tenons nos ensemble, ne nos partons
« en la bataile les uns des autres se par comandement ne est. » Autresi de toute
convention ou acort solement en paroles d'un antre aucun d'aucunne cose faire
ensemble, mais qu'i n'i ait mal, elle doit estre ausi ferme come loi [1].

La jugée est douquel est establie avant la sentence d'aucun ou d'aucuns [2], si
come celui droit douquel sentence est donée dou seant de prince ou de juge, un ou
plusors, qui ont poesté ou actorité de ce, ce est de feire les jugemens, si come d'un
l[e]ire [3] qui est se[n]tencié, que de tel peine soit puni qui emblera ou qui fera murtre
ou autre mefait. Et en nostre religion : « Soit en tel justice por tel defaute, car
« ensi a esté jugié. » Dont en ceste partie sovent avient que les duis juges donent
de un meisme fait et semblable [4] diverses sentences, si come en nostre religion,
as esgars, aucun dira : « A tel esgart fu donée sentence, que le frere qui vint
« desobedient d'outre mer, que il recovra[s]t l'abit desa mer ; ausi doit l'en faire de
« cestui ; » mais aucun autre dira : « Et a tel autre esgart [5] fu doné sentence que il
« retornast a recovrer son habit la ou il l'avoit laissé ; » ou ensi aucun dira : « Tel so-
« verain refusa tenir esgart a tel frere ; » et un autre dira : « Et tel autre li tint ; » —
Autre frere : « Ou a tel chapitre, sens estre rapelé tal bailli, fu fait un autre bailli
« en celle bailie, o non fu fait null bailli, mais soulement li fut tolue » ; et l'autre
dira : « En [6] tel autre chapitre fu rapelé le bailli de cele meisme baillie sens
« perdre la baillie, jusques ill vint en la presence des prodes homes et dou cha-
« pitre general. » Et por ce, si come est dit des choses desus dites, porroit il estre de
plusors autres en tel maniere, por ce que les choses poent diversement de une
meisme chose et de une semblance estre jugés diversement, les uns contrairient les
unes, les autres contrairient les autres. Et lors, quant [7] se avient, doit estre
faite comparicion : l'en comparera les [8] juges de l'une sentence avec ceaus de l'autre :
ce est qui furent ces qui jugerent le recoverer l'abit desa mer a ceaus qui vindrent desobedient, ou qui firent cel esgart, et qui furent cil qui donerent sentence que il tornast querre le la ou il l'avoit leissié. Et autresi les choses jugées [9],
les nombrez des choses jugées, les tens et les achaisons. Ce est comparer juges
avecque juges, les nombres des choses avecques les nombres des tens, les achoi-

---

[1] Ms. *come lui*.
[2] *Judicatum de quo jam ante sententia alicujus aut aliquorum constitutum est.*
[3] D'un larron.
[4] Ms. *semblables*.
[5] Le mot *esgart* est répété dans le ms.
[6] Ms. *Et*.
[7] *Quant* est répété dans le ms.
[8] Ms. *comparables*.
[9] Ms. *gujées*.

sons [1] avec les achoisons. Et ensi seront trovées les meillors se[n]tences et les meillors juges, et les plus grant nombre des jugementz donés, et les plus coveinables achozsons. Car aucunes conditions de tens ou de achoisons font honeste [2] la chose qui n'est rasonable, et de ces choses est a outroier as plus discrès juges et as no[m]bres des choses plus justes et as tens et [as] achoisons [3] plus honestes et plus profitables et plus nescessaires.

L'IGAL SI EST QUI EST IGALABLE EN TOUTES [4] CHOSES, ou peut estre apellé droiturier et bon, si come non faire a autre ce que l'en ne veaut que l'en face a lui, lequel droit est veu por tenir a verité, ce est que il est fait et establi par aucune veritable non mie par fainte achoison, mais par discretion et par un corage et por consell, et est trové estre profitable a tous, si come quant l'ome a LX ans, d'ileuc en avant est quite dou servise, ou se il est malade, et de ce covient establir novel droit o par cestui droit l'en peut proposer [5] et dire aucune chose, laquale fust honeste ou profitable, et soit a plusors covenable chose proposer et trover, ce est a chascun qui est a ce covenable et selonc le pris penser et metre avant por [6] establir droit ygal ou droiturier et bon a la semblance de un des desus diz, si come en nostre chapitre l'en peut dire aucune chose de adresament ou qui soit [7] comun profit.

LE DROIT DES LOIS [8], ce dit Tulles, EST CE QUI EST ESTABLI ET CONFERMÉ PAR COMANDEMENT AU PUEBLE, en qui li ainnés ou les mainnés gens ont establi aucunes choses. Encores dit Tulles que LES DROIS QUI SUNT SELONC LES LOIS COVENDRA CONOISTRE. Des lois les unes lois sont nomées de ceaus qui les firent, si come celes as consúles, dont ill i est la loi Juliane, la Tribuniaine, la Corneliane, et ensi de plusors autres, qui sont nomées selonc le nom de ceaus qui les firent. Autres lois sont qui [ont] lor popre nom, si come est cele qui [est] apelée Sateriane, et sont ensi apelées por ce que parlent de plusors choses ensemble et diverses. Encores y a autre lois qui a nom Rodiane, qui fut trovée en l'isle de Rodes, dont ele retient son nom, et tracte de marchandies. Toutes ces speces sont parties de lois seculiers, desquels lois covendra estre coneu les drois des lois qui sont apelés legiptimes.

Sembla[ble]ment en nostre religion le droit, si com est coneu des lois desus dites, est il coneu de nos estab[l]issemens desquels nous devons user, et por ce sont necessaire assavoir, come chose qui contient lor drois en partie. Et por ce que les unes costitutions sont citaines et sont apelees drois citiens, les autres aparticn[en]t a sainte Glise; assavoir est de celes costitutions qui partienent a sainte Glise coment seront [9] apelées.

Le ms. français 6049, qui nous a transmis l'ouvrage de Guillaume de Saint-Étienne, augmenté de plusieurs morceaux un peu

---

[1] Le ms. porte *achoisens*, ici et deux mots plus loin.

[2] Ms. *font homes de la chose.*

[3] Ms. *achoises.*

[4] Ms. *est igables entre ces.*

[5] Ms. *propenser*, ici et à la ligne suivante.

[6] Ms. *pro.*

[7] Ms. *sont.*

[8] Ms. *les dois.*

[9] Ms. *selonc.*

plus récents [1], doit avoir été copié vers le milieu du xıvᵉ siècle. Les extraits qu'il nous a fournis montrent combien il est incorrect.

Il serait injuste de faire retomber sur l'auteur la responsabilité de ces incorrections ; mais il faut bien reconnaître que le plan de l'ouvrage est mal conçu, qu'il y règne de la confusion, qu'il y a des redites et que le raisonnement est parfois difficile à suivre.

Malgré tout, l'ouvrage qu'il nous a laissé est remarquable à plus d'un titre : il abonde en renseignements précieux pour l'histoire de l'Orient latin. L'auteur connaissait à fond l'organisation de l'ordre auquel il appartenait ; il a dû exercer une réelle influence sur les assemblées au milieu desquelles il a siégé. Ses écrits dénotent un esprit curieux et cultivé, un profond amour de la justice et de la vérité. Le seul fait d'avoir provoqué, à la fin du xıııᵉ siècle, une traduction française de la Rhétorique de Cicéron nous autorisait, d'ailleurs, à inscrire le nom de Guillaume de Saint-Étienne, à côté de celui de Jean d'Antioche, dans les Annales littéraires de la France.

L. D.

[1] Les principales additions portent sur les morceaux suivants :

Établissement relatif à des prérogatives du maréchal de l'ordre et à l'obligation de n'élire pour maître qu'un frère chevalier d'une naissance légitime (fol. 298) ;

Notes sur les types des bulles de plomb et les sceaux de cire employés par les dignitaires de l'ordre (fol. 298). Morceau très curieux pour la sigillographie ;

Liste des dignitaires de l'ordre (fol. 299) ;

Établissements des chapitres généraux tenus à Rhodes le 22 avril 1311 (fol. 300) et à Montpellier le 24 octobre 1330 (fol. 301) ;

Records de différents usages de l'ordre (fol. 304 vᵒ).

LES COUTUMIERS DE NORMANDIE.

PRÉAMBULE.

Une étude générale des textes du moyen âge qui se rattachent au droit normand devrait comprendre, outre les œuvres qui ont été composées dans la province même de Normandie, les coutumes des divers pays où les Normands ont établi leur domination et porté en même temps leur droit et leurs usages. L'Angleterre, le royaume des Deux-Siciles, la principauté de Tarente et celle d'Antioche devraient donc être passés en revue, si nous prétendions donner ici un essai consacré à l'ensemble des monuments juridiques qui intéressent le droit normand. Un pareil travail ne serait pas sans intérêt pour l'histoire du droit normand proprement dit, car tel principe juridique qui n'a pas été dégagé au xiiie siècle par les auteurs normands en Normandie est, au contraire, nettement formulé dans certaines coutumes siciliennes ou dans les Assises d'Antioche, en sorte que ces derniers textes jettent parfois une lumière très vive sur certaines parties obscures du droit de la Normandie [1]. Mais notre plan ne saurait être aussi vaste. Nous nous proposons d'étudier exclusivement les œuvres du xiiie siècle ou du commencement du xive qui appartiennent à la province de Normandie.

Parmi les textes antérieurs à la période qui va nous occuper, nous citerons un seul document, parce qu'il se rapproche sensiblement, par sa nature même, des textes postérieurs : c'est un record des droits, plus particulièrement des droits de justice appartenant au duc de Normandie. Ce record fut provoqué, vers la fin du xie siècle, par les deux fils aînés du Conquérant, Robert Courte-Heuse, duc de Normandie, et Guillaume le Roux, roi d'Angleterre [2] :

[1] Cf. H. Brunner, *Der Todtentheil in germanischen Rechten*, dans *Zeitschrift der Savigny-Stiftung für Rechtsgeschichte*, t. XIX, *Germanistische Abtheilung*, Weimar, 1898, p. 110, 111, 112.

[2] D. Martene l'a publié en 1717. En voici l'incipit : *Hec est justicia quam rex Willelmus, qui regnum Anglie acquisivit, habuit in Normannia, et hic scripta est sicut Robertus comes Normannie et Willelmus rex Anglie, filii ejus et heredes*

à la requête de ces deux princes, les évêques et les barons rendirent témoignage des droits qui compétaient à Guillaume le Bâtard, et qui, par conséquent, appartenaient de même à ses ayants cause. Nous remarquons notamment que tout sujet du prince relève de sa justice, et non de celle des barons, dès qu'il est requis pour l'ost, et encore huit jours après le licenciement (art. 2); que les barons normands ne peuvent édifier aucune forteresse ou château fort (art. 3). Ces prescriptions prouvent que les ducs de Normandie, comme plus tard les rois d'Angleterre, avaient en leur main un baronnage armé qu'ils voulaient soumis et discipliné. Le droit de battre monnaie est également très restreint et réglementé : *Nulli licuit in Normannia monetam facere extra monetarios domus Rothomagensis et Baiocensis* (art. 10). D'autres prescriptions se rattachent aux réglementations diverses qui s'élaborèrent alors en vue d'adoucir la guerre privée. La justice appartient de ce chef au duc. Les recordeurs ont soin d'ajouter que leur énumération des droits du duc n'est pas complète, car il ne faut pas qu'une omission de leur part puisse nuire au prince : *Hec autem que superius scripta sunt quia magis necessaria sunt. Remanet autem multum extra hoc scriptum de justicia monete et reliquis justiciis Normannie* (art. 11).

Ainsi, c'est le soin des intérêts du duc qui inspira, en Normandie, dès la fin du XIe siècle, la première petite rédaction de droit coutumier. C'est aussi par l'énumération des droits du duc que s'ouvre l'important ouvrage qu'un anonyme composa au milieu du XIIIe siècle, ouvrage que nous appelons le Grand Coutumier normand et que nous étudierons avec soin dans le présent travail.

Cette étude comprendra deux parties, dont voici l'indication :

I. Traités de droit normand :

1° Le Très ancien Coutumier; 2° le Grand Coutumier[1]; 3° deux Consultations sur la coutume de Normandie.

---

predicti regis, fecerunt recordari et scribi per episcopos et barones suos, eadem die xv. *kalendas augusti. Et hec est justicia domini Normannie, quod, etc.* (Ex ms. S. Michaelis in Periculo Maris; aujourd'hui Avranches, 149. — D. Martene, *Thesaurus novus*, t. IV, col. 117-120.) Ce texte se trouve aussi dans le ms. latin de la Bibl. nat. 1597 B. et au Vatican, dans le ms. Ottoboni, 2964, fol. 133 v°. Cf. Tardif. *Summa de legibus*, p. LIII, note 4.

[1] Dans l'édition du texte latin donnée p M. Tardif, le titre est : *Summa de legibus Normannie in curia laicali*. Nous conservons la désignation habituelle et comme consacree.

II. Recueils de jurisprudence normande :

1° Diverses compilations d'arrêts de l'Échiquier de 1207 à 1243;
2° un recueil intitulé : *Arresta communia de Scacario* (1276-1290),
et un petit recueil allant de 1291 à 1294; 3° les *Assises de Normandie*.

I. — TRAITÉS DE DROIT NORMAND.

1. TRÈS ANCIEN COUTUMIER DE NORMANDIE.

Ce n'est pas sans hésitation que nous adoptons ici cette rubrique :
Très ancien Coutumier. Il serait plus exact de dire : deux Très anciens
Coutumiers. Nous maintenons cependant cette désignation tradition-
nelle qu'a acceptée aussi le dernier éditeur, M. Tardif[1]. Aussi bien,
ces deux Très anciens Coutumiers, rédigés primitivement en latin, ont
été réunis en un seul dans une traduction française qui date du
XIIIe siècle et confondus dans les annotations latines d'un manuscrit
du Grand Coutumier en français. De cette double circonstance est née,
pour les modernes, l'illusion d'un Coutumier unique : illusion à la-

[1] Manuscrits : Lat. 11032. Ce manuscrit, du commencement du XIVe siècle, contient, entre autres documents, le texte français du Grand Coutumier. On a intercalé dans ce texte français de très nombreux fragments latins de notre Très ancien Coutumier. — Lat. 18368. Ce manuscrit, de la fin du XIIIe siècle, contient, à la suite du Grand Coutumier (texte latin, fol. 89 r°-100 v°), la seconde partie du texte latin du Très ancien Coutumier (chap. LXVI à XCI). Aucun titre, ni au commencement, ni à la fin. — Lat. 4653, fol. 62 v°-73 r°. La section de ce manuscrit (c'est un recueil factice) qui contient, avec le Grand Coutumier et d'autres compilations, la seconde partie de notre Très ancien Coutumier (texte latin) a été écrite en 1430. Cette copie du XVe siècle paraît dériver d'un manuscrit très correct. M. Tardif a pris le ms. lat. 4653 comme base de l'édition de la seconde partie du Coutumier. Aucun titre, ni au commencement, ni à la fin; aucune rubrique en tête des chapitres. — Vatican, fonds Ottoboni, 2964, fol. 106-131, fin du XIIIe siècle (cf. la description de ce ms. par Auvray, dans *Bibl. de l'École des chartes*, t. XLIX, p. 635-637). Ce manuscrit contient seulement la première partie du Très ancien Coutumier. Nous en devons la collation à l'obligeance du R. P. Van Ortroy. Notre texte est ici intitulé : *Antiqua consuetudo Normannie*. — Sainte-Geneviève, 1743 (anc. F. f., in-4°, 2), fol. 193-255. Ce manuscrit, qui contient, outre le texte français du Très ancien Coutumier (texte tronqué au commencement et à la fin), le Grand Coutumier et d'autres textes de droit normand, semble avoir été écrit, suivant M. Tardif, vers 1290.

Le texte français a été édité par Marnier dans *Établissements et coutumes, assises et arrêts de l'Échiquier de Normandie*, Paris, 1839; le texte latin, par Warnkœnig et Stein, *Französische Staats- und Rechtsgeschichte*, Basel, 1848, *Urkundenbuch*; par J. Tardif, *Coutumiers de Normandie*, 1re partie, *Le Très ancien Coutumier, texte latin*, Rouen, 1881.

quelle l'édition du texte français par Marnier et celle du texte latin par Warnkœnig ont donné une très sérieuse consistance.

Deux historiens, MM. Brunner et Tardif, qui n'avaient pu consulter tous les manuscrits latins, se sont donné beaucoup de mal, depuis une trentaine d'années, pour distinguer les deux parties du Très ancien Coutumier de Normandie ou, mieux, pour distinguer deux Coutumiers dans le Très ancien Coutumier [1]. Les résultats obtenus par ces deux savants [2] font grand honneur à leur clairvoyance. Mais ces efforts de critique étaient quasi inutiles, car les deux Coutumiers existent isolément dans les manuscrits. La dualité de l'œuvre n'a donc pas besoin d'être démontrée. Elle se révèle directement. M. Brunner plaçait la coupure au chapitre LXXIII; M. Tardif l'a mise au chapitre LXVI. Cette dernière place est la bonne.

Il y a peut-être quelque intérêt rétrospectif, pour l'histoire de la critique, à faire connaître très sommairement les raisons excellentes qui avaient conduit à reconnaître dans le Très ancien Coutumier deux œuvres distinctes.

Les mêmes matières sont traitées deux fois dans le Très ancien Coutumier, savoir : les partages entre frères, aux chapitres VIII et LXXXIII; les donations en aumône, aux chapitres LVII et LXXXIX; les droits de relief, aux chapitres XLVII, § 1, 2, et LXXXIV, § 1; le régime des biens entre époux (*maritagium* et *dos*), aux chapitres V et LXXIX, § 5; les essoines, aux chapitres XLII et LXXXII; le duel judiciaire, aux chapitres XLI et LXXXIII; le patronage des églises, aux chapitres VIII et LXXXIII. Ces doubles chapitres constituent, la plupart du temps, des répétitions inutiles et que rien ne justifie.

Il y a même çà et là désaccord complet de doctrine entre les deux parties de notre traité. Ainsi le chapitre V, *De dotaliciis*, § 7, reconnaît en principe la compétence des tribunaux laïques dans les questions de douaire; le chapitre LXXIX, *De dotibus*, § 11, ne reconnaît leur compétence qu'en matière de douaire immobilier.

Nous n'épuisons pas la série de ces observations, devenues aujourd'hui superflues.

---

[1] Pour simplifier nos citations, nous renverrons toujours à la série unique des chapitres de cette édition.

[2] Brunner, *Das Anglonormannische Erbfolgesystem, Excurs über die älteren normannischen Coutumes*, Leipzig, 1869; Tardif, *Le Très ancien Coutumier de Normandie*, texte latin, Rouen, 1881.

Le début réel du second Coutumier est étrange et bien moins naturel que celui qu'avait proposé M. Brunner[1] sans avoir étudié les manuscrits. Ce savant plaçait, en effet, la coupure au chapitre LXXIII, qui a tout à fait l'apparence d'une entrée en matière, d'un préambule : *Prius tractandum est de possessione quam de proprietate.* Mais les manuscrits lat. 4653 et lat. 18368, qui ne nous ont transmis que le second Coutumier, commencent plus haut, au chapitre LXVI, *Jurea regalis;* et le manuscrit Ottoboni 2964, qui ne nous a transmis que la première partie, finit avec le chapitre LXV. C'est donc avec toute raison que M. Tardif a placé la coupure à ce chapitre LXVI qui ouvre la seconde partie du Très ancien Coutumier. Ces chapitres LXVI à LXXII contiennent trois documents officiels qui ne sont point l'œuvre du rédacteur, à savoir : une enquête ou jurée; une ordonnance de Henri Ier; un mandement de Richard Cœur de Lion; ces actes sont comme plaqués en tête de l'œuvre de notre jurisconsulte. Celui-ci expose son plan au chapitre LXXIII. Il traitera, dit-il, des questions possessoires avant de passer au pétitoire; il ne s'écartera de ce système qu'en ce qui concerne les questions de patronage des églises. Telle est, en effet, l'économie générale de la seconde partie; le vaste ensemble que l'auteur groupe sous l'étiquette *possession* («requenois- «sans possessoires»; règles sur la capacité du mineur; douaire et dot) est passé en revue avant les questions de propriété, à l'occasion desquelles interviennent quelques notions sur la procédure. Une seule matière, le patronage des églises, est réunie aux questions possessoires, qu'il s'agisse du possessoire ou du pétitoire. Il serait, à première vue, bien naturel d'ouvrir la seconde partie avec ce chapitre LXXIII qui en donne le résumé et le plan. M. Brunner, n'ayant pas les manuscrits sous les yeux, ne pouvait imaginer une solution plus satisfaisante. Et même nous admettrions volontiers qu'originairement le chapitre LXXIII fut, en effet, le début du traité, les chapitres LXVI à LXXII étant venus plus tard, soit par le fait de l'auteur lui-même, soit par le fait de quelque copiste ou de quelque reviseur, se plaquer en tête de l'œuvre.

Nous avons parlé d'un texte latin primitif et d'une traduction française. Il est temps de justifier cette assertion.

[1] M. Brunner a donné au second Coutumier le titre de *Tractatus de brevibus*, à cause des nombreux brefs qui y sont contenus : à notre connaissance, aucun manuscrit ne porte ce titre.

Il existe un seul manuscrit français du Très ancien Coutumier, et ce manuscrit est incomplet. Le texte français (dans lequel les deux parties du Coutumier se suivent sans arrêt ni distinction) présente tous les caractères d'une traduction. Le travail du traducteur se révèle par certaines méprises très significatives. Nous en citerons trois. Un certain *R. de Sig[illo]* et un certain *Nig[ellus]*, *Eliensis episcopus*, figurent dans le texte latin comme témoins au pied d'une ordonnance de Henri Ier sur la trêve de Dieu : l'auteur du texte français n'a pas retrouvé les vrais noms, qui sont *R. du Seel* et *Neel*, évêque d'Ély († 1169). Il a, pour l'un de ces deux mots, calqué la forme latine, probablement abrégée de l'exemplaire qu'il avait sous les yeux, et mis *R. de Sigi.*; pour l'autre, il a, au contraire, interprété à faux son texte : il avait sous les yeux *Ni.* ou *Nig.*: il a complété *Nicolas* au lieu de traduire *Neel*. Un certain Guillaume Patri († 1174), qui nous est connu par d'autres voies, figure comme témoin dans le texte d'une jurée ou enquête par laquelle s'ouvre la seconde partie du Très ancien Coutumier (chap. LXVI). Le latin porte *Patric.*; que trouvons-nous dans le texte français? *Guillaume del Païs.* Il est clair que l'auteur du texte français avait sous les yeux un manuscrit où il a lu *Guillelmus Patrie* au lieu de *Guillelmus Patric.*; le traducteur maladroit se trahit donc, sans aucun doute possible. Il faut ajouter que l'hypothèse d'une rédaction française primitive, à l'époque où se place la composition de nos Coutumiers (commencement du XIIIe siècle), serait en elle-même fort peu vraisemblable.

Le texte latin suivi par le traducteur français était, çà et là, meilleur que celui qui nous est parvenu. Nous nous contenterons d'un exemple. La fin de la formule prononcée par le demandeur dans une action en revendication (chap. LXXXV, *De difforc. hered.*, 2) est ainsi conçue dans le texte français : *Il est prest de prover en une eure de jor, a l'esgart de la cort* (édit. Marnier, p. 74). Ces mots *a l'esgart de la cort* correspondent à la formule *secundum considerationem curie*, par laquelle les parties terminent tous leurs dires en justice. Cependant le texte latin qui nous est parvenu porte ici : *paratus est probare una hora diei secundum consuetudinem patrie*, et non *secundum considerationem curie*. Il est évident que le traducteur du XIIIe siècle avait sous les yeux un meilleur texte latin que celui de nos manuscrits : *secundum consuetudinem patrie* est une mauvaise copie de *secundum considerationem curie*, que le dernier éditeur a très légitimement substitué à la leçon *secundum consuetudinem patrie.*

La traduction française a été faite, pour la première partie du Très ancien Coutumier, sur un texte latin beaucoup plus complet que ceux qu'a connus le dernier éditeur. Ce texte latin était très voisin de celui qui nous a été conservé par le manuscrit du Vatican, fonds Ottoboni, n° 2964. Nous reviendrons sur ce manuscrit et nous relèverons les leçons les plus importantes entre celles qu'il nous a conservées.

Nous voudrions maintenant déterminer dans la mesure du possible l'âge des deux parties du Très ancien Coutumier, et donner de chacune de ces parties une idée sommaire.

M. Tardif a fort bien établi [1] que la première partie a été rédigée : avant 1207, car, à dater du statut de Gisors d'octobre 1207, les contestations relatives au droit de patronage furent soumises à une procédure toute spéciale que notre auteur ignore complètement; avant 1204, car, à cette date, Philippe Auguste, qui venait de conquérir la Normandie, décida qu'en cas de duel judiciaire le vaincu, quel qu'il fût, demandeur ou défendeur, subirait toujours une peine corporelle, tandis qu'antérieurement le défendeur seul encourait cette peine, s'il succombait : cette modification au système ancien est, elle aussi, complètement ignorée de notre auteur.

Quand on veut serrer de plus près le problème, des considérations diverses se présentent. Voici celles qui ont séduit le dernier éditeur.

L'anonyme cite comme indication chronologique l'époque d'une guerre qui durait quand le roi Richard était en possession de la terre, *Ricardo rege possidente.* Il résulte de cette mention qu'au moment où il écrit, la seule guerre qui ait eu lieu sous le roi Richard, de 1194 à 1196, est finie, et, en outre, que Richard n'est plus « en possession « de la terre » : ce roi est mort le 6 avril 1199. D'autre part, il y a lieu de croire que notre texte a été rédigé du vivant du sénéchal Guillaume Fils-Raoul, le seul qui y soit mentionné. Or ce sénéchal est mort le 9 juin 1200. M. Tardif en conclut que cette première partie a été rédigée dans les derniers mois de 1199 ou les premiers de 1200.

____

[1] *Le Très ancien Coutumier, texte latin,* p. LXVII.

Cette date 1199-1200 ne va pas toutefois sans certaines difficultés. En effet, le meilleur manuscrit du Très ancien Coutumier, manuscrit que le dernier éditeur n'a pas connu, contient ce passage suggestif (chap. LXIV, § 3) : *Si quis de infidelitate approbatus fuerit, eum in prisionem mittet [senescallus], donec ille qui dux est eum liberabit, scilicet rex Anglie vel Gallie.* Si l'auteur du Très ancien Coutumier a commenté lui-même le mot *dux* par cette apposition *scilicet rex Anglie vel Gallie,* il faut admettre qu'il écrivait en 1203-1204, au temps même de la conquête de la Normandie par Philippe Auguste, ou du moins que, cette année-là, il retouchait son œuvre. Les autres manuscrits latins ont ici une leçon différente : ils portent *scilicet rex Gallie* au lieu de *scilicet rex Anglie vel Gallie.* De même la traduction française : « Li « senechaus fu coreciez, si commenda que li sergent le duc, qui « doivent lealment mener le pueple, n'acusent pas les gens deslealment. « Et se aucuns est atai[n]z de tel deslealté, il soit mis en prison, tant « que cil qui est dus le delivre, *ce est li rois de France* [1]. » Il est bien évident qu'un auteur pour qui le duc de Normandie ne serait autre que le roi de France écrivait après la conquête de Philippe Auguste (1204). Cette observation n'a pas échappé à M. Tardif, qui croit la rédaction du Coutumier antérieure à la conquête. Il a pris ici une résolution radicale. Il a corrigé le texte et imprimé, malgré l'autorité des manuscrits : *donec dux eum liberabit,* reléguant en note la leçon fournie par le seul manuscrit latin qu'il ait connu pour ce passage, et par le manuscrit français, leçon qu'il considère, avec quelques autres sur lesquelles nous n'insistons pas, comme une addition ou correction au texte primitif. Il fait observer ici que « l'emploi de « l'expression *rex Galliæ* indique une explication ajoutée après coup ». Cette observation ne nous paraît pas, en soi, très juste [2]. L'expression *rex Galliæ* est d'un auteur qui ne connaît pas les usages de la diplomatique latine de nos rois, ou qui délibérément ne veut pas employer le style des diplômes, et traduit mot à mot en latin l'expression *roi de France,* au lieu de dire *rex Francorum.* Mais cette ignorance (si toutefois cette expression trahit l'ignorance de l'écrivain) convient tout aussi bien à l'auteur du traité qu'à un reviseur quelconque. En soi, cette tournure ne dénote pas une addition. Elle ne nous surprend

[1] Marnier, p. 47. Bibl. Sainte-Geneviève, ms. 1743, fol. 226 v°. — [2] Tardif, p. 56, note 4.

nullement chez un Normand, qui passe ou qui vient de passer de la
domination du duc de Normandie, roi d'Angleterre, sous celle du
roi de France, dont il n'a peut-être jamais vu un seul diplôme. Aussi
bien la même expression ou une expression analogue a été employée
par l'auteur de la seconde partie du Très ancien Coutumier : celui-ci
parle d'une *constitutio Philippi regis Francie* (un manuscrit porte : *regis
Gallie vel Francie* [1]). Quant à nous, il ne nous paraît pas impossible
que la leçon du manuscrit de Rome soit authentique. Notre anonyme
aurait, en ce cas, rédigé ou retouché son œuvre en 1203-1204. Nous
n'affirmons rien; car assurément cette petite explication, *scilicet* etc.,
peut aussi avoir été ajoutée par un tiers. En tout cas, la leçon *rex
Anglie vel Gallie* est évidemment antérieure à la leçon *rex Gallie*.

Le plan de cette première partie a été exposé par M. Joseph Tardif.
Nous ne sommes pas, il est vrai, très assurés que cette qualification
de plan soit parfaitement justifiée. Il y a, ce semble, beaucoup d'abandon et de laisser-aller chez notre auteur. « Il a rapproché générale-
« ment, écrit M. Tardif, les matières de même nature, de manière à
« les grouper sous les quatre chefs suivants : droit privé; — procé-
« dure; — droit pénal; — compétence des justices seigneuriales. Dans
« deux cas seulement, il s'est départi de cette règle; la première de
« ces exceptions se rapporte au relief et aux aides chevels, qui sont
« placés au milieu des matières pénales; et la seconde, aux donations
« en pure aumône, qui se trouvent rejetées après le droit criminel [2]. »
On pourrait, à notre sens, multiplier ces exceptions, et ce à tel point
que l'ordre entrevu disparaîtrait en grande partie. C'est ainsi que trois
chapitres, sur les partages entre frères, sur les ventes de bois, sur
les droits résultant de certaines donations immobilières (chap. xxxii
à xxxiv), ainsi que plusieurs chapitres consacrés à la procédure
(chap. xlii, xliii), au parage (chap. xlv), à la théorie de la garantie
(chap. xlvii), sont comme jetés au hasard parmi le droit criminel.

Il ne faut peut-être pas nous trop appliquer à prêter à ces vieux
auteurs des préoccupations de bonne composition littéraire qui leur
sont si souvent étrangères.

On a remarqué que l'ordre suivi par Glanville dans son *Tractatus
de legibus* se rapproche un peu de la série de matières adoptée par

---

[1] Chap. lxxiii, § 1; édit. Tardif, p. 70 et note 1. — [2] *Ibid.*, p. lx.

notre auteur : «Le droit pénal est rejeté à la fin dans les deux
« traités, qui présentent, en outre, plusieurs ressemblances de dé-
« tail. Le rédacteur de la première partie du Très ancien Coutumier
« fait passer, comme Glanville, les requenoissants de propriété
« avant ceux qui sont relatifs à la possession. Les deux auteurs
« traitent successivement de l'aide de relief et des aides chevels. Enfin,
« dans le Très ancien Coutumier comme dans le *Tractatus de legibus,* la
« théorie de la garantie précède le passage relatif à la quotité du
« relief [1]. » Le Grand Coutumier, rédigé en Normandie au milieu du
XIIIe siècle, rapproche aussi le relief et les aides chevels [2]. Cela tient
à ce que la quotité de l'aide chevel se mesurait sur la quotité du
relief : elle était de la moitié du relief, au temps de notre anonyme;
de la moitié, dans certains fiefs, du tiers dans d'autres, au temps
du Grand Coutumier. L'une de ces deux matières appelait l'autre.
Elles se suivaient tout naturellement. Nous ne saurions mentionner
ce chapitre des aides chevels (XLVIII, *De tribus auxiliis*) sans faire
observer, en passant, que le paragraphe 1er de ce chapitre a peut-
être été mutilé. Dans le texte qui nous est parvenu, on ne mentionne
que deux cas donnant lieu à cette aide : la promotion du fils aîné du
seigneur à la dignité de chevalier, le mariage de sa fille aînée; mais le
Grand Coutumier mentionne en troisième lieu le rachat du seigneur
fait prisonnier (*captus pro guerra ducis Normannie*) [3]. Nous admettrions assez volontiers que ce troisième cas a été tout simplement omis
par quelque erreur de scribe dans le texte de notre anonyme. En
effet, le titre de ce chapitre, *De tribus auxiliis* [4], suppose un texte plus
complet qui ne nous est pas parvenu. Le paragraphe incomplet que
nous visons se termine ainsi : *similiter de filia sua primogenita maritanda.*
On s'explique fort bien qu'une petite phrase se terminant en -*ando*,
comme serait, par exemple, celle-ci : *et de corpore domini ab hostium
ducis Normannie prisonia liberando*, ait pu être omise par un copiste,

---

[1] Tardif, *Le Très ancien Coutumier de Normandie*, p. LX, LXI.

On peut rapprocher : 1° Glanville, *Tractatus
de legibus*, liv. XII, XIII; *Très ancien Coutumier*, chap. XLVII, XLVIII;

2° Glanville, liv. IX, 8, § 1, 2; *Très ancien
Coutumier*, chap. XLVI, XLVII;

3° Glanville, liv. IX, 4, § 1, 2; J. Tardif, *Le Très ancien Coutumier de Normandie*,
p. LX.

[2] *Summa de legibus*, chap. XXXIII, § 3;
édit. Tardif, p. 111.

[3] *Summa de legibus*, chap. XXXIII, § 2;
p. 110-111.

[4] Dans le manuscrit de Rome, le titre
est : *De auxilio milicie.*

les deux désinences *-anda* et *-ando* s'étant confondues sous son regard. Nous devons ajouter toutefois que, dans les *Assisiæ Normanniæ,* qui connaissent aussi trois *auxilia,* le troisième *auxilium* ou aide n'est pas le rachat du seigneur fait prisonnier, mais l'*exercitus regis*[1], et que, dans le manuscrit français, le titre est simplement : *D'aides.*

Notre traité paraît avoir été rédigé dans le voisinage d'Évreux : les faits qui y sont incidemment relatés se passent dans les environs de cette ville, et la plupart des personnages qui y sont mentionnés, Gilbert de Vascœuil, Roger de Saint-André, Étienne de Saint-Luc, appartiennent à cette région de la Normandie, comme l'a remarqué le dernier éditeur [2]. Un passage du chapitre xv, § 3, qui, par suite d'un bourdon, a été omis dans les manuscrits latins autres que le manuscrit de Rome, mais qui est représenté dans le manuscrit français, mentionne la banlieue, *banleucam,* et signale une différence de procédure très curieuse, suivant qu'un délit de coups et blessures a été commis en dehors ou dans les limites de la banlieue. Il ne nous paraît pas vraisemblable que l'auteur ait prétendu ici généraliser et parler de toute ville normande et de toute banlieue. C'est probablement la banlieue d'Évreux qu'il a en vue. Voici ce § 3, complété par le manuscrit de Rome :

Si vero aliquis in chimino vulneratus fuerit, per manuum bellum sanguinem suum probare poterit vel per alium qui cum illo viderit malefactum ; vulneratus vel ejus adversarius deliberabit se per jusjurandum juxta legem patrie. *Et si aliquis vulneratus [fuerit] infra banleuvam, malefactor justiciabit se per jurationem suam XLVIII. secundum legem patrie.*

Que nous apprend sur son propre compte notre anonyme, ou plutôt que nous laisse-t-il deviner ? Il résulte de divers passages de cette partie du Très ancien Coutumier que l'auteur assistait souvent aux sessions de l'Échiquier ou des Assises. Il relate certaines circonstances, narre certains détails d'audience, qui révèlent un témoin. Il déclare d'ailleurs avoir assisté aux débats qui s'élevèrent entre l'archevêque de Rouen et le sénéchal Guillaume Fils-Raoul[3]. Son admiration pour Guillaume Fils-Raoul « et la manière dont il paraît connaître

[1] *Assisiæ Normanniæ,* dans Warnkœnig et Stein, *Franz. Staats- und Rechtsgeschichte,* t. II, *Urkundenbuch,* p. 58.

[2] Tardif, *Le Très ancien Coutumier,* p. LXXXV.
[3] *Ibid.,* chap. LXI, § 2 ; LXII, § 2 ; LXIV, § 2 : LVII, § 2.

7.

« tous les faits qui le concernent permettent de supposer, écrit
« M. Tardif, qu'il était attaché à ce sénéchal en qualité de clerc[1] ».
Clerc, notre anonyme l'était assurément. Mais son dévouement à
l'Église est tel que, si nous en faisions avec M. Tardif un employé
de second ordre, nous l'attacherions peut-être à l'un des seigneurs
ecclésiastiques qui fréquentaient l'Échiquier ou les Assises. Chose
singulière, en effet, ce rédacteur d'un livre de droit civil et coutumier
trahit l'homme d'Église. Il a de l'homme d'Église, comme nous le
verrons, la charité, la bonté d'âme; il en a aussi la finesse et l'habileté.
Il ne semble pas ignorer le droit canon. L'influence de ce droit est
sensible dans la théorie de la nouvelle dessaisine. L'auteur s'en inspire
en formulant ce principe : « Nus n'ost desvestir home d'aucune chose
« fors par l'ordre des jugemenz. » Il a peu ou point étudié le droit
romain dans les textes originaux, et il n'emploie que bien rarement
des expressions qui rappellent la terminologie des jurisconsultes classiques[2]. Sa langue ne manque pas, çà et là, d'une certaine recherche :
*Sicut prediximus per juratores de vicineto, ultimi Augusti cognoscetur
saisina* [3]. *Quis eorum de terra illa ultimam habuerit saisinam* [4]. Il se plaît
aux antithèses : *Servientes ducis qui fideliter debent regere populum, eos
infideliter non accusent* [5]. L'expression *regere populum*, qui revient plusieurs fois sous sa plume, peut être, comme l'a fait remarquer
M. Tardif, une réminiscence d'un vers de Virgile[6]. Nous ajouterons : ou d'un verset de saint Matthieu[7].

Ce lettré, je le répète, doit être clerc, non seulement parce
qu'il a quelque connaissance du droit canon, mais aussi parce
qu'il est très dévoué à l'Église et parce qu'il explique par les plus
habiles et les plus ingénieux détours certaines concessions qu'elle
s'est vue obligée de faire. Voici les passages qui nous inspirent ces
réflexions. Au chapitre XVIII, le jurisconsulte prévoit le cas où
une personne a donné une terre en gage à un curé. Le successeur
de ce curé veut retenir l'objet engagé sous prétexte qu'il appartient à
son église. De là un débat entre celui qui a donné la terre en gage
et l'ayant cause du créancier gagiste, débat qui est vidé par le « reque-

---

[1] Tardif, *Le Très ancien Coutumier*,
p. LXXXI.
[2] *Ibid.*, p. LXXXIV.
[3] Chap. XVI, § 5; p. 18.
[4] Chap. XVI, § 4; p. 18.
[5] Chap. LXIV, § 3 ; chap. XIX, § 1.
[6] Virgile, *Æn.*, VI, v. 851.
[7] Matthieu, II, 6.

« noissant de fieu ou d'aumosne », c'est-à-dire par l'enquête auprès des
voisins sur la question de savoir si le bien contesté est un fief ou une
terre aumônée. Si le curé succombe, il tombe en merci de tous ses
« cateus », « se il a rien en fief lai », *si aliquid in feodo laico habuerit;* on
ajoute : *Sed laica justicia non extendat manum suam in elemosinam pres-
biteri, nec in res ipsius ecclesiasticas.* « Mes la laic justice ne metra pas
« la main en l'aumone au provoire, ne es choses qui apartiennent
« a l'Iglise [1]. » Ainsi l'auteur, après avoir rendu au pouvoir civil ce qui
lui appartient, revendique les droits du clergé et proteste contre les
atteintes que les justices laïques pourraient porter aux prérogatives
de l'Église. Au chapitre LVII, § 2, notre auteur revient sur cette
question qui paraît l'avoir beaucoup préoccupé. Il aborde une autre
face de ce débat, probablement assez fréquent. Il suppose qu'un malade a donné une terre en aumône à l'église, en présence du curé et
de deux ou trois voisins, l'ensemble du voisinage ignorant, d'ailleurs,
cette disposition. Ce donateur ou testateur est mort; son fils revendique le bien donné et demande le « requenoissant de fié ou aumosne »,
c'est-à-dire l'enquête auprès des voisins (*vicinetum*). Qu'arrivera-t-il
si le groupe des voisins déclare par serment qu'il ne sait pas : *quando
eciam juratum vicinetum se faciat nesciens ?* La solution très ferme que
donne ici notre jurisconsulte est notable : en ce cas, c'est la cour
d'Église qui statuera, *hoc diffinitum erit in ecclesiastica curia et non in
laica.* Cette solution est celle de notre anonyme, non pas la solution
commune et acceptée de tous, car il a très souvent vu cette question
de compétence débattue entre l'archevêque de Rouen et le sénéchal
Guillaume Fils-Raoul : *Tamen multociens inter dominum Rothomagensem
archiepiscopum et Willelmum senescallum [placitum] inde audivimus.*
Aussi bien cette matière était, en Normandie et en Angleterre, l'objet
de discussions sans fin : elle est abordée dans un article des fameuses
constitutions de Clarendon, en 1164 [2].

Ce genre d'affaires tient au cœur de notre jurisconsulte. Il y revient
une troisième fois, au paragraphe suivant (chap. LVII, § 3), pour en-

[1] Tardif, p. LXXXIII.

[2] *Constitutions de Clarendon,* art. 9, dans
Stubbs, *Select charters,* Oxford, 1876, p. 139.
— Ce genre de procès est appelé assez souvent,
en Angleterre, l'assise *Utrum (utram tenementum
sit pertinens ad eleemosinam sive ad laicum feodum),*
cf. Chadwyck Healey, *Somersetshire pleas,*
p. LXVI : désignation insuffisante, car elle pourrait légitimement s'appliquer à bien d'autres
affaires (exemple d'un autre plaid *Utrum*
dans le Très ancien Coutumier, ch. LXXXVI, *De
feodo et vadio,* § 1).

visager une espèce un peu différente, dans laquelle, suivant lui, la cour
d'Église sera compétente à l'exclusion de toute enquête par le voisinage. Un individu a donné à une église une terre en aumône. Cette
donation a été faite par-devant des évêques, des clercs et des laïques,
ces derniers peu nombreux (*pluribus clericis et paucis laicis*). Or voici
que, dans l'année même de la donation, le laïque donateur ou son
héritier veut enlever ce bien à l'église par la voie d'un « requenois-
« sant de fié ou d'aumosne ». Cette espèce semble bien, à première vue,
analogue à celles dont l'auteur s'est occupé au chapitre XVIII et au
paragraphe 1er du chapitre LVII. Mais, très dévoué à l'Église, notre
anonyme aperçoit ici la possibilité d'établir une distinction : la présence des évêques et d'une majorité de clercs assistant à la donation
exclut à ses yeux la procédure d'enquête auprès des voisins : *Reco-*
gnitionem non habebit, quia vicinetum de donatione nihil scit, sed per
fidele testimonium episcopi et eorum qui donationi affuerunt donationis veri-
tas requiratur. Ainsi, en ce cas, point d'enquête auprès des voisins.
Un laïque ferait ici observer à notre jurisconsulte qu'il résout la
question par la question. S'il y a eu donation en aumône par-devant une
certaine catégorie de témoins, il n'y aura pas « requenoissant de fié ou
« d'aumosne »; ce sont ces témoins spéciaux qui décideront eux-mêmes.
Mais leur solution est par avance certaine. Pour déterminer par quelle
procédure on statuera sur le fond, vous commencez par résoudre le
fond lui-même. Vous savez qu'il y a eu donation en aumône, et pourtant c'est ce point qu'il s'agit de trancher[1]. Ce trait ne révèle-t-il pas
un clerc, qui, par état, est favorable à l'hypothèse d'un bien aumôné ?
Notre jurisconsulte clerc est d'ailleurs bien armé. Il ne manquera pas
d'invoquer à l'appui de sa thèse les termes d'un accord singulièrement
favorable à l'Église qui fut conclu, vers 1190, entre l'archevêque de
Rouen et le sénéchal de Normandie : *Item. Nulla fiet recognitio in*
foro seculari super possessione quam viri religiosi vel quecumque ecclesias-
tice persone XX annis vel amplius possederint. Similiter nulla fiet recognitio
si carta vel alio modo eleemosinatam esse possessionem probare poterint, sed

---

[1] Dans une défense du même genre opposée
par la partie adverse, le Grand Coutumier admet
précisément une enquête; ce qui est très logique. Si cette enquête est favorable, l'affaire
sera portée devant le juge ecclésiastique
(*Summa de legibus*, chap. LXV, *De brevi de feodo*
et elemosina, § 3; édit. Tardif, p. 296)': cette
solution du Grand Coutumier est conforme à
une décision de l'Échiquier de 1218 (L. Delisle, *Recueil des jugements de l'Échiquier*,
n° 230, dans *Notices et extraits des manuscrits*,
t. XX, 2ᵉ partie).

ad ecclesiasticos judices remittentur[1]. La solution préconisée par notre jurisconsulte n'est, à le bien prendre, autre chose que l'interprétation forcée de ces mots élastiques, *alio modo.*

Qui encore, sinon un clerc, a pu se préoccuper de cette question piquante : les hommes qui dépendent des églises peuvent-ils faire des dons en aumône? Voici l'intérêt de ce petit problème. Un don en aumône constitue, au profit de l'église, une terre libre de redevances et, par conséquent, appauvrit le seigneur de qui relève le bien aumôné. Supposez que ce suzerain soit lui-même une église : cette église subira-t-elle cet appauvrissement, cet amoindrissement? Notre anonyme ne l'admet pas : *Homines vero episcoporum vel abbatum vel alicujus ecclesie nullam possunt dare terram in elemosinam, nisi infra annum alicui vendatur*[2]. Nous n'entendons point critiquer la justesse de cette solution. Mais nous estimons qu'un clerc et non un laïque a soulevé ce problème juridique, qui n'a d'intérêt que pour l'Église.

Au chapitre VII, § 7, notre auteur constate que les tribunaux séculiers statuent sur les questions de douaire ou de mariage (*maritagium*); mais il a soin de faire remarquer que cet arrangement a été pris à la suite d'une concession de l'Église, *ecclesiastica curia concedente*, et que, si l'affaire donne lieu à la constatation d'un délit, *si in malicia sua convicti fuerint in laica curia*, l'Église redevient compétente pour infliger la peine encourue, c'est-à-dire, le plus souvent, pour percevoir une somme d'argent : *In ecclesiastica curia satisfacere tenentur, per constitutam pecuniam vel corporis penitenciam castigati.*

Ceci nous conduit à signaler les curieux passages dans lesquels notre anonyme, avec une finesse toute normande, donne, à sa manière, les raisons des choses : ces raisons, souvent artificielles, toujours ingénieuses, véritables explications de diplomate, ont pour objet de présenter les faits sous la couleur la plus avantageuse. Il est manifeste, par exemple, que l'attribution aux cours séculières des causes de douaire ou de *maritagium* est une grave défaite pour l'Église. Non seulement cette défaite est atténuée par les passages que nous venons de relever, mais elle est encore expliquée: On a voulu, déclare le jurisconsulte normand, éviter aux plaideurs les lenteurs des appels ecclésiastiques : appel de l'archidiacre à l'évêque; de l'évêque à l'arche-

---

[1] Radulfus de Diceto, *Ymagines historiarum*, édit. W. Stubbs, t. II, p. 87.

[2] *Le Très ancien Coutumier de Normandie, texte latin*, chap. LVII, § 5; édit. Tardif, p. 48.

vêque; de l'archevêque au Souverain Pontife. Dans un autre passage
(chap. ii, § 1), notre anonyme s'occupe des excommunications et
reconnaît que les comtes, barons, chevaliers faisant partie de la maison
du duc de Normandie ou les sergents du duc ne peuvent être excommuniés à l'insu du duc ou du sénéchal, *duce vel ejus capitali justicia
nesciente*. Il est clair que cette concession a été arrachée à l'Église par
le pouvoir civil, qui, de cette manière, se ménage dans une foule de
cas l'impunité; ceux que l'Église serait si souvent tentée d'excommunier se trouvent couverts par la puissante protection du duc qu'ils
représentent. Mais cette explication toute simple aurait le grave défaut d'avouer la défaite et la faiblesse de l'Église. Celle du jurisconsulte est tout autre et bien plus élégante : *Non enim bonum est
principem et dominum terre cum excommunicatis communicare*. De la sorte
tout est sauvegardé, et même, ainsi présentée, cette restriction aux
droits de l'Église ne semble avoir d'autre but que d'assurer l'observation des lois de l'Église.

C'est peut-être dans le chapitre consacré au droit de garde féodale
(chap. xi) que notre auteur a poussé le plus loin ce talent vraiment
trompeur; il est allé jusqu'à donner le change sur le fond même du
droit. Son bon naturel l'a inspiré. Il ne s'agit plus ici des droits de
l'Église, mais de la protection des orphelins, auxquels l'anonyme s'intéresse pour eux-mêmes, avec affection, avec cœur, comme en général
aux pauvres et aux faibles [1]. La garde féodale, constituée dans l'intérêt
du suzerain, s'explique par la fragilité primitive des tenures féodales.
A l'origine, le fief revenait au suzerain à la mort du vassal. Au xiiᵉ et
au xiiiᵉ siècle [2], le vassal mort, son fils mineur ne perdait plus le fief,
mais il était privé des revenus du fief qui appartenaient au suzerain,
celui-ci ayant seulement à pourvoir aux dépenses et à l'entretien de
l'orphelin. Cette situation est très dure pour l'orphelin. L'anonyme
imagine les raisons les plus singulières pour expliquer cette garde
féodale. Que si nous cherchons sa doctrine sur l'attribution des revenus
du fief, nous ne rencontrons d'autre formule que celle-ci : *Et exitus
terre eorum ponent in provectum ipsorum parvulorum* [3]; ce qui paraît, à
première vue, tout à fait contraire au système que nous venons d'exposer. Mais, en y regardant de près, nous découvrons ici l'ingénieux

[1] Chap. xvi, § 3; xvii, § 1; xix, § 1; p. 18, 20. — [2] *Summa de legibus*, chap. xxxi, § 16; édit.
Tardif, p. 106. — [3] Chap. xi, p. 10, 12.

artifice d'un très bon cœur. Notre jurisconsulte ou plutôt notre moraliste a donné pour coutume normande ce qui n'est guère qu'une conception de son esprit. Cet aveu (qu'un bourdon a fait tomber dans les manuscrits autres que celui de Rome) vient, en effet, détruire l'idylle : *Nunc autem, avaricia regnante, statuta legis evertentes domini bona dissipant parvulorum.*

Après avoir traité de la garde exercée par les seigneurs normands, le jurisconsulte s'occupe de la garde exercée par le duc de Normandie, garde très large, qui absorbe toute autre garde, en ce sens que, si le vassal tient un fief quelconque directement du duc et possède d'ailleurs beaucoup d'autres terres relevant d'un autre suzerain ou de plusieurs autres suzerains, c'est le duc seul qui aura la garde, et c'est lui qui prendra en sa main toutes les terres de l'orphelin, quel que soit le suzerain. L'anonyme oublie volontairement de parler des revenus; mais nous savons que les produits des terres tenues en garde formaient un des articles de recette des budgets ducaux; c'est un fait que M. Delisle a mis depuis longtemps en lumière, dans son étude sur les revenus publics en Normandie[1].

On le voit, le système du bail seigneurial est comme dissimulé, voilé par notre bon jurisconsulte. Il a voulu aussi, nous le disions à l'instant, donner la raison de cette garde féodale. Il résout assez mal le problème, ne songeant pas un moment à l'explication historique. Pourquoi donc, se demande-t-il, pourquoi ce bail seigneurial plutôt que le bail par les parents? Et, tout d'abord, pourquoi la garde de l'enfant n'appartient-elle pas à la mère? Voici la réponse : la mère peut se remarier ; le beau-père pourrait être tenté de tuer l'orphelin, afin d'assurer la succession à ses propres enfants ; ceux-ci pourraient avoir la même pensée. Pourquoi la garde n'appartient-elle pas non plus aux parents? Parce que ceux-ci, convoitant l'héritage, pourraient commettre le même crime : pour le rendre impossible, on a décidé que l'orphelin serait donné en garde à celui qui fut lié à son père par la réception de la foi et hommage, c'est-à-dire au suzerain. Certes, voilà une belle pensée : c'est un honneur pour la féodalité qu'elle ait pu venir à l'esprit d'un homme du XIIe siècle. Nous goûtons

---

[1] L. Delisle, *Des revenus publics en Normandie au* XIIe *siècle*, dans *Bibliothèque de l'École des chartes*, 3e série, t. III, p. 99.

tout ce qu'il y a de touchant, tout ce qu'il y a de profond et de sincère dans cette parole qui porte en soi un si simple et si bel éloge de la domesticité, de la « mesnie » féodale: *Domini. . . non possunt odio habere quos nutrierunt, immo eos diligent per sincere dilectionis nutrituram.* Mais, si nous examinons attentivement la situation, nous nous apercevons que toutes ces explications sont artificielles et servent à embellir ou même à dénaturer un droit féodal qui n'a en soi rien de si délicat, rien de si noble. Notre auteur lui-même nous apprend, en effet, que cette garde féodale n'existe pas pour le fils du vavasseur. Qu'est-ce à dire? Le fils du vavasseur ne court-il pas dans sa propre famille les mêmes dangers que le fils du *vassus*? Et son seigneur n'a-t-il pas reçu aussi sa foi et hommage? Mais l'anonyme n'aperçoit pas ces objections. Il a brodé, comme il arrive si souvent, une tapisserie élégante qui cache au lecteur superficiel, et lui cache peut-être à lui-même, les vraies raisons des choses. Ce Normand est très fin, mais il est aussi très bon. Son âme déborde sur son œuvre, et l'homme ici se trahit derrière le juriste. Le moraliste et le psychologue liront ce traité de droit avec intérêt. Le jurisconsulte et l'historien l'interrogeront avec quelque précaution.

Nous soupçonnons qu'une sorte de préface générale, dont il ne nous est peut-être resté que des fragments, figurait originairement en tête de ce premier traité. Cette œuvre semble être mentionnée deux fois par l'auteur de la première partie, lequel s'exprime ainsi : *In scripto generali prenotatur; In scripto generali dictum est*[1]. Ces renvois nous apprennent du même coup que le *Scriptum generale* traitait, entre autres choses : 1° des successions échues à plusieurs sœurs; 2° de la procédure à suivre en cas de contestation entre un curé (*presbyter*) et un laïque au sujet d'un bien possédé par ce curé à titre d'aumône. Une troisième mention vise, suivant toute probabilité, le même *Scriptum generale: Quilibet dominus habet placita sua et furta et dominationes suas in terris suis, exceptis placitis illis que sunt ducis, que in precedente sunt scripto et clausulis prenotata*[2]. Telle est, du moins, la leçon du manuscrit de Rome; les autres manuscrits portent : *que sunt alibi prenotata. Alibi* est un résumé des mots *in precedente scripto et clausulis.*

---

[1] Chap. XIII, LVII. Cette observation a été faite avant nous par M. L. de N., dans *Revue des questions hist.*, t. XXXII, 1882, p. 329. — [2] Chap. LIX.

Mais une objection sérieuse surgit immédiatement : le *Scriptum generale* ne serait-il pas précisément notre traité? Le morceau auquel renvoie le chapitre XIII pourrait bien, en effet, être tout simplement le chapitre IX; celui auquel renvoie le chapitre LVII pourrait être le chapitre XVIII; celui auquel renvoie le chapitre LIX pourrait être le chapitre LIII, *De placitis ensis ad ducem pertinentibus.* Nous y consentons. Mais toute difficulté n'est pas levée par cette solution. Il serait étrange qu'un auteur, faisant allusion à ce qu'il a dit quelques pages plus haut, désignât son œuvre par les mots : *In scripto generali prenotatur; In precedente scripto prenotata,* au lieu de *supra* ou *superius prenotatur,* ou quelque chose de ce genre. En l'état, notre auteur se répète aux chapitres XVIII et LVII; il reprend le même sujet, à deux pages de distance, aux chapitres IX et XIII. Ces répétitions sont fort singulières. Tout s'expliquerait, si l'on admettait que les morceaux auxquels renvoient les chapitres XIII et LVII appartenaient à un traité originairement distinct, comme le fait d'ailleurs supposer l'expression : *In scripto generali prenotatur,* et si l'on ajoutait que ce *Scriptum generale,* sorte d'introduction générale, fut de bonne heure en partie supprimé, en partie fondu avec le traité qui originairement le suivait, les renvois à cette introduction subsistant sous leur forme primitive qui n'avait plus de raison d'être.

Cette hypothèse de remaniements dans la première partie du Très ancien Coutumier a déjà été émise par M. Tardif[1], qui ne songe pas, d'ailleurs, à l'existence primitive d'une sorte de préface générale, mais qui s'étonne, comme nous, de certaines répétitions, et signale, d'ailleurs, d'autres perturbations.

Le manuscrit français unique du Très ancien Coutumier est mutilé au commencement. M. Tardif, cherchant en vain dans la traduction française quelques fragments que lui fournit le ms. lat. 11032 (manuscrit où l'ordre des matières est sans cesse bouleversé), a placé ces fragments embarrassants en tête de l'ouvrage. Cette place est la bonne. Elle est aujourd'hui justifiée par le manuscrit latin de la première partie, que ne connaissait pas M. Tardif. Nous sommes portés à croire que tels de ces fragments, peut-être tous ces fragments,

____

[1] Tardif, p. LXXVI.

pourraient appartenir à notre *Scriptum generale*. En ce cas, l'Introduction générale aurait fait mention du serment du duc lors de son installation, serment relatif à ses devoirs envers l'Église (c'est l'objet du chapitre Iᵉʳ de l'édition Tardif). Elle se serait occupée des excommunications, aurait précisé la situation des excommuniés vis-à-vis du pouvoir civil et de l'autorité ecclésiastique, mentionné et expliqué ingénieusement, à propos de ces mêmes excommunications, la faveur accordée aux officiers du duc (c'est l'objet du chapitre II); elle se serait occupée des veuves et des orphelins, du *maritagium* et du douaire (c'est l'objet des chapitres III et IV).

Nous remarquerons, en passant, que tous les sujets signalés comme ayant pu être abordés dans cette hypothétique introduction générale, ultérieurement supprimée, touchent par quelque côté aux droits de l'Église ou à ceux du duc : serment du duc relatif à ses devoirs envers l'Église; excommunication; droits des veuves et des orphelins; *maritagium* et douaire; partage entre sœurs (l'Église ne se désintéresse pas entièrement des questions touchant aux droits des femmes; on sait d'ailleurs que le *maritagium* est constitué *ad ostium ecclesie*); débat entre laïque et curé au sujet d'un bien que le curé soutient être aumôné. On serait donc tenté d'émettre cette seconde hypothèse : l'auteur du *Scriptum generale*, que nous tenons pour le même écrivain que l'auteur de la première partie du Très ancien Coutumier, s'était surtout préoccupé, dans cette sorte d'introduction générale, des droits de l'Église et de ceux du duc de Normandie. Enfin, il avait probablement inséré le texte de quelques brefs; c'est ce que nous indique le mot *clausulis* du chapitre LIX.

Nous n'avons pu étudier cette première partie du Très ancien Coutumier sans faire usage du manuscrit de Rome, resté inconnu au dernier éditeur. Nous transcrivons ici, d'après ce manuscrit, quelques fragments importants que ne donnent pas les éditions latines du Coutumier, ou qui y sont défigurés.

A la fin du chapitre XIV, *De pupillis,* ces mots qui n'étaient représentés jusqu'ici que dans la traduction française : *Et hoc judicatum in assisia apud Vallem Rodolii.*

Au chapitre XXI, § 2, la première phrase est ainsi conçue : *Et si aliquis heres propinquior alicujus hominis defuncti aliquem possidere permiseri. per XII autompnos sine querimonia,* etc. Ce texte, très satisfaisant, est représenté dans la traduction française. Il devra, croyons-nous, être substitué au texte des autres manuscrits latins et de la dernière édition.

La dernière phrase du chapitre xxxv, § 1, semble devoir être restituée et complétée ainsi qu'il suit : « *Et si [pater] filium suum inique mul-* « *trierit,* et inde convictus fuerit, morte puniatur. Si vero mater filium « suum inique multrierit, *comburatur.* » Les mots imprimés en italiques manquent dans les manuscrits autres que celui de Rome et ne sont pas représentés dans la traduction française. On se demandera peut-être comment concilier ce passage avec l'article 4 du même chapitre : *Si mater filium vel filiam inique occiderit, a potestate ducis exulabit, sicut et pater.* Mais il n'est pas impossible d'harmoniser cet article avec nos textes. Pour rendre compte des paragraphes 1 et 4, on distinguera trois genres d'homicide par le père ou la mère, et trois pénalités : la mort donnée par accident (pénitence ecclésiastique); la mort donnée en trahison ou meurtre (peine de mort); la mort donnée *inique,* mais ne méritant pas la qualification de meurtre (bannissement). Cette explication est d'autant plus acceptable que le texte du paragraphe 1er, même non complété par le manuscrit de Rome, fait déjà, pour le père homicide, cette triple distinction. Notre texte, très logiquement, traite la mère homicide comme le père homicide.

Au paragraphe 6 du chapitre xxxvi : *sigillum ducis* au lieu de *breve ducis :* le texte français a de même *le seel le duc.*

Au chapitre li, § 2, après les mots *lesione vestium,* cette petite phrase : *Ita tamen si per vicinos nota fuerit violentia in precio oblata et in lesione vestium.* L'omission est évidemment le résultat d'un bourdon; cette phrase est en partie représentée dans la traduction française.

Au chapitre lvi, § 4, les mots *et filii rationabiliter* après *ipse et uxor ejus.* Ici encore, la traduction française reproduit les mots omis.

Au chapitre lvii, § 5, après *vendatur,* les mots *alicui dico in territorio residenti* complètent et précisent le système de la mise hors des mains; ces mots sont représentés dans la traduction française.

Les chapitres xxxii, xxxiii, xxxiv, xxxix, dont nous ne possédions que la traduction française, sont ainsi conçus dans l'original latin :

xxxii. *De particione inter fratres et non de sororibus.* — 1. Si frater primogenitus partem terre partibilis postgenito fratri auferre voluerit, dicens se eidem peccuniam dedisse ut ei partem omicteret terre que ipsum fratrem contingebat. de qua nunquam saisitus fuerit, non tenetur : quomodo potuit vendere postgenitus quod nunquam habuit? Nulla fiet firma inter fratres particio terre, nisi aliquam partem terre quantulamcunque frater postgenitus possidere videbitur per aliquos dies.

2. Si vero contingerit patrem vel matrem filios vel filias habere quorum primus vel secundus uxorem duxerit et filios habeat et nullam terre habuerit portionem vivente patre et matre, et ita maritus obierit, filii ejus non habebunt hereditatem avi; sed avunculi eam habebunt, quamvis postgeniti; propinquiores enim sunt filii hereditatis patris quam nepotes. Non similiter de sororibus quam adest (?) de filiis; sed filia loco matris sue in successione erit.

xxxiii. *De venditione nemorum.* — Nemora non vendantur in meatibus marchie, nisi assensu ducis vel ejus justitie.

xxxiv. *De terra data.* — 1. Si frater fratri, vel soror sorori, vel cognatus cognato portionem terre dederit et ejus hommagium ceperit et homo sine herede obierit, hereditas non revertetur ad mensam domini de qua partita est, sed propinquioribus heredibus defuncti, nepotibus vel cognatis.

2. Si aliquis dominus alicui pro servitio suo terram dederit, et suum hommagium [inde habuerit], et alius homo qui majus jus in terra illa habeat eum inplacitaverit, et per placitum terram illam perdat, dominus donator ei non respondebit nec aliam terram ei escambiabit. Placitum enim non pertinet ad hominem sed ad dominum donatorem qui donum suum debet guarantizare. Qui donator ante placitum requisitus guarantizandi et placitandi pro homine suo, si vel per placitum vel per defectam suam terram suam perdiderit, homini suo donum equivalenter escambiare tenetur.

xxxix. *De duellis.* — Nullus homo mehainatus vel mulier aliquem potest appellare nisi de mahaino suo de quo malefactor ferri judicio se purgabit.

Nous n'insistons pas sur quelques leçons utiles, mais d'importance secondaire, et nous ne relevons pas une seconde fois les leçons que nous avons eu déjà l'occasion de citer. La comparaison de ce manuscrit nouveau et de la traduction française prouve que le traducteur s'était servi d'un fort bon manuscrit, très voisin de celui de Rome.

La critique de la seconde partie du Coutumier est beaucoup plus simple que celle de la première partie. Nous constatons tout d'abord très facilement que ce traité est postérieur à l'année 1207, car l'ordonnance de Philippe Auguste de 1207, relative aux contestations sur le patronage des églises, est reproduite dans le chapitre LXXVII [1].

---

[1] Cf. Tardif, *Très ancien Coutumier*, p. LXXII, LXXIII, LXXIV, LXXXV, chap. LXXVII, § 7.

On peut préciser davantage et ajouter que l'œuvre est postérieure
à la Pâques de 1218, car un statut promulgué à cette date, statut que
l'auteur qualifie de nouveau, est visé au chapitre LXXXVII, *De feodo et
firma*[1]; antérieure enfin à la mort de Philippe Auguste (1223), car
l'auteur parle de ce monarque comme d'un prince régnant: *Terminantur per constitutionem Philippi regis Francie; Proceditur secundum
constitutionem illustris regis Francie Philippi*[2].

On opposera peut-être à cette date extrême, 1223, les mots *post
coronationem regis Ricardi,* qui sont insérés dans deux formules de brefs
aux chapitres LXXXV, § 1 et LXXXVI, § 1. Ces mots sembleraient, en effet,
nous reporter à une date postérieure à 1229, car on admet généralement que c'est seulement depuis la Saint-Michel 1229 qu'on prit pour
point de départ du « requenoissant de fié et de gage » le couronnement
de Richard Cœur de Lion (1189) au lieu de celui de Henri II (1154),
qui avait jusque-là servi de terme initial[3]. MM. Brunner et Tardif
écartent cette difficulté en supposant que le mot *Ricardi* est une interpolation. Nous avons, quant à nous, vu l'accord des manuscrits, quelque
peine à nous résoudre à considérer le mot *Ricardi* comme une interpolation. La chose, sans doute, est possible. Mais on peut supposer aussi
que l'auteur lui-même a substitué ce mot à *Henrici* quelques années
après l'achèvement de son œuvre. Et même pourquoi n'aurait-il pas, le
premier, avant la décision judiciaire de 1229, pris l'initiative d'adopter le couronnement de Richard Cœur de Lion au lieu de celui de
Henri II pour point de départ du « requenoissant de fié et de gage »,
se basant par analogie sur la décision de la Saint-Michel de 1223,

[1] On pourrait être tenté de rapprocher le chapitre LXXXIV, § 1: *feoda militum unumquodque per XV libras, sive teneantur in capite de rege, sive de aliis,* d'une décision de l'Échiquier de 1219 : *Preceptum est quod pueri filii Symonis de Oumei habeant terram suam, que in manu domini regis ratione custodie [erat], et quod domino regi reddant relevium terre illius, videlicet XXII libras turonensium et x solidos pro uno feodo et dimidio.* Ce texte implique un tarif de quinze livres pour le relief d'un fief de chevalier : c'est ce que fait ressortir fort exactement une autre compilation : *Judicatum est quod feodum lorice relevat per quindecim libras turon.* (L. Delisle, *Recueil des jugements de l'Échiquier de Normandie au XIII* siècle, n° 252; Léchaudé d'Anisy, *Magni rotuli Scaccarii Normanniæ,* p. 140) : 22 livres et 10 sols pour un fief et demi font, en effet, 15 livres pour un fief. On ajouterait que, ce tarif de quinze livres étant dégagé aussi dans le chapitre LXXXIV, § 1, ledit chapitre doit être postérieur à la décision de 1219; mais cette conclusion ne serait pas légitime, car la décision de 1219 n'est elle-même que l'application d'un tarif préexistant. Voir les textes cités par M. L. Delisle, dans *Bibl. de l'École des chartes,* 3ᵉ série, t. IU, p. 99, note 5.

[2] *Très ancien Coutumier,* chap. LXXIII, § 1; chap. LXXVII, § 7.

[3] *Summa de legibus,* ch. CXI, § 13, édit. J. Tardif, p. 280.

qui assignait le couronnement de Richard pour point de départ des enquêtes fiscales [1] ? Son opinion aurait été simplement sanctionnée par la décision de l'Échiquier de 1229 : *Judicatum est quod recognitio de feodo et vadio non curret nisi de post coronamentum regis Ricardi* [2]. Nous irons plus loin : l'Échiquier a pu, en 1223 et en 1229, statuer d'après une jurisprudence déjà en formation, non pas innover. L'expression *judicatum est* conviendrait très bien à une décision de cette nature. Elle est commune aux arrêts de 1223 (postérieur de plus de deux mois à la mort de Philippe Auguste) et de 1229. Si nous acceptions, sans rien y changer, une assertion de l'auteur du Grand Coutumier, nous dirions qu'un établissement de plein Échiquier rendu sous Philippe Auguste substitua le couronnement de Richard Cœur de Lion à celui de Henri II Plantagenet comme point de départ de la prescription trentenaire. Nous ajouterions que cet établissement perdu est antérieur au jugement de 1223 rendu en conformité de cette décision de principe. Mais il est possible que l'auteur du Grand Coutumier n'ait pas été, en cette rencontre, parfaitement exact. On supposera volontiers qu'il a pris pour une décision de principe remontant au règne de Philippe Auguste précisément l'arrêt de 1223, rendu deux mois après la mort de ce prince.

Cette seconde partie du Très ancien Coutumier ne nous fournit aucune donnée, même lointaine, sur la vie de l'auteur. Elle nous permet seulement d'affirmer que le droit romain n'était pas tout à fait inconnu à notre jurisconsulte : « C'est ce qu'attestent, écrit M. Tar-« dif, les termes techniques de *tutor, fidejussor, commodatum*, dont il « se sert [3]; il emploie le mot *excipit* [4] dans un sens qui se rap-« proche beaucoup de l'acception que lui donnent les jurisconsultes « romains [5]. »

Il est bien possible que l'auteur ait habité Bayeux et y ait composé son traité, car le nom de cette ville revient souvent dans certains modèles de formules insérés dans cette partie du Très ancien Coutumier [6].

Il nous reste à dire encore un mot du texte français. Il ne garde

---

[1] L. Delisle, *Recueil des jugements de l'Échiquier*, n° 353 (*Notices et extraits*, t. XX, 2ᵉ partie, p. 327).

[2] L. Delisle, *Recueil des jugements de l'Échiquier*, n° 451 (*Notices et extraits*, t. XX, 2 partie, p. 347). *Summa de legibus Norm.*, chap. cxi, § 13, édit. Tardif, p. 279 et 280.

[3] Chap. lxxviii, § 1, 2; lxxxi, § 1; lxxxvii, § 1.

[4] Chap. lxxxiii, § 8.

[5] Tardif, p. lxxxv.

[6] *Très ancien Coutumier*, chap. lxxxv, § 1, 4; lxxxvi, § 1.

aucune trace de division entre les deux parties du Coutumier. Il est,
pour la première partie, bien plus complet que les manuscrits latins
utilisés jusqu'à ce jour par les éditeurs, le texte latin que le traducteur a eu sous les yeux se rapprochant beaucoup — nous l'avons déjà
dit — du texte du manuscrit de Rome. En certains passages, toutefois,
les manuscrits latins sont plus complets que la traduction française :
ainsi le paragraphe 5 du chapitre LIX, qui figure dans tous les manuscrits latins, manque dans la traduction française : cette omission est
originairement le fait d'un bourdon; le chapitre XLIII est bien plus
complet en latin qu'en français, etc. [1].

On ne saurait rien dire de très précis sur la date de cette version
française. Elle est certainement du XIIIᵉ siècle, peut-être du premier
tiers de ce siècle. On a remarqué qu'elle ne modifie pas le passage du
traité qui repousse le principe de la représentation, et on en a conclu
que cette version est probablement antérieure à 1224, puisque la
représentation fut admise en 1224 par une décision de l'Échiquier [2].
C'est là une conjecture ou plutôt un aperçu qu'il est bon d'indiquer,
mais sur lequel il serait périlleux d'insister. Le traducteur écrivait,
ce semble, soit au temps de Guillaume le Maréchal, soit peu après sa
mort, car, au chapitre LVII, § 2, il interprète abusivement les mots
Willelmum senescallum par Guillaume le Maréchal. Ce personnage est
donc encore présent à son esprit et à son souvenir. Il pensait probablement à Guillaume le Maréchal le père, mort en 1219.

Le seul manuscrit qui nous ait conservé le texte français n'est point
écrit en dialecte normand. On peut donc se demander si le traducteur était Normand. La chose en soi est très vraisemblable, mais nous
n'en avons pas d'indice matériel.

2. LE GRAND COUTUMIER DE NORMANDIE.

Le Grand Coutumier de Normandie est un des monuments juridiques les plus importants du moyen âge. Nous le plaçons au premier rang, dans le voisinage de l'admirable commentaire de la coutume de Clermont en Beauvoisis par Beaumanoir, ou des beaux
traités que nous a laissés l'Orient latin : le *Livre de forme de plait* par

---

[1] Cf. Tardif, p. LXXXVII, LXXXVIII. — [2] Cf. Tardif, p. XCIV.

Philippe de Novare, le Livre des Assises par Jean d'Ibelin. Non pas que notre auteur appartienne à la même famille intellectuelle que Philippe de Novare, Jean d'Ibelin ou Philippe de Beaumanoir : les œuvres de ces jurisconsultes sont très originales, très personnelles ; le Grand Coutumier normand se distingue, au contraire, par son allure impersonnelle et dogmatique ; mais l'auteur, par la solidité, par l'ampleur de son exposition, marche l'égal de ces maîtres. Cet inconnu, cet anonyme, a des qualités tout opposées à celles de cet autre Normand qui rédigea, vers l'an 1200, la première partie du Très ancien Coutumier. Ce dernier, comme nous l'avons fait remarquer, trahit souvent ses préférences, ses préoccupations passionnées ou généreuses. L'auteur du Grand Coutumier ressemble, lui, à un grave professeur, toujours vêtu de la robe et coiffé du bonnet de docteur. La robe enveloppe l'homme et nous le cache assez bien ; mais le docteur qu'elle habille ne s'en dessine que plus nettement. C'est un très remarquable et très ferme esprit.

Il y a quelque parenté entre ce Normand et les deux grands jurisconsultes anglo-normands du même siècle, Britton et Bracton, Bracton surtout ; car, outre que Britton est moins original et qu'il écrit en français, la constante fiction législative adoptée par ce dernier jurisconsulte donne à son œuvre une allure très particulière. Tous trois, d'ailleurs, étudient sensiblement le même droit (le droit anglo-normand diffère peu, au xiiie siècle, du droit normand). Tous trois sont éminemment méthodiques, et leurs œuvres sont solidement charpentées ; mais Britton suit et résume des modèles (parmi lesquels précisément Bracton) ; Bracton et notre anonyme ont une valeur propre. Bracton est plus long et plus riche en détails ; l'anonyme est plus bref ; et, malgré la répétition monotone de certaines formules (*Sciendum est quod*..... *Notandum est quod*.....), il n'est jamais lourd et fatigant. Bracton écrit en latin comme notre auteur, dont il est contemporain. Il connaît comme lui, peut-être mieux que lui, le droit romain ; mais il suit ordinairement Azo, et il le copie assez souvent mot pour mot. Le rédacteur du Grand Coutumier, dont l'instruction est, ce semble, plus variée, n'a rien de cette servilité qui est toujours un signe de faiblesse. Il n'est point question chez lui, comme chez Bracton, des *libertini*, de la *manumissio*, de l'*aditio* d'hérédité, de la *stipulatio*, de l'*acceptilatio*, du *justus titulus*, de la *justa causa*, de la *lex*

Aquilia, etc.[1]. Des mots aussi techniques, aussi caractéristiques du droit romain, lui restent presque constamment étrangers. Son œuvre en est plus vivante. Il n'émaille pas, comme Bracton, son exposé d'allusions aux affaires judiciaires; ces nombreux renvois à la jurisprudence du xiiie siècle[2] rachètent largement ce qu'il y a d'artificiel en certaines parties de l'œuvre de Bracton et font le grand prix de ce traité.

Le Grand Coutumier normand nous est parvenu, comme le Très ancien Coutumier, sous une double forme, en latin[3] et en français[4].

[1] Maitland, *Select passages from the works of Bracton and Azo*, London, 1895, in-4°, p. 57, 75, 89, 153, 161, 177. Bracton, liv. IV, traité III, chap. viii, édition Travers Twiss, t. IV, p. 200 et *passim*.

[2] Bracton, *De legibus et consuet. Angliæ*, édit. Travers Twiss, t. III, p. 210; t. VI, p. 138, 140 et *passim*. Cf. Maitland, *Bracton's Note Book*, t. I, p. 45-138.

[3] Voici l'indication des manuscrits latins, classés par familles suivant le groupement adopté par M. Joseph Tardif:
Famille I : Ms. lat. 18557 (après 1297) = D[1].
Famille II : Ms. lat. 4653 (1430) = C[4]; ms. lat. 18368 (fin du xiiie siècle) = D[2]; ms. Ottoboni 2964 (fin du xiiie s.) = O; lat. 14689 (commencement du xive siècle) = V[3].
Famille III : Bibl. de Rouen, ms. Y 23 (seconde moitié du xiiie siècle) = R[1].
Famille IV : Ms. de M. Lormier à Rouen, venant de Quaritch (avant 1469) = Q.
Famille V : Ms. lat. 4650 (seconde moitié du xiiie siècle) = C[1].
Famille VI : Sainte-Geneviève, ms. 2295 (seconde moitié du xiiie siècle) = G.
Famille VII : Arsenal 804 (commencement du xive siècle) = A; lat. 4651 (fin du xiiie siècle) = B[1]; lat. 11033 (1365) = B[3]; lat. 4764 (1346) = C[3]; lat. 11035 (commencement du xive siècle) = L; Rouen, ms. Y 204 (après 1340) = R[2]; lat. 15068 (entre 1298 et 1317) = V[1].
Famille VIII : lat. 4790 (vers 1318) = C[2]; lat. 12883 (xive siècle) = H; Copenhague, fonds Thott, ms. 303 (fin du xive siècle) = K; ms. Dutuit à Rouen (avant 1340) = R[3]; Stockholm, fonds français, ms. 9 (commencement du xive siècle) = S; lat. 14690 (après 1313) = V[2].
Famille IX : lat. 4652 (1498) = B[2]; sir Th. Phillipps, ms. 9223 (dernière moitié du xve siècle) = P.

Cf. J. Tardif, *Summa de legibus*, p. x-c, ccxlviii. Voir, *ibid.*, p. lxv, l'indication de manuscrits tout à fait fragmentaires. Nous citerons les manuscrits latins d'après l'édition de M. Tardif.

[4] Voici l'indication des manuscrits français en prose dont nous avons pu relever l'existence : Bibl. nat., fr. 5958 (xiiie siècle); fr. 5245, fol. 95 r°-140 r° (xiiie siècle); Sainte-Geneviève, 1743 (fin du xiiie siècle); Bodléienne, *Selden supra* 70 (xive siècle); Bibl. nat. fr. 5963 (1303); lat. 11032, p. 47-188 (xive siècle, 1re moitié); fr. 5961 (commencement du xive siècle); fr. 5960 (xive siècle); Musée Brit., Add. 21971 (xive siècle); Harl. 4488 (xvie siècle); Bibl. nat., fr. 5959 (1392), lat. 1426[h] (milieu du xive siècle); fr. 5964 (xve siècle); fr. 24112 (1478); fr. 2765 (xve siècle; ce manuscrit contient la Grande glose du xve siècle); fr. 5965 (xve siècle); fr. 11920 (xve siècle); Dublin, Trinity College D. 3. 34; Berlin, Hamilton 192 (1403). — Les manuscrits du Coutumier français en vers seront indiqués ci-après, p. 111, note 2.

Le ms. lat. nouv. acq. 1776 (xve siècle) contient le texte français et latin de la coutume; il paraît se rattacher à la famille IV. Plusieurs manuscrits ont péri. Un exemplaire (français?) était conservé à la Chambre des comptes : Livre Saint-Just, fol. xlvi à cv. Le catalogue de la

Le texte latin porte dans les manuscrits ces titres divers : *Registrum de judiciis Normannie* (D[1]); *Cursus Normannie* (V[3]); *Jura et statuta Normannie* (R[1]); *Liber de juribus et consuetudinibus Normannie* (C[3], C[2], V[2], S, R[3],); *Jura et consuetudines quibus regitur ducatus Normannie* (B[2], G, P); *Consuetudines Normannie* (C[1]); *Summa de legibus consuetudinum Normannie* (K); *Summa de legibus in curia laicali* (B[1], C[3], B[3], L, V[1]); *Summa de legibus Normannie in curia laicali* (A). C'est le titre *Summa de legibus Normannie* qu'a adopté le dernier éditeur, M. Joseph Tardif, bien que cet intitulé *Summa de legibus Normannie in curia laicali* (A) caractérise, d'après lui, un groupe de manuscrits très éloigné du type primitif, la famille VII (M. Tardif distingue neuf familles de manuscrits). Ce titre ne se retrouve, en dehors de ce groupe, que chez un représentant de la famille VIII (K). Le titre *Summa de legibus* remonte, selon toute vraisemblance, écrit M. J. Tardif, à un continuateur qui aurait donné à l'ouvrage sa forme définitive [1]. M. J. Tardif estime que le titre primitif était probablement : *Registrum de judiciis Normannie*. Ce titre serait, d'ailleurs, fort critiquable : il indiquerait assez mal la nature de l'ouvrage.

Le texte français est intitulé, dans le ms. fr. 5958 : *Veez ci les constitutions de Normendie;* dans le ms. fr. 5960 : *Ci commencent les droiz et les usages de Normendie* [2]. Il est qualifié ailleurs : *Livre de droit et des usages de Normendie* [3]; *Livre de la coustume de Normendie* [4]; *Livre coustumier du pays et duché de Normendie* [5]. Dans plusieurs manuscrits français il n'y a aucun titre, ni aucune désignation [6].

Bibliothèque de Saint-Victor, rédigé par Claude de Grandrue, mentionne deux exemplaires du Grand Coutumier (Bibl. nat., ms. lat. 14767, fol. 57 v°). Le *Livre noir* du chapitre de Coutances, ms. du commencement du xiv° siècle, disparu aujourd'hui, contenait le texte latin (*Histor. de Fr.*, t. XXIII, p. 493, note). La comtesse Mahaut en avait un texte français dans sa bibliothèque : *un romans des coustumes de Normandie* (Richard, *Mahaut, comtesse d'Artois et de Bourgogne*, Paris, 1887, p. 102). On verra plus loin (*Deux consultations sur la coutume de Normandie*) que, dans les débats qui s'élevèrent quelque temps après la mort d'Amicie de Courtenai entre la comtesse Mahaut et son frère Philippe, l'interprétation de la coutume de Normandie joua un rôle considérable. Il est donc tout naturel que les conseils de Mahaut se soient préoccupés de ce qu'avait pu dire l'auteur du Grand Coutumier.

[1] Cf. Tardif, *Summa de legibus*, p. cxl, cxli.

[2] Le ms. fr. 14550 débute avec cette bizarre variante : *Ci commence de Delillebonne (sic) les droiz et les establissemens de Normendie.* Cette variante garde le souvenir d'un manuscrit où figurait le concile de Lillebonne.

[3] Bibl. nat., ms. lat. 1426, fol. 42 r°.

[4] Ms. fr. 11920 *in fine*; ms. fr. 5965.

[5] Ms. fr. 2765.

[6] Ms. fr. 5963; ms. fr. 5245; ms. fr. 5964; ms. fr. 5961; ms. fr. 5964; ms. fr. 24112. Musée brit., Harl. 4488. Au folio 7 v° du ms. fr. 24112 se trouve une note où le mot *coutumier* est pris, croyons-nous, dans son sens pri-

Le texte latin et le texte français datent probablement du milieu du xiiie siècle. Nous reviendrons sur ce point.

L'ouvrage a été mis en vers français. Le versificateur qualifie le traité de *Coustumier normant* :

> Si veul le françois mestre en rime
> Du latin du livre qui me
> Semble bon et que l'on apele
> Le *Coustamier normant*, que le
> Commun de tous les advocas
> De la court laie, quant au cas
> De leurs quereles commenchier,
> Doivent avoir et tenir chier [1].

Contumier normand ou *Grand Coutumier* est resté la dénomination usuelle.

Une glose très importante est venue, au xve siècle, illustrer le texte du Coutumier normand.

Le texte latin et le texte en prose française du Grand Coutumier ont été bien des fois imprimés depuis la fin du xve siècle [2]. La dernière édition des deux textes latin et français est celle qu'a donnée, en 1881, M. W. Laurence de Gruchy, ancien juré justicier à la cour royale de Jersey [3]. La dernière édition du texte latin, édition critique très soignée, pour laquelle tous les manuscrits ont été mis à profit, est celle que M. J. Tardif a publiée en 1896. Elle nous sera du plus grand secours. Elle est précédée d'une très importante introduction. Le Grand Coutumier en vers, dont nous nous occuperons plus loin avec quelque détail, a été imprimé en 1782 par Hoüard [4].

Le Grand Coutumier n'était pas originairement un texte officiel, mais il paraît avoir pris assez rapidement ce caractère. Il fut remplacé en Normandie, en 1583, par la coutume revisée, laquelle s'inspire d'ailleurs assez souvent de la rédaction du xiiie siècle et s'en rap-

---

mitif, c'est-à-dire dans le sens de *livre* contenant le texte d'une coutume : « Ce *coustumier* « est et appartient à Collenet de Roquegny, de- « mourant à Dieppe, et fu par lui escript en l'an « de grace mil iiii^c iiii^{xx} et xviii après Pasques. »

[1] Ms. fr. 14548, fol. 22 v°; ms. fr. 5330, fol. 2 r°. Nous ne relevons pas les variantes.

[2] J. Tardif, *La Summa de legibus Norm.*, p. ccxxxv-ccxlvii.

[3] W. Laurence de Gruchy, *L'ancienne Coutume de Normandie*, Jersey, 1881.

[4] Hoüard, *Dictionnaire de la Coutume de Normandie*, Rouen, 1782, t. IV, Supplément, p. 49 et suiv.

proche parfois de très près. Il est, aujourd'hui encore, au nombre des éléments divers qui constituent le droit des îles normandes soumises à la domination anglaise [1].

Nous devons au lecteur quelques indications sur la transformation graduelle de notre Coutumier en coutume officielle.

Dès 1258, un arrêt du Parlement de Paris pourrait bien avoir visé le Grand Coutumier (qui venait d'être rédigé). Cet arrêt s'exprime ainsi : *Cum imponitur alicui defuncto quod fuit usurarius in aliquo* trium casuum secundum consuetudinem Normannie *infra annum ante tempus mortis sue, infra primam assisiam, si possit fieri commode, inquiretur utrum ita sit* [2]. Une triple division de l'usure figure, en effet, au chapitre XIX du Coutumier, et cette division est assez originale et assez caractéristique pour que nous soyons tentés d'apercevoir dans la phrase de l'arrêt une allusion à ce chapitre XIX, *De usuris*, qui dut être mis sous les yeux des juges. Quarante-quatre ans plus tard, en 1302, Philippe le Bel approuva formellement un chapitre de notre Coutumier, le chapitre LXXXII, *De clericis et personis ecclesiasticis*. La décision de Philippe le Bel a été un peu négligée par les érudits. En voici le texte, vraiment intéressant et important pour l'histoire de la coutume normande, dont le roi ou ses officiers se firent représenter le livre (*librum seu registrum dictarum consuetudinum seu statutorum Normannie*) :

Philippus, Dei gratia Francorum rex, universis baillivis nostris, prepositis et aliis justiciariis nostris in ducatu Normannie deputatis, salutem. Ex parte dilectorum et fidelium nostrorum Rothomagensis archiepiscopi et suffraganeorum suorum, nobis extitit conquerendo monstratum quod, licet tam jure divino, canonico et civili quam statutis et consuetudinibus scriptis, in Normannia presbyter vel clericus propter crimen mere personale conveniri, judicari seu puniri per secularem justiciam non debeat, nec coram ea teneatur super hoc respondere, sed si capiatur per eam debet reddi justicie ecclesiastice per eam puniendus, nihilominus gentes nostre per aliqua tempora propter facta hujusmodi, contra jus, statuta et consuetudines predictas Normanie veniendo, in causam coram se personas hujusmodi trahebant et ad hoc trahere nitebantur injuste, et quando post ipsos presbyteros, seu clericos, seu contra eos, *harou* propter facta hujusmodi clamabant, in ipsorum archiepiscopi et suffra-

---

[1] M. E. Toulmin Nicolle énumère ces cinq éléments du droit moderne des îles normandes : 1. Chartes royales; 2. Ordres du Conseil; 3. Ancienne coutume de Normandie; 4. Lois passées par les États et sanctionnées par Sa Majesté en Conseil; 5. Règlements triennaux passés par les États sur des questions de police, etc., et qui n'ont pas besoin de la sanction royale. (E. Toulmin Nicolle, *The judicatures of the Channel Islands*, dans *The Brief*, 1895, 15th July, p. 160.)

[2] Beugnot, *Olim*, t. I, p. 62.

ganeorum predictorum prejudicium non modicum et gravamen. Quare nobis cum instantia supplicarunt ut[1] abusum hujusmodi penitus aboleri, statutaque et consuetudines predictas per gentes nostras faceremus observari; propter quod librum seu registrum dictarum consuetudinum seu statutorum Normannie videri fecimus, et ex eo statutum factum super hoc extrahi, cujus tenor de verbo ad verbum sequitur in hec verba :

« Nulz clercs, ne nulle personne de sainte Eglise ne doit estre prise et arrestée,
« si elle n'est prise en present mesfait ou s'il n'est seivi a harou. Et lors doibt il estre
« rendu a sainte Eglise, si elle le requiert; et s'il reconnoist en la court de sainte Eglise
« le mesfait dont il est seivi et il en est atteint, il doit estre deposé de tous ordres
« et de tout privilege a clerc, et chassé hors du païs comme exilez, pour tant que
« le mesfait soit tel que homme en dust perdre vie ou membre. Icelles personnes
« sont quictes de plaider en court laye en tant comme il appartient au fié lay. »

Nos igitur, intuitu Domini nostri Jesu Christi et Sancte Matris Ecclesie, necnon specialis affectionis quam ad ipsos prelatos semper habuimus et habemus, dictum statutum volumus et precipimus, quantum ad nos spectat, prout superius est expressum et insertum, teneri, servari et in nullo penitus infringi, non obstante abusu per longa tempora contra hoc per gentes nostras in contrarium explectato et usitato, quem totaliter tollimus et abolemus, mandantes et precipientes districtius vobis et vestrum singulis quod memoratum statutum observetis et faciatis inviolabiliter a nostris gentibus observari, predicto abusu non obstante.

Actum Parisius, die Jovis ante festum beati Ludovici, anno Domini m° ccc° ii°[2].

Le texte du chapitre de la Coutume normande approuvé par Philippe le Bel est gravement altéré dans le recueil manuscrit de Jean du Tillet, utilisé par Laurière et par nous-mêmes. Il manque un mot de la dernière phrase, et l'absence de ce mot, qui est essentiel, produit un contresens singulièrement favorable au clergé, puisque, d'après ce texte fautif, la compétence appartiendrait au tribunal ecclésiastique dès qu'un clerc est en cause, alors même que l'objet du litige serait un fief lai :
« Icelles personnes sont quictes de plaider en court laye, en tant comme
« il appartient au fié lay. » Le texte authentique porte : « *fors* pour tant
« comme il appartient au fieu lai. » Laurière, qui avait aperçu ce contresens, l'a corrigé, en intercalant la négation *ne* avant le mot *sont* : il a rétabli le sens sans retrouver le vrai texte.

Cet acte de Philippe le Bel, favorable à l'Église, se rattache à toute

[1] Ms. *vel.*
[2] Laurière, *Ordonnances*, t. I, p. 348-349. Archives nationales, U. 438, fol. 146 r°-147 r°. On pourrait facilement rapprocher divers textes qui montrent bien quelles étaient vers ce temps les préoccupations du clergé normand (Bessin, *Concilia Rotom. provinc.*, pars I, p. 88, 167, 168).

une série de décisions du même genre et à peu près du même temps [1] :
le roi avait alors le plus grand intérêt à ménager le clergé de France,
dont il avait besoin contre Boniface VIII.

Le livre de la Coutume de Normandie, *Registrum Consuetudinis Normannie*, est encore cité deux fois dans l'acte célèbre que la Normandie
a considéré jusqu'à la fin de l'ancien régime comme la base de son
droit public et de ses libertés, la fameuse Charte aux Normands. Cette
charte nous est parvenue sous les deux dates de mars 1315 (n. s.) et de
juillet 1315, parce que, délivrée en mars, elle fut renouvelée en
juillet [2]. L'article 2 de cette charte fameuse est ainsi conçu : *Item,
quod redditus nobis debitos pro dicta pecunia non mutanda, quod in dicto
ducatu monetagium, aliter focagium, nuncupatur, levari non faciemus, aut
etiam aliqualiter permittemus levari, nisi quatenus in* Registro Consuetudinis Normannie *continetur, usu quocumque contrario in premissis non
obstante.* C'est une allusion très claire au chapitre XIV, *De monetagio*,
du Grand Coutumier. L'article 13 de la Charte est ainsi conçu : *Item,
quod quilibet nobilis aut alius quicumque, ratione dignitatis sui feodi quod
obtinet in ducatu Normannie, de cetero veriscum et res vayvas in sua terra
percipiet integraliter*, prout in Registro consuetudinis Normannie *continetur, quocumque usu contrario non obstante.* Il s'agit du droit de bris,
très sagement réglé dans le chapitre XVI, *De veriscis*, et du droit sur
les biens sans maître, dont s'occupe le chapitre XVIII, *De rebus vaivis*.
La Charte aux Normands garantit les droits des seigneurs dans les
limites fixées par ces deux textes.

Si la Charte aux Normands confirme et sanctionne la coutume en
ce qui touche le fouage, le droit de bris et les biens vacants, elle y
déroge ou, si l'on veut, elle l'améliore en ce qui concerne la prescription. Voici comment s'exprime Louis X (art. 19) :

Item, quod quadragenaria prescriptio cuilibet in ducatu Normannie de cetero
sufficiat pro titulo competenti, seu de totali alta aut bassa justicia contendatur, seu
de quocumque articulo ad altam aut bassam justiciam, sive ad alteram earumdem
quomodolibet pertinente, sive de quacumque alia re contendatur. Et si quisquam
ducatus Normannie, cujuscumque condicionis aut status existat, aliquid de premissis
aut aliquo premissorum, per quadraginta annos pacifice possederit, super hoc ne-

---

[1] Ord. de 1299 et de 1300, dans *Ord.*, t. I, p. 331, 334; t. XI, p. 390; t. XII, p. 338-339. —
[2] Coville, *Les États de Normandie*, p. 34.

quaquam ulterius molestetur, aut a nostris justiciariis permittatur aliquatenus molestari. Quin immo contrarium volens facere nullatenus admittatur, *cum talibus jus, consuetudo et ordinacio dicti prouvi nostri evidentissime adversentur, quocumque usu contrario non obstante.*

La traduction française de la Charte aux Normands est ici défectueuse: le rédacteur, dans les derniers mots que nous venons de transcrire, a voulu dire que le droit, la coutume et l'ordonnance de saint Louis (car il s'agit évidemment de ce prince, bisaïeul de Louis X, qui a été cité dans le préambule de la charte) s'opposent à toute infraction à la règle qu'il vient de poser : *cum* doit se traduire par « puisque. » Le traducteur français a traduit *cum* par « combien que », c'est-à-dire « quoique »; il paraît mettre ainsi la coutume et saint Louis en opposition avec la règle nouvelle : « *Combien que* le droit, la « coustume et l'ordonnance dudit nostre bisaiel soient evidemment « contraires a ces choses[1]. » Ce passage devient, par suite de cette traduction fautive, fort étrange dans le texte français. Nous ne saurions dire quelle ordonnance de saint Louis vise le roi Louis X : il est bien probable qu'il invoque un peu au hasard le nom vénéré de saint Louis. Quant à la traduction de *cum* par « combien que » au lieu de « puisque, » elle est peut-être due à un Normand, qui facilement aura constaté un désaccord entre le chapitre cxi, *De brevi de feodo et vadio*, § 13, consacré à la prescription, et la décision de notre ordonnance. Le rédacteur du Grand Coutumier nous apprend en ce passage qu'on se servait autrefois en Normandie de la prescription de trente ans; mais, les souvenirs manquant de netteté quand on remontait en arrière sans point de repère fixe, on prit un mode de supputation tout différent : on se contenta, pour savoir s'il y avait ou non prescription, de se demander si le fait initial était antérieur ou postérieur au couronnement du roi Henri II (1154), plus tard au couronnement du roi Richard (1189). Le couronnement du roi Richard était déjà bien lointain au moment où écrivait notre auteur : il souhaite que le roi de France modifie promptement cet état de choses, évidemment très défectueux. Cette modification fut introduite, un demi-siècle plus tard, par la Charte aux Normands. Mais la prescription de trente ans inscrite dans la Coutume en faveur de l'Église (chap. cxv, *De brevi de*

---

[1] *Ordonnances*, t. I, p. 588-592.

feodo et elecmosina, § 3, 10) fut maintenue. —— Cette date du couronnement du roi Richard rendait les prescriptions presque impossibles au profit des laïques dans la seconde moitié du xiii° siècle : le rédacteur d'un paragraphe (2 *bis*) du chapitre xxi, *De vadiis et emptionibus*, paragraphe que M. J. Tardif croit postérieur à l'œuvre primitive, s'efforce déjà d'introduire la prescription de quarante ans à défaut d'une date initiale antérieure au couronnement du roi Richard (1189). Cette longue prescription normande de quarante ans fut évidemment une transaction entre le délai de trente ans et le système devenu abusif d'un mode unique de supputation basé sur cette simple question : le fait initial est-il antérieur ou postérieur au couronnement de Richard Cœur de Lion? On ne modifia pas d'ailleurs le texte de la Coutume : le chapitre cxi continua à mentionner, comme jadis, l'avènement de Richard Cœur de Lion. Le glossateur de la fin du xv° siècle corrige cette décision dans son commentaire et y introduit la prescription de quarante ans, sans invoquer la Charte aux Normands. Terrien, plus informé, se réfère expressément à la charte de Louis X [1].

Notre Coutumier, confirmé et cité par les rois de France, est désormais en Normandie document officiel. Nous sommes en mesure de constater le crédit dont il a joui et l'autorité qu'il a conquise vers le même temps dans les îles restées sous la domination anglaise. Il résulte de plusieurs témoignages de la première moitié du xiv° siècle qu'à cette époque les habitants de l'île de Jersey se servaient d'un recueil appelé la *Somme de Maucael* comme d'un code de lois normandes. Cette Somme de Maucael est évidemment notre Grand Coutumier normand. En 1309, un avocat du roi d'Angleterre conteste l'ancienneté des coutumes alléguées par les insulaires et leur reproche d'avoir tout récemment adopté un traité composé par un Normand du nom de Maucael longtemps après que la Normandie fut sortie de l'allégeance du roi d'Angleterre. Ceux-ci répliquent que c'est avec raison qu'ils se servent de la Somme de Maucael, parce qu'elle contient les lois de la Normandie : *eo quod leges Normannie bene in ea continentur* [2]. Guernesey suivit un peu plus tard l'exemple de

---

[1] Terrien, *Commentaires du droict civil tant public que privé, observé au pays et duché de Normandie*, Rouen, 1654, p. 305.

[2] Tardif, *La Summa de legibus*, p. ccxx, ccxxi. — Tardif, *Les auteurs présumés du Grand Coutumier de Normandie*, dans *Nouvelle Revue historique de droit français et étranger*, t. IX, p. 178-179.

Jersey. En décembre 1332 ou janvier 1333, les habitants de Jersey et de Guernesey avaient encore l'occasion de déclarer au roi d'Angleterre qu'ils suivaient et avaient toujours suivi la « coustume de Nor- « mandie q'est appelé la *Summe Maukael* », parce que les îles ont fait anciennement partie du duché de Normandie : « A nostre seignur le « roi et a son consail mostrent ses liges gentz de la communaulté des « isles de Guernereie et Jerseie que, come les isles soient de auncie- « neté parcele de la duché de Normendie, et en tiel manere tiegnent « de nostre seignur le roi come de duc, et esdites isles tiegnent et usent « et eient touz jours usez la coustume de Normendie, q'est appelé la « *Summe Maukael,* ovesques aucunes certeignes coustumes usées « es dites isles del temps dont memorie ne court [1]... »

Nous arriverons à l'instant à ce Maucael. Ce que nous voulions avant tout mettre en relief, c'est l'aspect officiel que revêt dès lors notre recueil. Il est invoqué, dès 1309, dans des contestations entre les îles et le roi d'Angleterre, parce qu'il contient l'exposé fidèle de la coutume : *eo quod leges Normannie bene in ea continentur.* En 1332 ou 1333, il est confondu avec la coutume elle-même : « La coustume « de Normendie, q'est appelé la *Summe Maukael.* »

Il est temps de nous demander quel est l'auteur de cet important traité de droit. On a mis quelquefois en avant, sans raison sérieuse, nous pourrions dire sans prétexte sérieux, soit Beaumanoir, soit Pierre de Fontaines. L'avocat De la Foy songeait à Beaumanoir [2]. On se demande comment cette conjecture a pu naître dans son esprit; car la manière de notre anonyme et celle de Beaumanoir sont profondément dissemblables. Peut-être La Foy avait-il été frappé de deux traits, intéressants en eux-mêmes, mais qui ne sauraient en aucune manière justifier une pareille attribution : Beaumanoir parle de la clameur de haro à peu près comme s'il écrivait en Normandie; il cite un usage normand et raconte à ce propos une curieuse et amusante anecdote [3]. Nous n'apercevons à cette hypothèse évidemment insoutenable aucun autre point de départ possible. Brodeau et, après lui, Basnage et Laferrière ont songé à Pierre de Fontaines. Mais

---

[1] Julien Havet, *Les cours royales des îles normandes*, pièces nᵒˢ XXXIV-XXXVI, dans *Bibliothèque de l'École des chartes*, t. XXXIX, p. 244-245.

[2] De la Foy, *De la constitution du duché de Normandie*, 1789, p. 88.

[3] Beaumanoir, chap. XXXV, chap. LII, édit. Salmon, t. II, p. 59, 295, § 1100, 1571.

le *Conseil* de Pierre de Fontaines et le Grand Coutumier ne se ressemblent nullement : on ne saurait donc attribuer avec quelque vraisemblance la paternité de ces deux œuvres à un même auteur. L'origine de cette conjecture n'est point douteuse. Le manuscrit fr. 5245 comprend des œuvres très diverses, à savoir : le *Conseil* de Pierre de Fontaines sous la forme du *Livre la Roïne;* une version française du livre III des Institutes de Justinien; le Grand Coutumier de Normandie; la version française d'une partie du livre IV des Institutes et de différents titres du Digeste. L'*incipit* du *Livre la Roïne* est ainsi conçu : *Ci commence li livres des usages et coutumes de France et de Vermendois selonc court laie, et fu fez por une roïne de France trés gentil et trés noble. Et le fist a sa requeste li plus sages hons qui a son tans vesquist, selon les lois, et por ce est il apelez le Livre la Roïne.* On a appliqué ce petit préambule à tous les traités contenus dans le manuscrit, et cette première erreur en a engendré une seconde : l'auteur du *Livre la Roïne* a été considéré comme étant aussi l'auteur du Grand Coutumier normand. Cette erreur de Brodeau et de ceux qui l'ont suivi[1] n'a plus cours aujourd'hui. Il est inutile d'insister.

Une troisième méprise, dont M. Tardif[2] a peut-être découvert l'origine, a été commise par Charondas Le Caron au XVIe siècle. Le dire de Charondas est resté pendant deux cents ans parfaitement ignoré, mais a été repris et habilement développé de nos jours par un savant d'un rare mérite, Henri Klimrath. Charondas Le Caron, dans ses *Pandectes françoises*, avait signalé en ces termes un traité de droit que personne n'a jamais revu : « J'ay veu un autre livre faict du temps du « mesme roy (Louis IX) pour le roy Philippes son fils, et en furent les « autheurs Messire Pierre et Messire Clement de Tours et Messire Robert « le Normand et Messire Hue de Paris[3]. » Cette assertion, noyée dans les *Pandectes françoises* de Charondas, fut comme découverte par Klimrath et acceptée par lui sans réserve. Il en fit le point de départ d'une construction laborieuse, d'ailleurs inachevée : un groupe de travaux juridiques aurait été commandé pour l'instruction de Philippe le Hardi

----

[1] Cf. Brodeau, *Coustume de la prévosté et vicomté de Paris,* Paris, 1669, t. I, p. 5. Basnage, *La Coutume réformée du païs et daché de Normandie,* Rouen, 1694, t. I, p. 7; — Laferrière, *Histoire du droit civil de Rome et du droit français,* t. III, p. 125.

[2] Joseph Tardif, *Les auteurs présumés du Grand Coutumier de Normandie,* dans *Nouvelle Revue hist. de droit français et étranger,* t. IX, p. 163, 165.

[3] *Pandectes de droict françois,* livre I, chapitre II, dans *Œuvres,* Paris, 1637, t. II, p. 6.

à quatre jurisconsultes. Pierre de Fontaines (*Messire Pierre*) aurait rédigé les coutumes de France et de Vermandois, Robert le Normand aurait mis par écrit les usages de Normandie; Klimrath ne parvient pas à découvrir les œuvres propres de Clément de Tours et de Hue de Paris; mais, pour leur trouver une place quelconque, il imagine qu'ils reçurent peut-être la modeste mission de réunir les travaux de Pierre de Fontaines et de Robert le Normand, c'est-à-dire, si nous essayons de serrer de près la pensée de Klimrath, de rapprocher dans le même manuscrit le Grand Coutumier et le *Conseil*. Autant avouer qu'on n'a pu réussir à faire une place à ces deux prétendus jurisconsultes, qui nous sont, en effet, aujourd'hui encore, parfaitement inconnus. Mais la donnée énigmatique de Charondas pouvait, du moins, paraître élucidée pour moitié. Le ms. fr. 5245 (9822 de l'inventaire de 1682), fournissant à Klimrath tout à la fois le Grand Coutumier normand et le *Conseil* de Pierre de Fontaines, lui servait à étayer sa fragile conjecture [1], qui a été adoptée par plusieurs historiens modernes [2]. Elle n'a cependant d'autre base que l'assertion d'un jurisconsulte dont il serait extrêmement dangereux d'accepter aveuglément le témoignage, car il a commis de lourdes méprises dûment relevées aujourd'hui. Une ligne de Charondas Le Caron ne vaut pas plus par elle-même en faveur de *Clement de Tours*, de *Robert le Norman* et de *Hue de Paris* qu'une autre ligne du même auteur ne suffit à faire entrer dans l'histoire littéraire un jurisconsulte imaginaire comme *Guido*, en réalité simple scribe [3]. Robert le Normand a-t-il même existé? Probablement non. Mais il n'est pas tout à fait impossible que du nom d'un certain *Will. le Normant*, qui fut, ce semble, l'enlumineur ou le copiste d'un manuscrit du Grand Coutumier (lat. 12883), soit issu, par suite d'une mauvaise lecture accompagnée d'une fausse interprétation, le jurisconsulte fabuleux auquel Klimrath

[1] Klimrath, *Mémoire sur les monuments inédits de l'histoire du droit français au moyen âge* (1835), dans *Travaux sur l'histoire du droit français*, Paris, 1843, t. II, p. 31-35.

[2] Warnkœnig et Stein, *Französische Staats- und Rechtsgeschichte*, t. II, Basel, 1848, p. 44, note 1. — Warnkœnig, Compte rendu détaillé de l'ouvrage de Marnier, *Établissements et coutumes, assises et arrêts de l'Échiquier de Normandie*, dans *Zeitschrift für die Gesetzgebung und Rechtswissenschaft des Auslandes*, t. XIII. p. 225. — Kœnigswarter, dans *Sources et monuments du droit français*, mentionne, sans se prononcer, l'opinion de Brodeau et celle de Klimrath (Paris, 1853, p. 114). — Ginoulhiac, *Cours élémentaire d'histoire générale du droit français*, Paris, 1884, p. 600, n° 353.

[3] Cf. Paul Viollet, *Une visite à Cheltenham*, dans *Bibliothèque de l'École des chartes*, t. XLI, 1880, p. 154.

a, pour ainsi dire, insufflé la vie : Robert le Normand. Telle est du moins la conjecture de M. Joseph Tardif.

Il est temps d'arriver à un nom plus sérieux que celui de Robert le Normand : nous songeons à *Maucael*. Maucael doit être le nom du rédacteur du Grand Coutumier, ou encore celui d'un de ses continuateurs, si toutefois on admet avec M. Joseph Tardif que le Grand Coutumier a reçu de mains différentes un ou plusieurs suppléments. M. Joseph Tardif a poursuivi dans cette direction des recherches très heureuses. Il a signalé l'existence, au xiiie siècle, en basse Normandie, d'une famille Maucael. L'un des Maucael, Raoul, probablement fils de Michel, était clerc. La moitié de l'église des Pieux lui fut conférée en 1230 par l'évêque de Coutances, Hugues de Morville, sur la présentation de l'abbé et des chanoines du Vœu. On a tout lieu de supposer qu'il possédait encore ce bénéfice en 1243. On le perd dès lors complètement de vue. Nous possédons une lettre de Michel Maucael à l'évêque de Coutances : Maucael appelle ce prélat son *dominus et pater spiritualis*. Malheureusement M. Tardif n'a pu relever le nom de Maucael en deçà de l'année 1243[1] : les documents lui ont fait défaut. Cette date de 1243 est, comme on le verra, antérieure à la rédaction du Grand Coutumier.

Si le nom de Maucael nous conduit en basse Normandie, certains passages du Grand Coutumier semblent bien révéler la même origine. Le chapitre xv, *De mensuris et ponderibus*, mentionne les localités de Mortain et de Saint-James[2]. Le nom de Valognes revient plusieurs fois dans des formules de bref[3]. Le ms. lat. 18557 de la Bibliothèque nationale, qui, suivant le dernier éditeur, nous a conservé le texte latin sous sa forme la plus ancienne, a été transcrit dans le diocèse de Coutances[4].

Enfin, ajoute M. Tardif, c'est dans le bailliage de Cotentin seule-

[1] Tardif, *La Summa de legibus Normannie*, p. ccxxvii-ccxxxvii. — En 1251, Raoul Maucael n'était plus nanti de la moitié de l'église des Pieux.

[2] *Summa de legibus*, chap. xv, § 6, édit. Tardif, p. 42. — L'auteur, en écrivant les chapitres xiv et xv, avait probablement sous les yeux un document du commencement du xiiie siècle intitulé *Scriptum de foagio* (souvent publié, notamment dans Brussel, *Usage des fiefs*, t. Ier, p. 212). Dans ce document figurent avec Mortain, comme exemptés du fouage, Breteuil, Alençon et autres lieux. Des diverses localités mentionnées dans ce document l'auteur cite seulement Mortain : il ajoute Saint-James-de-Beuvron (arrondissement d'Avranches).

[3] *Summa de legibus*, chap. ci, *De dote negata*, § 12; chap. cxiii, *De brevi de stab.*, § 2; chap. cxxiv, *De lege apparenti*, § 1, édit. Tardif, p. 256, 287, 332 et p. ccxii, note 2, ccxvi, note 3.

[4] Tardif, *ibid.*, p. ccxvi.

ment que le Coutumier de Normandie et, plus tard, la coutume réformée ont été en vigueur en leur entier; dans le reste de la province, il y avait presque partout des coutumes locales qui en modifiaient les dispositions. C'est avec le Cotentin et l'Avranchin que les habitants de Jersey et de Guernesey avaient le plus de rapports : ils relevaient au spirituel de l'évêque de Coutances; les grandes abbayes de cette région, Cherbourg, Saint-Sauveur-le-Vicomte, Blanchelande, le Mont-Saint-Michel, avaient, ainsi que le chapitre de Coutances, de vastes possessions dans les îles; si bien que, pour les insulaires, les diocèses de Coutances et d'Avranches étaient la Normandie par excellence.

Telles sont les considérations les plus séduisantes en faveur de la basse Normandie.

M. J. Tardif a pu établir que les Maucael possédaient une maison à Valognes. Aussi le nom de Valognes, dans certaines formules du Grand Coutumier, attire-t-il tout particulièrement son attention et la nôtre : ce nom figure aux chapitres ci, *De dote negata,* § 1 2 ; cxiii, *De brevi de stabilia,* § 2 ; cxxiv, *De lege apparenti,* § 1. Il semble que ce soit là une raison de plus pour songer, sans rien affirmer d'ailleurs, à un Maucael; mais M. Tardif soulève ici une difficulté : dans son sentiment, les chapitres cxiii et cxxiv n'appartiennent pas à l'œuvre primitive : ce sont des additions comprises dans le bloc des chapitres cxiii à cxxv, lequel est mis à part par ce savant et considéré comme secondaire. (Nous reviendrons sur ce point.) De cette circonstance que Valognes est le seul nom de lieu mentionné dans les formules de ces chapitres additionnels, M. Tardif est amené à cette conclusion : Maucael ne serait pas l'auteur du texte primitif, mais seulement le plus connu de ses continuateurs, celui qui a donné au traité sa forme définitive en le complétant par l'insertion des derniers chapitres [1]. C'est pousser un peu loin le scrupule, car le nom de Valognes apparaît aussi dans le chapitre ci, qui n'est pas contesté. Le nom de Maucael reste donc intéressant, à nos yeux, non seulement pour les derniers chapitres, mais pour l'œuvre entière.

Que le rédacteur primitif s'appelât Maucael et fût de Valognes, ou qu'il portât un autre nom, nous estimons que c'était un clerc. Voici

[1] J. Tardif, *La Summa de legibus Norm.,* p. ccxxxiv.

les observations diverses qui nous conduisent à cette conclusion.

On admet généralement aujourd'hui que l'ouvrage a été écrit en latin (nous insisterons plus loin sur le caractère primitif du texte latin et nous nous efforcerons d'apporter à la démonstration de l'opinion adoptée par les derniers critiques un plus grand degré de précision). Bien peu de laïques eussent été capables, au xiii⁰ siècle, de composer ainsi en latin.

Si la langue adoptée par l'auteur fait songer à un clerc plutôt qu'à un laïque, la physionomie générale de l'ouvrage donne la même impression. Il est divisé en Parties et Distinctions, division très fréquente dans les traités de droit canon ou de philosophie scolastique, inusitée dans les œuvres profanes. Nous remarquons aussi que l'auteur, dans son second prologue, semble s'être inspiré de la lettre par laquelle Grégoire IX envoya (1234) le recueil des Décrétales aux universités de Paris et de Bologne; ce qui convient fort bien à un clerc.

Une autre circonstance attire notre attention. Le glossateur du xv⁰ siècle atteste que le droit normand employait, pour compter les degrés de parenté, le mode de supputation canonique[1] : « Et doit on « savoir que, selon la coustume du pays de Normendie, l'on conte les « degrez en ligne colateral selon les canonistes; car deux freres font le « premier degré et ne font que ung degré[2]. » D'où vient cet usage? Très probablement de ce fait que notre anonyme a exprimé en canoniste les degrés de parenté dont il a eu à parler[3] et a créé ainsi un précédent dont on ne s'est plus écarté. Ceci serait d'un clerc, non d'un laïque. Enfin notre jurisconsulte s'était certainement occupé de philosophie scolastique : ce qui convient aussi à un clerc. Nous ne relèverons pas à l'appui de cette observation l'usage de certaines catégories et classifications qui rappellent Aristote (*locus, causa, modus, tempus*[4]), car ici la lecture du Digeste[5] eût pu suffire à notre auteur; mais nous signalerons l'emploi de l'expression scolastique *juris operativa* dans cette phrase : *Justicia est virtus juris operativa*[6]; l'emploi du mot *maneries* : *Est ergo tenenra maneries qua tenentur de dominis tene-*

---

[1] Cf. Tardif, p. clxxxvii.

[2] Glose sur le chapitre xxv (édit. Tardif. chap. xxiii).

[3] *Summa de legibus*, chap. xxiii, § 7, édit. Tardif, p. 77.

[4] *Ibid.*, ch. lxviii, § 2, p. 175.

[5] *Digeste*, XLVIII, xix, *De pœnis*, § 16 (Claudius Saturninus).

[6] *Summa de legibus*, chap. iii, § 1, p. 7. — Cet adjectif *operativus* (*operativus justi*) figure au moyen âge dans les traductions latines d'Aristote (Aristote, *Éthique*, V, 10,

menta[1] (xxvi, § 1), et surtout l'adoption d'une expression qui est empruntée au commentaire d'Averroès sur l'Éthique d'Aristote : nous voulons parler de la locution « droit positif » (*jus positivum*). C'est probablement de ce commentaire que nous vient l'expression courante aujourd'hui de « droit positif ». Cette locution, à peu près[2] inconnue des jurisconsultes au xiii° siècle, mais usitée dans la philosophie scolastique, figure au frontispice de notre traité : *Jus itaque quoddam est naturale, quoddam positivum* [3]. Notre auteur est, croyons-nous, un des premiers jurisconsultes français qui aient emprunté aux scolastiques cette locution. Cet emprunt ne devait que beaucoup plus tard se naturaliser dans la langue du droit. Il y a donc là, chez ce jurisconsulte, quelque chose d'assez caractéristique.

L'anonyme ne laisse pas facilement pénétrer le secret de ses lectures, car il s'assimile parfaitement ses auteurs. On peut cependant soupçonner, au chapitre i, la trace d'Azo[4], qui semble avoir inspiré les diverses définitions du *jus*.

La culture philosophique et la culture littéraire vont ordinairement de pair. L'anonyme emploie çà et là quelques tours littéraires fort remarquables chez un juriste : *Ex qua* [*injuria*] *contentiones singule oriuntur* tanquam ex eodem fonte rivuli defluentes; *Ipsa* [*injuria*] *est* mater omnium contentionum [5].

Si notre auteur est un clerc, nous ne voyons pas cependant que ses solutions juridiques dénotent une grande partialité pour l'Église. Nous pouvons même noter au chapitre cx, *De brevi de jure patronatus*, une solution équitable, mais assez dure pour l'évêque qui serait défaut dans un procès soulevé sur un droit de patronage[6]. La famille Maucael avait possédé un moment le droit de patronage de la moitié de l'église des Pieux, et un Maucael, clerc, avait obtenu, non sans

dans Thomas d'Aquin, *In libr. Ethic. Arist. ad Nic., cui triplicem textus interpret. adjecimus;* Venetiis, 1563, fol. 89 v°) et se retrouve chez les philosophes. Voir, par exemple, le *Speculum morale* attribué à Vincent de Beauvais, lib. I, part. iii, dist. 48.

[1] Cf. Tardif, p. clxvii.

[2] Dreux de Hautvillers, qui, comme notre anonyme, avait une très large culture, l'emploie aussi (Dreux de Hautvillers, *Summa de omni facultate*, Pars prima, ix, dans Varin, *Archives législ. de Reims*, 1re partie, *Coutumes*, p. 382).

[3] *Summa de legibus*, chap. i, § 1, édit. Tardif, p. 5.

[4] Cf. Azo, *Summa Instit.*, I, 1, *De justitia et jure* (édit. de Lyon, 1514, fol. cclxix), et *Summa de legibus*, I, *De jure*.

[5] *Summa de legibus*, chap. i, § 1, 5, p. 134, 135.

[6] *Summa de legibus*, édit. Tardif, p. 270, 271.

débat, la moitié de ce bénéfice[1]. Ces circonstances expliqueraient-
elles certaines particularités du chapitre cx? Dans ces affaires de
patronage, l'évêque, même s'il n'est pas partie au procès, est, au
fond, toujours intéressé au litige, comme représentant spirituel
de l'Église; or, si on lit attentivement le chapitre cx, on s'aperçoit
que notre auteur fait incliner la procédure dans une direction
favorable au patron. Philippe Auguste avait organisé pour ces
litiges, à la demande des évêques normands, une procédure dont
la pensée fondamentale se résume en un mot : c'est un jury mixte
de quatre chevaliers et de quatre prêtres, désignés les uns et les
autres par le bailli et par l'évêque, qui statuera[2]. Nous croyons
entrevoir dans le chapitre cx une tendance à restreindre cette procédure nouvelle aux cas de débats au pétitoire, l'ancien jury purement laïque étant conservé pour les procès au possessoire[3] (ou, peut-
être, l'ancien système des verdicts rendus à l'unanimité et non à la
majorité étant maintenu en ce cas); ce même jury laïque est prévu
pour le cas où les deux parties sont laïques, au lieu d'être l'une
laïque et l'autre ecclésiastique[4].

Nous savons, d'ailleurs, que cette dernière solution était, en général, celle des baillis avant 1258. Les évêques normands s'en plai-
gnirent au roi, précisément à cette époque[5]. Leur requête est fort
importante. Elle tend à obtenir diverses autres solutions favorables qui
sont comme autant d'additions ou de corrections à la coutume. Ils
voudraient notamment que les baillis de Normandie procédassent à
une enquête en l'assise suivant immédiatement le décès de toute personne soupçonnée d'usure, au lieu d'attendre, comme ils le faisaient,
une assise plus éloignée. Une décision du Parlement (de la Saint-
Martin d'hiver 1258) fit droit à cette pétition.

Nous avons déjà mentionné ce texte important des *Olim*, parce
qu'il contient peut-être la première allusion officielle au Coutumier
de Normandie, lequel, comme nous le dirons à l'instant, était rédigé,
du moins en très grande partie, depuis peu. Le passage de la Coutume visé par l'arrêt de 1258 fait soupçonner, lui aussi, la main

[1]. Tardif, p. ccxxix.
[2] Delisle, *Cat. des actes de Philippe Auguste*,
n° 1051. Cf. Laurence de Gruchy, *L'anc. cout.
de Norm.*, p. 264-69.

[3] *Summa*, chap. cx, § 8, p. 269.
[4] *Summa*, chap. cx, § 1-6, 8, *ibid.*, p. 265-
268, 269.
[5] Beugnot, *Olim*, t. I, p. 59-63.

d'un clerc. C'est, à notre sens, un clerc plutôt qu'un laïque qui classa
en théologien les espèces diverses entachées d'usure, et nous laissa
ainsi en passant une petite théorie de l'usure[1].

Ce clerc, à la fois jurisconsulte et, dans une mesure que nous ne
saurions préciser, philosophe scolastique, a certaines manières de
dire[2] qui nous font soupçonner l'existence d'un groupe de patriotes
normands qui déploraient l'annexion trop complète à la couronne de
France et regrettaient la disparition des ducs. L'existence de ce
sentiment paraît établie pour la première moitié du XIVe siècle[3] : il
est clair qu'il devait exister au XIIIe. Jamais le roi de France ne s'est
intitulé duc de Normandie. Et cependant, pour notre auteur, qui
écrit sous saint Louis, il y a toujours un duc de Normandie. Ce duc
de Normandie, c'est le roi de France. Mais on se plaît à parler du
duc de Normandie plutôt que du roi de France. Ainsi c'est au duc
de Normandie qu'est dû le service militaire[4]. Est-ce là une pure question de forme et de style? N'y faut-il pas apercevoir une pointe de
patriotisme? Le chapitre *De officio senescalli*, qui, suivant M. Tardif,
n'appartiendrait pas à la rédaction primitive[5], porte, lui aussi, la
marque de ces regrets profondément normands. On ne saurait lire
ce morceau, qui n'est qu'un long et assez éloquent retour vers le passé,
sans s'apercevoir que l'auteur voudrait voir revivre ce passé et saluer de
nouveau ce grand sénéchal de Normandie, qui était jadis le chef et le
régulateur de l'administration et de la justice.

Nous arrivons à la date de la rédaction du Coutumier. Notre texte
est postérieur à une ordonnance de saint Louis dite « Ordonnance pour
« la réformation des mœurs », laquelle nous est parvenue avec des dates
un peu différentes (1254, 1256)[6], suivant les provinces auxquelles
les diverses expéditions de l'ordonnance étaient destinées. Il est postérieur à cette ordonnance, car l'auteur, dans le chapitre VI, *De justi-*

---

[1] *Summa*, chap. XIX, édit. Tardif, p. 52-55.

[2] *Summa*, chap. XI; XII, § 1; XIV, § 1, 4; XVI, § 4; XIX, § 1, édit. Tardif, p. 37, 38, 40, 41, 47, 52 et *passim*.

[3] Les Normands accueillirent avec enthousiasme, en 1332, l'institution d'un duc de Normandie (Jean, fils aîné de Philippe de Valois). Cette restauration doit être rangée parmi les concessions qu'explique la lutte contre l'Angleterre. (Chéruel, *Histoire de Rouen*, t. II, 1844, p. 7-8. René de Belleval, *La première campagne d'Édouard III en France*, Paris, 1864, p. 206.)

[4] *Summa*, chap. XLIII, § 1, *ibid.*, p. 125.

[5] *Summa*, chap. IV *bis*, *ibid.*, p. 12-15.

[6] Et aussi quelques variantes, suivant les abus qu'on voulait réprimer. Tout cela a été fort bien vu par Laurière (*Ord.*, t. I, p. 75, note zzz). Voir le passage cité ci-après p. 84, note 1.

ciacione [1], y a fait un emprunt. Il a même cité textuellement tout un fragment d'ordonnance du saint roi, fragment qui est tiré probablement de quelque exemplaire normand de l'ordonnance, exemplaire dont nous soupçonnons l'existence, mais que nous n'avons pas rencontré. L'ouvrage enfin, ou, du moins, une partie considérable de l'ouvrage, est antérieur à la session de l'Échiquier de la Saint-Michel 1258, car deux actes législatifs très importants pour le droit normand qui furent promulgués dans cet Échiquier n'ont laissé aucune trace dans notre Coutumier : nous voulons parler de la prohibition en Normandie du duel judiciaire, et du règlement qui restreignit le droit de tavernage dans la même province. Or le Grand Coutumier s'occupe avec détails du duel judiciaire et ignore complètement la prohibition de cette procédure. Le Grand Coutumier suppose le droit de tavernage en plein exercice; il ne connaît encore aucune restriction à ce droit.

On le voit : une partie considérable du Grand Coutumier fut achevée entre les années 1254 (environ) et 1258 [2]. L'ouvrage était encore tout récent, et peut-être inachevé, lorsqu'on s'en servit au Parlement

[1] Ordonnance de 1254, art. 119 :

Ne vero senescalli (*al.* ballivi) nostri et inferiores ballivi (*al.* officiales) contra justiciam subditos nostros gravent, inhibemus eisdem ne, pro quocumque debito preter nostrum, capiant vel captum detineant aliquem subditorum. (Laurière, *Ord.*, t. I, p. 72. — Cf. Ord. de 1255, art. 17, *ibid.*, p. 80.)

M. Tardif rapproche aussi de l'ordonnance de 1254 le chapitre iv, *De justiciario*, § 2 à 4 (Tardif, *Summa de legibus*, p. clxxxviii). Ce rapprochement nous paraît bien moins justifié.

Chap. vi, *De justiciacione*, § 8 :

Preter hec tamen sciendum est quod pro debito principis, elapso termino solucioni deputato, solet in dehitores justiciacio fieri corporis, licet pro nullo alio debito debeat corpus hominis justiciari. (Édit. Tardif, p. 21.)

[2] M. Esmein incline à vieillir l'ouvrage de quelques années (*Cours élément. d'histoire du droit français*, 3ᵉ édit., p. 728, note 2). Voici son raisonnement : l'auteur, au chap. cxi, § 13, expose que, de son temps, on déclare couverts par la prescription tous les actes antérieurs au couronnement de Richard Cœur de Lion (1189); mais, ajoute-t-il, le roi devrait bien maintenant fixer une autre date, car depuis celle-là il s'est écoulé aujourd'hui plus de temps que n'en exige la prescription : *De qua ad presens, cum tempus amplius post coronamentum regis Ricardi constet esse quam requirat prescriptio revolutum, expedit in proximo per dominum regem, qui sibi principis retinet dignitatem, prescriptionis terminum immutare.* « Cette façon de « parler, poursuit M. Esmein, peut bien s'en- « tendre d'un laps de quarante ou de cinquante « ans; mais on ne comprendrait pas qu'on eût « laissé prendre à une prescription normale- « ment trentenaire une durée beaucoup plus « longue. » M. Esmein estime que le Coutumier a été composé peu après 1234 (puisque, dans son second prologue, l'auteur paraît s'être inspiré d'une bulle de Grégoire IX du 5 septembre 1234); le délai pour la prescription s'élèverait alors à un peu plus de quarante-cinq ans. Quant à l'utilisation par l'auteur de l'ordonnance de 1254, M. Esmein ne la considère pas comme démontrée.

Cette observation, qui pourrait être corroborée par un argument tiré du chapitre xxi,

de Paris de la Saint-Martin d'hiver 1258, à l'occasion de l'affaire des
enquêtes après le décès de personnes suspectes d'usure. La décision
du Parlement de Paris fut utilisée et ajoutée au texte primitif du
Coutumier [1]. Nous attribuerions assez volontiers cette addition et
probablement d'autres additions [2] à l'auteur lui-même, qui aurait
revu et complété son œuvre.

Nous avons dit que le Grand Coutumier nous est parvenu en latin et
en français, et nous avons considéré le texte latin comme le texte
original. Le moment est venu de justifier cette assertion, qui ne va pas
sans quelques difficultés. Le lecteur a remarqué que l'article sanctionné par Philippe le Bel est cité en français. Il en résultera, si l'on
veut, que le texte officiel du chapitre LXXXII de la Coutume est le texte
français et non le texte latin. Mais nous ne devons tirer de ce fait aucune conclusion quant à l'antériorité de l'un des deux textes, et nous
pourrions même nous tromper, si nous voulions en conclure que le
texte devenu peu à peu officiel en son entier est le texte français et
non le texte latin. En effet, dans les vingt-cinq premières années
du xiv⁰ siècle, le corps de ville de Rouen aurait fait, suivant M. Richard [3], orner de riches enluminures un volume qui ne contient que le
Coutumier latin. Un siècle plus tard, fait remarquer le même savant,
l'auteur de la glose se réfère au Coutumier en latin dans la plupart des
controverses qu'il rapporte et il y fait toujours appel en dernier ressort.
De son côté, l'auteur du Coutumier versifié nous apprend (et cette
assertion est exacte) qu'il s'est servi d'un original latin :

Et je, qui me sui entremis
D'avoir cest livre en rime mis,
Segon le latin l'ai estreit.

Et il ajoute qu'en cas d'hésitation on devra se reporter « au livre

---

§ 2 bis, ne nous semble cependant pas concluante, parce que, à nos yeux, le rédacteur du
chapitre vi, *De officio vicecomitis*, § 8, a certainement connu l'ordonnance de saint Louis
de 1254 environ : c'est ce qu'un ancien annotateur (ms. fr. 5958, fol. ix r⁰) a déjà constaté.
Cet annotateur n'a pas hésité à rapprocher de
ce passage l'ordonnance royale : *Hoc est statutum sancti Ludovici*, écrit-il. Si nous connaissions le texte entier et la date d'une autre ordonnance de saint Louis citée au même chapitre vi, *De justiciacione*, § 7, nous pourrions
sans doute arriver à une précision plus grande.

[1] *Summa de legibus*, chap. xix, § 6 bis,
édit. Tardif, p. 55 ; cf. p. cxcv.

[2] Rapprochez notamment, comme l'a fait
M. Tardif, le chapitre cxv, *De brevi de feodo et
eleemosina*, § 3, d'une autre décision du Parlement, de la même session de la Saint-Martin
d'hiver 1258 (*Olim*, t. I, p. 61 ; Tardif, *La
Summa de legibus Norm.*, p. cxcv).

[3] Tardif, p. ix.

« en latin [1] ». Malgré tout, la question était restée, croyons-nous, un peu flottante. Elle l'est encore aujourd'hui dans les îles normandes.

Mais la question de savoir en quelle langue a été écrit notre Coutumier est une question de fait, distincte de celle que nous venons d'indiquer et susceptible, croyons-nous, d'une solution ferme.

« Le texte latin présente, écrit M. Tardif, la précision de style et « la clarté d'exposition qui distinguent les œuvres originales, tandis « que ces qualités ne se rencontrent pas au même degré dans la « version française. Il est de plus écrit en prose rythmée; or, s'il n'est « guère naturel qu'un traducteur s'assujettisse aux règles gênantes du « rythme, on comprend au contraire qu'un auteur se soit préoccupé de « donner à son style toute l'élégance que comportaient les habitudes du « temps. » Nous ajouterons que les divisions de l'ouvrage en « parties » et « distinctions », la manière générale de l'auteur, certaines définitions sur lesquelles nous reviendrons, rappellent de près la scolastique et les habitudes des maîtres qui écrivaient en latin; l'hypothèse d'une œuvre originale française est par là même très invraisemblable.

Aussi bien, la comparaison attentive du texte latin et du texte français conduit directement aux mêmes conclusions. On sent que le mot propre fait parfois défaut au traducteur français; on retrouve dans le français quelques tournures latines. C'est ce que feront sentir un petit nombre d'exemples.

Voici une expression latine empruntée à la philosophie scolastique et pour laquelle l'expression technique correspondante a manqué au traducteur du XIIIe siècle, comme elle manquerait encore au traducteur du XIXe :

Justicia est virtus *juris operativa* in homine, a qua homo justus dicitur. (*Summa de legibus*, III, § 1, édit. Tardif, p. 7.)	Justice est une vertu *qui fet droit* en home par quoi il est appelé droituriers. (Mss. fr. 5245, fol. 96 v°; 5963, fol. 2 r° et v°; ms. 5958, fol. 5 r°; 5961, fol. 2 r°.)

Notons encore deux termes juridiques latins (*domicilium, fidejussio*) qui ont fait défaut au traducteur français :

Si autem nec senescallum, nec prepositum habuerit, ad *propriam domicilium* recurrendum est. (*Summa de legibus,* chap. LX, *De submonit.,* § 6, édit. Tardif, p. 154.)	Et se il n'a prevost ne seneschal, l'en doit aler a *sa meson*. (Mss. fr. 5963, fol. LI v°; 5245, fol. 116 r°; 5958, fol. LXIII v°; 5961, fol. 30 v°.)

[1] Tardif, *La Summa de legibus Normannie*, p. CXXXVII-CXXXIX.

Domicilium est un mot latin qui n'existe pas encore dans la langue juridique française au XIIIe siècle. Le mot *meson*, plus faible, moins précis, moins juridique, est le seul qui s'offre à l'écrivain français. La présence du terme technique dans le texte latin, alors que le texte français n'a qu'un mot banal, rend très vraisemblable l'hypothèse de l'originalité du texte latin.

<table>
<tr><td>Et est plegiatio idem quod fidejussio.</td><td>Plevine est autretant comme promesse de loiauté.</td></tr>
<tr><td>(Summa, ch. LIX, 6, édit. Tardif, p. 149.)</td><td>(Ms. fr. 5963, fol. 39 r°; ms. fr. 5245, fol. 115 r°; ms. fr. 5958, fol. LX r°; ms. fr. 5961, fol. 29 r°.)</td></tr>
</table>

Celui qui écrit « promesse de loiauté » calque évidemment de son mieux le terme latin consacré, *fidejussio :* le mot français technique lui manque, car il faudrait dire « plevine » et il s'agit précisément de trouver à « plevine » un équivalent qui n'existe qu'en latin. Si le texte eût été rédigé en français par un jurisconsulte qui eût voulu comparer « plevine » et *fidejussio,* ce jurisconsulte eût courageusement employé *fidejussio* comme mot latin dans son texte français.

Le chapitre CXIII, *De brevi de stabilia,* est consacré aux procès au pétitoire en matière immobilière. Le rédacteur suppose que l'objet du litige, un immeuble, a été mis sous séquestre, *in manu principis,* ou qu'il a été visité par des enquêteurs. Il se sert à plusieurs reprises de l'expression *contentio* pour désigner, dans ce cas, non le différend lui-même, mais l'immeuble objet du différend. Le latin du moyen âge admettait cette façon rapide de s'exprimer. La langue française ne se plie pas à ce tour : nous trouvons, en ce cas, le mot *terre*[1] en regard du latin *contentio.* Si l'ouvrage avait été traduit du français en latin, le traducteur n'eût pas été ici embarrassé : il eût traduit *terre* par *terra* et n'eût pas été chercher bien loin le mot latin *contentio* pour l'employer en en forçant et en en faussant le sens.

Ces observations et ces rapprochements nous autorisent à admettre l'antériorité du latin.

Ne nous exagérons pas toutefois la valeur de cette conclusion critique. La nature même des choses nous oblige à reconnaître que le

---

[1] Ms. fr. 5961, fol. 60 r°; ms. fr. 5958, fol. VI[xx] VIII r°; ms. fr. 5960, fol. 94 v°.

texte latin de certaines formules de procédure — procédure orale [1] — ne saurait, au fond, être autre chose qu'une traduction du français. On sait qu'une grande partie de ces formules est sacramentelle, et sacramentelle en langue française, car les plaideurs parlent français et non latin. Le jurisconsulte a donc forcément traduit ces formules françaises en latin. Qu'a fait, à son tour, le traducteur français? A-t-il repris le texte français ou a-t-il retraduit le latin en français? C'est une question que nous ne sommes pas en mesure de résoudre et qui n'a pas, d'ailleurs, grande importance; car, en des ouvrages de ce genre, les traductions sont la plupart du temps si serviles que le second traducteur, celui qui fait passer du latin en français un texte déjà traduit en latin, a de grandes chances de retrouver, en décalquant le latin, les expressions du texte français primitif.

C'est ici le lieu de se demander quelle est la valeur intrinsèque de la traduction française. Il faut se garder de juger l'œuvre d'après tel ou tel de nos manuscrits. Ceux-ci doivent avant tout être corrigés les uns par les autres, souvent aussi avec le secours du texte latin. La restitution générale qu'on entrevoit serait, à notre sens, très favorable au traducteur, qui semble avoir été un homme entendu et fort intelligent. Nous avons relevé cependant une légère inexactitude. L'auteur énumère au chapitre c, *De brevi maritagii impediti*, § 3, les voies de fait exceptionnellement graves qui autorisent une action de la femme contre le mari, voies de fait qui ne peuvent être qualifiées « correction » (car le droit de correction corporelle appartient au mari). *Hujusmodi actiones*, écrit notre auteur, *correctiones non judicantur*. Le traducteur s'écarte un peu trop du latin en disant : « Quar einsin ne « doit l'en pas chastier sa feme [2]. »

Les petites inexactitudes de ce genre nous ont paru fort rares. Tel écart d'expression entre le latin et le français, qui pourra choquer au premier abord, est, au fond, parfaitement justifié et même fait honneur au traducteur. Nous faisons allusion à la traduction assez fréquente de *feodum* par le mot *terre*. Cette traduction, un peu singulière au pre-

---

[1] Exemples : chap. LXXXV, *De simplicibus legibus*, § 2 (Tardif, p. 201); chap. XCXV, *De visione et ejus assignatione*, § 7 et 8 (Tardif, p. 231, 232). — Les formules de bref, au contraire, appartiennent à la procédure écrite : ici l'original est latin. Exemples : chap. XCVIII, *De brevi de saisina antecessoris*, § 1 (*ibid.*, p. 239): chap. CI, *De dote negata*, § 12 (p. 256).

[2] Ms. franç. 5963, fol. 68 v°; ms. franç. 5245, fol. 127 r°; ms. franç. 5958, fol. CVI v°; le mot *sa* a été exponctué dans le ms. franç. 5961, fol. 50 r°,

mier abord, est parfaitement justifiée, l'auteur du Grand Coutumier nous ayant lui-même informé que le mot *feodum* est souvent pris au sens tout simple d'immeuble : *Immobile autem dicimus possessionem que de loco in locum transmoveri non potest, ut ager, pratum et omnes possessiones fundo terre inherentes que* feoda *vulgariter nuncupantur* (chap. LXXXVII, *De querela possessionali*, § 2). Or, dans les divers cas où le traducteur rend *feodum* par « terre » [1], le mot *feodum* n'a pas en effet d'autre sens que « terre » ou « immeuble ».—Nous avons déjà relevé la traduction assez inattendue, très justifiée cependant, du mot latin *contentio* par ce même mot « terre ».

Nous disons au singulier « le traducteur », parce que nous estimons que le Grand Coutumier n'a été traduit qu'une fois du latin en français. Les divergences des manuscrits n'autoriseraient pas l'hypothèse de plusieurs traductions différentes. L'unité primitive se reconnaît bien vite. Nous n'insisterons pas sur ces divergences secondaires; nous en relèverons une seule : l'expression « droit positif [2] », traduction littérale de *jus positivum*, a été remplacée dans un grand nombre de manuscrits par [*droiz*] *establiz* [3].

Un trait relevé par le dernier éditeur laisse supposer que le traducteur écrit après la mort de saint Louis. En effet, au chapitre VI, § 7, le latin *Excellentissimus Francorum rex Ludovicus post illustrem regem Philippum pie recordationis secundus* a été traduit par : « Li nobles rois « Locïs, *qui fu* li segons roys après le roy Phelippe [4]. » Cette addition *qui fu* semble impliquer la mort de saint Louis.

Si le texte français dérive du texte latin, il n'en résulte pas que les leçons du texte latin qui nous est parvenu soient constamment préférables à celles du texte français. En effet, le texte français dérive d'un manuscrit ou de manuscrits latins aujourd'hui perdus. Tel ou tel de ces manuscrits latins offrait, nous pouvons l'affirmer, certaines leçons excellentes et qu'il faudrait rétablir. Les passages qui nous ont frappés intéressent, l'un une certaine procédure de vue toute spéciale, l'autre la procédure de record, si fréquente au moyen âge.

Nous commençons par la procédure de vue : il s'agit de la vue

---

[1] Exemple : chapitre CXIII, *De brevi de stabilia*, § 6, 10; ms. fr. 5963, fol. 80 r° et v°; ms. fr. 5245, fol. 134 r° et v°; ms. fr. 5958, fol. VI^{xx} VIII r°; ms. fr. 5961, fol. 59 v°, 60 r°.

[2] Ms. fr. 5963, fol. 1 v°.

[3] Ms. fr. 5245, fol. 96 r°; ms. fr. 5958, fol. III v°-IV r°; ms. fr. 5961, fol. 1 v°; ms. fr. 5960, fol. 12 v°.

[4] Voir Tardif, p. CLXXXI, note 3, et *ibid.* les variantes françaises de la citation.

d'un plaideur qui, pour ne pas comparaître, argue de maladié (*languor*). Les manuscrits latins et les éditions soulèvent ici une difficulté que vont dissiper facilement les manuscrits français. Aux termes du chapitre LXV, *De visionibus*, § 5 [1], ce plaideur doit recevoir la visite de quatre chevaliers (et du *justiciarius*). Les quatre chevaliers figurent aussi pour cette même visite dans le Très ancien Coutumier [2] et dans Bracton [3]. Mais, au chapitre XXXIX, *De languore*, § 1 [4], le texte latin du Coutumier impose un appareil bien plus solennel : il exige un nombre triple, à savoir douze « veeurs » : quatre chevaliers et huit hommes. À quel nombre s'arrêter? Faut-il opter pour douze ou pour quatre? Si nous comparons le chapitre consacré au record de vue avec les chapitres qui traitent directement de la *visio languoris*, nous sommes conduits à soupçonner que le chapitre XXXIX a subi quelque altération. En effet, les recordeurs du chapitre consacré au record (CXXI, *De lege que fit per recordamentum*, § 11) ne sont pas au nombre de douze, mais bien au nombre de quatre; de plus, le texte, disant un mot de la vue elle-même, nous apprend que les chevaliers qui font la visite pourront être suppléés : ...*aut cum maleficium alicui persone illatum videtur, vel cum periculum alicujus mehaignii per incisionem inquiritur medicalem et per sufficienciam militum* vel *aliarum personarum ad recordamentum competentium visionis* [5]. Ce vel *aliarum personarum* nous fait conjecturer que dans le chapitre XXXIX il faudrait remplacer par *vel* ou par *aut* la conjonction *et* dans cette phrase : ...*debet justiciarius IIII milites vel plures et alios VIII homines vel plures, fide dignos nec suspectos, per submonitionem factam ad illam adducere visionem.* Les manuscrits français confirment pleinement la conjecture que nous suggérait la seule comparaison des divers passages du Coutumier latin : ils portent « ou » et non « et » : « Et si doit li baillis amener a voier « IIII chevaliers ou plus *ou* VIII loiaus hommes qui ne soient pas « soupechonnous [6]. » Ainsi les huit loyaux hommes remplacent, s'il

---

[1] Tardif, *La Summa de legibus Norm.*, p. 162.

[2] *Très ancien Coutumier de Norm.*, texte latin, chap. LXXXII, *De dilationibus et exoniis*, § 3, édit. Tardif, p. 87.

[3] Bracton, édit. Travers Twiss, t. V, p. 136.

[4] Tardif, p. 121.

[5] Tardif, p. 317-318.

[6] Ms. fr. 5961, fol. 23 r°; ms. fr. 5963, fol. 32 v°; ms. fr. 5958, fol. XLIX v°; ms. fr. 5245, fol. 112 r°. — Enfin notre correction supprime toute contradiction ou discordance entre le Grand Coutumier et le Très ancien Coutumier, qui parle de *quatuor milites ad minus vel vavassores* (*Très ancien Cout.*, texte latin, chap. LXXXII, *De dilat. et exoniis*, § 3, édit. Tardif, p. 87).

y a lieu, les quatre chevaliers : ils ne s'ajoutent pas à ces quatre chevaliers. Toute antinomie disparaît donc entre les chapitres LXV, § 5, et XXXIX, § 1.

Le glossateur paraît commenter un texte français identique à celui que nous fournissent les bons manuscrits dont la leçon vient d'être transcrite, car il s'exprime ainsi : « L'on peut dire que le texte ne « met pas quatre chevalliers pour ce qu'ilz y soient requis necessaire- « ment, car ilz n'y sont pas requis a rigueur, comme il appert par le « texte, qui met disjunctivement : *Et mener o luy quatre chevalliers ou plus* « *ou huit hommes loyaulx.* » Chose singulière, ce commentaire est en désaccord matériel avec la leçon qui s'est glissée dans l'édition même qui nous le fournit, car nous y trouvons le passage fautif « *et* huit « loyaulx hommes ».

La correction que nous introduisons, avec le secours des manuscrits français, au paragraphe 1er du chapitre XXXIX en entraînerait peut-être une autre au paragraphe 4, correction pour laquelle nous ne pouvons invoquer aucun des manuscrits français que nous avons consultés. Le texte latin de ce paragraphe 4 est ainsi conçu : *Milites autem* et *alii homines qui ad jurationem languoris presentes affuerunt debent ad primas assisias comparere et jurationem languoris recordare coram ballivo et militibus assisie, ut per eorum recordationem, si opus fuerit, reportet in posterum firmitatem*[1]. Il est probable qu'il faut lire : *Milites autem vel*... Cependant, dès qu'on a substitué plus haut, au premier paragraphe, *vel* à *et*, et rétabli ainsi le caractère essentiel et légal de la *visio languoris*, il importe peu que le rédacteur admette ensuite la possibilité d'une adjonction de « veeurs » : les quatre chevaliers *et* les autres (s'il y en a eu) qui ont pu assister à la *juratio languoris* recorderont le fait en assise. Le *et* est ici, à la rigueur, admissible : il n'implique pas absolument contradiction.

Nous arrivons au record.

Le texte latin, tel que nous le fournissent les manuscrits et, d'accord avec eux, le dernier éditeur, nous paraît défectueux au chapitre CIX, *De recordatione petita*, § 3. MM. Brunner et Tardif[2] ont bien vu qu'en l'état ce chapitre se trouve en désaccord avec le chapitre CIV, *De*

[1] Tardif, *La Summa de legibus Normannie*, p. 122.

[2] Brunner, *Die Entstehung der Schwurge-* richte, Berlin, 1872, p. 194, note 5. — Tardif, *La Summa de legibus Norm.*, p. CIV, 263, 314, 315.

recordatione Scacarii, et avec le chapitre cxxi, *De lege que fit per recordamentum*, § 7 et 7 *bis*. L'examen des manuscrits français et l'étude attentive du texte supprimeront, ce semble, cette difficulté. Il s'agit ici de la preuve ou, pour parler comme nos anciens jurisconsultes, du record d'une décision judiciaire. Pour que ce record soit acquis, il faut, d'après le chapitre cix (texte latin; tous les manuscrits sauf un), l'accord de six témoignages; d'après les chapitres civ et cxxi, l'accord de sept personnes est indispensable. L'antinomie est flagrante. Mais, si nous consultons divers manuscrits français, la difficulté sera levée, au moins en grande partie, parce que le chiffre vii apparaît dans le chapitre cix au lieu du chiffre vi :

Notandum est quod oportet quod vi recordatores ad minus concorditer consentiant ad hoc quod eorum recordatio conservetur.

(Tardif, *Summa de legibus Norm.*, chap. cix, 3, p. 263.)

Il convient que vii recordeours au meins soient acordant a i acort a ce que recorz soit gardez.

(Ms. fr. 5961, fol. 53 r°; ms. fr. 5963, fol. 72 v°; ms. fr. 5245, fol. 129 v°; Sainte-Geneviève 1743.)

Le chapitre cxxi, § 7 et 7 *bis*, est parfaitement d'accord avec le principe posé dans le texte français : *Cum vii persone ad minus ad recordamenti efficaciam debeant concordare; — Et quod vii eorum concorditer recordaverint debet observari.*

Le chiffre vii reparaît à la fin du paragraphe 3 (chap. cix) dans le ms. fr. 5963, manuscrit très important, car il est étroitement apparenté avec le manuscrit latin que M. Tardif place au premier rang; le chiffre vi persiste dans le texte latin :

Notandum etiam est quod, si vi recordatores consentiant ad unum idem, recordationi sue exhibent firmitatem, dum tamen non sint plures illi qui eorum recordationi se contrarios exhibeant; et in isto casu majori parti consentiendum est . . .

(Tardif, *La Summa de legibus*, p. 263.)

Se li vii sont a i acort, li recorz est creables, por tant que il n'i ait plus qui seient encontre, quar l'en se doit tenir a la greignour partie. . .

(Ms. fr. 5963, fol. 72 v°. Quelques mots ont été corrigés à l'aide du ms. 5245.)

Les autres manuscrits français[1] que nous avons pu consulter pour l'étude de ce passage ont ici vi comme le texte latin. Mais la fin de ce paragraphe, examinée avec soin, va nous prouver que ce chiffre est inadmissible. En effet, le texte latin continue ainsi :

[1] Ms. fr. 5245, fol. 129 v°; ms. fr. 5958, fol. cxiii v°; ms. fr. 4550, fol. 120 r°; ms. fr. 5960, fol. 85 v°; ms. fr. 5961, fol. 53 v°; Sainte-Geneviève 1743, p. 100.

videlicet in recordationibus illis in quibus quantitas recordatorum duode-narium numerum transcendit. Ainsi la majorité fera loi. Le jurisconsulte est préoccupé du cas où le chiffre qu'il a mis en avant comme ordi-nairement suffisant pour établir une majorité deviendrait, au con-traire, insuffisant et se trouverait inférieur à la majorité. Ce cas se présenterait si les témoins (recordeurs) étaient plus de douze : *Videlicet in recordationibus illis in quibus quantitas recordatorum duo-denarium numerum transcendit.* Cette dernière phrase jette une vive lumière sur la pensée de notre auteur. Il devient évident qu'il suppose dans les cas ordinaires un nombre de douze recordeurs (nombre réel, ou du moins nombre en puissance) : en effet, si la majorité est nécessaire quand il y a plus de douze recordeurs, il va de soi qu'elle ne l'est pas moins quand il y a seulement douze recor-deurs. Or la majorité sur le nombre normal douze, c'est sept et non six. Cet accord de sept voix étant suffisant, on n'exige pas en fait la présence de douze recordeurs, puisqu'il y en a cinq dont les voix sont inutiles : c'est ce qu'explique fort bien un court article de la compi-lation des Assises publiée par Warnkœnig : *Septem milites sufficiunt ad recordationem assisiœ, si, quod duodecim essent presentes, sufficeret quod ipsi septem essent concordes*[1].

L'étude attentive du texte latin nous en révèle donc à elle seule l'incorrection : nous substituons le chiffre vii au chiffre vi. La con-tradiction apparente des passages que nous venons d'examiner s'éva-nouit, le nombre sept figurant désormais au chapitre cix comme au chapitre cxxi et au chapitre civ.

Les passages cités des chapitres cix et cxxi visent soit l'hypothèse normale de douze recordeurs, soit le cas où il y aurait seulement en fait onze, dix, neuf ou huit recordeurs : l'accord de sept témoignages reste nécessaire en chacune de ces circonstances. Mais nous n'avons pas encore examiné tous les passages difficiles de ces chapitres cix et cxxi. Si nous les abordons, nous arriverons à discerner dans ces deux chapitres un autre chiffre, celui de six, admis pour le record, dans certains cas, au lieu de sept. En effet, que décidera-t-on, s'il n'y a en tout que sept recordeurs, nombre à la rigueur suffisant (chap. civ,

---

[1] *Assisiœ Normanniœ* (vers 1237), dans Warnkœnig et Stein, *Franz. Staats- und Rechts-geschichte*, t. II, p. 63.

De recordatione Scacarii; cv, *De recordatione assisie*[1])? Exigera-t-on l'unanimité? Se contentera-t-on de la quasi-unanimité? Cette question est résolue directement au chapitre cix, § 3, implicitement au chapitre cxxi. Au chapitre cix, § 3, le texte latin et le texte français disent la même chose en termes assez semblables suivant certains manuscrits français[2], assez différents suivant d'autres que nous citons ci-après :

Sciendum etiam est quod recordatio septimi, si vi eorum concordes fuerint, non potest suam irritare petenti recordationem. Sciendum etiam est quod nisi vi recordatorum concorditer recordamentum protulerint pro petente, ejus actio pro irrita reputabitur et inani.

(Tardif, *La Summa,* p. 263.)

Se vi recordeour soient a i acort et il ne dient chose qui soit por celui qui demande le recort, sa demande ne vaut rien. Ne le descort au septiesme ne nuist de rien au demandeour.

(Ms. fr. 5963, fol. 72 v°; ms. fr. 5245, fol. 129 v°.)

Ainsi la quasi-unanimité de six voix sur sept suffira, s'il n'y a que sept recordeurs. Ce sont là des décisions nouvelles en désaccord avec la jurisprudence de la première moitié du siècle[3], notamment avec l'article de la compilation des Assises que nous venons de reproduire.

Nous arrivons au chapitre cxxi : dans ce chapitre, l'auteur s'occupe aussi du nombre de voix nécessaire pour que le record soit obtenu, et, comme nous l'avons vu, il s'arrête à deux reprises au chiffre sept, ce qui pourrait faire supposer qu'il exige l'unanimité des sept recordeurs, s'il n'y en a que sept. À notre avis, l'auteur a mis en avant dans le chapitre cxxi ce chiffre sept chaque fois qu'il a eu dans l'esprit un nombre de recordeurs variant de huit à douze. Mais il ne pouvait se dispenser d'envisager aussi l'hypothèse d'un nombre de recordeurs limité à sept, car il insiste précisément sur ce minimum nécessaire de sept. C'est ici qu'il faut le lire attentivement. Tout en répétant qu'il faut l'accord de sept voix (chiffre évidemment tradi-

---

[1] A Jersey et à Guernesey, la présence des douze recordeurs et peut-être même leur accord est nécessaire, au moins dans certains cas; c'est l'objet d'un des articles des coutumes locales de ces îles, constatées en 1333 : *Item, si dominus rex velit cerciorari de recordo placiti coram justiciariis et ipsis xii agitati, justiciarii cum illis xii debent recordum illud facere, et post iter justiciariorum recordum fiet per ipsos xii una cum ballivo.* (J. Havet, *Les cours royales des îles normandes;* pièce n° 36, dans *Bibl. de l'École des chartes,* t. XXXIX, p. 248.)

[2] Ms. fr. 5961, fol. 53 v°; ms. fr. 5960, fol. 85 r°.

[3] L. Delisle, *Jugements de l'Échiquier de Norm. au xiii° siècle,* n° 302 (1221), dans *Notices et extraits,* t. XX, 2° partie, p. 313.

tionnel; c'est la vieille majorité de sept voix sur douze), il avoue implicitement qu'il convient de se départir maintenant de la rigueur ancienne et que, s'il n'y a que sept recordeurs, l'accord de six voix pourra, dans certains cas, être considéré comme suffisant. Il ne le dit pas; mais il nous laisse le soin de dégager nous-mêmes cette conclusion, car il enseigne que, si sur sept recordeurs il se trouve deux voix discordantes, il n'y aura aucun record, *tota recordatio vacillabit*. Donc, s'il y a une seule voix discordante, le record de six voix tiendra. Mais cela est sous-entendu, non pas exprimé. Il semble que ce soit une concession tacite, une dérogation aux principes qu'on n'ose pas avouer formellement : *In recordatione autem facienda possunt nominari omnes qui in Scacario presentes affuerint ad id super quo petitur recordamentum; et quod vii eorum concorditer recordaverint debet observari. Si vero duo de vii dissenserint vel se nescientes fecerint, tota recordatio vacillabit, et petens perdet recordamentum et id quod per illud nitebatur obtinere.* (Chap. cxxi, § 7 *bis* [1].)

L'interprétation que nous proposons harmonise les chapitres cix et cxxi et même divers passages du chapitre cxxi, § 7, qui, autrement entendus, seraient contradictoires entre eux : dans ces deux chapitres, le Grand Coutumier admet le nombre normal et rigoureusement légal sept; dans ces deux chapitres, il admet ou, si l'on veut, il tolère le nombre six, quand il n'y a que sept recordeurs. La présence des deux nombres sept et six assez mal distingués dans le chapitre cix, et l'acceptation voilée du nombre six à côté du nombre sept dans le chapitre cxxi jettent beaucoup de trouble. Il est probable que, dans la rédaction primitive, le texte du chapitre cix se déroulait un peu moins obscurément, parce que, dès le début du paragraphe 3 de ce chapitre, l'auteur mettait lui-même en vedette les deux chiffres vii et vi. C'est ce que nous révèle le ms. fr. 5958. Le paragraphe 3 y débute ainsi : « Il covient que vii recordeor ou vi au mains soient a « un acort a ceu que tot li recort soit gardé [2]. »

[1] Tardif, *La Summa de legibus Norm.*, p. 314. Il faut bien entendre ce passage, qui peut paraître assez mal rédigé. Il semble, en effet, que l'auteur commence par supposer un assez grand nombre de recordeurs et finisse en s'attachant à une hypothèse toute différente, celle de sept recordeurs seulement. Mais la première phrase : *In recordatione autem facienda*, etc., doit s'interpréter ainsi : on pourra invoquer le témoignage de tous ceux qui assistaient à la séance de l'Échiquier. Ces gens sont nombreux, mais ils ne répondent pas tous à l'appel : en l'espèce, sept seulement portent témoignage; il n'y a, en fait, que sept recordeurs.

[2] Ms. fr. 5958, fol. cxiii v°. Les voix ne se comptent pas de la même manière, lorsqu'il

Le système du Grand Coutumier touchant le record des jugements d'assise ou d'Échiquier ne paraît pas avoir été définitivement accepté. Le tempérament qui consistait à se contenter de six voix sur sept est inconnu, en effet, du glossateur du xvᵉ siècle. Il commente un texte français bien meilleur que le texte latin, où, dès le début du paragraphe 3 du chapitre cix, figure le nombre sept. Mais le nombre six, comme nous l'avons vu, apparaît ensuite; c'est une difficulté pour le glossateur, qui se tire d'affaire en appliquant ce passage du paragraphe 3 à une autre hypothèse que celle du record en assise ou en Échiquier : « Sur ce texte est a noter que, ja soit ce que le texte ait parlé cy devant « de plusieurs recordz, neantmoins ne s'entend ce present paraffe synon « au regard de pasnage, auquel il suffit de six recordeurs a ung acord. « Et qu'il s'entende seulement du record de pasnage, il peut clerement « apparoir par ce qui est devant es recordz d'Eschiquier et d'assise, qu'il « y en fault sept d'ung acord au moins. » Cette explication prouve que le record, d'ailleurs fort rare au temps du glossateur, comportait toujours l'accord de sept voix, dès qu'il s'agissait d'un record de jugement. Quant à appliquer ce passage au « record de pasnage », cet expédient nous paraît inadmissible, ce record ayant été sommairement traité au chapitre cviii.

Si les manuscrits français peuvent servir à corriger les manuscrits latins, même lorsque ces derniers sont d'accord entre eux, à plus forte raison peuvent-ils être utiles lorsque les manuscrits latins offrent entre eux des divergences. Tantôt ils corroborent les conclusions auxquelles pourrait conduire l'examen attentif des seuls manuscrits latins; tantôt, la solution restant embarrassante avec le secours des seuls manuscrits latins, ils font pencher la balance et entraînent la décision. C'est ce qu'a bien vu, en quelques rencontres, le dernier éditeur. Par exemple, au chapitre xxxiii, *De capitalibus auxiliis*, § 3, M. J. Tardif rétablit avec raison dans le texte latin, contre l'autorité des meilleurs manuscrits latins, le mot *auxilia* au lieu de *relevia*, se fondant sur les manuscrits français qui portent « aides ». Peut-être irions-nous parfois plus avant dans cette voie. Certains manuscrits français sont à cet égard très importants. Nous signalerons le ms. fr. 5963.

s'agit non d'un record de jugement, mais d'un requenoissant par jurés au pétitoire. En ce cas, pour qu'un résultat soit obtenu, l'unani-

mité des voix moins une suffit, soit onze voix sur douze. (Tardif, chap. cxiii, *De brevi de stabilia*, § 11.)

Il nous fournit au chapitre LXXIV ce paragraphe qui n'est représenté dans aucun manuscrit latin et qui manque également dans les autres manuscrits que nous avons consultés et dans les éditions françaises :

> Qui seut aucun des parens au maufetour en querele de mort ou de mehaing, se il ne puet prouver que cil li mefféïst en propre persone, il en charra de la querele et l'amendera par autele paine comme cil soustenist qui estoit fuïz, s'il en enchaïst [1].

M. J. Tardif divise les manuscrits latins en neuf classes ou familles. Ce classement en neuf familles pris pour point de départ, M. Tardif arrive à cette conclusion : le texte latin primitif du Grand Coutumier a été peu à peu complété et allongé par un ou plusieurs continuateurs. Il assigne donc une place secondaire à quelques chapitres importants du Grand Coutumier, chapitres qui jusqu'ici n'étaient pas contestés. Il considère comme additionnels le chapitre IV *bis*, *De officio senescalli;* le chapitre XXII *bis*, *De exercitu;* le groupe entier des derniers chapitres (CXIII à CXXV). Enfin, dans le corps même de l'œuvre, un assez grand nombre de paragraphes subissent le même sort : ils sont relégués à un rang inférieur et munis d'un *bis*, d'un *ter* ou d'un *quater*, indiquant au lecteur qu'ils n'appartiennent pas, suivant M. Tardif, à l'œuvre primitive. La question des chapitres additionnels est, en soi, assez importante pour mériter toute notre attention.

Le chapitre IV *bis*, *De officio senescalli*, manque dans les quatre premières familles de manuscrits. Le chapitre XXII *bis*, *De exercitu*, manque dans les trois premières familles. D'autres considérations corroborent, suivant M. Tardif, cette première indication, fournie par la comparaison des manuscrits. Le chapitre XXII *bis*, *De exercitu*, semble, à quelques égards, faire double emploi avec le chapitre XLIII, intitulé dans certains manuscrits *De exercitu*, dans d'autres *De dilatione pro exercitu principis*. Le chapitre IV *bis*, *De officio senescalli*, n'a, dans le Coutumier, «qu'un intérêt historique, la charge de grand sénéchal «de Normandie, dont il décrit les fonctions, n'ayant pas survécu à la «conquête de la province par Philippe Auguste. Aussi les tournures «de phrases au passé dominent-elles dans ce morceau, tandis que,

______

[1] Ms. fr. 5963, fol. 49 v°.

« dans les chapitres qui le précèdent ou le suivent, le présent est
« toujours employé... Une réminiscence historique analogue termine
« le chapitre additionnel *De exercitu* (xxii *bis*) : le dernier paragraphe
« contient une allusion aux usages suivis du temps où les Anglais
« étaient maîtres de la Normandie; dans le reste de ce chapitre on
« rencontre également des considérations historiques[1]. »

Ces constatations et observations sont loin d'apporter, à nos yeux,
la certitude. Certes l'analogie des chapitres xxii *bis* et xliii, consacrés
tous deux à l'armée ou *ost*, est frappante; mais la partie incontestée
du Coutumier offre de nombreux exemples de répétitions du même
genre[2]. Quant à l'allure historique du chapitre iv *bis*, *De officio
senescalli*, et d'une petite partie du chapitre xxii *bis*, *De exercitu*,
elle correspondrait assez bien aux tendances d'esprit que nous
avons cru entrevoir chez l'auteur de la partie incontestée du Grand
Coutumier. Un autre chapitre, le chapitre cxi, incontesté celui-là,
nous offre, au paragraphe 13, un développement historique très
important; enfin un appel au passé, à l'occasion de la représentation,
figure aussi aux chapitres xxiii, § 3, et xcix, § 1. Nous serions plus
frappés des conclusions auxquelles paraît conduire la comparaison des
manuscrits. Cependant nous demeurons hésitants. Sans doute, le
chapitre iv *bis*, *De officio senescalli*, manque dans les quatre premières
familles de manuscrits. Mais nous remarquons que le mot *officio*
figure dans les rubriques de trois chapitres successifs : chapitre iv,
De justiciario et ejus officio (d'après un grand nombre de manuscrits
cités p. 8, note 4); chapitre iv *bis*, *De* officio *senescalli;* chapitre v,
De officio *vicecomitis*. Certains manuscrits pouvaient même présenter
trois fois de suite la terminaison *officio*, car on trouve aussi pour le
chapitre iv *bis* la rubrique : *De senescallo ducis et ejus* officio (p. 12,
note 2); pour le chapitre v, la rubrique : *De vicecomite et ejus* officio
(p. 15, note 7). Dès lors, un bourdon a pu se produire, et des
manuscrits appartenant à des familles différentes peuvent porter la
trace d'une même erreur de copiste, qui se serait répétée sous l'in-

[1] Tardif, *La Summa de legibus*, p. cxxiv,
cxxv.

[2] Comparer, notamment : chap. xxiv, *De
portionibus*, § 14, avec chap. c, *De brevi marit.
impediti*, § 12, 13, édit. Tardif, p. 83, 84, 249,
250; — chap. xxix, *De tencura per burgagium*,
§ 3, avec chap. c, *De brevi maritagii imp.*, § 9
(*ibid.*, p. 98, 249); — chap. xxviii, *De tenura
per paragium*, § 2, *in fine*, avec chap. lii, *De curia*, § 9 (*ibid.*, p. 97, 140); — chap. xxviii, *De
tenura per paragium*, § 1, avec chap. xxxiv,
De primogenito, § 5 (*ibid.*, p. 97, 113, 114).

fluence de la même cause. Quant au chapitre xxii *bis*, *De exercitu*, sans doute il manque dans les trois premières familles; mais, ici encore, cette lacune répétée ne pourrait-elle pas s'expliquer tout simplement par un bourdon? Le chapitre xxii, *De forisfacturis*, finit par les mots *veritas declaretur;* le chapitre xxii *bis*, par le mot *invenirentur*. L'œil du copiste aurait passé facilement de la première finale à la seconde, ce qui expliquerait l'omission du chapitre xxii *bis*, lequel n'est pas très long, et pouvait se trouver sur la même page que la fin du chapitre xxii.

En maintenant les chapitres iv *bis* et xxii *bis*, on traiterait ces chapitres comme M. Tardif lui-même a traité, au chapitre lxvii, *De multro*, § 6, le mot *necui* dans la phrase : *nec in felonia* necui (il a rétabli avec raison ce mot, bien qu'il manque dans tous les manuscrits, sauf dans la famille VI, représentée par un seul manuscrit); ou comme M. Tardif a traité, au chapitre xiv, § 10, le mot *valorem* dans la phrase : *debet Thomas Petro restituere* valorem *quem haberent* (il a rétabli avec raison ce mot, bien qu'il manque dans tous les manuscrits, sauf chez ce même représentant unique de la famille VI). Il a pris encore, en présence de la même situation respective des manuscrits, la même décision pour le mot *usus* dans cette petite phrase du chapitre xlii, § 3 *bis : Cum de brevi antecessoris* usus *et consuetudines exequemur*. Il est vrai que l'omission d'un mot essentiel ne laisse pas prise au doute, tandis que l'authenticité d'un chapitre entier ne s'impose point de la même manière. Il est vrai encore que la coexistence des chapitres xxii *bis*, *De exercitu*, et xliii, *De exercitu* (dans certains manuscrits : *De dilatione pro exercitu principis*), chapitres dont quelques paragraphes font double emploi, est un peu embarrassante. Mais nous avons déjà fait remarquer que les chapitres incontestés nous offrent eux-mêmes de très nombreuses répétitions; nous ajoutons que le style de ces deux morceaux (chap. xxii *bis* et xliii) paraît bien déceler la même main. Vu la place qu'il occupe dans l'ouvrage, le chapitre xliii aurait dû être exclusivement consacré aux excuses légales fondées sur le service militaire, et c'est, en effet, son objet principal; mais l'auteur a un peu excédé : il s'est permis d'ajouter quelques développements sur le service militaire considéré en soi (§ 3 à 6). Ces observations ne s'étaient pas présentées à son esprit à l'heure où il écrivit le chapitre xxii *bis :* il revient sur ses pas et se complète lui-même. Voilà ce qui nous paraît le plus probable, et l'on pourrait même essayer à la rigueur de justifier la place assignée aux questions traitées dans les paragraphes 3 à 6. Les causes qui peuvent expliquer certaines lacunes dans de nombreux manuscrits sont très variées : le chapitre IV *bis*, *De officio senescalli,* n'a aucun intérêt pratique; cette circonstance ne l'aurait-elle pas fait éliminer, comme inutile, dans plusieurs exemplaires?

Nous ne prolongerons pas cette discussion. Nous voulions simplement faire sentir que l'exclusion de ces deux importants chapitres ne s'impose pas.

L'étude des manuscrits conduit aussi le dernier éditeur à considérer les chapitres CXIII à CXXV comme ajoutés par deux continuateurs successifs à l'œuvre primitive, laquelle n'aurait pas dépassé, suivant lui, le chapitre CXII. Les chapitres CXIII à CXXV inclusivement manquent dans la famille I [1]. La fin du chapitre CXXIV (depuis le milieu du paragraphe 8) et le chapitre CXXV manquent dans les familles II, IV, V [2].

La famille I, qui joue un rôle décisif dans l'élimination des chapitres CXIII à CXXIV, milieu du paragraphe 8, comprend un seul manuscrit D[1] (fin du XIIIe siècle). Dans ce manuscrit le texte est coupé, non à la fin du chapitre CXII, mais au milieu d'un mot du paragraphe 4 de ce chapitre; cette coupure se présente ainsi : *Multi autem jurisperiti dicunt quod si*. . . . . (suppléez *-miles fieri*). D[1] est en cette partie matériellement mutilé; cependant le dernier éditeur n'a maintenu dans le texte primitif du Coutumier que la fin du chapitre CXII et non les chapitres CXIII à CXXIV (milieu du paragraphe 8), comme on y serait naturellement invité par l'état du texte dans les familles II, IV et V. Pourquoi cette décision? C'est que la table du manuscrit latin D[1] s'arrête elle-même avec le chapitre CXII, *De feodo et firma ;* les chapitres suivants n'y sont pas portés. De là cette conclusion : un manuscrit aujourd'hui perdu, d'où procède le manuscrit latin D[1], contenait probablement tout le chapitre CXII; mais il ne dépassait pas ce chapitre CXII [3]. On pourrait être tenté de raisonner d'une autre manière. Le manuscrit perdu, dirait-on, auquel remonte la famille I, était peut-être un manuscrit mutilé. La table de ce manu-

____

[1] Cf. Tardif, p. LXXIX, CI. — [2] Cf. Tardif. p. LXXIX-LXXXIV. — [3] Cf. Tardif, p. CXII, CXIII.

scrit avait pu disparaître en même temps que les chapitres cxiii et suivants : on a donc pu refaire après coup cette table en y comprenant seulement les chapitres subsistant dans le manuscrit. Cette table répondrait alors à un manuscrit mutilé et non pas à un manuscrit complet, et les chapitres suivants pourraient légitimement prendre place dans une édition critique. Il y a cependant, comme nous le verrons, d'autres traits qui semblent différencier, dans une mesure qu'il faut se garder d'exagérer, les chapitres cxiii et suivants du corps de l'ouvrage. Nous examinerons cette question.

Nous considérons pour l'instant la fraction finale, qui serait, d'après le dernier éditeur, l'œuvre d'un second continuateur : chap. cxxiv, milieu du paragraphe 8, et chap. cxxv. Ce chapitre et demi manque non seulement dans la famille I, mais aussi dans les familles II, IV et V. Il ne se trouve que dans les familles III, VI et suivantes. Voici le texte entier du paragraphe 8 : *Notandum siquidem est quod omnes priores essoniatores, cum alia fit essonia, debent personaliter* ad illam interesse. *Et si deficientes fuerint,* emendabunt, *et irritabuntur omnes precedentes essonie, nec presens eciam recipietur, sed lator ejus cum teste suo emendabit, et essoniatus ejus pro deficiente habebitur; et si duo alii precesserint defectus, in manu principis contentionis feodum capietur.* Tous les manuscrits de la famille II se terminent soit au mot *interesse,* soit au mot *ad illam.* Les familles IV et V se terminent au mot *emendabunt.*

La continuation du paragraphe 8 après le mot *interesse* ou après le mot *emendabunt* paraît naturelle. Elle n'a pas l'apparence d'une addition, si bien qu'on est conduit, ici encore, à supposer une interruption matérielle, une sorte de coupure accidentelle, plutôt qu'un *explicit* intentionnel et voulu. Cela est si vrai que le dernier éditeur n'a pu faire de ce paragraphe 8, dont la seconde moitié serait, suivant lui, d'une autre main que la première, deux paragraphes distincts.

Au reste, le chapitre cxx, § 2, considéré par le dernier éditeur comme faisant partie d'une première addition, annonce la matière qui sera traitée dans le chapitre cxxiv, § 14 [1]. Il nous faudrait donc des preuves bien fortes, des preuves décisives, de l'intervention d'un troisième auteur. Or nous n'arrivons à relever aucune différence intrinsèque entre cette troisième tranche et la deuxième.

[1] Cf. Tardif, p. cxxvi, note 4.

Si nous groupons les deux tranches additionnelles, si nous faisons un tout des chapitres CXIII à CXXV, et si nous comparons cette fin de l'œuvre au corps principal, n'apercevrons-nous donc aucune différence entre ces deux parties du texte? Nous n'irions pas jusque-là. Nous remarquons, en effet, aux chapitres LXXXIV, §1, et CII, § 1, des définitions très simples de la « desresne » et du record; aux chapitres CXVI, § 2, et CXXIII, § 1, des définitions nouvelles un peu plus dogmatiques et plus prétentieuses [1]. Nous remarquons enfin que le chapitre CXV est peut-être postérieur à 1258, alors que nous pensons avoir établi que le chapitre XIX, *De usuris,* a été utilisé au Parlement de la Saint-Martin 1258. Le chapitre CXV est peut-être, disons-nous, postérieur à 1258. Voici pourquoi. Les *Olim* nous apprennent, précisément à l'année 1258, que, dans les questions de fief et d'aumône, on procédait jadis à une enquête préjudicielle, confiée aux officiers royaux, sur la nature de l'objet du litige, enquête ayant pour objet de fixer la compétence, que cet usage avait été abandonné et qu'on le reprit en 1258. Or le chapitre CXV, *De brevi de feodo et eleemosina,* suppose l'existence de cet usage [2]. Il y a donc certaines différences entre le corps de l'ouvrage et les chapitres CXIII et suivants. Ces différences nous obligent-elles à admettre que ces derniers chapitres n'ont pas été écrits par le même auteur que le corps de l'ouvrage? Ceci est plus délicat. Nous devons, avant tout, nous demander s'il existe entre les deux parties de l'œuvre des contradictions formelles. On a signalé les dispositions des chapitres CIX, *De recordatione petita,* § 3, et CXXI, *De lege que fit per recordamentum,* § 7, qui paraissent contradictoires [3]: suivant le premier de ces chapitres, l'accord de six recordeurs sur sept suffit dans les records d'Échiquier et d'assise; au lieu que, d'après le second, l'unanimité est exigée. Mais cette première observation doit être écartée, car nous avons établi précédemment [4] que tous les manuscrits du texte latin (sauf un seul) sont fautifs au paragraphe 3 du chapitre CIX, et que, dans ce paragraphe, le chiffre VII doit être substitué au chiffre VI. L'antinomie sur ce point important n'est donc qu'apparente; en réalité, il y a concordance parfaite.

[1] Cf. Tardif, p. CXXII, note 4.

[2] Cf. *ibid.,* p. CXCV. Ce que nous disons dans le texte de la postériorité du chapitre CXV n'est pas absolu; car l'auteur du Grand Coutumier avait fort bien pu s'attacher à cet usage ancien, quoique délaissé, et on aurait pu même invoquer officieusement son texte en 1258 pour reprendre le vieil usage.

[3] Tardif, p. CIV.

[4] Ci-dessus, p. 91-93.

Mais voici une autre difficulté : une certaine différence au sujet du nombre des cojurateurs peut être signalée entre le chapitre LXXXV, *De simplicibus legibus,* § 5, d'une part, et les chapitres CXXII, *De lege probabili,* § 7, et CXXIII, *De disraisnia,* § 2, d'autre part : le chapitre LXXXV, § 5, parle, pour une certaine catégorie d'affaires, d'un serment *sexta manu;* les deux autres textes parlent, pour la même catégorie d'affaires, d'un serment qui sera fait *per sacramenta quinque personarum.*

<table>
<tr><td>

..... Versus autem dominum *sexta manu* in curia domini sui; si autem in curia domini superioris placitaverit, se *tercia manu* disraisniabit versus dominum, et dominus versus hominem suum simili modo; in curia enim domini superioris placitando sunt quasi pares. (LXXXV, § 5.)

</td><td>

..... Versus autem dominum curie et ejus ballivos seu justiciarios attornatos per *sacramenta quinque personarum* habent fieri tam probabilia quam disraisnia prenotate. (CXXII, § 7.)

In curia ipsorum antenatorum respondebunt... et facient disraisniam per *sacramenta quinque personarum* tanquam pares. (CXXIII, § 2.)

</td></tr>
</table>

Il est difficile de soutenir que le désaccord est seulement apparent, la partie qui fait la preuve étant comptée, dans le chapitre LXXXV, § 5, au nombre des cojurateurs, tandis que ces derniers entreraient seuls en compte dans les chapitres CXXII, § 7 et CXXIII, § 2; car, ailleurs, le rédacteur du chapitres CXXII, § 7, en employant l'expression *per trium personarum sacramenta,* adopte le mode de supputation dont s'est servi le rédacteur du chapitre LXXXV, § 5, en disant *tercia manu* [1]. Les deux expressions *sexta manu* et *per sacramenta quinque personarum* sont donc réellement contradictoires. En l'état, et pour le même cas, l'un des trois textes requiert six jureurs, les autres cinq.

Mais on peut affirmer *a priori* une certaine inexactitude dans les chiffres du chapitre CXXII; car le paragraphe 2 de ce chapitre contient une énumération préalable du nombre des jureurs où est récapitulé tout ce qui va suivre. Or cette récapitulation ne correspond pas à ce qui suit. Voici le texte :

Sciendum est ergo quod hec probabilia quandoque per sacramentum solius probantis, quandoque per sacramenta duorum, quandoque trium, quandoque quinque, quandoque sex, quandoque septem, in curia recipitur laicali.

Nous sommes ainsi avertis que nous allons rencontrer, suivant la nature des affaires, un, deux, trois, cinq, *six* ou sept jureurs. Nous

---

[1] *Inter pares enim et vicinos potest quilibet, se tercia manu, facere disraisniam.* (*Summa,* chap. LXXXV, § 5.) — *Notandum siquidem est quod probabilia et eciam disraisnia versus pares per trium personarum sacramenta exhibetur.* (*Summa,* chap. CXXII, § 7.)

trouvons au paragraphe 4 un jureur, au paragraphe 4 deux jureurs, aux paragraphes 5 et 7 trois jureurs, aux paragraphes 6 et 7 cinq jureurs, au paragraphe 8 sept jureurs. Le nombre *six* annoncé fait défaut. Il doit avoir disparu par le fait de quelque copiste. Nous le retrouvons, en effet, au paragraphe 7 dans un manuscrit français. Dès lors la difficulté disparaît : le chapitre cxxii, § 7, ainsi corrigé, est en parfaite harmonie avec le chapitre lxxxv, § 5[1]. A la vérité, le chiffre v reparaît au chapitre cxxiii, § 2, aussi bien dans les manuscrits latins que dans tous les manuscrits français que nous avons pu consulter. Mais les chapitres cxxii, § 7 et cxxiii, § 2, traitent la même question : la correction vi est certaine au chapitre cxxii, § 7 ; personne ne conteste que ces deux chapitres ne soient dus au même rédacteur : on nous accordera donc que le chiffre vi doit également être substitué à v dans le chapitre cxxiii, § 2.

Nous nous garderons, par conséquent, d'affirmer que les chapitres lxxxv, § 5, cxxii, § 7, et cxxiii, § 2, n'émanent pas du même auteur. Une erreur de copiste répétée dans tous les manuscrits doit être la vraie cause de la divergence matérielle qui subsiste.

En principe, les divergences de ce genre ne nous induiront jamais facilement à admettre la juxtaposition d'œuvres d'auteurs différents. Et voici pourquoi : lorsque les désaccords portent sur des nombres, il faut toujours se rappeler que les nombres ont pu être écrits dans les premiers manuscrits non en lettres, mais en chiffres, et ont pu, par suite, donner lieu à de faciles confusions. Il nous paraît prudent, en ces rencontres, d'accuser le plus possible les copistes et de supposer facilement des erreurs de transcription. Aussi bien, certains passages de la partie incontestée du Grand Coutumier nous font envisager avec une certaine défaveur l'hypothèse d'un continuateur distinct de l'auteur primitif. Ainsi le chapitre xci, § 3, incontesté, annonce

---

[1] On pourrait nous objecter que, si le chiffre vi est rétabli au commencement du chapitre cxxii, § 7, la fin de ce paragraphe se trouvera en désaccord avec la fin de lxxxv, § 5, car on aura dans lxxxv, § 5, cinq jureurs en un cas où cxxii, § 7, en voudra six :

Versus autem domini regis servientem *quinta manu* debet fieri disraisnia. (lxxxv, § 5.)	Et eciam (c'est-à-dire il y aura aussi *six jureurs*) versus omnes justiciarios principis, dum tamen agant in querela ad principem pertinente vel in officio de ducatu. (cxxii, § 7.)

Le désaccord n'est qu'apparent, car cxxii, § 7, ne vise pas tous les cas, mais certaines espèces particulières : *dum tamen,* etc.

les matières qui seront traitées aux chapitres cxiii, cxiv et cxv. Le chapitre cxi, § 13, incontesté, prévoit, lui aussi, le chapitre cxv[1]. Il nous
faudrait donc de très fortes preuves pour attribuer cette seconde partie à un autre rédacteur que la première. Ces preuves existent-elles?
Le dernier éditeur a comparé attentivement le texte II au texte I.
Qu'a-t-il constaté? Le travail de l'auteur du texte II « a consisté surtout
« dans le remaniement d'un certain nombre de finales dont les termes
« ont été disposés dans un ordre plus conforme aux lois du rythme et
« dans la suppression des mots *Notandum est quod* ou *Sciendum est quod*,
« en tête de la plupart des phrases[2]. » Ce travail ressemble singulièrement à celui d'un auteur qui se relirait et s'appliquerait à limer,
à perfectionner son œuvre. Il a bien pu, vers le temps où il revisait
son œuvre, la terminer. Ce double travail aurait été accompli peu
après 1258. Ainsi s'expliquerait que le Grand Coutumier (encore
inachevé) ait pu être utilisé au Parlement de la Saint-Martin de 1258,
et que néanmoins il contienne, ce semble, des passages postérieurs
à 1258, où l'auteur s'est inspiré précisément de décisions de ce Parlement.

Les doubles définitions de la « desresne » et du « record » ne constituent, après tout, qu'une imperfection, dont maint auteur est coupable. Et nous ne voyons pas que le caractère assez dogmatique et
scolastique des définitions des chapitres cxxi, § 2, et cxxiii, § 1, répugne
à la manière du jurisconsulte qui a écrit le corps de l'ouvrage. L'œuvre
est-elle, comme on l'a dit, décidément plus faible en ces derniers chapitres? Nous n'en sommes pas convaincus, et même nous ne trouvons
dans ces chapitres rien d'aussi franchement mauvais que ce petit
développement sur l'un des sens du mot *jus* dans un paragraphe incontesté (5) du chapitre 1er: *Jus autem quandoque dicitur virtus tribuens
unicuique quod suum est, et hoc precipue attenditur in curia laicali per
quod debent contentiones singule terminari.* En quoi, nous le demandons,
la mission de *tribuere unicuique quod suum est* est-elle spéciale aux tribunaux laïques? Nulle part, dans tout l'ouvrage, l'expression n'a trahi
aussi complètement la pensée de l'auteur. Nous aurons, d'ailleurs, en
analysant le Grand Coutumier, l'occasion de rapprocher deux asser-

---

[1] Cf. Tardif, p. cxvi, cxvii, note 1. — [2] Tardif, p. cix, note 1. Cette appréciation de M. Tardif est complétée par ce qu'il dit p. clxxiv.

tions bien différentes relatives au bourgage : l'une au chapitre XXIX, l'autre au chapitre CXXV; et nous montrerons que, suivant toute vraisemblance, le chapitre CXXV est plus exact sur ce point que le chapitre XXIX.

Les diverses parties du livre se ressemblent tellement, que le dernier éditeur, tout en se prononçant pour la pluralité des auteurs, a pu caractériser en bloc le genre et la manière de ces divers auteurs supposés, lesquels auraient rencontré une singulière unité de style. Les termes techniques sont rares : pour éviter le mélange d'expressions latines et françaises, on donne aux mots français une désinence latine, en avertissant le lecteur à l'aide du mot *vulgariter*. M. Tardif ajoute qu'à l'exemple des *dictatores* «les auteurs» se préoccupent de ménager à la fin de chaque phrase ou de chaque membre de phrase le retour d'un certain nombre de syllabes accentuées de la même manière. Les lois du rythme ou *cursus* sont, en effet, suivant ce très distingué critique, assez exactement observées dans les différentes parties du Coutumier. Cette recherche du rythme imprime au style une certaine élégance : les périphrases et les métaphores sont fréquentes, ainsi que les inversions (*mulieres que nunquam fuerunt jugo subdite maritali* [1]; — *originem duxerit conjugalem* [2]; — *Ipse tamen essoniatus post hec omnes suas facere poterit essonias* [3]). La réunion de toutes ces qualités convient beaucoup mieux à un auteur unique qu'à un groupe d'auteurs. Le savant éditeur croit pourtant apercevoir une différence de rédaction assez sensible entre le corps de l'ouvrage et les chapi-

---

[1] Chap. XIV, *De monetagio*, § 8.

[2] Chap. XXV, *De impedimentis successionis*, § 7.

[3] Chap. CXXIV, *De lege apparenti*, § 7. Nous résumons ici les observations de **M. Tardif**, p. CLXX, CLXXI. Nous ne sommes pas frappés de certaines incorrections de style ou nouveautés que M. Tardif signale (p. 395) dans les derniers chapitres : il note, entre autres choses : l'expression incorrecte *maritagium* au lieu de *matrimonium* (ch. CXXI, § 16); le mot *demanda*, de formation récente, au lieu de *querimonia* (ch. CXX, § 2; ch. CXXIV, § 13); la juxtaposition des mots *personatus* et *dignitas* (ch. CXXI, § 3). — L'emploi de *maritagium* au lieu de *matrimonium* s'explique à merveille dans un passage où l'auteur parle à la fois de *maritagium* et de *matrimonium*. Sa plume (ou celle des copistes) a pu très facilement errer une ou deux fois. Il a dit aussi *demanda* au lieu de *querimonia*; mais si un jurisconsulte est accoutumé à l'expression technique *superdemanda* (ch. XCI, § 3), qui pourra s'étonner qu'il ait dit une fois *demanda* au lieu de *querimonia*? *Personatus* est employé à côté de *dignitas* dans cette phrase : *omnes persone dignitatem seu personatum habentes.* Qu'y a-t-il là de si nouveau? Alexandre III n'a-t-il pas dit, dans un texte que tout canoniste connaissait au moyen âge : *Illud est omni rationi contrarium ut unus clericus in una vel diversis ecclesiis plures* dignitates vel personatus obtineat (*Decretales Gregorii IX,* III, v, *De præbendis et dignitatibus,* 13), et Innocent III : *Addentes ut in eadem ecclesia nullus* plures dignitates aut personatus *habere præsumat (ibid.,* 28)?

tres cxiii à cxxv. Le style en ces derniers chapitres, écrit-il, « est
« moins précis; les phrases sont longues et surchargées d'inversions;
« on y relève des expressions plus recherchées, et même un essai
« d'imitation du second prologue. La formule du bref d'establie
« (chap. cxiii, § 2) est incomplète, tandis que partout ailleurs les mo-
« dèles de brefs sont reproduits avec exactitude [1] ». Cette dernière
observation est, à nos yeux, sans portée : en effet, nous relevons dans
un chapitre incontesté, le chapitre lxvii, § 1, une formule non plus de
bref, mais de demande en cas de meurtre, qui est altérée, puisque le
style direct à la première personne, qui se trouve partout ailleurs, a été
remplacé par le style indirect à la troisième. Distraction de l'auteur
ou altération du texte par un copiste! Une distraction ou une altération analogue suffit à expliquer la coupure faite au bref *de stabilia*
dans le chapitre cxiii, § 2. Quant aux différences de style, elles ne
nous ont pas frappés. Enfin la parenté de style et de pensée qui existe
entre un passage du second prologue [2] et le commencement du chapitre cxiii ne pourrait-elle pas être invoquée en faveur de l'hypothèse
d'un auteur unique? On se répète si facilement soi-même! L'auteur
du Grand Coutumier, en particulier, se répétait souvent.

Nous n'attachons aucune importance à cette circonstance que le
début du chapitre cxiii, *De brevi de stabilia,* renferme une petite
inexactitude historique : d'après ce texte, les deux reconnaissants
d'establie et de surdemande auraient été créés par le législateur,
tandis qu'en réalité le dernier de ces brefs est plutôt une création de
la jurisprudence. Est-il un auteur, au moyen âge, qui soit à l'abri
d'une incorrection de ce genre? Rien ne nous autorise à supposer
que le rédacteur principal de la *Summa de legibus* en était incapable,
alors que l'un des rédacteurs secondaires eût pu s'en rendre coupable.

Certain désaccord relevé [3] entre le chapitre cxi, § 13, et le paragraphe 2 *bis* du chapitre xxi est, à nos yeux, purement apparent. Le
temps requis pour la prescription en matière de gage semblerait varier
d'un chapitre à l'autre [4] : le délai est de quarante ans d'après le chapitre
De vadiis et emptionibus (xxi, § 2 *bis*), et seulement de trente ans d'après
le chapitre *De brevi de feodo et vadio* (cxi, § 13). Telle est, du moins,

[1] Tardif, p. cxiv.
[2] Tardif, p. 2.

[3] Tardif, p. cxiv.
[4] Tardif, p. civ.

l'impression que laisse une lecture rapide. Mais, si on examine les textes attentivement, on s'aperçoit que les trente ans mentionnés au chapitre cxi, § 13, ne sont pas autre chose qu'un souvenir du passé, et que l'auteur ne prétend nullement, en ce passage, enseigner que, de son temps, le délai de trente ans soit admis pour la prescription. La vérité est qu'il voudrait voir le législateur adopter ce délai de trente ans; quant au droit en vigueur, bien loin d'indiquer le délai de trente ans, le jurisconsulte rappelle qu'on prend maintenant pour point de départ le couronnement du roi Richard (1189), et il oublie même d'ajouter, comme le faisait le chapitre xxi, § 2 *bis,* qu'à défaut d'un aussi long délai on se contente d'un délai de quarante ans. Nous ne voyons là qu'une simple omission, bien excusable si l'on admet que le chapitre xxi, § 2 *bis,* a été écrit par le même auteur que le chapitre cxi, § 13[1].

En résumé, cette question : le Grand Coutumier normand est-il l'œuvre d'un ou de plusieurs auteurs? à nos yeux reste ouverte. C'est un problème difficile, que nous ne prétendons pas avoir résolu définitivement. Mais nous avons voulu faire sentir que, dans l'état actuel des recherches, il ne serait nullement déraisonnable de s'en tenir à l'hypothèse d'un auteur unique, tout en admettant, bien entendu, que certaines additions de médiocre importance ont pu, comme il arrive si souvent, se greffer çà et là sur l'œuvre primitive. L'auteur lui-même semble, d'ailleurs, à la fin des prologues, inviter ses lecteurs à ce travail de collaboration posthume : *Sed cum in humanis studiis ex omni parte perfectum nihil valeat inveniri, ab hoc opusculum inspicientibus sit petitum, ut quod in eo viderint corrigendum corrigentes, addentes diminuta, superflua resecantes, mihi subsidium dignentur aliquod impartiri*[2]. En dépit de cette autorisation donnée aux lecteurs par l'auteur même du Grand Coutumier, nous serions plus circonspects que le dernier éditeur en ce qui touche certaines éliminations. M. Tardif écarte notamment cinq passages qui figurent dans tous les manuscrits; ce que nous n'oserions jamais faire. Voici les raisons de ces exclusions :

[1] Le paragraphe 2 *bis* du chapitre xxi est rejeté par le dernier éditeur comme étranger à l'œuvre primitive. Il manque dans plusieurs manuscrits qui n'appartiennent pas à la même famille; mais il y a quelque analogie matérielle entre la fin du paragraphe 2 et la fin du paragraphe 2 *bis,* en sorte que l'hypothèse d'un bourdon qui se serait répété dans des familles différentes nous semble à la rigueur admissible; voici les deux finales : (§ 2)« . . *in sui actorem retorqueri;*(§ 2 *bis*) *in tractatu querelarum.*

[2] Édit. Tardif, p. 3.

« L'un des passages (chap. xiv; *De monetagio*, § 5 *bis*) contient une
« citation de l'Écriture sainte et une allusion à l'incapacité de la femme
« mariée, qui est hors de propos dans la matière du fouage et fait
« double emploi avec une disposition du chapitre *De brevi maritagii*
« *impediti* (c, § 2). Il en est de même du passage : *Ex his patet quod auxilium*
« *milicie*. . . dans le chapitre *De capitalibus auxiliis* (xxxiii, § 2 *bis*), qui
« n'est que la répétition de ce qui a été dit quelques lignes auparavant
« sur l'aide de chevalerie. Le chapitre *De excusatione per prisoniam*
« (xlvii, § 2 *bis*) se termine encore par un renvoi à une ordonnance de
« saint Louis rapportée plus haut dans le chapitre *De justiciatione*
« (vi, § 7); cette phrase ne fait pas corps avec le reste du chapitre et
« semble avoir été aussi ajoutée après coup. Enfin le chapitre *De defectu*
« *queruli* (xcvi) finit par un paragraphe rappelant que le recours en
« garantie n'est pas admis dans la nouvelle dessaisine; or le chapitre
« précédent prononce déjà l'exclusion de la garantie (xcv, § 6). Ce pa-
« ragraphe ne se rattache, d'ailleurs, par aucun lien logique au reste
« du chapitre xcvi, puisqu'il y est question du défaut du demandeur
« et que l'exception de garantie ne peut intéresser que le défen-
« deur [1]. »

Les répétitions sont trop nombreuses dans le Grand Coutumier
pour qu'il y ait lieu de suspecter de ce chef certains passages, alors
que nombre d'autres passages qui font également double emploi
ne sont pas écartés et ne peuvent l'être. Quant aux critiques d'un
autre ordre, elles ne nous paraissent pas non plus suffisantes
pour rejeter l'autorité unanime des manuscrits. Combien d'auteurs,
se soumettant d'aventure eux-mêmes à une revision minutieuse,
seraient conduits, par l'application d'une critique aussi sévère, à considérer divers passages de leur œuvre comme autant d'interpolations,
au lieu de s'avouer coupables de quelques négligences ou imperfections ou même de constater simplement certaines particularités de
leur travail !

Nous maintiendrions aussi dans une édition critique un bon
nombre de fragments rejetés par le dernier éditeur, fragments qui
manquent dans de bons manuscrits, mais qui s'harmonisent avec le
contexte et dont l'omission nous paraît tout simplement le résultat de

[1] Tardif, p. cxx, cxxi.

bourdons proprement dits ou de la répétition de mots à peu près semblables. Nous reproduisons ci-après, munis du *bis* par lequel le dernier éditeur les signale comme interpolés, quelques-uns de ces passages, et nous les faisons précéder du texte incontesté auquel ils font suite. Les mots qui ont pu donner lieu au bourdon sont imprimés en italiques :

Chap. xxv, § 2. « Quos enim judex ecclesiasticus pro legitimis reputat et laicus « *legitimos reputabit.* » — 2 *bis.* « Item procreati ante matrimonium, matrimonio sub- « sequente, pro *legitimis reputantur.* »

Le paragraphe 2 *bis* manque dans C⁴, D², G, O. Il figure dans tous les autres manuscrits latins et dans tous les manuscrits français que nous avons examinés à ce point de vue [1].

Chap. xlii, § 3. « . . . De quibus plenius tractabitur in *sequenti.* » — § 3 *bis.* « Cum « de brevi antecessoris usus et consuetudines *exequemur.* »

Le paragraphe 3 *bis* ne manque que dans D¹. Il figure dans tous les autres manuscrits latins et dans les manuscrits français que nous avons consultés [2].

Chap. lix, § 12. « . . . Et tales [plegii] in simplici querela, cum hujusmodi debi- « tum ab ipsis contractum non fuerit, non *poterunt disraisniare.* » — § 12 *bis.* « Nullus « enim alienum factum *potest disraisniare.* »

Le paragraphe 12 *bis* manque dans D¹ et G. Il figure dans tous les autres manu scrits latins et dans les manuscrits français que nous avons interrogés [3].

Chap. lxviii, § 2. « . . . Inimici eorum vel amici speciales et notorii, consanguinei « utriusque partis, dum tamen suspectio certa amoris specialis favore habiti, vel « affinitatis, vel odii, de ipsis certis rationibus possit pretendi, *ad jurandum recipi* « *non debent.* » — § 2 *bis.* « Illi eciam qui in causa consimili sunt *ad juramentum recipi* « *non debent.* »

Le paragraphe 2 *bis* manque dans B³, C⁴, D¹, D², O, V³ et dans les manuscrits français que nous avons consultés [4]; mais le bourdon paraît d'autant plus vraisem- blable ici que le mouvement des phrases suivantes s'harmonise mieux avec la phrase *Illi eciam... recipi non debent* qu'avec la précédente; le texte continue ainsi : ... *vel qui sunt querele participes; et illi eciam per quos querela movetur et defenditur,* etc.

Chap. lxxxv, § 11. « De emenda autem domini *in cujus curia* hec aguntur, in « *hujusmodi* sequelis sciendum est quod xviii *solidos potest* habere *de emenda.* » — § 11 *bis.* « Princeps vero si *in ejus curia hujusmodi* querela duceretur xxxvi *solidos* « *potest* levare *de emenda.* »

Le paragraphe 11 *bis* manque dans C⁴, D¹, D², G, O, V³, ainsi que dans les manu

---

[1] Ce passage figure, mais un peu plus haut, dans les mss. fr. 5961, fol. 16 r°; 5958, fol. xxxiv v°; 5960, fol. 33 v°.

[2] Manuscrit français 5960, fol. 44 r°; manuscrit français 5961, fol. 24 r°; manuscrit français 5958, fol. li r°.

[3] Ms. fr. 5958, fol. lxii v°; ms. fr. 5961, fol. 30 r°; ms. fr. 5960, fol. 50 r°.

[4] Sainte-Geneviève, 1743, p. 101; Bibl. nat., ms. fr. 5245, fol. 113 v°; ms. fr. 5963, fol. 47 r°; ms. fr. 3961, fol. 34 v°; ms. fr. 14550, fol. 93 r°.

scrits français que nous avons consultés[1]. Mais les nombreuses répétitions de mots que présente ce passage rendent tout à fait vraisemblable l'hypothèse d'un bourdon.

Le Grand Coutumier a été mis en vers octosyllabiques [2] par un personnage qui s'est ainsi désigné dans l'épilogue :

> Qui mon nom veult appercevoir
> Par *aguille* et par *me* voir
> Le sara, et le sournom sache
> S'il y met C. A. V. P. H. [3].

Cette énigme se déchiffre facilement. Le quatrième vers nous livre le nom de famille (*sournom*) : *Chapu*, formé des cinq lettres *C A V P H*, et le second le nom de baptême (*nom*) : *Guilleame*, où se retrouvent les deux éléments *aguille* et *me*.

C'est donc un Guillaume Chapu [4] qui a versifié notre Grand Coutumier. Malheureusement nous ne savons rien de plus sur ce personnage. Il écrivait, autant qu'on en peut juger par sa langue et ses habitudes de versification, au XIIIe ou au XIVe siècle.

La critique s'est longtemps embarrassée d'un nom, mal lu d'ailleurs, mais qui ne rentre nullement, de quelque manière qu'on le déchiffre, dans les données indiquées ci-dessus. Ce nom, qu'on a lu tantôt *Richard Dennebault*, tantôt *Richard Dourbault*, et qui serait plutôt *Richard Donebault* [5], nous est fourni par l'épilogue en vers d'un manuscrit qu'avaient connu autrefois Froland et Hoüard et qui est aujourd'hui

[1] Bibl. Sainte-Geneviève, ms. 1743, p. 119; Bibl. nat., ms. franç. 5963, fol. 55 r°; ms. franç. 5960, fol. 64 r°; ms. franç. 5958, fol. IIII^{xx}VI r°.

[2] Voici l'indication des textes de cette version. Mss. : Bibl. de l'Arsenal 2467, fol. 23-96; Bibl. nat. : fr. 5330, fol. 2 r° et suiv.; fr. 5335, fol. 1 r° et suiv.; fr. 14548, fol. 22 r° et suiv.; fr. 5962, fol. 6 v° et suiv.; Musée Brit., Harl. 4477, fol. 4-69; Harl. 4148, fol. 1-240. Imprimé dans Hoüard, *Dictionnaire de la Coutume de Normandie*, t. IV, Rouen, 1782, Supplément, p. 49-158.

[3] Voir notamment ms. fr. 14548, fol. 301 r°.

[4] Voir Gaston Paris, *La littérature française au moyen âge*, 2e édit., 1890, p. 148. § 102. On avait précédemment pris tout simplement C A V P H pour le nom même du traducteur, qui se serait appelé *Cauph*, nom invraisemblable.

[5] Le manuscrit permettrait matériellement la lecture improbable de *Dourbault* aussi bien que *Donebault*. Des critiques, guidés sans doute par l'existence d'une famille de ce nom, ont admis *d'Anebault* : ce serait une correction au manuscrit. — Aucun nom propre dans l'édition incunable de cette traduction en vers des Institutes.

conservé au Musée Britannique (Harl. 4477). Cet épilogue est ainsi conçu :

> Mil ans cc iiii fois vint
> Après ce que Jhesu Crist vint
> En terre pour humain linage,
> Pour rendre nous nostre heritage,
> C'est le regne de Paradis
> Que Adam nous tolly jadis
> Qui de mauvois venin ert yvre,
> Mist Richard Donebault (?) cest livre
> En romans au mieux que il sault [1].

Mais ces vers n'ont, en réalité, rien de commun avec le Grand Coutumier versifié. Ils figurent dans le ms. Harl. 4477 à la suite, non pas du Grand Coutumier, mais des Institutes de Justinien mises également en vers. Le manuscrit en question contient : 1° le Grand Coutumier en vers; 2° les Institutes de Justinien en vers, et à la suite des Institutes cet *explicit* :

> Institutes rymees cy
> Sont acomplies, Dieux mercy !

Puis l'épilogue ci-dessus reproduit. Rien ne nous autorise à réunir en un seul personnage Richard Donebault et Guillaume Chapu. Ce sont deux versificateurs distincts, comme l'a bien vu l'abbé De la Rue [2]. L'un a versifié le Grand Coutumier; l'autre a mis en vers les Institutes de Justinien.

Notre Guillaume Chapu assure qu'il a travaillé sur le texte latin du Grand Coutumier :

> Et je, qui me sui entremis
> D'avoir cest livre en rime mis,
> Segon le latin l'ai estrait
> A mon pouoir, sans malvais trait [3].

---

[1] Ms. Harl. 4477, fol. 215 r°, col. 1 (communication de M. Salmon).

[2] *Essai historique sur les bardes, les jongleurs et les trouvères normands et anglo-normands,* t. III, Caen, 1834, p. 185, 186, 219-224. Cf. le compte rendu par Dupuy du tome IV du *Dictionnaire de la coutume de Normandie* de Hoüard, Rouen, 1782, dans *Journal des Savants,* 1785, p. 85-86.

[3] Ms. fr. 14548, fol. 300 v°.

Cette assertion « segon le latin l'ai estrait » est parfaitement exacte.
La comparaison du texte versifié et des textes latin et français ne
laisse à cet égard aucun doute. En effet, plusieurs passages du texte
qui figurent dans des manuscrits latins et qui manquent dans
tous les manuscrits français sont représentés dans le texte en vers.
Nous citerons : au chapitre vii, *De liberatione namnorum*, le paragraphe 11 *bis;* au chapitre x, *De consuetudine*, le paragraphe 3 *bis;*
au chapitre xviii, *De rebus vaivis*, le paragraphe 3 *bis;* au chapitre xix,
De usuris, le paragraphe 6 *bis;* au chapitre xx, *De sese homicidis*,
le paragraphe 2 *bis;* au chapitre xxii, *De forisfacturis*, le paragraphe 8; tout le chapitre xxii *bis*, *De exercitu;* au chapitre lxvii, *De
multro*, § 15 *in fine*, la phrase : *Et si aliqui eorum..... eluceat
inquisite.*

Nous n'aborderons pas certaines comparaisons de textes, qui nous
ont laissé la même impression. Ces comparaisons seraient parfois
assez difficiles à établir très sûrement, car le texte versifié qui nous
occupe a été remanié et se présente selon les manuscrits sous des
formes assez différentes.

Guillaume Chapu n'a pas évité tout contresens (*malvais trait*). Sa
traduction, sans être mauvaise en son ensemble, est loin d'être irréprochable. Nous aurons lieu de signaler, en analysant le Grand Coutumier, une traduction défectueuse du mot *desperati*, au chapitre xx,
De sese homicidis, § 2.

Le versificateur a eu sous les yeux un texte qui contenait le chapitre iv *bis*, *De officio senescalli*, en déficit, comme on sait, dans
beaucoup de manuscrits.

On constate, en comparant avec le latin les derniers chapitres du
texte versifié, que l'exemplaire suivi par Chapu était très voisin du
ms. lat. B^2. En effet, certaines phrases ajoutées dans B^2 au texte
du chapitre cxxi figurent dans le texte versifié. Mais l'analogie avec B^2
n'est pas constante dans l'ensemble de l'œuvre.

Le texte versifié a été imprimé par Hoüard d'après un manuscrit
qui appartient aujourd'hui à la Bibliothèque de l'Arsenal, où il est
coté sous le n° 2467. Le texte de ce manuscrit est incomplet au
commencement et à la fin. Guillaume Chapu entrait en matière par
une invocation à la Trinité, qui manque tout entière dans l'imprimé.

En voici le début :

> De par la Trinité, amen,
> Fais † si que je puisse a men
> Gré parfaire ce que je pense
> Et que je puisse avoir en, se
> Je le parfais, le gré du monde!
> Mais a grant peine peut on de
> Tout le commun gré recevoir ;
> Car, quant aucun prononce voir,
> L'un dit : « C'est bien »; l'autre s'en moque.
> Mais pour ce ja ne diray ho que
> Ne face ce que j'ay enpris,
> Qui que s'en moque ou l'ait en pris.
> Si veul le françois mestre en rime
> Du latin du livre qui me
> Semble bon, et que l'on papelle
> Le Coustumier normant, que le
> Commun de tous les advocas
> De la court loye, quant au cas
> De leurs querelles adrechier,
> Doyvent avoir et prendre chier.
> Et pour ce, au commencement,
> Requier le vrai Dieu qui ne ment
> Qu'otroier me veulle la grace
> Du Saint Esperit, si qu'a ce
> Puisse accomplir a sa loenge
> Et preu de tous; a ce tent je [1].

A la suite du rébus sur le nom de l'auteur, nous relevons cette justification intéressante de l'œuvre :

> Les causes du rimer sont tels
> Du livre : c'est afin que les
> Advocas qui sont et seront,
> Qui volenté de savoir ont
> Par ce le livre et qu'il en tient,
> L'en sachent plus tout; car on tient
> Que plus est bon à concevoir
> Franchois rimé que prose, voir.

---

[1] Bibl. nat., ms. fr. 14548, fol. 22 r°; ms. fr. 5330, fol. 2 r°.

Nous ne prolongerons pas ces citations, déjà très étendues. Ce qui les justifiera peut-être aux yeux du lecteur, c'est que ce prologue, qui compte en tout trente-quatre vers, est, avec le rébus sur le nom de l'auteur, la seule partie originale de l'œuvre.

Entre la mise en vers du morceau initial *Cum nostra sit intentio* et celle du prologue *Cum ineffrenate* se trouvent, toujours en vers, l'indication du nombre des chapitres et, encore en vers, la table de l'ouvrage, qui figure, en effet, à cette place dans beaucoup de manuscrits latins. L'indication du nombre des chapitres est probablement empruntée elle-même à quelque manuscrit latin qui l'avait placée en tête de la table.

Tout ce début du Coutumier versifié manque dans le manuscrit de l'Arsenal 2467 et, par suite, dans l'édition de Hoüard. Le manuscrit et l'édition commencent avec la traduction en vers du chapitre I, *De jure.*

Le texte imprimé par Hoüard, ainsi tronqué au commencement, est incomplet aussi vers la fin : il offre une grande lacune depuis le paragraphe 16 du chapitre CXXI, *Recordamentum de maritagio,* jusqu'au chapitre CXXIV inclusivement; mais il suffit de se reporter à la table versifiée pour constater que cette partie de l'œuvre avait été également mise en vers. Les manuscrits que nous avons pu consulter contiennent, en effet, ces parties omises dans le manuscrit de l'Arsenal.

Nous n'insisterons pas davantage sur cette œuvre secondaire, où l'auteur a fait preuve d'une certaine souplesse de plume, que nous n'oserions appeler du talent. Elle n'est pas d'une utilité très fréquente pour l'interprétation du Coutumier, mais elle ne saurait être tout à fait négligée.

Le Grand Coutumier est divisé en deux parties : la première partie en cinq distinctions; ces distinctions, à leur tour, sont subdivisées en chapitres; la seconde partie est divisée simplement en chapitres. L'ensemble des chapitres a reçu un numérotage unique, ce qui permet de négliger parties et distinctions dans les citations du Grand Coutumier.

Le plan général de l'auteur se dégage facilement. Ce plan est excellent, parce qu'il est très simple; mais l'auteur n'en a pas toujours respecté toutes les lignes.

Nous reconnaissons quatre grandes divisions :

Le jurisconsulte expose, en commençant, quelques notions générales sur le droit et la justice, sur les fonctions du bailli, de l'ancien sénéchal, du vicomte; c'est l'objet des chapitres i à x (1re distinction). Il s'occupe ensuite du duc de Normandie et des divers droits qui lui compètent; c'est l'objet des chapitres xi à xxii *bis* (2e distinction). Les chapitres xxiii à xxxv (3e distinction) sont consacrés à quelques matières juridiques (succession, droit d'aînesse, tenures, hommages) que l'auteur traite directement, en les dégageant du formalisme et de la procédure. Cette partie de l'œuvre est trop brève : l'auteur a rejeté dans les chapitres suivants bien des notions de droit pur qui eussent dû prendre place dans cette troisième distinction. Tout le reste de l'ouvrage (chap. xxxvi à cxxv) est réservé à la procédure, aux questions de compétence, à l'organisation judiciaire. Il y règne un certain désordre, bien difficile à éviter dans une matière aussi complexe.

L'œuvre proprement dite est précédée de deux prologues. Dans le premier, l'auteur s'est expliqué lui-même sur les divisions adoptées. Il semble considérer les chapitres lxvi à cxxv comme consacrés à la procédure, les chapitres xxxvi à lxv étant plutôt, à ses yeux, une sorte d'introduction à la procédure proprement dite[1]. Nous groupons avec intention ces deux séries de chapitres : les citations et les excuses, l'organisation judiciaire, le cri de haro, les *recognitiones*, sont réunis, dans notre pensée, sous cette rubrique commune : procédure.

Nous passerons rapidement en revue les quatre grandes divisions qui viennent d'être établies.

L'auteur débute par quelques définitions (chap. i à iii). Les mots *jus, jurisdictio, justitia*, sont successivement abordés. Nous avons déjà signalé (p. 81) la division en *jus naturale* et *jus positivum*, la définition de la *justitia* (*virtus juris operativa*), division et définition qui révèlent chez le jurisconsulte une certaine préparation scolastique. Après avoir inscrit au frontispice de son livre la grande division du droit en droit naturel et en droit positif, l'auteur s'applique à déterminer divers sens du mot *jus*. Il s'est, ce semble, inspiré ici d'Azo, qui, lui

[1] C'est ainsi que nous comprenons ce passage du premier prologue : *Presens itaque opus in duas partes dividitur, in quarum prima jura tractantur et alia in jure necessaria ad deductionem preambula querelarum; in secunda vero parte tractantur usus et instituta sive leges, per que querele terminantur.* (Tardif, *La Summa de legibus Normannie*, p. 1.)

aussi, ouvre sa Somme des Institutes [1] en passant en revue les diverses acceptions du mot *jus*. Ce premier chapitre est certainement
un des moins originaux du livre, et il n'en pouvait être autrement
Nous remarquons ici que la définition essentiellement classique de la
justitia (appliquée par notre auteur à *jus*) est considérée, au contraire,
comme se référant à une valeur accidentelle de ce mot. Le passage
est étrange : *Jus autem quandoque dicitur virtus tribuens unicuique quod
suum est, et hoc precipue attenditur in curia laicali per quod debent contentiones singule terminari.* Ainsi la définition, pour ainsi dire technique [2],
de la *justitia* nous est présentée sous cette forme inattendue : *quandoque
dicitur*. . . . . Ce trait nous révèle un auteur qui ne s'est pas formé
exclusivement dans les écoles de droit. En commençant cette étude,
nous soupçonnions un scolastique. Nous sommes maintenant induits
à penser qu'en effet l'éducation première de l'auteur n'a pas été celle
du juriste. Cependant, que signifie cette observation singulière : *et
hoc precipue attenditur in curia laicali per quod debent contentiones singule
terminari?* Rédaction déplorable, nous l'avons déjà fait remarquer,
car il semblerait que le *jus* est moins *virtus tribuens unicuique quod suum
est* dans les cours de chrétienté que dans les cours laïques. Nous supposons que notre auteur a très mal rendu sa pensée et qu'il a tout
simplement voulu faire entendre qu'il empruntait cette définition
aux textes de droit civil.

Les divers sens du mot *justitia* sont passés en revue au chapitre III,
comme ceux du mot *jus* au chapitre Ier. L'auteur prend soin, notamment, de signaler un sens du mot *justitia* (ou du français « justice »)
qui a subsisté dans la langue anglaise : *justitia* ou « justice » peut désigner non seulement la justice, mais aussi la personne qui exerce la
justice : *Dicitur etiam justitia ballivus vel quilibet subjustitiarius qui justi-
tiandi homines habeat potestatem, secundum quod dicitur : « Justitia domini
regis tenet « assisiam in hac villa. »* (Chap. III, § 4.)

Il est bien clair que l'auteur n'avait pas sous les yeux, en rédigeant
ces chapitres I et III, les textes de droit romain d'où dérive sa définition du *jus*, car ces textes, nous l'avons déjà fait remarquer, appliquent à *justitia* ce que notre auteur dit de *jus*.

[1] Azo, *Summa instituationum*, I, § 1, *De
justitia et jure*, édition de Lyon, 1514,
fol. cclxix.

[2] *Justitia est constans et perpetua voluntas jus
suum cuique tribuendi* (Institutes de Justinien, I, *De justitia et jure*, prooemium).

Au chapitre II, consacré au mot *jurisdictio*, nous relevons une explication rapide de l'expression assez rare *commissoria jurisdictio : Commissoria vero jurisdictio est illa que alicui committitur a principe vel a domino ad quos dignoscitur pertinere, ut est illa que alicui ballivo committitur, vel senescallo seu preposito, et hujusmodi.* Cet emprunt aux doctrines et à la langue du droit canonique [1] aurait pu être justifié d'une manière plus heureuse.

Avant même d'achever la lecture de ce premier groupe de chapitres, le lecteur constate très vite que l'auteur, entraîné par son sujet, sollicité par les souvenirs très précis qui encombrent sa mémoire, ne réussit pas à se cantonner sur le terrain des généralités qui devaient servir d'introduction à son livre. Non seulement il aborde des matières très spéciales (office du vicomte, chap. V; composition de la cour, chap. IX, § 2, etc.), qui seraient mieux placées dans l'organisation judiciaire et la procédure, mais, après avoir exposé quelques notions intéressantes sur la coutume et l'usage comparés à la loi, il nous apprendra, assez mal à propos, que le douaire de la femme normande est du tiers des biens du mari, et qu'en cas de contestation sur les biens possédés par le mari pendant le mariage on aura recours à la procédure d'enquête.

Les définitions de la loi, de la coutume et de l'usage méritent d'être relevées :

Consuetudines... sunt mores ab antiquitate habiti, a principibus approbati et a populo conservati, quid, cujus sit, vel ad quem pertineat limitantes. Leges autem sunt institutiones a principibus facte et a populo in provincia conservate, per quas contentiones singule deciduntur... Usus autem circa leges attenduntur; sunt enim usus modi quibus legibus uti debemus... (Chap. X, *De consuetudine.*)

L'autorité accordée à la coutume est très restreinte, puisqu'elle doit être *a principibus approbata.* La définition de la loi, *institutiones a principibus facte et a populo in provincia conservate,* soulève une difficulté. L'auteur, dans le second prologue, a donné de la loi une notion plus étendue, qui doit être rapprochée de cette définition et servir à la compléter : d'après ce prologue, ce n'est pas le prince seul qui fait

[1] *Preterea super hoc quod nos consulere voluisti, utrum liceat judici delegato non ordinario sine literis commissoriis cogere contumacem (Decret. Greg. IX, 1, XXIX De officio et pot. jud. deleg., 5).*

la loi ; il lui faut encore le conseil et l'assentiment des grands et des
prud'hommes :

Quoniam ergo leges et instituta, que Normannorum principes, non sine magna pro-
visionis industria, prelatorum, comitum et baronum necnon et ceterorum virorum
prudentium consilio et consensu, ad salutem humani generis statuerunt...

Cette notion de la loi ou de l'ordonnance princière ou royale est
conforme à l'usage encore subsistant dans la première moitié du
xiiie siècle. Au milieu du xiiie siècle, au temps où écrit notre jurisconsulte, elle est déjà affaiblie ; le rôle des grands tend à s'effacer.
Concilierons-nous ces deux passages en disant que, dans le prologue,
le jurisconsulte parle en historien et nous apprend ce qui s'est pratiqué autrefois (*statuerunt*), tandis qu'au chapitre x il s'occupe de
l'usage établi de son temps? Il aurait, en ce dernier passage, volontairement négligé le rôle des grands, devenu bien moins régulier
et bien moins constant. Ce serait lui prêter gratuitement un effort
d'attention et de réflexion qu'il n'a probablement pas apporté à cette
question. Aussi bien la théorie maintenait, au xiiie siècle, le rôle
des grands dans la confection de la loi. Tel est le sens que nous attribuons à cette formule de la chancellerie royale : *de assensu prelatorum et baronum* [1]. Nous dirons tout simplement que notre auteur a
été plus laconique dans le chapitre x que dans le second prologue ;
l'ouvrage présente d'autres exemples de ces légères divergences de
forme.

L'auteur du Grand Coutumier normand n'est pas le seul qui ait
essayé de distinguer l'usage et la coutume. Ces essais de distinction ont
pour point de départ le besoin de trouver un sens différent à des
mots différents. A vrai dire, notre auteur n'arrive pas à résoudre la
difficulté. *Usus* et *consuetudo* ne font que s'embrouiller sous sa plume.
Jean Faber, dans la première moitié du xive siècle, dira beaucoup
plus heureusement : L'usage diffère de la coutume comme la cause
de l'effet : *Differt tanquam causa ab effectu ; quia consuetudo per usum fre-
quentem inducitur, et usus dicit* factum, *consuetudo* jus ; *sed quandoque usus
large sumitur secundum consuetudinem* [2]. Ligier, au xve siècle, dira de
même : « Usaige est ung fait du quiel est causée coustume par taisible

[1] Cf. Paul Viollet, *Droit public*, t. II, p. 193. — [2] Jean Faber, sur le Code de Justinien, VIII,
édit. Galiot du Pré, Paris, 1545, fol. cccxl v°- cccxli v°.

« consentement de peuple. Coustume et usaige different; car cous-
« tume est *droit*, mais usaige est *fait* [1]. »

Les appréciations de notre jurisconsulte sur le jugement (*judicium*) révèlent un esprit autoritaire et seraient fort bien placées dans
la bouche d'un homme exerçant, en effet, l'autorité. Nous doutons
fort qu'elles aient été unanimement acceptées. Le jugement sera
prononcé, s'il se peut, à l'unanimité des voix. S'il y a désaccord
entre les jugeurs (*judiciarii*), on s'en tiendra à l'opinion des plus nombreux et des plus sages : *quod a pluribus et discretioribus judicatum fuerit
observetur*. Ceci est une simple variante de la formule élastique *major
et sanior pars*, courante au moyen âge. Mais notre auteur ne s'en tient
pas à cette notion louche : la « majeure et plus saine partie ». Il entre
franchement dans le vif de la difficulté : si les plus gros personnages
d'entre les jugeurs (*majores*) et les plus sages (*discretiores*) — ces deux
qualités, naturellement, se confondent — forment la minorité, que
fera-t-on? On ajournera l'affaire à une autre session, ou on la renverra
à l'Échiquier : *Si vero discretiores vel majores pauciores fuerint, ad alias
assisias judicium prorogetur vel ad Scacarium, si necesse fuerit*. Cela revient
à dire, en bon français, que le président du tribunal (*justiciarius*) n'est
pas tenu de ratifier l'opinion de la majorité. Sans doute, il ne peut
pas faire simplement prévaloir la sienne; mais il est libre, si bon lui
semble, de renvoyer l'affaire à une autre session ou devant une autre
juridiction.

Sous la rubrique : *De banno et defensione* (chap. viii), notre auteur
relate quelques usages qui sont, à notre sens, d'un grand intérêt pour
l'histoire des origines de la propriété. Les terres sont, suivant la saison
et suivant les cultures, en défens ou communes. Les terres en défens toute l'année sont celles dont les cultures sont considérées comme
pouvant être facilement détériorées par le bétail. Les autres terres,
que le jurisconsulte appelle *vacue*, sont communes, sauf depuis la mi-
mars jusqu'à la Sainte-Croix de septembre, à moins pourtant qu'elles
ne soient closes ou qu'elles ne soient en défens de temps immémorial.
Tant que les terres sont communes, le bétail (sauf les chèvres et
autres animaux qui feraient du dégât) y peut paître librement, sans
gardien. Ainsi le droit de vaine pâture est le droit commun pour une

---

[1] Ligier, art. 1200, 1213, dans Beautemps-Beaupré, *Coutumes et institutions de l'Anjou et
du Maine*, 1re partie, t. II, p. 454, 456. Rapprocher Digeste, I, iii, § 32 (Julien).

vaste catégorie de terres. Cette vaine pâture n'existe cependant, la plupart du temps, qu'au profit d'un groupe déterminé d'habitants; c'est une observation que le jurisconsulte n'a pas pris la peine de formuler.

Nous arrivons aux chapitres consacrés au duc de Normandie et à ses droits (chap. xi à xxii *bis*). Nous avons déjà signalé comme caractéristique cette affectation singulière qui consiste à envisager, avec une sorte d'entêtement patriotique, un duc de Normandie qui n'existe plus et qui s'est fondu dans le roi de France; dès la première ligne du chapitre consacré au duc (chap. xi), l'auteur rappelle cette situation connue de tous : *quam sibi dignitatem retinet dominus rex Francie, cum ceteris honoribus ad quos provectus est, ipsum Domino promovente.*

Le duc n'a en Normandie que des vassaux liges. Le jurisconsulte considère même tous les habitants de la Normandie, quels qu'ils soient, comme vassaux liges du duc : *Liganciam autem sive legalitatem de omnibus hominibus suis tocius provincie debet habere dux Normannie* (chap. xii, § 1). Quant aux fonctions ou devoirs du duc et à ses droits, en voici un rapide exposé. Par l'intermédiaire de ses officiers (*justiciarii*), le duc doit faire régner la paix et le bon ordre dans toute la Normandie : ces agents ont mission d'arrêter et de mettre en prison tous les malfaiteurs, *donec suorum perceperint stipendia delictorum.* Les vieux principes de la procédure criminelle ne laissent pas d'apporter au résultat final, c'est-à-dire à la condamnation du coupable, quelque gène et quelque embarras. Nous verrons, en traitant de la procédure, comment en pratique on sortait de cette difficulté.

Les droits du duc sont ensuite passés en revue : *monetagium;* droits sur les poids et mesures; *veriscum,* droit de bris; droits sur les trésors; droits sur les choses sans maître et sur les biens des suicidés; confiscations diverses. La seconde distinction se termine par un chapitre sur l'ost (chap. xxii [bis], *De exercitu*).

Le *monetagium* n'est pas, en pratique, autre chose qu'une taille triennale. Cette taille ou fouage porte le nom de *monetagium,* parce qu'elle a été autrefois établie, écrit notre jurisconsulte, en compensation de l'abandon par le duc de son droit d'altérer la monnaie : *Monetagium est quoddam auxilium pecuniale in tercio anno duci Normannie per-*

solvendum, ne species monetarum in Normannia discurrencium in alias faciat permutari[1]. Coutume versifiée :

> Moniage est une aydie
> Payée au duc de Normendie
> De pecune a la tierce année,
> Que monnoye ne soit muée[2].

Cette assertion du jurisconsulte mérite créance à nos yeux. De bonne heure, en effet, et bien longtemps avant que les théoriciens aient formulé la doctrine de l'immutabilité de la monnaie, nous voyons les populations s'efforcer d'obtenir cette stabilité indispensable aux affaires. En 1111, les habitants de Spire obtiennent de l'empereur Henri V une promesse de ce genre[3]; en 1127, ceux de Saint-Omer arrachent la même promesse au comte de Flandre[4]; en 1137, ceux d'Étampes et d'Orléans l'arrachent au roi de France[5]. Les Orléanais obtinrent l'immutabilité de la monnaie tout juste aux mêmes conditions que les Normands : en effet, à la fin du xiie siècle, le roi cueillait en Orléanais une taille triennale *pro stabilitate monete*. Nous possédons pour ces divers pays l'acte même par lequel le roi ou le prince s'engage à ne pas altérer les monnaies. Cet acte ne nous est pas parvenu pour la Normandie; mais la similitude des situations rend tout à fait vraisemblable l'assertion du jurisconsulte, assertion formulée avant lui dans un document qu'il a eu évidemment sous les yeux[6].

Ces arrangements des princes avec leurs sujets supposent des réunions d'affaires assez analogues aux assemblées qui prirent plus tard le nom d'« États généraux » ou « États provinciaux. » M. Coville a dressé pour la Normandie une liste de ces assemblées qui remonte à l'année 927[7].

[1] *Summa de legibus Normannie*, édit. Tardif, chap. xiv (p. 40).

[2] Édit. Hoüard, chap. xix.

[3] Cf. Inama-Sternegg, *Deutsche Wirtschafts-geschichte*, p. 416.

[4] Giry, *Histoire de la ville de Saint-Omer*, 2ᵉ partie, p. 373, n° 3.

[5] *Ordonnances*, t. XI, p. 188-189. Cf. acte de 1168, dans Thaumas de La Thaumassière, *Assises de Jérusalem*, p. 464-465; acte de Philippe Auguste, 1187 (?), dans L. Delisle, *Catalogue des actes de Philippe Auguste*, p. 498-499, n° 201; acte de 1183, dans *Ord.*, t. XI, p. 227.

[6] *Scriptum de foagio* (souvent publié, notamment dans Brussel, *Usage des fiefs*, t. I, p. 212).

[7] Coville, *Les États de Normandie, leurs origines et leur développement au xiv siècle*, Paris, 1894, p. 247.

Nous n'insistons pas sur les droits du duc en fait de poids et mesures, ni sur son droit de bris. Un chapitre sur l'usure, dont nous avons déjà dit un mot, figure dans ce groupe à cause des droits du duc sur les *catalla* (biens meubles) des usuriers. Le domaine du duc et celui de l'évêque étaient ici limitrophes : quelques lignes de notre texte permettent d'entrevoir les difficultés et les conflits qui surgissaient souvent. Il en est de même des droits du duc sur les biens meubles des suicidés et des *desperati*, dont l'auteur s'occupe au chapitre xx : *De catallis autem eorum qui de se*[1] *sunt homicide et eorum qui excommunicati vel desperati moriuntur sciendum est quod princeps Normannic ea debet habere, nec Ecclesia in eis aliquid poterit reclamare, cum eorum nullum subsidium prestiterit animabus* (chap. xx, *De sese homicidis*, § 1).

Que sont ces *desperati*? Ce sont des déconfès d'une certaine catégorie, que notre jurisconsulte définit ainsi : *Desperati autem moriuntur qui, per novem dies vel amplius gravi egritudine et periculosa oppressi, communionem et confessionem sibi oblatam recusant ac differunt, et in hoc moriuntur; terris tamen propter hoc heredes sui non privantur.* Ainsi, le duc revendique les meubles de tous ceux qui, après une maladie de neuf jours, sont morts déconfès par leur faute. Le déconfès est souvent appelé *intestat*, parce que, d'ordinaire, il n'a pu, en mourant, laisser un legs pieux pour racheter ses fautes[2].

Cette définition du mot *desperati*, donnée par l'auteur lui-même, exclut l'interprétation du versificateur français, qui a fait de *desperati* un synonyme des mots *qui de se sunt homicide*, en sorte qu'au début du chapitre xx l'auteur aurait dit deux fois la même chose en des termes différents et, quelques lignes plus loin, se serait mis en contradiction avec lui-même en donnant des *desperati* une explication qui exclut l'idée de suicide. Voici le petit texte versifié que nous critiquons :

> De ceulx qui sont d'eulx homicide,
> Qui est un mechiez, ou qui de
> Desespoir se tuent, a teulx
> Le prince en a tous les cateulx;
> Ne l'Eglise n'en peut rien prendre
> Ne a leur ame ayde rendre.

[1] Le dernier éditeur a adopté la leçon *sese* au lieu de *de se :* cette leçon nous paraît fautive.

[2] Cf. Du Cange, *Glossarium*, v° *Intestatio;* Laurière, *Glossaire du droit françois*, t. I, 1704, p. 331, 440-441, aux mots *Desconfès* et *Exécuteurs testamentaires;* Paul Viollet, *Établissements de saint Louis*, t. I, p. 128-130; t. II, p. 150-152; t. IV, p. 42-52.

Le versificateur aurait dû s'apercevoir de sa méprise en traduisant, au paragraphe 2, l'explication donnée par le jurisconsulte : *Desperati autem moriuntur*, etc. Mais non, il a versifié cette explication, sans corriger son erreur :

> Ceux sont dis mors desesperés,
> Que neuf jours ou plus trouverés
> Pressés de griefve maladie.
> Confession et communie
> Que l'en leur offre ne recueurent,
> Mais different en ce et meurent.
> Les hoirs d'iceulx leurs terres tiennent,
> Et leur catel au prince viennent[1].

Le lecteur a pu remarquer que le jurisconsulte exclut avec soin l'Église de tout droit sur les biens meubles des *desperati* : *Nec Ecclesia in eis aliquid poterit reclamare, cum eorum nullum subsidium prestiterit animabus.* Cette insistance trahit des difficultés entre l'Église et le seigneur séculier. Les luttes étaient, en effet, sur ce terrain, à peu près journalières. Voici en quels termes, lors du concile de Vienne de 1311, le clergé de la province de Rouen exprimait son mécontentement et spécifiait ses revendications :

Provincia Rothomagensis dicit quod, licet, de laudabili et notoria consuetudine dicte provincie, bona omnium ab intestato decedentium, saltem in episcopatibus dicte provincie, ad dispositionem prelatorum pertineant, sintque in possessione diutina disponendi de ipsis, — que bona dicti prelati convertere tenentur in usus pios, — judices seculares impediunt ne iidem prelati disponant et in usus pios convertant bona personarum impuberum ab intestato decedentium, dictos prelatos super possessione juris disponendi de ipsis turbando et impediendo, et dictam consuetudinem piam et laudabilem et a tempore cujus [non][2] extat memoria observatam contra justitiam infrangendo [3].

Ainsi l'Église revendiquait en Normandie jusqu'aux biens des enfants décédés intestats : *impuberum ab intestato decedentium.* Prétention moins exorbitante peut-être qu'il ne semble à première vue, car ce

---

[1] Ancien Coutumier en vers, chap. XXV, édit. Hoüard, p. 66 (à la fin du *Dictionnaire de la coutume de Normandie*, t. IV). Cf. ms. fr. 14548, fol. 69 v°, 70 r°; ms. fr. 5330, fol. 10 v°.

[2] Ce mot indispensable aurait dû être suppléé ici par l'éditeur.

[3] Ehrle, *Ein Bruchstück der Acten des Concils von Vienne*, p. 38-39 (extrait de l'*Archiv für Literatur- und Kirchengeschichte*, t. IV).

texte lui-même ne nous induit-il pas à supposer que les parents avaient l'habitude de faire un legs pieux au nom de leur enfant? L'impubère intestat était, sans doute, celui dont les parents avaient négligé ce devoir religieux[1].

Les *desperati* forment, dans le système de l'auteur du Coutumier, une certaine catégorie de déconfès, à savoir ceux qui, ayant été malades neuf jours ou plus, ont différé la confession qu'on leur offrait et sont ainsi morts sans absolution. Il ne parle pas de tant d'autres déconfès, qui sont enlevés ainsi sans avoir été malades neuf jours. Nous conjecturons que ce silence équivaut à une reconnaissance implicite des droits de l'Église sur cette nombreuse catégorie de déconfès[2].

Une jurisprudence plus ancienne, attestée par enquête en 1205, était moins favorable à l'Église. Elle attribuait au roi ou au seigneur les biens meubles de quiconque était mort intestat après trois jours de maladie ou plus de trois jours : *Dixerunt de illo qui moritur intestatus, cum jacuerit in lecto suo per tres dies aut per quatuor, omnia mobilia sua regis erunt vel baronis cujus est terra, et sic de illo qui se interficit propria voluntate*[3].

Ni notre jurisconsulte, ni les témoins plus anciens que nous venons de citer n'ont parlé des enfants. C'est sur les biens des enfants intestats (*impuberum ab intestato decedentium*) que portaient, comme l'atteste la requête du clergé normand, les contestations entre l'Église et le pouvoir civil en Normandie, au commencement du xive siècle. Mais d'autres difficultés s'étaient souvent présentées : l'écart entre l'enquête de 1205 et notre Coutume suffirait à le prouver.

La précision du texte de la Coutume couvre une situation ambiguë et dissimule un conflit séculaire entre le pouvoir civil et l'Église. Nos textes coutumiers donnent lieu très fréquemment à des observations de ce genre. Sans insister sur ces différends toujours renaissants, nous signalerons la présence à Rouen, à la fin du xive siècle, d'un délé-

[1] Il y a divers exemples de ces testaments faits pour autrui : Laurière a cité un testament de ce genre de l'an 1261 (Laurière, *Glossaire du droit français*, t. I, p. 441, s. v. *Exécuteurs testamentaires*).

[2] Les mots « déconfès » et « intestat » sont à peu près synonymes dans toute une catégorie de textes du moyen âge. « Il faut dire, ce semble, « écrit Laurière, que tout *intestat* étoit *déconfès* « et que tout *déconfès* n'étoit pas *intestat*, parce « qu'il pouvoit arriver qu'un homme qui avoit « eu la précaution de faire son testament n'eût « pas voulu recevoir ses sacremens » (note de Laurière sur *Établissements de saint Louis*, I, 93, dans Paul Viollet, *Les Établissements de saint Louis*, t. IV, p. 50).

[3] Warnkœnig et Stein, *Franz. Staat- und Rechtsgeschichte*, t. II, *Urkundenbuch*, p. 47.

gué de l'évêque, qui portait le titre de « maître des intestats », et qui s'occupait, non seulement de recueillir les biens dévolus à l'Église par suite de morts sans testament, mais aussi de ramasser divers profits à l'occasion des successions testamentaires : le pouvoir civil avait souvent maille à partir avec ce « maître des intestats »[1]. Le droit de l'Église sur les biens des intestats se maintint donc en Normandie beaucoup plus longtemps que dans certaines provinces voisines. Dès le commencement du XIIIe siècle, un concile de Paris avait opposé à cet égard une barrière aux prétentions de certains ecclésiastiques[2]. Et, vers la fin du même siècle, Beaumanoir se vantait d'être, dans le comté de Clermont, en mesure d'écarter l'Église : « Et si ai je veu que de ceus qui moroient « sans testament, que l'evesques en voloit avoir les muebles ; mes il ne « les en porta pas par nostre coustume ; ains en ai delivrée la saisine « as oirs du mort, ou tans de nostre ballie, par pluseurs fois a la seüe « de la cort l'evesque[3]. »

La coutume, la loi elle-même, ont, au moyen âge, quelque chose d'indécis et de flottant ; c'est un trait que l'historien du droit ne doit jamais perdre de vue. Non seulement les luttes sans cesse renouvelées entre les deux pouvoirs enlèvent à certaines décisions du pouvoir civil ce caractère absolu et ferme auquel nous a accoutumés la notion moderne de la loi, mais les circonstances particulières des causes, les dispositions personnelles des juges, peuvent, à chaque instant, corriger, modifier, adoucir la coutume, ou la faire, au contraire, plus rigoureuse et plus dure. L'histoire du chapitre XX, *De sese homicidis,* vient à l'appui de cette observation. A une date où le Grand Coutumier a revêtu incontestablement dans toute la Normandie un caractère officiel, en 1397, nous voyons l'Échiquier de Rouen rejeter dans une affaire déterminée la décision de ce Coutumier, en faveur de la veuve et des enfants d'un suicidé. Aux termes du Coutumier, tous les biens meubles des suicidés ou des *desperati* sont forfaits au roi ; or,

---

[1] Bibl. nat., fr. 5333, fol. 78 r° (compilation de Pierre le Petit, xve siècle).

[2] Telle est, du moins, l'interprétation que nous donnons à ce canon conciliaire : *Preterea a viris ecclesiasticis monstrum avaricie extirpare volentes, authoritate legationis nostre in virtute Spiritus Sancti prohibemus ne, pro annalibus vel triennalibus vel septennalibus missarum faciendis, laici vel alii dare aliquid vel legare coyantur in testamento* (concile de Paris de 1212, part. I, can. 11, dans Mansi, *Sacr. conc. collect.,* t. XXII, col. 822).

[3] Beaumanoir, *Coutume de Beauvoisis,* chap. xv, § 10, édition Beugnot, t. I, p. 249 ; édition Salmon, t. I, p. 249, n° 518.

en 1397, un certain Guillaume des Hayes s'étant rendu homicide de
soi-même, le procureur du roi s'autorisa du texte du Coutumier et
réclama pour le roi tous les biens meubles du suicidé. L'Échiquier
n'admit pas cette prétention : il rendit une sentence contraire au
texte du Coutumier et n'alloua au roi que le tiers des meubles, réservant les deux tiers à la veuve et aux enfants du suicidé : « En l'Eschi-
« quier de Pasques a Rouen, l'an mil IIIe IIII^{xx} XVII, jugement fu, sur
« la deguerpie Guillaume des Hayes et les enfans d'icellui Guillaume,
« contre le procureur eu bailliage de Rouen, que ladite femme et
« enfans avroient les deux pars des meubles dudit des Hayes, qui par
« desespoir s'estoit pendu, non obstant que ledit procureur dist et
« soustenist que, par raison dudit homicide, tous les meubles dudit des
« Hayes deussent estre forfais et acquis au roy. » La même année, dans
une autre affaire, l'Échiquier alla plus loin encore : il n'accorda pas au
roi la moindre part sur les biens meubles d'un suicidé. Il est vrai
que ce suicidé est une femme mariée; la cour, pour sauver la situation, semble admettre que tous les meubles de la communauté appartiennent au mari : « Eudit Eschiquier jugé fu que la femme Robert
« Benart, de la paroisse de Houllebec près le Bourg Theroude, qui s'est
« pendue, ne forfaise aucun des biens meubles de son mari, et que
« pour ce le roy ne pourroit reclamer aucun droit en iceulx biens;
« mais furent delivrés audit mary tout generallement[1]. » On le voit,
les juges, au moyen âge, se meuvent avec une liberté dont les modernes n'ont vraiment aucune idée.

Cette jurisprudence de l'Echiquier, qui fait trois parts des biens du
suicidé : une part pour les enfants, une part pour la veuve et une
part pour le roi, s'est substituée peu à peu au texte du Coutumier.
Elle inspire le glossateur du XVe siècle : « Et, se l'on faisoit question :
« savoir se les omicides d'eulx mesmes forfont tous leurs meubles et se
« leurs femmes et enfans y auroyent leur part, l'on peut respondre
« qu'ilz ne forfont que leur part, et auroyent leurs femmes et enfans
« leur part en iceulx meubles. » Voici sur quel raisonnement juridique
on fondait cette décision : « Et ce peut assez apparoir par ce que dit

---

[1] Bibl. nat., fr. 5330, fol. 56 v°. Sous la
date de 1388, au lieu de 1397, Terrien s'occupe
d'une affaire de suicide, sans donner aucun
nom : l'espèce, telle qu'il la résume, ne paraît
autre que celle précisément de Guillaume des
Hayes (Terrien, *Commentaires du droit civil de
Normandie*, liv. XII, chap. XIII, Rouen, 1654,
p. 481).

« est eu precedent chapitre ; car le mari ne peut en sa derraine volenté
« priver par voie quelconque sa femme ne ses enfans estans en son
« pouoir paternel qu'ilz n'ayent leur part en ses meubles, et la perpe-
« tracion du delit d'occire soy mesmes est faute en la derraine volenté
« du mari ; et aussi le refus de confession est fait au lit de la mort,
« qui est et peut estre dit sa derraine volenté[1]. » Un jurisconsulte normand du xv⁰ siècle qui se rallie à cette doctrine ajoute : « Mais s'il
« estoit dampné par jugement, il forffait tout, car la forfaitture prent
« pié des lors du delit, lequel delit n'est pas sa derraine volenté[2]. »

Le jurisconsulte normand, parlant des suicidés, sentait bien lui-
même que ses principes n'étaient pas très solides. La règle que nous
posons, écrit-il, pourra être renversée par quelque usage contraire :
*Hoc sane tamen attendendum est quod, si quis hujusmodi catalla ex antiqua
consuetudine per prescriptionem vel per instrumenta habere consueverit, eorum
perceptione non debet indebite spoliari* [3]. La position spéciale des clercs
était ici la grosse difficulté. Le glossateur du xv⁰ siècle expose les sentiments contraires qui se partageaient l'opinion : « Et en ce cas dient
« aucuns que, se ung prestre tuoit soy mesmes, ses biens meubles
« seroyent forfaitz ; car il ne doit point jouyr du privilliege de l'Es-
« glise, puis que l'Esglise ne fait pour luy aucune priere, mais est du
« tout mis hors de l'Esglise. Et les autres dient le contraire, et que ung
« clerc ou prestre ne forfont rien[4]. » Ni la Coutume ni la glose ne
laissent entendre que les biens d'un clerc suicidé appartiendraient à
l'évêque plutôt qu'au roi ; nous pouvons cependant citer une décision
favorable à l'évêque ; elle fut prise par l'Échiquier de Normandie
en 1258 : affaire notable, car ce clerc homicide de soi-même était
marié (et même « bigame »)[5], et par suite bien plus rapproché du
monde laïque que le commun des clercs.

Toutes ces questions, comme le laisse entendre notre auteur, res-

---

[1] Grande glose, sur le chapitre xxi, *De omicide de soy mesmes* (Tardif, chap. xx, *De sese homicidis*). — La jurisprudence et la doctrine avaient, comme on le voit, largement préparé l'abrogation du chapitre du Grand Coutumier que nous étudions ici, lorsque fut promulguée la nouvelle Coutume (1583) : elle ne conserva pas ces dispositions surannées.

[2] Bibl. nat., fr. 5333, fol. 126 v⁰.

[3] Chap. xx, *De sese homicidis*, § 1, édit. Tardif, p. 56.

[4] Grande glose sur le chapitre xxi, *De omicide de soy mesmes* (Tardif, chap. xx, *De sese homicidis*).

[5] L. Delisle, *Recueil des jugements de l'Échiquier*, n⁰ 806 : *conjugati, etiam bigami.* Le mot *bigame* n'a pas le sens moderne : il désigne tout simplement un clerc remarié ou marié à une femme non vierge.

taient flottantes. Non seulement on discutait sur le droit successoral aux meubles en cas de suicide ou de mort d'un *desperatus*, mais la question n'était pas uniformément résolue au cas de mort d'un intestat non *desperatus*. Sans doute, quelques textes admettent qu'en pareil cas tous les meubles appartiennent à l'Église[1], mais d'autres documents lui sont moins favorables; ils font trois parts des biens meubles du décédé : la part de la veuve, celle des enfants, celle du mort; la part du mort, c'est celle qui est dévolue aux pauvres et à l'Église[2].

Avant de quitter la seconde distinction, nous ferons observer que les titres de certains chapitres de cette distinction peuvent donner le change, parce que ces titres paraissent à première vue indiquer des matières purement juridiques, étrangères aux droits ducaux. Exemples : chap. xxi, *De vadiis et emptionibus;* chap. xix, *De usuris.* Mais, en examinant le texte même de ces chapitres, on s'aperçoit qu'ils sont à leur vraie place, et que l'auteur y a traité de l'usure en vue des droits du duc sur les biens des usuriers, des ventes et des gages en vue des droits dévolus au duc au cas de fraude ou mauvaise foi de la part du créancier gagiste ou de l'acheteur.

Dans la troisième distinction (chap. xxiii à xxxv), l'auteur s'occupe des successions et des gardes, des tenures, de l'hommage.

Le texte versifié résume en ces termes la matière de cette distinction :

> En la tierce, de tenement
> Et des convenances ensement.

[1] Un texte de l'année 1493 implique, en effet, le droit de l'évêque d'Évreux sur les biens meubles des intestats en général (à moins, sans doute, qu'ils ne soient restés neuf jours malades et n'aient différé la confession) : « Pour ce que dudit testament n'avoit aucuns « tesmoigns, jour ne date escrips, le suppliant « doubtoit que l'evesque d'Évreux, en quel « eveschié ledit testateur estoit demourant, « voulsist dire ledit testament estre nul et, par « ce, que tous les biens meubles d'icellui deffunct « lui appartenissent, par l'usage et coustume du « païs, comme mort intestat. » (Du Cange, *Glossarium,* v° *Intestatio.*)

[2] Cf. Brunner, *Der Todtentheil in germanischen Rechten,* dans *Zeitschrift der Savigny-Stiftung,* t. XIX, *Germ. Abth.,* p. 110-138.

Une décision de l'archevêque de Rouen du 4 janvier 1239 (n. st.) fixe ainsi qu'il suit les droits des parties prenantes au titre clérical, sur les biens des intestats en une partie du territoire de l'abbaye de Saint-Michel du Tréport : *Si vero quis intestatus decesserit, tertia pars partis sue pauperibus erogetur, et due partes presbitero et ecclesie sue, et monachis et ecclesie sue, communiter et equaliter dividantur* (Lafleur de Kermaingant, *Cartulaire de l'abbaye de Saint-Michel du Tréport,* p. 194, n° 173). Les mots *partis sue* nous paraissent désigner la part du mort, soit le tiers : et ce tiers est ici divisé lui-même en trois parties.

Cette formule est un peu éloignée du latin : *In tercia de teneuris et successionibus et pertinenciis ad easdem;* nous y remarquons le mot « con- « venances », qu'on pourrait traduire en français moderne par « obliga « tions » : il se justifie, si on se rappelle que l'hommage est l'obligation par excellence de la période féodale.

Des sujets d'une grande importance juridique sont passés en revue dans cette troisième distinction. Nous relèverons rapidement les traits les plus saillants.

L'auteur, en traitant des successions, se montre partisan énergique du système de la représentation en faveur du fils de l'aîné prédécédé et soutient que la représentation, autrefois admise en ce cas, a été écartée assez récemment par une jurisprudence à la fois inique et novatrice : *Et sic Normannie consuetudinem in hoc casu perverterunt* [1]. L'assertion de notre jurisconsulte veut être commentée. Elle a, comme on le verra, sa part de vérité. Sans doute, autant que nous en pouvons juger, le très ancien droit normand n'admettait pas la représentation au profit du fils de l'aîné prédécédé : telle est, du moins, la doctrine du Très ancien Coutumier normand [2]; mais un courant plus favorable à la représentation se dessina d'assez bonne heure : la représentation au profit du fils de l'aîné dans les successions en ligne directe fut admise par l'Échiquier en 1224 [3]. Dans la langue des jurisconsultes du XIIIᵉ siècle, le mot « coutume » ou *consuetudo* vise d'ordinaire, non un texte écrit, mais bien le droit, la coutume, laquelle existe par elle-même en dehors de toute rédaction. Par conséquent, le fait que le Très ancien Coutumier, œuvre écrite et privée, est en contradiction avec notre auteur ne contrarie pas directement son assertion : la *consuetudo* visée par lui n'est pas le Très ancien Coutumier; c'est, plus vaguement, l'usage ancien : l'arrêt de 1224 est un témoin suffisant de cette coutume relativement ancienne, de ce courant d'idées qui, au temps de notre auteur, avait rencontré de puissants adversaires.

L'auteur du Grand Coutumier, si favorable au principe de la représentation [4], contribua certainement, pour une grande part, au

[1] Chap. XXIII, *De successione*, § 3, édit. Tardif, p. 74.

[2] *Très ancien Contumier*, chap. XXXII, p. 28.

[3] L. Delisle, *Recueil des jugements de l'Échiquier de Normandie au XIIIᵉ siècle*, n° 361.

[4] Pour la représentation en ligne collatérale, voir chap. XXIV, *De portionibus*, § 3 *in fine*, p. 80.

développement de ce système, qui, dans le dernier état du droit normand [1], conquit une place considérable.

Deux traits primitifs, auxquels nous n'avons pas encore fait allusion, se dessinent dans le droit normand et même y ont laissé, jusqu'à la fin de l'ancien régime, une marque indélébile. Nous faisons allusion à la faiblesse des droits successoraux de la femme et à l'égalité parfaite et nécessaire entre certains cohéritiers.

Faiblesse des droits successoraux de la femme. — Les frères excluent les sœurs de la succession féodale du père. Celles-ci n'ont droit qu'à une dot convenable, « mariage avenant »; la valeur de ce « mariage » ne peut en aucun cas dépasser, pour toutes les filles réunies, le tiers de la fortune du père. Les filles n'arrivent à la succession des biens féodaux que si le père ne laisse pas d'enfants mâles. Cette exclusion des femmes ne s'étend pas à toutes les tenures; les tenures en bourgage, dont le régime général se rapproche beaucoup de l'état de choses moderne, se partagent également entre frères et sœurs [2].

Égalité parfaite et nécessaire entre certains cohéritiers. — Lorsqu'une succession se doit partager également, le propriétaire de cette fortune ne peut modifier en rien, par testament ou donation, l'ordre successoral établi par la coutume : il ne peut avantager un de ses héritiers, mais il peut faire un don à tout parent qui n'est pas appelé à la succession *ab intestat* [3].

C'est là un des aspects du droit coutumier où se révèle le mieux l'hostilité de nos aïeux pour le testament, le legs pieux mis à part.

Notre auteur, en se résumant lui-même, a compris sous le mot « tenures » tout ce qu'il dit des fiefs et de l'hommage, ainsi que des tenures en bourgage.

Nous relèverons, dans ces chapitres, quelques données très impor-

[1] Coutume de Normandie de 1583, art. 238, 304 à 308; *Placitez*, art. 42 (*Coutumes de Normandie*, Rouen, 1742, p. 50, 65, 66, 173). Les allusions à la jurisprudence hostile au droit de représentation disparaissent tout simplement dans le texte du Grand Coutumier que cite Terrien (*Comment. du droit civil de Normandie*, liv VI, chap. III, Rouen, 1654, p. 195).

[2] *Summa de legibus*, chap. XXIV, § 14 à 19.

[3] *Ibid.*, chap. XXIV, § 22. Pour le droit des derniers siècles, voir Coutume de Normandie de 1583, art. 431, 433, 434. Pour la jurisprudence antérieure à la rédaction du Grand Coutumier, voir le résumé d'une sentence de l'assise de Caen de 1234 dans Léchaudé d'Anisy, *Magni rotuli Scacc. Norm.*, p. 145, 1ʳᵉ colonne. Le Grand Coutumier emploie les mots *dare vel conferre*; le résumé de 1234, plus précis : *aliquid dare vel vendere*.

tantes qui n'ont pas toutes attiré suffisamment l'attention des historiens.

Nous avons eu déjà l'occasion de faire remarquer que le mot « fief » n'est point, dans le Grand Coutumier, spécial à la terre tenue noblement. Par suite, certains passages pourraient, s'ils n'étaient expliqués, donner le change, ce qui est vrai du fief noble n'étant pas toujours vrai du fief roturier. Un de ces passages a été commenté soit par l'auteur lui-même, soit par un de ses continuateurs, et ce commentaire est fort important, car un trait souvent oublié par les modernes s'en dégage clairement : à savoir que la propriété roturière est, aux mains du tenancier, beaucoup plus solide que la propriété noble. Résumons ce curieux passage. Au chapitre XXIII, *De successione*, l'auteur du Grand Coutumier a écrit que certaines condamnations infligées aux tenanciers entraînent la confiscation au profit du seigneur : *Cum enim aliquis condemnetur, anno elapso, ad dominum redit feodum a quo tenetur.* L'auteur lui-même, ou un continuateur[1], a compris la nécessité de mettre formellement à part le fief roturier, et il a expliqué très nettement que cette loi de la confiscation s'appliquait seulement au fief noble, qu'il appelle *feodum liberum* :

.... dum tamen in feodo habeat libertatem. Liberum autem dicimus feodum quod serviciorum inhonestorum obtinet libertatem, ut de prati servicio et de curatione bevii molendinorum vel compostorum[2] extramittendorum, vel hujusmodi serviciorum, que nullam retinent libertatem, que nec homagium, nec curiam, nec aliam libertatem, de jure antiquo Normannie, possunt retinere[3].

Voici encore sur l'hommage un renseignement, important à nos yeux. La plupart des historiens du droit[4] enseignent que l'hommage personnel, sans aucune concession de terre, n'existait plus au XIIIe siècle. Notre jurisconsulte nous fournit sur l'hommage purement personnel des données précises qui ne permettent pas de s'arrêter à cette opinion. Il connaît, en regard de l'hommage corrélatif à une concession de fief terrien (*homagium de feodo*), deux sortes d'hom-

[1] M. Tardif fait remarquer que ce passage manque dans les trois premières familles des manuscrits du Grand Coutumier latin et dans tous les textes français. Mais le passage omis finissant par le mot *retinere* et le dernier mot qui précède cette lacune étant *tenetur*, on peut songer à un bourdon.

[2] *Compostus*, « engrais »; cf. Du Cange, à ce mot.

[3] Chap. XXIII, *De successione*, § 4, 4 *bis*, p. 74, 75.

[4] Thèse contraire dans Paul Viollet, *Histoire du droit civil français*, 2e édit., p. 640.

mages personnels : l'un se rattache, croyons-nous, à l'ancien engagement d'homme à homme, d'origine barbare, engagement dont
d'autres textes nous révèlent d'ailleurs encore l'existence au xive et au
xve siècle; l'autre est un hommage d'une nature toute particulière,
hommage qui clôt les poursuites au criminel terminées par la récon-
ciliation des parties. Ce second hommage personnel nous est assez mal
connu. Notre auteur appelle le premier de ces deux hommages *homagium de fide et servicio;* il en prévoit surtout l'emploi au cas où
celui qui rend l'hommage se constitue par là le champion attitré de
son seigneur pour les duels judiciaires : *De fide et servicio fit homagium
quando quis aliquem recipit in hominem ad fidem sibi conservandam et ad
servicium proprii corporis exhibendum ad pugnandum pro ipso, si necesse
fuerit, vel hujusmodi aliud servicium faciendum. Et si propter hoc ei redditum assignaverit, ad heredes ipsius non descendet, nisi expressum fuerit
condicione facta inter ipsos*[1]. Ainsi la condition ordinaire de cet hommage n'est pas la concession d'une terre, mais celle d'une rente (*redditus*)[2]. Le jurisconsulte paraît admettre implicitement que l'hommage a pu quelquefois se conclure sans aucune rétribution financière
(*si propter hoc ei redditum assignaverit*). Cette espèce est directement
visée par le premier Durant de Mende, au xiiie siècle : *Item autem,
etiam si, nullo sibi a me dato, se constituat hominem meum ligium; porro
in dubio, cum non exprimitur causa vel non liquet quare fecit homagium,
presumitur ideo fecisse ut ipsum defendam*[3].

Boutillier, dans la *Somme rural*, a fait quelques emprunts au
Grand Coutumier normand; il a notamment utilisé l'exposé de notre
auteur sur les trois sortes d'hommages : *de feodo, de fide et servicio, de
pace conservanda.* Mais il a complètement dénaturé ce que le jurisconsulte normand avait dit de l'hommage *de fide et servicio;* il tend à
assimiler l'hommage *de feodo* et l'hommage *de fide et servicio,* supposant que ce second hommage implique la remise d'une terre au
vassal, ce qui est précisément l'inverse de la vérité. Voici le texte de
Boutillier : « Or est a sçavoir que trois manieres sont de hommaiges.

---

[1] *Summa de legibus,* ch. xxvii, *De homagio,*
§ 4.

[2] Exemple de la fin du xiie siècle : *Rex, etc.
Garino de Glapione, senescallo Normannie, etc.
Mandamus vobis quòd ad terminos Scaccarii nostri
liberetis fideli militi nostro Herveo de · Preez,
lx lib. andegav. per annum; unde homo noster
est* (*Rotuli Norm.,* édit. Duffus Hardy, p. 32).
Cf. *Hist. littér.,* t. XXXII, p. 331.

[3] Durant, *Speculum juris,* lib. IV, part. iii,
De feudis, § 15, t. III, Augustæ Taurinorum,
1578, fol. 133 v°.

« Li premiers si est appellez hommaigez de fief; li secondz est appellé
« hommaige de service; et li tierch est appellez hommaige de pais. Dont
« il s'ensuit que li premiers, qui est appellez hommaige de fief, si est
« cilz qui dessus declaré est. Li secondz si est si comme ils sont
« hommez qui sont tenuz de service faire au seigneur et en *tiennent*
« *possessions* et en ont fait foy[1], etc. » Le contexte du Grand Coutumier a pu donner lieu à ce contresens de Boutillier : le jurisconsulte
y emploie avec quelque irréflexion le mot latin *feodum* dans un sens
qui n'est nullement étranger à la langue du moyen âge : celui de
droit à une rente ou à une pension annuelle. Après avoir appelé une
première fois *redditus* la rente de ce vassal, prolongeant ses explications, il finit par appeler *feodum* le droit à cette rente [2]. Notre auteur
aurait dû éviter ici l'emploi de *feodum* en ce sens, puisque précisément dans ce passage il veut donner une idée d'un certain hommage
qu'on oppose à l'hommage *de feodo*. Cet emploi légitime, mais évidemment malencontreux, du mot *feodum* a dû contribuer à la déformation du texte dans Boutillier, déformation qui constitue un véritable contresens.

Le second hommage personnel est qualifié par l'auteur : *homagium
de pace servanda :*

Fit autem homagium quandoque de pace servanda, quod homagium de paga
nominatur, eo quod fit in pagam concordie inter aliquos reformate, ut quando
aliquis sequitur alium de aliqua actione criminali et pax inter ipsos reformatur, ita
quod secutus facit homagium alteri de pace illa conservanda; hujusmodi homagium
recipitur in pagam concordie reformate.

Du Cange a réuni sur cet *homagium de pace servanda* un certain
nombre de textes intéressants[3]; il serait souhaitable que ces textes
fussent vérifiés et utilisés dans une monographie de cet usage curieux
et encore mal connu.

En regard de cet hommage, qui, à tout prendre, ressemble à une
formalité de procédure, il convient de placer un principe remarquable,

---

[1] *Somme rural*, 1re partie, tit. LXXXII; édit.
d'Abbeville, 1486, fol. cxxvii v°; édit. de Lyon,
1621, p. 819. Ms. fr. 21010, chap. cxcv,
fol. cxl v°. Ms. fr. nouv. acq. 6861, fol. 226 v°.
Le mot « fait » manque dans les éditions que
nous avons pu consulter.

[2] *Sciendum tamen est quod toto vite sue tempore illud feodam possidebit quod collatum est a
domino pro quo duellum subiens in campo succu-
buit* (chap. xxvii, *De homagio*, § 4).

[3] Du Cange, *Glossaire*, s. v° *Hominium pro
emenda*.

mis en relief par notre auteur dans la partie du livre consacrée à la procédure : un vassal ne peut intenter une action criminelle contre son seigneur, ni un seigneur contre son vassal, si, au préalable, le lien qui unissait les deux parties n'a été rompu par le désaveu de la foi et hommage. Supposez qu'un procès de ce genre ait été engagé : le vassal, s'il succombe, perdra son fief, et ce fief deviendra la propriété du seigneur; le seigneur perdra, s'il succombe, tout droit de suzeraineté : la suzeraineté sera dévolue au seigneur médiat[1].

Nous venons de prononcer ces mots « foi » et « hommage ». Nous ne voulons pas quitter la matière de l'hommage sans faire observer que notre auteur distingue très nettement (en traitant du parage) la foi et l'hommage. Du premier au cinquième degré, les puînés et leurs descendants qui tiennent en parage ne doivent ni foi ni hommage à l'aîné et à ses descendants; au sixième degré, ils doivent la foi; au septième degré, ils doivent la foi et l'hommage[2].

En regard du fief noble ou roturier, en regard des tenures féodales de tout ordre et de toute nature, figurent les propriétés libres, qu'on peut diviser en deux groupes : à un rang supérieur, les alleux nobles, dont notre auteur ne s'occupe pas, et les franches aumônes, que nous appellerions volontiers des alleux ecclésiastiques; à un rang inférieur, les tenures en bourgage.

Le jurisconsulte a formulé, au sujet de la franche aumône, un principe qu'il paraît, à première vue, bien superflu d'énoncer, mais dont on sentira l'utilité en se reportant à certaines chartes du xᵉ et du xiᵉ siècle : *Nullus autem elemosinare potest ex aliqua terra, nisi hoc solum quod suum est in eadem. Unde notandum est quod nec dux, nec barones, nec eciam aliquis, si homines sui aliquid de terris quas tenent de eis elemosinaverint, propter hoc debent sustinere aliquod detrimentum, et nihilominus domini eorum in terris illis elemosinatis justicias suas exercebunt vel jura sua levabunt*[3]. Ces règles de bon sens sont celles de l'Échiquier : « Ordonné fut que les hommes des eglisez qui se disoient estre francz

---

[1] *Summa de legibus*, chap. lxxxiii, *De dominis et hominibus suis*, § 1, 2, p. 197-198.

[2] Chap. xxviii, *De tenenra per paragium*, § 1; chap. xxxiv, *De primogenito*, § 5. Nous complétons dans le texte la pensée de l'auteur : il ne répète pas, parlant du septième degré, le mot *fidelitas*; il dit seulement *homagium : Postnati eciam ipsis vel eorum successoribus, cum ad sextum consanguinitatis gradum perventum fuerit, fidelitatem facere tenebuntur. In septimo autem gradu homagium facient...* (Chap. xxxiv, § 5, édit. Tardif, p. 113, 114.)

[3] Chap. xxx, *De tenenra per elemosinam*, § 2, p. 99, 100.

« et exemps de toutes justices seculierez, ausquelles eglises les osmones
« par seigneurs barons justiciers ou moyens avoient esté données,
« n'auront doresnavant fors telles franchises comme pouoient avoir
« ceulx qui leur donnerent, et ne peuent jouir d'autres franchises[1]. »

La tenure « en bourgage » de la Normandie, sur laquelle notre
auteur fournit de précieux renseignements, nous paraît toute voisine
de ce qu'on appelle ailleurs l'« alleu roturier ». Aussi bien, le jurisconsulte, voulant définir la tenure en bourgage, rencontre sous sa plume
précisément le mot *alodium : Per burgagium... tenentur alodia et
masure in burgis constitute burgorum consuetudines retinentes*[2]. D'autre
part, le mot « fief » est si souple, si élastique, dans la bouche des Normands, que le traducteur français a rendu ce mot *alodia* par fiefs : « Par
« bourgage sont tenus les fiefz comme sont les masures qui sont es
« bours et gardent les coustumes de bours. » « Fiefs », dans ce passage, n'a pas d'autre sens qu'immeubles[3]; et il se trouve que ces immeubles sont des alleux.

En effet, au XVe siècle, un jurisconsulte normand traitant des
bourgages n'hésite pas à dire que les bourgages sont tenus en franc
alleu : « *Nota* que tous les habitans de Normendie, si comme l'on
« dit, sont en pocession et saisine et ont droit ancien, comme ilz dient,
« que tous leurs heritages labourables, assis en bourgaige, c'est assa-
« voir à une lieue environ la ville, laquelle distance est nommée en
« France banclieue, sont tenus en franc alleu, ne ilz n'en doivent ne
« vest ne desvest, saisine ne dessaisine, fons de terre ne autre redevance
« quelconque. Et touteffois, jasoit ce que, comme dit est, heritage
« labourable de bourgaige ne doivent cens, chascune maison doit au
« roy XII d. de cens... [4]. » Au XVIe siècle, Terrien, cherchant à définir le bourgage, songe, comme notre jurisconsulte dont il s'inspire,
à l'alleu : « Et sont les heritages assis en bourgage appelez *allodia*,
« qu'on dit en françois tenus en franc alleud, qui signifie biens et

[1] Compilation de Pierre le Petit (XVe siècle),
dans ms. fr. 5333, fol. 235 v°, avec la date de
la Saint-Michel 1207. Cet arrêt pourrait bien
être identique à celui de la Saint-Michel 1282
dans Léchaudé d'Anisy, *Magni rotuli Scaccarii
Norm.*, p. 153.

[2] Chap. XXVI, *De tenuris*, § 5, édit. Tardif,
p. 92.

[3] Les Normands se sont peu à peu embar-
rassés dans le dédale des sens divers du mot
fief : au XVIIIe siècle, ils appelaient l'orthographe au secours de la nomenclature juridique
et distinguaient (tout à fait arbitrairement) les
termes *fief* et *fieffe* (Hoüard, *Dictionnaire de la
coutume de Normandie*, t. II, p. 319 et suiv.,
345 et suiv.).

[4] Compilation de Pierre le Petit (XVe siècle),
dans ms. fr. 5333, fol. 235 v°.

« heritages qui ne sont tenus en fiefs d'aucun seigneur, et sont libres
« et francs de toute sujetion, comme le propre bien et vray patri-
« moine de celuy qui les possede, lesquels il peut vendre et hypo-
« thequer sans le consentement d'aucun, ne recognoissant à cause
« d'iceux aucun seigneur, sinon le roy quant à la jurisdiction et sou-
« veraineté, *quia principis sunt omnia quoad jurisdictionem et protectionem.*
« Et, à proprement parler, ceux qui sont tenans et jouyssans de tels
« biens suffisans pour en vivre et entretenir leur estat, sont appelez
« bourgeois[1]. »

Le bourgage cependant ne jouit pas toujours de cette franchise
complète que suppose Terrien. Il y a même, écrit l'auteur du Grand
Coutumier, des tenures en bourgage accompagnées d'hommage; c'est
là une difficulté dont le jurisconsulte se tire comme il peut, en expliquant que l'hommage peut être considéré, en pareil cas, comme
quelque chose d'accidentel, et n'est pas de la nature du bourgage : *De
burgagio autem multa tenentur per homagium, sed hoc non est de institutione
burgorum, sed ex pacto inter possessores eorum interveniente*[2]. Le bien tenu
en bourgage se rapproche beaucoup de la propriété moderne. Il peut
être aliéné sans le congé du seigneur. Acquis pendant la durée du
mariage, il est régi comme l'est chez nous un acquêt de communauté[3]. A la mort du tenancier, il se partage également entre frères
et sœurs, lesquels ne doivent aucun droit de relief[4]; mais il est souvent
soumis à certains droits exclusifs de l'alleu au sens technique et rigoureux de ce mot : on peut lire, à ce sujet, l'article 138 de la Coutume
de 1583. Si, en Normandie, la tenure en bourgage est appelée
quelquefois « alleu », dans d'autres provinces on ne lui accorderait
pas cette qualification : ainsi on ne consentirait pas à appeler « alleux »
des maisons qui payent douze deniers de cens.

Nous nous résumerons en disant que les Normands ont conçu une
catégorie spéciale de tenures, celle des biens sis dans les villes et dans

[1] Terrien, *Commentaires du droict civil...
de Normandie*, Paris, 1578, p. 180. — Au xiv^e
et au xve siècle, suivant M. Léopold Delisle,
« aleu » désigne souvent des tènements sis dans
une ville ou un bourg (L. Delisle, *Études sur
la condition de la classe agricole... en Normandie*, p. 43). Rapprochez la définition du
bourgage donnée par notre auteur : *Alodia et
masure in burgis constitute;* celle de Littleton,
sect. 162, dans Hoüard, *Anc. lois des François
conservées dans les cout. angloises*, t. I, p. 234.

[2] *Summa de legibus*, chap. xxix, *De tencura
per burgagium*, § 6 (p. 98).

[3] Sauf à Pavilly : « En bourgaige de Paveilli
« femme ne conquiert avec son mary » (Bibl.
nat., ms. fr. 5333, fol. 165 v°, compilation
de Pierre le Petit).

[4] *Summa*, chap. xxix, art. 1, 3, 4, 5.

les bourgs, à savoir la tenure en bourgage, laquelle comporte de très grandes variétés. L'expression « bourgage » se retrouve aussi à Amiens : le bourgage d'Amiens est l'ensemble des héritages relevant de la juridiction municipale[1]. Les jurisconsultes picards n'ont pas, au même degré que les Normands, systématisé le bourgage amiénois, mais on constate facilement que le droit qui régissait les biens sis dans le bourgage d'Amiens ressemblait beaucoup à celui des bourgages normands[2].

On peut relever dans le Grand Coutumier, au sujet du bourgage, un certain désaccord d'expression entre les chapitres XXIX, *De teneura per burgagium*, et CXXV, *De prescriptione*. Aux termes du chapitre XXIX, le retrait lignager ne peut être exercé par un parent pour racheter le bien tenu en bourgage : *Notandum etiam est quod venditiones earum per heredes vel consanguineos non possunt revocari.* Aux termes du chapitre CXXV, le parent du vendeur peut exercer le retrait tant que le payement n'a pas été effectué, et un jour après ce payement effectué; mais, ce jour écoulé, le retrayant est forclos. Telle est, du moins, notre interprétation du chapitre CXXV, § 1. Terrien l'a compris un peu autrement : il admet le droit de retrait, mais il exige que le retrait soit effectué « dans le jour naturel de l'audition de la chose vendue ». Ce désaccord sur le délai n'est pas, à nos yeux, d'une grande importance. Mais le sentiment de Terrien sur l'existence même du droit de retrait nous fait supposer que ce droit existait déjà au XIIIe siècle; il est invraisemblable, en effet, que le droit de retrait ait gagné du terrain du XIIIe au XVIe siècle; par suite, le chapitre CXXV de notre Coutume serait plus exact que le chapitre XXIX ou, du moins, que le texte du chapitre XXIX tel que l'établit le dernier éditeur, car deux variantes relevées en note harmoniseraient la doctrine du chapitre XXIX avec celle du chapitre CXXV, et plus nettement encore avec Terrien. Un arrêt de l'Echiquier de 1243 vient confirmer nos vues sur l'existence du droit de retrait; cet arrêt, qui vise certainement un héritage tenu en bourgage, puisque le bien dont s'agit est partagé également

---

[1] Reconnaissance du droit de juridiction de l'échevinage d'Amiens sur une propriété urbaine acquise par le vidame Jean de Picquigny (1269), dans A. Thierry, *Recueil des monuments inédits de l'histoire du Tiers État*, t. I, p. 227. Texte de 1272 cité par Du Cange dans son édition de Cinnamus, Paris, 1670, p. 489.

[2] Voir, pour le partage égal, *Anciens Usages d'Amiens*, art. 3, dans Marnier, *Ancien Coutumier inédit de Picardie*, Paris, 1840, p. 145.

entre trois frères et une sœur, nous apprend que ladite terre a été l'objet d'un retrait[1].

Il paraît donc très vraisemblable que la rédaction du chapitre CXXV est préférable à celle du chapitre XXIX. Nous admettrions volontiers que le rédacteur du Grand Coutumier s'est exprimé, au chapitre XXIX, avec une concision trop grande (si le texte concis adopté par l'éditeur est original) et qu'il a réparé cette imperfection au chapitre CXXV. On ne saurait invoquer contre cette manière de voir le texte de la *Somme rurale*[2], où est reproduite la doctrine du chapitre XXIX, et non celle du chapitre CXXV; car Boutillier écrit, non en Normandie, mais à Tournai, et, en s'occupant du bourgage normand, il traite un sujet qui, en définitive, lui est étranger. Il n'en est pas de même de Terrien.

Les chapitres XXXVI à CXXV sont consacrés, comme nous l'avons dit, à l'organisation judiciaire, aux questions de compétence, à la procédure. C'est la partie de l'ouvrage la plus volumineuse à la fois et la plus touffue. Il n'y faut chercher ni beaucoup d'ordre, ni beaucoup de suite. Les questions de procédure, ajournements, défauts, excuses (« essoignes »), nature des actions (chap. XXVIII à LI inclusivement), toutes ces matières y sont traitées avant ce qui intéresse la constitution même de la justice et l'organisation des tribunaux. Cette dernière matière, qu'un moderne aborderait la première, est jetée elle-même un peu à l'aventure (chap. LII à LV). À partir du chapitre LVI, l'auteur revient à la procédure.

La plupart des jurisconsultes coutumiers du XIIIᵉ siècle ne séparaient pas encore la procédure du droit proprement dit; notre Normand, un des premiers, entrevit la distinction. Il n'est pas surprenant qu'il n'ait pas toujours pleinement réussi dans l'exécution de ce plan nouveau. Nous ne le suivrons pas dans l'exposé de toutes les procédures, abondamment décrites, mais nous relèverons les traits les plus saillants de cette dernière partie du livre.

Nous signalerons tout d'abord quelques données précieuses sur

---

[1] L. Delisle, *Recueil des jugements de l'Échiquier de Normandie*, n° 716. En 1211, il est dit dans un arrêt de l'Échiquier : *Ita quod omnis emptio facta in burgagio illis remaneat qui emptionem fecerunt* (*ibid.*, n° 91); mais le contexte permet de penser à une vente dont le prix a été acquitté, car le retrait dont il s'agit serait exercé par l'héritier d'un vendeur décédé.

[2] Boutillier, *Somme rural*, liv. 1, ch. LXXXIV, édit. de Lyon, 1621, p. 838.

les droits de justice dans la famille; les auteurs du moyen âge né-
gligent volontiers cet aspect des choses, probablement trop intime à
leur gré. Notre auteur, au contraire, trace l'exposé suivant : le chef
de famille est armé d'un droit de correction sur sa femme, ses enfants
et ses serviteurs; par suite, il ne peut être poursuivi pour avoir simplement frappé (*simplex percussio*) un de ceux qui lui sont soumis;
c'est là un droit que le jurisconsulte ne qualifie pas droit de justice,
mais qu'il appelle *correctio*. La femme pourra cependant être entendue
en justice contre son mari, si les mauvais traitements du mari sont
par trop violents, ou encore s'ils sont à la fois injustes et répétés (*frequenter et indebite*)[1]. Un texte dont les origines remontent au xie siècle
et qui intéresse la ville de Saint-Quentin prononçait ici le mot « jus-
« tichié » : « le clerc sera justichié par son mestre et le sergant au clerc
« par le clerc, le chevalier par son seigneur, le sergant au bourgois
« par le bourgois[2]. » C'est encore dans le même esprit que les statuts
de Robert de Courçon formulaient, en 1215, à Paris, ce principe
juridique : *Quilibet magister forum sui scolaris habeat*[3]. Peut-être notre
auteur eût-il introduit dans son exposition une suite plus rigoureuse et
un enchaînement plus ferme, s'il eût parlé nettement d'un droit de justice du chef de famille; car, traitant du droit des aînés et descendants
d'aînés sur les puînés et descendants d'iceux, il emploie sans hésiter
une expression qui implique très nettement le droit de justice : *Antenati... habent curias de postnatis...* Or il est évident que le droit du
frère aîné n'est autre chose qu'une dérivation, qu'un prolongement du
droit du père de famille. Voici quelle est, dans le système de notre auteur, l'étendue des droits de justice des aînés (et probablement de leurs
descendants jusqu'au sixième degré[4]) : *Antenati... habent curias de postnatis in tribus tantummodo casibus, ut de maleficio vel convicio eidem illato,
vel uxori sue, vel ejus filio primogenito. In istis tribus casibus tenentur postnati in primogenitorum curiis respondere, et disraisniare vel emendare*[5].

Quant à l'organisation de la justice non plus dans la famille, mais
dans la société, notre auteur semble se préoccuper presque exclusive-

[1] *Summa*, chap. LXXXV, *De simplicibus legibus*, § 8; chap. c, *De brevi maritagii impediti*,
§ 3 (p. 204, 246).
[2] *Les Établissements de Saint-Quentin*, art. 20,
dans Giry, *Étude sur les origines de la commune
de Saint-Quentin*, Saint-Quentin, 1887, p. 72.

[3] Statuts de Robert, cardinal légat, dans
Denifle et Chatelain, *Chartul. universit. Paris.*,
t. I, p. 79, n° 20.
[4] *Summa*, chap. XXVIII, *De teneura per paragium*, § 1; chap. XXXIV, *De primogenito*, § 5.
[5] *Summa*, chap. LII, *De curia*, § 9 (p. 140).

ment des cours royales : il distingue trois catégories de cours, et il les désigne par des expressions qui s'appliquent aux réunions de ces cours mieux qu'aux cours elles-mêmes; à savoir : l'Échiquier, l'assise, le plaid. Tels sont, dans le système du jurisconsulte, les trois degrés de justice. Les plaids sont les assemblées judiciaires pour les affaires de minime importance. Toutes les affaires importantes doivent être plaidées en assise par-devant le bailli, ou en Échiquier[1]. L'Échiquier est une véritable cour d'appel; sa mission est ainsi exposée : *De ballivis et aliis minoribus justiciariis errata corrigere, minus discrete in assisiis judicata revocare*... Au-dessus de toutes ces cours, le prince lui-même possède la plénitude du pouvoir judiciaire[2]. C'est là une doctrine constante au moyen âge. Elle trouve ici son écho; voici en quels termes le jurisconsulte nous fait connaître la mission de l'Échiquier : *Cuilibet, tanquam ex ore principis, justicie reddere plenitudinem indilate.* Si l'Échiquier rend la justice au nom du roi, il est chargé aussi de sauvegarder tous les droits royaux : *ejus jura penitus observare, male alienata revocare*[3].

Les contestations sur la compétence sont le pain quotidien des hommes de loi au moyen âge, et, parmi toutes ces contestations, les plus fréquentes de toutes sont celles qui ont pour point de départ le privilège de cléricature. La Coutume de Normandie posait, à cet égard, cette règle : *Nullus autem clericus vel persona ecclesiastica seu religiosa debet capi vel arrestari, nisi ad presens maleficium captus vel detentus fuerit vel quousque captus cum clamore harou fuerit insecutus, et Ecclesie debet reddi ipsum requirenti*[4].

Le lecteur sent bien que des contestations nombreuses s'élevaient autour de cet article, car il sait déjà que l'archevêque de Rouen et ses

---

[1] Chap. LIII, *De harou*, § 7, 8; chap. LIV, *De assisia*; chap. LV, *De Scacario* (édit. Tardif, p. 143-145). Cette terminologie tripartite est-elle d'un usage constant? Nous n'oserions l'affirmer. Toutefois telle locution qui paraît discordante, celle-ci par exemple : *in assisiis vicecomitatus* (chap LIX, *De plegiis*, § 10, *ibid.*, p. 151), est peut-être, au contraire, en parfaite harmonie avec les définitions ci-dessus relatées, car il s'agit probablement d'assises présidées par le bailli dans la vicomté. Le mot « plaid » est, à coup sûr, employé tout à fait suivant l'esprit des définitions de notre auteur dans cette phrase d'un compilateur du XVe siècle, Pierre Le Petit : « Le sergent d'un bas justicier ne pourroit faire » execution sans mandement hors de celles (les « lettres) qui sont passées au *plès* du lieu » (Bibl. nat., fr. 5333, fol. 133 r°).

[2] *Rex est judex simpliciter et generaliter, sine contestatione et determinatione et restrictione* (*Liber practicus de consuetudine Remensi*, 73, dans Varin, *Archives législatives de Reims*, 1re partie, *Coutumes*, p. 85).

[3] Chap. LV, *De Scacario*, § 1, p. 145.

[4] Chap. LXXXII, *De clericis et personis ecclesiasticis*, p. 197.

suffragants éprouvèrent, en 1302, le besoin de le faire confirmer expressément par le roi de France; confirmation qui devait transformer ce chapitre important du Coutumier, œuvre privée, en un texte officiel ayant valeur et force de loi[1]. Cette transformation ne changea rien au fond des choses : les querelles ne cessèrent point. On pourrait croire, en lisant ce chapitre de la Coutume, que le clerc pris en flagrant délit pourra, non seulement être arrêté par le pouvoir civil, mais aussi quelquefois être jugé par ce pouvoir; car il est dit tout simplement qu'il sera rendu à l'Église, si elle le réclame : *Ecclesie debet reddi ipsum requirenti.* Mais cette hypothèse d'un jugement rendu sans difficulté par le pouvoir civil est purement gratuite, car en regard de ce texte il faut placer les nombreux canons de conciles normands du commencement du XIVᵉ siècle qui interdisent d'une manière générale aux justices civiles de statuer sur le cas d'un clerc pris en flagrant délit ou après clameur de haro. Par conséquent, l'Église ne réclame pas le clerc dans telle ou telle circonstance; elle le réclame d'une manière absolue et générale : elle le réclame toujours. Bien entendu, les justices civiles ne font pas droit ou ne font pas toujours droit à cette prétention, et les plaintes de l'Église sont incessantes. Elles se produisirent notamment au concile de Vienne en 1311. Les doléances de la province de Rouen sont ainsi résumées : *Provincia Rothomagensis dicens quod super factis personalibus, et presertim in quibus fuit clamor de aro, ad respondendum coram se ipsos clericos nituntur compellere ipsi judices seculares*[2]. La solution prise par le concile, si tant est que le concile lui-même ait statué, ne nous est pas parvenue[3]. Mais nous avons cet avis sommaire d'une commission du concile : *Super XIIIᵒ articulo, ubi agitur quod quidam clericos, super delicto ubi fuerit clamor de haro, nolentes stare juri coram seculari judice, si per inquestam laicorum culpatos eos invenerint, emendam prestare compellunt : — Reprobetur et provideatur debite*[4]. Ce *reprobetur et provideatur debite* est, ce semble, une allusion à l'excommunication[5] (bien usée au XIVᵉ siècle).

---

[1] *Ord.,* t. 1, p. 348. Cf. ci-dessus, p. 70.

[2] Ehrle, *Ein Bruchstück der Acten des Concils von Vienne,* dans *Archiv für Litteratur- und Kirchengeschichte,* t. IV, p. 10.

[3] Nous possédons une décision du concile de Vienne signalant aux évêques l'audace des clercs *qui pretextu privilegii clericalis ordinis impunitatem excessuum obtinere sperantes, nonnulla multoties committunt enormia, per quæ nimirum diffamatur Ecclesia. . . . .* (Clémentines, 1, IX, *De officio judicis ordinarii,* 1.)

[4] Ehrle, *loc. cit.,* p. 44.

[5] Voir notamment Ehrle, *ibid.,* p. 43 : *Super xᵒ articulo,* etc.

À ces luttes de compétence au sujet des clercs se rattachaient des intérêts pécuniaires, qui en sont fort souvent, au moyen âge, l'explication la plus vraie. Ici l'Échiquier, par arrêt de 1267, s'était efforcé d'assurer le payement d'une amende en cas de condamnation d'un clerc : « En l'Échiquier mil IIe LXVII fut jugié que clers prins pour cry « de haro, s'ilz sont actains, pairont amende, pour ce que le roy est « de ce en saisine et que c'est fraction de pais, laquelle il est tenu « garder par toute sa terre[1]. » .

Les débats sur le droit de patronage ont été aussi l'occasion de querelles sans fin entre l'Église et l'État, querelles qu'on ne soupçonnerait pas si on s'en tenait au texte du Coutumier. La grande enquête ordonnée en 1205 par Philippe Auguste sur une série de questions relatives aux rapports de l'Église et de l'État porta en première ligne sur la compétence en matière de patronage : les barons normands affirmèrent que les contestations sur le droit de patronage étaient résolues *in curia regis vel in curia domini feodi*[2]. Les barons ne paraissent pas avoir la moindre hésitation sur la compétence (ils ne s'occupent, il est vrai, que du cas où le patron est un laïque). Un peu plus tard, en 1207, les prélats de Normandie, sans contester la compétence de la cour laïque, demandèrent que l'Église fût représentée dans l'enquête qui précédait et préparait la décision du tribunal laïque; ils souhaitaient que le jury fût toujours composé de quatre prêtres et de quatre chevaliers[3]. Philippe Auguste fit droit à cette requête par mandement adressé en octobre 1207 à ses baillis de Normandie[4]; mais, par une ordonnance communiquée peu après aux évêques, le roi retira évidemment une partie de ce qu'il avait accordé : ici, en effet, Philippe Auguste n'adopte plus, pour toutes les contestations, le système proposé par les évêques; il se contente d'appliquer le jury mixte aux débats entre laïques et personnes d'Église ou aux débats entre deux ecclésiastiques[5]. L'ordonnance que

---

[1] Ms. fr. 5333, fol. 208 r° (compilation de Pierre le Petit). Cet arrêt ne figure pas dans L. Delisle, *Recueil des jugements de l'Échiquier de Normandie* (année 1267); il se trouve en latin, mais sans date, dans les *Magni rotuli Scaccarii* de Léchaudé d'Anisy, p. 150.

[2] Léchaudé d'Anisy, *Magni rotuli Scaccarii Normanniæ*, p. 144.

[3] *Littere prelatorum Normannie* (Teulet, *Layettes*, t. I, p. 310).

[4] *Le Très ancien Coutumier*, texte latin, chap. LXXVII, *De present. ad eccles.*, édit. Tardif, p. 75-78 (L. Delisle, *Cat. des actes de Philippe Auguste*, n° 1050).

[5] L. Delisle, *Cat. des actes de Philippe Auguste*, n° 1051. Cette lettre de Philippe Auguste, précédée de la requête des évêques,

nous analysons ne dit pas un mot des débats entre contendants laïques. Par suite, elle laisse subsister en ce cas le régime habituel des enquêtes. Ce système du jury mixte dans certains cas, du jury ordinaire dans les autres cas, est précisément celui du chapitre cx : *De brevi de jure patronatus;* l'auteur y décrit, dans les paragraphes 1 à 6, la procédure usuelle des enquêtes; dans les paragraphes 7 et suivants, il passe au jury mixte. Que le jury mixte ou le jury ordinaire ait procédé à l'enquête, c'est le tribunal laïque qui statuera sur le droit de patronage, sauf à l'évêque à conférer le bénéfice à qui de droit, en se conformant à la décision de principe du tribunal. Cette solution était en contradiction avec le texte d'un accord de 1190 que nous avons déjà cité : *Nulla fiet recognitio in foro seculari super possessione quam viri religiosi vel quecumque ecclesiastice persone xx annis vel amplius possederint. Similiter nulla fiet recognitio si carta vel alio modo eleemosinatam esse possessionem probare poterint; sed ad ecclesiasticos judices remittentur* [1]. Vers 1301, en un temps où Philippe le Bel, qui avait besoin des ecclésiastiques, faisait à l'Église concession sur concession, on peut citer encore, sinon une application stricte de ce principe ancien, du moins une dérogation aux règles de notre Coutumier : l'abbé de Saint-Ouen de Rouen, à propos d'un litige sur une question de patronage, soutint, à cette époque, dans une requête « au roi et à son noble con- « seil », que, « le content étant entre personne d'Église et personne « laie », on devait étudier avant tout la question de savoir si la propriété du patronage n'appartenait pas à l'Église par concession royale ou ducale, examiner ensuite qui était en possession, et, en cas de constatation favorable à l'Église, statuer d'autorité sans enquête légale au profit de l'Église. Nous ne forçons pas les textes en disant que l'abbé de Saint-Ouen demande, au résumé, une enquête officieuse ou de complaisance au lieu d'une enquête régulière. Philippe le Bel fit droit à cette supplique : il ordonna au bailli d'informer et, en cas de constatation favorable à l'Église, de statuer sans enquête proprement dite. Tel est le sens de cette décision royale : *Ipsos abbatem et conventum super hoc in strepitu judicii seu processu litis ponere aut alias quoquo modo*

---

figure dans un petit nombre de manuscrits du Grand Coutumier, entre les chapitres cx et cxi (cf. Tardif, p. 273, note 4).

[1] Radulfus de Diceto, *Ymagines historiarum,* édit. William Stubbs, t. II, London, 1876, p. 87.

*defatigare non presumas, sed militem ipsum super oppositione predicta ces-
sare facias et ad desistendum firmiter compellas*[1]. Le roi déroge ici au
droit commun en faveur d'une église (tout comme, à l'occasion, il
sait y déroger dans son propre intérêt)[2].

Pareille solution est exceptionnellement bienveillante. Et cependant, en thèse générale, le clergé voudrait davantage. Il prétend,
en effet, en toutes contestations sur patronage d'églises, échapper
entièrement aux juridictions civiles. En 1311, lors du concile de
Vienne, le clergé normand contesta la compétence des tribunaux civils qu'il avait paru accepter en 1205. Voici le résumé textuel de
ses doléances : *Provincia Rothomagensis dicens quod, licet causa juris
patronatus super beneficio ecclesiastico adeo sit spiritualibus annexa, quod
non nisi [ab] ecclesiastico judice valeat diffiniri, attamen judices seculares de
ea cognoscunt et diffiniunt*[3]. On peut dire que cette requête vise toute la
procédure décrite au chapitre cx de notre Coutumier.

Que fit la commission du concile? Elle temporisa : *Super secundo
articulo, ubi agitur de cognitione juris patronatus, etc.: — Loquendum est pre-
latis illius provincie et procuratori capitulorum qui dedit istud gravamen*[4].
L'embarras de la commission est visible. Elle se trouvait en face d'une
ordonnance royale et d'une jurisprudence constante qui faisaient
échec aux prétentions du clergé. Ces réclamations n'eurent aucun
succès. Dans le temps même où elles se produisaient, le bailli de
Caen statuait, sans hésiter, sur une contestation de cet ordre entre le
roi de France et l'abbaye de Troarn (notons à cette occasion que
le bailli jugea en toute indépendance contre le roi)[5].

Les tribunaux civils s'habituèrent à considérer le droit de patronage comme un accessoire du droit de propriété, accessoire qui,
assimilé à tout autre droit réel, était, par suite, de leur compétence[6].

Sans nous attarder davantage sur l'organisation judiciaire et sur

[1] Bibl. nat., collection Moreau, acte de Philippe le Bel en copie du xviii° siècle.
[2] Bibl. nat., lat. 10919, fol. 90. Cf. Langlois, *Textes relatifs à l'hist. du Parlement*, p. 150.
[3] Ehrle, *loc. cit.*, p. 21, 22.
[4] Ehrle, *ibid.*, p. 44. Il n'y a rien sur cette question dans les Clémentines, III, xii, *De jure patronatus* (concile de Vienne).

[5] Léchaudé d'Anisy, *Magni rotuli Scaccarii Norm.*, p. 208, 209.
[6] Le concordat messin de 1486 est très favorable à l'Église. Il décide néanmoins que, dans les affaires bénéficiales, s'il est question de la seigneurie « ou seroit le patronage, le « droit permet que le juge seculier puet con-« noistre de la seigneurie qui tire le patronage « a soy » (*Histoire de Metz*, t. VI, p. 324).

les questions de compétence, très sommairement traitées dans le Grand Coutumier, nous arrivons à la procédure.

Un trait d'un intérêt général, car il jette un jour très vif sur la société féodale, est consigné au chapitre LIX, *De plegiis*. L'auteur nous apprend que le vassal est tenu en toute circonstance de se porter pleige de son seigneur : s'il ne vient pas volontairement pleiger son suzerain, il est appelé en garantie par celui-ci. Une pareille obligation complique tous les procès, car elle introduit ou peut toujours introduire dans les débats, en les mêlant aux plaideurs principaux, des plaideurs de seconde catégorie : les pleiges féodaux ; ils ne sont pas, d'ailleurs, garants solidaires et pour le tout. Voici la limite de leur responsabilité : *Notandum est quod omnes homagiati dominum suum tenentur plegiare de debitis suis, ita tamen quod nullus tenetur, ultra valorem redditus vel faisanciarum quas ei debet per unum annum, ipsum plegiare* [1]. La Coutume de Normandie et celle de Bretagne ont conservé jusqu'à la fin de l'ancien régime un souvenir de cette antique obligation de pleigerie de tout vassal envers tout suzerain [2] : devoir de pleigerie qui a disparu ailleurs de bonne heure, et qui probablement même n'a jamais été général dans les temps féodaux. Salvaing constate qu'en Dauphiné, dans la première moitié du XIVe siècle, certains fiefs seulement y étaient astreints : on les appelait « fiefs de plejure [3] ». Boutillier, à la fin du même siècle, s'occupe aussi de ces « fiefs de plejure ». Il les considère comme des fiefs d'une nature toute spéciale et, de plus, il ne les connaît pas directement. Il en parle de seconde main, et peut-être son dire est-il en partie inspiré précisément par notre Grand Coutumier normand : « Encore dient les sages qu'il « y a un autre hommage qui est appellé hommage de plejure, car « l'homme doit faire plejure pour son seigneur pour l'honneur de luy, « et tout ce est en droict et par raison [4]. »

Il n'est pas sans intérêt de faire remarquer ici que, déjà à l'époque

---

[1] Chap. LIX, *De plegiis*, § 10 (p. 150, 151). On peut voir un exemple de pleigerie dans L. Delisle, *Cartulaire normand*, p. 92, n° 517 (15 avril 1254).

[2] Coutume de Normandie de 1583, art. 205. Coutume de Bretagne de 1580, art. 85.

[3] Salvaing, *Traité de l'usage des fiefs*, Avignon, 1731, p. 383.

[4] Boutillier, *Somme rural*, I, 82, édit. de Lyon, 1621, p. 819. Toutefois, dans le même chapitre, l'auteur, décrivant la cérémonie de l'hommage, paraît admettre que tout vassal doit être « tout prest d'ester en droict pour son « seigneur, se mestier estoit » (*ibid.*, p. 818); notion qu'il a, sans doute, empruntée sans réflexion précisément au Grand Coutumier (chap. XXVII, *De homagio*, § 6, édit. Tardif, p. 95-96).

franque, une obligation de pleigerie reliait entre eux tous les membres du groupe appelé dans les textes du temps *mitium*[1].

Les parties peuvent se faire représenter en justice par un procureur appelé *attornatus* (attourné), sauf pourtant en certaine catégories d'affaires où elles doivent comparaître en personne[2]. L'avocat est tout à fait distinct du procureur; sa présence suppose celle de la partie ou celle de l'attourné, représentant de la partie.

Les procédures sont orales[3], et certaines formules rigoureusement fixées ont un caractère pour ainsi dire rituel. Dans les actions de roberie et de trêve enfreinte, par exemple, le plaignant doit prononcer notamment les mots « en la paix de Dieu et du duc, en félonie[4] » : ces mots sacramentels, légués par la tradition, se retrouvent en Angleterre[5]. Voici la formule complète de l'action de roberie traduite en latin : *Ego queror de Thoma qui me in pace Dei et ducis assaltavit in felonia et verberavit me et mihi plagam fecit et sanguinem, et abstulit mihi capam in roberia, unde me* harou *oportuit clamare.* Le plaignant qui s'est trompé de formule ne peut en employer une autre et succombe dans sa demande. Telle est, du moins, la doctrine du Parlement[6]. Le défendeur est traité moins rigoureusement : s'il a tout d'abord fait une réponse improvisée et qui n'est pas juridique, on lui accorde la faculté de se reprendre après avoir demandé conseil, et de formuler une autre réponse plus régulière; cette réponse sacramentelle doit être la dénégation mot pour mot de la demande (*negante verbo ad verbum*)[7]. L'auteur du Très ancien Coutumier enseigne ici que le défendeur pourra, pour éviter quelque inexactitude, se contenter de

---

[1] *Hilperici regis edictum*, 6, dans Behrend, *Lex Salica*, 2ᵉ édit., Weimar, 1897, p. 153-154.

[2] Notamment « loi prouvable, desresne » (chap. cxxiv, *De lege apparenti*, § 2, p. 338). Chap. lxiv, *De attornato*, p. 160-161. Cf. chap. lxiii, *De prolocutore, ibid.*, p. 158-159.

[3] On voit cependant poindre l'écriture : *Si quis autem recordationem petat et recordatores in scriptis reduxerit, etc.* (chap. cix, *De recordatione petita*, § 5, p. 264). On peut joindre ce qui sera dit, à la fin de cet exposé, des brefs qui reviennent si souvent dans la procédure normande et des jugements écrits de l'Échiquier.

[4] Chap. lxx, *De roberia*, § 1 ; chap. lxxi, *De treuga fracta*, § 3 (p. 179-180); cf. chap. lxxiv, *De assaltu et fracta pace*, § 4 (*ibid.*, p. 184).

[5] Bracton, liv. III, traité II, chap. xix, § 2, édit. Travers Twiss, t. II, p. 410.

[6] *Secundum consuetudinem Francie ex quo aliquis cadit a peticione sua secundum unum modum petendi, nisi de novo emerserit, non debet andiri* (Beugnot, *Olim*, 1, 470). Cf. Brunner, *Wort und Form im altfranzösischen Prozess*, dans *Forschungen zur Geschichte des deutschen und französischen Rechtes*, Stuttgart, 1894, p. 278-279.

[7] Chap. lxx, *De roberia*, § 2, p. 179-180; chap. lxxiv, *De assaltu et fracta pace*, § 2, p. 184.

dire : *Ego pernego per eadem verba per que me reptalis*[1]. L'emploi de l'avocat (« conteur » ou « avantparlier ») vient aussi atténuer la rigueur du formalisme : en effet, la partie qui a institué un avocat ne prononce pas elle-même les formules : elle devra, après le dire de l'avocat, avouer ou désavouer les paroles prononcées par celui-ci. Si elle désavoue, on pourra recommencer la procédure; mais alors un autre avocat sera institué et prononcera la formule[2].

Les chapitres cxxii à cxxiv du Grand Coutumier contiennent une sorte de généralisation des procédures diverses décrites dans l'ouvrage. L'auteur, dont nous utiliserons le résumé en nous efforçant de l'éclairer, ramène toutes les procédures normandes à trois grands groupes qu'il appelle *lex probabilis vel monstralis* (loi prouvable ou monstrable); *disraisnia* (desresne)[3]; *lex apparens* (loi apparissant).

Les procédures dites *lex probabilis* et *disraisnia* sont usitées l'une et l'autre dans les affaires peu importantes, dont la valeur ne dépasse pas dix sous. Elles sont souvent réunies sous cette qualification commune : *lex simplex*[4], et ne font, en effet, dans leur structure générale, qu'une seule et même procédure. Notre auteur, s'essayant à une synthèse générale de la procédure, pourrait bien avoir créé lui-même cette classification et cette expression de *lex probabilis*, qui ne figure que dans les chapitres cxxii et cxxiii.

Dans la *lex probabilis* ou *monstralis*, la preuve incombe à la partie dont un acte est contesté : elle doit prouver son fait. Cette preuve est fournie par le serment de la partie seule ou par le serment de la partie et d'un cojureur, de la partie et d'un nombre variable de cojureurs. Nous choisissons avec intention dans le Grand Coutumier un exemple exposé un peu sommairement par l'auteur et où se rencontre une expression qui peut prêter à l'amphibologie et qu'il sera bon d'expliquer : un demandeur s'exprime ainsi : « *Vendidisti mihi porcum xxx denarios; eos habuisti : porcum peto.* » Le défendeur prétend avoir livré le porc. *Responso ab altero :* « *Verum est, sed porcum tibi tradidi; quod paratus sum probare.* » Il fera cette preuve par son serment,

---

[1] *Très ancien Coutumier, texte latin*, chap. lxii, *De questione mota*, p. 53-54.

[2] Chap. lxiii, *De prolocutore*, p. 158-160. Il faut lire sur ce formalisme normand Brunner, *Wort und Form*, p. 260-389.

[3] Le chapitre lxxxv, *De simplicibus legibus*, est consacré à l'exposé de la procédure par desresne (édit. Tardif, p. 200-206), dont l'auteur s'occupe de nouveau au chapitre cxxiii, *De disraisnia* (p. 328-331).

[4] Chap. lxxxvii, *De querela possessionali*, § 5, p. 210.

confirmé par celui de deux cojureurs. *Hec probabilia per actoris et aliorum duorum sacramenta poterit celebrari.* *Actor* ne doit pas ici être traduit par « demandeur, » mais bien par « la partie qui a agi », ou mieux « la partie qui doit prouver son acte » (la livraison du porc)[1].

Dans la procédure dite *desresne,* la preuve incombe à la partie qui nie un fait à elle imputé. On remarquera que celui à qui incombe la desresne (ou la *lex probabilis*) est le défendeur; quant au demandeur, il lui suffit pour mettre en mouvement cette procédure de produire à l'appui de sa plainte un témoin *de visu et auditu.* « Je me plaing « de G., dira un demandeur, qui me feri de sa paume en la joe. » Le témoin reprendra : « C'est voir, je le vi et l'oï. » Après quoi, le querellé offrira la desresne en ces termes : « Tel mesfait ne fis je oncques. Et « cil qui tesmoing s'en fait ne le vit ne n'oït, et sui prest de m'en « desrenier. » Il baillera en même temps son gage de faire la desresne. Au jour dit, on recordera les paroles par lesquelles on s'est engagé à la desresne; elle s'accomplira par le serment du défendeur, ainsi conçu : « Ce oies tu, P., que je tel mesfaict ne te feis oncques; ne ton tesmoing « ne le vit ne n'oït. Si m'aïst Diex et ses sains ! » Et les cojureurs à leur tour : « Du serement que Guillaume a juré sauf serement a juré. Si « m'aïst Diex et ses sains ! » Dès lors, le défendeur aura gagné sa cause et le demandeur sera condamné à l'amende [2].

Ces deux procédures, *lex probabilis* et « desresne, » sont identiques, à cela près que le serment est affirmatif dans la *lex probabilis,* négatif dans la desresne.

On s'est souvent étonné d'un système qui met ainsi la preuve à la charge du défendeur. Mais ce que nous appelons ici la preuve est d'une extrême simplicité. Ce n'est autre chose que le serment de la partie, fortifié, confirmé la plupart du temps par celui d'un ou de plusieurs cojureurs. Nous imposons aujourd'hui la preuve au demandeur, parce que c'est une charge dans notre droit; le législateur normand remettait au contraire la preuve au défendeur; mais c'était là, pour ce dernier, un véritable privilège. « Dans les deux cas, par

[1] Chap. cxxii, *De lege probabili vel monstrali,* § 5. La traduction française ne s'embarrasse pas du mot *actor* et rend fort bien le sens de la phrase : « Ceste preuve puet estre faicte « par soi et par deux aultres. »

[2] Chap. lxxxiv, *De simplici querela personali;* chap. lxxxv, *De simplicibus legibus,* p. 198-202. Le texte français que nous citons est emprunté au manuscrit fr. 5691, fol. 39 r° et v°.

« conséquent », comme l'a fait observer justement M. Beaudouin, « c'est
« le défendeur qui a la bonne position[1]. » Et il en doit être ainsi dans
l'intérêt de la vérité et de la justice. « Étant donné que l'on s'en rapporte
« à la déclaration de l'une des deux parties, celle des deux qui est le
« mieux à même de savoir la vérité et, par conséquent, celle qu'il vaut
« le mieux croire, c'est ordinairement le défendeur. Cette observation
« est surtout frappante dans les actions fondées sur un délit[2]. » C'est
ce qui est fort bien dit dans le Grand Coutumier : *Et quoniam proprii
facti unusquisque presumitur scire melius veritatem, disraisnia de facto quod
ei objicitur conceditur insecuto*[3]. Ainsi notre auteur ou, suivant M. Tardif, un de ses continuateurs, nous donne, comme on l'a remarqué,
tout à la fois la vieille règle et le motif de cette règle.

La question de savoir si, dans une affaire déterminée, on prêtera
un serment affirmatif ou négatif, s'il y aura lieu, en d'autres termes,
d'appliquer la loi prouvable ou la desresne, semble avoir été souvent
fort délicate. Nous supposons que cela dépendait des mots employés
par l'une des parties pour dire ses prétentions[4] : le formalisme des
mots jouait un rôle considérable. Mais le serment déféré au défendeur
n'a plus, dans la procédure normande, qu'une valeur secondaire :
une foule d'affaires échappent, comme on va le voir, à ce mode de
preuve, qui, dans les temps barbares, avait une importance beaucoup
plus grande. Une catégorie énorme d'affaires relève, en effet, de la *lex
apparens*. Sous cette formule élastique, *lex apparens*, les jurisconsultes
normands rangent deux procédures bien différentes et même contraires.
Les actions criminelles, c'est-à-dire les accusations de meurtre, de
larcin, de trêve enfreinte, etc., donnent lieu au duel judiciaire
et rentrent dans les procédures dites *lex apparens*[5]. Une série très
nombreuse d'actions qui ont pour objet la protection de la fortune
immobilière[6] appartient à cette même *lex apparens* : nous voulons
parler de toutes les actions qui nécessitent une vue ou enquête pro-

---

[1] Beaudouin, *Remarques sur la preuve par le
serment du défendeur dans le droit franc*, p. 410.
Cf. Brunner, *Deutsche Rechtsgeschichte*, t. II,
p. 373, et Declareuil, *Des preuves judiciaires
dans le droit franc du v* au *viii* siècle* dans
*Nouvelle revue historique de droit français et
étranger*, t. XXII, p. 220 et suiv.. 457 et suiv.,
747 et suiv.

[2] Beaudouin, *l. cit.*, p. 421.
[3] Chap. cxxiii, *De disraisnia*, § 1, p. 328.
[4] Chap. cxxiii, *De disraisnia*, § 8 *in fine*,
p. 331.
[5] Chap. lxvi, *De querelis*, § 6, et chap. lxvii
à lxxv, p. 166-190.
[6] Chap. xci, *De possessione immobili*, p. 216-
217.

voquée par un bref décerné au nom du roi[1]. Ces brefs, dont il est si souvent question dans la procédure normande[2], furent, à l'origine, c'est-à-dire aux temps carolingiens, des faveurs du prince, qui plaçait par là le plaideur dans une position réputée meilleure, et lui épargnait la rigueur d'une procédure barbare[3], très ordinairement le duel judiciaire. Notre auteur a un sentiment vague, mais, somme toute, un sentiment vrai de ces origines lointaines du bref et de la procédure de vue ou enquête. Il s'exprime ainsi : *Normannorum itaque principes pupillis, viduis ceterisque pericia seu consilio carentibus, ne fortiorum seu potencium astucia jure debito privarentur, quasdam supradictarum querelarum per brevia terminare voluerunt, omnes videlicet que sunt superius prenotate, excepta illa que est de hereditate difforciata, que per legem duelli est terminanda*[4]. Citons parmi les brefs de la procédure normande : le bref de nouvelle dessaisine (chap. XCIII), le bref de saisine d'ancesseur (chap. XCVIII), le bref de mariage encombré (chap. C), le bref de patronage d'église (chap. CX), le bref de fief et aumône (chap. CXV), etc. Le bref était un instrument de procédure trop usuel et, pour le pouvoir civil, d'un maniement trop facile pour qu'il ne fût pas souvent utilisé dans les affaires touchant aux intérêts de l'Église. Celle-ci, plus d'une fois, se déclara atteinte dans ses droits par l'abus des

---

[1] Certaines formules de brefs sont plus complètes dans le Très ancien Coutumier que dans le Grand Coutumier, lequel ne donne pas les premiers mots du bref; les brefs du Très ancien Coutumier sont délivrés au nom du roi ou du sénéchal : *Rex* vel *Senescallus ballivo suo salutem* (*Le Très ancien Coutumier de Normandie, texte latin*, chap. LXXXVI, *De feodo et vadio*, § 1, édit. Tardif, p. 97); mais nous croyons que, de bonne heure, ce fut le bailli qui délivra le bref, tout en maintenant peut-être encore la formule ancienne; un vicomte pouvait même décerner certains brefs : « En l'Eschiquier de « Pasques mil III° XVI, tenu a Rouen, fut jugé, « pour Jehan de Vandosme et pour sa femme, « que ung bref de nouvelle dessaisine que ung « viconte avoit donné se pouoit soustenir et « que les vicontes ont pouoir de donner telz « briefz » (Bibl. nat., fr. 5333, fol. 208 v°). Rapprocher: 1° les doléances du clergé normand qui, en 1311, se plaint au concile de Vienne des brefs délivrés par le juge séculier (Ehrle, *Ein Bruchstück der Acten des Concils von Vienne*, p. 36-37); 2° une formule de bref de nouvelle dessaisine du XV° siècle, commençant ainsi : *Tel juge au premier sergent*, etc., *salut* (Bibl. nat., fr. 5330, fol. 129 v°).

[2] *Simplices autem dicuntur querele possessionales quando per simplicem legem processus earum terminatur, apparentes autem quando per legem apparentem, vel per duellum, vel per inquisitionem patrie, que recognitio dicitur, earum processus terminatur* (chap. LXXXVII, *De querela possessionali*, § 3, édit. Tardif, p. 209). Le *vel*, deux fois répété, ne fait pas opposition à *per legem apparentem* : il en est le commentaire et l'explication, comme le prouve la comparaison avec le chapitre CXXIV, *De lege apparenti*, p. 331-340, et avec les chapitres LXVI, *De querelis*, § 5, et LXVII, *De multro*, p. 166-174.

[3] Cf. Brunner, *Die Entstehung der Schwurgerichte*, Berlin, 1872, p. 70-141.

[4] Chap. XCI, *De possessione immobili*, § 3, p. 217-218. — Sur le duel possible après la vue en cas *d'hereditas difforciata*, voir chap. CXXIV, *De lege apparenti* (p. 331-340).

brefs : les prélats normands se plaignaient vivement de ces brefs abusifs, au concile de Vienne, en 1311 [1].

En regard de ces procédures, que nous appellerions volontiers classiques, il faut placer dans certaines affaires criminelles une procédure d'enquête qui n'est pas cette « vue » dont nous parlions à l'instant, mais une information entreprise par le représentant du pouvoir.

En principe, ce mode d'action ne peut être adopté que si l'accusé y consent. Notre auteur nous apprend qu'on emploie volontiers ce moyen lorsqu'une femme est accusatrice ou accusée, car, en ce cas, le duel judiciaire ne saurait, sans difficulté, avoir lieu : en ces circonstances, on avait souvent recours autrefois à l'épreuve judiciaire, mais l'épreuve judiciaire a été prohibée par l'Église [2]. De là une grande extension donnée à la procédure d'enquête. L'auteur explique que l'enquête est d'un usage constant lorsque l'accusateur et l'accusé sont deux femmes [3]. Un autre texte semble indiquer que l'enquête peut encore avoir lieu sans le consentement de la partie lorsqu'un juif a été assassiné par un chrétien [4]. Les enquêtes d'office ne cessèrent de se développer. Les barons reprochaient vivement à saint Louis l'emploi de ces procédures. France, disaient-ils, ne mérite plus le nom de douce France! France est aujourd'hui pays à sujets, terre « acu- « vertie [5] ».

Le moyen le plus efficace d'obtenir le consentement de l'accusé à l'enquête, c'était de le tenir en prison jusqu'à ce que ce consentement eût été donné. Tel était, au dire du jurisconsulte, le procédé ancien; il ajoute qu'on avait coutume d'emprisonner aussi l'accusateur; ce qui est attesté, en effet, par les autorités les plus sûres [6]. De son temps, on n'admettait pas en principe que la détention fût prolongée plus d'un an et un jour [7]. Mais il y a tout lieu de croire que

---

[1] Ehrle, *loc. cit.*, p. 36, 37. Rapprocher un concile de Rouen du xIV^e siècle dans Bessin, *Concilia Rotom. prov.*, pars II, p. 88.

[2] *Nec quisquam purgationi aquæ ferventis vel frigidæ.... ritum cujuslibet benedictionis impendat* (concile de Latran de 1215, can. 18, inséré dans *Decretales Gregorii IX*, III, L, *Ne clerici vel monachi*, 9.

[3] Chap. LXXVI, *De sequela mulierum*, p. 190-191.

[4] Jugement de l'Échiquier de 1220 (Delisle, *Jugements de l'Échiquier*, n° 294).

[5] Le Roux de Lincy, *Recueil de chants historiques français*, 1re partie, 1841, p. 218.

[6] Cf. Paul Viollet, *Les Établissements de saint Louis*, t. I, p. 199-200; t. II, p. 187, 190, 410; t. III, p. 177; t. IV, p. 261.

[7] Chap. LXXV, *De sequela treuge fracte*, § 7; chap. LXXVI, *De sequela mulierum*, p. 188-191.

le procédé réputé ancien et proclamé le meilleur était volontiers rajeuni et souvent appliqué à l'accusé seul[1].

Nous terminerons ici cette analyse sommaire et pourtant déjà longue du Grand Coutumier, l'une des œuvres juridiques les plus importantes du moyen âge français. Nous voudrions cependant faire sentir par une dernière observation combien les travaux des jurisconsultes, même les plus précis et les plus riches, nous renseignent insuffisamment, et combien il serait périlleux de s'en tenir à la lecture de leurs œuvres, sans consulter en même temps les chartes et les monuments de la jurisprudence. On sait que l'Échiquier de Normandie a tenu de très bonne heure, dès la fin du XIIe siècle, des rôles où il consignait ses jugements. Les lecteurs du Grand Coutumier ne pourraient guère soupçonner l'existence de ce greffe, car l'auteur, qui traite longuement de la preuve des jugements, s'occupe toujours de la preuve orale et ne dit rien de la preuve écrite. Celui-là seulement qui connaît les habitudes normandes pourra lire entre les lignes une allusion à la preuve écrite, dans le cas où les personnes qui étaient présentes au jugement sont décédées ou sont absentes. Voici le passage auquel je fais allusion : *Si quis autem recordationem petat et recordatores in scriptis reduxerit, et tanta pars eorum jam decesserit vel a provincia recesserit quod recordamentum suum habere non possit per vivos et in provincia residentes, non tamen propter hoc recordatio petita ei querele amissionem vel adversario suo querelam dicitur reportare, cum non in recordatione sua defectus sed in recordatoribus valeat inveniri*[2]. Puisque, dans le cas où le témoignage oral ne peut être produit, le record reste possible, c'est évidemment qu'on emploiera quelque autre moyen de preuve : cette preuve n'est autre que la preuve écrite. Mais, si nous ne connaissions par ailleurs l'existence des greffes en Normandie, il nous faudrait faire ici un très grand effort d'esprit pour soupçonner l'existence d'une institution si utile aux plaideurs et qui nous a laissé de si importants et si précieux monuments juridiques.

Bizarrerie bien digne de remarque : le Très ancien Coutumier, antérieur d'un demi-siècle au Grand Coutumier, mentionne expressément l'existence de ces rôles dans les tribunaux normands : *Tres vel quatuor*

---

[1] N'est-ce pas l'indication qu'on peut très légitimement tirer du chapitre LXXVII, *De viduis et pupillis*, p. 191-192 ?

[2] Chap. CIX, *De recordatione petita*, § 5, p. 264. M. Tardif imprime, à tort ce semble : *dicimus reportare*.

milites... jurati sunt legalem justiciam tenere et jura innocentum conservare et rotulos fideliter. . . . Rotuli vero conservantur ad contentiones deprimendas de rebus in assisia diffinitis [1]. Ainsi l'institution destinée à un si grand avenir, institution qui transformera peu à peu le mode de preuve des jugements, n'est pas même mentionnée par un auteur qui écrit, au milieu du xiii° siècle, un ouvrage considérable de droit normand, alors qu'elle est déjà signalée, au commencement du même siècle, dans un traité infiniment plus sommaire et, au demeurant, fort incomplet. Tant il est vrai qu'il faut souvent se défier des conclusions tirées du silence d'un auteur!

Le Grand Coutumier normand fut très lu au moyen âge. Les nombreux manuscrits qui nous en sont restés en sont la preuve. A la fin du xiv° siècle, Boutillier le mit à profit pour la rédaction de sa *Somme rural*. Vers le même temps, un jurisconsulte anonyme, à qui on doit un Coutumier de Bourgogne encore inédit, l'utilisa aussi. Nous donnerons à cet égard quelques renseignements très sommaires.

Boutillier, mort au plus tard en janvier 1396, a prétendu rédiger un coutumier général, mais il ne connaissait personnellement que le droit de la région Nord-Est de la France, plus particulièrement le droit du Vermandois, du pays de Lille et surtout du Tournaisis. Sa *Somme rural* est une lourde mais utile compilation, dans laquelle il a mis à profit, non seulement le droit romain, le droit canonique et une série considérable de pièces de procédure et de documents judiciaires contemporains, mais aussi le *Stylus Parliamenti* de Du Breuil, le Style de la Chambre des enquêtes, le Style des commissaires du Parlement et certains Coutumiers tels que les *Poines de la duchié d'Orliens*, les Anciens usages d'Artois, les Établissements de saint Louis et enfin le Grand Coutumier normand [2].

Les emprunts à ce dernier texte sont les seuls dont nous ayons à nous occuper ici. Plusieurs fragments, compris tous entre les chapitres xx et xxxiii du Grand Coutumier, ont laissé dans le livre Ier de

---

[1] *Le Très ancien Coutumier normand, texte latin*, chap. xxviii, § 1 et 2, édit. Tardif, p. 25.

[2] Sur les sources diverses auxquelles Boutillier a puisé, on peut lire Paul Viollet, *Les Établissements de saint Louis*, t. 1, p. 347-357; Paul Guilhiermoz, *Enquêtes et procès*, *Étude sur la procédure et le fonctionnement du Parlement au xiv° siècle*, p. 25; F. Aubert, *Les sources de la procédure au Parlement, de Philippe le Bel à Charles VII*, dans *Bibliothèque de l'École des chartes*, t. LI, p. 501-505.

la *Somme rural* une empreinte facilement reconnaissable. On ne trouve aucune trace d'emprunt au Grand Coutumier dans le livre II. Le chapitre xx, qui traite des suicidés et des décédés sans confession, a été utilisé dans deux paragraphes du chapitre xxxix[1] de la *Somme rural* (liv. 1er); le chapitre xxiii, consacré aux successions, a été utilisé à plusieurs reprises dans le chapitre lxxviii (liv. Ier). Il faut noter ici — et le cas n'est pas isolé — le peu de précision et même l'inexactitude matérielle de notre auteur. Il s'exprime ainsi : « Par la « coustume de Normendie nouvellement tenue et instituée dois sça- « voir que le fils a l'aisné[2] doit avoir l'aisneté; et sans lui ne doit « nul calenger heritage ne deffendre, ne faire au seigneur hom- « mage; car il y doit avoir telle droicture de l'escheance que le sien « pere eust eu s'il eust vescu. » Ce droit est-il donc nouveau en Nor- mandie? Non seulement il n'est pas nouveau à l'époque où écrit Boutillier, à la fin du xive siècle, mais il n'était point qualifié « nou- « veau » par l'auteur du Grand Coutumier. Il y a plus : ce dernier auteur affirme que le système de la représentation qu'il préconise est ancien en Normandie : *Licet autem huic consuetudini, que in Normannia solet antiquitus observari, opponant se plurimi et repugnent in successione tantummodo patris ad profilium, asserentes quod profilius avo suo non debet succedere..., sed ipsi avo debent succedere filii ejusdem* (ch. xxiii). Et en français : « Ja soit ce que plusieurs soient a l'encontre de ceste « coustume qui souloit estre anciennement gardée en Normendie, « qui dient que, dans la succession qui vient du pere au fils, le nepveu « ne doibt pas avoir l'eritage de son aieul....., ains le doibt avoir « l'autre fils. » Boutillier a lu ce texte trop rapidement : il a cru que la coutume ancienne visée par le jurisconsulte normand était la cou- tume exclusive du droit de représentation.

Le chapitre xxvii, § 2, où est exposée la théorie des trois hom- mages, a passé dans le chapitre lxxxii, § *Quant hommages sont*. Nous avons déjà noté, à propos de ce chapitre xxvii du Grand Coutumier,

---

[1] Nous citons les chapitres d'après l'édi- tion de Lyon, 1621. Dans le ms. fr. 21010, fol. lxxix r°, le chapitre que nous citons dans le texte porte le n° lviii. Comparer liv. II, chap. xi., § *Des desesperez* (édit. de Lyon, p. 1490-1491).

[2] Cf. ms. franç. 21010, chap. clxxix, fol. cxxvii v°; Nouv. acq. fr. 6861, fol. 204 r° (pas de numéros aux chapitres). L'imprimé porte cette leçon fautive : *le fils aisné*; en nous autorisant des manuscrits, nous corrigeons : *le fils a l'aisné*. *Le fils aisné a l'aisné* serait mieux encore; peut-être devrions-nous introduire cette leçon dans le texte cité.

20.

un autre contresens de Boutillier; nous renvoyons le lecteur aux observations qui ont déjà été présentées[1].

Le chapitre XXVIII, où le jurisconsulte normand a exposé le système du parage, est en partie la source du chapitre LXXXIV, § *De tenir en parage*. Boutillier, pour la troisième fois, s'est mépris en cet endroit. Il avait puisé des renseignements sur le parage dans les Établissements de saint Louis et dans le Grand Coutumier normand. Les données qu'il devait à ces deux sources différentes se sont confondues dans ses souvenirs ou dans ses notes, et en nous parlant du parage, il a attribué à la Normandie un système de partage, entre frères, des deux tiers au tiers, système qui est angevin, et qui lui était connu par les Établissements de saint Louis. Voici le passage auquel nous faisons allusion : « Tenir en parage si est quant cil qui tient tenement et cilz[2] de qui « il tient sont pareilles parties par raison de lignage, et que ledit tene- « ment vient de leur anchiseur, et vient par succession de ligne, si « comme es lieux, et par especial en Normandie, ou, es fiefs de freres « venans de pere, l'aisné emporte le gros et les puisnez en ont le tiers « par la raison de partage et de succession; celle partie est tenue en « parage, car ils sont paraux en fiefs[3]. » Ce que Boutillier déclare ici spécial à la Normandie lui est étranger et est spécial à l'Anjou, comme on peut s'en convaincre en lisant le chapitre X du livre Ier des Établissements, chapitre que Boutillier a mal à propos amalgamé avec le chapitre XXVIII du Grand Coutumier normand.

Le chapitre XXIX, où le jurisconsulte normand traite du bourgage, a passé dans le même chapitre LXXXIV, § *De tenir en bourgaige* et § *Usage de Normandie*. Le chapitre XXX, consacré aux tenures en aumône, et le chapitre XXXII, *Des reliefs*, sont représentés dans le même chapitre par les paragraphes *De tenir par aumones* et *Des reliefs*.

Il faut enfin rapprocher du chapitre XXXIII, § 2, le chapitre LXXXVI, § *De la chevalerie*, et du chapitre XXXI, consacré à la garde des mineurs, le chapitre XCIII de Boutillier, dont le titre même, dans une recension très répandue, révèle l'origine : dans cette recension, le chapitre XCIII est maladroitement intitulé : *Duché de Normandie*. Ailleurs

---

[1] Cf. ci-dessus, p. 133, 134, ce que nous avons dit de l'hommage de fief et de l'hommage de service dans Boutillier.

[2] Imprimé : *de celuy*, au lieu de : *et cilz*.

[3] Cf. ms. franç. 21010, chap. CXCVIII, fol. CXIII r°; Nouv. acq. fr. 6861, fol. 229 r°.

ce paragraphe, sans titre spécial, fait tout simplement partie du chapitre *Des pupilles et mineurs d'aage* [1].

Ces indications suffisent pour établir tout à la fois l'usage que Boutillier a fait du Grand Coutumier normand et le manque de soin dont, à chaque page, il donne la preuve.

Un anonyme, probablement un **bailli**, rédigea, à la fin du xive siècle ou au commencement du xve [2], une coutume de Bourgogne, qui est demeurée jusqu'à ce jour inédite. Ce jurisconsulte n'était pas un esprit vigoureux, et son œuvre n'a rien d'original. C'est une compilation méritoire où l'on a réuni une série considérable de principes de jurisprudence et de décisions judiciaires. Si le cachet personnel fait ici défaut, cet ensemble juridique n'en est pas moins précieux. Il présente un très grand intérêt pour l'histoire du droit bourguignon.

L'auteur a reproduit diverses ordonnances royales [3], ainsi qu'un texte fort curieux qui intéresse les pays qu'on appelait proprement la France : *C'est la declaration des fiefz selon la coustume de France* [4]. Il a connu aussi le Grand Coutumier normand et en a, vers le commencement de son travail, utilisé certaines parties. Ces emprunts au Coutumier normand sont assez maladroitement fondus dans le Coutumier bourguignon qui se présente, comme on le verra, avec deux introductions : l'une est l'œuvre même du compilateur bourguignon; l'autre est tout simplement l'introduction du Grand Coutumier normand. Voici la première entrée en matière, qui est toute bourguignonne :

Bourgoingne est trés noble païs. Le païs est trés noble qui fait le prince qui le gouverne trés noble, quar, si comme les dux et les princes qui ont esté en Bourgoingne soient et aient esté trés nobles tant a cause de leurs nativitez comme de consanguinitez de roys, d'empereurs; et plusieurs sont eüz seigneurs de Bourgoingne qui estoient filz de roy et roys et empereurs, si doivent estre appelez trés nobles princes dux de Bourgoingne, avec ce qu'ilz sont trés nobles par consanguinitez.

---

[1] Bibliothèque nationale, ms. fr. 21010, chap. ccxvi, fol. cl r°; Nouv. acq. fr. 6861, fol. 244 v°.

[2] La pièce datée la plus récente qui soit reproduite dans ce coutumier est de 1398 (fol. lxxix v°, numéroté par erreur du scribe lxix). Le manuscrit (Bibl. nat., Nouv. acq. fr. 1230) est du xve siècle.

[3] Voir notamment fol. cxxxvi r° et suiv., fol. cxli r°.

[4] Fol. xcvi r°, cii v°. Ce texte est imprimé dans Thaumas de la Thaumassière, *Cout. locales de Berry*, Bourges, 1679, p. 344 et suiv. Nous le désignons sous le titre qui figure dans La Thaumassière : il est annoncé un peu différemment dans notre manuscrit.

Cette platitude initiale ne se dément pas au cours de la longue et insignifiante introduction rédigée par le compilateur bourguignon. L'anonyme entre, enfin, en matière, passe en revue les différents officiers et fonctionnaires, prévôts, maires, tabellions, avocats, baillis, sergents; et tout de suite son œuvre, calquée sur les ordonnances royales ou ducales, se fait sérieuse et solide. Après cette énumération des officiers vient un chapitre intitulé : *Du droit a Monseigneur de Bourgoingne,* chapitre sur lequel nous reviendrons tout à l'heure, car il dérive du Grand Coutumier normand; quelques articles jetés un peu au hasard, puis un long développement oratoire, où l'auteur rapproche du Jugement dernier les jugements humains; enfin cette seconde introduction dont j'ai parlé et qu'il convient de transcrire en partie :

Pour ce que mon entencion est d'esclarcir au mieulx que je pourray en cest euvre les droiz et les establissemens de Bourgoingne, pour quoy le content et les querelles soient finies, et que l'un ne puisse grever l'autre, a chascun soit rendue sa querelle. Et pour ce que la malice de convoitise avoit si ardemment [1] l'umain lignaige par paroles et par discordes et par discension, qu'elle avoit engendrez, et paix et concorde estoient chacies hors du monde, tout ainsi comme en exil, si la grant convoitise ne feust reffrenée et appaisée par droiz, par coustumes, Nostre Seigneur Jhesu Crist, qui est roy paisible, droicturier, et ame justice, avant [2] ce que les princes regnassent en terre et donnassent par certaines loys droiz et coustumes, affeuissent tous les contens que discorde, qui est contraire a paix, peut engendrer, etc.

Ce morceau se compose tout simplement : 1º du premier paragraphe du préambule du Grand Coutumier normand; le mot Normandie a été remplacé par le mot Bourgogne; 2º du prologue qui fait suite à ce préambule.

Suivent les chapitres du Grand Coutumier : i (le mot Normandie du paragraphe 7 remplacé bien entendu par le mot Bourgogne); ii (quelques petites modifications aux paragraphes 3 et 4); iii (les mots du paragraphe 3 : « Je vi faire la justice le roi d'un larron que je vi « pendre », sont remplacés par : « Je vy fere la justice le duc d'un larron « que je vy pendre »); iv (les paragraphes 4 à 6 ne sont pas représentés); vi (dans ce chapitre un accommodement bourguignon est à noter : au lieu de « le noble roi de France Loys, qui fut le second

---

[1] *Sic :* le mot *enlacié* a été omis. — [2] Il faudrait : *voult.*

« après le roi Philippe » (§ 7), le compilateur invoque « le trés noble
« duc Eude et le noble duc Robert »; la suite diffère sensiblement du
texte normand; le chapitre se termine par un renvoi au droit canon; ces
références au droit canon et au droit romain, tantôt dans le texte
même, tantôt dans les marges, sont d'ailleurs fréquentes); ix; x (dans
ce chapitre, le compilateur bourguignon a soin d'écarter la mention
d'usages normands qui figure au paragraphe 3 à titre d'exemple).

Ces emprunts au Grand Coutumier se composent de généralités qui
conviennent à la Bourgogne autant qu'à la Normandie, comme l'indiquent déjà les titres des chapitres : *Cy s'ensuit la différence des droiz;
Qu'est juridiction; Qu'est justice; Qu'est justicier; Qu'est justisement;
Qu'est jugement; Qu'est coustume, loy et usaige.*

La seconde distinction du Grand Coutumier (chap. xi à xxii *bis*),
consacrée aux droits du duc, a été aussi utilisée, en partie, par notre
compilateur, dans un chapitre qu'il a placé, comme nous l'avons dit,
entre l'introduction bourguignonne et l'introduction normande, et
qui est intitulé : *Du droit à Monseigneur de Bourgoingne;* ici encore, le
mot Bourgogne remplace le mot Normandie. D'autres modifications
plus importantes ou additions sont introduites avec discernement. Les
chapitres plus particulièrement mis à contribution sont les chap. xi,
De duce; xv, *De mensuris;* xvii, *De thesauro invento;* xix, *De usuris,* § 2.

C'est à coup sûr un texte français du Grand Coutumier qui a été
utilisé par notre compilateur bourguignon, et non un texte latin :
nous n'en voulons d'autre preuve que certaines expressions du chapitre
Qu'est justisement, dérivé du chapitre vi du Grand Coutumier. Dans
le texte latin de ce chapitre, au paragraphe 4, le « despit » de droit ou
de justice (*contemptus justitiæ*) est ramené à quatre cas : *et hoc fit quadru-
pliciter.* Suit dans le texte latin une série de cas qui ne porte aucun
numéro d'ordre, tandis que le texte français articule ces quatre cas :
« la premiere maniere est; la seconde maniere est », etc. Même tournure
dans la coutume de Bourgogne : « Et de ce fait l'en est iiii manieres :
« Premierement, si est quant...; la seconde, si est quant », etc. On pourrait faire d'autres observations qui confirmeraient cette conclusion :
c'est la traduction française du Grand Coutumier normand qui a été
utilisée par le compilateur bourguignon.

Comme on le voit, il ne s'agit point ici d'influence profonde du
droit normand sur le droit bourguignon, ni même d'aucune influence.

Nous n'avons prétendu relever autre chose que l'emploi par un jurisconsulte bourguignon de certains chapitres du Grand Coutumier qui ne renferment guère que des généralités.

Le Grand Coutumier, si développé qu'il soit, est loin d'être complet. Son insuffisance en ce qui touche les droits de justice des barons n'ayant pas le plaid de l'épée paraît avoir été vivement sentie. Il y eut, ce semble, à l'Échiquier, enquête contradictoire à ce sujet, les clercs de l'Échiquier témoignant dans un sens, les barons dans un autre. Les dires des clercs nous ont été conservés dans plusieurs manuscrits et peuvent être considérés, jusqu'à un certain point, comme un supplément du Grand Coutumier, supplément auquel, sans doute, l'Échiquier ne se faisait pas faute de recourir, le cas échéant. Suivant les clercs, les barons qui « n'ont le plet de l'espée ne haute justice » ne peuvent lever l'amende, en certains cas, de « plus de xviii sous 1 de-« nier mains »; en d'autres cas, de « plus de lx sous 1 denier [mains][1] ».

Un texte incorrectement abrégé applique ces décisions à tous les barons de Normandie[2] et non pas seulement aux barons qui n'ont pas la haute justice. Il ne faut pas que cette mauvaise rédaction donne le change sur le sens de ce petit morceau. Nous croyons qu'il date du xive siècle; sa présence dans le ms. lat. 12883, qui est du xive siècle, exclut une date plus récente.

Quelques manuscrits du Grand Coutumier contiennent aussi un tarif des amendes dues pour coups et blessures[3]; ce tarif est destiné à compléter les renseignements fournis à ce sujet par notre auteur au chapitre lxxxv, § 9; d'après un manuscrit de la Bibliothèque nationale, il fut arrêté en 1406, à l'Échiquier de Rouen[4].

Trois œuvres juridiques d'inégale importance sont venues, au xve et

---

[1] Nous suppléons, mais non sans hésitation, le mot « mains » qui manque dans tous les manuscrits que nous avons consultés : Bibl. nat. fr. 11920, fol. 101 r° et v°; Bibl. nat. lat. 11033, fol. 138 v°, 139 r°; lat. 12833, fol. 93 r° et v°. Imprimé dans Léchaudé d'Anisy, *Grands rôles de l'Échiquier de Normandie*, p. 192, 193. Le ms. fr. 2765 porte : « xl sous », au lieu de « lx s. » (verso du fol. 238 au crayon, 237 à l'encre). Un texte dont nous ne connaissons que les premiers mots et qui est donné comme une ordonnance de l'Échiquier de 1372, pourrait bien être identique au document dont nous nous occupons, On trouvera ce texte dans le manuscrit Harléien 4488, fol. 2 (Musée Britannique) : nous n'avons pu consulter ce manuscrit.

[2] Bibl. nat., lat. 12883, fol. 93 v°.

[3] Bibl. nat. fr. 5964, fol. 217 r°; fr. 11920, fol. 102 r°; fr. 2765, fol. 9 r°; fr. 24112, fol. 7 r°; lat. 18557, fol. 128 r°.

[4] Fr. 24112, fol. 7 r°.

au xvi⁰ siècle, se superposer au Grand Coutumier. Nous nous contentons de les mentionner, sans les analyser, parce que les dates de ces textes dépassent les limites chronologiques qui nous sont imposées. Ces trois œuvres sont :

Au xv⁰ siècle, une glose anonyme très précieuse qui se qualifie *Exposition*. Cette *Exposition* accompagne le texte français du Coutumier dans les premières éditions de cet ouvrage[1]; elle a été conservée aussi dans quelques manuscrits [2].

Au xvi⁰ siècle, une série d'additions à cette glose; additions qui sont l'œuvre de Guillaume Le Rouillé, d'Alençon, « licencié es droictz » (1534).

Encore au xvi⁰ siècle, un second commentaire, œuvre historique très précieuse, due à Guillaume Terrien, lieutenant général du bailli de Dieppe (1574).

Les divers styles normands (xv⁰ et xvi⁰ siècle), si intéressants pour la procédure, échappent également, à cause de leur date, à la présente étude.

Le Grand Coutumier n'a jamais été appliqué uniformément et intégralement dans toute la province de Normandie. Les usages locaux venaient facilement, au moyen âge, briser la loi ou la coutume provinciale. Parmi ces usages locaux les chartes communales jouent un rôle important, parce que certaines règles de droit privé, en désaccord avec le droit commun de la région, y ont souvent pris place.

Nous ne saurions passer en revue pour la Normandie tous ces textes secondaires. Nous nous contenterons de faire observer qu'au xvi⁰ siècle, lorsqu'on s'occupa d'une rédaction nouvelle, on constata qu'il y avait presque partout des usages locaux : cependant Coutances, Carentan, Valognes et Avranches n'en alléguaient aucun[3]; ce qui vient à l'appui de l'hypothèse que le Grand Coutumier aurait été rédigé précisément dans cette région.

Il est pourtant un groupe de coutumes locales qui appelle notre

---

[1] Voir l'indication des éditions dans Laurence de Gruchy, *L'ancienne coutume de Normandie*, Jersey, 1881, p. 339, 347; J. Tardif, *Summa de legibus*, p. ccxxxv, ccxlvi.

[2] Voir notamment Bibl. nat., fr. 2765. Nous croyons que le ms. du Musée Britannique Harl. 4488, dont nous n'avons sous les yeux que des extraits insuffisants, contient aussi la grande glose ou exposition du Coutumier.

[3] *Procès-verbal des coustumes locales de Normandie*, dans Bourdot de Richebourg, *Coutumier général*, t. IV, p. 140.

attention. C'est celui que forment les coutumes des Îles normandes. Ces coutumes méritent une mention particulière, parce que leur histoire et celle du Grand Coutumier sont, comme nous l'avons dit en commençant, intimement liées l'une à l'autre.

Au commencement du xive siècle, des difficultés, qui devaient durer environ trente ans, surgirent entre les habitants des Îles et la couronne d'Angleterre. L'un des objets principaux du grand débat qui s'engagea avec l'Angleterre fut précisément le droit des Îles. Quelle est, disaient les représentants du roi d'Angleterre, la coutume ancienne des Îles? Quel est le fondement de cette coutume? Si les insulaires ne peuvent justifier leurs coutumes, celles-ci seront confisquées au profit du roi, qui, dès lors, fera lui-même la loi à sa volonté.

L'action intentée aux habitants des Îles était l'action *De quo warranto*. Le plaid *De quo warranto* avait été introduit en Angleterre par Édouard Ier : ce plaid a pour objet d'obliger celui qui possède un droit paraissant de nature à appartenir au roi à établir son titre à la possession de ce droit : s'il ne peut faire cette justification, il sera dépossédé au profit du roi. La coutume était donc ici assimilée à un droit qui, sauf preuve du contraire, est droit royal [1].

A cette question *De quo warranto?* les habitants de Guernesey répondirent, en 1309, qu'ils suivaient non la loi anglaise, ni la loi normande, mais des coutumes spéciales, en vigueur dans l'île de temps immémorial : *Communitas hujus insule allocuta qua lege utuntur et per quam legem clamant deduci, an videlicet per legem Anglie vel Normannie, aut per speciales consuetudines eis per reges concessas, dicunt quod nec per legem Anglie nec Normannie, set per certas consuetudines in hac insula usitatas a tempore cujus memoria non existit* [2]. Les habitants de Jersey dirent qu'ils suivaient la coutume de Normandie, sauf quelques usages particuliers, et ils énoncèrent ces usages [3]. Accusés d'avoir adopté tout récemment le traité composé par un Normand du nom de Maucael [4], ils répliquèrent qu'ils se servaient à bon droit de cette Somme de Maucael, puisqu'elle contenait les lois de la Norman-

[1] Cf. J. Havet, *Les cours royales des Îles normandes*, dans *Bibl. de l'École des chartes*, t. XXXVIII, p. 57, 58, 276.

[2] *Placita de quo warranto*, [London], 1818, p. 825, col. 2. Cf. J. Tardif, *Les auteurs présumés du Grand Coutumier de Normandie*, dans *Nouvelle revue hist. de droit*, t. IX, p. 155-205.

[3] *Ibid.*, p. 835, col. 1.

[4] Sur ce nom, voir ci dessus, p. 78.

die [1]. Les procédures, commencées avant 1309, duraient encore en 1332. En effet, à la fin de l'année 1332 ou au commencement de 1333, les habitants non plus seulement de Jersey, mais aussi de Guernesey, déclarèrent avoir toujours suivi la Coutume de Normandie « qu'est appelée la *Summe Maukael* » [2].

Les Guernesiais et les Jersiais ajoutaient diverses observations empruntées les unes à l'ordre judiciaire, les autres à l'ordre politique. Les plaids *De quo warranto* ne sont pas applicables aux insulaires parce qu'ils ont été introduits par un statut récent d'Édouard Ier, obligatoire seulement pour ceux qui tiennent de la couronne d'Angleterre, tandis que les insulaires relèvent directement du roi comme seigneur des Îles [3]. Tel était l'un des principaux arguments juridiques. L'argument politique porta peut-être davantage : les insulaires, disait-on, ont eu beaucoup à souffrir du voisinage des Français, sans jamais cependant s'être départis de leur fidélité envers les princes anglais. A la suite de ces explications, les poursuites furent suspendues; elles ne furent jamais reprises. Et même, un peu plus tard, Édouard III, en lutte avec Philippe VI, sentit le besoin de s'attacher les habitants des Îles : le 10 juillet 1341, il confirma expressément leurs privilèges et coutumes, confirmation renouvelée en 1357 [4]. Ces actes confirmatifs n'énumèrent pas les privilèges et coutumes des Îles; ils les visent *in globo*. Les documents qui, à cet égard, nous renseignent avec quelque précision sont assez nombreux et divers d'origine. Nous les indiquerons en suivant l'ordre chronologique, mais sans dépasser l'année 1333.

Une enquête eut lieu sous Henri III, en 1248. Elle avait pour objet de constater le régime établi dans les îles de Jersey et de Guernesey par le roi Jean. Le premier fait relevé par les enquêteurs est la création par le roi Jean de douze jurés, *duodecim coronatores juratos, ad placita et jura ad coronam spectantia custodienda* [5]. Nous retrouverons ces douze jurés dans tous les documents postérieurs.

---

[1] *De predicta Summa de Mantael* (sic dans l'imprimé); voir *Placita de quo warranto*, p. 836, col. 1.

[2] *Pétition des habitants des Îles*, publié par Havet, *Les cours royales des Îles normandes*, pièce xxxv, dans *Bibliothèque de l'École des chartes*, t. XXXIX, p. 245.

[3] *Pétition des habitants des Îles*, dans *Bibl. de l'École des chartes*, loc. cit.

[4] Rymer, *Fœdera*, t. II, Londini, 1821, p. 1167. J. Havet, *Les cours royales des Îles normandes*, loco citato, p. 250, 251.

[5] J. Havet, mémoire cité, *ibid.*, t. XXXVIII, p. 52.

Une pièce non datée, mais qui a probablement été écrite en 1274, énumère les droits du roi à Guernesey, puis les droits des habitants de cette île. Ce relevé, d'ailleurs fort curieux, n'est revêtu d'aucune formule officielle. Les franchises qui y sont mentionnées en première ligne sont : l'abonnement à une taille ou aide de soixante-dix livres, et le droit pour les insulaires d'être jugés par douze jurés sans sortir du pays [1].

En 1299, on demande aux insulaires une déclaration écrite de leurs coutumes. Si cette déclaration fut fournie, ce qui paraît fort douteux, elle ne nous est pas parvenue [2].

En 1309, les Jersiais, disant leurs usages devant les justiciers itinérants, placent au premier rang de leurs franchises le droit d'être jugés par douze jurés à vie, natifs de Jersey, élus en commun par les officiers du roi et les principaux de l'île. Devant les mêmes justiciers, un représentant du roi d'Angleterre accusait les Jersiais d'avoir illégalement établi chez eux, et dans les procédures d'enquête, et en matière d'héritage ou de douaire, en fait de poids et mesures, et dans les affaires intéressant les droits de la couronne, etc., des usages tout à fait différents de ceux des autres Îles [3].

En 1320, les habitants d'Aurigny parvenaient à faire reconnaître par les justiciers royaux itinérants toute une série d'usages locaux très importants ; nous y notons ce trait : Guernesey était, comme on eût dit dans la région du Nord-Est de la France, « chef de sens » d'Aurigny ; c'est-à-dire qu'en cas de difficulté judiciaire, les jurés d'Aurigny avaient recours aux lumières des jurés de Guernesey. Les jurés d'Aurigny, qui étaient autrefois au nombre de sept, ont été récemment portés à douze, nous apprend le même document [4].

Il semble que les habitants de Jersey et de Guernesey obtinrent, en 1320, la même reconnaissance de leurs coutumes que ceux d'Aurigny ; mais cette solution favorable ne fut pas maintenue. Le roi déclara que ses commissaires avaient dépassé leur mandat et suspen-

---

[1] *Copie des franchises que le roi d'Engleterre a en Guernerie et que les hommes de Guernerie ont*, publié par J. Havet, *Les cours royales des Îles normandes*, pièce I, dans *Bibl. de l'École des chartes*, t. XXXIX, p. 199-202. Cf. le commentaire de J. Havet, *ibid.*, t. XXXVIII, p. 56.

[2] J. Havet, *l. cit.*, p. 58.

[3] *Placita de quo warranto*, p. 835, col. 2.

[4] *Extrait du rôle des plaids tenus par les justiciers itinérants ; coutumes adjugées à la communauté de l'île d'Aurigny*; texte publié par Havet, *Les cours royales des Îles normandes*, pièce XXIII, *ibid.*, t. XXXIX, p. 230.

dit l'exécution de leurs sentences[1]. De nouveaux commissaires, sans juger la question au fond, annulèrent comme erronées les sentences qui confirmaient les coutumes des Îles[2].

Une pièce de procédure, rédigée par les habitants de Jersey en forme de pétition ou requête, et présentée au Parlement d'Angleterre en 1333, relate les coutumes alléguées. En première ligne, les requérants ont fait figurer le droit d'être jugés par douze jurés à vie qui doivent être nommés en commun par les officiers royaux et par la communauté de Jersey[3].

Une pièce analogue à la précédente et de la même date relate les coutumes alléguées par les habitants de Jersey et de Guernesey. Le premier article de ces coutumes est presque identique à celui que nous venons de citer pour Jersey. Un autre, non moins remarquable, veut être relevé : tout prévôt royal dans les Îles doit être élu par les habitants : *Item quod dominus rex nullam prepositum ibidem habere debeat nisi per electionem patriotarum*[4].

Nous n'entreprendrons pas l'analyse minutieuse des usages locaux des Îles. Le droit d'être jugés et probablement gouvernés par douze notables, appelés « jurés », qui font souvent échec aux juges itinérants ou au bailli ou gardien du roi d'Angleterre, paraît avoir été, comme on l'a vu, une des franchises auxquelles les insulaires tenaient le plus. Il ne faut pas confondre ces douze jurés avec les jurés dont parle si souvent le Grand Coutumier normand. Les jurés des Îles sont des officiers à vie, qu'on devrait plutôt rapprocher des échevins ou jurés dont se composait le magistrat de beaucoup de communes françaises. Cette magistrature, si chère aux insulaires dès le xiiie siècle, subsiste encore aujourd'hui, de même que le Grand Coutumier reste, comme nous l'avons dit, un des éléments principaux de la législation en vigueur dans les Îles normandes.

---

[1] *L. cit.*, pièce xxiv, p. 233-235. Conf. t. XXXVIII, p. 59.

[2] J. Havet, *ibid.*, t. XXXVIII, p. 59.

[3] *Procès à la cour du Banc du roi sur les coutumes de Jersey*, ibid., pièce xxxii, p. 240-242.

[4] *Pétition des insulaires et suspension des poursuites*, pièce xxxv, *l. cit.*, p. 244-249. Ce texte a été aussi publié par Léchaudé d'Anisy, *Grands rôles*, p. 207. Pour les documents postérieurs, voir Havet, *l. cit.*, t. XXXVIII, p. 53, 63-66.

3. DEUX CONSULTATIONS SUR LA COUTUME DE NORMANDIE.

Les deux consultations sur la coutume de Normandie dont nous devons maintenant dire un mot peuvent être considérées comme le commentaire du chapitre xxiv, *De portionibus*, du Grand Coutumier ou, si on veut, comme un supplément à ce chapitre. Ces deux textes, inédits l'un et l'autre, sont de la fin du xiiie siècle : l'un est daté de 1288; l'autre de 1294[1].

Nos deux consultations ne sont pas des œuvres privées : elles ont un caractère officiel, nous dirions mieux peut-être un caractère judiciaire. Voici à quelle occasion elles furent délivrées.

Amicie de Courtenai, qui avait épousé en 1262 Robert II, comte d'Artois, mourut en 1275. Elle laissait deux enfants mineurs : Philippe, qui épousa Blanche de Bretagne en 1280 (toutefois cette date n'est peut-être que la date des fiançailles)[2]; Mahaut, qui épousa en 1285 Otton IV, comte de Bourgogne[3]. Les biens tombèrent, jusqu'à la majorité de Philippe, en garde seigneuriale.

Le partage de cette succession donna lieu à de très longs débats entre Philippe, arrivé à la majorité, et Mahaut. Au cours de ces débats, qui ne prirent fin qu'en 1297, les parties se référèrent à la coutume de Normandie, parce que les biens en garde (Conches et Nonancourt) étaient sis en Normandie. On invoque la coutume de Normandie, et cependant, il importe de le remarquer, le Grand Coutumier n'est cité nulle part[4]. Certes le texte du chapitre xxiv n'eût pas suffi, comme on le verra, pour résoudre toutes les difficultés, mais il eût, à coup sûr, servi de point de départ aux avocats, s'ils l'eussent déjà considéré comme officiel. On n'en était pas là en 1288-1294. C'est en 1302 seulement qu'un chapitre unique du Grand Coutumier, le chapitre lxxxii, *De clericis,* devait prendre ce caractère officiel. L'ensemble de l'œuvre s'achemina ensuite progressivement vers ce degré d'autorité et de créance.

---

[1] Ces deux documents sont conservés aux archives du Pas-de-Calais, A 34[13], A 116.

[2] « Mariée par contrat passé au mois de juillet 1280, » lit-on dans le P. Anselme (t. 1, p. 385). La date du contrat est souvent la date des fiançailles.

[3] Cf. Richard, *Mahaut, comtesse d'Artois et de Bourgogne,* Paris, 1887, p. 5. Le P. Anselme donne à tort la date de 1291 (*Hist. généal. de la maison de France,* t. Ier, p. 383).

[4] Il est possible toutefois qu'on ait consulté ce document, car la comtesse Mahaut possédait un exemplaire du Grand Coutumier en français (Richard, *Mahaut,* p. 100).

Pour se faire une idée du débat, il faut connaître le contrat de mariage de Mahaut; il est daté de l'année 1285, époque à laquelle Philippe, son frère aîné, était encore mineur. Cet état de minorité nous est révélé par la seconde des deux consultations, et c'est précisément un des faits sur lesquels on insiste au point de vue juridique. Le roi Philippe III, qui paraît avoir joué un rôle décisif dans ces arrangements de famille, constate, par acte en date du 25 janvier 1285 (n. st.), que la dot de Mahaut se ramène à deux éléments bien distincts : 1° une somme de dix mille livres tournois en argent comptant, somme qu'on déposera au Temple et que le futur pourra toucher immédiatement; 2° des droits vaguement indiqués sur la succession d'Amicie : *Actum fuit quod idem Oto cum eadem Matildi acciperet et haberet ratam seu portionem ipsam contingentem in bonis maternis.*

Ratam seu portionem . . . contingentem in bonis maternis : mais quelle est cette *portio,* cette quote-part de la fortune qui revient à Mahaut d'après la coutume de Normandie? La difficulté est sérieuse. En effet, le contrat de mariage, rédigé très probablement loin de la Normandie, sans qu'on eût songé à consulter quelque praticien normand, se reporte pour déterminer la quotité de la dot de Mahaut au droit successoral de Mahaut; la coutume normande, de son côté, n'accorde aux femmes aucun droit successoral proprement dit. Tout leur droit successoral se résume précisément dans leur *maritagium* ou dot : *Sorores autem in hereditate patris nullam portionem debent reclamare versus fratres vel eorum heredes, sed maritagium possunt requirere.* Et ce *maritagium* est d'une élasticité singulière : *Et si fratres eas ex mobili sine terra vel cum terra, vel ex terra sine mobili, voluerint maritare viris eis idoneis sine disparatione, hoc eisdem debet sufficere* [1].

La question se compliquait d'une autre difficulté qui ne nous est pas exposée en termes très clairs. Si nous interprétons bien les textes, les deux terres de Normandie ne venaient pas l'une et l'autre d'Amicie : Conches avait bien appartenu à Amicie, mais Nonancourt n'était pas succession directe; ce domaine provenait d'un parent du côté maternel. À ce propos, nouveau doute : les droits des parties étaient-ils les mêmes sur Conches et sur Nonancourt?

On discuta. On consulta. Le 5 juillet 1288, les délégués de Phi-

---

[1] *Grand Coutumier,* chap. XXIV, § 14, édit. Tardif, p. 83-84.

lippe d'Artois et ceux du comte de Bourgogne et de madame Mahaut,
sa femme, se réunirent à Conches, au diocèse d'Évreux. Ils interro-
gèrent des chevaliers, des clercs et d'autres bonnes gens, « c'est assa-
« voir : Monseigneur Pierres de Pommeruel, Monseigneur Rogier de
« Courçon, Monseigneur Jehan du Fay, Monseigneur Richart Ruffaut,
« Monseigneur Guillaume de Bordigni, Monseigneur Rovier de
« Portes, Monseigneur Jehan de Chantelou et Monseigneur Renaut
« du Mesnil, chevaliers; Mestre Pierres de Houssemagne, chanoine
« d'Esvreues; Monseigneur Richart Le Gualois, prestre et persone de
« Sainte Coulonbe et Robert Gerart, clerc [1], et autres bonnes gens. »
Ces Normands arrêtèrent la réponse suivante : « Ladite Mahaut doit
« prandre et avoir pour sa partie le tierz en la terre de Conches et es
« apartenances; mais ladite Mahaut ne doit rien avoir en la terre de
« Nonencourt ne es apartenances, pour ce que ladite terre n'est pas
« venue de droite lingne, einz est venue d'une escheance de costé [2]. »

La seconde partie de la consultation révèle un autre chef du débat
dont nous n'avons encore rien dit : Philippe accusait sa sœur de s'être
approprié des deniers qui ne lui appartenaient pas, soit que le don
ci-dessus relaté de dix mille livres tournois lui parût excessif, soit
même qu'on eût ajouté de la main à la main à cette grosse somme.
Cette seconde difficulté est résolue en ces termes : « Et avons trouvé
« par le recort des devant nommez que, se ladite Mahaut enporta de-
« niers des chatieus dudit Monseigneur Phelippe plus que il ne li pouet
« afferir pour sa partie des muebles, que il tendront leu a Monseigneur
« Phelippe, en rabatant sus la partie de l'eritage a ladite Mahaut, ou
« les deniers seront renduz audit Monseigneur Phelippe. »

Telle est notre première consultation. Comment les prud'hommes
normands ont-ils trouvé cette quotité du tiers? Rien de plus simple.
Elle se présentait très naturellement à leur esprit; car il était admis
que, si le frère ou les frères ne veulent pas marier ou doter leur sœur,
celle-ci pourra réclamer le tiers de la fortune : *Et si eas maritare noluc-
rint, terciam partem hereditatis habebunt loco maritagii* (chap. XXIV, § 14).
Sans doute, on ne pouvait soutenir que Philippe n'avait pas voulu
marier sa sœur Mahaut; mais on raisonnait par analogie et on attri-

---

[1] Ce Gérard tient peut-être la plume.

[2] A joindre dans le même esprit, au sujet
des revenus sur les juifs à Nonancourt, une
décision du Parlement de Paris, de la Pentecôte 1288 (Beugnot, *Les Olim*, t. II, p. 277,
n° IX).

buait à celle-ci un tiers de la fortune de sa mère. Raisonnement vraisemblable : on peut admettre, en effet, que, si la coutume accorde
un tiers à la sœur ou aux sœurs que le frère n'a pas voulu marier,
c'est parce que cette quotité du tiers est la part communément faite à
la sœur ou aux sœurs, au moment du mariage. Quant à la décision
relative à Nonancourt, elle est parfaitement conforme aux règles que
pose de son côté l'auteur du Grand Coutumier normand. Le « ma-
« riage » ou dot de la sœur doit être imputé sur les biens venant de succession directe, mais non sur ceux qui viennent de succession collatérale (chap. xxiv, § 15). La consultation n'est pas pour nous très nette
en ce qui concerne l'argent comptant et les meubles ; la pensée des
rédacteurs de cet avis juridique est, sans doute, que Mahaut a droit
au tiers du mobilier comme au tiers des terres qui ont appartenu à sa
mère ; c'est aussi la doctrine du Grand Coutumier, lequel ne distingue
pas les meubles et les immeubles, mais parle en bloc de l'héritage :
terciam partem hereditatis. . . loco maritagii.

Cette consultation ne fut pas acceptée par Philippe. Les discussions continuèrent. Le frère fit valoir, ou on fit valoir pour lui, une
série de considérations juridiques très délicates, qui avaient surtout
pour base cette observation de fait : Philippe était mineur lors de la
conclusion du contrat de mariage de Mahaut. Une consultation beaucoup plus importante et plus solennelle fut demandée par Philippe.
On dressa quatorze propositions qui furent soumises à l'Échiquier de
Rouen, le 21 octobre 1294 ; l'Échiquier libella quatorze réponses à
ces questions. Les propositions de Philippe et les solutions de l'Échiquier furent soumises, le 19 décembre suivant, au Parlement, lequel
approuva toutes les décisions qui lui étaient transmises. C'est notre
seconde consultation. Voici les noms des membres de l'Échiquier qui
l'ont rédigée ou qui, du moins, en ont pris la responsabilité : « Ce
« sont coustumes de Normendie approvées a l'Eschekier de Roem par
« Maistre Jehan de Forest, Monseigneur Estevène de Bienfete, cheva-
« lier, Monseigneur Renaut Le Chambellenc, chevalier, visconte de
« Faloise, Jehan de Saint Lyenart, baillif de Caen, Nicholas de Villers,
« baillus de Coustentin, Maistre Pierre de Carville, maire de Roem,
« Guillaume du Gripeel, visconte de Caem, Raimon Passemer,
« visconte de Pont Audemer, et Denis Tavernier, visconte de Mons-
« terviler. » Parmi les dix-neuf personnes présentes au Parlement

quand l'affaire y fut portée et qui approuvèrent à leur tour, nous remarquons le bailli de Gisors et le bailli de Caux.

Cette consultation solennelle fixe la solution de toute une série de problèmes juridiques. L'un des articles, le cinquième[1], est la reproduction pure et simple d'un principe posé dans la consultation de 1288 : sœur, en échéance de côté, ne prend rien avec frère. Nous relevons encore l'énoncé d'un principe connu : « On propose premie- « rement ke suer, puis ke ele est mariée, ne puet demander partie a « sen frere. » Suit la réponse de l'Échiquier, qui reçut l'approbation du Parlement. Cette réponse limite la portée de la proposition, qui est inapplicable dans l'espèce : « C'est voirs : puis ke le pere et le « mere l'aront mariée ou l'un d'ichiaus sans l'autre, et li aront donné « certaine portion de leur biens, ele ne puet puis demander partie a « sen frere. Item, se ele se marie de se volenté, ele ne puet puis de- « mander partie. Mais se aucune demoisele est en aage de marier et « ses freres soit sousaagé et en garde de seigneur, les amis, par le « congié du gardeeur, pueent bien le demoisele marier et prometre « lui tel droit comme ele porroit avoir de l'yretage de son pere ou de « sa mere, se il estoient mors. Et ceste partie li doit tenir li freres « quant il venra en aage. Et sera tenue le demoisele a rendre au frere « ce ke ele en ara porté de ses moebles outre sen droit. »

La quatrième proposition prend encore pour point de départ un principe général, que le Grand Coutumier a formulé de son côté au paragraphe 15 du chapitre XXIV. Elle est ainsi conçue : « Item, aussi « comme li freres aagiés puet marier se suer tout pour deniers sans « donner li terre, autel pooir ont les amis quant il est sousaagé; car « se condicion ne doit pas estre pire pour son non aage. Et se les amis « avoient donné a le suer grant moeble et yretage avoekes, li freres seroit « oïs a demander le desavenant. Et prenderoit on aussi boen regart au « moeble comme a l'yretage. » A cette proposition ou question voici la réponse entièrement concordante de l'Échiquier et du Parlement : « Le coustume est bien tele d'effant sousaagé ke se condicions n'em- « pire pas pour son non aage et ke, se si ami ont donné a se suer du « sien desavenanment a mariage en mueble ou en yretage, il le puet « bien rapeler en l'an de son aage, si comme il est dit par desus. »

---

[1] Numéroté par erreur IIII dans le manuscrit.

Parmi les autres propositions, la troisième et la onzième attirent particulièrement notre attention. La troisième serre d'assez près l'espèce en cause; la réponse surtout en relate, ce semble, la circonstance la plus notable. Proposition et réponse concourent, en définitive, à établir que Philippe, mineur lors du contrat de mariage de sa sœur, peut répéter ou refuser de livrer ce qui aurait été donné ou promis en trop à sa sœur. Voici le sens exact de la proposition : un frère est mineur et sa terre est en garde féodale; sa sœur est en âge de mariage; les parents (« les amis du vallet et de le demoiselle ») viennent trouver le gardien et, d'accord avec lui, déterminent la dot (« mariage ») de la fille; le gardien cependant conserve le bien en sa main ; mais, lorsque le frère sera majeur et hors de garde, si le don fait à sa sœur est excessif, il pourra, dans l'année, en provoquer la révocation, alors même que sa sœur et son mari seraient déjà ensaisinés. Telle est la proposition. La réponse va poser une autre modalité, qui correspond probablement à la situation exacte des parties [1]; on va y examiner le cas où les biens immeubles sont restés en la main du gardien : « La coustume est bien « tele comme il est desus dit; mais, se le mariage convenenchié par les « amis de le demoisele demeure par aucune aventure en le main du « gardeur, pour chou ne pert pas le demoisele ke ele ne puist de- « mander a sen frere ce ke les amis li aront convenenchié au mariage. « Et est bien le coustume tele ke, se le mariage est fait et livré des- « avenant a le damoisele par les amis, le frere puet rapeler le desave- « nant en l'an de son aage. »

Nous croyons pouvoir résumer en ces termes la pensée fondamentale qui se dégage de cette série de principes : sans doute, une sœur ne peut demander à son frère un partage de succession; mais elle peut lui demander une dot promise. D'autre part, le frère peut contester la quotité de cette dot, en soutenant qu'il y a « mariage desave- « nant ». Le contrat de mariage serait-il un obstacle à cette solution? La onzième proposition et la réponse qui la suit écartent directement l'autorité de cet instrument.

Telle est, en son essence, cette consultation juridique. Nous omettons bien des détails qui compliquaient le problème : cette question,

---

[1] Non pas toutefois en ce qui concerne Nonancourt, car il nous paraît certain que, dès 1288, Philippe d'Artois avait pris posses- sion effective de Nonancourt : c'est ce qui ressort d'une décision des *Olim* de cette année (*Olim*, t. II, p. 277, n° IX).

entre autres, se posait : Robert d'Artois, veuf d'Amicie, n'a-t-il pas un droit d'usufruit sur les biens de sa femme? Mais Robert s'est remarié : il a épousé en secondes noces[1] Agnès de Bourbon (morte elle-même en 1283). A-t-il perdu cet usufruit? Il l'a certainement perdu : « Item, ke quant homme tient en veveé la terre de sa pre- « miere femme et il se marie a autre, il pert le terre de le premiere « femme. — Response : Le coustume est tele. » Ce principe a été proclamé également par l'auteur du Grand Coutumier[2].

Il n'y a, d'ailleurs, aucune parenté de texte entre ce traité et notre Consultation. Nous pensons que les rédacteurs de cet avis juridique n'ont pas eu sous les yeux le Grand Coutumier. En revanche, il est facile de constater que les principes fondamentaux sont identiques de part et d'autre, la consultation visant de plus une série de questions secondaires que l'auteur du Grand Coutumier n'avait pas abordées.

Le débat se prolongea et aboutit enfin à une transaction : le frère et la sœur compromirent, faisant leur propre père arbitre du litige. Celui-ci laissa de côté tous les arguments juridiques, et, statuant en fait plutôt qu'en droit, prononça, le 15 septembre 1296, le jugement arbitral suivant : « Disons et prononçons en arbitrant seur la painne « contenue audit compromis que ladite Mahaut, pour tout le droit « que a li apartient et puet apartenir en l'erytage desus dit de par sa « mere, ait et preingue herytablement, a tous jours, sis cens livrées de « terre a tornois, lesqueles nous volons que lidis Phelippes li assiée « trés maintenant a Chastiau Renart, a Charny et en la terre que lidis « Phelippes a en Borgoingne, bien et soufisaument, as us et as cous- « tumes des biens, avuec les chastiaus, maisons, forteresses et justices « et segnories toutes desdis biens, qui seront prisiées et mises ou conte « des sis cens livrées de terre, en la maniere que la coustume des « lieus l'aportera, se la coustume le donne[3]. » Cette sentence fut complétée dans l'automne de 1297. Robert d'Artois expliqua par une seconde sentence : 1° que le comte de Bourgogne et Mahaut tiendraient la ville de Château-Renard en fief de Philippe; 2° qu'ils seraient tenus d'acquitter certaines charges envers une série de per-

---

[1] Il épousera en troisièmes noces Marguerite de Hainaut (1298). — [2] Chap. cxix, *De impe-ditione feodi viri viduati*, § 1, édit. Tardif, p. 307. — [3] Archives du Pas-de-Calais, A 41[23]

sonnes désignées. Les parties intéressées acceptèrent cette solution [1]. Il semble pourtant que ce ne fut pas le dernier mot. En effet, le P. Anselme, auquel d'ailleurs toutes les autres pièces de ce curieux dossier paraissent être restées inconnues, analyse un acte du 22 décembre 1297, que nous n'avons pas retrouvé : c'est cet acte qui aurait terminé le litige. En voici l'analyse d'après le P. Anselme : Otton de Bourgogne et Mahaut déclarent se contenter de ce que le comte d'Artois, père de Mahaut, a réglé pour tout droit à la succession d'Amicie : Mahaut aura la moitié des châtellenies de Château-Renard et de Charni, l'autre moitié restant à Philippe, son frère [2].

Conches et Nonancourt ne jouent plus aucun rôle dans les divers actes par lesquels se clôt le litige. Les droits de Mahaut sur Conches, et d'ailleurs tous ses droits, quels qu'ils soient, ont été ventilés par l'arbitre : ils sont entièrement transformés; Philippe reste, sans que son père ait eu besoin de relater le fait, seigneur sans partage de Conches et de Nonancourt.

Ces longues discussions et surtout ces remaniements successifs de la sentence arbitrale décèlent entre les deux parties une hostilité profonde. Il est permis de se demander si cet obscur débat entre Philippe et Mahaut n'a pas quelque intérêt pour l'histoire générale. On sait quelles interminables et terribles rivalités divisèrent, à la mort de Robert II [e] (1302), Mahaut et son neveu Robert, fils de Philippe, prédécédé, lesquels prétendaient l'un et l'autre au comté d'Artois. On pourra désormais rappeler que la lutte entre ces deux branches de la famille d'Artois remontait à dix-sept ans en arrière, c'est-à-dire au contrat de mariage de Mahaut : ces deux branches étaient depuis lors des rivales, des ennemies; le procès fameux de Mahaut et de son neveu Robert fait suite dans une certaine mesure au litige de 1285-1297 entre Mahaut et Philippe.

Un débat analogue à celui dont nous venons de rendre compte s'était élevé vers ce temps entre deux autres membres de la famille de Courtenai : Pierre (branche des seigneurs de Champignolles) et Marguerite, sa sœur, épouse de Raoul d'Estrées. Pierre de Courtenai voulait, lui aussi, revenir sur le contrat de mariage de sa sœur, sous

<hr>

[1] Archives du Pas-de-Calais, A 2, fol. 2. — [2] P. Anselme, *Hist. généalogique de la maison royale de France*, t. 1er, p. 383.

prétexte qu'il était mineur au temps où il avait consenti à ces conventions matrimoniales. L'affaire fut portée devant le Parlement et résolue, en 1282, contre Pierre de Courtenai. Voici les considérants de l'arrêt : *Quia dicte convenciones recordate fuerunt in presencia domini regis, dicto Petro presente et consenciente, et quia dicte convenciones eidem Petro dampnose non sunt, set pocius fructuose* [1].

Mahaut eût pu songer à invoquer contre son frère cette jurisprudence toute récente. Elle le fit peut-être. Mais nous ne pouvons rien affirmer à cet égard. Il ne serait pas impossible d'apercevoir dans la réponse à la huitième proposition de Philippe une confirmation par le Parlement de Paris des principes qu'il avait posés en 1282 dans l'affaire de Pierre de Courtenai contre Marguerite. Voici la proposition et la réponse auxquelles nous faisons allusion :

Item, propose li deffenderres ke, comme li demandeur fondent mout leur entention sur une lettre scelée du seel nostre seigneur le roy Philippe, ke cele lettre ne le lie en riens, car, par le coustume de Normandie, lettre ne lie homme ki ne s'est obligiés ou ki n'est condempnés par droit.

Response : Le coustume est bien tele : quant enfant sousaagé est en garde de signeur, et il a suer ki soit en aage de marier, les amis et le signeur ki le gardent le puent bien liier en fasant mariage avenant a sa suer [2].

II. — RECUEILS DE JURISPRUDENCE NORMANDE.

Les jurisconsultes qui, au XIIIe et au XIVe siècle, rédigeaient dans nos provinces des coutumes ou des coutumiers prenaient pour base de leurs travaux le droit pratiqué dans les tribunaux et dans les cours. C'étaient là les officines du droit. C'est là que le droit se faisait plutôt que dans les assemblées législatives et dans les livres. Nous ne saurions donc négliger entièrement les monuments anciens de cette jurisprudence dont se sont inspirés nos vieux auteurs. Nous les étudierons d'ailleurs très sommairement.

Les sources de la jurisprudence normande au XIIIe siècle se divisent tout naturellement en deux parties : les arrêts de l'Échiquier, juridiction supérieure; les sentences des nombreuses juridictions inférieures.

Les juridictions inférieures et l'Échiquier ont fait consigner de

____

[1] *Olim*, t. II, p. 201, n° XVI. Cf. t. I, p. 485. — [2] Cf. proposition XI.

bonne heure sur rouleaux, puis sur registres, sinon toutes leurs décisions, au moins une grande partie de leurs décisions. Ces rouleaux ou ces registres des greffiers du xiii⁰ siècle ne sont pas parvenus jusqu'à nous. Mais nous possédons divers recueils qui en dérivent.

Les recueils d'arrêts de l'Échiquier sont :

1° Plusieurs compilations allant de 1207 à 1248 ;

2° Un recueil intitulé *Arresta communia de Scaccario*, de 1276 à 1290, et un petit recueil comprenant des arrêts de 1291 à 1294.

Quant aux juridictions inférieures, un recueil fort intéressant est arrivé jusqu'à nous : ce sont les Assises de Normandie.

Nous donnerons ici une idée sommaire de ces collections.

1. COMPILATIONS D'ARRÊTS DE L'ÉCHIQUIER DE 1207 À 1248.

M. L. Delisle, dans une étude déjà ancienne [1], a distingué ainsi qu'il suit quatre compilations :

Première compilation : 1207-1243 [2].
Deuxième compilation : 1207-1236 [3].

[1] *Mémoires de l'Académie des inscriptions*, t. XXIV, 2ᵉ partie.

[2] Manuscrit unique : Bibl. de Rouen Y. 9. 90, fol. 51 v°-82 v° (fin du xiii⁰ siècle). Édité par L. Delisle, dans *Notices et extraits*, t. XX, 2ᵉ partie, Paris, 1864 ; M. Delisle a fondu dans son édition les arrêts fournis par les autres compilations.

[3] Cinq manuscrits : Bibl. nat., latin 4651, fol. 49-55 (fin du xiii⁰ siècle); latin 11034, fol. 1 v°-8 v° (commencement du xiv⁰ siècle); latin 11033, fol. 52-60 (manuscrit copié en 1365); latin 4653, fol. 79 v°-90 v° (copié en 1430); lat. 4653 A, p. 242-276 (commencement du xvi⁰ siècle). La Deuxième compilation était aussi transcrite dans le registre Saint-Just de la Chambre des comptes, registre détruit dans l'incendie de 1737. La Deuxième compilation a été éditée par Léchaudé d'Anisy, d'après le ms. latin 11034, dans les *Grands rôles des Échiquiers de Normandie*, p. 137-144 (*Mémoires de la Société des Antiquaires de Normandie*, t. XV, Caen, 1845. Certains exemplaires de ce volume portent aussi le titre de *Documents historiques*, t. I). Brussel avait publié, d'après le registre Saint-

Just, plusieurs arrêts dans le *Nouvel examen de l'usage général des fiefs*. Le registre Saint-Just contenait, comme nous l'avons déjà dit (ci-dessus, p. 67, n. 4), outre la Deuxième compilation, un texte du Grand Coutumier. A la suite du Coutumier on lisait ces vers :

La coustume de Normandie
Est, bonne et vraie, ici finie,
Qui fu de Lisle Bonne estraite,
S'est or muelx ordonnée et faite.
Et prions Dieu le haut celestre
Que cil puisse en paradis estre
Qui si trés bien l'a ordené[e].
Au commun peuple soit gardée
Des pleedceurs et des justices,
Que n'en soit nul tenus pour nices.
Les bontés sont trop dettenues,
Et trop chierement son vendues.

En tête de la compilation des jugements de l'Échiquier on lisait :

Versus de tempore conqueste facte per R. Philippum Augustum, avum beati Ludovici regis Francorum.

Bis annos apta binis cum mille ducentis :
Vi France gentis tunc est Normannia capta.

Set cito post, dictus rex Philippus fecit Scacaria

Troisième compilation : 1207-1243 [1].
Quatrième compilation : 1207-1246 [2].

La Quatrième compilation, qui n'avait pu être étudiée par M. L. Delisle que sur un manuscrit incomplet, s'étend en réalité jusqu'en 1248, ainsi que M. L. Auvray l'a établi, en signalant un manuscrit du Vatican non exploré avant lui.

Un nouvel examen de ces textes confirme pleinement les conclusions de M. Delisle en ce qui concerne la Première compilation. Elle se rattache de très près aux rôles perdus de l'Échiquier; les noms des parties y sont la plupart du temps conservés. Les affaires y sont relatées avec des détails touchant les lieux et les personnes qui placent, sans hésitation possible, ce recueil au premier rang. Il contient six cent cinquante-neuf articles, c'est-à-dire un nombre de décisions près de deux fois plus considérable que celui de chacune des trois autres compilations. Voici quels sont les caractères extrinsèques de ces trois compilations. Outre que les dates extrêmes diffèrent (1236[3], 1243, 1248), la Deuxième compilation contient certains articles qui manquent dans les autres; la Troisième et la Quatrième donnent, pour les années 1230-1235, divers jugements qui font défaut dans la Deuxième, etc. Quant aux caractères intrinsèques, dont la critique doit tenir le plus grand compte, les compilations dites Deuxième, Troisième et Quatrième accusent, pour les années 1207 à 1229, un procédé de rédaction identique. Le lecteur en jugera par quelques exemples.

La Première compilation contient, à l'Échiquier de la Saint-Michel de l'an 1207, cet arrêt :

Judicatum est quod Radulfus Gillani de Gavreio et Alexandra, uxor ejus, habeant

---

in Normannia, a quibus descenderunt judicata hic inferius suscripta.

(D'après des extraits du Livre de Saint-Just pris en 1648 par Nicolas-Charles de Sainte-Marthe, ms. français 20690, p. 157 et 158.)

[1] Bibl. nat., lat. 11032, p. 188-215 (commencement du xive siècle). Édité par Warnkœnig, avec mélange de textes provenant de la Deuxième compilation, dans *Französ. Staats- und Rechtsgeschichte*, t. II, 1848, *Urkundenbuch*, p. 70-117.

[2] Texte latin dans le manuscrit 2964 du fonds Ottoboni, à la Bibl. du Vatican, fol. 82 r°-105 v° (fin du xiiie siècle). Quelques arrêts inconnus jusque-là et conservés dans ce manuscrit ont été publiés par M. L. Auvray, dans la *Bibliothèque de l'École des chartes*, t. XLIX, p. 635-644. Texte français dans le ms. 1743 de la Bibliothèque Sainte-Geneviève, fol. 257 r°-315 v°. Cette traduction française a été éditée par Marnier, *Établissements et coutumes, assises et arrêts de l'Échiquier de Normandie*, p. 111-201.

[3] Cf. Léchaudé d'Anisy, p. 144; Delisle, *Recueil des jugements de l'Échiquier*, note 4, sur le n° 601.

hereditatem suam quam Ricardus de Sancto Dionisio eis difforciat, quia, cum eadem Alexandra implacitaret eumdem Ricardum de hereditate illa et diceret eum esse bastardum, et inde appellaverat ad dominum papam de coram Willelmo, Constanciensi episcopo, idem episcopus per suas litteras testificatus fuit quod appellationem suam non prosecutus fuerat ad terminum sibi positum. Preterea judicatum fuit quod non poterat appellare extra Normanniam [1].

Les Deuxième, Troisième et Quatrième compilations suppriment les noms propres et condensent ainsi cet article :

Quia episcopus Constanciensis per litteras suas testificatus est quod tenens qui super bastardia impetebatur appellationem ad papam interpositam infra terminum sibi assignatum prosecutus non fuerat, judicatum est quod petens habeat terram illam. Item judicatum super hoc quod extra Normanniam non potest appellari [2].

Certains résumés sont très heureusement tracés et deviennent autant de règles de droit nettement dégagées. A l'Échiquier de la Saint-Michel de l'an 1210, par exemple, nous lisons dans la Première compilation : *Judicatum fuit quod Symon de Aneseio habeat terram uxoris sue defuncte quamdiu erit absque muliere desponsata, quoniam de ea habuit heredes.* Cette décision est devenue dans les Deuxième, Troisième et Quatrième compilations une formule juridique ainsi libellée : *Judicatum quod maritus qui habuit heredes de uxore maritagium tenebit ejus, quamdiu erit sine uxore.*

A la session de Pâques 1219, le relief d'un fief et demi de haubert appartenant aux enfants de Simon d'Oumoi fut évalué à 22 livres et 10 sous, monnaie de Tours :

Preceptum est quod pueri filii Symonis de Oumei habeant terram suam, que in manu domini regis ratione custodie [erat], et quod domino regi reddant relevium terre illius, videlicet xxii libras turonensium et x solidos pro uno feodo et dimidio [3].

22 livres 10 sous pour un fief et demi reviennent tout juste à 15 livres tournois pour un fief. Le tarif de 15 livres est, en effet, très ancien. Le compilateur l'a très légitimement dégagé et il figure en termes identiques dans les trois dernières compilations :

Judicatum est quod feodum lorice relevat per quindecim libras turon.[4].

[1] Delisle, n° 22.
[2] Léchaudé d'Anisy, p. 137.
[3] Delisle, n° 252.
[4] Warnkœnig, p. 83.

Ce tarif de quinze livres se retrouve dans la seconde partie du Très ancien Coutumier [1] et dans le Grand Coutumier [2].

À partir de l'année 1230, les comparaisons que nous avons faites nous ont conduits au résultat suivant : les Première, Troisième et Quatrième compilations se rapprochent souvent et elles s'opposent à la Seconde compilation. Cette position des Troisième et Quatrième compilations leur pourrait valoir pour cette période un meilleur rang; mais nous croyons prudent de ne rien changer ici aux appellations habituelles. Depuis une trentaine d'années ces dénominations sont reçues parmi les érudits : il ne faudrait pas aujourd'hui troubler cette terminologie acceptée de tous; mais il devient nécessaire de ne pas attacher aux mots Deuxième, Troisième, Quatrième compilation une valeur qualificative bien précise.

Il nous reste à justifier ce que nous venons de dire touchant les similitudes qui peuvent être constatées entre la Première, la Troisième et la Quatrième compilation :

Un arrêt de l'Échiquier de Pâques 1231 est ainsi libellé dans la Première, dans la Troisième et dans la Quatrième compilation :

Judicatum est quod abbas de Pratellis amodo non respondebit erga Rogerum de Brottona vel heredes suos de feodo de Spineto, de quo contentio erat inter eos, cum dictus abbas dictum feodum tenuerit triginta annis et amplius [3].

La doctrine de cet arrêt a été condensée en ces termes dans la Deuxième compilation [4] :

Judicatum est quod abbas non respondebit laico super hoc quod tenuit in pace triginta annis.

Un arrêt de l'Echiquier de 1235 est ainsi rédigé dans les Première, Troisième et Quatrième compilations :

Judicatum est quod heredes alicujus hominis sequentis alium de membris sive de furto, et ipse victus fuerit et suspensus, ipsi habebunt hereditates suspensi, non obstante judicio quod factum fuit per episcopos et barones et milites de illis qui

[1] Ch. LXXXIV, *De reveliis*, édit. Tardif, p. 93. Cf. ci-dessus, p. 63.

[2] Ch. XXXII, *De reveliis*, § 3, édition Tardif, p. 107.

[3] Delisle, n° 467 (Échiquier de Pâques, 1231). Dans la Troisième compilation, cet arrêt est daté de 1232 (ms. lat. 11032, fol. 201 r°); imprimé dans Warnkœnig, p. 94, 95.

[4] Léchaudé d'Anisy, *Grands rôles des Échiquiers de Normandie*, p. 142.

sequebantur alios de membris, quia judicium non fuit factum de hereditatibus, sed de membris [1].

L'arrêt est ainsi libellé dans la Deuxième compilation :

Judicatum est quod heredes alicujus hominis sequentis alium de membris sive de furto, et ipse vinctus (*sic*) fuerit et suspensus, habebunt hereditatem suspensi patris sui, non obstante quod accordatum per regem et barones fuit quod talis appellator si vinctus (*sic*) esset suspenderetur quia de membris tantum dixerunt [2].

La Quatrième compilation, sur laquelle nous appelons particulièrement l'attention du lecteur, peut aujourd'hui être étudiée de plus près qu'au moment où M. L. Delisle publia son *Mémoire sur les recueils des jugements rendus par l'Échiquier de Normandie, sous les règnes de Philippe Auguste, de Louis VIII et de saint Louis.* En effet, à cette époque, on ne connaissait la Quatrième compilation que par une traduction française. M. L. Auvray en a retrouvé le texte latin à la Bibliothèque du Vatican, et ce texte est plus complet que la traduction française : il comprend les années 1247 et 1248, qui manquent dans le manuscrit unique de la traduction.

M. L. Delisle avait conjecturé que le texte français qualifié par lui Quatrième compilation pourrait bien n'être autre chose qu'une traduction de la Troisième. Le fait est aujourd'hui hors de doute. Les différences matérielles qu'on peut remarquer entre les Troisième et Quatrième compilations proviennent simplement de l'état différent des manuscrits.

Cette version française n'est pas toujours très nette. Nous signalons notamment ce passage :

Il fut commandé que la fame Robert du Mesnil Wace ait en docre la tierce partie de l'eritage qui li aferoit a sa part de l'eritage son pere [3].

« Qui li aferoit » offre un sens obscur, « li » paraissant se rapporter à la femme, tandis qu'il doit se rapporter au mari. Le latin, très clair, porte : *quod contingebat viro suo* [4].

---

[1] Delisle, n° 554; Bibl. nat., lat. 11032, p. 204; Marnier, *Établissements et coutumes*, p. 166; manuscrit Ottoboni 2964.
[2] Lat. 4651, fol. 55 r°; lat. 11034, fol. 8 r°. Imprimé dans Léchaudé d'Anisy, p. 143.
[3] Marnier, p. 115.
[4] Warnkœnig, p. 72.

Nous résumerons ces observations en disant que, jusqu'en 1229 inclusivement, les Deuxième, Troisième et Quatrième compilations ne font qu'un; qu'à partir de 1229 la Deuxième compilation s'éloigne assez souvent de la Troisième-Quatrième compilation, celle-ci se rapprochant davantage de la Première.

Ici s'ouvre une question nouvelle: la Troisième-Quatrième compilation dérive-t-elle directement de la Première? Nous ne possédons qu'un seul manuscrit de la Première compilation, et il est incontestable que ce recueil a subi diverses altérations. Les comparaisons que nous pouvons tenter sont donc imparfaites et frappées par avance d'une certaine débilité. En l'état des manuscrits, nous constatons que la Troisième-Quatrième compilation contient huit articles qui ne se trouvent pas dans le manuscrit unique de la Première. De plus, quelques chapitres de cette Troisième-Quatrième compilation portent, pour l'Échiquier de la Saint-Michel 1236 et pour celui de la Saint-Michel 1239, des titres plus complets que ceux de la Première compilation. On serait donc, à première vue, tenté d'affirmer que le rédacteur a puisé à une autre source qu'à la Première compilation. Nous n'oserions pourtant nous arrêter fermement à cette conclusion, car la Première compilation a pu se présenter au rédacteur de la Troisième-Quatrième compilation dans un manuscrit meilleur que celui qui est aujourd'hui à notre disposition. La Première compilation serait alors, mais sous une forme perdue, la source de la Troisième-Quatrième compilation. Enfin il ne faut pas perdre de vue que la Première compilation ne représente pas, en l'état, avec une parfaite exactitude les registres et surtout les rôles originaux de l'Échiquier. Ces rôles ou registres ont pu être consultés accidentellement par tel ou tel de nos compilateurs en vue d'améliorer le texte. Mais nous admettrions plus facilement encore que les registres du greffe (plus sommaires que les rôles) ne font qu'un avec ce que nous appellerons l'original de la Première compilation. Cet original ou une bonne copie de cet original aurait servi à l'auteur de la Troisième-Quatrième compilation. Il aurait été connu aussi de l'auteur de la Deuxième compilation.

Il est facile de déterminer quelques-uns des caractères de cet original perdu.

L'auteur de la Deuxième compilation, rappelant un procès entre deux frères, Richard et Robert de Bois-Yvon, jugé à l'Échiquier de la

Saint-Michel 1212, dit que ce jugement se trouvait à l'avant-dernier chapitre de cette session : *in penultimo capitulo illius Scacarii* [1]. Or, dans la Première compilation le procès des frères de Bois-Yvon termine ce chapitre : il y manque donc un arrêt. L'auteur de la Deuxième compilation avait sous les yeux un texte plus complet, peut-être le registre ou le rôle original. Ce registre ou rôle original contenait l'arrêt qui manque dans le manuscrit actuel de la Première compilation. Il est bien clair aussi que ce registre ou rôle original ne rapportait pas à l'Échiquier de la Saint-Michel 1243, comme le fait la Première compilation, divers arrêts qui sont bien antérieurs à cette date : quelques-uns de ces arrêts figurent à leur vraie date dans la Deuxième compilation [2].

Les registres ou rôles originaux ont pu être bien des fois dépouillés partiellement au moyen âge. Nous estimons que les résultats de ces dépouillements anciens ne sont peut-être pas tous connus et qu'il reste quelque espoir d'enrichir encore le précieux recueil de l'ancienne jurisprudence de l'Échiquier [3].

Nous ne connaissons pas les noms des divers greffiers qui ont pu tenir les registres ou les rôles originaux, auxquels se rattachent plus ou moins directement tous nos textes. Un seul nom a été relevé, celui d'un certain Guillaume Acarin, qui, d'après un acte de l'année 1217, était alors attaché au greffe de l'Échiquier : *W. Acarin, clericus, qui tunc in Scacario scribebat*. M. Delisle a suivi ce personnage jusqu'en 1239. Il était probablement mort en 1245 [4].

Entre 1249 et 1276, date initiale d'une petite collection dont nous parlerons à l'instant, nous ne connaissons que des arrêts isolés. M. Léopold Delisle a recueilli tous ceux qu'il a pu rencontrer jusqu'en 1270. Les sources principales utilisées par M. Delisle, en dehors des pièces isolées, sont : le premier volume des *Olim*; le registre

[1] Delisle, *Jugements de l'Échiquier*, note 1, sur n° 108.

[2] Delisle, *ibid.*, note 6 sur le n° 717, notes 1, 2, sur les n°ˢ 719 et 720.

[3] Nous signalerons, à ce propos, le ms. fr. 5333, qui contient au fol. 63 r° un arrêt rendu à l'Échiquier de Pâques 1213, tenu à Falaise; ce ms. attribue au même Échiquier une décision sur le serment des avocats, fol. 207 v°; mais ce serment ne paraît guère convenir au commencement du XIIIᵉ siècle; il contient au fol. 62 v° un arrêt attribué par erreur à la Saint-Michel 1207 : il faut corriger Pâques 1287 à l'aide du ms. 5330, fol. 59 r°. Enfin il pourrait être utile de dépouiller un manuscrit d'Oxford, Bodléienne, *Selden supra* 70 (XIVᵉ siècle), dont les premiers feuillets contiennent des arrêts de l'Échiquier.

[4] Delisle, dans *Mémoires de l'Académie des Inscript.*, t. XXIV, p. 368-371.

des Enquêteurs de saint Louis ; les notes fort curieuses d'un anonyme de Coutances, clerc de Jean d'Essei, évêque de Coutances,
peut-être official de ce prélat ; le registre des visites d'Eudes Rigaud ;
enfin un recueil judiciaire, dont nous nous occuperons ici même,
les Assises de Normandie.

<h3 style="text-align:center">2. ARRESTA COMMUNIA DE SCACCARIO.</h3>

Un petit recueil de jurisprudence, dont le titre primitif paraît être
Arresta communia de Scaccario [1], appelle notre attention.

Le compilateur, en choisissant ce titre, *Arresta communia*, a clairement indiqué sa pensée : il s'est attaché de préférence aux arrêts de
l'Échiquier ayant un intérêt général ; les textes que notre auteur reproduit ou résume ont, en effet, la plupart, une valeur doctrinale ou
administrative vraiment considérable. Ce petit recueil est assez souvent confondu dans les manuscrits avec des textes divers ou avec des
arrêts postérieurs dont nous dirons un mot. Les dates extrêmes sont
1276 et 1290 ; mais les textes n'ont pas été rigoureusement groupés
suivant l'ordre chronologique. On peut y distinguer trois séries dont
la deuxième et la troisième sont coupées par un arrêt isolé : 1re série, 1276 à 1278 ; 2e série, 1285 à 1290 ; acte isolé de 1288 ;
3e série, 1282 à 1284. Tel est, du moins à notre sens, l'état primitif du recueil, qui, dans les manuscrits, est distribué très diversement.

Ces trois groupes correspondent probablement à trois séries de
rouleaux de l'Échiquier, qu'on peut considérer comme la base de
la collection. Ces trois séries ne tombèrent pas en bon ordre sous
la main du compilateur. Il les utilisa comme elles se présentaient.
L'acte de 1288, intercalé entre la seconde et la troisième série, est,
non une décision de l'Échiquier, mais un arrêt du Parlement [2] inté-

---

[1] Manuscrits : Bibl. nat., lat. 4790, fol. 1-
15 ; lat. 4651, fol. 64-67 ; lat. 11035, fol. 146-
152 ; lat. 12883, fol. 97-100 ; lat. 15068,
fol. LII r° et v° ; ms. lat. 11034, fol. 15 v°- 19 r°.
Tous ces manuscrits sont du commencement
du xive siècle. — Lat. 4764, fol. 59 r° et v° ;
ce manuscrit a été exécuté en 1346. Lat.
11033, fol. 69-73 ; ce manuscrit a été terminé
en 1365. — Éditions : Léchaudé d'Anisy, *Grands
rôles*, p. 150-153 ; Warnkœnig, *Urkundenbuch
zum zweiten Band der französischen Staats- und
Rechtsgeschichte*, Bâle, 1848, p. 120-134.
Dans cette édition, d'ailleurs très défectueuse,
les arrêts sont placés dans l'ordre chronologique.

[2] *In Parlamento Pentecostes anno octo-*

ressant l'Échiquier de Normandie. Il a pu être copié sur l'un des rôles dont nous parlions à l'instant. Il a pu aussi être introduit dans le recueil par notre anonyme.

Nous sommes autorisés à parler ici de rôles de l'Échiquier, car, dans l'un des manuscrits des *Arresta communia*, le copiste, s'apercevant qu'il se répète, s'interrompt subitement et renvoie au premier rôle qu'il a déjà copié : *De hominibus prisionem tenentibus require in primo rotulo*. En effet, le petit texte commençant par ces mots : *De hominibus prisionem tenentibus* (1282) avait déjà été transcrit[1]. Le copiste allait se répéter; il s'arrête à temps. Nous ne croyons pas toutefois que les articles très simples et très concis qui composent notre recueil, articles très souvent dépourvus de noms propres, soient la copie *in extenso* de rôles de l'Échiquier : nous pensons que le praticien a quelquefois condensé la matière juridique qui s'offrait à lui. Il s'est proposé de relever ce qui, dans ces rôles, offrait pour le droit public et privé de la Normandie un intérêt exceptionnel. Ces textes nous donnent, en effet, une très haute idée de l'Échiquier, qui vraiment légifère pour la Normandie, et même modifie au besoin, sur des points très importants, certaines ordonnances royales. Nous citerons, à titre d'exemples, deux arrêts de 1277 et 1282 sur le service militaire et sur l'exonération de ce service ; un arrêt de 1277 sur les conséquences juridiques d'un duel judiciaire (il résulte de cet arrêt que la pratique du duel subsistait en Normandie dans certaines justices seigneuriales, après l'abolition du duel par saint Louis et avant sa restauration partielle par Philippe le Bel)[2]; un arrêt de 1278 sur la propriété des archives des vicomtés (les anciens vicomtes, en se retirant, ne peuvent emporter avec eux que des copies; ils doivent toujours laisser les originaux à leurs successeurs); deux arrêts de 1282 tendant à décharger les chevaliers pauvres d'un service public qui les entraîne à des frais parfois trop lourds pour leur modeste fortune (ce service est celui des enquêtes ou « vues » si fréquentes en droit normand); un arrêt de 1289

---

gesimo octavo, Parisius, etc. (ms. lat. 4790, fol. 6 v°). Warnkœnig a imprimé *pare*, au lieu de *Parisius*. Le mot *pare* ne présente aucun sens. Cet arrêt important ne se trouve pas dans les *Olim*.

[1] Ms. lat. 4790, fol. 3 v°-7 v°. Cet arrêt est de 1283 et non de 1282, date donnée par le manuscrit.

[2] D'autres duels judiciaires pendant la même période ont été déjà signalés dans le domaine royal. Voir Paul Viollet, *Les Établ. de saint Louis*, t. I, p. 267.

qui va plus loin encore dans la même direction, et exempte complètement les chevaliers du service des enquêtes pour de très nombreuses
catégories d'affaires [1] : c'est une modification formelle aux règles inscrites au chapitre LXV, *De visionibus*, § 5, du Grand Coutumier. Nous
signalerons plus particulièrement encore deux arrêts relatifs à des catégories d'affaires qui intéressent l'autorité royale et les droits du roi :
l'Échiquier, en ces deux circonstances, tranche contre le roi les
questions qui lui sont soumises ou dont il a d'office abordé l'examen;
ces deux décisions sont datées des années 1282 et 1286. En 1282,
sous Philippe le Hardi, la question qui préoccupe l'Échiquier est celle
de savoir si les sergents du roi peuvent instrumenter sur les terres
des hauts justiciers pour faire exécuter des actes passés devant un
officier du roi (*pro litteris domini regis integrandis*) : l'Échiquier décide que les sergents royaux ne seront autorisés à agir qu'au défaut
des seigneurs (*nisi in deffectu ipsorum*), c'est-à-dire dans le cas où les
seigneurs ne fourniraient pas eux-mêmes des agents d'exécution [2].
La question qu'examine l'Échiquier en 1286 intéresse les débiteurs
du roi : d'après la législation de saint Louis, ils ne peuvent échapper par la cession de biens à la contrainte par corps [3]; leur position
est donc beaucoup plus mauvaise que celle des débiteurs des particuliers : les vénérables maîtres de l'Échiquier (*venerabiles magistri*),
émus de pitié pour ces malheureux prévôts endettés et pour tous
autres débiteurs de la couronne, leur accordent, contrairement à
l'ordonnance de saint Louis, le bénéfice de la cession de biens [4];
un pareil arrêt a, comme nous le disions, toute la valeur et toute
l'importance d'une ordonnance royale.

L'arrêt du Parlement de 1288 mérite aussi une mention spéciale;
il a pour objet de préciser les obligations des évêques en ce qui touche
la présence à l'Échiquier : les évêques normands ne sont pas tenus

---

[1] Cf. Warnkœnig, p. 122, 125, 127, 128,
132. Voir, déjà en 1236, une décision qui
exempte les chevaliers de la charge des enquêtes ou « vues » chaque fois que le procès ne
peut donner lieu à un duel judiciaire. (Delisle,
*Recueil des jugements de l'Échiquier de Nor-
mandie au XIIIe siècle*, n° 601, note 4.)

[2] Warnkœnig, p. 126, 127.

[3] Ord. de 1256, art. 17 : « . . . ne que nuls
« homs soit tenus en prison pour chose que il

« doie, se il abandonne ses biens, fors pour nostre
« debte tant seulement » (*Grandes chroniques*,
édit. Paulin Paris, t. IV, p. 345; ms. fr. 17270,
dernier tiers du volume). Ces mots essentiels
« se il abandonne ses biens » manquent dans
les deux textes qu'a publiés Laurière (ord. de
1254, art. 19; ord. de 1256, art. 17, dans
Ord., t. I, p. 72-80).

[4] Warnkœnig, *Urkundenbuch zum zweiten
Band*, Bâle, 1848, p. 131.

de venir siéger à l'Échiquier, à moins d'un ordre du roi ; sauf ce cas, ils siègent seulement quand bon leur semble [1].

Nos *Arresta communia* n'ont pas toujours fixé irrévocablement la jurisprudence. Il nous en reste une preuve curieuse : un des praticiens qui firent copier ce recueil a cancellé deux arrêts qui ne lui plaisaient pas et a mis en marge cette observation hostile : *Vacat, quia falsum et contra consuetudinem Normannie* [2]. Les deux arrêts contestés par un juriste au commencement du xive siècle sont datés de 1277 et intéressent, l'un, la garde noble, l'autre, les démembrements de fief. L'arrêt relatif à la garde noble était très favorable aux droits du roi mis en regard des droits de la famille ; l'annotateur anonyme est évidemment plus défavorable au roi que les juges de 1277. Sa pensée se dégage moins clairement en ce qui touche les démembrements de fief.

Notre recueil pourrait servir de commentaire à un certain nombre de chapitres du Grand Coutumier. Les praticiens l'avaient vite constaté. Ils ont puisé à cette source précieuse et en ont détaché un certain nombre de décisions qu'ils ont transcrites ou fait transcrire en marge du Grand Coutumier latin, avec des arrêts plus anciens, antérieurs à la rédaction du Grand Coutumier, et provenant d'autres collections. Mais ils n'ont pas réussi à trouver une place à tous les arrêts : il est resté un résidu qu'on a transcrit à la suite du Grand Coutumier latin, sous ce titre : *Arresta communia que non habent loca propria super textum coustume precedentis* [3].

Une petite série dont nous n'avons pas encore parlé, et qui ne fait pas partie, croyons-nous, des *Arresta communia*, a pris place dans un manuscrit [4] à la suite de ces *Arresta*. Elle s'étend de 1291 à 1294 et doit, elle aussi, correspondre à un ou plusieurs rôles de l'Échiquier. Elle est moins importante que le groupe précédent et a eu, autant que nous en pouvons juger, moins de vogue.

Nous ne connaissons aucun recueil d'arrêts postérieur à 1294. À partir de cette date, nous ne rencontrons plus que quelques ar-

---

[1] Warnkœnig, p. 132.

[2] Ms. lat. 4651, fol. 64 v°. — Warnkœnig attribue à tort cette note à un annotateur du xve siècle ; nous l'attribuons aux premières années du xive siècle ; enfin le même savant a lu fort inexactement : *Constat quod falsum et contra fuerunt Normanniæ* (p. 122, note 3).

[3] Ms. lat. 11035, fol. 146 v°. Même titre dans le ms. lat. 12883, fol. 99 r°, sauf le mot *precedentis* qui manque.

[4] Bibl. nat., ms. lat. 4790, fol. 135-141. Imprimé dans Warnkœnig, p. 134-141.

rêts dispersés dans les manuscrits, arrêts de 1296 [1], 1317, 1323, 1327 [2], etc. La série des registres officiels de l'Échiquier conservée à Rouen commence avec l'année 1336.

3. LES ASSISES DE NORMANDIE.

Peu après l'année 1237, un praticien normand rédigea un petit traité de droit que nous intitulons Assises de Normandie. Il en existe plusieurs manuscrits latins, et un seul manuscrit français, mutilé au commencement [3]. Le compilateur y a résumé les doctrines juridiques qui, à ses yeux, se dégagent d'un certain nombre de sentences rendues aux assises présidées par les baillis royaux, à Caen, à Bayeux, à Falaise, à Exmes et à Avranches, et aussi de quelques arrêts de l'Échiquier. Le caractère de ce traité se dessine donc facilement : c'est un écrit sans prétention, qui a pour base immédiate la jurisprudence normande. L'allure en est simple, le style rapide. Les solutions de notre jurisconsulte se présentent fréquemment sous deux formes bien distinctes : tantôt il récapitule en quelques lignes les décisions parvenues à sa connaissance et ordinairement rendues en sa présence [4] (exemple : *Uxor militis deffuncti non habet portionem nec dotalicium in conquestis immobilibus; Puer infra etatem non potest facere attornatum*); tantôt il pose une question sous forme d'interrogation et la résout par une solution ferme (exemple : *Queritur utrum tenens, terra visa vel ante visionem, possit vendere vel donare. Responsio : lite mota, nichil potest alienare* [5]). Mais les solutions ne se présentent pas toujours avec cette netteté, et cela pour diverses raisons. Ainsi l'auteur, après avoir exposé la doctrine qui ressort d'un arrêt, modifiera l'espèce, et, n'ayant plus pour cette espèce nouvelle de décision judiciaire à condenser en doctrine, il

[1] Ms. lat. 12883, fol. 63 v°. Édité dans Warnkœnig, p. 143-144.

[2] L. Delisle, *Mémoire*, p. 354-355.

[3] Les manuscrits latins des Assises de Normandie sont : B. N. lat. 4651, fol. 55 v°-61 v° (xiiie siècle), sans titre; lat. 11034, fol. 9 v°-13 v° (commencement du xive siècle), sans titre; lat. 11033, fol. 60 v°-67 r° (écriture de l'année 1365), sans titre; lat. 4653, fol. 73 (écriture de l'année 1430), sans titre; lat. 4653 A, p. 278-288, titre : *Assisie generales* (commencement du xvie siècle); lat. 11032, p. 215-220 (commencement du xive siècle), sans titre; Vatican, Ottoboni, 2964, fol. 123-131 (fin du xiiie siècle), sans titre.

La version française se trouve dans le manuscrit 1743 de la Bibliothèque Sainte-Geneviève, p. 177-193.

[4] *Audivi in assisia que sequuntur; — Audivi ibi quod...; — Audivi ibi quod... (Assisiæ Normanniæ,* dans Warnkœnig, *Urkundenbuch,* p. 48, 51, 68.)

[5] *Assisiæ Normanniæ,* ibid., p. 56, 52, 54.

indiquera les opinions des praticiens : *Credunt plures quod.* . . D'autres fois, il nous apprendra que les juges eux-mêmes sont restés perplexes. *Cum generalis constitutio sit quod mulier habens maritum nichil possit vendere vel donare de suo maritagio, queritur utrum possit in morte sua dare vel legare ecclesie vel alii. Super hoc consulendus est rex* [1].

A l'époque où écrivait notre jurisconsulte, les baillis normands faisaient depuis longtemps consigner sur des rôles les jugements rendus aux assises [2]. Nous ne serions pas surpris que notre praticien eût consulté quelques-uns de ces rôles, surtout pour les assises où il ne fait pas appel à ses souvenirs personnels.

Ce petit traité est de peu postérieur à l'année 1237, car le dernier arrêt daté que mentionne l'auteur est de cette année 1237. *Anno Domini* M. CC. XXXVII., *in assisia proxima post festum sancti Hylarii, apud Abrincas, judicatum quod*. . . [3]. Les plus anciens sont de 1234, et c'est par le résumé de ces arrêts de 1234 que débute notre auteur : *Anno ab Incarnatione Domini* M. CC. XXXIV., *die Martis ante festum beati Mathei apostoli* [4], *apud Cadomum. — Die Mercurii sequente, audivi in assisia que sequuntur*. . . Il a suivi, non l'ordre systématique de matières, mais simplement l'ordre chronologique des assises dont il a eu connaissance.

L'auteur ne nous apprend rien sur lui-même. Nous sommes donc, à cet égard, réduits aux conjectures. Nous nous demandons si notre praticien ne serait pas un « attourné », ou, pour parler plus exactement, s'il ne remplissait pas très fréquemment la mission d'attourné ou procureur. Nous doutons, en effet, qu'on se qualifiât dès lors attourné : on était l'attourné d'un plaideur plutôt qu'un attourné. L'intérêt que le jurisconsulte porte aux questions relatives aux attournés nous suggère cette hypothèse : dans les vingt pages dont se compose le traité, l'attourné revient jusqu'à douze fois sous la plume de l'auteur [5]. Nous avons, en revanche, une brève indication de lieu : *Primogenitus habens feoda duo, unum citra Secanam, aliud in Caleto*. . . [6]. *Citra Secanam*, opposé à *in Caleto* (pays de Caux), nous indique la rive gauche

[1] *Assisiæ Normanniæ*, l. cit., p. 49, 51.

[2] L. Delisle, *Mémoire*, p. 353-355.

[3] Warnkœnig, p. 63.

[4] Warnkœnig au lieu du mot *apostoli* a imprimé ici *Aprili* (p. 48). Le manuscrit latin 11032, p. 214, porte M° CC° XXXIII, au lieu de M° CC° XXXIV.

[5] Édit. Warnkœnig, p. 56, 57, 59, 63 64.

[6] *Ibid.*, p. 49.

de la Seine; c'est donc dans cette région qu'écrivait notre auteur. Il était sans doute attaché au bailliage de Caen.

Les sujets abordés sont très divers, et — conséquence nécessaire de l'ordre chronologique — ils sont jetés comme au hasard. Nous relèverons, entre autres, les matières suivantes : mariage encombré, partage entre cohéritiers, devoirs des juges, droit de retrait, régularité des semonces, dot (*maritagium*) des filles, attournés, compétence, les trois aides, situation juridique des mineurs, etc.

Ce petit ouvrage a été traduit en français au XIII⁰ siècle. Le texte original latin a été publié par Léchaudé d'Anisy et par Warnkœnig. La traduction française a été éditée par Marnier[1]. Il y aurait lieu de revoir avec soin ces éditions sur les manuscrits. Plusieurs passages sont maladroitement répétés dans l'édition de Warnkœnig[2] : ces répétitions ne sauraient appartenir à l'œuvre originale; certaines leçons adoptées par l'éditeur sont évidemment défectueuses.

Nous soupçonnons que, dans le cours du XIII⁰ siècle, un Normand confectionna une compilation juridique sans aucune originalité, qui ne devait être autre chose qu'un amalgame du Très ancien Coutumier avec les Assises de Normandie. Le compilateur aurait tout simplement rapproché les uns des autres les fragments de ces deux œuvres qui lui paraissaient présenter entre eux quelques analogies. Nous ne connaissons, à la vérité, aucun exemplaire de ce travail dans l'état où il nous semble être sorti des mains du compilateur, mais nous croyons qu'il se présente à nous, fractionné en morceaux détachés, dans le manuscrit latin 11032 ; ces morceaux sont répartis au travers du texte français du Grand Coutumier; ils sont destinés à le compléter ou à l'interpréter.

Sans doute, on pourrait concevoir aussi que l'annotateur du Grand Coutumier fût allé chercher lui-même, d'une part, dans le Très ancien Coutumier, d'autre part, dans les Assises de Normandie, les textes se référant aux mêmes matières et les ait rapprochés pour illustrer le Grand Coutumier. Mais cette hypothèse ne nous paraît pas la plus vraisemblable.

---

[1] Léchaudé d'Anisy, *Grands rôles*, p. 144-149. — Warnkœnig, *Urkundenbuch zum zweiten Band der französischen Staats- und Rechtsgeschichte*, Bâle, 1848, p. 48-69. — Marnier, *Établissements et coutumes, Assises et arrêts de l'Échiquier de Normandie au XIII⁰ siècle*, Paris, 1839, p. 87-110.

[2] P. 51, 52, 68, 69.

A l'appui de notre manière de voir, nous présenterons une simple observation.

Nous avons déjà dit que le chapitre xLVIII, *De tribus auxiliis*, du Très ancien Coutumier soulève une difficulté, puisqu'on y trouve seulement, en dépit de ce titre, l'indication de deux *auxilia* ou aides. A un jurisconsulte étudiant à la fois le Très ancien Coutumier et les Assises de Normandie, le chapitre des Assises intitulé, lui aussi, *De tribus auxiliis* offrait une manière de solution, car il semblait fournir le troisième *auxilium* manquant. Or ce rapprochement séduisant a été fait : parmi les fragments transcrits dans le manuscrit latin 11032 figure un morceau intitulé *De tribus auxiliis,* où sont réunis et le chapitre susvisé du Très ancien Coutumier et les deux lignes des Assises intitulées aussi *De tribus auxiliis.* Voici les textes :

De tribus auxiliis. — Si vero aliquis dominus filium suum primogenitum militem faciet, homines sui debent ei auxilium quasi de dimidio relevamine. Similiter de filia sua primogenita maritanda [1].

Tria sunt auxilia, scilicet de filio faciendo militem ; de filia maritanda ; de exercitu domini regis : que non possunt quitari per aliquam cartam [2].

Pris isolément, ce texte se tient assez bien, car le troisième *auxilium* (*De exercitu regis*) est comme retrouvé. Mais cette combinaison, au lieu d'éclairer quoi que ce soit, ajoute au contraire une difficulté nouvelle, dès qu'on rapproche ces lignes du chapitre xxxiii, § 2, du Grand Coutumier, où il est question des trois *auxilia* : en effet, dans le Grand Coutumier, le troisième *auxilium* n'est point l'aide fournie pour l'ost du roi ; c'est l'aide fournie pour délivrer le seigneur prisonnier à la guerre. Il y a contradiction évidente. Mais le texte que nous venons de transcrire a été copié dans le manuscrit latin 11032 (p. 89-90) à titre de commentaire et d'illustration du chapitre xxxiii du Grand Coutumier. Singulier commentaire! Nous pensons donc que notre texte n'avait pas été originairement constitué à cette fin, laquelle serait contraire au but visé; nous estimons que l'annotateur du Grand Coutumier dont l'œuvre nous est parvenue dans le manuscrit 11032 a trouvé ce groupement déjà créé. On s'explique fort

---

[1] *Très ancien Coutumier,* chap. LXVIII, § 1, édit. Tardif, p. 39. — [2] *Assises de Normandie,* chap. *De tribus auxiliis,* édit. Warnkœnig, p. 58.

bien, d'ailleurs, que ce texte relatif aux *auxilia* ait été originairement combiné par un praticien qui n'avait autre chose sous les yeux que le Très ancien Coutumier et les Assises de Normandie. Le manuscrit 11032 nous offrant un bon nombre d'autres combinaisons [1] du Très ancien Coutumier et des Assises de Normandie, combinaisons dispersées par petits groupes au travers du texte du Grand Coutumier, nous nous croyons autorisés à supposer qu'il a existé une sorte de Coutumier normand, composé d'un mélange artificiel du Très ancien Coutumier et des Assises de Normandie. L'éditeur du Grand Coutumier dont l'œuvre nous est parvenue dans le manuscrit latin 11032 aurait puisé à pleines mains dans cette compilation, que nous ne connaissons pas sous sa forme primitive.

Elle aurait été exécutée postérieurement à l'année 1237, puisque les derniers arrêts cités dans les Assises de Normandie sont de l'année 1237, et, suivant toute probabilité, avant 1258, puisque le Grand Coutumier, presque entièrement rédigé à cette date, ne semble avoir fourni aucun élément à cette œuvre.

P. V.

---

[1] Nous citerons seulement trois passages du manuscrit 11032 :

1° p. 87, 88 : *De relevamine, comes relevabit...* — Rapprocher le Très ancien Coutumier, chap. XLVII (édit. Tardif, p. 392), et les Assises de Normandie : *De domino Johanne Malherbe* (édit. Warnkœnig, p. 65);

2° p. 91 : *De donationibus ecclesie, Qailibet potest donare...* — Rapprocher le Très ancien Coutumier, chap. LXXXIX (édit. Tardif, p. 99 et suiv.), et les Assises de Normandie : *De bastardia, § Bene potest quis dare...* (édit. Warnkœnig, p. 61);

3° p. 93-95, *De exoniationibus, De exoniis, De dilationibus exoniorum et langoris, De essogniis.* — Rapprocher le Très ancien Coutumier, chap. LXXXII, *De dilationibus et exoniis,* chap. XLIV, *De dilationibus exoniorum et langoris* (édit. Tardif, p. 87-91 ; 36, 37), et les Assises de Normandie, *De tribus auxiliis, § Anno Domini,* etc., *Bene potest quis; Mulier soluta, § In Normannia,* etc. (Warnkœnig, p. 58, 59, 62).

RAIMOND DE BÉZIERS,

TRADUCTEUR ET COMPILATEUR.

Nous ne savons de cet auteur que ce qu'il nous apprend lui-même dans les diverses préfaces ou dédicaces qu'il a mises en tête du seul ouvrage de lui qui nous soit parvenu, et, probablement, qu'il ait composé. Il était né à Béziers, et il fait remarquer, en s'adressant au roi de France, qu'il est *de regno ejus oriundus ejusque subditus et fidelis* [1], ce qui ne l'empêche pas de se qualifier ailleurs d'étranger [2], sans doute parce qu'il n'avait pas le français pour langue maternelle. Il se donne le titre de médecin, *physicus* [3], mais on ne voit guère dans son livre la trace de ses connaissances médicales [4]. Il avait quitté son pays pour venir s'établir à Paris et y chercher la fortune, qu'il ne paraît pas y avoir trouvée. Il crut un jour qu'une heureuse chance allait lui fournir le moyen d'avoir accès et faveur à la cour. Un clerc [5], ou, d'après un autre passage, un noble [6], avait apporté d'Espagne à Paris la traduction castillane du livre arabe de *Kalîlah et Dimnah* et l'avait offerte à la reine Jeanne de Navarre-Champagne, femme de Philippe le Bel. La reine Jeanne, on le sait, protégeait la littérature et s'intéressait à divers genres d'écrits. Elle aurait voulu pouvoir lire ce livre que, sans doute, on lui avait vanté; mais elle ne comprenait pas l'espagnol. Raimond, probablement par l'intermédiaire du personnage qui avait apporté le livre et qui paraît avoir été de ses amis [7], offrit de le mettre

[1] Ms. lat. 8504 (Hervieux, *Jean de Capoue et ses dérivés*, p. 384; L. Delisle, *Journal des Savants*, 1898, p. 169).

[2] Ms. lat. 8504 (Hervieux, p. 380; L. Delisle, *Journal des Savants*, 1898, p. 171). Le manuscrit et l'éd. Hervieux portent *aligena*, que M. Delisle corrige en *alienigena*; cependant la forme *aligena* n'est pas inconnue au moyen âge (voir Du Cange).

[3] Mss. lat. 8504 et 8505 (Hervieux, p. 382 et 384; Delisle, *Journal des Savants*, 1898, p. 160, 164 et 169).

[4] Dans la liste qu'a donnée M. Delisle (*loc. cit.*, p. 167) des autorités alléguées par Raimond dans son édition amplifiée, on ne trouve aucun livre de médecine.

[5] Ms. 8504 (Hervieux, p. 386; Delisle, *loc. cit.*, p. 170).

[6] Ms. 8505 (Delisle, *loc. cit.*, p. 172).

[7] *Per dilectissimum quendam clericum* (à l'endroit indiqué à la note 5); mais dans le style embrouillé de l'auteur on ne comprend pas bien si *dilectissimum* se rapporte à la reine ou à Raimond lui-même.

en latin, « langue plus commune et plus généralement compré-
« hensible [1] », et il assure, ce dont on peut toutefois douter [2], qu'il
en fut expressément chargé par la reine Jeanne [3]. Il se mit au
travail, et il avait poussé sa tâche assez loin, lorsque la mort préma-
turée de la reine (2 avril 1305) vint, nous dit-il, interrompre son
œuvre et le plonger dans la désolation. On pouvait voir, dans un
exemplaire (perdu) qu'il fit exécuter de l'ouvrage quand il l'eut, plus
tard, terminé, une miniature dont nous n'avons gardé que la rubrique : *Figura translatoris dimittentis opus propter regine obitum desolati* [4].
— Un autre ouvrage, et d'une bien autre importance que celui de
Raimond, fut interrompu par la mort de la reine Jeanne, le « Livre
« des saintes paroles et des bonnes actions du roi saint Louis », que Jean
de Joinville avait entrepris pour elle; on sait qu'il l'acheva néanmoins,
et qu'il le dédia, quatre ans plus tard, à Louis, fils de Jeanne.

Raimond de Béziers, lui aussi, reprit le travail qu'il avait un moment laissé de côté; nous verrons que ce qui le décida, sans doute,
à le terminer, ce fut un secours qu'il trouva pour l'achever et dont il
fit largement, trop largement, usage. Quand il eut achevé son livre
de *Dina et Calila* [5], il en fit exécuter un exemplaire magnifique, qu'il
offrit au roi Philippe, peu après la Pentecôte de l'an 1313, et qui, après
bien des vicissitudes, est arrivé à la Bibliothèque nationale. Raimond
avait dû dépenser une assez forte somme pour l'exécution de ce volume, orné de nombreuses images [6]; il s'en promettait une récompense
qui explique cette mise de fonds. Son grand désir était d'être admis
en présence du roi, faveur qu'il sollicitait depuis longtemps sans
succès : « Peut-être, dit-il dans une de ses dédicaces [7], ce que je n'ai
« pu obtenir par mes amis ou mes prières, je l'obtiendrai par le moyen [8]
« de l'œuvre que j'ai entreprise; car si ce livre royal vient à être

---

[1] Passage indiqué à la note 1 de la p. 191.

[2] Voir les réflexions d'Hervieux, p. 44.

[3] Voir ms. 8504 (Hervieux, p. 385; Delisle, *loc. cit.*, p. 169), ms. 8505 (Delisle, p. 171).

[4] Ms. 8505 (Delisle, *loc. cit.*, p. 171).

[5] Raimond emploie tantôt la forme *Digna*, tantôt la forme *Dina* (c'est ainsi qu'on rendait le latin *hymnum* par *igne* et *inne*). La graphie avec *gn* équivalant à celle avec *n* simple, c'est celle-ci que nous adoptons en parlant du livre de Raimond. Dans le titre qu'il donne à son œuvre, *Liber Dine et Calile*, il a interverti les

deux noms, sans doute parce qu'il a remarqué que le rôle principal appartenait à Dina et non à Calila : cela peut servir à distinguer son ouvrage des autres versions.

[6] D'autant plus que, comme on le verra (p. 196), il avait sans doute fait faire pour le roi un premier manuscrit, orné de miniatures, qu'il remplaça plus tard par celui qui nous est parvenu.

[7] Ms. 8505 (Delisle, *loc. cit.*, p. 171).

[8] Le ms. porte *opportentu*, que M. Delisle propose de corriger en *opportunitate*.

« présenté à Votre Grandeur, on demandera qui est et où est l'auteur
« de la traduction de ce livre, et ainsi il se pourra que Votre Majesté
« me fasse appeler en sa présence, et alors, s'il lui plaît, je lui expli-
« querai tout mon dessein [1]. » Et ailleurs [2] : « Voilà longtemps que,
« plaintif et désolé, je me tiens aux abords de la cour royale, n'ayant
« ni accès ni moyen de me présenter devant la Majesté royale, de
« façon à pouvoir faire connaître à notre seigneur le roi mon affaire
« et ma supplication, ce à quoi je n'ai pu arriver pour deux raisons :
« d'abord parce que je suis étranger, d'humble condition, et inconnu
« de ceux qui fréquentent la cour et de ceux qui gardent la chambre du
« roi; ensuite, peut-être, parce que l'avenir me réserve quelque pros-
« périté par le moyen de la Majesté royale. . . Et comme je ne pouvais
« recourir à des amis connus qui me présentassent à la Majesté royale,
« j'ai essayé de réaliser mon dessein par la voie de la science... et, ne
« trouvant pas de meilleur moyen, j'ai résolu de terminer ce livre,
« que j'avais, au temps de l'illustrissime Jeanne, reine de France et
« de Navarre, commencé à traduire de langue espagnole en latin, et
« que, désolé par la mort de cette noble dame, j'avais laissé de côté [3]. »
Pour essayer de trouver de nouveaux appuis, il dit encore au roi qu'il
compose son livre en l'honneur, non seulement de lui et de sa femme
défunte, mais de ses enfants, Louis, roi de Navarre, Isabel [4], reine
d'Angleterre, Philippe, comte de Poitiers et de Bourgogne, et Charles
(plus tard comte de la Marche). Il avait en outre fait peindre, dans
six miniatures qui furent collées sur le premier feuillet de l'exemplaire
de dédicace, le jeune roi de Navarre recevant l'ordre de chevalerie à la
Pentecôte de 1313 [5], d'autres jeunes nobles faits chevaliers avec lui,
les rois de France, d'Angleterre et de Navarre prenant la croix le même

---

[1] *Tunc conceptum mei propositi, si placet, vestre majestati regie declarabo.*

[2] Ms. 8504 (Hervieux, p. 379; Delisle, *loc. cit.*, p. 172).

[3] Le style de Raimond est tellement embarrassé que j'ai été obligé, pour traduire, en l'abrégeant, ce passage, de m'écarter de la littéralité; les phrases et les propositions mêmes sont souvent inachevées. En outre, le copiste du manuscrit a ajouté ses fautes à celles de l'auteur.

[4] Raimond dit « Marguerite », mais il ne peut s'agir que d'Isabel, femme d'Édouard II et fille de Philippe IV, puisqu'il la range parmi les enfants de celui-ci; on peut croire qu'il l'a confondue avec la fille de Philippe III, Marguerite, femme d'Édouard Iᵉʳ; mais peut-être cette méprise a-t-elle une autre explication (voir la note 4 de la page 194).

[5] Il dit que le roi d'Angleterre reçut l'ordre de chevalerie en même temps que Louis de Navarre, tandis qu'il assista simplement à la cérémonie (voir Delisle, *loc. cit.*, p. 160); cela semble prouver que Raimond vivait en effet assez loin de la cour.

jour, les réjouissances des Parisiens à cette occasion [1], les représentants de l'université et de la ville défilant devant le roi et le cardinal Nicolas de Fréauville, enfin l'auteur, sous les auspices de l'évêque de Châlons et chancelier de France Pierre de Latilli, présentant son livre au roi [2]. Cette dernière image n'a pu être ajoutée au livre que plus tard : dans la rubrique qui l'accompagne, la présentation du livre est donnée comme un fait accompli : *presens liber... fuit presentatus.* Au reste, comme l'a remarqué Silvestre de Sacy [3], la présentation n'eut sans doute pas lieu dans les fêtes mêmes de la Pentecôte où Raimond avait terminé son ouvrage et qu'il a tenu à rappeler dans les miniatures : la rubrique dit *eodem anno* et non *eadem die*, et Pierre de Latilli y est qualifié d'évêque de Châlons, tandis qu'à la Pentecôte de 1313 il n'était même pas élu, et qu'il ne fut consacré que le 2 décembre. C'est sans doute entre cette date et celle de Pâques 1314 (n. st.) que Raimond put réaliser son ardent désir, et voir enfin son livre remis, par l'entremise du prélat qui le protégeait, entre les mains du roi [4]. Obtint-il ainsi l'accès à la cour qu'il ambitionnait?

[1] La petite image qui contenait cette représentation a malheureusement été enlevée.

[2] Les deux dernières miniatures ont, à notre avis, été interverties par celui qui les a collées en face des rubriques. Celle qui occupe aujourd'hui la place V représente un évêque offrant au roi, par l'intermédiaire d'un autre personnage, un livre relié, tandis que l'auteur, à genoux un peu plus loin, adresse au roi un geste suppliant. Il est impossible de voir dans ce groupe, qui ne comprend en outre qu'un quatrième personnage, les représentants de l'université et de la commune de Paris défilant *cum solempnitate maxima ante conspectum regis et aliorum regum existencium ad hostium palacii circumquaque cum tota regali milicia,* d'autant plus que le roi est tout seul. Cette description convient au contraire au n° VI, où l'on voit un portique dans le fond, à gauche le roi de France et le roi d'Angleterre, à droite le roi de Navarre, derrière eux de nombreux personnages, et sur le devant une foule serrée qui passe en levant les mains. Il est vrai que le centre du tableau est occupé par la figure, plus grande que toutes les autres, d'un cardinal qui, entouré d'évêques, ouvre largement les bras; aussi M. Delisle a-t-il interprété ainsi notre image : « Le cardinal Nicolas de Fréauville prê-

che la croisade au milieu d'une nombreuse assemblée, dans laquelle on distingue les trois rois de France, d'Angleterre et de Navarre. » Mais cela n'est indiqué par aucune rubrique, et il nous semble que le geste du cardinal peut être simplement celui de la bénédiction.

[3] *Not. et extr.,* t. X, 2ᵉ partie, p. 7 et 9.

[4] Qu'il nous soit permis d'émettre une conjecture au sujet des miniatures de ce volume, détachées visiblement d'un autre exemplaire pour être collées sur le nôtre. On y remarque l'omission complète des trois belles-filles du roi, Marguerite de Bourgogne (ducale), Jeanne et Blanche de Bourgogne (comtale). Or on sait qu'au mois de mai 1314 ces trois princesses furent arrêtées et emprisonnées comme adultères. Il nous paraît probable qu'elles figuraient dans des miniatures appartenant à l'exemplaire primitif de présentation, et que, cet exemplaire n'ayant pu être prêt à temps, Raimond n'osa plus l'offrir au roi tel quel, après le scandale de mai, en fit exécuter un autre, sur lequel il rapporta celles des miniatures où ne figuraient pas les femmes coupables : c'est peut-être ainsi, par une méprise du rubricateur, que s'explique la substitution au nom d'Isabel de celui de Marguerite, pris dans les rubriques sacrifiées. Dans ce cas, le ms. 8504

Nous n'en savons rien. Philippe mourait quelques mois plus tard, Pierre de Latilli était bientôt révoqué de ses fonctions de chancelier, puis jeté en prison, et si Raimond avait obtenu, grâce à lui, quelques marques de la faveur royale, elles ne lui furent sans doute pas continuées par les successeurs de Philippe IV. Quoi qu'il en soit, on n'a retrouvé son nom sur aucun registre, sur aucun compte, et nous ne connaîtrions pas son existence sans les deux exemplaires de son ouvrage qui se sont conservés jusqu'à nous.

Le premier est celui dont nous avons parlé jusqu'à présent, et qui fut, comme nous l'avons vu, offert à Philippe le Bel. Le second demande un examen à part. Il diffère du premier sous tous les rapports. D'abord il n'est qu'une copie faite en 1496[1]; ensuite il est sur papier, d'une écriture fort ordinaire, et ne contient pas de miniatures, bien que le copiste ait conservé les rubriques qui accompagnaient celles de l'exemplaire qui lui a servi de modèle[2]. Mais ce qui le distingue surtout du ms. 8504, c'est qu'il contient un texte beaucoup moins long. Dans la préface du ms. 8504, Raimond, après avoir parlé de sa traduction du *Calila et Dimna* espagnol, ajoute : *In quo libro addidi versus, proverbia, auctoritates et alia secundum propositam materiam*[3], *prout in ipso libro lector poterit intueri, dictasque addiciones duxi per rubeum, ut ab ipso libro antiquo discerni valeant, conscribendas*[4]. Et en effet, le ms. 8504 présente un nombre considérable de passages écrits à l'encre rouge, qui sont étrangers au livre traduit et contiennent des additions de Raimond, sur lesquelles nous aurons à revenir. Ces additions ne se trouvent pas dans le ms. 8505. Silvestre de Sacy avait pensé que le ms. 8505 était copié sur le ms. 8504, et que le copiste avait supprimé ces additions, soit pour abréger son texte, soit parce qu'il les trouvait, non sans raison, superflues et même fâcheuses. Hervieux a montré que Sacy était dans l'erreur, et que le ms. 8505 est copié sur un manuscrit autre que le ms. 8504. D'une part, en effet, parmi les rubriques de miniatures con-

---

n'aurait été définitivement terminé qu'après le mois de mai 1314.

[1] La note du copiste « Guillaume de Vassenex (aujourd'hui Vasseni, Aube) » qui l'écrivit au collège d'Autun pour « monsieur maistre Aubert « (et non Ymbert) Benot » et reçut deux francs pour sa peine, a été imprimée par S. de Sacy (*Not. et extr.*, t. X, 2ᵉ partie, p. 42) et par Hervieux (p. 41).

[2] Voir Hervieux, p. 42; Delisle, *loc. cit.*, p 164.

[3] Hervieux a imprimé ici *memoriam*, mais correctement *materiam* à la p. 71.

[4] Hervieux, p. 385.

25.

servées dans le ms. 8505, il en est dont les sujets ne se retrouvent pas dans le ms. 8504; d'autre part la copie de 1496 a très souvent des leçons meilleures que celles du manuscrit de 1314, et contient notamment beaucoup de mots omis dans celui-ci et qui n'ont pu être suppléés par le copiste; enfin les dédicaces et préfaces diffèrent sensiblement dans les deux manuscrits[1]. Cette démonstration est probante, et il faut admettre, comme l'a fait aussi M. Delisle[2], que la copie du ms. 8505 a été prise sur un manuscrit autre que le 8504, manuscrit de luxe également, achevé peu après la Pentecôte de 1313, et destiné à être offert, comme l'autre le fut effectivement, à Philippe le Bel. Ce manuscrit contenait-il les additions de Raimond conservées dans le ms. 8504? On ne peut le dire avec certitude, mais cela ne paraît pas probable. Raimond avait sans doute fait copier deux exemplaires de son œuvre, l'un ne contenant que la traduction du livre de *Calila et Dimna,* l'autre renfermant les additions de son cru. C'est sur le premier de ces exemplaires, aujourd'hui perdu, qu'a été prise la copie de 1496. Le scribe, sans être à beaucoup près irréprochable, était pourtant un peu plus instruit et soigneux que celui de l'exemplaire amplifié, et c'est pour cela que le manuscrit du xve siècle permet souvent de corriger, dans les parties qui leur sont communes, les leçons du manuscrit de 1314.

Cette solution si simple n'est pas celle qu'a cru devoir adopter Hervieux. Pour lui, le ms. 8505 représente seul l'œuvre de Raimond de Béziers; le ms. 8504 est dû à « un religieux lettré », qui, ayant connu la traduction du *Calila et Dimna* et « voulant la faire ser-« vir à l'enseignement de la morale chrétienne, y a, dans ce but, in-« troduit à profusion, sous la forme de citations en prose et en vers, « des additions qui en ont doublé le volume[3] ». Les raisons que donne Hervieux à l'appui de cette thèse sont peu solides[4], et la thèse elle-même a été complètement ruinée par M. Léopold Delisle, qui a démontré que le ms. 8504 est bien celui que Raimond a offert à Philippe le Bel[5]. Il fait remarquer en effet que les rubriques qui, dans les deux pages précédant la préface, accompagnent les six miniatures indiquées plus haut sont de la même écriture que les pre-

[1] Voir Hervieux, p. 66-70.
[2] *Loc. cit.,* p. 163.
[3] Hervieux, p. 58.

[4] Voir aussi G. Paris, *Journal des Savants,* 1899, p. 218.
[5] *Loc. cit.,* p. 160-168.

mières pages du manuscrit, en sorte qu'elles n'ont point été, comme le dit Hervieux, écrites postérieurement; et elles l'ont été nécessairement en vue des miniatures, bien que celles-ci n'aient pas été peintes directement sur le parchemin des deux pages où elles se trouvent, mais aient été exécutées à part, sur un vélin plus mince, et collées ensuite en face des rubriques. Hervieux remarque d'ailleurs avec raison que ces miniatures sont d'un autre style que celles du reste du volume. Il est permis de supposer qu'elles appartenaient originairement à l'exemplaire sur lequel a été copié le ms. 8505 : Raimond, ayant d'abord destiné au roi un exemplaire qui ne contenait que la version non interpolée, se sera décidé ensuite à lui offrir la version amplifiée, et il aura détaché, pour en orner l'exemplaire définitif, les six miniatures qui se trouvaient en tête de l'autre [1]. Ce n'est pas la seule trace d'hésitations et de retouches que nous trouvions dans la façon dont il a présenté son œuvre au roi.

M. Delisle a en effet montré que le premier feuillet du ms. 8504, écrit sur le verso seulement, ne fait point corps avec ce manuscrit : « Il y a été annexé par le relieur, pour servir de garde; il contient « le commencement d'un avant-propos qui devait être placé en tête « d'un exemplaire du livre et qui fait double emploi avec les détails « consignés dans la préface du ms. 8504 et dans l'épître dédicatoire « du ms. 8505. » Nous avons donc toute une série de préambules mis par Raimond en tête de son œuvre et présentant l'aspect de remaniements successifs : 1° le fragment copié au verso du feuillet de garde du ms. 8504; 2° la dédicace-préface de ce même manuscrit; 3° la dédicace-préface (incomplète du début) du ms. 8505 [2]. Ces trois morceaux, auxquels il faut joindre les souscriptions des deux manuscrits et les rubriques des miniatures du ms. 8504, contiennent, avec quelques variantes, les mêmes renseignements. Nous en avons extrait ceux qui concernent la personne de Raimond.

---

[1] Certains indices semblent confirmer cette hypothèse. La rubrique citée plus haut, qui montre le traducteur désolé par la mort de la reine, et dont la miniature n'est pas dans le ms. 8504, doit bien provenir d'un manuscrit destiné à être offert au roi. D'autre part, S. de Sacy et M. Delisle (p. 164) ont montré que la souscription du ms. 8505 est en partie fabriquée avec les rubriques des miniatures du ms. 8504, qui devaient donc se trouver dans le modèle de Guillaume de Vasseni. Nous avons indiqué plus haut (p. 194, n. 4) une explication possible de la mise au rebut de l'exemplaire primitif.

[2] Les trois préfaces, ainsi que les souscriptions, ont été imprimées par M. Delisle (loc. cit.), et figurent naturellement, dans le volume d'Hervieux.

Nous allons maintenant examiner l'œuvre de Raimond en elle-même, et d'abord voir ce qu'il nous en dit.

S'il faut l'en croire, un clerc ou un noble (sans doute ces deux mots désignent le même personnage, clerc de haute naissance) avait apporté d'Espagne un exemplaire castillan du livre de *Calila et Dimna,* qu'il avait offert à la reine Jeanne, et celle-ci avait chargé Raimond de le mettre en latin. Ayant commencé son travail, il l'avait interrompu en 1305, à la mort de la reine, puis repris et terminé en 1313.

La traduction castillane du *Kalîlah et Dimnah* existe en effet [1]. Silvestre de Sacy ne la connaissait que par le fragment qu'en avait imprimé Rodriguez de Castro [2], et ce fragment lui avait suffi pour en apprécier toute l'importance. Elle a été imprimée, en 1860, par Pascual de Gayangos, d'après deux manuscrits, dont le plus ancien est de la fin du xive siècle, l'autre de 1566 [3]. Le premier se termine par la note suivante : *Aqui se acaba el libro de Calira* (lis. *Calila*) *e Dygna, et fué sacado de arábygo en latyn e romançado por mandado del infante don Alfonso, hijo del muy noble rey don Fernando, en la era de mill e dozientos e noventa e nueve.* L'autre manuscrit omet la date. Mais un troisième, qu'a connu le P. Sarmiento et qui ne se retrouve plus, portait : *en la era de 1389.* Comme l'a montré Gayangos, il faut corriger l'une par l'autre ces deux dates également inadmissibles, et lire : *en la era de 1289,* c'est-à-dire en 1251 [4]. L'infant dont il s'agit ici est en effet Alfonse, fils du roi saint Fernand, qui succéda à son père en 1252, et qui, comme on sait, fut, directement ou indirectement, le fondateur de la littérature espagnole en prose. Il n'y a pas de raison d'aller plus loin que ne le fait cette souscription, et d'attribuer à l'infant, comme Benfey est porté à le faire [5], la composition même de la

[1] Rappelons ici que Raimond Lulle avait donné, vers la fin du xiiie siècle, dans le livre septième de son *Livre des merveilles,* une imitation des livres I-1 *bis* (voir pour ces désignations ci-dessous, p. 217) du *Kalîlah* et de plusieurs contes épars dans tout l'ouvrage. Ces imitations, comme nous l'avons fait remarquer dans un de nos précédents volumes (t. XXIX, p. 354-360), proviennent directement de l'arabe, et sans doute de souvenirs de lecture. On ne saurait les rattacher à la version espagnole : Lulle fait un renard (qu'il appelle bizarrement *Na Renart*) du chacal que le traducteur espagnol (voir ci-dessous, p. 221) change en *lobo cerval.*

[2] *Biblioteca española,* t. I, p. 636 et suiv.; S. de Sacy, *Notices et extraits,* t. I, 1re partie, p. 434.

[3] Gayangos, avec sa légèreté ordinaire, donne cette date à la page 4, et à la page 5 il indique le commencement du xve siècle.

[4] S. de Sacy avait déjà proposé de lire 1289 pour 1389 dans le manuscrit de Sarmiento, le seul dont on eût alors connaissance.

[5] *Orient und Occident,* t. I, p. 493.

traduction dont on nous dit seulement qu'il fut l'inspirateur. Ajoutons que, d'après Raimond de Béziers, qui d'ailleurs ne mentionne pas Alfonse, cette traduction fut faite à Tolède, ce qui n'a rien que de vraisemblable, puisque Tolède était alors la capitale des rois de Castille.

La souscription des trois manuscrits espagnols nous donne un autre renseignement, plus contestable : le livre aurait été traduit d'abord de l'arabe en latin, puis du latin en roman. Gayangos conteste absolument cette assertion. D'après lui, la comparaison du texte arabe et de la version castillane montre entre eux une affinité si étroite qu'on ne peut songer à admettre une version latine intermédiaire. Les deux preuves qu'il en apporte (le nom d'*abnue* donné à un chacal d'après l'arabe *âbn âwi*, et celui de *tittuya* donné à un oiseau de mer d'après l'arabe *titâwa*) n'ont pas grande force, non plus que le fait que l'arabe *nafs* est rendu par *alma :* tout cela a pu aussi bien se produire sous la plume d'un traducteur latin que sous celle d'un traducteur castillan [1]. Gayangos assure, à la vérité, qu'il y a dans l'espagnol « des phrases entières et des tournures qui sont traduites « littéralement de l'arabe, et qui, certainement, ne se seraient pas « présentées à un traducteur qui aurait eu sous les yeux un texte « latin ». Nous ne sommes pas compétents pour décider ce point; Benfey pense que Gayangos est dans le vrai [2], et l'opinion de celui-ci était déjà celle de S. de Sacy. La question n'a d'ailleurs que peu d'importance, puisque l'intermédiaire latin, s'il a existé, était une traduction littérale de l'arabe et a été, à son tour, littéralement traduit en espagnol.

[1] Gayangos confond perpétuellement la question de savoir si le livre espagnol est traduit du latin et celle de savoir s'il est traduit du latin de Jean de Capoue, et il croit avoir résolu la première question quand il a montré que la seconde se résout certainement par la négative, ce qui ne prouve absolument rien pour la première.

[2] Il montre cependant la faiblesse d'un des arguments de Gayangos (à savoir que Raimond de Béziers ne mentionne pas le latin), mais celui qu'il ajoute pour son compte n'est pas plus solide : « Nous n'avons aucune connais- « sance qu'il ait existé, à l'époque de la version « espagnole, une traduction latine autre que « celle de Jean de Capoue, et cela serait très « invraisemblable (*Or. and Occ.*, *loc. cit.*). » Mais cette traduction pourrait fort bien avoir été faite sur l'arabe uniquement pour servir au traducteur espagnol, et avoir ensuite disparu. C'est ainsi que Laurent de Premierfait traduisit le *Décaméron* en français sur une traduction latine qu'il s'était fait faire et que nous n'avons plus. — J. Derenbourg a donc été un peu loin (*Joh. de Capua Directorium*, p. IV, n. 1) en disant que Benfey « prouve, d'accord « avec l'éditeur, que... cette version n'est pas « faite sur un texte latin ». Hervieux, qui n'a pas recouru directement à Benfey, écrit là-dessus (p. 51) que « Benfey, en admettant « cette opinion, a démontré qu'elle était par- « faitement fondée ».

Ce qui est plus intéressant, c'est de constater, comme l'a fait Benfey, et comme l'a confirmé, dans le détail, notre regretté confrère J. Derenbourg, que la traduction espagnole repose sur un texte arabe identique à celui dont s'est servi, de son côté, l'auteur de la traduction hébraïque mise en latin par Jean de Capoue. Mais ce point demande quelque développement et nous amène nécessairement à esquisser ici une histoire du livre même connu depuis longtemps sous le titre arabe de *Kalîlah et Dimnah.*

C'est Silvestre de Sacy qui, le premier, a essayé d'écrire cette histoire; s'il en a parfaitement dessiné les grandes lignes pour la partie qu'on peut appeler arabe (en y comprenant tous les dérivés de l'arabe), il n'avait pas encore les moyens d'en connaître suffisamment les premières parties, indienne et pehlvie. Théodore Benfey a consacré à ce sujet des recherches où on ne sait si l'on doit plus admirer l'étendue de l'érudition ou la finesse de la critique, et, après en avoir consigné les résultats dans le volume de 650 pages qui sert d'introduction à sa traduction du *Pantchatantra* sanscrit, il les a continuées dans de nombreux articles à propos de publications nouvelles, dont les plus importantes furent celles de la version espagnole et de la version syriaque. Il croyait avoir établi sur des bases assurées l'histoire de ce qu'il appelait « l'ouvrage fondamental (*Grundwerk*) » d'où étaient issus à la fois le *Pantchatantra* indien et le livre pehlvi (source du syriaque et de l'arabe), plus étendu et plus voisin de l'original que le *Pantchatantra;* mais, depuis lors, des découvertes successives dans le domaine de la littérature sanscrite ont à peu près ruiné sa principale hypothèse et obligent de se représenter les choses autrement qu'il ne le faisait, tandis que d'importantes publications, comme celles de M. I. Guidi, M. Nöldeke, de Wright, de Keith-Falconer et de J. Derenbourg, venaient aussi compléter et préciser notre connaissance de la partie relativement moderne du sujet. Il n'est donc pas inutile de présenter aujourd'hui sommairement, d'après les travaux les plus récents, l'histoire d'un livre auquel le succès qu'il a obtenu pendant des siècles chez les peuples les plus divers assure, même indépendamment de sa valeur propre, une place dans l'histoire générale de la littérature.

Sous le règne de Cosroès le Grand ou Anoûchirwàn Khosrou, le vingt-deuxième des rois sassanides de Perse (531-579), qui portait, comme on sait, un vif intérêt à la littérature, fut composé dans la langue officielle de l'empire, le pehlvi, qui était un dialecte iranien apparenté de près à l'ancien perse des Achéménides, un livre qui reçut sans doute déjà le titre peu exact de *Kalilak et Damnak*, d'après les noms de deux chacals qui ne paraissent en réalité que dans le premier des douze chapitres dont se composait l'ouvrage. Le livre pehlvi est perdu, comme presque toute la littérature de la Perse sassanide, à l'exception des livres sacrés du mazdéisme; mais nous en avons une reproduction, qui, pour ce qu'elle contient, paraît très fidèle, dans la traduction syriaque composée, presque aussitôt après la publication du livre, par un personnage connu, Boud « le périodeute », traduction dont on avait contesté l'existence, bien qu'elle soit mentionnée dans un catalogue du xiiie siècle [1], et qui, retrouvée presque miraculeusement, en 1870, à Mardin, par M. Albert Socin, a été imprimée et traduite, en 1876, par M. G. Bickell, avec une introduction de Benfey [2].

Le manuscrit unique qui nous l'a conservée est incomplet du début et de la fin; mais il est extrêmement probable que le traducteur syrien avait omis l'introduction du livre pehlvi et n'avait commencé son œuvre qu'avec le récit proprement dit [3]. Le contrôle de la version syriaque nous fait donc défaut pour apprécier ce qui, dans les préliminaires de la traduction arabe dont nous allons parler, appartenait déjà au livre pehlvi. Ces préliminaires, sans tenir compte de la préface personnelle du traducteur arabe, consistent en deux morceaux distincts. La forme la plus authentique du premier nous est conservée dans un manuscrit arabe signalé par S. de Sacy [4], dans les

---

[1] La notice de ce catalogue était de nature à inspirer des doutes : on y lit que Boud, vers 570, donc à peu près en même temps que le traducteur pehlvi, avait traduit le livre en question « de la langue des Indiens »; aussi Silvestre de Sacy avait-il été jusqu'à conjecturer que dans le prétendu Boud il fallait tout simplement reconnaître Barzoûyah, le traducteur perse (voir plus loin), et que cette notice était prise au livre arabe et n'avait aucune valeur pour le syriaque. Mais, dès 1856, E. Renan avait montré (*Journal Asiat.*, 5e série, t. VII, p. 256) que les formes données par le catalogue syriaque, *Kalilag* et *Damnag*, ne pouvaient provenir des formes arabes *Kalîlah* et *Damnah* et renvoyaient, concurremment avec elles, à un pehlvi *Kalilak* et *Damnak*, adaptation du sanscrit *Karataka* et *Damanaka* conforme à la phonétique pehlvie. L'erreur du catalogue était de dire que Boud avait traduit le livre « de la langue des Indiens », au lieu de dire « de la langue des Perses ».

[2] *Kalilag und Damnag*, Leipzig, 1876.

[3] Voir Benfey, *Kal. und Damn.*, p. xxxi-xxxii.

[4] Notre confrère M. Hartwig Derenbourg,

versions hébraïque et espagnole, et nous est en outre attestée par un passage du *Chah Nameh* de Firdoûçi [1]. On y raconte que Barzoûyah, médecin de Khosrou et savant philosophe, lui dit un jour avoir lu quelque part que dans l'Inde il y avait de hautes montagnes sur lesquelles croissaient des herbes dont on pouvait faire des breuvages capables de ressusciter les morts. Il demanda au roi et obtint une mission pour aller à la recherche de ces simples; mais vainement il explora toutes les montagnes de l'Inde, en cueillit et en éprouva toutes les herbes : aucune ne donna le résultat espéré. Enfin les philosophes de l'Inde, qu'il consulta, lui apprirent que les montagnes signifiaient les sages, et les herbes leurs bonnes paroles, qui ont la vertu d'éclairer les ignorants, c'est-à-dire de ressusciter les morts. Ces bonnes paroles, lui dirent-ils, ont été recueillies dans des livres; et ils lui désignèrent particulièrement un livre qu'un des rois de l'Inde gardait parmi ses plus précieux trésors. Barzoûyah en obtint communication, le traduisit en pehlvi et rapporta sa traduction en Perse. Il en donna lecture devant une nombreuse assemblée, qui fut remplie d'admiration. Khosrou lui offrit toutes les récompenses qu'il souhaiterait; mais Barzoûyah n'accepta qu'un riche vêtement; seulement il demanda au roi d'ordonner que sa biographie, écrite en son nom par le vizir Bouzourdjmihr, fût placée en tête du livre, ce qui lui fut accordé [2].

D'après Benfey [3], ce récit appartient au livre pehlvi, et il pourrait bien être de Bouzourdjmihr lui-même. Cela ne nous paraît guère vraisemblable. Il a toutes les allures d'un conte, et il est introduit par la formule : «Au temps du roi Anoûchirwàn Khosrou», qui ne convient guère à un contemporain de ce roi. Il y a beaucoup plus de chances, à notre avis, pour qu'il soit l'œuvre d'Abdallah ibn-Almoqaffa, qui a mis le livre pehlvi en arabe. L'auteur de ce prologue prétend que Barzoûyah a traduit de l'indien un livre appelé *Kalîlah* [4]

auquel le présent article doit plus d'une indication utile, nous en a signalé un second exemplaire à Londres : voir Rieu, *Suppl. to the Catal. of arabic manuscripts*, p. 733.

[1] Imprimé et traduit par S. de Sacy, *Not. et extr.*, t. X, 1re partie, p. 145-153. On peut maintenant le lire dans la traduction de J. Mohl, *Le Livre des Rois*, t. VI, p. 357.

[2] La plupart des manuscrits arabes, ainsi que la version grecque, ont de cette histoire une autre forme, qui est très probablement plus récente : voir Benfey, *Pantschat.*, t. I, p. 60-66, et cf. *Journal des Savants*, 1899, p. 211-212.

[3] *Pantschatantra*, t. I, p. 64.

[4] Firdoûçi, seul, le dit expressément (il faut noter que la forme qu'il emploie, *Kalila*, indique qu'il suivait un texte arabe et non

(ce serait en pehlvi *Kalilak,* en sanscrit *Karataka*); or il n'a jamais
existé de livre indien de ce nom : c'est le titre donné, à tort, au livre
pehlvi, qui est, comme nous le verrons, une compilation traduite
d'après divers livres sanscrits, et l'histoire des deux chacals *Karataka*
et *Damanaka* (devenus en pehlvi *Kalilak* et *Damnak,* en syriaque *Kalilag* et *Damnag,* puis en arabe *Kalîlah* et *Dimnah,* en hébreu *Kelila* et
Dimna, en espagnol *Calila* et *Dimna,* chez Raimond *Calila* et *Dina*),
ne forme que le premier chapitre de l'un de ces livres indiens, le
Pantchatantra. La façon dont l'auteur explique la présence de la biographie de Barzoûyah en tête du livre est tout à fait invraisemblable,
ainsi que l'attribution de cette biographie, où Barzoûyah parle à la
première personne, au vizir Bouzourdjmihr. Il y a donc tout lieu de
croire que le livre pehlvi ne contenait pas ce prologue, ajouté au
viiie siècle par le traducteur arabe, et commençait par l'autobiographie du traducteur [1]. Barzoûyah y mentionne son voyage dans l'Inde,
et c'est de là que l'auteur du prologue a tiré toute sa petite histoire.

La biographie de Barzoûyah est à peu près identique dans tous les
manuscrits arabes, ainsi que dans les versions grecque, hébraïque et
espagnole. Elle est fort intéressante. Ce n'est pas, à vrai dire, une
biographie : c'est un examen de conscience et une méditation sur la
meilleure façon d'employer la vie. Elle est empreinte de sentiments
très élevés, notamment dans le passage où Barzoûyah raconte comment il a, au moins pendant un temps, calmé ses doutes sur le but
de la vie en pratiquant la médecine d'une façon désintéressée, étant
sûr ainsi d'être utile aux hommes. Mais ayant reconnu que les maux
du corps ne sont rien à côté de ceux de l'âme, et s'étant convaincu
du néant de la vie présente, il s'est tourné vers la vie future. Il a
examiné les diverses religions, et a constaté que chacune d'elles,
incapable de prouver la vérité de son enseignement, se borne à
l'affirmer et à condamner les autres (il est regrettable qu'il n'ait pas
spécifié les religions qu'il avait en vue); il s'est alors décidé à conserver

pehlvi); d'après les versions hébraïque et espagnole, le *Kalilak et Damnak* aurait seulement
été un des livres indiens qu'aurait rapportés de
son voyage et traduits Barzoûyah ; mais il faut
entendre qu'il en traduisit d'autres en dehors
de celui-là, qui est celui en tête duquel est la
préface.

[1] La traduction espagnole le dit expressément : *Et la una de aquestas escripturas fue
aqueste libro que dicen* Calila e Dimna, *et era
el primero capitulo deste libro el capitulo de Ber-
sehuey, et de lo que dijo de si et de su linaje, et
de como era movibile en las cosas, tanto que el
hobo de meterse en religion.*

la religion de ses pères, mais a résolu, surtout depuis son retour de l'Inde, de mener une vie ascétique. Ce passage a fait croire, déjà au moyen âge, que Barzoûyah était chrétien; il faut bien plutôt y voir, avec Benfey, l'influence du bouddhisme. L'auteur a intercalé dans son discours un certain nombre de contes ou fables et la célèbre parabole de l'homme exposé aux plus affreux dangers et qui les oublie un moment en savourant quelques gouttes de miel qu'il trouve à portée de sa bouche; l'origine de cette belle allégorie est certainement bouddhique, puisqu'elle se retrouve dans la Vie du Bouddha qui, à peu près en même temps que notre livre, était aussi traduite du sanscrit en pehlvi, et qui, christianisée, est devenue le roman grec de *Barlaam et Joasaph*[1].

C'est après ce préambule que commence la traduction de Barzoûyah, et nous avons à partir de là la version syriaque pour contrôler les représentants multiples de la version arabe. L'ouvrage, nous l'avons dit, comprend douze chapitres. Les cinq premiers correspondent, pour le récit principal formant cadre, et pour les récits qui y sont encadrés, aux cinq chapitres d'un ouvrage sanscrit intitulé précisément le *Pantchatantra,* « les cinq chapitres », qui existe en plusieurs versions assez différentes, et qui a été l'objet, en notre temps, de diverses traductions en langues européennes. Viennent ensuite trois chapitres dont le contenu se retrouve dans la grande compilation épique du *Mahâbhârata* (liv. XII). Le neuvième chapitre, perdu en sanscrit, est conservé dans un livre tibétain, *Makâkâtyâyana et Tchanda-Pradyota.* Mais pour la suite une difficulté sérieuse se présente. La version syriaque, nous l'avons dit, est incomplète de la fin comme du début; mais, à la fin, il paraît ne manquer que très peu de chose, et il semble bien qu'elle se terminait avec le dixième chapitre. Or ce chapitre, — M. Nöldeke a rendu le fait extrêmement vraisemblable, contrairement à l'opinion de Benfey[2], — ne provient pas de l'Inde et n'est sans doute même pas de Barzoûyah : composé en pehlvi, il avait été ajouté au manuscrit qu'a eu sous les yeux Boud, le traducteur

---

[1] Voir sur l'histoire de cette parabole Chauvin, *Bibliogr. arabe,* t. III, p. 99-100.

[2] Voir *Die Erzählung vom Mäusekönig und seinen Ministern*... von Th. Nöldeke, Göttingen, 1879, in-4° (tiré des *Abhandlungen der K. Ges. der Wiss. zu Göttingen*), et cf. Derenbourg, *Director.,* p. 350. Benfey avait d'abord lui-même regardé ce chapitre, qui se retrouve dans quelques manuscrits arabes, comme interpolé; mais le fait qu'il est dans la version syriaque lui avait paru en établir suffisamment l'authenticité (voir *Kalil. und Damn.,* p. ix).

syrien, et qui ne contenait que neuf chapitres avant celui-là; le manuscrit qu'a suivi Abdallah ibn-Almoqaffa, au contraire, comprenait trois chapitres après les neuf premiers et n'avait pas cette intercalation. Faut-il en conclure, comme M. Nöldeke semble porté à le faire[1], que l'ouvrage de Barzoûyah ne comptait que les neuf chapitres du manuscrit traduit par Boud? Nous ne le pensons pas, car les trois chapitres qui se trouvent après le neuvième dans la traduction arabe ont un caractère indien très marqué : le premier (*la Lionne pénitente*) est très probablement bouddhique[2], et les deux autres se retrouvent en sanscrit[3]. Il faut donc croire que Boud n'a eu à sa disposition qu'un manuscrit qui, d'une part, était incomplet de trois chapitres, et qui, d'autre part, avait ajouté à l'œuvre de Barzoûyah un chapitre apocryphe. Cela ne laisse pas d'être surprenant, quand on songe que Boud a écrit sa traduction une vingtaine d'années peut-être après la composition du livre pehlvi[4]; mais cela n'a après tout rien d'impossible. Le chapitre additionnel du syriaque est d'ailleurs médiocre[5], et comme il ne figurait pas dans la rédaction arabe qui a servi de base aux rédactions qui nous intéressent[6] et n'a conséquemment point passé dans celles-ci, nous ne nous en occuperons plus par la suite. Nous admettrons donc que l'œuvre de Barzoûyah se composait de douze chapitres. Nous reviendrons plus tard sur chacun d'eux; nous nous contentons ici d'en signaler le nombre et d'en indiquer en gros l'origine.

L'état de choses qui vient d'être exposé a amené Benfey à former l'hypothèse qu'il a cherché à démontrer dans tous ses écrits relatifs à notre sujet. D'après lui, la traduction pehlvie représente un ouvrage sanscrit composé également de douze chapitres, et très antérieur au *Pantchatantra*. Cet ouvrage s'est perdu dans l'Inde sous sa forme première; mais on en a détaché à une certaine époque les cinq premiers

---

[1] *Die Erzählung vom Mäusekönig*, p. 16.

[2] Voir Benfey, *Pantschat.*, t. 1, § 229.

[3] Voir Benfey, *l. c.*, § 231 et 232.

[4] Boud, d'après le catalogue du xiiie siècle mentionné plus haut, florissait en 570; Barzoûyah a dû écrire son livre vers 550, avant que Khosrou fît son expédition dans l'Inde.

[5] Il a toutefois l'intérêt de nous offrir la plus ancienne forme connue de la fable des souris qui décident d'attacher une sonnette au cou du chat. Cette fable ne reparait qu'au xiiie siècle, en Angleterre, d'abord dans les Fables d'Eudes de Cherriton (éd. Hervieux, n° LIV a), puis dans les Contes moralisés de Nicole Bozon (n° 121), qui suivait sans doute une fable en langue anglaise (voir la note de M. P. Meyer).

[6] Il a cependant été introduit dans quelques manuscrits arabes, et le texte arabe en a été publié par M. Nöldeke.

chapitres pour en composer le *Pantchatantra;* trois autres chapitres ont « trouvé asile » dans le *Mahâbhârata;* un autre a été conservé dans un livre tibétain, et deux ont été repris plus tard par des remanieurs du *Pantchatantra,* ce qui prouve qu'à l'époque, certainement peu ancienne de ces remanieurs, l'ouvrage primitif existait encore.

Ce système a été ruiné par des découvertes récentes [1]. On a constaté que le *Pantchatantra,* essentiellement identique à ce qu'il est encore dans ses versions les plus authentiques, existait dès les premiers siècles de notre ère, et, peut-être, bien plus anciennement. En effet, à cette époque, un poète appelé Gounâdhhya l'insérait dans une immense compilation de fables et de contes en prâcrit, et deux abrégés sanscrits, indépendants, de sa rédaction, l'un par Kchemendra, l'autre par Somadeva, nous ont été conservés [2]. Il faut donc renverser la proposition de Benfey, et voir dans le livre de Barzoûyah la traduction : 1° des cinq chapitres du *Pantchatantra;* 2° de trois morceaux qui se retrouvent dans le *Mahâbhârata* [3]; 3° d'un chapitre pris au *Mahâkâtyâyana;* 4° de trois morceaux pris ailleurs. La question qui se pose désormais à la critique est de savoir si ce recueil existait déjà en sanscrit ou si c'est Barzoûyah qui l'a compilé à l'aide de sources sanscrites diverses. Nous n'avons pas, cela va sans dire, la prétention de la résoudre : nous dirons seulement que c'est la seconde alternative qui paraît aujourd'hui la plus vraisemblable [4].

Un mot encore sur une particularité qui n'est pas sans intérêt pour l'histoire littéraire. Chacun des douze chapitres, dans la version arabe, débute par un court dialogue entre un roi et son philosophe, le roi demandant à être éclairé sur un point de conduite morale ou

---

[1] Il avait déjà été ébranlé par A. Weber, le connaisseur par excellence des choses indiennes, qui avait montré (*Liter. Centralbl.,* 1876, col. 1021) que l'hypothèse de Benfey était contredite par le caractère du chap. ix, lequel est visiblement détaché d'un ensemble qu'a conservé la rédaction tibétaine, et par les chap. vi-viii, qui gardent dans la version syriaque une visible marque de leur existence isolée : la présence en tête de chacun d'eux, comme interlocuteur, de Zedachtar et Bicham (au lieu de Debacherim et Bidwag). Un peu plus tard, M. Prym (*Jenaer Literaturzeitung,* 1878, p. 98 et suiv.) se ralliait à cette idée et faisait très justement remarquer que les cinq chapitres empruntés au *Pantchatantra* offrent un caractère et un système de rédaction très différents des autres. Benfey n'a pas, que nous sachions, répondu à ces objections.

[2] Ces constatations, dues d'abord à M. G. Bühler et à M. S. Lévi, ont été fort bien exposées par M. de Mankowski dans son introduction à l'édition et à la traduction du *Pantchatantra* de Kchemendra (1892).

[3] Naturellement cela ne veut pas dire qu'ils fussent déjà incorporés au *Mahâbhârata,* et que cette compilation eût déjà reçu la forme et les divisions que nous lui connaissons.

[4] C'est aussi la solution vers laquelle penche M. de Mankowski, p. xxii.

politique, et le philosophe lui répondant par un récit dans lequel en
sont parfois intercalés plusieurs autres. Le roi est appelé en syriaque
Debacherim, en arabe *Dabchelim*, noms qui répondent, d'après Benfey,
à un sanscrit *Devaçarman;* le philosophe est appelé en syriaque *Bidwag*,
en arabe *Bidbah* (plus tard *Bidbai*, d'où on a fait *Pilpai*), ce qui répond peut-être à un sanscrit *Vidyâpati*, « maître de la science »[1]. Ce
nom, grâce à des traductions, faites au XVIIe siècle en Occident, de
rédactions secondaires, a passé pour celui d'un grand fabuliste indien, et c'est ainsi que le bon La Fontaine a cru à « Pilpay » non
moins qu'à Ésope[2]. L'allocution du roi se compose, en général,
de deux parties (sauf naturellement dans le premier chapitre), l'une
rappelant le sujet du chapitre précédent, l'autre donnant le sujet
du chapitre qui va suivre. Ces débuts créent ainsi un lien entre
tous les chapitres et donnent au livre sa seule unité. Il faut donc se
demander s'ils remontent au sanscrit. On peut le croire pour les
cinq premiers chapitres, répondant aux cinq chapitres du *Pantchatantra*, bien que ces préambules n'existent pas dans les formes
connues du livre indien, et que celui-ci présente une introduction
qui attribue le recueil en général, soit comme fond, soit même
comme forme, à un philosophe d'un autre nom et placé dans
d'autres conditions[3]. Mais pour les trois suivants, empruntés au
Mahâbhârata, nous voyons par la version syriaque que le dialogue
avait lieu, non plus entre *Debacherim* et *Bidwag*, mais entre *Zedachtar* et *Bicham*, noms correspondant à ceux de *Youdhichthira* et de
Bhichma, c'est-à-dire au roi et au philosophe qui figurent dans le
Mahâbhârata[4]. En tête des chapitres suivants reparaissent les interlocuteurs des cinq premiers chapitres, que la version arabe a d'ailleurs substitués aux deux autres même pour les trois chapitres en

[1] Benfey, *Pantschat.*, t. I, p. 34-35; *Kal.
und Damn.*, p. XLIII-XLIV.

[2] Il avait cependant quelques doutes : « J'en
« dois, dit-il en parlant des sujets traités dans
« les livres VII-XI, la plus grande partie à Pilpay,
« sage indien. Son livre a été traduit dans toutes
« les langues. Les gens du pays le croient fort
« ancien, et original à l'égard d'Ésope, si ce
« n'est Ésope lui-même sous le nom du sage
« Locman. » Il faut avouer que ce n'est pas fort
clair.

[3] Voir Benfey, *Pantschat.*, t. I, § 6. Cette
introduction manque dans les résumés de
Kchemendra et de Somadeva et manquait sans
doute déjà dans le poème de Gouṇâḍhya. Il
faut remarquer que, si on la place en tête
du livre, les cinq chapitres du *Pantchatantra*
n'ont aucun lien commun et paraissent réunis
fortuitement.

[4] Nous renvoyons pour le détail à l'Intro
duction de Benfey (p. XXXIII et suiv.). Nous
ne lisons plus les deux noms qu'en tête du
premier de ces trois chapitres, mais ils ont dû
figurer aussi en tête des deux autres.

question.[1]. Tout cela semble bien indiquer un arrangement postérieur, et contribue à faire douter que le recueil de Barzoûyah ait existé tel quel en sanscrit.

Benfey, croyant à l'existence de ce recueil dans l'Inde à une époque fort ancienne, s'est préoccupé du titre qu'il pouvait avoir. Il a pensé que c'était sans doute *Nîtiçâstra,* « Règle de la conduite », et il a même supposé que ce titre avait pu se maintenir dans le livre pehlvi et nous être encore représenté par le titre de la version latine de Jean de Capoue, *Directorium humane vite.* J. Derenbourg a montré que cette ingénieuse hypothèse n'est pas soutenable [2]. Dans la version syriaque et dans la version arabe le livre s'appelle *Kalilag et Damnag* ou *Kalîlah et Dimnah :* c'est en réalité, on l'a vu, le titre du premier chapitre, donné, par une confusion fréquente, au livre tout entier ; cela montre, comme Benfey lui-même l'avait d'abord remarqué, que le livre n'avait pas de titre général, et cela nous engage encore à croire qu'il n'existait pas avant que Barzoûyah le formât, en compilant les cinq chapitres du *Pantchatantra* avec trois chapitres pris à un livre annexé plus tard au *Mahâbhârata* et quatre chapitres de diverses provenances [3].

Une autre suite du système de Benfey a été de lui faire considérer le livre entier comme bouddhique [4]. Il s'appuie d'une part sur la présence d'un chapitre (le neuvième) qui se retrouve dans un des livres du bouddhisme tibétain et où respire d'ailleurs la haine des brahmanes, et d'un autre (le dixième), dont l'inspiration semble bouddhiste ; d'autre part sur la présence d'un certain nombre de contes de notre livre dans des livres bouddhiques, d'origine indienne, conservés en pâli, en tibétain ou en chinois [5].

La première observation est juste [6] ; mais maintenant que l'on sait que le livre se compose de morceaux originairement étrangers l'un à

---

[1] Il faut noter que le traductéur arabe, intercalant un chapitre de son invention (voir ci-dessous), l'a muni du même début ; autant en a fait l'auteur du manuscrit arabe suivi par le traducteur hébreu et par le traducteur espagnol pour les deux chapitres qu'il a en plus (voir ci-dessous).

[2] *Directorium,* p. x.

[3] D'ailleurs le titre de *Directorium humane vite* ne remonte pas à Jean de Capoue : il est de l'invention de celui qui a imprimé l'ouvrage au xve siècle (voir ci-dessous, p. 219).

[4] *Pantschat.,* t. I, p. xi-xii ; *Kal. und Damn.,* p. vii-ix.

[5] Notamment dans les *djâtakas* (voir Ward, *Catal. of romances,* t. II, p. 155).

[6] Toutefois Benfey semble aller trop loin quand il dit que le chapitre ix est tout rempli, non seulement de la haine des brahmanes, mais « et de la glorification du bouddhisme » ; nous n'y trouvons pas cette glorification : la morale que débite le sage Bilar n'a pas de caractère confessionnel (cf. Weber, *Lit. Centralbl.,* 1876, *loc. cit.*).

l'autre, elle ne saurait rien prouver que pour les deux chapitres sur lesquels elle porte[1]. Quant à la seconde, elle se rattache à une question plus générale. Il est certain que le bouddhisme a fait, pour la propagation de ses doctrines, un grand usage des fables et des paraboles, et que plus d'une, notamment de ces dernières[2], est née dans son sein; mais il paraît certain aussi que la prédication bouddhique, tout comme la prédication chrétienne au moyen âge, a pris de toutes mains les « exemples » dont elle illustrait son enseignement, en sorte que la présence d'un conte dans des recueils bouddhiques n'en prouve nullement l'origine bouddhique. En fait, le livre ne contient rien qui caractérise une religion plutôt qu'une autre, et les idées religieuses qui s'y manifestent sont, comme l'a fort bien remarqué J. Derenbourg[3], d'une banalité si grande qu'elles ont pu être transportées successivement dans les milieux mazdéen, chrétien, musulman et juif, sans y subir aucune modification[4]. Si c'est dans la morale du livre qu'on veut chercher un caractère bouddhique, il ne sera pas moins impossible de l'y trouver. Benfey lui-même a reconnu[5] que cette morale, toute pratique, était empreinte de l'égoïsme le plus terre à terre[6], et Derenbourg a même jugé que les princes, pour qui semblent écrits la plupart des chapitres, n'y trouveraient que d'assez fâcheux enseignements[7]. En somme, les différentes parties dont se compose le livre, et dont l'une semble bien, par son hostilité contre les brahmanes, trahir une origine bouddhique, ont toutes un caractère tout à fait profane et n'accusent

---

[1] C'est à tort que Benfey (*Kal. und Damn.*, p. VII) généralise en disant que toute l'inspiration du (prétendu) livre indien paraît être celle « de la haine la plus brûlante, vraiment « fanatique, contre les brahmanes ».

[2] Tel est le cas, très probablement, pour la belle parabole citée plus haut (p. 204); mais il faut remarquer qu'elle est dans l'autobiographie de Barzoûyah et non dans le livre même.

[3] *Directorium*, p. XVI.

[4] Il faut cependant noter un trait curieux. Le livre pehlvi avait conservé du *Mahâbhârata*, au chapitre VIII, qui raconte l'histoire d'un chacal pieux, l'introduction d'après laquelle ce chacal était un roi dont l'âme avait été condamnée, pour ses péchés, à passer dans le corps d'un chacal. Ce trait tout indien, conservé dans le syriaque, a été supprimé par le traducteur arabe, en sorte que la vertu de ce chacal exceptionnel reste sans explication (voir *Kal. und Damn.*, p. XLVII).

[5] *Pantschat.*, t. I, p. 297.

[6] On est même surpris de trouver en tête d'un livre aussi étroitement utilitaire la préface de Barzoûyah, où semblent bien se manifester réellement des idées bouddhiques, et qui, en tout cas, est d'une inspiration beaucoup plus élevée.

[7] *Directorium*, p. XVII-XVIII. Derenbourg va cependant peut-être un peu trop loin : la conduite du lion n'est pas précisément proposée en modèle aux rois.

l'empreinte d'aucune religion particulière, sauf dans quelques croyances qui appartiennent à l'Inde entière.

Le livre de *Kalîlah et Dimnah* a été fort admiré. On a vanté surtout l'excellence des conseils qu'il donne aux rois et aux ministres, et on a prétendu y trouver tout un cours de politique. S'il fallait en croire les auteurs des préfaces des diverses traductions, les plus grands monarques de l'Orient auraient désiré passionnément le lire, et ceux qui l'auraient lu y auraient trouvé des secrets dont ils auraient tiré grand profit pour le bon gouvernement de leurs empires et l'accroissement de leur puissance, comme déjà le prétendu roi indien Dabchelim avait dû aux leçons de Bidbah de devenir plus puissant que tous ses voisins. Le moyen âge occidental a cru à ces assertions, et on a surtout justifié la traduction du livre en insistant sur l'utilité dont il ne pouvait manquer d'être, soit dans le gouvernement des peuples, soit dans la conduite générale de la vie. En réalité, le véritable attrait du livre, la vraie cause du succès qu'il a eu et des traductions qu'on en a données, ce sont les contes qui y sont insérés. L'enseignement en lui-même, outre qu'il est, comme nous l'avons dit, peu élevé, est fort banal : il se réduit presque tout entier à ces préceptes, qui, d'ailleurs, sont aussi ceux des fabulistes antiques et de La Fontaine : il faut être prudent, céder à la force, savoir profiter des circonstances, être modéré dans ses désirs, et surtout, surtout, se méfier de tout et de tous. Reconnaissons cependant que l'honnêteté est généralement recommandée, et signalons un trait sympathique qui reparaît tout le long du recueil, et qui est bien dans l'esprit indien : c'est le prix extrême attaché à l'amitié. La Fontaine, qui mieux que personne était fait pour comprendre un pareil trait, en a été profondément touché, et c'est à « Pilpay » qu'il a pris les fables délicieuses des *Deux Pigeons* et des *Deux Amis,* et le charmant récit où le corbeau, la gazelle, la tortue et le rat luttent de courage et d'ingéniosité pour se sauver réciproquement.

Les contes et les fables qui remplissent le livre en ont fait, avonsnous dit, le véritable attrait. Ils sont, à vrai dire, d'une valeur fort inégale. Ceux que le *Pantchatantra* avait admis étaient certainement antérieurs à ce recueil tout factice et remontent donc au moins à deux mille ans, quelques-uns peut-être à une époque bien plus reculée, ce qui n'empêche pas qu'il n'y ait parmi eux un ou deux apologues qui

semblent d'origine grecque; les autres paraissent en général moins
anciens et sont inférieurs. Nous allons indiquer très sommairement
le contenu des douze chapitres et les principaux récits intercalés dans
plusieurs d'entre eux.

Les chapitres i-v composent le *Pantchatantra.* Le premier seul est
consacré à l'histoire du chacal Dimnah, qui, malgré les conseils de son
ami Kalîlah[1], arrive à semer la zizanie entre le lion, roi des animaux,
et le taureau auquel le lion avait accordé sa faveur. — Le chapitre ii
nous montre le dévouement mutuel des quatre amis dont nous parlions
tout à l'heure, le corbeau, la tortue, la gazelle et le rat. — Le troisième
raconte la guerre des hiboux et des corbeaux. — Le quatrième a pour
sujet la façon ingénieuse dont un singe sut échapper à la mort que
lui préparait un perfide alligator. — Le cinquième est l'histoire célèbre de l'animal fidèle qui défend contre un serpent l'enfant de son
maître, et que celui-ci tue, croyant, à lui voir la gueule sanglante,
qu'il a dévoré l'enfant. Dans tous ces chapitres il y a des fables ou des
contes intercalés en plus ou moins grand nombre. Parmi ces récits,
il n'en manque pas de plats, d'insignifiants et de bizarres; mais
beaucoup sont excellents, et quelques-uns sont de petits chefs-d'œuvre
d'invention et de composition. Nous citerons, parmi les fables, *le Lion,
ses ministres et le Chameau* (origine des *Animaux malades de la peste*),
le Chat juge entre la Gelinotte et le Lièvre (*le Chat, la Belette et le Lapin*),
la Souris métamorphosée en fille, l'Âne qui n'avait pas de cœur; parmi les
contes, *la Femme au nez coupé, le Brahmane dupé, le Vase au gruau* (*le
Pot au lait*).

Les trois chapitres empruntés au *Mahâbhârata,* qui viennent ensuite (vi-viii), ont un caractère assez différent. Ils ne contiennent pas
de récits intercalaires. Ils racontent très longuement deux fables que
La Fontaine a brièvement imitées, *le Chat et la Souris,* et *le Roi et
l'oiseau Pinzah* (*les Deux Perroquets, le Roi et son Fils*), puis l'histoire
d'un chacal vertueux calomnié par les courtisans du lion.

Le chapitre ix, où se trouvent intercalées deux fables insigni-
fiantes, est le roman bouddhique dont nous avons parlé tout à l'heure
et où les brahmanes sont présentés sous le jour le plus défavorable.

Le chapitre x est une fable bizarre, sans aucun récit intercalaire,

---

[1] Nous donnons aux noms propres les formes qu'ils ont dans l'arabe.

d'un caractère d'ailleurs tout indien, et dont La Fontaine, dans *la
Lionne et l'Ourse*, s'est sagement borné à imiter le commencement.

Le chapitre xi, *l'Homme ingrat et les Animaux reconnaissants*, est un
très beau conte, qui a joui en Europe d'une grande popularité,
dès une époque antérieure aux plus anciennes versions occidentales
de notre livre[1].

Enfin le chapitre xii est une nouvelle assez fantastique, destinée à
montrer la force inéluctable du destin, et dont La Fontaine a tout à
fait transformé l'esprit en l'imitant de fort loin dans *le Marchand, le
Gentilhomme, le Pâtre et le Fils du roi.*

On voit que les chapitres empruntés au *Pantchatantra* présentent
seuls, à part des exceptions négligeables, des récits secondaires intercalés dans le récit principal; là aussi seulement se trouve cette
mode indienne, qui ne paraît pas d'ailleurs, elle-même, remonter
aux textes primitifs, d'intercaler d'autres récits dans ces récits secondaires, en faisant raconter les seconds par les personnages des premiers. Cet artifice compliqué, qui plaisait aux compilateurs indiens,
mais qui n'a d'autre résultat que de fatiguer l'attention en la sus-
pendant sans cesse, s'est maintenu dans les traductions, mais n'est
jamais entré dans les habitudes littéraires de l'Occident (tandis qu'on
voit par les *Mille et une Nuits* que les Arabes se le sont approprié) :
il est absent des récits du *Pantchatantra* qui ont passé dans la littérature ou dans la tradition populaire de nos pays, et les contes s'y
présentent, naturellement, dans toute leur teneur, sans être interrompus par des récits épisodiques. Il résulte d'ailleurs encore de cette
constatation que les cinq chapitres du *Pantchatantra* sanscrit n'ont
point été détachés d'un recueil plus long, pareil au livre pehlvi, mais
que le livre pehlvi présente bien une compilation du *Pantchatantra*
avec des morceaux d'origine étrangère[2].

---

[1] Matthieu de Paris le fait raconter par Richard Cœur de lion en 1195, et, comme l'a remarqué Benfey, la forme qu'il donne au récit se
rapproche de celle des *Gesta Romanorum*, assez
éloignée de la forme primitive, et ne permet
pas de croire que Richard l'eût appris des
Arabes en Palestine. Voir sur ce conte, ses
diverses formes et sa popularité, le paragraphe 71 de l'Introduction au *Pantchatantra*, un
des plus riches en idées aussi bien qu'en faits.

[2] Benfey s'est bien rendu compte de cette
différence, mais il l'a expliquée (*Pantsch.*, t. I,
p. xv; *Kal. und Damn.*, p. vii) en disant qu'originairement tout le livre (l'« ouvrage fonda-
« mental » sanscrit) était composé comme les
chapitres vi-viii (qui se retrouvent dans le
Mahâbhârata) et avait un caractère plus stric-
tement didactique; qu'ensuite, le livre étant
devenu une lecture d'amusement plus que
d'instruction, on développa le procédé qui

Une dernière observation. Les contes et fables du *Pantchatantra*
et des sept autres chapitres ont encore des caractères qui les distinguent de ceux qu'on trouve dans d'autres pays. Ils sont précédés,
suivis et très souvent interrompus par des sentences morales, ordinairement en vers, que débitent les personnages du récit. En outre,
tous les personnages, même les animaux et parfois jusqu'aux arbres,
ont des noms propres et demeurent dans des localités également pour-
vues de noms. Enfin les animaux mis en scène sont souvent, sans que
cela serve à rien, qualifiés de « rois » de leur espèce. Toutes ces particularités, bien qu'essentiellement indiennes, étaient sans doute
étrangères à la forme originaire des récits et font partie d'une mode littéraire plus ou moins ancienne dans l'Inde. Elles ont été conservées
dans la traduction de Barzoûyah, et aussi dans la version syriaque
et dans la version arabe; mais déjà quelques-unes, notamment en
ce qui concerne les noms propres, ont été omises dans cette dernière, et elles l'ont toutes été de plus en plus dans les transcriptions
et les traductions successives par où elle a passé[1]; toutefois il en
subsiste des traces nombreuses jusque dans les plus récentes de
celles-ci. Il va sans dire qu'elles ont complètement disparu des contes
provenant de notre livre qui se sont répandus à l'état isolé dans la
littérature ou la tradition orale de différents peuples.

Après cette digression, dont on voudra bien excuser la longueur,
nous arrivons à la traduction arabe du *Kalilak et Damnak* pehlvi, à
laquelle se rattachent toutes les versions postérieures, et entre autres
les deux dont Raimond de Béziers s'est servi pour composer son livre.

Soixante-treize ans seulement après la mort d'Anoûchirwàn Khosrou, en 652, la Perse fut conquise par les Arabes musulmans :
l'islamisme remplaça le mazdéisme; le persan moderne, dont la
base est un dialecte iranien différent du pehlvi, se forma, et le pehlvi
disparut peu à peu avec sa littérature presque entière, excepté ce
que les Parsis en sauvèrent. Toutefois cette littérature, si elle ne

existait déjà en germe dans les chapitres ɪ et
ɪɪɪ. Mais la différence de structure générale
entre les chapitres ɪ-ᴠ (*Pantchatantra*) et les
huit autres est frappante, du moment qu'on
n'a plus la préoccupation de Benfey.

[1] Voici un exemple curieux de ce qu'il y a de
fortuit dans ces omissions. Le nom du lion *Pin-*
galaka (ch. 1), qui se lit dans le *Pantchatantra*,
est déjà absent du manuscrit syriaque et l'est
de toutes les versions arabes; mais il se retrouve
dans la deuxième version syriaque, faite sur
l'arabe : il avait par conséquent subsisté dans
un manuscrit arabe aujourd'hui perdu (voir
Keith-Falconeret Benfey, *Kal. und Damn.*, p. 43).

s'enrichit plus, fut encore connue pendant assez longtemps, de même
que la religion perse ne céda pas tout de suite au mahométisme. Le
traducteur du livre de Barzoûyah appartient à cette époque de transition. C'était un Perse du nom de Roûzbah, qui, en se convertissant
à l'islamisme, prit le nom d'Abdallah ibn-Almoqaffa, par lequel il
est généralement désigné [1]. Sous le règne et par l'ordre du calife
Al-Mansoûr (754-775), il traduisit en arabe le livre pehlvi, auquel il
conserva son titre, avec un changement normal des consonnes finales,
Kalîlah et Damnah, devenu plus tard *Kalîlah et Dimnah,* puis *Calila
et Dimna* [2]. Il exécuta sa traduction avec une grande fidélité, comme
permet de l'établir la comparaison du syriaque, sauf qu'il se permit
de modifier ou de supprimer certains traits qui auraient choqué les
musulmans [3]; mais il fit au livre, sans parler de la relation de la
mission de Barzoûyah, que nous croyons pouvoir lui attribuer,
deux additions importantes, qui devaient en devenir inséparables.

D'abord en tête, après la relation de la mission de Barzoûyah, il
ajouta une préface personnelle. C'est un éloge du livre, dont, suivant
la convention plus ou moins hypocrite que nous avons déjà signalée, il
exalte surtout le mérite didactique. Pour illustrer son discours, il raconte six anecdotes, qui ont toutes pour but de recommander la prudence et de détourner de la précipitation. Aucune ne semble se retrouver dans la littérature indienne [4]. Elles peuvent être de l'invention
d'Abdallah, ou, ce qui semble plus probable, être empruntées à la
tradition orale des Persans.

Beaucoup plus importante est l'interpolation d'un chapitre entier
qu'Abdallah s'est permise entre le premier et le second, c'est-à-dire
entre le premier chapitre et le second du *Pantchatantra.* Le premier
chapitre, auquel seul convient le titre de *Kalîlah et Dimnah,* raconte
comment le chacal Dimnah, jaloux de la faveur dont un taureau, nouveau venu à la cour, jouit auprès du lion, réussit à inspirer au roi et
à son hôte des soupçons mutuels, et finalement à faire tuer le taureau par le lion. L'histoire est terminée là et n'a pas besoin d'autre

---

[1] On l'appelle même souvent simplement
Almoqaffa, mais à tort : c'est le nom de son
père.

[2] Voir Benfey, *Kal. und Damn.,* p. 13.

[3] Cf. ci-dessus, p. 209, n. 4.

[4] Le rapprochement avec une légende
bouddhique que Benfey (*loc. cit.,* p. 69) a indiqué pour la deuxième des anecdotes insérées
dans la préface d'Abdallah est vague et peu
convaincant.

suite : elle suffit pour donner aux rois un exemple des dangers qu'ils
courent en écoutant de perfides conseils; la méchanceté de Dimnah
est d'ailleurs stigmatisée dans les reproches que lui adresse Kalîlah.
Mais cette morale n'a pas paru suffisante à Abdallah : il a été choqué
de voir que Dimnah non seulement restait impuni, mais jouissait ap-
paremment du fruit de son crime, et il a composé le chapitre que
nous appellerons 1 *bis,* où le calomniateur subit un juste châtiment.
Déjà avant la découverte du texte syriaque Benfey avait reconnu que
ce chapitre était étranger à l'original sanscrit et même au livre pehlvi :
le fait qu'il manque dans la traduction de Boud est venu confirmer
d'une façon éclatante la démonstration du savant indianiste [1]. Abdallah
ne s'est pas mis pour composer ce chapitre en grands frais d'imagination; comme ressort principal, il a employé deux fois le même moyen :
un entretien de Kalîlah avec Dimnah, duquel résulte la preuve de la
culpabilité de celui-ci, est surpris par un léopard, et Dimnah est mis
en prison; un second entretien est de même surpris par un loup, et
Dimnah est pendu; le rôle de la mère du lion et d'autres particularités sont imités du chapitre viii de l'œuvre primitive [2]. Abdallah
a d'ailleurs mêlé à son récit des traits qui semblent de provenance
biblique [3], et enfin, si nous ne nous trompons, il a signé lui-même
son œuvre en donnant au chacal sage et bien intentionné qui remplace Kalîlah, après la mort de celui-ci, auprès de Dimnah le nom
de Roûzbah, qui était, nous l'avons vu, le nom perse d'Abdallah
avant sa conversion à l'islamisme [4]. Il a intercalé dans son récit du
procès quatre anecdotes, dont les personnages sont humains comme
dans celles de la préface, et qui n'ont pas de source indienne [5] et
n'ont point passé dans les littératures européennes [6], ce qu'explique
d'ailleurs leur peu de valur.

[1] Voir *Pantschat.,* t. I, § 109-111; *Kal. and Damn.,* p. 35.

[2] Voir Benfey, *Pantschat.,* t. II, p. 539; Derenbourg, *Director.,* p. 17 (où il faut lire « du pieux chacal » au lieu de « du pieux Scha-« kar »).

[3] Benfey dit (*loc. cit.,* p. 298) : « Le rôle « que joue le chef des cuisiniers n'est pas seu-« lement tout à fait étranger aux mœurs in-« diennes; il m'a toujours rappelé celui du « chef des panetiers dans l'histoire de Jo-« seph. » Ajoutons que le titre même de « chef »

ou « prince des cuisiniers » est dans la Bible.

[4] Voir *Directorium,* p. 126, n. 1. Jean de Capoue a *Resba,* l'espagnol (p. 39) *Jauzaba* (et *Jauzana*) pour *Rauzaba,* forme de plu-sieurs manuscrits arabes.

[5] Celle des deux perroquets rappelle plu-sieurs contes indiens, et notamment le cadre du *Çoukasaptati;* mais il faut remarquer que le *Çoukasaptati,* comme le *Pantchatantra,* avait été traduit en pehlvi et le fut, de très bonne heure, du pehlvi en arabe.

[6] Benfey est porté à croire que le procès de

En dehors de ces deux additions assurées, faut-il mettre sur le compte d'Abdallah un chapitre qui, dans la plupart des manuscrits arabes, suit notre chapitre x [1], et qui n'a pas du tout le caractère indien [2]? Il est d'ailleurs extrêmement court, et non seulement insignifiant, mais assez absurde. Il contient une fable animale, rentrant dans le groupe des fables qu'on appelle « étiologiques » [3], tandis qu'Abdallah, dans les parties qui sont de lui, n'emploie que des anecdotes à personnages humains. On est donc porté à attribuer cette addition à un interpolateur subséquent, mais encore très ancien, puisque le traducteur grec (xie siècle) et le traducteur persan (commencement du xiie) la connaissent déjà, ainsi que le traducteur hébreu et le traducteur castillan.

La recension arabe qui est la base des deux traductions hébraïque et espagnole contenait, à la fin du livre, deux chapitres qui manquent dans presque tous les manuscrits arabes qu'on a jusqu'à présent étudiés. Il s'agit ici, plus probablement encore, d'additions étrangères non seulement au sanscrit et au pehlvi, mais à Abdallah. Le premier de ces chapitres est d'ailleurs expressément désigné, dans le seul manuscrit arabe où on l'ait trouvé [4], comme n'appartenant pas au livre, mais lui ayant été rattaché à cause de sa ressemblance [5]. Il raconte l'histoire, peu claire et peu intéressante, des machinations d'un oiseau de mer contre deux autres, machinations qui aboutissent à leur mort; trois fables, également très médiocres, y sont intercalées. Le second de ces chapitres additionnels n'a été retrouvé, en dehors de nos deux traductions, que dans une rédaction arabe peu ancienne [6]. Malgré sa brièveté, il ne manque pas de valeur; nous y reconnaissons deux traits du *Roman de Renard* : l'oiseau qui jette du haut d'un arbre ses petits à un renard qui les dévore [7], et la ruse du renard persuadant à

Dimnah n'a pas été sans influence sur la branche du *Roman de Renard* qui raconte le jugement de Renard; mais il n'y a qu'un rapport très éloigné entre les deux récits, et, sauf le fait même d'un procès, toutes les circonstances sont différentes.

[1] Dans la traduction grecque ce chapitre est rejeté à la fin; mais l'ordre indiqué ci-dessus est confirmé par la version persane de Nasrallah.

[2] Benfey, *Pantschat.*, t. I, § 230.

[3] Il s'agit d'expliquer la démarche gauche du corbeau : il a voulu imiter jadis celle de la perdrix, et n'a réussi qu'à perdre la sienne, qui était fort bonne.

[4] Il faut y joindre maintenant le manuscrit de Londres cité plus haut (p. 201, n. 4).

[5] Voir Derenbourg, *Directorium*, p. 323.

[6] Derenbourg, *Directorium*, p. 346.

[7] Il est vrai que les circonstances sont autres; mais la situation est bien la même, et dans la branche de *Renard* intervient aussi un tiers.

un oiseau, pour le saisir, de cacher sa tête sous son aile (ou de fermer les yeux)[1]. Aucun de ces deux traits ne se retrouve d'ailleurs dans l'Inde, et ce chapitre a été ajouté à l'ouvrage en pays musulman, à une époque qu'on ne peut préciser, mais qui est ancienne, puisqu'il figure déjà dans la traduction hébraïque de Joël (voir plus loin).

Nous demandons la permission de donner ici un tableau de la correspondance, dans les recensions qui nous intéressent, des douze chapitres du livre pehlvi et des quatre qui leur ont été ajoutés dans certains manuscrits arabes.

	SANSCRIT	PEHLVI	SYRIAQUE	ARABE [a]	HÉBREU	ESPAGNOL	SUJETS [b]
I	*Pantchat.* I	I	I	V	II	III	Les Deux Chacals.
I[bis]	—	—	—	VI	III	IV	Le procès de Dimnah.
II	*Pantchat.* II	II	II	VII	IV	V	Les Quatre Amis.
III	*Pantchat.* III	III	VI [c]	VIII	V	VI	Les Hiboux et les Corbeaux.
IV	*Pantchat.* IV	IV	III	IX	VI	VII	Le Singe et l'Alligator (Tortue).
V	*Pantchat.* V	V	IV	X	VII	VIII	L'Animal fidèle tué par son Maître.
VI	*Mahâbhâr.* XII	VI	V	XI	VIII	IX	Le Chat et la Souris.
VII	*Mahâbhâr.* XII	VII	VII	XII	IX	X	Le Roi et l'Oiseau.
VIII	*Mahâbhâr.* XII	VIII	VIII	XIII	XIII [d]	XIV [d]	Le Chacal vertueux.
IX	Roman bouddh.	IX	IX [e]	XIV	X	XI	Le Roi et les Brahmanes.
X	Conte bouddh..	X	—	XV	XI	XII	La Lionne pénitente.
X[bis]	—	—	—	XVI	XII	XIII	Le Religieux et l'Étranger.
XI	Conte indien	XI	—	XVII	XIV	XV	L'Homme ingrat et les Anim. reconnaissants.
XII	Conte indien	XII	—	XVIII	XV	XVI	Les Quatre Voyageurs.
XIIbis	—	—	—	—	XVI	XVII	Les Hérons et le Canard.
XII[ter]	—	—	—	—	XVII	XVIII	Le Renard et l'Oiseau.

[a] Par *arabe* nous désignons la rédaction publiée par Silvestre de Sacy.

[b] Nous avons indiqué par quelques mots le sujet de chaque chapitre pour faciliter les identifications.

[c] Le manuscrit unique de la version syriaque a accidentellement interverti l'ordre du livre en plaçant le chapitre VI entre les chapitres II et III.

[d] Le déplacement accidentel du chapitre VIII, transporté entre X[bis] et XI, se trouvait dans la recension arabe qui est la source commune de l'hébreu et de l'espagnol.

[e] Le manuscrit de la version syriaque comprend encore le conte dont nous avons parlé ci-dessus, *Les Souris et les Chats*, qu'on pourrait appeler IXbis, et se termine un peu avant la fin de ce conte.

Dans nos citations subséquentes nous renverrons toujours aux chapitres par les chiffres placés en tête de chaque ligne de ce tableau

[1] Ce thème, qu'on trouve en Europe dès le IXe siècle, et qui, comme nous l'avons dit, a passé dans le *Roman de Renard,* a été récemment étudié avec beaucoup de soin par miss Kate Oelzner Petersen et par M. L. Foulet (voir *Romania*, t. XXVIII, p. 296-303).

(pour les contes et fables nous emploierons les numéros de l'excellent
sommaire de J. Derenbourg dans son édition de Jean de Capoue). Si
la rédaction hébraïque commence au chapitre ii, la traduction espagnole au chapitre iii et la rédaction arabe publiée par S. de Sacy au
chapitre v, c'est que la première compte comme chapitre i la biographie de Barzoûyah, la seconde comme chapitre i l'histoire de la mission de Barzoûyah et comme chapitre ii sa biographie, la troisième
comme chapitre i une préface d'un écrivain arabe postérieur, comme
chapitre ii la mission de Barzoûyah, comme chapitre iii la préface
d'Abdallah, et comme chapitre iv la biographie de Barzoûyah, tous
morceaux ajoutés à la compilation primitive.

Nous ne nous occuperons pas ici du sort ultérieur de la version
d'Abdallah ibn-Almoqaffa, sauf en ce qui concerne directement la
source des deux traductions qui nous intéressent[1]. D'une part, elle a été
l'objet, dans les très nombreux manuscrits où elle a été copiée, de cor-
ruptions qui en rendent une édition critique à la fois très désirable et
très difficile[2]; d'autre part, elle a été traduite en une foule de langues
orientales, ainsi qu'en grec, et ces traductions ont aussi leur importance pour la reconstitution du texte. Nous ne nous attachons qu'à la
recension qui a été traduite en hébreu et en espagnol. Nous disons :
la recension, car les deux manuscrits sur lesquels ces traductions ont
été faites étaient très étroitement apparentés. C'est ce qu'a montré
J. Derenbourg, qui, pour son édition de Jean de Capoue, a minutieu-
sement collationné la version espagnole : « Je me suis convaincu, dit-
« il, que le texte arabe traduit pour Alphonse le Savant était le même
« que celui que possédait le traducteur hébreu. Cette identité est d'au-
« tant plus remarquable que, malgré le grand nombre de manuscrits

---

[1] Rappelons seulement qu'on possède, d'un versificateur italien nommé Baldo, qui vivait sans doute au xiie siècle, vingt fables latines tirées du *Kalîlah et Dimnah*, qui paraissent avoir pour source directe une version latine en prose, non du livre entier, mais de contes ou fables choisis. Ce spicilège avait été fait, bien probablement, dans l'Italie du Sud, comme le furent plus tard la version de Joël et celle de Jean de Capoue, et d'après une bonne recension arabe, nous ne savons ce que valait le travail du prosateur latin, mais l'arrangement de Baldo est déplorable. Voir sur Baldo *Journal des Savants*, 1899, p. 212-217.

[2] Le texte imprimé par S. de Sacy se trouve par malheur être un des plus éloignés de l'original. On doit souhaiter que M. I. Guidi donne l'édition qu'il avait fait espérer dans ses excellents *Studi sul testo arabo del libro di Calila e Dimna*. Les versions syriaque, hébraïque et espagnole apporteront à une telle édition un précieux secours.

« de l'original arabe, dispersés dans les différentes bibliothèques, on
« n'en a pas encore rencontré un seul dont le texte ne diffère sensible-
« ment, pour certaines parties, du texte que l'hébreu et l'espagnol
« avaient sous les yeux; en outre, pas un seul manuscrit ne renferme
« autant de chapitres [1]. »

Cette recension, nous l'avons vu, contenait, — outre l'autobiographie
de Barzoûyah, la relation de son voyage et la préface d'Abdallah, —
seize chapitres, à savoir : les douze de l'ouvrage pehlvi et les quatre que
nous venons de mentionner et que nous avons appelés I bis, x bis, xii bis
et xii ter. Elle fut traduite en hébreu, sans doute au commencement
du xii e siècle [2], par un juif italien qui paraît s'être appelé Rabbi Joël [3].
Sa traduction ne nous est arrivée directement que dans un seul manuscrit, et encore fort incomplète : elle ne commence que vers la fin
du chapitre I bis. Elle a été publiée, avec une traduction française, en
1881, par J. Derenbourg [4]. Mais un juif de Capoue, qui, s'étant converti au christianisme, avait pris le nom de Jean et s'était établi comme
médecin à la cour de Rome, en fit vers 1275 [5] une traduction latine,
qui nous est arrivée complète dans plusieurs manuscrits du xv e siècle [6],
a été imprimée quatre fois à la fin de ce même siècle et réimprimée
de nos jours par V. Puntoni, J. Derenbourg et A. Hervieux [7]. On appelle communément l'œuvre de Jean *Directorium vitae humanae;* mais
ce titre n'est pas dans les manuscrits : ceux-ci n'ont pas d'autres titres
que ces premiers mots du prologue : *Hic est liber parabolarum antiquorum sapientum nacionum mundi, et vocatur « liber Kelile et Dimne »;* c'est
l'éditeur du xv e siècle qui a fabriqué le titre *Directorium vite humane,
alias Parabole antiquorum sapientum,* en gardant du reste le début au-

[1] *Directorium,* p. 3-4.

[2] Cf. *Journal des Savants,* 1899, p. 582 et n. 4.

[3] Voir Derenbourg, *Directorium,* p. 11-14.

[4] *Deux versions hébraïques du livre de Kalî-lah et Dimnah.* De la seconde version, faite au xiii e siècle par Jacob ben Eleazar, on n'a que le commencement, dans un manuscrit unique, et elle n'a pas d'importance pour nous. Deren-bourg n'en a donné que le texte, avec des re-marques, tandis qu'il a joint une traduction française à son édition de Joël.

[5] Il dédie son œuvre à Matteo de Rossi, cardinal-diacre de Santa-Maria in Porticu; Jean ne donnant pas au cardinal certains titres im-portants qu'il obtint en 1278, il est à croire, ainsi que l'a remarqué S. de Sacy, qu'il com-posa son livre avant 1278, mettons en 1275 (on a d'autres traductions de lui, dont l'une est datée de 1300 : voir Ward, *Cat. of rom.,* t. II, p. 153; c'est la préface de celle-ci qui nous apprend que Jean exerçait sa profession de médecin *in curia romana*).

[6] Voir sur les manuscrits *Journal des Sa-vants,* 1899, p. 581-595.

[7] L'édition de J. Derenbourg, accompagnée de remarques comparatives d'un grand prix, est celle qu'il faut consulter jusqu'à nouvel or-dre. Voir *Journal des Savants,* 1899, p. 210-211.

thentique [1] : il vaut donc mieux renoncer à ce titre inexact de *Directorium* et appeler simplement le livre de Jean de Capoue *Kelila et Dimna* : la substitution, propre à l'hébreu, de l'*e* à l'*a* dans le nom de *Kelila* le distinguera suffisamment des autres versions. Jean était « un médiocre hébraïsant et un détestable latiniste »; il a parfois mal compris son original, qui était d'ailleurs lui-même « bien médiocre « et bien lourd [2] », et surtout il l'a d'ordinaire gauchement et obscurément rendu. Toutefois sa version est, au moins intentionnellement, fidèle et même littérale, en sorte qu'elle peut, corrigée çà et là, nous tenir lieu de l'hébreu pour la partie où elle est seule à nous le représenter. Derenbourg a pu l'éclaircir et la rectifier en beaucoup de points à l'aide de l'ancienne traduction allemande, qui a été faite non sur l'imprimé, mais sur un manuscrit meilleur que celui qui a servi de base aux anciennes éditions. Malheureusement il n'a pas connu les manuscrits récemment signalés, qui lui auraient permis d'améliorer notablement le texte, et qui permettront quelque jour de donner une édition plus conforme à l'original (édition pour laquelle, comme on le verra plus loin, les manuscrits de Raimond de Béziers apporteront aussi une utile contribution). Derenbourg a pu d'ailleurs corriger la version de Jean de Capoue et l'hébreu lui-même en s'aidant de la version espagnole, qui, comme il l'a constaté, suit un manuscrit arabe identique à celui qu'à traduit Joël. On a souvent attribué à la version hébraïque, qui n'était connue que par la traduction de Jean de Capoue, une importance qu'elle n'a pas en réalité. Il est vrai que la version de Jean de Capoue, qui en dérive, a été traduite anciennement en français (voir ci-dessous, p. 253), en allemand (de là en danois, islandais et judéo-allemand), en espagnol (de là en italien et de l'italien en français), en italien (de là en anglais et en français) et en tchèque [3] ; mais elle n'a pas influencé notablement la littérature narrative occidentale, et les contes ou fables qui, aux xviie et xviiie siècles, ont été imités du *Kalîlah et Dimnah* l'ont été par l'intermédiaire de versions persanes ou turques provenant directement de l'arabe [4].

[1] Voir *Journal des Savants*, 1899, p. 584.

[2] Derenbourg, *Directorium*, p. 7.

[3] Nous renvoyons pour les détails à l'excellente bibliographie de M. Chauvin.

[4] Derenbourg avait annoncé (*Deux versions*, p. 10; cf. *Directorium*, p. 1) qu'il étudierait « l'influence que la version hébraïque a « exercée sur la rédaction des fables dans les « idiomes européens ». Il a renoncé à ce projet, et nous pensons qu'il aurait été fort embarrassé de le réaliser. Il faut noter que Jean de Capoue intercale dans le chapitre ii (=iv) deux

La version hébraïque, nous l'avons dit, est généralement très
fidèle. Joël paraît seulement avoir çà et là quelque peu abrégé, et il
a été fort souvent incapable de traduire les noms des animaux mis en
scène. Déjà ces noms, cela se comprend, avaient embarrassé Barzoûyah,
soit qu'il n'en sût pas le sens exact, soit qu'ils désignassent des animaux propres à l'Inde : tantôt il leur a cherché des équivalents, tantôt
il les a laissés dans le vague, tantôt il les a gardés sous leur forme
sanscrite. Boud et Ibn-Almoqaffa ont éprouvé le même embarras et
ont eu recours aux mêmes procédés[1]. Joël à son tour, quoiqu'il con-
nût bien l'arabe, n'a pas toujours réussi à trouver le sens des noms
qu'il avait sous les yeux. Il est utile, pour juger le travail de Raimond
de Béziers, de réunir ici la plupart de ces cas. Vu la fidélité servile de
la traduction de Jean de Capoue, nous pouvons nous en servir pour
apprécier le travail de Joël dans la partie qui nous manque en hébreu.
Nous rapporterons en même temps les traductions que présente des
mêmes mots la version castillane.

Le nom même des deux animaux qui ont donné au livre son titre
reçu a été pour le traducteur hébreu, qui ne connaissait pas le chacal,
une énigme insoluble[2]. Kélila et Dimna sont pour lui simplement
deux « animaux »[3]; au chapitre x (=xi), le chacal qui admoneste la
lionne est aussi un « animal ». Mais au chapitre viii (=xiii) cette traduction vague était difficile, le chacal vertueux et calomnié étant le
héros même du conte : Joël a bien commencé par l'appeler aussi « un
« animal », puis il s'est décidé à en faire un renard (Jean de Capoue
l'a suivi mécaniquement). L'espagnol fait de Calila et Dimna deux
« loups-cerviers »; il appelle de même *lobo cerval*, au conte 8 du

fables (*l'Homme et le Serpent* et *le Renard et le
Coq*) qui ne sont pas dans Joël et qu'il a bien
probablement ajoutées de son cru. Il est donc
permis de croire que les deux contes qui lui
sont propres dans la partie où nous ne possédons pas son original hébreu (*le Mari, la Femme
et la Pie*, p. 89; *la Femme et l'Apothicaire*,
p. 96) ont également été ajoutés par lui à sa
traduction de Joël (il est même possible que le
second ait été ajouté par un interpolateur du
livre de Jean de Capoue, voir ci-dessous,
p. 242). Benfey était porté à les attribuer déjà
au manuscrit arabe, et Derenbourg tout au
moins au copiste du manuscrit hébreu suivi
par Jean. Ces deux fables et ces deux contes

sont d'ailleurs également de provenance orien-
tale.

[1] Voir dans Benfey, *Kal. und Damn.*, p. 42,
la curieuse histoire du mot sanscrit *titawa*,
« goéland (*Strandläufer*) », qui a été conservé
tel quel par Barzoûyah, par Boud, par le traducteur arabe, et se retrouve encore (*tittuy*)
dans la version espagnole.

[2] Au conte 14 du chapitre i, il rend cependant le mot qui veut dire « chacal » par
« renard ».

[3] Rouzbah, au chapitre i^bis (= iii), est également désigné comme « un animal »; mais il n'est
pas sûr que l'original le désignât comme un chacal, et l'espagnol aussi a simplement *una bestia*.

chapitre I (=III), un animal que l'hébreu ne désigne pas, et au conte 11
le chacal que celui-ci change en renard; mais aux chapitres IX (=XI)
et X^bis (=XIII) il donne le mot *anxahar*, que nous trouvons à peu
près tel quel dans le texte arabe. — Le conte suivant présente un
nom qui a plus d'une fois embarrassé notre auteur, celui du héron :
il se contente de dire « un oiseau », tandis que l'espagnol traduit
exactement par *garça*. — Dans le conte 12 il s'agit de truites dans
l'arabe et dans l'espagnol; l'hébreu parle simplement de « poissons ».
— Le conte 13 parle d'un canard (esp. *anade*), qui est pour Joël
« un oiseau aquatique »; de même pour les deux canards du conte 16.
— Le *tittâwa* du conte 15 (esp. *tittuy*) devient « un oiseau ». — Dans
la fable 20 figurent en sanscrit, — avec une écrevisse, — un héron, un serpent et une mangouste; le traducteur hébreu n'a pas
compris le dernier mot, et a mis avec embarras : « une bête qui res-
« semble à un chien »; pour le héron il a, suivant sa coutume, « un
« oiseau »; l'espagnol a *garza*, et pour la mangouste, assez absurdement, un loir (*liron*). — Au chapitre II (= IV)[1] la gazelle de l'arabe
est remplacée par un cerf; l'espagnol en fait un daim. — Les acteurs
de la fable 2 du chapitre III (= V) sont un lièvre et un oiseau difficile
à déterminer (probablement une gelinotte)[2] : l'hébreu ne le désigne
que comme « un oiseau », l'espagnol le change en une genette, ce
qui rappelle l'écureuil de la version grecque et la belette de la fable
correspondante de La Fontaine[3]. — Dans le conte 5 du même
chapitre il est singulier de voir le chevreau de l'arabe (et du sanscrit) remplacé par un cerf, que le religieux n'en porte pas moins
sur son épaule; l'espagnol a encore ici un daim, qui ne vaut guère
mieux. — Le chapitre IV (= VI) nous offre un curieux exemple des
vicissitudes de ces noms. Le sanscrit mettait en scène un alligator[4],
et c'est bien l'animal qui convient le mieux; Barzoûyah en avait sans
doute déjà fait une tortue, car c'est ce que s'accordent à donner
Boud et Abdallah. Celui-ci se servait d'un mot, *gailam*, qui n'est
pas le même que celui par lequel il avait désigné une tortue au cha-

---

[1] Nous avons à partir d'ici l'original hébreu avec lequel Jean de Capoue, sauf une exception indiquée plus loin, est constamment d'accord.

[2] Voir Benfey, *Kal. und Damn.*, p. 41-42.

[3] La Fontaine s'est ici servi, comme plus d'une fois, non du *Livre des Lumières*, traduction de l'*Anwar i Souhaïli* persan, mais de la traduction latine, par le P. Poussines, de la version grecque.

[4] Voir Benfey, *Pantsch.*, p. 420; von Markowski, p. 57.

pitre ii (= vii); Joël ne l'a pas compris et s'est trouvé fort empêché : il parle d'abord d'un « animal marin, un reptile qui, d'après ce qu'on « dit, s'appelait... » et il donne le nom, de sens obscur, d'un des animaux impurs du *Lévitique*[1]; plus tard il l'appelle simplement « le « reptile ». Ce qui est curieux, c'est que Jean de Capoue, cette fois, s'écarte de son modèle et met exactement *testudo* : il est probable que dans son manuscrit hébreu la correction avait été faite en marge[2]. L'espagnol a correctement *galapago*. — La question est plus compliquée pour le chapitre v (=vii). C'est la célèbre histoire de l'animal fidèle qui, couvert du sang du serpent qu'il vient de combattre pour défendre l'enfant confié à sa garde, est pris par son maître pour le meurtrier de l'enfant et mis à mort. Cet animal est dans le sanscrit une mangouste, dans différents dérivés une belette ou un putois; Joël en fait un chien et le traducteur espagnol de même, et comme, dans la version de ce conte qui a passé dans les rédactions hébraïque et occidentales du livre de *Siddhapati* ou *Sindibad* (*Sept Sages*), c'est aussi un chien, on a pensé que l'auteur de la recension arabe qui est la source de Joël et de l'espagnol avait été influencé par cette version[3]. Rappelons toutefois que dans la fable 20 du chapitre i (= ii) et au chapitre xii^bis (= xvi) Joël rend de même un mot arabe signifiant « belette » (au lieu de la mangouste de l'original) par « une bête « qui ressemble à un chien[4] ». Il est donc probable qu'il s'est décidé spontanément ici à faire un vrai chien de cette bête semblable à un chien, et que le traducteur espagnol, d'autre part, comprenant que le « loir » qu'il avait mis à deux autres endroits était absurde, y a substitué le chien, si naturellement indiqué comme gardien fidèle, de même qu'au chapitre xii^bis (= xvii) il y a, très naturellement aussi, substitué un chat. — Au chapitre viii (= xiii) il est curieux que Jean de Capoue (p. 291) appelle seul *mustela* l'animal que toutes les autres

---

[1] Voir Derenbourg, *Direct.*, p. 203.

[2] Ou peut-être Jean de Capoue avait-il sous les yeux une image où, plus perspicace que Joël, il avait reconnu une tortue (cf. la note suivante).

[3] Cette désignation est intéressante. Elle prouve très probablement que Joël avait sous les yeux un manuscrit arabe orné d'images, et que c'est dans la représentation, imparfaite d'ailleurs, de la mangouste qu'il a pris l'idée qu'il s'est faite de l'animal inconnu. De même il a pris la gazelle du chapitre ii et, ce qui est plus étonnant, le chevreau du conte 5 du chapitre iii pour un cerf. On comprend qu'il n'ait pu distinguer sur les images, quand il ignorait le sens précis des noms arabes, quels étaient les oiseaux, les reptiles et à plus forte raison les poissons représentés.

[4] Voir Benfey, *Pantschat.*, t. I, p. 482; Derenbourg, *Director.*, p. 216.

versions laissent anonyme. — Au chapitre xii[bis] (= xvii) il s'agissait en arabe d'un alcyon et de canards sauvages[1]. Joël écrit : « Il y avait un « oiseau appelé en arabe *aldjom*, pour lequel je n'ai pas trouvé de nom « dans la langue sacrée », et « un oiseau appelé en arabe *mourzoum*[2] » ; Jean de Capoue, toujours servile, a : *avis que hebraice* (lis. *arabice*) *dicitur holgos, et avem que dicebatur maizam* (impr. *mosam*). L'espagnol a *garza* et *zarapico*[3]. — Enfin au chapitre xii[ter] (= xvii) l'oiseau qui, dans le seul texte arabe connu, est appelé du nom obscur de *malik el-hazin*[4] est dans l'hébreu un moineau, dans l'espagnol un butor (*alcaravan*).

Les qualifications données aux personnages humains dans les contes indiens ont aussi plus d'une fois embarrassé les traducteurs. Les brahmanes qui y figurent souvent étaient devenus chez Barzoûyah, à en juger par la traduction syriaque, des mages (chap. i, conte 4 ; chap. iii, chap. v), sauf dans le chapitre ix, où, vu le rôle odieux que jouent les brahmanes, il leur avait laissé leur nom indien. Quelquefois cependant il avait employé le mot pehlvi *dinik*, « dévot », qui a été conservé dans le syriaque[5]. Abdallah a généralement rendu les deux mots par un mot arabe signifiant « religieux ». Au chapitre ix, il a, comme Barzoûyah et Boud, conservé les brahmanes. Joël emploie également des mots signifiant « religieux, dévot » ; au conte 4 du chapitre i (=ii), Jean de Capoue donne *eremita*, dont on ne voit pas bien le correspondant hébreu ; au chapitre ix (=x) les brahmanes sont des « hommes « savants dans l'interprétation des songes » (*viri docti* chez Jean de Capoue). L'espagnol a partout *religioso*, sauf au chapitre ix (= xi), où il a conservé le mot arabe *albarhamin*.

Il faut encore noter les difficultés qu'opposaient aux traducteurs successifs certaines données mythologiques de l'original sanscrit. Le conte 15 du chapitre i, pour n'en citer qu'un exemple, nous présente un goéland qui, le génie de la mer[6] lui ayant enlevé ses œufs, va se

---

[1] Le manuscrit arabe publié par Derenbourg (*Direct.*, p. 325, 327) intervertit les noms et donne deux hérons et un canard sauvage.

[2] C'est à M. Rieu (*Supplement to the Catal. of the arab. manuscripts in the Brit. Mus.*, p. 733) que nous empruntons le rapprochement de l'ar. *'adjoum* avec *alcyon* ; le même savant fait des remarques conjecturales sur le sens précis de *mourzoum* (il vocalise *murzim* ou *mirzem*).

[3] L'espagnol moderne dit *zarapito*, « oiseau « marécageux qui ne se nourrit que d'insectes ».

[4] Derenbourg, *Director.*, p. 346 (d'après Derenbourg ce serait un nom propre).

[5] Voir Benfey, *Kal. und Damn.*, p. 73.

[6] Dans la forme sanscrite (*Pantschat.*, i, 12 ; cf. von Mankowski, p. 40-41) ce génie n'existe pas : c'est l'Océan lui-même qui agit, enlève les œufs, puis les rend. Cette idée d'un « génie de « la mer » est sans doute de provenance persane.

plaindre à Garouda, le roi des oiseaux; Garouda à son tour se plaint
à Vichnou, et Vichnou oblige le génie de la mer à rendre ses œufs au
goéland. Barzoûyah avait remplacé Garouda par le Simour ou Si-
mourg, le roi des oiseaux dans la mythologie zoroastrienne, et Boud a
conservé ce nom; mais pour Vichnou Barzoûyah avait mis vaguement
« l'esprit auquel le Simour sert de véhicule »[1]. Abdallah a mis à la place
du mot perse un mot arabe, *anka*, qui désigne un oiseau fantastique[2];
quant au représentant de Vichnou, il en fait vaguement, comme Barzoûyah, « le maître de l'*anka* », auquel s'est plaint l'oiseau lésé[3]. Joël
(représenté par Jean de Capoue) est fort singulier : chez lui la reine
des oiseaux, qui est la cigogne, adresse le plaignant à son mari, qui,
plus puissant que le chef de la mer, contraint celui-ci à rendre les
œufs. Dans l'espagnol (p. 3o-31) le roi des oiseaux est le *falcon oriol;*
le chef de la mer est bizarrement appelé el *mayordomo del mar*, et toute
trace de Vichnou a disparu : le faucon s'adresse directement au « major-
« dome de la mer », sans qu'on voie par quel moyen il le fait céder.

Nous avons dit que les originaux sanscrits étaient remplis de noms
propres de lieux, d'hommes et d'animaux. Le traducteur perse et le
traducteur arabe les ont généralement conservés, bien que souvent
ces noms soient plus qu'inutiles. On comprend que des noms sanscrits,
en passant par l'intermédiaire du pehlvi, de l'arabe, puis de l'hébreu
ou de l'espagnol, ont subi les altérations les plus extraordinaires. Nous
en citerons quelques exemples. Nous avons déjà mentionné le roi De-
viçarman et son philosophe Vidyapati, devenus en arabe Dabchelim et
Bidbah. Du premier nom Joël a fait *Disles*, du second *Sandebad*, ayant
lu *S* pour *B* à l'initiale, comme il arrive facilement dans l'écriture
arabe[4]; les copistes de son œuvre et de la traduction de Jean de Capoue
ont souvent écrit *Sendebar*[5], sans doute sous l'influence du *Livre de
Sendabar* (où ce nom était d'ailleurs une faute pour *Sendabad-Sin-
dibad*). L'espagnol appelle le roi *Dicelem*[6] et le philosophe *Benda-*

[1] *Kalilag und Damnag*, trad. Bickell, p. 25.

[2] Voir sur tous ces points Benfey, *Kal. und Damn.*, p. 72-73.

[3] Voir la traduction de Keith-Falconer; Knatchbull, p. 147, donne tout ce passage d'une façon altérée.

[4] La forme *Sandebad* paraît être celle du manuscrit hébreu, bien que Derenbourg la rende par *Sandebar;* elle est devenue *Sandebat* dans Jean de Capoue (mss. de Paris et de Lon-dres, Raimond de Béziers).

[5] *Sandebar* dans les anciennes éditions de Jean de Capoue.

[6] Le manuscrit vu par Castro portait cette forme. Gayangos (p. 14 a) donne *Dicelen* (Rai-mond de Béziers a *Dizalem* (c'est la leçon du ms. 85o5, fol. 35 v°): le 85o4 (Hervieux, p. 445) a *Dizalen*, et ailleurs, les deux mss.

beh[1]. Le roi du chapitre vii, laissé anonyme par Joël, est appelé dans l'espagnol *Beramunt* (arabe *Barhamunt*, sanscrit *Brahmadatti*). Les personnages du chapitre x sont en arabe (nous n'essayons pas de remonter aux noms sanscrits) le roi *Sadaram*, sa femme *Irad*, sa concubine *Gulhana*, le ministre *Bilar*, le tachygraphe *Kali* et le sage *Kintaroun*; ils sont dans Joël *Sederam*[2], *Hallabat*[3], *Belad*[4] et *Kinârôn;* le tachygraphe est omis et la concubine n'est pas nommée. L'espagnol les nomme *Cederam, Helbed, Beled* et *Kayem;* le scribe s'appelle *Cali*, la concubine *Jorfate*[5].

La partie préliminaire du livre, qui ne vient pas du sanscrit, présentait aussi un certain nombre de noms propres, qui ont été fort altérés. Le nom du roi *Anoûchirwân Khosrou* est devenu dans certaines versions arabes *Nichouriven Cosre*, dans l'hébreu *Anastar Casri*, dans l'espagnol *Nugeren fils de Cas*[6]. Le médecin *Barzoûyah* s'appelle *Berozia* dans l'hébreu, *Berzehuey* dans l'espagnol. Le nom du vizir *Bouzourdjmihr* avait été omis dans la recension arabe d'où proviennent nos deux traductions.

Nous ne parlerons pas des noms géographiques, qui nous présenteraient naturellement les mêmes phénomènes; mais nous devons dire un mot des noms propres donnés aux animaux qui paraissent dans les fables. La recension à laquelle remontent nos deux versions paraît en avoir conservé un très petit nombre, et Joël en a encore supprimé plusieurs. Les noms des deux chacals, naturellement, se sont maintenus : *Kalîlah* a été changé en *Kelila* (forme qu'a conservée Jean de

---

(8505, fol. 69 v°; Hervieux, p. 504), donnent *Dixlex*. En tête du chapitre viii (= xiv) l'édition de Gayangos porte *Dabxélim*, mais on peut se demander avec Benfey (*Or. und Occ.*, I, 500) si cette forme n'est pas due à l'éditeur.

[1] En tête du chapitre i (= iii), au lieu de : *Dijo el rey Abendabec a su filosofo*, il faut évidemment lire, comme l'a proposé Benfey (*Or. und Occ.*, I, 500) : *Dijo el rey de India* [*Dixalem*] *a Bendabec su filosofo* (p. 14 *Bundabel* B, *Burdaben* A est le même nom, et non celui de Bouzourdjmihr, comme le dit Gayangos). Raimond de Béziers donne d'après son manuscrit : *Dixit Dizalen rex Indorum suo philosopho Bendabeh* (Hervieux, p. 445; ms. 8505, fol. 41 v°). Cette forme paraît préférable à *Bendabec*.

[2] Attesté par le *Sederas* de Jean de Capoue;

Ardoum du manuscrit hébreu (pour *Sardoum*) est fautif : voir Benfey, *Kal. und Damn.*, p. 50.

[3] Dans Jean de Capoue *Helebat* : il y a évidemment plusieurs fautes de lecture ou de copie.

[4] *Bilâr* dans le manuscrit hébreu; mais la confusion du *d* et de l'*r* est fréquente dans l'écriture hébraïque, et la forme *Beled*, attestée par Jean de Capoue et Raimond de Béziers (*Bilat*), est confirmée par l'espagnol.

[5] Nous restituons ces noms à l'aide des variantes très confuses des manuscrits de Gayangos.

[6] Encore ici, à l'aide des deux manuscrits et de Raimond, nous rétablissons la forme qui a dû être celle du traducteur.

Capoue). En dehors de ces deux noms, il n'y en a pas beaucoup qui
aient persisté : dans le chapitre II, le corbeau, qui n'a pas de nom
dans l'hébreu, est appelé *Geba* dans l'espagnol[1], tandis que la souris,
nommée *Sirac* dans l'espagnol, est dans l'hébreu appelée *Sembar*[2].
— Au chapitre VI le chat et la souris s'appellent dans l'hébreu *Pen-
dem* et *Roumi*, dans l'espagnol *Peridon* (plus rapproché de l'original)
et *Raner*[3]. — L'oiseau qui est le principal personnage du chapitre VII
n'était pas, en sanscrit, déterminé dans son espèce, mais il avait un
nom propre, *Poudjâni*; ce nom est devenu en arabe *Finzah*, d'où l'hébreu *Pinza*; l'espagnol en a fait *Catra*, « par un déplacement des points
« diacritiques[4] » qui montre bien à quelles déformations ces noms
étrangers étaient exposés de la part des copistes. — Il faut mettre à
part les noms des trois poissons dans la fable 2 du chapitre I : ces
noms marquent en sanscrit le caractère de chacun d'eux, et Barzoûyah, au lieu de les transcrire, les a traduits; de traduction en
traduction, ils sont arrivés, à peu près intacts comme sens, à l'espagnol, qui appelle les trois truites *Envisa*, *Delibre* et *Perezosa*; Joël
(ou du moins Jean de Capoue) a fait de ces noms de simples adjec-
tifs, qu'il a appliqués à chacun des poissons (*sollicitus, intelligens,
piger*).

Maintenant que nous avons amené du fond de l'Inde, à travers
l'Asie et l'Europe, le livre du médecin perse, dans sa forme espagnole,
jusque sur le pupitre du médecin biterrois, voyons comment celui-ci
s'est acquitté de la tâche pour laquelle il s'était sans doute spontanément offert.

Il est clair qu'au moment où il l'entreprenait il ne connaissait pas,
et on ne connaissait pas autour de lui, l'œuvre de Jean de Capoue,
composée à Rome une trentaine d'années auparavant. Si elle avait été
connue, on n'aurait pas songé à traduire en latin le *Calila et Dimna*
espagnol; tout au plus aurait-on pu avoir l'idée de revoir et d'améliorer à l'aide de celui-ci la traduction latine existante. Mais Raimond

---

[1] P. 41 *b*; *Gebal* dans Raimond. Cela ne
ressemble guère au *Laghupatanaka* du sanscrit
(*Pantsch.*, t. II, p. 156). Le syriaque ne lui
donne pas de nom.

[2] Sanscrit *Hiranyaka*, arabe *Zirak*. On ne
devine pas la cause de l'altération de l'hébreu.

[3] Ces noms, très altérés dans les manu-
scrits espagnols, sont rétablis ici à l'aide de
Raimond de Béziers; l'arabe a *Peridoun* et
Roumi (en sanscrit *Palita* et *Lomaça* : voir
Benfey, *Pantschat.*, t. 1, p. 546).

[4] Derenbourg, *Direct.*, p. 236.

a certainement commencé son travail sans autre ressource que le manuscrit rapporté d'Espagne et sa connaissance du castillan.

Cette connaissance, d'après Hervieux[1], était nulle : il avait accepté une tâche qu'il était absolument incapable de remplir. Nous croyons que cette appréciation est quelque peu excessive, et que Raimond était en état, grâce à son parler languedocien natal et au latin, de comprendre en gros le livre qu'il avait sous les yeux : c'est ce qui ressortira de l'examen que nous allons faire de la partie de son œuvre qu'il a réellement tirée du livre espagnol qu'il avait sous les yeux.

Il faut en effet distinguer dans cette œuvre trois éléments, que nous examinerons successivement : 1° la partie empruntée à l'espagnol avant la connaissance de la version latine de Jean de Capoue, mais qui a été, plus tard, çà et là retouchée à l'aide de celle-ci ; 2° la partie copiée purement et simplement de Jean de Capoue ; 3° les additions propres à Raimond. Nous ne nous occuperons pour le moment que des deux premières parties ; nous reviendrons ensuite sur la troisième. Nous laisserons aussi de côté, provisoirement, le prologue, la table des chapitres[2], et la table des *notabilia,* qui demandent à être examinés à part.

Le chapitre 1 de Raimond correspond au « prologue » du livre espagnol et du *Kélila* et à la préface d'Abdallah ibn-Almoqaffa[3]. Il suffit de les comparer dans le texte latin et dans Raimond pour voir que celui-ci ne s'est pas servi de Jean de Capoue, qui diffère ici assez sensiblement du texte espagnol. Pour les considérations morales et didactiques, Raimond imite, et d'assez loin, l'espagnol plutôt qu'il ne le traduit ; il en a cependant conservé des expressions caractéristiques, comme *juglaria,* rendu par *verba joculatoria ;* mais en général il a procédé fort librement, beaucoup abrégé et aussi quelque peu ajouté (par exemple la réflexion sur les honneurs dont jouissaient autrefois les philosophes, la comparaison tirée de la noix qu'un enfant voudrait manger sans l'avoir ouverte). — Le conte 1 nous montre le procédé que Raimond a constamment employé tant qu'il n'a pas connu Jean de Capoue : ce conte a dans l'arabe une vingtaine de lignes : Joël (Jean) et l'espagnol l'ont traduit fidèlement ; Raimond l'a resserré en trois lignes, qui n'en don-

---

[1] *Loc. cit.,* p. 57.

[2] *Not. et extr.,* t. X, 2ᵉ partie, p. 40.

[3] Dans Jean de Capoue le prologue est précédé de quelques lignes concernant l'histoire antérieure du livre, sur lesquelles nous reviendrons.

nent que le squelette. Cela semble bien indiquer qu'il saisissait en gros le sens de son modèle, mais qu'il était incapable d'en reproduire les détails, car les contes ainsi abrégés perdent souvent presque tout leur intérêt. — Le conte 2, particulièrement difficile à comprendre, est simplement omis. — Le conte 3 n'est pas abrégé comme le conte 1 [1], et il est certainement fait sur l'espagnol, qui est d'ailleurs assez librement traité; nous donnons ici, comme spécimen, les trois versions correspondantes, pour qu'on voie bien que Raimond n'a pas utilisé Jean de Capoue; nous pourrions en faire autant pour tous les contes que nous apprécions de même.

ESPAGNOL.	RAIMOND.	JEAN DE CAPOUE.
... Es atal como el home que dicen que entró el ladron en su casa de noche, é sopo el logar donde estaba el ladron, e dijo : «Quiero callar fasta «ver lo que fará, e de que hu- «biese acabado de tomarlo que «quisiere, levantarme he para «gelo quitar.» Et el ladron anduvo por casa, et tomó lo que falló, et entre tanto il dueño dormióse; é el ladron fuése con todo cuanto falló en su casa; et despues despertó é falló que habia el ladron levado cuanto tenia, et entonce comenzó el home bueno á culparse é maltraerse, é entendió que el su saber non le tenia pro, pues que non usara dél.	... Est similis cuidam homini qui, cum vidisset latronem quemdam de nocte intrantem casam suam, ut ipsum in culpa comprehenderet, cautelam subtilissimam cogitavit, scilicet ut fingeret se dormire [2], ad videndum quid latro perageret, ut ipsum latronem comprehensum condigne severe legum subjiceret ultioni [3]. Et tunc ipse, in hac sagacitate pertractans, latrone discurrente per domum, realiter obdormivit. Et tunc latro exspoliavit domum ejus sine aliquo nocumento [4]. Et sic illi homini non profuit [5] sua sagacitas, quia ipsam ad operam non reduxit.	Cum quidam jaceret nocte in sua domo, percepit quod fur intendebat intrare domum. Et sciens paterfamilias ea que fur intendebat, dixit intra se : «Silebo huic furi donec «videbo quid agat; et dimittam «ipsum donec congreget omnia «que voluerit; postmodum vero «exurgam adversus eum, et, «ablatis omnibus de manu sua, «percutiam eum fortiter.» Fecit ita (que) paterfamilias, et siluit furi, donec congregavit omnia que voluit. Ultimo vero rapuit sopor patremfamilias, et fuit hoc in bonum furis, et abiit fur viam suam illesus. Posthec vero excitatus paterfamilias, et videns cuncta que acta fuerant a fure, et quia recesserat, cepit conqueri adversus seipsum, et sibi tribuit culpam, sciens sibi non valuisse scientiam, postquam non exercuit illam.

A partir d'ici le prologue de Raimond n'a presque plus aucun rapport avec son original : Raimond moralise à sa façon, et nous parlerons

[1] Quoi qu'en dise Hervieux, p. 407.

[2] Cela n'est pas dans l'espagnol; peut-être Raimond ne comprenait-il pas le mot *callar*.

[3] Addition de Raimond.

[4] Tout ce qui est entre *despues* et *el su saber* est omis.

[5] Leçon des deux manuscrits; Hervieux imprime *proficit*.

plus tard de ce morceau. Il a cependant conservé les deux derniers contes d'Abdallah[1]. Dans le conte des deux associés dont l'un veut voler l'autre et est dupe de sa propre ruse, il s'agissait dans l'espagnol (et dans l'arabe) de sésame (que Jean de Capoue a rendu bizarrement par *zizania*) : Raimond n'a pas compris le mot et a mis bravement *bladum*. Il n'y a dans ce prologue, on le voit, aucune trace de la connaissance de Jean de Capoue.

Il en est de même pour les chapitres consacrés à la mission et à la vie de Barzoûyah, et il serait fastidieux d'en donner les preuves; remarquons seulement que, le manuscrit qu'avait Raimond étant fort bon, sa traduction peut quelquefois servir à corriger le texte espagnol[2]. Mais il faut noter une particularité que S. de Sacy a déjà relevée et fort bien expliquée. Tandis que le médecin de Khosrou est dans le texte de Raimond appelé *Berzebuy* (faute de lecture pour le *Berzehuy* que portait le manuscrit espagnol), les titres des chapitres et les légendes des figures écrites en rouge le nomment *Berosias;* la première de ces légendes est même : *Figura regis loquentis cum Berosia vel Berzebuy.* Ces rubriques sont postérieures à l'achèvement du livre; les légendes des figures ont même été exécutées, suivant toute apparence, comme nous le verrons, ainsi que les figures elles-mêmes, d'après un manuscrit de Jean de Capoue. La traduction, dans les considérations morales qui remplissent la plus grande partie de ce morceau, est abrégée et lointaine. — Il y a plus de précision dans la traduction des cinq contes insérés par Barzoûyah, mais elle est toujours très abrégée. Pour aucun de ces contes on ne peut constater d'influence exercée par Jean de Capoue. Le conte 2 est assez obscur dans toutes les rédactions, mais l'est surtout dans celle de Raimond,

---

[1] D'après M. Hervieux, de la fable de *L'A-veugle et le Clairvoyant*, « qui devait figurer ici », le sujet est seulement indiqué. Mais il en est de même, à quelques mots près, dans l'original.

[2] Le ms. espagnol de Raimond, pour *Anou-chirvan*, devait avoir *Nugeren*, que Raimond a conservé (voir *Not. et extr.*, t. X, 2ᵉ partie, p. 14, n. 4), au lieu du *Nixhuen* ou *Sirechuel* des manuscrits espagnols qui nous sont parvenus. — La biographie de Barzoûyah commence ainsi dans ces manuscrits : *Mi padre fué de Mercecilia* (A ; *de Mortadilla* B); Gayangos remarque que l'arabe porte : « Mon père fut « des *motacilat* (guerriers) » ; Raimond nous donne : *Pater meus fuit filius Mocatalis* (cf. *Not. et extr.*, t. X, 1ʳᵉ partie, p. 25). Joël (représenté par Jean de Capoue) n'a pas essayé de comprendre ce passage, non plus que le suivant : « et ma mère fut d'une des principales maisons des *Acemacima* ou mages », que l'espagnol a rendu par : *et mi madre fué de los del Algabe, et de los legistas;* Jean a naïvement : *Fuit pater meus de tali progenie et mater mea de nobilibus talium.* Raimond a pour le second membre de phrase : *et generosa mater mea fuit in scienciis naturalibus atque legalibus informata.*

qui n'y a rien compris. Il s'agit d'un amant auquel la femme, le mari survenant à l'improviste, dit de s'enfuir par le souterrain qu'elle a fait pratiquer auprès du puits : il revient en disant qu'il n'a pas trouvé le puits, et il est pris par le mari. Le mot *pozo* paraît n'avoir pas été compris par Raimond[1], qui a ainsi travesti ce conte, d'ailleurs peu intéressant : *Fecit [mulier] fieri in domo quamdam fenestram et posuit*[2] *in ea quemdam alveum plumbeum, ut, marito casualiter occurrente, posset per alveum fugere fornicator. Ambobus vero consistentibus, maritus casualiter supervenit, et, fornicario volente fugere, alveus cecidit*[3]*, et fornicator fuit ab hospite comprehensus.* — Dans le conte 3, il s'agit de pierres précieuses, comme dans l'espagnol, et non de perles, comme dans Jean de Capoue et certainement dans l'original. — La fable qui suit (*Le Chien qui lâche la proie pour l'ombre*) est extrèmement abrégée.

Dans le chapitre II (= IV), le plus long et le plus important du livre, le vrai *Calila et Dimna*, la traduction de Raimond n'est pas moins complètement indépendante de celle de Jean de Capoue. Les raisonnements et les discussions y sont, comme précédemment, plutôt imités de loin que traduits; les contes et les fables y sont d'ordinaire mal traduits, abrégés et souvent défigurés; mais on ne rencontre (sauf dans des intercalations postérieures sur lesquelles nous reviendrons) aucune trace d'influence de la version de Jean. Nous nous bornerons à énumérer rapidement ces contes et fables, en notant, quand il y aura lieu, quelques particularités. 1. *L'Homme prédestiné à la mort*[4]. — 2. *Le Singe pris dans la poutre.* Raimond supprime la fin. — 3. *Le Renard et le tambourin.* — 4. *Le Religieux et le Voleur.* — 5. *Le Renard et les deux Boucs.* — 6. *L'Empoisonneuse empoisonnée.* Raimond a compris tout de travers ce conte singulier, dont le traducteur espagnol avait d'ailleurs atténué l'indécence[5]; pour lui la maîtresse de la maison veut tuer sa servante, parce que la mauvaise conduite de

[1] Cependant il a bien traduit *pozo* un peu plus loin.

[2] Il semble que ce *posuit* vienne de *pozo* : *cerca del pozo do tienen agua.*

[3] Cette chute absurde du canal en plomb pratiqué dans la fenêtre (!) doit provenir du mot *caido*, qui dans l'espagnol s'applique au puits.

[4] Un bœuf ne remplace ici l'homme, dans le *Directorium*, que par une altération tout à fait propre à l'imprimé (voir *Journ. des Sav.*, 1899, p. 593).

[5] Tandis que dans l'original et dans Jean de Capoue la méchante femme essaie de seringuer du poison dans le fondement de celui qu'elle veut faire périr, ici elle veut lui en injecter dans les narines. Ce changement a été fait, indépendamment, dans l'ancienne traduction allemande de Jean de Capoue; d'autres versions ont substitué la bouche, ou même l'oreille.

celle-ci est honteuse pour l'hôte qu'elle reçoit[1], tandis que dans l'original elle essaie d'empoisonner un amant auquel s'obstine à rester fidèle une fille de la débauche de laquelle elle vit. — 7. *Le Nez coupé*. Ce conte célèbre est, — sauf, au début, une abréviation qui le rend un peu obscur, — traduit assez exactement de l'espagnol. — 8. *Le Corbeau et le Serpent.* Le corbeau, pour se défendre du serpent, demande conseil, dans l'arabe, à un chacal, dont l'espagnol a fait, suivant son habitude, un *lobo cerval,* que Raimond a changé en simple loup; Jean de Capoue, que le mot *ibnawâ* a toujours embarrassé, y substitue un « compagnon », non déterminé, du corbeau. — 9. *Le Héron, les Poissons et l'Écrevisse*. Raimond a gardé le nom espagnol du héron, *garça* (dans Joël « un oiseau »); mais il a, le plus bizarrement du monde, rendu *cangrejo,* « écrevisse », par *venator* (cette même traduction inepte se retrouve encore plus loin); il rend par *turtures* les *truchas* de l'espagnol. — 10. *Le Lion et le Lièvre.* — 11. *Les trois Poissons.* L'espagnol est seul à appeler ces poissons des truites, ce que Raimond rend encore par *turtures.* — 12. *Le Pou et la Puce.* — 13. *Le Canard et le reflet de l'étoile.* Raimond a conservé le canard (*anade*) de l'espagnol, tandis que Jean de Capoue a simplement « un oiseau aquatique ». — 14. *Le Lion, ses trois Conseillers et le Chameau.* Les trois conseillers du lion, dans cette belle fable (origine lointaine des *Animaux malades de la peste*), sont en sanscrit une panthère, un corbeau et un chacal; déjà en pehlvi (à en juger par le syriaque et l'arabe) la panthère était devenue un loup; du chacal, Jean de Capoue a fait cette fois un renard, l'espagnol, comme toujours, un *lobo cerval;* Raimond, qui d'ordinaire rend *lobo cerval* simplement par « loup », a été embarrassé parce qu'il y avait déjà un loup dans l'histoire, et a mis, malencontreusement, un daim (*damna*). — 15. *Le Courlis et le Génie de la mer.* Le mot *tittuy* pour « courlis », qui du sanscrit s'est transmis jusqu'à l'espagnol (voir ci-dessus, p. 221, n. 1), a suggéré à Raimond l'invention du mot *tibilonga,* tandis que Jean de Capoue en fait vaguement « un oiseau »; il a traduit littéralement le *mayordomo del mar* espagnol (voir ci-dessus, p. 225), par *majordomus maris;* mais il ajoute cette remarque singulière : *Est autem majordomus maris quedam avis previa tempestatis.*

---

[1] Il faut certainement corriger *hospiti, religiosus* (p. 461) en *hospiti religioso,* bien que les deux manuscrits aient *religiosus.*

Il y a du reste, à l'endroit où il s'agit de ce personnage, une faute qui se retrouve dans Jean de Capouc (où il est appelé *dux maris*), et qui appartient probablement à la recension arabe qui est la source commune de Joël et de l'espagnol [1]. Raimond n'a rien compris à la fin de la fable et l'a supprimée. — 16. *Les deux Canards et la Tortue.* Raimond conserve les canards (*anades*) de l'espagnol, dont Jean fait simplement des « oiseaux », et rend *galapago* par *tortuca* et non par *testudo* comme Jean. — 17. *Les Singes et le Ver luisant.* Raimond a bien compris l'espagnol *luciérnaga* [2], et l'a rendu par *quemdam vermem habentem lucem qui noticula* (l. *noctiluca*) *nuncupatur;* Jean de Capoue a *luculam que lucet in nocte.* — 18. *L'Arbre pris en témoignage.* — 19. *Le Héron, le Serpent et la Mangouste.* Nous retrouvons ici le mot espagnol *garça* conservé par Raimond; il appelle *vipera* le serpent qui dans notre texte espagnol est appelé *culebra;* l'espagnol ayant rendu absurdement par *liron* le nom arabe de la mangouste, il traduit à son tour *liron* par *squiriolus*, qui ne vaut pas mieux, et encore ici il traduit *cangrejo* par *venator.* — 20. *Le Dépositaire infidèle.* L'*azor* de l'espagnol est dans Raimond un *ancipiter*, tandis que Jean de Capoue, suivant son habitude, en fait « un oiseau » quelconque. Raimond, soit qu'il n'ait pas bien compris l'espagnol, soit de son plein gré, a changé certains détails du récit, mais, cette fois, assez heureusement. — Nous parlerons plus loin d'un conte étranger à l'original et à l'espagnol, que Raimond a plus tard, d'après Jean de Capoue, inséré entre les n°ˢ 19 et 20.

Le chapitre 1bis (v de Raimond, iii de Jean de Capouc), avec ses quatre contes, se comporte comme le précédent, c'est-à-dire que Raimond imite de plus ou moins loin le texte espagnol pour les discours et les raisonnements et le traduit plus ou moins imparfaitement pour les récits; ce chapitre n'appelle pas de remarque particulière.

Il en est de même du chapitre ii (vi de Raimond, iv de Jean) jusqu'à l'endroit que nous allons indiquer. Mais à cet endroit le procédé change tout à coup, et la traduction de l'hébreu par Jean de Capoue remplace, pour tout le reste de l'ouvrage, celle de l'espagnol par Raimond. Celle-ci va jusqu'au récit que la souris fait à ses amis des malheurs de sa vie passée. Les premières lignes de ce récit sont encore traduites

[1] Derenbourg pense que la méprise appartient à Jean de Capoue; mais alors elle ne se retrouverait pas dans l'espagnol.

[2] L'édition Gayangos porte *ciérnaga*, mot qui n'a jamais existé, et qui aurait dû être corrigé.

de l'espagnol et diffèrent des lignes correspondantes de la version de
Jean de Capoue, comme le montre la juxtaposition suivante :

ESPAGNOL, p. 43 a.	RAIMOND, p. 842.	JEAN DE CAPOUE, p. 144.
Do yo nascí fué en casa de un religioso que non habia mujer nin hijos, et trafanle cada dia en un canastiello de comer, et comia dello una vez en el dia, é lo que le sobraba colgábalo en un canastiello que tenia en casa, et yo acechábalo fasta que salia de casa, et desí venfame para el canastiello, é non dejaba cosa de que non comiese, é lo otro echábalo à los otros mures [1].	Ego fui natus in domo cujusdam religiosi qui non habebat filios nec uxorem, et portabantur sibi cotidie elemosine quas reponebat in quodam canastiello suspenso in medio domus, et postquam ipse dormiebat, saltabam ad canistrum, et comedebam secundum libitum, et residua muribus subsistentibus dispergebam [2].	Fuit principium habitationis mee in tali terra in domo cujusdam viri sancti, heremite, qui nunquam habuerat mulierem. Qui, cum offerrent sibi homines singulis diebus panem in canistro et comederet ad suam sufficientiam, residuum recolligens in canistro suspendebat in domo. Ego autem observabam donec exiret heremita, saltansque ad canistrum nihil ibi relinquebam, et comedens quod volebam dabam residuum aliis muribus qui erant in domo [3].

Mais si nous continuons la juxtaposition des trois textes, nous verrons que celui de Raimond s'écarte de l'espagnol, et, sauf d'inutiles
additions (que nous signalons par des italiques), une ou deux omissions et des fautes de copie, n'est que la reproduction pure et simple
de celui de Jean de Capoue :

ESPAGNOL.	RAIMOND.	JEAN DE CAPOUE.
Et punnó el religioso muchas veces de colgar el canastiello do yo non lo alcanzase, é non pudo. E acaesció que posó con él una noche un huéspet, et cenaron amos, et estando amos así fablando, dijo el religioso al huéspet : « De qué « eres é do quieres ir agora? » Et este huéspet habia andado a muchas tierras é habia visto	*Et post multa tempora,* cum niteretur heremita suspendere canistrum in loco tuto in quo non possem pervenire, nichil proficiebat *quin facerem meum velle.* Quadam vero die, cum quidam peregrinus superveniret, comederunt bene simul et biberunt, et accipiens heremita totum residuum quod eis remanserat post comestionem,	Et cum niteretur heremita suspendere canistrum in tuto loco in quo non possem pervenire, nihil ei proficiebat. Quadam vero die cum superveniret ei peregrinus quidam, comederunt et biberunt simul bene. Et accipiens heremita totum residuum quod eis remanserat post comestionem, reposuit in canistro et suspendit illud, et

---

[1] Il faut restituer à l'espagnol les mots correspondants à ceux de Raimond, *suspenso in medio domus,* dont l'équivalent se retrouve dans toutes les versions. De même *veniame* doit être corrigé, d'après Raimond et les autres versions, en *saltaba.*

[2] Raimond a passé les mots *et comia dello una vez en el dia, é lo que le sobraba.* Il a substitué le sommeil du religieux à sa sortie, sans doute parce qu'il n'a pas compris *acechábalo.*

[3] Le ms. B. N. nouv. acq. lat. 648 (fol. 53 b), dont nous reproduisons le texte, est exempt de plusieurs fautes de l'imprimé qui ont donné lieu à des observations de Derenbourg. Ainsi l'imprimé omet *in canistro* et substitue *ut* à *et* devant *comederet;* il ajoute *me* avant *observabam.*

maravillas, et comenzóle á contar; et estando así el religioso comenzó á sonar sus palmas por mi facer fuir del canastiello, et ensañóse el huéspet por ello, é dijo al religioso: « Yo departo contigo, « é tu menosprecias mis fablas, « é suenas tus palmas; por qué « me rogaste que departiese « contigo? »

illud in canistro posuit reliquum quod remansit et illud suspendit ubi solebat, et cepit loqui cum peregrino, qui perambulaverat totum mundum, nec reliquerat locum in quo *veraciter* non stetisset, et viderat mirabilia *hujus* mundi et monstra *que eidem apparuerant*. Heremita vero, non attendens verbis peregrini, non sinebat suis manibus adversus canistrum, ut me fugaret, *continuo* trepidare. Et videns hoc peregrinus contra heremitam turbatus est, dicens ei : « Ego tibi verba mea enarro ; « tu autem non attendis *nec « advertis* ad ea que tibi *morali- « ter* sum locutus, nec tibi sa- « piunt *verba mea* [1]. »

cepit loqui cum peregrino, qui perambulaverat mundum et iverat usque ad extremitates ejus, nec reliquerat locum in quo non fuisset, et viderat mirabilia mundi et monstra. Heremita vero, non attendens verbis peregrini, non sinebat trepidare suis manibus adversus canistrum, ut me fugaret. Et videns hoc peregrinus turbatus est contra heremitam, dicens : « Ego narro tibi verba mea; « tu autem non attendis ea, nec « tibi sapiunt [2]. »

C'est à la fin du passage cité précédemment que se termine l'œuvre de traduction de Raimond. Le reste du livre qu'il a présenté à Philippe le Bel comme étant en entier traduit par lui *de yspanico in latinum* n'est qu'une simple copie de Jean de Capoue [3]. Nous n'aurions plus à nous en occuper (sauf à revenir sur les interpolations que présente la rédaction amplifiée), si nous ne devions appeler l'attention sur les modifications, très légères d'ailleurs, que Raimond a fait subir au texte qu'il copiait. Nous demandons, à cet effet, la permission de mettre encore en regard deux passages de Jean de Capoue dans le texte et dans la copie [4]. Il est inutile d'en rapprocher la version

[1] Le texte de Jean de Capoue permet de corriger quelques fautes des copistes de Raimond : lisez *deficiebat* pour *proficiebat*; entre *remansit* et *et illud* les deux manuscrits répètent *et post comestionem posuit in canistro*; ils donnent *enarrabo* pour *enarro*, et le ms. 8505 change en conséquence *attendis* et *advertis* en *attendes* et *advertes* (leçons qu'Hervieux juge, à tort, préférables).

[2] Le texte est encore ici donné d'après le ms. B. N. nouv. acq. lat. 648, qui est généralement d'accord avec Raimond : *tuto* pour *tutiori*; omission d'un *qui* fautif avant *comederunt*; *cepit loqui cum peregrino* pour *loquebatur peregrinus*. En revanche le manuscrit a à tort *supervenire* pour *pervenire*. Le manuscrit et l'imprimé ont en commun, comme le prouve le texte de Raimond, les mauvaises leçons *perambulabat* et *viderit* pour *perambulaverat* et *viderat*.

[3] A ce titre le livre de Raimond, depuis l'endroit marqué, sera très utile à un futur éditeur de Jean de Capoue, puisqu'il a pour base un manuscrit bien plus ancien que ceux qui nous sont parvenus et à peu près contemporain de l'auteur.

[4] D'autres passages de Jean de Capoue et de Raimond ont été juxtaposés par S. de Sacy et par Hervieux et donnent lieu aux mêmes observations.

espagnole. Voici d'abord la fin du chapitre III (VII de Raimond, V de Jean) :

JEAN DE CAPOUE, éd. Derenbourg, p. 161.

Inquit rex suo philosopho : « Perspiciendum « est in hujusmodi parabulis quomodo pervenit « concilium parvorum animalium et vilium « avium juvancium se invicem; maxime homi- « nes qui se constituerent in hac consuetudine, « perveniret eis fructus operacionum suarum et « suorum processuum, rectitudo in conservando « opus misericordie et odiendo pravitatem et « elongando iniquitatem (1). »

RAIMOND DE BÉZIERS, p. 167.

Inquit rex philosopho suo *ista verba : « Per-* « spiciendum est in hujusmodi parabolis quo- « modo pervenit concilium parvorum animalium ɔ et vilium avium invicem se adjuvancium : « maxime homines qui se constituerent in hac « consuetudine, eis fructus operacionum suarum « et rectitudo suorum processuum in conser- « vando opus misericordie *veraciter* perveniret, « *et per consequens* odiendo pravitatem, et iniqui- « tatem *procul dubio* elongando (2). »

Nous choisirons pour le second parallèle le conte qui termine le chapitre XII (XVII de Raimond, XV de Jean), et qui, bien que sûrement authentique, manque dans le texte imprimé de Jean de Capoue :

JEAN DE CAPOUE, ms. de Paris, fol. 102 *b*.

Et loquens alius dixit : Tenemur, domine rex, laudare Deum quia te regem super nos constituit, et quia omnia sunt a Deo predesti-nata. Et vobis dico quod tempore mee puericie assistebam cuidam virorum nobilium ; sed cum factus fuissem vir, visum est michi relinquere mundum et ejus voluptates; et separa-tus ab eo remanserunt michi de meo salario duo denarii, et deliberavi in meo animo dare unum eorum in elemosinam, alterum vero pro meo victu retinere. Et cogitavi dicens : « Non « est in mundo meritum sicut meritum alicujus « anime redempcionis. » Et cum venissem ad fo-rum occurrit michi venator quidam portans duas columbas, quarum unam emere volui pro uno argenteo, et noluit. Et cum cogitassem ne forte masculus et femina essent et eas separans peccatum incurrerem, emi utramque pro duo-bus argenteis. Postmodum cogitavi, dicens : « Si liberavero eos circa hominum habitacio-« nem, dubito ne quando ab hominibus capian-

RAIMOND DE BÉZIERS, p. 741.

Exsurgens alius dixit *eis : Tenemur, domine* rex, laudare Deum, *omnium creatorem*, quia te super nos constituit *talem* regem, et quia om-nia sunt a Deo predestinata *recto ordine et creata*. Et dico vobis quod in tempore mee puericie cuidam virorum nobilium assistebam; sed cum factus fuissem vir, visum fuit michi relinquere *istum* mundum ejusque *pariter* vo-luptates; et ab eo separatus michi duo denarii de meo salario remanserunt, et deliberavi in meo animo unum in elemosina *pro Dei servicio* elargiri, alterum vero pro meo victu *penes me* retinere. Et cogitavi *sic* dicendo : « Non est « in mundo meritum sicut meritum alicujus « redempcionis anime *in hoc mundo*. » Et cum ivissem foras, quidam venator *protinus* obviavit, portans duas columbas *in suis manibus valde pulcras*, quarum unam emere volui pro uno argenteo, sed noluit *consentire*. Et cum cogitas-sem ut forsitan essent masculus et femella, et eos separans peccatum *forsitan* incurrerem,

---

(1) Ici encore nous donnons le texte du ms. de Paris (fol. 58 *b*), presque partout d'accord avec celui de Raimond : c'est ainsi qu'il a *parabulis* pour *fabulis, quomodo* pour *quando, juvancium* pour *juvare*. Les mots *pravitatem* et *elongando*, qui sont dans le ms. 648 et dans Raimond, manquent dans l'imprimé.

(2) La comparaison du texte de Jean de

Capoue permet de corriger plusieurs fautes des copistes de Raimond, qui écrivent *prospi-ciendum* pour *perspiciendum*, changent *se* en *si* avant et ajoutent *se* après *constituerent*, et répètent *eis* après *perveniret*. Nous ne relevons pas ici les fautes propres à l'un ou à l'autre des deux manuscrits de Raimond : elles n'ont que très peu d'intérêt.

« tur, cum sint debiles et volare non poterunt. »
Et exiens ad magnam planiciem procul ab habitacione hominum, liberavi eos ibi. Qui trans-
volantes se super quamdam arborem posue-
runt. Et volens inde discedere, audivi alterum
dicentem alteri : « Jam eruit nos iste a magna
« tribulacione, cui tenemur bona retribuere. »
Et vocaverunt mé, dicentes : « Vere nobis ma-
« gnam graciam contulisti, quam tibi tenemur
« recognoscere. Scias igitur quod in radice hujus
« arboris latet thesaurus; fode ibi et invenies. »
Et accedens ad arborem fodi parum et mox
inveni. Tunc invocavi Deum ut eos ab hominibus liberaret. Et dixi ad eos : « Ex quo tanta
« est vestra intelligencia, et volatis inter celum
« et terram, quomodo in hunc laqueum inci-
« distisde quo vos liberavi ? » Dixerunt autem ad
me : « Vir sapiens, nonne scivisti quia non valet
« cursus levibus nec bellacio potentibus, sed in
« tempore divine destinacionis clauduntur oculi,
« ut quis non valeat sibi cavere ab eo quod super
« ipsum scriptum est desuper [1] ? »

emi utramque pro duobus argenteis. Postmodum *in animo* cogitavi : « Si eos liberavero circa
« hominum habitacionem, dubito ne, cum sint
« debiles et volare non poterunt, ab hominibus
« capiantur. » Et exiens ad magnam planiciem
procul ab habitacione hominum, eos ibidem
liberavi. Qui statim volantes super quadam
arbore *in instanti,* et volantes inde ab arbore
descenderunt, et audivi alterum ipsum alteri
sic dicentem : « A magna tribulacione iste homo
« liberavit nos, cui tenemur bona retribuere
« *suo loco.* » Tunc me *taliter* vocaverunt : « Vere
« nobis maximam graciam contulisti, quam tibi
« tenemur cognoscere *in tempore opportuno.* Scias
« igitur quod in radice hujus arboris thesaurus
« *maximus* est absconsus; fode ibidem et inve-
« nies *absque mora.* » Et accessi ad arborem et
fodi parum et inveni *que dixerant dicte aves.* Et
tunc invocavi Deum ut eas ab omni periculo
liberaret, et ad eas dixi *ista verba :* « Ex quo
« tanta est vestra intelligencia, et volatis inter
« celum et terram, quomodo in hunc laqueum
« incidistis de quo vos [*hodie*] liberavi ? » Et dixerunt tunc aves ad me : « O vir sapiens, nonne
« scivisti quia non valet levibus cursus nec po-
« tentibus bellacio, sed tempore destinacionis
« divine clauduntur oculi, ut quis non valeat sibi
« cavere ab eo quod super ipsum est destinatum
« et quod est scriptum desuper *in hoc mundo* [2] ? »

Il est facile de voir que le texte de Raimond ne diffère de celui de Jean de Capoue que par de rares changements de mots, quelques interversions, et surtout l'addition de mots inutiles, particulièrement d'adverbes et de compléments superflus. Hervieux voit dans ces modifications superficielles un effort du plagiaire pour « démarquer » ses emprunts, et il ajoute, ce qui est inexact, que plus Raimond avançait dans sa copie, moins il essayait de dissimuler ainsi son plagiat. Le vrai caractère du travail auquel s'est livré Raimond de Béziers apparaît quand on remarque que, dans les parties du livre qui sont incontestablement de lui, il s'astreint autant que possible aux règles du *cursus,* ou plutôt à la seule qui fût comprise et usitée de son

[1] Nous avons constitué le texte avec l'aide du ms. de Paris et de l'imprimé; nous n'entrons pas dans les détails. Cf. Ward, *op. cit.,* p. 157.

[2] Nous avons rectifié le texte des manuscrits à l'aide de celui de Jean de Capoue; on verra pourquoi nous avons cru devoir ajouter *hodie* avant *liberavi.* La leçon *Et volantes inde ab arbore descenderant* pour *Et volens inde discedere* est une erreur de Raimond ou plutôt de l'auteur de la copie qu'il avait sous les yeux : l'hébreu donne (p. 200) « pendant que je m'en retournais ».

temps, et qui consiste à exiger que toutes les propositions finales et, autant que possible, les autres propositions se terminent par un double trochée tonique précédé d'un dactyle tonique (par exemple, dans le chapitre II, *ceteris honorabat, partibus residebat, incomparabilem et immensum;* dans le chapitre III, *penitus sunt incerta, suaviter super domum*, etc.). C'est à cette règle qu'il s'est efforcé d'assujettir le texte qu'il copiait, pour le conformer à ce qu'il avait écrit lui-même : qu'on veuille bien examiner dans les morceaux cités les mots changés ou déplacés, et surtout les mots ajoutés, qui sont imprimés en italiques; on verra que changements, déplacements, additions n'ont (sauf de très rares exceptions, imputables peut-être aux copistes) qu'un seul but : faire que le plus grand nombre possible de propositions, et toujours les propositions finales, se terminent par cette chute. Raimond n'a pas été difficile pour le choix de ses additions : des adverbes comme *taliter, protinus, veraciter, procul dubio*, des explétifs comme *ista verba, illa die, illa hora, illo modo, absque mora*, etc., composent presque tout son arsenal, et il les emploie souvent d'une façon si peu justifiée qu'ils donnent à la phrase une lourdeur choquante et parfois même embarrassent le sens. Si on les retranche, on trouve, sauf les quelques substitutions d'homonymes et les interversions, un texte de Jean de Capoue généralement excellent, tel qu'on devait s'y attendre d'après la date du manuscrit suivi par Raimond [1]. Il est amusant d'observer le travail puéril et acharné que s'est imposé le plagiaire pour accommoder ce texte à des règles auxquelles l'auteur italien n'avait pas songé à se soumettre.

Quant à l'œuvre de Raimond de Béziers comme traducteur, qui, nous l'avons dit, est terminée au moment où commence son travail de copiste, elle est assurément fort médiocre; toutefois elle a un certain intérêt pour l'histoire littéraire, puisqu'elle est, si nous ne nous

---

[1] Les différences relevées par Hervieux (p. 49-50) entre Jean de Capoue et Raimond de Béziers sont illusoires à partir du milieu du chapitre VI (= VIII). Les noms *Peridon* et *Romi* donnés au chat et au rat de ce chapitre sont ceux des manuscrits de Jean de Capoue (voir ci-dessus, p. 227, n. 3). — Les variantes des noms du chapitre VII sont purement graphiques. — C'est bien un loup, dans les manuscrits de Jean de Capoue comme dans le Raimond, et non un renard, comme dans le Jean de Capoue imprimé, qui admoneste la lionne au chapitre X. — Le conte du chapitre XII qui manque dans le *Directorium* imprimé est celui que nous venons de donner d'après le manuscrit de Paris. — Le nom de l'oiseau perfide du chapitre XII bis (= XVI) est dans Jean de Capoue (voir ci-dessus, p. 224) *maizam* d'après les manuscrits, dont le *maziam* (et non *masia*) de Raimond n'est qu'une légère altération.

trompons, le seul essai de traduction du castillan qu'ait produit la France du moyen âge. Pour l'étude de l'histoire du *Kalîlah et Dimnah*, elle pouvait avoir de la valeur tant qu'on n'en connaissait pas l'original espagnol; maintenant que nous le possédons, elle peut nous donner une idée du manuscrit dont Raimond a fait usage et qui était sensiblement plus ancien que les deux qui ont servi à l'édition moderne; mais le peu d'exactitude de la traduction de Raimond ne nous permet guère, d'ordinaire, de retrouver les leçons de son manuscrit, et son livre, dans sa première partie, ne peut servir qu'à rectifier çà et là quelque forme altérée de nom propre.

Il nous reste à revenir sur quelques cas où Raimond de Béziers, même dans sa première partie, a utilisé le livre de Jean de Capoue. Mais il faut d'abord essayer de nous rendre compte, avec plus de précision que nous ne l'avons fait, des conditions dans lesquelles est née son œuvre à moitié personnelle, à moitié plagiée. Il est certain, nous l'avons dit, que, quand il entreprit son travail, il n'avait à sa disposition que le *Calila et Dimna* espagnol et n'avait aucune connaissance de Jean de Capoue. Il nous paraît fort probable qu'à la mort de la reine Jeanne il dut restituer le manuscrit qui lui avait été confié, et que c'est pour cela, plus encore que pour la « désolation » que lui causa cette mort, qu'il renonça au travail commencé. Le fait est qu'à partir de l'endroit indiqué on ne trouve plus dans son livre aucune trace du livre espagnol : il aurait pu cependant s'en servir pour introduire çà et là quelques variantes, ne fût-ce que dans les noms, et masquer ainsi quelque peu son plagiat; mais il ne l'a fait nulle part, ce qui démontre à nos yeux qu'il n'avait plus le manuscrit espagnol à sa disposition.

Il ne pensait pas sans doute pouvoir jamais reprendre l'œuvre interrompue, quand un hasard inespéré lui mit entre les mains un manuscrit de Jean de Capoue (apporté peut-être d'Italie à la cour papale, établie à Avignon depuis 1309). Il se garda bien de souffler mot de sa trouvaille, et il copia, en l'arrangeant comme on vient de le voir, la seconde partie du livre, l'ajouta tranquillement à ses anciens cahiers, fit recopier le tout dans un exemplaire de luxe, et l'offrit à Philippe le Bel, en 1314, comme entièrement traduit de l'espagnol.

En fait, la première partie seule avait été exécutée par lui d'après la version castillane. Quand il la fit recopier pour la joindre à la se-

conde, qu'il empruntait à Jean de Capoue, il ne paraît avoir fait
subir à son travail, qui aurait cependant pu y gagner beaucoup,
aucune retouche à l'aide de la traduction latine qu'il s'appropriait
pour la suite. Il s'en servit seulement, comme nous le verrons, pour
le *Proemium*, qui n'était pas dans l'espagnol. Il ne fit d'ailleurs
au livre de Jean de Capoue, pour la première partie, qu'une sorte
d'emprunts. Le manuscrit espagnol dont il s'était servi paraît avoir
été, comme c'est le cas pour un grand nombre de manuscrits du
moyen âge, dépourvu des rubriques qu'il aurait dû contenir : elles
avaient sans doute été laissées en blanc pour être remplies par un
rubricateur, lequel n'avait pas accompli sa tâche. Raimond dut,
sur l'exemplaire qu'il destinait au roi, combler cette lacune : il le
fit avec l'aide du manuscrit de Jean de Capoue, qui, lui, contenait la
série complète des rubriques. Mais, agissant à l'étourdie comme il
en était coutumier, il n'a pas pris la peine de corriger certains détails
qui, dans les rubriques empruntées à Jean, ne cadraient pas avec son
texte, emprunté à l'espagnol. Contrairement à toutes les versions, il a
fait du prologue d'Abdallah ibn-Almoqaffa son premier chapitre, qu'il
a intitulé, de son chef, *De condicionibus antiquorum philosophorum;* dans
Jean de Capoue, ce prologue était simplement désigné comme *Proemium.* Le chapitre suivant, consacré à la mission de Barzoûyah, forme
chez Jean de Capoue un second *proemium* [1]; dans le manuscrit espagnol imprimé par Gayangos il forme le chapitre premier; Raimond
en a fait le chapitre II, et il a reproduit le titre donné par Jean de
Capoue : *Quomodo rex misit Berosiam, suum medicum, in provincia Indie* [2],
sans faire attention qu'il appelait *Berzebuy* dans son texte celui qu'il
nomme *Berosias* dans la rubrique. — L'autobiographie de Barzoûyah
forme, chez Jean de Capoue, le chapitre premier, dans l'édition espagnole le chapitre II; chez Raimond, elle forme le troisième, et
dans toute la suite du livre il est ainsi, pour le compte des chapitres, en avance d'un numéro sur l'espagnol, de deux numéros sur
Jean de Capoue [3]. Cette autobiographie a pour titre, chez lui comme

---

[1] Ms. Bibl. nat. nouv. acq. lat. 648, fol. 5 v°.
Dans Jean de Capoue, ce chapitre n'a ni titre
ni numéro.

[2] Ms. nouv. acq. 648 : *Quomodo rex* [*misit*]
Beroziam, medicum suum, in provincia Yndie.

[3] Le ms. 8505 présente ici une singularité.
La table des chapitres, dont nous parlerons
plus tard, est conforme à la numération du
ms. 8504; mais la biographie de Barzoûyah,
qui dans cette table et dans 8504 est le cha-

chez Jean de Capoue[1] : *De Berosia medico, et est de equitate et de timore Dei;* seulement Raimond a cru devoir ajouter, dans l'édition amplifiée, *ac dilectione Dei et proximi, de contentu (sic) mundi, et cetera.* Les chapitres IV, V et VI de Raimond (II, III et IV de Jean de Capoue) ont également des rubriques prises à Jean, mais ces rubriques n'offrent plus rien de contradictoire avec le texte.

La partie de l'ouvrage de Raimond traduite de l'espagnol a encore subi d'une autre façon l'influence du livre de Jean de Capoue. C'est dans ce livre, certainement, que Raimond a pris tout au moins l'idée et le sujet des images dont il a orné l'exemplaire royal de son ouvrage et les rubriques qui les accompagnent; images et rubriques manquaient dans le manuscrit espagnol. Aucun des trois manuscrits de Jean de Capoue que nous connaissons ne contient d'images; mais tous présentent les rubriques destinées à guider l'illustrateur qui n'est pas venu [2]. Le manuscrit que Raimond a eu sous les yeux avait-il les images? Nous n'en savons rien; mais il avait certainement les rubriques. Raimond les a reproduites dans l'exemplaire de luxe qui nous est parvenu, et il a fait exécuter les images, soit d'après celles du livre de Jean, soit, plus probablement, d'après les simples indications des rubriques. Mais ces rubriques, pour la première partie, ne cadraient pas toujours exactement avec son texte, et il a cette fois pris soin d'en modifier au moins une. En outre il en a ajouté, dans le chapitre consacré à l'autobiographie de Barzoûyah, plusieurs qui se réfèrent à ses additions personnelles, dont nous parlerons plus loin. Laissant ces dernières de côté, nous allons rapporter ici les rubriques qui accompagnent les images de la partie du livre traduite de l'espagnol, en mettant en regard celles du *Directorium* imprimé et, à partir de l'endroit où commence le manuscrit hébreu, celles que ce manuscrit contient (sans images). Le ms. 8505 de Raimond n'a pas

---

pitre troisième, est précédée (fol. 36 r°) des mots : *Incipiant capitula libri. Capitulum primum de Bosia seu Berzebuy medici, et est de equitate et timore Domini.* Il est très curieux que les deux fautes *Bosia* pour *Berosia* et *medici* pour *medico* se retrouvent dans 8504 (fol. 13, c. 2; Hervieux, p. 418), qui porte d'ailleurs : *Explicit capitulam secundum. Incipit capitulam tercium,* etc. Il semble que l'original des deux manuscrits portait, conformément à la pre-

mière rédaction de Raimond : *Incipit capitulum primum de* [*vita*] *Berzebuy medici,* et que cette rubrique a été corrigée d'après celle du livre de Jean de Capoue. — Les seize chapitres suivants sont, dans 8505, dépourvus de la désignation numérique qui, dans 8504, précède l'*incipit* pour chacun d'eux.

[1] D'après le ms. 648. Le *Directorium* a un peu modifié ce titre.

[2] Voir *Journal des Savants,* 1899, p. 591.

d'images, et ne présente qu'un petit nombre de rubriques, écrites
à l'encre noire et non distinguées du texte; nous noterons, pour
chacune de celles que nous relevons dans 8504, la correspondance
avec 8505. Nous ne commençons naturellement notre relevé qu'avec
le chapitre ii de Raimond (second *proemium* de Jean de Capoue), par
lequel débutait le manuscrit espagnol de Raimond, comme le font
les deux manuscrits sur lesquels la version espagnole a été imprimée.

Pour le texte même du livre, Raimond n'a pas cherché, nous
l'avons dit, à l'améliorer à l'aide de celui de Jean de Capoue; mais il
a inséré dans le chapitre i (iv de Raimond, ii de Jean) un conte
(n° 21) qu'il n'avait pas trouvé dans l'espagnol et qui ne remonte
en effet ni à l'arabe, ni au pehlvi mais que Jean de Capoue, ou
peut-être déjà Joël [1], avait ajouté, — en l'empruntant, sans doute
par tradition orale, au livre, également indien d'origine, de *Sindibad,*
— le conte de *la Femme et l'Apothicaire.* Raimond l'a intercalé
(p. 495) tel qu'il se trouve dans Jean (p. 95), avec la petite introduction qui le précède. Il est à remarquer qu'un autre conte, inséré
(un peu plus haut) comme celui-ci dans la version de Jean [2] et provenant aussi de *Sindibad,* le conte célèbre de la *Pie* dénonciatrice mise
injustement à mort par son maître [3], n'a pas été ajouté par Raimond;
peut-être ne figurait-il pas dans le manuscrit dont il s'est servi et
a-t-il été ajouté plus tard par un interpolateur de Jean de Capoue [4].

Dans la partie de son ouvrage qui précède le livre même de *Dina
et Calila,* Raimond a encore fait à Jean de Capoue un emprunt que
nous devons signaler. Celui-ci avait placé, en tête du prologue qu'il
traduisait de Joël, et que Joël traduisait d'Abdallah ibn-Almoqaffa,
un petit exposé des destinées du livre, depuis sa première forme jusqu'à celle qu'il lui donnait. Raimond n'avait rien trouvé de pareil
dans la version espagnole, et le manuscrit qu'il avait de cette version
était sans doute dépourvu de la rubrique finale (offerte par les
deux manuscrits qui ont servi de base à l'édition), d'après laquelle
la version castillane aurait été faite sur une première version latine
du livre arabe [5]. Aussi, en empruntant à Jean de Capoue ses rensei-

[1] Voir ci-dessus, p. 221
[2] Éd. Derenbourg, p. 89; éd. Hervieux,
p. 158; ce conte est aussi dans le ms. 648.
[3] Voir *Journal des Savants,* 1899, p. 587.

[4] Il figure dans nos manuscrits de Jean de
Capoue, mais il peut avoir été interpolé dans
leur original commun.
[5] Voir ci-dessus, p. 198.

gnements, a-t-il, par une erreur naturelle, rattaché à l'hébreu la version espagnole. Il a d'ailleurs placé ces renseignements une première fois, tels à peu près que chez Jean, dans la préface de la rédaction conservée dans le ms. 8505, et une seconde fois, en en modifiant la forme, dans la préface de la rédaction conservée dans le ms. 8504. Nous donnons, en regard, avec le passage de Jean de Capoue, celui du ms. 8505 et celui du ms. 8504 :

Jean de Capoue [1].	Ms. 8505 [3].	Ms. 8504 [4].
Et prius quidem in lingua fuerat Indorum (translatus [2]), inde in linguam translatus Persarum, postea vero reduxerunt illum Arabes in linguam suam. Ultimo exinde ad linguam fuit reductus hebraicam. Nunc autem nostri propositi est ipsum in linguam fundare latinam.	Iste autem liber prius fuerat in lingua Yndorum, et postmodum in lingua Persarum. Postea vero reduxerunt eum Arabes ad linguam suam. Ultimo exinde ad linguam fuit reductus ebraycam. Processu vero temporis de hebrayca lingua in ydioma hispanicum apud Toletum presens liber ultimo est translatus.	Qui quidem ab Indorum lingua fuit in ydioma persicum, satisque subsequenter in arabicum, exhinc in ebraicum, a quo finaliter apud Tholetum, ob ejus documentorum memorandum ac venerabile mysterium, in hyspanicum translatus est.

On voit que la rédaction du ms. 8505 (rédaction simple) est sensiblement plus voisine de Jean de Capoue que celle du ms. 8504 (rédaction amplifiée), d'où il résulte qu'elle est antérieure; on peut donc croire que les préfaces et dédicaces du ms. 8504 sont un remaniement de celles du ms. 8505.

Nous arrivons maintenant à ce qui, dans le livre de Raimond, n'est ni traduit plus ou moins fidèlement de l'espagnol, ni copié de Jean de Capoue. Il faut distinguer ici la rédaction simple du ms. 8505 et la rédaction amplifiée du ms. 8504. Dans la première, on ne peut considérer comme appartenant au médecin de Béziers que les divers morceaux qui précèdent le livre même. Ces morceaux ont sans doute, dans le manuscrit qui a servi d'original au ms. 8505, été ajoutés après coup. Ils remplissent en effet dans celui-ci, comme l'a remarqué Hervieux, un cahier à part, qui a eu 32 feuillets,

---

[1] Ms. nouv. acq. 648, fol. 1 ; éd. Derenbourg, p. 8; éd. Hervieux, p. 80.

[2] Le mot *translatus* se lit à la fois dans les manuscrits qui nous sont parvenus et dans l'édition; mais c'est une faute de l'original commun des diverses copies. S. de Sacy (*Not. et extr.*, t. X, 2ᵉ part., p. 12, n. 1) l'avait remarqué avec raison (cf. Hervieux, p. 13, n.); on voit que le manuscrit suivi par Raimond n'avait pas cette faute.

[3] Fol. 2 v°; Hervieux, p. 43; *Journal des Savants*, 1898, p. 172.

[4] Fol. 2 r°, c. 2; Hervieux, p. 386; *Journal des Savants*, 1898, p. 170.

les 16 premiers étant signés de *a i* à *a xvi;* le premier feuillet a disparu, le dernier est blanc. Ce cahier comprend quatre morceaux :

1° Une épitre dédicatoire à Philippe le Bel, dont le commencement, qui occupait le premier feuillet, manque. La suite [1] contient, sur le traducteur et les circonstances dans lesquelles il dit avoir exécuté son travail, des renseignements que nous avons résumés au début de cette notice. On y remarque des citations en vers et les rubriques de deux images, qui représentaient le translateur abandonnant son livre à la mort de la reine Jeanne et le reprenant plus tard, et qui ne se retrouvent pas dans le ms. 8504.

2° Une préface, commençant au haut du folio *a iij* v°, et finissant au milieu du folio *a v* v° [2]. Elle contient des remarques sur le mérite et l'utilité du livre, appelé *Liber aureus, Liber regius, Liber sensibilium moralium* (ms. *animalium*) *exemplorumque sub exemplis* (l. *figuris?*) *animalium et volatilium,* et enfin plus communément *Liber Digne et Calile,* plus le passage que nous avons cité sur l'histoire antérieure de l'ouvrage. Elle se termine par une exhortation à ceux qui fréquentent les cours des rois de lire et de relire sans cesse un livre aussi utile, au lieu de perdre leur temps à des lectures frivoles.

3° La table des dix-neuf chapitres dont se compose l'ouvrage. Cette table, assez détaillée, se termine à l'avant-dernière ligne du feuillet coté *a ix* r° (p. 8 de la numérotation moderne) [3].

4° Le reste du cahier préliminaire est occupé par une table morale, avec renvoi aux folios où se trouve chacune des moralités qui y sont relevées. Elle est précédée des mots : *Incipit tabula et auctoritates.* La présence de cette table, qui paraît rédigée avec soin, montre bien que, dans l'esprit de l'auteur et des lecteurs, c'étaient les préceptes de conduite que contenait le livre qui devaient surtout le rendre précieux.

Les cahiers suivants contiennent le *Liber Dine et Calile,* composé comme nous l'avons dit, et ne présentent rien de personnel à Raimond, sauf ce qui peut lui appartenir dans les passages de la première partie

---

[1] Imprimée par Hervieux (p. 41), et par M. Léopold Delisle, *Journ. des Sav.,* 1898, p. 171.

[2] Imprimée en petite partie par M. Delisle, *loc. cit.,* p. 172.

[3] On remarquera, dans le titre du chapitre II : *de itinere Berzebuii vel Betorias* (sic) *philosophi,* et dans celui du chapitre III : *Berozius philosophus.* La forme *Berozius* (*Betorias*) provient de Jean de Capone.

où il paraphrase, plutôt qu'il ne les traduit, les considérations politiques et morales qu'il trouvait dans le livre espagnol.

Sa part est plus considérable dans la rédaction du ms. 8504. Nous en examinerons d'abord la partie préliminaire[1]. Nous avons déjà parlé du double feuillet qui, sur deux pages, contient six miniatures représentant des scènes de la fête chevaleresque donnée à la Pentecôte de 1313. Au verso de la deuxième de ces pages commence, après une belle miniature représentant Philippe le Bel entouré des siens, l'épître dédicatoire, qui, outre les louanges de Philippe, les protestations de dévouement de l'auteur au roi et à la famille royale, et des réflexions empruntées à saint Augustin et à saint Jérôme sur les traductions, contient le passage que nous avons déjà cité (p. 195), et qu'on a supposé à tort être d'un interpolateur : *In quo quidem libro addidi versus, proverbia, auctoritates et alia secundum propositam materiam, prout in ipso libro lector poterit intueri, dictasque addiciones duxi per rubeum, ut ab ipso libro antiquo discerni valeant, describendas.* Nous reviendrons tout à l'heure sur cette particularité.

2° Après l'épître dédicatoire se lit le *Prohemium,* qui débute par une invocation à la sainte Trinité, et qui reproduit en partie la préface du ms. 8505. La remarque sur les lectures futiles auxquelles se plaisent les nobles est ici plus développée et mérite d'être citée : *Vos igitur regalem curiam frequentantes, qui tempus vestrum in narracionibus ambagicis*[2]*, verbi gracia Lanceloti et Galvani*[3]*, consimilibusque consumitis libris*[4]*, in quibus nulla consistit sciencia vel modica viget utilitas, crebrius instudentes, abjecta vanitatis palea, Librum istum regium, virtutum graniferum, non solum semel, immo pluries attentissime perlegatis.* On voit par là combien la lecture des romans en prose de la Table Ronde, — c'est certainement de ceux-là qu'il s'agit, — était à la mode au commencement du xive siècle, et en effet c'est de cette époque que datent la plupart des manuscrits qui nous en ont été conservés.

[1] Comme feuille de garde figure un feuillet écrit seulement sur le recto (devenu le verso), qui contient une préface inachevée (quoi qu'en disc Hervieux) et mise au rebut (comme l'a, le premier, reconnu M. Delisle). Elle ressemble beaucoup à l'épître dédicatoire du ms. 8505.

[2] Ce mot intéressant, qui rappelle les *pulcherrimas regis Arturi ambages* de Dante (*De vulgari eloquentia*), n'est pas dans 8505. Le copiste de 8504 ne l'a pas compris : il a écrit *aubagucis,* puis lui ou un autre a effacé le second jambage du deuxième *u,* ce qui a donné *aubagicis,* que M. Delisle a laissé tel quel ; M. Hervieux imprime *anbagicis.*

[3] Le ms. 8505 ne cite que Lancelot.

[4] Le ms. 8504 porte *libros;* le ms. 8505 a correctement : *et aliis libris consimilibus.*

3° Vient ensuite, comme dans 8505, le sommaire des chapitres. Il est plus détaillé, et comprend l'indication des récits, contes ou fables, insérés dans chacun d'eux. Il donne aussi le nombre de ces récits et des miniatures de chaque chapitre, ainsi que des vers qui, au commencement de ce manuscrit, sont insérés dans chacun d'eux ; mais, comme l'a constaté M. Hervieux (p. 62), le compte est inexact et constamment inférieur à la réalité.

La table morale qui se trouve dans le ms. 8505 ne figure pas ici. Vu le nombre immense des additions, presque toutes morales, faites dans la rédaction amplifiée, cette table, déjà très longue pour la rédaction simple, aurait demandé beaucoup de peine et aurait pris des dimensions excessives.

Nous arrivons maintenant au livre même. Disons tout de suite que d'un bout à l'autre la rédaction amplifiée reproduit intégralement et sans changement la rédaction simple, mais en y faisant des adjonctions qui consistent à peu près toutes en réflexions morales, les unes en prose, les autres en vers, presque toujours empruntées à des auteurs antérieurs. L'éditeur de Raimond a identifié un grand nombre de ces citations; pour les identifier toutes, il faudrait se livrer à un travail considérable et d'une médiocre utilité. M. Delisle a relevé les noms des auteurs indiqués par le manuscrit même : c'est, pour la prose, Sénèque, Cassiodore et Pierre Alphonse; pour les vers, Horace, Ovide, Lucain, Martial[1], Maximien, le Pseudo-Caton, les poèmes de *Tobie*, d'*Alexandre*, d'*Ysopus*, de *Pamphilus* et du *Contemptus mundi* : on voit qu'il n'y a là rien de rare et d'intéressant.

La façon dont ces additions sont pratiquées est des plus simples. Le texte de l'ouvrage primitif étant lui-même rempli de réflexions morales, l'auteur accroche à telle ou telle, par les mots *Unde versus*, ou *Unde dicitur*, ou par quelque formule semblable, de nouvelles réflexions plus ou moins analogues, dont il enfile parfois une série longue et confuse, si bien que le rapport avec le point de départ devient très lâche. Les interpolations sont d'ailleurs faites, en général, avec beaucoup de négligence et de gaucherie : elles sont introduites au milieu d'un récit, parfois même au milieu d'une phrase, qu'elles inter-

---

[1] Il est appelé trois fois *Martialis Cocus*, suivant un usage fréquent au moyen âge, et dont l'origine n'est pas bien connue.

rompent mal à propos et dont elles rendent l'intelligence difficile. C'est ce qui a porté Hervieux à penser qu'elles n'étaient pas de Raimond, « lequel aurait avec plus d'à-propos évoqué les pensées mo- « rales des prosateurs et des poètes, et ne les aurait pas intercalées au « hasard au milieu d'un récit, d'un dialogue et même d'une simple « phrase brusquement suspendus, puis repris sans transition. » Et il conclut que ces additions sont l'œuvre « d'un moine à la fois très « dévot et très érudit, qui, voyant dans la traduction du médecin de « Béziers un monument de morale païenne conçu et exécuté sous une « forme attrayante, a jugé qu'il en pouvait faire et en a fait un livre « de propagande chrétienne. » Il est certain que l'amplificateur du *Liber de Dina et Calila* est pieux et érudit, qu'il introduit ses citations sans à-propos et les multiplie sans ordre et sans mesure. Mais cela em- pêche-t-il qu'il puisse être Raimond lui-même? Dans les dédicaces et préfaces dont Hervieux ne refuse pas la paternité à Raimond, ne le voyons-nous pas invoquer Celui

Qui rupem siccam fundere jussit aquas,

et produire sans grande raison des vers empruntés aux auteurs mêmes qui sont le plus souvent cités dans les additions? Il suffit d'ailleurs de lire ces morceaux préliminaires et aussi le chapitre i, imité plutôt que traduit de l'espagnol, dans la partie commune aux deux rédac- tions, pour se convaincre que Raimond était un esprit confus et mal ordonné. Il faudrait donc des raisons d'une tout autre valeur pour nous induire à regarder comme des interpolations étrangères et la phrase de la préface du ms. 8505 où il parle lui-même des additions qu'il a faites au texte et, par suite, ces additions elles- mêmes.

Conformément à l'indication donnée dans cette phrase, les addi- tions de la rédaction amplifiée sont, dans le ms. 8504, écrites en rouge. Hervieux assure (p. 70) que « cette précaution a été fort « mal observée ». Nous n'avons pas eu l'occasion de vérifier l'exactitude de cette remarque [1], et Hervieux lui-même, dans son édition, où il a pris soin d'imprimer en petit texte ce qui n'appartient qu'à la

---

[1] M. Delisle (*Journal des Savants*, 1898, p. 167) dit au contraire que « le scribe a mis « beaucoup d'attention à écrire en rouge les « vers, les proverbes et les citations ajoutés au « texte primitif ». Ce jugement nous semble être parfaitement exact.

rédaction amplifiée, ne signale, si nous ne nous trompons, aucun passage qui aurait dû être écrit en rouge et l'a été en noir ou réciproquement. Il est donc très facile, soit dans le manuscrit, soit dans l'édition, de discerner ce qui appartient proprement au livre de *Dina et Calila* et ce qui est ajouté par Raimond. Cela est d'ailleurs rendu plus facile encore par le ms. 8505, qui ne contient pas les additions, et qui est, comme nous l'avons vu (p. 195), copié sur un original, aujourd'hui perdu, autre que le ms. 8504. Cet original contenait-il également le texte amplifié, avec la distinction des écritures noire et rouge?

Il n'est pas vraisemblable, de prime abord, que l'on ait exécuté deux manuscrits avec un tel luxe. En outre, nous avons vu (p. 243) la preuve que, dans une phrase empruntée à Jean de Capoue, le ms. 8505 présentait une rédaction plus voisine du texte de Jean que celle du ms. 8504, évidemment remaniée. Il est donc probable que le ms. 8505 nous représente le premier travail de Raimond, c'est-à-dire sa version partielle de l'espagnol achevée à l'aide de Jean de Capoue et complétée par les pièces préliminaires. Ce travail avait été transcrit dans un exemplaire destiné au roi, exemplaire qui a servi de modèle plus ou moins direct au ms. 8505, et auquel appartenaient les miniatures qui ont été par la suite annexées au ms. 8504 et d'autres dont le ms. 8505 nous a conservé seulement les rubriques. Plus tard, ayant fait à son œuvre des additions qui lui semblaient en augmenter beaucoup la valeur, Raimond s'est décidé à en enrichir l'exemplaire royal; il a donc fait recopier le texte primitif et les additions dans le manuscrit définitif qu'il a offert à Philippe le Bel, en prescrivant au copiste de tracer en rouge ce qui ne faisait pas partie du texte primitif et qui avait sans doute été écrit par lui, soit en marge de son autographe, soit sur des feuillets isolés[1].

Nous ne nous étendrons pas davantage sur les additions répandues

---

[1] Le ms. 8505 se termine par une souscription où il est dit que l'auteur a offert ce livre au roi Philippe à l'occasion des fêtes de la Pentecôte de l'an 1313; mais il est probable que cette souscription a été composée avec des éléments empruntés au ms. 8504 ou à un manuscrit tout à fait semblable (voir Delisle, *l. c.*, p. 164-5, et ci-dessus, p. 197). La rédaction simple avait dû être terminée un assez long temps avant l'insertion des additions dans le manuscrit qui fut réellement offert au roi non à la Pentecôte de 1313, mais, comme on l'a vu (p. 194), en 1314 seulement.

dans tout le corps de l'ouvrage, et dont nous avons indiqué le caractère général. Mais il en est qui ont beaucoup plus d'étendue et d'importance, et dont nous devons dire quelques mots.

L'autobiographie de Barzoûyah, dans sa forme authentique transmise du pehlvi à l'arabe et de là à l'espagnol, est, nous l'avons vu, la
très curieuse confession d'un homme à la fois religieux et sceptique,
qui trouve dans la morale l'apaisement des anxiétés de son esprit.
Raimond de Béziers, dans son chapitre III, l'avait à son tour, mais
vaguement (et pour cause), traduite de l'espagnol. Dans sa nouvelle
rédaction, il a transformé Barzoûyah en un pieux chrétien, qui disserte
d'abord sur la foi, l'espérance et la charité, puis, très longuement, sur
l'aumône, et enfin adresse à Dieu une prière en vingt-six vers. Là-
dessus il s'endort et est transporté en songe dans le paradis, dont, au
réveil, il nous décrit en trente et un vers les splendeurs et les délices,
puis dont il nous énumère les habitants en plus de cent cinquante
vers. Dans toute cette longue interpolation, il n'y a que peu de chose
de Raimond : presque tout, prose et vers, est emprunté à des sources
dont il ne nous fait connaître qu'un petit nombre, et qu'on pourrait
sans doute retrouver si une telle recherche valait la peine qu'elle coû-
terait. Le reste du chapitre est encore agrémenté de sentences et surtout de vers, mais il ne l'est pas plus que le reste de l'ouvrage.

Le chapitre I bis (v de Raimond, III de Jean), où est raconté le procès
de Dina, a subi une interpolation presque aussi étendue. Dina, quand
il est condamné à mort, demande un confesseur, et c'est « l'ermite
« Bérosias » que Raimond fait venir auprès de lui, par une singulière
étourderie, puisque le livre même où figure ce récit est censé avoir
été rapporté de l'Inde et traduit de l'indien par Bérosias. La confession de Dina, que l'on peut attribuer en propre à Raimond, renferme quelques traits qui semblent bien être des traits de satire contre
certains ministres de Philippe le Bel, et qu'on est assez surpris de
trouver dans un ouvrage dédié à ce prince[1]. Dans la longue exhor-

---

[1] Il semble qu'il y ait à la fin une allusion aux révoltes qui marquèrent les dernières années du règne, et la dernière phrase, d'ailleurs mal placée dans la bouche du perfide Dina, vise clairement la cour du roi : « Dico quod « in curia regis non possunt fideles diu vi- « vere, sed adulatores et bilingues et exco- « riatores populi. » — Raimond s'est avisé de mettre la scène en pays musulman : Dina va en ambassade à Bagdad et au Ma- roc, et, au lieu de l'église, c'est la *sinagoga* qu'il s'accuse d'avoir peu fréquentée; ce mot se prend souvent au moyen âge comme syno- nyme de mosquée, et c'est sans doute ainsi

tation que Bérosias adresse à Dina nous remarquons un petit traité de la confession, avec des vers sur chacun des sept péchés capitaux et de leurs quarante-deux « collatéraux »[1], qui ne sont certainement pas l'œuvre de Raimond.

La plus considérable et la plus déplacée des interpolations se trouve au chapitre III (= VII), qui roule sur la guerre des corbeaux et des étourneaux (mis ici par Jean de Capoue au lieu des hiboux du texte original). Elle n'occupe pas moins de quarante-cinq colonnes du manuscrit. Les corbeaux et les étourneaux se faisant la guerre, un corbeau joue le rôle de Zopyre dans la légende antique, et se fait accueillir par les étourneaux, qu'il trahit ensuite au profit de ses congénères. Lorsque les étourneaux le trouvent tout sanglant et qu'il leur raconte qu'il est la victime des siens et qu'il veut se venger d'eux, le roi des étourneaux délibère avec ses trois conseillers pour savoir quelle créance on doit accorder aux dires du transfuge et quel traitement il convient de lui appliquer. C'est dans la réplique du premier conseiller qu'est insérée, du folio 84 *b* au folio 95 *b*, l'interpolation en question. Elle consiste en un traité *De Consilio et Consiliariis*, divisé en dix-sept chapitres, lequel est suivi des chapitres *De custodia persone in guerra constitute, De turribus et altis edificiis, De superbia, De municione, De malis guerre;* ces chapitres sont introduits par une transition d'une remarquable gaucherie : *Hec sunt que ego tibi, domine, consulo in presenti; et quia tu, domine, multum anelas ad guerram, volo tibi aliquid de guerra et persona custodienda in guerris et contencionibus declarare* (fol. 92 r° *a*). Il est clair que cette digression n'est ici nullement à sa place. Mais le plus singulier, c'est que, le roi ayant répondu à une question que lui adresse l'orateur, on lit ensuite (fol. 93 r° *b*) :

qu'il faut le prendre ici. Hervieux (p. 530, n. 1) dit que ce mot « et plus haut *consistorio* « semblent indiquer que, comme Jean de « Capoue, l'amplificateur était un juif, et dé- « montrer une fois de plus qu'il ne faut pas « attribuer l'amplification à Raimond de Bé- « ziers, qui était chrétien ». Il oublie qu'il a attri- bué cette amplification, dont il a fait remar- quer le caractère dévot, à un moine, à un « religieux lettré ».

[1] Hervieux dit (p. 65) que « le récit est « interrompu par la description des sept péchés « capitaux en quatrains léonins au nombre de « deux par péché ». Cela est tout à fait inexact : chaque péché capital remplit un vers, chaque péché collatéral un; le nom du péché capital est en tête, le nom des trois premiers et des trois derniers des six collatéraux de chaque péché capital est écrit après les trois vers qui les désignent. Il aurait fallu disposer et ponc- tuer ces vers et ces titres tout autrement que ne l'a fait l'éditeur. Les vers contiennent nombre de fautes que l'éditeur n'a pas toutes corrigées ni même remarquées. Nous citerons seulement *nemini* pour *Veneri* au vers qui s'ap- plique à la luxure.

Corvus respondit, tandis que celui qui parle est un conseiller du roi des étourneaux. D'après l'éditeur de Raimond (p. 599), l'incohérence et la prolixité de cette interpolation ne permettent pas de l'attribuer à Raimond, et Hervieux est même porté à croire que sur l'œuvre du premier amplificateur s'en est ici superposée une seconde, qui, à en juger par sa nature et l'endroit où elle a été intercalée, ne saurait être attribuée à celui-ci. Nous croyons, pour notre part, que l'on a ici simplement l'effet d'un désordre qui s'est introduit dans les notes destinées par Raimond à être incorporées à son travail. Quant au manque de bon sens et de proportion que dénote cette longue interpolation, nous ne trouvons aucune difficulté à l'attribuer au médecin biterrois. Hervieux n'a pas eu le courage d'imprimer ce fatras, et, bien que cela soit contraire aux principes qu'il a suivis dans son édition, nous n'avons pas à notre tour le courage de l'en blâmer vivement. Nous l'aurions plutôt approuvé d'avoir laissé dans le manuscrit la plus grande partie de l'œuvre qu'il a publiée.

La dernière grande interpolation de Raimond est d'un autre genre. Elle se trouve dans le chapitre xii^bis (xvii de Raimond, xvi de Jean [1]), et comprend quatre contes copiés dans la *Disciplina clericalis* de Pierre Alphonse, livre auquel Raimond a emprunté, dans tout le cours de son travail, nombre de sentences et de réflexions morales. Les quatre contes ne sont pas insérés en bloc, mais sont ajoutés à quatre endroits différents du récit primitif.

Telle est l'œuvre de Raimond de Béziers dans la dernière forme qu'il lui a donnée. Hervieux l'a imprimée tout entière, sauf l'omission qui vient d'être signalée. Nous ne pensons pas que cette publication fût bien utile. En ce qui concerne la rédaction simple, le livre de Raimond, dans sa seconde partie, n'est qu'une copie de celui de Jean de Capoue avec les modifications de pure forme que nous avons indiquées : cette partie sera très utile à celui qui donnera de Jean de Capoue une nouvelle édition fondée sur les manuscrits, mais il n'était guère nécessaire qu'elle fût imprimée à part. La première partie pouvait l'être, ayant cet intérêt de nous offrir la traduction, d'ailleurs

---

[1] Hervieux dit par erreur qu'il y a déjà un conte interpolé dans le chapitre xii (= xvii): voir *Journ. des Sav.*, 1899, p. 225, n. 1, et cf. *ibid.*, p. 587-588.

bien faible et souvent bien lointaine, du *Calila et Dimna* espagnol; on pouvait y joindre les pièces préliminaires contenues dans les deux manuscrits.

Quant à l'amplification subséquente, ce n'est guère qu'un centon de prose et de vers qui ne méritait pas d'être mis au jour. Il aurait suffi d'en extraire les quelques morceaux qu'on peut attribuer à Raimond lui-même (comme la confession de Dina) et d'indiquer autant que possible, si on voulait faire de laborieuses et difficiles recherches, les sources où il a puisé.

La publication d'Hervieux est d'ailleurs faite avec conscience et lui a donné de la peine. Il a redressé un assez grand nombre des fautes souvent grossières commises presque à chaque ligne par le copiste du ms. 8504; le travail lui a été quelque peu facilité par le ms. 8505 pour les parties qui sont communes aux deux copies; mais ce secours lui manquait pour tout ce qui est ajouté dans la rédaction amplifiée. Il resterait après lui bien des corrections à apporter à ce texte si fâcheusement défiguré; mais, encore ici, on peut dire que le résultat ne payerait pas la peine.

L'œuvre de Raimond, depuis que Silvestre de Sacy l'a fait connaître, a souvent excité la curiosité des savants : on a cru posséder en elle un anneau important de la chaîne qui relie le vieux livre pehlvi venu de l'Inde à la littérature narrative de l'Europe moderne. L'étude attentive que nous en avons faite dissipe complètement cette illusion : traduit, et très mal, dans sa première partie, d'un original que nous possédons, copié, dans l'autre, d'un livre qui est également entre nos mains, le *Dina et Calila* du médecin de Béziers n'a aucune espèce de valeur, sauf celle de pouvoir fournir quelques leçons utiles au texte du *Calila et Dimna* espagnol et surtout du *Kelila et Dimna* de Jean de Capoue. Maintenant qu'il est publié et connu, il ne sera plus lu par personne, si ce n'est par ceux qui voudront rééditer l'un ou l'autre de ces deux textes. Quant à la partie personnelle à Raimond, elle n'a d'intérêt qu'en ce qui concerne sa biographie et ses rapports avec la maison de France.

Le *Liber Dine et Calile* ne paraît pas avoir eu de succès. Il n'est cité par aucun écrivain postérieur. La seule trace d'un intérêt qu'y aurait pris la postérité est la copie que « monsieur maistre Ymbert Benot » fit exécuter en 1496 par maître Guillaume de Vasseni, d'après un manuscrit qui n'est pas parvenu jusqu'à nous et qui contenait la rédaction simple. Le manuscrit qui contenait la rédaction amplifiée n'a sans doute été lu et copié qu'au xix⁰ siècle [1].

G. P.

[1] Le roi Jean possédait et avait muni de sa signature un manuscrit auquel l'inventaire de la librairie royale fait sous Charles V donne pour titre : « *Le livre de Quilila et Dymas*, moralitez « a propos aux estas du monde »; le livre était « rimé et historié » (voir L. Delisle, *Le Cabinet des manuscrits*, t. III, p. 467). Ce manuscrit contenait donc une traduction en vers du célèbre ouvrage. Il a disparu. Loiseleur-Deslong-champs, qui en a le premier signalé la mention dans l'inventaire de Charles V (*Essai sur les fables indiennes*, p. 22-23), pensait que cette traduction avait été « composée probablement « sur la version de Raymond de Béziers », et tous ceux qui en ont parlé après lui l'ont répété, en supprimant même la réserve indiquée par le mot « probablement ». Mais les formes *Quilila* et *Dyma(s)*, qui renvoient au *Kelila et Dimna* de Joël et de Jean plutôt qu'au *Dina et Calila* de Raimond, et l'ordre des deux noms, inter-vertis dans Raimond, montrent que le poème français perdu avait pour original la version latine de Jean de Capoue (voir *Journal des Savants*, 1899, p. 583, n. 1).

VERSIONS EN VERS ET EN PROSE
DES *VIES DES PÈRES.*

Sous le titre de *Vitæ patrum*, ou, moins correctement, de *Vitas patrum*[1], on désignait au moyen âge les histoires de plusieurs saints personnages ayant mené dans la Thébaïde la vie ascétique, celles de saint Paul l'ermite, de saint Hilarion, du moine Malchus, par saint Jérôme, de saint Antoine, par saint Athanase, évêque d'Alexandrie. En un sens plus large, on donnait le même nom à des compilations où à la suite de ces légendes prenaient place celles de femmes qui, dans la même contrée, s'étaient soumises à une dure pénitence (sainte Euphrasie, sainte Euphrosyne, sainte Thaïs, etc.), et d'autres écrits édifiants relatifs aux anachorètes du désert, tels que l'*Historia monachorum* de Rufin d'Aquilée, les *Verba seniorum* attribués également à Rufin, et trois autres recueils analogues et portant le même titre, que l'on sait avoir été traduits du grec par le diacre Pélage, le sous-diacre Jean et le diacre Paschasius.

Ces divers ouvrages se rencontrent très souvent groupés dans les manuscrits du moyen âge. Il en a été formé des recueils qui ont été imprimés au xve siècle et au xvie. Mais ces compilations, soit manuscrites, soit imprimées, diffèrent singulièrement par le contenu et par l'ordre des matières. Certaines sont plus complètes que d'autres. Et non seulement les livres distincts qui les constituent ne se présentent pas selon un ordre uniforme, mais, dans certains de ces livres, par

---

[1] *Vitas patrum* se lit à la rubrique initiale ou à la formule finale de divers manuscrits, et dans plusieurs anciennes éditions; voir Rosweyde, *Vitæ patrum*, éd. de 1628, p. lx, lxi, lxii. Cette désignation a été courante pendant tout le moyen âge:

En *Vitas patrum*, un haut livre.

(Début de la vie de saint Jean Paulus; voir ci-après p. 354.)

Un miracle vueil comenchier
Que *Vitas patrum* nous raconte.

(Vie de saint Jean Bouche d'or, v. 16-7, *Romania*, VI, 330; cf. VII, 600.)

Car en un livere est trové
Que *Vitas Patrum* est apelé.

(Will. de Waddington, *Manuel des péchés*, v. 937.)

exemple dans les diverses collections de *Verba seniorum*, les chapitres sont souvent classés d'une manière variable. Rosweyde, qui, en 1615, puis en 1628, dans une édition augmentée, a recueilli tous ces textes en un gros in-folio[1], y joignant de savants commentaires, a le premier classé les anciennes éditions en trois groupes nettement distincts[2]. Tout récemment les nouveaux Bollandistes ont, avec plus de détail et de précision, opéré le classement des mêmes éditions[3]. Mais le même travail reste à faire pour les manuscrits, et, tant qu'il n'aura pas été fait, il sera impossible de rendre un compte parfaitement exact des sources auxquelles ont puisé les écrivains en langue vulgaire qui ont traduit les *Vitæ patrum* ou qui leur ont fait des emprunts.

Or ces écrivains ont été nombreux et tiennent une place considérable dans la littérature édifiante du moyen âge. La plupart des auteurs de traités moraux ou théologiques ont parsemé leurs écrits

[1] *Vitæ patrum, de vita et verbis seniorum, sive Historiæ eremiticæ libri X, auctoribus suis et nitori pristino restituti ac notationibus illustrati, opera et studio Heriberti Rosweydi Ultrajectini, e Soc. Jesu, theologi.* Editio secunda, varie aucta et illustrata. Antverpiæ, ex officina Plantiniana. M.DC.XXVIII.

Voici l'indication des dix livres. Il est bien entendu que la division en dix livres est absolument arbitraire : I. *De Vitis patrum liber primus, auctore divo Hieronymo et aliis variis,* vies des saints Paul l'ermite, Antoine, Hilarion, Malchus, Onuphre, Pacôme, Abraham, Basile, Ephrem, Siméon le Stylite, Jean l'Aumônier, Épictète, Macaire, Postumius, Frontonius, Barlaam et Josaphat, et des saintes Eugénie, Euphrasie, Euphrosyne, Marie la pécheresse, nièce de l'ermite Abraham, Thaïs, Pélagie, Marie l'Égyptienne, Marine, Fabiola, Paule, Marcelle. La vie de Barlaam et de Josaphat, dont l'introduction parmi les vies des saints ou saintes de la Thébaïde n'est guère justifiée, est donnée par Rosweyde, non pas d'après l'ancienne traduction, qui remonte au moins au XIIe siècle, mais d'après une traduction moderne de Jacques de Billy. — II. *De Vitis patrum liber secundus, auctore Ruffino Aquileiensi, presbytero.* C'est l'ouvrage connu ordinairement sous le nom d'*Historia monachorum* ou d'*Historia eremetica.* — III. *De Vitis patrum liber tertius, auctore Ruffino Aquileiensi, presbytero.* Ce sont les *Verba seniorum.* — IV. *De Vitis patrum liber quartus, auctoribus Severo Sulpitio et Joanne Cassiano.* — V. *De Vitis patrum liber quintus, auctore græco incerto, interprete Pelagio, S. R. E. diacono.* C'est un autre recueil de *Verba seniorum* divisé en dix-huit *libelli.* — VI. *De Vitis patrum liber sextus, auctore græco incerto, interprete Joanne, S. R. E. subdiacono.* Troisième recueil de *Verba seniorum,* divisé en quatre *libelli.* — VII. *De Vitis patrum, liber septimus, auctore græco incerto, interprete Paschasio, S. R. E. diacono.* Ce sont encore des *Verba seniorum* répartis en quarante-quatre chapitres. — VIII. *De Vitis patrum liber octavus, Palladii, Helenopoleos episcopi. . ., Historia Lausiaca.* — IX. *De Vitis patrum liber nonus, auctore Theodoreto Cyri ep., interprete Gentiano Herveto.* — X. *De Vitis patrum liber decimus, auctore Johanne Moscho, interprete Ambrosio camaldulensi.* — Le contenu de l'édition de Rosweyde est réparti entre quatre tomes de la Patrologie latine de Migne (XXI, XXIII, LXXIII, LXXIV).

[2] *Prolegomena,* XVII-XX; édit. de 1628, p. lvij et suiv.

[3] *Bibliotheca hagiographica latina antiquæ et mediæ ætatis* (Bruxelles, 1900-1901), II, p. 943, sous PATRUM VITÆ.

d'exemples empruntés aux vies des Pères du désert ou aux *Verba seniorum*. Nous l'avons constaté à propos du *Manuel de péchés* de William de Waddington [1], et on pourrait faire la même remarque à propos de bien d'autres compositions.

Les vies rimées de saint Paul l'ermite, de saint Jean l'aumônier, de l'abbé Moïse, des saintes Euphrosyne, Marie l'Égyptienne, Marine, Thaïs, qui seront mentionnées en un prochain article, ont la même provenance, puisque les originaux latins de ces légendes sont ordinairement joints, dans les manuscrits comme dans les éditions, aux *Vitæ patrum* de saint Jérôme et de saint Athanase. Mais, en outre, les anciennes collections de ces écrits ascétiques ont été de bonne heure mises en français, soit en vers soit en prose.

I. — VERSION EN VERS.

HENRI D'ARCI, TRADUCTEUR.

Les traductions, ou plutôt imitations, en vers sont partielles. Aucune de celles que nous connaissons n'embrasse l'ensemble ni même une partie notable des écrits latins qu'on a groupés au moyen âge et depuis (dans le recueil de Rosweyde) sous le titre général de *Vitæ patrum*. Mais il est à croire que nous ne possédons pas tout ce que nos anciens poètes ont composé d'après ces sources. Plusieurs des poèmes dont le sujet est pris dans l'histoire des ermites de la Thébaïde nous sont parvenus par un ou deux exemplaires seulement, et il n'est pas douteux que beaucoup ont dû se perdre.

Ici nous devons mentionner en passant le long poème connu sous le nom de *Vie des Pères* ou de *Vie des anciens Pères*, auquel nos devanciers ont consacré une courte notice [2], et qui, à s'en tenir au titre, semblerait être une traduction des *Vitæ patrum*. Mais le titre fait illusion. Ce poème, qui comprend, dans les manuscrits non interpolés, soixante-quatorze contes dévots, est, d'après les dernières recherches [3], l'œuvre de deux auteurs dont le second écrivait peu après 1241. Il se compose de deux recueils originairement indépendants, dont le premier contient quarante-deux contes et le second

[1] *Hist. litt. de la Fr.*, XXVIII, 193, 196, 201, etc.

[2] *Hist. litt. de la Fr.*, XIX, 857-861.

[3] *Romania*, XIII, 250 et suiv.

trente-deux. Le premier auteur a conté la vie de Thaïs[1]; l'un et l'autre ont fait divers emprunts à l'*Historia monachorum* de Rufin, et de là vient le titre général *Vie des Pères,* appliqué à une compilation dont les sources sont très variées.

Nous passons maintenant à l'examen d'un poème qui appartient entièrement au sujet étudié dans la présente notice. Il contient la traduction plus ou moins libre des deux traités, intitulés l'un et l'autre *Verba seniorum,* qui forment les livres V et VI des *Vitæ patrum* de Rosweyde, tous deux traduits du grec, le premier par le diacre Pélage, le second par le sous-diacre Jean. À la suite vient la vie de sainte Thaïs[2]. Il nous en est parvenu deux copies : l'une est à Paris (Bibl. nat., fr. 24862), l'autre à Londres (Musée brit., Harl. 2253)[3]. Dans la première le traducteur s'est nommé : c'est un certain Henri d'Arci, qui sera mentionné ultérieurement dans un article sur les légendes en vers, comme auteur d'un poème sur l'Antéchrist et de la version d'un apocryphe latin sur la descente de saint Paul en enfer[4]. Cet Henri d'Arci était un frère du Temple de la Bruère, maintenant *Bruer Temple,* dans le comté de Lincoln. Il nous le fait savoir au commencement de son poème[5] :

> En l'onur Damnedeu, le roi omnipotent,
> E de Marie sa duce mere ensement,
> E de tuz seinz e seintes comunement,
> Dirai vos un sermun que ci truis en present :
> Ço est de *Vitas patrum,* issi cum je l'entent,
> Que translaté fu par divin aspirement
> Al Temple de la Bruere tut veraiment,
> Nient pur les clers, mès pur la laie gent.

À la fin de la vie de Thaïs, il se nomme et donne quelques indications sur la façon dont il a accompli sa tâche :

> Henri d'Arci, frere del Temple Salemun,
> Pur amur Deu vus ai fet cest sermun :
> A vus le present e as freres de la maison.
> Ne quer loer de vus, si bone volonté nun;

---

[1] Ci-après, p. 375.
[2] Rosweyde, p. 374.
[3] Des morceaux tirés de ces deux copies ont été publiés dans les *Notices et extraits,* XXXV, 1re partie, 137 et suiv. (*Notice sur le ms. fr. 24862 de la Bibliothèque nationale*).
[4] Ci-après, p. 339 et 372.
[5] Ms. de Paris, fol. 60.

> Mès ore larrai l'escrire, par le vostre congié,
> Ke le mielz de l'essamplere ai enromancié;
> Mès asquanz des chapitles ai je entrelessié,
> Ces en qui je ne vi g[u]eres d'utilité.

Il annonce ensuite l'intention de mettre en français «la venue de «l'Antéchrist», et le récit «des peines que saint Paul vit en enfer». Les deux poèmes qu'il a composés sur ces sujets font suite à la vie de Thaïs dans le manuscrit de Paris.

Comme on l'a vu par les vers précités, Henri d'Arci n'a pas cru devoir traduire tous les chapitres des *Verba seniorum*. L'ordre des chapitres traduits n'est pas exactement le même que dans l'édition de Rosweyde, mais il n'est pas probable que le traducteur ait introduit de son chef aucun changement. On sait que les manuscrits des *Verba seniorum*, comme ceux de l'*Historia monachorum* de Rufin, présentent, dans l'ordre des chapitres, de nombreuses différences. La traduction est d'un style pénible, et la langue, comme aussi la versification, présente les incorrections qu'on rencontre dans les œuvres les plus médiocres de la littérature anglo-normande. On s'en convaincra par les extraits qui en ont été publiés dans la notice du ms. fr. 24862 à laquelle nous avons renvoyé dans une note précédente. Nous ne savons sur Henri d'Arci rien de plus que ce qu'il a bien voulu nous dire de lui-même. Sa langue et sa versification nous portent à croire qu'il écrivait dans la seconde moitié du xiiiᵉ siècle.

II. — VERSIONS EN PROSE.

WAUCHIER DE DENAIN, TRADUCTEUR.

Les traductions en prose paraissent avoir été plus goûtées. Nous en connaissons quatre, qui diffèrent très notablement, et de chacune desquelles nous possédons plusieurs copies. Nous les examinerons suivant l'ordre chronologique.

Nous étudierons en premier lieu l'œuvre d'un traducteur qui, par une heureuse et trop rare inspiration, nous a fait connaître son nom et son surnom, et qui, de plus, nous a, dans son prologue, appris pour qui et, par suite, à quelle époque il écrivait. Cet écrivain s'appelait Wauchier de Denain. Il fit sa traduction pour Philippe, mar-

quis de Namur, mort en 1212. Les passages où ces précieuses notions
nous sont données seront imprimés plus loin.

Présentement, il convient d'énumérer les écrits latins qui ont été
translatés par ce Wauchier.

Le manuscrit dont nous nous servirons est un gros livre en
parchemin, composé de cent quarante feuillets à deux colonnes,
exécuté vers le milieu du xiiie siècle [1]. Il est conservé à la Bibliothèque
de Carpentras, sous le n° 473 [2]. C'est, à notre connaissance, le seul
manuscrit qui renferme, sinon la totalité, du moins la plus grande
partie des traductions faites par Wauchier. Nous verrons plus loin
que quelques-unes se rencontrent, mêlées à des écrits d'une autre
origine, en certains légendiers français du xiiie ou du xive siècle.
Nous verrons aussi qu'il existe, en dehors du manuscrit de Carpen-
tras, quelques traductions et compositions variées qu'il est légitime
d'attribuer au même écrivain. Nous commencerons notre examen
par les ouvrages que renferme le manuscrit de Carpentras et dont la
liste suit :

1. *La vie de saint Paul l'ermite*, par saint Jérôme ;

2. *La vie de saint Antoine, abbé*, composée en grec par saint Athanase, évêque
d'Alexandrie, mise en latin par le prêtre Evagrius ;

3. *La vie de saint Hilarion, abbé*, par saint Jérôme ;

4. *La vie de saint Malchus, le moine captif*, par saint Jérôme ;

5. *La vie de Paul le Simple, ermite*, ch. xxxi de l'*Historia monachorum* de Rufin
d'Aquilée ;

6. Les livres I et III du *Dialogue* de saint Grégoire le Grand ;

7. L'*Historia monachorum* de Rufin d'Aquilée, moins quelques chapitres ;

8. Les *Verba seniorum* de Rufin d'Aquilée.

---

[1] Les versions dont nous avons à nous occuper sont comprises dans les cent vingt-neuf
premiers feuillets. Vient ensuite (fol. 129-140)
la *Conception* de Wace. Les feuillets qui suivent
appartiennent à un autre manuscrit (l'écriture
est sensiblement différente) et contiennent
une grande partie de la version anonyme
en vers de *Barlaam et Josaphat*. Le premier de
ces deux manuscrits reliés en un volume (ou
du moins la partie qui renferme les traductions
faites par Wauchier) a dû être fait pour une
dame, car on lit dans la marge inférieure du
fol. 129 recto les quatre vers qui suivent :

La dame de qui est cest livre
A grant honor puisse elle vivre,
Et li maistre qui l'a escrit
Ja il n'et honte ne despit.

Dans nos citations nous nous référerons à
l'ancienne pagination (en chiffres romains)
du manuscrit, la pagination moderne étant
erronée.

[2] D'après le nouveau catalogue (*Catalogue
général des manuscrits des Bibliothèques publiques
de France*, t. XXXIV); c'est le n° 465 du *Catalogue des manuscrits de la Bibliothèque de Carpentras* par Lambert (Carpentras, 1862).

Reprenons une à une ces différentes parties de la compilation de Wauchier.

1. La vie de saint Paul l'ermite et celle de saint Antoine ont été détachées de l'ensemble que nous offre le manuscrit de Carpentras, et ont pris place dans un légendier français, formé d'éléments divers, qui est conservé, depuis un siècle, à la Bibliothèque impériale de Saint-Pétersbourg, et dont une analyse détaillée a été donnée dans les *Notices et extraits des manuscrits*, XXXVI, 677-716 [1].

Le prologue qui précède la vie de l'ermite saint Paul paraît s'appliquer à l'ensemble des traductions que renferme le manuscrit de Carpentras. L'auteur y insiste sur l'utilité qu'il y a à entendre conter les vies des saints. Les termes dont il se sert indiquent clairement qu'il écrit pour des gens qui entendent lire, mais qui ne lisent pas eux-mêmes. Le même prologue se termine par un passage qui est diversement corrompu dans le manuscrit de Carpentras et dans celui de Saint-Pétersbourg, mais d'où il résulte clairement que Wauchier a entrepris la série de traductions qui commence par la vie de Paul l'ermite à l'instigation de Philippe, comte de Namur, fils de Baudouin, comte de Hainau et de Flandre, et de Marguerite, comtesse de Flandre.

Philippe de Namur étant décédé en 1212, le traducteur a dû se mettre à l'œuvre avant cette date. Toutefois, les termes dont il se sert indiquent qu'au moment où il écrivait son prologue Philippe ne vivait plus.

Voici ce prologue, avec le commencement de la vie rédigée par saint Jérôme :

Ci comence a dire de saint Pol l'Ermite, le premyer ermite qui unques fu [2].

A cex qui volentiers oient et entendent les escritures doit l'en conter les anciens faiz ou l'en puet bon[e]s essemples [3] prendre, et les vies des sainz peres, si que la memoire de lor bonnes ovres poist lor cuers ratendrir et radocir et ensevir les ovres par que l'en puet venir a la misericorde de Dé, ce est a la vie parmenable; mès a cels qui de ce n'ont cure ne fait mie bon parler de lui ne de cels qui les ovres ont ensevi de bien faire, quar cil qui de Dé n'a talant ne donroit gaires de ses sainz.

---

[1] La vie de Paul l'ermite occupe dans ce manuscrit les feuillets 80 à 83.

[2] Ce titre, comme tous ceux que renferme le même manuscrit, est ajouté en écriture cursive de la fin du XIIIe siècle.

[3] Ms. *essemplais*.

Et por cex[1] ne conte l'en mie les dolces paroles ne les granz faiz ne les dures vies que li saint home ont menées ça en arriere et menront encor por lor enmes sauver, quar ce seroit perdue chose, por ce qu'entendre n'i vorroient, quar l'en dit, et voirs est, que parole est perdue qui n'est entendue de cuer: Mès a cels qui l'entendent volentiers vodrai je conter, por ce qu'il i praignent bones essamples et retiegnent, les vies des sainz peres que li bons cuens Philippes, marchis de Naimur, qui fu fil Baudoïn, le bon conte de Flandres et de Haino[2], [et] la bonne contesse Margarite, qui les[3] a faites translater[4] de latin en ronmanz, après saint Jeroime, qui ensint commence.

Entre[5] les plusors a esté mainte questions sovent et mainte dotance qui premiers commença religion d'ermitage. Li plusor, qui darriere venoient et hativement[6] voloient enquerre et demander, disoient qu'ele commença d'Elie lo prophete et de saint Johan Baptiste; mès Helyes, selon ce qu'il nos semble, fu plus que moines ne hermites, et[7] sainz Johans ausint, quar il commença a prophetizir, si conme l'Escriture testemoigne, trés qu'il estoit el ventre sa mere; et por ce di je qu'il fu prophetes et plus que hermites. Li autre dient et afferment, et li pueples s'i asent plus, que sainz Anthoines fu chiés et commencement de cest huevre; et c'est veritez en partie, et il ne fu pas tant devant toz les autres hermites com il commença devant toz[8] a faire et a ensevre les ouevres d'ermitage. Amatas et Macharies, qui furent deciples saint Hanthoine et qui l'ensevelirent et enfoirent, dient et tesmoignent que sainz Pols, qui fu de Thebes nez[9], commença premiers la regle et les ouevres d'ermites a faire, et si dient et racontent plusors choses qui li avindrent et qu'il soffri, dont oiseuse chose seroit de raconter, la ou il habitoit en une fosse, et que lor chevox les couvroient jusque a terre, ne n'avoient autre vesteüre[10]. Et por ce vos reconterons nos de lui et de sa vie un poi, et si lairons a dire de saint Anthoine trés qu'a tant que nos en dirons et conterons plus ententivement[11].

[1] Le ms. de Saint-Pétersbourg porte *ce*, qui détruit le sens.

[2] Ms. *baino*.

[3] Il faut, croyons-nous, supprimer *qui les*.

[4] Voici la leçon, évidemment corrompue, du ms. de Saint-Pétersbourg : « . . . por ce qu'il « le retaignent et bons examples i praignent, si « cum li bons cuens Phelippes de Namur mar- « tyrs les a faiz translater » (*Notices et extraits*, XXXVI, 685).

[5] Ici commence la traduction du texte de saint Jérôme, dont voici les premières lignes : « Inter multos sæpe dubitatum est a quo potis- « simum monachorum eremus habitari cœpta « sit. Quidam enim altius repetentes, a beato « Elia et Joanne sumpsere principium. Quorum « et Elias plus nobis propheta videtur fuisse « quam monachus, et Joannes ante prophetare « cœpisse quam natus est. . . . . . » (Rosweyde, p. 17; Migne, *Patr. lat.*, XXIII, 17).

[6] *Hativement* est une mauvaise leçon pour *hautement*, dans le latin *altius*, mal compris. Saint-Pétersbourg : *Li plusor qui ça arrier hautement voloient enquerre*. . .

[7] Carp. ajoute *que*.

[8] *Toz* manque dans Carp.

[9] Carp. *nos*; corrigé d'après Saint-Pétersbourg; latin : « Paulum quemdam Thebæum « principem istius rei fuisse. »

[10] Le traducteur a omis intentionnellement cette phrase : « Quorum, quia impudens men- « dacium fuit, ne refellenda quidem sententia « videtur. »

[11] Saint-Pétersb. *enterinement*, qui paraît préférable. Ici le traducteur s'éloigne du texte : saint Jérôme dit au contraire expressément qu'il n'a pas l'intention d'écrire la vie de saint Antoine : « Igitur, *quia de Antonio tam græco quam « romano stylo diligenter memoriæ traditum est*, « pauca de Pauli principio et fine scribere dis- « posui, magis quia res omissa erat quam fretus « ingenio. »

Maintes [1] eglises furent degastées par la tempeste de l'ennemi en la terre d'Egypte et de Thebes, au tens que Decies et Valeriens estoient emperaor a Ronme, qui saint Cornille martirierent et saint Cyprien en la cité de Cartage; et en cel tens voloient li crestïen por Nostre Seignor morir et desirroient [2] par martyre, mès li enemis ne [3] voloit mie que cil qui desiroient morir por Nostre Signor fussent maintenant ocis, enz voloit qu'en lor feïst griés tormenz et lons martires soffrir, por ce qu'il se repentissent de la bone pensée ou il estoient, quar il ne voloit mie avoir lor cors, mès les ames, ensi [4] com saint Cypriens dist et testemoigne, qui demostre [en] escriture, qui dist : « A cels qui morir voloient ne losoit il mie reçoivre la mort. »

On peut voir par ce court morceau que le traducteur ne se piquait pas d'une parfaite fidélité au texte. Il y a même chez lui des inexactitudes voulues, comme lorsqu'il atténue de propos délibéré la défiance que saint Jérôme exprime à l'endroit de la vie de saint Antoine, considérée comme indigne de créance : il ne pouvait pas jeter la défaveur sur des récits qu'il allait traduire ou qu'il avait même déjà traduits. Wauchier écrit d'un style simple, parfois familier, et en somme approprié à la lecture publique; mais il était peu instruit. On peut relever dans son œuvre bien des faux sens, bien des interprétations incorrectes de noms de lieux. Ainsi il traduira ces mots du chap. IV : *Paulus... apud inferiorem Thebaidam... relictus est*, par « Messire sainz Pols li hermites estoit remés a *Thebes la petite* [5] ». On pourra noter dans la suite beaucoup d'inexactitudes de ce genre.

Nous citerons encore la fin de la vie, parce que le traducteur y introduit quelques traits qui lui sont propres :

(*Fol. v b*) Après ce que la nuit fu trespasée et li autre jorz repariez, sainz Anthoines prist la cotte saint Pol qu'il a [6] fait[e] et entesue [7] de fuelles de paumier; et puis s'en repaira a son luec et conta a ses deciples tot par ordre ensi con li estoit avenu; et bien sachiez que au jor de Pasques et de Pentecoste vestoit il adès celle vesteüre saint Pol, quar il la tenoit en grant chierté et en grant veneracion. Ainsi fina saint Pol, li premiers hermites, con je vos ai conté et dit, et fu enseveliz et mis en terre par les mains de saint Anthonne, qui molt fu prodom, et encore est de grant merite envers Nostre Seignor [8]. Et que feront li riche qui ont les granz patrimoines et les riches palais et les cointes aornemenz de diverses menieres, quant

---

[1] Carp. *Saintes* (faute du rubricateur).
[2] Plus clairement, dans Pétersbourg, *en cel tens desirroient li crestïen et voloient morir*.
[3] Carp. *nel*.
[4] Carp. *et si*.
[5] Ms. de Carpentras, fol. ij *a*.

[6] Corr. *qu'il ot?* Latin : « quam in sporta-«rum modum de palmarum foliis ipse sibi con-«texuerat. »
[7] *Et entesue* écrit sur grattage.
[8] Cette phrase est du traducteur. Rien de tel dans le latin.

cil fu toz tens en tel vesteüre com je vos ai dit, faite [1] de fuelle, et li sembloit que
nulle rien ne li defaillist? Li riches boivent as riches henas les bon[s] boivres, et cil
bevoit a ses nues mains les aigues des fontainnes et des ruissels. Mès encontre
ce est paradis aovert a celui qui povres estoit, et enfers recevra cels qui sont doré et
des granz richeces plain, qui n'ont de Dieu cure. Se[i]nz Pols gist povrement enseveliz en sa fosse, coverz de sablon et de terre, et de la se levera il et venra son
cors proprement en parmenable gloire; et cil sont couvert en lor tonbes de granz
pierres, qui ardront ensemble ex et ensemble lor pierres et lor males ou[e]vres [2] el
parmenable feu. Mielz venroit qu'il esparnasent lor granz richeces, qu'il on[t] tant
aenmées, et si n'ensevelissent pas lor cors de riches dras, mès donassent por Deu;
quar ausi plainement porrissent les cors qui sunt es dras de soie con il feroient [3]
en la pure terre; et qui c'onques list ceste vie, si li souviegne de saint Jeroime
qui dist que, se Nostre Sires li donnoit qu'il peüst eslire a sa volenté et prendre, il
esliroit ainçois et prendroit la coite saint Pol, ensemble ses desertes, que toz les
dras de soie de rois qui sont, ensemble lor roiaumes. Ainsi define de monseignor
saint Pol, et si commence après de monseignor saint Anthoine [4].

C'est bien plutôt une paraphrase qu'une traduction.

2. Les derniers mots, ajoutés par le traducteur, annoncent la vie
de saint Antoine, qui en effet prend ici place dans le manuscrit de
Carpentras. L'original est la traduction latine faite par Evagrius du
texte grec d'Athanase. Omettant le prologue d'Evagrius et celui
d'Athanase, Wauchier commence ainsi [5] :

Ci comence la vie monseygnor saynt Anthoyne.

(*Fol. v d*) Mesire sainz Anthoines fu nez d'Egypte, si ot un mult haut home
a pere et mult haute dame a mere, et de grant religion plainne. Si fu gardez et

[1] Carp. *quant cil qui fu tostens en tel meniere... fere.* Corrigé d'après S¹-Pétersbourg.

[2] Pétersb. *qui ardront ensemble aus et en-
samble lor oevres.*

[3] Pétersb. *car ausi porrissent li cors des riches genz en dras de soie com en.*

[4] Voici la fin du texte latin :

« Libet in fine opusculi eos interrogare qui
sua patrimonia ignorant, qui domos marmo-
ribus vestiunt, qui uno filo villarum insuunt
praedia. Huic seminudo quid unquam defuit?
Vos gemma bibitis; ille concavis manibus sa-
tisfecit. Vos in tunicis aurum texitis; ille ne vi-
lissimi quidem indumentum habuit mancipii
vestri. Sed e contrario illi pauperculo paradisus
patet; vos auratos gehenna suscipiet. Ille ves-
tem Christi, nudus licet, tamen servavit; vos
vestiti sericis indumentum Christi perdidistis.
Paulus vilissimo pulvere coopertus jacet resur-
recturus in gloriam ; vos operosa saxis sepulcra
premunt cum vestris opibus arsuros. Parcite,
quæso vos, parcite saltem divitiis quas amatis.
Cur et mortuos vestros auratis obvolvitis vesti-
bus? Cur ambitio inter luctus lacrymasque non
cessat? An cadavera divitum nisi in serico pu-
trescere nesciunt? Obsecro, quicunque hæc
legis, ut Hieronymi peccatoris memineris, cui
si Dominus optionem daret, multo magis eli-
geret tunicam Pauli cum meritis ejus quam
regum purpuras cum pœnis suis. »

[5] Rosweyde, éd. de 1628, p. 36; Migne,
Patr. lat., LXXIII, col. 127.

norriz par si grant amor et par si grant diligence et par tel cure qu'il ne quenoissoit nule rien se son pere non et sa mere et la maisnie de sa maison. Et quant il
fu enfes, unques ne fu ensiniez ne apris ensemble autres anfanz de fables que
l'escriture contoit, que li poete avoient fait et c'on lisoit es escoles[1]. Mès il, qui estoit
ententis a totes bones huevres, demoroit toz tens et arestoit en maison sanz faire
nule folie ne nule mauvaise anfance, et mult sovent aloit a l'igliese ensemble son
pere et sa mere, ne ne sivoit unques les anfanz qui estoient de son aage de faire
enfances. Mès les choses c'on li conseilloit en sainte Iglise, qui au salu de l'emme
estoient et au profit des conmandemenz, gardoit il et retenoit en son cuer, et ert
mult humilianz et obedianz a som pere et a sa mere[2]; ne unques n'enoia a cels
qui ensemble lui estoient, si con li plussor enfant suelent faire qui sont norri doce-
ment (*fol. vj*) et soef; n'onques ne demanda nulles viandes si non celes qui apa-
reillies li furent, ne ne requeroit autre[s] choses que ce c'on li donnoit, et ce li sofi-
soit mult bien.

La traduction est par place très abrégée. Le long sermon d'Antoine
aux frères qui étaient venus l'entendre (ch. xv-xx) a été allégé d'un
grand nombre de préceptes moraux. Wauchier résume le texte en peu
de lignes, où il ne conserve guère que ce qui était de nature à frapper
l'imagination populaire :

(*Fol. x d*) Après lor commença a sarmoner mult longuement et a mostrer la
voie de salu en totes menieres que bon lor estoit, et lor trahoit[3] avant les autoritez
des evangiles et les escritures des profetes, et lor disoit uncore qu'il se gardassent des
agaiz au diable, quar li enemi se tresmuoit en plusors menieres de bestes : en ors,
en lions, en serpenz et en formes de beles damoiseles por deçoivre cex qui a la
hautece des cielx s'atendoient; et si lor disoit encore : « Hé! mi biau frere, par quantes
« menieres et sovent li deable sunt venu a moi, ausi com chevalier armé, sor escor-
« pions qu'il chevachoient, et si amenoient serpenz et bestes de diverses menieres,
« tant qu'il aemplissoient et avironnoient tote la maison ou je estoie, (*fol. xj*) et
« quant je les v[e]oie en tel meniere, je disoie : *Hii in curribus et hii in equis, nos*
« *autem in nomine Domini nostri magnificabimur* [Ps. xix ,8]; tantost com je avoie ce dit,
« il estoient chacié en voie par la haute misericorde de nostre seignor Jhesu Crist[4]. »

La vie de saint Antoine est incomplète dans le manuscrit de Carpentras par suite de l'enlèvement du feuillet xxiij, qui contenait la
fin de la vie (chap. lx-lxij) et le début de la vie de saint Hilarion.

---

[1] Latin : « Et cum jam puer esset, non se
litteris erudiri, non ineptis infantium jungi
passus est fabulis. »

[2] Latin : « Sed tantum ea quæ legebantur
auscultans, utilitatem præceptorum vitæ institutione servabat ».

[3] Ms. *trohait.*

[4] Cf. le texte latin, ch. xx (Rosweyde,
page 46). Il y est bien question de ces
apparitions fantastiques, mais il n'est pas dit
que les diables fussent à cheval sur les scor-
pions.

Mais nous en possédons trois autres copies, insérées dans des recueils de vies de saints en français, à savoir dans le manuscrit précité de Saint-Pétersbourg[1], qui contient aussi la vie de saint Paul, et dans les manuscrits 307 d'Arras et B. 2. 8 de Trinity College, à Dublin. Dans ces deux dernières copies la vie est incomplète du début, par suite de la perte des premiers feuillets[2].

3. La vie qui suit, dans le manuscrit de Carpentras, est celle de saint Hilarion, dont le commencement a disparu avec le feuillet xxiij[3]. Elle est traduite de saint Jérôme[4], comme celle de Paul l'ermite. Nous possédons de la même traduction deux autres copies, insérées dans des recueils de vies de saints en français : Bibl. nat., fr. 23112, fol. 274; Arras 307, fol. 84 (où le début manque par suite de la perte d'un feuillet). On verra, par les premières lignes que nous citons d'après le manuscrit 23112, que le traducteur a omis le prologue de saint Jérôme :

Sains Hylaires fu nés de Tabathe, de une vile qui près est a .v. liues d'une chité de Palestine qui Gase estoit apelée. Il avoit pere et mere qui sarrazin estoient et qui les ydeles aoroient, mais il n'ensivi mie lor loi ne ne tint lor creance, ains fu le rose bele qui douche et souef ist de l'espine. Ses peres et se mere l'envoierent en Alixandre pour gramaire aprendre. La aprist il et fu de molt bon engien si com jones enfes, car adont estoit il encore de molt petit aage. Molt estoit saiges de parler, et de totes gens amés en s'enfance, et si creoit en nostre seigneur Jhesu Crist, qui plus grans cose estoit que toutes les autres. Il n'avoit cure de vanités ne de gex ne des luxures que li autre enfant demenoient, ne ne s'i delitoit mie, ains estoit s'entente et se volentés de bien faire et d'aler a sainte Eglise. Adonc, en cel tempoire, oï cil joven-ciaus parler de [saint Antoine de] cui li bons renons couroit par toute les contrées d'Egypte, et molt bons talens li prist de lui aler voïr el desert...

En l'état actuel, la vie de saint Hilarion commence ainsi dans le manuscrit de Carpentras :

(*Fol. xxiiij*) qui mult dolenz en estoit; et que faisoit li bons jovenciax de

____

[1] Voir la notice de ce manuscrit dans les *Notices et extraits*, XXXVI, 688.

[2] Dans le ms. d'Arras (*Romania*, XVII, 380), le texte commence au chap. iv; dans le ms. de Dublin, au chap. xi.

[3] Il subsiste du fol. xxiij un débris où l'on peut lire, au verso, ces mots qui appartiennent à la vie de saint Hilarion (cf. le texte latin, § 4, et le ms. 23112, fol. 274 c) : « nuz, ne « n'avoit vestu qu'un sac tant solement, dont il « covroit *ses membres*, et une pel que sainz «*Antoines li* avoit donée. Ce a. . . . . «quar ses. . . . . » Nous imprimons en italiques les parties restituées.

[4] Rosweyde, éd. de 1628, p. 75; Migne, *Patr. lat.*, XXIII, 30.

cestes (*sic*) chose? Il ert mult corrocyez a lui meïsmes quant il pensoit a nul delit
terrestre; si se feroit del poing el piz ausi con s'il peüst les males pensées fors de son
cors metre par batre, et disoit a sa char qu'il la jostiseroit si de fain et de soif qu'ele
n'avroit cure de reveler, et qu'i jostiseroit si par chalors et par froidures qu'ele penseroit ençois a la viande qu'a joliveté ne a folie. Dont conmença li sainz si dure vie
qu'il ne menjoit s'au tierz jor non et au quart tant solement por sostenir sa vie et son
cors ensemble, et adonc ne menjoit il si jus d'erbes non et petit d'eschalonges.

La vie de saint Hilarion se termine, à la façon d'un sermon, par
cette phrase qu'ajoute le traducteur :

(*Fol. xxxvij*) Ainsi trespassa li sainz hom de ce[s]te mortel vie, et fu en joie
parmenable; ou Dex nos dont toz parvenir [1] par sa doçor et par sa misericorde. Amen.

Nous retrouverons plus loin des conclusions de ce genre. Tout
montre que la compilation de Wauchier, composée de parties faciles
à détacher, était en un certain sens un recueil de lectures édifiantes.

4. À la vie de saint Hilarion fait suite, dans notre compilation, la
traduction d'un autre écrit de saint Jérôme, la *Vita Malchi, monachi
captivi*[2]. Cette traduction est, comme celle des écrits précédents,
assez libre. Jérôme nous dit, en son prologue, avoir composé cet
opuscule comme préparation à une œuvre plus grande : l'histoire de
l'Église depuis l'époque apostolique jusqu'à son temps. Il se compare
aux marins, qui, avant de livrer des combats en haute mer, s'exercent
dans le port, en eau calme, à la manœuvre navale. Cette comparaison,
assez fidèlement traduite dans une compilation dont nous traiterons
plus loin, a été entièrement laissée de côté par Wauchier, qui lui
substitue un lieu commun sur l'utilité de mettre en pratique les bons
enseignements que nous donnent les pieux écrits. Voici le début :

(*Fol. xxxvij b*) S. Jheroimes nos raconte et dit que cil qui ot es saintes escritures
lo bien conter et dire lo devroit retenir en sa memoire et ensivir par ses ovres; et
por ce nos dist sainz Jeroimes .j. aventure qu'il vit, que li plusors i praignent essemple. Il conte qu'il estoit une foiz en une vile qui près estoit d'Antioche .xxx. miles;
cele vile si ert Romanias apelée, et n'ert mie molt grant; la trova il un viel home
qui Malcus avoit non, et bien sembloit qu'il fust de la contrée par nacion et par
langage. Une fame estoit ensemble lui, mult vielle et de grant aage, et si ert

---

[1] Ms. 23112 (fol. 285 c) *et fa portés ses
espris en j. p.; ou D. n. vuele tons metre.*

[2] Rosweyde, éd. de 1628, p. 93; Migne,
Patr. lat., XXIII, 55.

conbrisiée par viellesce qu'il sembloit que la morz lui fust mult prochaine. Cil viex hom et cele vielle fame, fait sainz Jeroimes, se maintenoient en tel maniere et tel religion qu'adès estoient au mostier et faisoient lor oroisons et lor proieres a Nostre Seignor...

La vie de Malchus se termine comme un sermon :

(*Fol. xlj b*) Quar li hom qui s'est donez a Nostre Seignor et ses ovres velt ensivir puet bien morir et trespasser de ceste vie, mais il ne puet mie legierement est[re] sormontez a choses faire qui li tollent la vie parmenable, et a celi vie nos dont parvenir ensemble qui vit et regne par tot les siecles des siecles. Amen [1].

La vie de Malchus, fait prisonnier par les Sarrasins, marié contre son gré, par son maître, s'évadant à grand'peine et au prix de mille dangers, avait de quoi exciter la curiosité naïve des gens du moyen âge, et nous nous étonnons qu'il ne se soit pas rencontré un trouvère pour en tirer la matière d'un édifiant roman d'aventure [2]. Mais du moins a-t-elle été plus d'une fois mise en prose française, comme on le verra dans une autre notice. La version la plus ancienne, celle de Wauchier, paraît avoir été goûtée, car elle a pris place dans plusieurs légendiers français, à savoir dans le manuscrit 307 d'Arras [3], puis dans quatre manuscrits qui appartiennent à un même groupe : Musée brit., Addit. 17275, art. 119; Bibl. nat., fr. 185, art. 59; fr. 183, art. 55 [4]; Bibl. roy. de Belgique, 9225, fol. 178 v°.

5. La vie de Paul le Simple, qui vient ensuite dans le manuscrit de Carpentras, est la traduction du chapitre XXXI de l'*Historia mona-chorum* de Rufin [5]. Elle a eu le même succès que celle du moine Malchus, car elle lui fait suite comme ici dans les mêmes légendiers [6].

De Pol le Simple (fol. xlj c).
Uns hom fu en cele contrée ou sains Anthoines abitoit; si ert apelez Pous par non, et en sornon Simples. Cil hom se rendi en moniage; si vos dirai l'ocoison. Il

[1] Il y a seulement dans le latin : « ... et « hominem Christo deditum posse mori, non « posse superari ».

[2] Elle a été paraphrasée en vers latins; voir *Hist. litt. de la Fr.*, IX, 171; X, 334; Th. Wright, *Biographia britannica literaria*, II, 78. — On sait que La Fontaine a traité en vers l'histoire de saint Malchus.

[3] *Romania*, XVII, 79.

[4] Pour ces trois manuscrits, voir *Notices et extraits*, XXXVI, 456 (*Notice sur trois légendiers français attribués à Jean Belet*).

[5] Rosweyde, p. 483; Migne, *Patrol. lat.*, XXI, 457.

[6] *Notices et extraits*, notice précitée; voir aussi Bibl. roy. de Belgique, 9225, fol. 180 v°.

avoit fame, je ne sai s'ele ert laide ou bele, quar l'estoire ne le devise mie; mès ele entendi tant qu'ele ama[1] autrui que son mari; et tant ala la chose que Pous le Simples, ses barons, la trova et vit a ses propres iauz que elle avoit a son enmi charnel compaignie, dont Dex desfende totes autres dames! Quant Pous li Simple vit ce, unques n'e[n] fist semblant ne ne lo dist a home n'a fame. Adont issi fors de la maison toz dolanz et plains d'ire; et por la grant tristece qu'il avoit en son corage s'en ala il el desert, ne ne dist a nelui ou il devoit aler. Et quant il fu el desert entrez, il ala amont et aval mult dolanz et mult angoissox, tant qu'il parvint a l'abaïe saint Anthoine, qui adonc estoit encor en vie. Dont parla a lui, si li dist la confesse de ce qu'il avoit veü, et li proia por Dieu qu'il li ensinast la voie de salu et la meniere comment il se porroit salver, que jamais ne retorneroit ariere. Sainz Anthoines lo regarda; si lo vit de simple nature; si li respondi et dist que bien se porroit salver a la parfin, si voloit obeïr au[s] conmandemens de son maistre, quar mult est halte chose d'obedience : par li porroit il venir a vie parmenable...

On reconnaît à première vue que nous avons affaire à une version fort libre. Le style en est aisé et même ne manque pas d'une certaine verve; çà et là le traducteur ajoute à son original certains traits qui sont peu en rapport avec la gravité du récit de Rufin, par exemple lorsqu'il introduit une incidence pour nous dire que le texte (*l'estoire*) ne nous apprend pas si la femme de Paul était belle ou laide. Voici du reste le latin :

Fuit quidam, inter discipulos sancti Antonii, Paulus nomine, cognominatus Simplex. Hic initium conversionis suæ hujusmodi habuit. Cum uxorem suam oculis suis cum adultero cubantem vidisset, nulli quidem dicens, egressus est domum, et, mœstitia animi tactus, in eremum semetipsum dedit, ubi, cum anxius oberraret, ad monasterium pervenit Antonii, ibique ex loci admonitione et opportunitate consilium cepit. Cumque adisset Antonium ut iter ab eo salutis inquireret, ille intuens hominem simplicis naturæ esse, respondit ei ita demum cum posse salvari si his quæ a se dicerentur obediret.

Cette légende se termine, comme les trois précédentes, par une conclusion de sermon : « Et tantost fu cil gariz par la volenté Nostre « Seignor, qui (*lire* cui) tote creature humaine doit servir et ennorer « por avoir parmenable vie. Celui nos otroit *Pater et Filius et Spiritus* « *sanctus!* » Aussitôt après, le traducteur introduit un prologue de quelques lignes, formant transition entre les vies des Pères et un autre livre qui est, comme celles-ci, une œuvre d'édification plus que

[1] Mieux, Arras : « Mais tant dist li estoire qu'ele ama ».

d'histoire. C'est le Dialogue de saint Grégoire, dont le manuscrit de Carpentras place ici le premier et le troisième livre.

6. Le Dialogue de Grégoire, dont les deux interlocuteurs sont saint Grégoire et son disciple Pierre, est peut-être de tous les écrits patristiques celui qui a été le plus goûté et le plus cité au moyen âge. L'auteur s'était mis d'avance à la portée, et même au niveau, des plus humbles esprits. Sermonnaires, moralistes, collecteurs d'*exempla* l'ont mis perpétuellement à contribution; les écrivains en langue vulgaire lui ont fait de nombreux emprunts et l'ont traduit, à plusieurs reprises, en vers et en prose. Il y a entre le *Dialogus* de Grégoire et les *Vitæ patrum* (ce dernier titre étant entendu au sens très large où on l'a employé au moyen âge) un certain rapport. De part et d'autre, il s'agit d'histoires édifiantes, où le merveilleux tient une grande place, concernant des hommes pieux qui, pour la plupart, ont renoncé au monde pour se consacrer à la vie ascétique. Seulement, dans les *Vitæ patrum*, la scène est placée en Égypte, particulièrement dans la Thébaïde, tandis que chez Grégoire le Grand elle est placée en Italie. Il semble même que cette analogie ne soit pas fortuite, puisque certains passages du prologue placé en tête du *Dialogus* donnent à penser que Grégoire a voulu précisément faire pour les saints de l'Italie ce que saint Jérôme, Rufin et d'autres avaient fait pour les saints de la Thébaïde. Aussi est-il fréquent de trouver, dans les manuscrits, le *Dialogus* joint à quelque partie des *Vitæ patrum*. Il n'est pas téméraire de supposer qu'il en était ainsi du manuscrit dont s'est servi notre Wauchier.

La traduction du *Dialogus* n'est pas complète. Le second livre, contenant la vie de saint Benoît, a été laissé de côté [1], ainsi que le quatrième livre, dont le sujet (le sort des âmes après la mort) lui a sans doute paru au-dessus de la portée du public à qui il s'adressait. Il a aussi supprimé le prologue de saint Grégoire, et l'a remplacé par quelques lignes qui servent de lien entre la vie des Pères d'Égypte et les récits tirés du Dialogue.

Cette traduction partielle du Dialogue a pris place à la fin d'un des légendiers français, où nous retrouverons d'autres morceaux

---

[1] On verra plus loin que la vie de saint Benoît avait été traduite par notre Wauchier, comme livre à part; c'est pourquoi elle ne se trouve pas dans le manuscrit de Carpentras.

empruntés à l'œuvre de Wauchier, dans le manuscrit fr. 23112 (fol. 285 d) de la Bibliothèque nationale, où elle fait suite à la légende de saint Hilarion.

Voici, d'après le manuscrit de Carpentras, le prologue qui précède la version du Dialogue :

(*Fol. xliij*) Or ai je dit et conté une partie de la vie des sains Pères qui habiterent en la terre d'Egypte, por ce que cil qui oroient les saintes ovres qu'il fissent et la sainte vie qu'il menerent i preïssent essemple, quar de bien oïr et entendre doit li bien venir et naistre. Or vos voldrai conter une partie des ovres et des vies de cex qui habiterent en Lonbardie, si con sainz Grigoires, cui en doit bien croire, lo raconte a Peron son clierc, car il vielt faire savoir et entendre de quel vie et de con grant merite li sainz home furent en cele contrée; si conmence ainsi [1].

Des diz saynt Gregoyre [2].

S. Gregoires nos retraist et dist c'une vile estoit en une des parties de Lombardie, si conme prodome et saint home li avoi[en]t conté et dit, cu[i] il en devoit bien croire, ou il avoit un prodome et une prode fame manant qui un fil avoient : Honoires estoit apelez par non. Cil enfes avoit en lui astinence dès s'anfance, par quoi il voloit et covoitoit a avoir la celestial vie, et ensemble tot ce qu'il avoit en lui si grant vertu d'astinence si con de boivre et de mengier, et de tote hoiseuse parole dire se tenoit il plainnement...

C'est dans cette partie de son œuvre que Wauchier s'est nommé. Ici, comme en d'autres de ses traductions qui seront étudiées plus loin, il aime à introduire, de temps à autre, dans sa prose, des réflexions morales rédigées en vers. Nous n'en avons pas rencontré d'exemple jusqu'à présent, mais nous aurons à en signaler plusieurs au cours de cette analyse. C'est dans un de ces intermèdes poétiques qu'il s'est fait connaître à nous. L'intercalation a lieu à la suite du chapitre IX, où est conté un trait singulier de l'évêque Boniface de Ferentino. Cet évêque, voulant faire l'aumône à des pauvres qui étaient venus l'implorer, et se trouvant sans argent, avait forcé la huche de son neveu, où il savait trouver douze pièces d'or, et les avait distribuées à ces mendiants. Mécontent, le neveu réclama son or. L'évêque, se mettant en prière, obtint de la Vierge qu'elle le lui rendît. En le restituant au réclamant, il lui dit : « Voilà ton « or, mais sache qu'en raison de ton avarice tu ne seras pas évêque

---

[1] Ce prologue ne se trouve pas dans le ms. 23112. — [2] Dialogue, livre I, chap. II.

« après moi. » Le traducteur, entrant dans les idées de son auteur, nous communique à ce propos ses réflexions, d'abord en prose, puis en vers :

(*Fol. liij c*) Or poez savoir que mult est male chose d'avarice; que par avarice pert en en .ij. manieres: l'ennor terriene et celestial gloire. Hon ne porroit dire les granz dolors et les granz malaventures que (lire *qui*) les avers atendent [1].

Nus hom avers n'avra ja preu,
Quar totens cuide il avoir peu :
Quant plus a avers hom avoir,
Mains a en lui sens et savoir.
D'avers ne vos sai plus que dire :
Diex les het trop ; ce les empire ;
Lor avoir preu ne lor vaudra,
Quar petit lor profitera,
Trés puis que Diex lor volra nuire ;
Qu'il par avoir cuident soduire,
Non mie Dex tant solement,
Mais toz li monz igalement [2];
Et il en lor vie perdront
Quanqu'a Dieu et au siecle avront.
Ne vos en quier plus a retraire,
Quar des bons hai asez afaire;
Des avers hai la boche amere :
Qui en parol [3] trop lou compere.
Lor ovre amere est plus que suie,

Por ce le parler m'en annuie;
Mais ensivir me [4] convient l'estoire,
Si con je le [5] trus en saint Grigoire.
Et je sui WAUCHIERS DE DENAING,
Qui voldroie que un [6] tel baing
Lor donast Diex que l'avarice
Laissassent, et [a] genteilisce
Se tornassent et a largesce;
Ce seroit droiture et proesce.
Mais Diex en fera son voloir,
Qui que s'en doie après doloir.
Quar il est rois et emperere
Sor tote rien. A la matere
Voil revenir si con suel estre.
Si vos dirai avant del prestre
Qui les deniers ot de fin or
Et les ot mis en son tresor,
Si con vos orendroit oïtes,
Se vos de cuer i entendites.

Le livre II, comme nous l'avons dit, ne fait pas partie de la compilation du manuscrit de Carpentras. Le premier chapitre du livre III est consacré à Paulin de Nole. Ce chapitre a été extrait de l'ensemble et inséré comme vie de saint Paulin dans quelques-uns de nos anciens légendiers français [7]. Nous en transcrirons le début :

(*Fol. lix*) El tens que li Wandele orent gastée la terre de Lonbardie et plusors genz en furent menées en la region d'Aufrique, estoit cils sainz hom Paulins evesques de la cité de Nole, si con vos m'avez oï dire davant. Tot ce qu'il pooit avoir et aquerre

---

[1] Des vers qui suivent, le ms. 23112 n'a conservé que les premiers, écrits ainsi (fol. 292) :

Nus avers hom n'ara ja assés, car tous tans cuide il avoir peu. Com plus a avers hom avoir, tant a il plus sens et savoir (*c'est le contraire*). D'aver ne vuel ore plus dire : Dex les het trop, che les empire.

[2] On préférerait : « Non mie *Den*... Mais *tot le mont igalement.* »

[3] Ms. *parole.*

[4] Suppr. *me*

[5] Corr. *jel.*

[6] Ms. *quen.*

[7] Ms. 307 d'Arras, fol. 61 (*Romania*, XVII, 379); Musée brit., Add. 17275, art. 118; Bibl. nat., fr. 183, art. 54; fr. 185, art. 58 (*Notices et extraits*, XXXVI, 456); Bibl. roy. de Belgique, 9225, fol. 177 v°.

de s'esveschié donoit il et departoit a cex qui pris estoient; et tant dona por ex rachater que il n'ot plus que despendre. Dont avint un jor q'une fame veve vint a lui mult povre; si li dist que li genres au roi de[s] Wandelles avoit son fil en chativoisons mis; mès, por Deu, aidast li tant qu'ele eüst son fil rachaté et qu'il peüst en son païs repairier arriere. . .

La traduction du livre III s'arrête un peu avant la fin du dernier chapitre :

(*Fol. lxxxv*) Pierres, fait sainz Grigoires, mult t'eüsse encor a conter et a dire des vertuz des sainz peres de cest[e] contréc qui furent esleü a ami Nostre Seignor, et bien lo deüsse faire, mès je me haste si d'autre[s] choses que je iceste voil ore metre en silence.

7. La version de l'*Historia monachorum,* ou *Historia eremitica*[1], qui suit dans le manuscrit de Carpentras le troisième livre du Dialogue, est incomplète. On n'y trouve pas les chapitres III, IV, X, XVII, XXII, XXV-XXIX et XXXI[2], de l'édition de Rosweyde. L'ordre des chapitres traduits n'est pas non plus le même que dans cette édition. Le voici avec les numéros de Rosweyde : I (Joannes), XV (Apelles), XVI (Paphnutius), XII (Elias), XIII (Pythyrion), XIV (Eulogius), VII (Apollonius d'Hermopolis), VIII (Ammon), IX (Copres), XI (Elenus), VI (Theon), XX (Dioscorus), II (Hor), V (la cité d'Oxyrinchus), XVIII (Serapion), XIX (Apollonius, moine et martyr), XXI (les moines de Nitri), XXIII (Ammonius), XXIV (Dydimus), XXX (Ammon, moine de Nitri), XXXII (Piamon), XXXIII (Joannes).

La place que l'*Historia monachorum* occupe dans le manuscrit de Carpentras est bien celle que Wauchier a voulu lui assigner. Le court prologue qu'il a placé en tête de sa traduction ne laisse aucun doute sur son intention : « Je vous ai conté, nous dit-il, une partie des faits et « des vies des saints pères qui habitèrent en Lombardie; je vous conte- « rai ensuite les œuvres des saints pères qui habitèrent en Égypte. » Il ne faut pas croire que ces mots soient une phrase de transition rédigée par un copiste : ils se lisent dans une autre copie que renferme le ms. Bibl. nat., nouv. acq. fr. 10128 (fol. 255), où ils n'ont guère de raison d'être, puisque ce manuscrit ne contient pas la version du Dialogue de Grégoire. Disons en passant que cette seconde copie est

[1] Rosweyde, p. 448; Migne, *Patr. lat.,* XXI, 387.

[2] Le ch. XXXI avait été traduit à part (ci-dessus, p. 267).

loin d'être complète : elle s'arrête à la fin de l'histoire de Paphnutius, qui est le troisième chapitre de la version de Wauchier (chap. xvi de Rosweyde) [1].

Dans l'une et l'autre copie l'œuvre est attribuée, non pas à Rufin, le véritable auteur, mais à Postumien, le pieux voyageur qui tient une si grande place dans le premier des Dialogues sur saint Martin de Sulpice Sévère. Il est vraisemblable que Wauchier a fait usage d'un manuscrit où l'*Historia monachorum* était mise sous le nom de Postumien. Rosweyde a mentionné des manuscrits de l'*Historia* qui portaient cette fausse attribution [2], facilement explicable d'ailleurs. Postumien avait visité les anachorètes de la Thébaïde et admiré leur genre de vie. Son récit, qui est comme un supplément au livre de Rufin, occupe la plus grande partie du premier Dialogue de Sulpice Sévère [3].

Voici le commencement de l'*Historia monachorum*, d'après le texte de Carpentras :

(Fol. lxxxv c)　*Ci comence a conter Postemiens, li sayns moynes, les vies des autres sayns qu'il vit en son vivant.*

Or vos ai je conté et dit une partie des faiz et [des] vies des sainz peres qui habiterent en la contrée de Lonbardie, si com sainz Gregoires meïsmes lo tesmoigne; or vos retrairai je après les faiz et les ovres des sainz peres qui habiterent en la terre d'Egypte, si con Postumiens li moignes, qui partot fut et les vit, les raconte; et si dist qu'il avoit veü tant de prodomes et de si sainte vie qu'il avoit veü a ses propres elz lo tresor Jhesucrist repost es humains cors, ne n'estoit mie droiz qu'il cest tresor, ce est les bones ovres d'elx, vosist celer ne repondre si con envielz [4], ainz lo voloit demostrer en la conmunité de cex qui bien voloient faire, quar bien estoit sers que [5], de tant con plus de gent en seroient enrichi, de tant en aquerroit il plus grant prophit et plus grant loange; et bien dist que si granz paisibletez de corage et si granz bontez estoit en elx [6] que bien sembloit que por elx eüst esté dit : *Pax multa diligentibus nomen tuum, Domine* [7]; ce est a dire : « Biax sire, granz pais est a celx qui « ton non aiment. » Il manoient par l'ermitage [8] espessement [9], chacuns en sa celle, mès il estoient tuit ensemble en charité conmune. Por ce estoient il devisé li uns

[1] Nous verrons plus loin qu'il y a, à cet endroit, une coupure bien marquée dans le ms. de Carpentras.

[2] *Vitæ patrum*, 1628, p. xxv; cf. *Hist. litt. de la Fr.*, II, 207.

[3] On lui a même, par suite de cette circonstance, attribué aussi le Dialogue sur saint Martin; voir *Hist. litt. de la Fr.*, II, 207.

[4] Ms. 10128 *envieus.*

[5] Carp. *qui.*

[6] Ms. *exls.*

[7] Ps. cxviii, 165.

[8] Mieux, 10128 : *par les hermitaiges.*

[9] Corr. *esparsement.*

en sus des autres qu'il voloient paisiblement tenir lor silence et que aucune voiz et que aucune oiseuse parole ne les troblast; ne nus n'i estoit qui fust en soing de sa viande ne de sa vesteüre. Del tot en tot estoit lor ententions mise a Nostre Seignor, et, s'il avenoit que aucuns i eüst besoigne, de que que soit qui fust necessaire a l'us de lor cors, il ne lo queroit mie au siecle, ainz lo demandoit a Nostre Seignor ausi conme a son pere, et Nostre Sire lor donoit errament ce qu'il demandoi[en]t. Si granz foiz estoit en elx que si conmandassent a une montaigne qu'ele se remeüst, ele se tresportast par lo[r] conmant d'un leu a altre. Soventes foiz avint que, quant li grant flueve, ce sont les granz rivieres, sorcroissoient tant qu'il issoient de lor chanex, si qu'il s'espandoient par la contrée, que li sainz hom [1] les faisoient rentrer par lor oroisons en lor rives et retraire arriere; et soventes foiz avint qu'il alerent a sec pié desore les aigues, et firent morir maint grant serpent par la force de lor saintes paroles. Tant firent de plusors autres signes et d'autres miracles par lor bones ovres que nus ne doit doter que lor merites, ce est ce qu'il deservirent [2], n'aident encor mult a sostenir le monde. Il estoient aorné de si bones mors et de si paisibles et de si grant charité que chacuns n'avoit envie ne altre entente c'a bien faire. Chascuns se penoit qu'il fust plus humles et plus benignes et plus piex et plus pasciens de son frere. S'il en i avoit aucun qui fust plus sages des autres, ce est de plus grant escience, cil estoit si debonaires a toz les autres qu'il voloit estre desoz [3] toz li menres et lor sers por aemplir le conmandement Nostre Seignor a faire. Por ce, fait Postumiens, que Nostre Sire me dona pooir que je ce veïsse et que fuse avec si sainz homes [4] por esgarder plusors choses de lor ovres, conterai de chascun qui me revenra a memoire, par la volenté Nostre Seignor [5], aucune chose, si que cil qui ne les virent mie poissent entendre et oïr les ovres, si qu'il i praignent exemple d'aquerre gloire parmenable.

Tut a comencement, fait Postumiens, ferons nos lo fondement de nostre ovre, por ce que li bon [i prengnent [6]] exemple, de Johan, qui asez devroit [a] toz sels soffire [qui sont] des [7] religioses pensées, [et] faire entendre par ses saintes ovres au venir au comble de totes vertuz et a la perfection de hautesce. Quar tant ot en lui de bien, si con voz orez conter et retraire, si vos atalante, qu'il n'est nus, por qu'il a Nostre Seignor vuelle, ne petit ne grant, entendre, qu'il n'i deüst de bien exemple prendre [8]. Celui Johan veïsmes nos en la contrée de Thebaïde. La manoit il en une roche d'une halte montaigne qui près estoit del desert, qui voisins est a la cité qui Lyco est apelée. . .

La traduction de l'*Historia monachorum* est divisée en plusieurs morceaux dont chacun est de longueur suffisante pour une lecture

----

[1] Mieux, 10128 : *li saint home.*
[2] Ms. *se servent*, corrigé d'après 10128.
[3] Ms. *desor.*
[4] Carp. *me dona que je eüsse si sainz homes et que fuse avec ex;* corrigé d'après 10128.
[5] Ce mot est ajouté en interligne.
[6] Les mots entre [] sont omis dans Carp.
[7] Ms. 10128 *de.*
[8] Ms. 10128 *car tant ot en lui bien si conme vos orroiz retraire que l'en i puet bon example prendre.* Il n'y a rien, dans le latin, qui corresponde à cette phrase.

édifiante. Le premier se termine (fol. 96 c du manuscrit de Carpentras) avec le chapitre de Paphnutius, et a une conclusion de sermon : « Nostre Seignor, a cui honors et gloire soit par toz les « siecles des siecle[s]. Amen. » C'est ce morceau, nous l'avons dit plus haut, qui a été admis dans le légendier conservé sous le n° 10128 des Nouvelles acquisitions françaises à la Bibliothèque nationale. Le second morceau se compose du seul chapitre sur Apollonius d'Hermopolis, qui est fort long, et finit par *Amen;* le reste de la colonne reste en blanc. Le troisième s'étend jusqu'à la fin de l'ouvrage.

Ici encore, le traducteur présente occasionnellement ses réflexions en rimes. Voici ce que nous lisons au chapitre de Dioscurus[1] :

(*Fol. cxj*) Quant nos fumes de la parti, nos en alames, fait Postumiens, si veïsmes en la pa[r]tie de Thebaïde un saint prestre, Dioscorus avoit non, qui avoit en s'abaïe près de .c. moines dont il estoit peres en Nostre Signor, ce est qu'il les doctrinoit de venir a vie parmenable. Cil sainz peres doctrinoit ses freres mult humlement et mult dolcement, si con nos veïsmes, que nus d'elx n'aprochast au sacrement de sainte iglise, tant con il eüst en lui malvaise conscience ne vilté orde, mès il les espurjassent et lavassent par sainte confession et par oroisons et par jeünes; quar ce devoit l'en faire. Des plusors autres saintes paroles les doctrinoit li sainz peres, dont longue chose seroit de raconter tote l'ordenance et del dire,

Quar lons sermons trop fort annuie
Plus que laiz tens ne longue pluie [2]
A cex qui ament Dieu petit.
Dex! com en ont poi de [3] profit
Tuit li riche homme, ce me semble!
Quant .iiij. ou trois en a [en]semble,
Plus volentiers oient parler
D'un riche aver qui fait ma[r]ler
Ses terres a ses coruées,
Et de lor granz [4] coppes dorées
A quoi il boivent lor forz[5] vins,
Qu'il n'oient les sermons devins.
Petit lor tient cil mal au cuer.
Hé! que ne lor sovient del fuer
Ou les lor ames seront mises!
Si griément seront entreprises
Quant devant lor seignor vendront,
Qui jugera trest[ot] le mont!

Dex! que porront il devenir?
Feront il enparliers venir?
Nenil, certes : vaines et foles
Seront [tres]totes lor paroles.
Chascuns hom i trovera pertes [6];
Jugié seront sus lor desertes.
Ses desertes ne dote nus ;
La n'avra force rois ne dus,
Ne quens, ne prince de parage;
N'i valront rien li eritage,
Ne li pris de chevalerie.
Dieux! qu'iert [7] de la bachelerie
Qui si se font ardi et preu?
Corront il la si sore Dieu
Com il font ci? Nenil, ce croi;
La n'ierent pas lor li desroi :
Plus coarz i seront que lievres.
Se por mil anz avoir [8] les fievres

[1] Ch. xx, Rosweyde, p. 477; Migne, *Patr. lat.*, XXI, 442.
[2] Ms. *longues pluies.*
[3] Ms. *petit.*
[4] Ms. *grant.*
[5] Ms. *fort.*
[6] Ms. *prestes.*
[7] Ms. *qui ert.*
[8] Ms. *avoient.*

En pooient sol eschaper,
Jamais ne querroient aper
Rien a povre home n'abbeïe,
Que il eüssent en baillie.
Fol sont haut home qui n'entendent
Quex biens, quex mals qui i apendent;
[Il] atendent qu'il doivent faire.
Tant cuident savoir de l'afaire
N'i a celui ne cuide bien
Qu'en lui n'ait nes nul'autre rien
Que sens, et que ce soit folie
Q'uns autres li recont et die,
Se trop n'est bien a son acort.
Par ce sont li haut home mort,
Ce lor fait Diex qu'il en despisent :

Ses paroles si petit prisent
Que neïs li oïrs lor grieve,
Que poi faut que lor cuers ne crieve :
Mès sachient bien certainement
Que Dex en prendra vengement,
Ou en cest mont par tel maniere
Qui mult lor ert cruose et fiere,
Ou en l'autre par tel dolor
Qui ne lor faudra a nul jor.
Se Diex lor done ci lo bien,
N'oblie il lor malice rien,
Ainz en avront [tot] lor merite ;
En nule rien n'en ierent quite,
Si con tesmoigne l'Escriture,
Qui verité dit et droiture.

Or laisons nos ester de cex qui a enviz oient la parole Nostre Seignor reconter et dire, et qui cuident estre sage ; si sunt tuit farsi de folie, si con l'en les porroit bien prover par droit, s'il ert qui faire le vosist. Si dirons l'uevre, si com Postumiens le continue, et si dui compaignon qui lo tesmoignent, qui dient qu'il virent un autre saint home, quant il se furent parti de celui dont je vos ai devant conté. Cil [1] saint home qu'il troverent estoit peres de mult d'abeïes por sa sainte vie qu'il avoit lontens menée. Or l'apeloient cil de la contrée par non   [2]. Quant nos venimes a lui, fait Postumiens, si avoit il nonante anz d'aage...

8. C'est encore à Postumien que Wauchier attribue les *Verba seniorum* [3] de Rufin, qui terminent sa compilation dans le manuscrit de Carpentras. Il commence ainsi, traduisant le prologue :

(*Fol. cxviij*) Certes, il n'est hom crestïens qui doive doter que par [4] les vies des sainz homes qui ont esté et sont encore, et par les ovres et par les merites des sainz peres, dont je vos raconte les faiz en cest livre, ne dure li siecles, quar il fuïrent luxure et tote malvaistié, et si se mistrent el parfont hermitage et es orribles roches de la grant desertine et es fosses obscures et solitaires. La n'avoient il ne fain ne soif ; si les sostenoit Nostre Sire. Nos racontons es escritures les saintes foiz des patriarcas et des prophetes, ce est d'Abraham et d'Isaac et de Jacob, de Moysen et d'Elie et de saint Joham Baptiste et d'autres sainz homes, non mie por ce que nos les glorefiomes, quar Nostre Sire les a bien glorefiez, mais por ce que cil qui les liront et orront en metent avant la doctrine et les exemples [5] de verité et de salu a oes les ames, si que eles puissent eschaper des tormentes males parmenables.

Or vos conterai je avant, fait Postumiens, ce que nos oïmes et entendimes des faiz et des paroles des sainz peres.

---

[1] Ch. II, Rosweyde, p. 457 ; Migne, *Patr. lat.*, XXI, 405.

[2] Le blanc est dans le manuscrit ; le nom qu'il faut rétablir est *Hor*.

[3] Rosweyde, p. 492 ; Migne, *Patr. lat.*, LXXIII, 739.

[4] Ms. *par que*.

[5] Ms. *esxemples*.

Moines estoient une foiz ensemble, devant lor saint pere ; si li demanderent comment en devoit maintenir astinence. Il lor respondi, si dist : « Mi bel fil, il covient que « nos ahomes tot lo repos de ceste presente vie, et les corporex deliz, et que nos ne « queromes mie les honors des homes, quar eles sont vaines et trespassables. Se nos « de ce nos atenomes, Nostre Seignor nos donra les celestiex repos en vie parmenable « et gloriose leesce ensemble ses freres [1] angeles. »

Wauchier, ici comme ailleurs, aime à interrompre de temps à autre sa traduction par des réflexions morales auxquelles il lui plaît de donner la forme poétique. À la suite de l'histoire de deux moines qui, tout entiers à la récitation du psautier, oublièrent leur repas [2], le traducteur introduit ces réflexions :

Seignor, tex genz ne sont or mie : (*fol. cxix*)	Chascun maldit et het lo keu
Mult est plus la viande amie	Qui petit atorne viande,
A cex d'ore qu'adone ne fust.	Se se[s] sires ne li commande ;
Nonporquant n'ierent pas de fust	Et se li sire vielt petit,
Li saint home qui ce fasoient ;	Chascun hait son fait et son dit.
Lor cors pas del tot n'aaisoient	Nus n'est or qui voille astinence
As viandes n'aus bons morsiax.	Avoir por Dieu ne pascience.
Or cuide en que cil de Citiax	Guerpie l'ont abé et moine,
Traient grief paine de famine[s] :	Arcevesque, vesque [4] et chaloine,
Qu'iert [3] dont de cex qui de racines	Chevalier [et] cliere et vilain.
Vivoient et d'erbe menue ?	Laisie l'ont arriere main :
Certes, lor chose ert si venue,	N'en tiegnent mès ne plait ne conte ;
Par l'astinence qu'il avoient,	De Dex servir a ch[asc]uns honte.
Que nule autre rien ne faisoient ;	En la fin s'en repentiront
Mès or vielt chascun lo bon vin,	Quant il a jugement seront
Chascuns demande le farsin,	De celui qui tot jugera
Chascun dote qu'il n'ait ja preu,	Et qui tot fist et desfera.

Ne voil plus dire ne parler de cex qui n'ont en ex astinence, ainz vos dirai, fait Postumiens, d'une aventure qui avint a un abbé qui Zenon estoit apelez par non. Prodom ert et de bone vie...

La version suit l'ordre du texte ; du moins n'y avons-nous pas remarqué de transpositions. Mais tout n'est pas traduit : çà et là quelques paragraphes ont été omis. Il est probable que Wauchier, ou le copiste du texte latin qu'il avait sous les yeux, est responsable de ces omissions. Mais nous n'avons aucune raison de croire que Wauchier n'ait pas poursuivi sa traduction jusqu'à la fin de l'ouvrage. Or le manuscrit de Carpentras, jusqu'à présent le seul exemplaire connu de

[1] *Freres* n'est pas dans le latin. — [2] § 6, Rosweyde, p. 493 ; Migne, LXXIII, 742. — — [3] Ms. *qui ert.* — [4] Ms. *vesques.*

cette version, arrête le texte au paragraphe 65. Les *Verba seniorum* de Rufin sont divisés, dans l'édition de Rosweyde, en 220 paragraphes. Il nous manque donc plus des deux tiers de la traduction. Comme le texte du manuscrit s'arrête à la première colonne du feuillet 129, et que la seconde colonne est occupée par le commencement de la *Conception* de Wace, qui est d'une autre main, il faut bien admettre que le copiste a laissé sa copie inachevée. Voici le dernier paragraphe de la traduction (§ 64 de Rosweyde) :

Frere qui travaillé estoient (*fol. vj**ix*) de malvaisses pensées en lor corages vinrent a l'abé Elye por conseil querre qu'il feroient. Li saint peres les esgarda, si vit qu'il estoient gras et refait [1]; si comença a sorrire et dist a l'un, ausi con s'il fust ses disciples : « Certes, freres, j'ai honte de toi, de ce que tu as norri si ton cors, « et si regehis que tu ies moines. Pale colors et maigresce, ensemble humilité, est « biautez et honors a moine. Li moines qui mult manjue et mult mes ovrer [2] ne « doit mie en lui avoir fiance ; mais cil qui petit manjue et a en lui astinence, encore « ovre il petit, doit bien en lui avoir fiance. »

Il avint une autre foiz qu'une da[moiselle [3]]...

Nous avons dit plus haut que le manuscrit de Carpentras ne contenait pas tous les écrits hagiographiques traduits par Wauchier de Denain. Nous croyons en effet pouvoir lui attribuer avec toute certitude la traduction des vies de saint Jérôme, de saint Benoit (livre II du *Dialogue* de Grégoire le Grand), de saint Martin, de saint Brice et enfin celle des Dialogues de Sulpice Sévère sur saint Martin. Ces écrits ne se rencontrent pas isolés : ils ont été admis de bonne heure en divers recueils de légendes françaises dont il est à propos de donner ici la liste :

Manuscrits où se trouvent à la fois les vies de saint Jérôme, saint Benoit, saint Martin et saint Brice :

Arras, 307.
Chantilli, Musée Condé, 456 [4].

[1] Latin « corpulenti ».

[2] Corr. *et neis mult ovre*? Latin : « Monachus « edens multum et operans multum, non con-« fidat ; qui autem parum edit, etiam si parum « operatur, confidat et viriliter agat. »

[3] C'est le début du paragraphe 65 du latin. La ligne finit avec *da* ; le reste du mot, et sans doute quelques lignes de plus, venaient à la suite, mais ces lignes ont été couvertes par une miniature qui se rapporte à la *Conception* de Wace, dont le texte commence à la colonne suivante

[4] Ce manuscrit et celui de Cheltenham (Bibliothèque Phillipps), qui suit, contiennent à peu près les mêmes légendes et dans le même ordre.

Cheltenham, Bibl. Phillipps, 3660.
Londres, Musée brit., Roy. 20 D vi [1]; Addit. 17275 [2].
Paris, Bibl. nat., fr. 183, 185, 411, 412, 23117.
Paris, Bibl. Mazarine, 1716.
Oxford, Queen's Coll., 305.

Manuscrits n'ayant que les vies de saint Jérôme et de saint Benoit :

Paris, Bibl. nat., fr. 13496.
Saint-Pétersbourg, Bibl. imp., fr. 35.

Manuscrits n'ayant que la vie de saint Jérôme :

Arras, 139.
Bruxelles, Bibl. roy., 9225.
Dublin, Trinity Coll., B 2. 8.
Lyon, 772.

Manuscrits n'ayant que les vies de saint Martin et de saint Brice :

Paris, Bibl. nat., fr. 6447, 23112.

Manuscrits n'ayant que la vie de saint Martin :

Paris, Bibl. nat., fr. 422, 17229.

Enfin la traduction des Dialogues de Sulpice Sévère ne paraît s'être conservée que dans un recueil dont nous avons trois copies: Bibl. nat., fr. 411 et 412; Musée brit., Roy. 20 D vi [3].

Une circonstance matérielle, qui doit être relevée ici, suffirait à nous faire conjecturer, à défaut même d'autres motifs plus forts, que les traductions des légendes de saint Jérôme, saint Benoit, saint Martin et saint Brice ont un auteur commun : c'est qu'elles se suivent dans un grand nombre de manuscrits, notamment dans les mss. fr. 183 (Jérôme, art. 50; Benoit, art. 51; Martin, art. 52; Brice, art. 53);

---

[1] Ce manuscrit et les nᵒˢ 411 et 412 de la Bibl. nat. contiennent les mêmes légendes.

[2] Ce manuscrit et les nᵒˢ 183 et 185 de la Bibl. nat. sont de la même famille, ou du moins ont un fond commun.

[3] Certains de ces manuscrits ont été l'objet de notices détaillées, où sont citées les premières lignes de chaque légende : Arras 307 (*Romania*, XVII, 366); Cheltenham (*Notices et extraits*, XXXIV, 1ʳᵉ partie, 185); Londres, Musée britannique, add. 17275; Lyon, 772 (*Bull. de la Soc. des anc. textes fr.*, 1885, p. 40); Paris, Bibl. nat., fr. 183 et 185 (*Notices et extraits*, XXXVI, 409); fr. 6447 (*Notices et extraits*, XXXV, 435); Saint-Pétersbourg (*Notices et extraits*, XXXVI, 677). La table des autres légendiers sera donnée plus loin dans la notice des légendes en prose.

— 185 (Jérôme, art. 54; Benoit, art. 55; Martin, art. 56; Brice, art. 57); — Bruxelles 9225 (Jérôme, art. 49; Benoit, art. 50; Martin, art. 51; Brice, art. 52). — Il en est à peu près de même du ms. Add. 17275 du Musée britannique (Jérôme, art. 113; Benoit, art. 115; Martin, art. 116; Brice, art. 117), où les vies de saint Jérôme et de saint Benoit sont accidentellement séparées par la translation de saint Nicolas (art. 114), qui aurait dû évidemment prendre place après la vie du même saint (art. 112). Dans le ms. 307 d'Arras, les vies de saint Jérôme et de saint Benoit se suivent (art. 10 et 11), et c'est probablement par une inadvertance du copiste que la vie de saint Martin (art. 23) est placée loin de celle de saint Brice (art. 12)[1]. La famille composée des mss. 20 D vi du Musée britannique, 411 et 412 de la Bibliothèque nationale, nous présente ces quatre vies en deux groupes : d'abord saint Martin et saint Brice, puis, un peu plus loin, saint Jérôme et saint Benoit.

Sans insister sur cette circonstance, nous donnerons les raisons qui, à notre avis, permettent de désigner Wauchier de Denain comme le traducteur de ces quatre légendes. Et d'abord, ici comme dans les versions que renferme le manuscrit de Carpentras, nous rencontrons de temps à autre des réflexions morales exprimées en vers. Plus d'un écrivain du moyen âge peut avoir eu la même idée, mais les vers que nous allons citer ne peuvent guère avoir été écrits que par Wauchier. Prenons la vie de saint Jérôme[2]. Elle est pleine de récits fabuleux, comme l'a reconnu D. Martianay, qui en a publié l'original latin[3]. Entre ces récits, l'un des plus connus est celui où il est question d'un lion apprivoisé qui servait Jérôme et ses moines, et que ceux-ci avaient injustement soupçonné d'avoir mangé un âne dont il avait la garde. La vérité était que l'âne avait été volé par des marchands, mais le lion, ayant fini par le retrouver, le ramena au logis, et, se présentant à chaque moine, témoigna par ses gestes

[1] Remarquons que, dans le même manuscrit d'Arras, les légendes de saint Jérôme, de saint Benoit, de saint Brice sont suivies de celles des saints Paulin, Malchus, Paul le Simple et Antoine, qui sont aussi de Wauchier, et qui sont comprises dans le ms. de Carpentras.

[2] En voici le début, d'après le ms. Bibl. nat., fr. 412 :

(Fol. 157) «Seinz Jerosme fu nez de haute lignie, d'un chastel qui fu apelez Stridons; si estoit en la marche Dalmasse et de Pannonie, mès il est destruit grant tens a, si come sont pluseurs autres viles qi ja furent de grant nobleté. Li peres seint Jerome eut a non Eusebius, qi mout fu preudom et sages. Li filz l'ensivi mout bien de science, si com vos porroiz oïr et entendre... »

[3] Migne, *Patr. lat.*, XXII, 201.

qu'il était innocent du méfait dont on l'avait accusé. Les moines
crurent devoir s'imposer une pénitence pour expier leur jugement
téméraire. D'où le traducteur prend occasion de nous dire en vers
que les moines de ce temps valaient mieux que ceux du temps
présent. Voici le texte, d'après le ms. Bibl. nat. fr. 412, fol. 158 :

Li lions comença a aler molt liement par tout l'encloistre de l'abeïe; si se coucha
devant chascun frere aussi com s'il vousist dire qu'il n'avoit mie faite la felonie c'on
li avoit sus mise. Quant ce virent li frere, il firent lor peneance por la cruiauté del
blasme dont il l'avoient reté a tort; car adont estoient moine piu et doz, ne ne
savoient mie tant de mal com il sevent ores.

Ceus qi or sont het Nostre Sire;
Nus n'en porroit conter ne dire
Lor maus ne lor malaventures :
Deu héent et les Escritures
Et lor ordre, mès c'est del meins :
Ja nus preudom n'ert lor compeins
Qi ne s'en plaigne, c'est la fins.
En moine a plus de larrecins

Qu'en usurier de fauseté.
Et se li cuens la verité
Savoit de lor cuers les felons,
Ja ne seroit li ans si lons
Que por eus feïst nule rien ;
Car je li mant, sel sace bien,
Qe por lui feroient petit
N'en orissons, n'en fet, n'en dit.

Li frere seint Jeroime disoient del lion : « Veez ici nostre pasteur que nos damp-
« nions si cruelment com se ce fust uns devorrieres, et Nostre Sires nos a demostré
« mout beau miracle por ce qu'il fust de cest blasme escusez [1]. »

Le comte auquel s'adresse l'auteur ne peut guère être différent du
comte Philippe de Namur, nommé dans le prologue du manuscrit de
Carpentras (ci-dessus, p. 261). D'ailleurs, nous trouverons plus loin,
dans la traduction des Dialogues de Sulpice Sévère, un témoignage
plus positif. Il est à remarquer que ce hors-d'œuvre poétique a été
omis dans la plupart des copies. En fait, nous ne l'avons trouvé
que dans la famille formée par les manuscrits Bibl. nat. fr. 411, 412,
et Musée brit. 20 D vi. La même observation s'applique aux passages
que nous allons rapporter.

La vie de saint Benoit [2] contient aussi quelques morceaux en vers.

[1] Il y a seulement dans le latin (Migne,
XXII, 212) : « Quo viso, fratres pœnitentiam
« agentes quod ei crudelitatis intulissent crimen,
« dicebant : Ecce pastorem nostrum, quem paulo
« ante ut voratorem crudeliter damnabamus :
« cum quanto eum præconii miraculo, ut huic
« crimen auferret, ad nos dignatus est mittere
« Dominus! »

[2] Début, d'après le ms. Bibl. nat. fr. 412 :

(Fol. 158 d) « Uns hom fu de mout seinte vie,
« si com seinz Gregoires nos raconte. Cil hom
« estoit Beneoiz apelez par non, qi tres s'en-
« fance avoit en lui cuer de viellece ; science et
« ses sens et ses meurs trespassoient son aage.
« Dont il avint q'il onques ne vout atorner
« son corage as deliz de cest siecle, einz des-
« pist le monde et totes les oevres qui veines
« estoient... »

Au chapitre xxiii de l'original latin (deuxième livre du *Dialogus* de saint
Grégoire) est contée l'aventure de deux religieuses de noble naissance
qui avaient pris l'habitude de parler sur un ton hautain à un homme
pieux qui les servait. Benoit, l'ayant appris, les avertit qu'il les ex-
communierait si elles ne se corrigeaient pas. Elles ne tinrent pas
compte de cette menace, sur quoi le traducteur fait cette sortie contre
les femmes :

Car femes tencent volentiers, (*fol. 164 c*)	Dex qi les fist si les consaut
Ce leur samble mout bons mestiers.	Et nos ausint ! car mout sovent
Puis que tences ont entreprisses,	Avons a eles mal covent,
Eles n'en erent ja souprises,	Voire as pluiseurs, non mie a totes.
Ainz liment tant qe mal lor vaut.	Mal font celes qui sont estoutes ;

si com cez .ij. noncin estoient vers lor convers, qui onqes, por le mandement saint
Bencoit, ne s'amenderent. . .

Un peu plus loin, ce sont les moines qui sont pris à partie :

(*Fol. 167*) Et bien saciez que adonc fist il la riule et escrist qe les moines ont
en lor abbeïes, et qu'il doivent tenir, se il seint Bencoit ne héent ;

Mès tant lor a fet et tant dit	Meintiegne Dex en droite voie,
Q'il li sont trestoz contredit,	Et les autres puist ravoier [1]
Tieus i a, et non mie touz.	Si qe Dex a merci les voie !
Ceus qi ne sont fel ne estouz	

Or saciez bien qe, en la riule qe sainz Beneoiz fist, puet l'en bien trover tout si
com il vesqi et ses fèz et tout si com li moine doivent vivre.

On voit que le traducteur de la vie de saint Benoit manifeste, à
l'égard des moines, les mêmes sentiments de défiance, sinon d'hostilité, que le traducteur de la vie de saint Jérôme. Il est bien évident
que l'une et l'autre légendes ont été mises en français par le même
écrivain.

Les vies françaises de saint Martin et de saint Brice se suivent dans
les manuscrits. On ne rencontre guère l'une sans l'autre [2]. Il n'est pas
douteux qu'elles ont été mises en français par le même traducteur,
et il est plus que probable que ce traducteur est celui des vies de
saint Jérôme et de saint Benoit. De plus nous verrons que trois manuscrits joignent à ces deux légendes la traduction des Dialogues de

---

[1] Ce vers reste sans correspondant. En outre,
il devrait prendre place après le suivant. La
leçon du ms. fr. 411 (fol. 248) est identique.

[2] Les mss. Bibl. nat. fr. 422 et 17229 font
exception : ils ont la vie de saint Martin, mais
non celle de saint Brice.

Sulpice Sévère sur saint Martin. Il n'est guère douteux que le traducteur a eu sous les yeux un recueil latin, comme il en existe beaucoup, où les trois ouvrages étaient groupés.

La vie de saint Martin, traduite de Sulpice Sévère, commence par un prologue qui, bien qu'écrit comme prose dans les manuscrits, est certainement en vers, au moins pour le début que nous rapportons d'après le ms. 412 :

(*Fol. 103*) Mout doit on doucement et volentiers le bien oïr et entendre, car par le bien savoir et retenir puet l'en sovent a bien venir. Qui bien ne seit ne bien n'entent de bien faire n'a nul talent. Mès del bien nest sovent li biens, del mal li maus, si com dist l'Escripture. Por ce se doit l'en au bien avoier et le bien feire, si com li seint home firent ça en arriere de cui nos trovons les oevres et les vies [es] escriptures. Et bien sacent tuit cil qi vivent qe ja n'avront tant de bien fet en totes lor vies qe, qant la mort, dont nule rien n'eschape, les poindera au cuer, q'il ne cuident petit avoir fait. Dex ! que feront dont cil qui riche sont et aise de l'avoir de cest siecle, ne en eus n'ont douçor ne humilité ne misericorde, ainz sont plein d'angoisse et de traïsson et de felonie et de grant avarice, qe, com plus ont richesces et avoirs, plus en desirrent a avoir? Ce fet li deables, qi en tel maniere les a laciez et pris q'il les en meine en infer le grant chemin plenier. De ce se gard[er]ent li seint home, qi, par dolereuses peines et par griez tormenz et par veilles et par geünes et par toutes bones oevres, firent tant q'il vindrent a vie parmenable et a la corone de gloire. A ce garderent li seint confessor et messires seinz Martins, dont ci comence la vie.

Plus loin, Sulpice Sévère (ch. xx) rapporte un trait de la vie de saint Martin pour montrer en quelle estime l'empereur Maxime tenait le saint évêque de Tours :

(*Fol. 109 b*) Li empereres coumanda a celi qi agenoilliez estoit q'il baillast a l'evesqe la coupe, por ce q'il voloit qe li seinz hom li donast de sa mein a boire. Mès seinz Martins but, et, tantost q'il ot beü, si bailla la coupe au prestre qi a la table seoit et venuz ert en sa compaignie, por ce q'il cuidoit qe nuz de toz ceus qi la dedenz seoient fust si dignes de boivre après lui com li prestres; car grant chose est de prestre, et li doit chascuns porter grant seignorie. Car, com plus est li hom de haute lignie et acompliz de grant richesce, tant doit il plus grant honor porter au prestre qi Nostre Seignor lieve et couce, de cui tous li biens vient en terre et el ciel lassus.

Dont cil serront mat et confus [1],
Qi bien servi ne l'averont;

Et cil qi ses comans feront
Averont joie et tel leesche,

[1] Ce vers paraît rimer avec la prose qui précède; toutefois il y a dans le ms. fr. 422 (fol. 91 d) une leçon, peut-être préférable, qui fournit un vers de plus, et peut-être trois : « car « de lui vient tous li biens qui est el siecle ter- « rien, et trestot cil del ciel lassus, dont cil... »

Tel signorie et tel hautesce,
Ke nus deviser nel savroit.
[Certes, boin pourcacier feroit [1]]
Riches, povres communement
Qui a cel esjoïssement
Peüssent servir sanz desfense ;
Et cil qi la venir ne pense
Est, certes, en molt male voie,
Car li deables le desvoie,
Qi o lui est soir et matin.

Qi la vie ot de seint Martin
Aucun bien en doit retenir,
Car del bien doit bien sovenir ;
Le mal doit l'en lessier aler ;
Ce oï sovent dire et conter
Qe del bien doit nestre li biens,
Del mal le mal, as anciens.
Ne vos en sai plus qe retraire :
Buer fu nés qi le bien puet faire
Car Dex l'aime, mon essient [2].

Quant li empereres o sa gent [3] vit que seinz Martins ot premiers la coupe baillie au prestre q'a nul des autres, il s'en esmerveillierent de grant maniere, et si plot mout a l'empereor et a toz cels qi environ lui estoient.

La vie de saint Martin se termine par ces vers [4] :

Tant trueve l'en en l'escriture [5] (*fol. 113*)
Qi del trestot nos assegure
Et qi la verité en dist,
Tout ausi com Sevrins l'escrit,

Qi sa vie nous a retrete
El latin, qi molt bien l'a fete,
Au tesmoing ceus qi l'ont leüe
Et tote oïe et entendue.

Au cours de la légende nous avons rencontré un passage en vers, qui, de même que ceux qu'on a lus plus haut, a le caractère d'une satire morale (Bibl. nat., fr. 412, fol. 105 c d) :

Car qi son signeur voit bien faire legierement i puet example prendre. Et qant li sires qi les autres doit governer n'entent s'a mal non fere, li autre s'avoient par autel maniere a tele oevre et a tel costume. Ce puet l'en veoir sovent en cel tens d'ore plus que l'en ne feïst adonques, car par les seignors qi poesté ont et signorie empire li siecles et va a honte.

Car chascuns veut trestot avoir [6],
Et chascuns tient a grant savoir
Que la ou doit doner souvent
Doinst a chascun pou ou noient ;
Mès je vous di que mal esploite
Qui tout a retenir couvoite,

Car morir couvient en la fin.
Qui souvendroit de seint Martin
Et qui ses voies ensivroit
Ja, certes, avers ne serroit
Ne n'avroit en lui felonie
Ne mauvestié ne vilonie.

[1] Ce vers, omis dans le ms. 412, est rétabli d'après le ms. 422. Le ms. 411, qui est de la même famille que 412, donne pour ce vers une leçon inadmissible, *ja tant ne s'en entremetroit*, vers de pur remplissage qui se joint mal à ce qui suit.

[2] Ailleurs, par exemple dans le ms. Bibl. nat. fr. 17229 (fol. 135 d), les quatre premiers vers seulement sont rapportés, et le dernier est ainsi modifié : *Avront grant joie et grant leesce*.

[3] Ces mots forment un vers qui rime avec le précédent. Il est difficile toutefois de ne pas le joindre à la phrase en prose dont il est le début.

[4] Au lieu des vers qui suivent, il y a simplement dans le ms. 17229 (fol. 141 b), et dans la plupart des autres copies : « Ce trueve l'en en l'escripture. »

[5] Ms. *Tant en trueve l'en l'escripture*.

[6] Le premier seulement de ces vers est conservé dans la plupart des manuscrits : voir, par exemple, mss. 17229 (fol. 130 c), Bibl. Mazarine, 1716 (fol. 52).

Si en devroit bien sovenir
A tous ceus qui cuident[1] morir,
Mès autres ne le dient mie[2]

Qi la mort tienent a folie,
Ne qui ne cuident ja finir
Ne de cest siecle departir.

A ce ne pensoient mie li deciple seint Martin, ainz cremoient la mort et doutoient.

Le récit de la translation, qui suit ordinairement la vie de saint Martin dans les manuscrits, peut bien avoir été traduit aussi par Wauchier, mais nous n'y avons pas remarqué de vers.

La vie de saint Brice est traduite d'une légende latine qui se rencontre souvent à part (elle est imprimée dans le *Sanctuarium* de Mombritius), mais qui n'est autre chose qu'un extrait de l'*Historia Francorum* de Grégoire de Tours (livre II). C'est vers le commencement que le traducteur a intercalé quelques vers de sa façon. Nous citerons tout le début de cette légende; on pourra, en comparant avec le latin, voir comme le traducteur paraphrase et même développe son texte (fr. 412, fol. 127 b) :

Quant seinz Brices estoit jovenceaus, il guaitoit[3] mout seint Martin por ce qu'il le veoit viel home et de grant abstinence et de seinte vie; et li jovenceaus avoit le cuer jovene; si ne li pleisoient mie les oevres del seint home qi estoit archevesqes, car il vousist bien q'il se meintenist de dras et d'autres choses plus belement, si com li pluiseur feroient encore, qe s'il veoient les evesques et les hautes persones deduire povrement et en vielz habiz et en granz abstinences por l'amor Nostre Signor, il les en blasmeroient et diroient que ce seroit ypocrisie.

Por ce ne set l'en mès qe fere ;
Nus ne se set auquel chief trere :
Beghins est qi viut fere bien,
Ne nus nel tient a crestien
Qi le mal fet apertement.

Qi se meintient moienement
L'on li met sus q'il est escharz;
Si est li maus par tout esparz
Qe nus ne set qe devenir
Ne la quel voie il puist tenir.

Un jour avint qe uns hom estoit entrepris de grant enfermeté; si aloit querant seint Martin por avoir santé et aide, car li seins hom vivoit[4] encore adonc. Seinz Brices estoit lors dyacres, et si estoit en la place ou cil demandoit le seint archevesqe. Quant seinz Brices l'oï, il li dist : « Se tu le vius conoistre, regarde de loing, « car il est dervez, si le porras bien reconoistre, car il est borgnes et aussi regarde il « vers le ciel com il fust dervez. » Qant li povres hom entendi ce, il ne l'en fu gueres, einz ala tant qerant le seint home q'il l'ot trové, et si fu touz gueriz de s'enfermeté. Et seinz Martins vint a seint Brice, qi diacres estoit, et parla en tel maniere : « Brices, « dont ne te samble je borgnes et dervez?. . .[5] »

[1] Fr. 422 (fol. 87) *doivent.*
[2] Fr. 422 *Mès us autres ne di jou mie.*
[3] Plusieurs mss. ont *gaboit.*
[4] Ms. *li seint home vivoient.*
[5] Voici le latin (Greg. Tur., *Hist. Franc.*, II, 1) : « Igitur, post excessum beati Martini « Turonicæ civitatis episcopi, summi et incom- « parabilis viri, de cujus virtutibus magna apud « nos volumina retinentur, Briccius ad episco- « patum succedit. At vero Briccius iste, cum « esset primævæ ætatis juvenis, sancto adhuc « Martino viventi in corpore multas tendebat

C'est dans la version des Dialogues de Sulpice Sévère sur saint Martin que se trouve le témoignage le plus précis sur l'œuvre de Wauchier. Il ne le cède pas en importance à ceux que nous a fournis le manuscrit de Carpentras.

La version des Dialogues sur saint Martin nous a été conservée par trois manuscrits qui forment une famille très nettement définie, étant trois exemplaires à peu près identiques d'un même recueil (Bibl. nat., fr. 411 et 412; Musée brit., 20 D vi). À la fin de cette traduction se lisent des vers, écrits comme prose, où on apprend que le traducteur des Dialogues est en même temps celui de la vie de saint Brice; qu'il s'appelait Gauchier, ce qui est le même nom que Wauchier, et qu'il écrivait pour le comte de Namur. Le passage est malheureusement corrompu dans les trois manuscrits, qui dérivent évidemment d'un même original déjà fautif; cependant le sens général n'est pas douteux. Voici le texte d'après le manuscrit Bibl. nat. fr. 412, fol. 127. Nous mettons les vers à la ligne :

Or vos ai l'uevre consommee [1]
Des miracles de saint Martin,
Si com jes trovai el latin,
Que Severus fist et treta.
Mès Gauchiers, qi les translata
En romanz, avant nos raconte
. . . .
De Namur son signor
Avant la vie de seint Brice sans sejor [2]
Qui fu esleüz . . . .

A archevesque del païs
Après la mort de ce seint home [3]
Dont contée vous ai la some.
Or aiez pais et si oiez [4]
Et vos cuers a [5] bien apoiez,
Car pou puet li biens profiter
Celui qui nel viut escouter;
A enviz fet bien, ce m'est vis [6],
Qui le bien escoute a enviz [7].

« insidias pro eo quod ab eodem plerumque cur
« faciles res sequeretur arguebatur. Quadam
« autem die, dum quidam infirmus medicinam
« a beato Martino expeteret, Briccium adhuc
« diaconum in platea convenit, cui simpliciter
« ait : « Ecce ego præstolor beatum virum et
« nescio ubi sit, vel quid operis agat. » Cui Bric-
« cius : « Si, inquit, delirum illum quæris, pro-
« spice eminus : ecce cælum solite, sicut amens,
« respicit. » Cumque pauper ille, occursu red-
« dito, quod petierat impetrasset, Briccionem
« diaconum vir beatus alloquitur : « En ego,
« Bricci, delirus tibi videor ? »

[1] Ce vers paraît isolé : en réalité il rime avec la fin du paragraphe précédent, qui se termine par ces mots : « Et il se leverent tuit « et departirent, car ja estoit près de la vesprée. »

[2] Ms. 411 : *Avant la vie sanz sejor De saint Brice*, ce qui paraît meilleur.

[3] Saint Martin.

[4] Le ms. 412 de la Bibl. nat. et le ms. du Musée brit. portent *aiez*.

[5] Les deux mêmes mss. omettent *a*.

[6] Les deux mss. portent : *ce m'est a vis*.

[7] Voici deux essais de restitution dont aucun ne nous satisfait pleinement :

1° Mès Gauchiers, qui les translata
En romanz, avant nos raconte,
Par le comandement le conte
De Namur, Felip, son signor,
Avant la vie sans sejor
De saint Brice qui fu esliz
A archevesque del païs.

2° Mais Gauchiers, qui les translata
En romanz par comant le conte
De Namur, son signor, nos conte,
[Si com il plot a cel signor,]
Avant la vie, *etc.*

Il n'est pas hors de propos de transcrire un passage de cette version des Dialogues de Sulpice Sévère, pour montrer quelles libertés Wauchier prenait avec son texte, abrégeant le plus souvent et n'hésitant pas à omettre les passages difficiles.

<table>
<tr><td>DIAL. I, XXVII.</td><td>BIBL. NAT., FR. 412, FOL. 119.</td></tr>
</table>

« Ego plane, inquit Gallus, licet impar sim « tanto oneri, tamen, relatis superius a Postu-« miano obœdientiæ cogor exemplis ut munus « istud quod imponitis non recusem. Sed, dum « cogito me hominem Gallum inter Aquitanos « verba facturum, vereor ne offendat vestras « nimium urbanas aures sermo rusticior. Audietis « me tamen ut gurdonicum hominem, nihil cum « fuco aut cothurno loquentem. Nam si mihi tri-« buistis Martini me esse discipulum, illud etiam « concedite ut mihi liceat, exemplo illius, inanes « sermonum phaleras et verborum ornamenta « contemnere. » — « Tu vero, inquit Postu-« mianus, vel celtice aut si mavis gallice loquere, « dummodo Martinum loquaris. Ego autem credo « quia, etiam si mutus esses, non defutura tibi « verba quibus Martinum facundo ore loquereris, « sicut Zachariæ in Johannis nomine lingua reso-« luta est. Ceterum, cum sis scholasticus, hoc « ipsum quasi scholasticus artificiose facis, ut « excuses imperitiam, quia exuberas eloquentia ; « sed neque monachum tam astutum neque « Gallum decet esse tam callidum. Verum adgre-« dere potius et quod te manet explica : nimium « enim dudum alias res agentes consumimus « tempus, et jam solis occidui umbra prolixior « monet non multum diei vicina nocte supe-« resse. »

Lors respondi Gaulus et si dist : « Encore ne soie je mie si di-« gnes de raconter si grant oevre, « li example d'obedience qe Pos-« tumiens nos raconte me con-« streint a ce qe je ne refuse mie « ce que vos me rovez et proiés qe « je die. Mès je me criem molt « qe mes paroles ne soient mie si « bien assises com les pluisors qe « vos avez oïes. Mès, nonporqant, « je vos conterai ce qe je en avrai « veü a la plus bele maniere que « je porai et savrai. » Dont dist Postumiens : « Galle, di et parole « seürement, car je rejehis et croi « qe, se tu estoies mus et sanz « parole, et tu de saint Martin « parler voloies et ses fèz raconter, « qe tu ta parole raveroies, aussint « comme Zacharie le rot por de-« mostrer le non seint Jehan Bap-« tiste. Mès or conmence heitie-« ment et si nos raconte ce qe tu « en sez et veïs, car nos avons « auques de tens gasté en autres « paroles, et la nuiz aproche qi « nos semont qe tu de conter ne « targes mies. »

Les vies de saint Jérôme et de saint Benoit, la vie de saint Martin, dont les Dialogues de Sulpice Sévère sont le complément, celle enfin de saint Brice, disciple et successeur de saint Martin, se rattachent assez naturellement aux récits sur les Pères de la Thébaïde et au Dialogue de saint Grégoire. Saint Jérôme vécut de la vie des anachorètes qu'il a contribué à nous faire connaître. Les Dialogues de Sévère sur saint Martin sont conçus dans le même esprit que le Dialogue de Grégoire. Il est naturel que tous ces écrits hagiographiques, inspirés par un même sentiment et présentant une réelle analogie, aient été mis en français par le même écrivain.

Il est une autre légende française, d'un caractère fort différent, que nous croyons pouvoir joindre à l'œuvre littéraire de Wauchier, bien que les preuves en faveur de cette attribution ne soient pas aussi décisives que pour les ouvrages précédents. C'est une vie de sainte Marthe, l'hôtesse du Christ, dont l'original a été imprimé dans le *Sanctuarium* de Mombritius. La traduction dont nous voulons parler ne paraît pas avoir été fort répandue, car nous n'en connaissons que deux copies, l'une qui fait partie d'un grand légendier français, le manuscrit Bibl. nat. fr. 6447 [1], l'autre insérée, entre divers écrits pieux en vers ou en prose, dans le manuscrit Bibl. nat. fr. 19531 [2]. Elle est précédée d'un long prologue en vers octosyllabiques, et contient au moins deux morceaux qui présentent la même forme. Dans le prologue et dans l'un des passages en vers, l'auteur exhorte ses contemporains à faire le bien, à se garder de l'amour des richesses, afin de n'être pas pris au dépourvu le jour redouté du jugement dernier. C'est une idée que Wauchier a plus d'une fois développée. Le prologue, qui est fort long, ayant été publié ailleurs [3], nous ne le reproduirons pas ici; nous lui emprunterons toutefois quelques vers qui peuvent être utilement rapprochés de certains passages cités plus haut. L'auteur, parlant du jugement dernier, s'exprime ainsi :

Por Dieu, signor, dont ke feront
Cil ki el siecle poi bien font
Quant venra a cel jugement?
Li vauront auques ii parent,
Force, valors ne grant noblece,

Biautés, cointise ne rikece?
Nenil, se par Dieu n'est donée,
Ja n'i iert nule riens contée
Par amparlier. . . . .

Comparez ces vers insérés dans la version de l'*Historia monachorum* (ci-dessus, p. 275) :

Dex! que porront il devenir ?
Feront il emparliers venir?
Nenil certes : vaines et foles

Seront [tres]totes lor paroles. . .
N'i valront rien li eritage
Ne li pris de chevalerie.

---

[1] Une notice détaillée de ce manuscrit a été publiée dans les *Notices et extraits*, XXXV, 435-510. Pour la vie de sainte Marthe, voir p. 500-503.

[2] Ce manuscrit, qui n'est que du xv᷍e siècle, n'a pas été mentionné dans la notice citée à la note précédente.

[3] *L. l.*, p. 501-502.

Il y a, dans le prologue de la vie de sainte Marthe, une indication précise des circonstances dans lesquelles cette légende a été mise en français :

Ensi le commande ma dame,
Cui Diex garisse cors et ame,
Et ait merchi de son bon pere,
Ki fu et quens et emperere
De Constantinople le grant,

Et de sa mere le vaillant,
Ki fu trés jentils dame et sainte ;
Onques de li ne fisent plainte
A Dieu les glises ne les gens,
Ains lor fist mains biaus dons et jens [1].

Baudouin, comte de Hainau et de Flandre, empereur de Constantinople en 1204, mort en 1206, laissa deux filles, Jeanne et Marguerite, qui furent l'une après l'autre comtesses de Hainau et de Flandre, la première après la mort de son père, de 1206 à 1244, la seconde de 1244 à 1280. Si nous supposons que l'auteur de ces vers était Wauchier, nous devrons nécessairement admettre que c'est pour la première de ces deux dames que la vie de sainte Marthe fut traduite [2].

Les traductions que nous avons assignées à Wauchier sont-elles les seules qu'il ait composées? Nous n'oserions l'affirmer. Toujours est-il que nous n'avons reconnu sa manière dans aucune autre des nombreuses vies de saints en prose française qui nous sont parvenues, et qui fourniront la matière d'une prochaine notice dans le présent volume. Il ne serait pas impossible, toutefois, qu'il fût l'auteur d'une vaste compilation d'histoire ancienne, s'étendant de la création du monde jusqu'au temps de César, qui fut composée, entre 1223 et 1230, pour un châtelain de Lille, appelé Roger. L'auteur anonyme de cette composition aime, comme Wauchier, à joindre à certains de ses récits des réflexions morales rédigées en vers octosyllabiques [3].

---

[1] Dans la notice précitée (p. 501), on a supposé que la dame désignée était Marguerite, la seconde fille de Baudouin; mais rien, dans le texte, ne favorise cette identification plus que l'autre, et si on admet que le traducteur était Wauchier, qui écrivait du temps de Philippe, comte de Namur, c'est-à-dire vers 1212, il devient infiniment probable qu'il est ici question de Jeanne.

[2] Notons ici que leur mère, la femme de Baudouin, Marie de Champagne († 1204), passait pour une femme instruite. Sur le tombeau de son frère, Thibaut III, comte de Champagne, mort en 1201, elle était représentée, ainsi que d'autres membres de sa famille, et à sa statue était jointe une inscription ainsi conçue :

Hec est germana, flos unicus, una Maria,
Circa quam studuit formandam tota sophia.

(H. d'Arbois de Jubainville, *Hist. des ducs et des comtes de Champagne*, IV, 95.)

[3] Cette compilation a été analysée dans la *Romania*, XIV, 37 et suivantes. Quelques additions à cet article ont été faites dans le *Bulletin de la Société des anciens textes français*, 1895, p. 83-96.

Ces vers ne présentent rien de bien caractéristique et la valeur poétique en est médiocre, en quoi ils ne se distinguent guère de ceux que nous avons rapportés dans les pages précédentes. On y trouve aussi, comme chez Wauchier, des exhortations à fuir le péché et à vivre saintement, fondées sur la pensée de la mort, et en même temps une tendance à blâmer la vie des nobles et notamment leur vanité et leur avarice. Ce sont là des lieux communs, qui, en l'absence de preuves positives, ne nous permettent pas d'aller au delà d'une hypothèse.

Nous présenterons une dernière hypothèse au sujet d'un ouvrage de tout autre nature, que des raisons assez fortes permettent d'attribuer à notre Wauchier de Denain. Il s'agit de l'une des continuations du *Perceval* de Chrétien de Troyes, dont l'auteur a été jusqu'ici, non sans vraisemblance, appelé *Gaucher de Dourdan*. Mais, comme on l'a fait remarquer dans un précédent article [1], ce nom se présente dans les manuscrits avec de nombreuses variantes : *Gauchier de Dolens, Gauchier de Doudain, Gauchier de Dordans, Chaucer du dous tans, Gautier de Denet, Gautier de Dons* [2]. Or un manuscrit de *Perceval* récemment acquis par le Musée britannique (Addit. 36614 [3]) porte *Gauchier de Donaing*, et il n'est pas douteux que *Donaing* est une ancienne forme du nom actuel Denain, qui, selon une obligeante communication de notre confrère M. Longnon, était en latin *Donincum* [4]. Le nom du continuateur de Chrétien est donc identique à celui de notre traducteur de pieuses légendes. Il y a une autre raison d'identifier le premier avec le second. La continuation de *Perceval* qui a pour auteur Gauchier ou Wauchier de Denain est restée inachevée. Par une cause ignorée elle s'arrête au milieu d'une phrase. L'œuvre interrompue fut reprise par le poète Manessier, qui, d'après son propre témoignage, travaillait pour la comtesse Jeanne de Flandre. Il n'est pas invraisemblable de supposer que Wauchier avait entrepris de continuer le *Perceval* à la requête de la même dame, de sorte que l'identité du nom et l'identité des circonstances conduisent à la même conclusion.

---

[1] *Hist. litt. de la Fr.*, XXX, 28.

[2] Voir l'édition de Potvin, note sur le v. 33755.

[3] Ancien ms. Barrois 1, ayant appartenu au comte d'Ashburnham ; c'est le n° 463 du catalogue de vente (1901). Voir *Bibl. de l'Éc. des chartes*, LXIII, 56.

[4] Flodoard, *Annales*, ad ann. 931. L'édition des *Monumenta Germaniae historica* a adopté la mauvaise leçon *Domincum*, mais voir la variante.

Nous ne savons pas quelle était la condition sociale de Wauchier de Denain. Nous pouvons conjecturer qu'il était clerc, quoiqu'il ne prenne cette qualité en aucun des passages où il s'est désigné. Mais devait être un clerc séculier ou un de ces chapelains vivant dans le ce monde que les seigneurs avaient habituellement dans leur *mesnie.* Assurément il n'appartenait pas à un ordre religieux : l'opinion défavorable qu'il exprime au sujet des moines ne laisse guère de doute sur ce point. C'était un homme pieux, ayant de la pitié pour le pauvre peuple et poursuivant d'une haine vigoureuse l'avarice et la cupidité des « hauts hommes »[1], d'ailleurs médiocrement instruit, ce qui ne nuit pas à son style, qui est en général simple et clair. Les seules données chronologiques que nous possédions sur sa vie et sur son activité littéraire se déduisent des passages que nous avons cités. C'est du vivant de son protecteur, le comte de Namur, qu'il traduisit les vies de saint Jérôme, de saint Benoît, de saint Martin (y compris les Dialogues de Sévère), de saint Brice, par conséquent avant 1212; c'est plus tard sans doute qu'il entreprit de mettre en français les Vies des Pères et les livres I et III du Dialogue de saint Grégoire. Ce qui, du moins, paraît assuré, c'est que le prologue des Vies des Pères, ou plus particulièrement de la vie de saint Paul l'ermite, a été écrit après la mort de Philippe de Namur. Quant à la vie de sainte Marthe, si, comme nous le pensons, elle doit être attribuée à Wauchier, elle ne peut évidemment être antérieure à 1206, année où Jeanne de Flandre succéda à son père, Baudouin de Constantinople. Il est même très probable qu'elle est postérieure à 1211, c'est-à-dire au mariage de Jeanne avec Ferdinand de Portugal. Depuis la mort de son père jusqu'à cette date la princesse fut sous la garde de Philippe Auguste qui la tenait prisonnière, et il n'est guère vraisemblable qu'on lui ait offert une composition littéraire avant sa libération. La même conclusion s'applique à la continuation de *Perceval,* qui, étant restée inachevée, peut passer pour l'une des dernières œuvres de Wauchier. Nous n'oserions affirmer que ce fût exactement la dernière de ses œuvres. On a remarqué, en effet, que l'histoire ancienne composée pour le châtelain Roger entre 1223 et 1230, que nous sommes portés à attribuer à Wauchier, est incomplète. L'auteur annonce dans son prologue

[1] Voir ci-dessus, p. 275.

l'intention de traiter des premiers temps de l'histoire de France et de
l'histoire des Flandres. Son travail, tel qu'il nous est parvenu, s'arrête à l'époque de César[1]. Il est d'ailleurs fort possible que Wauchier ait poursuivi simultanément la rédaction de ses compilations
historiques et celle de la continuation de *Perceval.*

TRADUCTION EN PROSE, FAITE POUR BLANCHE, COMTESSE DE CHAMPAGNE.

Vers le temps où Wauchier traduisait pour le comte de Namur
les vies des Pères ermites et de quelques autres saints, peut-être
quelques années plus tard, un écrivain anonyme composait une œuvre
du même genre pour Blanche de Navarre, épouse ou veuve de Thibaut III, comte de Champagne. Il traduisait plusieurs des écrits consacrés aux anachorètes de la Thébaïde, ignorant très probablement
qu'il avait eu un devancier. Son œuvre paraît avoir été bien accueillie.
Nous n'en connaissons pas plus de deux copies complètes, l'une à la
Bibliothèque nationale, fr. 1038[2], l'autre à la Bibliothèque municipale de Lyon, n° 773, mais des parties plus ou moins considérables
s'en trouvent dans d'autres manuscrits que nous énumérerons à la
fin de la présente notice. Avant d'aller plus loin, nous transcrirons
tout d'abord, d'après le ms. fr. 1038, le prologue en vers qui nous
fournit toutes les notions que nous possédons sur les conditions dans

---

[1] Voir *Romania*, XIV, 57.

[2] Ce manuscrit, exécuté en France vers le
commencement du xive siècle, fut bientôt
transporté en Angleterre. Une note finale,
d'une écriture anglaise, nous apprend qu'il ap-
partint, dans la seconde moitié du même siècle,
à la comtesse d'Oxford, Philippe de Couci, fille
d'Enguerran VII de Couci. D'après une autre
note, écrite au folio 4 v°, il fut acquis, après le
décès de cette dame, par Sibille de Felton,
abbesse de Barking (Essex). Acheté en Angleterre, probablement par Charles d'Orléans, il
revint en France au xve siècle et fit partie de
la librairie de Blois, avec laquelle il entra, en
1544, dans la bibliothèque royale, à Fon-
tainebleau. Voir Delisle, *Le Cabinet des manuscrits*, I, 110. — Nous faisons usage de ce manuscrit parce qu'il est, avec l'exemplaire de
Lyon, le seul complet. Mais nous ne nous dis-
simulons pas qu'il contient beaucoup de mauvaises leçons, comme on le constate facilement
par la comparaison avec d'autres copies (voir
plus loin, p. 299, note 4). Le texte de Lyon
n'est pas plus correct.

La langue du manuscrit 1038 présente certaines particularités entre lesquelles deux se
rencontrent fréquemment dans les textes français de la Champagne : les groupes *an* et *en*
avaient pris le même son, et, par suite, sont
souvent écrits l'un pour l'autre; ainsi *comenderent, contenence, quenque, tent* (tant), et inversement *vanz* (vents). L's placée avant une
consonne, n'étant plus prononcée, est souvent
omise : *cretiens, moutrer, tretot*; d'autres fois,
cette même lettre, considérée comme muette,
est introduite en des mots où elle n'a que
faire : *austre, austrement, mestre* (mestre), *ost*
(eut).

lesquelles l'ouvrage a été fait. Nous ne l'avons rencontré que dans les deux manuscrits précités[1].

Seinte[2] Escriture fet savoir *(fol. 4 b)*
A ceus qui ont sens et savoir
Qu'il enseignent si con il doivent,
4 Car cil qui l'avoir Dieu reçoivent,
S'il ne l'emploient et aprennent,
L'Escriture dit qu'il mesprennent.
Ore est moult sages qui emploie
8 Et despende bien la monnoie
Que Damedieux li a bailliée,
Que, s'il ne l'a monteploiée,
Jesu Crist li demandera
12 Au jour ou nus ne pledera.
Gentil contesse de Champaigne,
Fille au bon roy Sansse d'Espaigne,
Ge n'ai mie en moi grant science,
16 Et nepourquant vostre excellence,
Qui ne fet pas a correcier,
Me fist ceste euvre comencier.
Par vous encomençai ceste euvre
20 Por cuers de crestïens esmeuvre
A bien penser et a bien faire,
Et pour eus de pechié retraire.
Les autres dames de cest mont,
24 Qui plus pensent aval qu'amont,
Si font les mençonges rimer
Et les paroles alimer
Pour les cuers mielz enrooillier
28 Et pour honesté avillier.
Dame, de ce n'avez vos cure :
De mençonge qui cuers oscure,
Corrompent la clarté de l'ame,

32 N'en aiez cure, douce dame.
Leissiez Cligès et Perceval,
Qui les cuers tue et met a mal,
Et les romanz de vanité; (c)
36 Assez trouverez verité.
Jeroimes dit que cuers entiers
N'ot pas mençonge volentiers.
Toute mençonge Dieu desplest;
40 Et ce que Dieu het, si vous plest,
C'est granz maux et grant vilenie.
Or se gart chaucuns qu'il ne die
Chose qui a mal faire apraigne
44 Et qui les cuers des genz espraigne
De rage et de male aventure.
Tout va, mès que bien fait qui dure :
Force, biauté, chevalerie,
48 Aise de cors et seingnorie,
Et quanc'on voit tretout trespasse.
S'uns riches hom avoir amasse
Tout pert quanqu'il a en une heure :
52 Chose qu'il a ne li demeure.
Il meurt et on le met en terre.
Dieux! pour qu'est on si chauz del
[querre
Puis c'on pert ce c'on a si tost?
56 La mort est cele qui tout toust.
Qui bien penseroit a la mort,
Con parfondement ele mort,
Tost despiroit tretout ce monde.
60 Qui des deliz du mont se monde,
En son cuer en souztret et oste,

---

8. *Corr. despent en bien?* — 9-10. *Lyon baillie, Que s'il bien ne la multeplie.* — 31. *Corrompent* pour *corrompant?* Lyon *Et c. la cl. d'ame.* — 34. Lyon *perce et trait a vaul.* — 40. *si,* Lyon *s'il.* — 46. Lyon *Tot ua mas qui.* Le sens est : Tout passe; seuls les bienfaits durent. C'est l'ancien proverbe : «Tout passe fors que le bienfait» (Le Roux de Lincy, *Livre des prov.,* II, 427). — 53. *met,* Lyon *mot.*

[1] Un bibliophile du xviiiᵉ siècle, M. de Bombarde, possédait un manuscrit de la même version, ainsi décrit dans un ancien catalogue : «La vie des Pères du désert, en prose, «avec une épître dédicatoire en vers» (H. Martin, *Histoire de la Bibliothèque de l'Arsenal,* p. 286). Nous ignorons le sort de ce manuscrit. Peut-être est-ce l'exemplaire de Lyon.

[2] L's initiale contient une miniature représentant un moine écrivant.

Il a Nostre Seingnor a oste.
N'est il buer nez a cui manoir
64 Daingne cil qui tout fist manoir?
N'est il merveilles, quant en cendre
Daingne li roys du ciel descendre?
Vilz est li monz et home et feme;
68 Tuit sonmes boe, fors que l'ame
Qui fait vivre et mouvoir le cors.
Li cors put et l'ame en est hors.
— Conment? Il est et biaux et genz?
72 — Non est, mès il le semble as genz
Par ce qu'il ont foible regart :
Nus n'est, qui par dedenz regart.
Nous lisonmes en escritures (d)
76 Que nus n'est biaux en ses natures.
Ce qu'en tient home et fame a bele
Ce par ce que li jours chancele;
Et, qui esgarde bien a droit,
80 Soit uns hons trop biax orendroit,
Si le change une fievre et mue
Qu'il a sa grant biauté perdue.
Tout vet defaillant, tot empire;
84 Pour ce si doit on tout despire.
Et, puis qu'i n'est rien qui ne faille,

Foux est cil qui se fie en faille;
Ge di, qui veut si m'en desdie,
88 Foux est qui en ce mont se fie.
Nous trouvons, lisant en cest livre.
Que cil qui vouloient bien vivre
Laissassent viles et citez,
92 Que tout leur sembloit vanitez,
Et fuioient quanqu'il veoient :
Tuit seul es deserz s'en fuioient
Pour conquerre iluec paradis,
96 Car il leur estoit bien a vis
Qu'il n'a riens establc sor terre;
Si vouloient le ciel conquerre :
El ciel a quanqu'en puist voloir.
100 Metez i tout vostre vouloir,
Gentil contesse, fille a roi.
Les autres facent lor derroi,
Et vous ailliez la loial voie,
104 Si que li rois des rois vos voie
Vivre en cest siecle loiaument,
Et vous regart si doucement
Qu'il vos traie a sa compaignie
108 Par la bonté de vostre vie.
Ci fenist li prologues.

62. Vers omis dans Lyon. — 70. *et*, Lyon *quant.* — 71. Lyon *est il.* — 75-6. Lyon *escripture... sa nature.* — 78. Lyon *Ce est.* — 79. Lyon *Et qu'il n'esgardent.* — 88. Vers proverbial: *Fox est qui ou siecle se fie* est le premier vers d'un des contes de la *Vie des Peres (Jahrbuch f. rom. u. engl. Literatur*, VII, 422). — 91. Lyon *leissoient*, qui vaut mieux. — 93. Lyon *E fui noienz.* — 98. *Si*, Lyon *Sil.* — 101. Ms. *Gentille.*

Ces vers expriment avec une facilité commune des idées banales. On n'y trouve presque rien qui s'applique particulièrement aux Pères du désert, rien qui ne puisse être dit à propos d'un ouvrage d'édification quelconque. La parabole du talent enfoui, d'où est tiré l'exorde, avait été maintes fois utilisée par de pieux trouvères, et les développements sur la vanité des biens de ce monde sont un lieu commun très rebattu. D'autre part, la recherche des rimes léonines, qui a comme résultat la prépondérance des finales féminines, dénote un versificateur exercé. Nous ne serions pas surpris que l'auteur de ce prologue eût composé quelqu'un des poèmes hagiographiques dont nous donnerons la liste en un prochain article. Nous n'avons d'ailleurs aucun renseignement sur sa personne. Sans nul doute c'était un clerc. Peut-être était-il le chapelain de la comtesse Blanche. Nous verrons plus loin qu'il devait appartenir au clergé séculier. Il est permis de supposer qu'il était Champenois. Nous désignerons sa version par le nom de « version champenoise ».

L'usage de mettre un prologue en vers au-devant d'un écrit en prose, sans avoir été très fréquent, est attesté par un certain nombre d'exemples qui, assez naturellement, se placent dans les premières années du xiiie siècle[1], alors que la prose commençait à obtenir faveur pour les compositions historiques et surtout pour les traductions. Par une sorte de concession à l'usage plus ancien d'écrire en vers, qui devait se continuer longtemps encore, on rimait la préface, ou, si on intercalait dans la traduction quelques réflexions personnelles, on les rédigeait en vers, comme faisait Wauchier de Denain.

Notre traducteur nous fait part de temps à autre des idées que lui inspirent les récits qu'il met en français, mais il les exprime en prose.

Blanche de Navarre, par le commandement de qui l'ouvrage fut composé, épousa en 1199[2] Thibaut III, comte de Champagne. Elle devint veuve en 1201, quelques mois avant la naissance de celui qui devait être Thibaut le Chansonnier. Elle exerça la régence jusqu'à la majorité de son fils, en 1222, et mourut en 1229. C'est donc entre 1199 et 1229 que se place la rédaction de l'ouvrage, plus près, vraisemblablement, de la seconde date que de la première.

La comtesse de Champagne était femme de tête, car, pendant la minorité de son fils, elle eut à faire face à bien des difficultés et s'en tira à son honneur[3]; mais elle paraît avoir eu peu d'inclination pour la littérature vulgaire, qui, de son temps, fut si florissante en Champagne; en quoi elle différait sensiblement de sa belle-mère (qu'elle ne connut jamais), Marie de France, femme du comte Henri le Libéral. L'auteur du prologue pouvait donc, sans l'étonner, lui parler avec mépris de *Cligès,* de *Perceval,* et envelopper dans une même réprobation tous les « romans de vanité ». Ses goûts étaient sérieux. Elle avait prié Adam, abbé de Perseigne, de lui envoyer ses sermons. Celui-ci les lui adressa, avec une lettre où il exprimait des doutes sur

---

[1] Une histoire en prose de Philippe Auguste commençait par un prologue versifié ; voir *Romania,* VI, 494. De même encore l'histoire ancienne jusqu'à César qu'il est permis d'attribuer à Wauchier (ci-dessus, p. 289).

[2] Voir, pour cette date, H. d'Arbois de Jubainville, *Histoire des ducs et des comtes de Champagne,* IV, 89.

[3] Voir pour l'histoire de sa régence, l'ouvrage cité, IV, 101 et suiv.

l'aptitude de la comtesse à comprendre des écrits latins : à la vérité elle pourrait se les faire expliquer, « mais, ajoutait-il, sache bien, ma fille, « qu'un ouvrage traduit d'une langue en une autre perd toute saveur[1] ».

La défiance d'Adam de Perseigne à l'endroit des traducteurs n'empêcha point la comtesse de faire faire la compilation dont nous allons distinguer les éléments à l'aide du ms. fr. 1038 de la Bibliothèque nationale. Les manuscrits qui contiennent quelques parties du même ensemble de traductions seront examinés et classés plus loin.

L'ouvrage est divisé, dans les manuscrits complets, en deux livres qui renferment chacun la traduction d'écrits assez divers. Le premier livre contient les vies de saint Paul (par saint Jérôme) et de saint Antoine (par saint Athanase), avec l'*Historia monachorum* de Rufin. Les traités dont se compose le second livre sont les *Verba seniorum* attribués à Rufin (livre III du recueil de Rosweyde), les *Excerpta* de Sulpice Sévère et de Cassien (livre IV de Rosweyde), des extraits des *Verba seniorum* traduits par le diacre Pélage (livre V de Rosweyde); puis les vies des saintes Marine, Euphrosyne, Marie la pécheresse, nièce de l'abbé Abraham, Thaïs (fin du livre I de Rosweyde), suivies de quelques morceaux d'origines diverses; enfin les vies de saint Hilarion et du moine Malchus. Après la vie de Malchus se trouve l'explicit du second livre. Les manuscrits de Paris et de Lyon contiennent encore quelques écrits français dont nous parlerons plus loin, mais qui n'ont guère de rapport avec les vies des Pères.

Nous donnerons présentement quelques extraits qui permettront d'apprécier le caractère des traductions et de distinguer cette compilation d'autres de même genre. Voici le début (Rosweyde, p. 17 b; Migne, *Patr. lat.*, XXIII, 19), qu'on pourra comparer à celui de Wauchier (ci-dessus, p. 260) :

(Fol. 1 [2]) *Le premier livre des sainz Peres.*
Ici conmence la vie des sainz Peres; premierement de saint Pol l'ermite [3].

---

[1] Durand et Martène, *Amplissima Collectio*, I, 1025.

[2] C'est en réalité le cinquième feuillet, mais les quatre premiers, contenant la table et le prologue, ont une pagination à part.

[3] Ici le ms. de Lyon 773 introduit, en renvoi dans la marge inférieure, un prologue, emprunté à une autre version de la vie de saint Paul l'ermite, commençant ainsi : « Assez de « gent ont souvent douté qui fu li premiers « hermites qui premierement habitast es forez, « quar li aucun dient que sainz Helyes et saint « Jehanz furent chiés et commencement de tel « maniere d'ordre... » C'est la traduction du prologue de saint Jérôme. Nous aurons à mentionner, dans une prochaine notice, plusieurs copies de la traduction française à laquelle appartient ce prologue

Sainz Giroimes conte, el comencement de ceste vie, de .ij. emperieres qui mout
furent crieus et mout tourmenterent de cretïens. Entre ces choses que li dui empe-
reeurs firent, si en furent .ij. que sainz Giroimes conte pour moutrer leur grant
cruiauté et pour moutrer en quel persecution sainte Yglise estoit au tens saint Pol,
le premerain hermite, cui vie il conte cy. La première chose fu que, quant il orent
assez tormenté saint Cyprien, le benecit hermite et martyr, par une maniere de tour-
ment que l'en apeloit chevau de fut, et il l'orent gité en feu et en flambe et mis en
paelles ardenz, si comenderent que en l'oinsist de miel et si le meïst l'en u plus
ardent soleil, les mains liées deriere le dos, pour ce que les mouches le poinsissent
de leur aguillons...

Voici maintenant le début de la vie de saint Antoine par saint
Athanase (Rosweyde, p. 35; Migne, *Patr. lat.*, LXXIII, 125) :

(Fol. 3 d) *Ici commence la vie saint Antoinne.*

Li evesque[s] de la cité d'Alixandre qui avoit o non Athenaises, qui preudom estoit
et bons clers, escrist premiers la vie saint Antoine en grieu, et .j. prestres qui avoit
non Evagre la translata de grieu en latin, par la priere d'un preudom qui avoit non
Innocensies. Mout par fu saint Antoinnes de haute vie, si come vous orreiz en cel
livre. Nous lisons qu'i fu d'Egypte nez et hauz bons de lignage. Ses peres et sa mere
le firent si près d'eus nourrir que il ne quenoissoit nului se euz non et ceus de leur
meson...

La traduction de l'*Historia monachorum* de Rufin fait suite à la vie
de saint Antoine. Le prologue y est plutôt abrégé que traduit. On lira
plus loin ce prologue, ainsi que les premières lignes de l'*Historia* proprement dite. L'ordre des chapitres n'est pas le même que dans
l'édition de Rosweyde, mais, par contre, il est, pour les parties communes, semblable à celui de Wauchier[1]. Voici comment, dans notre
traduction, se suivent les chapitres[2] :

ı (Johannes), xv (Apelles), xvı (Paphnutius), xıı (Elias), xııı (Pithyrion), xıv (Eulogius), vıı (Apollonius d'Hermopolis), vııı (Ammon), ıx (Copres), xı (Helenus),
vı (Theones), xx (Dioscorus), ıı (Hor), v (la cité d'Oxyrinchus), xvııı (Serapion),
xıx (Apollonius, moine et martyr), xxı (les moines de Nitri), xxıı (Cellia), xxııı (Ammonius), xxıv (Didymus), xxx (Ammo, moine de Nitri), xxxı (Paulus Simplex), xxxıı
(Piammon), ııı (Ammo), ıv (Benus), x (Syrus), xvıı (le monastère de l'abbé Isidore),
xxvııı (Macarius senior), xxıx (Macarius junior), xxx (fin de ce chapitre), vıı (fin de

---

[1] Voir ci-dessus, p. 272. — [2] Nous faisons précéder chaque nom du numéro du chapitre
selon l'édition de Rosweyde.

ce chapitre), xxiii (fin de ce chapitre), xxv-xxvii (Cronius, Origenes, Evagrius, Johannes).

La traduction est complète, sauf qu'il y manque l'épilogue.

La version de notre anonyme, bien que parfois abrégée, se tient ordinairement plus près du latin que celle de Wauchier. Il s'en faut cependant qu'elle soit littérale : c'est une traduction assez libre, écrite en un style simple et facile. Le traducteur y a introduit sur les moines de son temps, comparés aux pieux solitaires de la Thébaïde, quelques réflexions d'où l'on peut induire que, s'il était chapelain de la comtesse Blanche, comme nous sommes portés à le croire, il n'appartenait probablement pas à un ordre religieux.

Cette version de l'*Historia monachorum* se rencontre, plus ou moins complète, en divers manuscrits qui seront étudiés plus loin. Mais, dès maintenant, nous pouvons dire que le manuscrit français 35 de la Bibliothèque impériale de Saint-Pétersbourg présente, du feuillet 194 au feuillet 231, la même série de textes que les mss. Bibl. nat. fr. 1038 et Lyon 773, à commencer par la version de l'*Historia monachorum* de Rufin, pour finir avec celle de l'*Itinerarium Antonini*[1].

La traduction de l'*Historia monachorum*[2] commence ainsi :

(Fol. 11 c) *Ici conmence li prologues sus la vie des seinz Peres hermites.*

Diex, qui fist toute creature, si est tant douz et tant debonneires qu'i voudroit que tuit fuissent sauf, et que tuit coneüssent[3] la voie de verité. Les uns atreit par beilles parolles, les autres par menaces; les .j. bat et chastie pour eus amender, et les autres pour son exemple. Exemple est une chose qui mout feit bien [et] mal, dont je di, a mon esgart, que cil peche plus-mortelment[4] qui pesche en esperance et en espert[5] que cil ne feit qui peche en repost. Savez por quoi? Cil qui peche en espert corront soi et autrui, soi par som pechié, autrui par mauvese essample; mès cil qui peche en repost ne feit mal s'a lui non. Assez troeve l'en essemple de bien feire aus bons examples des preudes homes et aus livres des sainz. Pour bonne example donner a ceus qui voudroient a bien entendre, fist uns preudons ce livre, et ala cerchant toute Egypte pour les bons homes qui i souloient estre; et quant il ost veü et cerchié les

---

[1] Des extraits du texte de Saint-Pétersbourg ont été publiés dans les *Notices et extraits*, XXXVI, 704 et suiv.

[2] Rosweyde, p. 448; Migne, XXI, 391.

[3] Ms. *covoitassent*, corrigé d'après Lyon et Saint-Pétersbourg.

[4] Lyon et Saint-Pét., *griement*.

[5] Dans le ms. 1038, au-dessus de ce mot est écrit *apert*. Ms. de Lyon : *qui p. en esgart*. Ms. de Saint-Pétersbourg : *que cil peche plus griement qui peche en apert que cil qui mesprant en repost*.

morz et la contenence a chascun, il s'en revint en la terre de Jerusalem, et par la
priere des moinnes qui habitoient u mont Oliveite, escript il la vie des Peres [1], et
si leur donna bonne essample de vivre, et premierement de saint Jahan l'ermite.

Ici conmence la vie saint Jehan li ermites [2]. Sainz Jehans li ermites habitoit en une
partye de Baythe (*lis.* Thebayde), en .j. desert de la cité de Liquesor, en une mout
roite roche. Mout i montoit l'on a painne, et, se l'en i montoit par aventure, l'en
trovoit l'uis de son moustier clos, nen i pooit l'en entrer. Illec fu li bons [hom] en-
clos dès ce que il ot .xl. anz juques a tant qu'il en ost .iiij". et .x. Ceuls qui venoient a
lui regardoit par une fenestre, fors les fames qu'i ne vouloit veoir. De tant conme
il plus s'esloingnoit des terriennes choses, de tant estoit il près de Dieu. Damedieu li
avoit donné sa (*lis.* si) grant grace de prophecie, qu'il ne disoit mie tant seullement
aus païsanz [3] les choses qui souloient avenir, ainz disoit neis a l'empereeur Theodose
conment il li cherroit de ses batailles et par coi il avroit la victoire...

Le traducteur supprime ou abrège les longues observations morales que l'auteur de l'*Historia monachorum* place dans la bouche de
l'ermite Jean. Mais en revanche il ajoute çà et là quelques remarques
de son cru, par exemple à la fin du chapitre sur la cité d'Oxyrynchus,
qui était toute peuplée de moines et de nonnes très charitables [4] :

(*Fol. 21 d*) En la contrée de Thebayde avoit une cité qui avoit nom Oritun. S'i
avoit tent (*sic*) de bien et de religion que nus ne le porroit dire. Tout estoit celle
cité plaine de moines et de nonnains et d'autre religieuse gent, et tuit estoient preudonmes en la ville, si qu'il [5] i avoit gardes atiriées a toutes les portes pour recevoir les
povres genz et les pelerins qui passoient, et pour eus livrer quenque mestiers seroit. Li
evesques de la ville tesmoingnoit, et li bourjois, qu'il avoit bien en la ville .xx^m. moines
et .x^m. nonnains. Se aucuns passoit par mi la ville qui hebergier vouloit, chascune
yglise le vouloit avoir a hoste, tant y avoit de bien et de charité. Or est mout austrement par les abbaï[e]s, que, quant l'en y a assez hurté, si n'i puet l'en entrer, ainz despendent li
moine et li autre barateeurs quenque il devroient mestre en leur hospitalité.

Nous citerons le début de la vie de saint Paul le Simple (*Hist. mo-*

---

[1] On lit dans le prologue de Rufin : « Tamen,
« quoniam fratrum caritas eorum qui in monte
« sancto Oliveti commanent hoc a nobis frequen-
« ter exposcit ut Ægyptiorum monachorum vi-
« tam virtutesque animi et cultum pietatis atque
« abstinentiæ robur quod in eis coram vidimus
« explicemus, precibus ipsorum qui hoc impe-
« rant juvandum me credens, aggrediar. » (Rosweyde, p. 448; Migne, XXI, 387.)

[2] Cette faute (*li ermites* pour *l'ermite*) vient
de ce que le rubricateur a reproduit inintelli-
gemment les mots *li ermites* du texte qui suit.

[3] « Non tantum civibus et provincialibus
« suis. » Chap. 1.

[4] *Hist. monach.*, ch. v, Rosweyde, p. 459.
Le même morceau a été cité dans la notice du
ms. de Saint-Pétersbourg (*Notices et extraits,*
XXXVI, 706), qui offre souvent un texte préférable à celui du ms. fr. 1038. — Les additions du traducteur sont imprimées en plus
petit texte.

[5] Ms. 1038 : *et cil qui.*

nach., ch. xxxi), à titre de comparaison avec la version de Wauchier
(cf. plus haut, p. 267) :

(*Fol. 23 c*) Entre les deciples saint Antoyne en ot .j. qui ot non Pols; Simples
estoit apelez par seurnon. Tiex fu li conmencemenz de sa vie. Il trouva avec sa
fame .j. lecheeur gisant; et quant il l'ot trouvé, onques nul dist, ainz s'en fouï u
desert plainz d'esreur et de tristesce. La ou il s'en aloit forvoiant par le desert, si vint
au moutier saint Antoine. Pensa il : « Or ies tu bien venuz. Cil preudons t'ensein-
« gnera bien que tu doiz feire. » Ala s'en, et li pria qu'i li donast aucune forme de
vivre. Saint Antoinnes le vit de si simple chiere ; si li di[s]t : « Se tu veus faire ce que
« je t'enseignerai, tu seras saus. . . »

Voici le dernier paragraphe de la version (*Hist. monach.*, ch. xxv-
xxvii et xxxiii; Rosweyde, p. 479 et 484 ; Migne, XXI, 448 et 460) :

(*Fol. 28*) Quatre preudonmes avoit en ce desert de mout grant religion[1] et de
mout hautes merites vers Dieu. Crones avoit non li uns, et li autres Origenes, li autres
Evagres, et li quarz estoit apelez Jehans. Entre les autres vertuz que li premiers estoit, si estoit de si grant humilité que nus plus. Li autres estoit de si grant sens et de
si grant pascience que ce estoit une merveille. Li tierz avoit grace de Nostre Seigneur
de connoistre esperiz s'il estoient ou bon ou mal, ne ne menjoit nulle foiz de pain.
Li quarz [2], qui Jehans avoit non, avoit si grant grace de Dieu que nus ne fust ja si
destorbez ne si courouciez, s'il l'oïst parler, qui ne fust joianz.
Ici fine li premiers livres de la Vie des Peres, et conmence li secons.

Ce que les manuscrits Bibl. nat. fr. 1038 et Lyon 773 qualifient
de « second livre » est une suite d'ouvrages divers, savoir :
Les *Verba seniorum,* attribués à Rufin (livre III de Rosweyde);
Les *Excerpta Cassiani et Sulpicii Severi* (livre IV de Rosweyde);
Des extraits des *Verba seniorum,* traduits du grec en latin par le
diacre Pélage (livre V de Rosweyde), auxquels sont entremêlés quelques morceaux tirés de deux autres recueils de *Verba seniorum,* ceux
du sous-diacre Jean (livre VI de Rosweyde) et du diacre Paschasius
(livre VII de Rosweyde);
Les vies des saintes Marine, Euphrosyne, Marie la pécheresse, fille
de l'abbé Abraham, Thaïs (fin du livre Ier de Rosweyde);
Plusieurs récits d'origines diverses;
Les vies de saint Hilarion et de saint Malchus.

---

[1] Ms. *religions.* — [2] Ch. xxxiv.

Ce second livre commence ainsi [1] :

(*Fol. 28*) Moinnes demanderent a .j. saint home conment il seroient abstinent. « Biauz
« fiuz, dist li preudons, il covient que vous lessiez touz les repos de ceste mortel vie,
« les deliz de la char et les precieuses viandes, et que vous ne querez nulles des hen-
« neurs du monde. Se vous ce feites, Damedieu vous hennorera [2]. »

Ici encore le traducteur ne se fait pas faute de manifester son anti-
pathie pour les moines de son temps. Ainsi, à la fin du paragraphe 6
(Rosweyde, p. 493 b; Migne, LXXIII, 742) :

(*Fol. 29*) Uns preudons si ala visiter .j. autre et saluer. Cil le reçut mout liée-
ment et a belle chiere et appareilla lentilles a mengier [3]. En ce qu'eles cuisoient, si
distrent entr'eus : « Alons, si chantons nos heures et nos siaumes; après si men-
« gerons. » Ils alerent; onques ne cesserent juques a tant qu'il orent tout chanté le sautier. Quant il orent tout chanté le sautier, si lurent d'autres escritures si ententivement qu'il ne sorent onques l'eure qu'il fu jorz. Et quant il aperçurent le jour, si conmencierent a parler d'autres escritures, juques a nonne. Lors s'entresaluerent et con-
mendrent a Dieu li uns li autres [4], et cil s'en rala en sa celle qui son compaignon
estoit alez veoir. Ambedui avoiant (*sic*) oublié a mengier por l'Escripture; si trouva
li bons hons l'uille et les lentilles dedanz; si dist : « Dex, merci! conment avons
nous oublié a mengier por noiant? » Maint sont ores de moines par le monde qui n'enten-
dront a piece tant au[s] siaumes ne aus oroisons que il en oublient le boivre et le mengier.

Il n'épargne pas les religieuses (§ 33; Rosweyde, p. 504 b; Migne,
LXXIII, 760) :

(*Fol. 35 d*) Uns autres moinnes avoit une sereur. Si oï dire que elle estoit malade;
si l'ala veoir. Elle estoit nonne religieuse, et renommée de grant sainteé et de bon
contenement. Ses freres estoit une foiz venuz en s'abaïe, mès elle nu vout point
recevoir, pour ce qu'elle ne vouloit mie que, pour achaison de lui, parlat aus austres
nonnains, ainz li manda par une vielle fame : « Biau sire frere, alez vous en; vous
« me verrez en l'autre siecle. » Or sont les nonnains d'autre maniere, qu'elles font venir a elles,
souz couverture de parenté, leur amis et leur privez, qui sont leur amis par parolles, mès l'uevre
que il font coupe le parage.

Le traducteur a omis les articles 41 à 43 des *Verba seniorum,* parce
qu'ils se trouvaient déjà, à quelques mots près, dans l'*Historia mona-*

---

[1] Cf. ci-dessus, p. 277, la version de Wauchier.

[2] *Verba seniorum* de Rufin, I, 1; Rosweyde, p. 492; Migne, *Patr. lat.,* LXXIII, 739.

[3] Ms. *menchier.*

[4] Lire *li un les autres?*

chorum, chap. xxvii et xxix. La traduction des *Verba seniorum* se termine ainsi (§ 219 de l'original) :

(*Fol. 57 d*) Uns freres de Nitre avoit espargnié .c. s. de lin qu'il avoit ouvré, et
plus les avoit gardez pour espargnier que por avarice. Il fu morz; si lessa les deniers,
et li preudome du desert, dont ill i avoit plus de .v^m., que tuit habitoient chascun par
soi en sa celle, si oïrent dire que cil freres estoit morz o tout propre, et pristrent conseil qu'i feroient de li et de l'argent. Li uns dient que l'en les doint aus povres, li
austre dient qu'en les rendist au[s] parenz. Maint conseil en firent puis, et tant que
.iij. abez, par qui li Sainz Esperiz parloit, atirerent que l'en les metroit en terre avec lui,
et diroit l'en : « Ta pecune soit avec toi en perdicion ! » Li livres dist qu'il nu firent mie
tant por cruauté conme pour donner example a ceus qui vif estoient qu'il ne meïssent
ensemble. Tuit li moinne d'Egypte orent si grant poor de celle vanjance qu'il tenis-
sent puis a grant crieme se uns freres eüst a sa mort .xij. d. ensemble.

La traduction des *Excerpta* de Cassien et de Sulpice Sévère (livre IV
de Rosweyde), qui fait suite à celle des *Verba seniorum*, paraphrase
le texte, mais l'abrège plus souvent encore. Certains chapitres ont
même été omis de propos délibéré. Le traducteur supprime tout ce
qui a un caractère proprement théologique. Voici le commencement
(Rosweyde, p. 536; Migne, LXXIII, 815) :

(Fol. 58) *Coment cil qui fist cest livre cercha les divers regnes por trover les hermi-*
tages des seinz Peres. Cil qui ce livre fist conte qu'il ala en Quartage pour veoir les leus
aus sainz homes qui illec estoient, et meesmement por veoir le sepulchre saint Cy-
priem, le benœuré martir qui fu martyriez soz les empereres Datyen et Valeriam, qui
lors resnoient. Quant il ost .xv. jours esté, si rentra en mer et vout aler en Alixandre,
mès li vanz leur fu contraires, si brisa li maz, et les voiles rompirent, et par poi que la
nef ne fu perie. Mès li notonnier giterent leur ancre et sauverent la nef au mieuz qu'il
porent. Près d'euls, ce leur sembla, virent seche terre, et se mistrent en la barge et
alerent la. Quant il furent entré en celle illeite, si atendirent li un l'autre a la rive,
tant que la tampeste s'apaiast; et cil qui ce livre fist ala avant par curiosité de res-
garder et por savoir s'il troveroit nul leu ou il pouïst prandre bon essample. Onques
n'oï l'en dire qu'i pleüst nulle foiz en celle ille. Vanz et estorbeillons doutoient mout li
habitant. Nul blé n'i croissoit ne nulle herbe, fors que, la ou la terre estoit .j. poi plus
freche, iluec venoit .j. pou d'erbe pongnanz, mès tant y avoit que elle estoit bonne
aus brebiz du païs. Li païsant ne menjoient se leit non, et li plus riches, c'est voirs,
avoient .j. pou de pain d'orge, mès je ne sai ou il le prenoient, se por ce non qu'il
avoit .j. petit tertre en celle ille qui portoit tel blé conme c'estoit; .xxx. jourz après ce
que l'en i avoit semé, coilleit l'en blé, tant par i estoit grant la chalor du solleil. Nul

autre ne fest la gent u païs demorer, se pour ce non qu'il sont franc de treü et de servage[1].

Partout ala cil qui ce livre fist. Si vist devant lui une petite brouceite[2], et ala la, si trouva dedanz .j. viellart vestu d'une[s] piaus de moutons, et tornoit une muelle. Salua lui[3], et cil le reçut mout debonnerement, et ne sai quanz freres qui estoient ensemble o lui. Entre les autres choses qu'il parloient, si distrent cil qu'i estoient crestïen[4]; et li bons hons, quant il oï ce, si conmença a plorer de joie et leur chaï aus piez. Il l'en leverent, et il gita jus ses piaus de mouton; si les fist asseoir et mengier, et aporta la moitié de .j. pain d'orge que .j. riches hom du païs li avoit envoié. Mout les conroia bien de ce pain et de une herbe qu'i leur aporta qui plus estoit douce que miel. Li livres ne la nomme pas, mès il dist qu'elle sembloit mente, et habondoit de fueilles.

Il furent .viij. jours entour celui, et tant que aucunes des gens du païs conmencierent a venir a eus, et leur distrent que leur ostes estoit prestres, et leur avoit mout bien encelé[5]. Au moutier alerent avec lui, qui n'estoit guieres mieudres de la meson au provoire, et demanderent des afaires du païs et conment l'en vivoit. L'en li respondi que l'on n'i vendoit ne n'achetoit, ne n'avoit l'en cure ne d'or ne d'argent; et cil l'esproverent et offrirent de leurs deniers aus païssanz, mès ne troverent onques que nul en preïst. A ce qu'il orent ce veü, si entrerent en la mer avec leurs compaingnons. (*Ch. ii*) Quant li tens fus apessiez, si vindrent en Alixandre, ou il avoit grant tençon et grant descorde entre les evesques et les moines de la terre por les livres Origenes. Li uns disoient que l'en les devoit bien lire, quar mout i avoit de bien, li austre disoient que non, que mout i avoit de desreson, et que plus tost en pooit venir trop plus mal que bien. (*Ch. iii*) D'ilec en alerent em Bethleem, qui est loing de Jherusalem .vj. milles, et .vj. jornées i avoit d'Alixandre; illuec trouverent saint Jeroisme, ou il trouverent tant de bien, si com il disoient et tesmoingn[oi]ent, que ce estoit une merveille. Quatre langages savoit : latin, grieu, hebrieu, caldieu, et adès estoit en oroison ou en leçon. Mout leur plot leur affaires, ne jamès ne se queïssent movoir de lui; mès il tentoient[6] a aler en Egypte en la parfonde Thebaïde. Si li commenderent touz les escriz et touz leur contes[7]. (*Ch. iv*) Congié pristrent; si s'en alerent et vinstrent en .j. desert près de

---

[1] Nous citerons quelques lignes du texte latin pour permettre d'apprécier le caractère de la traduction :

« Incolæ loci illius lacte vivunt. Qui solertiores sunt vel, ut ita dixerim, ditiores, hordaceo pane utuntur. Et ibi sola messis est quæ celeritate proventus, per naturam solis sive aeris, ventorum casus evadere solet : quippe fertur a die jacti seminis trigesimo die maturescere. Consistere autem ibi homines non alia ratio facit quam quod omnes tributo liberi sunt. »

Suit une phrase omise par le traducteur, où Sulpice Sévère dit que cette île est voisine de la Cyrénaïque, où Caton, fuyant devant César, conduisit son armée.

[2] « Tugurium. »

[3] Ms. *loi.*

[4] Le traducteur n'a pas suivi exactement le latin, qui emploie la forme directe, et passe gauchement du singulier au pluriel. Il y a dans le texte : « Invenio ibi senem in veste pellicea... Ejectos nos in illud littus exponimus... « Christianos nos esse... »

[5] « Quod summa nos dissimulatione celaverat. »

[6] Corr. *tendoient?*

[7] La traduction est ici très fautive : « Huic

Nil, le flueve qui cort par Egypte, ou il trouverent mout d'abaïes, et virent[1], que illecques que en austre[s] lieux qu'il cerchierent, ces contes que nos conterons ci-après.

Les chapitres xv à xxiv ont été omis par le traducteur, qui s'explique à ce sujet en ces termes :

(*Fol. 61 b*) Li livres parolle ci après d'abaïes qui estoient en Egypte, conment li moines i estoient vestu et quiex huevres il fesoient. Li uns habitoient par euls en leur celles et li austres en leur celles et en covant; si fesoit chacuns sa semaine la cuisine et appareilloit aus freres a mengier. Et quant il a tout ce conté, si revient assa matire. Nous n'en voulons riens dire, qu'il y a pou de preu et assez de parolles, et avons de tiex choses a conter qui mout sont bonnes, et toute nostre entente i voulons mestre. Et pour ce que Jehans sonne autretanz comme « la grace de Dieu[2] », si commencerons a saint Jehans, et Diex envoit sa grace a nous!

Vient ensuite la traduction des chapitres xxvi à xxx, xxxii à xxxviii, xl à xlviii, l et liv, les chapitres xxxi, xxxix, xlix, li, lii, liii et lv étant omis[3]. Le chapitre liv, l'avant-dernier de la compilation latine (*De monacho qui, in solitudine, noctu vidit multitudinem dæmonum*, Rosweyde, p. 556; Migne, LXXIII, 847), commence ainsi :

(*Fol. 65*) Uns freres aloit par le desert; si trouva une fosse. Illec s'arestut et chanta les psaumes, selon ce que sa coustume estoit. Quant il ost ses oroisons finées, et il se vout couchier dormir, que lassez estoit, si vit une grant compaignie de deables, et avec eus leur prince et lor seingnor, qui estoit mout grant de nature et plus orrible de semblant. . . .

Nos deux manuscrits ne marquent, à la suite de ce chapitre, aucune coupure. Ils poursuivent, pendant environ vingt-cinq feuillets[4], par une série d'exemples tirés : 1° des *Verba seniorum* traduits du grec par le diacre Pélage (livre V de Rosweyde); 2° des *Verba seniorum* traduits par le sous-diacre Jean (livre VI de Rosweyde); 3° des *Verba seniorum* traduits par le diacre Paschasius (livre VII de Rosweyde).

Les morceaux empruntés à chacun de ces trois livres sont à peu

---

« ergo traditis atque commissis omnibus meis, « omnique familia quæ me, contra voluntatem «animi, secuta, tenebat implicitum, exonera- « tus quodam modo gravi fasce, penitus ac « liber, egressus sum ad Alexandriam. »

[1] Corr. *oïrent?*

[2] Cette étymologie, empruntée à l'*Interpre-* *tatio nominum hebraïcorum* de saint Jérôme, manque dans l'original.

[3] Toutefois les chapitres lii, liii, lv ne sont que déplacés : on les retrouvera plus loin, ms. fr. 1038, fol. 67 d et 68.

[4] Dans le manuscrit 1038 du folio 65 au fol. 88 d.

près groupés selon leur origine, mais l'ordre méthodique d'après lequel les exemples sont rangés dans les originaux n'est nullement respecté. Les *Verba seniorum* de Pélage sont divisés en dix-huit *libelli* ayant pour titres respectifs : i, *De profectu patrum;* ii, *De quiete;* iii, *De compunctione;* iv, *De continentia;* v, *De fornicatione;* vi, *De eo quod monachus nihil debeat possidere,* etc. Le traducteur, soit qu'il ait suivi un recueil d'extraits où cet ordre était bouleversé, soit qu'il ait pris sur lui de faire un choix d'exemples et de les disposer à sa guise, brouille l'ordre des *libelli* et intercale çà et là, parmi les éléments empruntés aux *Verba seniorum* de Pélage, divers autres éléments tirés des recueils similaires de Jean et de Paschasius.

Nous ne pourrions rendre compte de l'ordre adopté par le traducteur sans citer au moins quelques lignes de chacun des morceaux traduits, ce qui équivaudrait à une publication partielle. Nous essaierons cependant de donner une idée de la façon dont a procédé notre traducteur; nous suivons, comme précédemment, le ms. fr. 1038.

Le premier morceau, après les extraits de Cassien et de Sulpice Sévère, est tiré des *Verba seniorum* de Pélage, *libell.* i, § 10 (Rosweyde, p. 562; Migne, LXXIII, 856)[1] :

(Fol. 65 b) Exemple. Quant li abes Jehans se mouroit, si vinstrent si deciple a lui et li prierent qu'il leur lessat aucune bonne parolle en leu d'eritage par coi il pouïssent plus tost venir en hausteice de perfection. Li bons hons gemy et soupira parfondement, et leur dist, tout en plorant : « Je ne fis onques ma propre volenté, « ne onques a autrui n'enseignai chose que je ne feïsse avant. »

L'exemple qui vient ensuite est formé des paragraphes 19 et 22 du même *libellus* (Rosweyde, p. 563; Migne, LXXIII, 857)[2] :

Exemple. L'en demanda a .j. preudomme conment la poor Dieu venoit en home. Il respondi briément : « Se hons a humilité et povreté, et il ne juge autre, c'est « la poor de Dieu[3]. La vie au moine c'est adès de pensser a sainte Escripture, et de « adès ouvrer a ses mestres, et que il ne juge nului ne ne mesdie d'austrui ne ne soit « murmurceur, car il est escript : « Vos qui amez Nostre Scingneur, heez mal. »

Les feuillets 65 à 67 du ms. 1038 sont occupés par des exemples

---

[1] Ce morceau est originairement emprunté au traité de Cassien *De cœnobiorum institutis,* l. V, ch. xxviii.

[2] La fin du paragraphe 22 n'est pas traduite.

[3] Latin : «sic venit in eo timor Domini. »

empruntés aux *libelli* III, V, VI, VII, IX, X. Aux ff. 67 d et 68 nous trouvons la version des chapitres LII, LIII et LV des extraits de Cassien et de Sulpice Sévère [1]. Suivent quelques morceaux pris au *libellus* XVIII de Pélage. Au folio 69, le traducteur emprunte aux *Verba seniorum* de Paschasius (chap. XXV, 4; Rosweyde, p. 678) l'apologue des arbres du Liban, source de la fable de La Fontaine *La Forêt et le Bûcheron*, et deux exemples aux *Verba seniorum* de Jean (*libell.* III, 4, et IV, 13; Rosweyde, p. 653 et 659). Il revient ensuite (fol. 69 d) aux *Verba seniorum* de Pélage. Les récits qu'il en tire appartiennent aux *libelli* V (fol. 69 d-71 c), IX, XIII (fol. 72), XVII, XIV, XII (fol. 73), de nouveau au *libellus* V (fol. 74-75), puis aux *libelli* VII, VI, X, XIII, IX, X (fol. 75-77), XV, XVI, XVIII (fol. 78-80). Du folio 80 au folio 85 nous trouvons toute une suite de récits tirés des quatre *libelli* des *Verba seniorum* de Jean. Le premier récit est la vision de la vierge qui vit son père en paradis et sa mère en enfer (I, 15; Rosweyde, p. 646). Les exemples qui suivent sont empruntés aux trois derniers *libelli* du même recueil. Au folio 85 d nous revenons aux *Verba seniorum* de Pélage (*libelli* IV, VII, VI, II, IV, V, VI, XII). Le morceau final (XII, 3; Rosweyde, p. 613; Migne, LXXIII, 941) est celui qui commence ainsi :

(*Fol. 88 d*) Li abes Dulas, qui fu deciples l'abé Besarion, disoit : « Je alai, dist il, une foiz en la celle mon abé, si le trovai en oroison. . . »

À la suite de ce morceau le traducteur a placé une sorte d'épilogue de sa façon, ainsi conçu :

De tiex choses et de tiex miracles est touz li livres plains ci arrieres, mès ore commencent les vies aus hauz homes sainz et religieus, [si comme] saint Geroismes et li haust clerc et li bon le descristrent. Qui i prandra exemples de bien faire il fera que sages.

Il semble bien résulter de ces paroles que le traducteur ne s'est pas astreint à mettre en français tout le recueil latin qu'il avait sous les yeux, et qui, bien évidemment, commençait par les vies attribuées à saint Jérôme, à qui il fait honneur du tout. À mesure qu'il avançait il prenait plus de libertés avec son texte, abrégeant souvent, et choisissant à son gré. Mais il ne paraît cependant pas probable qu'il ait à

---

[1] Cf. plus haut, p. 304, note 3.

plaisir mêlé les livres qu'il prétendait traduire; il est plus vraisemblable qu'il a fait usage d'une compilation où le même désordre existait déjà. Dans cette partie de l'œuvre, le traducteur, sans doute pressé de finir, est sobre de réflexions morales. En voici cependant une qui fait suite à un bref récit des *Verba seniorum* de Pélage (IX, 10; Rosweyde, p. 595 b; Migne, LXXIII, 912):

(Fol. 72) Uns preudons dist : « Se tu es chastes, ne juges pas celui qui feit for-« nication, quar tu feroies aussi contre loi conme il feit. » Cil qui dist : « Ne feire pas « fornication », dist aussi : « Ne juges nului. » Trop en est, hui li jourz, touz li siecles en est plainz et, entechiez, que, tantost conme l'en voit que auquns mesprent, si queurent tuit seure et tuit le jugent; et, ce qui encor vaut pis, la ou il ne sevent point de mal, la dient il assez mal et trop.

L'épilogue que nous citions tout à l'heure annonçait « les vies aus « hauz homes sainz et religieus ». Nous rencontrerons en effet plus loin la vie de saint Hilarion et celle de saint Malchus, mais ce que nous trouvons d'abord dans nos manuscrits, c'est la vie de quelques saintes femmes d'Egypte, en premier lieu celle de sainte Marine, dont voici le début :

(Fol. 88 d) *Ici conmence la vie de sainte Marine, virge*[1]. Il fu .j. preudons au siecle qui avoit une fille que il mout amoit. Talent li prist d'aler en religion ; si conmenda sa chiere fille a .j. sien ami, et après si s'ala randre a une abaïe. L'en le reçust (*fol. 89*) mout volentiers, et il fu mout douz et si debonneires et serviables que li abes se merveilloit mout, et l'enmoit plus que touz les autres moines de leanz, por ce qu'il estoit leaus hons et mout obediauz...

Vient ensuite la vie de sainte Euphrosyne[2] :

(Fol. 90) *Ci conmence la vie de sainte Eufresine, virge, qui se faisoit apeler frere Marin Mareit*[3]. Un preudons fu qui avoit non Panuces, mout hennorables a toutes genz et bons vers les homes et vers Dieu. Il se maria mout richement et prist une fame de haut lingnage qui mout estoit preuz et honeste, mès elle estoit brahaingne, si ne pooit avoir nul enfant....

Puis l'histoire de Marie la pécheresse, nièce de l'ermite Abraham[4] :

(Fol. 93) *D'une recluse qui s'en ala au siecle por .j. moine qui la corrumpi.* Li abes Abraham avoit .j. frere, et cil freres mourut, si lessa une seue fille qui encor n'avoit

---

[1] Rosweyde, p. 393; Migne, *Patr. lat.*, LXXIII, 691.

[2] Rosweyde, p. 363; Migne, LXXIII, 643.

[3] Cette leçon ne s'explique guère : *Smaragdus*, dans le latin.

[4] Rosweyde, p. 368; Migne, LXXIII, 651.

que .vij. anz. Petite estoit et orfeline. Si la pristrent li ami son frere et la menerent
a son oncle la ou il estoit, en sa celle. Li preudons si avoit double celle, si tenoient
l'un[e] a l'autre. Si fist mestre sa niece en l'une, et li livroit par une fenestre ce que
mestiers li estoit, et li aprenoit son sautier. . . .

L'histoire de Thaïs[1] :

(Fol. 94 d) *D'une folle fame qui avoit non Tays*. Enciannement fu une soudoiere
qui avoit non Tays, tant belle et tant gente que maint home vandirent pour lui leur
heritage, et furent povre et chetis au darrenier. Mout avoit la damoiselle d'amis qui
l'amoient follement, et si qu'il s'entrehcoient et s'entrocioient a son huis. . .

À la suite de la vie de sainte Thaïs la version champenoise introduit une légende qui n'a rien de commun avec les Vies des Pères, à
savoir l'histoire de saint Hospitius, contée par Grégoire de Tours,
Historia Francorum, VI, 6, et abrégée par Paul Diacre, *Historia Lango-
bardorum*, III, 1, 2. Le nom du saint n'est pas donné dans la version
française, dont voici les premières lignes :

(Fol. 95 c) *D'un reclus qui estoit ceinz de chaannes*. En la cité de Nicée[2] avoit .j.
reclus de grant abstinence qui estoit ceinz de chaannes de fer en pur le cors et
la haire par desus, et ne menjoit nule foiz que pain sangle et .j. poi de dates; en
quaresme menjoit racines de herbes que l'en li aportoit. Premierement usoit l'eive
ou elles estoient cuites, et après si menjoit les racines. . . .

Nous revenons aux *Vitæ patrum* avec la vie de saint Fronton (en
latin, *Frontonius* ou *Fronto*), que le traducteur appelle *Frontin*. C'est
un abrégé, bien plutôt qu'une traduction, du texte latin[3] :

(Fol. 96 d) *Comment Nostre Sires pourvist saint Frontin de viande*. Quiconques a
en soi sens et discretion si doit mout volentiers oïr et entendre les vies aus sains,
quar illeques puent il aprandre exemple de bien vivre, et leur ames sauver, s'en eus
ne demeure. Et por ce que tuit doivent vouloir le salu de leur ames et de leur
proimes, veil ge, feit cil qui descript ceste vie, conter .j. conte qui avint en Capadoce
n'a mie encore lonc tans.
Un preudome i avoit, qui avoit non Frontins, plains et abevrez du Saint Esperit,
ne n'avoit cure de la gloire du monde, ainz pensoit du tout en tout a la vie pardurable, pour qui amor il s'en ala u desert, soi soissantieme de compaingnons. . . . . .

Mais à partir d'ici jusqu'à la vie de saint Hilarion (fol. 100 b) nous

[1] Rosweyde, p. 374; Migne, LXXIII,
661.

[2] *Judée*, dans le ms. 1038. Les manuscrits
de Lyon et de Saint-Pétersbourg ont conservé la bonne leçon.

[3] Rosweyde, p. 238; Migne, LXXIII, 437.

trouvons une suite d'historiettes pieuses qui n'ont aucun rapport avec les anachorètes de la Thébaïde.

La première est la légende bien connue du crucifix de Beirouth. Elle apparaît pour la première fois dans un sermon attribué à saint Athanase [1], d'après lequel elle est ici traduite :

(Fol. 97) *Coument li juïf trouverent l'image du crucefiz et le ferirent u costé d'une lance, et il sainna sanc et eive. Saint Athenayses, li evesques, si conte miracles d'un ymage Nostre Seingneur qui estoit en une cité que l'en apeloit Brito, entre Tyr et Sydoine; si rendoit treü a Anthyoche....*

La seconde est l'histoire, empruntée à Bède (*Historia ecclesiastica,* l. V, ch. xiii), d'un homme qui, ayant trop tardé à faire pénitence, mourut désespéré :

(Fol. 97 d) *Du serjant a .j. roi qui fu dampnez por ce qu'il ne se vouloit confesser.* Uns hons fu en la contrée de Perse [2] mout pesme et mout crueil. Si vit une avision qui riens ne li valut, mès mout aida a autrui. De la cort le roi Chocrant estoit, et maintes foiz li amonestoit li rois qu'i se confessa[s]t de ses pechiez et se repentist ainçois que Diex le tuast si soudainnement...

Un prêtre nommé Plegiles doutait de la présence réelle du Christ dans l'Eucharistie. Mais le Christ lui apparut sur l'autel sous la forme d'un enfant. Ce récit ne se trouve pas dans tous les textes des *Verba seniorum* de Pélage. Rosweyde l'a publié, dans les notes du *libellus* xvii (p. 643 b), d'après deux des anciennes éditions :

(Fol. 98 c) *D'un prestre a qui Diex s'aparut por sa priere en char et en os et en sanc.* Il estoit .j. prestre qui avoit non Plegilles, mout religieus, et mout volentiers chantoit sa messe a l'autel ou li confessors Nime gisoit...

La vision de ce moine dissolu, forgeron de son métier, qui, au moment de mourir, vit le lieu qui lui était réservé en enfer et mourut sans confession, est encore tirée de Bède (*Historia ecclesiastica,* l. V, ch. xiv) :

(Fol. 98 d) *D'un fevre moine qui vist son lieu dedanz enfer. Cil qui ce livre fist dist qu'il vit .j. frere en une mout riche abbaïe qui mout vivoit vilment plus que mestiers ne li fust...*

---

[1] Publié parmi les *Spuria* de ce Père (Migne, *Patr. græca,* XXVIII, 813-820). Pour d'autres rédactions, qui toutes dérivent de ce sermon, voir la *Bibliotheca hagiographica latina* des Bollandistes, I, 627, sous *Miracula in imaginibus Christi,* n° v. Cf. *Notices et extraits,* XXXVI, 710, note 1.

[2] *Sic* dans le ms. 1038; *Merce* dans le ms. 773 de Lyon; dans Bède *in provincia Merciorum.*

Suivent quatre récits empruntés, directement ou par l'intermédiaire de quelque recueil d'extraits, à l'*Historia tripartita* de Cassiodore. Le premier est relatif à une statue de Jésus-Christ au pied de laquelle croissait une plante qui acquérait la vertu de guérir toutes les maladies dès qu'elle avait poussé au point de toucher la bordure de la robe dont le Christ était vêtu. Ce récit, relaté originairement par Eusèbe, a été reproduit par Grégoire de Tours (*Liber in gloria martyrum*, xx) d'après la version de Rufin (VII, xiv). Mais notre traducteur ne l'a pris ni à Grégoire de Tours ni à Rufin, car il y mentionne des circonstances dont ne parle pas Eusèbe, celle-ci notamment que l'image du Christ avait été abattue par l'empereur Julien et remplacée par une statue érigée en son honneur : il l'a tiré de l'*Historia tripartita*, l. VI, chap. xli[1] :

(Fol. 99) *D'un ymage Nostre Seingneur, por qui il* [2] *fesoit plaseurs miracles Dieu meïsmes.* Il avint .j. miracle, au tens Julien l'empereeur, d'une ymage Nostre Seingneur, que la fame que Diex gueri de l'emfermeté du sanc quant elle toucha a lui, avoit mise en Cesciré Phelippe, une cité de Phenice qu'il apeloient Paneam. Icil emperieres Juliens en oy parler, et la fist jus mestre du lieu ou ele estoit...

C'est encore à l'*Historia tripartita* (l. VI, chap. xlii) qu'a été emprunté le récit relatif à une source miraculeuse située près d'Emmaüs, qui commence ainsi :

(Fol. 99) *D'une fontaine ou Jesucrist et ses deciples laverent leur piez.* Il a une cité en Nychopole, et delez celle cité avoit une ville que li sainz livres des euvangilles apelle Emaüs, et li Romain l'apeloient Nichopolam...

Un évangile apocryphe[3] conte que, pendant la fuite en Égypte, un palmier, sur l'ordre de Jésus, abaissa sa cime jusqu'aux pieds de Marie pour qu'elle pût en cueillir les fruits. Cette légende a été recueillie par Cassiodore dans le chapitre précité, d'où elle a passé dans notre compilation :

(Fol. 99 b) *D'un arbre qui enclina a Jesucrist et a sa mere quant il aloient en Egypte.* L'en conte que en une cyté de Thebaïde qui a non Hermopolis a .j. arbre que l'en appelle persidre, de telle vertu que, quant l'en en pant au col a .j. malade du fruit ou de la feiulle ou de l'eschorche, qu'il est gueriz isnellement...

[1] Migne, *Patr. lat.*, LXIX, 1058.
[2] Corr. i.
[3] *Pseudo-Matthaei evangelium*, chap. xx

(Tischendorf, *Evangelia apocrypha*); *Liber de infantia Mariae et Christi Salvatoris...* édit. Schade (Halle, 1869), p. 39.

Enfin ce recueil d'histoires édifiantes se termine par deux récits dont le héros est saint Spiridion, évêque de Trimithonte, en Chypre. Ils se retrouvent, contés en termes différents, dans l'*Historia ecclesiastica* de Rufin (l. I, chap. v)[1] et dans l'*Historia tripartita* de Cassiodore (l. I, chap. x)[2], mais il ne paraît pas qu'ils aient été pris directement à aucun de ces deux auteurs, car notre version commence par placer l'histoire au temps de Constantin, ce qui ne vient ni de Rufin ni de Cassiodore. Il est probable que notre traducteur aura eu sous les yeux un extrait modifié de Cassiodore commençant par ces mots : *Tempore Constantini perspeximus fuisse Spyridionem, Tremithundam episcopum...*, qui se trouve en divers manuscrits[3]. Voici les premières lignes de la version :

(Fol. 99 c) *D'un evesque de Chipre qui ost fame et enfanz a qui larrons vouloient embler ses brebiz. Au tans Costantins vit cil qui escript cest conte .j. evesque en Chipre qui touz croulcit de veilleisce; si contoit l'en de lui maintes choses, et il en retint augunes; si les escrit por donner example de bien feire aus genz...*

La vie de saint Hilarion[4] est traduite assez librement : le prologue est très abrégé; dans la traduction de Wauchier de Denain (ci-dessus, p. 265) il avait été complètement supprimé. Ce qui vient ensuite est paraphrasé et même, en certains endroits, développé :

(Fol. 100 b) *Ici commence li prologues de la vie sain[t] Ylariom. Saint Giroimes, qui fu bons clers et sainz hons, descrist la vie saint Ylarion, et apela le Saint Esperit en aïde qu'il li doint sanz et pooir de descrivre les vertuz que sainz Ylarions fist. Mout grant et grief [fu] la matire, si que sainz Giroimes dist que, se Omers, li poestes, en vousist parler, n'en poïst il pas si a droit parler conme la matire le requiert; et por ce apela il le Saint Esperit qui les cuers eschaufe en s'aïde et les langues feit parler, qu'i lui doint et ostroit qu'il puist ce saint dignement loer...*
Saint Hylarions fu nez d'une ville que l'en apeloit Chothabatam, près d'une cité de Palestine qui a non Audres[5]. Ses peres et sa mere furent paien : si aouroient les ydolles; et il fu nez d'euls ausint conme la rose de l'espine. L'espine est dure et poignant, et la rose tandre et soef flerant : ainsint estoient ses peres et sa mere dur et mescreant, et il estoit douz et debonneires. Mout l'amoient tendrement. Si l'envoierent a l'escole en Alixandre. Illec aprist si bien, tant conme aages et sans d'enfant se puet estendre, que tuit se merveilloient de son angin...

[1] Migne, *Patr. lat.*, XXI, 471.
[2] *Ibid.*, LXIX, 895.
[3] Par exemple dans le ms. Bibl. nat. lat. 16051, fol. 79; cf. *Bibliotheca hagiographica latina*, sous Spyridion (p. 1134).

[4] Rosweyde, p. 75; Migne, *Patr. lat.*, XXIII, 19.
[5] «Hilarion, ortus vico Thabatha, qui circiter quinque millia a Gaza urbe Palestinæ ad Austrum situs est.»

Dans la vie de saint Malchus[1], le prologue de saint Jérôme, qui était difficile à traduire, a été assez bien rendu :

(Fol. 107 c) *Comment .j. moine fu en servage trante .ij. anz.* Cil qui se doivent en mer combattre, si essoient premierement en la coie mer conment il le feront en la parfonde mer, se besoinz lor croissoit. Leurs gouvernaus flechissent et traient les avirons et apparellent leur cros et ordennent leur batailles seur le planchier de la nef, par ceste reson que il ne crement mie se il venoient au besoing. Ausint, feit sainz Giroimes, je, qui me sui longuement teüz, me vueil essaier en une petite euvre, ausint conme [pour] le reoil oster de ma langue, pour ce que je puisse venir a descrivre plus grant istoire que je ai en proposement, se Diex me donne vie...

À la suite de la vie de saint Malchus, le ms. fr. 1038 (fol. 110) indique par une rubrique la fin de la Vie des Pères et le commencement d'un autre ouvrage : « Ici fine la Vie des Peres, et cil qui ce livre fist « raconte les voyages que saint Antoine fist en la terre d'outremer. » Ces prétendus voyages de saint Antoine ne sont pas autre chose que l'*Itinerarium Antonini martyris*, récit d'un pèlerinage en Terre Sainte attribué à Antonin, non Antoine, natif de Plaisance, qui vivait au VIe siècle et ne fut point martyr[2]. Il est infiniment probable que la version française de cet itinéraire est l'œuvre de notre traducteur anonyme. Elle se trouve en effet à la même place, c'est-à-dire à la suite de la vie de saint Malchus, dans le ms. 773 de Lyon[3] et dans le ms. de Saint-Pétersbourg. Le traducteur aura rencontré l'*Itinerarium* dans le manuscrit d'après lequel il a mis en roman la vie des Pères, et, confondant *Antoninus* avec *Antonius*, il aura cru utile de le translater, comme un appendice à l'histoire de saint Antoine l'ermite.

La version de l'Histoire de Barlaam et Josaphat, qui suit l'*Itinerarium Antonini* dans le ms. 1038 (fol. 114), se rencontre en plusieurs manuscrits dont quelques-uns renferment des extraits en français des *Vies des Pères*, ce qui n'autorise nullement à l'attribuer au même traducteur[4].

---

[1] Rosweyde, p. 93; Migne, XXIII, 55.

[2] L'*Itinerarium Antonini*, dont il existe deux rédactions, a été plusieurs fois édité, notamment dans les *Itinera et descriptiones Terrae sanctae* de T. Tobler, t. I, p. 91 et 360[****] (Société de l'Orient latin, 1877-1880). — La traduction a été publiée d'après notre ms. fr. 1038 par M. Aug. Molinier, *ibid.*, p. 383. On ne croit plus que cet ouvrage soit d'Antonin de Plaisance.

[3] Dans le ms. de Lyon la version de l'Itinéraire est comprise dans la *Vie des Peres*, car c'est à la suite de cette version qu'est placée la rubrique : *Ci fenist la Vie des Peres.*

[4] Des spécimens de cette version de *Barlaam et Josaphat* ont été publiés dans *Barlaam u. Josaphat, französisches Gedicht des dreizehnten Jahrhunderts von Gui de Cambrai*, hgg. von H. Zotenberg u. P. Meyer (Stuttgart, 1864), p. 347 et suiv.

La compilation que nous venons d'étudier, étant formée d'ouvrages analogues par le sujet, mais originairement distincts, se prêtait assez naturellement à la division en recueils partiels. S'il n'existe plus, à notre connaissance, de la compilation précédée du prologue en vers, que deux exemplaires (Bibl. nat. fr. 1038, et Lyon 773), nous pouvons en indiquer plusieurs copies moins complètes, et il est bien probable que toutes celles qui existent ne nous sont pas connues. Il est à noter que les vies de saint Paul l'ermite et de saint Antoine ne se trouvent que dans les deux exemplaires pourvus du prologue. Si on ne les a pas fait entrer dans les recueils de légendes françaises en prose dont nous parlerons en un autre article, c'est vraisemblablement parce que la place était déjà occupée, soit par la version de Wauchier, soit par une autre version qui sera mentionnée en son lieu.

Les manuscrits où nous avons reconnu des parties plus ou moins considérables de la compilation champenoise sont :

1° Le ms. de Saint-Pétersbourg, déjà mentionné plus haut, qui renferme (fol. 194-229) toute la compilation sauf le prologue, les vies de saint Paul et de saint Antoine dans le premier livre, et sauf la vie de sainte Thaïs dans le second [1].

2° Le ms. Bibl. nat. fr. 24430, exécuté en Flandre vers l'an 1300, renfermant : I (fol. 83), l'*Historia monachorum*, qui commence au cours du chapitre 1er (saint Jean l'ermite), à ces mots : « .j. [2] Il fu uns hom de « la cité de Thebayde qui menoit molt male vie et estoit partout nou- « més de lecherie et de mauvaistié. Il se repenti pour la pitié de Dieu, « et entra en .j. sepulcre... » (cf. ms. 1038, fol. 13 ; Rosweyde, p. 454 b ; Migne, XXI, 400). À la fin : « Chi finist li premiers livres de *Vita Patrum*. » — II (fol. 90), les *Verba seniorum* attribués à Rufin : « xlij. Moine « demanderent a .j. saint pere comment il seroient astinent... » — III (fol. 95 d), les *Excerpta* de Sulpice Sévère et de Cassien : « lxxxij. « Uns bien prodom, un boins abes, si envoia a .j. hermitain... » (cf. ms. fr. 1038, fol. 58 b). — IV (fol. 108 d), Vies de sainte Marine, de sainte Euphrosyne, de saint Fronton, etc. (cf. ms. fr. 1038, fol. 88 d et suiv.). — Cet exemplaire se termine par les deux récits relatifs à saint Spiridion, mentionnés plus haut (p. 311) d'après le ms. 1038, fol. 99 c.

---

[1] Voir, pour une description détaillée, *Notices et extraits*, XXXVI, 703-713. Une partie de la traduction des *Verba seniorum* de Rufin manque par suite d'une lacune du manuscrit.

[2] Dans cet exemplaire les paragraphes sont numérotés en série continue de j à ccxxxj.

3° Le ms. Bibl. nat. fr. 24947, du commencement du xive siècle, renfermant : I (fol. 1), l'*Historia monachorum* à partir du chapitre ix (saint Aymon); — II (fol. 40 v°), les *Verba seniorum* attribués à Rufin; — III (fol. 106 v°), les *Excerpta* de Sulpice Sévère et de Cassien; — IV, les vies de Marine (fol. 179 v°), d'Euphrosyne (fol. 184 v°), etc. — Après les récits concernant Spiridion (fol. 199), vient la vie d'Hilarion (fol. 201), avec laquelle se termine le volume. Le texte de ce manuscrit est fort abrégé.

4° Le ms. 772 de la Bibliothèque de Lyon (xiiie siècle), qui, renfermant un assez grand nombre de légendes hagiographiques en prose et quelques autres opuscules [1], contient aussi une partie de la version champenoise. On y trouve, d'après cette version, mais en texte assez abrégé, les vies de Marine (fol. 109), d'Euphrosyne (fol. 109 d), de Marie, nièce d'Abraham (fol. 111 b), de Thaïs (fol. 113). Enfin les derniers feuillets (fol. 278 b-281) sont occupés par un extrait des *Verba seniorum* de Rufin, d'après la même version. Les premiers chapitres font défaut, le texte commençant avec le § 65 des *Verba seniorum* (Rosweyde, p. 511), à ces mots : « Si con l'abes Assenés se seoit en « un camp, si vint une rice feme a lui; virge estoit et mout doutoit « Dieu... » (cf. ms. 1038, fol. 39 d). Le manuscrit de Lyon a perdu ses derniers feuillets : dans l'état actuel cette copie s'arrête au § 123 des *Verba seniorum.*

5° Le ms. B. N. fr. 17231, du xve siècle, incomplet du début et de la fin, renfermant, sous forme rajeunie, de nombreux extraits de la version champenoise : la vie de saint Malchus, à laquelle manquent les premières lignes (fol. 1); des extraits de Rufin, *Verba seniorum* (fol. 5 c); des extraits de Pélage, *Verba seniorum* (fol. 20 c); la vie de Marie, nièce de l'ermite Abraham (fol. 34 b); celles de Thaïs (fol. 38); d'Hilarion (fol. 41 d); le voyage du faux saint Antoine (fol. 59 c; cf. ci-dessus, p. 312). Suivent (fol. 67) de nouveaux extraits des *Verba seniorum* de Pélage, des récits variés empruntés à des sources diverses, l'un desquels se rapporte à saint Louis (fol. 92 d), la vie de sainte Euphrosyne (fol. 96 c), etc.

Nous signalerons plus loin une copie partielle de la version champenoise combinée avec une compilation que nous allons faire connaître.

[1] Décrit en détail dans le *Bulletin de la Soc. des anc. textes français*, 1885, p. 40 et su·.

COMPILATION DE L'*HISTORIA MONACHORUM* DE RUFIN
ET DE DIVERS RECUEILS DE DITS DES PÈRES.

Cette compilation se compose essentiellement d'extraits de l'*Historia monachorum* de Rufin et des *Verba seniorum* du diacre Pélage, mais elle comprend aussi divers morceaux étrangers à ces deux ouvrages. Nous en connaissons deux manuscrits : Bibl. nat. fr. 23111, de la fin du xiiie siècle ou des premières années du xive, et 9588, du xve. Ces deux copies sont loin d'être semblables : la seconde contient un petit nombre de paragraphes qui manquent dans la première, mais par contre la première en renferme beaucoup qui ne sont pas dans la seconde. Nous suivrons le manuscrit 23111. Nous ne savons ni quand ni par qui a été faite la compilation. Elle nous paraît postérieure à la version champenoise, et nous inclinons à la placer vers la fin du xiiie siècle. La traduction n'est pas toujours très fidèle, mais elle est d'une bonne langue et le style en est simple et coulant.

Le récit du début est donné comme étant de saint Jérôme, et il est probable que le traducteur étendait cette attribution à tous les livres où il prenait ses extraits. On mettait fréquemment sous le nom de saint Jérôme l'ensemble des écrits variés que l'on désignait par le titre vague de *Vitæ* ou *Vitas patrum.*

Les trois premiers morceaux sont empruntés à l'histoire de l'ermite Jean qui forme le premier chapitre de l'*Historia monachorum*, mais ils ne se suivent pas dans le même ordre que dans le latin. Nous donnerons le texte entier du premier, qui ne correspond pas au début de l'*Historia*, et les premières lignes des deux autres. Nous transcrirons en note quelques lignes de la version champenoise pour qu'on puisse bien se rendre compte de la différence des deux traductions [1].

---

[1] (*B. N. fr. 1038, fol. 12 d*) Uns moines, · dist saint Jehans, estoit qui habitoit en ce desert ou .j. (*lis.* li, *c.-à-d. S. Jean*) sainz hons habitoit. Mout estoit de grant abstinence et gaaingnoit a ses mains ce que il menjoit. De toutes bonnes vertuz estoit aournez, et si manoit en une croute u desert. Un petit se commença a eslever des vertuz que il avoit, et pensoit qu'il les avoit de soi meïsmes, ne mie de Dieu. Li deables sot cele pensée ; si se pensa que il l'engingneroit. Et, quant ce vint a .j. jour a la vesprée, si prist forme d'une mout bielle fame, et vint a l'uis au moine, mout lassée et mout travailliée, et, par semblant, si se lessa cheoir au[s] piez au moine et li pria qu'il eüst merci de lui. «La nuit, feit el, m'a

(*Fol. 156*) *Ci commence la vie des Peres en prose*[1]. Sainz Jeroimes nos raconte, es vies des sainz peres, d'un hermite qui ot bon commencement et malvese fin. Il fu, ce dit, .j. hermite qui abitoit en une bove : si estoit de grant abstinence. Il gaaignoit a son labor ce dont il devoit vivre. Il estoit en oroison par jor et par nuit; il estoit floriz de toutes bones vertuz. Quant lonc tens ot menée tel vie, si se commença a fier en ses biens et a cuider que il fust mieudres que uns autres. Quant li anemis aperçut que il fu cheüz en tele pensée, si s'aprocha de li et li tendi ses laz. Un jor, au vespre, se mist li deables en la forme d'une mout bele femme : si vint ausi comme lassée a l'uis de la bove a l'ermite; si se lesse dedenz cheoir ausi comme s'ele ne peüst aler avant, et vient as piez celui, et li crie merci. « La nuit, dist ele, « m'a ci souprise; suefre moi que je me repose huimès en .j. angle de ta celle, que « les bestes sauvages ne me devorent. » Cil, par pitié qu'il en ot, la reçut dedenz sa bove et demanda l'achoison de sa voie. Cele li feint une chose assez voiseusement, et entre ses paroles mesloit uns moz envenimez de folie, si que par ses blanches paroles commence a bestorner li corage de celui et a flechir de fole amor. Après vienent plus blanches paroles, mellées de gieus et de ris. Après, cele, comme hardie, met sa main a la barbe et au menton celui. Que vos diroie je plus? Au derrean trebuche li chevaliers Jhesucrist, car tantost commença a eschaufer dedenz soi du feu de luxure; si oublia toutes les poines que il avoit soufertes lonc tens por Dieu, puis s'abesse li fols vers cele por pechier la ou il la cuidoit embracier. Cele, qui n'estoit pas femme, mès malvès esperit, commence a braire et a crier et a uller, et s'esvanouï dedenz les braz celui, et tout maintenant s'assemble une grant tourbe de deables en l'air, si commencent a huchier : «Ha! moines, qui estiez eslevez jusques au ciel, comment « es tu descendus jusqu'en abisme? Apren que cil qui se soushauce sera humiliez. » Et cil, ensi comme desvez, ne pot soffrir la honte; si se commence a desesperer. Et quant il dut reperier a lui meïsmes et amender son forfet par penitance et par larmes, il ne le fist pas, ainz s'en ala au siecle et s'abandonna a toute vilanie de pechié. Il guerpi la compaignie des sainz homes por ce que il nu rapelassent par bonnes paroles; et se il vosist estre reperiez a la premiere vie, il eüst sans doute recouvré son lieu et sa grace de Dieu.

Après ce nos raconte saint Jeromes d'un autre qui ot bonne fin et malvès commencement. Il fu, ce dit, uns hons en une cité, qui menoit mout orde vie de pechié; et disoient les genz que il estoit le plus malvès du monde[2]. . .

Puis le traducteur revient au début de l'*Historia monachorum* avec l'histoire du moine Jean[3] :

(*Fol. 156 d*) Uns sainz hermites qui avoit non Jehans habitoit en la roche d'une

« seurpris; soufrez, feit elle, que je me repose « mès ennuit ceanz en .j. angleit de vostre celle, «que les bestes ne me menjucent ça fors. » Cil en ot pitié, mist la dedanz sa croute, et si li demenda qu'elle aloit querant par ce desert.

[1] Le même manuscrit 23111 contient, au commencement, la *Vie des Pères*, en vers, c'est-à-dire l'ouvrage indiqué ci-dessus, p. 256, dont certains éléments seulement sont empruntés aux récits latins relatifs aux Pères du désert.

[2] Rosweyde, p. 454 b; Migne, XXI, 400.

[3] Rosweyde, p. 449 b; Migne, XXI, 391.

mout grant montaigne dont la montée estoit griés et l'entrée estroite. Onques, dedenz .xl. anz, nus n'entra dedenz sa cele. Il parloit a cels qui a lui venoient par une fenestre et les edifioit. Il ne voloit soufrir que femme venist devant soi. Il avoit une cele par dehors ou il herbejoit les pelerins, et il estoit en la seue ententis a Dieu du tout. . . . .

Nous avons imprimé plus haut le début de ce morceau d'après la version de Wauchier (p. 274) et d'après la version champenoise (p. 299) : on se convaincra facilement que ces trois traductions sont indépendantes.

Immédiatement après ce récit, le traducteur, abandonnant pour un temps l'*Historia monachorum*, passe aux *Verba seniorum* de Pélage :

(*Fol. 157 b*) L'abes Pieur mengoit en alant, et quant l'on li demandoit por quoi il le fesoit, il disoit : « Por ce que je ne voil avoir nul delit en mengant. »

(*Libell.* iv, § 34; Rosweyde, p. 570 b; Migne, LXXIII, 369.)

Le compilateur suit assez exactement l'ordre des *Libelli* de l'original, prenant dans presque tous quelques paragraphes[1]. Puis il passe aux *Verba seniorum*, traduits par le sous-diacre Jean (livre VI de Rosweyde), auxquels il emprunte quelques morceaux[2]. Il revient ensuite à l'*Historia monachorum*[3] et aux *Verba seniorum* de Pélage, mais en intercalant parmi les extraits de ces deux ouvrages un grand nombre de récits pris ailleurs, par exemple dans les *Verba seniorum* de Rufin (livre III de Rosweyde)[4], dans les extraits de Cassien (livre IV de Rosweyde)[5], les morceaux empruntés à ces deux recueils étant toutefois peu nombreux. Nous ne sommes pas surpris qu'il ait traduit la vie de sainte Marine[6], et probablement aussi celle de sainte Thaïs : l'auteur de la version champenoise les avait traduites aussi; mais il est plus digne de remarque que notre compilateur a puisé dans des écrits qui n'ont rien de commun avec les ermites de la Thébaïde tels que le Dialogue de saint Grégoire[7].

---

[1] *Libellus* v, fol. 158; *libell.* vi, fol. 159; *libell.* vii, *ibid.*; *libell.* viii, fol. 160; *libell.* ix, fol. 161; *libell.* x, *ibid.*; *libell.* xi, *ibid.*; *libell.* xiv, *ibid.*; *libell.* xv, fol. 162; *libell.* xvii, fol. 163; *libell.* xviii, *ibid.*

[2] *Libelli* i, ii, iii (fol. 165 et 166).

[3] Chap. ii, xvi, xxix (fol. 167 à 169); chap. xiv (fol. 172).

[4] §§ 14, 15, 23, 26 (fol. 172), 31, 35, 37, 89 (fol. 173, 174), 198, 208 (fol. 175).

[5] Chap. lii, liii (fol. 176).

[6] Ms. 23111, fol. 183 d; ms. 9588, fol. 33. Le second de ces manuscrits contient aussi la vie de Thaïs (fol. 32), qui fait défaut dans le ms. 23111. Cette légende et celle de sainte Marine font partie du livre I de Rosweyde, p. 374, 393; Migne, LXXIII, 661, 691.

[7] Ms. 23111, fol. 179-182; ms. 9588, fol. 26-29.

Nous nous bornons à ces indications. Après le premier tiers environ de la compilation, les sources varient tellement qu'il serait impossible de rendre un compte détaillé des éléments qui la composent, à moins d'en donner une édition où la source de chaque paragraphe serait indiquée. Il est même, en certains cas, fort difficile de déterminer quel était l'état primitif de la compilation, plusieurs des morceaux étrangers aux Vies des Pères ermites ne se rencontrant que dans le manuscrit 23111, qui est le plus ancien des deux, mais où néanmoins des interpolations ont pu se produire. Parmi les récits propres à ce manuscrit nous citerons : le conte des deux frères qui vient originairement de *Barlaam et Josaphat,* mais qui n'a probablement pas été emprunté directement à ce pieux roman[1]; l'histoire bien connue de ce jeune homme de haute naissance qui, prié par son père de quitter le monastère où il s'était rendu, refuse de le faire tant que son père n'aura pas supprimé une mauvaise coutume en vigueur dans sa terre, c'est que les jeunes meurent aussi tôt, souvent plus tôt que les vieux[2]; une rédaction abrégée de la vie de saint Gilles[3]; un récit donné comme tiré de la vie de saint Sevrin, mais dont nous n'avons pas retrouvé la source, où l'on voit un usurier, enseveli par faveur dans une église, soulever sa pierre tombale au moment du service divin, et sortir de l'édifice[4]. On conçoit que ces recueils d'histoires édifiantes se prêtaient facilement à des additions variées et conservaient toujours un caractère un peu flottant.

C'est ici le lieu de faire connaître un manuscrit où sont juxtaposées une partie de la compilation dont nous venons de traiter et une partie de la version champenoise étudiée précédemment. C'est le manuscrit fr. 422 de la Bibliothèque nationale, dont l'écriture est de la fin du XIIIe siècle[5]. Il ne devra pas être négligé si un jour on

---

[1] Ms. 23111, fol. 185 c. La rédaction semble se rapprocher particulièrement de celle de Jacques de Vitri, imprimée dans la *Romania*, XIII, 591, et dans Crane, *The Exempla of Jacques de Vitry* (London, 1890), n° XLII.

[2] Fol. 185 b. La source est probablement un conte de Jacques de Vitri qui n'est pas compris dans le recueil de Crane, mais dont le texte est imprimé dans les notes des *Contes*

de *Bozon* (Paris, 1889, Soc. des anciens textes français), p. 297.

[3] Fol. 187.

[4] Fol. 182 c.

[5] Le manuscrit a appartenu à Alexandre Petau, comme le montre une note inscrite au bas de la première page. Il porte une ancienne pagination qui commence au fol. *iiij*ˣˣ *vij* et se continue jusqu'au fol. *ccxiiij*. Nous ignorons ce que sont devenus les 86 premiers feuillets.

entreprend la publication de la version champenoise, car il a souvent
de meilleures leçons que le manuscrit fr. 1038, dont nous avons
fait usage. Les trois premiers morceaux sont empruntés à la compilation des manuscrits 23111 et 9588, bien qu'ils ne soient pas
placés tout à fait de même. Le texte commence ainsi :

(Fol. 1) Sains Jheromes nous raconte, es vies des sains Peres, d'un hermite ki
eut molt boin commencement et malvaise fin. Il fut, ce dist, uns hermites ki habitoit en une bove; si estoit en grant abstinence et gaaignoit a sa labour ço dont il
vivoit. Il ert en orison par jor et par nuit; il ert floris de toutes boines vertus. Quant
il ot lonc tant mené tel vie, si se commença a fier en ses biens et a cuidier k'il fust
miudres c'uns autres. Quant li anemis s'aperçut k'il fu chaüs en tel pensée, si aprocha
vers lui et se li tendi ses las. Un jor, au vespre, se mist li dyables en forme d'une
molt bele fame; si vint aussi comme lassée al huis del boin hermite; si se laisça
dedens chaoir aussi com s'ele ne peüst aler avant, et vint as piés celui, si li cria
merchi : «La nuis, dist ele, m'a souprise; sueffre que jou me repose en un angle
« de ta cele huimais, ke les bestes sauvages ne me devorent. » Cil, por pitié k'il en
ot, le rechut dedens sa bove et li demanda l'ocoison de sa voie. Cele li fainst une
cause assés visseusement, et entre ses paroles melloit mos envenimés de folie, si
que, par ses blanges, commence a descolvrir son corage celui et a flecir en fole amor.
Après vinrent plus blances paroles, mellées de giu et de ris. Après cele, com hardie,
mist sa main a le barbe et al menton celui. Que vous diroie plus? Al daarrain tre-
buce le chevalier Jhesu Crist, car tantost commence a escaufer dedens lui de fu de
luxure; si oblia toutes les paines k'il avoit lonc tans eües pour l'amour de Dieu,
puis s'abaisça li fols vers celi pour pecier. Si com il le cuida embracier, cele, ki n'estoit pas feme mais malvaise esperite, commence a braire et a uller; si s'esvanuï
d'entre les mains celui, et tout maintenant une grans torbe de dyables en l'air si com-
mencierent a hucier : « O moignes, ki estoies ellevés dusques au ciel, comment es
« tu descendus dusques en abysme?... »

Les deux récits qui suivent sont tirés des *Verba seniorum* de Pélage [1].
On les retrouve compris dans la compilation des manuscrits 23111
et 9588, mais à une autre place [2]. Aussitôt après ces deux récits, le
manuscrit 422 revient à la vie de saint Jean l'ermite [3] par laquelle
s'ouvre l'*Historia monachorum* de Rufin, et conte l'histoire du moine
repentant de ses péchés qui, durant trois nuits consécutives, fut
assailli et battu par les démons [4]. À partir de cet endroit le texte est
celui de la version champenoise, plus correct à certains égards que

---

[1] *Libell.* XIV, §§ 17 et 18; Rosweyde, p. 619;
Migne, LXXIII, 952.

[2] Ms. 23111, fol. 161 d et 162, ms. 9588,
fol. 9 v° et 10.

[3] B. N. fr. 422, fol. 1, col. b c.

[4] Rosweyde, p. 454 b; Migne, XXI, 400.
On a donné plus haut, p. 316-7, le début de
ce récit d'après le ms. 23111.

dans le manuscrit fr. 1038. On en jugera par ce court extrait où les deux leçons sont rapprochées :

B. N. fr. 422, fol. 1 d.

Il fu uns hom en le cité de Tebayde ki menoit molt male vie, et estoit partout nummés de lecherie et de malvaistié. Il se repenti par la pitié de Diu et entra en un sepulcre [1], et ploroit illuec et sospiroit et prioit Dieu merchi sans çou k'il n'osoit nomer le non de Dieu. Quant il ot esté une semaine en cel sepulcre, si vint ly deables a lui par nuit, et se li dist : « Malvais lechieres, que fais tu chi? « Tu as faites toutes les lecheries et toutes « les malvaistiés que nus hom peüst faire : « or veus devenir castes et relegicus; « quant tu ne te pues mais aidier, si veus « faire ta penitance. Tu ies aussi com « uns de nous, et si ne pues autres estre. « Revien t'ent avec nous, et çou tantet ke « t'as a vivre emploie en tes delis et en tes « volentés [2]. Nous te donromes assés de-« lisses et beles femes, et quankes tes « cuers devisera, et, se tu vels mal soffrir, « atent .j. petitet; tu en aras assés. Çou « eüsces tu en infer que tu sueffres ci : « onques ne te haster de mal traire, « quant tu i venras assés par tans. »

B. N. fr. 1038, fol. 13.

Il fu uns hons de la cité de Thebayde qui menoit mout male vie, et estoit partout nommez de lecherie et de mauvestié. Il se repenti par la pitié de Dieu et entra en un moutier. Si vindrent li deable a lui par nuit, et si li distrent : « Mauvès « lichierres, que fès tu ci? Tu as feit « toutes les lecheries que nus hom pouist « feire, et or veus devenir chastes et reli-« gieus; quant tu ne puez mès rien feire, si « veus ta penitence feire. Tu es ausi comme « .j. de nous, ne ne puez autre estre, et « vien t'en encore a nous, et ce tentet que « tu as encore feit te quiton. Revien en tes « delices et en tes volentez. Nous te don-« rons delices et belles fames, et quanque « tes cuers devisera. Se tu veus mal sou-« frir, atant .j. petit : tu en avras assez. « Ce eüsses tu en enfer que tu sueffres ci; « onques ne te haster de mal traire : tu « y venras assez a tans. »

À la suite des paragraphes relatifs à Crones, Origenes, Evagres et Jean (cf. ci-dessus, p. 300) est indiquée la fin du premier livre : « Ci « fenist li premiers livres de *Vitis patrum* » (fol. 16 d).

Le texte se poursuit ainsi, toujours d'accord, sauf de nombreuses variantes, avec le manuscrit 1038, jusqu'à la vie de sainte Thaïs, dont

---

[1] C'est la bonne leçon comme aussi pour la suite : « . . . et intra sepulcrum se quoddam « concludens, priorum scelerum pollutiones la-« crymarum fontibus diluebat, diebus ac noc-« tibus in faciem prostratus, et ne allevare qui-« dem ausus oculos ad cælum, neque vocem « emittere et nomen Dei nominare, sed in solis « gemitibus et fletibus perdurabat . . . » Il est visible que la version est abrégée, mais la leçon de 1038, comme on peut le voir, écourte encore cet abrégé.

[2] Latin : « Redi ergo magis, redi ad nos; « et quod superest tibi tempus in perfruenda « voluptate non perdas. »

nous n'avons, dans le manuscrit fr. 422, que les premières lignes (cf. ci-dessus, p. 308) :

(Fol. 83 c) Il fut anchienement une soldoiere qui avoit non Thays, tant bele et tant gente que maint home vendirent pour li leur iretage, et furent povre caitif al daarrain. Molt avoit li damoisele d'amis qui l'amoient folement, et [si] qu'il s'entrehaoient et s'entrocioient, tele eure estoit, a son huis.

Suit immédiatement, sans rubrique, la vie de saint Martin dont nous avons traité précédemment à propos de Wauchier de Denain [1]. Puis viennent la vie en prose de saint Nicolas et sa translation (fol. 97 d), une traduction de la lamentation de la Vierge au pied de la croix [2] (fol. 122), une vie en prose de sainte Marie-Madeleine (fol. 125), et enfin (fol. 127 c) la version du traité sur l'Antéchrist d'Adson, abbé de Montier-en-Der [3]. Ce dernier texte est incomplet, le manuscrit ayant perdu son dernier feuillet.

TRADUCTION DES *VERBA SENIORUM* DE PÉLAGE, DE L'*HISTORIA MONACHORUM*, DES VIES DE SAINT PAUL L'ERMITE, DE SAINT MALCHUS ET DE SAINT FRONTON.

Les versions que nous avons étudiées jusqu'à présent n'avaient d'autre objet que de mettre à la portée d'un public peu lettré des histoires édifiantes. Elles ne prétendaient nullement à l'exactitude. Leurs auteurs ne se croyaient obligés ni de tout traduire, ni même, parfois, de conserver l'ordre suivi dans les recueils latins qu'ils s'étaient donné la tâche de faire passer en français. C'étaient des adaptations plutôt que des traductions. Le recueil dont nous allons parler présente un tout autre caractère. Il est l'œuvre d'un écrivain qui a fait effort pour rendre les textes avec une exactitude rigoureuse. Aussi son style est-il parfois pénible et embarrassé. Nous pensons que ce traducteur, qui ne s'est pas fait connaître, était Français. Il est vrai que les deux manuscrits qui nous ont conservé son œuvre ont été exécutés dans le nord de l'Italie, la forme de l'écriture ne laisse point de doute à cet égard,

[1] Ci-dessus, p. 283.

[2] D'après un opuscule latin attribué à saint Bernard et qui a été plusieurs fois traduit en français. La version que renferme le ms. 422 a été signalée dans le *Bulletin de la Société des anciens textes français*, 1875, p. 64. Une autre copie de la même version se trouve dans le ms. 772 de Lyon (*Bulletin*, 1885, p. 50).

[3] On possède bien d'autres copies de la même version : voir *Romania*, XVII, 383.

mais la langue est exempte d'italianismes. Ce sont deux transcriptions
fidèles de textes originairement écrits en France. Ces deux copies
sont contenues dans les manuscrits B. N. fr. 430 et 9760. Elles renferment ou du moins ont renfermé (car l'un des deux manuscrits
est incomplet) les mêmes écrits, bien que dans un ordre différent.
Voici l'indication sommaire de ces écrits :

<table>
<tr><td colspan="2" align="center">B. N. fr. 9760.</td><td colspan="2" align="center">B. N. fr. 430.</td></tr>
<tr><td>1.</td><td>(Fol. 1) Les *Verba seniorum* de Pélage.</td><td>1.</td><td>(Fol. 2) Le Dialogue de saint Gré-
goire.</td></tr>
<tr><td>2.</td><td>(Fol. 73) Vie de saint Paul l'ermite.</td><td>2.</td><td>(Fol. 59) Vie de saint François.</td></tr>
<tr><td>3.</td><td>(Fol. 78 c) *Historia monachorum* de
Rufin.</td><td>3.</td><td>(Fol. 97 v°) Les *Verba seniorum* de
Pélage.</td></tr>
<tr><td>4.</td><td>(Fol. 125) Vie du moine Malchus.</td><td>4.</td><td>(Fol. 136) Vie de saint Paul l'ermite.</td></tr>
<tr><td>5.</td><td>(Fol. 130) Vie de saint Fronton.</td><td>5.</td><td>(Fol. 139) L'*Historia monachorum*.
— La version s'arrête à la fin du
chap. xxviii (*de duobus Macariis*),
au fol. 160, qui termine un cahier.
La suite de l'*Historia monachorum*,
et probablement aussi les vies de
saint Malchus et de saint Fronton,
manquent par suite de la perte des
derniers feuillets du manuscrit.</td></tr>
<tr><td>6.</td><td>(Fol. 133) Le Dialogue de saint Gré-
goire.</td><td></td><td></td></tr>
<tr><td>7.</td><td>(Fol. 248) Vie de saint François.</td><td></td><td></td></tr>
</table>

Il nous semble bien, à en juger par le style, que toutes ces traductions sont l'œuvre du même auteur. Toutefois nous ne nous occupons présentement que des cinq articles qui ont trait à la vie des
Pères. Nous suivrons naturellement le manuscrit 9760, le seul
complet.

Les *Verba seniorum* de Pélage ne sont pas compris dans l'ensemble des traductions faites par Wauchier et ne figurent que par
extraits dans la compilation étudiée à l'article précédent, de même
que dans la version champenoise. Ici cet ouvrage est traduit fort exactement, l'ordre des morceaux étant le même que dans Rosweyde. Les
titres des *libelli* sont parfois mis en français[1]. Pour un motif que
nous ne saurions deviner (simplement peut-être parce que le traduc-

---

[1] Ms. 9760, fol. 5 b, *De componction* (*libell.* iii); fol. 8 c, *De continence* (*libell.* iv);
fol. 15 c, *Relation des cauteles qui doivent estre*
contre les batailles de fornication quant elles se
eslievent entre les homes (*libell.* v, *De fornica-*
tione), etc.

teur aura fait usage d'un manuscrit incomplet), la traduction n'est pas poussée au delà du *libellus* XII.

Nous allons donner quelques échantillons de cette traduction, dont l'auteur, comme ses devanciers, ne manque pas de faire honneur à saint Jérôme de tous les écrits relatifs aux vies des Pères :

(Fol. 1) *Ci comencent les enhortemens des sains Peres et les perfections des moines, lesquels sains Jeromes translata et mist de grec en latin.* Uns hons demanda a l'abbé Antoine et dist : « Que garderai je por plaire a Dieu ? » Et li viels respondant li dist : « Garde ce que je te comande ici : en quelconque lieu tu vas, aies tousjours Dieu « devant tes iex, et, en ce que tu fais, ajoute la tesmoignance des escriptures, et, « en quelconque lieu tu seras, ne te remue pas tost. Garde ces trois choses et tu « seras sauf. »

Li abbes Pambo demanda a l'abbé Antoine, disant : « Que ferai je ? » Li viels li respondi : « Ne te vueilles pas trop fier en ta justice ; ne te repent de chose trespassée « et soies continens de ta langue et de ton ventre [1]. » . . . . . .

(*Fol. 1 d*) Li abbes Cassian raconta de un abbé Jehan, qui estoit le premier de la congregation, que il fu en sa vie de grant non. Et quant vint que il dut morir et partir de ce monde, o grant aliegrece et a bon propos de pensée a Dieu, ses freres furent entour lui, et si li prierent que il leur deüst, en lieu de heritage, laissier aucune brieve parole de salut, par laquele il peüssent monter a la perfection qui est en Jhesucrist. Et il, en souspirant, dist : « Je ne fis ma propre volenté ne ne ensei- « gnai a autrui chose que je ne feïsse avant [2]. »

Cette version est matériellement fort exacte, mais elle n'est pas toujours correcte ; ainsi ces mots du latin *Dixit sanctæ memoriæ Syncletica* (*libell.* III, 16) sont rendus par « Uns sains hons qui ot non Sincletice » (fol. 7). *Syncletica* est le nom d'une femme.

La traduction, nous l'avons déjà dit, s'arrête à la fin du *libellus* XII. Vient ensuite la vie de saint Paul l'ermite, qui commence ainsi :

(Fol. 73 b) *Ci comence la vie de saint Pol hermite, selonc saint Jerome* [3].

Entre maint home fu souventes fois douté qui fu li premiers moinnes qui comenza a habiter el desert, quar aucuns, vueillans comencier de lonc tans ariere, distrent de saint Helye et de saint Jehan Baptiste, li uns desquels me samble que il fu plus que moinnes ; li autres comenza a prophetisier avant que il nasquist ; les autres dient que sains Antoines fu chief de ceste riegle, et a ce s'acorde tous li peuples. Et c'est

---

[1] *Verba seniorum*, libell. I, 1, 2 (Rosweyde, p. 522 ; Migne, LXXIII, 855).

[2] *Ibid.*, libell. I, 10. La traduction du même passage dans la version champenoise (ci-dessus, p. 305) est presque semblable ; mais cette ressemblance paraît accidentelle, car elle ne se poursuit pas plus loin.

[3] Rosweyde, p. 17 ; Migne, XXIII, 17. Cf. ci-dessus, p. 261, la version de Wauchier et, p. 297, la version champenoise.

voirs en partie, quar il ne fu pas de tous li premiers, mais il solicita et donna exemple
a tous les autres; mais Amathas et Machaires, deciples de saint Antoine, li uns desquels enseveli le cors de son maistre, afferment que uns qui ot non Pol de Thebes fu
li premiers hermites, mais il n'en ot pas le non. Et ceste oppinion approuvons-
nous...

(*Fol. 73 d*) Ou tans que Decius et Valeriens parsivoient et destruisoient crestïenté,
ouquel tans sains Cornilles soustint martyre a Rome et sains Cypriens a Cartage,
maintes eglyses furent gastées en Egipte et en Thebayde. Les crestïens estoient ardans
et volenteïz de morir por le non de Nostre Seigneur Jesucrist; mais li anemis de
l'umainne generation, qui tant par est malicieus, querant ocquoison de delaier la
mort de cels que il veoit appareilliés de morir pour Dieu, desiroit la mort des ames,
non pas cele des cors; et, si come Cyprien meesme dist, lequel Decius fist martyrier,
il ne le[s] laissoit occire[1]. Et pour faire savoir a la gent la cruauté de lui, nous en ra-
conterons briement .ij. exemples. Il fist prendre un martyr ferme en la foi de Jhesucrist, et, puis que il l'ot tourmenté en feu et en oile boulant, il le fist oindre de miel
et li fist loier les mains derriere le dos et metre le au soleil qui moult estoit ardans,
quidant a ce que cil doutast les aguillons des mousches qui les paeles de l'oile ardant
avoit souffertes et vaincues...

L'*Historia monachorum* de Rufin, ici attribuée à saint Jérôme, est traduite tout aussi littéralement. Voici les premières lignes du texte,
que l'on pourra comparer à la traduction de Wauchier (ci-dessus,
p. 272), où est omis le commencement du prologue, et à la version
champenoise (p. 298), qui est beaucoup plus libre :

(Fol. 78 c) *Ci comence la vie des Peres selonc Jerome* [2].

Beneois soit Diex qui vuet que tuit soient sauf et parvieignent a cognoissance de
verité, qui adrecza neiz nostre voiage en Egypte et nous moustra grans miracles qui
seront pourfitables a cels qui après nous vendront, desquels nous n'avrons tant seulement ocquoison de sauvement, ainz en averons neiz estoire pourfitable qui mous-
trera la voie de vertus a tous cels qui vodront aprendre doctrine de foi et de verité
et de pitié. Quar, ja soit chose que noz ne soions souffisans a si grans choses raconter, ne me samble digne chose que home de petite auctorité s'entremete de haute
matere et raconte par humle sermon les hautes vertus. Toutes voies, pour ce que la
charité des freres qui avueques nous mainnent ou mont d'Olivet nous requiert et
prie souvent que nous escrisons la vie et les vertus des moinnes d'Egypte et leur
habit et leur pitié et leur haute abstenance, je l'essaierai de faire, aians fiance
d'estre aidiés par les prieres de cels qui m'en requierent, non mie tant pour pris
acquerre dou bien dire come pour le pourfit et pour l'edefiement de cels qui les

____

[1] Il y a dans le texte : *volentibus mori non permittebutur occidi.* — [2] Rosweyde, p. 448; Migne,
XXI, 387.

estoires liront, quant chascuns sera enflamez des bons exemples et despitera les deliz
dou siecle et se tournera a repos et a oevre de pitié. . .

(Fol. 80) *De saint Jehan.* Adonques premierement prendons [a] Jehan, li quels toz
seuls vraiement puet assez souffire a esveillier et adrecier tous les corages religieus et
devos a Dieu a hautece de vertus et esmouvoir a trace de perfection. Cestui Jehan
veïmes nous en la contrée de Thebayde, el desert seant près de la cité de Lico, et habitoit en la roche d'une haute montaigne. Moult fu grieve et anuieuse la montée, et
l'entrée dou moustier fu close et fermée, si que del quarantime an de son aage
jusques au LXXXme, ouquel il fu quant nous le veïmes, nus hons n'entra en son hermitage, mais il se laissoit veoir par une fenestre a cels qui la venoient, et d'ilueques
leur sermonnoit pour leur edefiement, ou leur respondoit, se aucuns requeroit de
lui conseil. Nule fame mais n'i ala ne onques ne l'i vit; neïz les homes i aloient pou
souvent et a certainne saison. . .

Nous transcrirons ici le début de la vie de Paul le Simple, que l'on
pourra comparer avec la traduction de Wauchier (ci-dessus, p. 267)
et avec la version champenoise (p. 300) :

(Fol. 122 b) *De saint Pol le Simple, hermite.*
Entre les desciples d'Antoine, en fu uns qui ot non Pol, et par surnon li Simples.
Cis ot tel comencement de sa conversation. Come il eüst sa feme trouvée avuec un
pautonnier, il n'en dist mot a nului, ainz issi del hostel dolans et tristes, et s'en ala
el desert, et erra tant qu'il vint au moustier d'Antoine, et ilueques, pour le lieu que
il trouva aaisié, prist conseil de soi meesme, et s'adreeza a saint Antoine pour lui
demander coment il se peüst sauver. Cils, regardans l'ome de simple nature, li dist que
il se porroit sauver se il voloit obeïr a ce que il li diroit. . .

À la suite de la traduction de l'*Historia monachorum* prennent place
les vies de saint Malchus (*Vita sancti Malchi captivi monachi*) et de
saint Fronton. La première avait déjà été traduite par Wauchier (ci-
dessus, p. 266), l'une et l'autre font partie de la version champenoise (ci-dessus, pp. 312 et 308). Début de la vie de saint Malchus :

(Fol. 125 b) *Ci comence l'estoire dou moinne chetif.*
Cels qui en mer se doivent combatre essaient premierement leur nez et leur galies
dedens le port et en la mer quoie, et tournent les avirons sus et jus et essaient leur
rames et leur aprest, et se garnissent de crans de fer [1], et metent la gent d'armes sur
les galies pour els aüser de la maniere et de la contenance qui en l'estour est necessaire, et que il aprengent a els fermement tenir en estant, si que, quant ce vendra au
combatre et a hurter l'un a l'autre, que il n'aient paöur de ce que il avront devant
apris. Ansinques, je, qui longuement me sui teüs, me vueil premierement exerciter par-

____

[1] «Ferreas manus et uncos præparant.»

lant des oevres des simples homes et moi aprendre de parler et oster aussi come la ruille de ma langue, si que je puisse parvenir a parler de la grant estoire, quar je ai propos, se Diex me donne vie, et mes anemis me laissent, de escrire l'estoire de la venue de nostre Sauveur jusques a nostre tans...

À la différence de la version champenoise, la vie de saint Fronton, qui vient ensuite, n'est pas traduite d'après le texte publié par Rosweyde (p. 238), mais d'après une autre légende, dont quelques extraits ont été imprimés par Faillon, dans ses *Monuments inédits sur l'apostolat de sainte Marie-Madeleine en Provence*, II, 428, 430, 432. Nous citerons plus loin, en note, le début de cette vie d'après un manuscrit de la Bibliothèque nationale. Notre traduction de la vie de saint Fronton contient le prologue, qui manque dans beaucoup des manuscrits latins, et dont il suffira de rapporter les premières lignes :

(Fol. 130 b) *Ci comence la vie de saint Frontin.* Qui a comencié a estre hons de Dieu et de Jhesucrist, qui est chevaliers de Dieu et qui a esperance dou regne de Jhesucrist, il doit avoir si grant cuer et si ferme esperance que il n'ait paor de nule aversité ne de tempeste nule, quar victoire ne puet estre se bataille ne est avant. Qui vaintra la bataille, il sera couronnez. Li nochiers cognoist bien quant la mer est tempesteuse [1], li chevaliers se cognoist en la bataille. La tempeste ou il ne a peril est deliée [2]. Au peril de l'aversité s'esprueve la verité. Trés chiers freres, soions appareilliés de tote nostre pensée, o ferme foi et ruste vertu, a souffrir toute la volenté de Nostre Seigneur...

(*Fol. 131*) Uns vieils moinnes fu qui ot non Frontins, qui de s'enfance avoit esté devot a Dieu, et avoit assamblé en la ville ou il fu nez .lxx. moinnes pour servir a Dieu; et lonc tans habita avueques els en la ville desus dite, et tous jours creissoit et amendoit en oevre de Dieu, et moult fu loez des gens et maiement de cels qui amoient la foi, mais moult li anuioit de ce que il ne demouroit en aucun desert ou que il ne vivoit a l'exemple de Helye. Il fu enflammés dou Saint Esperit et prist par conseil de conforter ses freres et d'abandonner le moustier a tout son meuble et d'aler s'en tout nut el desert, disant que li couvens des freres estoit gaaing dou tresor celestial [3]...

---

[1] Contre sens; latin : «Gubernator in tempestate dinoscitur.» (B. N. lat. 17623, fol. 63.)

[2] «Delicata jactatio est cum periculum non est.»

[3] Lat. 12596 (xiie s.), fol. 158 : «Erat quidam senex monachus, a prima etate Deo devotus, nomine Frontonius. Hic, ut septuaginta monachos in civitate qua natus est ad serviendum Domino congregavit, multo quidem tempore in predicta civitate cum eis habitans, in opere Dei crescebat. Laudabatur quoque a pluribus; sed, cum esset magno tedio afflictus, eo quod non [ad] aliquam solitudinem ad Heliae pergeret exemplum, iniit, accensus a Spiritu Sancto, consilium ut, confortatis fratribus, relicto monasterio sic cum ovibus, heremum peteret nudus, asserens fratribus centuplum esse thesaurorum caelestium lucrum....»

Les diverses compilations relatives aux vies des Pères que nous avons analysées dans les pages précédentes ne sont pas les seules qui nous aient été conservées. Mais nous ne pouvons maintenant traiter d'œuvres qui sont postérieures à l'époque où nous devons nous arrêter. Nous nous bornerons donc à mentionner une compilation du xv⁰ siècle, qui nous est connue par un manuscrit daté de 1496 (Bibl. nat., fr. 22911), où ont été réunis : 1° (fol. 1) l'*Historia monachorum* de Rufin, y compris le prologue (livre II de Rosweyde); 2° (fol. 37) les vies de saint Paul l'ermite, de saint Antoine, de saint Hilarion, de saint Malchus, de sainte Paule, de sainte Pélagie, de sainte Marie l'Égyptienne, de sainte Marine, de sainte Euphrosyne, de saint Fronton, de saint Siméon Stylite, de sainte Euphrasie, de saint Macaire romain, de saint Posthumius, de saint Onuphrius, de saint Abraham l'ermite, de saint Pachome, de saint Chrétien du Mans[1], de saint Jean l'Aumônier, de sainte Eugénie, de saint Basile, de saint Éphrem; 3° (fol. 213) les *Verba seniorum* du même (livre III de Rosweyde), avec le prologue, qui n'a pas été traduit dans les versions étudiées précédemment; 4° (fol. 272 d) les *Verba seniorum* traduits du grec par Pélage (livre V de Rosweyde); 5° (fol. 388) les *Verba seniorum* traduits du grec par Jean (livre VI de Rosweyde); 6° (fol. 403) les extraits de Sulpice Sévère et de Cassien (livre IV de Rosweyde); 7° (fol. 420) les *Verba seniorum* traduits par Paschasius (livre VII de Rosweyde)[2].

Nous croyons utile, en terminant cette notice, de donner la liste, par bibliothèques, des manuscrits que nous avons utilisés :

MANUSCRITS.	PAGES.
Arras 139 (prose)	279
— 307 (prose)	265, 278
Bruxelles 9225 (prose)	267, 279
Carpentras 473 (prose)	259
Chantilly, Musée Condé (prose)	278
Cheltenham, Bibl. Phillipps 3660 (prose)	279
Dublin, Trinity College B.2.8 (prose)	265, 279
Londres, Musée brit., Roy. 20. D. vi (prose)	279, 281, 286
— Harl. 2253 (poème de Henri d'Arci)	257
— Add. 17275 (prose)	267

[1] Cette vie est tout à fait étrangère aux Vies des Pères.

[2] Notons encore que le ms. B. N. fr. 991 (xv⁰ siècle), qui renferme des ouvrages très divers, contient aux ff. 150 et 151, la vie de Thaïs, un dit de saint Éphrem (*Verba seniorum* de Pélage, *libell.* x, § 21), et la vie de Pélagie (Rosweyde, p. 376), d'après une traduction différente de toutes celles que nous avons passées en revue. Du reste, la vie de Pélagie n'est comprise dans aucune de ces traductions.

P. M.

LÉGENDES HAGIOGRAPHIQUES

EN FRANÇAIS.

I. LÉGENDES EN VERS.

Sous le titre de Légendes hagiographiques nous comprenons tous les récits ayant pour objet l'histoire du Christ, de la Vierge Marie et des saints, qui ont été composés par des écrivains chrétiens en vue de l'instruction ou de l'édification des fidèles, depuis les premiers temps du christianisme jusque vers le XIe siècle, époque où la production des légendes s'est arrêtée, ou du moins a revêtu un nouveau caractère. Les plus anciennes de ces compositions, évangiles apocryphes, vies des apôtres, passions des premiers martyrs, appartiennent au christianisme oriental, et leur forme originale est grecque. Traduites de bonne heure en latin, elles se sont rapidement propagées dans l'Occident chrétien, tantôt isolément, tantôt groupées avec des légendes d'origine purement latine, en des recueils très variés. Au cours du moyen âge leur nombre s'est grandement accru. La production des vies de saints a été considérable chez nous du vi^e au xie siècle; pendant le même temps de nombreuses légendes, rédigées en grec dans l'empire d'Orient, reçurent, ordinairement dans le sud de l'Italie, la forme latine, et de là se répandirent dans la chrétienté occidentale. Ces innombrables écrits, pour la plupart d'une véracité douteuse, dont plusieurs même étaient qualifiés d'apocryphes dès l'antiquité, ont été pour les littératures en langue vulgaire, et particulièrement pour notre littérature, une source inépuisable de compositions variées, en vers et en prose. Sous la forme romane ils ont acquis une vitalité nouvelle et retrouvé l'accès des âmes simples et naïves auxquelles leurs auteurs ignorés les avaient destinés.

L'analogie du sujet nous conduit à ranger parmi les légendes un certain nombre d'écrits qui, bien qu'ayant pour but l'édification des fidèles, ont cependant à un beaucoup plus haut degré que les anciennes légendes le caractère historique. Telles sont les vies des saints du xiie et du xiiie siècle : celles de saint Thomas de Cantorbéry, de saint François d'Assise, de saint Dominique, de saint Antoine de Padoue et de quelques autres. L'histoire de ces personnages a été de bonne heure popularisée par la poésie française.

Les premières légendes pieuses que nous rencontrons dans notre ancienne littérature sont en vers. La forme rythmique et rimée s'imposait dès qu'il s'agissait d'œuvres faites pour être chantées ou récitées devant un public illettré. Il ne faut pas chercher dans ces poèmes une originalité qui en est à peu près exclue par leur caractère même. Leur intérêt est ailleurs. Certains sont au nombre des plus anciens monuments des langues romanes. Il suffira de rappeler les deux poèmes (la vie de saint Léger et la Passion du Christ) que nous a conservés un manuscrit de Clermont-Ferrand. D'autres, tels que la vie de saint Alexis et celle de sainte Thaïs, se recommandent par l'élégante simplicité de la narration, par l'habileté avec laquelle les données hagiographiques ont été mises en œuvre, par l'incontestable valeur du style. Et celles mêmes de ces légendes en vers qui sont l'œuvre de versificateurs de second ordre peuvent fournir d'utiles notions à l'histoire des idées et des croyances superstitieuses. Aucun des écrivains qui ont mis en vers la vie de sainte Catherine et celle de sainte Marguerite ne s'est élevé au-dessus de la médiocrité : le fait seul que chacune de ces légendes a fourni la matière de dix ou onze poèmes témoigne avec éclat de la popularité dont jouirent ces deux saintes à partir du xiie siècle.

Il est sûrement intéressant, à un point de vue purement historique, de constater en quels sens se manifestaient les goûts variés du public, et la masse énorme de légendes versifiées qui nous sont parvenues fournit à cet égard de précieux indices.

L'Église, indifférente ou même hostile aux compositions en langue vulgaire, faisait une exception en faveur des écrits hagiographiques. On a souvent cité le passage d'une somme de pénitence du xiiie siècle qui, invoquant l'autorité du pape Alexandre III, excepte de la réprobation qu'encouraient les jongleurs ceux d'entre eux *qui cantant gesta principum et vitas sanctorum*[1]. On a lieu de supposer que beaucoup de nos légendes pieuses ont été mises en vers par des personnes ecclésiastiques. Le fait est certain pour plusieurs : Thibaut de Vernon, qui, d'après le témoignage d'un moine de Saint-Wandrille, aurait composé au xie siècle plusieurs vies de saints, et notamment celle de saint Wandrille, était chanoine de Rouen[2]. L'auteur du plus ancien poème sur sainte Catherine était une religieuse bénédictine; celui d'une des vies de saint Grégoire était moine à Oxford; une des vies de saint Thibaut et celle de saint Mathurin de Larchant ont été rédigées en vers par des membres du clergé séculier, etc. Si les indications de ce genre ne sont pas plus nombreuses, c'est que la plupart de nos versificateurs ont gardé l'anonyme, outre que, bien souvent, les copistes ont supprimé les vers où les auteurs se nommaient.

Les écrivains qui ont versifié en langue vulgaire les légendes des saints croyaient faire œuvre pie en mettant à la portée des lais, « en « plain romanz », comme dit l'auteur de la vie de sainte Julienne, des écrits édifiants, accessibles à ceux-là seulement qui savaient le latin.

---

[1] Ce texte, signalé par M. L. Delisle à Fr. Guessard, a été cité *in extenso* par ce dernier dans la préface de *Huon de Bordeaux*, p. VI.

[2] Ce témoignage a été cité et discuté par G. Paris, *La vie de saint Alexis*, p. 43. — Nous accordons moins de confiance à un témoignage, relativement récent, d'après lequel Israël, grand chantre de la collégiale de Dorat (diocèse de Limoges) au xie siècle, aurait mis « en vers et en langue vulgaire » l'Histoire sainte jusqu'à l'ascension du Christ (*Hist. litt. de la France*, VII, 230).

Des poètes qui, dans leur jeunesse, s'étaient laissés aller à composer des
poésies légères, faisaient plus tard amende honorable en traduisant
la vie d'un saint. C'est le sentiment qu'exprime l'auteur de la vie de
saint André lorsqu'il dit :

> Ju ai sovent traitiét d'amur,
> De joie grant et de dolzur,
> De vaniteit et de folie,
> De gas, de ris, de legerie ;
> J'ai foliiét en ma jovente :
> En altre liu or ai m'entente.
> Cant jovenes fui, teil chose fis
> Et mon penseir en tel liu mis
> Dont moi repent et vul retraire,
> Car teil chose est a Deu contraire [1].

Denis Piramus nous apprend, dans le prologue de sa vie de saint
Edmond, qu'au temps où il hantait les cours, il avait fait des serven-
tois, des chansonnettes, des saluts d'amour, mais, sentant la vieillesse
approcher, il se repent et veut s'appliquer à une œuvre plus louable.
C'est de même encore que, vers la fin du XIIIᵉ siècle, Richier, le traducteur de la Vie de saint Remi par Hincmar, s'accuse d'avoir « semé
« sur grève, en rivage de mer », jusqu'au moment où des prudhommes
lui ont indiqué une œuvre plus profitable :

> Et Richiers, qui soloit semer
> Sor greve, en rivage de mer,
> En terre qui fruit ne puet rendre,
> Ne vuelt mais a oiseuse entendre ;
> Car mauvais fruit li a rendu
> Tant com il i a entendu
> Et a sa perte i a pené ;
> Mais or l'ont preudome assené
> Qui li ont enseigné une wevre
> Dont grant matere li awevre [2].

Les écrivains qui se sont imposé la tâche de versifier les vies des
saints n'étaient pas toujours inspirés par une piété éclairée. Les

____

[1] *Arch. des Missions*, 2ᵉ série, t. V, p. 209. — [2] Vers 13 et suiv. (*Notices et extraits des manuscrits*, XXXV, 1ʳᵉ partie, p. 124).

légendes qui ont été le plus souvent traduites et dont le succès a été
le plus durable sont au nombre des plus fabuleuses. Il suffit de citer
celles de saint Alexis, de saint Eustache, de saint Georges, de sainte
Marguerite, de sainte Catherine. Certaines passaient pour de véritables talismans ayant la vertu de protéger contre des dangers déterminés ceux qui les lisaient ou même en portaient sur eux des
copies; tel est le cas des vies de saint Georges et de sainte Marguerite.
Le mérite littéraire n'entrait pour rien dans leur succès.

Les vies dont nous possédons des traductions en vers peuvent se
répartir en trois classes :

1° Un groupe considérable de légendes appartenant aux premiers
siècles du christianisme et qui, entrées dans la composition des offices
liturgiques, ont pris place dans la plupart des bréviaires. Entre ces
légendes figurent celles que nous venons de mentionner comme particulièrement fabuleuses. Elles se recommandaient ordinairement à
la curiosité non moins qu'à la piété des fidèles par les récits merveilleux et souvent dramatiques dont elles sont remplies. Elles ont
eu le plus grand succès. On en possède généralement plusieurs versions, dont quelques-unes nous ont été conservées par de très nombreux manuscrits.

2° Des vies de saints vénérés en des localités déterminées, introduites, sous forme de leçons, dans les bréviaires de certains diocèses,
ont été mises en français pour satisfaire la piété des fidèles de ces
localités. De ce nombre sont : la vie de saint Wandrille, traduite par
Thibaut de Vernon, qui ne nous est pas parvenue; les vies de
saint Évroul, du bienheureux Thomas de Biville, en Normandie;
de saint Thibaut, en Champagne; de saint Mathurin de Larchant, en
Gâtinais; de saint Germer, à Beauvais; de saint Éloi, à Noyon;
de saint Quentin, en Vermandois; de saint Yves, en Bretagne;
de saint René, à Angers; de saint Alban, de saint Édouard le
Confesseur, de saint Edmond, de sainte Etheldreda, de sainte Modwenne, de sainte Ositha, en Angleterre.

3° Des vies de saints récents, souvent contemporains, tels que
saint Thomas de Cantorbéry, saint François, saint Dominique, sainte
Élisabeth de Hongrie, saint Antoine de Padoue.

Enfin, certains livres de l'Ancien et du Nouveau Testament,

plusieurs évangiles apocryphes, de pieuses fictions de divers genres, ont fourni la matière de poèmes que nous avons cru pouvoir classer avec les vies des saints. Tels sont les poèmes sur Joseph, sur Tobie, sur le Christ, sur la Vierge Marie, les traductions de l'Évangile de Nicodème, de l'Évangile de l'Enfance, du traité d'Adson sur l'Antéchrist, etc.

Ces poèmes, de provenances très diverses, mais ayant tous en vue l'instruction religieuse et l'édification des fidèles, ont été classés à leur rang alphabétique dans le catalogue qui suit. Le nombre en est extrêmement considérable. Nous en avons enregistré plus de deux cents, et il n'est pas douteux que plusieurs nous ont échappé. Considérons aussi que beaucoup d'entre eux ne nous sont parvenus que par des copies uniques, d'où l'on peut induire qu'un grand nombre sont irrémédiablement perdus. Ici, comme en d'autres branches de la littérature, la fécondité de nos anciens auteurs a été incomparable.

Celles des traductions en vers dont nous pouvons, avec plus ou moins de certitude, déterminer l'origine, appartiennent presque toutes à la Normandie, à l'Île-de-France, au Beauvaisis, à la Picardie, à l'Artois, à la Flandre française, à la Champagne. L'Angleterre aussi fournit, au xiie siècle et au xiiie, un contingent fort important. Mais nous ne voyons guère de ces compositions qu'on puisse attribuer à la Lorraine, sinon la vie de saint Jean l'Évangéliste par Thomas de Vaucouleurs, et, quant à la région située entre Paris et les pays de langue d'oc, elle est pauvre en légendes versifiées comme en tout genre de poésie vulgaire. Une vie de sainte Catherine, probablement poitevine, l'histoire de saint Martin, par Péan Gastinel, composée à Tours, une rédaction lyonnaise de la légende de Théophile, voilà à peu près tout ce que nous pouvons attribuer sans hésitation à la région moyenne de la France.

Les légendes en vers, si grande que soit la place qu'elles occupent dans les littératures vulgaires du moyen âge, et particulièrement dans notre ancienne poésie française, ne constituent cependant pas un genre à forme déterminée. Tandis que la chanson de geste adopte dès l'origine la disposition en laisses monorimes de longueur variable, et s'y tient jusqu'à la fin, tandis que les romans d'aventure et les fableaux sont, à bien peu d'exceptions près, en vers octosyllabiques à rimes appariées, les versificateurs de nos légendes ont employé les formes les plus diverses, entre lesquelles deux sont particulièrement fréquentes : le couplet de vers octosyllabiques et le quatrain de vers alexandrins [1]; mais on a aussi des exemples de poèmes en laisses monorimes (saint Alban, saint Alexis, saint Eustache), en vers de six syllabes (Job, Joseph), en alexandrins à rimes appariées (l'Antéchrist, saint Jean-Baptiste, la vision de saint Paul), en stances de cinq vers de dix syllabes (saint Alexis) ou de douze (saint Thomas de Cantorbéry, sainte Marie-Madeleine), en quatrains de vers octosyllabiques (saint Jean-Baptiste) ou décasyllabiques (sainte Agnès), en sixains (saint Denis, saint Thomas de Cantorbéry), en huitains (saint Eustache, saint Georges), etc. La plupart de ces poèmes ont été certainement composés pour être lus ou récités, soit en privé soit en public [2], mais certains assurément, parmi les plus récents comme parmi les plus anciens, ont le caractère de cantiques, et devaient être chantés aux pèlerinages.

On voit que les légendes versifiées présentent, à divers points de vue, un intérêt varié, alors même que la valeur littéraire en est médiocre ou nulle, ce qui est souvent le cas. Et cet intérêt est d'autant plus grand que le genre qu'elles constituent a été plus longtemps cultivé. En effet, l'usage de mettre en vers les vies des saints, les récits pieux, s'est continué jusqu'à la fin du xve siècle. À cette époque appartiennent certaines parodies des vies des saints, telles que les sermons joyeux de saint Raisin, de saint Faulcet, de saint Belin, de saint Haren, de saint Ongnon, etc. [3], preuve que les légendes pieuses

---

[1] L'auteur anonyme d'un Art de rhétorique composé dans la première moitié du xve siècle dit, à propos du quatrain d'alexandrins monorimes : «...et en fait on tout communement diz de vies de saints.» *Recueil d'Arts de rhétorique*, p. p. E. Langlois (*Doc. inédits*), p. 28.

[2] Notamment dans les établissements religieux, et spécialement dans les couvents de femmes. À la fin d'un recueil de vies de saints et de saintes en vers exécuté en Angleterre au commencement du xive siècle, on lit : «Ce livre [est] deviseie a la priorie de Kempseie (Campseye, en Suffolk) de lire a mengier» (Welbeck, Bibl. du duc de Portland). — Un poème composé au commencement du xiiie siècle nous montre de jeunes écuyers, qui vont être adoubés chevaliers, écoutant, pendant la veillée des armes, la vie de saint Maurice, que

leur chante un jongleur (*Romania*, XIX, 334). Cette vie de saint Maurice, pour le dire en passant, ne nous est pas parvenue. — Il faut dire que certaines vies de saints, composées en Angleterre, ont été faites bien plutôt pour être conservées dans de riches bibliothèques ecclésiastiques ou seigneuriales qu'en vue d'une véritable publicité. Telles sont notamment les vies de saint Alban, de saint Édouard le Confesseur (la première des trois mentionnées dans la liste ci-après), de saint Thomas de Cantorbéry (la troisième de la liste), qui nous ont été conservées chacune par un manuscrit luxueusement orné de nombreuses et belles miniatures.

[3] Voir *Hist. litt. de la Fr.*, XXIII, 495; É. Picot, *Le Monologue dramatique*, dans *Romania*, XV, 363 et suiv.

en vers jouissaient encore d'une grande popularité. Et cependant dès le commencement du xiiiᵉ siècle ces mêmes légendes apparaissent sous la forme de traductions, plus ou moins libres, plus ou moins abrégées, en prose. À la différence des vies versifiées, qui, le plus ordinairement, se présentent isolément, les versions en prose sont de très bonne heure groupées, selon un ordre variable, dans des recueils qu'il n'est pas impossible de répartir en un certain nombre de classes. Ces recueils de légendes en prose, qui, sans cesse accrus, ont eu bien des éditions successives depuis environ le milieu du xiiiᵉ siècle jusque vers le xvᵉ, seront étudiés dans la seconde partie de la présente notice.

Il serait assurément désirable de classer en ordre à peu près chronologique les légendes en vers, d'indiquer le caractère de chacune d'elles, d'en apprécier la valeur littéraire, qui est fort variable, de déterminer la petite part d'originalité qui peut s'y rencontrer, et qui, pour être limitée, n'en existe pas moins à un plus haut degré que dans les vies en prose, plus fidèlement traduites du latin. Le sujet, pris dans son ensemble, ne manquerait pas de nouveauté; car la plupart des légendes en vers sont encore inédites, beaucoup n'ont jamais été signalées à l'attention des érudits, et bien peu ont été l'objet d'une étude suffisante. Nos devanciers les ont négligées, à quelques exceptions près. Toutefois nous nous ferions scrupule d'introduire ici une longue suite de notices qui auraient pu figurer légitimement dans les volumes consacrés au xiiᵉ siècle et au xiiiᵉ, mais qui, actuellement, seraient hors de leur place. Tout ce que nous croyons pouvoir faire, en vue d'atténuer une lacune qui désormais ne peut plus être comblée dans cet ouvrage, c'est de dresser une table alphabétique des légendes en vers français dont nous avons connaissance, indiquant pour chacune d'elles la forme de la versification, le siècle auquel nous croyons pouvoir l'attribuer [1], les manuscrits qui nous l'ont conservée, les éditions ou notices dont elle a été l'objet.

[1] Cette indication ne peut être, en général, donnée que d'une façon assez vague et reste souvent hypothétique, les seuls éléments pouvant servir à déterminer l'âge de ces poèmes étant le plus ordinairement le caractère de la versification et de la langue. Il faut en outre tenir compte de ce fait que plusieurs des poèmes dont la composition est placée au xiiiᵉ siècle ou au xivᵉ peuvent être des rédactions nouvelles de poèmes plus anciens. Le Voyage de saint Brendan, composé dans le second quart du xiiᵉ siècle, a été remanié, une

L'ordre alphabétique, qui a l'incontestable avantage de faciliter singulièrement les recherches, est le seul auquel nous puissions nous arrêter. Le classement en ordre chronologique ne pourrait être que très incertain, et en bien des cas il serait absolument arbitraire; il exigerait d'ailleurs des discussions qui occuperaient trop d'espace. Son utilité principale serait de nous permettre de grouper les légendes qui ont un auteur commun; mais le cas où plusieurs légendes versifiées peuvent être, avec certitude, attribuées a un même poète est rare. Il ne se présente guère, dans l'état actuel de nos connaissances, que pour les vies de saint Germer, de saint Josse et pour l'une des vies de saint Eustache, composées au commencement du XIIIe siècle par Pierre (de Beauvais), pour quelques légendes mises en vers par Wace, par Chardry, par Gautier de Coinci, par Rutebeuf, et pour un certain groupe de vies de saintes, dont l'auteur commun paraît avoir été le frère mineur Nicole Bozon, qui écrivait en Angleterre dans la première moitié du XIVe siècle et auquel nous consacrerons une notice dans un de nos prochains volumes.

La liste qui suit embrasse tout le moyen âge. Nous y avons fait entrer des poèmes qui appartiennent aux premiers temps de notre littérature, comme la vie de saint Léger, et des poèmes du XVe siècle. Si, d'une part, nous revenons en arrière sur des périodes que l'*Histoire littéraire de la France* a dépassées, d'autre part nous anticipons sur l'œuvre de nos successeurs. Mais ceux qui viendront après nous ne nous reprocheront pas de leur avoir épargné quelques recherches, et il n'était pas inutile que la table de nos légendes en vers fût une fois dressée [1].

---

centaine d'années plus tard, par un écrivain qui s'est donné la tâche de rajeunir la langue et d'allonger d'une syllabe les vers féminins, lesquels, dans la rédaction primitive, n'ont que huit syllabes, l'accent final portant sur la septième. L'ancienne vie de saint Alexis, en couplets de cinq vers, a été systématiquement modifiée et amplifiée à plusieurs reprises. La vie de saint Josse, écrite au commencement du XIIIe siècle, a été démesurément allongée au XIVe. Si les rédactions originales de ces poèmes s'étaient perdues, nous serions exposés à prendre ces rajeunissements pour les rédactions primitives.

[1] Nous ne croyons pas devoir faire entrer dans l'énumération qui suit les courtes légendes en vers qui, sans avoir le caractère proprement liturgique, étaient chantées dans les églises à certaines fêtes, telles que les Épîtres farcies de saint Étienne, de saint Jean l'Évangéliste, des saints Innocents, de saint Thomas de Cautorbéry (26-29 décembre), de saint Blaise (3 février), de saint Thibaut de Provins (30 juin), sur lesquelles on peut voir *Hist. litt. de la Fr.*, XIII, 109 et suiv., et *Bulletin du Comité des travaux historiques*, section d'histoire et de philologie, année 1887, p. 316 et suiv.

AGATHE (Sainte).

Vie en vers octosyllabiques, composée en Angleterre au commencement du XIVe siècle, probablement par Bozon (le frère mineur Nicole Bozon?). Ms. : Londres, Musée britannique, Cotton, Domitien XI, fol. 105. Voir Fr. Michel, *Rapports au Ministre* (*Doc. inéd.*), p. 269. Premier vers :

> Or voyle cunter de sainte Agace.

AGNÈS (Sainte).

1. Vie en quatrains de vers décasyllabiques, XIIIe siècle. Ms. : Bibl. nat., fr. 1553, fol. 400 v°. Premier vers :

> Ki bien velt comenchier a parler.

2. Vie en quatrains de vers alexandrins, XIIIe siècle. Ms. : Carpentras, 106, fol. 126. Premier vers :

> D'une france pucele vos vuel dire et conter.

3. Vie en vers octosyllabiques, composée en Angleterre au commencement du XIVe siècle par Bozon (le frère mineur Nicole Bozon?). Ms. : Londres, Musée brit., Cotton, Domitien XI, fol. 103 v°. Extrait dans *Les contes moralisés de Nicole Bozon, frère mineur*, publ. par L. Toulmin Smith et P. Meyer (Paris, 1889, Soc. des anc. textes français), p. XLVIII. Premiers vers :

> Jeo sui prié, meis, sans prier,
> Me deit amour bien charger.

ALBAN (Saint).

Vie en laisses monorimes de vers alexandrins, composée au XIIIe siècle en Angleterre, à Saint-Albans, et publiée, d'après un ms. unique et incomplet du début, par M. R. Atkinson, *Vie de seint Auban, a poem in Norman French ascribed to Matthew Paris* [1], *now for the first time edited from a manuscript in the library of Trinity College, Dublin* (London, 1876, in-4°) [2].

ALEXIS (Saint).

1 a. Vie en couplets monorimes (assonances) de cinq vers décasyllabiques, XIe siècle, plusieurs fois publiée. Mss. : Hildesheim (église de Saint-Godoard), fol. 29 ; Bibl. nat., nouv. acq. fr. 4503 (ancien Libri 112), fol. 11 v° ; fr. 19525, fol. 26. Éditions nombreuses; il suffira de citer G. Paris et L. Pannier, *La vie de saint Alexis*, Paris, 1872 (*Biblioth. de l'École des hautes études*, fasc. VII); W. Förster et E. Koschwitz, *Altfranzösisches Uebungsbuch*, 2e éd. (1902), col. 97. Premier vers :

> Bons fu li siecles al tens ancienor.

---

[1] Cette attribution n'est pas fondée.

[2] Il existe au Musée britannique (Cotton, Claud. E IV) un manuscrit de la fin du XIVe siècle contenant, fol. 334 v°, un *Tractatus de nobilitate, vita et martirio sanctorum Albani et Amphibali, de quodam libro gallico excerptus et in latinum translatus*. Un autre manuscrit du même ouvrage est conservé à la Bodléienne (Bodley 585). Cf. Th. Duffus Hardy, *Descriptive Catalogue*, I, n°s 33 et 34.

1 *b*. Vie en laisses monorimes (assonances), renouvellement de la vie précédente, dite « rédaction interpolée », fin du XIIe siècle ou commencement du XIIIe. Ms. : Bibl. nat. fr. 12471, fol. 51. Édition : G. Paris et L. Pannier, ouvr. cité, p. 199 et suiv. Premier vers :

> Signour et dames, entendés un sermon.

1 *c*. Vie en laisses monorimes (rimes), remaniement de la vie précédente, XIIIe siècle. G. Paris et L. Pannier, ouvr. cité, p. 279 et suiv. Premier vers :

> Cha en arriere, au tens anchienors[1].

1 *d*. Vie en quatrains de vers alexandrins monorimes, remaniement de la vie précédente, XIVe siècle. G. Paris et L. Pannier, ouvr. cité, p. 336. Premier vers :

> Ens en l'onneur de Dieu le pere tout puissant[2].

2. Vie en laisses monorimes de vers alexandrins, rédigée directement d'après le latin. Mss. : Bibl. nat., fr. 2162 ; Oxford, Bodl., Canonici misc. 74. Édition : *De saint Alexis, eine altfranz. Alexiuslegende aus dem 13. Jahrhunder*, hgg. von Joseph Hertz, Francfort-sur-le-Mein, 1879 (Programme de la *Realschule* israélite de Francfort). Premier vers :

> Plaist vos a escoltcir d'un saint homme la geste.

3. Vie en vers octosyllabiques, commencement du XIIIe siècle. Ms. : Bibl. nat., fr. 25408, fol. 30. Édition : par Hippeau dans les *Mémoires de l'Académie de Caen*, année 1856, puis par G. Paris, *Romania*, VIII, 169. Premier vers :

> Bone parole boen leu tient.

4. Vie en vers octosyllabiques, très abrégée, faisant partie du *Tombel de Chartreuse*, par Eustache, prieur de la Fontaine-Notre-Dame (dioc. de Soissons), XIVe siècle. Mss. : Bibl. d'Avranches, 244 ; Bibl. nat., nouv. acq. fr. 6835 (ancien Ashburnham, *Appendix* 175), fol. 52. Publiée en extraits, d'après le premier de ces manuscrits, par l'abbé Desroches : *Extraits de plusieurs petits poèmes écrits à la fin du XIVe siècle par un prieur du Mont-Saint-Michel* (Caen, 1839), p. 42. Premier vers :

> Il ot en cel temps de jadis.

AMI et AMILE.

Ces deux frères ne sont assurément pas des saints authentiques. Ils ont été cependant considérés comme tels au moyen âge. La légende latine a été discutée par les Bollandistes (12 octobre), et imprimée en dernier lieu par M. E. Kölbing, *Amis und Amyloun, zugleich mit der altfranzösischen Quelle* (Heilbronn, 1884, deuxième vo-

---

[1] Les éditeurs n'ont connu de cette rédaction qu'un seul manuscrit (Bibl. nat., fr. 1553). Depuis, un second manuscrit, appartenant à la bibliothèque du chapitre de Carlisle, a été découvert. G. Paris en a donné les variantes dans la *Romania*, XVII, 106 et suiv.

[2] L'un des manuscrits (celui d'Arras) commence par : *Oés, seigneur, pour Dieu le très doulz roy amant* (G. Paris et L. Pannier, p. 337). — Un manuscrit resté inconnu aux éditeurs a été signalé récemment à Bruxelles, *Romania*, XXX, 300.

lume de l'*Altenglische Bibliothek* du même savant). D'après cette légende a été composé, au xiiie siècle, par un écrivain anglais le poème français d'*Amis et Amilun*, publié par M. Kölbing, ouvrage cité, p. 111. Sur les manuscrits, voir cette édition, p. lxxiii. Premier vers :

> Ki veut oïr chançoun d'amour [1].

ANDRÉ (Saint).

Vie en vers octosyllabiques. Première moitié du xiiie siècle. Mss. : Oxford, Bodl., Canonici misc. 74, fol. 120; Paris, Arsenal 3516, fol. 67. Extraits du ms. d'Oxford dans P. Meyer, *Documents manuscrits de l'ancienne littérature de la France*, p. 205. Premier vers :

> Une raison dire vos vulh (*Ars. d. volon*).

ANTÉCHRIST. On connaît au moins trois poèmes français sur l'Antéchrist :

1. Un poème composé en Angleterre par un templier nommé Henri d'Arci [2]. La versification en est fort incorrecte; on peut cependant supposer que l'auteur a visé à faire des vers alexandrins rimant deux par deux. Il existe deux copies, assez différentes, de ce poème. Elles ont été indiquées dans les *Notices et extraits des manuscrits*, t. XXXV, 1re partie, p. 26. Premier vers :

> Si d'Antecrist volez oïr la memoire.

2. Poème en vers octosyllabiques, composé, dans la première moitié du xiiie siècle, en Lombardie. Ms. : Paris, Arsenal 3645, fol. 4 v°. Le poème est daté, à la fin, de Vérone, 1251, date qui doit venir d'une copie antérieure, le manuscrit de l'Arsenal n'étant guère que de la fin du xiiie siècle. Premier vers :

> Pour ce que je sai le françois.

3. Poème en vers octosyllabiques, compris dans la compilation que Geufroi de Paris a intitulée *La Bible*. Ms. : Bibl. nat., fr. 1526, fol. 179. Premier vers :

> Oez por Dieu et por son non.

4. Poème composé en Angleterre au xiiie siècle et qui n'a pas l'Antéchrist pour sujet unique. La versification en est très irrégulière. La plus grande partie est en vers octosyllabiques; la fin est en vers de dix à douze syllabes. Ms. : Oxford, Bodléienne, Rawlinson Poetry 241, p. 259. Extraits dans *Romania*, XXIX, 79. Premier vers :

> Seignurs, vous qe en Dieux creez.

ANTOINE DE PADOUE (Saint).

1. Vie en quatrains de vers alexandrins, xive siècle. Ms. : Bibl. nat., fr. 2198, fol. 40. Premier vers :

> Jhesucrist, qui en la crois laissa son corps estendre.

---

[1] Nous mentionnons pour mémoire la chanson de geste d'*Ami et Amile* (*Histoire littéraire de la France*, XXII, 288 et 950), dont l'auteur a utilisé la légende latine, mais a fait entrer dans son œuvre d'autres éléments.

[2] Le même qui a mis en vers les *Verba seniorum* (ci-dessus, p. 357), la vision de saint Paul et la vie de sainte Thaïs (ci-après, p. 375).

2. Couplets de vers décasyllabiques, rimant *ababbcbc*. xv° siècle. Bibl. nat., fr.
5036, fol. 117. Premier vers :

> Pour plaire a Dieu, qui est sur tous puissant.

AUDRÉE (Sainte), ETHELDREDA, abbesse d'Ely.

Vie en vers octosyllabiques, composée en Angleterre. xiii° siècle. Ms. : Welbeck,
Bibl. du duc de Portland, 1 C 1, fol. 100 c. Premiers vers :

> En bone houre e en bon porpens
> Deveroit chascun user son tens.

AVENTIN (Saint).

Les Bollandistes ont connu une vie en vers français de saint Aventin, évêque
de Châteaudun, que nous n'avons pas pu retrouver. Ils en ont donné un abrégé
sous ce titre : *Vita ex rhythmo gallico succincte concinnata* (*AA. SS.*, février, I, 488).
Ils font connaître en ces termes le manuscrit dont ils se sont servis :

> Ex ejus (*S. Medardi Castrodunensis*) ecclesiæ ms. codice vitam S. Aventini nacti sumus,
> rhythmo gallico scriptam, rudi satis et inpolito, quam ita vertimus ut sententiam omnem
> redderemus, non quæ superflue multa adjecta erant, neutiquam ad modernam gallicæ lin-
> guæ elegantiam exacta.

BARBE (Sainte).

1. Poème d'environ 520 vers octosyllabiques. Fin du xiii° siècle. Ms. : Bibl. roy.
de Belgique 10295-304, fol. 59. Le début dans *Romania*, XXX, 304. Premiers
vers :

> Qui a talent de Dieu servir
> Si viegne avant pour moy oyr.

2. Poème en quatrains. xiv° ou xv° siècle. Ms. : Avignon 615, fol. 96 (copie
inachevée du xvi° siècle). Premier vers :

> Jhesus Crist, qui pour nous heut persecusion.

BARLAAM et JOSAPHAT (Saints).

1. Poème d'environ 12,000 vers octosyllabiques, composé vers le commencement du règne de saint Louis par Gui de Cambrai. Mss. : Paris, Bibl. nat., fr. 1553,
fol. 197; Mont-Cassin, 329. Publié, d'après le premier de ces mss., par H. Zotenberg et P. Meyer (Stuttgart, 1864). Premiers vers :

> Qui bien commence et qui bien sert
> Gueredon au doble desert.

2. Poème en vers octosyllabiques ayant à peu près la même étendue que le précédent. xiii° siècle. Mss. : Carpentras 473 (anc. 465), fol. 139; Tours 949;
Besançon 552 (fragments). Extraits dans l'ouvrage cité, p. 336 [1]. Premier vers :

> Li cuers me dit et amoneste.

[1] Ce poème a été mis en prose. On possède trois copies de cette rédaction en prose. Voir
Notices et extraits des manuscrits, XXXVI, 713.

3. Poème en 2954 vers octosyllabiques, composé en Angleterre, vers le commencement du xiiie siècle, par Chardri. Mss. : Londres, Musée brit., Cotton, Caligula A ix, fol. 195; Oxford, Jesus Coll. 29, fol. 68. Édition : *Chardry's Josaphaz, Set Dormans und Petit plet...*, hgg. von John Koch (Heilbronn, 1879; t. I de l'*Altfranzösische Bibliothek*), p. 1. Premier vers :

> Ki vout a nul ben entendre.

Plusieurs des paraboles que renferme l'histoire de Barlaam et de Josaphat ont été détachées de la légende latine vers le xiie siècle, et ont fourni la matière de divers petits poèmes qui ont été mentionnés par nos devanciers [1].

Bon ou Bonet (Saint), évêque de Clermont. Une légende relative à ce prélat fait partie de plusieurs recueils latins de Miracles de la Vierge [2] et, par suite, a été à diverses reprises mise en français.

1. Poème en vers octosyllabiques, faisant partie des Miracles de la Vierge traduits par Adgar, dit Willame. Ms. : Londres, Musée brit., Egerton 612, fol. 32. Édition : *Adgar's Marienlegenden*, hgg. von Carl Neuhaus (Heilbronn, 1886, p. 110). Premiers vers :

> En Auverne a une cité
> Dunt li nuns est ja tresturné.

2. Poème en vers octosyllabiques faisant partie d'un recueil de Miracles de la Vierge mis en français par un écrivain anglais resté anonyme. Ms. : Musée brit., Roy. 20 B xiv, fol. 145. Premiers vers :

> En Alverne est une bonne cité
> Noble, de grant antiquité.

3. Poème en vers octosyllabiques, par Gautier de Coinci, publié par l'abbé Poquet, *Les Miracles de la sainte Vierge*, colonne 303. Premier vers :

> Que que volenté me semont.

4. Poème anonyme en vers octosyllabiques. xiiie siècle. Ms. : Bibl. nat., fr. 423, fol. 102. Premiers vers :

> Puis que parler ay commencié
> De ma dame sainte Marie.

Brendan (Saint).

Poème en vers octosyllabiques, les vers féminins accentués sur la septième syllabe, composée par un certain Benoit, à la demande de la reine Aélis, femme de Henri Ier, roi d'Angleterre, probablement peu après 1121, date du mariage de cette reine. Mss. : Musée brit., Cotton, Vesp. B x.; Oxford, Bodléienne, Rawl. misc. 1370, fol. 85 (fragment); Paris, Bibl. nat., nouv. acq. fr. 4503, fol. 19 (ancien Libri-Ashburnham 112, volé à Tours par Libri); York, Bibliothèque du Chapitre, 16 K 12.

---

[1] Voir *Hist. litt. de la Fr.*, XXIII, 76, 77, 257; voir aussi *Romania*, XIII, 591.

[2] C'est le n° 175 de l'*Index Miraculorum B. V. Mariae*, rédigé par le P. Poncelet et publié dans le tome XXI des *Analecta Bollandiana*.

Édition : par H. Suchier, dans *Romanische Studien*, I, 567 (1875); c'est une reproduction figurée du ms. cottonien; Fr. Michel, *La Vie de saint Brandan* (Paris, 1880). Premier vers :

> Donna Aaliz la reïne.

Ce vieux poème a été renouvelé dans la première moitié du xiiie siècle; les vers féminins ont été ramenés à la forme usuelle par l'addition d'une syllabe, et la langue a été rajeunie. Ms. : Arsenal 3516, fol. 96. Édition en copie figurée dans la *Zeitschrift für romanische Philologie*, II, 439. Premier vers :

> Seignor, oiés que jo dirai.

On sait que la légende de saint Brendan a été introduite par Gautier de Metz dans la seconde rédaction de son *Image du monde* [1]. Cet épisode a été publié par Jubinal, *La Légende de saint Brandaine* (Paris, 1836), d'après le ms. B. N. fr. 1444.

CATHERINE D'ALEXANDRIE (Sainte).

1. Vie en vers octosyllabiques, par Clémence, religieuse bénédictine du monastère de Barking (Essex) [2], remaniement d'une version antérieure que nous n'avons plus. Mss. : Bibl. nat., nouv. acq. fr. 4503 (anc. Libri 112), fol. 83; fr. 23112, fol. 317 v°; Welbeck, Bibl. du duc de Portland, 1 C 1, fol. 246. Les deux premières de ces copies ont été publiées en regard l'une de l'autre, dans les Mémoires de l'Académie des sciences de Prague, par M. U. Jarnik, avec préface et notes en tchèque (Prague, 1894, in-4°). Premier vers :

> Cil ki le bien set et entent.

2. Vie en vers octosyllabiques, composée en poitevin. L'auteur est désigné à la fin, dans des vers latins ajoutés par le copiste, sous le nom de *Aumericus, Pictave gentis amicus*. Ms. : Tours, 945, incomplet du début. Édition : *La Passion sainte Catherine*, poème du xiiie siècle en dialecte poitevin, par Aumeric, moine du Mont-Saint-Michel [3], publié pour la première fois, d'après le ms. de la Bibl. de Tours. par F. Talbert (Paris et Niort, 1885, in-4°).

3. Vie en vers octosyllabiques, par Gui, conservée dans le ms. de La Clayette (voir *Notices et extraits*, XXXIII, 1re partie, p. 62). xiiie siècle. Publiée par Henry

---

[1] Voir *Hist. litt. de la Fr.*, XXIII, 324. L'opinion exprimée à cet endroit que la rédaction, dite interpolée, de l'*Image du monde*, serait l'œuvre d'un copiste messin, n'est plus admise. L'interpolateur est l'auteur lui-même, Gautier de Metz. Voir *Romania*, XXI, 482.

[2] L'*Hist. litt. de la Fr.* (XXVIII, 253) nomme l'auteur *Dimence*, selon le ms. fr. 23112 (désigné à tort comme portant le n° 16565), et lui attribue une origine flamande. Ces erreurs ont été partiellement rectifiées dans *Romania*, XIII, 401, d'après l'autre manuscrit.

[3] Les vers latins de la fin ne disent pas qu'Aumeric fût moine du Mont-Saint-Michel :

> Sic Aumericus, Pictave gentis amicus,
> Eximie vitam Katherine transtulit istam.
> Sit locus in celis monachis Sancti Michaelis,
> Quorum pars sumus. Per secula vivat hic unus.

Il semble que l'auteur, le Poitevin Aumeric, soit distingué du copiste, moine de Saint-Michel, et rien ne prouve que le monastère soit celui du Mont-Saint-Michel *in periculo maris*. Il s'agit plus probablement de Saint-Michel au diocèse de Luçon.

Alfred Todd, *Publications of the modern language Association of America*, XV, 17 et suiv. (Baltimore, 1900). Premier vers :

Pour l'amitié de Jhesucrist.

4. Version en vers octosyllabiques, dont on connaît neuf copies qui ont été indiquées dans les *Notices et extraits*, XXXIII, 1re partie, p. 60, XXXIV, 1re partie, p. 165; *Bulletin de la Société des anciens textes français*, 1896, p. 40; *Romania*, XXX, 310. Des extraits en ont été publiés par le P. Cahier, d'après un manuscrit de l'Arsenal, dans les *Nouveaux mélanges d'archéologie*, III (1875), 74. Premier vers :

Nous trovomes en nos escris.

5. Vie en sixains de vers décasyllabiques. xiiie siècle. Ms. : Tours, 948, fol. 122 v°. Premier vers :

Por amor Dieu vos pri, genz bone et bele.

6. Vie anonyme en vers octosyllabiques. xiiie siècle. Ms. : Paris, Arsenal 3645, fol. 26 [1]. Des extraits en ont été publiés par M. Ad. Mussafia, dans les *Comptes rendus de l'Académie de Vienne*, classe de philosophie et d'histoire, LXXV (1874), 249; cf. *Notices et extraits*, XXXIII, 1re partie, p. 61. Premier vers :

De laiser les mauvais pensez.

7. Vie en vers octosyllabiques, rédigée en forme d'oraison. xve siècle. Mss. : Chantilly, Musée Condé 101; Londres, Musée brit., Lansdowne 380, fol. 254 v°; Paris, Bibl. nat., fr. 24864, fol. 112. Premier vers :

Ave, trés sainte Catherine.

8. Vie en septains de vers octosyllabiques (*ababccb*), rédigée en forme d'oraison. xve siècle. Mss. : Bibl. nat., fr. 18026, fol. 219 v°; Saint-Brieuc 1, fol. 195 (incomplet du commencement). Premier vers :

Dieu vous sauve (*lis.* saut), vierge Katerine.

9. Vie en quatrains de vers alexandrins. xve siècle. Deux anciennes éditions : livret gothique de 24 ff., s. l. n. d., Bibl. nat., Réserve Ye 847; édition de Jean Treperel, Paris, s. d., Bibl. nat., Réserve Ye 820. Premier vers :

Au nom de Jhesucrist qui les fins cueurs affine.

10. Vie en couplets de formes variables, en vers de dix et de sept syllabes, composée par un certain Destrées en 1451. Ms. : Bibl. nat., fr. 14977, fol. 41. Premier vers :

Comme le cerf desire soy retraire.

11. Vie en forme de prière, composée de neuf couplets à refrain. xiiie siècle. Ms. :

____

[1] Sur ce manuscrit exécuté en Lombardie, voir plus haut, art. ANTÉCHRIST.

Londres, Musée brit., Egerton 613, fol. 6 v°. Édition : P. Meyer, *Recueil d'anciens textes*, partie française, n° 47. Refrain :

> Trés duce Katerine,
> Seez nostre mecine.

CHRISTINE (Sainte).

1. Poème en quatrains de vers alexandrins, par Gautier de Coinci [1]. Mss. : Carpentras 106, fol. 66; Paris, Bibl. nat., fr. 817, fol. 171. Premier vers :

> Li sages Salomons qui fluns fu de savoir.

2. Poème en vers alexandrins rimant deux à deux. Cette vie, de la fin du XIII° siècle, semble-t-il, n'est connue que par quelques vers du début que cite le président Fauchet (*OEuvres*, 1610, p. 553). Premier vers :

> Seigneurs qui en vos livres par maistrie metez.

3. Vie en vers octosyllabiques, composée en Angleterre au commencement du XIV° siècle, probablement par Bozon (le frère mineur Nicole Bozon?). Ms. : Londres, Musée brit., Cotton, Domitien XI, fol. 101 v°; voir Fr. Michel, *Rapports au Ministre* (*Doc. inéd.*), p. 268. Premiers vers :

> Ore escutez de une virgine
> Ke est appellé Cristine.

4. Poème en huitains de vers octosyllabiques rimant en *ababbcbc*, XV° siècle. Ms. : Bibl. nat., fr. 24865, fol. 74. Premiers vers :

> C'ensuit la vie et la legende
> De madame saincte Christine.

5. Poème en vers octosyllabiques, XV° siècle. Édition gothique, Paris, s. d., décrite par H. Harrisse, *Excerpta Colombiniana*, n° 240, p. 180. Premier vers :

> Au nom de Dieu victorieux.

CHRISTOPHE (Saint).

1. Vie en vers octosyllabiques. XIII° siècle. Le seul ms. connu faisait partie de la collection du baron Dauphin de Verna (n° 1286 du catalogue de vente [2]). Il a été décrit sommairement par M. Delisle, *Bibl. de l'École des chartes*, LVI (1895), 683. Premier vers :

> En nom de sainte Trinité.

2. Vie en quatrains de vers alexandrins. XIV° siècle. Mss. : Bibl. nat., fr. 25549; Bibl. Phillipps, 3668, à Cheltenham. Premier vers :

> Seigneurs, j'ay oy dire souvent en aucuns lieux.

---

[1] Gautier de Coinci ne s'est pas nommé dans cet ouvrage. Toutefois il n'est guère douteux qu'il en soit l'auteur. On y a reconnu son style (P. Paris, *Manuscrits françois*, VI, 319). et, de plus, en un des miracles qu'il a mis en vers, Gautier affirme qu'il a jadis rimé l'histoire de sainte Christine (voir G. de Bure, *Catalogue des livres de feu M. le duc de La Vallière*, Supplément, p. 12).

[2] Le sort de ce manuscrit est inconnu.

3. Vie très courte (environ deux cents vers) en couplets de cinq vers (quatre vers décasyllabiques rimant ensemble et un vers de deux syllabes rimant avec le vers correspondant du couplet suivant), xiv⁰ siècle. Bibl. nat., fr. 1555, fol. 126 v°. Premier vers :

> Poy a de bien en cest siecle mortal.

CLÉMENT (Saint), pape.

Poème en vers octosyllabiques, composé en Angleterre d'après les *Recognitiones* attribuées au pape Clément. Commencement du xiii⁰ siècle. Ms. : Cambridge. Trinity Coll. R. 3.46, fol. 122. Extrait dans *Notices et extraits*, XXXVIII, 306. Premier vers :

> Li clerc de scole ki apris unt.

CROIX (Invention de la sainte).

Poème en vers octosyllabiques faisant suite à la Vie de saint Silvestre (vers 593 et suivants). Fin du xii⁰ siècle ou commencement du xiii⁰. Ms. appartenant à M. le marquis de Villoutreys. Édition : *La Vie de saint Silvestre et l'Invention de la sainte Croix*, à la suite du *Cartulaire du Chapitre de Saint-Laud d'Angers* publié par A. Planchenault (Angers, 1903). Premiers vers :

> Deus cenz ans pois et .xxx. trois
> Qu'en croiz fut mis Dieus li haut rois.

CROIX (Légende de l'arbre dont fut faite la). Voir SETH.

CRUCIFIÉS (LES DIX MILLE) DU MONT ARARAT.

Poème en vers octosyllabiques. xiv⁰ ou xv⁰ siècle. Ms. : Besançon, 254, fol. 159. Édition gothique, s. l. n. d., 16 ff.; voir H. Harrisse, *Excerpta Colombiniana*, n° 248, p. 183. Premiers vers :

> A la loenge et a l'onneur
> De Jhesucrist, nostre sauveur.

DENYS (Saint).

1. Vie en quatrains de vers alexandrins. xv⁰ siècle. Mss. : Bibl. nat., fr. 19186, fol. 143 v°; 24433, fol. 186 v°. Premier vers :

> Monseigneur saint Denis, tresor de sapience.

2. Vie en sixains de vers octosyllabiques (a a b c c b). xv⁰ siècle. Ms. : Bibl. nat., fr. 1741, incomplet de la fin et mutilé en divers endroits. Premier vers :

> Nul ne repute pour merveylle.

DIEUDONNÉE (Sainte), mère de saint Jean Chrysostome.

Poème en quatrains de vers alexandrins, dans lequel est introduite la légende de saint Jean Bouche d'or. xiv⁰ siècle. Ms. : Bruxelles, Bibl. roy. de Belgique, 10295-304, fol. 47 v°. Analyse et extraits dans *Romania*, XXX, 300. Premier vers :

> Pour chou que on tiesmoigne partout generaument.

Dominique (Saint).

Poème en vers octosyllabiques composé peu après 1234. Mss. : Arras, 307, fol. 282; Bibl. nat., fr. 19531, fol. 22. Extraits dans *Romania*, XVII, 395. Premier vers :

Li clerc truevent en l'escripture.

Dormants (Les sept).

Poème en 1898 vers octosyllabiques, composé en Angleterre, vers le commencement du xiiie siècle, par Chardri. Mss. : Londres, Musée brit., Cotton, Caligula A ix, fol. 216; Oxford, Jesus Coll. 29, fol. 83. Édition : *Chardry's Josaphaz, Set dormanz und Petit plet...*, hgg. von John Koch (Heilbronn, 1879; t. I de l'*Altfranzösische Bibliothek*), p. 76. Premier vers :

La vertu Deu ki tuz jurs dure.

Edmond (Saint), roi d'Estanglie.

1. Vie en quatrains monorimes de vers octosyllabiques, composée vers la fin du xiie siècle en Angleterre. Ms. : Cambridge, Caius and Gonville Coll. 435, p. 105 et suiv.; 1700 vers. Premiers vers :

Ore entendez la passion
De saint Edmunt le bon barun.

2. Poème en vers octosyllabiques, composé au xiiie siècle, en Angleterre, par Denis Piramus[1]. Ms. : Musée brit., Cotton, Domit. xi, fol. 1 (incomplet de la fin). Extrait dans Fr. Michel, *Rapports au Ministre* (1836, *Doc. inédits*), p. 258; édition dans *Memorials of Saint Edmond abbey*, edited by Th. Arnold, t. II, p. 137 (London, 1892, Rolls series). Premier vers :

Mult ai usé cum[e] pechere.

Edmond (Saint), archevêque de Cantorbéry.

Poème en vers octosyllabiques, composé à la requête d'une comtesse d'Arundel. Ms. : Welbeck, Bibl. du duc de Portland, 1 C 1, fol. 85 d. Premiers vers :

Ki de un sul felun ad victoire
Mut pot aver joie et gloire.

Édouard le Confesseur (Saint), roi d'Angleterre.

1. Poème en vers octosyllabiques, composé au milieu du xiiie siècle pour Aliénor, femme de Henri III, roi d'Angleterre, d'après Aelred de Rievaulx. Ms. : Cambridge, Bibl. de l'Université, Ee iii 59. Édition : par H. R. Luard, *Lives of Edward the Confessor* (Londres, 1858, Rolls series). Cf. *Hist. litt. de la Fr.*, t. XXVII, p. 1. Premier vers :

En mund ne est, ben vus l'os dire.

---

[1] On a supposé, sur la foi du prologue de cette vie de saint Edmond, que Denis Piramus était aussi l'auteur du roman de Partonopeus de Blois (*Hist. litt. de la Fr.*, XIX, 629). Mais cette opinion, qui résulte d'une interprétation erronée des vers de Denis Piramus, a été plus d'une fois réfutée : voir *Romania*, IV, 148; Ward, *Catal. of romances*, I, 700, etc.

2. Poème en vers octosyllabiques, composé, comme le précédent, en Angleterre, au xiii° siècle, d'après Aelred. Ms. : Vatican, *Reg.* 489. Fragment dans la publication précitée de Luard, p. 384. Les premiers et les derniers vers ont été imprimés par M. Ernest Langlois, *Notices et extraits*, XXXIII, 2° partie, p. 10. Premier vers :

> Le tens aveit ja sun curs fait.

3. Poème en vers octosyllabiques, composé en Angleterre. xiii° siècle. Ms. : Welbeck, Bibl. du duc de Portland, 1 C 1, fol. 56. Premiers vers :

> Al loenge le Creatur,
> Commenç cest ovre et sa valur [1].

ÉLEUTHÈRE, voir LEHIRE.

ÉLISABETH DE HONGRIE (Sainte).

1. Poème en vers octosyllabiques par frère Robert de Cambligneul. xiii° siècle. Ms. : Bibl. nat., fr. 19531, fol. 112. Édition : par Jubinal, *OEuvres de Rutebeuf*, 1re édit., II, 360 [2]. Premier vers :

> Hom qui samblance enformé a.

2. Poème en vers octosyllabiques, composé par Rutebeuf pour Isabel, comtesse de Champagne, fille de saint Louis, par conséquent entre 1255 et 1271. Édition : Jubinal, *OEuvres de Rutebeuf*, nouv. édition, II, 310. Cf. *Hist. litt. de la Fr.*, XX, 780. Premier vers :

> Cil Sires dist que l'en aeure.

3. Poème en vers octosyllabiques. Fin du xiii° siècle. Ms. : Bruxelles, Bibl. roy. de Belgique 10295-304, fol. 158 v°. Extraits dans *Romania*, XXX, 310. Premiers vers :

> Sire Diex, plains de [grant ?] douçonr,
> Fontaine de bien et d'onnour.

4. Poème en vers octosyllabiques, composé au commencement du xiv° siècle et en Angleterre, probablement par Bozon (Nicole Bozon, frère mineur?). Mss. : Londres, Musée brit., Cotton, Domitien xi, fol. 99 ; Welbeck, Bibl. du duc de Portland, 1 C 1, fol. 1. Un extrait du premier de ces manuscrits a été publié par Fr. Michel, *Rapports au Ministre (Doc. inéd.)*, p. 267. Premiers vers :

> Novele chose [3] en nostre verger
> A nus se mustra avant her.

ÉLOI (Saint).
Poème en vers octosyllabiques. xiii° siècle. Ms. : Oxford, Bodl., Douce 94,

---

[1] Il existe de ce poème une rédaction en prose conservée dans le ms. Egerton 745 du Musée britannique.

[2] Ce poème n'a pas été reproduit dans la seconde édition de Jubinal.

[3] Manuscrit du duc de Portland : rose.

daté de 1294; incomplet du début. Édition : *Les Miracles de saint Éloi, poème du xiii* siècle*, publié... par M. Peigné-Delacourt. Beauvais, Noyon et Paris, s. d. (1859), extrait des *Mém. de la Soc. archéol. de l'Oise*, t. IV[1].

Etheldreda, voir Audrée.

Euphrosyne (Sainte).

Poème en laisses monorimes de dix vers alexandrins, composé probablement dans le Nord de la France, au commencement du xiii* siècle. Mss. : Bruxelles 9229-30, fol. 61 v° (*Romania*, XVI, 169); La Haye, Bibl. roy. 265, fol. 61 v° (*Romania*, XIV, 130); Oxford, Bodl., Canonici misc. 74, fol. 87; Paris, Arsenal 5204, fol. 87 v°. Extraits dans P. Meyer, *Documents manuscrits de l'anc. litt. de la France*, p. 203; *Recueil d'anc. textes*, p. 334. Premier vers :

> Nove chançon vos dimes de bele antiquité.

Eustache (Saint) ou Placidas.

1. Poème en laisses monorimes de vers alexandrins, dont il ne subsiste plus qu'un fragment contenant 360 vers, par un certain Benoit. Commencement du xiii* siècle. Ms. : Londres, Musée brit., Egerton 1066.

2. Version en vers octosyllabiques. Commencement du xiii* siècle. Mss. : Madrid, Bibl. nat., Fe 149 (voir *Bull. de la Soc. des anc. textes français*, 1878, p. 17); Paris, Bibl. Sainte-Geneviève, 792, fol. 111 (voir *Romania*, XXIII, 503). Premier vers :

> Qui weult oïr sarmon novel.

3. Version en vers octosyllabiques à rimes léonines, par Pierre (de Beauvais). Commencement du xiii* siècle. Mss. : Londres, Musée brit., Egerton 745. fol. 1; Paris, Bibl. nat., fr. 13502, fol. 76; fr. 19530, fol. 1; Moreau 1715, fol. 1 (ms. de La Clayette). Extraits, d'après le dernier de ces manuscrits, dans *Notices et extraits*, XXXIII, 1re partie, p. 61. Premier vers :

> De diverses meurs se diversent.

4. Version en vers octosyllabiques. xiii* siècle. Ms. : Bibl. Phillipps Cheltenham), 4156, fol. 131. Extraits dans *Notices et extraits*, XXXIV, 1re partie, p. 227. Premiers vers :

> Jhesucrist, par seint Eüstace,
> Nus tramette la sue grace.

5. Version en vers irréguliers de dix à douze syllabes rimant deux à deux, faite en Angleterre par Guillaume de Ferrières. xiii* siècle. Ms.: Bibl. du chapitre d'York, 16 K 13, fol. 104. Premiers vers :

> Un riches hom esteit en Rome jadis.
> Ben del emperor e de mult grand pris.

---

[1] Il y avait dans la librairie du Louvre une copie de ce poème (n° 928 de l'inventaire publié par M. Delisle, *Le Cabinet des manuscrits*, III, 157). Ce livre, aujourd'hui perdu, renfermait aussi les vies rimées de saint Quentin et de saint Julien.

6. Version en vers octosyllabiques faite en Angleterre. XIIIe siècle. Ms. : Dublin, Trinity College D. 4.18, fol. 11. Premier vers :

> Au tens que l'estat de seintee.

7. Version en quatrains de vers décasyllabiques. XIIIe siècle. Bibl. nat., fr. 1374, fol. 165. Premier vers :

> Seignor et dames, entendez tuit a moi.

8. Version en vers octosyllabiques. XIVe siècle. Ms. : Bruxelles, Bibl. roy. de Belgique 10295-304, fol. 165. Extrait dans *Romania*, XXX, 311. Premier vers :

> Au tamps l'empereur Traiien.

9. Version en sixains (*aabccb*). Il n'en subsiste qu'un fragment consistant en un feuillet rogné qui sert de garde au ms. 185 de S. John's Coll., Oxford, et qui a été publié par M. Stengel à l'appendice de sa description du ms. Digby 86 (p. 126-127).

10. Version en quatrains de vers alexandrins. Fin du XIVe siècle ou commencement du XVe. Ms. : Bibl. nat., fr. 1555, fol. 97[1]. A été imprimée à la fin du XVe siècle : voir Brunet, *Manuel du libraire*, 5e éd., V, 1189. Premier vers :

> Tout mon pourpensement ay mis en biaus moz dire.

11. Version en huitains de vers octosyllabiques (*ababbcbc*). Fin du XVe siècle. Ms. : Bibl. nat., fr. 24951. Premiers vers :

> A l'honneur du Pere et du Filz
> Et du benoict Saint Esperit.

Évroul (Saint).

Vie en vers octosyllabiques. XIVe siècle. Ms. : Bibl. nat., fr. 19867. Édition : par l'abbé Blin, *Bulletin de la Société historique de l'Orne*, t. VI, p. 1. Premier vers :

> Li haut conseil et l'ordenance.

Fanuel.

Poème en vers octosyllabiques. XIIIe siècle. On en possède plusieurs copies qui diffèrent considérablement les unes des autres; voir *Revue des langues romanes*, 3e série, XIV, 119; *Romania*, XVI, 216, 236, XXV, 546; *Bibl. de l'École des chartes*, LVI, 682, LXII, 603. Édition, d'après un manuscrit de Montpellier, par M. Chabaneau, *Revue des langues romanes*, 3e série, XIV, 157. Premier vers :

> Dieus qui cest siecle (*ou le monde*) commença.

---

[1] Une autre copie du même poème se trouve dans un manuscrit qui faisait jadis partie de la collection Barrois, à Ashburnham place, n° 412 (n° 97 du catalogue dressé pour la vente de cette collection, Londres, 1901). Nous ne savons qui s'en est rendu acquéreur.

Ce poème, que précède ordinairement dans les manuscrits une *Histoire de Jésus et de Marie* dont il sera question plus loin (à l'art. Jésus), conte la conception miraculeuse d'un certain Fanuel, qui, d'une façon non moins surnaturelle, donna naissance à sainte Anne, la mère de la Vierge Marie. L'original de ce récit est inconnu. Le nom de Fanuel est emprunté à l'évangile de saint Luc (ii, 36), où la prophétesse Anne (qui n'est pas la mère de la Vierge) a pour père Phanuel.

FIACRE (Saint).

Poème en huitains (*ababbcbc*). xve siècle. Édition de Denys Meslier, Paris, s. d., Bibl. nat., Réserve, Ye 819. Premiers vers :

> Tout ainsi comme l'aigle instruit
> Ses petis poucins a voler [1].

FOI (Sainte).

Vie en vers octosyllabiques, par Simon de Walsingham, moine de Bury-Saint-Edmond. Ms. : Welbeck, Bibl. du duc de Portland , 1 C 1, fol. 147 *d*. Premiers vers :

> Seignurs, vus que en Deu creez
> E en la fei estes fermeez.

FRANÇOIS D'ASSISE (Saint).

1. Poème en vers octosyllabiques. xiiie siècle. Ms. : Bibl. nat., fr. 2094, fol. 1. Premiers vers :

> A la loenge et a l'onor
> De Jhesu Crist, nostre seignor.

2. Poème composé en Angleterre. xiiie siècle. Ms. : Bibl. nat., fr. 13505. Premier vers :

> La grace Deu bien aparust.

3. xiiie siècle. Ms. : Bibl. nat., fr. 19531, fol. 68. Premiers vers :

> Amors est [et] pons et passages
> De paradis ou chascuns sages.

4. xive siècle. Ms. : Bibl. nat., fr. 2093. Premiers vers :

> Dieu le Pere, Dieu le Filz, Dieu le S. Esprit [2],
> Qui tout a creé et tout fit.

GENEVIÈVE (Sainte).

Poème en vers octosyllabiques, composé dans la seconde moitié du xiiie siècle par un certain Renaut, qui se qualifie de clerc, pour une dame de Valois, peut-être l'une

---

[1] Une autre vie de saint Fiacre, en français, faisait partie de la librairie du Louvre (Delisle, *Le Cabinet des manuscrits*, III, 157, n° 929). Les anciens inventaires n'indiquent pas si elle était en vers ou en prose. Mais la mention des premiers mots du second feuillet suffit à montrer qu'elle était différente de celle qu'a imprimée Denys Meslier.

[2] Faut-il corriger *Dieu Pere et Filz et Saint Esprit?*

des femmes de Charles de Valois, frère de Philippe le Bel[1]. Mss. : Bibl. nat.,
lat. 5667, fol. 35 (voir Delisle, *Catal. des mss. des fonds Libri et Barrois,* p. 208);
fr. 13508; Sainte-Geneviève, 1283, fol. 80 (voir Ch. Kohler, *Étude critique sur le
texte de la vie latine de sainte Geneviève de Paris,* p. xlviii). Premier vers :

> Ma dame de Valois me prie.

GEORGES (Saint).

1. Poème en vers de sept syllabes composé en Angleterre, vers la fin du xii⁰ siècle
ou au commencement du xiii⁰, par Simund de Fresne. Ms. : Bibl. nat., fr. 902,
fol. 108. Extraits dans *Zeitschr. f. roman. Philologie,* V, 512. Premier vers :

> Sages est qui sen escrist.

2. Poème en vers octosyllabiques, publié par V. Luzarche sous le nom de Wace,
mais qui n'est pas de cet auteur[2]. Ms. : Tours, 927, fol. 47. Édition : *La Vie de la
Vierge Marie, de maître Wace..., suivie de la Vie de saint Georges, poème inédit du
même trouvère* (Tours 1859), p. 93. Premier vers :

> Bel gent qui venuz este ensemble.

3. Poème en vers octosyllabiques. xiv⁰ siècle. Ms.: Bibl. Phillipps, à Cheltenham,
3668 (non folioté). Édition : par J.-E. Matzke, dans *Publications of the modern
language association of America,* t. XVIII (1903), p. 158-171. Premier vers :

> De par le filz sainte Marie.

4. Poème en huitains (*ababbcbc*). xiv⁰ siècle. Ms. : Bibl. nat., Nouv. acq. fr.
4412, fol. 471. Premiers vers :

> De saint George et preu chevalier,
> Pour le preu qui nous en poet venir,
> Vueil briefment sa vie rimer.

GERMER (Saint).

Poème en vers octosyllabiques, composé par Pierre (de Beauvais) au commencement du xiii⁰ siècle. Ms. de La Clayette, p. 19 (Bibl. nat., Moreau 1715). Extraits
dans *Notices et extraits,* XXXIII, 1ʳᵉ partie, p. 12. Édition : par le vicomte de Caix
de Saint-Aymour, *Mémoires et documents pour servir à l'histoire des pays qui forment
aujourd'hui le département de l'Oise* (Paris, 1898), p. 173. Premier vers :

> Au tans que Dagoubers li rois.

---

[1] La *Gallia christiana,* VII, 748, identifie
ce Renaut avec un prieur de Marizi-Sainte-Ge-
neviève qui devint chancelier de l'abbaye de
Sainte-Geneviève en 1306, opinion adoptée
par M. Joseph Petit, *Charles de Valois,* p. 228.
Mais, outre que cette identification est une pure
conjecture, nous ferons remarquer que la leçon
« Madame de Valois », bien que se trouvant
dans les trois manuscrits, est contestable. En

effet, une ancienne rédaction en prose de ce
poème, conservée en plusieurs manuscrits, porte
« La dame de Flandres » (voir *Notices et extraits,* t. XXXIV, 1ʳᵉ partie, p. 195). Cette
leçon serait préférable, si, comme nous le
pensons, le poème est antérieur à la fin du
xiii⁰ siècle.

[2] Voir A. Weber, dans *Zeitschr. f. rom.
Phil.,* V, 534.

GILLES (Saint).

Poème en vers octosyllabiques par Guillaume de Berneville. Fin du xii⁰ siècle.
Mss. : Florence, Laurentienne, *Conventi soppressi* 99, fol. 111 v°; Musée brit., Harl.
912, fol. 183 v°, fragment contenant les vers 2975-3057 (*Romania*, XXXIII, 95).
Édition : *La Vie de saint Gilles*, par Guillaume de Berneville, poème du xii⁰ siècle
publié par G. Paris et A. Bos (Paris, 1881, Société des anciens textes français). Premier vers :

> D'un dulz escrit orrez la sume.

GRÉGOIRE LE GRAND (Saint), pape.

1. Poème en vers octosyllabiques, achevé en 1214 par Anger, moine de Sainte-
Frideswide, à Oxford. Ms., probablement autographe : Bibl. nat., fr. 24766,
fol. 153. Édition : par P. Meyer, *Romania*, XII, 152. Premier vers :

> Descrite avons, la Dé merci.

2. Poème en vers octosyllabiques, achevé en 1326. Mss. : Bibl. nat., fr. 914,
fol. 369; Évreux, franç. 8 (ancien 95), fol. 135. Édition (d'après le second de
ces mss.) par A. de Montaiglon, *Romania*, VIII, 518. Premier vers :

> Saint Gregore, le trés noble homme.

GRÉGOIRE, saint apocryphe.

1. Poème en vers octosyllabiques. xii⁰ siècle. Mss. : Tours 927, fol. 109; Arsenal,
3516, fol. 101; Arsenal, 3527, fol. 155; Bibl. nat., fr. 1545, fol. 121; Musée
brit., Egerton 612, fol. 75; Cambrai, 812. Sur les cinq premiers de ces mss. et
leurs rapports, voir *Zeitschr. f. roman. Philologie*, X, 321. Édition : *Vie du pape Grégoire le Grand*, légende française publiée pour la première fois [d'après le ms. de
Tours], par V. Luzarche (Tours, 1857). Premiers vers :

> Or escotez, por Deu amor,
> La vie d'un bon pecheor.

2. Vie en quatrains de vers alexandrins. xiv⁰ siècle. Ms. : Bibl. nat., fr. 1707,
fol. 8. Édition : *Légende de saint Grégoire*, rédaction du xiv⁰ siècle publiée... par
Carl Fant (Upsala, 1887). Premier vers :

> Or entendés, seigneurs, que Jhesus vous beneye!

GUILLAUME, roi d'Angleterre, saint apocryphe.

1. Vie en vers octosyllabiques, par Chrestien. Fin du xii⁰ siècle. Mss. : Cambridge, Saint John's College, B 9, fol. 55 (*Romania*, VIII, 316); Paris, Bibl. nat.,
fr. 375, fol. 240. Éditions : Fr. Michel, *Chroniques anglo-normandes*, III, 39 (d'après
le ms. de Paris); W. Förster, *Christian von Troyes sämtliche Werke*, IV, 255 et suiv.
(d'après les deux mss.). Premier vers :

> Crestiens se vuet entremetre.

2. Vie en quatrains de vers alexandrins. Fin du xiii⁰ siècle ou commencement du
xiv⁰. Mss. : Londres, Musée brit., Add. 15606, fol. 140 (*Romania*, VI, 27); Paris,

Bibl. nat., fr. 24432, fol. 1. Édition (d'après le second de ces mss.) : Fr. Michel, ouvr. cité, III, 173. Premier vers :

> Por recorder un dit sui ci endroit venuz.

Hildevert (Saint).

Poème en vers octosyllabiques. xive ou xve siècle. Ms. : Bibl. nat., fr. 24865, fol. 90. Premier vers :

> Dieu le puissant, pere de gloire.

Ildefonse (Saint).

Légende qui se rencontre en un grand nombre de recueils des Miracles de Notre-Dame en latin[1], et a pris place dans les recueils français dont l'indication suit :

1. Dans les Miracles traduits par Adgar, dit William. Édition, d'après le ms. Edwardes[2], fol. 3 v°, par J. A. Herbert, dans *Romania*, XXXII, 401. Premier vers :

> En Tulette la grant cité.

2. Dans les Miracles mis en vers par un écrivain anglais anonyme. Ms. : Musée brit., Roy. 20. B. xiv, fol. 125. Premier vers :

> En la bone cité de Tulette.

3. Dans les Miracles de Gautier de Coinci. Nombreux manuscrits. Édition : Poquet, *Les Miracles de la sainte Vierge*, col. 77. Premier vers :

> Un arcevesque out a Tholete.

Invention de la sainte Croix, voir plus haut **Croix**.

Jacques le Majeur (Saint).

Aucune rédaction en vers de la vie de ce saint ne nous est parvenue, mais il en existe une rédaction en prose qui paraît avoir été faite d'après un poème en vers octosyllabiques actuellement perdu. Ms. : Arsenal, 3516, fol. 61. Édition : par P. Meyer, *Romania*. XXXI, 252 et suiv.

Jean l'Aumônier (Saint).

Vie en vers octosyllabiques (environ 7700 vers) composée en Angleterre. Commencement du xiiie siècle. Ms. : Cambridge, Trinity Coll., R. 3. 46. Extraits dans *Notices et extraits*, XXXVIII, 292. Premier vers :

> Li siecle vait mult en declin.

---

[1] N° 17 de l'*Index miraculorum B. V. Mariae* publié par le P. Poncelet dans le tome XXI des *Analecta Bollandiana*.

[2] Le ms. Egerton 612, d'après lequel le recueil de miracles traduit par Adgar a été publié par M. Neuhaus (voir ci-dessus l'art. Bon), a perdu les feuillets où devait se trouver cette légende. Le ms. Edwardes, qui nous l'a conservée, est ainsi désigné parce qu'il a figuré à la vente des livres de Sir Henry Hope Edwardes (Londres, Christie, 1901). Il a été acquis à cette vente par un bibliophile anglais, dont le nom ne nous est pas connu, qui a autorisé M. J. A. Herbert, du Musée britannique, à en publier une description et des extraits (*Romania*, XXXII, 394-418).

Jean Baptiste (Saint).

1. Vie en vers alexandrins rimant deux à deux. Ms. : Florence, Laurentienne, *Conventi soppressi* 99, fol. 144 (copie inachevée renfermant 244 vers). Édition : G. Paris et A. Bos, *La vie de saint Gilles* (Paris, 1881, Société des anciens textes français), p. vj. Premier vers :

> De saint Johan dirai ço que jo truis escrit.

2. Vie en vers octosyllabiques, divisée en huit livres et datée de 1322. Mss. : Bibl. nat., fr. 2182 ; N. acq. fr. 7515 (ancien ms. Ashburnham, *Appendix* 155), incomplet des premiers feuillets et du dernier. Premier vers :

> Ou nom de Dieu, devant tout euvre.

3. Vie en quatrains de vers octosyllabiques (*abab*). xve siècle. Ms. : Arsenal, 649, fol. 113. Plusieurs éditions gothiques : voir Brunet, *Manuel*, V, 1192-3. Cette vie a été réimprimée, d'après une édition de Jean Treperel, par A. de Montaiglon et J. de Rothschild, *Recueil de poésies françoises des xve et xvie siècles*, X, 295. Premier vers :

> Au nom de la vierge Marie.

Jean Bouche d'or (Saint) [1].

Version en vers octosyllabiques composée dans la première moitié du xiiie siècle, par Renaut. Mss. : Arsenal, 3516, fol. 73 v° ; 3517, fol. 216 ; Arras, 587. Publié par A. Weber, *Romania*, VI, 328, d'après le ms. 3516 de l'Arsenal ; cf. *Romania*, VII, 600, où sont données les variantes du ms. 3517. Premier vers :

> Se cil qui les roumans ont fait.

Jean l'Évangéliste (Saint).

1. Vie en quatrains de vers alexandrins. Commencement du xiiie siècle. Mss. : Arras, 307, fol. 172 ; Madrid, Bibl. nat., Ec 150 (anc. F. 149) ; Bibl. nat., fr. 2039, fol. 22. Extraits dans *Bullet. de la Soc. des anc. tex tes français*, 1878, p. 54 et 61 ; *Romania*, XVII, 387. Premier vers :

> L'autorités nos dist une raison por voir [2].

2. Vie en vers octosyllabiques, par Thierri de Vaucouleurs, moine de Saint-Arnoul de Metz. Première moitié du xiiie siècle. Mss. : Berne, 388, fol. 1 ; Carpentras, 467 (anc. 459). Extraits (d'après le ms. de Berne) dans Franz Thormann, *Thierri von Vaucouleurs' Johannes-Legende* (Darmstadt, 1892). Premier vers :

> A la loange et a la gloire.

Jean Paulus (Saint).

Poème en vers octosyllabiques. Première moitié du xiiie siècle. Mss. : Arsenal,

---

[1] Cette légende a été introduite, comme on l'a dit plus haut (p. 345), dans le poème relatif à sainte Dieudonnée.

[2] C'est la leçon du ms. de Madrid ; Arras : *et tesmoigne por voir* ; Bibl. nat. : *Salemons dist et conte une raison por voir.*

35ı8, fol. 2o3 vⁿ; Bibl. nat., fr. ı553, fol. 42ı. Une courte analyse de ce poème est donnée dans *Romania*, VI, 3ₐ9. Premier vers :

En *Vitas patrum*, .j. haut livre.

JÉSUS.

Nous rangerons ici un certain nombre de poèmes qui retracent, soit l'histoire complète du Sauveur, d'après les Évangiles et certaines données apocryphes, soit des parties de cette histoire, et particulièrement les traductions plus ou moins libres des évangiles de l'Enfance et de Nicodème. En premier lieu nous placerons une suite de trois poèmes en vers octosyllabiques, qui, d'après le caractère de la versification, peuvent être attribués à la fin du xıⁱᵉ siècle, mais qui ne sont pas nécessairement du même auteur. Nous les intitulerons respectivement l'*Histoire de Marie et de Jésus*, la *Passion*, la *Descente de Jésus aax enfers*. On les rencontre ordinairement copiés en série continue dans les manuscrits. Souvent ils sont comme soudés ensemble, sans qu'aucun indice extérieur, tel qu'une rubrique ou une grande capitale, marque le passage de l'un à l'autre. Très fréquemment, ils sont joints à d'autres poèmes : à la légende de Fanuel, qui en forme comme l'introduction, au poème de l'Assomption de Notre-Dame, qui en est la conclusion. Parfois d'autres éléments sont introduits dans cette compilation, par exemple la version de l'évangile de l'Enfance, qui, en un manuscrit de Grenoble, a été intercalée dans l'*Histoire de Marie et de Jésus*.

Histoire de Marie et de Jésus. Fait suite, en certains manuscrits, au roman de *Fanuel*. Commence à la naissance de la Vierge et se poursuit jusqu'à l'entrée de Jésus à Jérusalem, de façon à se relier au poème de la Passion indiqué ci-après. Nombreux manuscrits qui présentent des variantes de rédaction très considérables et des interpolations diverses. Extraits dans *Romania*, XVI, 44, 2ı8, 237; XXV, 55o. Éditée, d'après un manuscrit de Montpellier, sous le titre général de *Romanz de saint Fanuel*, par M. Chabaneau, *Revue des langues romanes*, 3ᵉ série, XIV, ı78. Commence ordinairement par un prologue dont le premier vers est : *Qui Dieu aime parfitement;* mais dans certains manuscrits (Arsenal, 52oı, et Musée Fitzwilliam) il y a un autre prologue commençant par ce vers : *Or escoutés* (ou *entendés*) *por Dieu amor.*

Passion. Poème en vers octosyllabiques, qui se rencontre, en des états très différents, dans beaucoup de manuscrits, et qui, en sa forme première, pourrait être plus ancien que le poème précédent, auquel il fait suite dans la plupart des manuscrits. Dans certains, il se termine au crucifiement; ailleurs il se continue jusqu'à l'ascension. On trouvera l'énumération de ces manuscrits et des extraits de plusieurs d'entre eux dans *Romania*, XVI, 47, 227, 244; XXV, 55ı; *Notices et extraits*, XXXIV, ıʳᵉ partie, p. ı64. Un abrégé de ce poème est compris dans la compilation du manuscrit de Montpellier que M. Chabaneau a publiée sous le titre de *Romanz de saint Fanuel;* voir *Revue des langues romanes*, 3ᵉ série, XIV, 23o. Premier vers, selon diverses leçons :

Oez moi trestuit doucement.
Or escoutez mut doucement.

45.

> Seignor, oiez mout doucement.
> Oés trestuit mout humblement.
> Oez trestuit communement.

Descente de Jésus aux enfers. Ce poème, fondé essentiellement sur la seconde partie de l'évangile de Nicodème (*Descensus Christi ad inferos*), ne se rencontre jamais isolément, mais fait toujours suite au précédent, avec lequel il est, dans certains manuscrits, en quelque sorte soudé. Il a été introduit par Geufroy de Paris dans le second livre de sa « Bible des set estaz du monde » (Bibl. nat., fr. 1526, fol. 112 d). Les copies présentent des variantes très considérables, surtout dans la partie qui se rapporte à l'histoire du Christ entre la résurrection et l'ascension. Premier vers :

> Or entendez selon l'escrit (*Arsenal, 5201*).
> Or escoutez qu'en la fin dist (*Musée Fitzwilliam*).
> Or entendés tuit par amor (*Grenoble*).

Nous mentionnerons présentement les poèmes relatifs à la vie du Christ, qui sont restés indépendants de la compilation dans laquelle sont entrés les trois poèmes ci-dessus énumérés[1]. Nous n'espérons pas en dresser une liste complète, ces poèmes ayant été fort nombreux, et plusieurs d'entre eux n'ayant fait, jusqu'à présent, l'objet d'aucune étude[2].

Évangile de l'Enfance.

1. Poème en vers octosyllabiques. XIIIe siècle. Mss. : Grenoble, 1137, fol. 32 v°, où ce poème est intercalé dans l'*Histoire de Marie et de Jésus;* Bibl. Didot, n° 26 du catalogue de la vente de 1881 ; Oxford, Bodléienne, Selden supra 38 ; Cambridge, University Library, GG. 1.1, fol. 749 v°[3]. Extraits dans *Romania*, XV, 336 ; XVI, 221 ; XVIII, 129. Premier vers :

> Dire vos veul chi et retraire.

2. Poème en vers octosyllabiques composé au XIIIe siècle en Angleterre. Ms. : Cambridge, Corp. Chr. Coll. 66, fol. 227, copie, peut-être incomplète, qui fait suite au poème, indiqué plus loin, sur la légende de Seth. Premier vers :

> En cel tens ke Herodes saveit.

Évangile de Nicodème. Trois versions en vers octosyllabiques.

1. Version de Chrestien, composée au commencement du XIIIe siècle, et proba-

---

[1] Toutefois la version de l'évangile de l'Enfance fait partie de cette compilation dans le ms. de Grenoble.

[2] Notons en passant que nous ne possédons certainement pas tous les poèmes qui ont pour objet l'histoire de Jésus. Ainsi, un manuscrit de la librairie de Charles V renfermait, à la suite du « *Trésor* en prose » (Brunet Latin) : « la vie Jhesu Crist rymée que fist saint Robert » (Librairie du Louvre, n° 452 ; Delisle, *Le Cabinet des manuscrits*, III, 136). Saint Robert est très probablement Robert Grossetête, évêque de

Lincoln, qui ne fut jamais canonisé, mais qui, dans un poème français composé en Angleterre, est qualifié de saint (*Romania*, XXIX, 54). Mais aucun des poèmes relatifs à Jésus-Christ qui nous sont parvenus ne porte le nom de cet écrivain, ni ne semble pouvoir lui être attribué.

[3] Dans les mss. d'Oxford et de Cambridge, exécutés en Angleterre, le texte est remanié de façon que les vers riment, non plus deux par deux, mais quatre par quatre ; voir *Romania*, XVI, 221.

blement en Angleterre. Mss. : Florence, *Conventi soppressi* 99, fol. 92; Bibl. de M. Mac Lean, à Tunbridge Wells, fol. 10 (voir *Bull. de la Soc. des anc. textes français*, 1898, p. 81). Édition (d'après le ms. de Florence) : G. Paris et A. Bos, *Trois versions rimées de l'évangile de Nicodème* (Paris, 1885, Société des anciens textes français), p. 1. Premiers vers :

> En l'onur de la Trinité
> Ai en curage et en pensé.

2. Version d'André de Coutances. Commencement du xiii⁰ siècle. Ms. : Musée brit., Add. 10289, fol. 64 v⁰. Édition : G. Paris et Bos. ouvr. cité, p. 74. Premier vers :

> Seignors, mestre André de Costances.

3. Version anonyme composée en Angleterre à la fin du xiii⁰ siècle. Ms. : Londres, Palais de Lambeth, 522, fol. 85. Édition : G. Paris et A. Bos, ouvr. cité, p. 139. Premiers vers :

> En le nun de la Trinité,
> Treis persones en unité.

Histoire de Jésus-Christ jusqu'à la Passion exclusivement. Poème en vers octosyllabiques. xiii⁰ siècle. Mss. : Paris, Arsenal, 5204, fol. 1; Bibl. nat., fr. 9588, fol. 37 v⁰. Dans ces deux copies le poème est suivi de la *Passion* en vers octosyllabiques mentionnée plus haut. Le ms. de l'Arsenal est précédé de cette rubrique : *Ci endroit commencent les Enfances nostre sire Jhesucrist, et parle premierement de sa naissance et de ce qui s'en suit.* Premiers vers :

> Or escoutés (*Ars.* entendez), si faites pais,
> De Jhesucrist (*Ars.* Damedieu) et de ses fais.

La Nativité de Jésus-Christ. Poème en vers octosyllabiques à rimes léonines, qui paraît être de Gautier de Coinci (1874 vers). Première moitié du xiii⁰ siècle. Ce poème comprend l'histoire de la Vierge depuis sa troisième année, et conduit celle de Jésus de sa naissance au retour de la terre d'Égypte. Mss. : Paris, Arsenal, 3517, fol. 110 v⁰; Bibl. nat., fr. 22928, fol. 10; 25532, fol. 244 v⁰ (rubrique initiale : *Ci commence la Nativité nostre seigneur Jhesucrist et ses enfances*). Édition (d'après le ms. 25532) par Reinsch, *Archiv für das Studium der neueren Sprachen*, t. LXVII, p. 238. Premiers vers :

> Qui vient oïr la verité
> De la sainte nativité
> Jhesucrist, si escout men conte.

Histoire de Jésus-Christ après son enfance. Poème en vers octosyllabiques à rimes léonines qui fait suite au précédent et qui paraît être du même auteur. Mss. : Arsenal, 3517, fol. 131 v⁰ (rubrique initiale : *Chi commenche la Nativité saint Jehan et li fais Jhesucrist*); Bibl. nat., fr. 25532, fol. 256 (rubrique initiale : *C'est si comme Nostre Sires ala par terre*). Premier vers :

> Ki a voir dire met s'entente.

Histoire de Jésus-Christ jusqu'à son baptême par saint Jean Baptiste. Poème en vers octosyllabiques. XIIIe siècle. Ms. : Vienne, Bibl. impériale, 3430, fol. 39, où le poème est suivi de la *Passion* en vers octosyllabiques mentionnée plus haut, p. 355. Premier vers :

Entendez, seigneurs, un petit.

Histoire de Jésus-Christ. Poème en vers monorimes de dix à douze syllabes, composé au commencement du XIIIe siècle et en Angleterre. Ms. : Musée brit., Cotton, Vitellius D III, dont il ne subsiste que des fragments très endommagés, de sorte qu'on ne peut savoir quelle était l'étendue de ce poème. On peut voir cependant qu'il contient divers éléments apocryphes (par exemple la légende du bois de la croix). Extraits dans *Romania*, XVI, 253.

Passion. Poème en vers alexandrins monorimes par le prêtre Herman de Valenciennes. Fin du XIIe siècle. Ce poème, ordinairement joint à la Bible en vers du même auteur, se rencontre isolément dans trois mss. : Londres, Musée brit., Harl. 2253, fol. 23; Egerton 2710, fol. 112; Paris, Bibl. nat., fr. 19525, fol. 191 v°[1] (voir *Bull. de la Soc. des anc. textes français*, 1889, p. 84). Premier vers :

Mult par fu grant icele election.

Passion. Poème en vers octosyllabiques composé au XIVe siècle d'après les données évangéliques. Mss. : Bibl. nat., fr. 1534, fol. 1; 1555, fol. 154; 19186, fol. 129; 24865, fol. 111; Rome, Vatican, *Reg.* 473, fol. 1. Premier vers :

Bonnes genz, plaise vous a taire.

Passion. Poème en vers octosyllabiques composé en Angleterre. XIIIe siècle. Ms. : Cambridge, Trinity College, B. 14. 39, fol. 74. Extraits dans *Romania*, XXXII, 38. Premiers vers :

Seignurs, plaist vus [a] escuter
Cum Deus vint en terre pur nus sauver?

Passion. Poème en vers alexandrins monorimes par Nicolas de Vérone. Milieu du XIVe siècle. Ms. : Venise, Bibl. Saint-Marc, ZZ 4, provenant de la bibliothèque de Francesco Gonzague, capitaine de Mantoue (voir *Romania*, IX, 505), et acquis en 1893, par la Bibliothèque Saint-Marc. Extraits publiés par P. Meyer (*Romania*, IX, 506) et par A. Thomas (*Biblioth. des Écoles françaises d'Athènes et de Rome*, fasc. XXV, p. 23). Premiers vers :

Seignour, je vous ay ja, pour vers et pour sentance,
Contié maintes istoires en la langue de France.

---

[1] Dans ces trois manuscrits les quinze premiers vers sont de dix syllabes. Cette forme a été conservée plus ou moins exactement en plusieurs des mss. où la Passion est jointe à la Bible, par exemple dans le ms. 4156 de la Bibl. Phillipps, à Cheltenham (*Notices et extraits*, XXXIV, 1re partie, p. 199), dans le ms. 16378 de la même collection, etc. Mais, en d'autres manuscrits, les vers de dix syllabes ont été convertis en vers de douze, par exemple dans le ms. Bibl. nat., fr. 20039 (*Bulletin de la Soc. des anc. textes français*, 1889, p. 83).

Passion. Poème en vers décasyllabiques monorimes, composé dans l'Italie du Nord, peut-être par Nicolas de Casola, l'auteur d'un long poème sur Attila. Milieu du xive siècle. Ms. : Venise, Bibl. Saint-Marc, cod. gall. VI, daté de 1371. Édition : par A. Boucherie, *Revue des langues romanes*, I (1870), 32, 108, 208. Premiers vers :

> Après la Passe, quand Yhesus dure paine
> Doul e travaille sol por la jens humaine...

JOB.

Poème en vers de six syllabes, imitation très libre du livre de Job. Commencement du xiiie siècle. Ms. : Arras 307, fol. 179. La copie est incomplète par suite de lacunes du manuscrit. Ce qui en reste (339 vers) a été publié dans la *Romania*, XVII, 389. Premiers vers :

> La vie d'un saint honme
> Voel raconter par conte...

JOSAPHAT, voir BARLAAM.

JOSEPH, fils de Jacob.

Vie en vers de six syllabes. Fin du xiie siècle ou commencement du xiiie. Mss. : Bibl. nat., fr. 24429, fol. 94 v°; Nouv. acq. fr. 10036 (anc. Barrois 171, à Ashburnham place), fol. 105[1]; Rome, Vatican, *Reg.* 1682, fol. 94 (E. Langlois, *Notices et extraits*, XXXIII, 2e partie, p. 203). Le début dans *Romania*, XXIII, 10. Édition : *Die altfranzösische « Histoire de Joseph »*... von Wilhelm Steuer (Erlangen, 1903). Premiers vers :

> D'une ancienne estoire
> Vous veil faire memoire [2].

JOSSE (Saint).

1. Poème en vers octosyllabiques composé au commencement du xiiie siècle par Pierre (de Beauvais). Ms. de La Clayette (Bibl. nat., Moreau 1715), p. 29. Extrait dans *Notices et extraits*, XXXIII, 1re partie, p. 16. Premiers vers :

> *In nomine Domini* dit
> La vie saint Joce et descrit.

2. Vie en vers octosyllabiques, développement de la précédente, par un moine de Saint-Josse-sur-Mer (Pas-de-Calais). Fin du xive siècle ou commencement du xve. Ms. : Bibl. nat., fr. 2101. Extrait dans la notice et à l'endroit précités. Premier vers :

> Raisons et volenté ensemble.

---

[1] Ce manuscrit, qui appartenait jadis à Le Roux de Lincy, est mentionné dans l'*Hist. litt. de la Fr.*, XVIII, 837, note 1. Il est décrit dans la *Bibl. de l'Éc. des ch.*, LXII, 601-4.

[2] Telle est la leçon du ms. 24429 de la Bibliothèque nationale et du ms. de Rome; le début du ms. Nouv. acq. 10036 est un peu différent :

> Signor, or entendés.
> Qui Dameldieu amés.

3. Quatrains composés pour servir de légendes à une suite de peintures sur la vie du saint. XVe siècle. Ms. : Bibl. roy. de Belgique, 10958. Premiers vers :

> S'ensieut la vie de saint Josse,
> Les miracles et les merites.

JUDAS.

1° Vie en vers octosyllabiques, rédigée au XIIIe siècle, d'après une légende latine insérée textuellement, semble-t-il, par Jacques de Varazze dans la vie de saint Mathias[1]. Ms. : Turin, Bibl. roy., L II, 14 (anc. ms. fr. G 11.13), fol. 579. Édition : A. d'Ancona, *La leggenda di Vergogna e la leggenda di Giuda* (Bologne, 1869, *Scelta di curiosità letterarie*, dispensa XCIX), p. 75. Premiers vers :

> Dieus qui le (*lis.* de) scienche devine
> . Les entendemens enlumine.

2° Poème en vers octosyllabiques, composé au XIIIe siècle en Angleterre. Ms. : Oxford, Bodléienne, Laud. misc. 471, fol. 114. Extraits dans P. Meyer, *Documents manuscrits de l'anc. littér. de la France*, p. 242. Premier vers :

> Seignurs, pur Deu, ça escutez.

JULIEN L'HOSPITALIER, OU DE BRIOUDE.

Poème en vers octosyllabiques composé par « Rogier » pour un comte Philippe. Fin du XIIe siècle ou commencement du XIIIe. Ms. : Arsenal, 3516, fol. 84. Extrait dans *Notices et extraits*, XXXV, 487. Édition par M. Ad. Tobler, dans *Archiv für das Studium der neueren Sprachen*, CII (1899), 1. Premier vers :

> Cil troveor qui biaus dis truevent.

JULIENNE (Sainte).

1. Poème en vers octosyllabiques. Commencement du XIIIe siècle. Mss. : Bruxelles, Bibl. roy. de Belgique, 10295-304, fol. 137; Cheltenham, Bibl. Phillipps 3668; Oxford, Bodléienne, Canonici misc. 74, fol. 63; Douce 381 (fragment); Paris, Arsenal, 3516, fol. 117 v°; Bibl. nat., fr. 1807, fol. 164 v°; 2094, fol. 204. Extraits des deux manuscrits d'Oxford dans P. Meyer, *Documents manuscrits de l'anc. litt. de la France*, p. 199; édition, d'après ces deux manuscrits, dans « *Li ver del juïse* », *en fornfransk predikan*, akademisk afhandling af Hugo von Feilitzen (Upsala, 1883), appendice paginé 1-24. Premier vers :

> Or escotez, bon crestïen[2].

2. Poème en vers octosyllabiques, composé en Angleterre, au commencement du XIVe siècle, probablement par Bozon (le frère mineur Nicole Bozon?). Ms. : Musée brit., Cotton, Domitien XI, fol. 102 v°. Voir Fr. Michel, *Rapports au Ministre* (*Doc. inédits*), p. 268. Premier vers :

> Ore escutez une estorie.

LAURENT (Saint).

Vie en vers octosyllabiques composée en Angleterre dans la première moitié du XIIIe siècle. Mss. : Musée brit., Egerton 2710, fol. 148 v° (voir *Bull. de la Soc. des*

---

[1] *Legenda aurea*, ch. XLV. On a dit et répété à tort qu'elle avait pris place dans la légende de saint Mathieu.

[2] Le ms. Bibl. nat. fr. 1807 a un prologue particulier. Début : *Diex de touz bienz veille entreduire.*

anc. *textes français*, 1889, p. 56); Paris, Bibl. nat., fr. 19525, fol. 1. Édition : *De saint Laurent, poème anglo-normand du xiie siècle*, publ. par Werner Söderhjelm (Paris, 1888); cf. le même dans *Mémoires de la Société néo-philologique à Helsingfors*, (1893), p. 21. Premier vers :

> Maistre, a cest besoing vus dreciez.

LÉGER (Saint).

Vie en sizains de vers octosyllabiques (*aabbcc*). xe siècle. Ms. : Clermont-Ferrand, 189. Fac-similé dans *Les plus anciens monuments de la langue française* (Société des anciens textes français, 1875), pl. 7-9. La bibliographie de ce poème, souvent publié, a été donnée dans Éd. Koschwitz, *Les plus anciens monuments de la langue française* (5e édition, Leipzig, 1897), p. 35. et dans Stengel, *Die ältesten altfranzösischen Sprachdenkmäler* (2e édition, Marburg, 1901), p. 23. Premier vers :

> Domine De devemps lauder.

LEMIRE [1] (Saint).

Poème en vers alexandrins à rimes accouplées. xiiie siècle. Ms. : Bibl. nat., fr. 24430, fol. 117. Premier vers :

> En l'onneur de celui ki fist le firmament.

LÉOCADIE (Sainte).

Légende qui ne concerne pas, à proprement parler, la vie de cette sainte. C'est l'histoire de ses reliques, portées de Tolède à Soissons par Louis le Pieux, et qui, volées en 1219, furent miraculeusement retrouvées au bout de quelques jours. Ce récit a fourni à Gautier de Coinci la matière d'un assez long poème en vers octosyllabiques, publié par Méon, *Nouv. recueil*, I, 270, et par Poquet, *Les Miracles de la Sainte Vierge*, p. 111; cf. *Hist. litt. de la Fr.*, XIX, 847. C'est la suite de la légende de saint Ildefonse mentionnée plus haut. Premier vers :

> Que de memoire ne dechoie.

LEU (Saint).

Poème en 63 quatrains de vers alexandrins. xive siècle. Mss. : Bibl. nat., fr. 1555, fol. 130; 1809, fol. 69. Premiers vers :

> Le roi de paradis, qui pour nous s'estendy
> En l'arbre de la crois au jour de vendredy.

LUCIE (Sainte),

Poème en vers octosyllabiques composé au commencement du xive siècle en Angleterre, probablement par Bozon (le frère mineur Nicole Bozon?). Ms. : Musée Brit., Cotton, Domitien xi, fol. 91. Premier vers :

> De seinte Lucie vus dirray.

MAGLOIRE (Saint).

Vie en vers octosyllabiques, composée en 1319 par Gefroi des Nés [2]. Ms. : Arsenal, 5122. Un fragment en a été publié dans le *Recueil des Historiens de la France*, XXII, 166-170. Premier vers :

> David, li glorieus prophetes.

---

[1] Eleutherius, évêque de Tournai. — [2] Appelé par erreur « Gefroi de Metz » dans l'*Hist. litt. de la Fr.*, XXVII, 187.

Marguerite (Sainte).

On connaît de cette légende neuf versions rimées, toutes en vers octosyllabiques, sauf les n⁰ˢ 2 et 3 de la liste qui suit :

1. Version de Wace. xiiᵉ siècle. Mss. : Paris, Arsenal, 3516, fol. cxxx (extraits dans Cahier, *Nouveaux mélanges d'archéologie*, Paris, 1875, p. 71); Tours, 927, fol. 205, incomplet du commencement; Troyes, 1905. Édition : *La vie de sainte Marguerite*, poème inédit de Wace... par A. Joly, Paris, 1879 (extrait des *Mémoires de la Société des antiquaires de Normandie*, 3ᵉ série, t. X), d'après le manuscrit de Tours. Premier vers :

A l'onor Deu et a s'aïe.

2. Version en laisses de quatre à neuf vers alexandrins monorimes, composée en Angleterre. Fin du xiiᵉ siècle ou commencement du xiiiᵉ. Ms. : Cambridge, Bibl. de l'Université, Ee. vi. 11. fol. 1 ; voir *Romania*, XV, 269. Édition : *La vie de sainte Marguerite*, an anglo-norman version of the xiiiᵗʰ century, now first edited from the unique ms. in the University library of Cambridge..... by Fr. Spencer, s. l. n. d. (1889). Premier vers :

Puis ke Deus nostre sire de mort resucita.

3. Version anonyme, en 68 laisses monorimes formées, le plus ordinairement, de six vers alexandrins, composée en Angleterre. xiiiᵉ siècle. Ms. : Bibl. du chapitre d'York, 16 K 13, fol. 119. Premier vers :

La vie d'une vierge vus voil issi conter.

4. Version anonyme en quatrains de vers décasyllabiques, composée en Angleterre. xiiiᵉ siècle. Ms. Edwardes, fol. 1 [1]. Premiers vers :

A la Deu loenge e a la sue gloire
Faire volums d'une virgine memoire...

5. Version de Fouque. xiiiᵉ siècle. Ms. de La Clayette, p. 37 (Bibl. nat., Moreau 1715). Extrait dans *Notices et extraits*, XXXIII, 1ʳᵉ partie, p. 21. Premiers vers :

Après la sainte passion
Et après la surrection
De nostre maistre Jhesucrit.

6. Version anonyme, peut-être composée en Angleterre. xiiiᵉ siècle. Ms. : Bibl. nat., fr. 19525, fol. 142. Éditions : *Deux rédactions diverses de la légende de sainte Marguerite en vers français...* par Aug. Scheler, Bruxelles, 1877, p. 72 (extrait

---

[1] Sur ce manuscrit, qui contient en outre une partie des Miracles de la Vierge par Adgar, voir ci-dessus l'article Ildefonse. — Les trois premiers quatrains de cette Vie de sainte Marguerite ont été publiés dans la *Romania*, XXXII, 396.

des *Mémoires de l'Académie d'archéologie de Belgique*). *La vie de sainte Marguerite . . .* par A. Joly, p. 83. Premier vers :

> Escotez, tote bone gent.

7. Version anonyme, dont on possède plus de cent copies du xiiie au xve siècle, et qui a été notamment introduite en un grand nombre de livres d'heures. Éditions nombreuses de la fin du xve siècle et du xvie siècle; voir Brunet, *Manuel du libraire*, 5e éd., V, 501. Éditions du xviiie siècle et du xixe dans la Bibliothèque bleue; voir Ch. Nisard, *Histoire des livres populaires*, 2e éd., II, 167. Plusieurs éditions de la même version ont été publiées au xixe siècle d'après des manuscrits, la dernière dans *La vie de sainte Marguerite*, poème de Wace, . . . par A. Joly, p. 99. Premiers vers :

> Après la sainte passion
> Jesuchrist, a l'assencion,
> Quant il fu en son (*ou* ens ou) ciel montés.

8. Version anonyme en vers octosyllabiques très irréguliers faite en Angleterre au xiiie siècle. Ms. : Musée brit., Sloane 1611, fol. 147 v°. Premiers vers :

> Qui cest escrit vodra entendre,
> Par bel essample purra aprendre.

9. Fragment comprenant 80 vers octosyllabiques, trouvé et publié par M. Zingerle, *Romanische Forschungen*, VI (1891), 416. xiiie siècle.

10. Version anonyme, composée en Angleterre, probablement par Bozon (le frère mineur Nicole Bozon?). xive siècle. Ms. : Musée brit., Cotton, Dom. xi, fol. 95. Premier vers :

> Vus qui avez desirance.

11. Version anonyme. xive siècle. Ms. : Bibl. nat., Nouv. acq. fr. 6352. Premiers vers :

> Escoutez tuit, par tel couvent
> Que Dieu vous doint entendement.

MARIE, mère du Sauveur.

Entre les nombreuses compositions en vers qui ont été consacrées à la Vierge Marie, on n'a admis ici que celles dont l'objet est de conter quelque partie de son histoire. Le poème de Wace sur l'établissement de la fête de la Conception, étant le récit du miracle à la suite duquel cette fête fut instituée, au xie siècle, aurait pu être omis. Nous l'avons inscrit sur notre liste parce qu'il contient, outre ce miracle, l'histoire de la Vierge jusqu'à la naissance de Jésus. Nous rappellerons que l'*Histoire de Marie et de Jésus*, classée plus haut à l'article Jésus, peut être jointe aux poèmes qui concernent l'histoire de la Vierge.

Conception. Poème en vers octosyllabiques par Wace. Milieu du xiie siècle. Ce poème se compose de deux parties. La première (vers 1 à 170) est relative à l'établissement de la fête de la Conception de la Vierge à la suite d'un miracle accompli au profit de Helsin, qui fut abbé de Ramsay, au xie siècle. L'original suivi par Wace est un opuscule latin attribué, mais à tort, à saint Anselme[1]. La seconde partie commence à ces vers

> Biens est et droiz que l'en vos die
> De ma dame sainte Marie.

(éd. Mancel et Trébutien, p. 9; éd. Luzarche, p. 10); elle contient le récit de la naissance de la Vierge d'après l'*Evangelium de nativitate Mariæ*, et son histoire jusqu'à la venue au monde de Jésus. Ce poème est toujours joint à l'*Histoire des Trois Maries* mentionnée ci-après. Mss. : Cambridge, S. John's Coll. B 9, fol. 1 (*Romania*, VIII, 310); Carpentras, 473 (anc. 465), fol. 135; Londres, Musée brit., Add. 15606, fol. 37; Paris, Bibl. nat., fr. 818, fol. 4[2]; 1527, fol. 1; 19166, fol. 186 d; 24429, fol. 73; 25532, fol. 320; Moreau 1716, p. 141 (ms. Noblet de La Clayette); Rome, Vatican, *Reg.* 1682, fol. 58; Tours, 925, fol. 61. Éditions : *L'établissement de la fête de la Conception Notre-Dame, dite Fête aux Normands*, par Wace... publié par Mancel et Trébutien (Caen, 1842), d'après le ms. Bibl. nat., fr. 25532; *La vie de la Vierge Marie de maître Wace*... (Tours, 1859), publiée par V. Luzarche, d'après le manuscrit de Tours. Premiers vers :

> Ou nom Dieu, qui nos doint sa grace,
> Oez que nos dit maistre Wace.

Dans le ms. Bibl. nat., fr. 25532, suivi par Mancel et Trébutien, les six premiers vers sont différents :

> Se aucuns est cui (*lis.* qui) Dieu ait chier,
> Sa parole et son mestier.

Dans certaines copies de cet ouvrage ont été intercalés, en totalité ou en partie, d'autres poèmes. Ainsi, dans le texte que nous offre le ms. Add. 15606 du Musée britannique, ont été introduits le roman de Fanuel (ci-dessus, p. 349), une grande partie de l'*Histoire de Marie et de Jésus* (p. 355) et le récit de la *Passion* qui lui fait suite en beaucoup de manuscrits (*ibid.*). Ces interpolations ont été étudiées dans un article de la *Romania*, XVI, 232. Dans le texte du ms. Noblet de La Clayette a été introduite une partie de l'*Histoire de Marie et de Jésus* et de la même *Passion* : voir *Notices et extraits*, XXXIII, 1re partie, p. 49.

Histoire des Trois Maries et Assomption Nostre Dame. Poème en vers octosyllabiques, par Wace, faisant suite à la *Conception* dans tous les mss. énumérés à l'article pré-

---

[1] *Miraculum de conceptione sanctæ Mariæ*, dans les œuvres de saint Anselme, éd. Gerberon, p. 507; Migne, *Patr. lat.*, CLIX, col. 319; reproduit, d'après l'édition de D. Gerberon, dans l'appendice de la publication de Mancel et Trébutien citée plus loin. Ce récit a pris place en plusieurs recueils de miracles de la Vierge et a, par suite, été plus d'une fois traité en vers français : ainsi, dans le recueil d'Adgar (éd. Neuhaus, p. 136), dans celui de Gautier de Coinci (éd. Poquet, col. 515), etc.

[2] Dans ce manuscrit le poème est suivi d'une courte composition en 148 vers octosyllabiques sur l'établissement de la fête de la Nativité de la Vierge. Ce poème, dont les premiers vers sont : *À la Jhesu beneïçon, Vous ai dit la Conception*, ne saurait être attribué à Wace; il semble plutôt, d'après les rimes, avoir été composé dans le Lyonnais, pays où le ms. 818 a été exécuté. Il a été publié par R. Reinsch, *Die Pseudo-Evangelien von Jesu und Maria's Kindheit*, p. 21.

cédent (éd. Mancel et Trébutien, p. 52 ; éd. Luzarche, p. 56). Mais de plus, il se trouve, sans la *Conception*, dans les mss. ci-après indiqués : Oxford, University Coll. 100, fol. 100 ; Paris, Arsenal, 3516, fol. 52 (rubrique : *De la mort Nostre Dame*) ; Bibl. nat., lat. 5002, fol. 127 (le début seulement[1]) ; fr. 25439, fol. 188 v° (voir *Bull. de la Soc. des anc. textes français*, 1899, p. 52). Dans les trois derniers de ces manuscrits le poème est précédé d'un prologue commençant par ce vers :

> Gace ai nom qui fas cest escrit.

(Mancel et Trébutien, p. 52 ; Luzarche, p. 56)[2]. Dans le ms. d'Oxford, le prologue manque ; le poème commence ainsi : *Parlerum a la Deu aïe* (cf. Mancel et Trébutien, p. 53 ; Luzarche, p. 57). La seconde partie de ce poème, *L'Assomption*, ou, selon la rubrique de certains manuscrits, *Le Trespassement Nostre Dame*, se rencontre en deux rédactions d'inégale étendue. La plus longue est la rédaction originale ; la plus courte en est l'abrégé. Voici le début de l'une et de l'autre :

<table>
<tr><td>RÉDACTION ORIGINALE.</td><td>RÉDACTION ABRÉGÉE.</td></tr>
<tr><td>

L'autre an après la passion,
Esteit Nostre Dame a maison,
Sole en un lieu privéement.
Si prist a plorer tendrement
Por amor et por desirier
De son dols fils, qu'ele ot tant chier.
Por dezirier del rei altisme
Se dementeit a sei meïsme :
« Molt vosisse, se Dieu pleüst,
« Que dès or mais me receüst ;
« Forment desir que je la fusse
« Ou je mon fil veeir peüsse.
« Biaus sire fius, regarde mei,
« Fai que puisse estre avecque tei,
« La ou tu es, en paradis
« Que tu proméz a tes amis. »

(Ms. de Tours, éd. Luzarche, p. 61 [3].)

</td><td>

Après la sainte passion
Estoit Nostre Dame en maison,
En Nazareth, la ou fu née,
Molt courechie et esplorée.
Pour le desir del roi hautisme
Se dementoit a li meïsme :
« Forment desir que je la fusse
« Ou jou mon fil veoir peüsse,
« La ou il est, en paradis
« Que il proumet a ses amis. »

(Ms. du Musée Fitzwilliam, Cambridge ; *Romania*, XXV, 554.)

</td></tr>
</table>

La première de ces deux rédactions est celle que l'on trouve ordinairement à la suite de l'*Histoire des Trois Maries*, qui est, comme on l'a vu plus haut, précédée d'un prologue au début duquel Wace se nomme. Elle se rencontre aussi isolément ou à la suite d'autres poèmes, par exemple dans les mss. Bibl. nat., fr. 1807, fol. 174 ; 2815,

---

[1] Le manuscrit est incomplet : il ne reste du poème que les 45 premiers vers, écrits à longues lignes au verso du dernier feuillet.

[2] Il convient de rectifier ici ce qui a été dit dans *Notices et extraits*, XXXIII, 1re partie, p. 44 et 48, où l'on a émis l'hypothèse que le poème qui conte l'histoire des Trois Maries et l'Assomption de Notre-Dame n'était pas de Wace. On avait, à tort, considéré le vers où Wace se nomme comme appartenant à l'épilogue de la *Conception*, tandis qu'il commence le prologue de l'*Histoire des Trois Maries*. En réalité, les deux poèmes sont indissolublement liés : le prologue du second contient un résumé du premier.

[3] Nous introduisons çà et là dans le texte de Luzarche quelques légères corrections d'après d'autres manuscrits.

fol. 229; Grenoble, 1137, fol. 120 (*Romania*, XVI, 230). Quant à la rédaction
abrégée, nous ne l'avons jamais rencontrée isolée; le plus souvent, elle fait suite au
poème de la *Passion* indiqué ci-dessus, p. 355; voir *Romania*, XVI, 55; XXV, 554;
Notices et extraits, XXXIII, 1ʳᵉ partie, 56.

La Généalogie Nostre Dame. Poème en vers octosyllabiques à rimes léonines, où
il est traité sommairement de sainte Anne, des trois Maries et de la naissance de la
Vierge. Paraît être de Gautier de Coinci. Première moitié du xiiiᵉ siècle. Mss. : Paris,
Arsenal 3517, fol. 5; Bibl. nat., fr. 22928, fol. 1. Extraits, d'après ce dernier manu-
scrit, dans R. Reinsch, *Die Pseudo-Evangelien von Jesu und Maria's Kindheit*, p. 76.
Premier vers :

> Ki a voir dire peine met.

La Nativité Nostre Dame. Poème en vers octosyllabiques à rimes léonines
(944 vers), qui paraît faire suite au précédent, dont il est séparé, dans le ms. 3517
de l'Arsenal, par le premier livre des Miracles de Gautier de Coinci, et qui doit
être attribué à cet auteur. Il reproduit en substance le *Pseudo-Matthæi Evangelium*.
Première moitié du xiiiᵉ siècle. Mss. : Paris, Arsenal, 3517, fol. 105; Bibl. nat.,
fr. 22928, fol. 3 vᵒ; 25532, fol. 227. Édition : Reinsch, dans *Archiv für das Studium
der neueren Sprachen*, t. LXVII, p. 85. Premiers vers :

> Oez tuit la premiere hystoire
> De Nostre Dame, qui est voire.

Le Mariage Nostre Dame. Sous ce titre on trouve, dans les mss. Bibl. nat. fr. 409,
fol. 1 à 11, et 22928, fol. 3, un poème en vers octosyllabiques où est narrée l'histoire de la Vierge depuis la salutation angélique jusqu'à la naissance de Jésus et
qui se termine par l'histoire des trois Maries. Les 415 premiers et les quatre derniers
vers de ce poème, qui en compte 1322, ont été publiés d'après le ms. fr. 409, par
R. Reinsch, *Die Pseudo-Evangelien von Jesu und Maria's Kindheit*, p. 78 et suivantes.
Cette composition n'est qu'un extrait de l'*Histoire de Marie et de Jésus* mentionnée
ci-dessus (art. JÉSUS). Le morceau publié par Reinsch se retrouve parmi les fragments de cette histoire mis au jour, d'après le ms. Bibl. nat. fr. 1553, par le même
savant, p. 44 et suiv. de l'ouvrage précité. Premiers vers :

> En l'ouneur Dieu et en memoire
> De la haute dame de gloire.

L'Assomption, par Herman de Valenciennes. Poème en laisses monorimes de vers
alexandrins. Fin du xiiᵉ siècle. Nombreux mss.; voir *Romania*, XV, 308; *Notices et
extraits*, XXXIV, 1ʳᵉ partie, p. 208; *Bulletin de la Société des anciens textes*, 1889,
p. 91; 1894, p. 49. Premier vers :

> Seignor, or escotez, que Deus vos beneïe.

L'Assomption. Poème en vers octosyllabiques à rimes léonines, qui paraît être de
Gautier de Coinci. Première moitié du xiiiᵉ siècle. Mss. : Paris, Arsenal, 3517,

fol. 121; Bibl. nat., fr. 25532, fol. 233. Le début, d'après ce dernier manuscrit, dans Reinsch, *Pseudo-Evangelien*, p. 37. Premiers vers :

> Ki vieut oïr vers moi se traie,
> Car en propos ai que retraie
> L'Assumption de Nostre Dame.

Le Trespas Nostre Dame. Poème en vers octosyllabiques. xive siècle. Ms. : Arras, 742 (écrit en 1472). Premier vers :

> Trés douches gens, or entendés.

Maries (Les Trois).

Outre le poème de Wace indiqué plus haut (p. 364), il existe sur les trois Maries, filles de sainte Anne, mais de pères différents (la vierge Marie, Marie fille de Cléophas, et Marie fille de Salomé), deux poèmes :

1. Poème de cent quatorze vers octosyllabiques, par Pierre (de Beauvais). Commencement du xiiie siècle. Voir *Notices et extraits*, XXXIII, 1re partie, p. 45. Premier vers :

> Pierres qui fist de Charlemenne.

2. Poème en vers octosyllabiques, par Jean de Venette, achevé en 1357. Mss. : Bibl. nat., fr. 1531, 1532, 12468, 24311 [1]. Imprimé plusieurs fois depuis 1511 jusqu'au xviie siècle. Voir Sainte-Palaye, *Mém. de l'Acad. des inscr.*, XIII (1740), 520; Brunet, *Manuel du libraire*, sous Venette (Jehan). Premier vers :

> Un ami ai droit a Paris.

Marie l'Égyptienne (Sainte).

On connaît, sur ce sujet, quatre poèmes en vers octosyllabiques :

1. Poème composé à la fin du xiie siècle, en Angleterre, par Adgar. Ms. : Londres, Musée brit., Egerton 612, fol. 59. Édition : *Adgar's Marienlegenden...*, hgg. von C. Neuhaus (*Altfranzösische Bibliothek*, Heilbronn), p. 194. Premiers vers :

> Ci truis escrit la sainte vie
> De la Egyptienne Marie.

2. Commencement du xiiie siècle. Mss. : Berlin, Bibliothèque du Musée royal (fragment [2]); Londres, Musée brit., add. 36614, fol. 271 v° (ancien Barrois 1) [3]; Oxford, Bodléienne, Canonici misc. 74, fol. 89; Corpus Chr. Coll. 232; Paris, Arsenal, 3516, fol. 113 v°; Bibl. nat., fr. 19525, fol. 15; 23112, fol. 325. Publié d'après le ms. de Corpus, par Cooke, à la suite du *Château d'amour* de Robert

---

[1] Il y avait dans le fonds Barrois, à Ashburnham place, un manuscrit de ce poème, n° 464 du catalogue imprimé pour lord Ashburnham, n° 602 du catalogue de vente (1901). Nous ignorons où il se trouve actuellement.

[2] Ce fragment, rapporté de Damas, a été publié par M. Tobler, dans les Comptes-rendus de l'Acad. des sciences de Berlin (classe de philosophie et d'histoire) LXIII (1903), 967-9.

[3] Ce manuscrit présente une rédaction particulière pour les premiers et les derniers vers : Premier vers : *Tot li home et totes les femes.*

Grosseteste (Caxton Society). A été mis en prose[1], traduit en espagnol[2], et paraphrasé en vénitien[3]. Premier vers :

Seignor, oiez une raison.

3. Par Rutebeuf. Mss. : Bibl. nat., fr. 837, fol. 316; 1635, fol. 71. Édition :
Jubinal, *Œuvres de Rutebeuf*, nouv. éd., II, 263; Kressner, *Rustebuef's Gedichte*,
p. 223. Cf. *Hist. litt. de la Fr.*, XX, 181. Premier vers :

Ne puet venir trop tart a oevre[4].

4. Poème en vers octosyllabiques, composé en Angleterre dans la seconde moitié
du XIIIe siècle. Ms. : Londres, Musée brit., Roy. 20 B XIV, fol. 119. Premier vers :

Or entendez, pur Deu amur.

MARIE-MADELEINE.
1. Vie en couplets de cinq alexandrins monorimes, composée en Angleterre, au
XIIIe siècle. Ms. : York, Bibl. du Chapitre, 16 K 13, fol. 128. Le manuscrit est
incomplet : il ne reste plus que quarante-deux vers de cette vie. Premier vers :

Seignurs ke Deu amez, en lui aiez fiance.

2. Vie en vers octosyllabiques composée en Angleterre au commencement du
XIVe siècle, par Bozon (le frère mineur Nicole Bozon?). Ms. : Londres, Musée
brit., Cotton, Domitien XI, fol. 92. Voir Fr. Michel, *Rapports au Ministre* (*Doc. inéd.*),
p. 265. Premier vers :

Confort est al pecheür.

3. Vie en quatrains de trois vers de dix syllabes et d'un de quatre (*aaab bbbc*, etc.).
XIVe siècle. Mss. : Besançon, 254, fol. 165; Archives des Basses-Pyrénées, ms. 10.
Premier vers :

Or escoutés, vous qui solez pechier.

Un épisode de cette légende a été traité à part : le miracle opéré par l'intercession de Marie-Madeleine en faveur du seigneur de Marseille[5], qui, du reste, se
rencontre aussi à part en latin. On en connaît deux rédactions en vers :
1. Poème en vers octosyllabiques, par Guillaume, clerc normand. Commencement du XIIIe siècle. Ms. : Bibl. nat., fr. 19525, fol. 65; Welbeck, Bibl. du duc
de Portland, 1 C 1, fol. 50 c. Éditions, d'après le premier de ces manuscrits:

---

[1] *Notices et extraits*, XXXV, 492.
[2] Mussafia, *Ueber die Quelle d. altspanischen
« Vida de S. Maria Egipciaca »*, Comptes rendus
des séances de l'Académie de Vienne, classe de
philosophie et d'histoire, t. XLIII (1862).
[3] *Romania*, XII, 407-8.

[4] M. Mussafia a montré (ouvr. cité, p. 173)
que, depuis le vers 375 environ (le poème en a
1296), Rutebeuf a imité de très près la version
précédente.
[5] Voir sur ce miracle *Hist. litt. de la Fr.*,
XXXII, 95; *Notices et extraits*, XXXVI, 37.

Ad. Schmidt, *Romanische Studien*, IV, 523 ; R. Reinsch, *Archiv f. das Studium d. neueren Sprachen*, LXIV, 87. Premiers vers :

> Après ceo que nostre seignor
> Jhesucrist, le veir sauveor.

2. Fragment consistant en treize sizains rimant *aab aab*, les vers *a* de huit syllabes, les vers *b* de quatre. Conservé dans un ms. de Trèves, du xiiiᵉ siècle, publié en dernier lieu par G. Doncieux, *Romania*, XXII, 266.

MARINE (Sainte).

Poème en vers octosyllabiques. Fin du xiiiᵉ siècle. Mss. : Bruxelles, Bibl. roy. de Belgique, 10295-304, fol. 128 (*Romania*, XXX, 309); Rome, Vatican, *Reg.* 1728, fol. 105. La seconde de ces copies a été publiée en extraits par Ad. Keller, *Romvart*, p. 605, et en entier par M. L. Clugnet, *Revue de l'Orient chrétien*, 1903. Premier vers :

> Moult est folz qui son umbre chace.

MARTHE (Sainte).

Poème en vers octosyllabiques, composé en Angleterre, au commencement du xivᵉ siècle, probablement par Bozon (le frère mineur Nicole Bozon ?). Ms. : Londres, Musée brit., Cotton, Domitien xi, fol. 97. Voir Fr. Michel, *Rapports au Ministre* (*Doc. inéd.*), p. 267. Premiers vers :

> Beu seignours, ki [vus] delitez
> Noveles oyer de estrangetez.

MARTIN (Saint).

Vie en vers octosyllabiques par Péan (Paien) Gatineau, chanoine de Saint-Martin de Tours. Ms. : Bibl. nat., fr. 1043, fol. 1[1]. Éditions : *La vie de monseigneur saint Martin de Tours, par Péan Gatineau...*, publiée par l'abbé Bourassé (Tours, 1860, publication de la Société des bibliophiles de Touraine[2]); *Leben und Wunderthaten des heiligen Martin..., von Péan Gatineau*, hgg. von W. Söderhjelm (Stuttgart, 1896); *Das altfranzösische Martinsleben des Péan Gatineau aus Tours*, neue nach der Handschrift revidierte Ausgabe, von W. Söderhjelm (Helsingfors, 1899). Premier vers :

> Oez trestuit un novau conte.

MATHURIN (Saint).

1. Vie en vers octosyllabiques, par Jean, prêtre de Larchant (632 vers). Fin du xiiiᵉ siècle. Ms. : Londres, Musée brit., Add. 17275, fol. 128. Extraits dans *Notices et extraits*, XXXVI, 458. Premier vers :

> Cil Dieu qui n'ot commencement[3].

2. Vie en vers octosyllabiques, composée en 1489 par un autre Jean, prêtre de Larchant. Cinq éditions, sans date, publiées de 1525 environ à 1600. Édition faite

---

[1] Ce manuscrit a fait partie de la librairie du Louvre : nᵒ 958 de l'inventaire publié par M. Delisle, *Le Cabinet des manuscrits*, III, 158.

[2] Cette publication n'est que partielle.

[3] Dans cette légende, le saint est appelé *Mathelin*.

d'après les précédentes par A. de Montaiglon et J. de Rothschild, *Recueil de poésies françaises des xve et xvie siècles*, XII (1877), 347. Premier vers :

En l'honneur de sainct Mathurin.

MELAINE (Saint).

Fragment trouvé dans une ancienne reliure, et consistant en trente-deux quatrains de vers octosyllabiques (*abab*). Édition : A. Angot, *Deux vies rythmées de saint Melaine à l'usage de l'église de Laval*, dans la *Revue du Maine*, XXXVI, 170 [1].

MODWENNE (Sainte).

Vie en quatrains de vers octosyllabiques, composée en Angleterre vers le commencement du xiiie siècle. Mss. : Oxford, Bodléienne, Digby 34 ; Welbeck, Bibl. du duc de Portland, I C 1, fol. 156 d. Un morceau du premier de ces manuscrits a été publié par M. H. Suchier, *Ueber die Matthaeus Paris zugeschriebene « Vie de seint Auban »* (Halle, 1876), p. 54-58. Premier vers :

Oez, seignurs, pur Deu vus pri.

Moïse (Saint), ermite de la Thébaïde.

Vie en quatrains de vers alexandrins tirée d'un poème composé au commencement du xiiie siècle, dans le pays de Liège, et connu sous le nom de *Poème moral*. Les mss. sont indiqués dans la préface de l'édition de ce poème, publiée en 1886 par M. W. Cloetta dans le tome III des *Romanische Forschungen*. La vie de saint Moïse commence avec le quatrain 27 du poème. Premier vers :

Uns hom fu d'Etyope qui Moyses ot nom.

NICOLAS (Saint).

1. Vie en vers octosyllabiques, par Wace. xiie siècle. Mss. : Cambridge, Trinity Coll. B 14. 39, fol. 48 ; Oxford, Bodléienne, Douce 270, fol. 91 v° ; Digby 86, fol. 150 ; Paris, Arsenal, 3516, fol. 69 ; Bibl. nat., fr. 902, fol. 117. Éditions : Monmerqué, *Li jus saint Nicolai* (Paris, 1834, Société des bibliophiles françois), p. 301, d'après les deux mss. de Paris ; N. Delius, *Maistre Wace's St Nicholas* (Bonn, 1850), d'après les deux mss. d'Oxford. Extraits du ms. de Cambridge dans *Romania*, XXXII, 24. Voir *Hist. litt. de la Fr.*, XVII, 631. Premier vers :

A ceus qui n'unt letres aprises.

2. Vie en vers octosyllabiques. xiiie siècle. Ms. : Bibl. nat., fr. 1555, fol. 134. Premier vers :

Or escoutez, grans et menour.

ONUPHRE (Saint).

Vie en vers octosyllabiques, xve siècle. Ms. : Bibl. nat., fr. 24953, fol. 2. Premier vers :

En nom de Dieu premierement.

---

[1] La seconde de ces vies, qui n'est aussi qu'un fragment trouvé dans les mêmes circonstances, est plutôt un cantique, dont chaque couplet est suivi d'un verset de l'Ecclésiastique, ch. XLVIII, qui fait partie de l'office des Confesseurs.

Opportune (Sainte).

Vie en vers octosyllabiques. Édition gothique (8 ff.; Paris, s. d.). Voir H. Harrisse, *Excerpta Colombiniana*, n° 241. Premier vers :

Ainsi qu'ez saincts livres on list.

Ositha (Sainte).

Vie en vers octosyllabiques. composée en Angleterre. XIII° siècle. Ms. : Welbeck, Bibl. du duc de Portland, I C 1, fol. 134 b. Premiers vers :

Ceo nus mustre seinte Escripture
Bon fet ki met en Deu sa cure.

Patrice (Le Purgatoire de saint).

On possède sept versions en vers français de l'ouvrage de Hugues de Saltrey, *De purgatorio sancti Patricii*. Toutes sont en vers octosyllabiques, excepté le n° 6. La version 7 a été faite en France, et probablement aussi la version 6. Les autres ont été composées en Angleterre.

1. Version de Marie de France. Fin du XII° siècle. Ms. : Bibl. nat., fr. 25407, fol. 102. Editions: *Poésies de Marie de France*, publ. par B. de Roquefort (1832), II, 411; *L'Espurgatoire de saint Patriz* of Marie de France..., by Th. A. Jenkins (Philadelphia, 1894; 2° éd., Chicago, 1903, dans le tome VII des *Decennial Publications* de l'Université de Chicago, première série). Premier vers :

Al num de Deu qui od nus seit.

2. Version anonyme. XIII° siècle. Ms. : Musée brit., Cotton, Domit. A IV, fol. 257. Extraits dans Ward, *Catal. of romances*, II, 468. Premier vers :

Un moyne de Saltereye.

3. Version anonyme. XIII° siècle. Mss. : Musée brit., Harl. 273, fol. 191; Bibl. nat., fr. 2198, fol. 30. Extraits du ms. de Londres dans Ward, *Catal. of romances*, II, 472. Premier vers :

Pur la bone gent conforter.

4. Version anonyme. XIII° siècle. Ms. : Cambridge, Bibliothèque de l'Université, Ee. 6. 11. Le commencement et la fin dans *Romania*, VI, 154. Premier vers :

En honurance Jhesu Crist.

5. Version anonyme. XIII° siècle. Fragment consistant en un feuillet mutilé qui sert de garde au ms. du Musée brit. Lansdowne 383. Extrait dans Ward, *Catal. of romances*, II, 474.

6. Version de Beroul en quatrains de vers alexandrins. Mss. : Cheltenham, Bibl. Phillipps, 4156, fol. 184 (manquent les 90 premiers vers); Tours, 948, fol. 102. Extraits des deux mss. dans *Notices et extraits*, XXXIV, 1™ partie, 241. Premier vers :

En l'onor Damidieu et a la soe gloire.

7. Version de Geufroi de Paris, introduite par lui dans le quatrième livre de sa compilation intitulée : « La Bible des set estaz du monde. » Ms. : Bibl. nat., fr. 1526, fol. 154. Premier vers :

> Faites pès, por Dieu, bonne gent.

Paul (Vision de saint).

Le récit de la descente de saint Paul en enfer sous la conduite de saint Michel, originairement rédigé en grec, a été de bonne heure mis en latin, et s'est promptement répandu par tout l'Occident en des rédactions différentes. Celle des rédactions latines qui a été le plus souvent copiée, et qui paraît être la plus récente[1], est la source de six poèmes français :

1. Poème en vers octosyllabiques, composé en Angleterre, vers la fin du XIIe siècle, par Adam de Ros. Premier vers :

> Seignor frere, or escutez.

2. Poème en vers octosyllabiques. XIIIe siècle. Premier vers :

> Li autre trouveor qui truevent.

3. Poème en quatrains de vers alexandrins. XIIIe siècle. Premier vers :

> Beau seignor et vos dames, faites que l'on nous oie,

ou :

> Seignor, or m'entendez, qui Damredeu amez.

4. Poème en vers octosyllabiques, par Geufroi de Paris. Remaniement du précédent. XIIIe siècle. Premier vers :

> Seignor, sor cest air que veez.

5. Poème en vers alexandrins rimant deux à deux, composé en Angleterre, au XIIIe siècle, par Henri d'Arci, templier. Premier vers :

> Si vus musterai cum jol trovai escrit.

6. Poème en vers octosyllabiques, composé en Angleterre à la fin du XIIIe siècle ou au commencement du XIVe. Premier vers :

> Oyez que jeo treve en escrit.

Des n°s 1 et 3 il existe plusieurs copies ; on en a deux du n° 6 et une des n°s 4 et 5. Ces manuscrits ont été énumérés dans les *Notices et extraits*, XXXV, 155-6, ainsi que les travaux dont ils ont été l'objet.

Paul l'Ermite (Saint).

Poème en vers octosyllabiques, composé en Angleterre, par frère « Boioun » (le

---

[1] C'est celle qui commence par ces mots : « Dies dominicus dies est electus in quo gaudebunt angeli... » Le texte en a été publié plusieurs fois, en dernier lieu dans la *Romania*, XXIV, 365, en regard de la version française ci-après indiquée sous le n° 6.

frère mineur Nicole Bozon?), xiiie siècle. Ms. : Welbeck, Bibliothèque du duc de Portland, 1 C 1, fol. 6. Premiers vers :

Le primer hermite ke ay trovee
Seint Pol le Hermite est nomee.

Paule (Sainte).

Vie en vers octosyllabiques à rimes léonines. Seconde moitié du xiiie siècle. Ms. : Cambridge, S. John's Coll. B 9. Voir *Romania*, VIII, 320. Premier vers :

Li proverbes au vilein dist.

Paulin (Saint), évêque de Nole.

1. Vie en vers octosyllabiques, qui fait partie du poème connu sous le nom de *Vie des anciens Pères* [1]. Nombreux manuscrits énumérés dans *Romania*, XIII, 234 ; cf. *Notices et extraits*, XXXIII, 1re partie, p. 66, et XXXIV, 1re partie, p. 156. Extrait et analyse dans le *Jahrbuch für romanische und englische Literatur*, VII, 415, art. de M. Tobler. Premier vers :

Diex qui ses biens nous abandonne.

2. Vie en vers octosyllabiques, faisant partie du *Tombel de Chartreuse* (voir article Alexis, n° 4), publiée en extraits par l'abbé Desroches : *Extraits de plusieurs petits poèmes écrits à la fin du xiiie siècle par un prieur du Mont-Saint-Michel*, p. 12.

Pilate.

Rédaction en vers octosyllabiques d'une légende latine, composée vers la fin du xiie siècle au plus tôt, où est contée l'histoire de Pilate depuis sa naissance jusqu'au crucifiement de Jésus [2]. Ms. : Turin, Bibl. nat., L ii 14, fol. 578. Édition : A. Graf, *Roma nella memoria e nelle imaginazioni del medio evo*, I, 416. Premiers vers :

N'est pas huiseus, ains fait bone oevre
Li troveres qui sa bouche oeuvre
De bonne trouve[ü]re dire [3].

Quentin (Saint).

1. Vie en vers octosyllabiques, par Huc de Cambrai. xiiie siècle. Ms. : Bibl. nat., fr. 6447, fol. 308. Extrait dans *Notices et extraits*, XXXV, p. 506. Premiers vers :

Li recorders et li descrires
Des griés tormens et des martyres.

---

[1] Voir *Hist. litt. de la Fr.*, XIX, 857, et ci-dessus, p. 256. — La vie de saint Paulin est le n° 33 de la table de la *Vie des anciens Pères* dressée par Alfred Weber dans ses *Handschriftliche Studien* (Frauenfeld, 1876), p. 12.

[2] Cette légende latine se rencontre en divers manuscrits du xiiie et du xive siècle, dont quelques-uns ont été indiqués par E. Du Méril, *Poésies pop. lat. du moyen âge* (Paris, 1847), p. 358, note. Du Méril en a publié, p. 359 et suiv., une version française en prose d'après le ms. Bibl. nat. fr. 1553. La légende latine est reproduite en abrégé par Jacques de Varazze dans sa Légende dorée, ch. LIII, *De passione Domini*, éd. Grässe, p. 231 (« Fuit quidam rex Tyrus nomine... »); la suite dans le ch. LXVII, *De S. Jacobo apostolo*, p. 299 (« Videns Pilatus quia Jesum innocentem condemnaverat... »).

[3] Il est intéressant de noter que les six premiers vers de ce poème sont empruntés littéralement au début du *Tournoiement Antecrist* de Huon de Méri.

2. Vie en quatrains de vers alexandrins (169 quatrains). Fin du xiiie siècle ou commencement du xive. Ms. : Bibl. nat., fr. 23117, fol. 228. Édition : *Une Vie de saint Quentin en vers français du moyen âge* publiée et annotée par Werner Söderhjelm (Helsingfors, 1902), dans les *Mémoires de la Société néo-philologique de Helsingfors*, t. III. Premier vers :

> Douce gent, je vous pri que vous vous veilliez taire.

3. Vie en vers octosyllabiques, qui paraît avoir été composée pour servir de légende à une histoire en images du saint. Le seul manuscrit connu est un rouleau de parchemin de 17 mètres de longueur, écrit et peint dans la première moitié du xve siècle. Édition : *Vie de saint Quentin, d'après un ms. conservé aux archives de l'église Saint-Quentin, à Louvain*, publ. par Adolphe Everaerts (Louvain, 1874). Premier vers :

> Au tems de Dyocletien.

Reine (Sainte).

Vie en strophes de onze vers de dix syllabes (62 strophes), par Jean Piquelin, « chapellain de la Saincte Chapelle du palais royal, à Paris ». Fin du xve siècle. Deux éditions gothiques (Paris, Nicole de La Barre, 1500; Troyes, Jehan Lecoq, s. d., 16 ff.). Voir E. Picot, *Catal. de la Bibliothèque James de Rothschild*, I, 286. Premier vers :

> Noble Dame de vertus decorée.

Remi (Saint).

Vie en vers octosyllabiques à rimes léonines, par Richier. Fin du xiiie siècle. Mss. : Bibl. roy. de Belgique, 5365 et 6409. Ces deux manuscrits ont fait partie de la bibliothèque de Charles V; le second paraît avoir appartenu antérieurement à celle de Philippe le Long[1]. Extraits dans *Notices et extraits*, XXXV, p. 11. Premier vers :

> La clarté qui France enlumine.

René (Saint), évêque d'Angers.

Vie en vers octosyllabiques composée à la fin du xve siècle ou au commencement du xvie. Publiée en 1897, d'après une copie conservée à la bibliothèque d'Angers, par l'abbé Urseau, dans la *Revue des Facultés catholiques de l'Ouest*, et en 1899 par M. J. Denais, *Monographie de la cathédrale d'Angers*, p. 270 et suiv. Premier vers :

> A tous chrestiens soit notoire.

Richard (Saint), évêque de Chichester († 1253, canonisé en 1262).

Vie en vers octosyllabiques, en deux livres, dont le second contient les miracles. Ms. : Welbeck, Bibl. du duc de Portland, 1 C 1, fol. 222. Premiers vers :

> Bon est de mettre en escrit
> Verai cunte de fet et dit.

---

[1] Delisle, *Le Cabinet des manuscrits*, III, 323.

Sauveur (Saint), ermite.

Vie en quatrains de vers alexandrins. xvᵉ siècle. C'est l'histoire d'un fils voué au diable par sa mère et délivré par l'intercession de la Vierge Marie[1]. Ms. : Paris, Arsenal, 2115, fol. 48. Édition : *Romania*, XXXIII, 160. Premier vers :

En l'onneur Jhesucrist, le roy de magesté.

Sébastien (Saint).

Vie en quatrains de vers alexandrins. xivᵉ siècle. Ms. : Bibl. nat., fr. 1555, fol. 201. Premier vers :

Jhesucrist, qui sur touz est vray fusicien.

Seth, fils d'Adam.

La légende de Seth, ou de l'arbre dont fut faite la Croix, a été contée, avec plus ou moins de détails, en plusieurs poèmes français. Mais nous ne connaissons qu'un poème dont elle soit l'unique objet. Ce poème, en vers octosyllabiques, et composé, vers le milieu du xiiiᵉ siècle, en Angleterre, est transcrit dans le ms. 56 de Corp. Chr. Coll., Cambridge, fol. 221 vᵒ. Il est précédé de l'original latin (*Post peccatum Ade...*). Premiers vers :

Après ke Adam fu getez
De paradyz pour ses pechez.

Silvestre (Saint).

Vie en vers octosyllabiques, qui se continue par une version, également en vers octosyllabiques, de l'*Inventio sanctæ Crucis*. Fin du xiiᵉ siècle ou commencement du xiiiᵉ. Ms. appartenant à M. le marquis de Villoutreys. Notice par M. L. Delisle, *Bibl. de l'École des chartes*, LIX, 533. Deux cents vers environ du début sont publiés dans la *Romania*, XXVIII, 283; le texte complet est publié en appendice au Cartulaire de Saint-Laud; voir plus haut Croix (Invention de la sainte). Premier vers :

Qui de cuer i voldra entendre.

Thaïs (Sainte).

1. Vie en quatrains de vers alexandrins, tirée du *Poème moral* mentionné ci-dessus, à l'article Moïse. La vie de sainte Thaïs commence avec le quatrain 120. Premier vers :

D'une damme vul dire qui fut d'Egipte née.

2. Vie en vers octosyllabiques faisant partie de la *Vie des anciens Pères*[2]. Extraits et analyse dans le *Jahrbuch für roman. und engl. Literatur*, VII, 409. Premier vers :

Ce n'est pas or quanque reluit.

3. Vie en vers alexandrins assez irréguliers, composée en Angleterre, au xiiiᵉ siècle, par Henri d'Arci, templier. Mss. : Londres, Musée brit., Harley 2253, fol. 21 vᵒ; Paris, Bibl. nat., fr. 24862, fol. 97 vᵒ. Édition, d'après le ms. de Paris, dans *Notices et extraits*, XXXVI, 147; extrait du ms. de Londres, *ibid.*, 167. Premier vers :

Une dame fud ja ki ot a nun Thaisis.

---

[1] C'est en réalité, bien qu'on lise à la fin *Explicit la vie saint Sauveur*, un miracle de la Vierge. On a de ce miracle plusieurs rédactions latines et françaises; voir l'Index des Miracles de la Vierge du P. Poncelet, nᵒˢ 300 et 638, 657, 1272, 1558 (*Analecta Bollandiana*, t. XXI).

[2] Voir ci-dessus, art. Paulin.

Théophile.

1. Poème en vers octosyllabiques, composé en Angleterre à la fin du xii° siècle par Adgar, dit Guillaume. Ms. : Musée brit., Egerton 612, fol. 22. Éditions : A. Weber, *Zeitschrift f. roman. Philologie*, I, 531; C. Neuhaus, *Adgar's Marienlegenden* (Heilbronn, 1886), p. 82. Premiers vers :

> Ainz ke la male gent de Perse
> Vindrent a Rume tant averse.

2. Poème en vers octosyllabiques, par Gautier de Coinci. Première moitié du xiii° siècle. Nombreux manuscrits. Éditions : Jubinal, *OEuvres de Rutebeuf*, 2° éd., III, p. 248; Poquet, *Les Miracles de la sainte Vierge*, col. 30. Premier vers :

> Pour ceus esbatre et deporter.

3. Poème en vers octosyllabiques, à rimes mêlées d'assonances, composé dans la région lyonnaise au xiii° siècle. Mss. : Bibl. nat., fr. 423, fol. 104 v°; 818, fol. 70. Édition : Bartsch, *La langue et la littérature françaises depuis le ix° siècle jusqu'au xiv° siècle*, col. 461. Premiers vers :

> Enceis qu'eüssent cil de Perse
> Rome destruite et deserte.

Thibaut (Saint), de Provins.

1. Poème en vers octosyllabiques. xiii° siècle. Ms. : Bibl. nat., fr. 24870, fol. 46. Premier vers :

> Or antandez, très douce gent.

2. Poème en quatrains monorimes de vers alexandrins composé, en 1267, par Guillaume d'Oye, vicaire de Tremblins[1]. Même ms., fol. 68. Premiers vers :

> Les seignors anciains qui ont batailleor
> Çai en arriers esté et de genz venqueor[2].

Thomas (Saint), archevêque de Cantorbéry.

1. Poème en couplets de cinq vers alexandrins monorimes, composé, peu après 1172, par Garnier de Pont-Sainte-Maxence. Mss. : Cheltenham, Bibl. Phillipps, 8113, fol. 16; Londres, Musée brit., Cotton, Domitien xi, fol. 25; Harl. 270, fol. 1; Oxford, Rawlinson C 641, fol. 10 (fragment); Paris, Bibl. nat., fr. 13513, fol. 1; Welbeck, Bibl. du duc de Portland, 1 C 1, fol. 9; Wolfenbüttel, Bibliothèque ducale, 34.6, fol. 1. Éditions : *Leben des h. Thomas von Canterbury*, hgg. von I. Bekker (Berlin, 1838, extrait des Mémoires de l'Acad. de Berlin), d'après le ms. de Wol-

---

[1] On lit à la fin de ce poème (fol. 107) : «Guillermus de Oye, dictus Beljons, tunc tem- «poris vicarius ecclesie Beate Marie de Trem- «blins, scripxit et, divino dictante flamine, de «latino in romanum transtulit, ob honorem et «reverentiam beati Theobaldi, cujus precibus «adeptus est sanitatem de cartana, anno gracie «m° cc° lx° septimo, mense julio.»

[2] Les premiers vers de ce poème et du précédent sont transcrits dans *Les Lapidaires français* de Léopold Pannier (Paris, 1882), p. 24.

fenbüttel; supplément, d'après le ms. Harléien et le ms. de Paris, dans les Mém.
de l'Ac. de Berlin, 1846, p. 43. *La vie de saint Thomas le martyr...*, publ. par
Hippeau (Paris, 1859). Voir *Hist. litt. de la Fr.*, XXIII, 367. Premier vers :

> Tuit li fisicïen ne sunt adés bon mire.

2. Poème en sixains de vers de huit et de quatre syllabes (*aabaab*), composé en
Angleterre, au commencement du xiii° siècle, par frère Benet, d'après une vie latine.
Mss. : Cambridge, Clare Coll. Kk. 4. 8 (incomplet du début); Cheltenham,
Bibl. Phillipps 8113, fol. 1; Londres, Musée brit., Cotton, Vespasien D iv,
fol. 149 v°; Vespasien B xiv, fol. 95 v°; Harl. 3775, fol. 1; Paris, Bibl. nat., fr. 902,
fol. 129. Édition : Fr. Michel, *Chronique des ducs de Normandie*, III, 461 (Paris,
1844, *Doc. inéd.*), d'après le ms. de Paris; variantes du ms. Harl., *ibid.*, 615.
Voir *Hist. litt. de la Fr.*, XXIII, 383. Premier vers :

> Al Deu loenge en son servise.

3. Poème en vers octosyllabiques, composé dans la première moitié du xiii° siècle
(vers 1220?), d'après la compilation latine connue sous le nom de *Quadrilogus*. On
ne connaît de ce poème qu'un fragment consistant en quatre feuillets ornés de
riches miniatures, qui appartiennent à la famille Goethals-Vercruysse, de Courtrai.
Édition : *Fragments d'une vie de saint Thomas de Cantorbéry en vers accouplés...*
publiés par Paul Meyer, avec fac-similé en héliogravure de l'original (Paris, 1885,
Soc. des anc. textes français).

THOMAS HÉLIE (Le bienheureux), de Biville.

Poème en vers octosyllabiques répartis en paragraphes de longueur inégale, dont
chacun se termine par un proverbe. Le nom de l'auteur, donné sous forme énigmatique en deux vers latins, paraît avoir été Jean de Saint-Martin. xive siècle. Ms. : Bibl.
nat., fr. 4901, fol. 47 (copie exécutée à la fin du xviie siècle, d'après un original
perdu, par le curé Toustain de Billy). Édition : *Vie du bienheureux Thomas de Biville*,
poème du xiiie siècle, publié pour la première fois par L. de Pontaumont, p. 147
(Cherbourg, 1868). Voir L. Delisle, *Vie du bienheureux Thomas Hélie de Biville* (Cherbourg, 1860), p. 10; *Hist. litt. de la Fr.*, XXXI, 72. Premier vers :

> Nous devons estre curious.

TOBIE.

Poème en vers octosyllabiques, composé au commencement du xiii° siècle, à la
demande de Guillaume, prieur de Kenilworth, probablement par Guillaume, clerc
normand. La première partie de ce poème (338 vers sur environ 1400) est le développement du verset *Misericordia et Veritas obviaverunt sibi; Justitia et Pax osculatæ sunt*
(Ps. LXXXIV, 11). Mss. : Oxford, Bodléienne, Rawlinson Poetry 224 (anc. Rawl.
Misc. 534), fol. 1; Jesus Coll. n° 29 (incomplet); Paris, Bibl. nat., fr. 19525,
fol. 129. Édition : R. Reinsch, dans *Archiv f. das Studium der neueren Sprachen*,
LXII, 380 (d'après le ms. de Paris et le ms. de Jesus Coll.). Premier vers :

> Cil qui seme bone semence (*ms. de Paris*).
> Ki ke seme bonne semence (*Rawlinson*).

Yves (Saint).

Poème en quatrains de vers alexandrins. xiv⁰ siècle. Copie des vingt-huit premiers
vers, dans un recueil manuscrit, Bibl. Sainte-Geneviève, 24, fol. 163. Voir *Hist.
litt. de la Fr.*, XXV, 143. Premier vers :

> A la digne loenge du pere glorieux.

II. LÉGENDES EN PROSE.

Les légendes en prose française ont été écrites en vue d'un public
assez différent de celui à qui étaient destinées les légendes en vers.
Ces dernières étaient faites pour être lues ou récitées à des auditeurs
le plus souvent illettrés, qu'on cherchait à édifier en même temps
qu'à intéresser. Les vies en prose s'adressent plutôt à des lecteurs, c'est-
à-dire à des personnes laïques sans doute, mais ayant toutefois une certaine culture et le goût de l'instruction. Aussi se montrent-elles plus
tard que les rédactions en vers. Les écrits en prose obtenaient plus de
crédit, auprès des gens désireux de s'instruire, que les œuvres rimées,
préjugé favorable qui n'était pas toujours bien fondé, car, entre les
légendes en prose que nous possédons, il s'en trouve plusieurs qui,
loin d'être la reproduction fidèle de documents latins, ne sont rien de
plus que les rédactions dérimées de telle ou telle des légendes en
vers énumérées dans les pages précédentes. Tel est le cas pour certaines
vies de Barlaam et Josaphat, de saint Édouard le confesseur, de saint
Jacques de Galice, de saint Julien, de sainte Marie l'Égyptienne, de
sainte Geneviève. Mais ce sont là des exceptions. La plupart de nos
anciennes vies de saints en prose française sont traduites directement
du latin. Lorsqu'on leur aura consacré une étude détaillée, que nous
ne pouvons entreprendre ici, on reconnaîtra qu'elles sont l'œuvre de
nombreux traducteurs qui différaient par la méthode et par le style,
les uns s'en tenant au sens général, abrégeant les parties trop spécialement théologiques, s'appliquant à mettre des récits édifiants ou
merveilleux à la portée d'un public médiocrement instruit; les autres,
plus exacts, mais en un certain sens moins intelligents, s'attachant
à rendre littéralement chaque mot du texte au détriment parfois de
la clarté et de l'aisance du style.

Il paraît bien certain que bon nombre de nos légendes en prose
n'ont jamais eu, pour ainsi parler, d'existence indépendante, qu'elles

ont été mises en français, non pour être publiées isolément, mais pour former des collections hagiographiques, de véritables légendiers. Ces légendiers, nous les étudierons plus loin, et nous tâcherons de les répartir en classes plus ou moins caractérisées. Nous verrons que, tout en renfermant des éléments communs, ils varient beaucoup pour la composition et pour l'étendue. L'un d'eux, que nous rangeons parmi les plus anciens, ne comprend que quatorze légendes; un légendier d'Oxford, qui paraît avoir été formé au xive siècle, n'en contient pas moins de cent cinq. Mais, en dehors d'un fonds de légendes qui, dès l'origine, apparaissent groupées, il existe plusieurs vies que nous savons avoir été publiées à part. Nous les rencontrons, en effet, dans cette condition en divers manuscrits, ce qui n'empêche nullement qu'elles aient pu, par suite, prendre place dans tel ou tel légendier. C'est de celles-là que nous nous occuperons en premier lieu, parce qu'elles sont ordinairement les premières qu'on ait mises en prose française, et nous chercherons d'abord à fixer l'époque où elles parurent.

VERSIONS DE LÉGENDES ISOLÉES.

L'usage de traduire en prose les vies des saints paraît s'être introduit dans les pays de langue française dès les premières années du xiiie siècle, peut-être un peu plus tôt, selon l'interprétation que l'on donnera à un témoignage du chroniqueur Lambert d'Ardres, qui sera cité plus loin. Le commencement du xiiie siècle est l'époque où la prose française prend son essor, où on l'emploie pour des traductions ou même pour des compositions originales que jusqu'alors on avait coutume de rédiger en vers. Au xiie siècle, la prose n'est représentée que par un petit nombre d'écrits : les anciennes versions du Psautier, qu'on ne peut guère faire remonter au delà de 1150; la traduction des Livres des Rois, un peu plus récente; une ancienne description de Jérusalem, qui, en sa première rédaction, est antérieure à la prise de la sainte cité (1187); la chronique d'Ernoul, composée vers 1190, où est contée la chute du royaume franc de Palestine, et sans doute d'autres compositions dont la date ne peut être déterminée. Mais, dès le commencement du xiiie siècle, nous voyons paraître successivement trois traductions de la chronique du Pseudo-Turpin, les récits de Villehardouin et de Robert de Clari sur la quatrième croisade, les traductions ou compilations de Wauchier de Denain, sans parler de divers ouvrages anonymes qu'il semble légitime, malgré l'absence de données précises, de rapporter au même temps. C'est également au commencement du XIIIe siècle qu'ont été traduites les premières vies de saints en prose française qui nous sont parvenues. Peut-être même y en eut-il d'antérieures. Le chroniqueur Lambert d'Ardres rapporte que le comte de Guines et d'Ardres Baudouin II († 1206), au temps où il possédait le comté d'Ardres, c'est-à-dire entre 1176 et 1181 [1], avait fait faire par un « maître « Landri de Waben », d'ailleurs inconnu [2], une traduction en roman (*de latino in romanum*) du Cantique des Cantiques [3] et se la faisait souvent lire. Le chroniqueur ajoute que le même seigneur avait appris par cœur les évangiles des dimanches, accompagnés de sermons appropriés [4], et la vie de saint Antoine habilement traduite [5]. Cette vie de saint Antoine semble perdue. Nous ignorons même si elle était en vers ou en prose. Dans le second cas, elle serait plus ancienne qu'aucune des versions en prose de vies de saints que nous possédons.

Les premières versions en prose d'écrits hagiographiques qui nous soient parvenues sont très probablement celles que nous devons à deux auteurs dont nous connaissons le nom et les écrits : Wauchier de Denain, dont nous avons parlé précédemment, et un certain

[1] André Duchesne, *Hist. généal. des maisons de Guines, d'Ardres...* (Paris, 1631), p. 71-2.

[2] Ce Landri est mentionné dans l'*Hist. litt. de la Fr.*, XV, 501, d'après le texte de Lambert d'Ardres, cité par André Duchesne, mais c'est à tort que nos devanciers l'ont appelé « Landri « de Valognes ». Duchesne avait lu *Vualanio* au lieu de *Wabanio*.

[3] On a identifié cette version du Cantique avec une version poétique du même livre que nous a conservée un manuscrit du Mans (J. Bonnard, *Les traductions de la Bible en vers français au moyen âge*, p. 152; H. Suchier, *Zeitschrift f. rom. Philologie*, VIII, 414). Mais cette identification est fort douteuse, car le texte de Lambert d'Ardres ne nous dit pas que la traduction exécutée par Landri fût en vers.

[4] Il existe, sous le titre de *Miroir*, une version en vers des évangiles des dimanches, accompagnés de sermons et d'exemples (voir *Romania*, XV, 296 et suiv., XXXII, 29 et suiv.). Mais c'est l'œuvre d'un Anglais appelé Robert de Gretham, et elle ne peut être identifiée avec celle dont parle le chroniqueur.

[5] « Sed, cum omnem omnium scientiam « avidissime amplecteretur et omnem omnium « scientiam corde tenus retinere nequivisset, « virum eruditissimum magistrum Landericum « de Wabbanio, dum Ardensis honoris preesset « comes dominio, Canticum Canticorum, non « solum ad litteram, sed ad mysticam spiritualis « interpretationis intelligentiam, de latino in ro- « manum, ut eorum mysticam virtutem saperet « et intelligeret, transferre sibi et sepius ante « se legere fecit. Evangelia quoque plurima, et « maxime dominicalia, cum sermonibus conve- « nientibus, vitam quoque sancti Anthomi mo- « nachi, a quodam Alfrido diligenter interpre- « tatam, diligenter didicit. » (Édition du Mis de Godefroy-Ménilglaise, p. 173; Pertz, *Scriptores*, XXIV, 598.)

Pierre, vivant en Beauvaisis, qui composa divers ouvrages pour
l'évêque de Beauvais Philippe de Dreux († 1217)[1] et pour un
seigneur picard appelé Guillaume de Cayeux[2]. Ce Pierre, qu'il paraît
légitime d'appeler Pierre de Beauvais, pour le distinguer de ses nombreux homonymes, traduisit, en 1212, par ordre de la comtesse
Yolant, femme de Hugues Champ d'Avesne, comte de Saint-Pol[3], le
Liber de miraculis S. Jacobi (saint Jacques le Majeur ou de Compos-
telle), livre publié au xiie siècle, sous le nom du pape Calixte II[4], par
un Poitevin nommé Aimeri Picaud, dans une compilation où figurent
divers documents apocryphes destinés à confirmer l'attribution du
livre au pape Calixte. En tête de sa translation, Pierre a placé une
sorte d'introduction dont il a emprunté les éléments aux récits qu'il
traduisait[5]. Cette version du *Livre des miracles de saint Jacques le
Majeur* n'est pas entrée dans les recueils de légendes dont nous parlerons plus loin : une autre traduction, probablement un peu moins
ancienne, y a pris place. Toutefois le travail de Pierre devait être
rappelé, puisqu'il est assurément l'une des plus anciennes traductions en prose française d'une œuvre hagiographique dont nous ayons
connaissance.

Nous pouvons encore ranger parmi les légendes en français publiées isolément, et avant le temps où paraissent les premiers légendiers, une vie en prose de saint Eustache, qui paraît avoir joui
d'un grand succès, si on en juge par le nombre relativement considérable des copies qui nous l'ont conservée. La vie de saint Eustache,

[1] Voir *Notices et extraits des manuscrits*,
XXXIII, 1re partie, p. 9-18 et 22-48.

[2] G. Paris, dans *Romania*, XXI, 263. —
Guillaume de Cayeux prit part à la troisième
croisade comme homme de Richard Ier. Il est,
à cette occasion, mentionné à plusieurs reprises
dans l'*Estoire de la guerre sainte* d'Ambroise
(voir l'édition de G. Paris, à la table des noms).
Il fut fait prisonnier à Bouvines et bientôt
remis en liberté. On ne connaît pas la date
de sa mort. Comme il figure dans l'*Histoire de
Guillaume le Maréchal* (v. 4538) avant 1183,
il y aurait peu de vraisemblance à lui attribuer
un acte de 1230, émanant d'un seigneur du
même nom, qui est conservé dans le Trésor
des chartes (Teulet, *Layettes*, n° 2099). Ce dernier est plus probablement le fils du croisé
de 1190.

[3] Cette Yolant est la «comtesse Yolant» à
qui fut dédié le roman de Guillaume de Palerne,
et non pas, comme on l'a supposé ici-même
(XXII, 839), la comtesse de Nevers Yolant, qui
vivait dans la seconde moitié du xiiie siècle.

[4] Sur la fausseté de cette attribution, voir
Hist litt. de la Fr., X, 532 et suiv.; Delisle,
*Note sur le recueil intitulé « De miraculis sancti
«Jacobi »*, dans le *Cabinet historique*, 2e série, II
(1878), p. 1-9; Friedel, *Études compostellanes*,
I (*Otia Merseiana*, Liverpool, 1899).

[5] Voir, sur la version de Pierre, *Notices et
extraits des manuscrits*, XXXIII, 1re partie,
p. 23-30.

dont l'original est grec, est un pieux roman plein des plus émou-
vantes péripéties. On a vu plus haut que, de la fin du xiie siècle
jusqu'au xve, on en avait fait jusqu'à onze versions rimées. On ne
sera pas surpris d'apprendre qu'elle a été au moins quatre fois traduite en prose. Entre ces versions en prose il en est une qui doit être
mentionnée présentement, parce qu'elle se rencontre, copiée à part,
dès le milieu du xiiie siècle environ. C'est en effet à cette époque que
nous attribuons le ms. B. N. fr. 2464, où elle a pris place entre une
vie de saint Denis, dont nous parlerons plus loin, et une ancienne
traduction du Pseudo-Turpin. Elle n'a été admise que dans un petit
nombre de nos anciens légendiers[1], la plupart de ces recueils ayant
préféré une autre version. L'auteur de la traduction que nous voulons faire connaître écrit d'un style alerte et familier, émaillé de
locutions populaires qu'on n'a pas coutume de rencontrer dans les
œuvres de ce genre. C'est qu'il s'adresse à des auditeurs, non à des
lecteurs. Sa vie de saint Eustache est faite pour être lue ou récitée à
haute voix devant un auditoire avide de récits merveilleux. Nous en
transcrivons quelques extraits d'après le ms. fr. 2464, donnant en
note, pour aider à la comparaison, les premières lignes de la vie
latine[2].

[1] Bibliothèque Sainte-Geneviève 588, fol. 106 d ; Musée Condé 456, fol. 89 v° ; Bibl. Phillipps, art. 30 (voir *Notices et extraits*, XXXV, 1re partie, p. 189) ; Lyon 772 (*Bull. de la Soc. des anc. textes*, 1885, p. 64) ; B. N. fr. 183, art. 73 ; fr. 185, art. 48 ; Mus. brit., Add. 17275, art. 38 (pour les trois derniers de ces manuscrits voir *Notice sur trois légendiers français attribués à Jean Belet*, dans *Notices et extraits*, XXXVI, 430, 472, 483) ; Bruxelles 9225, fol. 230 ; Oxford, Queen's Coll. 305, fol. 122 d.

[2] Mombritius, *Sanctuarium*, cf. *AA. SS.*, sept. VI, 123 (20 septembre). Çà et là nous corrigeons ou complétons le texte à l'aide du ms. B. N. lat. 5577 (xe siècle) :

In diebus Trajani imperatoris, dæmonum prævalente fallacia, erat magister militum nomine Placidus, genere secundum carnem insignis, opibus pollens, sed dæmonum servitio captus, operibus vero et justitia cunctis virtutum erat preditus meritis : subveniebat oppressis, patrocinabatur gravatis in judicio ; plures etiam a judicibus injuste damnatos relevabat ; surdos vestiebat [, esurientes satiabat[a]], et, ut vere dicam, cunctis indigentibus in vita sua dispensans, sicut in Actibus apostolorum legitur, ut etiam in his temporibus Cornelius videretur. Habebat vero et conjugem eadem sub dæmonum cultura existentem, sed similem moribus mariti sententiæ. Procreantur ei filii duo quos educabant pares propria voluntate. Erat vero nobilis in justitia et potens in bello, ut et ipsi Barbari subjugarentur ab eo. Erat enim venatione industrius omnibus diebus. Sed misericors et benignus[b] Deus, qui semper et ubique ad se sibi dignos vocat, non despexit hujus opera nec voluit benignam et Deo dignam mentem sine mercede deseri idolatriæ contectam tenebris, sed, secundum quod scriptum est quod «in omni gente «qui operatur justitiam acceptus est ei »[Act. x, 35], pervenit ad istum benigna misericordia et cum salvari tali voluit modo[c] ...

[a] Rétabli d'après le ms. lat. 5577. — [b] Mombritius : «... industrius, ac benignus». — [c] Mombritius : «salvari vult «hoc modo».

Voici le commencement de la version française (B. N. fr. 2464, fol. 41) :

Au tens Trajan l'empereor, que deables avoit grant force et grant pooir, que par lui que par ses menistres, [fu [1]] uns hom, mestres de chevaliers et de grant lignage, Placidas par non, et de grant richesce, honorez sor toz les autres; mès un poi i ot del poil del leu [2], car il estoit en error et en mescreance. Ce estoit domages, si vos dirai por quoi. Il secoroit toz cels qui avoient mestier de secors; il aidoit toz cels qui avoient mestier d'aide, cels qui estoient grevez en jugement, les forsjugiez et les dampnez a tort; il relevoit de son avoir les povres; il revestoit les nuz; il repeissoit les famelleus; il departoit de ses viez choses. Il sembloit ja au tens de lores Cornille le preudome que saint Pierres [3] converti. Il avoit feme d'autretel maniere, qui mout li resembloit bien de bones teches et de bones mors. Mès ele estoit ausi en error et aoroit les ydres. Cil dui avoient .ij. enfanz qu'il norrissoient d'un cuer et d'une volenté. Encor vos di plus de lui qu'il estoit bons en guerre et bons en justice, si qu'il metoit toz ses anemis au desoz, et toz Barbarins metoit il neis soz piés. De chiens et d'oiseaus savoit il qant qu'il en estoit, de bois, de riviere et de gibecier [4]; en ce s'estudioit il chascun jor. Mès Nostre Sires, li pius, li deboneres, qui bien set et voit les quex il doit a soi apeler et atrere, n'ot mie en despit les bones oevres del haut home, ne le bon cuer qu'il avoit el ventre, et encor estoit coverz de la nue d'error et de mescreance. Il nel vost mie lessier sanz guerredon, car, si come l'Escriture dist : « En totes manieres de genz qui Deu croient et aiment « et qui béent a droit et a reison, il plest [5] bien a Nostre Seignor »; et por ce ot il pitié del haut home et le vost sauver en tel manere que je vos dirai.

Un jor avint qu'il s'en issi, si com il avoit en us et en costume, as montaignes por chacier a tot son esforz, a tot son baudoire [6], a tot grant compaignie de chevalliers, et vit tantost devant ses ielz une grant assemblée de cers qui peissoient, et il tantost de l'atirier ses compaignons par torbes et par eschieles; si corut grant aleüre après les cerz. Que que li chevalier entendoient a la chace et a la prise, ez vos un cerf plus bel et plus grant que tuit li autre, et s'en vint par devant lui, et se parti de la compaignie as autres, et se feri el bois la dedenz, la ou il estoit plus espès. Placidas le vit, qui mout le covoita, et leissa toz ses compaignons; si corut après a mesniée escherie. Tuit cil se lasserent et recrurent qui avec lui estoient; mès il ne

---

[1] Ce mot, que nous restituons d'après d'autres manuscrits, manque aussi dans la copie de Lyon 772.

[2] Locution populaire qui est souvent employée pour dire qu'il y a soupçon de trahison. Ainsi dans le *Menestrel de Reims* (éd. N. de Wailly, § 383) : « Adès avra il en Templiers « dou poil dou leu »; mais ici, comme en d'autres exemples, le sens est plutôt : « il y eut (chez « Eustache) un défaut, une tache. » Cette locution a paru trop familière à certains copistes. Ainsi dans le ms. de Lyon : « mais grant defaute avoit en lui. »

[3] *Saint Pol*, dans 2464; cf. les Actes des apôtres, ch. x.

[4] S.-Gen. *et de berser et de gibier.* — Le traducteur a longuement paraphrasé ces mots du texte latin : « Erat venatione industrius om- « nibus diebus. »

[5] S.-Gen. *Toute maniere. . . il plaisent.*

[6] S.-Gen. *baudaire;* latin *cum omni exercitu et gloria.*

fu ne las ne recreüz, ainz fist toz jorz sa chace, si com Deus le vost, ne ses chevax
ne recrut; ne [ne] leissa [a] aler par les broces ne par essarz ne par espines après le cerf,
et ja fu li cerz mout esloigniez de tote la compaignie, et s'en monta sor une roche en
haut; si s'aresta et estut iluec.

Li mestres des chevaliers s'aprocha tot sanz sa compaignie, et regarda tot entor
soi et environ; si devisoit en quel maniere il poïst cel cerf prendre; mès cil qui a
tot le sens et tot le savoir, par sa douçor et par sa misericorde porchaça et chaça
celui qui le cerf chaçoit, et bersa celui qui le cerf voloit berser, par soi meïsme, non
par autrui, ne mie si com il converti Cornille, le lial home, par la bouche saint
Pere, mès si com il converti saint Pol par sa demostrance. Placidas s'estut [iluec]
longuement et se merveilloit de la grandor et de la beauté del cerf, mès sanz et
pooir li falloit del prendre. Ensi estoit tot pris (f. 43) de ce qu'il nel pooit prendre;
mès Nostre Sires li mostra lores qu'il ne montast en Fauvel [1], et qu'il n'encharchast
chose ne n'enpreïst dont il ne [se] poïst chevir. Et tot ainsi com il fist l'asnesse parler
desoz Balan, et reprendre le vassal de sa musardie, tot autressi mostra il a cestui,
entre les cornes del cerf, le signe de la veraie croiz plus cler et plus resplendissant
que li rais del soleil, et en mileu des cornes l'image nostre seignor Jhesu Crist,
qui fist le cerf parler en guise d'ome; et apela Placidain, si li dist : « Placidas, por
« quoi vas tu encontre moi? que me demandes tu? Voiz [que] por l'amor de toi sui je
« venuz en ceste beste, que tu [me] voies et que tu me conoisses. Je sui [2] Jhesucrist,
« que tu sers, et si n'en sez mot. Je ai bien veü les aumones que tu fèz chascun jor as
« povres et as besoigneus. Or me sui venuz a toi mostrer par cest cerf. Tu bées a la
« prise del cerf, et je bé a fere de toi ma proie. Tu ne lieras ne ne prendras le cerf,
« mès je t'en menrai pris et lié, que il n'est droiz ne reisons que mes amis, qui tant a
« fet de bones oevres, serve dès or en avant les deables, ne qu'il aort les ydres qui n'ont
« ne sens ne savoir, ne secors n'aide ne puent fere; et por ce ving ge en terre le
« monde sauver en tel semblance come tu puez veoir. »

Quant li mestre des chevaliers oï le cerf, qu'il cuida que a lui parlast [3], si fu
si esbahiz et ot si grant peor qu'il chaï de sus son palefroi a terre. Quant il fu re-
venuz et il ot son cuer repris, il se dreça et vost veoir plus ententivement la merveille qui li estoit apareüe. Si dist entre ses denz : « Quel merveille et quelle vision
« est ce qui m'est apareüe? » Et dist : « Beau sire, descuevre moi et demostre ce que
« tu diz, se tu velz que je croie en toi. » Lors li dist Nostre Sires : « Entent a moi,
« Placidas, je sui Jhesu Crist qui de noient fis le ciel et la terre, et les .iiij. elemenz
« en .iiij. leus mis. Je fis le jor, je fis la nuit, je fis clarté, je fis teniebres, je fis l'aube
« crevant et le soleil raiant, je fis la lune por la nuit anlumineir et les estoiles por le
« ciel atorner. Je establi le tens et les anz et les jorz et les mois. Je fui cil qui forma
« home de terre. Je fui crucifiez et enseveliz, et resuscitai au tierz jor de mort a vie. »

----

[1] «Chevaucher Fauvel» est une expression
bien connue qui signifie « tromper, user de per-
« fidie »; voir A. Tobler, Comptes rendus de
l'Acad. de Berlin, 1882, p. 542, et *Hist. litt.
de la Fr.*, XXXII, 110. Ici le sens paraît être
plutôt « s'embarquer témérairement dans une
« entreprise »; il y a dans le latin : *Demonstrat
illi Deus judicium tale non temere neque supra
suæ virtatis magnitudinem.* Cf. monter au baiard
dans l'*Hist. de Guill. le Maréchal*, v. 5384.

[2] S.-Gen. *et que tu connoisses que je sui.*

[3] Le copiste ajoute, par erreur, *si ot.*

De temps à autre le traducteur introduit dans son texte certains commentaires de sa façon. Ainsi le mot *arena* lui a fourni la matière des explications qui suivent :

(*Fol. 58*) Quant ce vit li tiranz qu'il ne les porroit escroller ne giter de lor creance, il comenda qu'il fussent tuit quatre mené en l'areine, et qu'en lor leissast corre un lion sauvage. L'areinne si estoit une grant place en Rome ou li vallet jooient a l'escremie, et les damoiseles i faisoient lor bauz et lor queroles, li damoisel i poignoient lor chevax, li champion i donoient les cox l'empereor, et li bacheler i jooient a l'escremie, as boreaus et as talevaz. Por tex jeus et por autres s'asembloient iluec as festes cil de la cité.[2]

Nous avons cru utile de donner quelques extraits de la vie de saint Eustache parce qu'elle présente des particularités de style que nous n'avons pas rencontrées ailleurs et qu'elle est, en somme, un document intéressant et, pour une traduction, assez original, de la prose française dans la première moitié du xiiie siècle. Nous traiterons plus sommairement de quelques autres légendes françaises, un peu moins anciennes peut-être, mais qui, pourtant, ne peuvent guère être postérieures au milieu du xiiie siècle.

Le manuscrit fr. 2464, d'après lequel nous venons de donner quelques extraits de la vie de saint Eustache, renferme encore, nous l'avons dit, une vie de saint Denis, traduite de la légende rédigée par l'abbé Hilduin [1], dont il convient de parler ici; car, de même que celle de saint Eustache, elle fut écrite pour former un livre à part, et n'a été introduite que tardivement dans certains de nos légendiers. Nous ne savons ni par qui ni exactement à quelle époque elle a été mise en français. Tout ce que nous pouvons affirmer, c'est qu'elle est antérieure à 1250. Nous la trouvons, en effet, dans un manuscrit très richement enluminé, qui fut exécuté à cette époque, et dans le monastère même de Saint-Denis [2]. Elle se rencontre encore, soit isolée, soit jointe à des compositions d'un tout autre caractère, en plusieurs manuscrits du xiiie au xve siècle [3]. Les légendiers proprement dits

[1] Voir *Hist. litt. de la Fr.*, IV, 610; Molinier, *Les sources de l'hist. de Fr.*, I, 24.

[2] Voir Delisle, *Notice sur un livre à peintures exécuté en 1250 dans l'abbaye de Saint-Denis* (*Bibl. de l'École des chartes*, XXXVIII, 444).

[3] Paris. B. N. fr. 696 (manuscrit fait à Saint-Denis), 1040, 2464, 13502, 19530; Troyes, 1955; Londres, Musée brit., Add. 15606 (voir *Romania*, VI, 27); Harl. 4409, fol. 3.

où elle a pris place sont peu nombreux [1], ces recueils ayant généralement adopté une autre traduction plus littérale de l'œuvre de l'abbé Hilduin [2].

Notre vie française de saint Denis n'est pas la traduction pure et simple de l'ouvrage de Hilduin : le traducteur y a joint divers morceaux relatifs à saint Denis, dont le détail a été donné par M. Delisle dans l'article précité [3]. C'est du reste ce qu'il nous apprend à la fin d'un prologue qui ne paraît s'être conservé que dans un manuscrit, le n° 696 du fonds français de notre Bibliothèque nationale. Nous croyons utile de reproduire ici ce prologue, avec les premières lignes de la vie proprement dite :

Mi seigneur et mi compaignon, vostre conmandement et voz prieres m'ont souventes foiz contraint, et encor contraignent de jour en jour, a faire et a ordener nous aucun tretié ou aucune bele istoire qui vous soient plesant a oïr; mès, pour la petitece de mon engin, je ne vous puis rien fere de moi, ainz couvient encor, se je le puis fere, que je preingne en bouche d'autrui et de plus sages de moi ce que je vous baudroi. Si me vuel esforcier et entremetre de traire vous de latin en françois, de pluseurs volumes, chose qui plesant et bone est a oïr a touz ceux qui bien vivent et honestement en la foi crestienne, especiaument a nous touz qui sommes nez et estraiz du roiaume de France. Si n'i a rien que pure verité. Si pourrez en cete huevre voier mout de beaus faiz et de loables, et mout de mavais. Si fait bon tout oïr : les bones huevres pour fere les et pour demorer i par bon essample, les mauveses pour foïr les et eschiver. Et tout autresi conme missires sainz Denises fu chief et patrons de France, et par lui furent noz anciens peres entroduiz, et nos après, en la foi crestienne, tout aussi vuell je, a l'aide dou Pere et du Fil [4] et du Saint Esperit, de ses faiz et de sa glorieuse passion et de ses compaignons fere chief de coronne et conmencement de cete huevre. Et por ce que aucuns ne cuideroient pas, par aventure, que aucun glorieus martir et confessor et aucunes glorieuses virges reposassent en l'eglise dou precious martir monseigneur saint Denis, se il ne savoient la reson et la maniere conment il i furent aporté, le me covient chouchier en ceste huevre après les fèz et la glorieuse passion dou trés beneüré martir monseigneur saint Denis et après l'invention de li et de ses compaignons, et après aucuns miracles que Nostre Sire fist por lui ou lieu ou il est ore en cors ensepouturez honorablement. Si conmencerai einsi eu non de la sainte Trinité, amen.

[1] Sainte-Geneviève, 588, fol. 89; Musée Condé 456, fol. 77; Bibl. Phillipps 3660, art. 26 (*Notices et extraits*, XXXV, 189); deux des trois légendiers qui portent le nom de Jean Belet (*Notices et extraits*, XXXVI, 430); Oxford, Queen's Coll. 305, fol. 94 d. Il est à remarquer que tous ces manuscrits renferment aussi la vie de saint Eustache dont on on a parlé ci-dessus, p. 382, note 1.

[2] Voir *Notices et extraits*, XXXV, 484 (notice du ms. B. N. fr. 6447).

[3] *Bibl. de l'École des chartes*, XXXVIII, 453.

[4] Ainsi corrigé; première leçon *fiuz*.

Ici comencent li fet et la passion monseigneur saint Denis.

Après la preciose mort que nostre sires Jhesu Criz, verais Deux et verais home, vout souffrir en la veraie croiz pour le salu de monde, et après sa resurreccion et sa glorieuse ascenssion es sainz cielx ou il siet a la destre son pere, la doctrine et li preeschemenz des apostres s'espandi et s'estendi par toutes terres et parvint a toutes manieres de gent. . . .

Si l'on considère que le manuscrit 696 a été exécuté à Saint-Denis, on sera sans doute porté à croire que le traducteur de cette compilation relative au saint qui était regardé comme le patron du royaume de France[1], était un moine de l'abbaye fondée en l'honneur de ce saint, et que, par ces mots du début « Mi seigneur et mi compai- « gnon », il désigne son abbé et ses confrères.

Entre les légendes en prose française qui ont été publiées isolément, soit vers le temps où ont paru les premiers légendiers, soit même à une époque plus ancienne, il faut compter encore celles de saint Brendan, de saint Julien, de saint Jacques de Galice, de sainte Marie-Madeleine, de Barlaam et Josaphat, de saint Patrice, de saint Vast, de l'Antéchrist, une version de l'Évangile de Nicodème, etc.

Nous possédons deux versions en prose de la légende latine de saint Brendan (*Vita* ou *Navigatio sancti Brendani*). L'une d'elles, qui est assez libre, se rencontre en un grand nombre de légendiers français, comme on le verra dans la suite de cette notice; l'autre, beaucoup plus exacte, ne nous a été conservée que dans le manuscrit B. N. fr. 1553, qui est un vaste recueil d'ouvrages variés, la plupart en vers. Celle-ci a été publiée deux fois, d'abord par A. Jubinal[2], puis, récemment, par M. Wahlund[3]. Le manuscrit a été exécuté en 1285; la version nous paraît sensiblement antérieure à cette date, mais, alors même qu'elle serait postérieure au milieu du xiiie siècle, époque où apparaissent nos plus anciens légendiers, elle n'en devrait pas moins être mentionnée ici puisqu'elle n'a été admise en aucun recueil de légendes françaises.

---

[1] Voir L. Delisle, *Notices et extraits*, XXI, 2e partie, p. 250-1.

[2] *La légende latine de saint Brandaines, avec une traduction inédite en prose et en poésie romanes* (Paris, 1836).

[3] *Die altfranzösische Prosaübersetzung von Brendans Meerfahrt, nach der Pariser Hdschr. Nat.-Bibl. fr. 1553, von neuem, mit Einleitung, lat. und altfrz. Parallel-Texten, Anmerkungen und Glossar, hgg. von Prof. Dr Carl Wahlund* (Upsala, Almqvist u. Wiksell, 1901). Le texte du ms. 1553 occupe, dans cette édition, les pages 3 à 101. En regard est imprimé le texte latin.

Par contre, la vie de saint Julien se rencontre généralement jointe à d'autres légendes hagiographiques[1]. Toutefois nous la trouvons isolée dans le ms. B. N. fr. 1546, qui est du xiiie siècle. Cette circonstance à elle seule ne nous autoriserait pas à affirmer que la vie de saint Julien est indépendante des légendiers, car on aurait pu la tirer de l'un d'eux pour la transcrire dans le ms. 1546, mais un argument plus valable se tire de sa composition même. Cette vie, en effet, n'est pas traduite du latin[2] : elle a été librement rédigée d'après le poème que nous avons mentionné ci-dessus, p. 360 : des expressions, parfois même des vers entiers du texte, sont conservés dans la prose[3]. Or il est bien peu probable qu'aucun des écrivains anonymes qui se sont les premiers imposé la tâche de former un légendier français en traduisant un choix de légendes latines, ait eu l'idée de remanier en prose un texte en vers.

C'est aussi d'après un poème qu'a été rédigée en prose une vie de saint Jacques le Majeur qui s'est conservée dans un seul manuscrit, Arsenal 3516[4]. Bien que, dans ce manuscrit, elle soit jointe à quelques autres légendes françaises, il n'est pas douteux, on le verra plus loin, lorsque nous traiterons de ces légendes, qu'elle en est complètement indépendante. D'ailleurs nos anciens légendiers contiennent une tout autre vie de saint Jacques le Majeur, accompagnée de la translation et des miracles, traduite directement du latin[5].

Dans nos anciens légendiers français, on ne trouve pas moins de quatre légendes de la Madeleine qui diffèrent considérablement les unes des autres, ayant été traduites de vies latines très diverses[6].

---

[1] Voir *Bulletin de la Soc. des anc. textes*, 1885, p. 63; 1892, p. 93; *Notices et extraits*, XXXIV, 1re partie, p. 191; XXXV, 486; XXXVI, 429, 702.

[2] L'original latin ne nous est point parvenu, ou du moins n'a pas été découvert jusqu'ici. On en a deux abrégés dans la *Legenda aurea* de Jacques de Varazze (ch. xxx, édition Grässe, p. 142) et dans les *Gesta Romanorum* (ch. xviii).

[3] La rédaction en prose a été publiée dans l'*Archiv für das Studium der neueren Sprachen und Litteraturen*, t. CVII (1901), p. 80 et suiv., d'après le ms. B. N. fr. 6447. A ce propos l'éditeur cherche à prouver (t. CVI, p. 304

et suiv.) que c'est la version en prose qui est l'original du poème. Mais cette opinion, qu'il serait trop long de discuter ici, est de tout point insoutenable. Le début du texte en prose indique clairement que ce texte est composé d'après un ouvrage « en romans » : « Uns preudom nous raconte la vie de monseignor saint Julien *qu'il a translatée de latin en romans*, et dist... »

[4] Publiée dans la *Romania*, XXX, 252.

[5] Voir *Romania*, XVII, 374, et aussi la *Notice du ms. B. N. fr. 6447*, dans *Notices et extraits*, XXXV, 2e partie, p. 469 et 477.

[6] Voir *Notices et extraits*, XXXV, 491; XXXVI, 36; *Romania*, XXX, 307.

Celle dont nous allons donner un extrait est tout à fait indépendante
de ces quatre légendes. Elle nous a été conservée dans trois manuscrits dont aucun n'est un légendier. L'un d'eux est le n° 3516 de l'Arsenal, où se trouve la vie de saint Jacques dont nous venons de parler;
les deux autres sont les n°ˢ 422 et 19531 du fonds français de la
Bibliothèque nationale. Il y a, entre ces trois exemplaires, des variantes
assez notables pour nous porter à croire que cette rédaction a été très
souvent copiée. Aussi ne serions-nous pas surpris si on en découvrait
de nouveaux manuscrits. Dans le texte de l'Arsenal, la vie de la
Madeleine est suivie de cinq autres légendes également en prose,
entre lesquelles celle de saint Jacques le Majeur, mais nous étudierons
tout à l'heure la composition de ce petit groupe, et nous verrons qu'à
l'origine la vie de la Madeleine n'en faisait pas partie, non plus que la
vie de saint Jacques. Voici les traits caractéristiques de notre légende.
Elle est rédigée avec beaucoup de liberté, à ce point qu'il est difficile de déterminer d'après quelle source latine elle a été mise en
français. Il est probable que le rédacteur a utilisé plusieurs sources.
L'histoire de la sainte, au temps où elle vivait en Judée, est traitée
très rapidement. Aucune allusion n'est faite à la pécheresse de l'Évangile qu'on a confondue au moyen âge avec Marie de Magdala. La
légende se compose de trois éléments : 1° l'arrivée à Marseille, et la
conversion d'un seigneur qui ici est appelé prince d'Aquilée, non pas
prince de Marseille ou de Barlette comme ailleurs [1]; 2° le voyage de ce
seigneur en Terre-Sainte et le miracle qui préserve la vie de sa femme
et de son fils abandonnés dans une île déserte [2]; 3° la mort, ou plutôt
l'assomption de la sainte; 4° l'enlèvement subreptice de son corps et
son transport à Vézelai. Cette dernière partie est un très court abrégé
de la légende de Badilon [3], où ni Badilon ni Girart de Roussillon ne
sont nommés. L'auteur écrit d'un style simple et coulant. Il se met en
scène, s'adressant visiblement à des auditeurs plutôt qu'à des lecteurs. Sa façon de conter ne laisse rien paraître de la contrainte
et de l'effort qu'on remarque souvent dans les traductions : c'est
plutôt un récit primesautier qui ne suit que de loin les originaux
latins. En voici le début, d'après le manuscrit de l'Arsenal (fol. 57),

[1] Voir *Notices et extraits*, XXXVI, 38. —
Une autre rédaction fait de ce personnage un
chevalier d'Aquitaine (*Romania*, XXX, 308).

[2] Pour les sources latines de ce miracle,
voir *Hist. litt. de la Fr.*, XXXII, 95-6.

[3] Voir *Hist. litt. de la Fr.*, XXXII, 97.

les deux autres copies présentant à cet endroit un texte visiblement abrégé[1] :

Il est voirs, et nos devons tos croire, ke li dous parfais Jhesus Cris rechut mort et passion por son pulle rachater des mortels tenebres d'infer, et resuscita de mort come voirs Dex, et conmanda ses apostles a preechier, et lor devisa les contrées ou il anonceroient la foi Jhesu Crist. Saint Piere et saint Pol converti la gent vers Romme, sains Jakes ala vers Surie, sains Johans converti les Grieus, sains Andrieus et Esclabonie, sains Thomas converti la gent d'Ynde qui point de creance n'avoient. En l'autre Inde la plus lonctaine fu sains Bertelomeus; sains Philipes conquist la terre vers Egypte; sains Judes et sains Simons alerent en Arrabe et en Perse, et conquistrent le païs jusqu'en Ynde; sains Mars preecha le pople d'entor Alixandre; sains Mathis conquist Moretaigne, et la sainte Madelaine preecha la foi Jhesu Crist, son maistre, et fist mout grant pople servir [et] ahorer Jhesu Crist, si com vos or[r]és chi après dire, conment et en quel maniere ele converti ele roi d'Aquilée et tot le pople de son regne. Messire sains Pierres, qui de trés grant amor amoit les amis Nostre Seignor, et qui bien connut alcuns des amis al verrai amant, et meesmement de[2] la Madelaine, por ce que il savoit bien que ele trés ardantment l'amoit et[3] que de li ne se departiroit il mie, si li avroit donée une proiere[4] esperituel qui eüst cure de li, si le conmanda a saint Maximien, et il geta de lui .lxx.[5] meneurs deables, et se li dist : « En cele doce garde que nos dous peres Jhesu Crist conmanda sa « doce mere, ce fu al douch ewangeliste, te conmant je, doche sainte ancele Dieu, doce « amerouse Madelaine ». Après ce ils se diviserent et par mer et par terres. Que que li altre alaissent, il n'est mie mestiers que je le die ore chi, mais je dirai de la Madelaine, et ainsi com Maximiens[6] ariverent a Marseille et pristrent terre, et conmencierent a preechier a Marseille et tote la terre d'Aquilée. Li Madelaine avoit a non Madel[ain]e por .j. castel qui siens estoit en la terre de Jherusalem, et meesmement avoit ele une conté qui soe estoit, et dedens Jherusalem avoit ele une rue; et tot ce li venoit de son patremoine. Et ce di je por chou que on sace la nobilité et la hauteche de lui, car ele estoit de lignie de roi, et si avoit tot ce laissié por ce que ele fust povre et sanlans a Jhesu Crist son douch ami; et si ne voloit mie que les richeses le destorbassent a penser a ses amours. . .

[1] Voici les premières lignes de la leçon du ms. fr. 422 (fol. 125 c), dont le ms. fr. 19531 ne diffère que par de légères variantes :

Quant li disciple Jhesucrist eurent rechut le saint Espirt, il s'en partirent doi et doi pour aler preechier la foi que lor boins maistres Jhesucris lor avoit ensaignié a ses sains qui plus fermement et plus tenrement l'amoient. Issi se departirent li ami al vrai amant. Et Jhesucris meïsmement, pour chou qu'il savoit que li douche Magdelaine l'amoit plus ardamment que li autre disciple, si se pensa que de li ne se partiroit il mie desci adont qu'il li aroit quis pere espirituel qui eüst cure de li. Si le commanda a S. Maximien qui estoit .j. des .lxx. millenrs disciples nostre signeur Jhesucrist. . . . . .

Le sujet de la dernière phrase doit être non pas « Jhesucris », mais, comme dans le ms. de l'Arsenal (et aussi dans le ms. fr. 19531), « sains Pierres ».

[2] Suppr. de.

[3] Au lieu de et, qui n'a ici aucun sens, il faut lire, comme dans les deux autres copies (ci-dessus, note 1), se pensa.

[4] Corr. un pere.

[5] Septem dæmonia, dans Jacques de Varazze (éd. Grässe, p. 408), mais c'est à Jésus qu'est attribué ce miracle.

[6] Lire, avec les deux autres copies : Li Magdelaine et sains Maximiens.

Le pieux roman de Barlaam et Josaphat, venu originairement de l'Inde, mis en grec au viie siècle, abrégé en latin au xiie, ou peut-être un peu plus tôt, a édifié de nombreuses générations de croyants, qui ne soupçonnaient guère que sous le nom de Josaphat ils vénéraient Bouddha. Nous en avons énuméré plus haut (p. 340) trois rédactions rimées, nous en signalerons deux versions en prose, qui ont pu s'introduire en quelques-uns de nos légendiers, mais qui en étaient primitivement indépendantes. L'une de ces versions, nous l'avons dit, n'est que la mise en prose de l'un des poèmes; l'autre a été faite sur le latin, et nous l'avons déjà rencontrée jointe à la version champenoise des Vies des Pères[1]. On la trouve jointe à d'autres ouvrages en divers manuscrits[2], mais les légendiers qui l'ont admise sont peu nombreux. Nous ne pouvons citer que les mss. B. N. fr. 17229 (fol. 241), 413 (fol. 324) et 23117 (fol. 388). Remarquons encore que dans les deux derniers de ces manuscrits elle est considérablement abrégée.

La merveilleuse visite du chevalier Owein au Purgatoire de saint Patrice, contée en latin par Hugues, moine de Saltrey (comté de Huntingdon) qui vivait au xiie siècle[3], a obtenu, jusqu'au xvie siècle, un succès plus grand peut-être que le non moins merveilleux voyage de saint Brendan. L'opuscule de Hugues de Saltrey a été, à diverses reprises, mis en vers français[4]. On l'a traduit deux fois au moins en prose. De ces deux traductions l'une, conservée dans le manuscrit B. N. fr. 15210, fut peu répandue, l'autre, qui nous paraît notablement plus ancienne, a été très souvent copiée. Nous la rencontrerons dans un grand nombre des légendiers que nous passerons en revue au cours de cette notice[5]. Mais on la trouve aussi en dehors des légendiers, par exemple dans les manuscrits B. N. fr. 834 (fol. 133), 957

[1] Ci-dessus, p. 312. Il paraissait naturel d'annexer le pieux roman de Barlaam aux Vies des Pères. Il est fait mention, dans les *Nouveaux comptes de l'Argenterie*, publiés par Douët d'Arcq, d'un « rounans de la Vie des Peres et « de Barlaam et Josaphat », à la date de 1328 (p. 64).

[2] B. N. fr. 187, 988 (fol. 254, incomplet); Musée brit. Old. roy. 20 B v (fol. 157); Vatican, *Reg.* 660; 1728 (fol. 48).

[3] Le récit de Hugues de Saltrey, généralement cité sous le titre de *De Purgatorio sancti Patricii*, a été plusieurs fois imprimé, notamment par Colgan, *AA. SS. veteris et majoris Scotiæ seu Hiberniæ* (Lovanii, 1645, 1647), II, 273 et suiv. Une nouvelle édition de ce récit a été publiée en 1889, par Ed. Mall, dans les *Romanische Forschungen*, VI, 140-197, en double texte: d'après Colgan et d'après un manuscrit de Bamberg. Voir la *Bibliographia hagiographica latina* des Bollandistes, sous Patricius.

[4] Nous en avons indiqué (ci-dessus, p. 371) sept versions en vers.

[5] La plupart de ces copies ont été indiquées dans la *Romania*, XVII, 382.

(fol. 134), 1544 (fol. 104), 19531 (fol. 2), Reins 291 (fol. 185).
Enfin, elle a été imprimée trois fois, à part, dans la première moitié
du xvie siècle[1]. C'est, à notre avis, une présomption que cette traduction ne faisait point partie, originairement, des compilations que
nous étudierons plus loin.

Saint Vast était un saint très vénéré en Artois. Nous possédons de
sa légende une traduction fort littérale, d'un style lourd et embarrassé;
elle nous a été conservée dans un manuscrit d'Arras[2], qui appartenait
jadis à la bibliothèque de l'abbaye de Saint-Vast et y fut probablement
exécuté. Bien que ce livre, dont nous parlerons plus loin, reproduise
un ancien légendier, il est certain que la vie de saint Vast ne faisait
pas originairement partie de ce légendier. Le caractère dialectal y
est notablement plus prononcé que dans les autres compositions transcrites dans le même recueil. Il faut donc admettre qu'elle a été,
sinon traduite par le copiste du manuscrit de Saint-Vast, qui écrivait vers le milieu du xiiie siècle, du moins insérée par lui dans le
légendier dont il faisait un nouvel exemplaire[3].

Le traité de l'Antéchrist, par Adson, moine de Montierender,
« a été si fameux dans les siècles destitués de critique, qu'on en a
« voulu faire remonter l'honneur jusqu'à saint Augustin, d'autres
« seulement jusqu'à Alcuin ou à Raban Maur, entre les écrits desquels
« il se trouve imprimé[4] ». Ainsi se sont exprimés nos devanciers à
l'égard de cette puérile composition, qui n'a pas eu moins de succès
en français que sous sa forme originaire. Nous en avons indiqué plus
haut (p. 339) quatre versions, plus ou moins libres, en vers. De la
traduction en prose, qui fut faite dans la première moitié du
xiiie siècle, on connaît au moins une douzaine de copies[5] dont quelques-unes (par exemple B. N. fr. 1038, fol. 162, et 19531, fol. 16 v°)
ont pris place en des manuscrits qui ne sont pas proprement des
légendiers, bien qu'ils renferment quelques légendes.

[1] Voir Brunet, *Manuel*, 5e éd., IV, 980;
cf. le *Catalogue de la Bibl. du baron J. de
Rothschild*, n° 2021.

[2] *Romania*, XVII, 385.

[3] Notons ici qu'il existe une autre version
de la vie de saint Vast, également conservée
dans un manuscrit provenant d'Arras (*Romania*, XXXIII, 16). Mais, comme ce manuscrit
appartient aux dernières années du xive siècle
(il est daté de 1399), il serait téméraire de
classer la vie de saint Vast dont il contient
l'unique copie, parmi nos plus anciennes légendes françaises.

[4] *Hist. litt. de la Fr.*, VI, 479.

[5] La plupart ont été indiquées dans la *Romania*, XVII, 383.

Parmi les légendes qui ont eu une existence indépendante avant d'être admises dans quelques-uns de nos légendiers, nous pouvons encore ranger une traduction de l'Evangile de Nicodème que nous trouvons isolée dans les manuscrits B. N. fr. 187, 409, 907, etc. Nous verrons plus loin dans quels légendiers elle a pris place[1]. On peut mentionner ici une autre version du même apocryphe, conservée dans un manuscrit français du xive siècle (B. N. fr. 1850), qui est restée isolée, n'ayant été admise en aucun recueil de légendes.

Nous rencontrerons encore, surtout dans les recueils manuscrits d'une époque tardive, d'autres légendes qui paraissent avoir été d'abord publiées isolément, avant de prendre place en certains légendiers. Nous les signalerons au passage; mais, étant imparfaitement renseignés sur l'époque où elles ont été mises en français, nous ne croyons pas devoir en parler présentement.

VERSIONS DE LÉGENDES GROUPÉES.

Nous allons maintenant commencer l'étude des légendiers proprement dits. Et d'abord nous traiterons d'un très petit recueil qui nous a été conservé par quatre manuscrits : Arsenal 3516; B. N. fr. 19525; Musée britannique, Harl. 2253; Egerton 2710. Les légendes y sont transcrites dans l'ordre qu'indique le tableau suivant :

ARSENAL 3516 (fol. 57 et suiv.)	B. N. FR. 19525 (fol. 31 et suiv.)	MUSÉE BR., HARL. 2253 (fol. 41 et suiv.)	MUSÉE BR., EG. 2710[2] (fol. 92 et suiv.)
Sᵗᵉ Marie-Madeleine,	S. Jean l'évangéliste,	S. Jean l'évangéliste,	S. Jean l'évangéliste,
S. Jean l'évangéliste,	S. Jean Baptiste,	S. Jean Baptiste,	S. Pierre,
S. Jacques le Majeur,	S. Barthélemi,	S. Barthélemi,	S. Barthélemi.
S. Jean Baptiste,	S. Pierre,	S. Pierre.	
S. Pierre,	S. Paul.		
S. Paul.			

Si l'on fait abstraction des légendes de Marie-Madeleine et de saint Jacques le Majeur (manuscrit de l'Arsenal), dont il a été question plus haut, il nous reste un recueil formé des légendes de saint Jean Baptiste et de quatre apôtres : Jean l'évangéliste, Barthélemi, Pierre,

[1] Le début est publié, d'après le ms. de Lyon 772, dans le *Bulletin de la Société des anciens textes*, 1885, p. 48, et, d'après le ms. B. N. fr. 6447, dans les *Notices et extraits des manuscrits*, XXXV, 2e partie, p. 475.

[2] Ce manuscrit a été décrit en détail dans le *Bulletin de la Société des anciens textes*, 1889, p. 92.

Paul[1]. La traduction de ces légendes est sûrement antérieure à 1267 ou 1268, date du manuscrit de l'Arsenal, et on doit admettre que ce petit légendier a passé de bonne heure en Angleterre, car le manuscrit fr. 19525 et les deux manuscrits du Musée britannique sont d'origine anglaise. Peut-être le recueil devait-il être complété par une version en prose de l'Évangile de Nicodème, suivi d'un autre apocryphe sur la Véronique qui manque dans Arsenal, mais se trouve dans les trois livres anglais[2]. Ces divers textes n'ont été rencontrés jusqu'à présent en aucun autre manuscrit que ceux indiqués ci-dessus. Sans doute l'Évangile de Nicodème et les mêmes vies de saints ont leur place dans plusieurs légendiers français, mais ils y sont représentés par des rédactions tout à fait différentes de celles que nous offrent les quatre manuscrits précités. Nous donnerons, à titre de spécimen, le commencement de la passion de saint Paul et celui de la vie de saint Barthélemi. Voici d'abord le début de la première de ces deux légendes, d'après le ms. de l'Arsenal (fol. 66 r° b), corrigé çà et là à l'aide du ms. 19525 (fol. 42) :

Après la passion le beneüré saint Pierre, par droit devons conmenchier la passion saint Pol, car ils furent compaignon de la predication en Rome, et ensement de passion. Quant saint Pol ot converti molt del Romain pople a la foi nostre segnor Jhesucrist, .j. jor que il preechoit en une haute maison que on apeloit Canacle [3], .j. jovenceals que on apeloit par nom Patrocle, qui servoit Noiron l'empereor de sa cope, et qui ert de biais gens nés, car il ert parent l'empereor, il (*lis.* si) vint la ou sains Pols preechoit, por oïr la parole al saint apostle, car il ert ja espris de l'amor nostre segnor Jhesucrist, por ce qu'il oï dire as altres qui avoient oï la parole del beneüré apostle; et, quant il ne pot entrer en la maison por la pres[s]e de la gent qui i estoient, si li pesa molt, car il desiroit molt a oïr les enseignemens de vie pardurable; si s'aerst a .j. piler de la fenestre; si s'asist iluec por oïr celui cui il molt desiroit a oïr. Et li apostles, conme cil qui molt amoit a parler de son segnor, demora molt longement en la parole, et al jovencel, qui molt ententifment amoit la parole a oïr, prist someil, si s'endormi; si li deslachierent les mains de la fenestre, et li jovenceals chaï jus, si que il morut....

L'original est la *Passio sancti Pauli apostoli*, plusieurs fois publiée[4]; mais la version ne commence qu'au second paragraphe. Plus loin

<hr>

[1] L'omission de saint Barthélemi dans le ms. de l'Arsenal, de saint Paul dans le ms. Harleien, de saint Jean-Baptiste et de saint Paul dans le ms. Egerton, peut être considérée comme accidentelle.

[2] On en a cité quelques lignes dans le *Bulletin de la Soc. des anc. textes*, 1889, p. 89.

[3] « In cenaculo editiori. »

[4] En dernier lieu par Lipsius, *Acta apostolorum apocrypha*, I, 23.

nous rencontrerons une autre version où le premier paragraphe est traduit.

Voici maintenant le début de la vie de saint Barthélemi d'après le ms. 19525 (fol. 38 d), cette vie ne se trouvant pas dans le manuscrit de l'Arsenal :

Ceo cuntent ceus qui sevent deviser les parties del munde que treis Indes sont : la premiere si est cele qui s'estent vers Ethiope, la secunde qui s'estent vers Mede, la tierce qui est fin de totes les terres, car de l'une part atoche le regne de teniebres ou unques jor nen est, et de l'altre part fine a la grant mer de Occeane, outre laquele nient de terre nen a. En ceste deeraine Inde vint saint Bertremeu l'apostle; si entra en un temple ou aveit un ydle de Astaroth le diable, et, si conme pelerin estrange, mest iloc. En cel ydle ert Astaroth le deable, que la gent diseient qu'il sanout les langors et que il feseit les cius veer, mais il nel faisoit de nuls fors de cels qu'il aveit avuglez. La gent de cel païs ert senz conoisance de veir Deu, et por ceo les deceveient les fals deables qui Deu se faiseient apeler, et sis escharniseient, por ceo k'il n'aveient verai Deu, et il quidouent que lor respuns fusent par la vertu de Deu, et li fol malade creaient k'il les gariss[ei]ent de lors enfermetez. . . .

C'est la traduction du livre VIII des *Apostolicæ Historiæ* du Pseudo-Abdias [1]. Une version toute différente sera mentionnée plus loin.

Nous abordons présentement l'étude de recueils plus importants, qui varient beaucoup pour l'étendue et la composition, mais où on retrouve un fond commun et où l'on peut reconnaître au moins la trace d'un arrangement plus ou moins méthodique. On verra qu'un premier recueil, limité aux saints de l'époque apostolique, s'est accru peu à peu par des additions successives et indépendantes, de telle sorte que, vingt ou vingt-cinq ans avant la fin du xiiie siècle, il s'était formé plusieurs légendiers distincts par une partie de leurs éléments, mais fondés sur une base commune. Les manuscrits qui nous ont conservé ces légendiers sont fort nombreux. Nos bibliothèques de Paris en renferment une vingtaine et les bibliothèques des départements et de l'étranger plus encore. L'étude de ces manuscrits est, en raison même de leur dispersion, très difficile. Il s'en faut que tous aient été l'objet de notices suffisamment détaillées. Les descriptions qu'on peut lire dans les catalogues imprimés sont, le plus souvent, de

---

[1] Fabricius, *Codex apocryphus Novi Testamenti*, p. 669; Lipsius et Bonnet, *Acta apostolorum apocrypha*, II, 1re partie, 128.

peu d'utilité, lors même, ce qui n'est pas toujours le cas, qu'elles donnent la liste des légendes, car le nom du saint ne suffit pas : pour beaucoup de récits hagiographiques, nous avons deux ou trois traductions, parfois même davantage, qui ne peuvent se distinguer que par la citation des premières lignes. Il est, par suite, possible que plusieurs manuscrits, importants peut-être, aient échappé à nos recherches. De plus, beaucoup de nos anciennes collections de légendes françaises ont été compilées d'après deux ou trois légendiers antérieurs, et, comme nous ne sommes pas sûrs de posséder tous les légendiers primitifs, comme, d'autre part, plusieurs états intermédiaires nous manquent, il est difficile d'établir un classement rigoureux de toutes ces collections de légendes françaises. Nous essayerons cependant de répartir nos légendiers, selon leurs affinités, entre un certain nombre de groupes que nous rangerons dans un ordre à peu près chronologique. Ce classement provisoire pourra être ultérieurement perfectionné et complété par des études de détail qui ne sauraient prendre place ici.

Groupe A. — Le légendier que nous considérons comme le plus ancien de tous ceux qui nous sont parvenus et que, pour cette raison, nous appellerons légendier *A*, est un recueil de quatorze légendes qui nous a été conservé en quatre manuscrits, à savoir : Saint-Pétersbourg, Bibl. imp., fr. 35; Lyon, Bibl. munic., 770; Tours, 1008; Modène, Bibl. d'Este, fonds étranger 116. Ces quatre manuscrits ayant été l'objet de notices particulières[1], il ne sera pas nécessaire d'énumérer tous les morceaux qu'ils contiennent; on se bornera à déterminer la composition du légendier qui, avec de légères variantes dans l'ordre des légendes, est commun aux cinq manuscrits.

[1] Le ms. 770 de Lyon, dans le *Bulletin de la Société des anciens textes français*, année 1888; le ms. de Tours 1008, *ibid.*, année 1897; le ms. de Modène, *ibid.*, année 1902; le ms. de Saint-Pétersbourg, dans les *Notices et extraits*, t. XXXVI. À la suite du légendier que nous allons étudier, les mss. de Tours et de Modène, qui sont apparentés de très près, renferment cinquante légendes traduites de la Légende dorée (Jacques de Varazze), dont nous n'avons pas à nous occuper ici. Quant au ms. de Saint-Pétersbourg, il contient plusieurs légendiers distincts mis bout à bout, entre lesquels le premier seul nous intéresse présentement, et de plus, comme on l'a vu plus haut (p. 313), la version de la Vie des Pères que nous désignons par le titre de version champenoise. Ce manuscrit a été exécuté en France; les trois autres ont été écrits dans l'Italie septentrionale.

Voici, d'après le manuscrit de Saint-Pétersbourg, la série des pièces que renferme le légendier que nous essayons de reconstituer:

1. (Fol. 3) *Dispute de saint Pierre et de saint Paul contre Simon le magicien* (*Passio sanctorum apostolorum Petri et Pauli*, du Pseudo-Marcellus [1]). — Quant saint Pous fu venus a Rome, li Juïf vindrent a lui...

2. (Fol. 7 c) *Passion de saint Pierre* [2]. — D'entendre la glorieuse passion saint Pierre l'apostre...

3. (Fol. 11 b) *Passion de saint Paul* [3]. — De la passion saint Pol saichent tuit creant en Nostre Seigneur...

4. [*Passion de saint Jean l'évangéliste*. — Bien est seüe chose que la seconde persecution que, puis Noiron, fu faite sur crestïenz fist Domitiens li empereres [4]...]

5. (Fol. 16) *Passion de saint Mathieu* [5]. — Voirs est que Diex a cure des homes, mès plus a il cure des ames que des cors... [6].

6. (Fol. 20 c) *Passion de saint Simon et de saint Jude* [7]. — Bien avez oï et entendu coment, après le haut jor de l'ascension nostre seigneur Jesu Crist et après l'avenement dou Saint Esperit...

7. (Fol. 25 b) *Vie de saint Philippe* [8]. — Douce chose et bonne est a oïr parler des oevres Nostre Seignor et des vies et des saintes passions des sainz apostres...

8. (Fol. 26) *Vie de saint Jacques le Mineur* [9]. — Au tens que li saint apostre preechoient la seinte evangile par le monde et annonçoient la seinte loi Nostre Seignor par toutes terres, sainz Jaques, qui estoit apelez Justes par son non, estoit demourez en la terre de Jerusalem...

9. (Fol. 27) *Vie de saint Jacques le Majeur* (avec la translation et les miracles [10]). — Après le jor de la seinte Pentecoste, que li sainz Esperiz fu descendus sor les apostres et que Nostre Sires lor ot enseignies toutes les mennieres des langaiges...

10. (Fol. 38 b) *Passion de saint Barthélemi* [11]. — Quant Nostre Sires fu montez es ciaus, si com vos avez oï et entendu, et li apostre se departirent par le monde...

---

[1] Fabricius, *Codex apocryphus Novi Testamenti*, III. 632; Lipsius et Bonnet, *Acta apostolorum apocrypha*, I, 119.

[2] Première partie du *De passione Petri et Pauli apostolorum*, attribué à saint Lin, dans Lipsius et Bonnet, I, 1.

[3] Deuxième partie de l'ouvrage indiqué à la note précédente.

[4] Il manque ici quatre feuillets dans le ms. de Saint-Pétersbourg. Nous restituons le commencement d'après le ms. de Lyon. L'original est la *Passio sancti Johannis evangelistæ*, attribuée à Mellitus ou Meliton (Mombritius, *Sanctuarium*, II; Fabricius, III, 606; Migne, *Patr. græca*, V, 124; *Bibliotheca Casinensis*, II, *Florilegium*, p. 67).

[5] *Apostolicæ historiæ*, l. VII (Fabricius, *Codex apocr. N. Test.*, II, 637; *AA. SS.*, sept., VI, 221).

[6] Il est bien certain que cette vie et la suivante ont été traduites par le même écrivain, car la seconde est annoncée dans les dernières lignes de la première. Voir *Notices et extraits*, XXXV, 478.

[7] *Apost. hist.*, l. VI, ch. vii et suiv. (Fabricius, II, 608).

[8] *Ibid.*, l. X, ch. 11 (Fabricius, II, 738).

[9] *AA. SS.*, mai, I, 30.

[10] *AA. SS.*, juillet, VI, 51.

[11] *Apostolicæ historiæ*, l. VIII (Fabricius, II, 669; cf. *Bull. de la Soc. des anc. textes*, 1885, p. 55).

11. (Fol. 41 c) *Passion de saint Longin*[1]. — Mout devroit volentiers chascuns qui crestïens est oïr et entendre de vrai cuer et par vraie pensée retenir les passions et les vies des sainz apostres...

12. (Fol. 43) *Passion de saint Marc*[2]. — Au tens que li saint apostre estoient espandu et departi par le monde por anoncier et preechier aus estranges gens...

13. [*Passion de saint Thomas l'apôtre*[3]. — Bien est drois et raisonz que tuit cil qui crestïan sont et qui Dieu aiment et croient oient voluntierz de Nostre Seignor et de ses apostres...]

14. (Fol. 48 d) *Passion de saint André*[4]. — Après le saint glorieus jor de la sainte ascension Nostre Seignor, et après le saint jor de la Pentecoste, que li apostre, qui embeü estoient de la grace dou Saint Esperit...

Les légendes qui suivent dans le manuscrit de Saint-Pétersbourg (saint Martial de Limoges, saint Nicolas, saint Paul l'ermite, saint Antoine[5], saint Mammès, saint Christophe, saint Quentin, saint Cucufat, etc.) sont indépendantes de notre légendier.

Les trois autres manuscrits ont les mêmes légendes, mais non pas tout à fait dans le même ordre. Pour les six premières, il n'y a aucune différence. Les huit dernières sont ainsi rangées dans les autres copies :

Lyon 770 et Tours 1008 : (7) Thomas, (8) Philippe, (9) Jacques le Mineur, (10) Jacques le Majeur, (11) Barthélemi, (12) Marc, (13) André, (14) Longin.

Le manuscrit de Modène est exactement de la même famille que ceux de Lyon et de Tours[6]. Il range les légendes dans le même ordre, sauf que, par suite de quelque erreur, il rejette la vie de Longin beaucoup plus loin, parmi les légendes traduites de Jacques de Varazze (art. 29). Par contre, il intercale, tout à fait hors de propos, entre la vie de Simon et Jude et celle de Thomas, une vie de saint Chryzant et de sainte Daire traduite de la Légende dorée.

Nous devons mentionner ici un manuscrit de notre Bibliothèque

---

[1] *AA. SS.*, mars, II, 384.

[2] *AA. SS.*, avril, III, 347.

[3] Mombritius, *Sanctuarium*, II. — Nous restituons, d'après le manuscrit de Lyon, le début, qui manque dans Saint-Pétersbourg par suite de la perte d'un feuillet. Le début du texte latin est imprimé dans le *Bulletin de la Soc. des anc. textes français*, 1888, p. 82.

[4] *Apostolicæ historiæ*, l. III (Fabricius, II, 457; Lipsius et Bonnet, *Acta apostolorum apocrypha*, II, 1).

[5] Les vies de saint Paul et de saint Antoine sont traduites par Wauchier de Denain; voir ci-dessus, p. 260.

[6] On a relevé des fautes communes à ces trois manuscrits, ou à deux d'entre eux (Tours et Modène), pour les parties qui n'existent que dans ces deux derniers. Voir *Bull. de la Soc. des anc. textes*, 1902, notes des pages 82, 86, 87, 91.

nationale, fr. 686, qui, en ses derniers feuillets (ff. 449 et suiv.) [1], renferme un petit légendier composé des mêmes légendes que le légendier *A*, à savoir : 1, la dispute de saint Pierre et de saint Paul contre Simon le magicien; 2, la passion de saint Pierre; 3, la passion de saint Paul; 4, la passion de saint Jean l'évangéliste; 5, saint Mathieu; 6, saint Simon et saint Jude; 7, saint Jacques le Mineur; 8, saint Jacques le Majeur; 9, saint Barthélemi; 10, saint Longin; 11, saint Philippe; 12, saint Marc; 13, saint Thomas l'apôtre; 14, saint André. Toutefois la ressemblance n'est complète que pour les six premiers articles. Les huit derniers présentent, par rapport au légendier *A*, des différences notables et se rattachent à d'autres recueils dont nous traiterons plus loin.

Nous avons dit que, dans le recueil de Saint-Pétersbourg, toute une série de légendes variées a pris place à la suite des quatorze morceaux qui constituent notre légendier primitif. Il y a aussi, dans les recueils de Lyon, de Tours et de Modène, quelques additions que nous allons indiquer :

(Lyon, art. 15; Tours, art. 19 et 33 [2]; Modène, art. 30 [3].) *Saint Denis* [4]. — Après la sainte passion nostre seignor Jhesu Crist et sa glorieuse resurrection, que li apostres furent departi per le monde por anoncier et preeschier la sainte loi Nostre Seignor...

(Lyon, art. 16; Tours, art. 20; Modène, art. 31.) *Saint Côme et saint Damien* [5]. — Cil qui crestïen sont et Nostre Sire aiment et croient veulent volontiers oïr et entendre les paroles et les euvres qui de lui sont et vienent...

(Lyon, art. 17; Tours, art. 21 [6].) *Les sept Dormants* [7]. — El tens que Decius Cesar maintenoit l'empire de Rome, estoient en la cité de Feise .vij. homes, jeunes bacheliers et de belle forme, dont li uns estoit apelez Maximianus et li autres Malcus et li tiers Martinianus...

[1] Le ms. 686 contient, en ses 447 premiers feuillets, l'*Histoire ancienne* jusqu'à César que nous avons cru pouvoir attribuer à Wauchier de Denain (ci-dessus, p. 289), et une traduction partielle de l'ouvrage toscan qui a été publié sous le titre de *Conti di antichi cavalieri* (Florence, 1851).

[2] La légende de saint Denis est copiée deux fois dans ce manuscrit.

[3] À la suite de la vie de Longin, parmi les vies traduites de Jacques de Varazze.

[4] Légende traduite de Hilduin, mais la traduction est différente de celle dont il a été question ci dessus, p. 385.

[5] *AA. SS.*, sept., VII, 473.

[6] Cette légende ne se trouve plus dans le ms. de Modène, parce que, à l'endroit où elle devait prendre place, à la suite de la légende de Côme et Damien, plusieurs feuillets ont été enlevés. En dehors des manuscrits de Lyon et de Tours, cette rédaction n'a été rencontrée jusqu'ici que dans un manuscrit du xv° siècle, écrit à Ath (Hainau); voir *Romania*, XXX, 298.

[7] Mombritius, II.

Il n'y a rien de plus dans le manuscrit de Lyon. Les recueils de Tours et de Modène contiennent encore cinquante légendes traduites de Jacques de Varazze, dont nous n'avons pas à nous occuper. Notons que les vies de saint Denis et des saints Côme et Damien existent aussi dans le recueil de Saint-Pétersbourg : elles se font suite comme ici et en bien d'autres légendiers[1], mais elles sont placées (ff. 162 et suiv.) en une tout autre partie du manuscrit.

On voit, en résumé, que le légendier *A* ne contient, en son état original, que les quatorze légendes énumérées plus haut. Il est consacré aux saints apostoliques, auxquels est joint, assez naturellement, l'apocryphe Longin, identifié avec le soldat romain qui, d'après le quatrième évangile (XIX, 14), aurait percé d'un coup de lance le flanc de Jésus déjà mort.

Groupe B. — Le légendier que nous rangeons, dans l'ordre chronologique, après celui dont nous venons de parler, est un recueil de quarante-deux légendes dont nous possédons deux exemplaires dans les manuscrits B. N. nouv. acq. fr. 10128 et Bibl. roy. de Belgique 10326[2]. Tous deux sont du XIIIe siècle; le manuscrit de Bruxelles peut dater des environs de 1250; celui de Paris semble un peu moins ancien. Ils offrent d'ailleurs le même texte[3]. Nous les désignons par la lettre *B*. Nous commencerons par dresser la liste des morceaux qu'ils renferment, puis nous présenterons quelques observations sur la façon dont le légendier a été composé. Nous suivons le manuscrit de Paris, comblant une lacune à l'aide de celui de Bruxelles.

1. (Fol. 2) *Dispute de saint Pierre et de saint Paul contre Simon le magicien*[4]. — Quant seint Pox fu venuz a Rome, tuit li Juïf vindrent a lui et li distrent : « Desfent nostre loi en laquele tu es nez... » (*A* 1).

2. (Fol. 10) *Passion de saint Pierre.* — D'entendre la glorieuse passion seint Pierre l'apostre et son martyre... (*A* 2).

3. (Fol. 16 d) *Passion de saint Paul.* — De la passion seint Pol sachent tuit

---

[1] Par exemple dans le groupe *B* ci-après étudié.

[2] Ce manuscrit vient de la Bibliothèque des ducs de Bourgogne. Il est mentionné dans l'inventaire de Bruges (1467) et dans celui de Bruxelles (1487), n°s 1203 et 1967 de la *Bibliothèque protypographique* de Barrois et dans les autres inventaires de la même collection.

[3] La ressemblance se manifeste jusque dans la condition matérielle, l'un et l'autre étant réglés à 36 lignes par colonne.

[4] Nous citons le légendier *A* d'après le ms. de Saint-Pétersbourg (ci-dessus, p. 397).

creant en Nostre Seingneur que, quant seint Luc li evangelistres fu venuz a Rome... (*A* 3).

4. (Fol. 22 c) *Martyre de saint Jean l'évangéliste*. — En cel tens que Domiciens estoit emperieres de Rome, seint Jehan li esvangelistres, li freres seint Jacques l'apostre... [1].

5. (Fol. 23) *Vie de saint Jean l'évangéliste*. — Bien est conneüe chose que la segonde persecucion qui puis Noiron fu fete seur les crestïens fist Domitiens li empereres... (*A* 4).

6. (Fol. 29) *Vie de saint Jacques le Majeur*, suivie de la translation et des miracles. — Ce sachent tuit creant en Nostre Seigneur que, après le jor de la seinte Pentecoute, que li seinz Esperiz fu descenduz sus les apostres... (*A* 9).

7. (Fol. 50 b) *Vie de saint Mathieu*. — Voirs est que Diex a cure des cors des homes, mès plus a il soing des ames que des cors... (*A* 5).

8. (Fol. 58 c) *Vie des saints Simon et Jude*. — Puis le haut jor de l'acenssion Nostre Seingneur, et après la venue del Seint Esperit, se departirent li apostre par les diversses parties del monde... (*A* 6; variante au début).

9. (Fol. 67) *Vie de saint Philippe*. — Sicom la divine page tesmongne, .xx. anz après l'acenssion Nostre Seigneur, ce est que il monta es cieux... (*A* 7; variante au début).

10. (Fol. 68 b) *Vie de saint Jacques le Mineur*. — Ne vos doit mie ennuier se ge vos conte ici après la vie et la passion de monseigneur saint Jasque le petit, qui fu Justes apelez en seurnon... (*A* 8; variante au début).

11. (Fol. 69 d) *Vie de saint Barthélemi*. — Or vos dirons de monseingneur seint Berthelemi l'apostre, qi, après le haut jor de l'acenssion Nostre Seingneur... (*A* 10; variante au début).

12. (Fol. 75) *Vie de saint Marc*. — Resons est et droiture que l'en truisse en l'escripture conment misires seint March li evangelistres ala en Esgypte... (*A* 12; version différente).

13. (Fol. 77 b) *Vie de saint Longin*. — Mout devroit volentiers chascuns qui crestïens est oïr et entendre de verai cuer et par bonne penssée retenir les passions et les vies des seinz apostres et des martirs... (*A* 11).

14. (Fol. 80) *Vie de saint Sébastien* (*AA. SS*., janvier, II, 265). — Au tens que Dyocletiens et Maximiens estoient empereeur de Rome, et il destruisoient touz ceuls qui aoroient Nostre Seingneur...

15. (Fol. 84 d) *Vie de saint Vincent* (*AA. SS*., janvier, II, 394). — Tuit cil qui crestïen sont devroient volentiers oïr et entendre les vies et les passions des seinz martyrs por ce que il aucun bon essample i prengnent et retiengnent...

16. (Fol. 90 d) *Vie de saint Georges* (d'après la vie latine publiée par Arndt, dans les Comptes rendus de l'Acad. de Saxe, classe de phil. et d'hist., 1874, p. 49). — Veraiement reconte la divine page que, qant li seint home se penoient et efforçoient d'acroistre et d'essaucier la seinte loi nostre seingneur Jhesucrist, si com vos avez oï, uns rois estoit en Persse...

[1] *Apostolicæ historiæ*, l. V, ch. 11 (Fabricius, p. 534); cf. Lipsius, *Die apocryphen Apostelgeschichten und Apostellegenden*, 1, 413-4.

17. (Fol. 96 b) *Vie de saint Christophe* (d'après la vie latine inédite dont le début est cité dans *Notices et extraits*, XXXV, p. 482, n. 2). — Mout puet estre liez a qui Nostre Sires done tant de sa grace qu'il ne li desplest mie a oïr les paroles qui de lui sont et les vies des seinz martyrs...

18. (Fol. 107 c) *Vie de sainte Agathe* (*AA. SS.*, février, I, 615). — Au tens que seinte crestïenté croissoit et essauçoit par les paroles et par les hauz miracles que Nostre Sires faisoit...

19. (Fol. 111 c) *Vie de sainte Luce* (Surius, 13 décembre). — Au jor que la renomée et la parole croissoit et esforçoit mout durement par pluseurs contrées, des halz miracles que Damlediex demoutroit et faisoit en la cité de Cathenense...

20. (Fol. 114 b) *Vie de sainte Agnès* (*AA. SS.*, janvier, II, 394). — Tuit devons graces et loenges rendre a nostre seigneur Jhesucrit des scintes virges et des passions que eles soufrirent por l'amor de Nostre Seingneur...

21. (Fol. 119 c) *Vie de sainte Félicité et de ses sept fils* (*AA. SS.*, juillet, III, 13). — Veritez est, si com l'escripture tesmongne, que en cel tens que Antonins estoit empereres a Rome, estoient cil qui creoient en nostre seingneur Jhesucrist moult aprient et grevé...

22. (Fol. 121 d) *Vie de sainte Christine* (*AA. SS.*, juillet, V, 524). — Quant seinte crestïentez croissoit et essauçoit par les hauz miracles que Nostre Sires faisoit por les seinz et pour les seintes qui, por sa loi essaucier, recevoient martyre...

23. (Fol. 130 b) *Invention de la sainte Croix* (*Inventio S. Crucis*[1]). — A .cc. anz et .xxxiij. del regnement del vaillant empereeur de Romme, coutiveeur de Dieu Costentin, el siste an de son regnement, estoient moutes genz assemblées seur la rive de Dunou, appareilliées de bataille contre les Romeins...

24. (Fol. 133 d) *Vie de saint Quiriaque* (seconde partie de l'*Inventio*). — En la fin del regnement l'ennoré empereeur Costentin, entra el regne Juliens li empereres, qui fel estoit et plein de tirannie...

25. (Fol. 134 c) *Vie de saint Denis* (d'après Hilduin[2]). — Après la passion nostre seingneur Jhesucrist et sa glorieuse resurretion, que li apostre furent espandu par le monde por annoncier et preeschier la seinte loi Nostre Seingneur[3]...

26. (Fol. 141 b) *Vie des saints Côme et Damien* (*AA. SS.*, septembre, VII, 473). — Cil qui crestïen sont et Nostre Seingneur aiment et croient doivent volentiers oïr et entendre les paroles et les oevres qui de lui sont et muevent, et meesmement les vies et les passions des seinz martirs...

27. (Fol. 147) *Vie de saint Sixte* (Mombritius, *Sanctuarium*, II). — Ce fu el tens que Decius Cesar fu empereres, que cil qui Nostre Seingneur apeloient estoient martiriez...

28. (Fol. 149 b) *Vie de saint Laurent* (*AA. SS.*, août, II, 518). — Après ce que

---

[1] Plusieurs fois publiée : Mombritius, *Sanctuarium*, 1; *AA. SS.*, mai, 1, 445; *Inventio S. Crucis, actorum Cyriaci pars I, latine et graece...*, conlegit et digessit Alfred Holder (Leipzig, Teubner, 1889).

[2] Surius, 9 octobre; Migne, *Patr. lat.*, CVI, 23.

[3] Même rédaction que dans les manuscrits du groupe *A* (ci-dessus, p. 399).

seint Sixtes fu martiriez, si conme vos avez oï devant, li chevalier qui avoient pris seint Lorenz le baillerent et le livrerent a Parthesmes...

29. (Fol. 153 b) *Vie de saint Hippolyte* (Mombritius, II). — Vos avez oï de seint Lorenz le beneoit martir, conment il reçut martire por l'amor nostre seingneur Jhesucrist...

30. (Fol. 156 c) *Vie de saint Lambert* [1] (d'après la vie latine par Étienne, évêque de Liège, *AA. SS.*, septembre, V, 581). — Gloire et enneur doit estre a touz crestiens de raconter et de dire les passions des seinz martirs...

31. (Fol. 163) *Purgatoire de saint Patrice* [2]. — En cel tens que seinz Patrices li granz preeschoit en Yrlande de la parole de Dieu...

32. (Fol. 171 d) *Vie de saint Julien de Brioude* [3]. — Uns preudomes raconte la vie monseingnor seint Julien que il a translatée du roumanz [4], et dist que cil qui l'escouteront i avront mout grant preu...

33. (Fol. 186) *Vie de saint Brendan* [5]. — En la vie de monseingneur seint Brandam, qui mout est deliteuse a oïr a cors et a ame...

34. (Fol. 200) *Vie de saint Thomas de Cantorbéry* [6]. — Mi chier fill, ceste feste doit estre celebrée a grant solempnité par veraie devocion...

35. (Fol. 204) *Vie de saint Silvestre* (Mombritius, II). — Seint Selvestres, quant il fu emfes, si le bailla Lavisce [7] sa mere, qui vueve estoit, a un provoire por aprendre...

36. (Fol. 220 d) *L'Antéchrist* [8] (traduit d'Adson, voir ci-dessus, p. 392). — Vos devez savoir premierement que Antecrist est apelés por ce que il sera en totes choses contraires a Jhesucrist...

37. (Fol. ...) *L'Assomption* (*Transitus Mariae*, texte B [9]). — Quant nostre sires, nostre sauverres Jhesucris, por le sauvement de tot le monde...

---

[1] Cette vie française a été publiée d'après le ms. du Musée britannique Old royal 20 D vi, avec le texte latin en regard : *Vie de saint Lambert, en français du xiiie siècle, traduite de la biographie écrite au xe par Étienne, évêque de Liège*, publiée par Joseph Demarteau (Liège, 1890; in-8°, 69 pages).

[2] Voir ci-dessus, p. 391.

[3] Voir ci-dessus, p. 388.

[4] Lire *de latin en roumanz.*

[5] Voir ci-dessus, p. 387.

[6] Ce morceau n'est pas proprement une vie du saint archevêque : c'est la traduction d'une homélie publiée par Giles, *S. Thomæ Cant. vita*, etc., II, 146 (Oxford, 1845), sous le titre de *Passio S. Thomæ... auctore anonymo*, et reproduite dans Migne, *Patr. lat.*, t. CXC, p. 312, et dans Robertson, *Materials for the history of Thomas Becket*, IV, 186.

[7] *Lauisce* ou *Lauiste*, lire *Juste*.

[8] La colonne où commence cette légende est entièrement grattée; on peut toutefois y déchiffrer quelques mots qui suffisent à l'identification. Nous transcrivons les premiers mots en nous aidant du ms. de Bruxelles. Manquent ensuite vraisemblablement quatre feuillets qui devaient contenir l'article 37 et le commencement de l'article 38. C'est aussi d'après le ms. de Bruxelles que nous rétablissons le début des articles 37 et 38. — Le traité de l'Antéchrist devait être suivi, ici comme ailleurs, d'un court morceau, qui ne vient pas d'Adson, et qui est intitulé, dans les manuscrits, «le Jugement Nostre Seigneur». Nous considérons ce morceau, dont nous ignorons la source, comme faisant partie de la rédaction française du traité de l'Antéchrist, et ne lui assignons point de numéro.

[9] Tischendorf, *Apocalypses apocryphae* (Lipsiae, 1866), p. 124.

38. (Fol. 221 b) *Miracles de saint André*[1]. — Bien sachent tuit cil qui sont creant en nostre seingneur Jhesucrist que uns emfes qui Egiptius avoit non, que ses peres, qui Demestres estoit apelez, amoit souvereinnement...

39. (Fol. 235 c) *Vie de saint Arnoul, évêque de Tours* (*Catal. codd. hagiogr. Bibl. nat. Parisiensis*, I, 415). — Tuit creant en Nostre Seingneur doivent oïr et entendre la benoite vie monseigneur saint Hernol, le beneoit martir...

40. (Fol. 241 b) *Vie de sainte Marie-Madeleine* (*Catal. codd. hagiogr. Bibl. nat. Parisiensis*, III, 525). — Après ce que nostre sires Jhesucriz, qui est moiens de Dieu et des homes, par sa passion et par sa resurection, ot veincue la mort...

41. (Fol. 247) *Vie de sainte Marie l'Égyptienne* (mise en prose de la vie rimée indiquée ci-dessus, p. 367, sous le n° 2 [2]). — A ce premier mot vos dirai por quoi ele fu apelée egipcienne : quar ele fu née d'Egipte et norrie et reçut baptesme...

42. (Fol. 253 d) *Vie de saint Luc* (*Catal. codd. hagiogr. Bibl. regiae Bruxellensis*, II, 38, 278, 404). — Seint Luc l'evangelistre, selon ce que dient li autor et li livre de l'Eglise, fu siriens[3] et nez d'Antioche, et fu bons fuisiciens[4]...

Ce légendier a visiblement le caractère d'une compilation formée d'éléments divers juxtaposés plutôt que classés. Nous y trouvons :

1° (Art. 1-13.) Douze des quatorze légendes dont se compose A, il y manque saint Thomas (A, art. 13) et saint André[5]. Il y a en plus, dans cette partie, un récit sur le martyre de saint Jean l'évangéliste (art. 4) qui ne se trouve pas dans A. De ces différences on peut déjà conclure que les articles communs aux légendiers A et B n'ont pas été empruntés par le second au premier, ce qui est du reste confirmé par certaines variantes caractéristiques, ainsi qu'on peut le reconnaître en comparant les courts extraits que nous avons imprimés de l'un et l'autre légendier. En somme, dans cette partie, les deux recueils reproduisent, avec plus ou moins de liberté, un fond commun.

2° (Art. 14 à 22.) Quatre légendes de martyrs (Sébastien, Vincent, Georges, Christophe), et cinq de martyres (Agathe, Luce, Agnès, Félicité, Christine), formant deux petites séries que nous re-

---

[1] La rubrique annonce une vie de saint André, mais il n'y a que les miracles. L'original dans Pertz, *Monumenta*, série in-4°, *Scriptores rerum merovingicarum*, 1, 826.

[2] Cf. *Notices et extraits*, XXXV, 2ᵉ partie, p. 492; XXXVI, p. 468.

[3] Ms. *fu sifiens*.

[4] Le ms. Nouv. acq. fr. 10128 contient encore, à la suite de la vie de saint Luc (fol. 255), un texte incomplet de la version faite par Wauchier de l'*Historia monachorum* de Rufin. Nous l'avons signalée ci-dessus, p. 272. Ensuite (fol. 267) vient la version en prose, d'après le latin, de l'histoire de Barlaam et Josaphat, dont on a d'autres copies (ci-dessus, p. 312).

[5] La traduction des miracles de saint André, qui se trouve à la fin du recueil (art. 38), n'est pas à confondre avec l'article 14 du légendier A.

verrons, dans le même ordre ou à peu près, en d'autres légendiers [1].

3° (Art. 23 et suiv.) Une série de légendes non classées, commençant à l'*Inventio S. Crucis*, parmi lesquelles nous reconnaissons celles
de saint Denis et des saints Côme et Damien, que nous avons déjà
vues plus haut (p. 399) entre les additions au légendier *A*. Nous y
trouvons aussi trois vies (Sixte, Laurent et Hippolyte) qui semblent
bien avoir été traduites par le même écrivain, et qui reparaîtront dans
le même ordre en un grand nombre des légendiers que nous étudierons par la suite. La vie de saint Lambert (art. 30), précédée d'un
prologue du traducteur, pourrait être jointe à ce petit groupe, car,
en d'assez nombreux manuscrits, elle fait suite aux vies de saint Sixte,
saint Laurent et saint Hippolyte. Le Purgatoire de saint Patrice, les
vies de saint Julien et de saint Brendan (art. 31-33), la légende de
l'Antéchrist (art. 36), ont été mises en français et publiées à part avant
la composition de notre légendier. C'est du moins la conjecture que
nous avons exprimée plus haut (p. 388 et suiv.). L'homélie sur la vie
de Thomas de Cantorbéry (art. 34) ne saurait être attribuée à aucun
des traducteurs qui ont mis en français les autres morceaux du légendier; la traduction de cette homélie est presque littérale; le style en
est lourd et pénible, tandis que les autres traductions que renferme
notre légendier *B* sont assez libres et d'un style simple et facile. La
vie de saint Julien l'hospitalier (art. 32), rédigée en prose d'après un
poème, a eu une existence indépendante avant d'être introduite dans
nos recueils de légendes en français. Nous sommes portés à croire qu'il
en a été de même de la vie de Marie l'Égyptienne (art. 41), qui est
aussi la mise en prose d'un poème. Sans doute cette vie ne s'est
pas rencontrée jusqu'ici en dehors des légendiers : il ne semble pas
probable, cependant, qu'elle ait été écrite pour prendre place dans
ces compilations dont les auteurs avaient coutume de faire leurs
traductions d'après les textes latins.

Les vies de saint Silvestre (art. 35), de saint Arnoul (art. 39), de
sainte Marie-Madeleine (art. 40), de saint Luc (art. 42) apparaissent
ici pour la première fois : ce sont des additions que nous retrouverons
en maint autre recueil. Remarquons que la Madeleine a été placée

[1] Les quatre premières de ces cinq vies de martyres forment un groupe à la fin du manuscrit de Saint-Pétersbourg (*Notices et extraits*, XXXVI, 714).

intentionnellement auprès de Marie l'Égyptienne. Quant à la vie de saint Luc, qui clôt le légendier, elle est bien évidemment une addition : sa place naturelle eût été dans la première partie du recueil, près de celle de saint Marc; et c'est aussi la place qui lui a été assignée en deux éditions augmentées de notre légendier, comme on le verra dans les pages qui suivent.

Nous retrouverons en de nombreux légendiers les éléments de celui que nous venons de décrire. Nous étudierons ces légendiers les uns après les autres, en commençant par ceux qui s'éloignent le moins du type B.

Nous traiterons d'abord de deux manuscrits qui, malgré l'addition de quelques légendes, se rattachent d'assez près au type B pour qu'il soit possible de les faire entrer dans le même groupe : ce sont les n^os Add. 6524 du Musée britannique, et 588 de la Bibliothèque Sainte-Geneviève. Nous désignerons le premier par B^1, le second par B^2.

Le ms. Add. 6524, de la seconde moitié du xiiie siècle[1], peut être considéré comme représentant une édition augmentée de B. Les différences sont les suivantes : 1° la vie de saint Luc est placée à sa place la plus naturelle, après celle de saint Marc; 2° les miracles de saint André et la vie de saint Arnoul (art. 38 et 39 de B sont intervertis; 3° la vie de saint Georges (art. 16 de B) manque; 4° ce manuscrit ajoute neuf légendes; 5° il range les dernières vies dans un autre ordre.

Voici la table complète de ce recueil, les premières lignes du texte n'étant données que pour les légendes qui ne figurent pas dans B :

1. (Fol. 2) *Dispute de saint Pierre et de saint Paul contre Simon le magicien* (B 1).
2. (Fol. 7 b) *Passion de saint Pierre* (B 2).
3. (Fol. 11 c) *Passion de saint Paul* (B 3).
4. (Fol. 15 b) *Martyre de saint Jean l'évangéliste* (**B** 4).
5. (Fol. 15 c) *Vie de saint Jean l'évangéliste* (B 5).
6. (Fol. 19 c) *Vie de saint Jacques le Majeur* (B 6).
7. (Fol. 33 d) *Vie de saint Mathieu* (B 7).
8. (Fol. 39) *Vie des saints Simon et Jude* (B 8).
9. (Fol. 44 b) *Vie de saint Philippe* (B 9).
10. (Fol. 45 b) *Vie de saint Jacques le Mineur* (B 10).
11. (Fol. 46 b) *Vie de saint Barthélemi* (B 11).

---

[1] L'écriture est anglaise et on rencontre çà et là des formes du français d'Angleterre. Toutefois il n'est guère douteux que ce légendier soit la copie d'un manuscrit fait en France.

12. (Fol. 49 c) *Vie de saint Marc* (*B* 12).
13. (Fol. 50 d) *Vie de saint Luc* (*B* 42).
14. (Fol. 51 c) *Vie de saint Longin* (*B* 13).
15. (Fol. 53 b) *Vie de saint Sébastien* (*B* 14).
16. (Fol. 56) *Vie de saint Vincent* (*B* 15).
17. (Fol. 59 d) *Vie de saint Christophe* (*B* 17).
18. (Fol. 66 c) *Vie de sainte Agathe* (*B* 18).
19. (Fol. 68 d) *Vie de sainte Luce* (*B* 19).
20. (Fol. 70 b) *Vie de sainte Agnès* (*B* 20).
21. (Fol. 73) *Vie de sainte Félicité* (*B* 21).
22. (Fol. 74 c) *Vie de sainte Christine* (*B* 22).
23. (Fol. 79 d) *Invention de la Croix* (*B* 23).
24. (Fol. 82) *Vie de saint Quiriaque* (*B* 24).
25. (Fol. 82 d) *Vie de sainte Pétronille* (*AA. SS.*, mai, III, 10). — Ci comense li escriz que Marcellus, li disciples monseignur seint Pere, fist aus benois martires Nero et Chileo. Il lor dist : « Vos conustes bien Perenele, que fut paralitique... »
26. (Fol. 83) *Vie de sainte Felicula* (*AA. SS.*, mai III, 11). — Placeus (= Flaccus) torna son corage en la seinte virge qui estoit nomée Fenicula. Placeus li dist : « Eslis une chose[1]... »
27. (Fol. 83 b) *Vie de saint Babylas* (*AA. SS.*, janvier, II, 571). — Ci comence la vie seint Babile, l'evesque d'Antyoche, qui fu au tens Numerien, qui la loy des payennes tenoit, et aoroit les ydoles et les ymages entailléez de coevere et d'arreyn...
28. (Fol. 84) *Vie de saint Marius, de sainte Marthe et de leurs fils Audifax et Abacuc* (*AA. SS.*, janvier II, 216). — Du tens Claudien l'empereor vint un home a Rome atot sa fame et ses .ij. filz...
29. (Fol. 85) *Vie de saint Félix de Nole* (*AA. SS.*, janvier, I, 951). — Voirs est qu'il avint que, après le trespassement monseignur seint Felix...
30. (Fol. 85 c) *Vie des Trois frères jumeaux* (*Catal. codd. hagiogr. Bibl. reg. Bruxell.*, II, 291). — Al tens de (*lis.* ke) Speosippus et Eleosippus et Meleosippus, cil trois freres, vindrent avant, corust par tote la citee de Langres...
31. (Fol. 87) *Vie de saint Denis* (*B* 25).
32. (Fol. 91 b) *Vie des saints Côme et Damien* (*B* 26).
33. (Fol. 94 c) *Vie de sainte Anastasie* (*Biblioth. Casinensis*, III, *Florilegium*, p. 179). — Ore entendez, si vos dirrons avant d'une seinte virge qe mult ama Nostre Seignur et ses overes, seinte Anestaise ot non[2]...
34. (Fol. 101 c) *Vie de saint Arsène* (Rosweyde, *Vitae patrum*, p. 507; Migne, *Patr. lat.*, LXXIII, 702). — Uns home fu el paleis Theodose qui estoit nomez Arsannes; si ot .j. filz...
35. (Fol. 101 d) *Vie de sainte Cécile* (Mombritius, I). — Haute chose est d'oïr et

---

[1] Cette légende et la précédente sont les deux parties d'un même apocryphe. Aussi les trouve-t-on toujours ensemble.

[2] Dans le ms. 1716 de la Mazarine cette vie est précédée d'un prologue qui manque ici comme dans les autres copies.

d'entendre et de retenir la seinte foi et la seinte loy Nostre Seignur qe li apostre tendrent...

36. (Fol. 106 c) *Vie de saint Sixte* (B 27).
37. (Fol. 108) *Vie de saint Laurent* (B 28).
38. (Fol. 110 b) *Vie de saint Hippolyte* (B 29).
39. (Fol. 111 d) *Vie de saint Lambert* (B 30).
40. (Fol. 115 c) *Purgatoire de saint Patrice* (B 31).
41. (Fol. 120 d) *Vie de saint Julien de Brioude* (B 32).
42. (Fol. 129 c) *Vie de saint Brendan* (B 33).
43. (Fol. 137 d) *Vie de saint Thomas de Cantorbéry* (B 34).
44. (Fol. 140) *Vie de saint Silvestre* (B 35).
45. (Fol. 150) *L'Antéchrist* (B 36).
46. (Fol. 151) *L'assomption Notre-Dame* (B 37).
47. (Fol. 153 b) *Vie de saint Arnoul* (B 39).
48. (Fol. 156 d) *Miracles de saint André* (B 38).
49. (Fol. 165 c) *Vie de sainte Marie-Madeleine* (B 40).
50. (Fol. 168 d) *Vie de sainte Marie l'Égyptienne* (B 41).

Le manuscrit 588 de la Bibliothèque Sainte-Geneviève, que nous désignerons par B^2, est la première partie d'un recueil d'ouvrages variés, mais tous de la même écriture, dont la seconde partie est actuellement conservée à la Bibliothèque nationale sous le n° 24429 du fonds français. Le légendier, toutefois, est complet dans le manuscrit de Sainte-Geneviève : il n'y manque aucun feuillet. Il est certainement apparenté aux légendiers B et B^1 que nous venons de décrire, mais il ne dérive ni de l'un ni de l'autre. Des quarante-sept légendes qu'il renferme, vingt-sept seulement sont comprises dans B et trente dans B^1. Trois de celles qui manquent à ce dernier manuscrit (n°s 5, 18, 25) se retrouvent dans B. Il contient enfin quatorze légendes qui sont inconnues à B comme à B^1, et, entre ces quatorze légendes, il en est deux, celles de saint Denis (20) et de saint Eustache (24) qui, nous l'avons vu plus haut (p. 381 et suiv.), sont des compositions isolées, accueillies plus ou moins tard dans des compilations en vue desquelles elles n'avaient pas été rédigées. La table qui suit permettra d'apprécier d'un coup d'œil les particularités qui distinguent la compilation du manuscrit de Sainte-Geneviève[1] :

[1] Nous ne citerons les premiers mots que pour les légendes que nous n'avons rencontrées ni dans B, ni dans B^1.

1. (Fol. 1) *Conversion de saint Paul.* — Après ce que saint Estiene fu lapidez, li jouvenciaus qui gardoit les robes de cels qui le lapiderent, qui avoit non Saules[1].. *B* // *B*[1] //

2. (Fol. 1 d) *Dispute de saint Pierre et de saint Paul contre Simon le magicien*... 1 1

3. (Fol. 7) *Passion de saint Pierre*........................... 2 2

4. (Fol. 12) *Passion de saint Paul*........................... 3 3

5. (Fol. 16 b) *Martyre de saint Jean l'évangéliste*............. 4 4

6. (Fol. 16 c) *Vie de saint Jean l'évangéliste*................. 5 5

7. (Fol. 21 b) *Vie de saint Philippe*.......................... 9 9

8. (Fol. 22) *Vie de saint Barthélemi*.......................... 11 11

9. (Fol. 25 d) *Miracles de saint André*........................ 38 48

10. (Fol. 40) *Vie de saint Jean Baptiste.* — Molt doit chascuns crestïens et chascune crestiene volentiers oyr parler de Dieu et de ses amis[2].... // //

11. (Fol. 45 c) *Vie de saint Jacques le Majeur*, suivie de la translation et des miracles....................................... 6 6

12. (Fol. 63) *Vie de saint Mathieu*........................... 7 7

13. (Fol. 69 c) *Vie de saint Simon et de saint Jude*........... 8 8

14. (Fol. 76) *Vie de saint Thomas l'apôtre*[3]................. // //

15. (Fol. 80) *Vie de saint Barnabé* (Mombritius, 1). — Sains Barnabés liapostres fu de Chipre, et fu apelez Joseph, et fu en l'office d'apostre[4]. // //

16. (Fol. 80 d) *Vie de saint Luc*.............................. 42 13

17. (Fol. 81 d) *Vie de saint Marc*............................. 12 12

18. (Fol. 83 d) *Vie de saint Étienne (Acta apostolorum, ch. vi et vii).* — Après la Pentecoste, quant la foiz de sainte Eglise comença a essaucier[5]. // //

19. (Fol. 84 c) *Vie de saint Vincent.* 15 16

20. (Fol. 89 c) *Vie de saint Denis*[6]......................... // //

21. (Fol. 101 c) *Vie de saint Clément* (Mombritius, 1; Surius, 23 nov.). — Sains Climens fu li tiers apostoles de Ronme. Il faisoit volentiers les enseignemenz saint Pere, et sains Peres li donna la digneté d'estre apostoles[7]... // //

---

[1] Homélie pour la fête de la Conversion de saint Paul (25 janvier), qui a pris place en un assez grand nombre de légendiers; voir *Bull. de la Soc. des anc. textes français*, 1892, p. 91; *Notices et extraits*, XXXV, 475. Elle se trouve aussi dans le légendier classé selon l'ordre de l'année liturgique, *Notices et extraits*, XXXVI, 22.

[2] Pour d'autres copies, voir *Notices et extraits*, XXXVI, 428. L'original latin de ce récit, s'il existe, ne nous est pas connu. C'est plutôt une compilation rédigée d'après diverses sources latines.

[3] Même rédaction que dans le légendier *A*, ci-dessus, p. 398.

[4] Légende qui a pris place en de nombreux légendiers. Voir *Notices et extraits*, XXXV, 479.

[5] Se rencontre en de nombreux légendiers; voir *Notices et extraits*, XXXV, 481.

[6] C'est la version dont nous avons parlé plus haut (p. 385). Celle que renferment les légendiers *B* (art. 25) et *B*[1] (art. 31) est différente.

[7] Même version ailleurs; voir *Notices et extraits*, XXXIV, 1re partie, p. 189.

		B	B¹
22. (Fol. 104) *Vie de saint Valentin* (*AA. SS.*, févr., II, 756). — Sainz Valentins fu evesques d'une cité qui avoit non Tarenne. Molt estoit preudom et bons clers[1].		//	//
23. (Fol. 105 c) *Vie de saint Jacques le Mineur* (*AA. SS.*, mai, I, 30). — Sains Jacques, dont vous avez oy, qui fu cousins Jhesucrist et fu evesques de Jerusalem, et fu apelez Juste en sornon[2].		//	//
24. (Fol. 106 d) *Vie de saint Eustache.* — Au tens Troyen l'empereour, que dyables avoit grant force et grant pooir[3].		//	//
25. (Fol. 113 b) *Vie de saint Georges*[4].		16	//
26. (Fol. 118 b) *Vie de saint Christophe.*		17	17
27. (Fol. 127 b) *Invention de la Croix.*		23	23
28. (Fol. 130 b) *Vie de saint Quiriaque.*		24	24
29. (Fol. 131) *Vie de saint Babylas.*		//	27
30. (Fol. 132 b) *Vie de saint Marius, de sainte Marthe, etc.*		//	28
31. (Fol. 133 d) *Vie de saint Félix de Nole.*		//	29
32. (Fol. 134 c) *Vie des Trois frères jumeaux.*		//	30
33. (Fol. 136 c) *Vie de saint Côme et de saint Damien.*		26	32
34. (Fol. 141 b) *Vie de saint Arsène.*		//	34
35. (Fol. 141 d) *Vie de saint Sixte.*		27	36
36. (Fol. 143 d) *Vie de saint Laurent.*		28	37
37. (Fol. 146 d) *Vie de saint Hippolyte.*		29	38
38. (Fol. 149 b) *Vie de saint Lambert.*		30	39
39. (Fol. 154 c) *Vie de saint Longin.*		13	14
40. (Fol. 156 d) *Vie des saints Fabien et Sébastien.*		14	15
41. (Fol. 160 b) *Vie de saint Thomas de Cantorbéry.*		34	43
42. (Fol. 163 b) *Vie de saint Chrysant et de sainte Daire* (*AA. SS.*, oct., XI, 437). — Tholomeus (*l.* Polemius), trés nobles hons et honorez de la cité d'Alixandre, bien puissans, quant il vint en la cité de Ronme[5].		//	//
43. (Fol. 167) *Vie de saint Théodore* (abrégé de la légende latine qui fait partie du *Sanctuarium* de Mombritius). — Au tens de deus empereours Maxime et Maximien, toutes les gens estoient contrains a sacrefier as ydoles. A ceus contredisoit molt sainz Theodores[6].		//	//

44. (Fol. 167 c) *Vie de saint Martinien* (*AA. SS.*, juillet, I, 303; *Bibliotheca Casinensis, Floril.*, p. 240). — Quant Symons Magues fu mors

---

[1] Se trouve en plusieurs légendiers français; voir *Notices et extraits*, XXXVI, 431.

[2] Nous avons déjà rencontré deux traductions de la vie de saint Jacques le Mineur, l'une dans *A* (art. 8), l'autre dans *B* (art. 10) et dans *B¹* (art. 10). Celle de *B²* diffère de l'une et de l'autre. Elle se trouve en quelques légendiers; voir *Notices et extraits*, XXXIV, 1ʳᵉ partie, p. 189.

[3] Voir plus haut, p. 381.

[4] Cette vie a été publiée, d'après ce manuscrit même, dans les *Publications of the Modern language Association of America* (Baltimore), nouv. série, X, 515-525.

[5] Voir, pour d'autres copies de cette version, *Bull. de la Soc. des anc. textes français*, 1892, p. 91.

[6] Cette version n'a été rencontrée jusqu'ici que dans quelques manuscrits dont il sera question plus loin. Cf. *Not. et extr.*, XXXVI, 450.

et crevez, si com vous avez oy dire, Noirons, li trés felons empereres, commanda a .j. haut home puissant, qui Paulin estoit apelez, qu'il preïst les
.ij. apostres S. Pere et S. Pol. . . . .   *B*   *B*
    45. (Fol. 169) *Vie de saint Arnoul*[1].   39   47
    46. (Fol. 173 d) *Vie de saint Pantaléon* (Mombritius, II). — Au tens
que Maximiens estoit empereres a Ronme, ert grans persecucions sur ceus
qui en Nostre Seigneur creoient, et li plusour se repounoient es mon-
taignes et es fosses[2]. . . . .   "   "
    47. (Fol. 179 d) *Vie de saint Victor* (*AA. SS.*, févr., III, 173). — Anto-
nins fu jadis uns rois de paiennie. Cis rois conmanda par tout son empire que, qui trouveroit crestïen en nul [liu], que il fust contrains a faire
sacrefice aus ydoles[3]. . . . .   "   "

    Groupe C. — Nous rangeons dans cette classe certains recueils qui
contiennent une grande partie des légendes que nous avons rencontrées dans le groupe *B* et qui les présentent dans le même ordre. Nous
désignons par *C* deux manuscrits à peu près semblables, l'un appartenant à notre Bibliothèque nationale, fr. 412, l'autre conservé au
Musée britannique, Old Roy. 20. D. vi[4]. Ils se composent de 57 articles. Le premier manuscrit est daté (fol. 227 c) de 1285; le second
est au moins aussi ancien. Nous désignerons par *C*[1] un autre exemplaire qui contient le même recueil avec diverses additions.
    C est identique à *B* pour les légendes 1 à 22. Il n'a pas les articles 23
à 26 de *B* (Invention de la Croix, saint Quiriaque, saint Denis, saint
Côme et saint Damien). Il a, sous les n°s 24 à 27, les articles 27 à 30
de *B*, dans le même ordre. Il a encore, sous les n°s 40, 43, 57, les
articles 37, 31, 36 de *B*. Ainsi donc, sur 57 articles, *C* en a 29 qui
lui sont communs avec *B*. Mais, de plus, les articles 23, 28, 29 se
retrouvent soit dans *B*[1], soit dans *B*[2]. Restent vingt-cinq légendes que

---

[1] Cette vie, quoique se trouvant dans la famille *B*, n'en est cependant pas tirée. Ici, en effet, le début est tout autre : « Iceste parole « puet estre entendue de monseigneur saint « Hernoul, en cui honor nous sommes assemblé. « Icil sains, ce nous dist l'Escripture, fist grant « vertu devant Nostre Seigneur, et toute la « terre fu raemplie de sa doctrine.... » Le même début se rencontre en d'autres copies : voir *Notices et extraits*, XXXVI, 439.

[2] Voir, pour d'autres copies, *Romania*, XVII, 380 et XXXIV, 41.

[3] On connaît au moins trois autres copies de cette rédaction. Voir *Notices et extraits*, XXXVI, 457, et Bibliothèque royale de Belgique 9225, fol. 133.

[4] La seule différence est que dans le second de ces deux manuscrits manque le premier des deux récits relatifs à saint Jean l'évangé-liste (art. 5 de la liste qui suit). D'autres diffé-rences dans l'ordre des légendes ne sont qu'ap-parentes et viennent de ce que, lors de la reliure du manuscrit 20. D. vi, certains cahiers ont été déplacés.

nous n'avons pas rencontrées dans les groupes *A* et *B*. Entre ces vingt-cinq articles, cinq (30, 31, 32, 36, 37) sont des traductions faites par le Wauchier de Denain dont nous avons longuement traité dans une précédente notice. Les vingt autres légendes reparaîtront en des recueils que nous étudierons plus loin.

Nous donnerons présentement l'analyse de *C* d'après le ms. B. N. fr. 412 [1] :

1. (Fol. 5) *Dispute de saint Pierre et de saint Paul contre Simon le magicien.*
2. (Fol. 10) *Passion de saint Pierre.*
3. (Fol. 14 b) *Passion de saint Paul.*
4. (Fol. 17 d) *Martyre de saint Jean l'évangéliste.*
5. (Fol. 18) *Vie de saint Jean l'évangéliste.*
6. (Fol. 21 d) *Vie de saint Jacques le Majeur*, suivie (fol. 24 c) de la translation et des miracles.
7. (Fol. 35) *Vie de saint Mathieu.*
8. (Fol. 39 d) *Vie de saint Simon et de saint Jude.*
9. (Fol. 45) *Vie de saint Philippe.*
10. (Fol. 45 d) *Vie de saint Jacques le Mineur.*
11. (Fol. 46 d) *Vie de saint Barthélemi.*
12. (Fol. 49 d) *Vie de saint Marc.*
13. (Fol. 51 b) *Vie de saint Longin.*
14. (Fol. 52 d) *Vie de saint Sébastien.*
15. (Fol. 55 c) *Vie de saint Vincent.*
16. (Fol. 59) *Vie de saint Georges.*
17. (Fol. 62) *Vie de saint Christophe.*
18. (Fol. 68 d) *Vie de sainte Agathe.*
19. (Fol. 71) *Vie de sainte Luce.*
20. (Fol. 72 d) *Vie de sainte Agnès.*
21. (Fol. 75 d) *Vie de sainte Félicité et de ses sept fils.*
22. (Fol. 77) *Vie de sainte Christine.*
23. (Fol. 82 b) *Vie de sainte Cécile* (B¹ 35).
24. (Fol. 87 b) *Vie de saint Sixte* (B 27).
25. (Fol. 88 c) *Vie de saint Laurent* (B 28).
26. (Fol. 91) *Vie de saint Hippolyte* (B 29).
27. (Fol. 92 d) *Vie de saint Lambert* (B 30).
28. (Fol. 96 d) *Vie de saint Pantaléon* (B² 46).
29. (Fol. 101 c) *Vie de saint Clément* (B² 21).
30. (Fol. 103) *Vie de saint Martin de Tours*, par Sulpice Sévère, traduite par Wauchier de Denain; cf. ci-dessus, p. 283. Suit (fol. 113 d) la translation.

[1] Nous ne transcrirons les premiers mots que pour les légendes qui n'ont pas encore été mentionnées.

31. (Fol. 114) Dialogues de Sulpice Sévère sur saint Martin, traduits par Wauchier de Denain; cf. ci-dessus, p. 286-7.

32. (Fol. 127) *Vie de saint Brice*, traduite par Wauchier de Denain; cf. ci-dessus, p. 285.

33. (Fol. 128 b) *Vie de saint Gilles* (*AA. SS.*, sept., I, 299). — Nus crestïens n'est en terre qi Nostre Signor voeille servir ne amer, qi volentiers n'entende et oie ceus qui racontent et dient les oevres des seinz homes[1]...

34. (Fol. 131 b) *Vie de saint Martial* (Surius, 30 juin). — Au tens qe nostre sires Jesucriz preechoit et enseignoit les Juïs, qi estoient de la lignie Benjamin, en la terre de Jerusalem[2]...

35. (Fol. 142) *Vie de saint Nicolas* (Mombritius, II), suivie des miracles (fol. 143 c) et de la translation (fol. 151). — Mout doit volentiers oïr et entendre tote creature qi Nostre Signour aime et croit les vies et les oevres des seinz[3]...

36. (Fol. 157) *Vie de saint Jérôme*, traduite par Wauchier de Denain; voir ci-dessus, p. 280.

37. (Fol. 158 d) *Vie de saint Benoit*, traduite par Wauchier de Denain; voir ci-dessus, p. 281.

38. (Fol. 167 d) *Vie de saint Alexis* (*AA. SS.*, juillet, IV, 254). — En cel tens qe la loy Nostre Signor estoit creüe et essaucie, et qe les genz se penoient donques plus de bien faire qu'il ores ne font[4]...

39. (Fol. 170 c) *Vie de sainte Irène* (*AA. SS.*, mai II, 4). — Seinte Yrine, la martyre nostre signor Jesucrist, fu fille au roi Lichin et a la roïne Licine, et fu née en la cité de Magedon...

40. (Fol. 172 d) *L'Assomption* (B 37).

41. (Fol. 174 d) *Vie de sainte Catherine* (Mombritius, 1). — Les estoires annales nos enseignent qe Costentins li fiuz, qui reçut de Costentin son pere le gouvernement de l'empire[5]...

42. (Fol. 181) *Vie de saint André* (*Passio sancti Andreae apostoli*[6]), suivie des miracles (fol. 183)[7]. — De la passion seint Andrieu dient einsint li exposteur : Nos le veïsmes tout prestre et dyacre des eglisses d'Achaïe...

43. (Fol. 192 b) *Purgatoire de saint Patrice* (B 31).

44. (Fol. 197 d) *Vie de saint Paul l'ermite* (saint Jérôme). — Assez de genz ont sovent douté qi fu li premiers hermites qui premierement habita es forès[8]...

[1] Nous retrouverons cette version en de nombreux légendiers. Un plus long morceau du début a été cité dans la notice sur trois légendiers attribués à Jean Belet, art. 111 (*Notices et extraits des manuscrits*, XXXVI, 453).

[2] Pour d'autres copies de cette version, voir *Romania*, XVII, 385; *Notices et extraits*, XXXIV, 1re partie, 194.

[3] Version publiée en 1834, pour la Société des Bibliophiles français, par Monmerqué, d'après le ms. B. N. fr. 422. Voir *Romania*, XVII, 381.

[4] On a d'assez nombreuses copies de cette vie; voir *Notices et extraits*, XXXVI, 691.

[5] Pour d'autres copies, voir *Notices et extraits*, XXXVI, 466.

[6] Lipsius et Bonnet, *Acta apostolorum apocrypha*, I, 2e partie (1898), 1.

[7] Les miracles correspondent à B 38.

[8] Version différente de celle de Wauchier, ci-dessus, p. 261, et de la version champenoise, ci-dessus, p. 297. Nous en avons toutefois rencontré le prologue dans un manuscrit de cette dernière version (ci-dessus, p. 296, note 3).

45. (Fol. 200 b) *Translation du corps de saint Benoit à Fleuri* (Adrevaldus). — Au tens que li Longuebarz, qui ne creoient pas Nostre Signor, [furent[1]], il estoient si cruel que il ocioient toz les Crestïens. . .

46. (Fol. 202 d) *Vie de saint Maur* (*AA. SS.*, janvier, I, 1039), — Seinz Mor fu nez de Rome et fu molt gentiuz hom . . .

47. (Fol. 207) *Vie de saint Placide* (*AA. SS.*, octobre, III, 114). — Au tens Justin et Justinien, qui furent empereur de Rome. . .

48. (Fol. 209) *Vie de saint Eustache* (*AA. SS.*, sept., II, 123). — Au tens que Traianus estoit empereres de Rome, il avoit avec lui un sien baron qi avoit non Placides[2]. . .

49. (Fol. 211 b) *Vie de saint Fursi* (*AA. SS.*, janvier, II, 44). — Un preudome fu qi ot non Fursins, de mout honorable vie, molt nobles par lignage[3]. . .

50. (Fol. 213) *Vie de sainte Marguerite* (Mombritius). — Après la glorieuse resurrection nostre signor Jesucrist, et puis qe si apostre orent tuit receü la celestiel corone par la victoire de martyre[4]. . .

51. (Fol. 214 b) *Vie de sainte Pélagie* (*AA. SS.*, octobre, IV, 261). — Nous devons toz jorz rendre graces a Nostre Seignor qi ne veut pas qe li pechcor perissent[5]. . .

52. (Fol. 215 c) *Vie de saint Siméon* (*AA. SS.*, janvier, I). — Seinz Simeons fu esleüz de Nostre Signor por lui servir, et ses oevres li plorent dès s'enfance. . .

53. (Fol. 217 c) *Vie de saint Mamertin* (*AA. SS.*, avril, II, 759). — Nus crestïens ne conoist com la pitiez de la misericorde Jesucrist est granz, ne com grant grace sa deboncereté donc a l'umein lignage. . .

54. (Fol. 219) *Vie de saint Julien du Mans* (*AA. SS.*, janvier, II, 762). — Seinz Juliens, qi fu evesques du Mans, fu nez de Rome de molt gentils genz. . .

55. (Fol. 221) *Vie de sainte Marie l'Égyptienne* (*AA. SS.*, avril, I, 76). — En la contrée de Palestine ot un moine, seint home et de bone vie, qi, de s'enfance, fu norriz en moniage. . .

56. (Fol. 225) *Vie de sainte Euphrasie* (*AA. SS.*, mars, II, 264, texte du ms. de Saint-Omer). — A Rome ot un senat qui ot non Antigonus, et estoit molt boens hom et cremoit Nostre Seigneur. . .

57. (Fol. 226) *L'Antéchrist*, suivi du « Jugement Nostre Seigneur[6] » (*B* 36, *B*¹ 45).

Le ms. B. N. fr. 411, que nous désignerons par *C*¹, contient le même légendier que les mss. B. N. fr. 412 et Musée brit. 20. D. VI.

---

[1] Ce mot, qui manque dans le ms. 412, est rétabli d'après le ms. 411.

[2] Cette version est différente de celle dont nous avons donné des extraits ci-dessus, p. 383.

[3] Cf. *Notices et extraits*, XXXVI, 440.

[4] Une partie de cette version a été publiée, d'après le ms. B. N. fr. 411 (sur lequel voir plus bas), par A. Joly, *La vie de sainte Marguerite, poème inédit de Wace* (Paris, Vieweg, 1879), p. 141. — Divers extraits du texte latin sont cités dans le même ouvrage, p. 131 et suiv.

[5] Un fragment plus long de cette version a été imprimé dans le *Bulletin de la Société des anciens textes français*, 1885, p. 66, d'après le ms. 772 de Lyon.

[6] Ce dernier morceau a pour rubrique : «Ici comence de la resurrection Jhesu», mais c'est un titre erroné, que nous remplaçons par celui que présentent d'autres manuscrits (voir p. 403, note 8).

Ce qui le distingue, c'est uniquement que le recueil y est précédé de cinq morceaux qui ont pour sujets : 1° la nativité du Christ[1]; 2° l'adoration des Mages; 3° la purification de Notre Dame; 4° la passion du Christ et sa descente aux enfers; 5° une homélie sur la conversion de saint Paul. Ces cinq articles forment comme une introduction au légendier proprement dit. Nous les retrouverons, augmentés d'un sixième article, sur la chaire de saint Pierre, en tête de recueils plus ou moins différents de *C*. Il ne nous paraît pourtant pas que ces opuscules aient été composés ou traduits en vue de servir de préambule à des collections hagiographiques. D'abord, ils sont absolument indépendants les uns des autres, et on n'a même pas pris la peine de les relier par une formule de transition. Puis on les rencontre presque tous en divers manuscrits qui ne sont nullement des légendiers[2].

Les trois premiers articles sont de véritables sermons, entrecoupés de citations bibliques en latin. Le prédicateur s'adresse de temps à autre à ses auditeurs dans les formes ordinaires : « Seignor..., Bonne gent ». De ces sermons, le deuxième, pour l'Épiphanie, et le troisième, sur la Purification, présentent une étroite ressemblance avec ceux que Maurice de Sulli a composés pour les mêmes fêtes : certaines parties sont identiques de part et d'autre; ailleurs le texte de nos deux articles est abrégé ou développé[3]. Nous croyons que Maurice de Sulli, dont les sermons français ont été si souvent copiés au XIIe siècle et plus tard, est l'original. Nous reconnaissons toutefois qu'il ne sera possible d'arriver, sur ce point, à une complète certi-

[1] Un texte latin de ce récit se trouve dans l'*Abbreviatio in gestis sanctorum* dont il sera traité plus loin. Voir *Notices et extraits*, XXXVI, 217, note 2.

[2] Par exemple, les quatre premiers articles sont transcrits : dans le ms. B. N. fr. 409, ff. 12-33, qui ne contient d'ailleurs qu'une légende hagiographique, celle de la Madeleine (fol. 160), les autres ouvrages que renferme le même manuscrit (le *Mariage Notre Dame*, en vers, la *Somme le Roi*, la *Lamentation Notre Dame*) ayant un tout autre caractère; dans les mss. B. N. fr. 24209, ff. 2 et suiv., et 22495, ff. 2 et suiv., qui sont identiques, soit qu'ils aient été copiés l'un de l'autre, soit qu'ils aient eu un modèle commun (voir la description qui en est donnée dans le *Recueil des Histo-riens des croisades*, *Histor. occid.*, II, XXIII et XXIV, sous les anciens n°ˢ Sorb. 383 et 387, la description donnée dans le *Catalogue général des mss. français* étant insuffisante); enfin, dans le ms. de Turin L. I. 5 (ancien K. VI. 8, Pasini), fol. 2 et suiv., qui, pour le contenu, est identique aux deux précédents. — Le quatrième article (évangile de Nicodème) se rencontre non seulement dans le ms. 409, mais encore, isolément, dans les mss. B. N. fr. 187 et 907, et ailleurs encore (cf. ci-dessus, p. 393). — Quant au cinquième (conversion de saint Paul), on le trouve, comme les quatre premiers articles, dans le ms. fr. 409, fol. 29.

[3] Voir les rapprochements établis dans la notice du ms. B. N. fr. 6447, *Notices et extraits*, XXXV, 473-474.

tude que lorsqu'on aura une édition critique de la rédaction française
des sermons de Maurice de Sulli. Le quatrième morceau est la traduction de l'évangile de Nicodème, dont nous avons dit un mot plus
haut (p. 393). Le cinquième est l'homélie sur la conversion de
saint Paul qui se lit en tête du ms. de Sainte-Geneviève (ci-dessus,
p. 409).

Groupe D. — Nous rapprochons ici deux manuscrits qui, malgré
d'assez nombreuses différences, ont évidemment un fond commun :
B. N. fr. 17229 (*D*) et 6447 (*D*[1]). Le ms. *D* commence par les
cinq morceaux dont nous venons de parler. Il en ajoute un sixième,
une homélie sur la chaire de saint Pierre, qui se trouve ailleurs
encore que dans les légendiers[1]. Le ms. *D*[1] a les mêmes récits à la
même place, sauf qu'il intervertit les homélies sur la conversion de
saint Paul et sur la chaire de saint Pierre (art. 5 et 6 de *D*).

Nous commencerons par donner une analyse détaillée de *D*, en
indiquant la concordance avec *C*, et, pour les pièces qui ne se trouvent
pas dans *C*, avec les manuscrits du groupe *B*. Disons tout d'abord
que *D* est de la seconde moitié du XIIIe siècle, qu'il a été exécuté en
Artois, peut-être à Arras même, et qu'il renferme quelques légendes
locales, ou du moins offrant un intérêt particulier pour les fidèles du
Nord de la France, qui ne se rencontrent, à notre connaissance, nulle
autre part sous la même forme.

1. (Fol. 1) *Nativité de Jésus* — Qant li tens fut raempliz que nostre sires Jhesucriz volt nestre de madame sainte Marie...

2. (Fol. 3) *Apparition* (Épiphanie). — Veritez est que, qant nostre sires Jhesucrist
fu nez en la cité de Belleam...

3. (Fol. 4) *Purification.* — Qant li tens fu aconpliz de la gesine madame sainte
Marie...

4. (Fol. 5) *Passion du Christ et descente aux enfers* (Évangile de Nicodème)[2]. —
Annas et Kayphas et Symyme, Dadami et Gamaliel...

5. (Fol. 13 b) *Conversion de saint Paul*[3]. — Après ce que seinz Estiennes fu
lapidez... (*B*[2] 1).

[1] Par exemple dans le ms. B. N. fr. 409,
cité à la note 2 de la page précédente.

[2] Le titre, dans les mss. B. N. 17229 et
6447, est: «Le parlement de traïr Nostre Sei-

«gneur devant Pylate»; dans le ms. Phillipps :
«Le parlement de la traïson N. S. conment il
«fu vendus et traïs».

[3] La rubrique porte: «Ci commence la con-

6. (Fol. 14) *Chaire de saint Pierre.* — Sainte Eglise fet feste en remanbrance de l'anneur que seinz Pères ot...

7. (Fol. 14 c) *Dispute de saint Pierre et de saint Paul contre Simon le magicien* (*C* 1).

8. (Fol. 21 c) *Passion de saint Pierre* (*C* 2).

9. (Fol. 27 c) *Passion de saint Paul* (*C* 3).

10. (Fol. 32 d) *Martyre de saint Jean l'évangéliste* (*C* 4).

11. (Fol. 33) *Vie de saint Jean l'évangéliste* (*C* 5).

12. (Fol. 38 c) *Vie de saint Jacques le Majeur*, suivie de la translation et des miracles (*C* 6).

13. (Fol. 57 b) *Vie de saint Mathieu* (*C* 7).

14. (Fol. 64 b) *Vie de saint Simon et de saint Jude* (*C* 8).

15. (Fol. 71 b) *Vie de saint Barnabé* (B^2 15).

16. (Fol. 72) *Vie de saint Thomas l'apôtre* (B^2 14).

17. (Fol. 76 c) *Vie de saint Barthélemi* (*C* 11).

18. (Fol. 81) *Vie de saint Marc* (*C* 12).

19. (Fol. 83) *Miracles et vie de saint André* (*B* 38, *C* 42 [1]).

20. (Fol. 97 b) *Vie de saint Luc* (*B* 42).

21. (Fol. 98 c) *Vie de saint Jacques le Mineur* (*C* 10) [2].

22. (Fol. 100 c) *Vie de saint Étienne* (B^2 18).

23. (Fol. 101 b) *Vie de saint Vincent* (*C* 15).

24. (Fol. 106 d) *Vie de saint Georges* (*C* 16).

25. (Fol. 111 d) *Vie de saint Christophe* (*C* 17).

26. (Fol. 121 c) *Vie de saint Nicolas.* — Saint Nicholas fu nez de hautes genz et de seintes [3]....

27. (Fol. 127) *Vie de saint Martin* (traduite par Wauchier), suivie de la translation (*C* 30).

28. (Fol. 143) *Vie de saint Denis* (*B* 25, B^1 31).

29. (Fol. 149) *Vie de saint Côme et de saint Damien* (*B* 26, B^1 32, B^2 33).

30. (Fol. 154) *Vie de saint Arsène* (B^1 34, B^2 34).

31. (Fol. 155) *Vie de saint Sixte* (*C* 24).

32. (Fol. 157) *Vie de saint Laurent* (*C* 25).

33. (Fol. 160 c) *Vie de saint Hippolyte* (*C* 26).

34. (Fol. 163 c) *Vie de saint Lambert* (*C* 27).

35. (Fol. 169 b) *Vie de saint Julien de Brioude* (*B* 32, B^1 41).

36. (Fol. 182 b) *Vie de saint Brendan* (*B* 33, B^1 42).

---

[1] « version S. Pol, qui doit estre el commencement « del livre de la vie des seinz. » Et, en effet, c'est par ce morceau que débute le ms. de Sainte-Geneviève (B^2), comme on l'a vu plus haut, p. 409.

[2] Dans *C* 42 la vie est placée avant les miracles.

[2] À la suite de cette vie on lit : « Ici definent « les glorieuses vies aus beneoiz apostres nostre « seigneur Jhesucrist, et après commenceront « les vies au[s] beneoiz martirs nostre seigneur « Jhesucrist. »

[3] Cette vie est différente de *C* 35 (ci-dessus, p. 413).

37. (Fol. 194 d) *Vie de saint Thomas de Cantorbéry* (*B* 34, *B*¹ 43).

38. (Fol. 198) *Vie de saint Silvestre* (*B* 35, *B*¹ 44).

39. (Fol. 212 d) *Vie de saint Jean Baptiste* (*B*² 10).

40. (Fol. 218 d) *La Vengeance de Notre-Seigneur.* — Il avint, el point et en l'eure de la passion nostre seignor Jhesucrist, que Tyberius Cesar, li empereres de Rome, fu pris de greveuse enfermeté [1]. . .

41. (Fol. 222 b) *Vie de saint Edmond* [2]. — A icelui tens que Donstans, li arcevesques de Dureaume [3], sage et ancien home, fesoit sa visitation par sa province. . .

42. (Fol. 230 d) *Vie de saint Thibaud.* — Seint Thiebaut fu nez de l'eveschié de Troies; ses peres ot non Arnous et sa mere Gile [4]. . .

43. (Fol. 233 b) *Purgatoire de saint Patrice* (*C* 43).

44. (Fol. 241 b) *Barlaam et Josaphat.* — En cel tens que les eglises et li mostier furent conmencié a edefier el non nostre seignor Jhesucrist, et que li seint honme conmencierent Nostre Seigneur a servir par diversse maniere d'ordre monial [5]. . .

45. (Fol. 290 c) *Vie de saint Longin* (*C* 13).

46. (Fol. 292 d) *Vie de saint Sébastien* (*C* 14).

47. (Fol. 297) *Vie de saint Arnoul, évêque de Tours* (*B* 39, *B*¹ 47).

48. (Fol. 302 [6]) *L'Assomption* (*C* 40).

49. (Fol. 305 b) *Vie de sainte Agnès* (*C* 20).

50. (Fol. 309 d) *Vie de sainte Félicité et de ses sept fils* (*C* 21).

51. (Fol. 311 c) *Vie de sainte Christine* (*C* 22).

52. (Fol. 319 c) *Invention de la Croix* (*B* 23, *B*¹ 23, *B*² 27).

53. (Fol. 322 d) *Vie de sainte Pétronille* (*B*¹ 25).

54. (Fol. 323 b) *Vie de sainte Felicula* (*B*¹ 26).

55. (Fol. 323 d) *Vie de sainte Cécile* (*C* 23).

56. (Fol. 331) *Vie de sainte Marie-Madeleine.* — La beneoite Magdeleine, selonc l'orgueill del siecle, si fu née d'un lingnage molt noble [7]. . .

57. (Fol. 337) *Vie de sainte Marie l'Égyptienne.* — Uns preudons fu en l'eglise de Palestine, aornez de vertuz et de saintes paroles [8]. . .

58. (Fol. 344) *Vie de sainte Catherine.* — Les veraies estoires nos racontent que cil Costantins. . .

---

[1] Cette légende, dont on a plusieurs rédactions, ne se rencontre pas ordinairement dans les légendiers en prose française. Toutefois il y a une copie de la même version dans le légendier de Queen's, Oxford, fol. 6.

[2] L'original est la vie de saint Edmond, roi d'Estanglie, rédigée par Abbon de Fleuri (Migne, *Patrol. lat.*, CXXXIX, 507; T. Arnold, *Memorials of Saint Edmund's Abbey*, I, 3; etc.).

[3] *Dorobernensis*. Le traducteur a pris Cantorbéry pour Durham.

[4] En dehors du ms. 17229, cette version ne se rencontre que dans le Légendier classé selon l'ordre de l'année liturgique, art. 79; voir *Notices et extraits*, XXXVI, 34.

[5] Voir ci-dessus, p. 391.

[6] À cet endroit on lit cette rubrique : *Ci conmencent les virges.*

[7] Cette vie, qui n'est pas à confondre avec celle de *B* 40, *B*¹ 49, se rencontre en divers manuscrits qui ne sont pas tous des légendiers, par ex. dans le ms. de La Clayette; voir *Notices et extraits*, XXXIII, 1ʳᵉ partie, 64-65.

[8] Cette vie, différente des deux que nous avons rencontrées précédemment (*B* 41, *B*¹ 50, *C* 55), fait suite à celle de Marie-Madeleine dans le ms. de La Clayette.

59. (Fol. 352 d) *La Chandelle d'Arras.* — En non del Pere et du Fill et del saint Esperit, dites tuit et toutes : Amen. A icel tans le bon evesque Lambert, qui fu li premerains evesques d'Arraz[1]. . .

60. (Fol. 357 d) *Vie de sainte Agathe* (C 18).

61. (Fol 361 d) *Vie de sainte Anastasie.* — Sainte Anastasie fu née de Rome, et fu de molt gentilx genz. Seins Grisodones fu ses mestres en la foi Jhesu Crist[2]. . .

62. (Fol. 363 b) *Les Onze mille vierges.* — El tans que nostre sire Jhesu Crist avoit le siecle auques conquis et converti a la sainte foi[3]. . .

Entre ces soixante-deux articles, il en est quarante-cinq que nous avons déjà vus, soit dans *C*, soit dans les divers légendiers du groupe *B*. C'est assez pour justifier la place que nous assignons au manuscrit fr. 17229. Il serait impossible, à moins de se livrer à des comparaisons de détail qui ne peuvent prendre place ici, de déterminer avec précision ses rapports soit avec l'un des manuscrits *B*, soit avec *C*. Tout ce que nous pouvons dire, c'est qu'il présente des affinités diverses avec ces deux groupes[4] : il place en premier lieu les apôtres, parmi lesquels saint Paul[5], puis un choix de martyrs et de confesseurs appartenant en général aux premiers siècles du christianisme, disposition déjà suivie plus ou moins régulièrement dans *B* et *C*; mais ce qui est particulier à notre recueil, c'est l'idée de grouper ensemble les vierges, à partir de l'article 48.

L'originalité du ms. 17229 consiste dans les additions qu'il fait aux légendiers antérieurs. Ces additions sont au nombre de huit : la *Vengeance de Notre-Seigneur*, traduction d'un apocryphe qui n'est pas, à proprement parler, une légende hagiographique (art. 40), les vies de saint Edmond (art. 41), de saint Thibaud (art. 42), de Barlaam et Josaphat (art. 44), de sainte Catherine (art. 58), de sainte Anastasie (art. 61), des Onze mille vierges (art. 62), la légende de la Chandelle d'Arras (art. 59). De ces huit morceaux il en est au moins trois

[1] Version qui n'a été rencontrée jusqu'ici que dans ce manuscrit. L'original est dans Cavrois, *Cartul. de N.-D. des Ardents à Arras* (Arras, 1876), p. 91.

[2] Cette vie, différente de *B*[1] 33, a été admise dans le Légendier classé selon l'ordre de l'année liturgique, *Notices et extraits,* XXXVI, 17.

[3] On a plusieurs autres copies de cette version ; voir *Notices et extraits,* XXXV, 497; XXXVI, 466.

[4] Avec *C* : il y a dans le ms. 17229 un article (l'art. 27) qui se trouve dans *C*, mais qui manque à tous les manuscrits du groupe *B*. Avec *B*[2] : les articles 5, 15, 16, 22 sont communs à *B*[2] et au ms. 17229 ; ils font défaut dans *B* et *B*[1] comme dans *C*, etc.

[5] Nous pensons que c'est par suite d'une omission accidentelle que la vie de l'apôtre saint Philippe n'a pas été transcrite dans ce manuscrit : elle devait probablement se placer entre les articles 14 et 15.

qui n'ont probablement pas été tirés d'un légendier, mais qui circulaient comme pièces isolées : la *Vengeance de Notre-Seigneur*, *Barlaam et Josaphat* et la *Chandelle d'Arras*. La dernière de ces légendes, d'un caractère tout local, n'a sans doute été admise dans le ms. 17229 que parce que le copiste était d'Arras.

Nous n'aurons pas besoin d'énumérer les pièces dont se compose le légendier que renferme le ms. B. N. fr. 6447 (D^1), qui paraît avoir été écrit vers 1275 : on en a publié naguère une analyse détaillée [1]. Il comprend soixante-huit articles, soit six de plus que D. Pour le commencement, jusque vers l'article 28 (qui correspond à l'article 25 de D), les deux recueils ne diffèrent guère que par quelques transpositions. Mais, dans la suite, l'ordre des légendes varie sensiblement, et chacun des deux recueils comprend des articles qui font défaut dans l'autre. D^1 a treize légendes que n'a pas D :

<table>
<tr><td>29. S. Babylas (B^1 27, B^2 29).</td><td>50. Ste Luce (B^1 19, C 19).</td></tr>
</table>

29. S. Babylas (B^1 27, B^2 29).   50. Ste Luce (B^1 19, C 19).
30. S. Marius (B^1 28, B^2 30).   57. S. Blaise.
31. S. Félix (B^1 29, B^2 31).   59. S. Brice (C 32).
32. Les Trois jumeaux (B^1 30, B^2 32).   65. S. Nazaire.
43. S. Quiriaque (B et B^1 24, B^2 28).   67. S. Pantaléon (B^2 46, C 28).
45. L'Antéchrist (B^1 45, C 57).   68. Ste Marthe [2].
46. S. Remi.

De plus les légendes de Marie-Madeleine (47), de Marie l'Égyptienne (48), d'Anastasie (54) sont différentes de celles que nous trouvons dans D (56, 57, 61). D'autre part, huit des légendes de D manquent dans D^1 :

26. S. Nicolas.   42. S. Thibaud.
39. S. Jean Baptiste.   44. Barlaam et Josaphat.
40. Vengeance de Notre-Seigneur.   58. Ste Catherine.
41. S. Edmond.   59. Chandelle d'Arras.

Nous aurons plus loin à indiquer certains rapports de D^1 avec un légendier tout autrement ordonné, celui que renferme le manuscrit fr. 23112 de la Bibliothèque nationale.

---

[1] *Notices et extraits*, XXXV, 467 et suiv. — Pour la date du manuscrit, voir *ibid.*, p. 436.

[2] C'est la rédaction, précédée d'un prologue en vers, que nous avons cru pouvoir attribuer à Wauchier de Denain, ci-dessus, p. 288.

Groupe E. — Nous classons ici deux manuscrits qui renferment, sans variante importante, un légendier fort différent des recueils que nous avons étudiés dans les pages précédentes, tout en présentant des rapports évidents avec certains d'entre eux. Ce sont les n°s 456 du Musée Condé et 3660 de la Bibliothèque Phillipps, à Cheltenham. Le premier est daté de 1312; le second ne paraît pas antérieur au milieu du xive siècle. Le manuscrit du Musée Condé est demeuré inconnu jusqu'à ce jour; celui de Cheltenham a été analysé en détail dans les *Notices et extraits des manuscrits*, t. XXXIV, 1re partie, p. 183-197. Ils contiennent les mêmes pièces et les rangent dans le même ordre[1].

Le légendier *E* se compose de 86 articles qui ne sont pas tous des légendes, puisque l'un d'eux (art. 68[2]) est une traduction partielle du *Pastorale* de saint Grégoire, dont nous avons d'autres copies. Il est donc notablement plus étendu que les légendiers examinés dans les pages précédentes. Il présente une division en cinq séries indiquées par des rubriques dans le manuscrit du Musée Condé : 1° divers morceaux sur la nativité de Jésus-Christ, l'adoration des Mages, etc., indiqués ci-dessus, p. 415 (art. 1 à 5); 2° vies des apôtres (art. 6 à 23); 3° vies des martyrs (art. 24 à 42); 4° vies des confesseurs (art. 43 à 69); 5° vies des vierges (art. 70 à 86). Il a dû être constitué avant 1312, date du ms. du Musée Condé, mais il ne peut être de beaucoup antérieur, puisqu'il contient (art. 73) la rédaction en prose de la vie versifiée de sainte Geneviève, composition qui appartient, selon toute probabilité, à la seconde moitié du xiiie siècle[3].

Ce légendier, n'étant pas au nombre des plus anciens, doit avoir été compilé d'après des recueils antérieurs fort analogues à ceux que nous avons passés en revue. Il commence par une sorte de sermon sur l'Annonciation qui ne paraît dans aucun de ceux-ci, mais que nous retrouverons ailleurs[4]. Viennent ensuite (art. 2 à 7) les six morceaux

[1] À part deux ou trois qui n'occupent pas la même place. Ainsi la vie de sainte Élisabeth est transcrite dans le ms. du Musée Condé entre la vie de sainte Geneviève et celle de sainte Agnès, tandis que, dans le ms. Phillipps, elle est rejetée tout à la fin de recueil.

[2] Nous citons d'après la description du ms. Phillipps insérée dans les *Notices et extraits*.

[3] Sur cette vie en vers voir ci-dessus, p. 350-351.

[4] Par exemple dans le ms. de Lyon 772, d'après lequel le début a été publié (*Bull. de la Soc. des anc. textes*, 1885, p. 45); dans le ms. B. N. fr. 413 (fol. 365) du groupe *F* (voir plus loin); dans le Légendier liturgique (*Notices et extraits*, XXXVI, 27).

sur la Nativité, l'Apparition, ou adoration des Mages, la Purification, la Passion, la chaire de saint Pierre et la conversion de saint Paul, qui forment en quelque sorte l'introduction de C^1 et de D. À partir de l'article 7 (conversion de saint Paul) jusqu'au n° 34, on observe un accord constant avec le légendier de Sainte-Geneviève (B^2, art. 1-28). Depuis l'art. 35 l'accord cesse : E n'a pas les vies de Babylas, de Marius (B^2 29, 30), des Trois frères jumeaux (B^2 32), de Sixte (B^2 35), de Chrysant et Daire, de Théodore, de Martinien, d'Arnoul, de Pantaléon, de Victor (B^2 42-47). Dans la suite, des coïncidences plus ou moins prolongées peuvent être constatées entre ce légendier et les manuscrits des groupes C et D. On les reconnaîtra facilement en comparant l'analyse de ces recueils avec celle du ms. Phillipps donnée dans les *Notices et extraits*. Entre les traits qui caractérisent ce groupe il faut noter l'admission d'une traduction partielle de la *Regula pastoralis* de saint Grégoire (art. 68), qui n'est guère à sa place dans un légendier, d'une vie de saint Bernard, accompagnée des miracles (art. 69), qui n'occupe pas moins de 34 ou 35 feuillets dans nos deux manuscrits, et d'une vie de sainte Geneviève, rédigée en prose d'après le poème de Renaut indiqué ci-dessus, p. 350.

Du légendier E il convient de rapprocher le ms. 1716 (ancien 568) de la Bibliothèque Mazarine, qui paraît avoir été écrit dans les premières années du XIVe siècle. Ce manuscrit, que nous désignerons par E^1, est fort incomplet : il y manque, au commencement, plusieurs cahiers ; quelques feuillets ont été arrachés dans le corps du livre ; enfin les lettres ornées qui se trouvaient au début de chaque légende ont été coupées avec quelques lignes de texte. Par suite de ces mutilations, l'état primitif du recueil ne peut être reconstitué avec une entière certitude. Cependant, si l'on compare ce qui subsiste de ce manuscrit fragmentaire avec le légendier E, on n'aura aucun doute sur la parenté des deux recueils :

E^1	E		E^1	E
1. (Fol. 1) S. Silvestre....	43		7. (Fol. 37 c) S. Remi...	51
2. (Fol. 14 b) S. Grégoire.	44		8. (Fol. 38 *bis* c) S. Bren-	
3. (Fol. 20 d) S. Patrice..	45		dan............	54
4. (Fol. 28) S. Nicolas ...	47		9. (Fol. 50) S. Martin ...	55
5. (Fol. 33) S. Antoine...	50		10. (Fol. 64 a) S. Brice ...	56
6. (Fol. 35) S. Paul l'er-			11. (Fol. 65) S. Maur.....	57
mite............	60		12. (Fol. 71 b) S. Alexis...	58

Les différences, comme on le voit, sont assez faibles : l'ordre n'est pas exactement le même; certaines légendes d'E manquent dans E^1 (art. 48, 52, 53, 69). En revanche, E^1 renferme deux légendes fort longues, celles de Barlaam et Josaphat (art. 21) et de saint Godric (art. 24), qu'E ne possède pas. La vie de saint Godric est une addition particulièrement importante : c'est la traduction, qui jusqu'ici n'a pas été rencontrée en dehors du manuscrit de la Bibliothèque Mazarine, de la vie de saint Godric par Reginald, moine de Durham[5]. Cette traduction a été faite en Angleterre au xiiie siècle. L'auteur y a intercalé des observations morales qu'il a jugé à propos de rédiger en vers de huit syllabes, comme avait fait avant lui Wauchier de Denain.

---

[1] C'est la version qui se trouve dans D, art. 44 (p. 418), et ailleurs.

[2] Voir ci-dessus, p. 407, note 2. Cf. Notices et extraits, XXXVI, 468.

[3] Dans D, art. 55.

[4] Dans D, art. 54.

[5] Publiée par Jos. Stevenson, Durham, 1847, in-8° (Surtees Society).

Groupe F. — Les manuscrits B. N. fr. 413 et 23117 [1] forment une famille bien caractérisée qui se rattache d'assez près au groupe *E*, plus particulièrement à *E*[1]. Ils ne sont pas identiques : certains articles se trouvent dans l'un qui manquent dans l'autre, et l'ordre n'est pas tout à fait le même de part et d'autre [2], mais en somme les différences sont peu importantes [3].

Le ms. 23117 se compose de 106 articles; le ms. 413 renferme quelques unités de plus [4]. Ce légendier n'est pas assez important pour que nous jugions nécessaire d'en dresser la table. Nous nous bornerons à dire qu'il présente les plus grands rapports avec *D*, *D*[1] et *E*. Comme ce dernier, il est divisé en cinq séries : 1° les morceaux préliminaires sur la vie du Christ, la conversion de saint Paul et la chaire de saint Pierre; 2° les apôtres; 3° les martyrs; 4° les confesseurs; 5° les vierges. Nous mentionnerons toutefois, d'après le ms. 23117, les articles que nous n'avons rencontrés ni dans *D* ni dans *E*, et qui, naturellement, se retrouvent dans le manuscrit 413 :

5-8. (Fol. 15) « *La longue evangile* ». — Récit de la passion d'après les quatre évangiles : saint Mathieu, chap. xxvi et suiv. [5]; saint Luc, chap. xxii et suiv.; saint Marc, chap. xiv et suiv.; saint Jean, chap. xviii et suiv.

17. (Fol. 63 c) *Saint Jean l'évangéliste.* — Domiciens fu empereres de Rome après Noiron, et conmanda que touz les crestïens que l'an troveroit oceïst l'an... — Même version B. N. fr. 987 (f. 60 v°); Oxford, Queen's Coll. 305 (fol. 17 b).

22. (Fol. 107 d) *Saint Thomas l'apôtre.* — Nostre sires Jhesucriz s'aparut a saint

---

[1] Le ms. 23117 est de deux écritures d'époques différentes : les 237 premiers feuillets sont de la fin du xiii° siècle, la suite est du commencement du xiv° siècle; le ms. 413 est de la fin du xiv° siècle.

[2] On pourra s'en rendre compte en comparant les notices données dans le catalogue imprimé des manuscrits français de la Bibliothèque nationale, où ces deux légendiers sont analysés avec une exactitude suffisante.

[3] Voici les principales. Le ms. 413 contient divers morceaux tirés de la *Légende dorée* de Jacques de Varazze, qui manquent dans 23117 : fol. 204, la vie de saint Augustin (éd. Grässe, ch. 124); fol. 333-560, une série de chapitres relatifs aux fêtes de l'Église, la Toussaint (ch. 162), la Commémoration des morts (ch. 163), les Litanies (ch. 70), la Septuagésime, etc. (chap. 31 et suiv.), les Quatre Temps

(chap. 35), l'Ascension (ch. 72), la Circoncision (ch. 13), l'Épiphanie (ch. 14); fol. 363, la vie des saints Gervais et Protais (ch. 85); fol. 366, la Purification; fol. 447, la Dédicace de l'Église (ch. 182). Le ms. 23117 contient deux copies des vies de saint Jean Baptiste (ff. 36 et 129), de saint Sébastien (ff. 166 et 237) et du traité de l'Antéchrist (ff. 126 et 398), ce qui indique que le compilateur a eu sous les yeux deux recueils différents. Dans le même manuscrit, la vie de saint Quentin (fol. 228) est en vers (cf. ci-dessus, p. 374), tandis que dans 413 (fol. 176) elle est en prose, et traduite de la *Légende dorée* (ch. 160).

[4] Voir la note précédente.

[5] Il y a ici, dans les deux manuscrits, une faute commune : les chapitres traduits de l'évangile de saint Mathieu sont placés sous le nom de saint Marc.

Thomas l'apostre an cel tens qu'il estoit an Cesaire... — Même version B. N. fr. 686 (fol. 528 c), 23112 (fol. 21); Cambridge, S. John's Coll. B 9 (fol. 90 c).

23. (Fol. 115) *Saint Philippe.* — Après l'ascenssion de Nostre Seigneur preescha seinz Phelipes en Siche, qui est an une partie de Grece, le nom Jhesu Crist .xx. anz... — Même version B. N. fr. 686 (fol. 524 b); Oxford, Queen's Coll. 305 (fol. 37).

26. (Fol. 123 b) *Saint Pierre ès liens.* — Ci orroiz dire et raconter por quele ochoison fu celebrée la feste saint Pere que l'an dit *a vincula*... — Même version B. N. fr. 987 (fol. 121).

27. (Fol. 123 d) *Saint Marc.* — En cel tens que seinz Peres li apostres ot preeschié en Anthioche et il ot grant partie de la gent convertie a Deu... — Même version B. N. fr. 686 (fol. 525 c); 23112 (fol. 73); Cambridge, S. John's Coll. B. 9 (fol. 163); Oxford, Queen's Coll. 305 (fol. 46 d).

54. (Fol. 264) *Saint Blaise.* — Comme S. Blaise fust de bonne vie et de honneste, il fu fais evesque d'une cité qui a non Sebaste... — Même version B. N. fr. 987 (fol. 123); Oxford, Queen's Coll. 305 (fol. 90 b); Légendier classé selon l'ordre de l'année liturgique, art. 31 [1].

79. (Fol. 358) *Saint Firmin,* évêque d'Amiens. — Après la passion et resurrection Jhesucrist, ou temps de preste [2] que la foy chrestienne commença a croistre par diverses partiez du monde, estoit en la cité de Pampelune uns hons honourables entre les senateurs qui ot non Fermes...

80. (Fol. 359 c) *Saint Bernard.* — Saint Bernart fu nés de Bourgoigne, en .j. chastel qui a non Fontaines, qui estoit a son pere, et estoit extrait de hautes gens selonc le siecle...

84. (Fol. 402) *La Conception Notre-Dame.* — Li rois Heraus d'Angleterre mut jadis granz guerres en Normandie contre le duc Guillaume et contre l'autre peuple...

Des articles qu'on vient de citer le plus intéressant est assurément le dernier, qui n'est pas traduit du latin, mais qui est la mise en prose du poème de la Conception, par Wace [3].

Groupe G. — Quatre manuscrits d'étendue fort différente, mais remontant très certainement à un type commun, constituent ce groupe : Bibliothèque royale de Belgique 9225 ; B. N. fr. 183 et 185 ; Musée britannique, Addit. 17275. Ce sont de grands livres, écrits sur trois colonnes, exécutés avec un certain luxe vers le milieu ou dans la seconde moitié du xive siècle. L'original commun de ces quatre recueils est représenté le plus purement par le manuscrit de

---

[1] *Notices et extraits,* XXXVI, 24. — [2] *Temporibus priscis* (*AA. SS.,* Sept. VII, 51). Le traducteur n'a pas compris *priscis.* — [3] Sur lequel voir ci-dessus, p. 363-364.

Bruxelles, qui renferme 71 légendes. Viennent ensuite le ms. B. N. 183 avec 77 légendes, le ms. 185 avec 137, le ms. de Londres avec 154 [1].

La cause principale de ces différences est que le recueil de Bruxelles ne contient que des légendes originales, tandis que dans ce premier fond les trois autres recueils ont intercalé un nombre variable d'articles empruntés à une traduction de la Légende dorée [2]. Dans le ms. de Londres, 62 articles ont cette origine; 60 dans le ms. B. N. fr. 185 (et ce ne sont pas tous les mêmes que dans le recueil de Londres). Le ms. fr. 183 n'a pris à la Légende dorée que son prologue et son premier chapitre (l'*Avent*). Nous n'avons pas à nous occuper présentement des morceaux empruntés à Jacques de Varazze. Les traductions de la Légende dorée devront faire l'objet d'une notice à part. Disons cependant que la version dans laquelle ont puisé les écrivains de nos trois recueils est connue : on en possède au moins deux copies, l'une du commencement du xiv⁰ siècle, appartenant au séminaire du Puy-en-Velai; l'autre, moins ancienne, conservée à la Bibliothèque nationale sous le n° 20030 du fonds français. Dans les deux manuscrits de Paris et dans celui de Londres, des rubriques, placées soit au commencement soit à la fin, semblent attribuer la totalité des recueils à un certain Jean Belet (ou *Beleth*) qui nous est d'ailleurs inconnu [3]. Certains modernes, pour ne s'être pas rendu compte de la composition de ces recueils, ont cru qu'ils étaient en totalité l'œuvre de ce Jean Belet. Mais cette attribution ne serait admissible que pour les parties empruntées à la Légende dorée, et, même en ce cas, elle reste douteuse [4].

[1] La manière de compter les légendes peut varier, selon que l'on réunit en un seul article la vie, les translations et les miracles, ou qu'on donne à ces morceaux des numéros distincts, ce qu'il est parfois nécessaire de faire quand, par exemple, la vie et les miracles sont séparés par d'autres récits. — Il faut noter ici que dans les deux manuscrits de Paris, et surtout dans le manuscrit de Londres, certaines légendes ont été copiées deux fois, ce qui permet de supposer que les compilateurs de ces manuscrits ont puisé à plus d'une source.

[2] Nous avons rencontré plus haut (p. 400) des légendiers où de nombreux articles étaient tirés de la Légende dorée, mais, dans ces recueils, les morceaux ayant cette origine formaient un groupe assez nettement séparé du reste; dans le ms. de Londres, au contraire, et dans le ms. 185 de notre Bibliothèque nationale, légendes originales et légendes abrégées empruntées à Jacques de Varazze sont entremêlées sans ordre apparent.

[3] On ne saurait, bien entendu, l'identifier avec le théologien Jean Belet, qui vivait au xii⁰ siècle (*Hist. litt. de la Fr.*, XIV, 218-222).

[4] En effet, les deux manuscrits de la version à laquelle ces emprunts ont été faits sont anonymes, et, d'autre part, la mention de

Quant aux légendes qui ne sont pas tirées de la compilation de Jacques de Varazze, leur nombre varie selon les manuscrits. Nous avons dit qu'il y en avait 71 dans le recueil type, celui de Bruxelles. Il y en a quelques-unes de plus dans les trois autres manuscrits, qui, par contre, omettent, peut-être accidentellement, telle ou telle de celles dont se compose le manuscrit de Bruxelles. Il n'est pas utile de dresser la liste de toutes ces légendes, les quatre manuscrits du groupe G ayant été analysés ailleurs en détail[1]; mais nous essaierons de distinguer les éléments qui sont entrés dans sa composition, en prenant pour base le manuscrit de Bruxelles, et nous signalerons les légendes qui sont propres à ce groupe, ou, du moins, que nous n'avons pas rencontrées ailleurs.

On peut reconnaître dans ce légendier cinq séries assez distinctes : 1° les cinq récits sur la Nativité, l'Apparition, la Purification, la Passion, la conversion de saint Paul, que nous avons déjà rencontrés en tête de plusieurs recueils[2]; 2° une série, à peu près complète, des récits concernant saint Pierre, saint Paul et les apôtres, qui est le fond le plus constant de nos légendiers; 3° une suite non classée de quatorze légendes entre lesquelles figure, brisée par diverses intercalations, une série des vierges assez analogue à celle que nous avons rencontrée dans le groupe E[3]; 4° sept vies traduites par Wauchier de Denain : saint Jérôme, saint Benoit, saint Martin, saint Brice, saint Paulin de Nole, saint Malchus, saint Paul le Simple[4]; 5° une suite non classée de dix-huit légendes entre lesquelles il ne s'en trouve qu'une, celle de saint Léonard, qui mérite une mention spéciale.

C'est dans la troisième série, et aussi dans la cinquième, qu'ont pris place certaines légendes dont nous ne connaissons aucune copie en dehors du groupe G. Ce sont les vies de saint Mathias (Bruxelles, art. 21), de saint Maurice (Bruxelles, art. 25), de saint Oswald

---

Jean Belet comme traducteur pourrait s'expliquer par le fait que ce théologien est souvent cité par Jacques de Varazze.

[1] Pour le ms. de Bruxelles, voir *Romania*, XXXIV, 24-43; pour les trois autres recueils, voir la *Notice de trois légendiers français attribués à Jean Belet*, publiée dans les *Notices et extraits*, XXXVI, 409-486.

[2] Ci-dessus, p. 415, 416, 422.

[3] Ci-dessus, p. 423.

[4] Voir ci-dessus, p. 266, pour les vies de Malchus et de Paul le Simple; p. 278 et suiv., pour les autres. C'est par erreur que, p. 279, le ms. de Bruxelles a été classé avec les recueils qui ne renferment qu'une seule des vies traduites par Wauchier, celle de saint Jérôme.

(Bruxelles, art. 28), de saint Léonard (Bruxelles, art. 57). Cette dernière est particulièrement intéressante. D'abord le traducteur à qui nous la devons s'est fait connaître. C'est un certain « Rogier de Longastre », selon les deux manuscrits de Paris, « Rogier de Longatix », selon le manuscrit de Bruxelles. Ce nom et ce surnom nous sont d'ailleurs inconnus, et nous craignons que les deux formes du surnom soient corrompues. Quoi qu'il en soit du traducteur, l'œuvre offre un caractère très particulier. Ce n'est pas une simple traduction de la légende latine, c'en est plutôt une imitation très libre, conçue en vue de la récitation publique, et d'une allure très vive[1].

Bien qu'aucun des quatre manuscrits du groupe *G* ne soit antérieur au milieu du xıv⁰ siècle, il est certain que le légendier qui forme la base de ce groupe, et qui est représenté le plus exactement par le manuscrit de Bruxelles, était constitué dès le xıı⁰ siècle, car nous retrouverons les mêmes éléments, disposés selon le même ordre, dans un recueil artésien dont nous traiterons tout à l'heure.

Parmi les légendes ajoutées par le manuscrit de Londres au fond primitif, il en est trois que nous ne pouvons nous dispenser de mentionner ici, car nous ne les retrouverons pas ailleurs. Ce sont les vies de saint Teliau (art. 90), de saint David (art. 91) et de saint Mathurin de Larchant (art. 128). La vie de saint Mathurin est en vers : nous l'avons enregistrée en son lieu[2]. Les vies de saint Teliau, évêque de Llandaff (Galles), et de saint David, archevêque de l'antique Menevia (Saint David's), sont en prose, et par conséquent appartiennent au sujet de cette notice. Nous ne saurions dire pour quel motif on a jugé à propos de mettre en français l'histoire de ces deux saints gallois, qui n'ont eu aucune popularité en France[3]. Mais il est intéressant de noter que le traducteur de la vie de saint Teliau s'est nommé et a daté son œuvre. On lit en effet ces mots à la fin de la version : « Ci fenist la vie de saint Thelian (*sic*), translatée de latin « en françois, que mestre Guillaume des Nés translata l'an mil .iij⁰. et

---

[1] Voir les extraits publiés dans les *Notices et extraits*, XXXVI, 452.

[2] Ci-dessus, p. 369.

[3] Saint Teliau, toutefois, a été honoré en Bretagne (le 9 février) et a donné son nom à une commune du département des Côtes-du-Nord, maintenant appelée Saint-Thélo. On ne sait si ce culte est un souvenir du séjour de sept ans et sept mois que ce saint aurait fait auprès de saint Sanson, évêque de Dol (Lobineau, *Histoire des saints de Bretagne*, Rennes, 1724, p. 29), ou s'il est dû à quelque apport de reliques dont on n'a, du reste, conservé aucune trace.

« .xxv., le jour de saint Michel Arcange [1]. » Nous ignorons si la traduction de la vie de saint David est du même auteur. Il n'est pas interdit, toutefois, de le conjecturer : les deux vies se suivent dans l'unique copie que nous en possédons, et la traduction en est également médiocre; le style en est lourd, et les erreurs y sont nombreuses, surtout dans la traduction des noms de lieux.

Il nous reste à examiner un certain nombre de légendiers isolés que nous n'avons pu faire entrer dans aucun des groupes étudiés ci-dessus. Assurément le fond ne varie guère : il est des légendes qu'on voit reparaître dans tous les recueils; mais il ne suffit pas que deux légendiers contiennent en partie les mêmes morceaux pour être groupés ensemble; il faut encore que l'ordre de ces morceaux soit identique et que les leçons soient semblables. Plusieurs des recueils que nous allons passer en revue sont des compilations formées plus ou moins arbitrairement à l'aide de légendiers plus anciens. Nous noterons à l'occasion les affinités partielles qu'ils présentent avec les groupes étudiés dans les pages qui précèdent.

Arras, 307 [2]. — Ce manuscrit peut passer pour l'un de nos plus anciens légendiers. Il a été écrit dans le nord de la France, vraisemblablement à Arras, peu après le milieu du xiiie siècle. Il a malheureusement souffert de nombreuses mutilations. La comparaison d'une pagination remontant à la fin du xive siècle avec l'état présent accuse un déficit de 113 feuillets, et, lorsque le volume a été paginé pour la première fois, il y manquait déjà, au commencement, à tout le moins un cahier.

Voici, telle qu'il a été possible de l'établir, la liste des légendes en prose que renferme ce manuscrit, avec renvois au groupe *C* (ci-dessus, p. 412) et au principal manuscrit du groupe *G*, celui de

---

[1] *Notices et extraits*, XXXVI, 445-447. — On a proposé, à cet endroit, d'identifier « mestre « Guillaume des Nés », avec un « maistre Geffroi « des Nés » qui, en 1326, traduisait la vie de saint Guillaume d'Aquitaine, et avait, en 1319, mis en vers la vie de saint Magloire (voir ci-dessus, p. 361).

[2] N° 851 du catalogue publié dans le t. IV du *Catalogue général des manuscrits français* (in-4°). — Une notice détaillée de ce légendier a été publiée dans la *Romania*, XVII, 346-400. On y trouvera le texte, en entier ou par extraits, de diverses légendes versifiées qui ont été mentionnées ci-dessus, p. 346, 354, 359, aux articles *Dominique, Jean l'évangéliste, Job*.

Bruxelles, avec lequel, comme on le verra, le recueil d'Arras pré--
sente d'évidents rapports :

1. Dispute de saint-Pierre et de saint Paul contre Simon le Magicien (C 1, G 6).

1 *bis*[1]. Passion de saint Pierre (C 2, G 7).

2. Passion de saint Paul (C 3, G 8).

3. Saints Procès et Martinien (G 9).

4. Miracles de saint André (C 42, G 10)[2].

5. Saint Barthélemi (C 11, G 11).

6. Saint Jacques le Majeur, avec la translation et les miracles (C 6, G 12).

7. Saint Philippe (C 9, G 14).

8. Saint Mathieu (C 7, G 15).

9. Saints Simon et Jude (C 8, G 16).

10. Saint Jérôme (C 36, G 47).

11. Saint Benoit (C 37, G 48).

12. Saint Brice (C 32, G 50).

13. Saint Paulin (G 51).

14. Saint Malchus (G 52).

15. Saint Paul le Simple (G 53).

16. Saint Antoine [3].

17. Saint Pantaléon (C 28, G 63).

18. Saint Hilarion [4].

19. Saint Nicolas (C 35, G 46).

20. Saint Patrice (C 43).

21. L'Antéchrist (C 57).

22. Saint Fursi.

23. Saint Martin (C 30, G 49).

24. Saint Martial (C 34, G 45).

25. Saint Vast.

L'ordre, on le voit par la concordance, est à peu près le même que dans G. Les différences sont minimes et probablement acciden-telles. Si les cinq premiers articles de G manquent dans Arras, c'est que le premier cahier de ce manuscrit est perdu. Et c'est probablement par une inadvertance du copiste que la vie de saint Martin se trouve rejetée à la fin du volume (art. 23), quand sa place naturelle était avant la vie de saint Brice, comme partout ailleurs. Une autre diffé-rence entre le manuscrit d'Arras et G, l'omission dans Arras de la vie de saint Jean l'évangéliste (art. 13 de G), s'explique de la façon la plus simple : le copiste d'Arras a supprimé cette vie en prose parce qu'il devait transcrire plus loin (art. 26) une vie rédigée en vers du

[1] Dans la notice de la *Romania* (p. 371), on a réuni à tort cet article au précédent. Nous le désignons par *1 bis* pour ne pas changer la série des numéros.

[2] La version des miracles ne commence pas tout à fait de même dans toutes les copies. Ici le début est : « Des glorieuses miracles « S. Andrieu sacent tuit creant en nostre signour « Jhesu Crist que .j. enfes qui Egiptius avoit « non, que mout forment ses peres amoit... ». Telle est la leçon de deux mss. du groupe G

(Bruxelles et Musée brit. 17275) et de plu-sieurs des légendiers dont il sera traité plus loin. Les groupes $B\,C\,D$ (ci-dessus, p. 404, etc.) offrent pour ce début une variante.

[3] C'est la traduction de Wauchier de De-nain, dont nous avons rapporté le début ci-dessus, p. 263, et qui se retrouve aussi dans le légendier de Saint-Pétersbourg, *Notices et extraits*, XXXVI, 688.

[4] Traduction de Wauchier, ci-dessus, p. 265.

même saint. Notons enfin, à titre de coïncidence intéressante, la présence dans les deux recueils, et à la même place, de la vie de saint Procès et de saint Martinien (Arras 3, *G* 9). Tout bien considéré, les différences certaines entre *G* et Arras se réduisent aux suivantes : le manuscrit d'Arras a la série presque complète [1] des vies traduites par Wauchier de Denain (saint Jérôme, saint Benoit, saint Martin, saint Brice, saint Paulin, saint Malchus, saint Paul le Simple, saint Antoine, saint Hilarion); dans *G* les vies de saint Antoine et de saint Hilarion font défaut. Arras a encore trois légendes qui manquent à *G* : celles de l'Antéchrist, de saint Fursi et de saint Vast, mais cette dernière a un caractère tout local et ne se trouvait sûrement pas dans le légendier primitif [2]. En revanche, *G* contient plus de quarante légendes que le manuscrit d'Arras n'a pas et n'a jamais eues. Mais ces différences n'empêchent pas que les deux recueils aient une base commune.

Alençon, 27 [3]. — Ce manuscrit, dont l'écriture appartient à la première moitié du XIV⁰ siècle, renferme, à la suite de la *Somme le Roi* de frère Laurent, un court légendier qui peut prendre place auprès du manuscrit d'Arras, parce qu'il présente les légendes des apôtres à peu près dans le même ordre et offre, en général, les mêmes leçons. Mais la ressemblance ne va pas plus loin, et notamment nous ne trouvons ici aucune des légendes traduites par Wauchier de Denain, ni la vie des saints Procès et Martinien. Voici la table des 21 légendes dont il se compose :

1. Conversion de saint Paul.
2. Chaire de saint Pierre.
3. Dispute de saint Pierre et de saint Paul contre Simon le Magicien (Arras 1).
4. Passion de saint Pierre (Arras 1 *bis*).
5. Passion de saint Paul (Arras 2).
6. Miracles de saint André (Arras 4).
7. Saint Barthélemi (Arras 5).
8. Saint Jacques le Majeur (Arras 6).
9. Saint Jean l'évangéliste.
10. Saint Philippe (Arras 7).
11. Saint Mathieu (Arras 8).
12. Saint Simon et saint Jude (Arras 9).
13. Saint Marc.
14. Saint Étienne.

[1] Il n'y manque que la vie de saint Paul l'ermite, ci-dessus, p. 260.

[2] Voir ci-dessus, p. 392.

[3] Décrit en détail dans le *Bulletin de la Société des anciens textes français*, 1892, p. 68 et suiv.

15. Saint Clément.
16. Saint Chrysant et sainte Daire.
17. Saint Sébastien.
18. Saint Vincent.

19. Saint Ignace.
20. Saint Valentin.
21. Saint Julien de Brioude.

Les articles 13 à 16 et 21 sont compris dans plusieurs des groupes que nous avons passés en revue. Quant aux vies de saint Sébastien (17) et de saint Vincent (18), ce ne sont pas celles que nous avons déjà rencontrées dans le groupe *B* et ailleurs; ce sont des versions qui reparaîtront dans le manuscrit B. N. fr. 23112, dont nous allons parler, et où nous retrouverons aussi l'article 19 du manuscrit d'Alençon. Remarquons enfin que les huit derniers articles se suivent selon le même ordre dans le légendier de Queen's College, Oxford (art. 23 à 30).

B. N. fr. 23112. — Manuscrit de la seconde moitié du XIIIe siècle [1], copié dans le nord de la France, comme on le voit par les formes de langage. Il renferme 55 légendes en prose [2], qui sont comme placées au hasard, sans classement aucun. Ce désordre donne à supposer que le compilateur a emprunté les éléments de son recueil à des légendiers différents, hypothèse que l'examen des légendes transcrites tend à confirmer. Quelques articles appartiennent à ce qu'on peut appeler le fond commun des légendiers (1, 45 à 55); mais c'est le moindre nombre. Ailleurs on constate des coïncidences avec le recueil d'Alençon (art. 1, 2, 9, 13, 27), avec le légendier de Queen's Coll. (Oxford), énorme compilation formée de la combinaison d'éléments divers (art. 12, 14, 15, 16, 19, 20 à 26), avec le ms. B. N. fr. 6447, notre *D*¹ (art. 44 à 51). Enfin certaines légendes n'ont été, jusqu'à présent, rencontrées en aucun autre recueil (art. 11, 33 à 37, 39, 40, 41, 42). La vie de saint Grégoire est copiée deux fois (art. 17 et 57).

[1] Au bas du dernier feuillet on lit : *Anno Domini* mcc. Levesque de La Ravallière, qui avait rédigé sur ce recueil une notice dont on trouvera le résumé dans les Mémoires de l'ancienne Académie des Inscriptions (XXIII, 254), crut voir dans ces mots (qui sont un simple essai de plume) la date du manuscrit, et son erreur a été depuis lors maintes fois répétée, notamment par nos devanciers, à propos de quelques-uns des ouvrages que renferme le même manuscrit (*Hist. litt. de la Fr.,* XVIII, 89).

[2] La table suivante compte 58 numéros, mais les art. 28 et 30 ne sont pas des légendes en prose, et les art. 54 et 55 sont ailleurs comptés pour un.

1. Saint Clément.
2. Saint Chrysant et sainte Daire [1].
3. Dispute de saint Pierre et de saint Paul contre Simon le magicien.
4. Saint Pierre [2].
5. Saint Paul.
6. Saint Thomas [3].
7. Saint Jean l'évangéliste [4].
8. Saint Silvestre.
9. Saint Sébastien [5].
10. Saint Philippe [6].
11. Saint Jacques le Mineur.
12. Sainte Agnès [7].
13. Saint Vincent [8].
14. Sainte Agathe [9].
15. Sainte Julienne [10].
16. Sainte Perpétue et sainte Félicité [11].
17. Saint Grégoire.
18. Saint Marc [12].
19. Saint Alexandre [13].
20. Saint Janvier [14].
21. Sainte Domicilla [15].
22. Saint Pancrace [16].
23. Saint Victor [17].
24. Sainte Pétronille [18].
25. Saint Pierre l'acolyte [19].
26. Saint Prime et saint Félicien [20].
27. Saint Ignace [21].
28. Sainte Thaïs (en vers).
29. Saint Mathias [22].
30. Les Vers de la Mort (Hélinand).
31. Saint Georges [23].
32. Saint Barthélemi [24].
33. Saint Mathieu [25].
34. Saint Simon et saint Jude.
35. Saint Jacques le Majeur.
36. Saint Laurent.
37. Saint Antoine.
38. Saint Julien de Brioude.
39. Sainte Bathilde [26].
40. Saint Arnoul [27].

[1] Cet article et le précédent se suivent de même dans le ms. d'Alençon.

[2] Les articles 4 et 5 sont une version du *De passione Petri et Pauli apostolorum* différente de celle qui se rencontre ailleurs (ci-dessus, p. 397, notes 2 et 3).

[3] Ce n'est pas la version ordinaire (ci-dessus, p. 398). Les premières lignes des deux versions sont imprimées dans le *Bull. de la Soc. des anc. textes*, 1888, p. 83.

[4] Même observation. La version ordinaire (ci-dessus, p. 397) est différente

[5] Même version que dans le ms. d'Alençon (art. 17).

[6] Même version que dans le ms. B. N. fr. 686 (ci-dessus, p. 399). La version ordinaire (ci-dessus, p. 397) est différente.

[7] Diffère de la version ordinaire (ci-dessus, p. 402). Se retrouve dans le ms. de Queen's Coll. (Oxford), art. 91.

[8] Même version que dans le ms. d'Alençon, art. 18.

[9] Diffère de la version ordinaire (ci-dessus, p. 402). Se retrouve dans le ms. de Queen's Coll., art. 92, et dans B. N. fr. 423 (ci-après, p. 446).

[10] Queen's, art. 93.

[11] Queen's, art. 94.

[12] Version qui se trouve encore dans le ms. B. N. fr. 686, fol. 525, dans S. John's, art. 20, et dans Queen's, art. 19.

[13] Queen's, art. 32.

[14] Queen's, art. 33.

[15] Lire *Domitilla.* Queen's, art. 95.

[16] Queen's, art. 47.

[17] Queen's, art. 48.

[18] Queen's, art. 96.

[19] Queen's, art. 49.

[20] Queen's, art. 50.

[21] Ms. d'Alençon, art. 19 ; Queen's, art. 29.

[22] Se trouve dans le groupe *G* et ailleurs.

[23] Cette version ne paraît pas se trouver ailleurs.

[24] Même observation.

[25] Nous n'avons pas retrouvé ailleurs les légendes des articles 33 à 36 sous la forme qu'elles ont ici.

[26] Version que nous n'avons pas rencontrée ailleurs.

[27] Version différente de celle qu'on trouve dans *B* (art. 39), ci-dessus, p. 404.

41. Saint Paul l'ermite [1].
42. Saint André [2].
43. Saint Denis.
44. Sainte Félicité [3].
45. Sainte Christine.
46. Sainte Cécile.
47. Saint Sixte.
48. Saint Hippolyte.
49. Saint Blaise [4].

50. Saint Martin [5].
51. Saint Brice.
52. Saint Lambert.
53. Saint Gilles.
54 et 55. Saint Nicolas (et translation).
56. Saint Hilarion [6].
57. Saint Grégoire [7].
58. Saint Cucufat [8].

Cambridge, Saint John's Coll. 9, ff. 84-166 [9]. — Ce court légendier (il ne renferme que vingt légendes) est, par sa composition, très différent de tous les autres. Il a une légende en commun avec le groupe *E,* la vie de sainte Julienne (19) [10], que nous rencontrons aussi dans les mss. B. N. fr. 13496 (5) et 23112 (15). La vie de saint Silvestre (15) est commune à un grand nombre de légendiers; la vie de sainte Luce (17) est la même que dans les mss. 13496 et de Queen's; quatre (3, 13, 14, 20) font partie du légendier 23112. Toutes les autres (1, 2, 4-12, 16, 18) sont des versions nouvelles de légendes dont nous connaissons des versions plus anciennes.

1. Saint Jean l'évangéliste.
2. Saint André.
3. Saint Thomas apôtre.
4. Saint Paul.
5. Saint Jacques le Majeur.
6. Saint Barthélemi.
7. Saint Mathieu.
8. Saint Simon et saint Jude.
9. Saint Philippe.
10. Saint Jacques le Mineur.

11. Saint Pierre.
12. Saint Agapet.
13. Saint Clément.
14. Saint Chrysant et sainte Daire.
15. Saint Silvestre.
16. Sainte Agnès.
17. Sainte Luce.
18. Sainte Agathe.
19. Sainte Julienne.
20. Saint Marc.

[1] Même version que ci-dessus, p. 413.

[2] Cet article et le suivant contiennent des versions que nous n'avons pas encore rencontrées.

[3] C'est bien la version déjà mentionnée ci-dessus, p. 402 (*B* 21), quoique le commencement ne soit pas le même; mais dans *D*[1] (art. 60, *Notices et extraits,* XXXV, 498) le début est tel qu'ici.

[4] Se trouve dans *D*[1] (art. 57).

[5] C'est la version de Wauchier, ci-dessus, p. 283; mais il est remarquable que notre manuscrit a ici, au début, la même variante que *D*[1] (art. 58).

[6] Traduction de Wauchier, ci-dessus, p. 265.

[7] Même légende qu'au n° 17.

[8] Se trouve dans le ms. de Saint-Pétersbourg et ailleurs; voir ci-après, p. 436, et *Notices et extraits,* XXXVI, 690.

[9] Notice dans la *Romania,* VIII, 320. L'écriture est des premières années du xive siècle.

[10] Voir ci-dessus, p. 423.

Tours, 1015 [1]. — Ce manuscrit, de la fin du xive siècle ou du commencement du xve, est très mutilé, beaucoup des miniatures qui l'ornaient ayant été coupées. Il a été copié, comme on le voit par les formes du langage, sur un manuscrit plus ancien. C'est un de nos plus courts légendiers, car il ne contient que seize légendes, qui toutes se retrouvent dans les manuscrits du groupe *D*, et presque toutes dans les groupes *B C*. Il ne paraît pas cependant qu'il puisse être considéré comme dérivant d'un manuscrit du groupe *D*. En voici la table :

<table>
<tr><td>1. Passion (Évangile de Nicodème).</td><td>10. Martyre de saint Jean l'évangéliste.</td></tr>
<tr><td>2. Conversion de saint Paul.</td><td></td></tr>
<tr><td>3. Chaire de saint Pierre.</td><td>11. Saint Philippe.</td></tr>
<tr><td>4. Saint Barnabé.</td><td>12. Dispute de saint Pierre et de saint Paul contre Simon le magicien.</td></tr>
<tr><td>5. Saint Thomas apôtre.</td><td></td></tr>
<tr><td>6. Saint Barthélemi.</td><td>13. Saint Mathieu.</td></tr>
<tr><td>7. Miracles de Saint André [2].</td><td>14. L'invention de la Croix.</td></tr>
<tr><td>8. Saint Simon et saint Jude.</td><td>15. Saint Côme et saint Damien.</td></tr>
<tr><td>9. Vie de saint Jean l'évangéliste.</td><td>16. Saint Julien de Brioude.</td></tr>
</table>

Oxford, Queen's College 305. — Vaste recueil, écrit par deux mains dans la seconde moitié du xve siècle, contenant 114 articles. Il est à propos de classer ici ce légendier qui a été composé d'après plusieurs des recueils dont nous avons traité dans les pages précédentes. Le fond paraît avoir été fourni par des manuscrits des groupes *C E F*. Un certain nombre d'articles sont tirés de légendiers plus ou moins analogues à celui d'Alençon et au n° 23112 de la Bibliothèque nationale. Mais il y a aussi quelques légendes que nous n'avons pas rencontrées ailleurs, du moins sous la même forme : celles de saint Placide (art. 58), de saint Nicaise de Rouen (60), de saint François (86), de sainte Geneviève (98), de sainte Marguerite (107), de sainte Bathilde (110), de sainte Bertille (114). Nous ne croyons pas utile de donner ici le dépouillement du légendier d'Oxford, qui a été analysé en détail dans la *Romania*, XXXIV, 215.

B. N. fr. 987. — Manuscrit du xve siècle contenant 38 articles,

---

[1] Décrit dans le *Bulletin de la Société des anciens textes français*, 1897, p. 75 et suiv.

[2] Même début que dans les mss. d'Arras et d'Alençon.

dont 35 se retrouvent dans le légendier d'Oxford. L'un d'eux, la vie
de saint Pierre l'acolyte, n'a été trouvé jusqu'ici que dans ces deux
manuscrits. L'analyse de ce recueil, assez peu intéressant, a été donnée
dans la *Romania*, XXXIV, 234.

Bibl. imp. de Saint-Pétersbourg, fr. 35, ff. 3-125 et 156-194[1]. — Ce
grand recueil, écrit dans la seconde moitié du xiii° siècle, se compose
de six parties bien distinctes : 1° un recueil de trente légendes dont
les quatorze premières forment le légendier *A* étudié ci-dessus
(p. 396 et suiv.); 2° de très nombreux extraits du Légendier classé
selon l'ordre de l'année liturgique, dont il sera traité plus loin; 3° une
série de quatorze vies de saints; 4° la version dite champenoise de la
Vie des Pères (ci-dessus, p. 313); 5° la mise en prose d'un des poèmes
sur *Barlaam et Josaphat;* 6° les vies des saintes Agathe, Luce, Agnès,
Félicité. Nous ne nous occuperons présentement que des sections I,
III, VI.

I. Nous n'avons pas à revenir sur les quatorze premières légendes,
celles qui constituent le légendier *A*. Voici l'énumération des autres,
avec quelques renvois qui en faciliteront l'identification :

SUITE DE LA SECTION I.

15. Saint Martial (Arras, 24).
16. Saint Nicolas (Arras, 19).
17. Saint Paul l'ermite (trad. de Wauchier de Denain).
18. Saint Antoine (trad. de Wauchier).
19. Saint Mammès.
20. Saint Christophe (*B* 17, *B*¹ 17, *B*² 26, etc.).
21. Saint Quentin.
22. Saint Cucufat (B. N. 13496, art. 5).
23. Saint Nazaire (*D*¹ 65).
24. Saint Gervais et saint Protais.
25. Saint Étienne protomartyr.
26. Saint Agapet.

27. Saint Alexis (*C* 38, *E* 58).
28. Saint Jérôme (trad. de Wauchier).
29. Saint Benoit (trad. de Wauchier).
30. Saint Gilles (*C* 33, *E* 67).

SECTION III.

(Fol. 156) Saint Georges (*B* 16, *B*² 25, *C* 16, etc.).
(Fol. 159) Saint Babylas (*B*¹ 27, *B*² 29).
(Fol. 159 c) Saint Marius (*B*¹ 28, *B*² 30).
(Fol. 160 c) Saint Félix de Nole (*B*¹ 29, *B*² 31).
(Fol. 161 b) Les Trois frères jumeaux (*B*¹ 30, *B*² 32).

[1] Décrit dans les *Notices et extraits*, XXXVI, 677 et suiv.

(Fol. 164 c) Saint Denis (*B* 25, *B*¹ 31, *D* 28, etc.).

(Fol. 166 c) Saint Côme et saint Damien (*B* 26, *B*¹ 32, *B*² 33, etc.).

(Fol. 169 d) Saint Sixte (*B* 27, *B*¹ 36, *B*² 35, etc.)

(Fol. 171) Saint Laurent (*B* 28, *B*¹ 37, *B*² 36, etc.).

(Fol. 173 b) Saint Hippolyte (*B* 29, *B*¹ 38, *B*² 37).

(Fol. 174 d) Saint Lambert (*B* 30, *B*¹ 39, *B*² 38, etc.).

(Fol. 178 c) Purgatoire de saint Patrice (*B* 31, *B*¹ 40, *C* 43, etc.).

(Fol. 181 c) Saint Julien de Brioude (*B* 32, *B*¹ 41, *D* 35, etc.).

(Fol. 187 c) Saint Brendan (*B* 33, *B*¹ 42, *D* 36, etc.).

SECTION VI.

(Fol. 247 c) Sainte Agathe (*B* 18, *B*¹ 18, *C* 18, etc.).

(Fol. 249 c) Sainte Luce (*B* 19, *B*¹ 19, *C* 19, etc.).

(Fol. 251 b) Sainte Agnès (*B* 20, *B*¹ 20, *C* 20, etc.).

(Fol. 254) Sainte Félicité (*B* 21, *B*¹ 21, *C* 21, etc.).

B. N. fr. 13496. — Ce manuscrit, qui peut être attribué à la fin du XIIIᵉ siècle ou au commencement du XIVᵉ, a été exécuté en Bourgogne. Le caractère dialectal y est assez marqué pour ne laisser aucun doute à cet égard. Au XVᵉ siècle, sinon plus tôt, il appartenait à l'hôpital du Saint-Esprit de Dijon.

Malgré son peu d'étendue, il est précieux en ce qu'il nous a conservé quelques morceaux rares ou même uniques. Entre les vingt et une légendes qu'il renferme, cinq seulement, les articles 1 (saint Julien), 12 (saint Denis), 17 (saint Brendan), 20 (saint Silvestre), 21 (Purgatoire de saint Patrice), ont été fort répandues; deux d'entre elles (art. 12, 21) sont des versions isolées qui ont été publiées à part avant de prendre place dans les légendiers. La vie de Girart de Roussillon (art. 14), qui ne fut point un saint, mais qui avait fondé l'abbaye de Pothières, et dont la fabuleuse histoire ne pouvait manquer d'intéresser des lecteurs bourguignons, ne se trouve point ailleurs sous cette forme. La vie de la Madeleine (art. 8), qui intéressait aussi les Bourguignons à cause de la translation du corps de la sainte à Vézelai, se présente ici dans une rédaction que nous n'avons rencontrée nulle part ailleurs. Le morceau sur saint Lazare (art. 13) paraît également unique, mais ce n'est pas, à proprement parler, une légende.

1. (Fol. 1) *Saint Julien de Brioude* (*B* 32; cf. ci-dessus, p. 388).

2. (Fol. 13) *Saint Cucufat* (B. N. fr. 23112, art. 58).

3. (Fol. 18) *Sainte Catherine* (*D* 58).

4. (Fol. 26 c) *Sainte Euphrasie.* — Ou temps Theodosore l'empereor fu .j. homs, senators en la cité de Ronme, qui Antigonus avoit a non... (Queen's Coll., Oxford, art. 103)[1].

5. (Fol. 36 c) *Sainte Julienne* (*E* 83, *E*¹ 41, B. N. fr. 23112, art. 15; S. John's Coll., art. 19).

6. (Fol. 39 d) *Sainte Luce* (S. John's Coll., art. 17).

7. (Fol. 42) *Saint Bernard* (*E* 69).

8. (Fol. 131) *Sainte Marie-Madeleine.* — En celui tans que nostre sire Jhesucriz aloit par terre corporelment, estoit en celes parties une noble femme née dou chastel qui est nommez Magdalum...

9. (Fol. 146 c) *Sainte Marthe.* — Sainte Marthe fu suers sainte Marie Magdalene et Ladres, cui Diex suscita, et fu de la lignie de roy... (Légendier liturgique, art. 89).

10. (Fol. 148) *Sainte Marie l'Égyptienne* (*D* 57, *E* 71, *E*¹ 26).

11. (Fol. 155 b) *Sainte Élisabeth* (*E* 86).

12. (Fol. 179) *Saint Denis* (*B*² 20, *E* 26).

13. (Fol. 197 b) *Saint Lazare.* — Li sequence de l'euvangile selon saint Jehan : En celui temps estoit uns languissanz, li Ladres de Bethanie, dou chastel Marie et Marthe[2].

14. (Fol. 217) *Girart de Roussillon* [3].

15. (Fol. 139) *Saint Grégoire* (*E* 44, B. N. fr. 23112, art. 17).

16. (Fol. 245 c) *Saint Jérôme* (version de Wauchier de Denain).

17. (Fol. 248) *Saint Brendan* (*B* 33, *B*¹ 42, etc.).

18. (Fol. 259) *Saint Fursi* (*C* 49, *E* 65, etc.).

19. (Fol. 264) *Saint Benoit* (version de Wauchier de Denain).

20. (Fol. 282) *Saint Silvestre* (*B* 35, *B*¹ 44, *D* 38, *E* 43, etc.).

21. (Fol. 298) *Purgatoire de saint Patrice* (*B* 31, *C* 43, *D* 43, *E* 45, etc.).

Bibliothèque royale de Belgique, 10295-10304. — Ce manuscrit, dont on trouvera la notice détaillée dans la *Romania*, XXX, 295-315, contient un recueil de légendes françaises en vers et en prose. Écrit à Ath (Hainau) en 1428 et 1429, il a été compilé d'après des légendiers qui ne nous sont pas tous parvenus, car il nous a conservé certains articles qui paraissent uniques. Dans la liste qui suit on énumérera seulement les légendes en prose, avec les numéros d'ordre qui leur sont attribués dans la notice précitée.

[1] Cette version est différente de celle de *C* 56 (ci-dessus, p. 414).

[2] On voit que ce morceau est non pas une légende, mais la traduction du ch. xi du quatrième évangile. Suivent un sermon de saint Augustin sur saint Lazare et une série de miracles dont la scène est à Autun.

[3] Version publiée dans la *Romania* (VIII, 179 et suiv.), en regard de l'original latin, tiré d'un manuscrit.

1. Saint Christophe (*B*, *B*[1], *B*[2], *C*, *D*, *D*[1], *E*).
2. Saint Sébastien (*ibid.*).
3. Onze mille vierges (*D*, *D*[1], *E*).
4. Sept dormants (Lyon 770, Tours 1008 [1]).
5. Saint Quentin (Saint-Pétersbourg).
10. Saint Georges.
11. Sainte Euphrosyne.
12. Saint Antoine [2].
23. Sainte Marie Madeleine.
24. Sainte Marthe (*E*, *G*).

27. Saint Laurent (*B*, *B*[1], *B*[2], *C*, *D*, *D*[1], *E*).
33. Saint Hippolyte (*ibid.*).
34. Saint Lambert (*ibid.*).
35. Saint Sixte (*ibid.*).
36. Saint Longin (*ibid.*).
37. Saint Quiriaque (*B*, *B*[1], *B*[2], *D*[1], *E*).
38. Saint Babylas (*B*[1], *B*[2], *D*[1]).
39. Saint Marius (*ibid.*).
40. Trois frères jumeaux (*ibid.*).
41. Saint Côme et saint Damien (*B*, *B*[1], *B*[2], *D*, *D*[1], *E*).
42. Saint Denis (*B*[2], *E*).

On voit qu'il y a dans ce manuscrit quatre versions, qu'on peut, jusqu'à présent, considérer comme uniques (art. 10, 11, 12, 23). Elles ne peuvent être attribuées à un seul traducteur : tandis que la vie de saint Antoine est traduite de la façon la plus littérale, dans un style très pénible, la vie de la Madeleine, au contraire, semble être une compilation très librement faite d'après plusieurs sources; le style en est très aisé et tout à fait adapté à la récitation en public. La légende des Sept dormants (art. 4) n'avait été rencontrée jusqu'ici que dans des recueils écrits en Italie.

Bibl. Sainte-Geneviève 587, ff. 3-32 [3]. — Petit recueil composé de douze légendes empruntées à divers légendiers. Les articles 1 à 3 se retrouvent au début de plusieurs des manuscrits étudiés au cours de la présente notice (*C*[1], *D*, *E*, ci-dessus, p. 415 et suiv.). L'art. 12 (saint Georges) est commun. Les autres articles se rencontrent aussi en d'autres recueils, notamment dans celui de Saint-Pétersbourg, mais sont cependant peu fréquents. Le n° 9 (saint Apollinaire) ne nous est pas connu d'ailleurs.

1. Nativité.
2. Apparition, ou adoration des Mages.
3. Passion (Évangile de Nicodème).
4. Sainte Marthe (*E* 80).
5. Saint Cucufat.

[1] Voir ci-dessus, p. 399.

[2] Les articles 13 à 22 sont des légendes très abrégées qui ne sont peut-être que des sermons pour la fête de quelques saints. Il en est de même des art. 25 et 26. Voir *Romania*, XXX, 305, 307 et 309.

[3] Décrit dans les *Notices et extraits*, XXXVI, 718-719.

6. Saint Mammès[1].
7. Saint Agapet [2].
8. Sainte Marguerite[3].
9. Saint Apollinaire.

10. Saint Gervais et saint Protais[1].
11. Saint Étienne[5].
12. Saint Georges (B 16, B^2 25, C 16, etc.).

Dublin, Trinity College B. 2. 8. — Ce manuscrit est d'une écriture anglaise que l'on peut rapporter à la fin du xive siècle. Il n'est pas douteux qu'il a été copié sur un original français. Dans son état actuel il se compose de 91 feuillets, mais le commencement fait défaut et il manque des feuillets en plus d'un endroit. Il renferme vingt légendes qui ne sont pas de celles qu'on rencontre le plus souvent dans nos vieux légendiers français. Plusieurs nous sont déjà connues par le manuscrit de Saint-Pétersbourg et par le n° 587 de Sainte-Geneviève, dont nous venons de parler; d'autres forment une série continue qui paraît bien empruntée au Légendier classé selon l'ordre de l'année liturgique. En voici la liste :

1. Saint Antoine[6].
2. Saint Mammès.
3. Saint Cucufat.
4. Saint Nazaire.
5. Saint Gervais et saint Protais.
6. Saint Étienne.
7. Saint Agapet.
8. Saint Alexis.
9. Saint Jérôme.
10. Saint Éloi.

11. Saint Fuscien et saint Victorique.
12. Saint Nicaise.
13. Les Innocents.
14. Saint Thomas de Cantorbéry[7].
15. Saint Julien et sainte Basilique.
16. Saint Nicolas.
17. Saint Thomas apôtre.
18. Saint Martial.
19. Sainte Élisabeth.
20. Saint Grégoire[6].

Les articles 1 et 9 sont au nombre des vies traduites par Wauchier; la vie de saint Nazaire (art. 4) n'a été rencontrée jusqu'ici que dans D^1 (art. 65, ci-dessus p. 420); les articles 1, 3, 5, 6, 7 sont dans les manuscrits de Saint-Pétersbourg et de Sainte-Geneviève; les articles 10 à 15 sont classés selon le même ordre dans le Légendier liturgique, ce

---

[1] Voir la notice du ms. de Saint-Pétersbourg, *Notices et extraits*, XXXVI, 688.

[2] *Ibid.*, p. 691.

[3] *Ibid.*, p. 465.

[4] *Ibid.*, p. 690.

[5] *Ibid.*, p. 690-691.

[6] Version de Wauchier. Manque le début, par suite de la perte d'au moins un feuillet.

[7] Incomplet du début par suite d'une lacune.

[8] La fin du manuscrit est occupée par une copie inachevée de la version du Pastoral de saint Grégoire. Cette même version a été admise dans les manuscrits du groupe E (ci-dessus, p. 422). Elle se rencontre ailleurs, par ex. dans le ms. B. N. fr. 24864, fol. 179.

qui prouve qu'ils en sont tirés. Quant aux articles 8 et 16 à 20, ils sont probablement tirés d'un manuscrit du groupe *E* où se trouve aussi le Pastoral de saint Grégoire.

Lyon, Bibl. municipale 772[1]. — Ce manuscrit ne contient pas seulement un choix de vies de saints : on y trouve encore une version, connue d'ailleurs, du *Planctus beatæ Mariæ*, attribué à saint Bernard ou à saint Anselme (art. 6), un morceau sur les heures canoniques (art. 7), un long sermon sur la vie contemplative connu sous le nom de « Livre du palmier » (art. 32), de longs extraits des Vies des Pères, d'après la version dite champenoise (art. 28-31, 39)[2], et quelques autres morceaux de littérature profane ou religieuse. Les légendes proprement dites ont été puisées à des recueils divers dont l'un devait être plus ou moins analogue à C^1 (ci-dessus, p. 414), l'autre étant certainement le Légendier classé selon l'ordre de l'année liturgique dont il sera question plus loin. Nous donnons, dans la liste qui suit, la concordance entre le manuscrit de Lyon et ce légendier.

1. Annonciation (*Lég. lit.*, 45)[3].
2. Nativité (*Lég. lit.*, 8)[4].
3. Les saints Innocents (*Lég. lit.*, 12).
4. Saint Jean Baptiste (*Lég. lit.*, 73).
5. Passion [5].
6. La Plainte de Notre-Dame.
7. Heures canoniques.
8. Saint Longin [6].
9. Invention de la Croix (*Lég. lit.*, 55).
10. Saint Étienne (*Lég. lit.*, 10).
11. Sainte Marie-Madeleine (*Lég. lit.*, 88).

12. Chaire de saint Pierre (*Lég. lit.*, 37)[7].
13. Saint Barthélemi [8].
14. Saint Mathias (*Lég. lit.*, 38).
15. Saint Barnabé (*Lég. lit.*, 68).
16. Saint Marc [9].
17. Saint Vincent (*Lég. lit.*, 24).
18. Saint Laurent [10].
19. Saint Nicaise (*Lég. lit.*, 6).
20. Saint Jérôme [11].
21. Sainte Marie l'Égyptienne (*Lég. lit.*, 44).

---

[1] Décrit en détail dans le *Bulletin de la Société des anciens textes français*, 1885, p. 40 et suiv.

[2] Voir ci-dessus, p. 314.

[3] Ce morceau se retrouve encore ailleurs. Il forme le début des manuscrits du groupe *E*.

[4] Morceau par lequel commencent C^1, *D*, D^1; c'est l'article 2 du groupe *E*.

[5] D'après l'Évangile de Nicodème, art. 4 de *D* et D^1; art. 5 du groupe *E*, etc.

[6] *A* art. 11, *B* art. 13, etc.

[7] Se trouve aussi ailleurs (*D* 6, D^1 5, etc.).

[8] Version que renferment la plupart des légendiers. Seulement ici, il y a, au début, une leçon qui ne se rencontre que dans les manuscrits du groupe *A* (art. 10) et dans le ms. B. N. fr. 423.

[9] Même début dans *A* (art. 12); même version, mais avec un commencement différent, dans les autres groupes.

[10] *D* (art. 28), B^1 (art. 37), B^2 (art. 36), etc.

[11] Version de Wauchier de Denain.

22. Saint Éloi (*Lég. lit.*, 2).
23. Saint Grégoire (*Lég. lit.*, 41).
24. Saint Julien l'hospitalier[1].
25. Saint Eustache[2].
26. Sainte Suzanne[3].
27. Sainte Pélagie[4].

28. Sainte Marine[5].
29. Sainte Euphrosyne[6].
30. Marie la pécheresse.
31. Sainte Thaïs.
38. Barlaam et Josaphat[7].

On voit qu'une grande partie des légendes que renferme ce manuscrit sont tirées du Légendier liturgique. Néanmoins il serait impossible de le classer à la suite de ce légendier, l'ordre des pièces étant complètement bouleversé.

Arras, Bibl. municipale 657 (anc. 139), ff. 55-87. — Du légendier 772 de Lyon il convient de rapprocher le manuscrit 657 d'Arras, qui contient en grande partie les mêmes légendes. C'est un beau livre de la seconde moitié du XIIIe siècle, écrit en Picardie. La richesse de son enluminure lui a été funeste. Beaucoup des miniatures qui l'ornaient ont été découpées, des feuillets ont disparu, de sorte qu'il est assez difficile d'en déterminer exactement le contenu. Voici la liste des légendes dont nous avons pu constater l'existence; nous en indiquons la concordance avec le manuscrit de Lyon et, pour les deux derniers articles, avec d'autres recueils :

1. Sainte Suzanne (Lyon, 26).
2. Sainte Pélagie (Lyon, 27).
3. Saint Julien l'hospitalier (Lyon, 24).
4. Saint Jérôme (Lyon, 20).
5. Saint Éloi (Lyon, 22).
6. Plainte de Notre-Dame (Lyon, 6).

7. Heures canoniques (Lyon, 7).
8. Saint Eustache (Lyon, 25).
9. Purgatoire de saint Patrice (B, B^1, C, D, D^1, E, etc.).
10. Saint Alexis (C, E, Saint-Pétersbourg).

En dehors des légendiers proprement dits, on rencontre en certains manuscrits de petites collections de légendes françaises qui

[1] B 32, B^1 41, D 35, etc. Voir ci-dessus, p. 388.

[2] B^2 24, etc. Voir ci-dessus, p. 382, n. 1.

[3] Traduction des ch. XIII et XIV du livre de Daniel. Copie incomplète du même texte dans le ms. d'Arras 657 (anc. 139), fol. 53.

[4] L'original est dans les *Vitæ patrum* de Rosweyde (2e édition), p. 376 (Migne, *Patr.*

lat., LXXIII, 663; cf. *AA. SS.*, oct. IV, 261). Copie de la même version dans le ms. d'Arras précité, fol. 54.

[5] Version champenoise, ci-dessus, p. 307.

[6] Pour cette légende et les deux suivantes, voir *ibid.*

[7] Mise en prose d'un poème; voir ci-dessus, p. 340, note 1.

n'ont qu'une médiocre importance, étant le plus souvent tirées de recueils plus étendus qui nous sont parvenus. Le manuscrit B. N. fr. 25532 renferme, du fol. 281 au fol. 320, la vie, si souvent copiée, de saint Julien l'hospitalier, l'une des vies de Marie-Madeleine[1], la vie de saint Gilles, l'Invention de la Croix, la vie de sainte Marthe[2], le Purgatoire de saint Patrice, l'Antéchrist. — Le manuscrit B. N. fr. 422, dont nous avons parlé ci-dessus (p. 318) à propos des versions en prose des Vies des Pères, contient aussi quelques vies de saints et de saintes : celles de saint Martin (fol. 83), de saint Nicolas (fol. 97), de saint Jean l'évangéliste (fol. 117), de Marie-Madeleine[3] et la légende de l'Antéchrist. — Dans le manuscrit B. N. fr. 19531 nous trouvons, jointes aux vies rimées de saint Dominique et de sainte Elisabeth[4], les légendes en prose de saint Patrice (fol. 2), de l'Antéchrist (fol. 16 v°), de sainte Marthe (fol. 148 v°), de saint Augustin (fol. 163), de sainte Marie-Madeleine (fol. 169 v°). La légende de sainte Marthe existe ailleurs en un texte plus complet[5]; celle de saint Augustin paraît unique; celle de la Madeleine a été citée ci-dessus, p. 388-390. — Enfin nous mentionnerons un manuscrit de la fin du xiv⁰ siècle, conservé à Copenhague (fonds Thott, n° 217), qui contient les légendes suivantes : l'Assomption[6], une vie de sainte Marguerite, dont on n'a pas signalé d'autre copie, la vie de la Madeleine que nous venons de rencontrer dans le ms. B. N. fr. 25532[7].

Les légendiers dont il nous reste à parler se distinguent à tous égards de ceux dont nous nous sommes occupés jusqu'ici.

Légendier lyonnais; B. N. fr. 818, ff. 154-175. — Dans ce manuscrit

---

[1] Celle que nous avons déjà rencontrée dans *B* (art. 40), dans *B*¹ (art. 49), dans *D*¹ (art. 47).

[2] La même que dans *E* (art. 80), *E*¹ (art. 38), ci-dessus, p. 423.

[3] Voir sur cette rédaction, dont on a plusieurs copies ci-dessus, p. 389.

[4] Ci-dessus, p. 346 et 347.

[5] Cette rédaction est celle que nous avons rencontrée plus haut dans le ms. fr. 6447 (*D*¹), p. 288, et que nous attribuons à Vauchier de Denain. Seulement ici les premières pages de légende ont été omises. Le texte commence ainsi : « Apriès chou que Nostre Sire fu resuscités de mort vie et fu montés es ciels en sa grant seignorie, et il ot ses apostles confermés et doné del Saint Esperit gracie, ceste sainte damoisele, qam q'ele ot et pot avoir aporta ele as piés des apostles, car tout cil ki creoient adonques en Dieu estoient ausi com uns cuers et une ame..... » Cf. le ms. 6447 (*D*¹), fol. 304 *b*.

[6] Même légende que dans *B* (art. 37), *B*¹ (art. 46), *C* (art. 40), *D* (art. 48), *D*¹ (art. 55).

[7] Voir Abrahams, *Description des mss. français du moyen âge de la Bibl. royale de Copenhague* (1844), p. 9-11.

sont copiés, à la suite l'un de l'autre, deux légendiers absolument différents par le contenu, par la langue et par l'écriture. C'est du premier que nous allons nous occuper. La langue en est purement lyonnaise. Nous avons tout lieu de croire qu'il a été, non seulement transcrit, mais composé à Lyon ou dans les environs. On le considère à juste titre comme le plus ancien document du dialecte lyonnais qui nous soit parvenu. Il ne saurait être, en effet, postérieur à la fin du xiiiᵉ siècle, époque à laquelle appartient le manuscrit, et nous le croyons antérieur aux *Méditations* de Marguerite d'Oyngt, qui fut religieuse, puis prieure de Poleteins, près de Lyon, depuis 1286 environ jusqu'à sa mort, en 1310[1]. Aucune des vingt-six légendes que renferme le recueil lyonnais n'a pris place dans les nombreux légendiers que nous avons passés en revue ; quelques-unes seulement ont été intercalées, sous une forme légèrement francisée, parmi des légendes en pur français et connues d'ailleurs, dans un manuscrit dont nous parlerons tout à l'heure, le n° 423 du fonds français de la Bibliothèque nationale.

Le légendier lyonnais a été analysé en détail dans les *Notices et extraits des manuscrits*[2]. Pour chaque morceau on a indiqué l'original latin et transcrit les premières lignes du texte. Il suffira donc, présentement, de donner la liste sommaire des légendes dont se compose le recueil :

1. Dispute de saint Pierre et de saint Paul contre Simon le magicien.
2. Saint André.
3. Saint Jacques le Mincur.
4. Saint Jean l'évangéliste
5. Saint Jacques le Majeur.
6. Saint Thomas apôtre.
7. Saint Simon et saint Jude.
8. Saint Barthélemi.
9. Saint Mathieu.
10. Saint Philippe.
11. Saint Martial.
12. Saint Christophe.
13. Saint Sébastien.

[1] Voir *OEuvres de Marguerite d'Oyngt, prieure de Poleteins*, publiées par E. Philipon, avec une introduction de M.-C. Guigue (Lyon, Scheuring, 1877). — Nos devanciers ont commis une double erreur en l'appelant « Marguerite de Duyn » (Duingt, Haute-Savoie), et en plaçant sa mort vers 1294 (*Hist. litt. de la Fr.*, XX, 305).

[2] XXXIV, ii, 71 et suiv. C'est la seconde partie d'un mémoire intitulé *Notice sur le recueil de miracles de la Vierge renfermé dans le ms.* de la *Bibl. nat. fr. 818* (1893). — Depuis la publication de ce mémoire, une édition du légendier lyonnais a été commencée par MM. Mussafia et Gärtner, sous le titre assez impropre d'*Altfranzösische Prosalegenden* (Vienne et Leipzig, W. Braunmüller, 1ʳᵉ partie, 1895, 232-xxvi pages). — Ces légendes ont fourni la principale base du mémoire de M. Édouard Philipon sur la morphologie du dialecte lyonnais aux xiiiᵉ et xivᵉ siècles, *Romania*, XXX, 213-294.

14. Saint Georges.
15. Saint Marc.
16. Saint Blaise.
17. Saint Adrien.
18. Sainte Marie-Madeleine[1].
19. Sainte Eulalie.
20. Sainte Eugénie.

21. Sainte Christine.
22. Sainte Euphémie.
23. Sainte Agathe.
24. Sainte Luce.
25. Invention de la Croix.
26. Saint Mammès.

On voit que ce légendier n'est lyonnais que par la langue : il ne contient aucun saint de la région où il a été composé. Le traducteur a suivi l'ordre que nous avons observé en plusieurs de nos légendiers français : les apôtres, quelques anciens martyrs, un certain nombre de saintes, l'Invention de la Croix, et enfin saint Mammès, saint vénéré à Langres. De toutes ces légendes nous possédons des versions françaises, sauf pour sainte Eugénie et saint Mammès.

B. N. fr. 423. — Ce recueil est formé d'éléments disparates qui se retrouvent en maints autres légendiers. Il paraît, d'après l'écriture, avoir été fait au commencement du xiv⁰ siècle, et certaines particularités de langage permettent de croire que le copiste appartenait à la région lyonnaise. Il y a, du reste, dans cette compilation des morceaux tirés du légendier lyonnais que nous venons d'analyser.

Dans la table qui suit on ne donnera de numéro qu'aux légendes hagiographiques proprement dites.

1. (Fol. 1) *Passion de saint Paul* (*B* 3 ; ci-dessus, p. 400).
2. (Fol. 3 b) *Saint Jean l'évangéliste* (*B* 5 ; ci-dessus, p. 401).
3. (Fol. 6) *Barlaam et Josaphat* (mise en prose d'un poème ; voir ci-dessus, p. 340, note 1).
(Fol. 20) Extraits de la Vie des Pères d'après la version champenoise : vies de sainte Marine, de sainte Euphrosyne, de Marie la pécheresse (voir ci-dessus, p. 307)[2].
4. (Fol. 20ᵇⁱˢ) *Saint Barthélemi* (légendier lyonnais, art. 8).
5. (Fol. 23) *Saint André* (légendier lyonnais, art. 2).
6. (Fol. 24 d) *Sainte Eulalie* (légendier lyonnais, art. 19).

---

[1] Il ne serait pas impossible que, par exception, cette vie eût été rédigée d'après une des versions françaises, celle dont nous avons cité le début d'après B (ci-dessus, p. 404) et qui se rencontre encore dans le ms. Add. 6524 du Musée britannique (art. 49, ci-dessus, p. 408), dans le ms. B. N. fr. 25532 et dans le ms. Thott 217 de Copenhague.

[2] C'est par oubli que nous n'avons pas mentionné le ms. fr. 423 entre les recueils qui ont admis la totalité ou des extraits de la version champenoise (voir ci-dessus, p. 313).

7. (Fol. 26 c) *Saint Mathieu* (légendier lyonnais, art. 9).

(Fol. 29 d) Sermon en français.

8. (Fol. 32) *Sainte Marie-Madeleine* (version du Légendier liturgique, art. 88, déjà rencontrée dans le ms. 772 de Lyon; ci-dessus, p. 441).

9. (Fol. 33 b) *Sainte Marthe* (version du Légendier liturgique, art. 89, déjà rencontrée dans le ms. B. N. fr. 13496, ci-dessus, p. 438).

10. (Fol. 34) *Sainte Agnès* (*B* 20; ci-dessus, p. 402).

11. (Fol. 35 d) *Purgatoire de saint Patrice* (*B* 31; ci-dessus, p. 403).

(Fol. 39 d) « De Joseph d'Arimatia. »

(Fol. 50) Plainte de Notre Dame (même version dans le ms. B. N. fr. 818, fol. 17; voir *Bull. de la Soc. des anc. textes*, 1875, p. 63).

(Fol. 52) Extraits de la Vie des Pères.

12. (Fol. 53 c) *Saint Sébastien* (légendier lyonnais, art. 13).

13. (Fol. 56) *Saint Brendan* (*B* 33; ci-dessus, p. 403).

14. (Fol. 62) *Saint Jacques le Majeur* (légendier lyonnais, art. 5).

15. (Fol. 63 c) *Saint Philippe* (légendier lyonnais, art. 10).

(Fol. 64) Sermons en français. — (Fol. 79) Traduction en prose du Lucidaire. — (Fol. 91) Extraits de la Vie des Pères.

16. (Fol. 91 b) *Saint Georges* (légendier lyonnais, art. 14). — Suivent des extraits de la Vie des Pères et divers poèmes dont on trouvera la liste dans le catalogue imprimé.

17. (Fol. 137) *Sainte Agathe* (même version que dans le ms. B. N. fr. 23112, art. 14, ci-dessus, p. 433).

Ce qui semble résulter assez clairement de cette liste, c'est que le compilateur a mis à contribution le légendier lyonnais (art. 4, 5, 6, 7, 12, 14, 15, 16), un légendier plus ou moins analogue aux manuscrits du groupe *B* (art. 1, 2, 10, 11, 13) et le Légendier liturgique (art. 8 et 9), mais il n'est nullement impossible qu'il ait eu sous les yeux, outre le légendier lyonnais, un manuscrit analogue à celui de Lyon, où des vies empruntées au Légendier liturgique et à d'autres sources se trouvaient déjà mêlées aux vies du légendier *B*.

Légendier français composé à Lyon; B. N. fr. 818, ff. 276-307. — Ce recueil, qui ne comprend pas plus de huit légendes, diffère essentiellement du légendier lyonnais, auquel il fait suite dans le même manuscrit. L'écriture est d'une autre main, et probablement un peu plus récente; la langue est purement française, bien que les traductions dont se compose le recueil aient été faites à Lyon ou dans les environs. Le style en est lourd et parfois obscur : le traducteur visait à une exactitude littérale qu'il n'obtenait qu'au détriment de la clarté. Il n'y a rien chez lui qui rappelle l'élégante simplicité des traducteurs plus anciens, qui se préoccupaient peu de rendre chaque mot ou même chaque phrase de textes généralement écrits en un latin précieux et affecté, mais n'avaient pas d'autre ambition que de mettre à la portée d'auditeurs laïques ou ignorant le latin la substance des récits hagiographiques. Notre traducteur lyonnais écrit évidemment pour des lecteurs plutôt que pour un auditoire. Sa manière est analogue à celle du traducteur de la vie de saint Vast, dont nous avons parlé plus haut (p. 392). Cette tendance à la traduction littérale se manifeste de plus en plus à partir de la fin du XIIIe siècle, époque à laquelle nous attribuons le recueil. Nous en trouverons d'autres exemples.

Les légendes dont se compose le recueil sont les suivantes : 1° saint Laurent[1]; 2° saint Eustache; 3° saint Martin de Tours; 4° saint Clément pape; 5° les Quarante-huit martyrs de Lyon[2]; 6° saint Irénée[3]; 7° saint Just[4]; 8° sainte Consorce[5]. Les quatre premières avaient déjà été traduites; de la seconde, notamment, nous avions déjà trois versions en prose, mais il n'en est pas de même des quatre dernières, qui intéressent spécialement l'Église de Lyon. Cette circonstance, jointe à la présence du légendier dans un manuscrit évidemment lyonnais, ne laisse aucun doute sur son origine. Nous rapporterons ici, comme échantillon du style de ces versions, le début de la vie de saint Eustache, que l'on pourra comparer avec l'ancienne version citée plus haut, p. 383. Il ne sera pas inutile non plus, pour arriver à la pleine intelligence de ce texte obscur, de recourir à la partie correspondante de l'original latin, imprimée dans la note 2 de la page 382.

---

[1] Cette version a été publiée à la suite de la vie en vers du même saint, par M. Werner Söderhjelm, ci-dessus, p. 361.

[2] D'après Eusèbe (*Hist. ecclesiastica*), traduit par Rufin, l. V, chap. I-III (édition de l'Académie de Berlin, Leipzig, 1903, t. II, p. 403, ligne 3, à p. 415, ligne 6); cf. *AA. SS.*, 2 juin.

[3] Ce n'est pas, à proprement parler, une vie de saint Irénée, c'est la traduction littérale d'une série de passages relatifs à ce saint, tirés de l'*Historia ecclesiastica* d'Eusèbe, d'après la version de Rufin. Voici, à peu près, l'ordre dans lequel se suivent ces passages : livre V, début du prologue, début du ch. I, chap. III, IV, V, VI; l. IV, ch. XIV et XV; l. V, ch. XV et XX; l. III, ch. XXXVI. Il n'est pas à croire que le traducteur français (ou plus probablement, lyonnais) ait fait lui-même ce choix de morceaux. Il est probable qu'il l'aura trouvé tout fait dans une compilation latine que nous ne connaissons pas.

[4] Traduction de la *Vita prolixior*, publiée dans *AA. SS.*, sept., I, 374.

[5] *AA. SS.*, juin, IV, 250 (éd. Palmé, V, 214).

(Fol. 280) *Ici conmence la vie del beneüré saint Eustache et la passion, et de sa moillier, la trés beneüré[e], ensement.* Es tens de l'empereeur qui estoit apelez Traianus, esquels tens la fallace del deable valoit durement, estoit uns mestres de chevaliers qui estoit apelez Placidas par son nom, nobles de lignage, segont la char, resplendissanz de richeces, devant puianz de tote honeur, mès porpris des coutivemenz de deables. Icist estoit riches des oevres de justice et de totes les merites de vertuz. Il aidoit as oppressez; il defendoit en jugement les agravez. Certes, cist relevoit par ses richeces plusors qui estoient dampné a tort des juges; et vestoit les nuz et dispensoit necessaires choses a toz les besoigneus et indigenz, en tel guise que il fust veüz ja en icez tens Cornelies, si come l'en lit es Actes des apostres. Icist avoit o soi femme estant ensemble soz la coutiveüre de deables, mès nequedant ele estoit consentenz as mours de son mari...

Nous avons vu plus haut (p. 400) que des articles traduits de la *Legenda aurea* de Jacques de Varazze avaient été, en certains manuscrits, ajoutés à d'anciens recueils composés de légendes originales. L'inverse s'est aussi produit. Le manuscrit médicéo-palatin 141 de la Bibliothèque Laurentienne, écrit à Arras en 1399, contient un légendier français en 203 articles disposés selon l'ordre de l'année liturgique, dont 150 environ sont traduits de la *Legenda aurea,* tandis que les autres ont été pour la plupart empruntés à des légendiers semblables ou analogues à ceux que nous avons étudiés dans la présente notice. Quelques-uns de ces morceaux, toutefois, n'ont pas été jusqu'ici rencontrés ailleurs. Nous signalerons, par exemple, une vie de saint Vast (art. 44) dont nous avons déjà dit un mot (ci-dessus, p. 392, note 3), et une vie de saint Jean Paulus (art. 200) qui n'est autre chose que la mise en prose d'un poème indiqué en son lieu, dans une précédente notice (ci-dessus, p. 354). Nous ne nous étendrons pas davantage sur ce légendier artésien, dont il a été fait une description très détaillée[1]. Nous verrons, dans le chapitre suivant, qu'il a existé en latin ou en français, en dehors de la Légende dorée, plusieurs compilations où les saints sont rangés dans l'ordre de l'année liturgique.

LÉGENDIERS CLASSÉS SELON L'ORDRE DE L'ANNÉE LITURGIQUE.

Les compilations hagiographiques que nous avons étudiées jusqu'à présent sont, en général, classées selon un ordre plus ou moins mé-

[1] *Romania,* XXXIII, 1-49.

thodique, que l'on pourrait, en un certain sens, qualifier de hiérarchique et qui est observé dans les Litanies : d'abord les légendes relatives au Sauveur et à la Vierge Marie, puis celles qui se rapportent aux apôtres, aux martyrs, aux simples confesseurs, et enfin aux vierges. Cet ordre est souvent troublé par de nombreuses interversions et par l'intercalation, faite un peu au hasard, de nouvelles légendes; il se laisse pourtant reconnaître en beaucoup de nos vieux recueils. Les deux légendiers dont nous allons parler, et qui ne sont probablement pas les seuls de leur espèce, offrent une disposition toute différente, puisque les saints y sont rangés selon l'ordre de leurs fêtes, à commencer, naturellement, par l'Avent.

L'idée de résumer les vies des saints honorés par l'Église en des jours déterminés (soit au jour aniversaire de leur mort, soit à celui de leur translation) et de grouper ces résumés en des livres spéciaux pour être lus aux offices, est fort ancienne. Elle se manifeste d'abord par les lectionnaires, dont plusieurs remontent à l'époque carolingienne. Puis, en dehors de l'usage liturgique, on a, dès le xii* siècle au moins, formé des recueils hagiographiques, plus ou moins analogues aux συναξάρια grecs, où les légendes sont classées selon l'ordre du calendrier. Ces recueils pouvaient servir à la lecture journalière, notamment dans les monastères; ils fournissaient aussi une matière toute prête aux prédicateurs.

Celles de ces compilations qui ont eu le plus de vogue sont les suivantes :

1° La *Summa de divinis officiis* de Jean Belet (xii* siècle) [1], dont une partie consiste en une série de vies des saints présentées sous une forme très abrégée;

2° L'*Abbreviatio in gestis et miraculis sanctorum*, ou *Summa de vitis sanctorum*, compilation faite vers le milieu du xiii* siècle, en tous cas après 1230, et probablement dans le diocèse d'Auxerre [2];

---

[1] Voir *Hist. litt. de la Fr.*, XIV, 218.

[2] Lebeuf, *Mémoires concernant l'histoire d'Auxerre*, publiés par Challe et Quantin, IV, 394, 395; Delisle, *Le Cabinet historique*, XXIII (1877), 4-7; P. Meyer, *Notices et extraits*, XXXVI, 2-4. Aux manuscrits énumérés dans le dernier de ces mémoires il faut ajouter le n° 1.7.6 de Peterhouse (Cambridge), décrit par M. James dans son *Descriptive catalogue of the manuscripts in the library of Peterhouse* (Cambridge, 1899), p. 198-199, et le n° 227 de Balliol (Oxford). — Au chapitre sur l'Assomption sont rapportés deux miracles de la Vierge datés de 1230. Dans la vie de saint Amateur, évêque d'Auxerre, est mentionnée la construction de la cathédrale de cette ville, en 1209,

3° La *Legenda aurea*, de Jacques de Varazze;

4° Le *Sanctorale* de Bernard Gui, composé entre les années 1312 et 1318 [1].

La *Summa* de Jean Belet a été traduite en français [2], mais il ne paraît pas que la partie réservée aux vies des saints ait été jamais copiée à part, soit en français, soit en latin. De la *Legenda aurea* il existe plusieurs versions totales ou partielles, dont la plus répandue a été celle de Jean de Vignai, exécutée avant 1348, date du plus ancien manuscrit qu'on en possède [3]. Quant au *Sanctorale* de Bernard Gui, il ne paraît pas avoir été mis en français. Au contraire, l'*Abbreviatio* ou *Summa de vitis sanctorum* est la base principale d'un légendier français dont nous allons nous occuper en premier lieu.

Ce légendier, que nous désignons sous le titre de « Légendier classé selon l'ordre de l'année liturgique », ou, plus simplement, de « Légendier liturgique », se compose de 168 légendes. Comme il a été l'objet d'une notice détaillée dans les *Notices et extraits des manuscrits* [4], nous n'aurons guère ici qu'à résumer des faits déjà connus. On en possède au moins six copies complètes ou fragmentaires [5]. De plus, un manuscrit de l'Arsenal (n° 3706) en renferme des extraits (48 légendes). Tous ces manuscrits sont de la fin du XIIIe siècle ou du XIVe, sauf celui de l'Arsenal, qui est du XVe. En outre, trois autres manuscrits contiennent des parties considérables du même légendier, jointes à des légendes qui en étaient originairement indépendantes. Le premier est le manuscrit français 35 de la Bibliothèque impériale de Saint-Pétersbourg (seconde moitié du XIIIe siècle), vaste recueil plus d'une fois cité dans les pages précédentes [6], et qui, à la suite d'un certain nombre de légendes disposées à peu près dans l'ordre du premier des groupes étudiés précédemment, contient de nombreux

---

par Guillaume « postea Parisiensis episcopus ». Guillaume fut évêque de Paris de 1220 à 1223; il avait occupé le siège d'Auxerre de 1207 à 1220.

[1] L. Delisle, *Notices et extraits des manuscrits d'Auxerre*, XXVII, 2e partie, p. 274-292 (§ 131-143).

[2] B. N., lat. 995. Voir *Bulletin de la Société des anciens textes français*, année 1884, p. 83.

[3] On a donné la liste de ces versions dans la *Romania*, XXXIII, 3, 4. L'une d'elles est contenue dans le manuscrit artésien de la Bibliothèque Laurentienne, dont nous avons parlé ci-dessus, p. 448.

[4] XXXVI, 1-69.

[5] Paris, B. N. fr. 988, 1782 (court fragment); Bibl. Sainte-Geneviève 587; Épinal 70; Lille 451; Musée brit. Add. 15231 (fragment). — Le ms. de Sainte-Geneviève, qui n'a pas été utilisé dans la notice citée à la note précédente, est décrit dans les *Notices et extraits*, XXXVI, 717-721.

[6] P. 260, 279, 313, 397, 436.

extraits (en tout 66 articles[1]) du légendier classé selon l'ordre du calendrier liturgique. Ces extraits ont été choisis de façon à ne pas faire double emploi avec le recueil qui les précède dans le même manuscrit. Le second manuscrit est le n° 3684 de la Bibliothèque de l'Arsenal, qui a été écrit en Lorraine au xv° siècle. Il renferme 114 des légendes du Légendier liturgique, entre lesquelles ont été intercalées 41 vies de saints dont plusieurs appartiennent au diocèse de Metz[2]. Enfin un manuscrit de la bibliothèque de l'Université de Leipzig, exécuté au xiv° siècle en Lorraine, et probablement à Metz, contient, à la suite de morceaux divers, dont plusieurs sont traduits de Jacques de Varazze, environ 125 légendes tirées du Légendier liturgique[3]. Cette compilation est apparentée de près au manuscrit de l'Arsenal que nous venons de citer.

Afin de montrer le rapport qui existe entre l'*Abbreviatio* et le légendier français qui en est dérivé, nous allons donner la liste des légendes que renferme la compilation latine, y joignant la concordance avec les légendes correspondantes du recueil français. Ce tableau est d'autant plus utile que l'*Abbreviatio* est inédite et que même l'indication des morceaux dont elle se compose n'a jamais été donnée. On remarquera que dix-huit de ces morceaux n'ont pas été admis dans le légendier français, et que, d'autre part, ce dernier renferme jusqu'à dix légendes qui manquent à l'*Abbreviatio*[4].

Saint André (30 nov.)	1	Saint Étienne (26 déc.)	10
Saint Éloi (1ᵉʳ déc.)	2	Saint Jean l'évangéliste (27 déc.)	11
Saint Nicolas (6 déc.)	3	Saints Innocents (28 déc.)	12
Sainte Luce (13 déc.)	5	Saint Thomas de Cant. (29 déc.)	13
Saint Thomas, apôtre (21 déc.)	7	Saint Silvestre (31 déc.)	14
Nativité (25 déc.)	8	Sainte Colombe (31 déc.)	15
Sainte Anastasie (25 déc.)	9	Circoncision (1ᵉʳ janv.)	"
Sainte Eugénie (25 déc.)	"	Sainte Geneviève (3 janv.)	16

[1] Plusieurs de ces articles sont en déficit, le manuscrit ayant subi de nombreuses mutilations, mais on peut se rendre compte de son état primitif grâce à une table dressée au xiv° siècle, qui est reliée au commencement du volume. Voir *Notices et extraits*, XXXVI, 692-700.

[2] Voir *Romania*, XXVIII, 266-267.

[3] N° 1551. Nous devons une description détaillée de ce manuscrit à l'obligeance de M. Suchier, professeur à l'Université de Halle.

[4] La liste qui suit a été dressée à l'aide des mss. 1731 de la Bibliothèque Mazarine et 5639 du fonds latin de la Bibliothèque nationale.

[1] Fait défaut dans le ms. lat. 5639.
[2] C'est la première date de cette fête, transportée au 1er novembre par le pape saint Grégoire le Grand.

[1] Saint Victor de Marseille..

[2] Cette vie manque dans le ms. lat. 5639. Du reste elle n'est pas à sa place. On a évidemment voulu la rapprocher de la légende de Marie-Madeleine.

[3] Cette vie et la suivante manquent dans le ms. lat. 5639.

[4] Cette légende, qui n'a que trois lignes, manque dans le même manuscrit.

[5] Suivent divers miracles, sur lesquels voir la notice du Légendier en ordre liturgique (*Notices et extraits*, XXXVI, 48).

[6] Devrait être au 29 janvier; voir le mémoire précité, à l'art. 123.

Les dix légendes que le légendier français n'a pas empruntées à l'*Abbreviatio* sont celles des saints Fuscien et Victorique (4), de saint Nicaise (6), de sainte Marie l'Égyptienne (44), des saints Tiburce et Valérien (49), de sainte Restorée, *sancta Restituta* (56), de saint Thibaut (79), de saint Érasme (81), de saint Alexis (85), de saint François d'Assise (150), et enfin (82) une homélie sur la résurrection du fils de la veuve (LUC., VII, 11-15 [3]). Il est peu vraisemblable que le traducteur ait eu un texte de l'*Abbreviatio* différent de celui qui nous est parvenu en plusieurs copies. On est plutôt porté à croire qu'il s'est octroyé la liberté d'omettre certaines légendes et d'en ajouter d'autres. Cette supposition est d'autant plus vraisemblable qu'il paraît avoir traité très librement son original. Dans les morceaux qu'il a traduits, il ne s'est pas astreint à suivre littéralement le texte. C'est ainsi qu'il a supprimé, comme étant peu appropriées au but qu'il se

[1] Cette légende est jointe à la précédente, comme dit le compilateur, « propter morum et « nominum similitudinem ». Mais la similitude du nom n'est pas complète. Il s'agit d'une vierge appelée Marguerite qui, déguisée en homme et sous le nom de *Pelagius*, se rend dans un monastère. Cette légende a été résumée par Jacques de Varazze, éd. Grässe, chap. CLI.

[2] Anciennement au 2 novembre.

[3] C'est l'évangile du quinzième dimanche après la Pentecôte.

proposait, toutes les discussions historiques auxquelles s'est livré, en certains cas, l'auteur de l'*Abbreviatio,* et où celui-ci fait preuve d'un sens critique bien rare chez les auteurs de compilations hagiographiques [1].

La composition de notre légendier français soulève une autre question à laquelle il n'a pas été possible, jusqu'ici, de donner une réponse satisfaisante. Entre les 168 articles dont il se compose, il en est 30 au moins qui se rencontrent, mêlés à des légendes dont la source n'est pas l'*Abbreviatio,* dans certains des légendiers précédemment examinés, notamment dans le manuscrit 772 de Lyon, dans celui de Dublin, dans les manuscrits des groupes *D* et *E* [2], etc. Faut-il croire que ces 30 articles ont été empruntés à notre légendier par les compilateurs de ces divers recueils, ou, inversement, que l'auteur de notre légendier les a pris à des recueils antérieurs? La première hypothèse paraît vraisemblable en certains cas : nous l'avons dit en traitant du manuscrit 772 de Lyon et du manuscrit de Dublin; mais en d'autres cas elle n'est guère admissible [3]. Une particularité à noter, et dont l'explication nous échappe, est que, parmi ces trente articles, dix-sept sont compris dans les vingt-huit premiers numéros du Légendier classé selon l'ordre liturgique, c'est-à-dire dans les deux premiers mois; les treize autres sont répartis entre les mois de février à juillet [4].

Légendier de Chartres. (Bibl. de Chartres, n° 333, fol. 73-110.) —

[1] Voir la notice du Légendier français classé selon l'ordre de l'année liturgique, notes des art. 58, 70, et aussi les art. 114 et 128.

[2] Les articles saint Éloi (2), saint Nicolas (3), saint Fuscien et saint Victorique (4), saint Nicaise (6), Nativité (8), sainte Anastasie (9), saint Étienne (10), Innocents (12), saint Thomas de Cantorbéry (13), sainte Colombe (15), saint Julien et sainte Basilisse (17), saint Hilaire de Poitiers (18), saint Félix (19), saint Antoine (20), saint Vincent (24), Conversion de saint Paul (25), saint Savinien (28), saint Blaise (31), Chaire de saint Pierre (37), saint Mathias (38), saint Grégoire (41), sainte Marie l'Égyptienne (44), Annonciation (45), Invention de la Croix (55), saint Barnabé (68), saint Jean Baptiste (73), saint Thibaut (79), sainte Marie-Madeleine (88), sainte Marthe (89), saint Remi (144, au 1er octobre, date de la translation, mais l'*Abbreviatio* et certains mss. français placent cette légende au 13 janvier, ce qui semble plus correct; voir *Notices et extraits,* XXXVI, 20, note 2).

[3] Par exemple, le morceau sur la Nativité du Christ (8), dont pourtant le texte latin existe dans l'*Abbreviatio* (voir *Notices et extraits,* XXXVI, 17), se rencontre dans tant de manuscrits, dont plusieurs ne sont pas proprement des légendiers, qu'on ne peut sans invraisemblance le considérer comme emprunté au Légendier liturgique. L'inverse est beaucoup plus probable, d'autant plus que ce morceau a tout à fait l'allure d'un sermon, étant entrecoupé d'adresses du prédicateur à ses auditeurs, ce qui n'est pas du tout dans le caractère des autres morceaux dont se compose le légendier.

[4] Voir *Notices et extraits,* XXXVI, 6.

Le recueil dont nous allons traiter présentement est beaucoup moins étendu que le précédent. Il a été certainement composé dans le diocèse de Chartres. Il ne paraît pas avoir été fort répandu, car on n'en connaît qu'un seul manuscrit, conservé et très probablement exécuté à Chartres. Il renferme 45 légendes, assez brièvement contées, dont voici l'énumération [1] :

1, Saint André; 2, saint Nicolas; 3, Conception N.-D.; 4, sainte Luce; 5, saint Thomas, apôtre; 6, saint Étienne; 7, saint Jean l'év.; 8, les Innocents; 9, saint Thomas de Cantorbéry; 10, saint Silvestre; 11, saint Hilaire; 12, saint Lomer; 13, saint Fabien; 14, saint Vincent; 15, saint Julien; 16, saint Blaise; 17, saint Grégoire; 18, saint Lubin; 19, saint Benoit; 20, l'Annonciation; 21, saint Georges; 22, saint Marc; 23, les Rogations (grande litanie); 24, les autres Rogations (petite litanie); 25, l'invention de la Croix; 26, saint Chéron; 27, saint Barnabé; 28, la Nativité de saint Jean Baptiste; 29, saint Pierre et saint Paul; 30, saint Martin; 31, saint Arnoul; 32, sainte Marie-Madeleine; 33, saint Christophe; 34, sainte Anne; 35, saint Germain l'Auxerrois; 36, saint Pierre ès liens; 37, saint Étienne, pape; 38, saint Symphorien; 39, la Nativité N.-D.; 40, saint Mathieu; 41, saint Michel; 42, saint Simon et saint Jude; 43, la Toussaint; 44, sainte Cécile; 45, saint Clément.

Suivent un sermon sur les dîmes, un « communis sermo de uno apo-« stolo », d'autres sermons « de pluribus confessoribus », « de uno « confessore », sur la dédicace des églises et sur la Purification de Notre-Dame.

La présence de saints spéciaux au diocèse de Chartres (saint Lomer, saint Lubin, saint Chéron), et qui ailleurs étaient peu connus, indique clairement l'origine du recueil. Les légendes proprement chartraines ont été publiées par M. Lecocq dans les *Mémoires de la Société archéologique d'Eure-et-Loir*, t. IV (1867), p. 190 et suiv., avec le sermon sur les dîmes. Celle de saint Christophe et le commencement de celle de saint André ont été insérés dans une notice du manuscrit de Chartres (*Romania*, XXIII, 180). Ces extraits suffisent à donner une idée de ce recueil, qui paraît avoir été destiné à fournir la matière de sermons.

Nous ne croyons pas avoir épuisé, dans cette longue notice, toute la série des versions en prose française des légendes hagiographiques.

[1] La liste donnée dans le *Catalogue général des manuscrits des bibliothèques de France*, XI, 160, est incomplète.

Nous nous sommes surtout attachés à l'étude des recueils où les légendes sont plus ou moins systématiquement groupées, des légendiers proprement dits. Mais on a fait, vers la fin du XIIIe siècle et au commencement du XIVe, des traductions françaises de certaines vies de saints, qui n'ont pas pris place dans les légendiers. Nous nous proposons de leur consacrer plus tard de brèves notices.

Comme nous l'avons fait précédemment pour les versions des Vies des Pères, nous donnerons, en terminant, la liste, par bibliothèques, des manuscrits utilisés dans la présente notice.

---

[1] N° 139 du Catalogue imprimé (*Catalogue général des manuscrits*, in-4°, t. IV).

P. M.

JACQUES DE LAUSANNE
FRÈRE PRÊCHEUR.

Antoine de Sienne fait deux personnages d'un seul[1]. Il appelle l'un des deux *Jacobus de Osanna,* et le place en l'année 1314; l'autre *Jacobus de Lausania* : quant à ce *Jacobus de Lausania,* il vécut, dit-il, suivant quelques-uns, en 1262, suivant d'autres en 1375. Mais il tient ces deux dates pour également fausses, car il a lu dans de vieux papiers, à Barcelone, que ce *Jacobus de Lausania* vivait en 1317. Donc ces deux homonymes auraient été contemporains, d'abord l'un et l'autre frères Prêcheurs et plus tard, dans le même temps, l'un et l'autre évêques de Lausanne. Du Cange ne paraît pas admettre la distinction de ces deux Jacques[2], et Fabricius l'a sans hésitation rejetée[3]. Elle n'avait pas d'autre fondement, même pour Antoine de Sienne, qu'une erreur commise, au XVIe siècle, par un écrivain espagnol, le dominicain Jean de la Cruz.

Jacques de Lausanne, ainsi nommé du lieu de sa naissance, entra, dès sa première jeunesse, au couvent que les religieux de Saint-Dominique possédaient en cette ville depuis environ 1230[4]. Il fut ensuite envoyé, ayant été jugé capable de pousser plus loin ses études, dans la florissante maison de Saint-Jacques, à Paris. Mais vers quelle année? C'est là ce qu'on ignore. Nous le trouvons pour la première fois à Paris en l'année 1303.

Un témoignage peut être allégué comme prouvant qu'il quitta Lausanne quelques temps auparavant. Un de ses sermons prêché dans la ville de Reims *in synodo,* ou, comme nous lisons ailleurs, *in consistorio in capitulo*[5], a pour date, dans un manuscrit de Vienne[6], l'année 1300. Mais une note tirée d'un autre manuscrit, que possédait l'abbé Decamps, abbé de Signi, et transcrite sur une des marges du ms. latin 18181, fol. 321, de la Bibliothèque nationale, rapporte ce chapitre provincial et ce sermon à l'année 1307.

[1] *Bibliotheca fr. Præd.,* p. 122, 129.
[2] *Glossar. med. et inf. latin.,* t. VII, p. 397.
[3] *Bibliotheca med. et inf. ætatis,* t. IV, p. 13, 15.
[4] Quétif et Échard, *Script. ord. Præd.,* t. I, p. 547.
[5] Bibl. nat., ms. lat. 14799, fol. 222^b.
[6] *Tabulæ cod. mss. Vind.,* n° 631.

Voici maintenant des documents dignes d'une entière confiance. Le 26 juin 1303, Jacques de Lausanne assiste, à Paris, au chapitre de son ordre extraordinairement assemblé pour délibérer sur la convocation, demandée par le roi, d'un concile général. Il est encore simple frère[1]. C'est au mois de mai 1311 qu'il est appelé, pour la première fois, à commencer ses exercices de bachelier. À cette date, un chapitre général, tenu dans la ville de Naples, l'autorise à lire l'Écriture Sainte au couvent de Saint-Jacques[2]. Il figure encore avec le titre de *bacchalarius Bibliæ,* dans une pièce du mois de juillet 1314, parmi les théologiens chargés d'examiner un livre suspect de Durand de Saint-Pourçain[3]. Cependant, au mois de juin 1313, il avait été désigné pour commenter les Sentences l'année suivante[4], et une décision capitulaire du mois de mai 1314 avait confirmé cette désignation[5]. Les leçons des sententiaires ne commençant que le 10 octobre, Jacques de Lausanne dut prendre possession de sa nouvelle chaire au mois d'octobre 1314, et Bernard Gui nous atteste qu'il l'occupait en 1316[6], sans doute avec le titre de bachelier « formé ». Ses leçons eurent, comme il paraît, un grand succès : car, en l'année 1317, le roi Philippe pria le pape de lui faire octroyer au plus tôt la licence, et, le 3 juillet de cette année, le pape écrivit au chancelier Thomas de Bailli, l'invitant à faire ce que le roi désirait, sans retarder pour cela la collation du même grade aux candidats présentés par les supérieurs de l'ordre[7]. Cela veut dire que le pape demandait pour lui ce qu'on appelle un tour de faveur. Il lui fut accordé : Jacques de Lausanne fut pourvu de licence avant la Saint-Martin de l'année 1317[8].

Une des obligations des bacheliers était de prêcher quelquefois, devant faire leurs preuves en ce genre d'exercice. Jacques de Lausanne prêchait certainement dans les églises de Paris dès l'année 1315. C'est lui-même qui nous l'apprend. Nous lisons, en effet, dans un de ses sermons : *Beatus Dominicus, institutor et rector noster, vocat nos fratres ordinis sui ad . . . statum contemplationis. Ordo renuit et excusat*

<hr>

[1] *Chartul. Univ. Paris.,* t. II, p. 102.

[2] *Ibid.,* p. 148.

[3] Les *Commentarii in IV libros Sententiarum* (ms. 231 du Mans, fol. 146 v°; *Catal. gén. des mss.,* in-8°, t. XX, p. 166).

[4] *Chartul. Univ. Paris.,* t. II, p. 167.

[5] *Chartul. Univ. Paris.,* t. II, p. 172.

[6] Quétif et Échard, *loc. cit.*

[7] *Chartul. Univ. Paris.,* t. II, p. 206.

[8] Denifle, *Quellen zur Gelehrtengeschichte des Predigerorden,* dans *Archiv für Literatur- und Kirchengeschichte,* t. II, p. 216.

quod est senex, nec solum octogenarius, sed etiam nonagenarius et plus, hodie est annus nonagenarius octavus; sed certe ista excusatio mala[1]. L'ordre de Saint-Dominique ayant été fondé par Honorius III au mois de décembre de l'année 1216, le sermon que nous venons de citer est donc de l'année 1315.

Une fois en possession du grade de licence, Jacques de Lausanne fut bientôt appelé aux plus hautes fonctions de son ordre. Quand, en l'année 1318, Hervé Nédellec, prieur de la province de France, fut nommé général, c'est à Jacques de Lausanne que fut attribuée l'administration de cette province. En l'année 1321, venant de présider le chapitre provincial dans la ville de Bourges, il entreprit de visiter plusieurs maisons de son ordre; mais, parvenu jusqu'au couvent de Pons, au diocèse de Maillezais, il y fut retenu par une maladie qui l'emporta. On ne sait pas la date précise de sa mort; il est, du moins, constant qu'en l'année 1322 (nouveau style), vers la fin de janvier, Hugues de Vaucemain était élu pour le remplacer comme prieur provincial.

Échard fait ici remarquer que Jean de Torquemada s'est gravement trompé quand il a fait mourir notre docteur sur le siège épiscopal de Lausanne. L'erreur commise par Torquemada s'explique d'autant moins que l'église de Lausanne n'eut alors aucun évêque du nom de Jacques.

Jacques de Lausanne a laissé, comme nous l'avons dit, de nombreux écrits, dont quelques-uns, fréquemment copiés au xiv⁰ siècle et au xv⁰, ont encore paru mériter, au xvi⁰, les honneurs de l'impression. Mais le succès de ce fécond écrivain n'a pas duré plus longtemps, même dans son ordre; Échard ne l'a guère plus épargné que Casimir Oudin. Ce qu'ils lui reprochent surtout l'un et l'autre, c'est d'avoir toujours manqué de gravité. Il en manquait peut-être naturellement. Quoi qu'il en soit, il s'est fait un système d'être constamment jovial, même en discourant sur les choses qui prêtaient le moins à rire, et, comme il n'avait pas de goût, il a trouvé partout quelque prétexte pour oser les badinages les plus vulgaires. Ajoutons qu'il s'exprime dans le plus mauvais latin, ne s'inquiétant d'observer aucune règle de la grammaire, ne faisant consister

____

[1] Bibl. nat., ms. lat. 18181, fol. 124ᵃ.

l'art d'écrire qu'à jouer sur les mots, et se donnant toute liberté d'en fabriquer, pour être burlesque. Jacques de Lausanne est donc un écrivain très peu recommandable, malgré l'enjouement et la vivacité de son esprit. Faisons pourtant remarquer qu'on ne perdra pas toute sa peine en lisant les livres de cet auteur, car on trouvera, dans le fatras de ses pointes et de ses autres facéties, un assez grand nombre d'allusions historiques, d'anecdotes et de traits de mœurs. Nous allons nous efforcer de dresser le catalogue exact de ses écrits.

I. *Super Sententias lectura Thomasina.*

Tel est le titre qu'Échard donne à cet ouvrage qui commence, dit-il, par ces mots : *Utrum theologia sit scientia? Arguitur quod non, quia scientia est de universalibus.* Échard a lu, dit-il, ce début dans un manuscrit du couvent de Saint-Jacques que nous n'avons pas retrouvé. Mais il n'est guère possible de douter de l'exactitude de cette indication, qu'un autre témoignage confirme.

Le manuscrit latin n° 1542 de la Bibliothèque impériale de Vienne contient, sous le nom de Jacques de Lausanne, des *Quæstiones super Sententias,* appelées aussi *Lectura Thomasina super Sententias,* qui commencent par ces mots : *Circa principium primi libri quæritur primo utrum sancta theologia sit scientia. Arguitur primo quod non.* Suit un commentaire du premier et du second livre des Sentences. Quant au commentaire des livres III et IV, il a dû être également rédigé par Jacques de Lausanne, mais n'est représenté dans ce manuscrit de Vienne que par des titres de chapitres[1].

En outre, dans le manuscrit latin n° 4593 de la même bibliothèque se trouve, également sous le nom de Jacques de Lausanne, un *Compendium Sententiarum Lombardi,* qui commence par : *Cupientes aliquid. . . In libro primo suo Magister præmittit . . .* Notre auteur a-t-il abrégé les Sentences après les avoir commentées? Nous reproduisons ce renseignement tel qu'il nous est fourni par le Catalogue.

II. *Postillæ morales super Pentateuchum.*

Les gloses morales sur les livres divers qui composent le Penta-

[1] Cf. *Chartul. Univ. Paris.,* t. II, p. 167.

teuque n'étant pas toujours réunies, cela nous oblige à parler séparément de chacune d'elles.

La glose sur la Genèse nous est offerte par les mss. latins 14798 et 14799 de la Bibliothèque nationale, où elle commence par : *In principio creavit... In verbis propositis, scilicet « In principio creavit Deus « cælum », tangimus quatuor, ratione quatuor causarum* L'exemplaire que contient le ms. latin 605 de la même bibliothèque n'est pas une copie complète; ce sont des extraits, comme d'ailleurs le titre nous en avertit : *Extractio moralis postille Jacobi de Lozanna super Genesim;* et ces extraits commencent par : *Terra erat inanis... Ovum venti dicitur inane et vacuum, quia non habet virtutem ut inde proveniat pullus.*

Voici la méthode du glossateur. Il ne cite pas tous les mots du texte, mais il n'omet aucun de ceux qu'il peut interpréter moralement, et son interprétation morale est souvent une satire très acerbe. Ce sont les évêques qu'il traite le plus mal, mais sans épargner les curés, les usuriers, les avocats, les nobles et les femmes. Son instruction en matière d'exégèse est à peu près nulle; ce qu'il sait le mieux, c'est l'histoire naturelle, comme il a pu l'apprendre dans les bestiaires et dans les Étymologies d'Isidore de Séville. Elle lui sert à comparer les mœurs des hommes à celles des animaux; ce qu'il fait constamment, quelquefois avec esprit. En somme, qu'on n'aille chercher dans cette glose aucune explication du texte; on n'y trouvera que des moralités plus ou moins ingénieuses.

Les évêques y sont, disons-nous, particulièrement censurés. Il les compare à Lamech qui, suivant la tradition[1], était grand chasseur quoique aveugle, et qui, chassant sous la conduite d'un enfant, tua Caïn lorsqu'il pensait tuer une bête. Ainsi les évêques, atteints de la même cécité, frappent, au lieu des pervers, les plus honnêtes gens[2]. Faut-il s'en étonner? Ce sont, pour la plupart, des parvenus sans titres; ce qui les a faits ce qu'ils sont, c'est la simonie, c'est le népotisme. L'Église défend aux évêques d'avoir des femmes, des enfants; ils n'en ont pas *de jure;* mais, *de facto,* c'est tout autre chose. Voilà un bien grand mal[3]. Quant à la simonie, c'est un vice qu'on ne prend plus même la peine de dissimuler : *Nota de episcopo qui dixit alteri episcopo,*

---

[1] Cf. *Historia scolastica, Genesis,* ch. xxxviii (Migne, t. CXCVIII, 1079).

[2] Ms. 605, fol. 8 v°.

[3] *Ibid.,* fol. 39 v°. Ms. 14798, fol. 405 v°.

et ille dixit fratri Jacobo de Losanna : « Scio quod male intravi; » sed pro verecundia non audebat dimittere[1].

Si les évêques sont tellement blâmables, les chanoines qui composent leurs chapitres ne valent pas mieux qu'eux. Les méchants y sont étroitement associés contre les bons. Quelqu'un s'avise-t-il de censurer un coupable? La masse indignée le défend et charge l'honnête homme de ses imprécations. Nous citons au hasard; presque à chaque page on rencontre des traits pareils. Les religieux étaient alors en guerre avec les évêques qui contestaient leurs privilèges, et, des deux parts, on s'accusait avec la même aigreur.

La glose sur l'Exode est, plus ou moins complète, dans le n° 605 de la Bibliothèque nationale, où elle commence par : *Hæc sunt nomina... Moraliter exponitur sic.* Le ton de cette glose est celui de la précédente. Quelques prélats prétendent réformer les mœurs de leurs clercs. Ils ressemblent, dit le glossateur, à certain vieux crabe qui voulait instruire un jeune à marcher droit; mais le jeune répondait au vieux : « Maître, je marche comme vous[2]. » Nous traduisons le passage suivant sur les dévotes d'autrefois : « Le pauvre, n'ayant pas « d'horloge, se lève au chant du coq et commence à travailler; il dif- « fère en cela de la poule, qui, souvent placée près du coq, ne se lève « pas à sa voix, mais commence à bien glousser. Le coq est le pré- « dicateur, les poules sont les béguines. De même que les poules ne se « lèvent pas à la voix du coq, mais gloussent, ainsi les béguines ne « se disposent pas, entendant la voix du prédicateur, à faire quelque « bonne œuvre; mais elles babillent entre elles : « Ah! qu'il a bien dit « cela! Qu'il a bien piqué son homme! » Mais le pauvre diable, le prédi- « cateur entendu, aussitôt se présente, en disant : « Maître, que voulez- « vous que je fasse[3]? » Voilà ce qu'on est sans doute surpris de rencontrer dans une paraphrase sur le neuvième chapitre de l'Exode.

Jacques de Lausanne avait composé une glose sur le Lévitique dont nous connaissons des extraits publiés au xvie siècle dans un volume dont il sera parlé (p. 472). On pourrait croire que ce commentaire existe dans le manuscrit 27 de Toulouse, si l'on s'en fiait à une indication du tome VII du *Catalogue général* in-4°; mais cette indication est fautive. La glose qui remplit les feuillets 149 et suivants

----

[1] Ms. 605, fol. 30 v°. — [2] *Ibid.* — [3] *Ibid.*, fol. 107 v°.

de ce manuscrit est un commentaire sur l'Exode, tout à fait indépendant du recueil de gloses qui le précède et porte le nom de Jacques de Lausanne.

Sixte et Antoine de Sienne, Possevin, tous les anciens bibliographes nous attestent que Jacques de Lausanne a commenté de même les Nombres et le Deutéronome[1]. Nous ne saurions, à la vérité, désigner aucune copie de ces deux commentaires, qui n'ont pas eu probablement beaucoup de succès; mais nous avons la certitude qu'on les possédait encore au XVIe siècle. L'éditeur du volume plus haut cité les mentionne l'un et l'autre et reproduit quelques phrases de celui qui se rapporte aux Nombres; quelques phrases seulement, ce commentaire n'offrant, dit-il, que de rares leçons de morale; et il ajoute que, dans le commentaire sur le Deutéronome, il n'en a pas rencontré une seule[2].

III. Commentaires sur divers livres de l'Ancien Testament.

On va jusqu'à dire que Jacques de Lausanne avait interprété suivant cette méthode tous les autres livres de l'Ancien et du Nouveau Testament. Nous prouverons qu'on a mis à son compte quelques gloses dont il n'est pas l'auteur. Il est vrai, toutefois, qu'il en a composé beaucoup.

Parmi les autres livres de l'Ancien Testament, il a certainement commenté le livre de Job. Sixte de Sienne en désigne, d'après un manuscrit de Venise, un exemplaire commençant par : *Sustinentiam Job audistis.* Il faut lire sans doute *Sufferentiam,* ce début paraissant être emprunté au cinquième chapitre de l'épître de saint Jacques. Or, on conserve, en effet, dans le n° 667 de la Mazarine, un commentaire sur Job qui commence par *Sufferentiam Job audistis.* Mais il y est sans nom d'auteur, et on nous apprend, de plus, qu'il est composé d'extraits empruntés à saint Grégoire. Jacques de Lausanne, si curieux de montrer son esprit, aurait certainement dédaigné de faire œuvre de compilateur. D'autre part, nous avons dans les n°s 14798 et 14799 de la Bibliothèque nationale deux exemplaires

---

[1] Quétif et Échard, *Script. ord. Præd.,* t. I, p. 548. Ant. Senensis, *Biblioth.,* p. 123. Oudin, *Comm. de script. eccl.,* t. III, col. 739.
[2] Fol. 54.

d'une *Lectura* sur Job, par Jacques de Lausanne, dont voici les premiers mots : *Vir erat in terra Hus . . . Murænula dicitur uno modo catenula, auri et argenti virgulis contexta.* Comme on le voit, ce n'est pas le début de la glose mentionnée par Sixte de Sienne. Suppose-t-on que la *Lectura* de nos manuscrits est un abrégé de cette glose? Cette supposition ne paraît guère admissible, la dimension de cette *Lectura* dépassant de beaucoup celle d'un abrégé. Sixte de Sienne, qui a commis de fréquentes erreurs, doit s'être ici trompé.

Dans le catalogue des manuscrits de Bâle sont indiquées trois gloses de Jacques de Lausanne sur Josué, les Juges et Ruth[1]. Nous ne trouvons ailleurs aucune mention de ces gloses, dont Échard lui-même n'a pas parlé.

Il s'agit ensuite d'une glose sur les Proverbes, qui nous inspire aussi des doutes. À la vérité, tous les bibliographes nous attestent que Jacques de Lausanne a commenté les Proverbes, et nous avons, sous son nom, dans le ms. latin 14798 de la Bibliothèque nationale, fol. 425, ainsi que dans le ms. latin 14799 de la même bibliothèque, fol. 32, une glose étendue sur les Proverbes qui commence par : *Jungat epistola . . . Prologus sancti Hieronymi super libros Salomonis, quem scripsit Cromatio et Heliodoro.* Ainsi voilà des témoignages entièrement conformes. Ajoutons que nos deux manuscrits sont du xive siècle, que, dans l'un et dans l'autre, la copie du texte et l'indication de l'auteur sont de la même main. Enfin, ce qui rend cette indication encore plus vraisemblable, le style de la glose offerte par nos deux manuscrits est celui des autres gloses de Jacques de Lausanne; c'est la même langue, ce sont les mêmes jeux d'esprit et les mêmes outrages aux mêmes personnes. Cependant, bien que tout cela concorde, nous avons lieu de douter. Et d'abord, d'après Ambroise d'Altamura, que cite Casimir Oudin[2], les frères Prêcheurs de Barcelone possédaient un commentaire sur les Proverbes qui, portant le nom de Jacques de Lausanne, commençait par ces mots du psaume LXVII : *Aperiam in parabolis os meum.* C'était donc un autre commentaire que celui de nos deux manuscrits. En outre, au fol. 435 de notre n° 14798, après le récit d'un miracle arrivé dans la ville de Vienne, en Dauphiné, le glossateur confirme son récit par ces mots : *Ego,*

---

[1] Hænel, *Catal. mss.*, col. 586. — [2] *Comm. de script. eccl.*, t. II, col. 739.

frater P. de Palma, vidi civem qui hoc diceret se vidisse; ce qui semble clairement indiquer comme auteur de la postille Pierre de Baume, autre Prêcheur, provincial de la province de France en 1323, mort général de l'ordre en 1343[1], qui, plus jeune que Jacques de Lausanne, a été son imitateur, après avoir sans doute été son élève. On s'accorde, en effet, à le dire auteur de gloses morales sur l'Écriture Sainte. Il est vrai que le copiste du ms. 14798 a pu introduire, par mégarde, dans le texte une note mise en marge d'un autre exemplaire par Pierre de Baume.

Jacques de Lausanne a aussi commenté l'Ecclésiaste, et l'on a conservé ce commentaire, qui commence par : *Incipit prologus super Ecclesiasten et dividitur in tres. Primo ostendit Jeronimus...* Il est dans le n° 27 des manuscrits de Toulouse (fol. 91 v°-108), et peut-être aussi à la bibliothèque de Bâle[2]. Un autre commentaire sur l'Ecclésiaste commençant par : *Verba Ecclesiastes : Filii David, regis Jerusalem. Intentio actoris Salomonis est ostendere veritatem mundi,* se trouve dans le n° 14798 de la Bibliothèque nationale (fol. 457), où il suit immédiatement le commentaire sur les Proverbes de Jacques de Lausanne; mais le manuscrit ne l'attribue pas expressément à cet auteur, et le style en est bien moins badin, par suite bien moins intéressant que celui des écrits authentiques de notre frère Prêcheur.

Il est également certain que Jacques de Lausanne a commenté le livre de la Sagesse[3]. Ambroise d'Altamura et Sixte de Sienne attestent avoir vu ce commentaire. Il commence, suivant Altamura, par : *Sapientia clamat.* Mais nous trouvons dans le n° 27 de Toulouse (fol. 108 v°), sous le nom du même docteur, une glose sur la Sagesse commençant par : *Sapientiam loquimur inter perfectos... Incipit prologus Hieronymi super librum Sapientiæ, in quo tria facit.* La différence de ces débuts doit-elle faire douter de l'une ou de l'autre attribution? Nous croyons devoir nous en rapporter de préférence aux indications du manuscrit de Toulouse, celles d'Ambroise d'Altamura n'étant pas habituellement exactes. Quoi qu'il en soit, des extraits d'une glose quelconque sur la Sagesse ont été publiés sous le nom de Jacques de Lausanne.

Tous les bibliographes lui donnent encore un commentaire sur

[1] Quétif et Échard, t. I, p. 614, 615.
[2] Hænel, *Catal. mss.,* col. 586.

[3] Quétif et Échard, *loco cit.* Oudin, *loco cit.*

le Cantique des cantiques[1], et Hænel en indique une copie dans le manuscrit de Bâle que nous avons cité. Il était aussi, suivant Ambroise d'Altamura, chez les dominicains de Barcelone, où il commençait par : *Circa principium hujus libri*. Nous n'en connaissons aucun exemplaire.

Mais nous en avons un de sa glose sur l'Ecclésiastique. Il existe, en effet, dans le ms. latin 14799 de la Bibliothèque nationale (fol. 69-123), commençant par : *In medio Ecclesiæ aperituros... Provisor et gubernator communitatis tempore abundantiæ bona recondit*. Quand l'auteur ne serait pas indiqué, l'on ne tarderait pas à le reconnaître. Il a la manière, le style de Jacques de Lausanne; le ton de ses censures est toujours aussi peu mesuré. Dans cette glose, comme dans les autres, c'est le clergé séculier qu'il traite le plus mal : « Un évêque est, « dit-il[2], une façon de roi; il n'y a que les gens de sa famille qui portent « ses armes. Cependant, ils n'en portent, lui vivant, qu'une partie; il « est évêque, ils ne sont que doyens, grands chantres, archidiacres. « Mais est-il mort, aussitôt les uns et les autres réclament ses armes « tout entières, et c'est ainsi qu'on succède aux évêchés comme aux « royaumes. » Voici maintenant quelques mots à l'adresse des simples curés[3] : « Intermédiaires entre Dieu et le peuple, ils parlent deux « langues, la langue céleste, quand ils disent l'office, et, descendus de « l'autel, la langue terrestre. Mais comment parlent-ils l'une et l'autre? « Pour ce qui regarde la langue céleste, Dieu sait comment ils la cor- « rompent, et, quand ils s'expriment dans la langue terrestre, leurs « propos sont souvent plus déshonnêtes, plus indécents que ceux des « mondains. » Ne prenons pas, toutefois, ce dur censeur pour un ascète. Ennemi des clercs séculiers, il les poursuit sans trêve; qu'ils aient le front triste ou gai, toujours il leur suppose quelque mauvais dessein. Mais, s'il demeure quelques instants sans avoir en vue ces clercs détestés, la morale qu'il prêche n'est plus très sévère : ce n'est pas un moine du désert; c'est un religieux qui vit habituellement avec des mondains peu rigides. Voici, par exemple, un de ses aphorismes : *Splendidum cor inter epulas facit magnum bonum*[4]; et il ajoute que, même hors de table, mieux vaux être jovial que méditatif, les méditatifs devenant à l'ordinaire vieux avant l'âge.

[1] Quétif et Échard, t. I, p. 548.
[2] Fol. 117ᵈ.
[3] Fol. 72ᵇ.
[4] Fol. 104.

Sixte et Antoine de Sienne, Ambroise d'Altamura, presque tous les bibliographes mentionnent une glose de Jacques de Lausanne sur Isaïe, et les catalogues nous en signalent deux exemplaires, l'un dans le n° 27 de Toulouse, l'autre dans le manuscrit de Bâle que nous avons déjà plusieurs fois cité d'après Hænel. Ce commentaire commence ainsi dans le manuscrit de Toulouse (fol. 62) : *Prologus in quo Hieronymus facit primo... Visio Isaiæ prophetæ* [1]... Il en existe de nombreux extraits dans le n° 183 de la Mazarine sous le titre de *Moralitates magistri Jacobi de Lausanna* [*in Isaiam*]. Quelques passages en ont été cités [2]. D'autres auraient pu l'être, comme étant du même style et se rapportant aux mêmes personnes, que Jacques de Lausanne flagelle sans relâche, nous voulons dire les clercs séculiers. Voici, par exemple, sa glose sur ces mots d'Isaïe *Vinum tuum mixtum aqua : Nota quod primi* (les premiers, avant les débitants) *qui ponunt aquam vino sunt quadrigarii, et frequenter totum destruunt miscendo vilem et malam aquam cum vino, non obstante quod sint ductores et vini debeant esse rectores et conservatores. Sic personæ ecclesiasticæ, quæ sunt Dei quadrigarii, quia Dei populum habent ducere, regere, conservare, sunt primi et principales qui aquas iniquitatis, amaritiæ, carnalitatis miscent cum vino caritatis, et sic destruunt quod conservare deberent* [3]. L'anecdote suivante est également tirée de la glose sur Isaïe [4] : *Nota de quodam qui erat præbendatus in multis ecclesiis. Dum semel equitaret cum aliquibus de suis, narravit eis quod nocte præcedente viderat in somno quod offerebantur duo baculi. Tunc fuit unus qui exposuit ei quod offerrentur sibi duo baculi pastorales vacantes in duabus ecclesiis in quibus erat canonicus. Ille, hoc audito, incepit multum gloriari et elevari; et, dum ista in corde suo gloriando revolveret, cecidit equus suus et fregit sibi duas tibias, et tunc oblati fuerunt ei duo baculi non pastorales, sed pænitentiales.*

À ces gloses sur l'Ancien Testament il faudrait encore ajouter, suivant le P. Lelong et Fabricius [5], un commentaire sur Daniel, autrefois conservé chez les ermites de Saint-Augustin, à Paris. Le volume ici désigné par le P. Lelong et par Fabricius est aujourd'hui le n° 183 des manuscrits de la Bibliothèque Mazarine, et il contient, en effet, un commentaire sur Daniel dont telle est la rubrique : *Incipit*

---

[1] Sixte de Sienne donne un autre début : *Non est bonum.*

[2] *Journal des Savants,* 1886, p. 682.

[3] Ms. 180 de la Mazarine, fol. 111.

[4] Ms. 27 de Toulouse, fol. 78 v°.

[5] *Bibl. med. et inf. ætat.,* t. IV, p. 13.

postilla super Danielem secundum magistrum Jacobum de Lausanna, ordinis Prædicatorum. Mais c'est une rubrique erronée que corrige l'indication finale : *Explicit postilla super Danielem edita a fratre Michaele de Furno, ordinis Prædicatorum.* Le style de cette postille est très simple ; on ne découvre pas chez l'auteur le moindre souci de faire preuve d'esprit. Cet auteur n'est donc pas Jacques de Lausanne. C'est bien Michel Dufour, dominicain flamand, comme Fabricius le dit ailleurs lui-même[1], sur le témoignage d'Échard, plus sûr que celui du P. Lelong.

IV. COMMENTAIRES SUR LE NOUVEAU TESTAMENT.

Trois exemplaires d'une postille sur saint Mathieu, qui portent le nom de Jacques de Lausanne, se lisent dans les n°ˢ 15966 (fol. 217) et 18102 du fonds latin de la Bibliothèque nationale et 320 d'Avignon. Cette postille commence par : *Novum Testamentum est in meo sanguine. . . Acquisitio familiarium facit mutare testamentum.* Mais, d'autre part, le nom de Jacques de Lausanne accompagne, dans le n° 27 de Toulouse (fol. 1-27), une autre glose sur saint Mathieu, qui présente également tous les caractères de l'authenticité, et qui commence par ces mots : *Huic evangelio præmittitur duplex prologus, unus Hieronymi, alius glossatoris.* Faut-il donc croire que Jacques de Lausanne a composé sur le même évangile deux gloses différentes ?

Dans le n° 27 de Toulouse (fol. 27) et dans le n° 320 d'Avignon se lit, sous le nom de Jacques de Lausanne, une glose sur saint Luc dont tels sont les premiers mots : *Fuit in diebus Herodis regis Judææ, etc. Nota quod tres fuerunt Herodes.* Échard ne mentionne pas cette glose, que n'ont pas, d'ailleurs, connue les bibliographes plus anciens. Mais, les manuscrits de Toulouse et d'Avignon étant du xivᵉ siècle, les copistes contemporains de Jacques de Lausanne n'auront pas sans doute mis à son compte un écrit de quelque autre. Remarquons, d'ailleurs, que ces manuscrits proviennent de deux couvents dominicains où l'on devait être bien informé. L'auteur de ce commentaire multiplie les exemples, qu'il emprunte de préférence à l'histoire naturelle ; il les indique le plus souvent, sans les développer. C'est une

______
[1] T. V, p. 75.

sorte de répertoire de traits et de comparaisons à l'usage des moralistes et des prédicateurs.

Pour ce qui regarde l'évangile de saint Jean, nous avons encore l'embarras du choix entre deux gloses différentes. L'une se trouve dans
le ms. latin 15966 de la Bibliothèque nationale, à la suite du commentaire sur saint Mathieu, et tel en est le début : *Hic est Johannes
evangelista... Johannes interpretatur in quo gratia; habuit enim triplicem
gratiam;* et on lit à la fin : *Explicit lectura super Johannem magistri Jacobi
de Lausanna, ordinis fratrum Prædicatorum.* Échard a vu ce manuscrit
à la Sorbonne et l'a signalé; mais il a signalé de même le n° 109 de
Saint-Victor, qui est aujourd'hui le ms. latin 14798 de la Bibliothèque
nationale, comme offrant la glose de Jacques de Lausanne sur saint
Jean, et cette glose du n° 14798 commence, au fol. 482, par les
mots : *Venit ut testimonium... Ad hoc quod testimonium sit bonum requi-
ritur quod sint duo testes.* On le voit, les deux gloses sont bien différentes. Elles se ressemblent toutefois en ce qu'elles ne sont pas plus
graves l'une que l'autre. Disons que nous avons plus de confiance
dans le témoignage du manuscrit de la Sorbonne : ce témoignage est,
en effet, confirmé par le n° 320 d'Avignon.

Nous pouvons attribuer avec plus de certitude à Jacques de Lausanne une glose assez longue sur les Épîtres canoniques, qui porte
son nom dans notre n° 14798 (fol. 465) et dans le n° 27 de Toulouse (fol. 136). On l'y reconnaît, d'ailleurs, à plus d'une saillie.
Nous en citerons quelques-unes : « Jamais, dit-il [1], un homme dont
« les cheveux sont épais n'aura la tête propre; de même jamais un
« richard n'aura la conscience pure. Il n'y a pas de gens, dit-il encore,
« plus mal rasés que les barbiers. Pourquoi? Parce qu'ils se rasent
« eux-mêmes devant un miroir et ne veulent pas être rasés par les
« autres. Ainsi, nous autres clercs, nous faisons profession de corriger
« les autres, et ils sont bien corrigés; mais nous entendons nous cor-
« riger nous-mêmes, et nous le sommes mal. » Voici maintenant une
argumentation logique contre les évêques; c'est Aristote lui-même
qui démontre le peu qu'ils valent : « Il y a (nous traduisons) deux
« formes, l'une accidentelle et l'autre substantielle. Beaucoup de nos
« prélats nous représentent la forme accidentelle et non substantielle,

---

[1] Ms. lat. 14798, fol. 467.

« car il y a cette différence entre les deux formes, que l'accidentelle
« tire son être d'un sujet, aucun accident ne pouvant être sans un
« sujet, tandis que la substantielle communique son être au sujet et le
« fait être. Il en est donc de certains prélats comme de la forme acci-
« dentelle ; ils sont tout ce qu'ils sont par leurs sujets ; sans leurs sujets
« ils ne seraient rien, et, s'ils passent pour de grands personnages, c'est
« uniquement parce qu'ils ont au-dessous d'eux un grand peuple. [1] »
Cette malveillante plaisanterie doit avoir eu beaucoup de succès dans
le quartier de Garlande.

Nous avons enfin une glose de Jacques de Lausanne sur l'Apocalypse dans notre ms. latin 14798, fol. 475, commençant par : *Apo-
calypsis Jesu Christi. . . Iste liber in prima sua divisione dividitur in septem
partes.* Elle est plus longue qu'intéressante.

Nous avons dit qu'on a fait des extraits de ces gloses et postilles
sous le titre de Moralités. Il y a des copies de ces extraits, qui ne sont
pas toujours conformes les unes aux autres, en diverses bibliothèques,
par exemple dans celle de Bordeaux (n° 148), dans celle d'Avignon
(n° 303), dans celle de Clermont-Ferrand (n° 40) et dans le ms. lat.
605 de la Bibliothèque nationale[2] ; la bibliothèque de Munich en possède au moins six, sous les n°ˢ 565, 665, 694, 3261, 8829, 12259. Il
en a même été fait une copieuse édition, intitulée : *Opus Moralitatum
præclari fratris Jacobi de Lausanna cunctis verbi Dei concionatoribus pro decla-
mandis sermonibus perquam maxime necessarium* (Limoges, Garnier, 1528,
in-8°). Il faut noter ces mots *perquam maxime necessarium.* Le libraire
qui s'exprimait ainsi disait la vérité, les badinages de Jacques de
Lausanne pouvant encore trouver place, au xvi° siècle, dans beaucoup
de sermons. Les postilles dont on peut lire des extraits plus ou moins
considérables dans ce volume sont celles qui concernent la Genèse,
l'Exode, le Lévitique, les Nombres, le livre de Job, les Proverbes,
l'Ecclésiaste, le Cantique des Cantiques, la Sagesse, l'Ecclésiastique,
les prophéties d'Isaïe, l'évangile de saint Mathieu et l'Apocalypse.

Le n° 226 des nouvelles acquisitions latines de la Bibliothèque
nationale, le ms. 5113-5120 de la Bibliothèque royale de Bruxelles
(fol. 178-222) et le ms. 291 de Prague (fol. 1-60) contiennent un

----

[1] Ms. 14798, fol. 469.

[2] Voir *Journal des Savants*, 1891, p. 176.
Au sujet d'autres Moralités sur Job conservées
dans le ms. 183 de la Mazarine, et qui ont été
attribuées à tort à Jacques de Lausanne, voir
le même recueil, 1886, p. 683.

recueil de maximes, de distinctions, rangées suivant l'ordre alphabétique et commençant par les mots : *Abjicit mundus pauperes et honorat divites. Nota : Augustinus dicit super hoc quod corvus est illius naturæ*... Nous en pouvons citer d'autres copies anonymes dans les mss. 888 de la Mazarine, 826 et 1272 de Troyes, 8181 de Munich, 1288 et 3609 de Vienne. Dans le n° 4872 de cette dernière bibliothèque, le même recueil a pour titre : *Jacobus de Lausanna. Compendium moralitatum ex ejus postillis excerptum*. Si ce titre était exact, nous serions en présence d'une autre compilation faite à l'aide des postilles de Jacques de Lausanne, sans doute à l'usage des prédicateurs.

V. *Commendatio sacræ Schipturæ.*

Échard inscrit avec hésitation parmi les œuvres de notre docteur un petit traité qui se lit, sous ce titre, dans le n° 14799, fol. 124, de la Bibliothèque nationale, à la suite des Moralités sur l'Écriture, et dont voici les premiers mots : *Emitte lucem tuam... Sicut videmus in corporalibus, nihil est luce utilius.* Jean de Tritenheim dit, il est vrai, que Jacques de Lausanne avait laissé divers traités devenus assez rares de son temps pour qu'il n'ait pu les rencontrer [1]; nous pensons néanmoins, avec Échard, que celui-ci ne lui peut être attribué que sous toutes réserves. En effet, il ne porte aucun nom.

VI. *Sermones de tempore et de sanctis.*

Jacques de Lausanne s'est fait surtout connaître par ses sermons. *Hic fuit*, écrivait-on, *prædicator gratissimus et copiosus, sicut patet in collationibus et sermonibus quos conflavit* [2]. Ces sermons ont eu tant de succès qu'on en trouve partout. Des copies que nous avons rencontrées dans les bibliothèques de Paris, la plus complète est dans le ms. latin 8181 de la Bibliothèque nationale. Elle appartenait jadis à l'abbaye de Cambron; mais, en l'année 1671, Antoine Le Waitte, abbé de Cambron, en fit don à son ami Quétif, de qui la reçut la maison de Saint-Jacques. Elle se compose de deux parties : dans la première, les sermons dominicaux; dans la seconde, les sermons pour les fêtes des saints. Quelques-uns de ces sermons sont dispersés, pour la plupart

[1] *Catal. script. eccles.* (éd. de 1531), p. 119. — [2] Denifle, *Quell. zur Gelehrtengesch. d. Predigerord.*, p. 216.

anonymes, dans les mss. latins 3552, 3736, 13374, 14799, 14962, 14963, 14964, 14966, 17516, 18181 de la Bibliothèque nationale. On en indique d'autres copies dans les nᵒˢ 38, 304, 601, 608 d'Avignon [1], 264 de Saint-Omer, 1209, 1711, 1765, 1779 et 1889 de Troyes, 337 de Toulouse, 83 de Charleville, 1018 d'Arras, 136 de Soissons, 148 de Bordeaux, 235 de Chartres, 665 et 13585 de Munich, 979 et 1106 de Prague, 266 et 267 de Bruges. Enfin Échard nous atteste qu'il en existait, de son temps, d'autres encore dans les bibliothèques d'Angleterre [2], d'Espagne, d'Allemagne. Ils ont donc été, répétons-le, très goûtés. Cependant on se trompe quand on dit qu'ils ont tous été publiés à Paris en 1530. Cette édition de 1530, in-8º, mise en vente par le libraire Ambroise Girault, a pour titre : *Sermones dominicales et festivales per totum anni circulum, per reverendum patrem fratrem Jacobum de Laosana* (sic), *ord. fr. Prædicat., declamati, impressioni mandati per quemdum professorem ordinis Minorum, regularis observantiæ.* Les sermons d'un Prêcheur imprimés par les soins d'un Mineur! Le fait est très rare et l'hommage d'autant plus glorieux. Mais ce recueil ne contient pas toutes les œuvres parénétiques de Jacques de Lausanne; on n'y trouve réunis que les *Sermones dominicales*, et nous remarquons même que plusieurs y manquent.

Quel qu'en ait été le succès, Oudin les juge détestables. Il ne faut pas s'en étonner. « Comme la mode fait l'agrément, dit Pascal [3], aussi « fait-elle la justice. » Très justement, nous le reconnaissons, Oudin blâme le ton beaucoup trop libre de l'orateur. Tombée tout à fait en discrédit vers le milieu du xviiᵉ siècle, cette manière de prêcher n'a pas repris faveur. Mais en lisant les graves sermons du xiiᵉ siècle, où la pompe du style n'est que la parure d'une pensée banale, on s'explique aisément la réaction qui mit en goût le genre le plus contraire. Jacques de Lausanne nous déclare, d'ailleurs, lui-même s'être fait une règle de prêcher autrement que les prédicateurs de son temps, qui, restés fidèles à la vieille méthode, sont à cause de cela devenus fastidieux. Autrefois, dit-il dans son commentaire sur l'Ecclésiastique, les chants d'église étaient simples, et tout le monde en comprenait les paroles; maintenant le chant est tellement saccadé qu'on n'entend

---

[1] Voir la description de ces manuscrits dans le t. I du Catalogue de M. Labande, p. 20-22, 213-223, 326-334, 340-342.

[2] Cf. *Catal. libr. mss. Angliæ*, t. II, p. 21 et 373.

[3] *Pensées*, VI, 5.

plus que la mélodie. Il en est de même, poursuit-il, des sermons.
Quand jadis on prêchait simplement, on faisait de nombreuses con-
versions; mais on en est venu plus tard à prêcher d'une manière si
pédante, que l'auditeur, n'étant plus attentif qu'à l'art des distinctions,
des divisions, n'a plus retiré de ce qu'on lui disait le moindre profit
moral [1]. C'est donc en recherchant la simplicité que Jacques de
Lausanne est tombé dans le vulgaire.

Mais, si défectueux qu'ils soient au point de vue du goût, ses sermons ont le mérite, comme ses moralités, d'offrir beaucoup d'allusions
aux mœurs du temps. Les clercs, on n'en peut être surpris, y sont
souvent bien mal menés. Sans faire un choix parmi toutes les injures
que le sermonnaire leur adresse, citons ce passage : « Il est singulier
« que nos clercs veuillent être une chose et en paraître une autre. Par
« l'habit, la coiffure et la coupe des cheveux, ils veulent paraître gens
« d'épée, mais ils veulent être clercs pour recueillir le profit des pré-
« bendes et des distributions. Ils ne sont, en réalité, ni l'un ni l'autre,
« puisqu'ils ne combattent pas avec les gens d'épée et n'enseignent pas
« la parole de Dieu comme il convient aux clercs, mais se déchargent
« de cette besogne sur leurs vicaires et leurs chapelains [2]. » Il y a aussi
des mots très vifs contre les évêques; mais l'orateur trahit le motif de
son mauvais vouloir à leur égard quand il dit : *Per Petrum amputantem
aurem dextram intelliguntur mali prælati, qui subditos impediunt ab audiendo
sermones, consilia et cetera pertinentia ad salutem* [3]. Qu'est-ce, en effet,
qu'empêcher les fidèles d'entendre les sermons, les avis, etc., etc.?
Ce n'est pas autre chose, on le comprend bien, qu'interdire aux religieux de prêcher, de confesser sans la permission des évêques.

C'est le clergé séculier que Jacques de Lausanne attaque le plus
fréquemment; mais beaucoup de ses traits portent ailleurs. Il ne ménage guère, par exemple, les receveurs des finances seigneuriaux ou
royaux. « L'épervier domestique est, dit-il [4], plus redoutable pour les
« oiseaux que l'épervier sauvage. Pourquoi cela? Parce que l'épervier
« sauvage butine pour lui seul, tandis que l'épervier domestique butine
« pour lui-même et pour son maître : *Recte sic ministri et consiliarii ma-
« jorum mundi plus nocent rei publicæ quam prædones silvestres qui tantum*

« *furantur sibi; alias non starent in officiis suis.* » Ce dernier trait est contre les maîtres eux-mêmes, les seigneurs. Plus d'une fois l'orateur traite ces seigneurs de tyrans, *principes, imo potius tyranni,* les accusant de spolier odieusement quiconque passe sur leurs terres, même les écoliers, *et scolares, qui debent esse liberi* [1]. Notons ce point de doctrine sociale : l'immunité des écoliers.

Jacques de Lausanne provoque de même à la haine des marchands. Non seulement ce sont tous des usuriers; mais il y a plus, quelques-uns sont des traîtres : ne les voit-on pas trafiquer clandestinement avec les Sarrasins, et les approvisionner de vivres et d'armes, pour tirer un faible gain de cet odieux commerce [2]? Ce n'était pas une accusation mal fondée. Nous avons une bulle de Clément V dont l'objet est d'excommunier ces marchands chrétiens, et cette bulle dit qu'ils transportaient en Égypte des armes, des chevaux, des vivres, du fer et des pièces de bois [3]. Au surplus Jacques de Lausanne provoque au mépris de tous les riches. Ils jouissent dans ce monde et foulent les pauvres; mais, dans l'autre monde, les pauvres seront au ciel et les riches au plus profond de l'enfer [4]. Il y aurait à faire beaucoup de citations semblables.

D'autres passages se rapportent aux lois, aux usages, aux mœurs communes, et même aux arts. Voici, touchant les arts, une information digne d'être recueillie. On connaît peu les commencements de la peinture à l'huile. Dans le tome XXXVI des *Mémoires de la Société des Antiquaires de France* se lisent quelques notes de G. Demay sur des peintures à l'huile exécutées, soit en France, soit en Angleterre, au cours des années 1239, 1259, 1299, 1304, 1317, 1320 et 1327. Dans un de nos sermons, que nous pouvons rapporter à l'année 1300, on lit : *Quædam imagines sunt quæ depinguntur oleo. Istæ firmius conservantur, facile non delentur* [5]. Il s'agit, comme on le voit, de tableaux, de figures, *imagines;* ce qui rend ce passage très intéressant. Un autre vient confirmer les renseignements donnés par Bourquelot sur les attributions des gardes des foires [6] : quiconque achetait des marchandises à cré-

---

[1] Ms. lat. 18181, fol. 8ᵈ. Édit. de 1530, fol. 13, col. 2.

[2] Ms. cit., fol. 156. Édit. de 1530, fol. 12ᵈ.

[3] Bibl. nat., ms. Baluze n° 207, fol. 187. Cf. L. de Mas Latrie, *Hist. de Chypre sous le règne des Lusignans,* t. II, p. 125; *Traités de paix et de commerce... avec les Arabes de l'Afrique septentrionale,* p. 147.

[4] Ms. lat. 18181, fol. 168ᶜ.

[5] *Ibid.,* fol. 152.

[6] Bourquelot, *Mém. présentés par divers savants,* 2ᵉ série, t. V, p. 218.

dit prenait un terme pour les payer, et, si, le terme échu, il ne s'acquittait pas, il était, lisons-nous dans un des sermons, arrêté par le garde des foires et mis en prison. Bourquelot ne dit pas que, dans les foires de Champagne, on accordait dix jours de crédit aux marchands pour le payement des droits d'entrée : c'est une remarque de notre sermonnaire[1].

Il raconte aussi, suivant la mode, des histoires plus ou moins édifiantes. Jacques de Vitri avait, comme on le sait, recommandé ce moyen oratoire. Jacques de Lausanne n'en abuse pas, mais il en use quelquefois. La nuit du vendredi saint, un seigneur brabançon, se rendant aux matines, passe devant une taverne où quelques jeunes gens avinés jouaient, blasphémaient et se querellaient. Traversant ensuite la place publique, il y trouve une grande foule assemblée et, au milieu de cette foule qui pleure, qui prie, le cadavre tout sanglant d'un homme qui vient d'être assassiné. Les assassins, tout le monde les désigne, ce sont les joueurs de la taverne. Le seigneur brabançon revient donc à ces jeunes gens et leur reproche, plein de colère, le meurtre qu'ils viennent de commettre. Quel meurtre? disent-ils. Il n'est entré personne ici; nous n'avons frappé, nous n'avons tué personne. Aussitôt les joueurs se lèvent et, suivant le seigneur, ils vont avec lui sur la place. Mais la place est maintenant déserte, silencieuse; le cadavre, la foule, tout a disparu. On prévoit bien l'explication du mystère. Ce cadavre évanoui, c'était celui du Christ ensanglanté par leurs blasphèmes. Mais ce qu'on ne prévoit pas, c'est la dernière scène de cette fable lugubre. Qui va s'amender? Les jeunes gens? Non, mais le tavernier. Cet homme faisait deux commerces : il était encore usurier. Ayant donc restitué tous ses profits illicites et, de plus, donné la moitié de ses biens aux pauvres, il vécut, dans la suite, et mourut saintement[2].

Il y a toujours dans les histoires racontées par Jacques de Lausanne quelque trait plaisant. Nous avons déjà reproduit celle-ci. Il y avait à la cour du roi Henri (sans doute Henri III, roi d'Angleterre[3])

[1] Ms. lat. 13374, fol. 188ʳ.

[2] Ms. lat. 18181, fol. 49ᵃ.

[3] En publiant le texte de cette anecdote d'après notre n° 18181 (*Mémoire sur les récits d'apparitions*, dans les *Mém. de l'Acad. des inscr.*, XXVIII, II, p. 257), nous avons ainsi donné les premiers mots : *Nota quod hæreticus cuidam clerico*... Dans le ms. latin 13374, fol. 139ᵃ, de la même bibliothèque, on lit : *Nota quomodo rex Henricus*...; ce qui se comprend mieux. Voir *Notices et extr. de quelques manuscrits*, t. II, p. 153.

un clerc de mauvaises mœurs, qui, sollicitant quelque évêché, avait obtenu du roi cette réponse : « Tu l'auras bientôt. » L'église même où ce clerc était chanoine ayant perdu son évêque, on procède à une élection, et notre clerc n'est pas nommé. Il se plaint alors au roi, qu'il accuse de l'avoir abusé par une vaine promesse. « Je n'ai jamais eu, « lui dit le roi, l'intention de te proposer pour un emploi dont tu n'es « pas digne; mais je pensais avoir à te nommer, car, entre plusieurs « candidats, tes collègues ont coutume de choisir le pire. Or il paraît « qu'on a trouvé cette fois pire que toi. Persévère, mon ami, et tu « pourras un jour remplacer celui qu'on vient d'élire. »

Transcrivons encore un passage relatif au chancelier Philippe de Grève, dont la légende, souvent racontée, l'est ici de cette façon : *Nota de Philippo, cancellario Parisiensi, qui noluit pluribus beneficiis resignare ad suggestionem Guillermi, tunc episcopi Parisiensis; qui postea, eidem scilicet apparens, dixit se esse damnatum propter tria : primo propter plurima beneficia quibus non voluerat resignare, secundo propter contumaciam, tertio propter fructus præbendarum quos non dederat pauperibus* [1]. On remarquera que cette narration n'est pas entièrement conforme à celle de Thomas de Cantimpré [2]. La troisième cause de la damnation de Philippe aurait été, suivant Thomas, un vice « abominable » dont il n'est pas ici parlé [3].

Échard suppose que les sermons de Jacques de Lausanne nous ont été transmis par un de ses auditeurs, les mots français qui s'y rencontrent indiquant que le texte n'a pas été revu par l'orateur. Cette conjecture n'est aucunement fondée. Les sermons de Jacques de Lausanne ne diffèrent en rien de ses moralités sur l'Écriture sainte. Le style en est mauvais, mais il n'est pas négligé. Quant aux mots français, ce ne sont pas non plus, comme Échard le croit, des mots écrits ou prononcés à la hâte, le latin faisant défaut à la mémoire de l'orateur ou bien à la science de l'éditeur; ces mots ont été dits avec intention, soit pour varier le discours, soit pour faire sourire par quelque léger propos la docte partie de l'auditoire. Ce qui suit va tout

---

[1] Édit. de 1530, fol. 22, col. 2.

[2] Voir l'art. consacré à Philippe de Grève (*Hist. litt. de la Fr.*, t. XVIII, p. 188).

[3] D'autres indications sur les sermons de Jacques de Lausanne ont été déjà données ailleurs (Hauréau, *Notices et extr. de quelques manuscrits*, t. II, p. 152, 154 à 157; t. III, p. 99, 110 à 113, 118 à 121, 123, 126 à 132, 135, 343; t. IV, p. 182, 183, 185; t. V, p. 65, 66, 286 à 289).

aussitôt faire écarter l'hypothèse d'une rédaction précipitée. Voici bien certainement un mélange volontaire du français et du latin :

Ubi die graciæ homo habet clariorem cognitionem, securiorem spem, mundiorem conscientiam et honestiorem conversationem. Gallice : *plus clere cognoissance, plus seure espérance, plus nette conscience et plus belle contenance.*

Quelques lignes plus bas, commentant ce précepte de saint Paul : *Sicut in die honeste ambulemus,* l'orateur s'exprime ainsi :

Ubi tanguntur tria. Quia primo excitamur a torpore : ambulemus. Secundo revocamur a pudore : honeste. Tertio præservamur ab errore : sicut in die. Gallice, *il nous admoneste de notre profist fere : ambulemus. Il nous moustre maniere qui doibt a chascun plaire : honeste. Tertio, il nous dit que le temps nous doibt a ce atraire : sicut in die.*

Évidemment il n'y a là péché ni de négligence ni d'ignorance. Et nous n'avons pas cherché bien loin ces deux exemples; c'est au premier feuillet de l'édition que nous venons de les emprunter.

On ne lisait plus guère, au temps d'Échard, les sermons du XIIIe, du XIVe siècle. C'est pour cela sans doute qu'ayant parcouru ceux de Jacques de Lausanne, le savant religieux s'est étonné d'y rencontrer tant d'inconvenances littéraires et s'est efforcé d'en décharger la mémoire de son confrère. Mais, en fait, ce mélange grotesque du français et du latin n'est pas plus fréquent dans les sermons de Jacques de Lausanne que dans beaucoup d'autres du même temps.

B. H. [1].

PIERRE AURIOL, FRÈRE MINEUR

SA VIE.

Le nom de *Petrus Aureoli,* qui se lit dans un grand nombre de manuscrits du XIVe siècle [2], et qu'on trouve fréquemment cité par les auteurs des âges suivants, n'est autre, si l'on en croit Barthélemi

---

[1] Avec quelques additions par M. N. Valois.

[2] Exceptionnellement, on rencontre aussi les formes *Aureolas* (ms. 38 de Nîmes, XVe s.), de *Aureolis* (ms. 156 de Corpus Christi, à Cambridge, et ms. Roy. 8 G III, au Musée britannique, XVe s.), de *Auriolis* (ms. Bodley 400, à la Bodléienne, XVe s.) et de *Aureolo* (ms. 15 de New College, à Oxford, XVe s.).

Albizzi[1], que celui d'un frère Mineur de la province d'Aquitaine. Il faut donc renoncer à faire de cet écrivain très fécond un Picard, erreur dans laquelle sont tombés certains copistes du xve siècle[2] et de très nombreux érudits[3], qui ont confondu ce Franciscain avec un religieux de l'ordre du Val-des-Écoliers du nom de Pierre de Verberie[4]. *Petrus Aureoli*, en français du Midi, doit se traduire par Peire ou Pierre Auriol : c'est de cette dernière forme que nous userons dorénavant.

Non contents de restituer Pierre Auriol à l'Aquitaine, certains auteurs, voulant préciser davantage, n'hésitent pas à le ranger parmi les Toulousains célèbres[5]. Beaucoup plus réservé dans ses conclusions, l'érudit qui a consacré à Pierre Auriol l'étude la plus récente et la plus développée, M. Franz Stanonik, se contente de remarquer que le nom d'Auriol est répandu à Toulouse depuis longtemps et qu'un certain Blaise d'Auriol n'est pas sans y avoir acquis, au xvie siècle, comme poète et comme jurisconsulte, quelque célébrité[6].

Rien n'autorise à préciser l'année de la naissance de Pierre Auriol, et la date de 1280, fournie par la *Biographie Toulousaine*, est purement conjecturale.

En 1304, Auriol se trouvait à Paris, peut-être comme étudiant en l'Université. C'est ce qu'il indique assez clairement lui-même dans

<hr>

[1] *Liber conformitatum*, fruct. xi, 2e part. (éd. de Milan, 1510), fol. 126 r°.

[2] Ms. 518 de Douai (fol. 33) : « Petri a Verberia dicti Aureoli, ordinis Minorum, quondam archiepiscopi Aquensis et doctoris Parisiensis in theologia... » — Ms. lat. 1502 de Munich : «Petri Aureoli de Verberia tractatus... »

[3] Le cardinal Boccafuoco, éditeur des Commentaires sur les Sentences de Pierre Auriol; P. Frizon, *Gallia purpurata*, p. 309; *Gallia christiana*, I, 321; Du Boulay, IV, 985; Moréri, VIII, 102; Sixte de Sienne, 293; Bayle, I, 398; C. Oudin, III, 847; Fabricius (éd. de 1754), V, 243; P.-J. de Haitze, *L'épiscopat métropolitain d'Aix* (Aix, 1862, in-12), 77; A. Stöckl, *Geschichte der Philosophie des Mittelalters* (Mayence, 1865, in-8°), II, 973; K. Werner, *Der Averroismus in der christlich-peripatetischen Psychologie des späteren Mittelalters*, dans *Sitzungsber. der phil.-hist. Classe*

der kais. Akad. der Wissensch. (Vienne, 1881), t. XCVIII, 1, p. 176, etc. Il n'est pas jusqu'à l'éditeur de 1620 du *Liber conformitatum* qui n'ait accolé au nom de « Petrus Aureoli » l'épithète de « Verberius », se figurant ainsi corriger heureusement Albizzi (Bologne, 1620; fol. 98).

[4] Sur ce dernier personnage et sur un autre Pierre de Verberie qui vivait au même temps, voir Du Boulay, IV, 985, et Denifle-Chatelain, *Chartul. Univ. Paris.*, II, 431.

[5] Nic. Bertrand, *De Tolosanorum gestis* (1515); Sbaraglia, p. 585; *Biographie Toulousaine* (Paris, 1823), I, 405; *Biographie générale*, de Didot (III, 772), article inspiré par un M. d'Auriol, bibliothécaire à Toulouse, « qui paraît descendre de cette famille »:

[6] *Ueber den äusseren Lebensgang und die Schriften des Petrus Aureoli*, dans *Der Katholik*, LXII (1882), p. 323.

son traité intitulé *Repercussorium* [1], où il rappelle que devant lui on avait, à Paris, soutenu, au sujet de la présence réelle, certaine doctrine hétérodoxe en laquelle il n'est point malaisé de reconnaître la thèse de Jean de Paris [2]; ce qui nous reporte, ainsi qu'on l'a justement fait remarquer [3], à l'année 1304. Rien n'empêche, en ce cas, de supposer que Pierre Auriol connut et fréquenta, dans l'Université, le célèbre Jean Duns Scot, arrivé d'Angleterre, vers la fin de cette même année, pour conquérir le grade de bachelier en théologie [4]. Jean Scot y demeura jusqu'en 1308 : Pierre Auriol eut le temps d'y suivre ses leçons.

Appartenait-il dès lors lui-même à l'ordre franciscain dont Jean Scot depuis longtemps était une des lumières? Nous l'ignorons. Mais, à coup sûr, il ne tarda pas à en faire partie, s'il est l'auteur de certain traité *De Paupertate et Usu paupere* que les bibliographes lui attribuent pour de bonnes raisons : ou nous nous trompons fort, ou cet ouvrage est antérieur au concile de Vienne.

On sait l'agitation extrême causée dans l'ordre de Saint-François par les divergences de vues des Spirituels et des Conventuels. Parmi tant de questions qui échauffèrent les esprits et mirent aux prises si violemment les défenseurs et les contempteurs de la doctrine de Pierre Jean d'Olive, celle de l'«usage pauvre» occupe une place des plus notables. Étant admis que le frère Mineur doit, en vertu de sa règle, observer la pauvreté évangélique la plus sévère, il ne s'agit plus de savoir s'il peut posséder quelque chose, mais s'il est obligé d'user pauvrement même des choses qu'il ne possède pas. Olive traita cette question dans plusieurs opuscules, notamment dans un ouvrage spécial qu'il consacra à l'«Usage pauvre», et la résolut, bien entendu, par l'affirmative [5]. Dans les années qui précédèrent le concile de Vienne,

---

[1] « In oppositum illius erroris de paucitate, « quam aliqui docuerunt Parisiis, *me præsente*, « — videlicet quod panis non transsubstantia- « batur in corpus Christi, nec vinum in sangui- « nem in sacramento altaris, sed Christus, me- « diante carne, assumebat panem et, mediante « sanguine, assumebat vinum, ut esset magis « sacramentum assumptionis quam transsubstan- « tiationis, — in oppositum, (inquam), hujus « opinionis est directe canon *de Summa Trinitate* « *et fide*... » (Pierre d'Alva y Astorga, *Monumenta antiqua seraphica pro immaculata Conceptione Virginis Mariæ*, Louvain, 1665, in-fol., p. 67.)

[2] Voir le Contin. de Guill. de Nangis (éd. Géraud), I, 347. Cf. *Hist. litt. de la Fr.*, XXV, 249, 262.

[3] F. Stanonik, p. 324.

[4] *Hist. litt. de la Fr.*, XXV, 409, 410.

[5] F. Ehrle, *Petrus Johannis Olivi, sein Leben und seine Schriften*, dans *Archiv für Literatur- und Kirchengeschichte*, t. III (1887), p. 465, 498, 507-517. Cf. *Hist. litt. de la Fr.*, XXI, 46.

la question fut reprise et donna lieu à de très longues et vives controverses, auxquelles prirent part, en première ligne, les frères Buonagrazia et Ubertino de Casale [1]. La doctrine de l'« usage pauvre » eut
même ses martyrs, s'il faut en croire ce dernier : deux frères du couvent de Villefranche, en Provence, Raimond Auriol et Jean del
Primo, se virent emprisonnés, enchaînés et traités de la façon la plus
dure pour le seul crime de n'avoir pas voulu dire que le vœu de pauvreté n'impliquait nullement l'obligation d'user des biens de ce monde
pauvrement; le premier succomba, le second survécut à grand'peine [2].
Pierre Auriol n'eut point à craindre de partager le sort de son homonyme
et de Jean del Primo, s'il est réellement l'auteur du traité qu'on lui
attribue *De Paupertate et Usu paupere;* c'est un ouvrage concluant plutôt
dans le sens des Conventuels et se distinguant principalement par la
largeur des vues et par la soumission au jugement du souverain pontife. Nous y reviendrons plus loin. En tous cas, il ne mentionne pas,
il semble destiné plutôt à provoquer la solution que Clément V donna
à la question de l'« usage pauvre » dans sa constitution *Exivi de paradiso* [3] : nous en concluons que ce traité est sûrement antérieur au
6 mai 1312.

Après avoir ainsi pris position dans le débat sur la pauvreté qui
divisait si tristement l'ordre des frères Mineurs, Pierre Auriol fit
entendre sa voix dans la querelle relative à la conception de la Vierge,
où ses confrères en religion, unis cette fois pour la plupart, avaient
comme adversaires principaux les fils de saint Dominique. Cet
incident se produisit à Toulouse, où, revenu de Paris, Pierre
Auriol professait, dès 1314, dans le couvent des Mineurs. C'est ce que
nous apprend une note manuscrite insérée à la suite d'un traité de Pierre
Auriol, le *De Conceptione B. Mariæ virginis* [4]. Voici le sens de cette
note : « Le traité de la Conception de la bienheureuse vierge Marie

[1] F. Ehrle, *Zur Vorgeschichte des Concils von Vienne,* dans *Archiv für Literatur,* t. III, p. 42 et suiv., 62, 143, 155.

[2] *Ibid.,* p. 183; *Archiv für Literatur...,* t. II, p. 384, 386. Cf. l'*Historia septem tribulationum ordinis Minorum,* d'Ange de Cingoli, *ibid.,* p. 300.

[3] *Clémentines,* V, XI, 1.

[4] La note en question se trouve transcrite par Pierre d'Alva y Astorga, à la p. 79 de ses *Monumenta antiqua seraphica pro immaculata Conceptione.* Pierre d'Alva paraît s'être servi pour son édition d'un manuscrit alors conservé au collège de Foix, à Toulouse, et d'un manuscrit de la bibliothèque du chancelier Séguier qui, ni l'un et l'autre, ne se retrouvent à la Bibliothèque nationale. Le second ne figure même pas dans le procès-verbal de la prisée faite, à la mort de Séguier, en 1672 (ms. lat. 11878).

« a été composé par Pierre Auriol à l'occasion suivante. Comme il était
« lecteur dans le couvent des Mineurs de Toulouse, il lui arriva de
« prêcher dans la maison des Dominicains le jour de la Conception
« de la Vierge (8 décembre). Ce sermon s'adressait au clergé. Pierre
« Auriol y prouva, par les raisons touchées plus haut, que c'était une
« pieuse croyance d'admettre que la Vierge eût été préservée de la
« tache originelle. Dieu, certes, le pouvait faire; cela était séant; Dieu
« l'avait fait peut-être. En tous cas, la célébration d'une pareille fête
« était licite. Or, le dimanche suivant (15 décembre), un frère Prêcheur,
« s'adressant également au clergé, démontra que la sainte Vierge avait
« participé au péché originel; il réfuta quelques-unes des raisons de
« Pierre Auriol, allégua en faveur de sa thèse des arguments qui ont
« été aussi touchés plus haut, et reprocha à Pierre Auriol d'avoir affirmé
« comme une vérité ce que celui-ci n'avait avancé qu'avec doute, comme
« étant seulement une pieuse croyance. Ce que voyant, Pierre Auriol
« voulut faire de cette question l'objet d'une discussion solennelle dans
« le sein des écoles séculières. Là, en présence de tous les religieux,
« docteurs, maîtres et clercs, à la demande de l'Université, il conclut
« dans le sens indiqué ci-dessus. Cela se passait à Toulouse, l'an du
« Seigneur 1314, la veille de la Saint-Thomas apôtre (20 décembre),
« peu après l'avènement de Louis, roi de France, en présence de
« l'évêque de Toulouse Gaillard et durant la vacance du Saint-Siège. »
La précision de ces synchronismes, la forme de la rédaction ne
permettent guère de douter de l'ancienneté de cette note, non plus
que de son exactitude, que tend à confirmer l'observation suivante.
Dans plusieurs manuscrits, le *De Conceptione* de Pierre Auriol est, en
effet, daté de Toulouse 1314 [1]. Nous sommes ainsi fixés sur le lieu de
résidence, sur les fonctions et sur la situation de Pierre Auriol vers

[1] Ms. d'Erfurt, in-4° 131; ms. de Munich lat. 691 (ce ms. se confondrait peut-être, d'après M. Stanonik, p. 323, avec celui d'Augsbourg qui est indiqué dans le catalogue de Reiser, p. 52, n. 13); mss. utilisés par Pierre d'Alva y Astorga (*Monumenta antiqua seraphica...*, p. 44). — Dans le ms. 876 d'Arras, qui date de 1439, le *De Conceptione* est donné comme ayant été composé par Pierre Auriol, à Toulouse, en 1313; mais le copiste a peut-être oublié un jambage et écrit .ccc.xiij. pour .ccc.xiiij. — Les bibliographes, en reproduisant l'indication des manuscrits (Tractatus de Conceptione B. Mariae Virginis *editus* a magistro Petro Aureoli..., apud Tolosam, anno Domini 1314), ne l'ont pas toujours bien comprise : ils ont cru qu'il s'agissait de la date de l'édition, et quelques-uns ont pris la peine de relever ce que cette date aurait d'invraisemblable (Ph. Labbe, *Dissertatio philologica de scriptoribus ecclesiaticis*, Paris, 1660, II, 185; *Biographie générale*, III, 772).

le commencement du règne de Louis Hutin. Il enseignait à Toulouse, sans doute la théologie. Sa réputation le faisait appeler à prêcher même en dehors de son couvent franciscain. Sachant, dans la querelle sur la conception de la Vierge, comme dans la controverse sur l'« usage pauvre », se garder des extrêmes, il se contenta de soutenir que la célébration de la fête de la Conception était licite. La contradiction l'échauffa : il défendit sa thèse en présence du clergé et des étudiants assemblés, puis la développa dans un traité spécial, qui se terminait par un acte de soumission aux décisions futures du Saint-Siège. Cette attitude à la fois énergique et prudente devait attirer sur lui l'attention de ses confrères et du souverain pontife.

Il se pourrait qu'il eût été, quoique simple frère Mineur [1], délégué au chapitre général de son ordre qui se tint à Naples vers la fin du mois de mai 1316. On y élut comme général Michel de Césène; puis on y désigna, pour commenter à Paris le Livre des Sentences, le professeur de Toulouse Pierre Auriol. Michel de Césène lui-même souscrivit à ce choix, bien qu'on lui eût assuré que son élection avait été combattue par Auriol [2].

C'était un hommage éclatant rendu au savoir de ce dernier. Les maîtres de Paris jouissaient alors dans l'ordre de Saint-François d'une faveur singulière, et leur situation privilégiée ne manquait pas d'allumer parmi les Spirituels une vertueuse indignation : « Tout l'ordre, « disaient ceux-ci, s'incline devant les maîtres et lecteurs de Paris. Dans « beaucoup de provinces, qu'ils professent ou non, ils se voient dis- « pensés de l'assistance aux offices et des travaux communs; ils mangent « à l'hôtellerie ou à l'infirmerie, se font servir, comme il leur plaît, ce « qui devrait être distribué aux pauvres. Ils voyagent de couvent en « couvent, ayant avec eux un frère pour les servir, et, en tous lieux, « ils sont reçus ainsi que des seigneurs [3]. »

Ces avantages, en tous cas, étaient achetés au prix d'un travail

---

[1] Wadding (*Annales Minor.*, III, 228) fait justement remarquer qu'Auriol ne pouvait assister à ce chapitre en qualité de ministre de la province d'Aquitaine. La raison d'âge qu'il en donne n'est guère concluante, puisqu'on ignore absolument l'âge de Pierre Auriol. Mais la vérité est que ce poste était alors occupé par Bertrand de La Tour (cf. Stanonik, p. 416).

[2] *Chron. xxiv generalium*, citée d'après le ms. d'Assise par Denifle (*Chartularium Univ. Paris.*, II, 225). Cf. S. Antonin, *Chron.*, tit. XXIV, cap. ix, § 15 (éd. de Lyon, 1587, III, 784).

[3] F. Ehrle, *Zur Vorgesch. des Concils v. Vienne*, dans *Archiv für Literatur*, III, 118.

acharné. À la période de l'enseignement de Pierre Auriol à Paris correspond la composition de son vaste ouvrage théologique et philosophique le Commentaire sur les quatre livres des Sentences. Il y en a eu deux rédactions, comme on le verra plus loin, dans lesquelles les deux premiers livres et une partie notable du troisième diffèrent. Or, dans un exemplaire de la première rédaction [1], l'ouvrage se termine par cette note : « Explicit quartus liber Sententiarum, de reportatione fratris « Petri Aureoli recollectus, *eo legente Parisius, anno Domini* M° CCC° *decimo* « *septimo.* » 1317, c'est la première année de l'enseignement de Pierre Auriol à Paris. D'autre part, on lisait, paraît-il, dans un manuscrit de Florence du même Commentaire [2] : « Explicit lectura super se- « cundum librum Sententiarum, sub magistro Petro Aureoli, de « ordine fratrum Minorum, doctore in sacra theologia, reportata *tempore* « *quo legebat Parisiis Sententias, videlicet anno Domini* M° CCC° XVIII° [3]. » S'il s'agit là, comme il se peut, de la deuxième rédaction, ce serait dès sa seconde année d'enseignement à Paris qu'Auriol aurait complètement remanié son Commentaire sur les deux premiers livres du Maître des Sentences. Au plus tard, d'ailleurs, ce remaniement eut lieu en 1319 [4], et le labeur de cette double rédaction, qui embrasse d'immenses développements sur une multitude de questions des plus complexes, témoigne, dans tous les cas, d'un effort vraiment extraordinaire.

Il fut récompensé. Dès le 14 juillet 1318, Jean XXII avait ordonné au chancelier de l'église de Paris de conférer à Pierre Auriol la licence en théologie. « Il s'est livré jour et nuit, disait le pape, avec une telle ar- « deur à l'étude de la théologie, il y a fait de tels progrès, par la conti-

---

[1] Ms. 243 de Toulouse, fol. 124.

[2] Ms. 355 de Santa Croce. Il ne semble pas figurer parmi les mss. conservés aujourd'hui à la Laurentienne.

[3] Nous croyons devoir rétablir ainsi le texte de cette note, mal lu ou mal transcrit par Sbaraglia (p. 585).

[4] Dans l'édition du cardinal Boccafuoco, la date de la deuxième rédaction est indiquée, à la fin du livre IV, de la façon suivante : « Ex- « plicit quartus liber Sententiarum secundum « lecturam fratris Petri Aureoli recollectam, eo « legente in scholis Parisiis... » (*In IV Sent.*, p. 326.) Le fait que cet ouvrage fut écrit à Paris semble résulter également des passages suivants : « Unus vadit ad S. Dionysium in IV ho- « ris; claudus ibit in una die... Consimiliter « pono quod in IV horis vadit quis ad S. Diony- « sium et in IV horis vadit quis ad exitum civi- « tatis... » (*In III Sent.*, dist. II, qu. 1, art. 1, p. 34ᵇ.) « Exemplum pono quod unus vadit in « duabus horis ad S. Dionysium. » (*Ibid.*, p. 36ᵃ.) Or, le séjour d'Auriol à Paris ne semble pas s'être prolongé au delà de 1319. — S'il était nécessaire de prouver que le Commentaire sur les Sentences est postérieur à 1311, on pourrait y relever une allusion à un décret du concile de Vienne (*In II Sent.*, dist. XVI, art. 2 ; cf. K. Werner, *Der Averroismus in d. christlich-peripatet. Psychologie*, p. 181).

« nuité du travail et par l'exercice du professorat, qu'il s'est, croyons-
« nous, rendu digne d'enseigner en la Faculté de théologie[1]. » Le pape
fut obéi : Pierre Auriol, qui d'abord n'avait expliqué les Sentences que
dans le couvent des frères Mineurs, fut admis à professer dans l'Université même; et c'est en qualité de maître et de régent en la Faculté
de théologie de Paris qu'avec trois autres religieux il prêta serment,
le 13 novembre 1318, d'observer les statuts, de garder les secrets,
de respecter les privilèges de l'Université[2].

Un artiste contemporain a voulu perpétuer le souvenir des succès
d'Auriol dans l'enseignement philosophique. La lettre initiale d'un
manuscrit de Sorbonne qui contient le premier livre de son
Commentaire des Sentences (deuxième rédaction) le représente
assis dans sa chaire, enseignant, la main droite levée, à un groupe
de frères Mineurs dont l'un exprime par son geste une vive admiration[3].

Cet enseignement pourtant ne se prolongea guère. Dès 1319,
si l'on en croit la Chronique des Vingt-quatre généraux[4], Auriol,
rappelé de Paris, fut nommé ministre des frères Mineurs de la province d'Aquitaine. Il remplaçait Bertrand de La Tour, qui ne fut
cependant élevé que le 3 septembre 1320 à l'archevêché de Salerne[5].
Toutefois nous devons remarquer qu'une lettre pontificale postérieure,
dont il va être question plus loin[6], ne donne point à Auriol le
titre de provincial, mais se contente de lui attribuer les qualités
de prêtre (qu'il n'avait pas en 1318) et de maître en théologie.

Quoi qu'il en soit, cette période de la vie d'Auriol est celle de la
composition d'un de ses ouvrages les plus fameux, le *Breviarium*

---

[1] Denifle et Chatelain, *Chartul. Univ. Paris.*,
II, 225; K. Eubel, *Bullar. Franciscanum*, V,
154. — C'est la bulle dont C. Oudin (*De Script.
Eccl.*, III, 85) contestait l'existence, ou du
moins l'authenticité, pour des raisons très peu
solides. La même bulle, mal comprise de Wadding (*Ann. Min.*, III, 168), lui a fait croire
que Pierre Auriol, trop jeune encore pour
professer et même pour être ordonné prêtre,
avait obtenu du pape une dispense d'âge. Cf.
Stanonik, p. 327.

[2] *Chartul. Univ. Paris.*, II, 227. Cf. Du
Boulay, IV, 182.

[3] Ms. lat. 15363.

[4] Citée par le P. Denifle (*Chartul. Univ.
Paris.*, II, 225).

[5] K. Eubel, *Hierarchia catholica medii ævi*,
p. 452. — Wadding (*Ann. Min.*, III, 168,
228) fournissait à cet égard des renseignements contradictoires : en un passage, il écrivait que Pierre Auriol avait remplacé, comme
provincial d'Aquitaine, Bertrand de La Tour,
lors de la nomination de ce dernier à l'archevêché de Salerne; en un autre, il prétendait
qu'Auriol avait continué d'enseigner à Paris
jusqu'à sa propre nomination à l'archevêché
d'Aix. Cf. Stanonik, p. 419.

[6] Lettre du 27 février 1321.

Bibliorum, ou *Compendium Scripturæ*, qu'il a pris soin lui-même de dater de 1319, en indiquant qu'il écrivait 1003 ans après l'année 316[1]. D'ailleurs l'étude des Livres saints ne lui faisait point perdre de vue les recherches philosophiques : car son recueil de *Quodlibeta* dut voir le jour en 1320, si l'on s'en fie à une indication fournie par un manuscrit du temps[2].

Vers la fin de cette même année, l'archevêché d'Aix vint à vaquer par la promotion de Pierre des Prés à la dignité de cardinal (19 ou 20 décembre 1320). Jean XXII, dont l'attention s'était déjà fixée sur Auriol, et à qui ce dernier, sans doute par reconnaissance, avait dédié son Commentaire du Livre des Sentences[3], jugea qu'un religieux dont la science jetait tant d'éclat sur l'ordre des Mineurs était digne d'occuper un des deux sièges métropolitains de Provence. La bulle qui nomma Auriol à l'archevêché d'Aix porte la date du 27 février 1321; elle loue, entre autres qualités, la gravité de ses mœurs, la pureté de sa vie, la maturité de son jugement[4]. Le pape voulut sacrer le nouveau prélat de ses propres mains. Cette cérémonie eut lieu à Avignon, sans doute le 14 juin 1321, jour de la fête de la Trinité et date d'une nouvelle bulle par laquelle Jean XXII, après avoir certifié le fait du sacre, autorisait Auriol à gagner son diocèse et lui donnait sa bénédiction[5]. Six jours après, le pape chargeait les cardinaux Orsini, Caetani et Fieschi de lui remettre le pallium. Enfin, comme Pierre Auriol était parvenu pauvre à l'épiscopat, et que sa promotion, puis son installation devaient l'entraîner à des dépenses en disproportion avec ses ressources, une dernière lettre, du 11 juillet

[1] « Sedit autem Silvester anno Domini 316; qui si tollantur ab his qui hodie computantur, remanent mille et tres » (*Compendium Scripturæ*, éd. de Paris, 1585, fol. 287 v°); passage déjà relevé par Sbaraglia (p. 584). C. Oudin (III, 850) et Wadding (*Script. ord. Min.*, éd. de 1806, p. 188) ont fixé, par erreur, à 1345 la date de la rédaction du *Compendium* : ils la confondaient avec celle de la transcription du même ouvrage dans un ms. de Tolède (cf. Stanonik, p. 424).

[2] Ms. lat. 17485 (Jacobins de la rue Saint-Jacques), fol. 84ᵈ : « Explicit *Quodlibet* magistri Petri Aureoli, ordinis fratrum Minorum, editum et completum anno gratie m° ccc° xx°. »

[3] Ce fait, rappelé par le cardinal Boccafuoco dans la dédicace de son édition de Pierre Auriol, a été vainement contesté par Casimir Oudin (III, 857). La dédicace d'Auriol à Jean XXII se lisait notamment dans le ms. 354 de Santa Croce, et Sbaraglia (p. 585) en a reproduit les premiers mots.

[4] Albanés, *Gallia christ. noviss.*, 1, Instr., c. 56; K. Eubel, *Bullar. Francisc.*, V, 200. — C. Oudin (III, 850) prétendait prouver qu'Auriol n'avait jamais été archevêque d'Aix.

[5] Albanés, *loc. cit.* et p. 79; Eubel, V, 200, n. 3.

1321, l'autorisa à emprunter une somme de 1,000 florins tant en son nom qu'au nom de l'église métropolitaine [1].

Au surplus, cet épiscopat ne dura pas une année. Malgré les divergences qui apparaissent à cet égard parmi les érudits, dont plusieurs croient devoir prolonger la vie d'Auriol jusqu'au delà de l'année 1345 [2], il est certain qu'il était mort avant le 23 janvier 1322 [3], et la date vraisemblable de son trépas n'est autre que le 10 janvier de cette même année, qui est indiquée par un ancien Martyrologe franciscain [4]. D'accord avec la plupart des historiens provençaux [5], nous n'hésitons pas à préférer cette date à celle du 27 avril, que fournit Moréri [6] et que semblent adopter les Bollandistes, puisqu'ils mentionnent, à ce jour, Pierre Auriol au nombre des saints personnages que l'Église n'aurait pas officiellement béatifiés.

Pierre Auriol avait dû terminer ses jours à Avignon, car il est indiqué comme étant mort *apud Sedem apostolicam* dans la bulle, datée du 9 juillet 1322, qui lui désigne un successeur [7]. Il est donc impossible qu'Auriol se soit rendu à une assemblée de prélats tenue, à Paris, vers la fin de 1322, où il aurait, d'après Pitton, « harangué puissamment en faveur de l'Église Romaine contre les privilèges « de la Gallicane », ce qui aurait déplu à l'assemblée et aurait causé indirectement sa mort; car, ainsi que l'explique un autre historien provençal, notre prélat, étant retourné dans son diocèse au plus vite, « le déplaisir de s'estre fait une si fâcheuse affaire le fit bientôt partir « de ce monde [8] ». Auriol ne put être non plus ni ministre général de

[1] Albanés, Eubel, *loc. cit.*

[2] *Gallia christ.*, I, 321; C. Oudin, III, 857; Prantl, *Gesch. der Logik*, III, 319, etc. — L'origine de cette erreur est la confusion qu'on a faite, comme il a été remarqué plus haut (page 487, note 1), entre la date de la rédaction et la date d'une des transcriptions du *Compendium sacræ Scripturæ*.

[3] Il est question, à cette date, dans les écritures de la Chambre apostolique, de Raimond Auriol, frère du *défunt* archevêque d'Aix (Arch. du Vat., *Introitus et exitus* 41, fol. 178; cité par Denifle, *Chartul. Univ. Paris.*, II, 718, et par Albanés, *Gallia christ. noviss.*, I, 81).

[4] Cité par Pitton (*Annales de la sainte Église d'Aix*, Lyon, 1668, in-4°, p. 174), qui renvoie également à une *Table des anniversaires des Cordeliers d'Aix*. — Nous ne partageons pas, à cet égard, les hésitations de M. Stanonik (p. 425).

[5] Pitton, *loc. cit.*; P. Louvet, *Abrégé de l'histoire de Provence* (Aix, 1676, in-12), II, 43; P.-J. de Haitze, *L'épiscopat métropolitain d'Aix* (Aix, 1862, in-12), p. 78; Albanés, *op. cit.*, I, 81.

[6] *Dictionnaire*, VIII, 102.

[7] Albanés, I, Instr., n° 2. — Le P. Denifle (*Chartul. Univ. Paris.*, II, 718) fait erreur en avançant que, d'après cette bulle, Pierre Auriol serait mort à Aix, le 10 janvier.

[8] P.-J. de Haitze, *loc. cit.*

l'ordre des frères Mineurs [1], ni archevêque de Narbonne [2], ni cardinal, ainsi qu'on l'a maintes fois prétendu [3]. Cette dernière erreur, la plus accréditée, provient de la confusion qu'on a faite entre lui et son prédécesseur sur le siège d'Aix, Pierre des Prés.

Toute sa carrière, si l'on excepte la dernière année de sa vie, s'est écoulée dans les maisons de frères Mineurs, soit à Paris, soit à Toulouse. Il a été prédicateur; il a été surtout lecteur, et il a composé sur des sujets d'ascétisme, de théologie, de philosophie ou d'exégèse un grand nombre d'ouvrages dont il nous reste à traiter.

SES ÉCRITS.

I. DE PAUPERTATE ET USU PAUPERE.

On a vu plus haut dans quelles circonstances a été composé ce traité, que plusieurs bibliographes attribuent à Auriol [4], dont il existait au XIVe siècle deux exemplaires dans la bibliothèque des papes d'Avignon [5], et dont Wadding indique encore un autre exemplaire manuscrit conservé de son temps au couvent des Franciscains de Séez [6].

Le *De Paupertate* a été édité, sous le nom d'Auriol, dans l'ouvrage intitulé *Firmamenta trium ordinum beatissimi patris nostri Francisci* (Paris, 1512) [7].

Inc. : Supposito quod paupertas evangelica, quam Christus vivendo tenuit...

Des. : ... cum non possit punctualiter et certitudinaliter taxare quæ domus debeat dici pauper et quæ non, quis cibus sit pauper, etc.

L'auteur admet que le frère Mineur, en vertu de sa règle, est tenu

[1] Pitton, *loc. cit.*

[2] Cf. C. Oudin, III, 850.

[3] Ciaconius (éd. de 1677), II, 436, etc. — D'après Sbaraglia (p. 586), ce serait l'Université de Louvain qui, la première, aurait, en 1470, attribué le titre de cardinal à Pierre Auriol (d'Argentré, *Collect. judic.*, I, II, 271). La même erreur se retrouve dans plusieurs des anciennes éditions des œuvres d'Auriol, dans l'édition vénitienne du *Compendium sacræ Scripturæ* de 1507, dans l'édition de 1512 du *De Paupertate et Usu paupere,* dans l'édition du *Commentaire des Sentences* de 1596, dans l'édition du *Compendium* de Rouen, 1649, etc.

[4] Fabricius, V, 243; Sbaraglia, 586; Stanonik, 492.

[5] F. Ehrle, *Hist. bibliothecæ Romanor. pontificum,* I, 476, 496.

[6] *Script. ord. Min.,* 188.

[7] Quatrième partie, ff. CXVI-CXXX. — Sbaraglia (p. 586) cite une édition vénitienne du même ouvrage de l'année 1513.

d'observer la pauvreté évangélique dans toute sa rigueur, telle que l'ont pratiquée le Christ et les apôtres; mais il se pose des questions, qu'il ne juge pas peu embarrassantes. Le religieux voué à cet extrême degré de pauvreté est-il tenu d'observer *usum pauperem*, d'user pauvrement des choses? Et cet « usage pauvre » consiste-t-il en la vulgarité ou en la rareté des choses dont on se sert? S'agit-il de leur qualité? S'agit-il de leur quantité? Faut-il que les logements, les vêtements, les livres, les aliments soient vils, ou bien qu'ils soient tout juste assez nombreux pour suffire aux besoins d'un pauvre? Cet « usage pauvre », de quelque manière qu'on l'entende, est-il de l'essence de la pauvreté évangélique, ou, au contraire, n'est-il prescrit que par une simple règle de convenance?

Sur ce dernier point, notre auteur développe successivement le pour et le contre. Sept arguments tendent à prouver que l'« usage « pauvre » rentre essentiellement dans la pauvreté évangélique. Cependant le précepte du Seigneur : *In eadem autem domo manete edentes et bibentes quæ apud illos sunt* (Luc. x, 7) comporte quelque adoucissement, au moins quant à la nourriture. Le même esprit apparaît, semble-t-il, dans la Règle de Saint-François. En somme, l'usage des choses se trouve modéré, restreint par la pratique de certaines vertus secondaires; mais la pauvreté, dont il s'agit, la pauvreté même la plus haute, consiste essentiellement dans un renoncement complet à toute espèce de droit et de propriété sur les choses : la restriction et la limitation de l'usage sont seulement un accessoire de cette pauvreté. Pierre ne possède rien; un riche vêtement lui est prêté par Paul pendant trois jours : en est-il plus riche pour cela? Si abondante que soit une nourriture, si riche que soit une habitation, ce n'est pas déroger à la pauvreté qu'en accepter provisoirement l'usage. Autrement, ce qu'Auriol trouve absurde, il faudrait dire qu'un frère Mineur ne peut jamais dormir dans le palais d'un roi ni manger à la table d'un pape. À plus forte raison, user de biens mendiés ne constitue pas une dérogation à la pauvreté, puisque celle-ci, loin d'être atteinte, ne fait que croître par le fait de la mendicité. Le plus pauvre des hommes peut boire dans l'or et dormir sur la soie sans cesser d'être pauvre. Si cet usage se prolonge, il peut constituer un manquement à certaines vertus d'humilité, de tempérance, non pas une dérogation à la vraie pauvreté. Le Fils de l'homme se nourrissait d'aliments ordinaires, était revêtu d'une robe sans couture, acceptait l'hospitalité de Simon, de Marthe et de Marie : saint Jean Baptiste, pour avoir mené une vie parfois plus austère, était-il plus pauvre que lui?

La conclusion de Pierre Auriol ressort des principes ainsi posés. Il n'est pas homme à conseiller ni à défendre le relâchement, mais il est d'avis de distinguer la pauvreté proprement dite, à laquelle le religieux est astreint par son vœu, de l'austérité, de l'humilité, qui sont seulement vertus à lui recommandées. Quant aux « usages pauvres », le vœu d'obéissance oblige le frère Mineur à observer ceux que prescrit la Règle de Saint-François; car maints passages de cette règle devraient être considérés peut-être comme des préceptes à cet égard, bien que le soin d'en décider appartienne au souverain pontife.

Clément V ne répondit-il pas en quelque sorte à cette dernière invite, quand il définit de la sorte les obligations du frère Mineur dans sa constitution *Exivi de Paradiso :* « Nous déclarons que les frères Mineurs, « en vertu de leur règle, sont spécialement astreints aux usages pauvres « que cette règle indique, et dans la mesure où elle l'indique... Quant « à taxer d'hérésie le fait d'affirmer ou de nier que l'usage pauvre soit « compris dans le vœu évangélique, nous jugeons cette prétention « présomptueuse et téméraire »?

Dans ce traité, le premier qu'ait écrit sans doute Auriol, le philosophe se révèle à peine par quelques citations d'Aristote, mais le religieux se montre déjà plein de modération et de déférence envers le Saint-Siège.

II. DE CONCEPTIONE BEATÆ MARIÆ VIRGINIS.

De nombreux exemplaires manuscrits de cet ouvrage se conservent dans les bibliothèques de Chartres[1], d'Arras[2], de Douai[3], d'Erfurt[4],

[1] Ms. 428, ff. 156-167 (xive s.), sous le titre : *Sermo de Conceptione Virginis.*

[2] Ms. 876 (1439; abbaye du Mont-Saint-Éloi). La fin manque. On y lit cette note : « Quem [tractatum] compilavit denuo quidam « alter frater Maturinus Clementis, ordinis Car- « melitani, tempore quo fuit lector Sententia- « rum conventus Metensis. » Il s'agit là de Mathurin Clément, autrement dit Courtois, célèbre Carme de Bourges, qui fut, en 1451, doyen de la Faculté de théologie de l'Université de Paris. La *Bibliotheca Carmelitana* (II, 421) lui attribue, en effet, un *De Conceptione B. Virginis Mariæ,* ouvrage resté manuscrit, qui ne serait, d'après cette note, qu'un remaniement de l'œuvre de Pierre Auriol.

[3] Ms. 518, ff. 33 et suiv. (xve s.).

[4] Ms. in-4° 131 (xive s.).

de Munich[1], de Cracovie[2], de Saint-Florian près de Linz[3], de Rome, de Naples[4] et du couvent de Saint-François à Assise[5]. La plupart remontent au xive siècle; presque tous portent le nom d'Auriol, et quelques-uns rappellent que cet ouvrage a été composé, ainsi que nous l'avons dit plus haut, à Toulouse, en 1314, sans doute dans les derniers jours de l'année ou dans les premiers mois de 1315 (1314, vieux style), car les incidents à l'occasion desquels il fut écrit se produisirent, on s'en souvient, les 8, 15 et 20 décembre 1314.

Il existe de ce traité deux ou trois éditions incunables[6], et nous en connaissons quatre éditions ou réimpressions faites, au xviie siècle, par Pierre d'Alva y Astorga[7] et par Théodore Moretus[8]. Plusieurs des éditeurs assignent à la composition du *De Conceptione* la date fautive de 1338, par suite d'une confusion qui sera expliquée bientôt.

Inc. : Nondum erant abyssi, et ego jam concepta eram (Prov. viii). De Conceptione immaculatæ Virginis tractaturi. . .

Des. : . . . quoniam sola ipsa caput fidei et catholicæ veritatis a Christo constituta est, qui cum Patre et Spiritu Sancto vivit et regnat. Amen.

Cet ouvrage, que saint Bernardin de Sienne qualifie de « grand et « beau traité »[9], est divisé en six chapitres. Dans le premier, l'auteur rapporte les textes de l'Écriture ou des Pères qui paraissent défavorables à la thèse de la Conception immaculée; il y joint un certain nombre d'arguments qui tendraient aussi à infirmer cette thèse. Dans le second chapitre, il explique ce qu'il entend par la conception, par le péché originel et la souillure qui en résulte. Dans le troisième, il dé-

---

[1] Mss. lat. 1502, ff. 60 et suiv. (xve s.), et 691 (1480).

[2] Ms. 1600, ff. 155-163 (xive s.).

[3] Ms. 138, ff. 1 et suiv. (xive s.).

[4] Indications fournies par le R. P. Ehrle. — Le ms. de Rome se trouve dans la bibl. Victor-Emmanuel.

[5] Ms. 193 (xive s.; complété par une main moderne). — Il existait deux exemplaires de cet ouvrage, à la fin du xive siècle, dans la bibliothèque des papes d'Avignon (Ehrle, *Hist. bibl. Romanor. pontificum*, 1, 341, 476, 504).

[6] Celle qui est conservée à la Bibliothèque nationale (Rés., D 6365; Pellechet, n° 1614) ne porte indication ni de lieu ni de date; elle est attribuée à Pierre Schœffer, de Mayence.

[7] *Bibliotheca virginea* (Madrid, 1648), ouvrage inconnu d'Antonio (*Bibl. hisp. nova*, II, 168), mais cité par Sbaraglia (p. 585); *Monumenta antiqua seraphica pro immaculata Conceptione*, p. 15-44.

[8] *Principatus incomparabilis primi filii hominis Messiæ et primæ parentis matris Virginis* (Cologne, 1671, in-fol.), Append., p. 1-16; ouvrage réimprimé, sous un titre quelque peu différent, en 1695 (Musée britann., 4225 l 2).

[9] Il en avait trouvé un exemplaire à Rimini (*De Conceptione*; éd. P. d'Alva, *Monum. antiq. seraph.*, p. 7).

montre que Dieu a pu, en vertu de sa puissance, préserver la Vierge de cette souillure. Il énumère, dans le quatrième, les motifs de raison et de haute convenance qui ont pu déterminer dans ce sens la volonté divine. Il prouve, dans le cinquième, qu'on peut, sans risque pour la foi, croire que Dieu a effectivement préservé la Vierge de la tache originelle. Enfin il montre, dans le sixième, que le langage des saints ne contredit point cette thèse.

Saint Anselme, Richard de Saint-Victor, Alexandre de Halès et Robert de Lincoln lui fournissent, cette fois, des textes favorables à la Conception immaculée. Certains Pères de l'Église ont opiné en sens contraire : mais c'est qu'ils n'entendaient pas de même manière les termes de « conception » et de « péché originel ».

D'ailleurs, il appartient au pape, aux cardinaux et à l'Église romaine de reprendre les erreurs notoires en matière de foi. Or il est clair que, depuis longtemps, Rome sait à quoi s'en tenir au sujet de la façon dont se célèbre la fête de la Conception en Angleterre, en Normandie, à Lyon[1], dans l'Université de Paris. Beaucoup d'églises, même soumises directement au pape, s'associent à cette célébration. De nombreux et illustres docteurs ont prêché, et prêchent chaque année, tant à Paris qu'en Angleterre, que la Vierge n'a pas encouru, par suite de la faute originelle, la haine ni la colère de Dieu. Quelques-uns l'ont même enseigné dans des écrits connus : Pierre Auriol nomme ici Guillaume Warron, maître de Duns Scot[2], et Duns Scot lui-même. Il fait remarquer aussi que toutes les églises françaises ou anglaises qui fêtent la Conception emploient, dans leurs offices, des termes qui seraient intolérables si la Vierge n'avait pas été réellement préservée de la tache originelle, et les renseignements que Pierre Auriol fournit à cet égard peuvent intéresser les historiens de la liturgie; on voit, par exemple, qu'il faut faire remonter au moins jusqu'au commencement du xive siècle l'usage de chanter l'invitatoire :

<hr>

[1] Lyon n'est pas nommé dans le *De Conceptione* d'Auriol, mais il l'est dans un passage du Commentaire sur les Sentences relatif au même sujet : « Item, licet non faciat Ecclesia « Romana, tamen permittit, ut apparet in eccle- « siis solemnibus et cathedralibus, ut Ludguni et « in Anglia et in multis aliis locis... » (*In III Sent.*, dist. iii, qu. 1, art. 5; éd. de Rome, p. 384^a.)

[2] Le *Doctor fundatus* est surtout connu par les citations de Duns Scot (cf. *Hist. litt. de la Fr.*, XXV, 408-409). Cependant saint Bernardin de Sienne, au xve siècle, le nomme également parmi les auteurs qui ont plaidé pour l'Immaculée Conception : « Elucidat hanc con- « ceptionem sex viis, respondendo ad argumenta « opposita. » (*De Conceptione*, éd. P. d'Alva, *Monum. antiq. seraph.*, p. 6.)

> Cordis ac vocis jubilo
> Pangamus laudes Domino,
> Cujus matris conceptio
> Mundum perfudit gaudio [1]. . .

ou les hymnes :

> Celebris dies colitur
> In qua Virgo concipitur [2]. . .

> Conceptus hodiernus Mariæ Virginis
> Venenum tersit,
> Nexum solvit
> Vetustæ originis [3]. . .

et enfin de réciter des oraisons telles que celle-ci : *Da nobis, quæsumus, conceptionis ejus solemnia venerari... conceptumque pie solemnisare Mariæ...* Si ces usages, poursuit Auriol, sont mauvais, si cet enseignement est faux, le Saint-Siège, en ne les combattant pas, s'y associe et tombe lui-même dans l'erreur. Donc, qui déclare la thèse de l'Immaculée Conception erronée ou dangereuse au point de vue de la foi, porte par là même contre Rome l'accusation d'erreur. Or, l'Église romaine ne saurait se tromper. Au seul souverain pontife appartient de définir ce qui est douteux en matière de foi et ce qui fait l'objet de discussions dans l'École [4] : privilège si exclusivement propre au pape que quiconque tenterait de le lui ravir tomberait par cela même dans une hérésie formelle. On ne saurait affirmer plus nettement que ne le fait Auriol, dans ce passage, l'infaillibilité pontificale.

Il ne laisse pas de garder une prudente mesure. Sa conclusion est qu'aucune des deux thèses relatives à la conception de la Vierge n'est article de foi : « Nul ne connaît la pensée du Seigneur; nul n'a été ad-« mis à ses conseils, et ses jugements sont souvent un abîme... Il en « résulte qu'on peut tenir le pour et le contre, au gré de sa dévotion, « tant que l'Église romaine ne se sera point prononcée catégorique-« ment. »

[1] Balingbem, *Parnassus Marianus* (Douai, 1624, in-12), p. 12, 32.

[2] *Ibid.*, p. 15.

[3] C'est, sauf quelques variantes, la pièce cataloguée par M. le chanoine Ulysse Chevalier sous le n° 3706 (*Repertorium hymnologicum*, I, 222).

[4] Ici Auriol s'appuie sur une décrétale d'Innocent III (*Décrétal.*, III, XLII, 3) : « Majores « Ecclesiæ causas, præsertim articulos fidei con-« tingentes, ad Petri sedem referendas intelligit « qui eum quærenti Domino quem discipuli di-« cerent ipsum esse respondisse notabat : Tu es « Christus. »

III. *Repercussorium*.

Barthélemi Albizzi range au nombre des ouvrages de Pierre Auriol deux traités spécialement consacrés à la conception de la Vierge [1]. Le premier est le *De Conceptione*, dont il vient d'être question; l'autre est le *Repercussorium*, qui se lit à la suite du *De Conceptione*, et sous le nom d'Auriol, dans deux manuscrits du XIVe siècle conservés l'un à Erfurt [2], l'autre dans la bibliothèque capitulaire de Saint-Florian près de Linz [3].

Inc. : Justificationem meam, quam cœpi tenere, non deseram (Job 27). Justificationem inviolatæ Virginis, quam dudum, auxiliante Domino, suscepimus defendendam, ne vanis latratibus quorumdam mordacium obnubilari contingat, præcedenti tractatui de Conceptione ejusdem Virginis hunc præsentem decrevimus subnectendum...

Des. : ... neque enim reprehendit me cor meum.

On a cependant contesté, et l'on conteste encore l'attribution de cet ouvrage à Auriol : Quétif et Échard l'ont combattue [4]; M. Stanonik reste dans le doute [5]. Le malheur est que la plupart des auteurs parlent de ce traité sans l'avoir lu; il a pourtant été imprimé quatre ou cinq fois, au XVe et au XVIIe siècle [6], mais les éditions en sont rares : M. Stanonik lui-même se sert de notes anciennement prises sur l'une des éditions de Pierre d'Alva y Astorga qu'il n'avait plus sous les

[1] « Compendium sacræ Scripturæ edidit et « postillas ac tractatus, et specialiter de Virginis « conceptione duos edidit. » (*Lib. conformit.*, éd. de Milan, 1510, fruct. VIII, part. I.)

[2] Ms. in-4° 131, ff. 104-114, *Repercussarium editum contra adversarium innocentiæ matris [Dei], compositum per fr. Petrum Aureoli, de ordine Minorum, anno et loco supradictis.*

[3] Ms. 138. Le catalogue d'A. Czerny (*Die Handschriften der Stiftsbibliothek Saint-Florian*, Linz, 1871, in-8°, p. 65) confond les deux ouvrages en un; mais l'explicit qu'il reproduit prouve que le *Repercussorium* se trouve joint, dans cet exemplaire, au *De Conceptione* : « Ex-« plicit *Repercussorium* Petri Aureoli de Concep-« tione. » — Le *Repercussorium* se trouvait également sous le nom de Pierre Auriol, avec le *De Paupertate* et le *De Conceptione* du même auteur, dans un manuscrit conservé, en 1375,

dans la bibliothèque des papes d'Avignon (Ehrle, *Hist. bibl. Romanor. pontificum*, I, 476).

[4] *Script. ord. Præd.*, I, 695.

[5] P. 488, 489.

[6] Toujours à la suite du *De Conceptione* : 1° à Leipzig, en 1489 (d'après Pierre d'Alva, *Sol veritatis*, c. 1301); 2° à Madrid, en 1648, dans la *Bibliotheca Virginea* de Pierre d'Alva (d'après Sbaraglia, p. 585); 3° à Louvain, en 1665, dans les *Monumenta antiqua seraphica* du même auteur, p. 44-68; 4° à Cologne, en 1671, dans l'ouvrage de Th. Moretus intitulé *Principatus incomparabilis primi filii hominis Messiæ...* App., p. 17-47 (nous avons pu consulter ces deux dernières éditions à la bibliothèque du Séminaire de Saint-Sulpice); 5° dans la réimpression du même ouvrage faite, en 1695, sous le titre *Principatus... Jesu et virginis Mariæ.*

yeux au moment où il écrivait son mémoire [1]. On en a donc été réduit à attacher beaucoup d'importance à une phrase échappée à Pierre d'Alva dans un autre de ses ouvrages [2] : l'éditeur du *Repercussorium*, qui aurait dû pourtant bien connaître le traité qu'il imprima deux fois, prétend, dans ses *Radii solis*, qu'Auriol y repousse les attaques du frère Prêcheur Guillaume de Gannat, auteur d'un *De vera innocentia matris Dei* [3]. Il va plus loin : il soutient qu'Auriol, dans le *Repercussorium*, fait allusion à quarante témoignages de saints invoqués par Guillaume de Gannat. Sur quoi nos auteurs déclarent que le contradicteur réfuté dans le *Repercussorium* est bien le frère Prêcheur Guillaume de Gannat, comme le disait Pierre d'Alva : ils n'ont pas lu, à vrai dire, le traité de Guillaume de Gannat, pas plus que le *Repercussorium;* mais ils savent, par un ouvrage de Jean Capreolus, que Guillaume de Gannat, adversaire de l'Immaculée Conception, a, effectivement, allégué en faveur de sa thèse une quarantaine de témoignages [4]. Il ne leur en faut pas plus pour conclure que le *Repercussorium* a été faussement attribué à Auriol, vu qu'on sait, d'autre part, que Guillaume de Gannat vivait beaucoup plus tard, vers la fin du XIVe siècle [5].

Ce raisonnement ne résiste pas à l'examen des textes. D'abord les quarante témoignages allégués par Gannat ne sont pas, sauf exceptions, des témoignages de saints. Ensuite la phrase du *Repercussorium* où il est question de quarante textes empruntés à des saints [6] n'est

---

[1] Voir p. 488, n. 1.

[2] *Radii solis zeli seraphici cœli veritatis pro Immaculatœ Conceptionis mysterio Virginis Mariœ* (Louvain, 1666, in-fol.), c. 1057. Il existe un exemplaire de cet ouvrage au Séminaire de Saint-Sulpice. Le même ouvrage paraît avoir été publié, à Madrid, la même année, sous un titre différent : *Sol veritatis cum ventilabro seraphico pro candida aurora Maria in suo conceptionis ortu sancta* (Musée brit., 1012 e. 14).

[3] Il a été trompé sans doute par le titre que le *Repercussorium* portait dans certains manuscrits : *Repercussorium editum contra adversarium innocentie matris Dei.*

[4] « Hanc conclusionem tenent et tenuerunt « Origenes, Ysidorus, Bernardus, Anselmus, « Hugo de S. Victore, Magister Sententiarum, « Remigius, Alcuinus, Cassiodorus, Cassianus, « P. Ravennas, Gratianus, Halanus, Alexander « Nequam, Innocentius papa, Joannes Beleth, « Mauritius episcopus Parisiensis, Altissiodo- « rensis, Raimundus de Pennaforti, Alexander « de Halis, Albertus, Petrus de Tharentasia « papa, Petrus de Palude, Durandus, Herveus, « Joannes de Neapoli, Jacobus de Voragine, « Nicolaus Traveth, Egidius de Roma, Gregorius « de Arimino, Bonaventura, Robertus de Tor- « naco, Nicolaus de Lira, Adam Godam, Hen- « ricus de Gandavo, Godofredus, Joannes de Po- « liaco, Richardus de Mediavilla et multi alii « quorum dicta recitat frater Guillelmus de Can- « naco in tractatu quem super hac materia edi- « dit, et intitulatur *De vera innocentia matris* « *Dei.* » (*Defensiones theologie sancti Doctoris*, Venise, 1484, in-fol., *In III Sent.*, dist. III, art. 1.)

[5] *Script. ord. Præd.*, 1, 693, 694.

[6] « Præterea in eodem libello adducuntur « XL auctoritates quas ipse compositor invenit in « dictis sanctorum; possunt autem plures quam

pas d'Auriol, mais de son contradicteur; si Auriol la reproduit, c'est seulement pour y répondre; les quarante citations dont il s'agit avaient été faites par Auriol lui-même dans son premier ouvrage, le *De Conceptione* [1]. Il est presque inutile d'ajouter que Guillaume de Gannat n'est ni nommé ni visé dans aucune partie du *Repercussorium*. Cet ouvrage, bien antérieur à Guillaume de Gannat [2], est incontestablement du même auteur que le *De Conceptione* : il suffit, pour s'en rendre compte, de le lire avec quelque attention. L'auteur reproduit, en effet, les critiques de son adversaire, et l'on reconnaît sans peine que chacune de ces critiques s'applique parfaitement au *De Conceptione*. Un seul exemple le prouvera. Nous mettons en regard le passage d'Auriol tiré du chapitre V (§ 170) de son *De Conceptione* et l'appréciation de ce passage par son contradicteur, telle qu'elle est reproduite dans le *Repercussorium* [3].

<table>
<tr><td>

DE CONCEPTIONE.

Esto quod dicta sanctorum confirmata sint per Concilia, nihilominus omnia dicta sanctorum non sunt tenenda pro fide aut prædicatione Ecclesiæ orthodoxæ, tum quia contradictoria oporteret teneri pro fide. . ., tum etiam quia multa absurda Ecclesia confirmasset quæ hodie non docent doctores. . . Ad hoc ergo in sacris Conciliis dicta sanctorum per Ecclesiam sunt recepta ut, ad differentiam apocryphorum et hæreticorum librorum, in Ecclesia a catholicis secure legantur.

</td><td>

REPERCUSSORIUM.

Ineptum videtur, quod continetur in prædicto tractatu, dicta sanctorum non fuisse confirmata ad hunc finem quod omnia sint vera et determinatio fidei orthodoxæ, sed ad hoc tantum ut in Ecclesia secure legi possint, ad differentiam hæreticorum et apocryphorum scriptorum. Hoc quidem dicitur ineptum, quoniam Ecclesia nihil approbat nisi verum.

</td></tr>
</table>

La question d'authenticité étant ainsi élucidée, il resterait à fixer la date de cet ouvrage : si l'on s'en fie à l'indication chronologique fournie par certains manuscrits [4], le *Repercussorium* a été composé, à

« illæ XL ad idem propositum reperiri, quas ipse « nec posuit, nec invenit : ergo inepte et insuf- « ficienter se habuit in allegando. » (Éd. P. d'Alva, *Monum. antiq. seraph.*, p. 63).

[1] Voir surtout le chap. IV.

[2] C'est ici le lieu de rappeler le passage, cité plus haut, où l'auteur atteste qu'il se trouvait à Paris à l'époque où fut mise en avant la thèse de la « panéité ».

[3] Éd. P. d'Alva, p. 63.

[4] Voir ci-dessus, p. 495, n. 2, la note reproduite d'après le ms. d'Erfurt. Une indication semblable devait figurer dans les mss. utilisés par Pierre d'Alva, qui imprime (p. 44) : « Incipit *Repercussorium* editum contra adversa- rium innocentiæ matris Dei, compositum per fr. Petrum Aureoli, de ordine fratrum Minorum, anno Domini M CCC XIV. »

Toulouse, la même année que le *De Conceptione,* c'est-à-dire en 1314, ou plutôt dans les premier mois de 1315 (1314, vieux style). Effectivement, Pierre Auriol, quand il fait allusion, dans le second de ces traités, à la composition du premier, se sert, à deux reprises, de l'expression *dudum* [1] : il semble se reporter à une époque peu éloignée.

Ainsi il demeure établi qu'un contradicteur maussade et peu poli, dont le nom reste inconnu, traita d'absurde, *ineptum,* le traité *De Conceptione* qu'avait publié Pierre Auriol à la suite de la controverse soulevée à Toulouse au mois de décembre 1314. Il critiqua les distinctions faites par notre frère Mineur entre les diverses manières de contracter, de droit ou de fait, le péché originel. Il lui reprocha de discuter les paroles des saints. Il prétendit que Pierre Auriol empruntait au Bréviaire des textes dépourvus de toute autorité. Il le reprit sur sa façon de comprendre saint Augustin, d'interpréter saint Anselme. Il soutint que notre auteur n'avait point sous les yeux les traités complets d'où étaient extraits les textes qu'il avait cités. Et à chacun de ces reproches il joignait, comme un refrain, la même épithète désobligeante : *ineptum.*

Auriol, ainsi que l'indique le titre de sa réplique, crut ne pouvoir repousser cette attaque discourtoise qu'en frappant à son tour : *Repercussorium!* Il réfuta chacun des reproches qui lui étaient faits et renvoya à son censeur l'épithète d'*ineptus,* en y joignant les qualifications de présomptueux et de grossier personnage [2].

Toutefois, la polémique ne remplit que la moindre partie du traité [3]. Le reste consiste en éclaircissements théologiques ou physiologiques sur l'appétit sensuel, la fécondation, la matière et la forme du péché originel, etc., tous sujets délicats, abordés une première fois dans le chapitre ii du *De Conceptione,* repris ici avec plus d'ampleur et développés dans un style plus philosophique : l'auteur invoque fréquemment l'autorité d'Aristote, deux fois celle d'Averroès.

[1] Voir l'incipit reproduit plus haut. On lit aussi, p. 62 : «Tractatus iste de Conceptione inviolatæ Virginis, ipsius adjutòrio *dudum* confectus... »

[2] «Tractatus iste... integer remanet, nec ineptus, non obstante injurialitate et ineptitudine imponentis» (p. 62). «Salva præsumptione dicentis... » (p. 64). — M. Stanonik (p. 488, n. 1) a tort de s'étonner de ces vivacités.

[3] Auriol partage lui-même son traité, au début, en douze chapitres ou «conclusions». En fait, les cinq dernières sont réunies en une, qui porte le numéro 8. C'est seulement dans ce huitième chapitre qu'il répond à son contradicteur.

Ses conclusions demeurent toujours marquées au coin de la prudence. Bien qu'il paraisse plus décent et plus conforme à la piété d'admettre que la Vierge n'ait jamais encouru la colère divine, la question reste douteuse; l'affirmer ou la nier hardiment serait téméraire : le problème ne saurait être résolu que par une décision du Saint-Siège. Jusque-là Pierre Auriol continue à plaider la cause de la Vierge [1].

En effet, on le retrouve préocupé du même problème et animé du même esprit à l'époque où il composa un Commentaire sur les Sentences dont il va être question bientôt. Dans la première rédaction de ce Commentaire, il recherche si la Vierge a été conçue dans le péché originel, et, au cas où l'on répondrait par l'affirmative, si elle a pu être sanctifiée au moment même de sa conception; il rappelle, une fois de plus, les usages suivis dans un grand nombre d'églises, les termes employés dans les oraisons et les antiennes ; il conclut qu'une telle fête peut être célébrée [2]. C'est ce qu'il répète, en d'autres termes, dans sa seconde rédaction du même Commentaire [3] : il y traite de la « sanctification » active et passive de la Vierge [4] et s'y prononce d'autant plus volontiers en faveur de la thèse de l'Immaculée Conception [5] qu'il est disposé à accueillir la légende, d'origine anglaise [6], suivant laquelle saint Bernard serait, après sa mort, apparu portant une tache sur la poitrine en punition du langage malséant qu'il avait tenu, de son vivant, au sujet de la conception de la Vierge [7].

[1] « Donec itaque sacrosancta Romana Ecclesia sic expresse determinaverit, sicut ista expressa sunt, quid de conceptione aut sanctificatione immaculatæ Virginis tenendum, justificationem ejusdem Virginis, quam cœpi tenere, non deseram » (p. 68).

[2] « Fit festum de Conceptione ejus in multis ecclesiis... Nec potest dici quod festum fiat de sanctificatione, quia, in oratione et in legenda quæ tunc legitur in antiphonis, dicitur expresse conceptio... » (lib. III, qu. 12, 13; ms. 243 de Toulouse, fol. 12 v° et 13).

[3] Il y suggère cette idée que, même au cas où la Vierge aurait été conçue dans le péché, la fête pourrait être célébrée « per respectum infusionis vel unionis animæ ad corpus » (In III Sent., dist. III, qu. 1, art. 5, p. 383ᵇ). Toute cette distinction III a été réimprimée, à la suite du De Conceptione et du Repercussorium, par Pierre d'Alva, dans ses Monumenta antiqua seraphica (p. 68-76), et par Th. Moretus, dans son Principatus (p. 55 et suiv.).

[4] Art. 2, p. 380ᵃ; art. 3, p. 381ᵃ. Cf. art. 6, 7.

[5] « Non scio absolute quis illorum modorum sit de facto : teneo tamen pie quod non contraxit originale peccatum » (art. 4, p. 382ᵇ).

[6] Cette légende paraît remonter à la fin du XIIᵉ siècle, quoique Henri de Langenstein, qui a pris la peine de la réfuter (Contra disceptationes et contrarias predicationes fratrum Mendicantium super conceptione B. M. Virginis et contra maculam S. Bernhardo mendaciter impositam, Strasbourg, 1516), regarde comme l'inventeur de la fable « un certain Anglais du nom de Warron », sans doute le maître de Duns Scot (Hartwig, Leben und Schriften Heinrichs von Langenstein, Marbourg, 1858, in-8°, 1, 78).

[7] « Bernardus autem dicitur illam opinio-

Par contre, nous ne voyons aucune raison d'attribuer, comme on l'a fait[1], à Pierre Auriol une *Explanatio epistolæ S. Bernardi ad canonicos Lugdunenses*, où est réfutée l'objection qu'on tirait de la lettre de saint Bernard contre la thèse de l'Immaculée Conception[2]. L'*Explanatio*, il est vrai, est jointe au *De Conceptione* d'Auriol dans l'édition incunable de Mayence; mais elle y est imprimée sous le nom de Pierre de Verberie[3], et elle y porte une date relativement récente : 1338[4]. Si, trompé par ce rapprochement, Pierre d'Alva a cru devoir attribuer les deux ouvrages à un même auteur qu'il affuble d'un nom composite où se trouve amalgamé le nom du religieux du Val-des-Écoliers avec celui du frère Mineur (*Petrus Aureoli de Verberia*)[5], ce n'est pas une raison pour faire honneur à Pierre Auriol d'une œuvre postérieure de seize ans à sa mort. L'erreur, d'ailleurs, s'est propagée; la confusion persiste dans maint ouvrage, comme on l'a fait déjà remarquer[6], et c'est aussi par suite de la même méprise qu'on a daté de 1338 le *De Conceptione* d'Auriol[7].

IV. Commentarii in quatuor libros Sententiarum.

Nous avons dit qu'il y avait eu deux rédactions de ce Commentaire, datées, la première de 1317, la seconde de 1318 ou, au plus tard, de 1319. Ces deux rédactions, à vrai dire, ont des parties communes, la fin du livre III et tout le livre IV.

Les livres I et II de la première rédaction ne nous sont point parvenus. Le ms. 243 de Toulouse (fol. 124[b]) en contient seulement la table des chapitres :

Isti sunt tituli quæstionum super Reportationes[8] primi libri.

---

nem retractasse saltem mortuus, unde dicitur quod apparuit cuidam monacho post mortem cum macula in pectore propter illa quæ dixerat de conceptione Virginis gloriosæ » (art. 1, p. 379[b]).

[1] Sbaraglia, p. 586.

[2] Il va de soi que Pierre Auriol s'est préoccupé aussi de cette objection : il la réfute, mais en termes différents, dans les chap. iv et vi du *De Conceptione*.

[3] « Declaratio sententie B. Bernardi de hac re Petri de Verberia. » — Le ms. 1049 de Troyes ne contient pas, comme le dit par erreur M. Stanonik (p. 319, n. 2), cette *Explanatio* sous le nom de Pierre de Verberie.

[4] « Ista scripsit et compilavit fr. Petrus de Verberya anno M CCC XXX VIII. »

[5] *Monum. antiq. seraph.*, p. 79.

[6] Ci-dessus, p. 480.

[7] Cf. ci-dessus, p. 492.

[8] Nous avons déjà signalé (p. 485) les expressions : *de reportatione fr. Petri Aureoli, lectura sub mag. Petro Aureoli reportata.* Un de nos prédécesseurs, qui avait rencontré une expression analogue dans le catalogue des ouvrages de Duns Scot, estimait qu'il s'agissait de

Utrum natura divina in se ex sui propria ratione habeat determinatam certitudinem secundum quam patitur scientificam perscrutationem.

Utrum in habitu theologiæ per studium acquisito articuli fidei sint principia.

Utrum habitus theologicus per studium et naturale ingenium acquisitus sit veræ sapientiæ, etc.

. . . .

Isti sunt tituli quæstionum super Reportatione secundi.

Utrum tempori præterito, secundum formalem rationem suam qua præteritum est, repugnat sibi contradictorie ratio infiniti.

Utrum secundum opinionem Aristotelis mundus de facto sit productus ab æterno, etc. [1].

Au contraire, le livre III de cette première rédaction subsiste dans le ms. latin 17484 de la Bibliothèque nationale [2]. Il subsiste également, ainsi que le livre IV, dans le ms. 243 de Toulouse, déjà cité [3], et dans le manuscrit xxxii, sinistr. 12, de la bibliothèque Laurentienne [4] (p. 1-94).

Inc. : Quasi, si sit rota in medio rotæ (Ezech. I°). Tertii libri Sententiarum materia triplici rotæ comparari posse videtur. . .

Utrum natura individua de genere substantiæ possit cadere a proprio. . . supposito per divinam potentiam. . .

Utrum unio hypostatica naturæ ad suppositum sit relatio media. . .

Utrum persona divina possit esse formaliter terminus hypostaticæ unionis. . .

Expliciunt tres quæstiones ordinarie compositæ. Quod sequitur est reportatum. Incipit liber tertius.

Utrum possibile fuerit Verbum incarnari. . . [5].

À partir de la 47e question, autrement dit, de la 4e question de la

---

notes recueillies par un auditeur de la bouche du maître (*Hist. litt. de la Fr.*, XXV, 411; cf. p. 442). Citant l'ouvrage de Pierre Auriol, Barthélemi Albizzi se sert de la même expression : «Quod meritum Christi sit infinitum..., hoc tenet mag. Petrus Aureoli in Repertione (*lisez :* Reportatione) sua, III, dist. 13, qu. 2.» (*Lib. Conform.*, xxxii, 1, fol. 313 r°.) Il est à remarquer enfin qu'un manuscrit entré dans la bibliothèque des papes d'Avignon avant 1369 contenait les *Reportationes magistri Petri Aurioli* (Ehrle, *Hist. bibl. Romanor. pontificum*, I, 319, 496).

[1] La table dont nous donnons le début se poursuit jusqu'au 108e chapitre

[2] xive siècle. Vers la fin, une note, en partie effacée, porte : «Magister [Petrus] de ordine Minorum, scriptus Barchinone.»

[3] Fol. 1a : «Incipit Scriptum supra tercium Sentenciarum, editum a magistro fratre Petro Aureoli, ordinis fratrum Minorum.» Fol. 40e : «Expliciunt questiones supra librum tercium Sentenciarum edite a magistro fratre Petro Aureoli, ordinis fratrum Minorum.» C'est un ms. soigné, pourvu de lettres ornées; une note presque effacée (fol. 127d) indique qu'il fut terminé le mardi après la Saint-Mathias (28 févr.) 1323 (v. st.).

[4] Ancien n° 361 de Santa Croce. xive s.

[5] Les mêmes questions sont quelquefois traitées dans les deux rédactions, mais elles le sont en termes différents.

distinction XXIII (art. 3) [1], le texte de la première rédaction se confond avec celui de la seconde.

Passons à cette seconde rédaction.

Le livre Ier est conservé dans le beau ms. de Sorbonne qui porte aujourd'hui le n° 15363 du fonds latin de la Bibliothèque nationale (fol. 9-299) [2], dans le ms. 2 d'Auch (fol. 1-376), dans le ms. 1049 de Troyes, provenant de Clairvaux (fol. 19-483), dans le ms. 72 de Vendôme [3], dans le ms. 3624 de Bruxelles (fol. 1-537), dans les deux mss. Vat. lat. 940 et 941 de la bibliothèque du Vatican [4], et dans le ms. VII 133 de Saint-Antoine de Padoue [5].

Incipit Prologus : Expandit librum coram me qui scriptus erat intus et foris. Liber scripturæ canonicæ qui per Prophetam dictus est involutus ratione suæ difficultatis...

Le livre II nous est fourni par le ms. de Sorbonne qui porte aujourd'hui le n° 15867 du fonds latin [6] (fol. 1-140), par le ms. 3624 de Bruxelles, par le ms. Vat. lat. 942 de la bibliothèque Vaticane et par le ms. IX 161 de Saint-Antoine de Padoue. Le ms. d'Oxford Balliol 63 (fol. 1-18) en contient seulement le commencement.

Inc. : Quia doctores communiter in principio hujus libri movere consueverunt quæstionem unam valde difficilem...

Nous ne saurions indiquer que le ms. 3624 de Bruxelles qui renferme dans sa totalité le livre III de la seconde rédaction.

---

[1] Ms. de Toulouse, fol. 28ᵃ-40ᶜ.

[2] XIVᵉ s. L'ouvrage est accompagné d'une table des matières ou des mots les plus caractéristiques.

[3] Ce ms. porte la date de 1330.

[4] XIVᵉ siècle. Lettres ornées. — L'ancienne librairie des papes à Avignon semble avoir possédé, dès 1369, trois exemplaires de ce Commentaire du premier livre (Ehrle, I, 321, 345, 368, 496).

[5] Le ms. 109 de Clermont-Ferrand paraît contenir (fol. 91-150) un abrégé de ce premier livre : *Incipiunt Abreviationes super dicta mag. Petri Aureoli, ordinis Minorum. Circa Prologum queritur primo de cognitione abstractiva... Deus autem equaliter distat ab omnibus, quia infinitum. Explicit Scriptum super primam Senten-*

tiarum datum a fr. Petro Aureoli, ordinis fratrum Minorum. Un autre abrégé très court du Commentaire d'Auriol sur les Sentences se trouve dans le ms. Vat. lat. 946 (fol. 42-87): *Circa Prologum primi libri Sententiarum queruntur quinque questiones : prima questio utrum natura Dei compatiatur in se et ex natura sua... Explicit quedam compilatio brevis facta super questiones IV librorum Sententiarum secundum opinionem domini Petri Aureoli, archiepiscopi quondam Aquensis et sacre theologie magistri precipui.*

[6] On y lit, au fol. 140ᵃ: « Explicit secundus liber Sententiarum secundum lecturam fratris Petri Aureoli recollectam, eo legente in scolis Parysius, cui sit salus et reportatori in fine seculi. »

Inc. : Ad evidentiam totius distinctionis primo et præcipue est possibilitas Incarnationis...

Quant au livre IV, qui est commun aux deux rédactions, il subsiste, non seulement dans les deux exemplaires indiqués ci-dessus[1], mais aussi dans le ms. IX, 160 de Saint-Antoine de Padoue[2] et dans le ms. 3624 de Bruxelles.

Inc. : Spiritus vitæ erat in rotis. Sacramentorum septenarius in curationem hominis semivivi...

Des. : ...sed in justitiam Dei apparentem in pœnis.

À lui seul, le premier livre du Commentaire de Pierre Auriol (seconde rédaction) remplit un fort in-folio imprimé au Vatican, sous la date de 1596, par les soins d'un cardinal de l'ordre des Mineurs Conventuels, fort adonné lui-même à l'étude de la philosophie[3], Costanzo Boccafuoco, plus connu sous le nom de cardinal de Sarnano : *Commentariorum in primum librum Sententiarum pars prima auctore Petro Aureolo Verberio* (sic), *ordinis Minorum, archiepiscopo Aquensi, S. R. E. cardinali* (sic), *ad Clementem VIII pontificem maximum.* Le volume s'ouvre, en effet, par une dédicace que Boccafuoco adresse à Clément VIII le 29 décembre 1595. Il croit répondre, en donnant cette édition, aux désirs des savants et surtout de Sixte Quint, autre frère Mineur, à qui il devait le chapeau. Il dit avoir exploré beaucoup de bibliothèques de France et d'Italie, compulsé un nombre considérable de manuscrits et s'être donné grand mal pour restituer le texte original. Son édition est, en effet, soignée ; le volume se présente accompagné de tables. On a exagéré pourtant quelque peu le travail de l'éditeur, en lui attribuant toutes les rubriques et notes marginales qui éclairent le texte, celles notamment qui identifient les auteurs cités

---

[1] P. 501. Ms. 243 de Toulouse et ms. XXXII, sinistr. 12, de la bibl. Laurentienne.

[2] D'autres exemplaires de divers livres du Commentaire d'Auriol ont été encore signalés par Wadding (*Scr. ord. Min.*, 188), Bernard (*Catal. libr. mss. Angl. et Hib.*) et Sbaraglia (p. 585), à Rome (couvent de l'Ara Cœli), à Florence (couvent de Santa Croce), à Londres, à Salamanque, etc.

[3] Il avait édité précédemment un des ouvrages de Duns Scot, *In universam Aristotelis Logicam quæstiones* (Venise, 1583 et 1610, in-8°), ainsi que les œuvres de saint Bonaventure (Rome, 1588 ; Mayence, 1609), et il était l'auteur d'une *Conciliatio dilucida omnium controversiarum quæ in doctrina duorum summorum theologorum S. Thomæ et subtilis Joannis Scoti passim leguntur* (Lyon, 1590, in-8°). Moroni (*Dizionario storico ecclesiastico*, V, 261) lui attribue des œuvres philosophiques restées inédites et une Somme de théologie imprimée à Rome en 1592.

par Auriol [1]. Cette clef était fournie par certains manuscrits [2] que Boccafuoco n'a fait que copier. La reproduction de ces notes était, d'ailleurs, d'autant plus nécessaire que Pierre Auriol, dans son texte, ne nomme guère que les anciens dont il cite les opinions [3]; la périphrase *subtilis et modernus Doctor* lui sert généralement à désigner Duns Scot; mais, pour les autres auteurs modernes dont il combat la doctrine, en se servant de la formule discrète : *Aliqui dicere volunt...,* on aurait quelque peine, sans le secours des notes, à reconnaître en eux saint Thomas d'Aquin, Henri de Gand, Guillaume Warron, Durand de Saint-Pourçain ou Hervé Nédellec.

Le cardinal Boccafuoco survécut peu à ce travail [4]. La suite du Commentaire d'Auriol ne vit le jour que dix ans plus tard, et dans de moins bonnes conditions; le texte est, cette fois, piteusement établi; les notes marginales font totalement défaut. L'in-folio qui fait suite au volume de Boccafuoco est imprimé à Rome, chez A. Zanetti, sous la date de 1605, aux frais de la Société des libraires de Saint-Thomas-d'Aquin; il porte le titre suivant : *Petri Aureoli Verberii, ordinis Minorum, archiepiscopi Aquensis, S. R. E. cardinalis, Commentariorum in secundum librum Sententiarum tomus secundus.* Il se divise en quatre parties, dont les trois premières contiennent les livres II, III et IV du Commentaire [5] et le quatrième les *Quodlibeta,* un autre ouvrage d'Auriol dont il va être question immédiatement.

V. *Quodlibeta.*

La Bibliothèque nationale possède trois exemplaires manuscrits des *Quodlibeta* d'Auriol remontant au xive siècle : le no 14566 du fonds latin (fol. 7-81), qui fut achevé au mois de mars 1349 [6], le no 15867 (fol. 141-208), qui vient de la Sorbonne, enfin le no 17485 (fol. 3-84), provenant des Jacobins de la rue Saint-Jacques, et qui assigne, comme

---

[1] Stanonik, p. 482.

[2] Par exemple, par le ms. lat. 15363 de la Bibliothèque nationale.

[3] Il lui arrive pourtant de nommer Richard de Saint-Victor et Gilbert de La Porrée, et aussi Avicenne; quant à Averroès, il le cite constamment sous le nom de « Commentator ».

[4] Moroni place sa mort en 1595.

[5] Les éditeurs dédient le livre II à un cardinal dominicain, Jérôme Bernerio, le livre III au ministre général de l'ordre des Conventuels, et le livre IV au commissaire général de l'ordre de l'Observance.

[6] Le ms. lat. 14566 fut acquis pour l'abbaye de Saint-Victor par le prieur Jean La Masse, en 1424.

on l'a vu plus haut[1], la date de 1320 à la composition de l'ouvrage. Non moins riche, la bibliothèque de Toulouse possède aussi trois exemplaires manuscrits de cet ouvrage, également anciens, sous les n°s 180 (fol. 129 et suiv.), 744 et 739 (fol. 189 et suiv.), ce dernier remontant à 1335[2]. Nous en citerons encore d'autres exemplaires dans la bibliothèque de Clermont-Ferrand[3], dans la Vaticane[4], dans la Laurentienne[5], dans la bibliothèque de Saint-François à Assise[6].

L'édition romaine de cet ouvrage, citée ci-dessus, porte le titre : *Quodlibeta XVI Petri Aureoli Verberii*, et est précédée d'une dédicace au général des Jésuites Claude Acquaviva.

Inc. : Proposui in animo meo quærere et investigare sapienter...

Des. : ...sicut partes continui suo modo sunt una quantitas indivisa in actu.

Si l'authenticité des *Quodlibeta* d'Auriol n'était pas établie par le témoignage de tous les manuscrits, elle serait prouvée encore par deux citations d'un auteur contemporain, Jean de Baconthorpe[7].

Dans les *Quodlibeta*, Auriol se propose de répondre, avec l'aide de Dieu, à diverses questions récemment posées. Elles sont au nombre de seize et se rapportent à divers sujets métaphysiques, théologiques et psychologiques[8].

[1] Ci-dessus, p. 487.

[2] Copié, à Pérouse, par un étudiant du nom d'Étienne de Villa qui fut ensuite religieux dans le couvent de Montflanquin.

[3] Ms. 109, fol. 23 v°-90, xiv° s. Dominicains.

[4] Ms. lat. Vat. 946 (fol. 87 v°-91 v°). Ce n'est qu'un court abrégé de l'ouvrage.

[5] Ms. xxxii sinistr. 12, p. 95-137, xiv° s. Ancien n° 361 de Santa Croce.

[6] Ms. 136, fol. 58-111, xiv° s. — J.-F. Tomasini (*Biblioth. Venetæ mss.*, p. 25) en citait encore un exemplaire dans la bibliothèque des SS. Jean et Paul de Venise; Sbaraglia (p. 585) un autre dans la bibliothèque de S. Juan de los Reyes de Tolède. Il y en avait un, dès 1369, dans la librairie des papes d'Avignon (Ehrle, *Hist. bibl. Romanor. pontificum*, I, 319, 496).

[7] *In I Sent.*, dist. 11, qu. 2, art. 3, et *Prolog. Sent.*, qu. 1, art. 3.

[8] I. Utrum in aliqua re formalitas et realitas distinguantur. — II. Utrum actio agentis differat realiter ab agente. — III. Utrum alius et alius modus unitatis seu indivisionis sufficienter tollat contradictiones quæ videntur occurrere in divinis. — IV. Utrum distinctio secundum quid inter essentiam et proprietates, vel identitas inconvertibilitatis sufficienter tollat contradictiones quæ in divinis videntur occurrere absque alio modo unitatis vel indivisionis. — V. Utrum sola distinctio rationis sufficiat ad tollendum omnem contradictionem in divinis. — VI. Utrum anima intellectiva sit immediate principium operationis suæ. — VII. An anima rationalis sit constituta ex actu possibili et agente, tanquam ex potentiali et actuali in genere intelligibilium. — VIII. Utrum ad visionem beatificam requiratur aliqua similitudo creata. — IX. Utrum ad visionem beatificam requiratur aliquis habitus vel lumen creatum. — X. Utrum videns divinam essentiam videat necessario quicquid repræsentatur per eam. — XI. Utrum virtus, in quantum virtus, sit ens per accidens. — XII. Utrum virtus moralis con-

VI. *Compendium librorum quatuor Sententiarum.*

Aux deux commentaires déjà signalés sur les quatre livres des Sentences Pierre Auriol en joignit un troisième, beaucoup plus abrégé, qui a échappé jusqu'à ce jour à tous les bibliographes. Le manuscrit 38 de Nîmes, qui est d'une main italienne et remonte au xvᵉ siècle [1], contient (fol. 1-163) un ouvrage commençant par ces mots :

Petrus Aureolus, imitator S. Thomæ, compilavit hoc opus ad honorem Francisci, patris ejus. Librorum iv Sententiarum Compendium, quod per quæstiones [*lacune*] et conclusiones veridicas feliciter incipit. Cupientes aliquid de penuria ac de tenuitate nostra, cum paupercula, in gazophylacium obolum mittere (Luc. xxi, 2), ardua scandere, opus ultra vires nostras agere præsumpsimus.

Le même ouvrage se lit dans un manuscrit de la Vaticane de la fin du xivᵉ siècle, le Vat. lat. 944 (fol. 1-67), sous le titre de *Lectura Petri Aureoli super libros Sententiarum* [2], et y est suivi de cette note élogieuse : *Quæ quidem lectura tota est aurea, eo quod brevissimo verborum ornatu omnium doctorum antiquorum opiniones recitat et maxime B. Thomæ et B. Bonaventuræ, approbando verissimis rationibus semper veriorem.*

L'auteur, pour chaque distinction, reproduit les premiers mots du texte de Pierre Lombard, puis pose et résout brièvement un certain nombre de questions [3].

Des. : ... unde ignis ille erit turbosus et fumosus et fæculentus. Expliciunt quæstiones super Sententias feliciter.

Nous avons comparé plusieurs chapitres de cet ouvrage à ceux du grand Commentaire où les mêmes sujets sont traités, par exemple les chapitres *De vestigio, Quid sit vestigium, Utrum in omni creatura sit*

---

sistens circa unam materiam habeat universitatem formæ simplicis non constitutæ ex multis. — XIII. Utrum virtus moralis in appetitu sensitivo sit qualitas media essentialiter constituta ex habilitatibus quæ inclinant ad passiones extremas. — XIV. Utrum virtus moralis dividatur in iv cardinales, tanquam in species subalternas comprehendentes omnes virtutes. — XV. Utrum speculativum et practicum distinguantur penes esse et non esse activum principium in agente respectu sui objecti. — XVI.

Utrum formæ miscibilium qualitatum differant realiter a sua actualitate.

[1] Et non au xviᵉ, comme le prétend le Catalogue in-4°. Le même Catalogue ne suppose-t-il pas que cet ouvrage se confond avec le *Compendium theologiæ* dont il sera question plus loin ?

[2] Voir aux fol. 20 v°, 43 v°, 52 v° et 67 r°.

[3] Sept, par exemple, au sujet de la première distinction, six au sujet de la seconde, quatorze au sujet de la troisième, etc.

vestigium [1], ou encore ceux qui traitent de la simplicité de l'âme et de l'éternité du monde [2] : aucune ressemblance ne nous est apparue. Il est vrai qu'on observe la même différence entre les deux rédactions successives du grand Commentaire d'Auriol. Il se pourrait que nous fussions ici en présence d'un premier travail, antérieur à la venue de Pierre Auriol à Paris.

VII. Questions diverses.

À la suite d'un fragment du grand Commentaire d'Auriol sur les Sentences, le manuscrit d'Oxford Balliol 63 contient, sous le nom du même auteur, trois dissertations philosophiques qui ne font partie d'aucun de ses ouvrages connus.

Fol. 19 : *Determinatio ejusdem utrum veritas sit ens per accidens, contra Thomam de Wylton. Quia sic quod includitur. . . .*

Fol. 20 vᵒ : *Petri Aureoli Utrum actus differat a forma agentis. Quod quia modus rei non est. . . .*

Fol. 86 : *Petri Aureoli Quæstio utrum videns Deum videat omnia quæ in eo repræsentantur. Quod sic videns repræsentans necessarium. . . .* [3].

Thomas de Wilton, contre lequel Pierre Auriol argumente dans le premier de ces morceaux, prend, à son tour, Auriol à partie dans une dissertation que renferme le même manuscrit (fol. 19 vᵒ) : *Thomæ de Wylton Utrum habitus theologicus sit practicus vel speculativus, contra Aureolum* [4]. Ce Thomas de Wilton est un personnage connu [5] : chancelier de Londres, il séjournait en l'Université de Paris, et obtint, à cet effet, une dispense du pape le 20 août 1320 [6]. Il dut se rencontrer, à Paris, avec Auriol. Nul doute qu'il soit l'auteur que ce dernier cite et réfute, plus d'une fois, sous le nom de « Thomas l'Anglais » [7].

---

[1] *In I Sent.*, dist. iii, qu. 5 et 7. Fol. 6ᵇ à 6ᵈ du ms. de Nimes. P. 182 et suiv. du grand Commentaire.

[2] Fol. 13ᵉ et 48ᵉ du ms. de Nimes.

[3] Sujet traité également par Auriol dans son dixième Quodlibet.

[4] C'était, en effet, un sujet longuement traité par Auriol (*In I Sent.*, Prolog., p. 31ᵇ et suiv.).

[5] Souvent cité et réfuté par Jean de Bacon-thorpe (*Quæstiones in libros Sententiarum*, t. II, Crémone, 1618, in-fol., p. 585, 602, etc. *In II Sent.*, dist. xix, qu. 1, art. 2 ; dist. xxiv, qu. 1, art. 1, etc.). Tout ce que dit de lui Th. Tanner (*Bibl. britannico-hibernica*, p. 778), c'est qu'il vivait avant 1375.

[6] *Chartul. Univ. Paris.*, II, 240.

[7] *Quodl. III*, art. 1, p. 16ᵇ. *Quodl. XI*, art. 3, p. 113ᵇ. *Quodl. XV*, art. 1, p. 138ᵃ : « Ubi indicantur multæ difficultates secundum

Ces « Questions » de Pierre Auriol faisaient peut-être partie d'un recueil que nous ne retrouvons pas, mais que, peu après, l'Anglais Jean de Baconthorpe cita sous le titre de *Parvæ quæstiones Aureoli*. Les emprunts qu'il y fait prouvent que ces « Petites questions » ne se confondent ni avec le grand Commentaire d'Auriol sur les Sentences, ni avec ses *Quodlibeta*, ni avec son *Compendium librorum Sententiarum* [1].

VIII. De Principiis naturæ.

Sbaraglia [2] avait remarqué chez deux auteurs franciscains du XIVe et du XVe siècle, Jean Canon et François Sansone, des renvois à un ouvrage d'Auriol qu'il ne connaissait pas, un certain traité intitulé *De Principiis naturæ*.

Un ouvrage portant ce titre et attribué à Pierre Auriol est conservé, effectivement, dans un manuscrit du XIVe siècle de la bibliothèque de Saint-Antoine de Padoue [3]; et le même traité, incomplet, il est vrai [4], figure sans nom d'auteur, dans un manuscrit du même temps, le n° 1082 de la bibliothèque d'Avignon (fol. 4-46).

Inc. : Principiorum notitia quantum sit efficax et necessaria in perscrutatione veritatis...

Après avoir établi, d'après le témoignage de Platon et d'Averroès, qu'on ne saurait trop insister sur les principes, et signalé, avec Aristote, les conséquences désastreuses de la moindre erreur à ce sujet, Auriol consacre un premier livre à l'étude de la forme et de la matière en général ; il étudie les divers systèmes, invoque en faveur du sien les autorités d'Aristote, de saint Augustin et d'Averroès, se demande

---

« Thomam Anglicum. » Il est justement question dans ce dernier Quodlibet du sujet à propos duquel Thomas de Wilton argumenta contre Auriol : la théologie est-elle une science pratique ou spéculative ? (Voir p. 139^a.)

[1] « Hanc opinionem ponit aliter Aureolus, « qu. 1 *De Parvis Quæstionibus*, ubi vult quod « in divinis persona non constituitur per aliquam « formalem rationem constitutivam, sicut album « per albedinem, sed persona est aliquid consti- « tutum resultans ex unione plurium ex æquo « concurrentium, sicut domus resultat ex unione « partium. Tunc ad propositum dicit quod pri- « mum ad quod terminatur unio naturæ humanæ « ad Verbum non est essentia, nec proprietas, « sed est totum resultans ex illis, sive ipsa tota « personalitas... In quæstione 3^a, quam exqui- « site ordinavit, art. 2, tenet contrarium, et « probat, et ex intentione, quod relatio est for- « malis terminus. » (*In III Sent.*, dist. II, qu. 2, art. 1; t. II, p. 20^b, 21^a.)

[2] *Suppl.*, p. 586.

[3] Ms. XIII 293.

[4] Les derniers chapitres du livre III et le livre IV tout entier manquent dans ce ms. d'Avignon.

si l'âme raisonnable est soumise aux mêmes lois que les autres formes
et traite, en dernier lieu, la question des formes accidentelles.

Le second livre a pour objet les principes constitutifs des êtres
incorruptibles, c'est-à-dire des substances séparées et des corps célestes, autrement dit, des anges et des astres. Il expose, à cet égard,
les doctrines d'Aristote et d'Averroès, puis la doctrine catholique.

Il étudie, dans le troisième livre, les éléments et les corps mixtes.
Dans le quatrième, il s'occupe des êtres animés, particulièrement
de l'homme; ce lui est une occasion d'aborder la fameuse question de
la pluralité des formes substantielles [1].

Dans tout le cours de cet ouvrage, il entreprend de concilier le péripatétisme et le christianisme. Il croit y parvenir sans trop de peine :
les discordances, paraît-il, se réduisent à peu de chose [2]. Ainsi la
thèse de la « simplicité » des corps célestes n'a rien qui puisse effarou-
cher la foi. De nombreux Pères, il est vrai, ou docteurs de l'Église
ont considéré les astres comme composés de matière : mais ils par-
laient en philosophes, et non en docteurs de la foi [3]. Cependant faire
du ciel un être vivant, un être intelligent plus noble que l'être humain, n'est-ce pas contraire à la religion ? Non pas ! car cela rehausse
la puissance de Dieu : plus on voit apparaître la noblesse des essences
créées, mieux éclate dans tout son jour la gloire du Créateur [4].

IX. *Breviarium Bibliorum* ou *Compendium sacræ Scripturæ.*

De tous les ouvrages de Pierre Auriol, celui qui a eu la plus brillante fortune est assurément le manuel biblique dont nous allons
parler. Ce succès est attesté par le nombre considérable d'exemplaires

---

[1] I. De forma et materia in habentibus animas. — II. Utrum in talibus entibus sint plures substantiales formæ aut in aliquo ente. — III. Quid de anima intellectiva tenuit Aristoteles, et suus Commentator. — IV. Quid de anima intellectiva secundum fidem tenendum sit et secundum omnimodam veritatem. — V. An sola rationalis anima ponenda sit in homine substantialis forma. — VI. De compositione totius hominis ex materia et forma.

[2] « In omnibus autem intendo opiniones « Aristotelis et philosophorum doctrinam cum « veritate fidei concordare, quoniam in paucis « dissonant et discordant ab ea, prout in se- « quentibus apparebit. » (Ms. 1082 d'Avignon, fol. 4 r°.)

[3] « Movere non debent, pro eo quod in hac « materia magis loquuntur ut philosophi, et alio- « rum oppiniones sectantes, quam ut doctores « sanctæ fidei materiam tractantes. » (*Ibid.*, fol. 36 v°.)

[4] « Ex alia parte, fidei videtur consonare « tamen, quia hoc magnificat valde Dei poten- « tiam. Quanto enim nobiliora essentia Deus « creavit, tanto magis magnificatur Creator. » (*Ibid.*, fol. 37 v°.)

manuscrits qui en subsistent, la plupart remontant au XIVe siècle, tous
ou presque tous portant le nom de l'auteur. Nous citerons ceux de la
Mazarine [1], de la Bibliothèque nationale [2], de Laon [3], de Rouen [4],
de Lyon [5], de Bordeaux [6], de Troyes [7], de Tours [8], de Londres [9], de
Cambridge [10], d'Oxford [11], de Durham [12], de Munich [13], de Reun
en Styrie [14], de Rome [15], de Florence [16], d'Assise [17] et de Padoue [18].
D'autres ont été signalés, plus ou moins anciennement, à Avignon [19], à
Venise [20], à Sienne, à Louvain, à Tolède, à Séville, à Salamanque [21],
à Mondoñedo [22]; et nous ne parlons pas des extraits ou abrégés qui en
subsistent dans quelques bibliothèques [23].

Après l'invention de l'imprimerie, ce succès se prolongea. Il existe,
de cet ouvrage, une édition incunable donnée, à Strasbourg, chez

[1] Ms. 318, provenant des Cordeliers; belle écriture, lettres ornées et dorées.

[2] Ms. lat. 15255 (fol. 15-30), provenant du collège de Sorbonne.

[3] Ms. 2, provenant de N.-D. de Laon.

[4] Ms. 648 (fol. 159-218), provenant de Jumièges.

[5] Ms. 159, incomplet.

[6] Ms. 16, fol. 1-106.

[7] Mss. 1885 (composé de trois petits volumes), 781 et 1343, ces deux derniers provenant de Clairvaux.

[8] Mss. 40 (fol. 2-125) et 39, provenant l'un et l'autre de Saint-Gatien, le dernier copié, en 1404, par un chanoine connu, auteur d'un traité sur la Virginité, Georges de Rayn ou d'Esclavonie.

[9] Musée Brit., Roy. 2 D XXXVI et Roy. 8 G III, ce dernier provenant de l'église de Lincoln, à laquelle il avait été donné par l'évêque Philippe de Repingdon.

[10] Ms. 156 de Corpus Christi (art. 23).

[11] Mss. 12 (fol. 2-7 et 21-78) et 243 de Merton (fol. 29-118) et ms. 18 de Lincoln (fol. 194-217), ce dernier incomplet.

[12] Ms. B. IV 29. 4° de la bibliothèque du chapitre (Th. Rud, *Codicum mss. eccl. cath. Dunelmensis catalogus classicus*, Durham, 1825, in-fol., p. 233).

[13] Mss. lat. 1136 et 2063.

[14] Stanonik, p. 484.

[15] Ms. lat. Vat. 945. Exemplaire très soigné, du XIVe s.

[16] Mss. XVI 34, XXXII sinistr. 11 (fol. 1-108) et XXXII sinistr. 13 de la Laurentienne, ces deux derniers provenant de Santa Croce (anciens n°s 362 et 363).

[17] Ms. 509 du couvent de Saint-François, fol. 31-181.

[18] Ms. de Saint-Antoine IX 165.

[19] Ehrle, *Hist. bibl. Romanor. pontificum*, I, 208, 217, 331, 358, 499.

[20] Tomasini, *Bibl. Venetæ mss.*, 26, 105.

[21] Sbaraglia, p. 731.

[22] R. Beer, *Handschriftenschätze Spaniens* (Vienne, 1894, in-8°), p. 355.

[23] Le ms. lat. 14796 de la Bibl. nat. (Saint-Victor), du XVe s., contient (fol. 1-11), sous le titre de *Divisio sacræ Scripturæ Petri Aureoli, in sacra Pagina professoris*, de courts extraits commençant par le début du chap. III (moins la première phrase), sorte de résumé sec et froid de l'ouvrage de Pierre Auriol; ils ne dépassent pas le livre des douze Prophètes et s'arrêtent à Malachie. Inc. : *Considerandum est quod Scriptura divina potest dividi in VIII partes principales...* Des. : *... ascenderit de Babilone in Jerusalem, ut testatur in libro suo.* — D'autre part, le ms. 15 de New College, à Oxford (fol. 276-280, XVe s.), contient un morceau intitulé : *Bibliorum sacrorum omnium argumenta secundum Petrum de Aureolo, ord. Minorum, archiepiscopum Aquensem.* Inc. : *Considerandum est quod Scriptura dividi potest in VIII partes principales...* Des. : *que debebant illi contingere a sui fundatione usque in finem.* — Citons enfin le ms. 346 de Bourges, qui, sous le titre *Petrus Aureoli super libro Psalmorum*, contient (fol. 108-109) le chapitre du *Breviarium* relatif aux Psaumes, avec quelques additions.

G. Husner, que l'on fait remonter à 1476 [1]; d'autres données à Venise en 1507, en 1508, en 1571 [2], à Paris, en 1508 [3], en 1565, en 1585, en 1610, en 1613, à Louvain en 1647, à Rouen en 1596 [4] et en 1649, cette dernière dédiée à Pierre de Gondi et enrichie de tables analytiques [5]. Mentionnons particulièrement celle qui parut, à Strasbourg, en 1514, précédée d'une épître que le célèbre érudit et poète Jacques Wimpfeling adressait à Jean d'Eck, professeur d'Écriture sainte au gymnase d'Ingolstadt : l'exemple de Pierre Auriol lui semblait propre à réfuter ceux qui reprochaient aux philosophes de négliger l'Écriture sainte.

D'ailleurs, la plus grande variété apparaît dans les titres que les copistes ou les éditeurs assignent à cet ouvrage : *Breviarium Bibliorum, Compendium sacræ Scripturæ, Compendium sensus litteralis totius divinæ Scripturæ, Compendium sacræ Scripturæ juxta sensum litteralem, Compendium super Bibliam, Compendium super sacramenta Scripturarum, Epitome sacræ Scripturæ secundum sensum litteralem, Epitome totius Bibliæ, Divisio totius sacræ Scripturæ, Divisiones librorum utriusque Testamenti in* VIII *partes distinctæ cum Prolegomenis, Tractatus totius Bibliæ expositorius*, etc. [6].

Inc. : Venite, ascendamus ad montem Domini et ad domum Dei Jacob, et docebit nos vias suas rectas (Esaiæ, 2, et Micheæ, 4). Gregorius, 23° libro Moralium, exponens...
Des. : ... ex aromatibus myrrhæ et thuris et universi pulveris pigmentarii.

La division des Livres saints la plus accréditée dans l'École était inspirée de saint Jérôme, de Cassiodore et d'Étienne Langton : elle consistait simplement à distinguer les livres historiques, les livres doctrinaux, les livres prophétiques [7]. Pierre Auriol en imagina une nouvelle, beaucoup plus compliquée, fondée, d'ailleurs, comme la

[1] Pellechet, I, n° 1613 ; R. Proctor, *An index to the early printed books in the British Museum*, Sect. I (Londres, 1898, in-8°), n° 351. Le *British Museum Catalogue* hasarde la date de 1480.

[2] Sbaraglia, p. 584.

[3] B. N., Rés. A 6646, in-8°.

[4] Sbaraglia, p. 584 ; Stanonik, p. 484.

[5] B. N., A 6648, in-8° ; Bibl. Mazar., 23306.

[6] Le titre signalé par Tomasini (*op. cit.,* p. 105) dans un ms. de Venise, *Compendium S. Scripturæ Péri Aureoli, ord. Minorum, una cum Chronicis Romanorum*, ne doit pas faire supposer l'existence d'un ouvrage d'Auriol qui serait inconnu : les derniers mots de ce titre font allusion sans doute aux applications qu'Auriol fait des textes de l'Apocalypse aux événements de l'histoire romaine.

[7] S. Berger, *Hist. de la Vulgate*, p. 302, 304.

précédente, sur la distinction des diverses méthodes employées par les auteurs sacrés pour instruire les hommes. Il crut donc voir dans l'Écriture huit parties principales : 1° une partie politique et législative, comprenant tout le Pentateuque; 2° une partie historique (Josué, les Juges, Ruth, les Rois, les Paralipomènes, Esdras, Tobie, Judith, Esther et les Macchabées); 3° une partie poétique, dans laquelle il rangea les Psaumes, les Lamentations et le Cantique des cantiques; 4° une partie dialectique, composée seulement du livre de Job et de l'Ecclésiaste; 5° une partie prophétique, où il plaça naturellement les Prophètes, grands et petits; 6° une partie morale (Proverbes, Sagesse, Ecclésiastique); 7° une partie testimoniale ou authentique, les Évangiles; 8° enfin une partie épistolaire (Épîtres, Actes des apôtres et Apocalypse). Dans chacune de ces classes il introduisit ensuite des subdivisions, parfois un peu factices : c'est ainsi qu'il distingua trois sortes de poèmes, les chants de joie, les élégies, les chants dramatiques, et rangea les Psaumes assez arbitrairement dans la première de ces catégories.

À tout prendre, cette façon de grouper les livres de la Bible facilitait aux commençants l'étude de l'Écriture, de même que les analyses fixaient dans la mémoire le sujet de chaque partie et en dégageaient bien l'enseignement moral [1].

Assez bref dans la description des premiers livres, Auriol ne tardait pas à entrer dans plus de détails. C'est ainsi qu'il donnait d'assez grands développements aux Lamentations de Jérémie et plus encore aux Épîtres et aux Actes des apôtres. Dans les Prophètes, il s'appliquait à faire le départ entre ce qui lui semblait relatif au peuple juif et ce qui lui paraissait se rapporter au futur avènement du Christ [2].

Sa manière de caractériser chacun des quatre évangélistes et d'expliquer le choix des animaux symboliques dont on se servait pour les représenter [3] rappelait fort ce qu'on lit dans deux proses attribuées à Adam de Saint-Victor [4]. Mais la lecture du *Compendium*

---

[1] Il ne faudrait pas croire cependant que Pierre Auriol sacrifiât habituellement, comme on l'a dit (*Hist. litt. de la Fr.*, XXIV, 337), le sens littéral au sens métaphysique.

[2] «Est junctura difficilis ad intelligendum «inter istas partes, quia statim, occasione nacta, «ex prima materia prophetæ vertunt se ad se-«cundam, et econverso.» (Fol. 58 v° de l'édition de Rouen de 1649.)

[3] Fol. 105.

[4] *Plausu chorus lætabundo* et *Jocundare, plebs fidelis* (cf. Léon Gautier, *Œuvres poét.*

devient surtout intéressante quand l'auteur se met à interpréter les
différents « âges » de l'Apocalypse [1].

Chacune des visions, suivant Pierre Auriol, correspond à une des
six périodes de l'histoire de l'Église. Il propose d'abord de fixer ces
périodes de la manière suivante : 1° l'époque apostolique; 2° l'époque
des persécutions; 3° celle de la prospérité, commençant à Constantin;
4° l'époque des hérétiques; 5° celle de la pacification et de l'épa-
nouissement, aux temps de Charlemagne et de ses successeurs;
6° l'époque de la dernière persécution, celle de l'Antéchrist.

Toutefois Auriol fait remarquer que les troisième et quatrième
périodes pourraient être jointes avantageusement l'une à l'autre, vu
que l'hérésie arienne a commencé dès le temps de Constantin,
et que, par suite, la cinquième période devenant la quatrième et
la sixième passant au cinquième rang, il resterait une place, la
sixième, pour l'intervalle s'étendant entre la mort de l'Antéchrist
et le Jugement dernier.

Cette combinaison ne le satisfait pas encore. D'autres interprètes,
dit-il, font durer la première période jusqu'à Julien l'Apostat, la
seconde jusqu'à Justinien ou à Maurice; la troisième, en ce cas,
comprendrait le Bas-Empire; la quatrième commencerait à Charlemagne pour finir à l'empereur Henri IV; la cinquième s'étendrait
jusqu'à la venue de l'Antéchrist, dont la persécution remplirait la
sixième période. Auriol, qui semble décidément pencher pour ce
troisième système, reprend l'examen des visions successives de l'Apocalypse et en rapporte chaque trait à quelque événement connu : il
voit ainsi apparaître, à travers les récits inspirés du voyant de
Patmos, les empereurs romains, les rois des Francs, les rois Lom-
bards; il croit y reconnaître l'annonce de tel concile, de telle croisade; toute l'histoire se déroule sous les yeux de ses lecteurs [2].

Une difficulté cependant l'embarrasse. Le nombre 666 du chapitre XIII (v. 18) de l'Apocalypse indique, suivant les commentaires les
plus autorisés, la durée du Mahométisme. Or, si l'on fait partir ces
666 années de la retraite ou de la mort de Mahomet, ce laps de temps
aurait été depuis longtemps écoulé au moment où Auriol écrivait son

---

d'Adam de Saint-Victor, 3ᵉ éd., 1894, p. 269,
250).

[1] Fol. 242 et suiv.

[2] « Dici potest quod quicquid ibi historice
« describitur, in hoc libro prophetice conti-
« netur. »

Compendium Bibliæ. Déjà d'autres interprètes suggéraient, paraît-il, l'idée de prendre la rédaction définitive du Coran comme point de départ de la période de 666 ans. Auriol était tenté de recourir à cet expédient; mais il préférait s'en tenir à une conclusion vague : « Comme on ne peut annoncer l'avenir avec certitude, laissons, disait-il, à l'Esprit Saint le soin d'interpréter ce nombre. »

Autre difficulté, autre hésitation. Quel sera le point de départ de la période de mille ans qui semble devoir précéder, d'après le chapitre xx de l'Apocalypse, l'avènement de l'Antéchrist? Sera-ce la naissance de Jésus-Christ? Mais plus de treize cents ans se sont écoulés, et l'Antéchrist n'apparaît point encore. Sera-ce le baptême de Constantin? Auriol en fixe la date à l'année 316 et en conclut que l'Antéchrist devrait avoir trois ans. Cette pensée le chagrine. Il préfère conclure encore une fois avec prudence : « L'interprétation « exacte de ce nombre doit être laissée à l'Esprit Saint. »

Les idées émises par Auriol au sujet de l'Apocalypse, quelle qu'en fût l'incertitude, intéressaient tous ceux qui cherchaient à supputer l'époque de la fin du monde. Elles ne manquèrent pas d'avoir un grand retentissement dans l'École [1].

Il est à remarquer que Pierre Auriol admire dans l'Écriture sainte, non seulement le fond, mais la forme. Il se plaît à y retrouver notamment les quarante-cinq figures de mots et les vingt-cinq figures d'idées énumérées dans le livre IV de la Rhétorique à Herennius (§ 13-55) [2]. Lui-même, à vrai dire, ne donne guère la preuve de son bon goût, en employant, chaque fois qu'il passe d'une partie à une autre de la Bible, des métaphores qui ne gagnent pas à être transportées du texte sacré dans la prose de son *Compendium*. C'est par une « ascension de scorpion [3] » qu'il s'élève jusqu'à la partie historique; c'est par une « ascension pourpre [4] » qu'il monte à la partie poétique; c'est par une « ascension à cheval [5] » qu'il parvient à la partie dialectique; c'est par une « ascension d'aurore [6] » qu'il pénètre dans la

---

[1] Cf. N. Valois, *Un ouvrage inédit de Pierre d'Ailly*, dans la *Bibl. de l'Éc. des ch.*, t. LXV, 1904, p. 563.

[2] Voir le chap. ii, *De præeminentia tropica Scripturæ divinæ*.

[3] Cf. Num. xxxiv, 4 : « Qui circuibunt « australem plagam per ascensum Scor- « pionis... »

[4] Cf. Cant. iii, 9, 10 : « Ferculum fecit « sibi rex Salomon de lignis Libani; columnas « ejus fecit argenteas, reclinatorium aureum, « ascensum purpureum... »

[5] Cf. Zach. i, 8 : « Et ecce vir ascendens « super equum rufum... »

[6] Cf. Gen. xxxii, 26 : « Dimitte me, jam « enim ascendit aurora. »

partie prophétique. Ces jeux d'esprit misérables n'étaient pas, d'ailleurs, pour rebuter les lecteurs du xiv⁰ siècle, ni même ceux des
âges suivants.

Parmi les témoignages d'admiration qu'a décernés à cet ouvrage
la postérité, on a cité déjà celui de l'Allemand Georges Eder : le
Compendium, écrivait celui-ci en jouant sur le nom d'*Aureoli,* est un
liber aureus. Georges Eder crut découvrir, en 1568, le Manuel
d'Auriol, et il s'étonnait qu'un ouvrage d'une si grande utilité eût
passé jusqu'alors à peu près inaperçu [1]; mais, sans parler du témoignage de Barthélemi Albizzi [2], le nombre des copies qui subsistent
de ce livre prouve assez que d'autres avaient fait cette découverte
avant Eder.

X. *RECOMMENDATIO SACRÆ SCRIPTURÆ.*

Un morceau dont ne parle aucun bibliographe, et tout à fait distinct de l'ouvrage qui précède, se trouve, sous le nom d'Auriol, dans
le ms. latin 14566 (ff. 2-7) de la Bibliothèque nationale (xiv⁰ s.). Ce
manuscrit contient déjà les *Quodlibeta* du même auteur. Si, comme
tout le porte à croire, l'attribution à Auriol est exacte, il n'en est pas
de même du titre qui figure à la table (fol. 184 v⁰), et qui tend à
donner de l'ouvrage une idée fausse : *Recommendatio et divisio sacræ
Scripturæ a Petro Aureoli, ordinis Minorum.* Le mot *divisio* est de trop :
l'opuscule ne renferme aucune division ou classification des Livres
saints; il en contient seulement l'éloge, *recommendatio.*

Inc. : In me omnis spes vitæ et virtutis. Eccli. 24⁰. Dicit Gregorius, Omelia vii⁰
super Ezechielem : Divina eloquia cum legente crescunt.
Des. : . . . et foras non egredietur amplius, sed in æternum regnabit cum Christo,
quod nobis concedat Jesus Christus, etc.

L'un des avantages que nous retirons de la lecture de la Bible, c'est
de guérir l'aveuglement résultant de la chute originelle : la lumière
recommence à luire au milieu des ténèbres où nous étions plongés.
La Grande Ourse n'est pas la plus brillante des constellations; cepen-

---

[1] *Œconomia Bibliorum* (Cologne, 1568, in-fol.), avertissement.

[2] « *Compendium S. Scripturæ* edidit. . . Fecit *Compendium Bibliæ.* . . » (Fol. 81 r⁰, 126 r⁰.)

dant, à cause du voisinage du pôle Nord, c'est d'elle que les marins se servent pour diriger leur course. Le pôle, c'est-Jésus-Christ; la Grande Ourse, c'est la Bible, dont tout le développement gravite autour du Christ. Et, de même que la Grande Ourse se compose de sept étoiles principales, quatre formant une figure et trois en formant une autre, l'Écriture sainte traite principalement de sept vertus, parmi lesquelles il y en a quatre cardinales et trois théologales; au nombre de ces dernières, la charité est celle qui se rapproche le plus de Jésus-Christ, semblable à l'étoile de la Grande Ourse la plus rapprochée du pôle [1].

Auriol poursuit dans le même style imagé sa démonstration et, en somme, ne considère la Bible qu'au point de vue moral : *tota enim sua intentio est ut, relicto bono commutabili, ad bonum incommutabile convertamur.* Joseph enseigne la continence, Judith la modestie, Job la pauvreté. Toutes les vertus sont ainsi préconisées tour à tour dans les Livres saints [2].

XI. *Postilla super Isaiam prophetam.*

Parmi les ouvrages de Pierre Auriol, Barthélemi Albizzi comptait des Postilles [3]. Un manuscrit du xive siècle, provenant du couvent de Santa Croce de Florence (ancien n° 360 [4]) et aujourd'hui conservé à la bibliothèque Laurentienne (xxxii, 10), renferme, en effet, un exemplaire, malheureusement incomplet, de la *Postilla super Isaiam prophetam* de Pierre Auriol. Il porte le nom de l'auteur et occupe 166 feuillets à deux colonnes.

Inc. : Doctrinam quasi propheticam effundam et relinquam illam quærentibus sapientiam. Eccli. xxiv, 46. Quia eximii prophetæ Isaiæ vaticinium...
Des : ... quod iste Ezechias habebat in potestate sua infinitas...

[1] Fol. 2^d.

[2] Il conviendrait de rapprocher du ms. latin 14566 le ms. d'Erfurt in-4° 124, qui contient (fol. 142-164) une compilation ainsi décrite dans le Catalogue : *De peccatis sexualibus, de temptationibus Christi, de auctoritatibus Bibliæ, de turri virtutum, de commendatione sacræ Scripturæ secundum doctrinam Petri Aureoli, etc.*

[3] Éd. de Milan, 1510, fol. 81.

[4] Et non 707, comme le dit M. Stanonik (p. 492), qui confond ce numéro avec celui de la colonne où il figure dans le Catalogue de Bandini (t. IV).

XII. *Expositio epistolarum S. Hieronymi ad Paulinum et ad Desiderium.*

Cet ouvrage, à vrai dire, n'est cité par aucun bibliographe; mais il figure, sous le nom de Pierre Auriol et à la suite du *Compendium sacræ Scripturæ*, dans un manuscrit du xıvᵉ siècle, le nᵒ ıx 165 de la bibliothèque de Saint-Antoine à Padoue.

Inc. : In principio creavit Deus, etc. Circa librum Genesis ista sunt, etc.

L'une des épîtres de saint Jérôme à saint Paulin est fameuse : c'est celle où il traite de l'étude de l'Écriture sainte et qui a servi de préface à un grand nombre de bibles du moyen âge[1]. Auriol la cite lui-même dans son *De Conceptione*[2], et, s'intéressant fort aux études bibliques, a très bien pu en faire l'objet d'un commentaire spécial. Quant à la lettre à Didier qu'il aurait commentée en même temps, elle n'est autre que la préface de saint Jérôme à sa traduction du Pentateuque : on sait que cette traduction avait été demandée par un certain Didier, qu'on croit avoir été un prêtre de Gascogne.

XIII. *Sermons.*

Les incidents survenus à Toulouse au mois de décembre 1314, et qui ont été rapportés ci-dessus, prouvent déjà que Pierre Auriol n'était pas sans jouir de quelque réputation comme prédicateur. En effet le couvent des Franciscains de Séez possédait autrefois, paraît-il, un recueil manuscrit de ses sermons *de Tempore*[3]. Un recueil analogue, commençant au dimanche de la Sexagésime pour se terminer au jour des Morts[4], remplit encore, à l'heure actuelle, un manuscrit du xvᵉ siècle, de 209 feuillets, qui est conservé, sous le nᵒ 522, au couvent de Saint-François à Assise[5].

---

[1] Samuel Berger, *Les Préfaces jointes aux livres de la Bible dans les manuscrits de la Vulgate* (*Mémoires présentés par divers savants à l'Acad. des inscr. et belles-lettres*, 1ʳᵉ sér., XI, 1904), p. 21.

[2] Chap. 1ᵉʳ : « Non licet Scripturas ad sensum trahere repugnantem secundum Jeronimum in Epistola ad Paulinum. »

[3] Trittenheim, *De Script. eccles.*, c. 544; Du Boulay, IV, 985; Fabricius, V, 243; Wadding, *Script. ord. Min.*, 188.

[4] D'après Sbaraglia, p. 586.

[5] Une autre collection de 92 sermons commençant à l'Avent et allant jusqu'au 24ᵉ dimanche après la Pentecôte se trouve dans le ms. vı 36 de la Bibl. de Saint-Marc (fol. 7-70) sous le nom d'un frère Pierre, de l'ordre des Mineurs. Ne serait-ce pas Pierre Auriol ?

Inc. : Cum turba plurima convenirent et de civitatibus properarent...

D'ailleurs, on peut se faire une idée de la manière oratoire d'Auriol en consultant l'édition des sermons de saint Bonaventure donnée à Bâle en 1502 [1]. Neuf des sermons d'Auriol y ont été intercalés. Il y en a un sur la Nativité, ou plutôt pour l'un des premiers dimanches de l'Avent [2], un pour l'Épiphanie [3], un pour le Lundi saint [4], un pour le Jeudi saint [5], deux autres sur l'Eucharistie [6] qui doivent avoir été prononcés aussi le Jeudi saint, un pour le Samedi saint sur la Compassion de la Vierge [7], deux enfin pour la fête de l'Ascension [8]. Le ton en est sérieux, pieux, quelquefois touchant. On n'y trouve aucune de ces saillies ou de ces vulgarités qui ont été signalées chez Jacques de Lausanne, non plus qu'aucun de ces traits de mœurs qui rendent si instructive la lecture de certains sermonnaires de l'époque antérieure. Le philosophe s'y révèle à peine par de rares citations d'Aristote. Par contre, la subtilité et le mauvais goût, dont on a rencontré maintes traces dans les traités d'Auriol, se reconnaissent en plusieurs passages [9].

Nous passons à présent à des ouvrages dont l'authenticité paraît beaucoup plus douteuse.

Telle est une *Logica*, dont certains auteurs font mention [10], et qui se retrouve effectivement dans un manuscrit du XIVᵉ siècle contenant divers ouvrages de Pierre Auriol, le nᵒ 946 du fonds latin du Vatican, à la bibliothèque Vaticane (fol. 1-15) [11]; mais le nom d'Auriol

---

[1] C'est à cette édition, et non à un recueil manuscrit, comme le croit M. Stanonik (p. 497), que fait allusion Angelo Rocca, l'éditeur de S. Bonaventure, dans sa dédicace du t. III de l'édition du Vatican (1596), quand il dit « se collegisse et segregasse hos sermones « puros et genuinos qui antea aliorum sermo-« nibus, utpote Bonaventuræ Paduani, Petri « Aureoli et Francisci Mayronis, confuse per-« mixti erant ». Cf. *S. Bonaventuræ Opera omnia*, éd. David Fleming, t. IX (Quaracchi, 1901, in-fol.), p. xi.

[2] 1ʳᵉ partie, fol. 11ᵇ-14ᶜ.

[3] Fol. 16ᶜ-19ᵃ.

[4] Fol. 45ᵃ-47ᵈ.

[5] Fol. 53ᵃ-53ᵈ.

[6] Fol. 54ᵃ-57ᵇ et 57ᶜ-60ᶜ. Le premier est qualifié de « sermo aureus ».

[7] Fol. 87ᵈ-90ᵃ.

[8] Fol. 119ᵇ-122ᵃ et 122ᵃ-125ᵃ.

[9] Le discours devait être interrompu parfois par des chants sacrés. C'est ainsi qu'au milieu d'un des sermons du Jeudi saint se lisent deux strophes du *Lauda Sion*, suivies d'une hymne où l'on reconnaît des emprunts au *Pange lingua* (fol. 53).

[10] Frizon, *Gall. purpur.*, 310; Ciaconius (éd. de 1677), II, 437; Fisquet, *La France pontificale*, I, 93.

[11] Inc. : *Ad rudium eruditionem et mei exercitationem opusculum super Logicam componendum decrevi, aggrediens quidem rem michi om-*

n'y figure que dans un titre inscrit plus tard, par une main du XVIe ou du XVIIe siècle.

Tel est aussi un traité des Dix commandements, dont il subsiste, à Oxford, quatre exemplaires du XVe siècle; le copiste d'un de ces manuscrits a terminé le traité par la note suivante : *Explicit tractatus de Decem præceptis secundum Petrum de Auriolis* [1]; mais aucun nom d'auteur ne figure dans les trois autres copies du même ouvrage [2].

Tel est encore un traité du Baptême, *De Baptismo*, contenu, au dire de Sbaraglia [3], dans le manuscrit d'Assise qui renferme les Sermons d'Auriol. Ce manuscrit a été récemment catalogué par M. Mazzatinti, et il n'y a signalé aucun ouvrage semblable [4]. À vrai dire, l'incipit, reproduit par Sbaraglia [5], donne l'idée d'une « question » relative au baptême, plutôt que d'un traité complet, et la question est une de celles auxquelles Auriol a répondu dans son Commentaire des Sentences [6].

On a cité encore, parmi les traités de Pierre Auriol conservés autrefois chez les Franciscains de Séez, un livre intitulé *Rosa distinctiones* [7]. On trouverait, suivant Wadding, dans la *Summa angelica* d'Ange de Chivasso de fréquents renvois à ce livre; nous les y avons vainement cherchés : Ange de Chivasso, ce nous semble, ne cite de Pierre Auriol que le Commentaire sur les Sentences. Il paraît difficile, d'ailleurs, d'assimiler cet ouvrage à la *Rosa distinctionum Petri cardinalis* qui existait autrefois, dit-on, à Santa Croce, mais qui avait disparu de Florence dès l'époque de Sbaraglia [8]. Et il est encore plus

---

nino *difficilem, attamen tam michi quam ceteris parvulis lacte indigentibus utilem... Continebit autem præsens opusculum tres partes principales, totam Logicæ substantiam complectentes. Prima pars erit de terminis, secunda pars de proposicionibus, tertia pars erit de argumentis...* Des. : *... et sic de similibus est dicendum. Et hæc de fullaciis dicta sufficiant.*

[1] Ms. Bodl. 400, fol. 1-49. Inc. : *Non habebis deos alienos. Exod. 20. In hoc primo mandato, sicut liquet ex glosis, præcipitur unius solius veri Dei cultus...* Des. : *... ansus est præsumere divinitatem ut, quia vidit ceteros inferiores, seipsum præfert ut Deum.*

[2] Ms. Bodl. 687; ms. Digby 173, fol. 10-59; ms. Magdal. 13, fol. 103-156. — Le texte de ces copies présente quelques variantes. Un ancien catalogue attribuait ce traité, sans raison apparente, à Robert Grosse-Tête (G.-D. Macray, *Catalogi codicum manuscript. Bibl. Bodleianæ*, pars IX, p. 183). Cf. Stanonik, p. 495.

[3] *Suppl.*, p. 586.

[4] *Inventari dei manoscritti delle biblioteche d'Italia*, t. IV (Forli, 1894, in-8°), p. 102.

[5] Inc. : *Ad regenerationis Christi mysterium contemplandum fuit facta quæstio : Utrum baptismas quo Christus fuit baptizatus fuerit ejusdem rationis cum baptismo quo nos baptizamur.*

[6] *In IV Sent.*, dist. 11, art. 2, p. 37^b : *De baptismo Joannis, utrum fuerit verum sacramentum.*

[7] Wadding, *Script. ord. Min.*, 188; Fabricius, V, 243.

[8] *Suppl.*, p. 586.

invraisemblable de supposer que ces *Rosæ distinctiones* soient seulement un extrait du cinquième Quodlibet d'Auriol [1].

L'attribution à Pierre Auriol est encore moins fondée pour les quatre ouvrages qui suivent :

Des Postilles sur Job [2], qui figurent à bon droit, semble-t-il, parmi les œuvres de saint Thomas d'Aquin [3];

Un Comput, conservé dans un manuscrit d'Assise, qu'un certain frère P. aurait dédié à un certain A., évêque de Clermont [4];

Un ouvrage bien connu, le *Compendium theologicæ veritatis,* tour à tour attribué à saint Thomas d'Aquin, à Albert le Grand, à saint Bonaventure, à Hugues de Saint-Cher, à Alexandre de Halès, à Pierre de Tarentaise, à Gilles de Rome, etc. [5], et que Pelbart de Temesvar a cité, par mégarde, sous le nom de notre auteur [6];

Enfin la *Diæta salutis,* qu'un seul manuscrit du xve siècle, conservé sous la cote Ii. iv. 5 dans la bibliothèque de l'Université de Cambridge (fol. 33-70), fournit sous le nom d'Auriol, mais qui a été nombre de fois, à partir de 1474, imprimée sous celui de saint Bonaventure, et qu'on s'accorde aujourd'hui à attribuer, sur la foi du plus grand des manuscrits, au frère Mineur Guillaume de *Lavicea, Lancea* ou *Lanicia* [7].

Quel que soit le nombre des traités mis indûment, ou sans preuve suffisante, sous le nom de Pierre Auriol, ce religieux demeure, comme on l'a vu, l'auteur incontesté de beaucoup d'importants ouvrages qui

---

[1] M. Stanonik (p. 496) fonde cette hypothèse sur ce qu'Auriol prend l'exemple de la rose dans un passage de ce Quodlibet (art. 2, p. 58[a]) : « Primus [conceptus] individui signati *de hac rosa* concipitur; secundus vagi, dum concipitur *rosa quædam;* tertius naturæ specificæ, dum concipitur *rosa simpliciter....* » C'est, d'ailleurs, un très court passage.

[2] Cf. Sbaraglia, p. 585.

[3] Éd. Vivès (1875), t. XVIII, p. 1-227. Cf. Quétif et Échard, t. I, p. 323; C. Oudin, III, 310, etc.

[4] Inc. : *Verbum abbreviatum quod feci super Computum, vobis, pater et domine domine A., episcope Claromontensis...* (Sbaraglia, p. 586). — Pour identifier ce frère P. à Pierre Auriol, il ne suffit peut-être pas de remarquer, comme

le fait M. Stanonik (p. 498), qu'entre 1286 et 1336, il y eut trois évêques de Clermont dont le nom commençait par un A.

[5] Cf. l'article consacré à Hugues de Strasbourg, *Hist. litt. de la Fr.,* XXI, 157-163.

[6] *Aureum sacræ theologiæ rosarium* (Brescia, 1590, in-4°), t. II, fol. 1[b], 318[b], 319[a]. — C'est cet ouvrage peut-être qu'ont en vue Wadding (*Script. ord. Min.,* 188), C. Oudin, Sbaraglia et Cl.-Ét. Novelletius, l'éditeur du *Compendium Bibliæ* (Rouen, 1649), quand ils attribuent à Pierre Auriol un *Compendium theologiæ in viii libros partitum* (cf. Stanonik, p. 494).

[7] Sur lui voir un court article de Hauréau (*Hist. litt. de la Fr.,* XXVI, 552-555). Cf. *S. Bonaventuræ opera omnia,* éd. D. Fleming, t. X, p. 24.

lui assurent une place considérable parmi les théologiens et les philosophes du XIVe siècle.

Entre ceux-ci il se distingue par son originalité. « Une doctrine « célèbre, écrit saint Antonin de Florence, fut celle de Pierre Auriol : « dans son livre sur les Sentences, il s'éleva contre tous les philosophes, « remettant en question ce qu'ils avaient démontré; aussi tous à leur « tour s'élevèrent-ils contre lui [1]... » Appréciation reproduite, à peu de chose près, par Bayle, dans son *Dictionnaire* [2] : « C'était un es- « prit subtil, dit-il, mais trop avide de se distinguer par des opinions « nouvelles. »

Les érudits qui, au siècle dernier, se sont appliqués particulièrement à l'étude de la philosophie scolastique ont tous reconnu chez Auriol cette tendance à critiquer les doctrines scotistes, aussi bien que les thomistes, et cette indépendance avec laquelle il se formait des opinions personnelles qui constituaient en quelque sorte une doctrine de juste milieu [3]. On a même été jusqu'à prononcer les mots de « défection » et d'« apostasie », en songeant au trouble que de telles nouveautés avaient dû jeter dans l'école franciscaine, « que Duns Scot, « par l'éclat de son mérite, avait réussi à discipliner [4] ». Ce qui n'est pas exact, c'est de prêter à Auriol un stratagème dont nous n'avons nulle part trouvé trace. Comme fransciscain, dit-on, il avait le droit, et presque le devoir d'attaquer saint Thomas, mais il devait respecter Jean Duns Scot : aussi nomme-t-il constamment le premier, tandis qu'il tait le nom du second, chaque fois qu'il lui arrive de réfuter sa doctrine [5]. La vérité est qu'il ne prononce que rarement le nom des auteurs modernes; cependant, nous l'avons dit [6], Duns Scot est peut-être, avec saint Thomas [7], celui qu'il prend à partie le plus volontiers et le plus ostensiblement, en le désignant par son surnom très reconnaissable de Docteur subtil [8].

Les universaux, enseigne Auriol, ne sont pas quelque chose d'objectif possédant l'existence, hors de l'intellect, au sein de la nature.

---

[1] *Chron.*, tit. XXIV, c. 8, § 2 (éd. de Lyon, 1587, III, 772).

[2] Éd. de 1720, t. I, p. 398.

[3] Prantl, *Gesch. d. Logik im Abendl.*, III, 319; Stöckl, *Gesch. d. Philos. des Mittelalt.*, II, 973.

[4] B. Hauréau, *Histoire de la philosophie scolastique*, 2[e] édition, t. II, part. II, p. 315.

[5] *Ibid.*, p. 317.

[6] Ci-dessus, p. 504.

[7] *In III Sent.*, dist. XIV, qu. 2, art. 1, p. 433[b], 434[a], 437[b], etc.

[8] *In III Sent.*, dist. VIII, art. 2, p. 95[a], in IV Sent., dist. X, qu. 3, art. 3, p. 91[b], etc.

Le prétendre, ce serait retomber dans l'erreur de Platon. Il n'y a, dans la réalité, que des choses individuelles. L'idée d'*homme* et l'idée d'*animal*, par exemple, en tant qu'elles se distinguent de *Socrate*, ne sont rien qu'un concept, un produit de l'intelligence humaine [1]. Par suite, la recherche du principe d'individuation, qui tient tant de place notamment dans la philosophie thomiste, est tout à fait oiseuse, au dire de Pierre Auriol. Elle n'a point de sens, puisque l'universel n'est pas objectivement réel : *Realiter loquendo, quæstio nulla est.* Toute chose réelle est par là même individuelle; toute chose universelle est par là même une conception : *Omnis res est seipsa singularis, et per nihil aliud, sed per illam* [2].

Une matière universelle qui aurait l'être sans avoir de forme n'existe pas. « Une chose, avant d'être créée, est seulement en puissance, n'est « pas en acte : donc elle n'est rien [3]. » C'était la condamnation, ainsi qu'on l'a remarqué [4], d'une thèse de Duns Scot consistant à soutenir que « la matière en elle-même est un être du genre de la substance, « le plus imparfait des êtres sans contredit, puisque toute perfection « vient de la forme, mais toutefois un être réel ».

On comprend dès maintenant que Karl Werner ait pu définir le système d'Auriol « un Scotisme allié à des tendances nomina- « listes [5] ».

Les mêmes tendances apparaissent dans la négation des espèces, ces images indispensables à la connaissance suivant la théorie thomiste. Auriol estime qu'il faut éviter toute multiplication inutile des êtres, et que l'invention de ces *formæ speculares* ne contribue nullement à nous faire mieux saisir le phénomène de la connaissance [6].

Il assume, en somme, le rôle de simplificateur. De même qu'il supprime les intermédiaires de la connaissance, il rejette la thèse de Scot suivant laquelle, dans une même chose, peuvent subsister plusieurs « formalités » réellement distinctes [7]. Ce dédain pour la plupart des fictions réalistes a fait dire qu'il avait donné le signal de la

---

[1] *In I Sent.*, dist. XXIII, art. 2 ; *in II Sent.*, dist. IX, qu. 2, art. 1, p. 103ᵃ, 106ᵃ.

[2] *In II Sent.*, dist. IX, qu. 3, art. 3, p. 114ᵃ. Cf. Hauréau, p. 319.

[3] *In II Sent.*, dist. XII, qu. 1, art. 2.

[4] Hauréau, p. 318, 319.

[5] *Der heilige Thomas von Aquino* (Ratisbonne, 1859, in-8°), III, 180.

[6] *In II Sent.*, dist. XII, qu. 1, art. 2 ; *in I Sent.*, dist. IX, art. 1, p. 319ᵃ, 320ᵃ. Cf. Prantl, III, 323.

[7] *Quodl. I*, p. 2ᵇ. Hauréau, p. 324, 325.

réaction prochaine qui devait toutes les anéantir [1], et l'on a pu reconnaître en lui le véritable précurseur d'Occam [2].

Ce n'est pas à dire pour cela qu'il soit exempt d'un défaut commun à la plupart des philosophes de cette époque, une subtilité excessive et une manie de multiplier des distinctions souvent inintelligibles. On le voit s'embarrasser mainte et mainte fois de questions tout à fait oiseuses. Il serait, d'ailleurs, beaucoup trop long d'entrer ici dans le détail de ses théories métaphysiques et psychologiques; ce travail, commencé notamment par Prantl [3], a été plus récemment mené à bien par Karl Werner [4].

Constatons seulement qu'on s'est mépris en signalant une prétendue contradiction entre sa croyance religieuse et sa doctrine philosophique. Non seulement il n'a pas soutenu, comme on l'a dit [5], la thèse averroïste de l'éternité du monde, mais il s'est rangé résolument parmi ceux qui croyaient que la création pouvait être démontrée par des raisons philosophiques [6]. En d'autres cas, d'ailleurs, il ne faisait aucune difficulté de reconnaître que certains faits du domaine de la foi se trouvaient soustraits entièrement au contrôle de la raison naturelle : telle était la croyance plaçant le séjour des bienheureux dans la région immuable du Ciel empyrée [7].

En morale [8], Auriol se livre souvent à des analyses délicates, comme quand il recherche si le mensonge est toujours un péché. Il croit devoir distinguer bien des sortes de mensonges : le mensonge fait par plaisir, très fréquent chez les femmes; le mensonge d'orgueil; le mensonge facétieux; le mensonge utile, moins entaché de malice;

---

[1] Hauréau, p. 326.

[2] Stöckl, p. 975.

[3] P. 324 et suiv.

[4] K. Werner s'applique surtout à discerner en quoi les thèses d'Auriol s'écartent de la doctrine thomiste (*Der h. Th. von Aquino*, III, 113, 180, 182, 183, 186-190, 194, 196-215, 218-229, 231, 235-239) et en quoi elles se rapprochent de la doctrine d'Averroès (*Der Averroismus in der christlich-peripatetischen Psychologie*, Vienne, 1881, p. 177-231). On peut regretter seulement que le savant autrichien n'ait pas connu le *De Principiis naturæ*.

[5] Bayle (I, 399) l'affirme, mais il ne le sait que par Théoph. Raynaud, qui lui-même, n'ayant pas lu Auriol, se borne à renvoyer à un passage des *Defensiones theologiæ divi Thomæ* de Jean Capreolus : or ce dernier ne dit rien de pareil. On est plus surpris de rencontrer une affirmation semblable sous la plume de K. Werner (*op. cit.*, p. 225, et *Die Scholastik des späteren Mittelalters*, Vienne, 1887, in-8°, t. IV, 1re partie, p. 141).

[6] *In II Sent.*, dist. 1, qu. 1, art. 4, p. 16ᵃ.

[7] *In II Sent.*, dist. 11, qu. 3, art. 3, p. 54ᵇ, 55ᵇ.

[8] Les points de morale sur lesquels Auriol est en contradiction avec l'école thomiste ont été indiqués par K. Werner (*Der h. Thomas v. Aquino*, III, 239-242; *Der Averroismus in der christlich-peripatetischen Psychologie*, p. 51 et suiv.).

enfin le mensonge nuisible, qui fait tort au prochain. Tous sont des péchés, mais le dernier seul est un péché mortel. Cependant qui se place, en quelque sorte, dans la nécessité de mentir par suite de la mauvaise habitude qu'il en a contractée peut pécher mortellement. Il faut tenir compte aussi des circonstances de personnes : un prélat, un religieux doivent être tout à Dieu; il en résulte qu'un mensonge même facétieux peut atteindre, dans leur bouche, les proportions d'une faute mortelle; telle semble être du moins la doctrine de Pierre Lombard. Sur ce, Pierre Auriol entreprend d'excuser Abraham alors qu'il dit, à Gérara, que Sara était sa sœur, Jacob quand il se fit passer pour Ésaü; il est plus sévère pour Rachel, mais plein d'indulgence pour Judith [1]. On peut, en somme, le compter au nombre des moralistes austères.

Comme théologien, il se préoccupe du sort des âmes de ceux qui meurent souillés de la tache originelle : question, dit-il, très difficile. Pour les uns, ces âmes demeurent plongées dans les ténèbres, complètement ignorantes des joies du Paradis. Suivant d'autres, elles comprennent que ce bonheur n'est pas pour elles et ne souffrent pas, d'ailleurs, de sa privation : c'est ainsi, dit Auriol, que je ne souffre nullement de n'être pas roi de France. Même incertitude quant au lieu où séjournent ces âmes. Auriol a entendu quelques-uns soutenir qu'elles parcourent la terre entière, acquérant une connaissance étendue de la nature, passant leur temps à se promener, à se distraire, à discuter : mais, en l'absence de preuves et d'autorités suffisantes, il s'abstient prudemment de conclure [2].

Pour sauver les âmes sous l'empire de la loi de nature, il admet qu'une croyance au Sauveur, même rudimentaire et indirecte, était suffisante. Les Juifs pouvaient ainsi se contenter de croire d'une manière générale ce qu'avait cru leur père Abraham, de même que beaucoup de chrétiens, dans leur simplicité, se contentent de croire tout ce que l'Église enseigne. Job, parmi les gentils, eut la révélation de la foi : il en résulte qu'une multitude de gentils, disciples de Job, ont eu en Jésus-Christ une sorte de foi dérivée. Mais que penser des philosophes grecs, auxquels les auteurs scolastiques recouraient si volontiers? Pour Platon, Auriol aimait à se persuader, en s'appuyant sur

---

[1] *In Sent. III*, dist. xxviii, p. 536ᵇ. — [2] *In II Sent.*, dist. xxxiii, art. 2, p. 288.

saint Augustin, qu'il avait eu communication de la foi au Christ par
Jérémie, avec lequel il avait dû s'aboucher en Égypte[1]. Le cas d'Aristote lui paraissait encore plus embarrassant, et, cette fois, l'opinion de
saint Augustin semblait peu rassurante[2]. Toutefois notre frère Mineur rappelait la légende suivant laquelle une profession de foi en
« celui qui devait naître d'une vierge » avait été trouvée dans le tombeau d'Aristote. D'autres soutenaient que, pour être sauvés, il avait
suffi aux anciens Grecs de croire en un dispensateur de tous biens,
ce qui équivalait implicitement à croire que Dieu ferait le nécessaire
pour opérer le salut des hommes. Mais cela était-il sûr? Aristote,
d'ailleurs, n'avait jamais admis que Dieu fût ce dispensateur. Bref,
Pierre Auriol demeurait perplexe[3].

Il développait ailleurs la théorie des indulgences[4], puis se prononçait énergiquement pour le secret de la confession, secret que nul
prêtre ne peut violer, même sur l'ordre du pape, même pour déjouer
des projets funestes à l'Église qu'aurait avoués un hérétique[5]. Sont astreints à la même obligation du secret et celui qui, se trouvant à portée
de la voix du pénitent, aurait entendu son aveu, et celui à qui un
prêtre indigne aurait révélé quelque fait appris en confession[6].

Sur d'autres points de la théorie des sacrements, on a relevé quelques divergences entre Pierre Auriol et l'école thomiste[7]; mais il n'est
pas tout à fait exact de dire, comme Pierre Allix[8] et Pierre Bayle[9],
que sa foi en la transsubstantiation était uniquement fondée sur
l'autorité des saints[10].

[1] Aug., *Enarr. in Ps. CXL*, 19. Auriol ne paraît pas avoir connu le passage de la Cité de Dieu (VIII, 11) où saint Augustin démontre l'impossibilité de cette rencontre.

[2] *De Doctr. christ.*, II, 28.

[3] *In IV Sent.*, dist. xx, p. 148 et suiv.

[4] *In IV Sent.*, dist. 1, qu. 3, art. 3, p. 31ᵇ.

[5] Sur l'état de la question au xIVᵉ siècle, voir H.-Ch. Lea, *A history of auricular confession and indulgences in the latin Church* (Philadelphie, 1896, in-8°), t. II, p. 421.

[6] *In IV Sent.*, dist. xxI, art. 2, p. 153ᵃ.

[7] Par exemple, au sujet de l'eucharistie et du mariage, de même au sujet de la résurrection des corps. D'une manière générale, on découvre dans la théologie de Pierre Auriol des influences nominalistes (voir K. Werner, *Der heilige Thomas von Aquino*, t. III, p. 243).

[8] « Petrus Aureolus, Romanæ Ecclesiæ cardinalis (sic), hoc profitetur : «Propter solas «authoritates sanctorum teneo quod transsub-«stantiatio est verus transitus et conversio «totius panis in totum corpus Domini. » (*Præfatio historica de dogmate transsubstantiationis*, Londres, 1686, in-8°, p. 66.)

[9] *Dict. hist. et crit.*, I, 399.

[10] Voici ce que dit Pierre Auriol : «Prima «[conclusio] est quod, dato quod intellectui «modo non appareret ratio et modus, tamen «propter solas auctoritates sanctorum teneo «quod transsubstantiatio est verus transitus et «conversio totius panis in totum corpus Do-«mini... Secunda propositio est quod, licet «sit valde difficile videre et intelligere quo-

Tout favorable qu'il se montrât à la suprématie du pape, Pierre Auriol déclarait le souverain pontife coupable de simonie quand il vendait des choses spirituelles ou des biens dont la vente entraînait celle de choses spirituelles. C'est ainsi que la vente d'une prébende, par exemple, entraîne nécessairement la vente de l'autorité spirituelle attachée au canonicat. En pareil cas, le pape est coupable, bien qu'il n'encoure pas la peine, qui est de droit positif. Auriol admet, d'ailleurs, que le pape mette la main sur les richesses de l'Église, en vertu de sa souveraineté et de son autorité plénière; il lui dénie seulement le droit de s'en approprier la moindre partie comme compensation du don qu'il aurait fait d'un bénéfice[1]. Ces principes étaient posés, ne l'oublions pas, vers 1318, au début du règne de Jean XXII, sous lequel allait donner lieu à tant de critiques, fondées ou non, la fiscalité pontificale : s'ils justifiaient la perception au profit du Saint-Siège des décimes ou même, à la rigueur, des annates et services communs, n'étaient-ils pas la condamnation formelle des taxes perçues en cour de Rome à l'occasion du don des grâces expectatives? Saluons cet acte de courage chez un religieux qui devait déjà beaucoup et qui allait bientôt devoir plus encore à la protection du pape.

Le nom d'Auriol a survécu en dépit, ou plutôt à cause des attaques dont ses doctrines subtiles ont été l'objet dès le début. Sans parler de ses contemporains Jean Canon et François de Meyronnes, qui le citent fréquemment, Jean de Baconthorpe, qui mourut en 1346, s'applique constamment à le prendre en défaut, à prouver, par exemple, qu'il n'a pas bien saisi la pensée de Duns Scot[2]. Il en est de même, au XVe siècle, du dominicain Jean Capreolus, le « prince « des Thomistes » : à tout propos, il reprend Auriol, parfois avec une extrême aigreur, dans ses *Defensiones theologiæ sancti Doctoris*[3].

« modo potest dici quod aliquid transeat in « aliud, ubi vero est aliud commune, possu- « mus tamen dicere quod vere transit aliquid. » (*In IV Sent.*, dist. XI, qu. 1, art. 2, p. 99ᵇ.)

[1] *In IV Sent.*, dist. XXV, art. 3, p. 166ᵇ.

[2] *In I Sent.*, t. I, p. 15, 60, 76, 121, 137, 145, 160, 164, 178, 183 et suiv., 186, 209, 211, 216, 231, 237, 265 et suiv., 280 et suiv., 289, 296 et suiv., 334, 340 et suiv., 345, 362, 363, 382 et suiv., 413, etc.

[3] « Iste [Aureolus] valde impudenter, false et « truncate dicta S. Thomæ recitat in hac parte. » (Éd. des PP. C. Pabau et Th. Pègues, Tours, 1900-1902, t. II, p. 280.) — Cependant, d'après Oldoini (*Athenæum romanum*, Pérouse, 1676, in-4°, p. 176), le cardinal Boccafuoco, l'éditeur d'Auriol, serait l'auteur d'un ouvrage, sans doute demeuré inédit, dans lequel il s'efforçait de concilier les doctrines d'Auriol et de Capreolus : *Aureolus cum Capreolo conciliatus.*

Par contre les éloges n'ont pas manqué à notre frère Mineur, à
commencer par ceux que lui décernait Albizzi dès la fin du xiv° siècle.
Deux fois celui-ci accole au nom d'Auriol l'épithète très méritée de
facundus [1], ce qui a fait croire, sans doute à tort, que Pierre Auriol
fut connu dans l'École sous le surnom de *Doctor facundus* [2].

Lors de la seconde translation des cendres de Duns Scot, vers 1513,
à Cologne, on sculpta sur le nouveau tombeau du Docteur subtil les
effigies des principaux maîtres de l'ordre de Saint-François : entre
celles de Guillaume de Warc et de Nicolas de Lire figurait, paraît-il,
l'image de Pierre Auriol [3].

Pour ne parler que des modernes, Karl Werner se plaît à reconnaître en lui, en regard d'Anglais tels que Bacon, Scot ou Occam,
un « véritable représentant de l'esprit français qui trouva plus tard
« son expression dans Descartes [4] »; et Prantl va jusqu'à dire que Pierre
Auriol laisse bien loin derrière lui Albert le Grand et saint Thomas
d'Aquin [5].

Sans nous porter garants de l'exactitude de ces appréciations,
nous nous bornerons à constater qu'à côté du religieux soumis à
l'autorité du Saint-Siège et adversaire d'un rigorisme excessif,
à côté du défenseur convaincu, mais prudent, de la thèse de l'Immaculée Conception de la Vierge, à côté enfin de l'interprète méthodique
de l'Écriture, il y a chez Pierre Auriol un penseur original qui, en
aucune des matières de l'enseignement philosophique, ne se contenta
des solutions fournies par les maîtres anciens ou modernes le plus en
vogue à son époque, que ces maîtres se nommassent Aristote ou
Averroès, Thomas d'Aquin ou Duns Scot, et qui toujours eut l'ambition de parvenir par son effort personnel le plus près possible de
la vérité.

N. V.

---

[1] « Fr. Petrus Aureoli, facundus in theolo-
« gia, magister in theologica facultate, scripsit
« plura et bene... » « Ista provincia Aquitania...
« habuit illum magistrum facundum fr. Petrum
« Aureoli, qui luculenter scripsit super Sen-
« tentias... » (*Lib. conformit.*, fol. 81. 126.)

[2] Wadding, *Annales ordinis Minorum*, III,
168.

[3] *Ibid.*, p. 81.

[4] *Die Scholastik des späteren Mittelalters*,
t. IV, 1, p. 6.

[5] *Gesch. der Logik*, III. 327.

JEAN DE JANDUN ET MARSILE DE PADOUE.
AUTEURS DU *DEFENSOR PACIS*.

Parmi tous les ouvrages de polémique religieuse publiés dans la première partie du XIVᵉ siècle, il n'en est point qui ait fait autant scandale, qui ait eu autant d'influence sur les événements et de retentissement prolongé que le célèbre *Defensor pacis*. Un Champenois et un Padouan s'associèrent pour le composer.

Ce n'est point le seul motif qui nous porte à rapprocher dans une même notice les noms de Jean de Jandun et de Marsile de Padoue : tous deux appartenaient à l'Université de Paris; ils se lièrent d'amitié et se rendirent des services réciproques; l'effet de leur collaboration fut de les lancer dans les mêmes aventures, de les faire entrer au service du même prince, de les exposer aux mêmes condamnations.

Malgré ces nombreux points de contact, chacun a son œuvre spéciale et sa physionomie propre. C'est pourquoi, tour à tour, il nous faudra les étudier ensemble et les envisager séparément.

I

Nombre d'auteurs ont confondu Jean de Jandun et Jean de Gand [1].

[1] Cette confusion remonte au XVᵉ siècle. Un ms. de Florence daté de 1438 (Laurent., Medic.-Fesul. 160) contient, sous le nom de Jean de Gand, les Questions sur les livres de l'Âme, ouvrage qui appartient notoirement à Jean de Jandun. Il en est de même d'un ms. de la bibliothèque de Saint-Marc de Venise (cl. x, 75) : « Expliciunt Questiones trium librorum « de Anima, edite ab excellentissimo doctore ac « magistro Johanne de Gaudavo in Flandria. » Cette erreur a été aussi commise par quelques-uns des premiers éditeurs des écrits philosophiques de Jean de Jandun. Ses Questions sur le *De Substantia orbis*, par exemple, publiées à Venise en 1493 et en 1514, portent le nom de Jean de Gand, ainsi que l'édition des Questions sur les livres de l'Ame de 1497 et celle des Questions sur les *Parva naturalia* de 1505. Quant aux Questions sur le livre du Ciel et du monde, elles ont paru, à Venise, en 1501 et en 1519, sous le nom composite de « Jean de « Jandun de Gand ». Marc-Antoine Zimara désigne Jean de Gand comme l'auteur des Questions sur la Métaphysique qu'il commentait vers l'année 1505, et les vers suivants accompagnent l'édition de 1525 du même ouvrage :

Quantus Aristoteles, tantus Gaudavus habetur,
Qui solus clarum fecit Aristotelem.

Des manuscrits et des éditions l'erreur a

Jean de Gand, maître en théologie et chanoine de Paris [1], n'a rien de commun, si ce n'est le prénom, et l'âge peut-être, avec l'écrivain que les textes contemporains dénomment *Johannes Gendini* [2], *Ghandoni* [3], *de Gandinio, de Gendinio* [4], *de Ganduno* [5], *de Gandone* [6], *de Gandono* [7], *de Jandono* [8], *de Genduno* [9], *de Jandano* [10]. Ces dernières formes, les plus répandues, sont aussi les meilleures, car il résulte d'un document digne de foi que notre auteur était originaire du diocèse de Reims [11] : il ne peut donc tirer son nom que du village champenois de Jandun, aujourd'hui compris dans le département des Ardennes [12].

Si haut que l'on remonte, on trouve Jean de Jandun se livrant à la composition de traités philosophiques. Deux de ses ouvrages sont datés de 1300 et de 1310. Il est vrai que ces deux dates sont contradictoires : car le Commentaire sur le traité de l'Âme d'Aristote, dont le second livre aurait été rédigé en 1300 suivant un manuscrit d'Oxford [13], contient, dans ce second livre, une citation du *De Sensu agente* [14], et ne saurait être par conséquent, antérieur à cet ouvrage;

tout naturellement passé dans les ouvrages de bibliographie. On la trouve chez Flacius Illyricus (*Catalogus testium veritatis*, 1562), chez Valère André (*Bibl. belgica*, 1739, II, 644), chez Ellies du Pin (*Bibl. des auteurs ecclés. ou hist. des controverses du xive siècle*, 1701, p. 233), chez Wharton (Guill. Cave, *Script. eccles. hist. litter.*, II, Suppl., 36), etc.

[1] Mentionné en 1303 et en 1310 : voir Denifle et Chatelain, *Chartularium Universitatis Parisiensis*, II, 103, 142.

[2] *Chronographia regum Francorum*, édit. Moranvillé, I, 265.

[3] Bibl. nat., ms. lat. 6532, fol. 61.

[4] Ms. 231 d'Utrecht, fol. 1, 56 v°, 74.

[5] Bulle du 3 avril 1327 (*Chartul. Univ. Paris.*, II, 301); Henri de Rebdorff (Böhmer, *Fontes rer. Germanic.*, IV, 554); ms. d'Oxford, Bodl., Canonici Miscell. 407, fol. 8; ms. de Bruxelles 868.

[6] Jean Villani (Muratori, *Rer. ital. script.*, XIII, 560).

[7] Ms. d'Oxford, Bodl., Canonici Miscell. 466.

[8] Ms. d'Oxford, Bodl., Canonici Miscell. 226.

[9] Bibl. nat., ms. lat. 16089, fol. 161, 166; Arch. nat., J 155, n° 3; S 6419, n° 13; Bibl. Bodl., ms. Canonici Miscell. 242; Bibl. impér. de Vienne, ms. 4753; continuateur de Géraud de Frachet (*Rec. des Hist. de Fr.*, XXI, 68).

[10] Bibl. Bodl., mss. Canonici Miscell. 226, 242, 466; ms. 431 de Turin; lettre de Michel de Césène (S. Riezler, *Die litterarischen Widersacher der Päpste zur Zeit Ludwigs des Bayers*, Leipzig, 1874, in-8°, p. 309); continuateur de Guill. de Nangis, II, 14.

[11] Theiner, *Cod. diplomat. dominii tempor. S. Sedis*, I, 556.

[12] Arr. Mézières, cant. Signi-l'Abbaye. — La version allemande d'un acte impérial de 1336 désigne notre auteur sous le nom de «Johann von Gandunn» (Riezler, p. 316). Cf. C. Oudin, *Commentar. de scriptoribus Eccl. antiquis*, III, 883; abbé Bouillot, *Biographie ardennaise* (Paris, 1830, in-8°), II, 52.

[13] Bodl., Canonici Miscell. 242 : «Expliciunt questiones super secundum de Anima, ordinate per magistrum Johannem de Genduno, anno Domini MCCC.»

[14] Lib. II, qu. 16 : «Ad hujus autem conclusionis probationem adducit unus multas ra-

or, c'est précisément le *De Sensu agente* qui, dans le ms. latin 16089, porte la date de 1310[1].

Quoi qu'il en soit, Jean de Jandun, décoré, dans ces textes, du titre de « maître », ce qui indique peut-être qu'il était simplement maître ès arts de l'Université de Paris, devait jouir, au commencement du XIVe siècle, d'une certaine réputation dans l'École : car, dès la fondation du collège de Navarre, on le voit y exercer la charge de « maître des « artiens ». C'est ce que nous apprend un acte des exécuteurs testamentaires de la reine Jeanne, femme de Philippe le Bel, fondatrice du collège : le 3 avril 1316, ces exécuteurs firent comparaître tous les maîtres et écoliers du collège de Navarre pour les obliger à jurer l'observation du règlement; parmi eux se trouvait Jean de Jandun, qualifié dans l'acte de *magister artistarum,* et chargé d'enseigner les arts et la philosophie à vingt-neuf *scolares in logica seu artium facultate*[2]. D'après le testament de la reine Jeanne, complété par le règlement de 1316, le maître de philosophie du collège de Navarre devait être originaire de Champagne ou de la province de Sens, bien instruit dans les arts, capable de former non seulement les esprits, mais les mœurs de ses élèves par ses leçons et ses exemples[3]; de ces diverses conditions, les premières, à coup sûr, se trouvaient réunies en Jean de Jandun : nous aimons à supposer qu'il remplissait également bien la dernière.

Ce qui tendrait à le faire croire, c'est que, le 13 novembre de la même année, Jean XXII, en lui conférant un des canonicats du chapitre de Senlis, crut devoir louer la droiture de son caractère, *probitatem,* attestée, disait-il, par des personnes dignes de foi[4].

Il ne faut point chercher d'autre explication que cette provision

« tiones, quarum meliores et fortiores ad præsens « inducam; reliquæ autem consideratæ sunt in « secundo tractatu de Sensu agente, quem ordi- « navi contra illam positionem. » — Dans d'autres manuscrits, le Commentaire de Jean de Jandun sur le Traité de l'Ame d'Aristote se présente sous une forme notablement différente; on y trouve cependant, au liv. II, qu. 16, le même renvoi au *De Sensu agente,* mais avec quelques variantes : « Reliquæ autem consideratæ sunt in « duobus tractatibus de Sensu agente, quos ordi- « navi contra illam positionem. » (Bodl., Canonici Miscell. 466.) « Reliquæ autem conside- « randæ sunt in duobus tractatibus... » (Éd. de Venise, 1507.)

[1] Fol. 166 : « Explicit Sophisma de Sensu « agente ordinatum a magistro Johanne de Gen- « duno, anno Domini M°CCC°X°. »

[2] Arch. nat., J 155, n° 3; Launoi, *Regii Navar. gymnasii hist.,* 1, 38.

[3] Launoi, I, 8, 27.

[4] Ant. Thomas, *Extraits des Archives du Vatican pour servir à l'histoire littéraire du moyen âge,* dans les *Mélanges d'archéologie et d'histoire* publiés par l'École française de Rome, II, 451.

apostolique à la présence de Jean de Jandun en la ville de Senlis, constatée à plusieurs reprises durant les années suivantes. Jean de Jandun prenait sans doute ses devoirs de chanoine au sérieux; le chapitre de Senlis n'entendait peut-être pas raillerie au sujet de la résidence. En tous cas, il n'est nullement nécessaire de supposer, comme l'ont fait gratuitement Le Roux de Lincy et Tisserand [1], on ne sait quelle persécution qui aurait forcé le philosophe, quelque peu suspect d'averroïsme, à chercher un refuge hors de Paris, à Senlis, dont l'évêque était alors conservateur des privilèges de l'Université. Jean de Jandun avait beau envelopper dans une même admiration Aristote et son commentateur arabe [2]; il avait beau présenter sous un jour favorable les doctrines les plus aventurées de la philosophie averroïste : il ne paraît avoir jamais été inquiété à ce sujet. Le moyen de détourner les soupçons et de vivre en paix avec l'Église était de multiplier les professions de foi orthodoxe : il le connaissait bien. Nous verrons de quelle manière constante il en usait. Cela paraît lui avoir assez bien réussi. N'est-ce pas lui qui, en 1323, constatait que, moyennant cette soumission notoire aux articles de la foi catholique, les philosophes jouissaient, à Paris, d'une entière liberté et pouvaient y exposer les thèses les plus contraires et s'y disputer à leur aise [3] ?

Jean de Jandun était donc à Senlis le 3 juillet 1323, quand il reçut d'un de ses amis, «homme de haut caractère et de profonde «sagesse», une lettre contenant, entre autres, ces mots d'une saveur toute scolastique : «Tu dois avouer, je pense, qu'être à Paris, c'est être, «dans le sens absolu, *simpliciter;* être ailleurs, c'est n'être que d'une «façon relative, *secundum quid* [4]. » Froissé dans ses goûts provinciaux, Jean de Jandun répondit en énumérant, non sans verve, les modalités qui constituaient, suivant lui, l'existence à Senlis. Être à Senlis, c'est exister au milieu d'une ceinture de forêts ombreuses, mais non

[1] *Paris et ses historiens aux XIVe et XVe siècles* (1867, in-4°), p. 9-11; cf. p. 29, note 2.

[2] «Averroes præcipuus et perfectissimus «Aristotelis imitator », dit-il quelque part (*Perspicacissimi speculatoris Joannis Gandavensis super Parvis naturalibus Aristotelis questiones perutiles ac eleganter discusse,* Venise, 1505, in-fol., fol. 43[b]).

[3] *Paris et ses historiens aux XIV[e] et XV[e] siècles,* p. 40. — Jean de Jandun applique cette remarque aux théologiens, mais lorsque ceux-ci disputent sur des matières philosophiques. Il est clair que la même observation pouvait s'entendre des philosophes de la Faculté des arts.

[4] *Paris et ses histor.,* p. 74.

pas impénétrables, où les concerts des rossignols réjouissent les oreilles de l'homme. Être à Senlis, c'est exister dans des jardins bien arrosés, dans des vergers chargés de fruits, dans des prairies émaillées de fleurs, à portée de ruisseaux limpides. Être à Senlis, c'est exister en un pays de vignobles, où abondent aussi les céréales. Être à Senlis, c'est demeurer dans des maisons bien bâties en bonnes pierres et sur caves, où le vin se conserve frais même au cœur de l'été. Être à Senlis, c'est habiter sur une hauteur, en une ville bien pavée et exempte de crotte, où des brises tempérées apportent les senteurs des bois, où l'abondance des vivres, du gibier, du poisson garnit les tables à souhait, même les jours d'abstinence, où le laitage, le beurre, le fromage fournissent aux personnes de condition modeste une nourriture saine et apaisante. Être à Senlis, c'est se mêler à une population française, douce, aimable et fidèle; et, pour tout dire d'un mot, Senlis possède les divers biens que Dieu, la nature et l'art ont produits pour le bonheur de l'homme : c'est, en quelque sorte, une image de la beauté du Paradis [1].

Ce charmant plaidoyer eut le malheur de déplaire à un habitant de Paris, qui, pour venger la capitale, entreprit de célébrer, dans un style boursouflé, les incontestables mérites d'une ville qui défiait et défierait toujours toute comparaison. Il termina son panégyrique pédantesque en appelant les vengeances du Ciel sur l'ingrat effronté qui se permettait d'instituer un parallèle entre Paris (*Parisius*) et Senlis (*Silvanectum*) : autant valait comparer le Paradis (*Paradisum*) à un bois affreux (*silva*). « Cet éloge, ajoutait-il ironiquement, n'est « point complet : l'auteur a omis de citer, parmi les agréments de « Senlis, la multitude de ses mouches et les harmonieux coasse- « ments de ses grenouilles [2]. »

Jean de Jandun ne crut pouvoir mieux répondre aux attaques de ce maussade écrivain (*dictator* : c'est sous ce nom seulement qu'il le désigne) qu'en lui prouvant que, sans cesser de rendre justice à Senlis, il y avait moyen de faire de Paris un éloge beaucoup plus complet, plus persuasif, et où les faits tiendraient la place des creuses métaphores, des généralités froides. Ainsi piqué au jeu, il rédigea tout un traité, où la recherche du style ne nuit heureusement pas

<hr>

[1] *Paris et ses histor.*, p. 74-78. — [2] *Ibid.*, p. 22-29.

à l'élévation des idées, où l'observation inattendue des règles du *cursus* sert seulement à montrer que le philosophe, chez lui, se double, au besoin, d'un rhétoricien[1], et qui, dans ses deux premières et plus longues parties, présente une description extrêmement précieuse du Paris de 1323[2].

Dans cet éloge composé par un universitaire, le Paris intellectuel, en d'autres termes l'Université, tient naturellement la première place. La rue du Fouarre, où siégeait la Faculté des arts, y apparaît comme le rendez-vous de ce que la philosophie naturelle, la logique, l'astronomie, les mathématiques, la métaphysique et la morale comptaient de maîtres distingués et fameux. La « très paisible » rue de Sorbonne et les nombreux couvents environnants y sont représentés comme les sanctuaires de la théologie. À travers le respect que témoigne l'auteur à ces « pères vénérables », à ces « satrapes divins », parvenus au sommet de la perfection humaine, qui interprétaient l'Écriture et s'efforçaient de faire pénétrer dans les cœurs les vérités de la foi, on sent percer peut-être quelque jalousie professionnelle. Jean de Jandun exprimait une admiration sans mélange pour le « très suave « nectar » de la philosophie enseignée à la Faculté des arts : il semblait qu'à force de scruter les secrets de la nature, les maîtres ès arts fussent plus enclins à rendre grâce au Créateur. Au contraire, ce n'est pas sans quelque ironie sceptique qu'il dépeint les débats des maîtres en théologie, débats portant aussi cependant sur des questions philosophiques, celle de l'unité ou de la pluralité des formes substantielles, celle des universaux, celle de la connaissance. L'un, dit-il, fait une objection, qu'un autre s'empresse de résoudre; un troisième réplique, mais est bientôt réfuté par un quatrième; ils s'efforcent à qui mieux mieux de s'annihiler mutuellement. En quoi, ajoute-t-il, cette gymnastique profite-t-elle aux intérêts de la religion? c'est le secret de Dieu. Les maîtres en philosophie de la Faculté des arts ne faisaient guère, à vrai dire, autre chose : mais au moins ne se posaient-ils pas en défenseurs de la foi. C'est sans doute ce que Jean de Jandun

---

[1] Les règles du rythme sont constamment observées dans le *De Laudibus Parisius* de Jean de Jandun proprement dit. Il n'en était pas de même dans son éloge de Senlis, non plus que dans l'éloge de Paris composé par le *dictator* anonyme. Il va sans dire qu'aucune trace de rythme n'apparaît non plus dans le *Defensor pacis* ni dans les nombreux traités philosophiques de Jean de Jandun.

[2] *Paris et ses histor.*, p. 32-74.

reproche intérieurement à ses confrères de la rue de Sorbonne : il leur en veut d'empiéter sur son propre terrain et de se mêler de ce qui ne les regarde pas. Ce seul passage suffirait à prouver que Jean de Jandun n'a point appartenu, comme on l'a quelquefois prétendu, à la Faculté de théologie de l'Université de Paris.

De là, l'auteur du *De Laudibus Parisius* conduit ses lecteurs dans la rue du Clos-Bruneau, où s'enseigne le droit; il apprécie particulièrement, en sa qualité de chanoine, les services que peut rendre aux églises la connaissance du droit canon. Il montre enfin les médecins dans l'exercice de leur profession, facilement reconnaissables à leurs riches habits et à leurs bonnets de docteur, si nombreux qu'on ne saurait descendre dans la rue sans en rencontrer un. Quant aux apothicaires, ils tenaient boutique au Petit-Pont et dans les rues avoisinantes; leurs devantures étaient déjà ornées de ces pots décoratifs qui sont encore recherchés par les collectionneurs.

On aime à voir Jean de Jandun sensible aux beautés artistiques de la capitale. Cette première génération qui ait connu Notre-Dame achevée éprouvait déjà pour le plus harmonieux chef-d'œuvre de l'architecture gothique une admiration analogue à celle qu'expriment nos contemporains : *Vix ex ejus inspectione possit anima satiari*[1]. Tout au plus ces sentiments différaient-ils des nôtres en ce qu'il s'y mêlait quelque épouvante : Jean de Jandun qualifie Notre-Dame de *terribilissima*, tant la masse de la cathédrale lui semblait écrasante. Au contraire, en pénétrant dans la Sainte-Chapelle, il se figurait être introduit dans une des plus belles chambres du Paradis.

Ce n'est pas le lieu de rappeler ici tout le parti que les historiens de Paris ont tiré de la description du Palais de la Cité et des halles des Champeaux. Jean de Jandun énumère les diverses industries parisiennes; il loue particulièrement l'habileté des boulangers. Il parle de la sécurité qu'inspire aux Parisiens la multitude des armes amoncelées dans leurs murs. Il décrit l'abondance des vivres, et reconnaît dans la Seine la grande voie d'approvisionnement. Chez les habitants, il signale, au milieu de beaucoup de qualités, quelque penchant à la

---

[1] Il faut lire cette description des tours, des voûtes, des roses, des verrières, de la croix du transept. À ce propos signalons un contre-sens des éditeurs (p. 15, 45) : ils ont pris pour une croix sculptée la croix figurée par le plan de l'édifice lui-même. « Tantæ magnitudinis « crucem, cujus unum brachium chorum distin-« guit a navi. »

vantardise. Les femmes, sauf exceptions, lui semblent irréprochables, en dépit de leur beauté et de leur élégance.

Nous glissons à dessein sur la dernière partie, très inférieure aux précédentes : Jean de Jandun y recourt à des arguties misérables pour convaincre d'inconséquence son contradicteur, le *dictator* anonyme [1]. Il reconnaît lui-même, d'ailleurs, que cette argumentation n'est qu'un jeu [2] : triste jeu, en vérité, et qui ne nous semble guère divertissant !

Mais il faut, au contraire, insister sur un passage qui n'a point été jusqu'ici suffisamment remarqué; c'est celui auquel l'auteur attachait peut-être le plus d'importance. Il était destiné à attirer sur Jean de Jandun l'attention du roi de France : « Je ne songe point à flatter, « écrivait le philosophe [3], mais je suis bien forcé de reconnaître la « vérité : la monarchie universelle appartient aux très illustres rois « de France, du moins par le droit d'un penchant natif vers ce qui « est mieux. Si l'on m'objecte que j'attribue aux Français une préroga- « tive qu'Aristote, le plus grand des philosophes, reconnaissait aux « Grecs, je répondrai, ou du moins je m'efforcerai de répondre, suivant « les lumières que Dieu me fournira, lorsque l'ordre m'en aura été « donné par mon seigneur le Roi. » Suit, peu après, un chapitre tout rempli de plates louanges à l'adresse des rois de France, disposées sous forme de tableau [4]. Ainsi Jean de Jandun n'attendait qu'un signe de Charles le Bel pour prendre la plume et étayer sur un échafau- dage de rhétorique les prétentions du roi de France à la monarchie universelle [5]. Charles le Bel, en effet, songeait sérieusement à l'Em- pire, qui est théoriquement la monarchie du monde. Le *De Laudibus Parisius* de Jean de Jandun fut achevé, comme celui-ci nous l'apprend lui-même, le 4 novembre 1323 : or, au commencement de 1324, un voyage que le roi fit à Toulouse donna lieu de penser qu'il se rendait à Avignon pour se faire octroyer l'Empire [6]; en tous cas, ce fut le sujet de pourparlers qu'il ne tarda pas à entamer avec le roi de Bohême, et il conclut même à cet effet un accord, le 17 juillet sui- vant, avec Léopold d'Autriche [7]. Cependant Charles IV ne paraît pas

---

[1] *Paris et ses histor.*, p. 64-74.
[2] *Ibid.*, p. 70, 74.
[3] P. 60.
[4] P. 62.
[5] Pierre du Bois avait déjà mis cette idée en avant (Ch. Jourdain, *Mémoire sur la royauté française et le droit populaire*, dans la *Revue des quest. hist.*, XVI, 359).
[6] J. Villani (Muratori, XIII, 553).
[7] K. Müller, *Der Kampf Ludwigs des Bayern mit der römischen Kurie* (Tübingen, 1879, in-8°), I, 107.

s'être soucié de l'appui littéraire que Jean de Jandun se montrait si disposé à lui fournir [1]. Qui sait si le dépit résultant de cet échec ne contribua pas à jeter notre philosophe d'un tout autre côté? Le chanoine pourvu par Jean XXII, l'écrivain dévoué aux intérêts de la monarchie capétienne allait désormais employer sa dialectique et son érudition à servir la cause du roi des Romains contre le souverain pontife.

Toutefois on ne saurait méconnaître l'influence exercée sur cette détermination par un homme que Jean de Jandun qualifie quelque part de son très cher ami, *dilectissimus meus* [2]. Mais avant d'étudier les rapports de Jean de Jandun avec Marsile de Padoue, il importe de se faire une idée plus complète de ceux de ses écrits qui sont antérieurs à sa collaboration avec ce fameux personnage.

II

L'œuvre personnelle de Jean de Jandun, on le sait déjà, est pour la plus grande partie philosophique, et la plupart de ses traités, qui représentent sans doute son enseignement à l'Université de Paris ou au collège de Navarre, ne sont autres que des commentaires sur divers ouvrages d'Aristote.

Nous commencerons par celui qu'il semble placer lui-même en tête de tous les autres.

1° QUÆSTIONES SUPER LIBROS PHYSICORUM.

Il existe des manuscrits de ce traité à Oxford (Bodl., Canonici Miscell. 407; xv⁰ s.) et à Rome (Bibl. Vatic., *Reg.* 444) [3]. Il y en avait un troisième autrefois à Venise [4].

Inc. : Sicut vita sine tristitia est eligibilis, ita ratio sensata amabilis...

[1] Le Roux de Lincy et Tisserand (p. 61, note 2) ont compris, au contraire, que Jean de Jandun ne se souciait pas de réfuter l'assertion d'Aristote : c'est pour cette raison qu'il aurait mis à sa réfutation une condition irréalisable, c'est-à-dire un ordre exprès du roi.

[2] Bibl. nat., ms. lat. 6542, fol. 1 r°.

[3] Le ms. 3446 de la Bibliothèque impériale de Vienne contient aussi quelques fragments du même ouvrage. — Quant au ms. xvii 180 de la bibliothèque de Saint-Antoine de Padoue (xiv⁰ siècle), il contient, sous le nom de Jean de Jandun, des Questions sur la Physique, toutes différentes de celles-ci.

[4] Dans la bibliothèque, aujourd'hui détruite, de Sant' Antonio in Castello (J.-F. Tomasini, *Bibliothecæ Venetæ manuscriptæ*, Udine, 1650, in-4°, p. 2).

Des. : . . . Et ipsum alterabile potest simile esse sub diversis partibus ipsius qualitatis quæ est acquisita, etc. Amen.

Diverses éditions en ont été données à Venise, en 1488 et en 1501 [1], à Paris, en 1506 [2], à Venise encore en 1540, en 1544 [3], en 1552 et en 1575. Elles ne contiennent point la dernière question, fort peu développée d'ailleurs, que nous avons trouvée reproduite dans le manuscrit d'Oxford : *Quæritur utrum quod movetur continue per aliquod spatium sit accidenter, scilicet in aliquo istorum locorum mediorum*... En revanche, elles contiennent des additions et annotations du médecin et philosophe juif Élie de Crète, ainsi datées : *Hoc opusculum annotationum, etc., finitum fuit anno Latinorum 1485, in fine julii, Florentiæ*, ce qui a fait admettre, à tort, l'existence d'une première édition faite à Florence et remontant à 1485 [4]. En outre, l'une au moins des dernières éditions, celle de 1552, renferme des interpolations dues au dominicain allemand Jean Romberch [5], qui vivait dans la première moitié du XVIᵉ siècle [6].

Jean de Jandun a fait précéder cet ouvrage d'un préambule dans lequel il trace une sorte de programme de l'enseignement de la philosophie naturelle. Il la divise en six parties principales, et énumère les divers traités, correspondant à ces parties, auxquels les étudiants pouvaient avoir recours. Ainsi, pour la première partie, traitant du mouvement, ils avaient à leur disposition les huit livres de Physique

[1] Par les soins de Boneto Locatelli.

[2] Chez Nicolaus Depratis. Un exemplaire de cette édition, enrichi de notes manuscrites, se trouve au Musée britannique. Suivant J. Simler (*Bibliotheca instituta et collecta primum a C. Gesnero*, Zurich, 1583, in-fol., p. 460), une édition du même ouvrage aurait été aussi donnée, en 1506, à Venise.

[3] D'après H. Wharton (Cave, II, Suppl., 36).

[4] Panzer, *Annal. typogr.*, t. I, p. 413, n° 78; Simler, p. 460; C. Oudin, III, 883. Cf. Hain, *Repertor. bibliogr.*, I, II, n° 7457.

[5] Lib. II, qu. 10 : « Consequenter inqui-« rendum est utrum finis sit causa. *Sed hanc* « *quæstionem reposui inter alias de quibus singu-* « *lariter opinatus sum. Et ideo quære circa hoc* « *capitulum de Casu et fortuna. Placuit antem mihi* « *Johanni Romberch huc relatam (ut et cæteras* « *hujus operis) a scabiis emaculare.* Et arguitur

« primo quod non, quoniam omnis causa est « principium, sed finis non est principium... » — Aucun des mots imprimés ci-dessus en italique ne se trouve dans le texte original, tel que le fournit, par exemple, le manuscrit d'Oxford.

[6] Voir Quétif et Échard, *Script. ord. Prædicat.*, II, 88. Antoine de Sienne (*Chrom. fratr. Prædicat.*, 153) cite Jean Romberch comme ayant corrigé et complété, en plusieurs endroits, les Questions de Jean de Jandun sur le *De Physico auditu* d'Aristote, et affirme que cette édition fut imprimée, à Venise, en 1320 (lisez sans doute : 1520). Altamura (*Biblioth. dominic.*, 97) fournit le même renseignement et ajoute que l'édition vénitienne de 1320 (*sic*) fut enrichie d'un triple index et dédiée par Jean Romberch à Antoine de' Fanti de Trévise. Il aggrave son erreur de date en déclarant que Jean Romberch florissait vers 1314.

d'Aristote; pour la seconde, qui a trait aux corps célestes et aux quatre éléments, ils pouvaient se servir du livre du Ciel et du monde; et, comme les autres scolastiques, Jean de Jandun semble désigner sous ce titre le traité authentique d'Aristote du Ciel, non point le petit traité apocryphe du Monde. La troisième partie de la philosophie naturelle traite de la génération et de la corruption en général, puis de l'accroissement et de l'altération : ici Jean de Jandun nous renvoie au traité de la Génération d'Aristote et au second livre de son traité de l'Âme, au *De Nutrimento et nutribili* d'Albert le Grand[1], puis, pour suppléer à l'absence d'un traité sur la santé et la maladie, au *Colliget* d'Averroès, qui avait compilé, disait-il, beaucoup de remarques sur cette matière. Au sujet du froid et du chaud, de l'humide et du sec, qui constituent la quatrième partie de la philosophie naturelle, Jean de Jandun recommande le livre des Météores d'Aristote. Pour la cinquième partie, relative aux métaux et aux pierres, il regrette de n'avoir à citer aucun livre du Stagirite, mais il rend hommage à « l'assez bon traité » qu'Albert le Grand avait rédigé sur la matière (le *De Mineralibus*). La sixième partie, traitant des corps animés, se subdivise elle-même en quatre sections : celle de l'âme, pour laquelle Jean de Jandun renvoie au traité de l'Âme d'Aristote; celle des passions communes au corps et à l'âme, au sujet de laquelle il recommande les *Parva naturalia* du même philosophe; la section des êtres animés d'une âme sensitive, et enfin celle des êtres animés d'une âme végétative : à ce propos, Jean de Jandun cite les deux traités d'Aristote de l'Histoire des animaux et des Végétaux et des plantes, dont le premier seul est d'une authenticité reconnue. Il termine cette sorte de bibliographie par l'indication de quelques ouvrages complémentaires : le livre des Lignes indivisibles, attribué alors à Aristote, aujourd'hui plutôt à Théophraste, et qu'il rattache au sixième livre de la Physique; le *De Substantia orbis* d'Averroès, qu'il joint au livre du Ciel et du monde; le traité attribué à Aristote des Propriétés des éléments, qu'il considère comme une addition au livre des Météores, ainsi que le petit traité de l'Inondation du Nil; le petit traité, plus ou moins apocryphe, des Couleurs, qu'il rapproche du *De Sensu et sensato*, l'un des *Parvi libri naturales;* enfin le livre, sans doute apo-

[1] Cf. Am. Jourdain, *Recherches crit. sur l'âge et l'orig. des traduct. lat. d'Aristote* (édit. de 1843), p. 319.

cryphe, de la Physionomie, qui lui paraît devoir être joint à l'Histoire des animaux. Reste le livre des Problèmes d'Aristote, contenant une foule d'observations relatives aux différentes parties de la philosophie naturelle : Jean de Jandun constate que le texte en est généralement corrompu et incorrect, qu'il n'a guère été commenté par les philosophes connus, que peu d'étudiants s'en servent, et qu'un plus petit nombre encore l'entendent suffisamment. Cependant il renferme quantité de beaux théorèmes d'un charme merveilleux : celui-là s'acquerrait de nombreux titres à la reconnaissance des étudiants qui corrigerait et expliquerait avec compétence le texte de ce livre trop négligé. Nous verrons dans quelle mesure Jean de Jandun fut à même de combler la lacune qu'il signalait ainsi dans l'enseignement scolastique.

Après ce préambule, il pose une série de questions, auxquelles il ne manque pas, suivant l'usage, de donner des solutions contradictoires. Bien que la dernière soit plutôt celle vers laquelle il penche, on ne réussit pas toujours, au milieu des objections, des réfutations et des distinctions qu'il indique, à démêler sa pensée propre. Il cherche plutôt à dresser un inventaire complet de toutes les opinions connues ou soutenables, en faisant étalage de son érudition, qu'à résoudre les difficultés et à fixer la doctrine.

Nous apprenons cependant qu'il existe une science des choses naturelles; puis, que cette étude des choses de la nature est nécessaire au bonheur de l'homme. En effet, point de bonheur sans la sagesse, c'est-à-dire sans la connaissance des substances immatérielles, dont la première est Dieu; or, l'homme ne peut connaître les substances immatérielles que par la connaissance des substances matérielles, puisque les premières ne sont sensibles que par leurs effets sur les secondes [1].

Un peu plus loin, Jean de Jandun s'écarte de Duns Scot en ce que celui-ci estime que l'intellect humain saisit d'abord et connaît en premier lieu les espèces les plus spéciales, celles qui se rapprochent le plus de l'individu : Jean de Jandun croit, au contraire, que l'esprit humain conçoit d'abord quelque chose de plus général (1, 6).

Dans la suite de son traité, il recherche, par exemple, si la substance matérielle est divisible en soi (1, 9); si l'indivisible peut être

---

[1] Lib. 1, qu. 1. Cf. Hauréau, *Hist. de la philos. scolast.*, 2ᵉ partie, II, p. 283.

infini (I, 11); si les principes de la nature sont contraires (I, 18); si tous les êtres susceptibles d'être engendrés et de se corrompre ont une matière unique (I, 24); si la matière et la forme constituent la nature (II, 3); si la fortune et le hasard sont des causes accidentelles (II, 12); ce que c'est que le mouvement (III, 2, 3); si la grandeur est divisible à l'infini (III, 12); ce que c'est que le lieu (IV, 1, 3, 5, 6); si le lieu de la terre est la surface de l'eau (IV, 7); si l'existence du vide est nécessaire, et si, dans le cas où le vide existerait, le mouvement local pourrait s'y faire (IV, 10, 11); ce que c'est que le temps (IV, 17, 19, 25), et s'il a une existence objective en dehors de l'âme humaine (IV, 27); si la génération est un mouvement (V, 2); si quelque chose peut être mû par soi (VII, 1); si l'animal se meut lui-même (VIII, 9); si le mouvement circulaire peut être perpétuel (VIII, 18); si le premier moteur possède une vigueur infinie (VIII, 22), etc.

L'examen de ces diverses questions nous entraînerait beaucoup trop loin. Mais ce qu'il importe de remarquer, c'est la prudence avec laquelle Jean de Jandun renouvelle sa profession de foi catholique dès que son argumentation semble devoir l'amener à des conclusions hétérodoxes. Ainsi, en fidèle disciple et admirateur d'Averroès, il démontre l'impossibilité d'une création; mais aussitôt il ajoute : « Il faut « admettre simplement, et en conformité avec la foi chrétienne, que « Dieu a tout fait de rien... C'est ce qu'ont ignoré les philosophes « païens. En effet, cela ne peut se prouver par l'observation des « choses sensibles... D'ailleurs cette création n'a eu lieu qu'une « fois, il y a fort longtemps, et ceux qui en ont eu connaissance « l'ont apprise de la bouche des saints ou l'ont sue par révélation » (I, 22).

Ici encore Jean de Jandun, au moyen d'une distinction subtile, cherche à dissiper l'antinomie existant entre la foi chrétienne et la doctrine péripatéticienne : mais ailleurs il renonce à toute conciliation. Par exemple, après avoir prouvé, avec Aristote et Averroès, l'éternité du mouvement, il proclame, suivant la foi catholique, que le mouvement a eu un commencement, de même qu'il doit avoir une fin. « Cependant, ajoute-t-il, je ne prouve pas cela par raison démonstra- « tive, non plus que les autres vérités de foi; je ne pense même pas « qu'il soit possible à l'homme de le démontrer par des raisons em-

« pruntées aux choses sensibles. Je dis seulement que rien n'est impos-
« sible à la toute-puissance de Dieu... » (VIII, 3).

Ce sont là déclarations fréquentes chez les averroïstes, et dont Siger de Brabant se montrait particulièrement coutumier [1]. Cette école, a-t-on dit, mit au jour la doctrine de « la double vérité » : comme philosophes, ces hommes se déclaraient ouvertement les adversaires de ces mêmes vérités dont ils prétendaient, comme chrétiens, se faire passer pour les défenseurs fidèles et soumis [2].

2° *Quæstio disputata super libro Physicorum.*

Il convient de rapprocher de la dernière partie de ce traité un opuscule conservé dans un manuscrit d'Oxford (Bodl., Canonici Miscell. 226, fol. 28-31), qu'il y a tout lieu de croire inédit. Cet opuscule a pour sujet précisément la question de l'éternité du temps et du mouvement.

Inc. : Est quæstio utrum fuerit possibile entia successiva, ut tempus et motum, fuisse ab æterno...

Des. : Non sequitur quod æternitas præcedat esse temporis; sed tempus nec instans præcessit primum, et sic de isto. Amen, amen. Explicit quæstio disputata super libro Physicorum per reverendum doctorem magistrum Johannem de Jandono.

Après avoir exposé successivement le pour et le contre, Jean de Jandun se rallie à l'opinion qui lui paraît la plus conforme à la foi et à la raison naturelle, et il conclut [3], cette fois par des motifs rationnels, que ni le temps, ni le mouvement, ni le monde, ni rien de success f n'a pu exister éternellement [4].

3° *Quæstiones super libros Aristotelis de Cælo et Mundo.*

On n'a signalé de ce traité de Jean de Jandun qu'un exemplaire

[1] Mandonnet, *Siger de Brabant*, p. CLVII, CLXVII, CLXIX.

[2] Salvat. Talamo, *L'Aristotélisme de la scolastique dans l'histoire de la philosophie* (Paris, 1876, in-12), p. 382.

[3] Fol. 28ᵈ : « Circa solutionem hujus « rationis sic procedere oportet, quia, cum hic « sunt opinata privative et utraque comprehendit « doctores magnos magistros..., ideo primo « ponam rationes tenentium quod sit possibile « mundum... fuisse ab æterno; secundo ponam « opinionem ei contrariam, scilicet quod non « fuit possibile fuisse ab æterno; tertio eligam « secundam opinionem, quæ mihi videtur magis « consona fidei et rationi naturali... »

[4] Fol. 29ᵈ : « De istis duabus opinionibus « videtur mihi secunda melior et intellectui capa-« cior : unde ipsam teneo ad præsens, quod nec « tempus, nec motus, nec mundus, nec aliquid « successivum potuit fuisse ab æterno. »

manuscrit, celui qui était encore conservé au XVIIe siècle dans la bibliothèque, aujourd'hui détruite, de Sant' Antonio in Castello de Venise [1]. Mais il en existe plusieurs éditions, imprimées également à Venise. La plus ancienne est celle que donna, en 1501, Boneto Locatelli, d'après un texte revisé par le philosophe Nicoleto Vernia, de Chieti [2]. D'autres éditions sont datées de 1506, de 1519, de 1552 et de 1589.

Inc. : Ptolomæus scribit, in principio Centiloquii, sic : Mundanorum ad hoc et ad illud mutatio...

Des. : ...propter hoc lapis velocius ibi movetur : ideo non valet.

La première question que pose notre philosophe est celle de l'influence des corps célestes sur les faits du monde inférieur. Il la résout, comme la plupart de ses contemporains, en admettant que tous les phénomènes du monde sensible et matériel ont pour cause les mouvements des astres, et en ne soustrayant à cette influence nécessaire et universelle que les actes de l'intelligence et de la volonté humaines. Encore attribue-t-il aux influences sidérales le développement des inclinations qui déterminent si souvent les actions des hommes. C'est ce qu'il répète ici, après l'avoir expliqué déjà dans ses Questions sur la Physique (I, 1) : « Incontestablement, dit-il, beaucoup d'hommes « se gouvernent d'après les inclinations que leur communiquent les « corps célestes au moment où ils sont engendrés ou postérieurement « à ce moment. Si quelques-uns réagissent contre ces inclinations, « c'est le très petit nombre. Qu'un homme ayant, de par la configu- « ration du ciel, une inclination violente pour la colère et la luxure « soit parfaitement doux et chaste, cela est possible assurément, « mais bien difficile et bien rare [3]. »

La plupart des autres questions examinées par Jean de Jandun présentent moins d'intérêt pour nous : n'y a-t-il que trois dimensions (I, 5)? tout l'univers est-il parfait (I, 6)? le mouvement circulaire est-il plus parfait que le mouvement rectiligne (I, 11)? les corps célestes

---

[1] Tomasini, *Bibliothecæ Venetæ manuscriptæ*, p. 4.

[2] Il n'est pas vrai qu'il existe à la bibliothèque de Saint-Marc de Venise, comme le rapporte M. Bald. Labanca (*Marsilio da Padova*, Padoue, 1882, in-8°, p. 118), une édition vénitienne des *Quæstiones de Cælo et mundo* et des *Quæstiones de Substantia orbis* remontant à 1488. Elle est pourtant indiquée par H. Wharton (Cave, II, Suppl., 36) et par C. Oudin (III, 883).

[3] *Quæst. super libr. Physic.*, VIII, qu. 6.

sont-ils légers ou lourds (I, 13)? le ciel est-il altérable (I, 17)? une sphère infinie a-t-elle un centre (I, 20)? le ciel est-il un composé de matière et de forme (I, 23)? peut-il y avoir plusieurs mondes (I, 24)? le ciel est-il mû avec fatigue et peine (II, 2)? le ciel est-il animé (II, 4)? est-ce la lumière qui engendre la chaleur (II, 12)? la terre est-elle le milieu du monde (II, 16)? etc. Il va sans dire que, pour la solution de ces divers problèmes, dont quelques-uns sont du ressort de l'astronomie, les raisonnements subtils et les citations d'Aristote ou d'Averroès, parfois aussi de saint Thomas d'Aquin, tiennent lieu d'observations personnelles.

Dans ce traité, d'ailleurs, comme dans les Questions sur la Physique, Jean de Jandun se montre également attentif à dégager les vérités religieuses. S'agit-il de la création? «Nous devons, dit-il, « croire fermement que Dieu a tout créé de rien, conformément à «l'enseignement des saints docteurs» (I, 29). S'agit-il de la toute-puissance divine? «En y croyant, dit-il, nous avons un mérite, car «le mérite, suivant saint Augustin, commence là où finit l'obser-«vation rationnelle» (I, 34). Et ailleurs, il déclare encore : «Dans «notre loi, tout est vrai, et prouvé par des miracles de Dieu» (II, 2).

4° et 5° EXPOSITIO ET QUÆSTIONES SUPER LIBRO
DE SUBSTANTIA ORBIS.

Deux manuscrits de cet ouvrage existent dans la bibliothèque de Saint-Marc de Venise[1] (cl. XII, 17 et 19). Le même ouvrage a été imprimé à Venise dès 1481, puis à Vicence, en 1486, de nouveau à Venise en 1488[2], en 1493, par les soins de Boneto Locatelli, après revision du texte par les deux frères Ermites Secondo Contareno et Paul de Palerme, puis en 1496, en 1501, en 1505, en 1514 et en 1552[3].

Inc. : In hoc tractatu intendimus perscrutari de rebus ex quibus componitur corpus cœleste... (*Texte d'Averroès.*) Liber iste qui intitulatur De Substantia orbis dividitur in procemium et executionem...

[1] Un troisième est signalé par Tomasini (*Bibliothecæ Patavinæ manuscriptæ*, Udine, 1639, in-4°, p. 36) comme existant dans la bibliothèque de Saint-Antoine de Padoue. Il ne figure plus dans le Catalogue Josa.

[2] D'après J. Valentinelli, *Bibliotheca manuscripta ad S. Marci Venetiarum*, t. V, p. 18.

[3] Hain, n° 7464, 15504 et 15507; Panzer, III, n° 546; Græsse, III, 23. Cf. plus haut, p. 542, note 2.

Des. : . . . Non oportet corpora cælestia corruptibilia esse sicut inferiora, propter appetitum ad diversas formas quas nata est habere materia, et non habet; causa jam dicta est [1].

Il ne s'agit point ici d'un commentaire direct sur un traité d'Aristote, mais d'une exposition, puis d'une série de questions relatives à ce traité d'Averroès *De Substantia orbis* que Jean de Jandun, dans sa préface aux Questions sur la Physique, désignait lui-même comme le complément des livres du Ciel et du monde [2]. Notre auteur reproduit le texte même du philosophe arabe, ou du moins de la compilation admise, sous son nom, dans le corps des écrits aristotéliques [3]; il y entremêle sa propre glose, souvent assez développée; puis il pose et résout un certain nombre de questions que lui a suggérées l'étude de ce livre. Plusieurs figurent déjà dans les Questions sur le livre du Ciel et du monde, une au moins dans les Questions sur les livres de Physique [4].

6° *QUÆSTIO NUM AUGMENTATIO SIT POSSIBILIS.*

Un opuscule portant ce titre se trouve sous le nom de Jean de Jandun dans un manuscrit du xve siècle conservé à la bibliothèque de Saint-Marc de Venise (cl. x, 221, fol. 193-200).

Inc. : Quæritur utrum augmentatio sit possibilis. . .

Il est permis de se demander si ce n'est pas un fragment de certain traité *De Augmento* auquel renvoie Jean de Jandun dans ses Questions sur la Physique [5].

[1] Cependant les trois dernières questions ne sont peut-être pas de Jean de Jandun; en ce cas, l'ouvrage de ce philosophe se termineroit par les mots suivants : *Imo reducuntur ad ipsum simpliciter primum, et sic patet ad quæstionem.*

[2] Beaucoup de gens, écrit-il, font peu de cas de ce traité, parce qu'Averroès y semble emprunter toutes ses pensées à Aristote; en réalité, c'est un commentaire, précieux dans sa brièveté, d'une des parties les plus obscures de la philosophie péripatéticienne : « Semper « Aristoteles de natura corporum cælestium et « eorum motoribus obscura necnon et dubia « dicere videtur. » Jean de Jandun reproche,

d'ailleurs, aux philosophes modernes de ne point comprendre Averroès, faute de le rapprocher du texte d'Aristote qu'il commente.

[3] Voir Renan, *Averroès* (2e éd.), p. 45 et s.

[4] Qu. 12 : «An primus motor sit infiniti « vigoris.» Voir aussi *Physic.*, VIII, qu. 22. Cf. Renan, p. 341.

[5] Lib. V, qu. 8 : «Consequenter quæri « solet utrum ad quantitatem possit esse motus. « Sed quia de hoc dictum est in tractatu *De* « *Augmento*, ideo hic non scribo : sed cui fuerit « curæ videat illud opus. » — Dans le ms. d'Oxford Canonici Miscell. 407 (fol. 81^v) ce passage présente quelques variantes, qui n'en modifient point le sens.

7° et 8° *De Sensu agente.*

Un manuscrit du XIVe siècle provenant de la maison de Sorbonne, le latin 16089 de la Bibliothèque nationale, contient, sur le sujet du Sens actif, deux dissertations, vraisemblablement inédites, dont la première seule (fol. 160-166) porte le nom de Jean de Jandun [1].

Inc. : Sophisma de Sensu agente, scriptum a Johanne de Genduno per septem folia. — Licet humana natura multis modis aliis entibus præferatur, verumtamen hunc dignitatis excessum ab omnibus vigentibus intellectu conceditur obtinere quod non solum operatur, sed etiam suæ operationis comprehendit subjectum atque modum. . .

Des. : Si autem vera sunt omnia aut major pars, ut credimus, regratietur illi vero doctori qui mentem illuminat et veritatem ostendit. Explicit Sophisma de Sensu agente, ordinatum a magistro Johanne de Genduno, anno Domini M° CCC° X°.

La seconde dissertation (fol. 167-170) n'est précédée d'aucun titre, mais paraît faire suite à la première :

Inc. : In antecedente prædicto dubitaverunt priores et posteriores; et fuit et est eis quæstio non modica quid in hoc fuerit mens Aristotelis. . .

Des. : Et rogo ut videntes hoc plus moveat commune et verum quam proprium aut dilectum.

Cette seconde dissertation est, comme la première, évidemment l'œuvre de Jean de Jandun [2] : elle contient des développements fort semblables par le fond et la forme à ceux qu'on retrouve dans le traité de l'Âme du même auteur [3], au chapitre correspondant, et, de plus, elle est citée par Jean de Jandun, dans ce traité de l'Âme, comme un de ses ouvrages antérieurs [4]. Nous avons relevé plus haut cette citation pour montrer qu'il n'y avait point à attacher grande importance aux dates de 1310 et de 1300 assignées respectivement par les manuscrits de Paris et d'Oxford aux traités de Jean de Jandun du Sens actif et de l'Âme.

[1] Tomasini (*Bibliothecæ Patavinæ manuscriptæ*, p. 39) a signalé un manuscrit du *De Sensu agente* de Jean de Jandun dans la bibliothèque de San Giovanni di Verdara de Padoue. Beaucoup de manuscrits de cette abbaye ont passé à la bibliothèque de Saint-Marc de Venise : tel ne paraît pas avoir été le cas de celui qui renfermait le *De Sensu agente* de Jean de Jandun.

[2] C'est ce que M. Hauréau inclinait à croire, quand il publia la description du ms. latin 16089 (*Notices et extraits*, XXXV, 229).

[3] Lib. II, qu. 16.

[4] Voir plus haut, p. 529, note 14.

Y a-t-il quelque action dans la sensation, en d'autres termes, un sens actif dans l'âme sensitive? Telle est ɪa question qu'Averroès avait laissée indécise [1], et qui ne manquait pas de préoccuper beaucoup l'École à cette époque. Jean de Jandun estime qu'il existe dans l'âme sensitive un principe actif pour recevoir la sensation et en avoir conscience [2]. À ce propos, il argumente contre deux de ses contemporains et confrères (*socii*), docteurs fort experts, dit-il, en philosophie aristotélicienne, qu'il désigne seulement par ces expressions « le plus vieux » et « le plus jeune ». À l'un comme à l'autre il fait des concessions, mais il se sépare d'eux sur certains points. Il ne réussit pas, d'ailleurs, à donner de son système une idée bien précise et bien nette [3].

9° *Quæstiones super tres libros Aristotelis de Anima.*

Il existe deux rédactions des Questions sur l'Âme de Jean de Jandun, l'une et l'autre postérieures aux deux petits traités du Sens actif [4]. L'une des deux, la seule qui ait été, croyons-nous, publiée [5], subsiste dans le ms. latin 6532 de la Bibliothèque nationale (fol. 61-184), dans le ms. Canonici Miscell. 466 de la bibliothèque Bodléiennne [6], dans le ms. xx. 432 de la bibliothèque de Saint-Antoine

---

[1] Fol. 160 r° : « Commentator..., in II° « *De Anima*, movet istam quæstionem...; in ea « dubitans, eam indeterminatam posteriorum « determinationi dimisit. » Cf. Renan, *Averroès*, « p. 349, 350.

[2] Fol. 161 r° : « Ponemus sensum agentem « principium effectitium immediatum sensa-« tionis, quæ recipitur in sensu passivo disposito « per speciem sensibilem ei impressam a sensi-« bili et imaginatione. »

[3] Fol. 169 v° : « Convenit ergo dictio nos-« tra cum sententia Senioris magistri in hoc quod « vim sensitivam putamus unum principium om-« nino secundum essentiam et actum. Diversatur « tamen in hoc quod dicit ipse species sensibilium « actus primos aut motores propinquos ad opera « sensuum : nos autem dicimus quod motor per « se ad ipsum sentire fuit generans sensum ; sen-« sus autem secundum primam perfectionem ex « se exit in actum, sine per se motore, nisi ali-« quid prohibeat aut deficiat. Juniori vero conve-« niemus in hoc quod non dicimus sensum se-« cundum primam perfectionem receptionem « pure ipsius sentire, sicut dicebat Senior : imo « dicimus ipsum actum, quo modo dici potest « agere, quod ex prima perfectione exit in pos-« tremam, cum fuerit potentia, non per se. « Diversamur tamen ab ipso, quia non dicimus « vim sensitivam distingui in activum, quod « vocat sensum agentem, et receptivum, quod « vocat sensum passivum : imo dicimus vim sen-« sitivam quamlibet unam essentia et diffini-« tione, incedendo via quasi media inter eos, « cum convenientia tamen et diversitate. »

[4] Voir plus haut, p. 529, note 14.

[5] Venise, 1473, 1480 (à deux reprises), 1487, 1488, 1494, 1497, 1501, 1507, 1552 et 1561. — J. Simler (*Bibliotheca...*, p. 460), H. Wharton (Cave, II, Suppl., 36) et C. Oudin (III, 883) citent aussi une édition de cet ouvrage datée de Vicence, 1486, la même peut-être que M. B. Labanca (*Marsilio da Padova*, p. 118) cite sous la date de Vicence, 1484.

[6] Bel exemplaire, orné de lettres peintes, que le scribe Simon d'Alemaria acheva de transcrire, le 8 juillet 1463, en la demeure de M° Louis « de Serevallo », alors étudiant à Padoue.

de Padoue et dans le ms. cl. x. 73 de la bibliothèque de Saint-Marc de Venise.

Inc. : Prohœmium. Inest enim mentibus hominum veri boni naturalis inserta cupiditas, sed ad falsa devius error adducit [1].

Des. : Ea quæ fides catholica refutat falsa esse non dubito, reliqua vero esse vera aut probabilia dicere non diffido, ad laudem Dei beatissimæque Virginis Mariæ. Amen [2].

Une autre rédaction des Questions sur l'Âme de Jean de Jandun, probablement antérieure, est fournie par le ms. Canonici Miscell. 242 de la bibliothèque Bodléienne, qui peut remonter à la fin du xive siècle, par le ms. Medic. Fesul. 160 de la Laurentienne, qui date de 1438, par un manuscrit de Coventry (King Henry VIII School), daté de 1441 [3], par le ms. 431 de Turin [4], par le ms. cl. x. 74 de la bibliothèque de Saint-Marc de Venise et par le ms. xvii. 381 de la bibliothèque de Saint-Antoine de Padoue [5].

Inc. : Bonorum honorabilium notitiam opinantes, etc. Circa istum librum de Anima primo quæritur utrum de anima possit esse scientia.

Des. : Ea quæ fides catholica refutat falsa esse non dubito; reliqua autem vera esse aut probabilia dicere non diffido. Expliciunt Quæstiones super librum de Anima ordinatæ per magistrum Johannem de Janduno. Deo gratias.

Les questions traitées dans les deux premiers livres de cette rédaction n'y sont pas toujours les mêmes que dans l'autre, y sont moins nombreuses et se présentent dans un ordre différent. Nous en donnons ci-dessous la liste, en indiquant entre crochets le numéro

[1] Le ms. de Paris ne contient pas ce préambule ; le traité y commence par ces mots : « Circa « hunc librum quæritur primo utrum de anima « sit scientia… »

[2] Le traité finit autrement dans le ms. de Paris : « Ad alias rationes patet solutio per dis- « tinctionem positam, pro cujus operum com- « pletione Deus, una cum sua matre gloriosa, « sit benedictus in secula seculorum. Amen. »

[3] Le nombre des questions (89) que renferme, dans le manuscrit, le traité de Jean de Jandun paraît convenir à cette rédaction, plutôt qu'à celle qui a été signalée en premier lieu. D'après le *Catalogus gener. manuscriptor. Angliæ* de Bernard (II, n° 1460), le manuscrit de Co-

ventry aurait été copié, en 1441, par Thomas Clare, moine de Bury-Saint-Edmund's.

[4] N° du catalogue Pasini. Ce manuscrit a beaucoup souffert lors de l'incendie de 1904.

[5] Deux autres manuscrits de la bibliothèque de Saint-Marc (cl. x. 75 et 76) contiennent le même ouvrage de Jean de Jandun, nous ne savons d'après quelle rédaction. Dans un manuscrit du xvie siècle de la même bibliothèque (cl. x. 82), des extraits du même traité de Jean de Jandun sont intercalés au milieu d'un ouvrage de Pierre Trapolino (fol. 21-23, 64, 65). Quant au ms. 231 d'Utrecht, il ne contient que les Questions de Jean de Jandun sur le troisième livre d'Aristote.

d'ordre qu'occupent dans les éditions celles de ces questions qui sont
communes aux deux rédactions :

Lib. I.

1. Utrum de anima possit esse scientia [1].
2. Utrum scientia de anima sit una.
3. Utrum anima sit subjectum in ista scientia, et intelligitur subjectum de quo,
non in quo [3].
4. Utrum omnis notitia sit de numero bonorum honorabilium [4].
5. Utrum scientia de anima sit utilis [5].
6. Utrum ista scientia sit de numero difficillimorum [6].
7. Utrum conferat ad cognoscendum substantiam [10].
8. Utrum anima habeat aliquam operationem sibi propriam [11].
9. Utrum logicus diffiniat per formam [12].
10. Utrum naturalis diffiniat per materiam [13].

Lib. II.

1. Utrum anima sit substantia [1].
2. Utrum omnis anima sit actus primus corporis [5].
3. Utrum diffinitio animæ sit bene assignata [3].
4. Utrum ex anima et corpore fiat unum per se [4].
5. Utrum unumquodque illorum sit anima.
6. Utrum tota anima sit in qualibet parte corporis animati [7].
7. Utrum potentiæ animæ fluant ad esse animæ.
8. Utrum generare sibi simile sit naturale viventibus [11].
9. Utrum generare sibi simile et nutriri et augmentari sit ab anima [12].
10. Utrum potentia generativa et augmentativa et nutritiva sint diversæ potentiæ
animæ [13].
11. Utrum sensus sit virtus passiva [14].
12. Utrum sensibile reducat sensum de potentia ad actum [15].
13. Utrum in anima sensitiva sit aliquis sensus agens [16].
14. Utrum sensus particularis possit decipi circa suum proprium sensibile [17].
15. Utrum sensibilia communia sint sensibilia per se [18].
16. Utrum echo sit idem sonus cum primo sono et cum sono præcedente
ipsum [23].
17. Utrum odor se faciat in medio realiter [24].
18. Utrum lux conferat colori formam vel habitum per quem moveat visum [19].
19. Utrum lumen sit corpus [20].
20. Utrum color sit primum objectum visus [21].
21. Utrum sonus sit realiter in aere ut in subjecto [22].
22. Utrum homo habeat pejorem olfactum cæteris animalibus[1] [25].

----

[1] Cette question fait partie des Questions de Jean de Jandun sur les *Parva naturalia* d'Aristote (*De Sensu et sensato*; qu. 20).

23. Utrum tactus sit unus sensus [27].

24. Utrum tactus indigeat medio extraneo [28].

25. Utrum sensibile positum supra sensum faciat sensationem [29].

26. Utrum ista propositio sit vera : Omnis sensus est receptivus specierum sine materia [30].

27. Utrum species rei sensibilis recepta in sensu sit idem essentialiter cum ipso sentire [31].

28. Utrum sensus sint quinque [32].

29. Utrum sensus particularis cognoscat suam propriam operationem [33].

30. Utrum sensibile agat in sensum [34].

31. Utrum excellens sensibile corrumpat sensum [35].

32. Utrum sensus communis sit unus sensus [36].

33. Utrum phantasia sit idem cum sensu [37].

34. Utrum animalia respirantia et non respirantia habeant eumdem odoratum[1] [26].

Ce traité, l'un des plus fameux et des plus recherchés de Jean de Jandun, à en juger par le nombre des manuscrits qui en subsistent et des éditions qui en ont été anciennement données[2], aborde quelques-uns des problèmes philosophiques les plus discutés dans l'École, tels que celui de l'antériorité des universaux ou des individus[3], celui du sens actif (II, 16), dont Jean de Jandun avait fait précédemment l'objet de deux dissertations spéciales, celui de l'unité de l'intellect humain (III, 7, 10).

L'intellect est-il unique dans tous les hommes? Sur cette question capitale notre auteur a bien de la peine à se décider entre les raisons contraires[4]. Il expose d'abord la thèse d'Averroès, donne ensuite les arguments opposés, « qu'il présente sous le nom d'Albert le Grand. « Puis il argumente très longuement contre ces raisons, cherchant « à prouver qu'Aristote a frayé le chemin dont Averroès ne s'est « pas, comme on le pense, écarté. Enfin, il aborde les objections

---

[1] C'est à la suite de cette dernière question sur le livre II du traité de l'Âme que se lit la date de 1300, que nous avons mentionnée plus haut (p. 529, note 13), et au sujet de laquelle nous avons fait toutes les réserves nécessaires.

[2] Karl Werner en a fait l'objet d'une étude spéciale (*Der Averroismus in der christlich-peripatetischen Psychologie*, dans *Sitzungsber. der phil.-hist. Classe der k. k. Akad. der Wissensch.*, Vienne, 1881, t. XCVIII, 1, p. 265-288). Cf.

du même auteur, *Der Endausgang der mittelalterlichen Scholastik* (Vienne, 1887, in-8°).

[3] Lib. I, qu. 8, 9. — Ici et dans toutes les citations suivantes, nous renvoyons au texte des éditions.

[4] Voir dans Renan (*Averroès*, p. 341), et mieux encore dans K. Werner (*Der Averroismus*, p. 271 et suiv.), un résumé des arguments de Jean de Jandun et de ses objections sur ce point.

« faites à cette thèse dans l'intérêt de la foi catholique, les trouve sans
« valeur : il est impossible de démontrer l'individualité native des
« âmes. Cependant, il faut croire, ou se faire compter parmi les héré-
« tiques. Il y croit donc, mais *sola fide,* comme à un miracle[1]. Sa rai-
« son proteste : néanmoins elle doit se soumettre, et très humblement
« elle se soumet[2]. »

À propos du fameux problème de la pluralité des formes substantielles, il nous donne le même spectacle de son incapacité à concilier
ce qu'il croit être la science avec la foi catholique. S'il finit par se ranger contre Aristote du côté de saint Thomas, ce n'est point du tout
qu'il juge la thèse thomiste logiquement défendable, c'est parce qu'il
ne découvre pas d'autre manière de sauvegarder le principe d'une intelligence créée et néanmoins immortelle : « Quelle que soit l'opinion
« d'Aristote et d'Averroès, et bien qu'ils ne puissent en avoir d'autre
« d'après l'observation des choses sensibles, je me sépare d'eux sur ce
« point, écrit-il. Je dis que l'âme intellective de l'homme est une forme
« communiquant son être à tout le corps humain; je dis qu'elle est ab-
« solument indivisible, qu'elle n'est pas par elle-même étendue, qu'elle
« ne l'est point non plus par accident, et qu'elle parfait l'ensemble
« du corps humain, ainsi que toutes les parties de ce corps, sans le con-
« cours d'aucune autre forme substantielle inhérente à la matière; je
« dis que cette âme intellective a commencé d'exister, qu'auparavant
« elle n'existait point, qu'elle n'a pas été engendrée, mais qu'elle a été
« créée de rien, et que la puissance de Dieu la rendra désormais im-
« mortelle. Tout ce que professent à cet égard les catholiques fidèles,
« je le déclare vrai, sans la moindre hésitation, mais je ne saurais le
« démontrer. S'il en est qui le savent, tant mieux pour eux! Quant à
« moi, je me bornerai à faire ici un acte de foi. Je répondrai de la
« même manière aux objections : oui, sans doute, toute forme inhérente
« à la matière est corruptible; cependant je dis qu'il est en la puissance
« de Dieu de rendre une forme perpétuelle et de la préserver éternelle-
« ment de la corruption. Comment cela? Je l'ignore. Lui le sait[3]. »

<hr>

[1] « Hoc non video possibile nisi solum per
divinum miraculum. »

[2] B. Hauréau, *Hist. de la philos. scolast.,*
2ᵉ partie, II, 285.

[3] Lib. III, qu. 12. Ce passage important a
été traduit par M. Hauréau (p. 286); nous nous
sommes inspirés de sa traduction. — Jean de
Jandun reproduit la même déclaration presque
dans les mêmes termes un peu plus loin
(lib. III, qu. 29) : « Sic diceretur ad quæstionem
« secundum Aristotelem et Commentatorem.
« Sed dico et indubitanter assero quod anima

Plus loin encore, c'est à propos de la théorie du libre arbitre que Jean de Jandun, obligé de se séparer d'Aristote, déclare renoncer à faire usage de sa raison : « J'affirme simplement, dit-il, que la volonté « humaine est tellement libre qu'elle peut repousser ce qui lui est « présenté comme un bien par l'intellect pratique. Je ne saurais le « prouver, mais je le crois, par un simple acte de foi[1]. »

Cette affectation à déclarer les principes de la philosophie chrétienne indémontrables ou, pour mieux dire, irrationnels, cette habitude constante d'opposer à une foi aveugle et résignée une science soi-disant irréfutable, la science d'Aristote ou celle d'Averroès, ont fait douter de nos jours de la sincérité des déclarations orthodoxes de Jean de Jandun : on l'a soupçonné de ne tant insister sur le mérite de sa croyance que parce qu'il ne croyait guère; et dans sa façon d'étayer uniquement sur la révélation les thèses de la philosophie catholique, on a vu comme un parti pris de décrier cette philosophie[2]. Pour qui connaît la suite de la carrière de notre auteur et l'évolution que marquent ses dernières années, cette appréciation semble séduisante. Il serait cependant téméraire de taxer d'hypocrisie des actes de soumission aux enseignements de l'Église qui pouvaient être sincères en 1310 ou en 1320. On peut admettre au moins que l'espèce de fascination exercée sur l'esprit de Jean de Jandun par les doctrines néo-péripatéticiennes et le trouble jeté dans ses croyances par ses études philosophiques l'ont prédisposé à devenir l'audacieux novateur et le prélat schismatique qu'il fut dans la dernière période de sa vie.

« intellectiva humana non est æterna a parte « ante, sed incipit esse de novo, non quidem per « generationem ab aliquo agente particulari, sed « per creationem ab ipso Deo, creatore omnium ; « et tamen erit æterna in futurum Dei voluntate. « Sed istas veritates demonstrare aut verbis aut « principiis philosophorum gentilium concordes « esse ostendere non præsumo, nec credo esse « possibile. Melius autem reputo dicere eos esse « deceptos quam falso aliquid eis imponere cujus « contrarium intellexerunt. Per se enim menda- « cium pravum est et fugiendum, secundum « Aristotelem, IV° Ethic. Has ego conclusiones « assero simpliciter esse veras sola fide, quia « credo potentiam Dei omnia posse facere. Et « eodem principio responderem ad omnes ra- « tiones quibus contra illam veritatem arguitur. « Concedo enim omnia quæ ex eis necessario « sequuntur esse possibilia divinæ potentiæ. « Quod si quis demonstrare sciat et principiis « philosophorum concordare, gaudeat in illo, « et ego ei non invideo, sed cum dico meam « capacitatem excellere. »

[1] Lib. III, qu. 41.

[2] B. Hauréau, *Hist. de la philos. scolast.*, 2° partie, II, p. 288.

10° *Quæstiones in Parva naturalia Aristotelis.*

Sous ce titre collectif on comprenait d'ordinaire les sept petits traités d'Aristote *De Sensu et sensato*, *De Memoria et reminiscentia*, *De Somno et vigilia*, *De Causa longitudinis et brevitatis vitæ*, *De Juventute et senectute et de inspiratione et exspiratione*, *De Morte et vita* et *De Motibus animalium*. Tous les sept ont fourni à Jean de Jandun le sujet d'un certain nombre de Questions, qui se trouvent réunies dans le manuscrit de la bibliothèque Bodléienne Canonici Miscell. 222, daté de 1421 [1], et qui paraissent avoir été publiées, pour la première et la dernière fois, à Venise, en 1505, par les soins d'un éditeur déjà souvent nommé au cours de cette notice, Boneto Locatelli. Le philosophe bien connu Marc-Antoine Zimara ne fut pas étranger à la préparation et à l'annotation de cette édition, qui comprend également un opuscule de lui [2]. À la fin du volume, on lit un petit dialogue, dans lequel Jean de Jandun est supposé remercier Marc-Antoine Zimara d'avoir tiré de l'oubli ses Questions sur les *Parva naturalia*, qui semblaient condamnées à ne jamais voir le jour.

In librum de Sensu et sensato. *Inc.* : Utrum de communibus passionibus animæ et corporis possit esse scientia...

In librum de Memoria et reminiscentia. *Inc.* : Circa istum librum primo quæritur utrum de futuris possit esse scientia...

In librum de Somno et vigilia. *Inc.* : Circa librum de Somno et vigilia primo quæritur utrum de somno et vigilia possit esse scientia...

In librum de Causa longitudinis et brevitatis vitæ. *Inc.* : Circa librum, etc., quæritur primo utrum de longitudine et brevitate vitæ possit esse scientia...

In librum de Juventute et senectute. *Inc.* : Circa librum, etc., quæritur et primo circa quasdam suppositiones...

In librum de Morte et vita. *Inc.* : Circa librum, etc., quæritur utrum scientia de morte et vita sit naturalis...

In librum de Motibus animalium. *Inc.* : Circa istum librum, etc., quæritur utrum de motibus animalium sit scientia...

À titre d'exemple, nous citerons cette question : un homme sourd

---

[1] Un autre manuscrit du xv° siècle, conservé à la bibliothèque de Saint-Marc de Venise (cl. x, 76), contient seulement les Questions de Jean de Jandun sur le *De Sensu et sensato* (fol. 217-266), sur le *De Somno et vigilia* (fol. 188-217) et sur le *De Motibus animalium* (fol. 266-289).

[2] *Quæstio de Movente et moto, de intentione Aristotelis et sui magni commentatoris Averroys, contra modernos.*

de naissance est-il nécessairement muet? Jean de Jandun ne manquait pas d'y donner une réponse affirmative [1]. Et cette autre : quelle langue parlerait un enfant élevé dans une forêt, loin du commerce des hommes? Notre auteur repousse fort judicieusement l'opinion de quelques personnes qui supposaient que ce serait l'hébreu : il conteste à cette langue le titre de langue primitive, et conclut que l'enfant en question émettrait des sons inarticulés [2].

Y a-t-il une science des choses futures contingentes? Non, à proprement parler. Il est possible pourtant de former des conjectures : c'est à quoi s'efforcent de parvenir les arts magiques, la nécromancie, la pyromancie. Jean de Jandun se montre assez sceptique sur les résultats obtenus; toutefois il n'ose proclamer la vanité de ces procédés [3]. Au moins les songes peuvent-ils annoncer l'avenir? Non, puisqu'ils ne sont ni les effets, ni les causes des événements futurs [4]. Si, pourtant, car telle est l'opinion d'Aristote; telle est aussi l'universelle croyance, et ce que tout le monde admet ne peut être entièrement faux. Cependant Jean de Jandun estime que l'art d'interpréter l'avenir par les songes n'est pas une science certaine à l'égal des mathématiques : il peut se faire que les faits annoncés n'arrivent pas. On ne devrait se servir que de formules prudentes : il est possible, il est probable que tel événement s'accomplisse. De plus, cet art exige une expérience consommée et une science presque universelle. Il est difficile de l'acquérir, et peu de gens s'y essaient [5]. Autre difficulté : les songes qui font prévoir l'avenir sont-ils envoyés par Dieu? Oui, d'après Socrate, Platon, Apulée, Simonide, Avicenne et Al Farabi; non, d'après Aristote. Pour Jean de Jandun, il est de l'avis d'Albert le Grand, c'est-à-dire qu'il n'en sait trop rien : ce qui l'embarrasse, c'est qu'Aristote est, sur ce point, bref et obscur, qu'Averroès l'abandonne, et qu'il y a sur ce sujet, pour ainsi dire, autant d'avis que de philosophes [6]. Il se demande encore si un homme peut par des lumières naturelles prophétiser l'avenir, et, cette fois, il répond affirma-

[1] *De Sensu et sensato*, qu. 7.

[2] *Ibid.*

[3] *De Memoria et reminiscentia*, qu. 1 : « Pauci tales inveniuntur veridici. Non tamen « puto esse impossibile tales artes habere, quod « quidam fide digni dicunt se fuisse expertos « veritatem earum. »

[4] Jean de Jandun se reprend un peu plus loin : les songes sont parfois la cause de faits qui se produisent postérieurement, et, d'autres fois, ils sont amenés par la même cause que certains phénomènes subséquents.

[5] *De Somno et vigilia*, qu. 22.

[6] *Ibid.*, qu. 23.

tivement, parce que le monde sublunaire subit l'influence des cieux : en d'autres termes, s'il ne croit guère à la divination, et si les songes lui paraissent obscurs, il se montre, au contraire, plein de confiance dans l'astrologie [1].

Les Questions de Jean de Jandun sur les *Parva naturalia* paraissent postérieures à ses Questions sur le traité de l'Âme : au moins avons-nous relevé un passage de celles-ci où l'auteur annonce les développements qu'il compte donner ultérieurement à propos du livre de la Mémoire et de la réminiscence [2].

11° *Quæstiones in librum de Bona fortuna.*

Le livre *De Bona fortuna,* attribué à Aristote, se compose d'extraits de la Morale à Eudème. Les sept questions que la lecture de cet opuscule a suggérées à Jean de Jandun se trouvent jointes à ses *Quæstiones in Parva naturalia* dans le manuscrit d'Oxford [3] (fol. 126 v°-142) et dans l'édition de Venise due à Marc-Antoine Zimara.

Inc. : Circa libellum qui de Bona fortuna inscribitur, quærendum est primo utrum de bona fortuna sit scientia.

Des. : Per hoc autem patet solutio ad quæstionem; argumenta autem procedunt viis suis, sicut intuitu patet.

12° *Nouvelle rédaction du Commentaire des Problèmes d'Aristote par Pierre d'Abano.*

On se souvient que, dans le préambule de ses Questions sur la Physique, Jean de Jandun déplorait l'absence d'un texte correct et d'un commentaire suffisant des *Problemata* d'Aristote. Aussi dut-il recevoir avec une singulière satisfaction, des mains de son ami Marsile de Padoue, le texte d'un ouvrage tout récent qui comblait cette lacune : il s'agit du Commentaire des *Problemata* que le célèbre médecin et alchimiste padouan Pierre d'Abano avait commencé à Paris et terminé à Padoue, en 1310 [4]. Les démêlés de cet auteur avec l'Inquisition ne lui avaient fait, paraît-il, aucun tort dans l'esprit de son compatriote Marsile, non plus que dans celui de Jean de Jandun [5]. Ce dernier le

---

[1] *De Somno et vigilia,* qu. 24.

[2] Lib. iii, qu. 15 : « De hoc tamen trac- « tandum est diffusius in *De Memoria et remi-* « *niscentia.* »

[3] Il manque seulement dans ce manuscrit

les dernières phrases de la septième Question.

[4] Tel est, du moins, le renseignement fourni par l'édition donnée à Mantoue, en 1475.

[5] On a cru à tort que l'ouvrage de Pierre

qualifiait de « glorieux docteur » et se vantait d'être le premier parmi les régents de philosophie de Paris à connaître ce précieux travail.

Il le recopia de sa main; ou bien c'est Marsile de Padoue qui, voulant lui épargner le désagrément de lire Pierre d'Abano dans un texte incorrect, prit soin de transcrire lui-même la glose de son compatriote : il est permis d'interpréter de ces deux façons une phrase incorrecte et obscure[1]. En tous cas, Jean de Jandun se proposait de faire entrer le livre de Pierre d'Abano dans son enseignement, se réservant de le commenter ou de le compléter, devant les étudiants de l'Université de Paris, par des explications orales.

En attendant, il en donna un texte quelque peu abrégé, qu'il fit précéder d'une préface où sont relatées les circonstances qui viennent d'être rappelées.

Les deux manuscrits qui nous ont conservé cet ouvrage, et qui ont peut-être été copiés l'un sur l'autre, se trouvent aujourd'hui à la Bibliothèque nationale (latin 6542) et à la bibliothèque de l'Arsenal (n° 723). Le premier remonte à l'année 1385; le second, plus soigné, est sans doute postérieur et a appartenu aux artiens du collège de Navarre, c'est-à-dire aux successeurs des propres élèves de Jean de Jandun[2].

Inc. : Juxta sententiam Aristotelis in prohœmio sui libri *de Anima*, quanto res humanæ...

Des. : Caro enim rara vel densa talem colorem repræsentat vel alterum[3].

La comparaison de ces deux manuscrits avec l'ouvrage original de Pierre d'Abano, dont il existe des éditions anciennes[4], prouve qu'en

---

d'Abano communiqué par Marsile à Jean de Jandun était son *Conciliator differentiarum* (Bald. Labanca, *Marsiglio da Padova*, p. 74).

[1] « Et ego, Johannes de Genduno, *qui*, Deo « gratias, credo esse primus inter Parisius regen- « tes in philosophia ad quem predicta Expositio « pervenit, per dilectissimum meum magistrum « Marcilium de Padua, illorum Expositionem « manibus propriis michi scribere dignum *duxit*, « ne malorum scriptorum corruptiones damp- « nose delectationem meam in istius libri studio « minorarent, librumque prenominatum, secun- « dum illius gloriosi doctoris sententias propono, « Deo jubente, scolaribus studii Parisiensis verbo- « tenus explanare, et, si aliqua per diligentiam « considerationis mee debilitati visa fuerint appo- « nenda, vel declaranda, ea non scriptis dogma- « tibus apponere aut manifestare curabo. » — Dans cette phrase, que reproduisent de même façon les deux manuscrits de la Bibliothèque nationale et de l'Arsenal, quel est le sujet de *duxit*? Si c'est Marsile de Padoue, il faut transporter après *Marcilium de Padua* le *qui* qu'on lit après *Johannes de Genduno*. Si c'est Jean de Jandun, il faut changer *duxit* en *duxi*.

[2] On lit à la fin du volume : « Hic liber est « de libraria collegii Navarre artistarum. »

[3] Cette phrase est aussi la dernière du commentaire de Pierre d'Abano.

[4] Mantoue, 1475, et Padoue, 1482.

dehors de la préface, la part de Jean de Jandun s'y réduit à peu de
chose. Son travail a surtout consisté en coupures et en remaniements
sans importance. C'est en ce sens que peut se justifier le titre placé
en tête du ms. 6542 : *Expositio Petri de Ebano... per excellentissimum
artium doctorem magistrum Johannem de Genduno elucidata et declarata.*

13° *Quæstiones in duodecim libros Metaphysicæ Aristotelis.*

Cet important ouvrage de Jean de Jandun, dont un exemplaire
manuscrit subsiste en la bibliothèque de Saint-Antoine de Padoue
(xvii, 366), nous est connu, en outre, par les éditions données à
Venise en 1525, en 1553, en 1560 et en 1586, qui contiennent en
même temps des remarques du philosophe Marc-Antoine Zimara,
datées du 1er février 1505. Zimara, tout en rendant justice à Jean de
Jandun, «qui, jusqu'ici, dit-il, a tenu le premier rang parmi les
«commentateurs d'Averroès», relève un certain nombre de passages
où notre auteur se serait indûment écarté de la doctrine péripatéticienne[1].

Inc. : Circa istum librum primo solet quæri utrum felicitas humana consistat in
sapientia.
Des. : Sed sufficit diversitas in causatis, ut dictum est. Et hoc de toto libro
Metaphysicæ.

C'est dans les Questions sur la Métaphysique qu'il y avait chance de
rencontrer l'expression d'une doctrine arrêtée permettant d'assigner à
Jean de Jandun une place précise parmi les philosophes du moyen
âge, et c'est effectivement de cet ouvrage que Prantl a tenté de dégager
sa théorie des universaux[2]. Mais, à y regarder d'un peu près, on ne
trouve, au milieu de ses distinctions multiples et de l'étalage fatigant
de son érudition, aucune idée bien personnelle, aucun point de vue
original. Il expose la théorie des idées de Platon, qu'il rejette bien entendu, et reproduit les objections d'Aristote et d'Averroès. Quant à sa
propre réponse à cette question très claire : les universaux sont-ils
réellement distincts des individus? elle peut, malgré sa longueur et

[1] C'est à tort que Paquot (*Mém. pour servir
à l'hist. littér. des dix-sept provinces des Pays-
Bas*, Louvain, 1765, in-fol., I, 483) rapporte
ces critiques de Zimara aux Questions de Jean
de Jandun sur le *De Substantia orbis.*
[2] *Gesch. der Logik im Abendl.*, III, 273.

sa complexité apparente, se ramener aux termes suivants : Oui, si l'on entend par universel une conception de l'intelligence humaine; non, si l'on entend l'objet même de cette conception[1]. Autrement dit, l'universel *homme* est réellement distinct de Socrate et de Platon dans notre esprit, mais pas ailleurs. C'est le conceptualisme classique de beaucoup de successeurs d'Abélard. Il est vrai que, dans un autre chapitre, Jean de Jandun soutient que l'espèce a une unité réelle et objective différente de l'unité individuelle. Mais il n'y a pas contradiction entre ces deux principes. Notre auteur pense simplement que, si l'on pouvait retrancher de Socrate, par exemple, tout ce qui n'est en lui qu'accidentel, il resterait seulement l'unité spécifique, et cela quand bien même il n'y aurait aucune intelligence humaine pour le concevoir, en d'autres termes, que le fait d'appartenir à une même espèce suppose entre les individus des rapports, des liens qui existent réellement et indépendamment de l'idée que nous pouvons nous en faire[2]. Tout cela aurait pu être dit en beaucoup moins de mots.

Ailleurs, Jean de Jandun confesse franchement son embarras et ne sait pas comment choisir entre les différents systèmes. Il s'agit du principe d'individuation. Les uns disent que c'est la matière qui individualise, les autres que c'est la forme; ceux-ci appellent ce principe quiddité indivise, ceux-là indivision, d'autres encore eccéité; les uns parlent de « forme individuelle formellement distincte »; d'autres de forme spécifique; d'autres enfin font intervenir les propriétés accidentelles. Pour conclure, Jean de Jandun ne sait que développer deux opinions, dont il nous laisse le soin de choisir la meilleure[3]. Cette hésitation, ce manque d'originalité, frappants en bien des endroits, nous empêchent de souscrire tout à fait au jugement porté sur Jean de Jandun par un de nos prédécesseurs, qui loue chez lui précisément l'indépendance, la résolution[4]. Qu'il n'ait voulu être « le disciple « fidèle de personne », nous n'en disconvenons pas; mais c'était pour devenir le disciple de tout le monde.

[1] Lib. VII, qu. 24. Cf. lib. I, qu. 16; lib. III, qu. 7, 9.

[2] Lib. V, qu. 12 : «Dicendum est ad «quæstionem quod unitas speciei est extra ani- «mam actu et realiter distincta ab unitate nu- «merali... Individua ejusdem speciei veriori «modo habent unitatem inter se quam indivi- «dua diversarum specierum, quia Socrates et «Plato magis actualiter conveniunt et realiter «quam Socrates et Brunellus. »

[3] Lib. VII, qu. 17. Cf. lib. XII, qu. 13 : «Tangam duas opiniones cum suis rationi- «bus...; et quilibet tunc eligat quæ sibi vide- «bitur probabilior. »

[4] B. Hauréau, *Hist. de la philos. scolast.*, 2ᵉ partie, t. II, p. 281, 283, 289.

Au surplus, les Questions sur la Métaphysique ne seraient pas l'œuvre de Jean de Jandun, si l'on n'y retrouvait la perpétuelle contradiction que nous avons signalée entre ses principes philosophiques et sa foi religieuse, au moins apparente. Ici, c'est à propos de la puissance infinie de Dieu[1], de la création et de la fin du monde[2], de la pluralité et de l'immortalité de l'intellect humain[3] qu'il répète les déclarations déjà si souvent entendues : « Cela ne résulte pas de l'observation du « monde sensible, cela ne se démontre pas; j'y crois et j'ai du mérite à « cela. L'on ne peut me demander autre chose. » Ces phrases, auxquelles nous sommes maintenant accoutumés, sont comme la signature des écrits philosophiques de Jean de Jandun.

14°. *Quæstiones super Rhetoricam Aristotelis.*

Un manuscrit de la fin du xive siècle, le n° 868 de la Bibliothèque royale de Bruxelles, contient, sous le nom de Jean de Jandun, une longue série de questions au sujet de la Rhétorique d'Aristote.

Inc. : Rhetorica est assecutiva dialecticæ. Circa librum Rhetoricæ Aristotelis, prima quæstio sit ista : utrum rhetorica sit assecutiva dialecticæ.

Des. : Si vero omnes istos superflue agere dicas, satis est mihi te ad tantæ præsumptionis excessum incontradicibiliter perduxisse.

Cet ouvrage n'occupe pas moins de trente feuillets d'une écriture très fine; il est divisé en trois livres et comprend soixante et un chapitres.

On peut donc supposer que, chez Jean de Jandun, le maître de philosophie était doublé d'un professeur de rhétorique ou, du moins, que, à l'exemple de Gilles de Rome[4], il voulut porter son attention sur un des traités d'Aristote les plus négligés dans l'enseignement de l'École.

15° et 16°. *De Laudibus Silvanecti et De Laudibus Parisius.*

Nous avons suffisamment parlé de ces ouvrages en rappelant dans quelles circonstances ils ont été composés.

Le texte en est conservé dans deux manuscrits du xive siècle : l'un,

---

[1] Lib. II, qu. 4.
[2] Lib. II, qu. 5, 6, 7, 9; lib. V, qu. 37.
[3] Lib. XII, qu. 4.
[4] *Hist. litt. de la Fr.*, XIII, 466.

le latin 14884 (fol. 170) de la Bibliothèque nationale, provenant du fonds de Saint-Victor; l'autre, le n° 4753 (fol. 209) de la Bibliothèque impériale de Vienne, qui seul fournit le nom de l'auteur, Jean de Jandun, et seul contient la dissertation du « dictator » anonyme dont l'apparition servit de prétexte à la rédaction du *De Laudibus Parisius* [1].

Signalés par Michel Denis, dès 1800 [2], ces curieux ouvrages ont été analysés avec assez de détail, en 1855, par Le Roux de Lincy [3], puis publiés, en 1856, par Le Roux de Lincy et Taranne dans le *Bulletin du Comité de la langue, de l'histoire et des arts de la France* [4] et enfin, en 1867, par Le Roux de Lincy et Tisserand dans le volume de la collection de l'*Histoire générale de Paris* intitulé *Paris et ses historiens aux xive et xve siècles* (p. 1-79). Cette dernière édition est accompagnée de notes, d'éclaircissements, de fac-similés et d'une traduction française due à M. Alexandre Bruel.

Si nombreux que soient les ouvrages de Jean de Jandun qui nous sont parvenus, nous ne possédons peut-être pas tous ceux qu'il a composés.

Dans le manuscrit de Vienne qui contient l'Éloge de Paris, la note marginale suivante se lit en regard d'un passage où il est dit que le gouvernement de la France est une monarchie héréditaire : *Quod multipliciter electiva institutione melius esse monstravi* [5]. On pourrait assez vraisemblablement en conclure qu'avant 1323 Jean de Jandun avait, dans un écrit spécial, ou peut-être dans quelque commentaire, par exemple sur la Politique d'Aristote [6], célébré la supériorité de la monarchie héréditaire sur la royauté élective.

Au contraire, rien n'oblige à attribuer à notre auteur une *Quæstio super Epicyclis et eccentricis* qui se trouve dans le ms. du Musée britannique Harley 1 (fol. 152-154), sous le nom de Jean de Gand [7]:

---

[1] Voir la description détaillée de ces deux manuscrits dans Le Roux de Lincy et Tisserand, p. 18-20.

[2] *Codices mss. theologici bibl. pal. Vindobonensis latini aliarumque Occidentis linguarum*, t. II, part. II, c. 1648.

[3] *Description de la ville de Paris au xve siècle par Guillebert de Metz* (in-8°).

[4] T. III (1855-1856), p. 505-540.

[5] *Paris et ses histor.*, p. 62.

[6] C'est l'hypothèse vers laquelle semble incliner M. K. Müller (*Götting. gel. Anzeigen*, 1883, p. 916).

[7] « Hic incipit questio magistri J. de Gandavo « super Epicyclis et eccentricis. Quoniam per ac- « quisitionem prime philosophie invenitur homo

Jean de Jandun a traité le même sujet dans ses Questions sur la Métaphysique[1] et en termes tout différents.

Il n'y a pas non plus à se préoccuper de l'attribution faite à Jean de Jandun par Goldast[2] ou Fabricius[3] d'un traité *De Potestate Ecclesiæ*, d'un *Quodlibetum*, d'un Commentaire sur les quatre livres des Sentences, etc. Le premier de ces ouvrages est probablement le *De Potestate regia et papali* du frère Prêcheur Jean de Paris, surnommé Jean Qui dort, dont il a été question dans un de nos précédents volumes[4]. Le *Quodlibetum*[5] et le Commentaire sur les livres des Sentences pourraient bien être aussi du même auteur[6].

Un de nos prédécesseurs, E. Renan, a dit quelque part avoir examiné, à la bibliothèque de Saint-Marc de Venise, la « Logique » et les « Questions dialectiques » de Jean de Jandun[7]. Mais ces titres ne correspondent à aucun des ouvrages de notre philosophe conservés à Venise, et E. Renan lui-même n'a eu garde de reproduire cette indication dans les pages qu'il a consacrées plus tard à Jean de Jandun[8].

III

La vie de Jean de Jandun va être désormais intimement mêlée à celle d'un personnage qui, malgré sa célébrité et le nombre des mémoires qui lui ont été consacrés, est loin de nous être encore suffisamment connu.

Marsile de Padoue est désigné parfois sous les noms de *Marsilius Menandrinus*, *Menardinus*, *Mainardinus*[9], *de Maynardino*[10], une fois aussi

---

« in sua perfectione essentiali, ut dicit Commen-
« tator, *xii° Meteorum*, ad cujus nobilioris partis
« evidentiam valet cognitio diversorum motuum
« corporum celestium et maxime planetarum... »
Le ms. Harl. 1 est du xiv° siècle.

[1] Lib. XII, qu. 20.

[2] *Monarch.*, I, Præfat.

[3] T. IV, p. 219.

[4] *Hist. litt. de la Fr.*, XXV, 259.

[5] Le ms. lat. 14572 de la Bibl. nat. contient des *Quodlibeta* de Jean de Paris. Cf. *Hist. litt. de la Fr.*, XXV, 250,

[6] Goldast, après avoir attribué aussi à Jean de Jandun l'*Informatio de nullitate processuum Joannis XXII papæ contra Ludovicum imperatorem*, qu'il a publiée au t. Ier (p. 18-21) de sa *Monarchia*, a reconnu lui-même son erreur

dans la dissertation sur les auteurs placée en tête du volume. N'empêche que cet ouvrage est encore parfois cité sous le nom de Jean de Jandun (voir Guill. Cave, II, Suppl., 36; B. Labanca, p. 120).

[7] *Arch. des Missions scientifiques*, I (1850), p. 397.

[8] *Averroès*, p. 339 et suiv.

[9] Bibl. impér. de Vienne, mss. 384, 464, 809, 5369. Bernardino Scardeoni, *Historia Patavina* (Grævius et Burmann, *Thes. antiqu. Ital.*, VI, III, c. 170).

[10] Protocole du 20 mai 1328 (Baluze, *Miscellanea*, II, 280). Bulles du 14 octobre 1316 (A. Thomas, dans *Mélanges d'archéol. et d'histoire*, II, 448) et du 5 avril 1318 (Denifle et Chatelain, *Chartul. Univ. Paris.*, II, 717).

sous celui de *Raymundini* [1]. Bien que certains historiens paraissent disposés à accorder la préférence à cette dernière forme [2], il nous semble hors de doute que Marsile appartenait à l'ancienne famille padouane des Mainardini [3]. On sait même le nom de son père, Buonmatteo Mainardino. C'est ce qui résulte d'une bulle de 1316 [4] et d'un vers du poète Albertino Mussato [5], qui nous apprend, en outre, que Marsile était de souche « plébéienne ».

La lettre en vers de Mussato est, d'ailleurs, la seule source qui puisse nous renseigner sur le début de la carrière de Marsile [6]. Le style en est obscur, ce qui explique qu'elle ait été fort mal interprétée. Mais, de plus, elle a été, croyons-nous, mal datée, et de deux façons différentes. La date de 1308, proposée par M. Labanca, est purement hypothétique [7]; celle de 1316 ou des années suivantes, hasardée par M. Ant. Thomas [8], ne repose que sur un mot qui n'appartient pas au texte de l'épître [9]. On eût mieux fait de se reporter à l'hémistiche suivant :

> . . .Paduæ dum regna manebant.

Cette réminiscence de Virgile indique d'une façon claire qu'à l'époque où Mussato écrivait son épître, Padoue avait perdu son indépendance politique. Or cet événement se produisit durant l'été de 1311 : quand le roi des Romains Henri VII descendit en Italie, Padoue, qui, depuis trente-cinq ans, jouissait de sa liberté, fut obligée de prêter serment, de payer tribut et de recevoir un vicaire impérial; cette sujétion dura jusqu'au soulèvement populaire qui eut lieu au

---

[1] Albertino Mussato, *Ludovicus Bavarus* (Böhmer, *Fontes rerum Germanicarum*, t. I, p. 175).

[2] Tiraboschi, *Storia della letterat. ital.* (1783), V, 150; Muratori, X, 773; Riezler, *Die lit. Widersacher d. Päpste*, p. 30; Alfred Huraut, *Étude sur Marsile de Padoue* (Paris, 1892, in-8°), p. 12.

[3] M. Labanca (p. 10) cite un membre de cette famille qui vivait au XIIᵉ siècle.

[4] Cette bulle est adressée « Marsilio nato « Bonmathei de Maynardino de Padua ». (A. Thomas, *loc. cit.*)

[5] Prædilecta Boni proles bene fausta Mathæi.

[6] Grævius et Burmann, *Thes. antiqu.*, VI, II, Suppl., c. 48. — M. Labanca (p. 227) a réimprimé cette lettre d'après l'édition de Venise de 1636.

[7] M. Labanca suppose, comme Tiraboschi (V, 152), que Marsile de Padoue se trouvait à Paris à l'époque où cette épître lui fut adressée : c'est une hypothèse entièrement dénuée de vraisemblance.

[8] *Mélanges d'archéologie et d'histoire*, II, 450.

[9] La qualification de « magister » n'est attribuée à Marsile de Padoue que dans le titre de l'épître d'Albertino Mussato : ce titre a pu être rédigé après coup ou même imaginé par un copiste ou par un éditeur.

printemps de 1312 [1]. Est-il téméraire d'en conclure que l'épître de Mussato fut écrite durant le second semestre de 1311 ou, au plus tard, dans le commencement de l'année 1312 ?

Ce premier point acquis, il serait intéressant d'extraire de cette lettre les renseignements précis qu'elle peut fournir sur Marsile de Padoue.

Antérieurement au mois de juin 1311, Marsile Mainardino, qui se trouvait encore à Padoue, avait demandé conseil à Albertino Mussato : devait-il se tourner du côté du droit ou de la médecine ?

> Quæsi[s]ti num te leges audire forenses
> Maluerim, medicæ potius intendere physi [2].

La réponse n'est point claire. Toutefois on peut comprendre que Mussato, voyant son jeune ami dominé par la passion du gain [3], avait cherché à le prémunir contre une double tentation : celle de vendre misérablement sa « parole essoufflée », celle aussi de se confiner dans la pratique vénale de la médecine [4]. Était-ce donc là le but qu'il avait poursuivi en se livrant à l'étude, à la « sainte étude [5] » ? Mussato lui conseillait plutôt d'approfondir, dans une recherche désintéressée, les secrets de la médecine, en cultivant pour elle-même cette science spéculative qui le ferait presque l'égal de Dieu et qui, par surcroît, lui procurerait toutes les richesses désirables :

> Quantas fundet opes etiam acceptare neganti
> Prodiga ! Non tantas Venetum fert littus arenas.

Marsile parut goûter l'avis. Il s'arracha à l'affection des siens pour aller, hors de Padoue, savourer, dans quelque école ou chez quelque maître étranger, la « coupe du divin nectar ». Il emportait ses livres

---

[1] Muratori, X, 421 ; G. Cappelletti, *Storia di Padova* (Padoue, 1875, in-8°), t. I, p. 197, 199.

[2] Il n'y a pas lieu de dire, comme M. Labanca (p. 14), que Marsile exerçait à Padoue les professions de médecin et d'avocat.

[3] Cor cerno tuum : tua viscera torrent
Auri sacra fames et avaro vivere quæstu.

[4] Suivant Tiraboschi (*Stor. d. letterat. ital.*, V, 151), Mussato n'avait fait que remontrer à Marsile les dangers du barreau et lui avait, au contraire, recommandé la carrière de la médecine.

[5] Plusieurs fois Mussato, en parlant de l'étude, emploie l'épithète *sacer*. Il ne faudrait pas croire, comme on l'a fait (Labanca, p. 16), qu'il soit question d'« études sacrées », de théologie.

de médecine et un trésor de connaissances acquises qui lui présageait le succès. Mussato lui souhaita bon courage et la gloire :

> Macte tua virtute ! Sacris splendoribus esto
> Clara lucerna tuæ mundo notissima terræ.

Cependant, à peine parti, Marsile se laissa séduire par les invitations de Cane Grande della Scala[1] et circonvenir par les caresses de Matteo Visconti[2]; en d'autres termes, il s'attarda du côté de Vérone et négligea de gagner la côte ligurienne, où il devait trouver sans doute l'enseignement qu'il cherchait. C'est ainsi qu'on peut du moins interpréter les vers suivants, assez énigmatiques[3] :

> Carpis iter. Sed proh ! Sors dira sub omine lævo !
> Calle quidem primo, demulsus ab ore Canino,
> Replesti faciles sævis hortatibus aures.
> Inde repens, Ligures ut non migraveris oras[4],
> Fama subit quod te sæva mulcedine captum
> Impl[icu]it torta sævissima Vipera cauda...

À ce moment, l'ambition inconstante de Marsile lui fit rechercher divers emplois : il tâtonna sans réussir. Cela fit renaître en lui l'amour pur de la science : revenant à son premier dessein, il se rendit auprès d'un des célèbres docteurs de l'époque et, sous sa direction, approfondit successivement les diverses parties de la physique. Déjà la philosophie naturelle n'avait plus guère de secret pour lui quand son ami Mussato apprit que, de nouveau, il avait interrompu ses études, cette fois, pour coiffer le casque, pour endosser l'armure, pour ceindre l'épée germanique :

> ...Numquid vox improba famæ
> Vera refert quod tu studii de tramite sacri
> Lapsus ad infandos hominum te verteris actus ?

[1] Cane Grande venait de recevoir, ainsi que son frère Alboino, le titre de vicaire impérial à Vérone (C. Cipolla, *Storia delle signorie italiane dal 1313 al 1530*, Milan, 1881, in-8°, p. 30).

[2] Ex-capitaine et vicaire impérial à Milan, Matteo Visconti, alors évincé du pouvoir, s'était retiré près de Vérone (*ibid.*, p. 21).

[3] Cf. Tiraboschi, V, 151; Riezler, 31. M. Labanca (p. 20) croit comprendre que la première station de Marsile, hors de Padoue, fut Milan.

[4] Tiraboschi a fait à ces deux vers des corrections inadmissibles :

> *Impletis* faciles sævis *lutratibus* aures.
> Inde repens Ligures ut *mox* migraveris oras.

> Diceris ecce cavo contectus tempora ferro
> Loricam perferre gravem...
> Quidam aiunt tibi quod germanus cingitur ensis,
> Quidam aiunt quod tu germano accingeris ensi [1].

Sans doute il avait pris service dans la troupe de quelque prince allemand, peut-être de Henri VII lui-même, qui se trouvait alors en Italie, et auprès duquel accouraient quantité de barons cisalpins.

Mussato fut fort peiné de cette nouvelle incartade : c'est l'occasion de son épître en vers. D'abord, par un artifice littéraire, il paraît abonder dans le sens de son jeune ami ; il trouve que la science est vaine, que la richesse est tout, que la faveur du public tient lieu de vraie valeur, qu'il faut s'accommoder aux mœurs de son temps, que la licence de la guerre est préférable à l'observation des lois, qu'il est juste de chasser les gens de leur demeure et de se faire concéder des territoires pontificaux : l'important est d'avoir son lot. Toute puissance est juste... Il n'y a point que le pape... Point de piété ni de bonne foi pour qui vit dans les camps !

> Forsitan est melius vitæ cessisse modernæ,
> Pellere Marte viros tectis et vivere rapto,
> Quodlibet ut liceat, scripta quam vivere lege.
> Credita de summo sit quæque potentia cœlo
> Justa ; nec unius teneant nos vincula papæ :
> Quid prohibet multos hoc nostro tempore papas
> Concessisse suis fundos et prædia posse ?
> Accipiat sibi quisque libens, provisus ut assit !
> Nulla fides pietasque viris qui castra sequuntur !

Mais cette tirade, qui a pu donner le change, n'est, en réalité, qu'un amer persiflage, et, comme dit l'auteur, le langage des roués : *vafer ait.* Mussato redevient sérieux et redevient lui-même quand, dans ses derniers vers, il évoque l'idée de la Justice éternelle, de la règle infaillible. Marsile est jeune encore : il a l'avenir devant lui. Rien ne l'empêche donc de s'amender, s'il a du cœur et de la volonté :

> Fertile tempus habes, pulchra florente juventa,
> Quo te restituas, si te regat insita virtus.

---

[1] Imitation du mot prêté à Cicéron (Macrob., *Saturn.* II, 3). Serait-ce à dire que Marsile fût d'aussi petite taille que le mari de Tullia, P. Cornelius Lentulus Dolabella ?

Que faut-il entendre pourtant par ces insinuations au sujet d'entreprises sur les États pontificaux? Peut-être qu'à l'époque où Marsile s'enrôlait sous la bannière impériale, l'opinion à Padoue, très montée contre Henri VII, prêtait à ce prince des desseins menaçants contre les États de l'Église. Il suffit de lire le discours que prononça Roland de Piazzola, devant le Sénat de Padoue, au retour d'une ambassade à Gênes, pour comprendre l'idée défavorable que concevaient certains Italiens des projets impériaux[1]. À la vérité, Mussato ne partageait pas ces préventions, ou du moins, par prudence, il essaya de représenter à ses concitoyens l'accord régnant alors entre le pape et l'empereur[2] : mais, dans sa correspondance privée, il pouvait se montrer moins optimiste à cet égard et, en tout cas, désapprouver la coopération du jeune Marsile à des entreprises plus ou moins justifiées[3].

Quoi qu'il en soit, l'éloquence de Mussato fut sans doute persuasive. Presque aussitôt, Marsile de Padoue renonça au métier des armes pour se replonger dans l'étude. C'est alors qu'il dut prendre le chemin de Paris.

En le voyant exercer, le 12 mars 1313, les fonctions de recteur de l'Université de Paris[4], on a supposé naturellement que, depuis longtemps, il avait établi sa résidence dans cette ville. Or on vient de voir qu'en 1311 il était encore en Italie, où il se laissait distraire de ses études médicales par toutes sortes de préoccupations belliqueuses ou autres. Mais on a vu aussi qu'il avait derrière lui un long passé d'études, et probablement déjà une célébrité naissante. Dès son arrivée à Paris, sa science put lui faire une place à part dans la Faculté des arts. Il avait pris sans doute ses grades à Padoue : on lui tint compte de son stage dans cette Université. Il fut nommé maître-

[1] Muratori, X, 414.

[2] *Ibid.*, c. 419.

[3] M. Riezler (p. 32) n'a point saisi le sens de ce passage de l'épître de Mussato : il le croit corrompu et pense qu'on n'en peut déduire que des conjectures incertaines. Il suppose cependant, et c'est aussi l'avis de M. F. Scaduto (*Stato e Chiesa nelli scritti politici dalla fine della lotta per le Investiture sino alla morte di Ludovico il Bavaro*, Florence, 1882, in-4°, p. 115), que Marsile de Padoue songeait alors au service du pape, mais déjà combattait la puissance pontificale.

[4] *Chartul. Univ. Paris.*, II, 158. — La présence dans un manuscrit de Vienne de deux actes expédiés le 12 mars 1313 par les quatre Facultés de Paris a fait croire que Marsile de Padoue avait été recteur à Vienne. Cette erreur, qui se trouve notamment dans Fabricius (V, 33), a été déjà expliquée et réfutée plusieurs fois (Riezler, p. 34, note 1; Labanca, p. 23, note 2).

régent, et, aucune condition de temps n'étant exigée pour le rectorat[1], il parvint, peu avant le 25 décembre 1312[2], à la plus haute magistrature universitaire.

Cependant il serait difficile de placer dans la vie de Marsile, avant sa venue à Paris, un séjour à l'Université d'Orléans, où il aurait fait des études de droit. C'est une légende maintes fois reproduite[3] : elle repose sur un contresens[4]. Rien n'est, d'ailleurs, moins établi que les connaissances juridiques de Marsile de Padoue : son *Defensor pacis* atteste plutôt l'ignorance où il était du droit romain, et, quelque part, il se plaint de la partialité des papes en faveur des avocats[5].

Après l'expiration de ses trois mois de rectorat, Marsile dut continuer d'enseigner à Paris, tout en y exerçant quelque peu la médecine[6]. Un de ses élèves, François de Venise, qui le servait parfois à table, comme c'était l'usage parmi les écoliers italiens, témoigna plus tard qu'il l'avait, à diverses reprises, accompagné dans la visite de ses malades[7].

---

[1] *Chartul. Univ. Paris.*, I, p. xxvi.

[2] Le recteur était alors renouvelé quatre fois par an, notamment dans les jours précédant la Noël. Or Émeric de Danemark était encore recteur le 13 septembre 1312, et Marsile de Padoue avait cédé la place à Nicolas de Vienne à la date du 6 mai 1313 (*ibid.*, II, 157, 162).

[3] Le fait est affirmé par Bayle (*Dict.*, III, 379), par Schwab (*Johannes Gerson*, p. 30), par Friedberg (*Die mittelalterlichen Lehren über das Verhältniss von Staat u. Kirche; Augustinus Triumphus, Marsilius v. Padua*, dans Dove et Friedberg, *Zeitschrift für Kirchenrecht*, VIII, 111), par Le Roux de Lincy et Tisserand (*Paris et ses historiens*, p. 6), Paul-E. Meyer (*Étude sur Marsile de Padoue*, Strasbourg, 1870, in-8°, p. 7), Ad. Franck (*Journ. des Sav.*, 1883, p. 118), O. Lorenz (*Deutschlands Geschichtsquellen im Mittelalter*, 3° éd., III, 348), Alfr. Huraut (*op. cit.*, 13), etc., et, avec quelque hésitation, par B. Labanca (p. 6, 21, 104).

[4] On a mal compris le passage suivant du *Defensor pacis* (II, xviii, p. 252) : « Sic etiam « qui librum hunc in lucem deduxit studiosorum « Universitatem Aurelianis degentem vidit, au- « divit, et scivit per suos nuncios et epistolas « requirentem et supplicantem Parisiensi Uni- « versitati, tanquam famosiori et veneratiori,

« pro ipsius habendis regulis, privilegiis atque « statutis, cum tamen Parisiensi Universitati nec « ante nec post esset in auctoritate apostolica vel « jurisdictione subjecta. » De ce que Marsile de Padoue a eu connaissance d'une démarche faite par l'Université d'Orléans auprès de l'Université de Paris, il ne s'ensuit pas qu'il ait été membre de la première. Cf. Riezler, p. 33.

[5] *Def. pac.*, II, xxiv, p. 272.

[6] On peut se demander si Marsile de Padoue n'est point l'auteur d'ouvrages de médecine. Le ms. 245 de Vendôme contient (fol. 194-196) des *Pillulæ editæ per mag. Petrum de Tusignana et mag. Marsilium Paduensem*. D'autre part, le médecin milanais Jean de Marliano, dans son *De Reactione*, composé en 1444 (bibl. de Saint-Marc, cl. x, 219; édité à Pavie, 1482, in-fol.), discute les opinions soutenues antérieurement sur la matière par Marsile de Padoue (O. Valentinelli, *Bibl. manuscr. ad S. Marci Venet.*, IV, 164). Mais nous croyons plutôt qu'il s'agit là d'un autre médecin padouan, Marsile de Sainte-Sophie, qui vécut jusqu'aux premières années du xv° siècle et fut contemporain du médecin bolonais Pierre de Tossignano.

[7] « Quia idem Massilius sciebat in medicina « et interdum practicabat. » (Baluze, *Miscell.*, II, 280.)

À un moment quelconque, et peut-être pour des motifs peu désintéressés, Marsile de Padoue fit le voyage d'Avignon. Cela lui permit, dans la suite, de parler en témoin oculaire de l'aspect mercantile de la cour pontificale [1]. Ce voyage eut peut-être lieu lors de l'avènement de Jean XXII. Profitant d'un moment notoirement favorable à l'obtention des grâces, Marsile Mainardino se fit recommander au nouveau pape par deux cardinaux amis des lettres, Jacques de' Stefaneschi et François Caëtani. Grâce à leur entremise, il obtint, le 14 octobre 1316, des lettres de provision pour un des canonicats de l'église de Padoue [2]. Dix-huit mois plus tard, le 5 avril 1318, Jean XXII voulut encore lui réserver le premier des bénéfices qui viendraient à vaquer à la collation de l'évêque de Padoue [3]. Cette double concession suffit à réfuter ceux qui ont voulu faire de Marsile soit un frère Mineur [4], soit un simple laïque [5]. N'est-il pas piquant enfin de voir Marsile de Padoue, comme d'ailleurs son collaborateur et ami Jean de Jandun, commencer par recevoir les faveurs du pontife qu'ils allaient bientôt combattre avec tant d'animosité [6]?

[1] «Qui vero vidi et affui, videre videor «quam (*Dan.* 2) Nabuchodonosor terribilem «statuam in somnio recitatur vidisse.» (*Def. pac.*, II, xxiv, p. 274.)

[2] Ant. Thomas, *op. cit.*, p. 448. — L'omission du titre de «magister» devant le nom de Marsile ne nous semble pas prouver, comme le croit M. Thomas (p. 450), que Marsile n'avait pas encore, en 1316, le grade de docteur en médecine : l'ancien recteur était sûrement pour le moins maître ès arts, et cela suffisait pour lui donner le droit de porter le titre de «magister». Il faut donc croire tout simplement à une négligence du copiste. — D'autre part, les éditeurs du *Chartul. Univ. Paris.* (II, 158, 717) ont émis, à propos de cette bulle, un doute qui nous paraît injustifié : ils ont pensé qu'il s'agissait peut-être d'un Marsilio Mainardino autre que l'ancien recteur de l'Université de Paris, vu que les exécuteurs désignés dans la bulle appartiennent tous au clergé d'Italie. Mais l'usage n'était-il pas de prendre ces exécuteurs dans le voisinage de l'église où se trouvait le bénéfice conféré ? or c'est un canonicat de Padoue que Jean XXII donnait à Marsilio Mainardino.

[3] *Vatikanische Akten zur deutschen Ge-* schichte in der Zeit K. Ludwigs des Bayern (Innsbruck, 1891, in-4°), p. 66. — On a émis, sans raison suffisante, l'hypothèse qu'à ce moment Marsile avait dû s'en retourner à Padoue (O. Lorenz, *loc. cit.*; J. Sullivan, *Marsiglio of Padua and William of Ockam*, dans *The American historical Review*, t. II, 1896-1897, p. 411).

[4] B. Scardeone, *De Antiquitate urbis Patavii* (Bâle, 1560, in-fol.), p. 149; Papadopoli, *Hist. gymnasii Patavini* (Venise, 1726, in-fol.), t. II, p. 154; Fabricius (éd. de 1858), V, 33; Renan, *Averroès*, p. 260; Le Roux de Lincy et Tisserand, *Paris et ses historiens*, p. 6.

[5] Labanca, p. 15; Ad. Franck, *Journ. des Sav.*, 1883, p. 119.

[6] Il est bien invraisemblable que Marsile de Padoue soit, comme on l'a supposé, le personnage désigné par les mots «cet Italien «appelé Marcillo» dans une lettre de Jean XXII au seigneur Bernard Jourdain de l'Isle, du 29 avril 1319 : «Ceterum, fili, nosse te volu«mus nos, non absque turbatione grandi animi, «percepisse quod virum illum nequam priorem «Montis Falconi et illum Ytalicum qui dicitur «Marcillo ad presenciam dilecti filii nostri Ca«roli, clare memorie regis Francie filii, comtis

IV

On sait maintenant à quel moment put se faire le rapprochement des deux futurs collaborateurs. Jean de Jandun n'avait pas été, comme on l'a écrit [1], professeur à Padoue. Marsile Mainardino n'était probablement jamais venu à Paris avant 1311. C'est à partir de cette date qu'ils ont pu commencer à se lier, sans qu'il soit nécessaire de supposer qu'ils habitèrent la même maison [2], ou que l'un ait été le disciple de l'autre. On veut généralement que Marsile ait servi de maître à Jean de Jandun [3] : mais rien ne prouve qu'il lui ait été supérieur même par l'âge [4]. Ils se rencontrèrent; la physique et peut-être une certaine communauté de vues les réunirent; Marsile, on s'en souvient, fit connaître à Jean de Jandun le précieux Commentaire de Pierre d'Abano sur les Problèmes d'Aristote : ainsi naquit une collaboration qui aboutit à la rédaction du plus surprenant ouvrage politique et religieux que le xive siècle ait vu paraître.

Avant d'analyser le livre connu sous le titre de *Defensor pacis*, cherchons à préciser l'époque de sa composition.

Tout d'abord il faut faire justice d'une légende suivant laquelle le fameux livre aurait été, d'un bout à l'autre, compilé en deux mois. L'invraisemblance d'un pareil tour de force n'a pas empêché de graves historiens d'y croire [5]. En remontant aux sources, ils se fussent

---

« Marchie, ad instanciam tirannorum partis ge-« beline Ytalie destinasti, ad tractandum quod « idem comes capitaneatum partis gebeline « Ytalie debeat acceptare... » (Abbé L. Gué-rard, *Documents pontificaux sur la Gascogne d'après les Archives du Vatican; Pontifical de Jean XXII*, t. I, p. 136.)

[1] Fabricius, III, 363; Du Boulay, IV, 205; Renan, *Averroès*, p. 339. — Ce dernier savant n'est pas éloigné de reconnaître en Jean de Jandun le « maestro Giandino », physicien distingué, auquel Dino Compagni adressa un sonnet (F. Ozanam, *Documents inédits pour servir à l'histoire littéraire de l'Italie*, Paris, 1850, in-8°, p. 319), et M. K. Müller (*Götting. gelehrte Anzeigen*, 1883, p. 914) ne trouve aucune objection à faire contre cette hypothèse.

[2] C'est ce qu'affirment MM. P.-E. Meyer (p. 8) et A. Huraut (p. 15), trompés peut-être par un passage du continuateur de Guillaume de Nangis (éd. Géraud, t. II, p. 14) : « Circa « ista tempora, de flore lilii Parisius studii exie-« runt duo filii nequam... » Dans son style imagé, le chroniqueur compare l'Université à une fleur de lis; il n'entend nullement désigner une maison spéciale connue sous le nom de Fleur-de-lis.

[3] Labanca, p. 118; Franck, p. 119.

[4] Dans la phrase de Jean de Jandun, reproduite plus haut (p. 555, note 1), les mots *dilectissimum meum magistrum Marcilium de Padua* ne doivent pas, croyons-nous, se traduire par : « mon très cher maître Marsile « de Padoue » mais par : « mon très cher ami « Me Marsile de Padoue ».

[5] Tisserand et Le Roux de Lincy, p. 9: Riezler, p. 36; K. Müller, *Der Kampf Ludwigs*

convaincus que l'erreur provient d'un contresens : on s'est mépris sur la signification d'un passage, pourtant parfaitement clair, de la déposition de François de Venise [1]. La seule inspection du *Defensor pacis* prouverait, au contraire, qu'il est le résultat de longues recherches, quand bien même la déclaration d'un des auteurs ne nous renseignerait pas à cet égard [2].

Dans la rédaction définitive, le *Defensor pacis* contient des allusions à plusieurs événements connus, à l'excommunication de Louis de Bavière [3], prononcée par bulle du 23 mars 1324 [4], et à la circulaire adressée par le pape aux Électeurs [5] le 26 mai suivant [6]. D'autre part, il prévoit et annonce seulement comme possible l'acte par lequel Jean XXII déclara Louis de Bavière privé de ses droits à l'Empire [7].

---

des Bayern mit d. röm. Carie, t. 1, p. 368; Scaduto, p. 116; J. Sullivan, *The Americ. histor. Rev.*, II, 411.

[1] « Audivit dici, post recessum dicti Massilii « *per duos menses,* quod dicti Massilius et Johannes « tantum compilaverunt dictum libellum » (Baluze, *Miscell.*, éd. Mansi, II, 280). Cela ne veut point dire que Marsile et Jean de Jandun n'ont mis que deux mois à compiler leur ouvrage, mais qu'ils ont été seuls à le faire, et que le témoin a recueilli ce renseignement deux mois après le départ de Marsile (cf. O. Lorenz, II, 351, note 2).

[2] *Def. pac.*, I, 1, p. 155 : « Sequentium « sententiarum summas post tempus diligentis et « intentæ perscrutationis scripturæ mandavi. »

[3] *Def. pac.*, II, xxiv, p. 272 : « In supradic- « tum principem christianissimum venena... « effudit et sparsit, dum ipsum, cum sibi singu- « lariter adhærentibus, *excommunicavit*, et com- « munitatibus fidelium eidem, tanquam regi « Romanorum, præstantibus aut præstituris « auxilium, consilium aut favorem divinorum « officiorum exercitium interdixit. »

[4] *Thes. anecd.*, II, 652. — C'est à tort que M. K. Müller (I, p. 98, note 1) a soutenu que cette bulle ne prononçait pas l'excommunication contre Louis. Elle ajourne seulement la publication de cette sentence.

[5] *Def. pac.*, II, xxvi, p. 283 : « Concitat ad- « versus jamdictum catholicum principem in « rebellionem ejus subditos atque fideles, *per* « *sua quædam scripta diabolica,* quæ tamen apo- « stolica vocat, ipsos absolvendo a juramento « fidelitatis quibus sæpedicto principi fuerant et « sunt secundum veritatem astricti. »

[6] Rinaldi, V, 269.

[7] *Def. pac.*, II, xxvi. — Il ne faut pas lire ce passage dans l'édition de Bâle ni dans celle de Goldast (p. 283), où le texte a été altéré, et où le mélange de futurs et de prétérits rend le sens obscur. Dans tous les manuscrits que nous avons consultés, les verbes *pronunciabit* et *privabit* sont au futur, aussi bien que le verbe *emittet* : « Demum vero sue malicie aculeum, quem in no- « cumento et exterminatione credit extremum, « foras emittet *fortasse*, in predictum principem « figere credens, blasphemiam videlicet suam, « quondam ab ipso vocatam sentenciam, licet re- « vera supremam dementiam, qua supradictum « principem cum adherentibus, obedientibus « aut faventibus sibi omnibus tanquam regi pro- « nunciabit hereticos et Ecclesie inimicos sive re- « belles, suorum temporalium omni mobilium et « immobilium jure privabit, jam dictam senten- « tiam indigne vocatam publicando, ipsaque « occupare volentibus aut occupantibus conce- « dendo, et hoc licite fieri posse per suas voces « atque membranas inscriptas per se vel pseudo « quosdam predicatores alios in omnibus provin- « ciis nunciando, ipsosque rursus ad mortem « dampnando, et occidentibus aut invadentibus « culparum atque penarum omnium commisso- « rum criminum veniam concedendo, et, si vivi « capiantur, ubicumque fuerint, in servitutem « redigendo. » (Bibl. nat., ms. latin 14503, fol. 125 r°; cf. ms. latin 15869, fol. 55°; Oxford, Magd. Coll. 86, fol. 136 v°; Bibl. Bodl.,

Cette pénalité, dont le pape se bornait à menacer le prince le 23 mars 1324, ne fut appliquée que par bulle du 11 juillet suivant [1]. Il serait donc naturel de placer l'achèvement du *Defensor pacis* entre le mois d'avril et le mois de juillet 1324. Dans ces conditions, il est difficile de récuser le témoignage de deux manuscrits du XIVᵉ siècle qui assignent précisément à l'achèvement de ce traité une date comprise entre ces deux termes extrêmes : le livre fut achevé le 24 juin 1324, lit-on dans le ms. 464 de la bibliothèque impériale de Vienne [2] et dans le ms. 141 de la bibliothèque du chapitre de Tortose [3]. Cette date nous paraît extrêmement vraisemblable [4].

Une lutte violente venait d'éclater entre le pape et le chef de l'Empire. Jean XXII s'était borné d'abord à citer devant son tribunal les deux prétendants au trône laissé vacant par la mort de Henri VII de Luxembourg; puis, las de voir Louis de Bavière favoriser en Italie ses

ms. Canonici Miscell. 188, fol. 53ᵃ, etc.) Les mêmes futurs se rencontrent dans les mss. 464, 809 et 4516 de la Bibl. impér. de Vienne; seul, le ms. 5369 de la même bibliothèque porte *emittit* et *pronunciavit*, d'après les renseignements qui nous ont été fournis par M. G. Gutmensch. Cf. O. Lorenz, II, 349, note 1.

[1] *Thes. anecd.*, II, 660.

[2] « Anno tricenteno milleno quarto vigeno « *Defensor* est iste perfectus, festo Baptiste. » (Denis, *Cod. mss. theol. Vindob.*, II, 1518).

[3] Note rédigée exactement dans les mêmes termes (Denifle et Chatelain, *Inventarium codicum mss. capituli Dertusensis*, Paris, 1896, in-8°, p. 28). Ces deux manuscrits ont une parenté certaine.

[4] La date de 1324 avait été admise par Goldast (II, 154). Riezler (p. 195) penchait pour l'été de 1324, tout en admettant que le *Defensor pacis* pût, à la rigueur, avoir été écrit dans les années suivantes, mais sûrement avant la fin de 1326. MM. K. Müller (*op. cit.*, I, 368, et *Götting. gelehrte Anzeigen*, 1883, p. 919) et J. Sullivan (*The Americ. histor. Rev.*, II, 411) admettent la date du 24 juin 1324. — Cependant M. Ritter (*Reusch's Theolog. Literaturblatt*, 1874, n° 26; cf. *Hist. Zeitschrift*, 1879, p. 302) avait cru apercevoir dans le préambule et dans le chap. XXVI de la IIᵉ partie (p. 286) des traces de remaniements, qu'il datait de 1328. Mais il n'y a rien de surprenant à ce que, dès 1324, et dans un ouvrage qui lui était dédié, le roi des Romains ait été appelé empereur par anticipation, et, quant aux légats mentionnés au chap. XXVI, il faut reconnaître en eux le cardinal Bertrand du Poyet et l'abbé de Saint-Sernin Ameilh de Lautrec, dont les légations en Lombardie et dans la Marche d'Ancône remontent l'une à 1320, l'autre probablement à 1324 (cf. *Vatik. Akten*, p. 252, 321). — Enfin, l'on ne saurait s'appuyer pour dater le *Defensor pacis* sur un passage (II, XXV) où il est fait allusion à la nomination d'un archevêque de Lund languedocien (cf. Riezler, p. 219) : cet archevêque n'est autre qu'Isarn de Fontiès (cf. Ant. Thomas, *Annales du Midi*, XVII, 1905, p. 511 et suiv.), dont la nomination remontait au 11 avril 1302. — Dans un article tout récent, M. J. Sullivan (*The manuscripts and date of Marsiglio of Padua's Defensor pacis*, dans *The English historical Review*, avril 1905, p. 293 et suiv.), revenant sur cette question de la date du *Defensor*, conclut de nouveau en faveur de l'été de 1324 (p. 299); tout au plus admet-il que le chapitre 1ᵉʳ ait pu être ajouté postérieurement au couronnement de Louis de Bavière (17 janvier 1328), ou qu'au moins le mot *rex* ait pu être, dans cette circonstance, remplacé, à cet endroit, par le mot *imperator*. Cette dernière hypothèse nous semble de beaucoup la plus rationnelle si l'on veut, à toute force, admettre une interpolation, ce qui n'est pas nécessaire.

ennemis les Visconti, il venait de le dénoncer comme fauteur d'hérétiques, de le frapper d'excommunication, de lui enjoindre de se
désister, dans les trois mois, de l'administration de l'Empire, sous
peine d'être déclaré déchu de tous ses prétendus droits. Malheureusement cette menace se produisait à un moment où Louis, vainqueur
de son rival qu'il gardait prisonnier, maître du Palatinat et du Brandebourg, ne se croyait plus obligé de garder aucune mesure. Aux
sommations et aux censures du pape d'Avignon il avait répondu par
des provocations nouvelles, notamment par l'appel de Saxenhausen,
tissu d'accusations violentes contre l'orthodoxie de Jean XXII.

Les auxiliaires de Louis de Bavière dans cette première campagne
menée contre le Saint-Siège avaient été des Franciscains. Deux hommes
pensèrent que, si, à leur tour, ils établissaient par de bons arguments
la suprématie de l'Empire, son indépendance à l'égard du Saint-Siège
et l'inanité des prérogatives « usurpées » par les souverains pontifes,
cette démonstration instructive, et surtout opportune, ne serait pas
inutile à la cause impériale et leur conférerait peut-être à eux-mêmes
quelque titre à la reconnaissance de Louis de Bavière : Jean de Jandun
et Marsile de Padoue se mirent à composer le *Defensor pacis*.

On a nié de nos jours cette collaboration : le rôle de Jean de Jandun
s'est trouvé réduit à celui de conseil [1], ou même de simple copiste [2].
À vrai dire, le nom seul de Marsile de Padoue apparaît dans le
Defensor pacis. Nous ne parlons pas seulement des titres qui accompagnent l'ouvrage dans quelques manuscrits; mais le contexte lui-
même semble déceler uniquement la main du physicien padouan.
Antenorides ego, c'est par ces expressions que l'auteur se désigne dès
le début : or, *Antenorides* équivaut à « Padouan », car Anténor, prince
troyen, passait pour le fondateur de la ville de Padoue. Marsile Mainardino se met seul en avant. En maint passage on croit reconnaître
l'Italien [3], le Gibelin, et aussi le médecin, qui emprunte ses exemples
aux choses de la médecine [4].

<hr>

[1] Labanca, p. 121 et suiv.

[2] Friedberg, p. 114. — Ceux qui ont émis
cette étrange hypothèse ignoraient évidemment
l'importance littéraire et philosophique de Jean
de Jandun. Cf. Riezler, p. 195; J. Sullivan,
Marsiglio of Padua a. W. of Ockam, dans *The
Americ. hist. Rev.*, II, 412.

[3] Dès le début (I, 1), voulant montrer les
inconvénients de la discorde, il tire exemple
de la situation actuelle de l'Italie. Cf. I, xix,
et II, viii, p. 202.

[4] II, vi, p. 208, 210; II, ix, p. 214, 217,
218; II, xxiv, p. 280, etc.

La collaboration de Jean de Jandun cependant est un fait avéré : les contemporains, qui savaient sans doute mieux que nous à quoi s'en tenir, ne nomment jamais un des auteurs du *Defensor* sans l'autre. C'est le pape, dans ses lettres, ce sont les continuateurs de Guillaume de Nangis et de Géraud de Frachet, c'est le propre disciple de Marsile, François de Venise, c'est le versificateur normand auteur du *De Bavari apostasia*[1], qui associent toujours le nom de Jean de Jandun à celui de Marsile de Padoue, et nomment assez souvent le Français avant l'autre.

A y regarder d'un peu près, il n'est pas impossible de retrouver dans le *Defensor pacis* des marques du style de Jean de Jandun[2]. On y reconnaît surtout sa tournure d'esprit philosophique[3], sa façon de distinguer le domaine de la foi de celui de la science[4] et son habitude d'invoquer l'autorité d'Aristote. Une grande partie du *Defensor* n'est qu'un commentaire de la Politique, ouvrage sur lequel Jean de Jandun ne paraît pas avoir laissé de glose, mais qu'il cite à plusieurs reprises dans ses divers traités, notamment dans le *De Laudibus Parisius*. Il ne serait pas surprenant que Marsile de Padoue eût eu recours à son ami pour donner à son système politico-religieux une base philosophique.

Au surplus, qu'il y ait contradiction entre les théories du *Defensor pacis* et certaines opinions émises ailleurs par Jean de Jandun, par exemple, au sujet des avantages respectifs de la monarchie élective et de la royauté héréditaire, ce n'est point là ce qui rendrait plus difficile à concevoir la collaboration de notre philosophe : il est certain que, pour s'engager dans la voie du schisme en compagnie de Louis de Bavière, le Français dévoué aux intérêts de son prince, l'ancien protégé de Jean XXII, le maître respectueux des enseignements de l'Église se condamnait d'avance à plus d'une palinodie.

Tout ce qu'on peut supposer, c'est que la situation de Jean de

---

[1] Édité, en 1899, par O. Cartellieri (*Neues Archiv*, XXV, 712, 713).

[2] Ainsi, dans le *De Laudibus Parisius* (II, 4, p. 52), on lit : « *Habitum* autem *est* hiis, si « considerare non displicet de manu artificibus « annectere... » dans le sens de « visum est, « conveniens est ». Et dans le *Defensor pacis* (I, xv, p. 175) : « Hujus ergo partis efficiente « monstrato, *habitum est* dicere... »; (II, v, p. 200) : « Reliquum autem et his *habitum est* « ostendere... ».

[3] Voir notamment les distinctions psychologiques qui se lisent au chap. viii de la seconde partie.

[4] A propos de l'institution divine du pouvoir chez Moïse, du sacerdoce chez Aaron, l'on lit au chap. ix de la première partie : « Sed « simplici credulitate, absque ratione, tenemus. »

Jandun au collège de Navarre le força de garder une certaine réserve, et l'empêcha de mettre, en quelque sorte, sa signature au bas de l'œuvre commune.

Jamais on n'a douté, au XIVe siècle, de la participation de Jean de Jandun à l'œuvre de Marsile de Padoue; mais une autre question s'est posée dès le début : n'avaient-ils pas d'autres collaborateurs ? Ainsi le disciple de Marsile déjà mentionné, François de Venise, fut soupçonné de leur avoir apporté son concours pour la rédaction ou la compilation du *Defensor pacis*. Interrogé à ce sujet, en présence de l'archevêque d'Arles, délégué du Saint-Siège, il protesta que, s'il avait eu connaissance des doctrines erronées de ces deux hommes, il aurait fait part de sa découverte à l'évêque de Paris. Jamais, d'ailleurs, il n'avait su ni entendu dire que personne, en dehors de ces deux maîtres, eût été mêlé à la composition du *Defensor pacis* [1].

De nombreux manuscrits de valeur fort inégale, mais dont la plupart remontent au XIVe siècle, nous ont conservé le texte du *Defensor pacis*. Ce sont, à Paris, les n°s 1778 (Colbert), 14503, 14619, 14620 (Saint-Victor), 15690 et 15869 (Sorbonne) du fonds latin de la Bibliothèque nationale [2], à Auxerre, le n° 19 de la bibliothèque municipale, à Bruges, le n° 557, à Oxford, le n° 86 de Magdalen College [3] et le ms. Canonici Miscell. 188 de la Bodléienne (fol. 2-66), à Londres, le ms. 10.A.xv du fonds royal du Musée britannique, à Cambridge, le ms. 16 de Caius College, à Vienne, en Autriche, les n°s 464, 809, 4516 et 5369 de la Bibliothèque impériale, à Turin, le ms. 121 de la Bibliothèque du Roi [4], à Rome, le n° 3974 de la

---

[1] Baluze, *Miscellanea* (éd. Mansi), II, 280.

[2] Les mss. lat. 14503 (XIVe siècle), 14619 et 14620 (XVe siècle) sont peut-être ceux qui présentent le texte le moins corrompu. En tête du dernier figure une miniature représentant deux maîtres (évidemment Marsile de Padoue et Jean de Jandun) qui, agenouillés dans une prairie et accompagnés de deux autres clercs également à genoux, offrent leur livre à une assemblée de docteurs. Au fond du tableau, l'on aperçoit, sur deux trônes qui se font pendant, le pape et l'empereur, environnés de leurs cours. Quant au ms. latin 1778 (XIVe siècle), la copie en est fort défectueuse; dans le latin 15869 (XIVe siècle), le premier feuillet manque; dans le n° 15690 (XIVe siècle), on re- marque l'absence des deux derniers chapitres. — M. K. Müller (*Götting. gelehrte Anzeigen*, 1883, p. 921, 922) a tenté un essai de classification des manuscrits de Paris du *Defensor*, mais en s'aidant surtout des incipit et sans pousser bien loin la comparaison. — M. J. Sullivan (*The Engl. histor. Rev.*, 1905, p. 295) estime que les mss. latins 14503 et 14619, ainsi que le ms. d'Auxerre, dérivent du latin 15690.

[3] Le plus bel exemplaire que nous ayons consulté; 168 feuillets de parchemin sont couverts sur deux colonnes d'une grosse écriture du XIVe siècle, fort soignée; les initiales sont dorées.

[4] J. Sullivan, p. 295, 296, 298.

bibliothèque Vaticane, à Tortose enfin, le n° 141 de la bibliothèque du chapitre [1].

L'ouvrage commence tantôt par les mots *Omni quippe regno desiderabilis debet esse tranquillitas...* [2], tantôt par ceux-ci : *Desiderabilis debet esse tranquillitas* [3] ou *Desiderabilis esse debet tranquillitas* [4], sans que cette différence d'incipit corresponde à deux rédactions distinctes.

La plupart des manuscrits contiennent un dernier chapitre, qui a été supprimé dans les éditions [5], et se termine de la façon suivante :

Ipsumque corrigendum atque determinandum supponimus auctoritati Ecclesiæ catholicæ seu generalis Concilii fidelium christianorum. Explicit tertia dictio Defensoris pacis, etc. Deo gratias. Amen.

D'après le préambule, l'ouvrage se divise en trois parties, *dictiones :* dans l'une, les arguments tirés de la raison humaine; dans l'autre, les arguments tirés de l'Écriture sainte ou des docteurs de l'Église; dans la dernière, un certain nombre de maximes pratiques. Cette division ne donne, d'ailleurs, qu'une idée imparfaite du plan suivi par les auteurs : la première partie est, en réalité, un exposé de leur doctrine de l'État [6], la seconde une étude sur l'organisation de l'Église et sur ses rapports avec l'État, la troisième une énumération des principales conclusions de l'ouvrage.

La paix est le bien indispensable à la société, comme la santé est le bien indispensable au corps. En s'en instituant le «défenseur», Marsile de Padoue — puisque Jean de Jandun s'efface derrière lui — écrit un livre nécessaire à qui veut jouir du bonheur «civil», le plus désirable de tous les biens qu'on puisse souhaiter sur terre.

---

[1] M. J. Sullivan (*The Americ. histor. Rev.*, II, p. 412) fait remarquer que le manuscrit de Munich signalé par M. K. Müller (*loc. cit.*) n'est qu'une copie, faite au XVIIe siècle, de l'édition de 1522. Ailleurs (*The Engl. histor. Rév.*, 1905, p. 299), un manuscrit de Hanovre lui suggère la même observation. Quant au ms. b. 35 de Brême, il ne contient qu'un sommaire des deux premiers livres du *Defensor*.

[2] Mss. d'Oxford de Londres et de Tortose.

[3] Latin 14503; ms. 19 d'Auxerre.

[4] Ms. 557 de Bruges.

[5] Il n'a été publié qu'en 1883, par M. Karl Müller (*Götting. gelehrte Anzeigen*, p. 923-925), d'après les mss. de Paris lat. 1778, 14619 et 4620. — Pour nos autres citations, nous avons renvoyé et nous renverrons encore à l'édition publiée par Goldast en 1614.

[6] Le prêtre y tenant une place, même dans la cité antique, il fallait expliquer le rôle du prêtre dans la société chrétienne : de là une longue digression, qui n'est pas bien à sa place dans cette première partie, sur le péché originel et le dogme de la rédemption (I, VI).

Presque toutes les causes de discorde ont été décrites par Aristote; mais il en est une, inconnue de l'antiquité, qui forcément devait échapper aux regards du plus grand des philosophes : c'est celle-là que Marsile de Padoue se propose de faire connaître. Cette cause une fois écartée, la paix pourra renaître dans les cités modernes.

L'amour de la vérité, de sa patrie, de ses frères, la pitié à l'égard des opprimés, tels sont les sentiments qui dictent ces pages à Marsile de Padoue. Il les dédie au roi des Romains Louis de Bavière, qu'il qualifie prématurément d'empereur, et en qui il loue la naissance, la vertu, l'héroïsme, un grand zèle pour défendre la science et la foi, pour faire régner la paix; il voit, de plus, en lui le ministre de Dieu destiné à faire passer ses propres théories dans le domaine de la réalité[1].

La royauté, qui est peut-être le meilleur des pouvoirs tempérés, s'éloigne d'autant plus de la tyrannie que la soumission des sujets au prince est plus volontaire : les préférences de l'auteur sont donc pour la royauté élective[2] — en vérité il ne pouvait guère tenir d'autre langage dans un traité dédié à Louis de Bavière. — Il ajoute gracieusement que c'est le seul mode d'institution qui puisse donner le pouvoir à un prince excellent : *Hoc solo modo institutionis habetur principans optimus* (I, IX).

Suivant la doctrine des Apôtres et des Pères, tout pouvoir provient indirectement de Dieu; d'autre part, le pouvoir, chez Moïse, était d'institution divine : sans contester des faits, qu'il déclare indémontrables, Marsile se borne à étudier l'origine humaine du pouvoir (I, IX).

L'auteur véritable de la loi, le législateur, c'est le peuple, c'est-à-dire l'universalité, ou du moins la plus notable partie (*valentior*) des citoyens. Cette dernière formule est assez élastique. Le peuple édicte les lois par l'entremise de délégués, ou en exprimant sa volonté lui-même dans une assemblée générale (I, XII; III, II, concl. 6); c'est aussi par son autorité que les lois sont promulguées, modifiées, interprétées, abrogées (I, XII; III, II, concl. 8). Il serait peu sûr de confier le pouvoir législatif à un petit nombre d'hommes sages, la multitude ayant mieux qu'eux ce qu'il faut pour discerner le bien de

---

[1] *Def. pac.*, I, I, p. 155. — [2] Il revient plus loin (I, XVI) sur cette question et la discute fort longuement.

l'État : et, à ce propos, Marsile de Padoue énonce ce paradoxe étrange
que les gens instruits n'ont point d'avantage sur la multitude, vu que
la multitude comprend les gens instruits avec ceux qui ne le sont pas.
En dépit de ce beau principe, Marsile de Padoue est disposé à charger
de la préparation et de la proposition des lois quelques personnages
compétents, mais à condition d'en réserver le vote à la multitude, et
pourvu que chaque citoyen conserve le droit de discussion et d'amendement. Il estime que les moins doctes peuvent apercevoir un défaut
dans un projet de loi qu'ils ne seraient pas capables d'élaborer. Ainsi
votées par tous, les lois n'en sont que mieux observées (I, xiii).

Le peuple élit lui-même ou du moins institue le chef du gouvernement, lequel, à son tour, détermine, suivant les lois et coutumes
reçues, la qualité, le nombre des personnes propres à remplir les
fonctions publiques, civiles, militaires et même ecclésiastiques, choisit
qui bon lui semble, règle les affaires de la cité (I, xv ; III, ii, concl. 12).
La prudence, la vertu, la justice sont requises de ce détenteur du
pouvoir exécutif, qui, pour n'être pas tenté de se mettre au-dessus
des lois, n'aura à sa disposition qu'une force armée restreinte, dont
l'importance, d'ailleurs, sera réglée par le peuple (I, xiv). Cependant
il faut prévoir une violation possible de la loi divine ou humaine. En
ce cas, le prince peut être réprimandé par l'évêque ou le prêtre, mais
en termes modérés ; seul le peuple a le pouvoir de lui infliger une
punition. Il n'abusera pas, d'ailleurs, de ce droit et pardonnera les
fautes légères, de peur que le prince, souvent châtié, ne perde tout
son prestige : dans les cas graves, le peuple peut aller jusqu'à envoyer
au supplice le chef du gouvernement (I, xviii ; II, xxx, p. 307).

On s'est étonné, non sans raison, de la hardiesse avec laquelle les
auteurs du *Defensor pacis* proclamaient, en l'empruntant d'ailleurs à
Aristote, le principe de la souveraineté populaire[1]. Il ne faudrait pas
cependant perdre de vue la restriction contenue dans les mots *valentior
pars civium*. La souveraineté appartient-elle à la majorité des citoyens,
ou aux plus capables, ou aux plus riches ? Les auteurs gardent sur
ce point un silence qui prête à bien des interprétations[2]. Leur État

---

[1] L. Jourdan, *Étude sur Marsile de Padoue*
(Montauban, 1892, in-8°), p. 75 ; Aug. Nimis,
Marsilius' von Padua republikanische Staatslehre
(Manheim, 1898, in-8°).

[2] M. Labanca (p. 87) voit dans cette expression un emprunt aux statuts de la république de Padoue. M. Scaduto (p. 119) conclut
que les auteurs n'avaient peut-être pas eux-

idéal ne diffère peut-être pas autant qu'on pourrait le croire de certaines républiques que Marsile de Padoue avait vues fonctionner en Italie.

L'audace de nos auteurs ne fait que croître à mesure qu'on avance dans la lecture du *Defensor pacis*. Dans le dernier chapitre de la première partie, ils dénoncent cette cause nouvelle de discorde à laquelle ils avaient fait allusion au début, qui trouble, notamment dans le royaume d'Italie, l'action du pouvoir civil, y ruine la paix et y engendre mille calamités : elle n'est autre que la papauté. Cette puissance « fictive » est, suivant eux, d'institution humaine, à la différence du sacerdoce, qui avait été fondé par Jésus-Christ. Et ils esquissent déjà l'histoire de la série d'usurpations par lesquelles les papes seraient parvenus à établir leur prééminence sur tous les autres prêtres et évêques, puis à étendre, en dernier lieu, leur autorité jusque sur les peuples, les communautés, les princes et l'empereur des Romains : la prétention des souverains pontifes serait d'avoir hérité de la plénitude de pouvoir et de juridiction que Jésus-Christ avait sur tous les hommes. Ici sont visées directement les théories théocratiques de Boniface VIII, de Clément V et de Jean XXII[1]. Quant à la politique des papes, elle consisterait à s'immiscer dans les affaires temporelles, sous prétexte d'assurer la paix parmi les hommes, à frapper d'excommunication ceux qui n'obtempèrent pas à leurs ordres, surtout les moins redoutables, tels que les communautés ou princes d'Italie; enfin à empiéter lentement et sournoisement sur la juridiction des souverains plus puissants. Mais Marsile de Padoue a reçu de Dieu le pouvoir de saisir et de dévoiler le sophisme sur lequel se fonde la fausse puissance des évêques de Rome (I, xix).

En commençant la seconde partie, notre auteur nous annonce — et cela ne surprend pas après ses précédentes déclarations — qu'il

---

mêmes une idée bien précise de ce qu'ils entendaient par là. Cf. Riezler, p. 203, et Otto Gierke, *Johannes Althusius u. die Entwicklung der naturrechtlichen Staatstheorie*, dans le t. VII des *Untersuchungen zur deutschen Staats- u. Rechtsgeschichte* (Breslau, 1880, in-8°), p. 54, note 3.

[1] On peut voir dans le passage suivant une allusion à la bulle du 31 mars 1317 (*Thes. anecd.*, II, 641) : « Quorum novissime atque « manifestissime modernus jam dictorum epi-« scopus ad Romanorum principem, tam in Ita-« licorum provinciis quam Germanorum, ad « omnes quoque jam dictarum provinciarum « inferiores principes, communitates, collegia et « personas singulares, cujuscumque dignitatis « et conditionis existant, ac super omnia ipso-« rum feudalia et reliqua temporalia supremam « jurisdictionem se scripsit habere » (*Def. pacis*, I, xix, p. 188). Cf. *ibid.*, II, xx, p. 259; II, xxi, p. 261.

s'attend à avoir contre lui le Saint-Siège et ses partisans, les routiniers
et les jaloux (II, I). En effet, après avoir énuméré les textes favorables
à la juridiction apostolique (II, III), il en cite d'autres à l'aide desquels
il prétend établir que l'évêque de Rome n'a aucune juridiction coactive
sur les prêtres, princes, communautés ou personnes quelconques. Il
ne s'agit pas, en effet, de rechercher ce que le Christ a pu transmettre de pouvoir à ses apôtres, mais ce qu'il a voulu leur en transmettre
et ce qu'il leur en a transmis en effet (II, IV). Or, il résulte de l'enseignement des Apôtres et des saints que tout homme, de quelque condition qu'il soit, doit obéir aux princes de ce monde en tout ce qui
n'est pas contraire à la loi du salut. Les évêques et le pape ne sauraient
donc avoir ici-bas de juridiction coactive ni sur les clercs, ni sur
les laïques, à moins qu'elle ne leur ait été concédée par le peuple,
auteur de toute loi [1], et, dans ce cas même, le peuple resterait le
maître de révoquer sa concession pour une cause qu'il jugerait raisonnable (II, v; III, II, concl. 7).

De là une curieuse conséquence. L'excommunication entraîne des
dommages matériels. Son efficacité au point de vue surnaturel laisse
nos auteurs sceptiques : ils n'y voient guère qu'un acte d'intimidation,
dont l'utilité est d'arrêter le pécheur sur la voie de la perdition; c'est
ainsi que les médecins, par exemple, prononcent d'alarmants pro-
nostics pour décider leurs clients à suivre une meilleure hygiène
(II, VI, p. 210). Mais, au point de vue temporel, les suites de l'excommunication consistent dans la diffamation et dans l'exclusion de la
société civile. Pour cette raison, l'on ne doit point abandonner aux
prêtres le maniement d'une arme aussi redoutable. Contre les
princes, il va de soi que le clergé ne saurait procéder par censures :
ce serait vouloir détourner les sujets de leurs devoirs et s'arroger le
droit de disposer des couronnes. Mais même contre de simples particuliers le clergé ne peut lancer d'excommunication. Il faut que cette
mesure soit approuvée par les fidèles de la ville, de la communauté,
ou par le Concile général ou par le supérieur de l'intéressé. En
somme, le rôle du prêtre ne consistera guère qu'à définir dogmati-
quement les cas susceptibles d'entraîner l'excommunication, puis à

---

[1] Si une juridiction coactive a été concédée à un évêque ou à un prêtre, l'intéressé pourra toujours en appeler au pouvoir civil (III, II, concl. 37).

prononcer la sentence, en tant qu'elle peut intéresser l'âme et la vie future (II, vi, p. 207-209). Il en est de même de l'interdit : le clergé ne le prononcera qu'avec l'assentiment du peuple (III, ii, concl. 16).

Au moins les clercs transgresseurs de la loi ont-ils le droit de ne comparaître que devant une juridiction spéciale? Nullement. Il faudrait, en ce cas, autant de tribunaux qu'il y a de catégories de justiciables, autant de médecins qu'il y a de conditions différentes parmi les malades. Qui l'oserait soutenir? Tous les coupables seront jugés par le pouvoir séculier. S'il y a une différence à faire, le crime sera, chez le prêtre, plus sévèrement puni. Quant à la prétention actuelle des papes de se soustraire et de soustraire tous les clercs à la juridiction civile, elle n'aboutirait à rien de moins qu'à l'annulation complète des tribunaux séculiers. C'est à quoi les prélats, dans une pensée de lucre, travaillent, à grand renfort d'excommunications, et nos auteurs citent les derniers accroissements du privilège du for, invoqué désormais même par les clercs mariés, même par les « Frati Godenti [1] » (II, viii, p. 212; II, xxiii, p. 270).

Mais n'y a-t-il pas toute une catégorie de fautes contre la loi divine dont les ministres de Dieu doivent seuls connaître? La réponse de nos auteurs est encore des plus nettes. Suivant l'esprit de l'Évangile, . suivant la doctrine des Pères, nul ne peut, ici-bas, être contraint d'accomplir les préceptes de la loi divine [2]. L'infidèle ne doit pas être forcé d'embrasser la religion, encore moins le fidèle de la pratiquer. Le Christ, souverain juge, fait crédit au pécheur jusqu'au jour de sa mort : appartient-il aux prêtres, aux évêques, de se montrer en cela plus exigeants? Les schismatiques, les hérétiques seront donc punis par Jésus-Christ, non pas dans ce monde, mais dans l'autre. Le rôle des prêtres ne consistera qu'à les instruire, à les exhorter, à les réprimander, à les épouvanter même par l'annonce des peines qui les attendent, non pas à les contraindre. C'est ainsi que les médecins avertissent leurs malades : telle chose vous guérira; telle autre vous donnera la mort. Les peines, ici-bas, d'une manière générale, ne sont applicables qu'aux transgresseurs de la loi humaine. Au surplus, dans certains pays, on

---

[1] Sur cette sorte de congrégation laïque, voir Du Cange, v° *Fratres Gaudentes*.

[2] Dans l'intérêt même de notre salut, nous ne sommes tenus d'observer que les préceptes de la Loi nouvelle, joints à ceux de la morale rationnelle; il ne nous est aucunement nécessaire d'observer tous les préceptes de l'ancienne Loi (II, ix; III, ii, concl. 3, 4).

interdit la résidence aux hérétiques, aux infidèles : mais cette interdiction est le fait de la loi civile; et, si les transgresseurs de cette loi encourent un châtiment, voire un supplice, c'est aux juges de l'infliger, aux juges civils investis de l'autorité par le peuple. Si, au contraire, la loi civile tolère la présence de tels hommes, personne n'a le droit de les molester. Supposons maintenant un procès d'hérésie : aux prêtres, aux docteurs, appartient de déterminer si tel acte ou tel discours est hérétique; quant à la culpabilité du prévenu, elle pourra être établie par des témoignages de toutes sortes; après quoi la sentence sera prononcée par le pouvoir civil, s'il a reconnu que l'hérésie est, en effet, interdite par la loi (II, x, p. 217-219; III, 11, concl. 14, 15, 30). On le voit, Marsile de Padoue et Jean de Jandun ne sont pas ces défenseurs résolus de la liberté de conscience dont on a tant admiré la tolérance précoce [1] : ils se bornent à récuser les tribunaux ecclésiastiques, mais admettent fort bien que la loi civile prononce le châtiment des hérétiques.

Abordant ensuite une question qui était à l'ordre du jour en 1324, les auteurs du *Defensor pacis* reconnaissent, comme Jean XXII [2] et comme l'Université de Paris [3], que le Christ et les Apôtres ont exercé le droit de propriété. Ils ajoutent cependant que qui veut observer, à un degré parfait, la pauvreté évangélique, ne doit garder aucun immeuble en sa possession, si ce n'est avec la ferme intention de s'en défaire le plus vite possible et d'en distribuer le prix aux pauvres; il ne doit même pas chercher à se défendre devant les tribunaux contre ceux qui auraient envie de s'approprier ses biens [4] (II, xiii, xiv; III, 11, concl. 38). Ce conseil, notons-le, s'adresse non seulement aux religieux qui font profession de pauvreté, mais aux évêques et surtout au pape, bien que ce ne soit pas pour celui-ci une obligation rigoureuse de conformer ainsi sa vie à l'idéal évangélique [5]. Le peuple, de

---

[1] Ad. Franck, *Journ. des Sav.*, 1883, p. 125, 129.

[2] Constitutions du 26 mars et du 8 décembre 1322, du 12 novembre 1323 et du 10 novembre 1324.

[3] *Chartul. Univ. Paris.*, II, 274.

[4] Nos auteurs développent ici une théorie compliquée d'après laquelle le « parfait » serait frappé d'une sorte d'incapacité d'acquérir et de conserver, sinon la jouissance, du moins la propriété des choses (*Def. pacis*, II, xiv, p. 236).

[5] « Status paupertatis et mundi contemptus « decet omnem perfectum, præcipue Christi « discipulum et successorem in officio pastorali. » (II, xi, p. 220.) — « Si temporalia possidere « quærit [papa vel alter episcopus] hisque domi- « nari, hoc licite fortasse potest, etiam in statu « salutis existens, non tamen summæ pauper- « tatis seu perfectionis, instar Christi et Aposto- « lorum, statum observans. » (II, xiv, p. 238).

son côté, est obligé de fournir aux ministres de Dieu le nécessaire, non pas le superflu : il n'est nullement tenu, par exemple, de leur payer la dîme (III, ii, concl. 39). Une fois pourvus suffisamment du vivre et du couvert, les prêtres peuvent être contraints par le pouvoir civil de célébrer l'office divin et d'administrer les sacrements (concl. 40). Ailleurs, nous apprenons qu'une fois la part faite au culte, aux prêtres et aux pauvres, le prince ou le peuple ont le droit d'user de tous les biens ecclésiastiques pour la défense du pays, pour le rachat des prisonniers, pour toutes sortes de dépenses d'intérêt public (II, xvii, p. 251 ; III, ii, concl. 27).

Ainsi dépouillé de ses richesses, de ses privilèges, de sa juridiction, le clergé va se voir, en outre, privé de son indépendance. Il ne se recrute plus lui-même : c'est à l'ensemble des fidèles ou à leur délégué, le prince, qu'il appartient de choisir les sujets destinés à recevoir les ordres (II, xvii, p. 248; III, ii, concl., 21). Au peuple, de nommer son pasteur; au peuple également ou au prince, de distribuer les bénéfices, ceux au moins dont les fondateurs n'ont pas la libre disposition [1] (p. 249, 253), de fixer le nombre des églises, celui des desservants (concl. 22), d'autoriser les établissements religieux, les ordres (concl. 29), de conférer tous les notariats, de donner la licence d'enseigner (II, xvii, xxi, p. 261, 262; III, ii, concl. 23, 24, 25), de déposer les prêtres indignes, d'accorder des dispenses de mariage [2], de légitimer les enfants naturels (concl. 20, 21).

L'autorité suprême dans l'Église, c'est le Concile. En principe, il comprend l'universalité des fidèles; dans la pratique, il se compose de leurs délégués. Que ces délégués soient des clercs ou des laïques, peu importe, pourvu qu'ils soient dignes et instruits, ce qui n'est pas toujours le cas des clercs : Marsile de Padoue ou Jean de Jandun connaissent des prélats incapables de s'exprimer correctement; ils citent un jeune homme de vingt ans, fort ignorant de la religion, qui, sans être même sous-diacre, s'est vu placé à la tête d'un diocèse (II, xx, p. 256, 258).

Mais qui convoquera le Concile général? Celui que nos auteurs, dans leur langage volontairement obscur, appellent « le fidèle légis-

---

[1] On admet seulement que le prince devra consulter des docteurs, des prud'hommes (p. 250).

[2] Seulement dans les cas prohibés par la loi civile; car nul ne peut accorder de dispense pour les cas prohibés par la loi divine.

« lateur humain qui n'a personne au-dessus de lui, *fidelem legisla-*
« *torem humanum superiore carentem* ». C'est sans doute de l'Empereur
qu'ils veulent parler [1], et c'est ainsi qu'on l'a compris [2]. En tout cas,
si d'autres que ce puissant personnage ou que ses délégués se mêlaient
de réunir un Concile, les décrets de cette assemblée n'auraient aucune valeur [3] (II, xxi, p. 253, 258; III, ii, concl. 33).

Quel sera donc le rôle du Concile général légitimement convoqué?
Il instituera des rites; il édictera des règlements obligatoires pour
tous les fidèles; il prescrira les jeûnes et les abstinences; il accordera des dispenses; il réglementera le célibat des prêtres; il canonisera
les saints; il déterminera les cas dans lesquels les princes, les pays, les
cités peuvent être frappés d'excommunication ou d'interdit; il inter-
prétera enfin d'une façon décisive les passages douteux de l'Écriture
sainte (II, xxi, p. 253, 263; III, ii, concl. 2, 5, 33-36); car, si nos
auteurs proclament qu'il suffit de croire ce qui est contenu dans la
Bible ou ce qui en découle nécessairement, ils ajoutent que, pour l'intelligence des Livres saints, il est nécessaire de suivre l'interprétation
des Conciles (II, xxi, p. 254; III, ii, concl. 1).

On se demande peut-être ce que, dans cette république chrétienne,
subordonnée à un pouvoir laïque, devient l'autorité du pape. Marsile
de Padoue et Jean de Jandun nous ont déjà fait pressentir, à cet égard,
leur réponse. Laissant bien loin derrière eux les auteurs qui avaient
déjà, en quelque manière, appliqué à l'Église le principe de la souveraineté populaire, les Jean de Paris, les Guillaume Durand [4], ils admettent sans doute l'institution divine du sacerdoce, mais non pas
de la hiérarchie ecclésiastique [5] (II, xv). Pour eux, tous les évêques
ont une autorité égale, qu'ils tiennent immédiatement de Jésus-
Christ : la subordination des uns aux autres ne résulte point de la loi
divine (III, ii, concl. 17). Pierre n'a reçu du Christ aucune autorité

---

[1] La même expression se rencontre p. 265 :
« Generalis Concilii aut, secundum ejus dicta-
« men, *fidelis legislatoris humani superiore ca-*
« *rentis...* » On pourrait croire que le mot *legis-*
lator désigne ici, comme en beaucoup d'autres
passages, une collectivité, l'ensemble des fidèles,
si, dans la phrase suivante, il n'était appliqué
à l'empereur Constantin.

[2] Bulle de Jean XXII du 23 octobre 1327.

[3] M. L. Jourdan (*Ét. sur Marsile de P.,*
p. 71) va un peu loin en disant que, d'après
Marsile de Padoue, c'est l'État qui nomme les
membres du Concile.

[4] Cf. Scaduto, p. 125, 128.

[5] En marge de ce chapitre, un contemporain a écrit, dans le ms. latin 15869 de la
Bibl. nat. (fol. 36 r°) : « Istud capitulum vide-
« tur loqui angelice. »

spéciale sur les autres apôtres. Tout ce qu'on peut concéder, c'est qu'il fut le premier, ou par l'âge, ou par l'importance des fonctions, ou en vertu de la désignation de ses compagnons, bien qu'on ne trouve dans l'Écriture aucune trace d'une élection semblable (II, XVI, p. 242). Cette audacieuse explication n'est pas, à vrai dire, de l'invention de Marsile, ni de Jean de Jandun. Hervé Nédellec, qui mourut en 1323, en avait déjà connaissance et la signalait comme une nouveauté dans son *De Potestate Papæ*[1]. Jamais, ajoutent nos auteurs, Pierre n'exerça sur les autres apôtres de juridiction coactive. Son successeur ne devrait-il pas en user de même? Qui est, d'ailleurs, son successeur? L'évêque de Rome, ou celui d'Antioche, ou celui de Jérusalem? Pierre a successivement occupé ces trois sièges (II, XVI, p. 244). Ou plutôt, de ces trois sièges, le seul qu'il n'ait peut-être jamais occupé, c'est Rome. Sait-on seulement s'il y est venu? En tout cas, on ne pourrait le prouver par des textes de l'Écriture; et aux récits légendaires des Apocryphes, Jean de Jandun et Marsile de Padoue opposent le silence de saint Paul dans les Épîtres, de saint Luc dans les Actes des apôtres (p. 245).

Ils reconnaissent pourtant que la suprématie de l'Église de Rome remonte aux premiers temps du christianisme. Ils l'expliquent par le consentement spontané des autres Églises, et ils y voient, sinon un droit, du moins un usage respectable, utile même en ce qu'il assure l'unité de l'Église militante (II, XXIII, p. 265, 267).

Qu'un évêque, celui de Rome, conserve donc une certaine prééminence, qu'il puisse signaler au prince les circonstances graves ou urgentes propres à motiver la convocation d'un Concile général, que, dans cette assemblée, il occupe la première place, qu'il y mette les questions en délibération, qu'après avoir fait recueillir, recopier et sceller les décisions des Pères, il les notifie aux différentes Églises, et que même il punisse d'excommunication les transgresseurs de ces décrets, pourvu que ce soit au nom du Concile : Marsile de Padoue et Jean de Jandun n'y voient pas grand inconvénient; mais, une fois ces concessions faites, ils pensent avoir suffisamment sacrifié à l'unité de l'Église et aux traditions romaines (II, XXII, p. 264, 265).

Ils déclarent que l'évêque de Rome ne saurait exercer, sur les

[1] Impr. par J. Barbier, en 1506, in-4°.

autres Églises, que l'autorité qui lui est dévolue par le Concile général ou par le « fidèle législateur humain qui n'a personne au-dessus de « lui » (II, xviii, xxii, p. 253, 265). Ils lui dénient le droit d'interpréter l'Écriture sainte, de définir le dogme, de distribuer les bénéfices et de courber les autres Églises sous sa juridiction coactive (II, xxii, p. 263). Le choix des prêtres destinés à l'assister de leurs conseils appartient au Concile général ou au « fidèle législateur humain qui n'a « personne au-dessus de lui » [1]. Lui-même ne doit être élu que par le peuple chrétien, ou par le délégué du peuple, le prince, ou encore par le Concile; ces mêmes autorités ont également le pouvoir de le châtier, de le suspendre et de le déposer, lui et les membres du collège qui forme son conseil (II, xxii, p. 266; II, ii, concl. 42) [2]. En somme, le pape, si réduit que soit son rôle, ne l'exerce que par la volonté et sous le contrôle d'une autorité vague et mal définie qui s'appelle tour à tour Concile général, « législateur fidèle », « principant », ou « fidèle légis- « lateur humain n'ayant personne au-dessus de lui »; à travers ces formules élastiques ou obscures, nous croyons, le plus souvent, reconnaître l'Empereur, absorbant en lui, grâce aux délégations multiples dont on le suppose investi, la puissance spirituelle suprême avec le gouvernement temporel du monde [3].

La réalité ne correspondait guère à l'idéal imaginé par les auteurs du *Defensor pacis*. Aussi, pour expliquer l'état actuel de l'Église et l'importance de la papauté, entreprennent-ils de développer l'histoire, qu'ils n'avaient fait qu'ébaucher au début, des empiétements successifs des évêques de Rome. Ils montrent le souverain pontife s'affranchissant peu à peu de la tutelle impériale (II, xxv, p. 276 et suiv.),

---

[1] P. 265. Ici encore les auteurs usent de la périphrase *fidelis legislator humanus superiore carens*.

[2] Cf. la concl. 18 : le consentement du « législateur fidèle » (du peuple chrétien) permet aux évêques, ensemble ou séparément, de châtier, d'excommunier l'évêque de Rome, et réciproquement.

[3] Ad. Franck a bien fait comprendre le vague de la pensée de Marsile de Padoue : « Tan- « tôt, s'appuyant sur l'exemple des temps pri- « mitifs de l'Église, il semble croire que prêtres « et évêques doivent être nommés par le suffrage « des populations au milieu desquelles ils sont « appelés à exercer leur ministère. Dans d'autres « moments, il laisse supposer que la dignité « épiscopale et la prêtrise elle-même doivent « être conférées par les représentants du *législa- « teur fidèle*, c'est-à-dire par le Concile. Enfin, « d'après plus d'un passage, toute la hiérarchie « ecclésiastique, depuis le pape jusqu'aux sim- « ples prêtres, est laissée à la discrétion de celui « qui commande par l'autorité du législateur « fidèle, *per solum fidelem legislatorem aut ejus « auctoritate principantem*, à la discrétion de « l'Empereur. » (*Journ. des Sav.*, 1883, p. 127.)

pour en arriver à se proclamer seul vicaire de Jésus-Christ sur terre, roi des rois et seigneur des seigneurs; d'où résulterait que tous les royaumes du monde lui appartiennent, qu'il peut les distribuer, les reprendre à son gré (II, XXII, p. 268). Ils critiquent également l'importance excessive des diacres, décorés du nom de cardinaux, qui prétendent occuper dans la hiérarchie ecclésiastique un rang supérieur à celui des évêques et des prêtres.

Les abus de la cour de Rome n'ont pas, bien entendu, de plus sévères censeurs. En ce qui concerne le droit de dépouille, nos auteurs assurent que le souverain pontife défend aux bénéficiers de tester sans sa permission, puis s'attribue les biens des bénéficiers intestats : remarque qu'il conviendrait peut-être de ne point généraliser, Jean XXII, ainsi qu'il résulte des plus récentes recherches, semblant s'être borné à se réserver, dans des cas isolés, la succession de certains prélats [1]. Il ne revendiquait pas non plus, d'une manière générale, la disposition des legs faits pour des œuvres pies : c'est cependant ce que lui reprochent amèrement nos auteurs [2]. La cour de Rome, à les entendre, n'est qu'une maison de commerce : au milieu des intrigues de simoniaques et des criailleries d'avocats, on ne s'y soucie guère du salut des âmes; il n'y est question que d'envahir les États chrétiens et d'en dépouiller par les armes les possesseurs légitimes (II, XXIV, p. 274). Les prélatures sont distribuées à des ignorants et à des illettrés, grâce à la recommandation ou par l'effet de la simonie (p. 273) : autre critique à laquelle nos auteurs se gardent sans doute de donner un sens trop général, puisqu'ils ont été eux-mêmes (ils s'en souviennent peut-être) pourvus de canonicats par Jean XXII. Mais ici la diatribe dépasse toute mesure. Le pape n'est plus que « le grand dragon, le vieux serpent, digne d'être appelé « diable et Satan » (II, XXVI, p. 286). Et Marsile de Padoue, enflant sa voix, s'adresse à toute l'humanité : « Je vous le dis et je vous le crie, « comme un héraut de vérité : Rois, princes, peuples, tribus de toutes « langues. . ., ces évêques de Rome cherchent à vous réduire en leur « sujétion ! » (II, XXIV, p. 280.)

[1] L. König, *Die päpstliche Kammer unter Clemens V u. Johann XXII* (Vienne, 1894, in-8°), p. 42; Kirsch, *Die päpstlichen Kollektorien in Deutschland* (Paderborn, 1894, in-8°), p. XXIX; Ch. Samaran, *La jurisprudence pontifi-*

cale en matière de droit de dépouille dans la seconde moitié du XIVe *siècle,* dans les *Mélanges d'archéol. et d'hist.,* 1902, p. 142, 143.

[2] *Def. pacis,* II, XXIV, p. 274; cf. II, XVI, p. 243; III, II, concl. 28. Cf. Kirsch, p. XXX.

Nos auteurs se souviennent cependant que leur ouvrage est destiné spécialement à Louis de Bavière, et ils s'attachent, en terminant, à prouver que les usurpations pontificales intéressent particulièrement l'Empire. Les papes soutiennent que nul ne peut, sans leur assentiment, prendre le titre de roi des Romains : par là ils annulent le droit des Électeurs de l'Empire, qu'ils prétendaient sauvegarder. Ils veulent que l'élu leur prête serment de reconnaître leur juridiction et de leur conserver la jouissance des provinces italiennes qu'ils détiennent injustement. En cas de vacance, ils se figurent succéder aux droits de l'Empereur, ce qui entraînerait pour eux la faculté de recevoir les serments de tous les princes et feudataires de l'Empire (II, xxvi, p. 281 et suiv.; cf. p. 308). Rappelant alors les démêlés de Clément V avec Henri VII de Luxembourg (II, xxiii, xxiv, p. 270, 279), nos auteurs insistent plus longuement et plus acrimonieusement sur le conflit actuel de Jean XXII avec Louis de Bavière. Le pape, aidé de ses complices, a semé déjà la division en Italie : il s'apprête à faire subir le même sort à l'Allemagne. Il profite des différends, il les suscite au besoin, pour que la partie la plus faible en soit réduite à implorer son secours. Que les autres princes, instruits par cet exemple, sachent bien ce que cet évêque leur prépare! (II, xxvi, p. 283 et suiv.)

La troisième partie du *Defensor pacis* se termine par une déclaration qui semblerait presque ironique, si les auteurs ne nous avaient prévenus dans quelles conditions seulement ils admettent l'autorité des Conciles : « Si l'on découvre dans ces pages quelques propos ou « conclusions peu catholiques, loin de les soutenir avec obstination, « nous les soumettons à la correction et à la décision souveraine de « l'Église catholique et du Concile général des fidèles chrétiens [1]. »

Tel est ce fameux ouvrage, plein d'obscurités, de redondances et de contradictions, où le fil de la pensée se perd parfois dans le dédale des raisonnements et des citations profanes ou sacrées [2], mais qui énonce cependant, tant en religion qu'en politique, des idées si auda-

---

[1] K. Müller, *Gött. gel. Anzeigen*, 1883, p. 925.

[2] On trouve dans l'ouvrage de Riezler (p. 197) la nomenclature des sources citées dans le *Defensor pacis*. En outre, on a cru reconnaître dans un passage du chap. xvi de la première partie une allusion à la *Monarchia* de Dante (*ibid.*, p. 205; F.-X. Kraus, *Dante, sein Leben u. sein Werk*, Berlin, 1897, in-4°, p. 759).

cieuses ou si neuves qu'on a pu y reconnaître comme une première ébauche des doctrines développées avec éclat aux époques de la Réforme et de la Révolution française. Théorie purement démocratique, mais déjà toute prête à se transformer, grâce à une série de fictions et de sous-entendus, en doctrine impérialiste; plan chimérique de réformes, qui aboutit, non pas à la séparation de l'Église et de l'État, mais à l'asservissement de l'Église à l'État : la hiérarchie ecclésiastique bouleversée, le clergé dépouillé de tous ses privilèges, le pape ravalé au rang de président d'une sorte de république chrétienne qui se gouverne elle-même, ou plutôt qui se laisse gouverner par César [1] : tel est le rêve que forment, en 1324, deux maîtres de l'Université de Paris. Il sert trop bien la cause, il flatte trop les passions de Louis de Bavière, auquel il est communiqué, pour qu'on le suppose, comme on l'a fait [2], conçu *a priori*, en dehors de toute préoccupation actuelle. Marsile de Padoue et Jean de Jandun ne sont pas tant qu'on se l'imagine des « scolastiques indifférents à la réalité [3] ».

V

Lorsque le *Defensor pacis* fut achevé, il est probable que les auteurs cherchèrent à le faire passer sous les yeux du roi des Romains, mais qu'ils n'eurent garde de le répandre dans Paris, ni de divulguer autour d'eux leurs thèses aventureuses. Interrogé à ce sujet, un des disciples de Marsile de Padoue se défendit plus tard d'avoir contribué à publier ce libelle en France, et il ajouta qu'il ne croyait pas que son maître, non plus que Jean de Jandun, eût osé hasarder de telles doctrines à Paris [4].

[1] Cf. Ad. Franck, p. 128 : « De telles doc-« trines mettent le clergé, et avec lui la religion, « les matières de dogme et de foi aussi bien que « de hiérarchie et de discipline, dans la plus en-« tière dépendance d'une assemblée laïque, « nommée par le suffrage du peuple et dominée « par l'Empereur, c'est-à-dire par la politique. » Voir aussi Otto Gierke, *Johannes Althusius*, p. 228.

[2] Labanca, p. 145.

[3] E. Gebhart, *Revue historique*, t. XXV, p. 167.

[4] Baluze, *Miscellanea*, II, 280. — C'était, à ce qu'il semble, l'opinion de Jean XXII lui-même (bulle du 3 avril 1327) : « Dum in « eodem studio, cum in eo catholici principis « actoritas vigeat, ac studium ipsum orthodo-« xorum theologorum et canonistarum copia sit « munitum, vesanie sue virus effundere non au-« derent... » (*Chartul. Univ. Paris.*, II, 302.)

À cet égard, un document d'archives fournit une précieuse indication sur l'attitude et les projets de Jean de Jandun au moment même où s'achevait la rédaction du *Defensor pacis*. Le 19 juin 1324, comme il résulte d'une charte de l'officialité de Paris, une maison du Cloître-Saint-Benoit, aboutissant à la rue de Sorbonne [1] et appartenant aux maîtres et écoliers de Sorbonne, fut louée à M⁰ Nicolas de Vienne, dit Amyel, clerc du roi, pour toute la durée de sa vie, et, après lui, à M⁰ Jean de Jandun, chanoine de Senlis, également pour la durée de sa vie. La location fut faite moyennant le payement de 18 livres parisis de cens annuel et l'obligation d'entretenir l'immeuble en bon état. Les deux preneurs furent présents devant l'official et s'obligèrent par serment à exécuter les clauses du bail [2]. Ainsi, Jean de Jandun croyait, à ce moment, ou paraissait croire sa situation en France si peu compromise, qu'il projetait de s'installer à demeure à Paris; il faisait choix d'une maison, au cœur du quartier des écoles, et comptait l'occuper après la mort de Nicolas de Vienne, un maître sans doute plus âgé que lui [3]. Cela tendrait à prouver qu'il n'avait nullement l'intention d'ébruiter sa collaboration avec Marsile de Padoue.

Quant à ce dernier, rien ne transpirait non plus de ses secrètes doctrines. Il paraît s'être tourné vers les études sacrées. Un jour, il annonça l'intention d'ouvrir un cours de théologie, et ce lui fut une occasion d'emprunter de l'argent à ses amis, 9 florins d'or à Robert de' Bardi, alors simple étudiant [4], 10 livres parisis à André de Rieti, chirurgien, 10 livres ou 10 florins à Pierre de Florence, régent en médecine [5], une autre somme encore à André de Florence, qu'un témoin qualifie de « maître du roi de France » [6]. Cependant, ce besoin d'argent avait une autre explication. Un ou deux mois plus tard, les prêteurs eurent le désappointement d'apprendre la disparition sou-

---

[1] Elle était contiguë, d'un côté, à la maison de Mᵉ Jean de Villerose, de l'autre, à la maison dite *À la Rose*, et se trouvait située au-dessous des écoles du futur cardinal Annibaldo de Ceccano, alors proviseur de Sorbonne.

[2] Arch. nat., S 6419, n° 13.

[3] Nicolas de Vienne avait été recteur en 1313 (*Chartul. Univ. Paris.*, II, 162).

[4] Le texte imprimé par Baluze porte : « Roberto de Baris. » Les éditeurs du *Chartul. Univ. Paris.* (II, 719), en transcrivant ce passage, impriment : « Roberto de Bardis. » Il s'agirait d'un futur docteur en théologie qui devint, en 1336, chancelier de Paris (*ibid.*, p. 431).

[5] Sur lui, voir *ibid.*, p. 287, 350, 454.

[6] Il s'agit sans doute d'André Ghini Malpigli, secrétaire du roi, plus tard évêque d'Arras, de Tournai, enfin cardinal (*Gall. christ.*, III, 336; Baluze, *Vitæ paparum*, I, 844).

daine de Marsile de Padoue. En compagnie sans doute de son ami Jean de Jandun [1], il était parti pour l'Allemagne [2].

Que s'était-il passé? Avaient-ils reçu l'assurance que leurs services seraient largement récompensés par Louis de Bavière? Avaient-ils lieu de craindre quelque indiscrétion qui rendît dangereuse la prolongation de leur séjour à Paris [3]? Toujours est-il que leur départ semble avoir précédé l'éclat qu'ils étaient en droit de redouter. Ce n'est qu'environ deux mois après la fugue de Marsile que François de Venise entendit des religieux de l'ordre des Ermites et des maîtres de l'Université de Paris prononcer, pour la première fois, les noms de Jean de Jandun et de Marsile de Padoue comme ceux des auteurs du *Defensor pacis* [4].

C'est à la date de 1326 qu'un des continuateurs de Guillaume de Nangis rapporte en ces termes l'exode de nos deux philosophes : « Vers « ces temps-là, ces deux fils du diable vinrent à Nuremberg [5]. » D'autre part, la première bulle lancée par Jean XXII contre Jean de Jandun et Marsile de Padoue doit être du mois de juillet ou du mois d'août 1326 : car elle fut publiée dans le diocèse de Passau avant le 6 septembre de cette même année [6]. Cette circonstance rend vraisemblable la date fournie par le chroniqueur. Nous savons, en effet, par le témoignage de François de Venise, que la divulgation du nom des auteurs du *Defensor pacis* suivit de près leur départ de Paris; leur citation en cour de Rome ne put se faire longtemps attendre; par conséquent, leur arrivée à la cour de Bavière dut à peu près coïncider

---

[1] Jean de Jandun n'entra jamais en jouissance de la maison du Cloître-Saint-Benoît : Nicolas de Vienne l'habitait encore à une époque où, depuis longtemps, notre philosophe avait pris le chemin de l'étranger (*Chartul. Univ. Par.*, II, 669).

[2] Déposition de François de Venise (Baluze, *Miscellanea*, II, 280).

[3] Rien de vrai, d'ailleurs, dans ce qu'on a semblé croire (*Paris et ses histor.*, p. 11) que les théories du *Defensor pacis* avaient été censurées dans les conciles provinciaux d'Avignon, de Marciac, de Ruffec et de Toulouse.

[4] Baluze, *Miscellanea*, II, 280.

[5] Éd. Géraud, t. II, p. 74. La traduction française qui se trouve dans les *Grandes Chroniques* a permis de reconstituer le texte altéré du continuateur.

[6] À cette date, l'évêque de Passau adressa pour la seconde fois à la cour pontificale les procès-verbaux de la publication faite dans les principales localités de son diocèse. Il avait envoyé à Avignon ces documents une première fois, mais craignait qu'ils ne se fussent égarés en chemin (W. Preger, *Auszüge aus den Urkunden des Vatikanischen Archivs*, dans *Abhandlungen der histor. Classe der bayerisch. Akademie der Wissenschaften*, t. XVII, 1, p. 199). — Henri de Rebdorff se trompe en faisant remonter la condamnation des deux auteurs à 1324. Il commet une erreur également flagrante en attribuant à leur inspiration l'appel de Saxenhausen (Böhmer, *Fontes rerum Germanicarum*, IV, 554). Une confusion analogue est à relever dans la chronique de Villani (Muratori, XIII, 561).

avec cette bulle de Jean XXII que nous croyons devoir dater de l'été de 1326 [1].

« Pour Dieu, qui vous a engagés à quitter un pays pacifique et glo-« rieux et à venir dans une contrée désolée par la guerre ? » C'est en ces termes que Louis de Bavière aurait apostrophé les auteurs du *Defensor pacis*, suivant le continuateur de Guillaume de Nangis. « L'er-« reur, répondirent-ils, à laquelle nous voyons que l'Église est en proie « nous a forcés de prendre le chemin de l'exil. Incapables de tolérer « plus longtemps cet état de choses la conscience en repos, nous recou-« rons à vous. L'Empire vous appartient de droit : à vous aussi de « redresser l'erreur, de rétablir l'ordre légitime ! » Ils présentèrent alors, s'ils ne l'avaient déjà fait, leur ouvrage à Louis de Bavière, et s'offrirent à défendre les principes de ce livre contre quiconque les attaquerait, au besoin jusqu'au supplice et à la mort [2].

L'esprit qui régnait alors à la cour de Bavière n'était rien moins que favorable au Saint-Siège; la présence d'un grand nombre d'adversaires de Jean XXII y entretenait chez le prince une animosité violente à l'égard du pape d'Avignon. Cependant les théories de Marsile de Padoue et de Jean de Jandun dépassaient tellement en audace les conceptions des Franciscains dits Spirituels, qu'elles produisirent, au premier abord, sur le roi des Romains, une impression déconcertante. Il réunit des personnes compétentes; on lui remontra que, s'il acquiesçait à ces doctrines empoisonnées, il encourrait le reproche d'hérésie et, déchu par là même de ses droits à l'Empire, fournirait ainsi au pape le moyen de procéder contre lui. On lui conseillait d'appliquer simplement aux deux maîtres le châtiment réservé aux hérétiques [3].

Cependant Marsile de Padoue et Jean de Jandun avaient retrouvé à la cour de Nuremberg des lettrés qui se souvenaient les avoir connus à Paris [4]. Il répugnait, d'autre part, à Louis de Bavière d'en-

---

[1] Ces considérations ont échappé à M. J. Sullivan (*The Americ. histor. Rev.*, II, p. 412), qui croit devoir placer le départ pour l'Allemagne peu après le mois de juin 1324. Cependant M. K. Müller plaçait l'arrivée à Nuremberg vers l'été de 1326 (t. I, p. 162, 368).

[2] Nangis, II, 75. Bulles du 3 avril (*Chartul. Univ. Paris.*, II, 301) et du 23 octobre 1327 (Rinaldi, V, 343). Cf. K. Müller, p. 163, note 2.

[3] Nangis, *loco cit.* — Cette opposition est rappelée jusque dans les bulles de Jean XXII des 3 avril et 23 octobre 1327, et dans celle de Clément VI du 12 avril 1343 (Riezler, p. 39).

[4] Voir Riezler, p. 35.

voyer au bûcher des hommes qui, pour suivre son parti, avaient abandonné une situation honorable et prospère. Étranger, comme il l'allégua plus tard pour son excuse [1], aux subtilités de la littérature, il laissa donc les deux auteurs du *Defensor pacis* s'établir près de lui. Bientôt même, il les retint au nombre de ses familiers, les combla d'honneurs et de présents, leur permit d'exposer plusieurs fois leurs doctrines publiquement devant lui [2]. Marsile de Padoue devint son médecin [3]. Ce Gibelin contribua peut-être à inspirer la politique italienne de Louis de Bavière. Il se retrouve aux côtés du roi des Romains à Trente [4], durant les mois de janvier, de février ou de mars 1327, lors de cette brillante assemblée des Gibelins d'Italie où la marche du prince sur Rome fut résolue, et où le « prêtre Jean » (c'est en ces termes qu'on désignait désormais Jean XXII) fut déclaré hérétique et pape indigne. Plus tard, probablement quand le Bavarois ceignit la Couronne de fer (31 mai), Marsile de Padoue fut de ceux qui prêchèrent ou répandirent des libelles contre le pape dans la ville et dans le diocèse de Milan [5].

Émerveillé de ses succès, son vieil ami Albertino Mussato lui adressa, de Chioggia, une nouvelle épître en vers, pleine de compliments et d'encouragements [6]; il comptait maintenant sur lui pour venir au secours de l'Italie, et il exhortait les Padouans à se réjouir de l'élévation glorieuse de leur concitoyen :

> Hic patronus erit vere certissimus; hic est
> Unus qui nobis cunctando restituet rem.
> Ergo vale, bene fauste! Deus te dirigat atque
> Regem istum, sibi quem totus desiderat orbis !

Prévoyant que Marsile allait suivre les camps, il le priait de noter les marches, les rencontres, les actions d'éclat dont il serait témoin,

---

[1] *Vatikanische Akten*, p. 640, 780.

[2] Nangis, II, 74, 75. Bulles du 3 avril et du 23 octobre 1327.

[3] C. Gewold, *Defensio Ludovici IV imperatoris ratione electionis contra Abr. Bzovium* (Ingolstadt, 1618), col. 187.

[4] Bulle du 3 avril 1327. — M. K. Müller (I, p. 170, note 5) suppose que Jean de Jandun se trouvait aussi à Trente, bien que la bulle ne fasse mention que de Marsile de Padoue.

[5] Supplique des ambassadeurs Milanais : « Multaque erronea tam per dictum Marsilium « quam plures alios diversis temporibus prædi- « dicari et libellos diffamatorios conscribi, divul- « gari et in publico appendi in civitate et diœcesi « prædictis mandavit. » (Rinaldi, V, 533.)

[6] Grævius et Burmann, *Thes. antiq.*, VI, II, Suppl., col. 51. — M. Labanca (p. 229) réimprime cette lettre et la date d'environ 1326. Cf. Riezler, p. 43.

ayant envie lui-même de s'en faire l'historien et tout disposé à consacrer par sa prose ou ses vers l'immortalité du Bavarois. Mussato écrivit, en effet, dans la suite, mais sur un autre ton, l'histoire de Louis de Bavière : on ignore si Marsile de Padoue lui avait fourni des renseignements [1].

Cependant l'attention du pape s'était, pour la première fois, comme on l'a vu, portée sur les auteurs du *Defensor pacis* durant l'été de 1326. Par bulle du 3 avril 1327, il reprocha à Louis de Bavière, entre autres faits pouvant motiver une condamnation nouvelle, d'avoir accueilli deux « hommes méchants », deux « fils de perdition » qui « se faisaient appeler Marsile de Padoue et Jean de Jandun » : le rang qu'il leur avait laissé prendre parmi ses familiers, la permission qu'il leur avait donnée de publier des erreurs manifestes et déjà condamnées indiquaient suffisamment qu'il partageait leurs doctrines [2].

Une des bulles fulminées le jeudi saint suivant (9 avril 1327) vise également Marsile de Padoue et Jean de Jandun, en même temps que d'autres personnages qui avaient accompagné Louis de Bavière en Italie : ils étaient frappés de suspense et d'excommunication, déclarés déchus de leurs bénéfices et cités à comparaître en personne, dans le délai de quatre mois, pour présenter leur justification [3].

En même temps, une série de propositions extraites du *Defensor pacis* furent soumises à l'examen d'une commission constituée à Avignon et composée de cardinaux, de prélats et de docteurs. Cinq de ces propositions furent retenues, et le Saint-Siège ne dédaigna pas de les réfuter longuement dans une bulle datée du 23 octobre 1327 [4]. La première intéressait le temporel de l'Église : de ce que le Christ, d'après saint Mathieu (xvii, 26), avait consenti à payer, pour lui et pour saint Pierre, le tribut à César, nos auteurs avaient conclu que tous les biens de l'Église étaient soumis à l'Empereur, qui pouvait se les approprier. Le pape faisait observer que l'impôt du didrachme, en admettant qu'il fût dû par saint Pierre et par le Sauveur, constituait une contribution personnelle et n'impliquait pas la sujétion de leurs

[1] Cf. Riezler, p. 44, note 2.
[2] *Chartul. Univ. Paris.*, II, 301.
[3] *Thes. nov. anecd.*, II, 692. — Les circonstances empêchant que cette bulle fût signifiée aux intéressés, on se contenta de l'afficher aux portes de Notre-Dame-des-Doms, et il fut décrété que cette publication équivaudrait à une citation personnelle (Rinaldi, V, 343). Cf. Nangis, II, 76.
[4] Rinaldi, V, 347.

biens aux exigences du fisc. La seconde proposition était la négation
de la primauté de saint Pierre : ici la réfutation prenait une grande
ampleur, s'appuyant sur les textes de l'Écriture et sur les aveux des
Empereurs. Suivant la troisième proposition relevée dans le *Defensor
pacis*, le droit d'élire, de destituer, de punir, au besoin, l'évêque de
Rome appartenait à l'Empereur : Jean XXII objectait qu'un tel droit
n'avait pu se fonder dans les premiers temps du christianisme, alors
que les Empereurs étaient païens; que, dans la suite, les Empereurs
chrétiens n'avaient pu hériter d'un droit que ne possédaient pas leurs
prédécesseurs; il discutait, avec plus ou moins d'à-propos, les cas
embarrassants fournis par l'histoire du moyen âge, et il rappelait que
les lois impériales interdisaient à l'Empereur de destituer même un
simple clerc. Aux termes de la quatrième proposition, qui, dans sa
forme absolue, dépasse peut-être un peu la pensée de nos auteurs,
pape, archevêques, évêques et simples prêtres étaient égaux de par
l'institution du Sauveur; ils ne devaient le plus ou moins d'autorité
qu'ils exerçaient qu'à une concession de l'Empereur, révocable à sa
volonté [1] : Jean XXII établissait, au contraire, l'origine divine et
l'ancienneté de la hiérarchie ecclésiastique. Enfin une cinquième
proposition extraite du *Defensor pacis* contestait à l'Église, fût-elle
assemblée tout entière, le droit d'infliger une peine de nature coactive
sans la permission de l'Empereur [2] : l'exemple d'Élymas, celui d'Ana-
nie et de Saphire, d'autres encore, servaient au pape à démontrer
que l'usage de la contrainte corporelle avait été permise par Jésus-
Christ à ses apôtres. Cette réfutation terminée, le pape constatait
que Marsile de Padoue et Jean de Jandun n'avaient point comparu
dans les délais fixés : déclarés contumaces, ils ne demandaient
point à rentrer dans le giron de l'Église, ils cherchaient plutôt à
entraîner d'autres malheureux à leur suite. En conséquence, Jean XXII
les déclarait hérétiques et hérésiarques, évoquant à ce propos le souvenir d'Arius, de Manès, de Nestorius et de Dioscore, les condamnait,

[1] Jean XXII généralise ici ce que Marsile
de Padoue et Jean de Jandun disent des évêques. De plus, là où la bulle ne fait allusion
qu'à la volonté impériale, nos auteurs font
aussi intervenir le consentement des églises,
ou même le vote d'un Concile général.

[2] On le voit, le rédacteur de la bulle traduit toujours par « l'Empereur » les expressions
de « legislator humanus » et de « principans
« auctoritate legislatoris humani » qui se rencontrent dans le *Defensor pacis* : en cela, nous
avons dit (p. 584) qu'il ne dénaturait pas la
pensée véritable de Marsile de Padoue et de
Jean de Jandun.

ainsi que leur livre, défendait de les recevoir, de leur prêter appui, ordonnait qu'on les arrêtât, partout où l'on pourrait les prendre, et qu'on les livrât à l'Église.

À l'époque où cette bulle, transmise en des copies multiples aux archevêques de la chrétienté, parvenait à la connaissance du clergé et des fidèles[1], Marsile de Padoue et Jean de Jandun, montés au plus haut degré de la faveur impériale, croyaient presque voir s'accomplir la révolution qu'ils avaient rêvée : les événements donnaient raison à quelques-unes de leurs plus folles utopies.

Le 7 janvier 1328, le roi des Romains était entré dans Rome. Le 17, il s'était fait couronner empereur par Sciarra Colonna, députe à cet effet, avec trois autres Romains, comme syndics du peuple. C'était, au moins en apparence, l'investiture populaire substituée, suivant la théorie du *Defensor pacis,* à l'investiture pontificale.

Le 18 avril suivant, Louis, revêtu des insignes impériaux, prit place sur un trône, entouré de ses prélats et de ses chevaliers, au milieu de l'assemblée du peuple. Un religieux appela trois fois l'avocat chargé de défendre «le prêtre Jacques de Cahors, qui se faisait «nommer Jean XXII». Après quoi lecture fut donnée d'une proclamation impériale : sur la demande des syndics, mandataires du clergé et du peuple de Rome, Louis déclarait le pape déchu de toutes ses dignités et soumis à la juridiction du pouvoir séculier. La vacance du Saint-Siège était ouverte, et l'Empereur promettait de pourvoir le plus tôt possible à la nomination d'un pasteur légitime[2]. Ce jour-là, le *fidelis legislator humanus superiore carens,* comme l'appelaient les auteurs du *Defensor pacis,* inaugura son rôle de représentant de la chrétienté et de juge des évêques de Rome. On a remarqué, d'ailleurs, que les motifs invoqués en faveur de la déposition du pape n'étaient plus les doctrines hétérodoxes qu'on lui reprochait naguère, au temps où Louis de Bavière subissait l'influence exclusive des Franciscains révoltés, mais des considérations d'ordre politique, empruntées pour la plupart au livre de Marsile de Padoue : l'usurpation de

---

[1] Voir une lettre du 23 janvier 1328 ordonnant à l'évêque de Sion de faire publier dans son diocèse ce procès, qui avait été transmis notamment à l'archevêque de Besançon (*Vatikanische Akten,* p. 364). Une lettre postérieure, celle du 5 mai 1329, mentionne la publication de la sentence du 23 octobre 1327 dans la ville de Rome et aux environs (*Thes. nov. anecd.,* II, 773).

[2] J. Villani (Muratori, XIII, 641); Baluze, *Vitæ paparum,* II, 512. Cf. K. Müller, I, 183 et suiv.

la puissance séculière, le gaspillage des biens de l'Église, la mauvaise distribution des bénéfices, etc. [1].

Enfin, le 12 mai suivant, fête de l'Ascension, l'Empereur de nouveau trôna dans une assemblée populaire tenue sur la place Saint-Pierre. On introduisit le frère Mineur Pierre de Corbara; Louis se leva et lui fit prendre place sous le baldaquin qui abritait son trône. Après un discours où le souvenir des excès du pontife déchu faisait d'autant mieux ressortir la noble figure du candidat présent, l'évêque de Castello demanda, par trois fois, au peuple s'il voulait de Pierre de Corbara pour pape. Bien qu'on eût espéré le succès d'un Romain, des acclamations approbatives se firent entendre. Aussitôt fut donnée lecture du décret impérial qui confirmait la prétenduc élection populaire. Louis imposa au nouveau pape le nom de Nicolas V, lui remit ses insignes, lui confirma les possessions dont les papes jusqu'alors avaient joui, disait-il, par la permission de l'Empereur. Cette journée fut le plus beau triomphe des idées développées dans le *Defensor pacis* : le prince et le peuple concourant à l'élection du pape, à l'exclusion des cardinaux; le pouvoir temporel reçu des mains de l'Empereur; un religieux Mendiant élevé sur la chaire de Saint-Pierre pour rappeler que le vicaire de Jésus-Christ devait donner le premier l'exemple de la pauvreté évangélique[2].

Marsile de Padoue et Jean de Jandun n'avaient pas seulement reconnu avec orgueil l'influence de leurs doctrines dans cette série étrange d'événements imprévus : ils y avaient joué leur rôle.

Venus à Rome avec Louis de Bavière, ils y avaient prêché ouvertement leurs doctrines révolutionnaires[3]. Investi du titre de vicaire impérial, Marsile de Padoue avait abusé de cette commission pour persécuter les clercs romains qui observaient l'interdit mis sur la ville par Jean XXII; il s'en était pris même aux parents et aux alliés de ces ecclésiastiques[4]. On cite un prieur des Augustins de San Trifone qui, pour ce motif, avait été exposé à la dent des lions du Capitole[5].

---

[1] K. Müller, I, 187.

[2] Riezler, p. 48; K. Müller, I, 194. Cf. Ritter, *Historische Zeitschrift*, XLII, 303.

[3] Le fait est déjà mentionné dans la bulle du 31 mars 1328, qui maintient l'interdit mis sur la ville de Rome, et reproche aux Romains la faveur avec laquelle ils semblaient écouter les deux maîtres (*Thes. nov. anecd.*, II, 741). Le même fait est rappelé dans les bulles du 15 avril 1328 (*Vatikanische Akten*, p. 373) et du 5 mai 1329 (*Thes. nov. anecd.*, II, 773).

[4] Bulle du 15 avril 1328.

[5] D'après le récit de Gilles de Viterbe (C.

Si Marsile de Padoue est l'auteur de ce jeu cruel, il poussait un peu loin les conséquences de son principe que nul interdit ne peut être prononcé sans la permission de l'État.

Si l'on en croit Albertino Mussato, l'ami de Marsile, celui-ci aurait été, avec Ubertino de Casale, l'instigateur et le rédacteur du réquisitoire prononcé le 18 avril contre Jean XXII, dans lequel on a cru reconnaître tant d'emprunts au *Defensor pacis*[1]. C'est Jean de Jandun qui, d'après le témoignage d'un chroniqueur français, aurait, avec le frère Mineur Buonagrazia, ameuté la foule romaine et provoqué une manifestation en faveur de l'élection d'un nouveau pape[2]. Enfin, Marsile de Padoue et Jean Colonna, fils de Sciarra, paraissent avoir composé de clercs de leur choix une sorte de Comité de salut public (*pro bono statu Urbis*), qui, sous leur influence, approuva le projet d'élection de Pierre de Corbara[3].

Il n'est pas jusqu'aux lettres de Jean XXII qui n'attestent l'importance du rôle joué par nos deux maîtres dans la révolution romaine. Le 15 avril, le pape écrivit, à leur sujet, à son légat, Gian-Gaetano Orsini, cardinal de Saint-Théodore : les circonstances empêchaient celui-ci de se rendre à Rome; mais il devait, par un édit auquel serait donnée toute la publicité possible, exhorter le peuple et les magistrats

---

Höfler, *Beiträge zur Gesch. Kaiser Ludwigs IV*, dans *Oberbayerisches Archiv f. vaterländ. Gesch.*, I, 1839, p. 109), il semble bien que le pauvre religieux en ait été quitte pour la peur. Il y avait, à cette époque, au pied du Capitole, une sorte de fosse aux lions destinée à l'amusement des promeneurs. Le prieur de San Trifone fut attaché, au-dessus de cette fosse, à une poutre qui s'abaissait progressivement, de façon à le rapprocher de plus en plus de la gueule des lions. Ceux-ci, en bondissant, déchiraient les pans de son vêtement.

[1] « In personam et actus ejus [Johannis XXII], prout jam dicti Marsilius et Ubertinus, consultores ac etiam processuum dictatores, conscribere atque componere multo studio sciverunt, edicta a senatu populoque Romano promulgata sunt. » (*Albertini Mussati Ludovicus Bavarus*, dans Böhmer, *Fontes rer. Germanic.*, I, 175.) Cf. Riezler, p. 52; K. Müller, I, 369, II, 16, 189; L. Jourdan, p. 18. — À certains indices, M. K. Müller croit plutôt reconnaître dans ce document la trace de la collaboration de Marsile de Padoue et de Sciarra Colonna.

[2] « Ludovicus de Bavaria et cives Romani, « convocato consilio contra sanctam Ecclesiam, « hortamento duorum clericorum quorum unus « erat cordiger et vocabatur Bona Gratia, et alter « magister Johannes Gendini, qui erat nacione « Normannus, qui commoverunt populum taliter « quod omnes pariter clamabant quod papam « vellent habere, elegerunt ergo... » (*Chronographia regum Francor.*, I, 265.) — Nul doute que le chroniqueur ait en vue Jean de Jandun, bien qu'il le qualifie à tort de Normand.

[3] C'est ce que déclarèrent plus tard au pape les ambassadeurs romains : « Clerus etiam « dictæ urbis per Joannem, dicti Jacobi Sciarra « filium, et Marsilium de Padua, hæreticum, ad « eligendum certos clericos urbis ejusdem pro « bono statu, sicut fingebant, ipsius, fraudu- « lenter et deceptorie fuit inductus; quos qui- « dem clericos præfati Johannes et Marsilius « procurarunt electioni dicti Petri de Corbario « in antipapam consentire. » (Rinaldi, V, 485.)

à s'emparer de Jean de Jandun et de Marsile de Padoue pour les livrer sans pitié à la justice ecclésiastique[1]. Le pape chargea encore, le 21 mai suivant, d'une commission semblable le chanoine Jacques Colonna[2], qui, quelques semaines auparavant, avait eu le courage de lire et d'afficher une de ses bulles en pleine ville de Rome.

En même temps, à Avignon, Jean XXII faisait interroger, dans son palais, par l'archevêque d'Arles, camerlingue, le jeune François de Venise, élève de Marsile de Padoue, soupçonné, on l'a vu, d'avoir collaboré au *Defensor pacis*, d'avoir exécuté ensuite plusieurs copies de cet ouvrage, porté des livres à Marsile, en Allemagne, et entretenu avec lui toute une correspondance. L'accusé fournit sur les circonstances du départ de son maître un certain nombre de renseignements, que nous avons utilisés, mais prétendit avoir cessé, à partir de ce moment, toutes relations avec lui[3].

On s'explique sans peine qu'un clerc des environs de Coutances, désireux de se concilier la faveur de Jean XXII, auprès duquel il se rendait alors, n'ait cru pouvoir mieux y parvenir qu'en composant, sur « l'apostasie » de Louis de Bavière, un poème latin dans lequel il flétrissait les doctrines perverses de Jean de Jandun et de Marsile de Padoue[4]. Il se souvenait d'avoir suivi autrefois les leçons des deux maîtres sur les sciences naturelles[5] : il n'en jugeait pas moins ces « serpents jumeaux » dignes des pires châtiments et faisait des vœux pour que le pape en débarrassât l'Église[6] :

Sicut sub nequam Nerone   defecit Symon impius
Et Jannes sub Pharaone   ac Mambres, ejus socius[7],
Ita sub isto prædone   Johannes et Marsilius
Deficiant, Jesu bone,   ne sequatur deterius!

[1] *Vatikanische Akten*, p. 373. — M. J. Sullivan (*The Americ. histor. Rev.*, II, 594) croit à tort qu'un ordre semblable avait été déjà donné par lettres du 21 janvier et du 27 février 1328 (*Thes. nov. anecd.*, II, 716, 723). M. Labanca (p. 37) doit faire aussi confusion en parlant d'une lettre adressée, le 16 février, à Ange, évêque de Viterbe.

[2] Lettre citée sans indication de date par Rinaldi (V, 366), à laquelle M. K. Müller (I, 203, note 1) assignait par conjecture une date comprise entre le 25 février et le 7 mars 1328, et qui est, en réalité, du 21 mai suivant (W. Preger, *Die Verträge Ludwigs des Baiern mit Friedrich dem Schönen in den J. 1325 u. 1326*, dans *Abhandlungen der hist. Cl. der bayerisch. Akad. d. Wissensch.*, XVII, 1, p. 257).

[3] Interrogatoire du 20 mai 1328 (Baluze, *Miscellanea*, II, 280).

[4] *De Bavari apostasia*, strophes 5-7, 13-20, 22 (*Neues Archiv*, XXV, 712-713).

[5] Vos audivisse memini legentes naturalia.

[6] ....Pro tam stupendo errore
Dignum est illos destrui hæresiarcharum more.

[7] 2 *Tim.* III, 8.

A Moyse legifero   Janes et Mambres devicti
Fluctu fuerunt aspero   cum Ægyptiis amicti :
Sic, dante Rege supero,   a Papa magi prædicti,
Ut a Moyse altero,   cum suis erunt afflicti.

La faveur dont jouissaient Marsile de Padoue et Jean de Jandun auprès de Louis de Bavière les mettait à même de braver les menaces de Jean XXII. Par une curieuse application des principes du *Defensor pacis*, Jean de Jandun venait d'obtenir de l'Empereur l'évêché de Ferrare (1ᵉʳ mai 1328) [1]. Ce n'est pourtant pas du peuple, mais de Dieu que Louis de Bavière, dans cet acte, déclarait avoir reçu le gouvernement de l'univers; mais il s'appuyait sur le prétendu consentement de tout le clergé et de tout le peuple de Rome pour prononcer la déchéance de l'évêque actuel de Ferrare, Gui de Capello, et, à sa place, il nommait Jean de Jandun, son « conseiller », auquel il donnait, par surcroît, le titre de « docteur en théologie » [2]. Bien que les pouvoirs qu'il conférait au nouvel évêque fussent fort étendus, il est à remarquer qu'il laissait au clergé et au peuple « fidèle » le droit de pourvoir par élection aux bénéfices et prélatures ayant charge d'âmes, ne reconnaissant à Jean de Jandun que la faculté de confirmer de tels choix. La moindre désobéissance ou opposition au nouvel évêque entraînait une amende dont le montant se partageait entre Jean de Jandun et le fisc impérial. On ne pouvait appeler des sentences du prélat ni de celles de ses officiers, si ce n'est en la cour de l'Empereur. Ses actes d'administration épiscopale, collations, translations de bénéfices, etc., pouvaient aussi être annulés par l'Empereur; l'Empereur enfin demeurait maître de révoquer, quand il le voudrait, la commission d'évêque décernée à Jean de Jandun. C'était bien là le type d'épiscopat subordonné au pouvoir laïque dont le *Defensor pacis* avait préconisé les avantages [3].

[1] Déjà, peu après son départ de Milan, Louis avait osé nommer, de sa propre autorité, trois évêques, à Crémone, à Côme et à Castello (Muratori, XIII, 620; XVIII, 347).

[2] À la suite d'une enquête faite, plus tard, à Paris, il fut reconnu que Jean de Jandun n'avait jamais été maître, ni même gradué en la Faculté de théologie. On suppose donc que ce titre lui fut conféré par l'Empereur (*Chartul. Univ. Paris.*, III, 223).

[3] Theiner, *Cod. diplomat. dominii temp. S. Sedis*, I, 356; *Vatikanische Akten*, p. 375. — Si cet acte était, comme on l'assure (*Chartul. Univ. Paris.*, II, 718), conservé en original dans les archives du Château-Saint-Ange (Arch. du Vatican, *Armar.* xv, *caps.* 6, n° 51), nous ne comprendrions pas l'altération que le texte a subie : l'Empereur s'adresse d'abord à Jean de Jandun lui même, et ensuite parle de lui à la troisième personne. Le plus probable est

Ayant ainsi pourvu d'un évêché Jean de Jandun, l'Empereur ne pouvait moins faire que de procurer un archevêché à Marsile de Padoue. Ce dernier, effectivement, ne tarda pas à être nommé archevêque de Milan, si l'on en croit un historien contemporain [1]. L'acte de nomination ne nous est point parvenu; mais, l'antipape Nicolas V ayant été élu dans l'intervalle, il est probable que cette nomination fut expédiée sous la forme d'une lettre apostolique plutôt que sous celle d'un acte impérial. En tout cas, il ne semble pas qu'il y ait, comme on l'a cru, contradiction entre cette nomination et celle de Jean Visconti comme cardinal-légat de l'antipape en Lombardie [2].

Cependant ni Jean de Jandun ni Marsile de Padoue n'allaient jouir des hautes prélatures qu'ils devaient à la munificence impériale. Le rêve qu'ils avaient conçu, et que Louis de Bavière s'était si bien mis en devoir de réaliser, n'allait pas tarder à s'évanouir.

Aussi bien nous touchons à la fin de la carrière de Jean de Jandun. Mais la date de sa mort est difficile à déterminer. L'embarras dans lequel se sont trouvés plongés les historiens, en présence de textes en apparence contradictoires, va nous obliger à entrer ici dans quelque détail.

Si l'on s'en tenait aux documents de provenance avignonnaise, on serait tenté de prolonger la vie de Jean de Jandun de plusieurs années encore : des lettres de Jean XXII du 5 [3] et du 30 mai 1329 [4], du 25 juin suivant, du 6 septembre 1330, du 4 janvier 1331 [5] nomment Jean de Jandun, en compagnie de Marsile de Padoue, comme s'ils étaient tous deux vivants. Cela prouve simplement que la

---

[1] que la pièce des Archives vaticanes est une copie ancienne où l'on aura amalgamé le texte de l'acte de nomination adressé au prélat avec celui du mandement envoyé au clergé ou aux autorités de Ferrare.

[1] Galvaneus Flamma, auteur du *Manipulus Florum* : « Hic [Nicolaus, antipapa] dedit in « archiepiscopum Mediolanensem quemdam « Marsilium Paduanum, multosque episcopos in « aliis civitatibus fecit. » (Muratori, XI, 732.) Le même fait paraît avoir été aussi attesté par certaines Annales padouanes que cite Bernardino Scardeone (*Historia Patavina*, dans Grævius et Burmann, *Thes. antiquit. Ital.*, VI, iii, 170); elles le rapportaient à l'année 1328. On s'explique mal l'opinion, citée par Papadopoli (*Hist. gymnasii Patavini*, II, p. 165), d'après laquelle Marsile de Padoue, s'étant réconcilié avec l'Église, aurait été nommé archevêque de Milan par Jean XXII.

[2] M. Riezler (p. 55, note 2), comprenant que Jean Visconti fut nommé par l'antipape, au mois de janvier 1329, à la fois cardinal et archevêque de Milan, en concluait que la nomination de Marsile de Padoue par l'Empereur n'avait point eu d'effet. Mais Galvaneus Flamma dit expressément que Jean Visconti fut nommé légat de l'antipape en Lombardie et non archevêque de Milan.

[3] *Thes. nov. anecd.*, II, 773.

[4] *Chartul. Univ. Paris.*, II, 326.

[5] *Thes. nov. anecd.*, II, 778, 813, 817.

cour d'Avignon était mal renseignée au sujet de la fin d'un hérétique
sur lequel le silence avait dû se faire après sa mort. Il est plus malaisé
de justifier les termes dont se sert Louis de Bavière dans un acte du
28 octobre 1336 : « Nous extirperons les hérétiques et schismatiques
« désignés par l'Église, spécialement Jean de Jandun, Marsile de
« Padoue, etc. [1]. » Cependant ce document, comme on l'a fait remarquer [2], est une sorte d'amende honorable dictée à l'Empereur par la
cour pontificale elle-même : il ne prouve pas nécessairement que
Louis de Bavière crût Jean de Jandun vivant en 1336.

Ce qui empêche de faire survivre notre philosophe à l'année 1328,
c'est le témoignage formel de Michel de Césène, le célèbre Franciscain révolté contre l'autorité du Saint-Siège : « Tu mens, écrivait-il
« en 1332 au général des frères Mineurs, tu mens quand tu prétends
« que j'ai communiqué avec Mᵉ Jean de Jandun. On sait qu'il était
« mort à Todi, avant que je vinsse à Pise. Or je n'ai jamais mis, je
« n'ai jamais songé à mettre le pied à Todi [3]. » Or Michel de Césène,
s'étant enfui d'Avignon, parvint à Pise dès le 8 juin 1328 [4] : par
conséquent, c'est avant cette date qu'il faudrait placer la mort de Jean
de Jandun.

Il y a bien une difficulté. Les archives du Vatican renfermaient
autrefois une pièce qui semble aujourd'hui égarée [5], mais qui nous
est connue par une analyse faite lors du séjour de ces archives à
Paris au commencement du xixᵉ siècle [6] : il s'agit d'un acte, daté du
14 juillet 1328, par lequel Louis de Bavière retenait Jean de Jandun
au nombre de ses familiers. Jean de Jandun n'aurait pu être l'objet
de cette faveur, s'il était mort, comme le prétend Michel de Césène,
avant le 8 juin 1328. Cependant on fait remarquer que le répertoire

---

[1] *Vatikanische Akten*, p. 642.

[2] Riezler, p. 58.

[3] *Chronica fr. Nicolai Glassberger* (*Analecta
Franciscana*, II, Quaracchi, 1887, in-4°),
p. 157.

[4] *Cronica Sanese* (Muratori, XV, 81).

[5] La recherche que feu le P. Denifle avait
bien voulu faire à notre demande est demeurée
infructueuse.

[6] Cette analyse est ainsi conçue : « *Capsule
199, n° 25*. Lettres de Louis de Bavière, qui
« accorde son amitié, et qui prend au nombre
« de ses *familiares*, courtisans, Jean *de Genduno*,
« homme de mérite et dont il fait beaucoup de
« cas. Parchemin signé à Rome, le 14 juillet
« 1328. » (Arch. nat., L 373, liasse 8.) Waitz
et Böhmer (*Additamentum primum ad Regesta
Imperii*, 1841, p. 276) n'ont connu l'acte
de Louis de Bavière que par cette analyse,
qu'ils ont, du reste, assez inexactement citée : ils
impriment « Jean *de Gelduno* ». De là le doute
de M. Riezler (p. 57), qui hésite naturellement
à identifier ce « Jean *de Gelduno* » avec Jean de
Jandun.

d'où est tirée cette analyse fourmille de fautes[1], et que Louis de Bavière, d'après Villani[2], n'étant retourné de Tivoli à Rome que le 20 juillet, n'aurait pu expédier en cette dernière ville un acte sous la date du 14. Nous ajouterons que Jean de Jandun est déjà qualifié de « conseiller » de l'Empereur dans le diplôme du 1er mai qui le nomme évêque de Ferrare, que l'on conçoit mal une retenue de « familier » succédant à une retenue de conseiller, et qu'enfin le prétendu acte du 14 juillet ne paraît pas attribuer à Jean de Jandun ce titre d'évêque de Ferrare qu'il portait sans nul doute depuis le 1er mai. Pour toutes ces raisons, il y a lieu d'écarter l'objection fondée sur cet acte suspect, il fut probablement expédié à une date très antérieure à celle que lui assigne l'analyse fautive conservée aux Archives nationales.

Le témoignage de Michel de Césène demeure donc inattaquable, et l'on peut supposer, par exemple, que Jean de Jandun périt à Todi, dans le courant du mois de mai 1328, en se rendant de Rome dans son nouvel évêché de Ferrare.

Toutefois nous serions tentés d'accorder la préférence à une seconde hypothèse. La présence de Jean de Jandun à Todi est encore plus facilement explicable au mois d'août suivant. À ce moment, on vit s'abattre sur Todi Louis de Bavière, chassé de Rome avec toute sa cour, y compris l'antipape et sa suite[3]. Rien de plus naturel que d'admettre que Jean de Jandun, entraîné dans la commune déroute, suivit à Todi l'Empereur, dont il n'eût guère été prudent à lui de s'éloigner dans des circonstances aussi critiques. Quelques jours plus tard, Louis de Bavière repartit avec tout son monde, pour Viterbe, de là pour Corneto, et de Corneto, le 10 septembre, pour Pise. Ici, laissons la parole au chroniqueur Jean Villani : « Ils partirent de « Corneto le 10 septembre 1328, et, en route, mourut à Montalto le « perfide hérétique, et maître et inspirateur du Bavarois, Me Marsile « de Padoue[4]. » Ces quelques lignes renferment une erreur manifeste : comme on le verra plus loin, Marsile de Padoue vécut au moins jusqu'en 1342[5]. Mais il se pourrait fort bien qu'un « perfide héré- tique », confident de Louis de Bavière et facile à confondre avec

[1] K. Müller, I, 163, note 4.
[2] Muratori, XIII, 646.
[3] J. Villani (Muratori, XIII, 660); Cro- nica Sanese (Muratori, XV, 83).

[4] Muratori, XIII, 664.
[5] Ém. Friedberg (Zeitschr. f. Kirchenrecht, VIII, 117) admettait pourtant que Marsile était mort à Montalto, le 14 septembre 1328.

Marsile de Padoue, fût mort effectivement, à Montalto, vers le 10 septembre [1] : ce serait Jean de Jandun, et ainsi cette simple erreur de nom une fois corrigée, le renseignement du chroniqueur pourrait être accueilli avec une certaine confiance [2].

Cependant comment concilier cette hypothèse avec le témoignage de Michel de Césène? Celui-ci ne se sera souvenu, en 1332, que du séjour fait à Todi par l'Empereur et sa suite : partant, sachant que Jean de Jandun était mort à un moment où il accompagnait Louis de Bavière, il aura supposé que cette mort avait eu lieu à Todi. Il la place avant sa propre arrivée à Pise : autre confusion. C'est avant l'arrivée de Louis de Bavière à Pise qu'il aurait dû dire, soit avant le 21 septembre 1328. Mais l'important pour lui était de se disculper du reproche d'avoir frayé avec Jean de Jandun, et, de fait, cette rencontre n'avait pu avoir lieu, puisque la mort de l'hérétique avait précédé le moment où était parvenue à Pise la troupe fugitive des schismatiques escortés par Louis de Bavière.

En résumé, l'on peut choisir entre deux dates pour la mort de Jean de Jandun : au mois de mai ou, plus probablement, du 10 au 15 septembre 1328.

VI.

La vie de Marsile de Padoue ne présente plus guère d'incident connu à partir de la disparition de son collaborateur.

Il est peu probable qu'il ait pu exercer les fonctions d'archevêque à Milan. Azzo Visconti, qui gouvernait la ville, bien qu'il eût accepté le titre de vicaire impérial, n'attendait qu'un moment favorable pour traiter avec le pape d'Avignon [3].

Marsile de Padoue demeura sans doute à la suite de Louis de Bavière [4]. On a relevé encore un emprunt au préambule du *Defensor*

---

[1] Montalto est situé un peu au nord de Corneto, sur la route de Grosseto, où l'armée de Louis de Bavière campa le 15 septembre (J. Villani, c. 664; *Cronica Sanese*, c. 84). Par conséquent, la mort de l'hérétique se placerait entre le 10 et le 15.

[2] Cf. K. Müller, I, 207, note 4.

[3] Il est vrai que l'archevêque légitime Ai-cardo da Intimiano était exilé et ne put rentrer en possession de son siège qu'en 1335 (Galvaneus Flamma, Muratori, XI, 732). Mais d'autres membres du clergé exilés étaient rentrés à Milan dès le 2 février 1331 (*Annales Mediolan.*, Muratori, XVI, 706).

[4] Le fait qu'un nommé Matteo da Pergamo est désigné comme médecin de l'Empereur le

pacis dans des lettres que l'Empereur adressa, de Crémone, le 27 octobre 1329, aux villes de Spire et de Worms [1].

Dans la suite, Marsile dut retourner avec Louis en Allemagne. Nous parlerons bientôt du nouveau service qu'il lui rendit vers 1342. Ce fut la fin de sa carrière. Sa mort est mentionnée dans un discours du pape Clément VI du 10 avril 1343 [2].

Mais il nous reste à parler d'écrits de Marsile de Padoue postérieurs au *Defensor pacis*. L'un surtout, inédit et qui n'a point été encore étudié [3], mérite d'attirer tout spécialement notre attention.

1° *De Translatione Imperii Romani.*

On lit au chapitre xxx de la seconde partie du *Defensor pacis* : « Il « est écrit dans la décrétale *de Jurejurando* [4], et dans certaine épître « du prétendu pape de Rome à l'illustre Louis, des ducs de Bavière, « élu roi des Romains, que l'Empire romain fut raisonnablement et « justement transféré des Grecs aux Germains, en la personne de « Charlemagne, par le Siège apostolique, autrement dit par le pape de « Rome, soit seul, soit avec le concours du collège de ses clercs [5]. « Supposons cela exact quant à présent, bien que le pape et ses « clercs n'aient point pu le faire de leur autorité propre. Mais com- « ment cette translation fut accomplie de fait, c'est ce que nous « comptons dire dans un autre traité spécial [6]. »

26 mars 1330 (*Zeitschrift für Kirchen-Geschichte*, VI, 87) ne prouverait peut-être pas, comme on l'a dit (O. Lorenz, II, 350), que Marsile de Padoue eût cessé, à cette date, d'exercer ces fonctions.

[1] Böhmer, *Fontes*, I, 204. Cf. K. Müller, I, 373.

[2] « Ipse enim [Ludovicus Bavarus] Marsilium « de Padua et Johannem de Janduno, heresiar- « chas et de heresi condempnatos, sustinuit et « secum traxit usque ad mortem eorum. » (Höfler, *Aus Avignon*, dans *Abhandlungen der k. böhm. Gesellschaft d. Wissensch.*, 6ᵉ série, II, 1869, p. 20.) — M. H.-J. Wurm (*Zu Marsilius von Padua*, dans *Historisches Jahrbuch*, 1893, t. XIV, p. 68) a vainement cherché à faire remonter beaucoup plus haut la mort de Marsile de Padoue. La date de 1342-1343 est aujourd'hui généralement admise.

[3] Ces lignes étaient écrites avant la publication du dernier article de M. J. Sullivan, *The manuscripts and date of Marsiglio of Padua's Defensor pacis* (*The English historic. Review*, avril 1905), dans lequel, d'ailleurs, n'est étudié que le dernier chapitre du *Defensor minor*. Dès le mois de novembre 1903, nous avions fait de cet ouvrage de Marsile de Padoue l'objet d'une communication à l'Académie des inscriptions et belles-lettres (voir *Comptes rendus*, 1903, p. 601).

[4] Clémentines, II, 9.

[5] La bulle citée ici est celle du 8 octobre 1323, qui contient les mots suivants : « trans- « lato ab olim per Sedem apostolicam prædicto « Imperio de Græcis in personam magnifici Ca- « roli in Germanos... » (*Thes. nov. anecd.*, II, 641).

[6] « De hac enim translatione quantum de « facto processerit, dicturi sumus in altero

Cet autre traité, que l'on suppose avoir été composé en Allemagne à la demande de Louis de Bavière[1], est conservé en divers manuscrits de Vienne[2], d'Erfurt (in-4°, 125), de Londres (Harley 2492), d'Oxford (Bodl., Canonici Miscell. 188, fol. 67-70) et d'Épinal (n° 8), et a été plusieurs fois publié: à Bâle, en 1555, dans l'*Anthologia papæ* de Flacius Illyricus et de W. Weissembourg; à Bâle, de nouveau en 1566, dans le *De Jurisdictione, auctoritate et præeminentia imperiali* de Simon Schard (p. 224-237); à Heidelberg, en 1599, avec le *Defensor pacis;* à Francfort, en 1614, dans le t. II de la *Monarchia sacri Imperii* de Goldast[3] (p. 147-153), enfin à Londres, en 1690, dans le t. II du *Fasciculus rerum expetendarum et fugiendarum* de Brown (p. 55 et suiv.).

Inc. : Primum capitulum est de intentione narrandorum...
Des. : ...patet rationabiliter intuenti et attendenti.

C'est une imitation ou, pour mieux dire, une reproduction presque littérale du traité composé sur le même sujet, vers le commencement du xiv° siècle, par Landolfo Colonna[4]. Marsile de Padoue n'a puisé à aucune source nouvelle; il reproduit de confiance les mêmes récits, les mêmes légendes, se bornant à supprimer les citations de textes juridiques, qu'il remplace par des renvois au *Defensor pacis,* et à corriger ce qui lui paraît, dans le livre de Colonna, attentatoire aux droits et à l'indépendance de l'Empire[5]. Ainsi il admet fort bien, ce que ne faisait point Arnaud de Brescia, la donation constantinienne : mais il supprime la phrase par laquelle Colonna justifiait ce prétendu acte de déférence envers le vicaire de Jésus-Christ[6]. Il

« quodam ab hoc tractatu seorsum. » (Bibl. nat., ms. latin 14619, fol. 118 v°; passage inexactement reproduit dans l'édition de Goldast, p. 308.)

[1] Riezler, p. 179 et suiv.—Tout ce qu'on peut dire, c'est qu'il est postérieur au *Defensor pacis,* auquel il renvoie fréquemment. Ces citations, au dire de M. O. Lorenz (II, 349, note 3), sont même plus nombreuses dans les manuscrits que dans l'édition de Goldast.

[2] Bibl. impér., mss. lat. 464 (fol. 117-122) et 384 (fol. 32-37); ms. 297 du couvent de Sainte-Marie *ad Scotos* (fol. 183-188).

[3] Goldast assigne à ce traité la date inadmissible de 1313.

[4] Le *De Translatione Imperii* de Landolfo Colonna a été imprimé par S. Schard (*De Jurisdictione ... imperiali,* p. 284 et suiv.) et par Goldast (t. II, p. 88 et suiv.). Cf. Riezler, p. 171 et sq.

[5] « Ejus scripturæ in quibusdam nostra sen- « tentia dissonat, præsertim in quibus jura læsit « Imperii secundum sententiam propriam, abs- « que demonstratione sufficienti. » (Chap. 1; Goldast, II, 148.)

[6] Voici cette phrase : « Indignum judicans « religiosus Imperator ibi terrenum Imperatorem « dignitatem et potestatem habere ubi cælestis « Imperatoris vicarius morabatur. » (Goldast, II, p. 89; cf. p. 148.)

glisse le plus qu'il peut sur les marques de respect données par Pépin le Bref au pape Zacharie [1]. Dans l'acte d'Étienne II transférant en principe des Grecs aux Francs l'autorité impériale, il ne voit que de l'ingratitude à l'égard des Empereurs et un calcul ambitieux [2]. Il supprime l'énumération des défauts de Constantin Copronyme [3], l'éloge d'Adrien Ier [4], ainsi qu'un passage expliquant la chute des Carolingiens par le refroidissement de leur zèle à l'égard du Saint-Siège [5]. Il prétend enfin que Charlemagne reçut du pape Adrien Ier le pouvoir d'élire l'évêque de Rome et de donner l'investiture aux archevêques et aux évêques de toutes les provinces [6]. Voici encore un passage qui peut bien faire comprendre le genre de travail enfantin auquel Marsile s'est livré sur le texte de Landolfo Colonna. Il s'agit des démêlés de Grégoire III avec Léon l'Iconoclaste :

<table>
<tr><td>

LANDOLFO COLONNA, p. 91 :

Ipsum Imperatorem solenniter anathemate condemnavit, Apuliam ei abstulit, tuncque Italiam ab ejus dominio et obedientia recedere fecit, eique vectigalia solenniter interdixit.

</td><td>

MARSILE DE PADOUE, p. 150 :

Propter quod dictus Gregorius prædictum Leonem anathematizare *præsumpsit*, et totam Apuliam totamque Italiam et Hispaniam ab ejus obedientia separari *suasit*, et, *quantum in ipso fuit*, hoc opus, *quamvis minus debite*, adimplevit. Eidem etiam vectigalia, *nescio qua auctoritate, sed bene qua temeritate*, solenniter interdixit.

</td></tr>
</table>

En somme, ouvrage de polémique, dont le mérite n'est, certes, pas celui de l'originalité. On a dit avec raison de Marsile de Padoue, que l'histoire n'était point son fait [7]. C'est même ce qui a donné lieu de croire que, pour satisfaire à un désir de Louis de Bavière, il avait abordé, tant bien que mal, une tâche à laquelle ses études ne l'avaient aucunement préparé [8].

[1] Goldast, II, p. 150; cf. p. 92.

[2] « His autem beneficiis Stephanus papa « allectus, et videns illius temporis Imperatoris « imbecillitatem, procuravit Romanum Impe- « rium de Græcis transferri in Francos, minime « reminiscens beneficiorum per Imperatores Ro- « manæ Ecclesiæ concessorum, in alienos atque « remotos Imperium transferre satagens, ut, « Græcis oppressis, Gallicis hæc parum curan- « tibus, posset papa Italiæ liberius dominari. » (Goldast, p. 151; cf. p. 92.)

[3] Goldast, p. 150; cf. p. 91.

[4] Goldast, p. 151; cf. p. 92.

[5] Goldast, p. 152; cf. p. 94.

[6] Goldast, p. 151. — Sur le succès qu'eut cette légende au moyen âge, voir P. Viollet, *Hist. des institut. polit. et administr. de la France*, I, 266, note 3.

[7] Riezler, p. 177.

[8] La phrase citée plus haut (p. 603) prouve cependant qu'en écrivant le *Defensor pacis*, c'est-à-dire dès 1324, Marsile de Padoue proje-

2° DEFENSOR MINOR.

Tout autre est l'intérêt de l'ouvrage inédit qu'il convient à présent de faire connaître.

Le manuscrit de la Bodléienne Canonici Miscell. 188, d'une écriture italienne très fine, qui peut remonter à la dernière moitié du XIVe siècle, contient, comme on l'a vu[1], divers ouvrages de Marsile de Padoue. Les dix derniers feuillets (70 v°-80 r°) sont remplis par la transcription d'un traité dont aucune autre copie n'a été signalée, et qui est précédé de ce titre : *Incipit liber intitulatus* Defensor minor, *editus a magistro Marsilio Paduano post* Defensorem pacis *majorem*. Ainsi, Marsile de Padoue, après avoir publié, en collaboration avec Jean de Jandun, son fameux *Defensor pacis,* aurait composé un autre traité, plus court, sur le même sujet, le Petit défenseur, *Defensor minor.*

Tout, en effet, tend à prouver l'exactitude de cette attribution. Dès les premiers mots, l'auteur dit : « Nous avons exposé précédem-« ment, suivant l'esprit du Maître des Sentences, que le prêtre possède « certain pouvoir de lier et de délier...[2]. » C'est une allusion au chap. VI de la dernière partie du *Defensor pacis* (p. 205), où la théorie du pouvoir des clefs est accompagnée de fréquents renvois au livre de Pierre Lombard[3]. Les citations du *Defensor pacis* se succèdent ensuite presque à toutes les phrases. Mais bornons-nous à relever les passages où l'auteur se donne expressément comme l'auteur du *Defensor : De quibus omnibus et aliis plurimis et paupertate Christi et apostolorum seriose tractavimus 12°, 13° et 14° IIe* (fol. 71 v°)... *Quid autem differant præcepta tam affirmativa quam negativa, quæ prohibita vocari solent, et quæ permissa legibus atque consilia, sufficienter dictum est nobis II^a Defensoris, cap. 8° atque 12°* (fol. 73 v°)...[4]. *Dico prioritatem B. Petri ab aliorum aposto-*

---

tait la composition du *De Translatione Imperii.* Il est difficile de supposer qu'à cette date il ait pu recevoir les instructions du roi des Romains.

[1] Voir plus haut, p. 573 et 604.

[2] C'est l'*incipit* de l'ouvrage : « Quoniam « autem in prioribus recitavimus, juxta Magistri « Sententiarum intentionem, potestatem quam-« dam ligandi atque solvendi sacerdotem ha-« bere... »

[3] « Secundum mentem Magistri Senten-« tiarum... dicamus quod... Quod autem præ-« dicta Christus operetur probat Magister... « Quod autem hoc faciat Deus ante omnem sa-« cerdotis actionem, deducit Magister ex dictis « Augustini... Consequenter autem repetit Ma-« gister auctoritates Psalmistæ atque sanctorum « prius adductas. »

[4] Cf. Goldast, JI, 211, 222, 223.

*lorum electione processisse sive consensu, quemadmodum dixit Anacletus,
et ejus seriem induximus 16° II°...* [1] *Aut eorum valentior pars, quemadmodum diximus et demonstravimus 12° I°* [2]*... De reliquis vero ex quibus
integrari seu constitui debeat generale Concilium fidelium christianorum,
dictum est nobis 21° II°* (fol. 75 v°)*... Quorum etiam diffinitio et diffe-
rentia sufficienter dicta sunt nobis in* Defensore pacis, *divisione II°, capitulo 12°* (fol. 76 v°). Enfin le traité se termine par cette dernière
phrase qui reproduit le titre dont a fait choix Marsile de Padoue : *De
quibus omnibus, suppositis vel probatis, et commemorata et etiam explicata
sunt plura in hoc tractatu, ex majori* Pacis Defensore *pro necessitate tam
sequentia quam deducta : propter quod Defensor minor deinceps vocabitur
tractatus iste. Amen. Laus Deo!*

La question d'authenticité étant ainsi tranchée, il est à peine besoin
de faire observer que la forme et le fond du *Defensor minor* dénotent
une étroite parenté avec le *Defensor pacis*. On y remarque seulement
l'absence presque complète de citations d'Aristote[3]; c'est peut-être que
Marsile était, cette fois, privé de la collaboration de Jean de Jandun.
En tout cas, il est évident qu'à un moment qu'il reste à préciser, Marsile de Padoue éprouva le besoin de compléter son grand ouvrage
par un certain nombre d'éclaircissements sur plusieurs points particuliers.

Ces points sont les suivants : la juridiction ecclésiastique; la pénitence, les indulgences, les croisades et les pèlerinages; les vœux; l'excommunication et l'interdit; la primauté du pape; le pouvoir législatif suprême du peuple romain et de son prince; le Concile général;
le mariage et le divorce.

Après avoir de nouveau distingué la loi divine, émanée de Dieu et
n'ayant de sanction que dans l'autre monde, et la loi humaine édictée
par le peuple, munie de sanctions dès cette vie, Marsile de Padoue
déclare qu'il n'est au pouvoir d'aucun homme de rien changer à la
première, soit par des retranchements, soit par des additions. Ainsi,
d'une part, aucun homme ne saurait accorder de dispense au sujet de
l'application de la loi de Dieu; d'autre part, aucun homme, fût-ce
le pape, ne saurait intimer aux fidèles de commandement ou de dé-

---

[1] Cf. Goldast, II, 244.
[2] Cf. Goldast, II, 169, 170.

[3] Nous en avons relevé une cependant,
fol. 76 r°.

fense, par exemple, prohiber l'emploi de certains mets, interdire les œuvres serviles en vue de la célébration d'une fête, etc. [1].

En ce qui concerne la loi humaine, Marsile de Padoue dénie à tout membre du clergé, fût-il évêque, le pouvoir d'en rien retrancher ou de dispenser de son application : ce droit n'appartient qu'au roi des Romains, en tant que « législateur humain » [2]. Ni le pape, au moyen de ses bulles et de ses décrétales, ni aucun évêque, prêtre ou diacré, ni aucune assemblée d'ecclésiastiques ne sauraient s'arroger un tel droit. Marsile de Padoue répète ici, ce qu'il avait dit déjà, que le pape, non plus qu'aucun membre du clergé, ne peut exercer en ce monde de juridiction coactive sur aucun homme, clerc ou laïque, cet homme fût-il un hérétique. Ses déclarations à cet égard n'ont jamais été plus nettes : se plaçant dans l'hypothèse où soit la majorité, soit l'universalité des fidèles, soit le prince lui-même, voudraient renier la foi de Jésus-Christ, il se demande si les prêtres devraient les en empêcher, et il répond hardiment : non [3] ! Quant à l'évêque de Rome et aux autres ministres de Dieu, ils sont eux-mêmes personnellement et réellement soumis à la juridiction séculière de ceux qui tiennent leurs pouvoirs du « législateur humain ». Ces considérations amènent Marsile à protester vigoureusement contre les prétentions contraires du clergé : « Ç'a été depuis longtemps une cause de discordes perpétuelles « entre les chrétiens, et cela continuera de l'être, tant qu'on n'aura point « dépouillé entièrement les clercs de cette puissance usurpée [4]. »

Dans le *Defensor pacis* [5], Marsile avait seulement manifesté, au sujet de la pénitence, quelque disposition à restreindre le rôle du prêtre, en s'appuyant sur Pierre Lombard et sur Richard de Saint-

[1] Voilà, ajoute-t-il, — et, en cela, il n'est plus bien conséquent avec lui-même, — qui serait du ressort du « législateur humain », du Concile général de tous les fidèles chrétiens ou de leurs représentants (fol. 73 v°).

[2] « Unde per necessitatem sequitur quod « nullus præfatorum ministrorum ecclesiastico- « rum auctoritatem habet dispensandi aut rela- « xandi aliquid in contrarium præceptorum aut « prohibitorum humana lege, sed talem dis- « pensationem seu relaxationem ad Romanum « principem, in quantum legislatorem huma- « num et auctoritatem, solummodo pertinere. » (Fol. 70 v°.)

[3] « Interroganti vero, si tota multitudo fide- « lium aut ejus valentior pars vel princeps decli- « nare a fide Christi vellent, aut declinarent de « facto, utrum per sacerdotes aut ipsorum colle- « gium in contrarium deberent aut possent ar- « ceri, dicendum utique quod non. » (Fol. 71 r°.)

[4] « Et dudum hactenus fuit et erit causa « dissensionis perpetuæ inter Christi fideles, nisi « a præfatis clericis hujusmodi usurpata potestas « sive auctoritas totaliter auferatur. » (*Ibid.*)

[5] II, vi, p. 205, 206. Cf. H.-Ch. Lea, *A History of auricular confession and indul- gences in the latin Church* (Philadelphie, 1896, in-8°), t. I, p. 159.

Victor. Cette fois, il énonce des idées toutes nouvelles sous sa plume. À s'en tenir aux textes de l'Écriture, dit-il, l'accusation des péchés à un prêtre n'est pas nécessaire, mais seulement utile pour le salut, rentre, en un mot, dans la catégorie non des préceptes, mais des conseils : il suffit de se confesser à Dieu, avec le repentir et le ferme propos. C'est ce qu'il établit à l'aide de citations des Psaumes, de saint Mathieu et de saint Jacques, en interprétant à sa manière les témoignages embarrassants de divers Pères de l'Église, notamment de saint Jean Chrysostome et de saint Augustin[1]. Cependant la portée pratique de cette doctrine, qui semblait conduire directement à l'abolition de la confession, comme le voulaient les Cathares et les Vaudois, se trouve restreinte singulièrement par la concession que Marsile croit devoir faire : la confession, sans être un précepte divin, peut être une institution humaine; c'est-à-dire qu'elle peut avoir été prescrite par le Concile général ou par l'Église universelle, et les commandements de cette sorte obligent les fidèles, même sous peine de péché mortel, tant qu'ils n'ont point été révoqués[2]. Voilà donc la confession maintenue dans l'Église, au moins à titre provisoire : Marsile s'incline devant la pratique consacrée, notamment par la décision du quatrième Concile de Latran[3].

En dépit de l'autorité de Pierre Lombard, notre auteur conteste aux prêtres le droit d'imposer des pénitences. On peut, dit-il, *probabiliter* s'écarter, sur ce point, de l'opinion du Maître des Sentences, en présence du silence de l'Écriture. Le pécheur, ajoute-t-il, qui confesse sa faute et qui s'en repent est visiblement absous de la damna-

---

[1] « Nos autem dicamus secundum Sacram « Scripturam nequaquam posse convinci talem « confessionem peccatorum fiendam sacerdoti- « bus esse de necessitate salutis æternæ, sed uti- « lem et fortasse expedientem, sicut Sacræ Scrip- « turæ consilium, non præceptum : sed sufficit « soli Deo confiteri peccata ipsa in recognoscendo « et de ipsis pœnitendo, cum proposito tale « ulterius non committendi. Sic enim legimus « Psalmistam dixisse atque fecisse [IX, 2] : *Con- « fitebor tibi, Domine, ex toto corde meo;* et rur- « sum psalmo [CV, 1] : *Confitemini Domino qui « bonus,* etc. Amplius, sic Christum dixisse legi- « mus atque fecisse, cum, Matth. XI, dixit : « *Confiteor tibi, Domine, patri cæli et terræ,* cum « reliquis similibus plurimis quæ in Scriptura « reperiuntur intuentibus eam. Nec obstat etiam « quod inducunt ex Jacobi ultima. Non enim « dixit Jacobus : *Confitemini sacerdoti;* sed : *Confi- « temini alterutrum peccata vestra,* indifferenter « loquens ad Christi fideles; et fuit verbum « consilii, non præcepti. Ubi glossator quidam « dicit : *Confitemini alterutrum peccata vestra ad « superbiam evitandam...* » (fol. 72 v°).

[2] « Obligantur Christi fideles ad hujusmodi « præcepta et humana statuta per Concilium « generale, quamdiu revocata non fuerint, prop- « ter quod humanæ leges sunt, et propter « communem utilitatem » (fol. 73 r°).

[3] Can. 21 : *Omnis utriusque sexus...*

tion éternelle, quand bien même il n'effectuerait en ce monde aucune satisfaction. Il est vrai que, suivant la croyance universelle, il serait puni plus gravement ou plus longuement dans l'autre monde, mais non pas éternellement [1].

La question des indulgences entraîne Marsile de Padoue à dire son sentiment sur les croisades et les pèlerinages. Il déclare illicite d'amener de force les infidèles à la foi (ce dont on convenait volontiers, mais ce qu'on n'énonçait pas toujours aussi franchement [2]); partant, un voyage d'outre-mer ayant pour but de convertir les infidèles par le glaive ne serait nullement méritoire, *nequaquam meritorius*. Au contraire, il admet la légitimité et même le caractère méritoire d'une expédition guerrière qui aurait pour but de soumettre les infidèles à la domination du prince et du peuple de Rome, parce que ce serait, suivant lui, une œuvre tendant à la paix et à la tranquillité du monde [3]. Ainsi il proclame le droit de conquête s'exerçant en faveur de son prince (le roi des Romains); mais il réprouve formellement toute guerre ayant un caractère de prosélytisme religieux.

Quant aux pèlerinages entrepris par les pécheurs à tel ou tel sanctuaire, comme témoignage de respect envers les saints, ils peuvent être méritoires; pourtant ce serait amasser cent fois plus de mérites, aux yeux de Dieu, de distribuer aux veuves, aux orphelins, aux malades et aux pauvres l'argent que coûtent ces voyages. D'ailleurs, ni évêques ni prêtres ne peuvent mesurer l'effet de telle ou telle œuvre : cela regarde Dieu seul, qui connaît les sentiments du pécheur, sonde le cœur du pénitent, et apprécie la quantité, la qualité de ses mérites, comme de ses démérites. Il pourrait bien y avoir là une négation du principe des indulgences, différente du simple doute qu'émettaient timidement un Guillaume Durand [4] ou un Durand de Saint-Pourçain [5].

Le vœu étant une promesse solennelle librement faite à Dieu ou

----

[1] « Unde satisfactionem facere in hoc seculo « pro peccatis est consilium, non præceptum » (fol. 73 v°).

[2] Pour une autre raison, Raymond Lulle déconseillait la guerre contre les infidèles : c'est qu'il en reconnaissait l'inefficacité, et qu'il se flattait d'obtenir de meilleurs résultats par la persuasion (*Hist. litt. de la Fr.*, XXIX, 233).

[3] « Sed, si fieret talis transitus ultrama-« rinus pro cogendis infidelibus ad obedien-« tiam principis et populi Romani in præceptis « civilibus et tributis debitis exhibendis..., « talis transitus, ut puto, meritorius esset cen-« sendus, quoniam ad pacem et tranquillitatem « omnium universaliter viventium ordinatus » (fol. 73 v°).

[4] *Specul.*, lib. IV, partic. IV, n° 12.

[5] *In IV Sentent.*, dist. XX, qu. IV, § 4-9.

aux saints, l'accomplissement en doit être sanctionné par une peine : peine civile, si cette promesse comporte une obligation envers d'autres hommes, peine réservée à l'autre vie, si cette obligation ne regarde que Dieu. En tout cas, si le vœu est simple, non conditionnel, c'est-à-dire non subordonné à l'assentiment de tel ou tel, il n'est au pouvoir d'aucun évêque, fût-ce celui de Rome, de dispenser de l'exécution. Ici Marsile songe peut-être au pape Clément V, à qui les Spirituels avaient contesté le droit de dispenser de l'exécution stricte du vœu de pauvreté. Mais il ajoute aussi qu'aucun religieux, moine ou Mendiant, ne saurait être tenu d'observer une promesse ou un vœu faits par ses frères en religion relativement à la règle, et que lui-même n'aurait point faits lors de sa profession, à moins que ce ne soit une conséquence nécessaire de la règle qu'il s'est engagé à observer [1]; et, cette fois, on se demande s'il ne se prononce pas contre les Spirituels, qui voulaient imposer à tous les frères Mineurs les aggravations de discipline qu'ils jugeaient plus conformes à l'esprit de Saint-François.

Marsile répète ici, ce qu'il avait dit déjà dans le *Defensor pacis,* que l'excommunication, entraînant un préjudice civil, ne saurait être prononcée par un prêtre ou un évêque, ni par une assemblée de prêtres ou d'évêques, ni même par le pontife de Rome, sans le consentement de la multitude des fidèles du lieu ou de la partie la plus notable de cette multitude. Mais il insiste aussi sur d'autres points : l'impossibilité de justifier par la Sainte Écriture le châtiment de l'excommunication, ce fait de priver un pécheur, quels que soient son péché ou son crime, du bénéfice des prières de l'Église, des suffrages des saints, l'impossibilité également d'établir sur des textes sacrés le droit pour les évêques ou les prêtres, ensemble ou isolément, de frapper d'interdit des cités qui refusent de leur obéir [2]. Enfin il déclare catégoriquement : tout évêque ou prêtre commet un péché mortel quand il prive de la célébration du saint sacrifice, de la prédication de la parole de Dieu ou de tout autre secours spirituel une population chrétienne désireuse d'entendre cette parole, d'assister à ces messes, de recevoir ces sacrements [3].

Sur la question de la primauté de saint Pierre, il renvoie à ce qu'il

---

[1] Fol. 74 r°. — [2] Fol. 74 v°. — [3] Fol. 75 r°.

en avait dit dans le *Defensor pacis*. Mais il y ajoute ces curieuses réflexions :

« Je dis que cette croyance peut être admise par tous les fidèles
« comme une coutume et une tradition, mais non comme un dogme
« nécessaire au salut éternel. Ainsi l'Église universelle dit et peut
« dire, suivant une coutume et une tradition auxquelles l'évêque de
« Rome et le collège de ses clercs ont donné ou, du moins, ont pu
« donner naissance, que saint Pierre et l'Eglise romaine ont eu cette
« prééminence sur le reste des évêques et des prêtres et sur toutes
« les autres Églises, soit qu'on se soit imaginé que tel était le sens
« de l'Écriture sainte, soit qu'on ait voulu, dans une intention pieuse,
« favoriser l'unité de l'Église par cette exacte subordination. Mais je
« ne me souviens d'avoir lu aucun passage de l'Écriture qui prouve,
« directement ou indirectement, que Jésus-Christ ait fait lui-même
« cette concession de prééminence à saint Pierre ou à l'Église de Rome.
« Or, il n'est pas nécessaire pour le salut de croire ce qui n'est pas
« article de foi, ce qui n'est pas ordonné par la Sainte Ecriture.
« Rachetés par Jésus-Christ, qui a toujours été le chef de l'Église,
« les fidèles peuvent faire leur salut sans croire que saint Pierre ait
« été le chef de l'Église, ou que l'Église de Rome soit à la tête des
« autres Églises. Si saint Pierre avait eu quelque supériorité sur les
« autres apôtres, cela pourrait s'expliquer par une raison de conve-
« nance, saint Pierre, le plus respecté des apôtres, ayant siégé en qua-
« lité d'évêque à Jérusalem... De même la primauté de l'Église romaine
« s'expliquerait par cette même convenance, ou par la tradition, ou par
« une constitution du Concile général des fidèles chrétiens, ou par la
« volonté du suprême législateur humain, bien qu'à vrai dire, cette
« primauté semble plutôt convenir à l'Église de Jérusalem, où ont
« siégé, comme évêques, d'abord le Christ, le premier des pasteurs,
« puis, avant de siéger à Rome, le plus illustre des apôtres... Il en
« est donc de cette primauté concédée en fait à l'évêque et à l'Église
« de Rome par le suprême législateur humain fidèle, comme de tous
« les règlements des Conciles généraux concernant la discipline ecclé-
« siastique, la paix et la tranquillité des chrétiens : les fidèles doivent
« les observer, mais ne sont nullement tenus, sous peine de damnation
« éternelle, de les croire utiles et convenables pour tous les temps,
« attendu qu'ils peuvent fort bien être révoqués, en totalité ou en partie,

« par le même Concile, quand les circonstances viennent à se mo-
« difier [1]. »

Il était souvent arrivé à Marsile de Padoue de parler, dans le *Defensor pacis,* du « suprême législateur humain », et l'on comprenait par là le plus souvent le peuple, l'universalité ou la fraction la plus notable des citoyens. Mais de quel peuple s'agissait-il? C'est ce qu'il n'expliquait pas clairement, et l'on pouvait croire qu'il parlait de n'importe quel peuple indifféremment. Ses déclarations ici sont bien plus nettes. Il n'y a, décidément, qu'un peuple qui compte à ses yeux, il n'y a même qu'un homme, celui qu'il se plaît à considérer comme le délégué de ce peuple. Écoutons-le plutôt : « Depuis l'avènement du « Christ, et peut-être depuis une époque quelque peu antérieure, » — Marsile semble songer ici à l'établissement de l'Empire romain, — « le « *suprême législateur humain* n'est autre que l'universalité des hommes « auxquels s'appliquent les dispositions coercitives de la loi, ou la « partie la plus notable, *valentior,* de cette multitude, dans chaque « pays, dans chaque province. Mais, comme l'universalité des pro- « vinces, ou la partie la plus notable, *valentior,* des provinces, a trans- « féré cette autorité législative au peuple romain, à raison de la « supériorité de sa force ou de sa valeur, *propter excedentem virtutem*

[1] « Dico talia posse credi a fidelibus omnibus « propter consuetudinem seu famositatem jam « dictam, non tamen de necessitate salutis « æternæ. Ex hoc modo dico quod dicit et dicere « potest Ecclesia universalis, secundum consue- « tudinem et famositatem quæ ortum habuit seu « habere potuit a Romano episcopo et suorum « collegio clericorum, quod B. Petrus et Ecclesia « Romana prioritates præfatas habuerint super « reliquos omnes episcopos et sacerdotes et Ec- « clesias universales, hoc forte credentes Scriptu- « ram sentire, vel fortasse pia quadam intentione, « ut ad unitatem Ecclesias Christi deducerent « facilius observandam et reliquas Ecclesias ad « obedientiam superiorum facilius induce[rent]. « Unde per Scripturam non memini me legisse, « neque per aliquid quod ad Scripturam per ne- « cessitatem sequatur, præfatas prioritates B. Pe- « tro aut Ecclesiæ Romanæ per Deum sive Chris- « tum immediate concessas, propter quod ea « crederem : quoniam non sunt articuli fidei atque « præcepta Scripturæ, non est de necessitate sa- « lutis æternæ. Redempti namque per Christum « fideles, qui caput fuit et est semper Ecclesiæ, « salvari possunt absque eo quod credant B. Pe- « trum fuisse caput Ecclesiæ aut Romanam Eccle- « siam aliarum principaliorem et caput. Et si « aliqua prioritas B. Petro super apostolos conve- « niret aut convenisset, et Ecclesiæ Romanæ super « reliquas, ex congruentia quadam, quia B. Pe- « trus, qui reverentior inter apostolos habebatur, « Jherosolimæ sedit episcopus, dico prioritatem « B. Petri ab aliorum apostolorum electione pro- « cessisse sive consensu... Sic igitur prioritatem « Romanæ Ecclesiæ super reliquas a congruitate « jam dicta fortasse vel a traditione seu constitu- « tione Concilii generalis fidelium christianorum, « vel ab humano et supremo legislatore dicimus « processisse; quamvis, secundum congruentiam, « talis prioritas Ecclesiæ Jerosolomitanæ magis « videtur deberi, uno quidem quoniam princeps « pastorum, videlicet Christus, ibidem sedit « tanquam episcopus, et apostolorum famosior, « cum reliquis duobus famosioribus apostolis, « priusquam Romæ, ibidem rexit et officium « pastoris exercuit... » (fol. 75 vᵒ).

« *ipsius*, le peuple romain a eu, et a aujourd'hui encore le droit d'édicter
« des lois pour toutes les provinces du monde. Enfin, si le peuple
« romain a transféré à son prince le pouvoir législatif, il faut dire
« également que ce pouvoir appartient au prince des Romains. Cette
« autorité législative du peuple romain et de son prince doit durer
« et durera, suivant toute raison, tant que l'universalité des provinces,
« d'une part, le peuple romain, de l'autre, n'auront pas révoqué les
« pouvoirs par eux transmis : et j'entends une révocation régulière,
« faite, après délibération, soit par l'universalité des provinces ou
« par leurs délégués ou par la partie la plus notable des provinces,
« soit par le peuple romain [1]. » En somme, ce que nous n'avions fait
que présumer, avec grande vraisemblance, à la lecture du *Defensor
pacis*, est énoncé ici avec une clarté parfaite : la théorie démocratique de Marsile de Padoue aboutit à la proclamation de l'omnipo-
tence impériale [2]. C'est l'idée chère aux partisans de l'Empire, que
le monarque allemand est le légitime successeur des Empereurs
romains [3].

Quant au « Concile général des fidèles chrétiens », Marsile renvoie
ici à ce qu'il en avait dit dans le *Defensor pacis*, et cite, de plus, une
opinion vers laquelle il semble incliner, suivant laquelle aucun Concile ne mériterait le titre de « général », à moins que l'Église grecque
n'y eût été convoquée. En réalité, fait-il observer, la croyance des
Grecs au sujet de la procession du Saint-Esprit ne diffère point de
celle des Latins : c'est une simple querelle de mots. Les Grecs ne doivent donc pas être rangés parmi les schismatiques, — c'est « parmi les
« hérétiques » qu'il devrait dire, — bien que l'évêque de Rome et son collège de cardinaux ne se fassent point faute de leur appliquer, sans
grand profit, cette épithète. C'est à quoi doivent mettre ordre le peuple
romain et son prince : il faut convoquer un Concile des Grecs et des
Latins, comme a fait le premier Constantin ; il faut que, par le moyen

---

[1] Fol. 75 v°. — Il définit encore, au fol. 77 r°, le législateur de la façon suivante : « Est « etiam similiter secundum legem humanam « legislator, ut civium universitas aut ejus pars « valentior, vel Romanus princeps summus, Im- « perator vocatus. »

[2] Ce sont presque les derniers mots du *Defensor minor* : « Et quod factorum auctoritas « et coactiva potestas sit universitatis civium « aut imperantis primi principis, Romanorum « Imperatoris vocati, et per veras raciones hu- « manas et per Sacram Scripturam sive legem « divinam christianam ac dicta sanctorum expo- « nentium ipsam, necnon per cronicas et appro- « batas historias, evidenter monstratum est in « *Defensore pacis* » (fol. 80 v°).

[3] Cf. P. Viollet, *Hist. des institut. polit. et administr. de la France*, II, 225, 226.

de ce Concile, ce schisme ou, du moins, cette apparente division prenne fin, et que l'Église soit ramenée à l'unité chrétienne, non seulement de doctrine, mais de symbole [1].

À propos du mariage, Marsile se demande à quel juge appartient de prononcer l'annulation requise par un des deux conjoints ou par l'un et l'autre en même temps. Il laisse aux évêques, aux prêtres, aux docteurs en droit canon le soin de statuer théoriquement sur telle ou telle cause de nullité, en d'autres termes, de décider si le mariage dans telles ou telles conditions est prohibé par la loi divine, si, par exemple, l'impuissance constitue un motif suffisant de « divorce »; mais il revendique pour le pouvoir séculier le droit de trancher les questions de fait et de prononcer sur ces matières des jugements coactifs [2].

Après avoir remarqué que les empêchements inscrits dans la loi mosaïque ne subsistent pas tous dans la loi de Jésus-Christ, il essaie de prouver que les empêchements actuellement invoqués, par exemple ceux qui proviennent de la consanguinité, font partie de la loi humaine, et il en conclut que le droit d'accorder des dispenses à ce sujet n'appartient qu'au « législateur humain » ou à celui qui gouverne par son autorité, au prince des Romains, à l'Empereur. Il déclare, d'ailleurs, pur sophisme le raisonnement consistant à dire que, les mariages prohibés par la loi divine entraînant à des péchés mortels, la connaissance en doit appartenir aux ministres de Dieu [3].

Nous en avons dit assez pour qu'il soit possible de déterminer, avec quelque vraisemblance, la date de la composition du *Defensor minor*. Ce n'est pas avant d'être entré effectivement au service de Louis de Bavière que Marsile de Padoue a pu donner d'une façon aussi nette à sa conception du « législateur humain » cette forme concrète : « l'Em-« pereur ». D'autre part, ce n'est pas après tous les déboires essuyés dans la seconde partie de l'année 1328, et alors que le Bavarois, expulsé de Rome et retourné piteusement en Allemagne, n'avait plus grand fond à faire sur l'amitié des Romains, que notre auteur aurait développé ce système paradoxal du peuple romain seul dépositaire depuis treize siècles de la puissance législative universelle : singulier rêve qui avait déjà pris corps au XIIe siècle dans l'imagination d'Arnaud de Brescia, mais auquel la réalité n'avait point cessé d'infliger

_____

[1] Fol. 76 r°. — [2] Fol. 77 v°. — [3] Fol. 80 r°.

le plus continuel démenti. L'idée de reconnaître aux habitants des
Sept collines le pouvoir de donner des lois à l'univers n'a pu germer
dans l'esprit de notre auteur qu'au moment où son protecteur Louis
de Bavière se flattait, avec l'appui apparent des Romains, de renverser
le pape régnant et de fonder un nouveau gouvernement de l'Église.
Cela nous reporte aux premiers temps du séjour de Louis à Rome,
époque de succès faciles et d'espérances sans limites. En proie aux plus
folles illusions, Marsile de Padoue a pu alors concevoir aussi le projet
d'un Concile œcuménique se réunissant à la voix de l'Empereur pour
terminer le schisme grec, et même d'une expédition d'outre-mer
aboutissant au couronnement de Louis comme roi de Jérusalem : de
là l'approbation donnée, dans le *Defensor minor,* à ce genre de croisade
intéressée. Il n'est pas jusqu'à cette déclamation violente contre l'usage
de l'interdit, dont nous avons cité quelque traits, qui ne convienne à
une époque où Marsile de Padoue, vicaire impérial à Rome, pour-
suivait impitoyablement les clercs coupables d'observer l'interdit mis
sur la ville par le pape Jean XXII. Les premiers mois de 1328 semblent donc être, suivant toute apparence, la date de la rédaction de ce
traité, ou du moins de la majeure partie de ce traité, qui complète,
d'une façon si curieuse, les développements depuis longtemps connus
du *Defensor pacis.*

En ce qui concerne seulement le dernier chapitre, consacré au
mariage et au divorce, on peut concevoir un doute. Ce chapitre
contient des théories qui trouvèrent leur application quatorze ans
plus tard, en 1342; si bien qu'on peut, à la rigueur, admettre qu'il
ne fut rédigé qu'en vue de circonstances dont il va être question.
Toutefois, comme ce chapitre servit en 1342, ainsi qu'on va le voir,
à composer un autre mémoire spécialement adapté aux circonstances
du moment, il nous paraît plus naturel de supposer que, dans sa
forme originale, il remonte à l'époque où furent rédigées les autres
parties du *Defensor minor,* c'est-à-dire à 1328 [1].

[1] M. J. Sullivan (*The English historical Review,* 1905, p. 305), qui, a pris connaissance du *Defensor minor,* mais dont l'attention ne semble s'être portée que sur ce dernier chapitre, a cru devoir assigner la date de 1342 à la composition de tout l'ouvrage.

3° *DE JURISDICTIONE IMPERATORIS IN CAUSA MATRIMONIALI.*

À quelques années de là, Louis de Bavière, convoitant pour son fils Louis, margrave de Brandebourg, l'héritage du Tyrol, lui fit épouser la comtesse Marguerite à la Grande bouche, dont le mariage avec Jean, fils du roi de Bohême, avait dû être préalablement annulé ou plutôt considéré comme nul (10 février 1342). Ce fut l'occasion de divers mémoires, dont l'un porte, notamment dans le ms. b 35 de Brême, antérieur à 1360, le nom de Marsile de Padoue.

Inc. : Ad ampliorem evidentiam tam dictorum quam et dicendorum, ad redarguendum quoque voces...

C'est une sorte d'apologie mise dans la bouche de l'Empereur, établissant qu'à lui seul appartient de statuer sur les causes matrimoniales[1]. Elle est accompagnée de deux actes impériaux non datés, l'un prononçant le divorce entre la comtesse de Tyrol et Jean, fils du roi de Bohême, pour cause d'impuissance de ce dernier[2], l'autre accordant dispense de consanguinité à Marguerite à la Grande bouche et à Louis, margrave de Brandebourg[3].

L'opinion la plus vraisemblable veut que ces actes soient de simples projets, composés par Marsile de Padoue antérieurement au second mariage et présentés par lui, en même temps que son mémoire, à Louis de Bavière, qui, d'ailleurs, n'adopta point la procédure qu'ils indiquaient, jugée sans doute trop radicale[4].

En ce qui concerne l'authenticité de ces écrits, il est impossible de soutenir, comme on l'a fait jadis, qu'ils sont de la fabrication de l'éditeur Goldast. On y a reconnu sans peine les idées et jusqu'aux expressions favorites de Marsile de Padoue. Mais ce qu'on ignore, c'est la

---

[1] Elle a été publiée une première fois par Freher, en 1598 (in-4°), sous le titre *Ludovici IIII sententia separationis inter Margaretam, ducissam Carinthiæ, et Johannem, regis Bohemiæ filium..., cum consultationibus et responsis... Menandrini de Padua et Guilhelmi Occami...,* puis par Goldast, *op. cit.,* t. II, p. 1286-1291.

[2] Goldast, II, 1283.

[3] *Ibid.,* p. 1285.

[4] Böhmer, *Regesta Imperii, Die Urkund. K. Ludwigs des Baiern* (1839), p. 139; Riezler, *op. cit.,* p. 234-240, et *Historische Zeitschrift,* 1878, p. 328; P. Scheffer-Boichorst, *Jenaer Litteraturzeitung,* 1884, n° 43, p. 674 et suiv.; K. Müller, t. II, p. 159, 160; H. Theobald, *Neues Archiv,* XXIII, 1898, p. 772; cf. Sullivan, *The Americ. histor. Rev.,* II, p. 412; *The Engl. histor. Rev.,* 1905, p. 305; A. Huraut, p. 21.

façon dont, pour les composer, Marsile s'est servi d'un de ses ouvrages
antérieurs : nous parlons de ce traité, jusqu'ici inconnu, dont la rédaction, si nos conjectures sont exactes, remonterait à 1328. Le projet
d'acte de dispense pour le mariage de Marguerite et de Louis margrave
de Brandebourg est, en grande partie, composé d'extraits du *Defensor
minor*. On en trouve de plus longs encore dans la dissertation elle-
même. C'est presque tout son chapitre relatif au mariage que Marsile a replacé ici, en en modifiant à peine quelques tournures de
phrases[1].

VII

L'influence exercée par Jean de Jandun et Marsile de Padoue s'est
prolongée longtemps après leur mort.

C'est principalement comme philosophe que le premier a survécu.
Le succès de ses commentaires d'Aristote et d'Averroès, particulièrement en Italie, est attesté par le grand nombre de copies qui en
subsistent, par le soin que prirent des philosophes, tels que Vernia et
Zimara, de les publier, par la multitude des éditions qui en parurent,
surtout à Venise, dès les premiers temps de l'imprimerie et pendant
toute la durée du XVIᵉ siècle[2]. Les éditeurs lui décernaient les titres
d'« homme très perspicace[3] », de « philosophe clarissime[4] », « très ex-
« cellent[5] » ou « très pénétrant[6] », ou bien encore de « très éminent[7] »
et « très perspicace péripatéticien[8] ». Encore au XVIIᵉ siècle, César Cre-
monini, le dernier représentant de la scolastique averroïste, faisait de
Jean de Jandun un usage journalier et volontiers lui empruntait le texte
de ses leçons[9].

Mais ce succès d'école obtenu par les écrits philosophiques de Jean
de Jandun n'approche pas du retentissement prolongé qu'eut la publi-

---

[1] Au sujet de la part que Marsile de Padoue a pu prendre à la rédaction du document
commençant par les mots *Fidem catholicam*
publié par Louis de Bavière le 6 août 1338,
voir J. Sullivan, *The Engl. histor. Rev.*, 1905,
p. 306, 307.

[2] Voir plus haut, p. 537, 542, 543, 546,
552, 554, 556.

[3] *Quæstiones de Cælo et mundo*, éd. de Venise, 1501.

[4] Voir les *Quæstiones super libro de Substantia
orbis*, éd. de Vicence, 1486; les *Quæstiones super III libros de Anima*, éd. de Venise, 1493.

[5] Même ouvrage, éd. de Venise, 1497.

[6] *Quæstiones super VIII libros Physicorum*,
éd. de Venise, 1552.

[7] *Qæstiones super III libros de Anima*, éd.
de Venise, 1497.

[8] *Quæstiones super Parvis naturalibus*, éd. de
Venise, 1505; *Quæstiones in XII libros Méta-
physicorum*, éd. de Venise, 1553.

[9] Renan, *Averroès*, p. 410.

cation du *Defensor pacis*. Nous ne parlons pas du *Defensor minor*, qui semble avoir été vite oublié.

Ouvrage presque sans précédent, — car, quoi qu'en ait dit le pape Clément VI[1], nos auteurs ne devaient rien à Occam[2], — le *Defensor pacis*, écrit en 1324, provoqua, à partir de 1326, un scandale à peu près ininterrompu. On se souvient des condamnations portées contre le livre et les auteurs par la cour d'Avignon.

La mort de Jean de Jandun, qui, d'ailleurs, semble avoir passé inaperçue en France, n'interrompit pas l'effet du ressentiment de Jean XXII. Il nomma les deux maîtres et rappela leur rôle dans des lettres du 5 mai et du 25 juin 1329[3], du 22 juillet 1330[4] et du 4 janvier 1331[5]. Le 30 mai 1329, il avait ordonné au chantre de Paris de faire de nouveau publier le procès de Jean de Jandun et de Marsile de Padoue, ces « détestables hérétiques », en même temps que ceux de Louis de Bavière et de Pierre de Corbara[6]. L'ordre fut exécuté le 11 juin, et, à l'issue de la cérémonie, le provincial des frères Mineurs de France prit la parole, au nom du chapitre général alors assemblé à Paris, pour donner aux sentences pontificales son entière approbation[7]. On a prétendu, en s'appuyant sur un passage de Du Boulay, que la Faculté de théologie de Paris avait montré peu d'empressement à s'associer à cette censure, et qu'elle n'avait finalement condamné, en 1330, que quatre des propositions relevées par Jean XXII[8]. Mais il est reconnu aujourd'hui que le document cité par Du Boulay, d'après le premier volume des Conclusions de la Faculté, se rapporte à l'année 1375[9], et que les théologiens de Paris

---

[1] Discours du 11 juillet 1343 : « Hoc dici-mus propter illum Wilhelmum Occam, qui diversos errores contra potestatem... S. Sedis docuit et docet. Et ab illo Guillelmo didicit et recepit errores ille Marsilius et multi alii » (Höfler, *Aus Avignon*, p. 20).

[2] Voir la dissertation très concluante de M. Sullivan, *The Americ. histor. Rev.*, II, p. 418 et suiv.

[3] *Thes. nov. anecd.*, II, 773, 778.

[4] Rinaldi, V, 480.

[5] *Thes. nov. anecd.*, II, 817.

[6] *Chartul. Univ. Paris.*, II, 326; Eubel, *Bullarium Franciscanum*, V, 397.

[7] Contin. de Guill. de Nangis, II, 109.

[8] *Paris et ses histor.*, p. 7, 8.

[9] Le registre cité par Du Boulay (IV, 216) n'est autre que le *Liber censurarum sacræ Facultatis* récemment acquis en Angleterre par la Bibliothèque nationale (Nouv. acq. lat. 1826); il ne contient que le procès-verbal de l'enquête commencée le 1er septembre 1375, qui avait été publié une première fois par d'Argentré (*Collect. judic. de nov. errorib.*, I, 397), d'après ce registre, et qui l'a été une seconde fois, d'après l'original, dans le *Chartul. Univ. Paris.* (III, 223). C'est ce que les savants éditeurs du *Chartularium* n'avaient pas bien aperçu d'abord (II, 303), mais ce qu'ils ont reconnu dans la suite (III, 227, note 5).

n'eurent point, en 1330, à se prononcer d'une façon spéciale au sujet des erreurs de Marsile de Padoue.

Lorsque l'antipape se soumit, il dut déclarer hérétique, conformément au jugement de Jean XXII, la proposition extraite du *Defensor pacis* qui reconnaissait à l'Empereur le droit de déposer et d'instituer les papes [1]. Le 21 janvier 1331, le pape, s'adressant aux prélats et aux inquisiteurs de Provence, prescrivit encore des poursuites contre les frères Mineurs ou autres qui professaient les doctrines condamnées du *Defensor pacis* [2]. Vers 1331, le général des frères Mineurs nommé en remplacement de Michel de Césène reprocha à celui-ci ses relations sacrilèges avec les deux maîtres condamnés [3]. Enfin, vers 1334, le cardinal Napoléon Orsini ne promit de seconder les projets de Louis de Bavière au sujet de la réunion d'un Concile général que dans le cas où l'Empereur remettrait entre ses mains Marsile de Padoue [4]. Cependant les doctrines du *Defensor pacis* étaient vivement prises à partie par Alvaro Pelayo dans son *Collyrium adversus hæreses* [5] et dans son *De Planctu Ecclesiæ*, par Alexandre de Sant'Elpidio dans son *De Jurisdictione Imperii et auctoritate Summi Pontificis*. Elles le furent encore, plus tard, par Conrard de Megenberg dans ses *Œconomica* [6].

Sous Benoit XII, il est encore beaucoup question de nos deux maîtres dans une procuration datée de Nuremberg, le 28 octobre 1336, sorte d'amende honorable dictée à Louis de Bavière par la cour d'Avignon elle-même. On y fait dire à l'Empereur que, s'il a retenu auprès de lui Marsile de Padoue et Jean de Jandun, ce n'était point qu'il voulût se mêler de leurs opinions hétérodoxes, mais parce que c'étaient de bons clercs, qui prétendaient en savoir long sur les droits de l'Empire : il désirait se servir d'eux et voulait les réconcilier avec l'Église. Il avait eu tort de les laisser parler contre le pape; mais, vivement attaqué, il avait usé de représailles. Il désavouait les cinq erreurs du *Defensor pacis* et jurait d'exterminer les hérétiques, s'ils refusaient de rentrer dans le giron de l'Église [7].

Benoit XII jugea, d'ailleurs, insuffisante la censure du livre de Marsile et de Jean de Jandun faite par son prédécesseur. Il chargea de

[1] *Thes. nov. anecd.*, II, 813.
[2] Rinaldi, V, 500.
[3] *Ibid.*, p. 505.
[4] Höfler, *Aus Avignon*, p. 12.
[5] Voir Rinaldi, V, 353.
[6] O. Lorenz, *Deutschlands Geschichtsquellen*, II, 359.
[7] *Vatikanische Akten*, p. 640.

l'examiner à nouveau le cardinal Pierre Roger (le futur Clément VI), qui réussit à y relever plus de deux cent quarante erreurs [1].

Plus tard, devenu pape, ce même Clément VI déclarait qu'il n'avait jamais, dans ses lectures, rencontré de pire hérétique que Marsile de Padoue [2].

En 1343, une ambassade reçut de Louis de Bavière la mission de se rendre à Avignon, d'y confesser ses torts, au nombre desquels figurait l'appui donné à Marsile de Padoue et à Jean de Jandun, et d'y maudire, en son nom, les erreurs professées par les deux hérétiques [3].

Assez tôt, une traduction française du *Defensor pacis* dut être mise en circulation, car ce texte français fut lui-même traduit en italien dès 1363. Il subsiste un exemplaire manuscrit de la version italienne dans la bibliothèque Laurentienne de Florence [4]. Cependant l'existence de la traduction française ne fut révélée qu'assez tard au Saint-Siège. C'est seulement en 1375 que Grégoire XI, recevant une délégation de la Faculté de théologie de Paris, se plaignit fort de la publicité ainsi donnée à un ouvrage depuis longtemps condamné, qui pouvait fournir des armes aux ennemis de l'Église; ses soupçons paraissaient se porter sur quelque théologien de Paris. Au retour de la délégation, la Faculté s'assembla, et une commission fut chargée de rechercher le coupable. Du 1er septembre au 31 décembre 1375, quatre réunions se tinrent chez le chancelier Jean de La Chaleur, et trente et un maîtres en théologie, parmi lesquels les fameux traducteurs Nicolas Oresme et Jean Golein, furent successivement interrogés sous la foi du serment : étaient-ils auteurs de la traduction française du *Defensor paris?* ou du moins savaient-ils qui en était l'auteur? Toutes les réponses furent négatives. L'un, Jean de Dieudonne, exprima même son étonnement et prétendit qu'il n'avait jamais rien su de cette traduction. Cependant Richard Barbe avait entendu dire que l'auteur du livre était aussi celui de la traduction française. Pour mieux dégager encore leur responsabilité, quelques maîtres affirmèrent qu'ils tenaient de leurs anciens que ni Marsile ni Jean de Jandun

---

[1] Souvenir rappelé par Clément VI le 10 avril 1343 (Höfler, *Aus Avignon*, p. 20).

[2] *Ibid.*

[3] *Vatikanische Akten*, p. 780.

[4] Ms. xliv 26 : *Il libro del Difenditore della pacie e tranquillità dedicato a Luigi, travalente e tranobile Imperadore de' Romani, traslatato di franciesco in fiorentino l'anno 1363.* (xve siècle; 265 feuillets.) Cf. F. Scaduto, *Stato e Chiesa*, p. 112.

n'avaient jamais pris aucun grade en la Faculté de théologie de Paris [1].

On pourrait suivre encore longtemps l'influence exercée par le *Defensor pacis*, et M. James Sullivan, auteur d'un mémoire inséré dans l'*American historical Review*, serait ici le guide le mieux informé. Sans parler de Guillaume d'Occam, qui ne se rencontre guère avec Marsile et Jean de Jandun que sur le terrain politique [2], on verrait les emprunts faits au célèbre ouvrage par l'auteur anonyme du *Songe du Vergier* [3], par Wicliff [4], par Thierry de Niem [5], par Grégoire Heimburg [6], par Nicolas de Cusa, par Mathias Döring, par Luther [7], peut-être même par Calvin [8].

En 1522, un Allemand qu'on a identifié avec Valentin Curio [9] donna, à Bâle, sous le pseudonyme de *Licentius Evangelus*, la première édition du *Defensor pacis* [10]. Son intention, comme il ressort clairement de sa préface, était de mettre entre les mains des Réformés la meilleure arme contre l'Église catholique.

En Angleterre, lors du conflit de Henri VIII avec Rome, un certain William Marshall, voulant servir la cause royale, traduisit en anglais l'édition de Licentius Evangelus, non sans en retrancher les chapitres imprégnés d'un esprit trop démocratique; il réussit à intéresser à son entreprise le chancelier de l'Échiquier, Thomas Cromwell. Terminée vers le 1ᵉʳ avril 1533, cette traduction ne parut pas avant le 27 juillet 1535 [11]; quatre jours après, le chapelain du roi, Thomas Starkey, en conseillait la lecture à Reginald Pole, le futur cardinal [12].

Quand commença, soit à Louvain, soit à Paris, soit à Rome, la publi-

---

[1] *Chartul. Univ. Paris.*, III, 223.

[2] J. Sullivan, *The Americ. histor. Rev.*, p. 417 et suiv.

[3] Voir K. Müller, *Das Somnium viridarii*, dans *Zeitschrift f. Kirchenrecht*, XIV (1878), p. 139 et suiv.

[4] Cf. une bulle de Grégoire XI du 22 mai 1377 (Rinaldi, VII, 294) et Walshingham, *Hist. Anglic.* (éd. Riley), I, 345.

[5] H. Finke, *Zu Dietrich von Niem u. Marsilius von Padua*, dans *Römische Quartalschrift*, VII, 226. J. Sullivan, p. 599.

[6] P. Joachimsohn, *Gregor Heimburg*, dans *Historische Abhandlungen aus dem Münchener Seminar*, I (Bamberg, 1891, in-8°), p. 233.

[7] Cf. B. Labanca, *Marsilio da Padova e Martino Lutero*, dans *Nuova Antologia*, XLI (1883), p. 209-227.

[8] Cf. Pastor, *Gesch. d. Päpste*, I (1901), 84.

[9] Riezler, p. 193; O. Lorenz, II, 351, note 4; cf. J. Sullivan, p. 600, note 3.

[10] Sous le titre : *Opus insigne cui titulum fecit autor Defensorem pacis, qaod questionem illam jam olim controversam de potestate Papæ et Imperatoris... tractat.* (In-fol.)

[11] *The Defense of Peace, lately translated out of laten into englysshe.* R. Wyer, [London], 1535, in-fol.

[12] *Letters and papers... of the reign of Henry VIII*, t. VII, nᵒˢ 422, 423; t. VIII, nᵒ 1156; cf. t. IX, nᵒ 523; t. XI, nᵒ 1355; J. Sullivan, *loco cit.*

cation des listes de livres prohibés, l'ouvrage de Marsile de Padoue y trouva naturellement place. En 1538, Albert Pigghe consacra à la réfutation du « rival de Luther » une grande partie de sa *Hierarchiæ ecclesiasticæ assertio*. En 1545, Max Müller, de Westendorff, publia, à Neubourg, une traduction abrégée du *Defensor*[1], qu'il dédia à Othon-Henri, comte Palatin. Puis ce fut, en 1592, le tour du calviniste bien connu Francis Gomar, qui, en rééditant, à Francfort, le *Defensor pacis*, le recommanda, comme particulièrement utile, au roi de France Henri IV, pour établir l'indépendance de son royaume à l'égard du Saint-Siège[2]. D'autres éditions, également copiées sur celle de 1522, se succédèrent ensuite, en 1599, à Heidelberg, en 1612, en 1613[3], en 1614[4], en 1622[5], en 1623[6] et enfin en 1692, à Francfort.

Ces quelques indications suffisent à faire mesurer le grand succès posthume de Marsile de Padoue et de Jean de Jandun. Il n'y a rien d'excessif à prétendre que le *Defensor pacis* a eu sa part d'influence dans le mouvement de la Réforme[7].

N. V.

[1] Sous ce titre : *Ain kurtzer Auszug des treffenlichen Wercks und Fridschirmbuches Marsili von Padua*. (In-fol.)

[2] Voici le titre entier de cette édition : *Defensor pacis || sive || Adversus || usurpatam Rom. pontificis juridictio || nem Marsilii Patavini pro || invictiss. et constantiss. Rom. Imperatore Lu || dovico IV Bavarico, a tribus || Rom. pontificibus indigna || perpesso || Apologia || Qua politicæ et ecclesiasticæ potestatis limites || doctissime explicantur : circa annum || Domini M CCC XXIV || conscripta. || Nunc vero ad omnium principum, magistratuum et || ecclesiæ catholicæ ac nominatim christianiss. || Galliarum et Navarræ Regis, etc. Henrici IV, || (a tribus etiam Rom. Pontificibus inique oppu || gnati), ejusque regni et ecclesiarum auctorita || tem ac libertatem demonstrandam utilissima. || Franciscus Gomarus Bru || gensis recensuit : capitum argumentis et || notis ad marginam illustravit. || Francofurti || Excudebat Joannes Wechelus. || Vænit in officina Vignonania. || cIɔ Iɔ xcii*. Suit une dédicace en vers à Frédéric IV, comte Palatin.—Certains auteurs (Labanca, p. 112; A. Huraut, p. 22, note 1) citent une prétendue édition du *Defensor pacis* de Francfort, 1492 : d'autres pensent qu'il y a eu confusion avec l'édition de 1592 (Müller, *Götting. gel. Anz.*, 1883, p. 921; J. Sullivan, p. 413).

[3] Ces deux dernières éditions (in-8°) sont données par Daniel Patterson, de Dantzig, la seconde sous le titre de *Legislator Romanus de jurisdictione et potestate tam seculari quam ecclesiastica*.

[4] Goldast, à cette date, comprend le *Defensor pacis* dans sa grande collection, *Monarchiæ S. Romani Imperii sive tractatuum de Juridictione imperiali seu regia et pontificia seu sacerdotali, tomus secundus*, qui fut réimprimée en 1621 et en 1668. Il édita séparément dans son tome Ier (p. 647-653) la préface de Licentius Evangelus.

[5] Sous le titre : *Opus insigne Defensor pacis*. (In-fol.) — Le P. Lelong (1, 475) mentionne, sous le même titre, une édition de 1515, qu'il a peut-être confondue avec celle de 1622.

[6] Sous le titre singulier d'*Irenicum politicum* (in-8°).

[7] Cf. Ad. Franck, *Journal des Sav.*, 1883, p. 129.

ADDITIONS ET CORRECTIONS.

Page 17, ligne 6, à partir du bas. — Dans les pages consacrées ci-dessus (p. 17-22) à la traduction française des *Otia imperialia* de Gervais de Tilbury par Harent d'Antioche, nous n'avons pu comparer cette traduction avec celle que donna Jean du Vignai dans la première moitié du xive siècle. C'est après coup que nous avons pu consulter le seul manuscrit connu de la traduction de Jean du Vignai qui ait été jusqu'à présent signalé. Ce manuscrit, qui a fait partie jusqu'en 1901 de la collection Barrois chez le comte d'Ashburnham, est passé depuis dans les mains de M. Ch. Fairfax Murray, qui a bien voulu nous le communiquer. C'est un exemplaire copié avec soin, du temps de Philippe de Valois ou de Jean le Bon. Il est orné de nombreuses et assez médiocres miniatures, dont nous ne citerons que celle du frontispice ; elle est divisée en deux compartiments : dans celui de gauche, Gervais de Tilbury est représenté offrant son livre à l'empereur Othon ; dans celui de droite, nous voyons Jean du Vignai remettant sa traduction à un clerc ou à un religieux, peut-être au prieur de sa maison. Le nom du traducteur ne nous est révélé que par les rubriques des folios 5 et 9 : « Cy commence le livre des « Oisivetez des emperieres translaté de latin en françois par Jehan du « Vignay, frere de Haut pas. » — « Ci commencent les chapitres de la « division du livre descript et translaté du latin en françois par Jehan « du Vignay, frere de Haut pas. »

Dans le manuscrit la traduction, précédée d'une table des 199 chapitres, est absolument dépourvue de préface et de dédicace. Nous manquons ainsi de renseignements sur les conditions dans lesquelles l'infatigable traducteur Jean du Vignai mit en français les *Otia imperialia*. Vraisemblablement, il ignorait que l'ouvrage eût déjà été traduit. Ce qui est certain, c'est qu'il n'a point fait usage de la traduction de Harent d'Antioche.

Pour en être convaincu, il suffira de se reporter aux deux chapitres que nous avons imprimés (p. 19 et 21) comme exemples du style de Harent d'Antioche, et de les comparer au texte de ces deux mêmes

chapitres traduits par Jean du Vignai, que nous allons publier d'après
le manuscrit de M. Fairfax Murray.

... Et la tierce merveille que je vi et esprouvai a Naples, je la vous dirai ci-
après. Et si ne l'esprouvai pas pour ce que je l'eusse oï avant dire, mais droitement
par cas de fortune ; car se je ne l'eusse esprouvé, je ne l'afermasse jamès.

L'anée que Acre fu assisse, environ la feste Saint Jehan Baptiste, que je estoie en
la cité de Salerne, soustement il me sorvint un mien hoste, pour la venue duquel
je fui moult lié, tant pour ce que il estoit mon cousin que pour ce que je l'amoie
moult, car nous avions esté longuement ensemble a l'escolle, et hanté en la court
de monseingnor le roy Henry d'Engleterre, vostre ayeul [1], trés noble prince, et li
et moi estions tout un et d'une volenté, et mon cuer s'esjoï moult de sa venue, pour
la grant affeccion que je avoie de li veoir et de oïr des nouvelles de nos amis; car
je ne peusse avoir plus certain mesage. Et quant nous eusmes ensemble delivré nos
besongnes, nous venismes d'iluec a Naples, pour passer la mer a venir en nos parties. Et celui mien ami avoit non Phelippe, et estoit filz du noble conte de Sale-
bieres. Et a Naples nous venismes en l'ostel d'omme honnorable et discret mestre
Jehan Pynatel, arcediacre de Naples, qui avoit esté mon auditeur a Boulongne en
droit canon, qui nous reçut moult joieusement, comme celui qui estoit noble et
sage. Et quant il nous ot demandé la cause de nostre venue, et nous li avions dit que
nous avion trop grant haste de passer la mer, et il nous mena au port, et la, sanz
demourer, par l'espace d'une heure, nostre nef pour passer fu alouée a si dou[s] pris
con nous vousismes, et fu tantost incontinent aprestée de passer, tant comme l'en
atourna le disner, et puis nous revenismes a l'ostel pour disner. Nous commençames
a parler de ce que nous avions toutes nos choses trouvées a point a nostre volenté,
et en avions si grant merveille de ce que si bien nous en estions pris. Et adonc l'arcediacre nous demanda par quel porte de la cité nous estion entrez en la ville. Et
quant nous li eusmes dit par laquele, il nous demanda de quel costé de la porte
nous estions entrez. Et nous li deismes, quant nous feusmes avisez de ce : « Nous vou-
« lions entrer en la ville par le senestre costé de la porte, mès nous encontrasmes un
« asne chargié en nostre voie, si tournasmes a la destre partie, et par la entrasmes
« en la cité. » Et dont nous dit il : « Je vueil que vous sachiez quel merveilles Virgile
« establi en cele porte. » Et après disner nous mena a la porte, et nous monstra ij testes
de marbre entailliées de diverses manieres : car la teste qui estoit au destre costé
estoit belle et plaisant et rioit, et celle qui estoit au senestre estoit laide et ploroit
et faisoit trop laide chiere, et dont nous dist l'arcedyacre la merveille : car touz ceus
qui entroient en la ville par devers le costé de la teste noire, qui est a senestre, il
ne feront ja riens en la ville de chose que il quierent, ne leurs choses ne pueent venir a point; et ceus qui entrent par devers la partie destre, la ou la belle teste est,
font volentiers ce que il quierent, et leur choses leur viennent bien a point. Et ce,
se nous [2] dist il, que nous avions entrelessié qui nous fist tourner a la destre partie,

____

[1] Henri II, aïeul de l'empereur Othon IV. — [2] Le ms. porte : « Et ce se non dist... »

nous estoit il bien pris de nostre besongne. Et je ne vous escri pas ceste merveille comme la ligniée de Saducciens, qui disoient que toutes vertus de choses estoient en Dieu et en marmene [1], c'est a dire en destinée et en fortune, mès toutes choses sont en l'ordenance et en la volenté de Dieu. Et je vous ramembre ceste merveille, car je la vi, et Virgille la fist par art magique.

Des provinces et des citez de France.

Après nous deviserons les villes et les citez des Frances et deviseron Gallie, France, Bourgoigne en la maniere que l'eglyse de Romme les devise et ordenne. Et premierement France si a vii archeveschiez et ses suffraganes. Et premierement Lyon, et . fu le premier siege des Gallies, c'est à dire de toutes les Frances, et sont ses suffraganes Otun, Mascon, Chalon et Lengres. — Rainz a ces suffraganes : Soissons, Chaalons, Cambrai, Tornai, Teroenne, Arraz, Amiens, Noion, Sanliz, Biauvès, Laon. — Nerbonne [2] est i archeveschié de Gascoigne, et a ces evesques soz lui : Quarcassone, Biterre, Agathenseium, Lodoveum, Tholouse, Magalonne, Nemausen., Uticen., Elnen. ou Arelen. [3]. — Sens est i archeveschié en France, qui a ces suffraganes et evesqués souz lui : Paris, Chartres, Orliens, Nevers, Aucerre, Troies, Miaus. — L'archevesqué de Bourges a ces suffraganes souz lui : Clermont en Auvergne, Ruthenen., Caours, Limoges, Mende, Abbigois, Avicenen. [4], qui est du pape. — Bordiaus si a ces evesqués souz lui : Poitiers, Saintes, Engoulesme, Pierregort, Agien. — Tours si a ces evesqués souz lui : Le Mans, Angiers, Nantes, Vennes, Cornoaille, Leon, Trigier, Saint Briot, Resnes, Saint Malou, Dol. — Rouen a ces evesqués souz lui : Avrenches, Coustances, Baiex, Sés, Lisuies, Evreus. — En Gascoigne, si a ii archevesqués. L'archevesqué d'Aus, qui a ces evesqués souz lui : Aquen., Lectore, Couvenaz, Cousurarer, Bigorre, Tarvien. ou Aduren., Oloten., Lascuren., Balacen. (sic), Bayonne. — En Bourgoigne a vi archevesqués, et Besençon est le premier, et a ces evesqués desouz lui : Basilien., Larisane (sic), Belicen. — Tarentasien. est archeveschié, et a ces evesqués souz lui : Sedunen., Augustien. — Ebredunense a ces evesqués souz lui : Dignen., Nicien., Antipolitan., Glandeten., Seneren. (sic), Vencien. — L'archevesqué d'Aquense en Borgoigne a ces evesqués souz lui : Apiense (sic), Regen., Foroben. (sic), Vapinen., Cisteriten. — L'archevesqué d'Arelate en Bourgoigne est le chief de la province. Si a ces suffraganes souz lui : Masilien., Avignon, Aurasiten., Calleliten., Tricastrinen., Carpentras, Tolonen. — Vienne en Borgoigne est archeveschié, et est le chief du regne et chancelier, et a en sa description de sa digneté *le trés grant siege des Gallies;* qui est apelé charre [5] de l'Empire, et jadis i fu dampné Ponce Pylate de Tyberio, qui adonc estoit emperiere. Et a ces evesqués souz lui : Valentinen., Viviers, Dionen., Greinnoble, Maurianen., Gebennen., et a de la cité de Gebennen. xiiii mille jusques au lac de Losane [6], et queurt le Rosne parmi le lac, et est assis entre les Alpes, du-

---

[1] Les dernières lettres de ce mot ont été surchargées; le copiste avait dû écrire *marbre*, leçon que nous trouvons dans le manuscrit de Harent d'Antioche, et qui est la bonne.

[2] Jean du Vignai a interverti l'ordre des provinces ecclésiastiques.

[3] Le traducteur avait sous les yeux un des manuscrits qui donnent ici la leçon : *Elnensem vel Arlensem.*

[4] Pour *Aniciensem.*

[5] *Carcer.*

[6] *A capite Lemanni lacus.* Texte latin.

quel lac il est leu en la vie des Thebeiens, que Mauximien emperiere se tenoit a travaillié de l'errer en vm jours [1] entour ce lac, et la compaignie des Thebeiens s'aresta par angoisse desus ce lac, et le commun l'apele le lac Saint Morise de Camblais ; jagaite (ja soit?) ce que le chastel des Solodeiens est sus le flueve d'Arule, non pas loing du Rin, ou aucuns de cele compaignie souffrirent mort.

On ne peut lire les deux traductions du chapitre relatif aux enchantements virgiliens d'une des portes de la ville de Naples, sans reconnaître que la version de Harent d'Antioche est bien supérieure à celle de Jean du Vignai. Elle suit de beaucoup plus près le texte original. Jean du Vignai, en supprimant ou en abrégeant un certain nombre de phrases, a singulièrement diminué la clarté et la vivacité du récit. Si on examine le chapitre où sont énumérés les archevêchés et les évêchés de la Gaule, l'avantage reste également à Harent d'Antioche. Les deux traducteurs ont piteusement échoué quand il s'est agi de trouver la forme française des noms des cités mentionnées en latin par Gervais de Tilbury. Assurément Jean du Vignai connaissait mieux que son devancier la géographie des provinces septentrionales de la France. Il a su quelles formes françaises correspondaient aux formes latines *Tornacensem, Morinensem, Silvanectensem, Redonensem, Corisopitensem, Venetensem, Briocensem, Trecorensem, Leonensem, Sagiensem, Lexoviensem,* que son devancier avait rendues comme il suit : *Doay, Morinence, Silvanence, Redone, Corisopience, Vendosme, Briençon* (ou *Briosence*), *Tegrorene, Leonence, Sagience, Lizionence.* Mais les deux traducteurs ignoraient absolument la géographie du midi de la France.

Ce qui, pour le second chapitre, donne incontestablement l'avantage à Harent d'Antioche, c'est qu'il n'a point commis les non-sens et les contre sens dont Jean du Vignai s'est rendu coupable et dont les exemples suivants permettront d'apprécier la gravité :

GERVAIS DE TILBURY.	HARENT D'ANTIOCHE.	JEAN DU VIGNAI.
Viennensis, Burgundie archiepiscopus, et regni cancellarius, cujus numismatis inscriptio habet : *Maxima sedes Galliarum,*	L'arcevesque de Vienne souloit tenir ung des greigneurs sieges de France, si comme il contient en l'escripture de la monnoie qui	Vienne en Borgoigne est archeveschié, et est le chief du regne et chancelier ; et a en sa descripcion de sa digneté : *le trés grant*

[1] *Circa Octodurum itinere fessus.*

que et ipsa carcer dicitur olim fuisse imperii, unde Pontium Pilatum, a Tyberio dampnatum, in carcere tenuit.

dit ainsy : *Le siege de Vienne est trés grant siege de France.* Et aussy dit on que la cité de Vienne souloit estre piece [a] la prison de l'empereur ; et la fut Ponce Pylate en prison, quant Thibere Cesar le chaça hors de Jerusalem.

siege des Gallies, qui est apelé charre (*sic*) de l'empire ; et jadis i fu dampné Ponce Pylate de Tyberio, qui adonc estoit emperiere.

Maximianus imperator, circa Octodurum, itinere fessus, se tenebat; legio vero in Agaunensibus angustiis substitit quas vulgo sanctum Mauritium de Camblais nominant. Porro Solodorum, ubi quidam de legione ista passi sunt, castrum est super Aruram fluvium, non longe a Reno.

C'est le lac [de Lozenne], dont nous lisons, en la vie des Thebeyens, qui dit que l'empereur Maximien estoit las du chemin; si demoura près du chastel Ottoidoire, ou Seledoire, et en ce chastel y en eut aulcun d'ycelle compaignie qui souffrirent martire. Ce chastel est sur la rivière d'Arüle qui est près du Rosne.

Duquel lac il est leu en la vie des Thebeiens que Mauximien emperiere se tenoit a travaillié de l'errer en viii jours entour ce lac ; et la compaignie des Thebeiens s'aresta par angoisse desus ce lac ; et le commun l'apele le lac Saint Morise de Camblais. Jagaite (ja soit?) ce que le chastel des Solodeiens est sus le flueve d'Arule, non pas loing du Rin.

Nous ne croyons pas que Jean du Vignai ait ajouté beaucoup d'observations personnelles au texte dont il avait entrepris la traduction. En parcourant rapidement le manuscrit de M. Fairfax Murray, nos yeux se sont arrêtés sur une phrase qui a été intercalée, dans la description de Rome (ch. xxxi), en tête du paragraphe relatif aux théâtres : « De rechief il y a places communes, *aussi comme seroit la place Mau-bert*. La place Tyti et Vaspasien, assise en catecombes... »

La mention de la place Maubert à propos des théâtres de Rome est une interpolation parisienne qu'on peut bien attribuer à Jean du Vignai. L. D.

Page 65. Cette traduction française et des fragments importants d'une traduction normande ont été édités par M. Joseph Tardif, sous ce titre :

Coutumiers de Normandie..... T. 1er, *Deuxième partie, Le Très ancien coutumier de Normandie. Textes français et normand.* Rouen et Paris, 1903 (Société de l'histoire de Normandie).

La traduction française est intercalée dans le manuscrit de Sainte-Geneviève 1743, entre la traduction du recueil des Assises et celle de la quatrième compilation des Jugements de l'Échiquier. L'éditeur modifie sur l'âge de cette traduction française des *Statuta et consuetudines* son opinion première : il estime qu'elle n'a pu être commencée que dans les premiers mois de l'année 1248.

Dans le même volume M. J. Tardif a publié une traduction de l'enquête de 1205.   P. V.

Pages 69 et 111. En 1317, un Guillelmus Chapus est qualifié *rector parochialis ecclesiæ Sarmesiis* (Sermaise) *juxta Durdanum* (Dourdan), *Carnotensis diocesis* (Mollat, *Jean XXII, Lettres communes,* n° 4160). Ce Guillaume Chapus, recteur de Sermaise, est très probablement l'auteur de la traduction en vers du Grand Coutumier normand.
                    P. V.

Page 74. L'enquête de 1309 dont nous parlons en cet endroit n'avait pas jusqu'à ces derniers temps été éditée tout entière. Elle a été publiée intégralement par la Société jersiaise sous ce titre : *Rolls of the assizes held in the Channel islands in the second year of the reign of King Edward II, anno Domini 1309,* Jersey, 1903, in-4°. Cf. un compte rendu important par M. Léopold Delisle dans le *Journal des Savants,* 1905, p. 457-463.

Dans le passage de cette enquête auquel nous faisons allusion, les éditeurs ont lu *Mancael* (p. 73) au lieu de *Maucael*.   P. V.

Page 190. Dans notre article sur les Coutumiers de Normandie, nous n'avons point parlé d'une grande charte de Henri II relative aux franchises et aux coutumes du duché de Normandie. Cette pièce a été publiée, en 1727, par Brussel, dans le *Nouvel examen de l'usage des fiefs,* t. II; Appendice, p. I-VI, qui l'intitule « Lettres patentes en forme « de charte de Henri II, roi d'Angleterre et duc en Normandie ». L'éditeur ne dit pas à quelle source il l'a puisée. Bréquigny, en 1783, a simplement enregistré la pièce dans sa *Table chronologique,* parmi les actes de l'année 1155. Elle a été employée par les continuateurs du Glossaire de Du Cange (au mot *Bidelus*).

Ce document, dont il n'y a pas de trace ancienne, doit être considéré comme non avenu. Il a été calqué sur la Grande charte promulguée par Henri III à Westminster, le 11 février 1227.　　L. D.

Page 327. La compilation du xve siècle que nous avons mentionnée d'après le manuscrit B. N. fr. 22911, daté de 1496, se trouve encore dans un très beau manuscrit de la Bibliothèque royale nationale de Turin, qui, heureusement, n'a pas beaucoup souffert de l'incendie de janvier 1904. Ce manuscrit, actuellement coté L. 1. 2 (*Catalogue de Pasini*, t. II, p. 482), est l'exemplaire de présentation offert au cardinal Charles de Bourbon, archevêque de Lyon (1447-1488), dont les armes sont peintes au bas du premier feuillet du texte. C'est pour ce personnage, ami des beaux livres[1], que cette compilation fut faite. On lit, en effet, en tête d'un prologue du translateur, qui manque au manuscrit de Paris : « Ci après s'ensuit trés « devote, trés louable et recommandable vye des anciens saintz peres « hermites, nouvellement translatée de latin en françois et diligem- « ment corrigée en la cité de Lyon, l'an de Nostre Seigneur mil .iiij^c. « .iiij^{xx}. et six, sur ce que en ont escript et aussi translaté de grec en « latin Mons^{gr} saint Jerosme, trés devot et approuvé docteur d'Eglise, « et autres solitaires religieus après lui. »　　P. M.

Page 340. Barbe (Sainte). Une vie de sainte Barbe, en 21 sixains de vers décasyllabiques, se trouve dans le ms. B. N. nouv. acq. lat. 615 (fol. 124), de la fin du xve siècle. Premier vers :

Vierge excellant, de haulte dignité.

Page 342. Catherine d'Alexandrie (Sainte). Une douzième vie versifiée de cette sainte vient d'être reconnue dans un manuscrit exécuté en Angleterre et appartenant à un savant bibliophile anglais, M. F.-W. Bourdillon. Cette version, qui contient près de 900 vers octosyllabiques assez irréguliers, paraît avoir été composée par un écrivain anglais du xiiie siècle. Premier vers :

A loenge lui gloriose pere.

P. M.

---

[1] On sait qu'il avait fait composer une vie de saint Louis, et la Bibliothèque nationale possède deux manuscrits faits pour lui (Delisle, *Le Cabinet des manuscrits*, I, 95, 169-170).

Page 359. Joseph. Une nouvelle édition, fort améliorée, du poème sur Joseph vient de paraître comme dissertation de doctorat. En voici le titre : L'*Estoire Joseph*. Inaugural-Dissertation zur Erlangung der Doktorwürde genehmigt vor der philosophischen Fakultät der Friedrich-Wilhelms-Universität zu Berlin, von Ernst Sass. 19 mai 1906. Buchdruckerei des Waisenhauses in Halle a. S. In-8°, 119 pages.

P. M.

Page 369. Martin (Saint). On aurait pu noter ici qu'il existe une rédaction en prose de la vie de saint Martin, par Péan Gatineau, dans le manuscrit 1025 de Tours (xve siècle).   P. M.

Page 380. Parmi les anciens traducteurs français de vies de saints on aurait pu mentionner Lambert le Bègue, prêtre du diocèse de Liège et fondateur de l'ordre des Béguines, qui, au rapport d'Aubri de Trois-Fontaines (Pertz, *Scriptores*, XXIII, 855), « multos libros, et « maxime *vitas sanctorum* et Actus apostolorum, de latino vertit in « romanum ». Cf., pour plus de détails, *Romania*, XXIX, 535.

P. M.

Page 434, ligne 2. Ajouter, entre « saint Paul l'ermite » et « saint André », un n° 41 *bis* « saint Adrien ».   P. M.

Page 440, ligne 4 du bas. La vie de saint Nazaire est comprise aussi dans le ms. de Saint-Pétersbourg; voir p. 436.

Page 445, ligne 14. Supprimer les mots « et saint Mammès » : on possède en effet une version française de la légende de ce saint dont on a indiqué une copie p. 436 et deux copies p. 440.

P. M.

Pages 466, 467. Un manuscrit du xve siècle conservé à la Bibliothèque Vaticane, le Palat. lat. 119, contient (fol. 1-201) un ouvrage intitulé : « Jacobi de Lausanna reportacio in Sapientie et Proverbiorum libros. »   N. V.

Page 473. Aux manuscrits qui contiennent sous le nom de Jacques de Lausanne le recueil des maximes commençant par les mots : *Ab-*

jicit mundus pauperes, il convient de joindre le manuscrit 5113-5120, de la Bibliothèque royale de Bruxelles, le manuscrit 291 de Prague et le manuscrit 504 de l'Université de Pavie. Toutefois le même ouvrage a été attribué aussi à Nicolas Biart (voir une note du xviie siècle en tête du manuscrit latin 16490 de la Bibliothèque nationale), à un certain frère Maurice (*Script. ord. Præd.*, I, 124) que Daunou (*Hist. litt. de la Fr.*, XXI, 132 et suiv.) inclinait à croire Anglais et dominicain, enfin, dans un manuscrit de Melk, en Autriche, à Nicolas de Lire. Toutes ces attributions sont douteuses. On remarquera que ce même recueil porte, dans le manuscrit latin 16490, le titre d'*Abicius mundi* et, dans le manuscrit de Melk, celui d'*Abyssus mundi*, étranges déformations des premiers mots de l'ouvrage : *Abjicit mundus*. C'est d'ailleurs par erreur qu'on a signalé dans cet ouvrage de nombreux emprunts à un recueil qui figurerait dans le tome II des Œuvres de Hugues de Saint-Victor.   N. V.

TABLE DES AUTEURS ET DES MATIÈRES.

A

B

C

D

E

F

G

<h1 style="text-align:center">H</h1>

K

L

M

N

O

P

Paule (*Sainte*), vie en vers, 373.

Paulin de Nole (*Saint*). Sa vie (livre II du *Dialogue* de saint Grégoire) traduite par Wauchier, 271-272, 430; vie en vers, 373.

Paulus (*Jean*).

Pauvreté évangélique (Controverse sur la), 481, 482, 489-491, 580.

Péan (ou *Paien*) *Gatineau*, auteur d'une vie en vers de saint Martin, 369.

Peinture à l'huile (Commencements de la), 476.

Pélage (*Le diacre*). *Verba seniorum* traduits par lui du grec; version française partielle, 304-307, 314, 317, 319; versions complètes, 322-324, 327.

Pélagie (*Sainte*), vie en prose, 327, note 2, 414, 442.

Pelayo (*Alvaro*).

Pèlerinages. Idées de Marsile de Padoue, 610.

Pénitence. Idées de Marsile de Padoue, 608, 609.

Perceval, poème de Chrestien de Troyes continué par Wauchier de Denain, 290; cité par un écrivain du XIII° siècle, 293, 295. — Voir *Chrestien de Troyes*.

PÈRES (VIES DES). Version en vers par Henri d'Arci, 257-258; versions en prose, 258-328; version de Wauchier de Denain, 258-278; version champenoise, 292 314.

Perpétue et Félicité (*Saintes*), vie en prose, 433.

Pétronille ou *Péronelle* (*Sainte*), vie en prose, 407, 418, 423, 433.

Philippe (*Saint*), vies en prose, 397, 399, 401, 406, 409, 412, 425, 430, 431, 433, 434, 435; version lyonnaise, 444, 446.

Philippe, comte de Namur, protecteur de Wauchier de Denain, 258, 260, 281, 286, 291.

Philippe Auguste, roi de France, 47, 63, 64, 82, 97, 143.

Philippe d'Artois, époux de Blanche de Bretagne. Procès avec sa sœur, Mahaut d'Artois, 166-173.

Philippe de Dreux, évêque de Beauvais, fait composer divers écrits par Pierre de Beauvais, 381.

Philippe de Grève, chancelier de Notre-Dame, 478.

Philippe le Bel, roi de France, 70, 71, 144.

Philippe le Hardi, roi de France, 76, 77, 167.

Philippe le Long, roi de France, s'intéresse à Jacques de Lausanne, 460.

Philosophie. Son origine et son caractère selon Jean d'Antioche, 5.

Philosophie naturelle. Programme d'enseignement dans Jean de Jandun, 537-539.

Piazzola (*Roland de*).

Picaud (*Aimeri*).

Pierre (*Saint*). Dispute de — et de saint Paul contre Simon le magicien, 397, 400, 416, 409, 412, 417, 430, 431, 433; passion, 392, 397, 399, 400, 406, 409, 412, 417, 430, 431, 433, 434, 435; version lyonnaise, 444. Voir *Chaire de saint Pierre*, *Pierre ès liens*.

PIERRE AURIOL, frère Mineur, auteur de sermons, de commentaires sur l'Écriture, d'ouvrages de théologie et de philosophie, 479-527. Sa vie, 479-489. Intervient dans la controverse sur la pauvreté évangélique, 481, 482, 489-491; dans le débat sur la conception de la Vierge, 482-484, 491-500. Son enseignement à Paris, 484-486. Provincial d'Aquitaine, 486; archevêque d'Aix, 487. Ses ouvrages, 489-527. Il prend à partie Thomas de Wilton, 507. Il entreprend de concilier le péripatétisme et le christianisme, 509. Il fait l'application des visions de l'Apocalypse aux différentes périodes de l'histoire de l'Église, 513; n'ose se prononcer sur l'époque de la fin du monde, 514. Son mauvais goût, 514. Sa manière de prêcher, 518. Ses doctrines philosophiques, 521-524; théologiques, 520-525. Son opinion sur le sort des non-chrétiens, 524, 525; sur les droits et les devoirs du pape, 526. Jugements de la postérité sur lui, 526, 527.

Pierre d'Abano, commentateur des Problèmes d'Aristote, 554-556, 568.

Pierre de Baume, général des Dominicains, 467.

Pierre (*de Beauvais*), auteur d'un poème sur les Trois Maries, 367; de traductions en vers de plusieurs vies de saints, 348, 351, 359; d'une version en prose du *Liber de miraculis sancti Jacobi*, 381.

Pierre de Carville, maire de Rouen, 169.

Pierre de Corbara, antipape, 595, 596, 619.

Pierre de Courtenai (de la branche des seigneurs de Champignolles). Débat avec Marguerite, sa sœur, 173, 174.

Pierre de Florence, régent en médecine, 588.

Pierre de Fontaines, 75-77.

Pierre de Houssemaque, 168.

Pierre de Pommeruel, 168.

Pierre des Prés, archevêque d'Aix, puis cardinal, 487, 489.

Pierre de Tossignano, médecin bolonais, 566.

Pierre de Verberie, religieux de l'ordre du Val-des-Écoliers, confondu avec Pierre Auriol, 480, 500.

Pierre ès liens (*Fête de la Saint-*), homélie française, 425.

Pierre-Jean d'Olive, 481.

Pierre l'acolyte (*Saint*), vie en prose, 433, 436.

Pierre le Petit, jurisconsulte normand du XV° siècle, cité, 136.

Pierre Lombard, 506, 608, 609. Voir *Sentences*.

Pierre Roger. Voir *Clément VI*.

Pilate (*Légende de*), en vers, 373.

Pise, 600-601.

Placide (*Saint*), vie en prose, 414, 435.

Plainte de Notre-Dame, version en prose du *Planctus beatæ Mariæ* attribué à saint Bernard ou à saint Anselme, 441, 446.

Planctus beatæ Mariæ. Voir *Plainte de Notre-Dame*.

Platon. Opinion de Pierre Auriol sur le sort de son âme, 524.

Pleigerie du vassal pour le suzerain, 146, 147.
Poids et mesures, 121.
Pommerel (Pierre de).
Pons (Couvent de), 461.
Pont-Audemer, 169.
Préaux (Abbé de), 178.
Prés (Pierre des).
Prescription, 72-74, 107, 108.
Preuve, à la charge du défendeur, 149, 150. Preuve écrite des jugements, 153.
Primauté de l'Église de Rome niée dans le *Defensor pacis*, 582-583, 593; dans le *Defensor minor*, 611, 612.
Prime et Félicien (Saints), vie en prose, 433.

Primo (Jean del).
Priscien, cité par Jean d'Antioche, 6.
Procédure dans le Grand Coutumier normand, 148-152.
Procès et Martinien (Saints), vie en prose, 410, 430, 431.
Procureur, 147.
Protais (Saint). Voir Gervais.
Proverbes (Commentaire sur les), 466, 472.
Pui (Raimond du).
Purgatoire. Voir *Patrice (Saint)*.
Purification Notre-Dame, sermon français, 415, 416, 427.

<h1 style="text-align:center">Q</h1>

Quentin (Saint), vie en vers, 373; en prose, 398, 436, 439.
Qui dort (Jean). Voir *Jean de Paris*.
Quintilien, cité par Jean d'Antioche, 9.

Quiriaque (Saint), vie en prose, 402, 407, 410, 420, 439.
Quo warranto (Plaid De), 162.

<h1 style="text-align:center">R</h1>

Radulfus Gillanus de Gavreio, 176, 177.
Raimond Auriol, 488.
Raimond Auriol, frère Mineur, 482.
RAIMOND DE BÉZIERS, traducteur et compilateur, 191-253.
Raimond du Pui, de l'ordre des Hospitaliers de Saint-Jean. Sa Règle, 25, 26, 29.
Raimond Passemer, vicomte de Pont-Audemer, 169.
Raimondini (Marsilius). Voir MARSILE DE PADOUE.
Raoul d'Estrées, 173.
Rayn (Georges de).
Record, 91-96, 105, 153. Record de vue, 90.
RECUEILS DE JURISPRUDENCE NORMANDE, 174-190.
Reginald, moine de Durham, auteur de la vie de saint Godric, 423.
Reims, synode, 459.
Reine (Sainte), vie en vers, 374.
Relief, 50. Relief de fief, quinze livres, 177, 178.
Remi (Saint), vie en vers, 374; en prose, 422.
Renaut du Mesnil, 168.
Renaut le Chambellenc, 169.
René (Saint), vie en vers, 374.
Représentation, en droit successoral, 130, 131.
« *Requenoissant de fié et de gage* », 63.
« *Requenoissant de fieu ou d'aumosne* », 52-53.
Retrait lignager, 138-139.
Rex Angliæ vel Galliæ, 48-49.
Rex Galliæ, 48-49.

Rhétorique. Son caractère selon Jean d'Antioche, 6, 7. — Voir Aristote, Cicéron.
Richard (Saint), vie en vers, 374.
Richard Barbe, 621.
Richard Cœur de Lion, roi d'Angleterre, 63-64, 73-74.
Richard de Bois-Yvon, 180-181.
Richard de Fournival, 3.
Richard Dennebault, Donebault, ou Dourbault, 111-112.
Richard de Saint-Denis, 177.
Richard de Saint-Victor, 504, 608.
Richart le Gualois, 168.
Richart Ruffaut, 168.
Rieti (André de).
Rigaud (Eudes).
Robert II, comte d'Artois, époux en premières noces d'Amicie de Courtenai, en secondes noces d'Agnès de Bourbon, 166, 172.
Robert d'Artois, fils de Philippe d'Artois, rival de Mahaut, 173,
Robert Courte-Heuse, duc de Normandie, 41.
Robert de Bardi, 588.
Robert de Bois-Yvon, 180-181.
Robert de Courçon, statuts de 1215, 140.
Robert du Mesnil Wares, douaire de sa femme, 179.
Robert Gerart, 168.
Robert le Normand, 77.
Roger (Pierre). Voir *Clément VI*.
Roger, châtelain de Lille, 289, 291.

S

T

U

V

W

Y

Z

TABLE

____

QUATORZIÈME SIÈCLE.